KB127587

名言 · 名句集大成

名言名句辭典

林鍾鉉 編

(주)이화문화출판사

名言 · 名句集大成

名言名句辭典

초판 발행 2021年 8月 10日
지 은 이 林 鍾 鉉
펴 낸 이 이 홍 연 · 이 선 화
펴 낸 곳 (주)이화문화출판사
등록번호 제 300-2015-92 호
주 소 서울시 종로구 인사동길 12, 311호
전 화 02-732-7091~3
F A X 02-725-5153
홈페이지 www.makebook.net
제주도판매처 064-762-5348

ISBN 979-11-5547-499-0

값 70,000원

머 리 말

오늘날 우리는 다양한 변화와 욕구의 시대에 살아가고 있다. 그러나 이렇게 빠른 속도의 변화와 새로운 것에 대한 요구가 절실한 이 시대에도 간과 할 수 없는 것이 漢字의 생활화이다. 우리는 이미 오랜 세월동안 한자문화권에 놓여 있었던 까닭으로 한자가 우리의 언어와 생활 속에 깊숙하게 자리 잡고 있음은 누구도 부정하지 못할 것이다. 그러나 한문교육의 단절로 인하여 일반인들은 기초적인 일상단어들도 이해하기 어려워졌고, 서예인 들도 문장을 고르는 이른바 選句에서 어려워하는 경우를 많이 보아왔으며 이것은 본인도 마찬가지였다.

그러던 차에 개인적인 용도로 쓰려고 그 동안 중국의 古典은 물론 한국의 漢詩 가운데 분류한 名言 名句를 채록하여 두었는데, 지금까지의 작업을 혼자서 소유하기에는 너무 아까워서 이번에 원문과 출전 등을 비교적 상세하게 밝혀 감히 출판을 결심하게 되었다.

이전에 이 책과 유사한 것들이 몇 종류가 이미 나왔었지만 문장의 숫자가 적고 분류가 단순해서 사용자에게 정확한 용도를 알려주지 못한다는 생각에 이 책에서는 자연 · 인간 · 인생 · 가정과 사회 · 도덕 · 학문과 교육과 수양 · 정치 · 일 처리와 처세 · 無의 세계 등 9개의 큰 제목아래 37개의 중간제목을 달아서 다시 193개의 항목으로 세분화하여 대략 3600여 개의 문장을 실었으므로 작품의 사용처에 따라 언제든지 선구를 할 수 있도록 하였다. 또한 책의 말미에 작자해설과 참고문헌을 실어놓아 이 책의 사용이 편리하도록 하였다워낙 방대한 자료 속에서 문장을 선별하고 그것들을 분류하여 묶느라 많은 시간이 걸렸는데 처음에는 손으로 작업을 하다가 컴퓨터를 이용하면서 속도가 빨라져 이제야 출판하게 되었으니 실로 감회가 새롭다.

비록 漢文의 번역과 選句에서 부족한 안목과 식견으로 말미암아 부족한 점이 아직은 많지만 계속해서 보완해나가는 작업은 그치지 않고 할 것이므로 斯界의 諸賢들에게 많은 질타를 바라 마지않는다.

끝으로 집필과정에서 많은 도움을 준 교수님들과 학형들께 감사를 드리고 어려운 환경 속에서도 선뜻 출판에 응해주신 이화문화출판사에도 깊이 감사를 드린다.

2006년 봄

유재 임종현

추 천 사

유구한 역사와 오랜 전통 문화를 가꿔온 민족은 그 역사의 指南과 문화의 統緖에서 갈마진 민족적 울력이 남다른 법이다. 백지장만한 역사, 그나마 개척이란 美名아래 殺傷만을 能事로 일삼아 온 저 무모한 패권주의자들의 천박한 문화는 壞滅의 狂亂일 뿐이다.

우리 先人들이 가꿔온 高格한 정신문화, 그 총체적 양상을 우리는 詩·書·畫라 일컬어 왔다. 그리고 그 詩·書·畫 속에는 그윽한 선비정신이 살아 숨쉬고, 삶의 올곧은 情操가 내재해 있는가 하면, 민족情緖가 도사린 이른바 畏敬스런 선비 예술이자, 장구한 문화민족의 긍지가 아닐 수 없다.

영광된 문화민족의 후예란 바로 그 전통문화를 계승 발전시킬 줄 아는 깨인 민족인 것이다. 언제부터인가? 切磋琢磨는 어리석은 자의 아둔이요, 줄 잘 서고 빽 잘 잡아 一攫千金하는 능력자 사회가 되더니, 또 어줍잖은 세계화·국제화가 판을 치며 민족도 족보도 팽개쳐 버리고 저 고약한 패권문화, 말하자면 광란의 나락으로 함께 괴멸해 가고 있지 않은가. 이 황폐한 시대에 우린 이따금 『명언명구집성』의 편저자 임종현 선생 같은 분을 만날 수 있어 아직은 행복하다. 참으로 아둔하고 실속 없는 수고로움, 그러나 누가 이 분을 아둔하다 할 것인가! 그 切磋琢磨의 眞價는 자신을 가꾸는 성실이 남을 위한 거름이 되었으니 어찌 또 자랑스럽지 아니하며, 값진 결실이 아닌가! 그는 성실한 書藝家이고자 했다. 성실한 서예가는 손재주로 말하지 않는다. 詩·書·畫 三絶로 유명한 秋史 金正喜 선생이 말하지 않았던가. "가슴속에 淸高하고 高雅한 뜻이 있지 않으면 손에서 쓸 수 없고, 그 淸高 · 高雅한 뜻은 또 가슴속에 文字香과 書卷氣가 있지 아니하면 팔 아래와 손끝에서 現發하지 못한다고." 고 편저자 역시 '빠른 속도의 변화와 새로운 것에 대한 요구가 절실한 이 시대에도 간과할 수 없는 것은 한자의 생활화' 라고 전제하고, "한문교육의 단절로 일반인들은 기초적인 일상단어들도, 書藝人들도 문장을 고르는 選句의 어려움을 본인은 물론, 주변에서 많이 보아왔기 때문에 "우리의 古典은 물론, 中國의 詩文 · 名言 · 名句를 '9개의 큰 제목 아래 37개의 중간 제목, 다시 193개항으로 세분하여 勿驚 3,600여 문장을 실었다' 했으니, 이것이 이른바 손재주로 하는 공부가 아니라 切磋琢磨요, 가슴속 書卷氣이자 文字香인 것이다." 더욱 놀라운 바는 기존의 書冊에서 보이는 集韻 · 集句가 아니라, 그 選句의 前後 詩 · 文 및 出典 · 作者까지를 온전히 제시하고 풀이한, 이른바 書藝人들의 백과사전적 全著임은 물론, 일반 교양인의 必讀書임을 감히 30여 년 大學에서 漢文學을 教授하고, 20여 년 어설픈 몸짓으로 書藝를 해 온 同好人의 한 사람으로 감히 推薦해 마지않는다. 편저자의 약속대로 '부족한 안목과 식견' 은 부단히 보완되어 더욱 독자의 애호에 보답할 줄 믿는다.

순한 양의 해 벽두에
매봉루에서 一步 金 甲 起

凡 例

1. 이 책에서는 한국의 한시와 중국의 고전에서 서예휘호용으로 적합한 명언 명구들을 선별하여 9개의 큰 제목아래 37개의 중간제목을 달아서 다시 187개의 항목으로 세분화하여 실었다.

2. 經書나 史書의 경우는 책명은 물론이고 篇名을 밝혀놓아 참고가 되도록 하였으며 되도록 직역에 가깝도록 번역하여 놓았으며 문장에서 중간의 어절을 취한 경우에는 약간의 의역을 하여 문맥이 통하도록 하였다.

3. 漢詩의 경우는 필요한 구절을 취한 뒤 원문과 해석, 그리고 출전과 작자와 제목까지 상세히 밝혀놓았다.

4. 한국의 漢詩인 경우는 작자의 이름 다음에 괄호를 치고 작자의 雅號를 밝혀 놓았다.

5. 각 항목마다 중국의 漢詩를 맨 앞에 두고 經書와 史書등을 넣고 맨 뒤에 한국의 漢詩를 넣었다.

6. 작자해설의 순서는 한글의 가나다 순서로 중국과 한국으로 나누어 실었는데 작자의 이름을 알 수 없는 작가, 즉 여성인 경우는 성씨를 기준으로 실었다. 예를 들어 난설헌 허씨의 경우는 허씨를 기준으로 찾아야한다.

目　次

一. 자 연

二 인 간

三. 인 생

四. 가정과 사회

五. 도 덕

六. 학문과 교육과 수양

七. 정 치

八. 일 처리와 처세

九. 無의 세계

부 록

一. 자 연

Ⅰ. 四 季

Ⅱ. 자연에 관계된 詩文

Ⅲ. 天體, 地文

Ⅳ. 氣 象

Ⅴ. 탐 미

一. 자 연

Ⅰ. 四 季

1. 春

1.

池塘生春草지당생춘초　**園柳變鳴禽**원류변명금

연못 둑에 봄 풀 돋아나고, 동산 버드나무에서 새 지저귀며 날아가네.

(原文)

(前八句略)　傾耳聆波瀾　擧目眺嶇嶔　初景革緖風　新陽改故陰

池塘生春草　園柳變鳴禽 (後六句略)

(전 8구 생략) 귀 기울여 물결소리 듣고

눈을 들어 험한 산을 바라보네.

이른 봄의 태양 빛은 차가운 바람을 밀어내고

새 봄빛은 옛 그늘에 비치네.

연못 둑에 봄 풀 돋아나고

동산 버드나무에서 새 지저귀며 날아가네.(후 6구 생략)

註▶ 1)波瀾(파란): 물결. 2)嶇嶔(구금): 산이 험준한 모양. 3)初景(초경): 이른 봄의 태양 빛. 4)緖風(서풍): 아직 겨울의 기운이 남아 있는 차가운 바람.

〈출전〉文選 〈작자〉謝靈運 〈제목〉登池上樓

2.

魚戲新荷動어희신하동 **鳥散餘花落**조산여화락

물고기 노니니 새 연잎 흔들리고, 새 흩어지니 남은 꽃잎이 떨어지네.

(原文)

戚戚苦無悰 攜手共行樂 尋雲陟累榭 隨山望菌閣 遠樹曖仟仟 生煙紛漠漠
魚戲新荷動 鳥散餘花落 不對芳春酒 還望青山郭

근심 많아서 즐거움 없이 고생스러워
손 이끌고 함께 즐겨보네.
구름 찾아 높은 정자에 올라
산을 따라 아름다운 누각을 바라보네.
멀리 있는 나무 희미하게 무성해 보이고
연기 피어나 어지럽게 멀리보이네.
물고기 노니니 새 연잎 흔들리고
새 흩어지니 남은 꽃잎 떨어지네.
아름다운 봄에 술을 대하지 않고
푸른 산자락에 있는 마을을 바라보네.

註▶ 1)戚戚(척척): 근심하는 모양. 2)累榭(누사): 여러 층의 높은 정자. 3)菌閣(균각): 아름다운 누각. 4)曖(애): 희미한 모양. 5)仟仟(천천): 초목이 무성한 모양. 6)青山郭(청산곽): 푸른 산가에 있는 마을.

〈출전〉文選 〈작자〉謝朓 〈제목〉游東田

3.

水逐桃花去수축도화거 **春隨楊柳歸**춘수양류귀

물은 복사꽃을 좇아 흘러가고, 봄은 버드나무를 따라 돌아가네.

(原文)

芳樹發春暉　蔡子望靑衣　**水逐桃花去　春隨楊柳歸**　楊柳何時歸　裊裊復依依
已映章臺陌　復掃長門扉　獨知離心者　坐惜春光違　洛陽遠如日　何由見宓妃

꽃다운 나무들이 봄빛을 발하고
蔡邕은 하인을 바라보네.
물은 복사꽃을 좇아 흘러가고
봄은 버드나무를 따라 돌아가네.
버들잎 피었는데 어느 때나 돌아갈까?
바람에 나부끼지만 다시 매달려 있네.
이미 장대의 거리가 빛나니
장문의 문 앞을 쓰네.
홀로 이별한 자의 마음을 아니
앉아서 봄빛을 슬퍼하며 피하네.
낙양이 멀기가 해와 같으니
어떻게 해야 宓妃를 만날까?

註▶ 1)蔡子(채자): 후한시대의 蔡邕. 2)靑衣(청의): 하인. 3)裊裊(뇨뇨): 바람에 나무 가지가 나부끼는 모양. 4)依依(의의): 떨어지기 싫어하는 모양. 5)章臺(장대): 장안의 화류가. 6)長門(장문): 한무제 진황후의 궁궐.
〈출전〉玉台新詠　〈작자〉費昶　〈제목〉和蕭記室春旦有所思

4.

葉密鳥飛礙엽밀조비애　**風輕花落遲**풍경화락지

잎사귀 많으니 새가 나는 것 막고, 바람 가벼우니 꽃 떨어지는 것 더디네.

(原文)

楊柳亂成絲　攀折上春時　葉密鳥飛礙　風輕花落遲

城高短簫發　林空畫角悲　曲中無別意　併是爲相思
버들잎 어지러이 실 같아서
잡아 꺾어 상춘의 시를 읊네.
잎사귀 많으니 새가 나는 것 막고
바람 가벼우니 꽃 떨어지는 것 더디네.
성은 높은데 단소소리 나고
숲은 비었는데 화각소리 슬피 들리네.
곡 중에 이별의 뜻이 없지만
서로 생각나게 만드네.

註▶ 1)短簫(단소); 관이 짧은 피리. 2)畫角(화각): 악기의 이름으로 소리가 애처로워서 슬프게 들린다.
<출전>古詩源　<작자>簡文帝　<제목>折楊柳

5.
雲霞出海曙운하출해서　**梅柳度江春**매류도강춘
안개는 바다로 흘러 사라지고, 버들은 강 건너 봄을 타고 피었다.

(原文)
獨有宦遊人　偏驚物候新　**雲霞出海曙　梅柳度江春**
淑氣催黃鳥　晴光轉綠蘋　忽聞歌古調　歸思欲沾巾
홀로 벼슬길에 떠나온 몸이
전개되는 새 풍경에 놀란다.
안개는 바다로 흘러 사라지고
버들은 강 건너 봄을 타고 피었다.
화창한 날씨에 꾀꼬리는 곧 울겠지만
따스한 햇볕이 마른풀에 뒤척인다.

문득 옛 가락을 듣고
고향 생각에 눈물이 옷을 적신다.

註▶ 1)宦遊人(환유인): 관리로 타향에 있는 몸. 2)物候(물후): 계절에 따른 모든 물건의 모양. 3)淑氣(숙기): 화창한 봄의 기운. 4)黃鳥(황조): 꾀꼬리. 5)綠蘋(녹빈): 푸른빛의 마름 풀. 6)古調(고조): 고풍스러운 가락의 노래.
〈출전〉唐詩選 〈작자〉 杜審言 〈제목〉和 晉陵陸丞早春遊望

6.

春眠不覺曉춘면불각효 **處處聞啼鳥**처처문제조

봄잠에 새벽이 온 줄도 몰랐는데, 여기저기서 새소리 들리네.

(原文)

春眠不覺曉 處處聞啼鳥 夜來風雨聲 花落知多少
봄잠에 새벽이 온 줄도 몰랐는데
여기저기서 새소리 들리네.
어젯밤 비바람소리 사나왔거니
아마 꽃들이 많이 졌겠네.

註▶ 1)夜來: 어젯밤. '來' 字는 조사 격으로 쓰인 것임.
〈출전〉唐詩選 〈작자〉孟浩然 〈제목〉春曉

7.

已見寒梅發이견한매발 **復聞啼鳥聲**복문제조성

이미 寒梅가 피는 것을 보고, 다시 새 우는 소리를 듣네.

(原文)

已見寒梅發 復聞啼鳥聲 愁心視春草 畏向玉階生

이미 寒梅가 피는 것을 보고
다시 새 우는 소리를 듣네.
시름으로 봄풀을 바라보고
궁전의 뜰에 풀이 우거질까 두려워하네.

註▶ 1)玉階(옥계): 천자가 거처하는 궁전의 뜰.
〈출전〉唐詩選 〈작자〉王維 〈제목〉雜詩

8.
遲日江山麗지일강산려 **春風花草香**춘풍화초향
봄날의 강과 산은 곱고, 봄바람에 꽃과 풀은 향기롭네.

(原文)
遲日江山麗 春風花草香 泥融飛燕子 沙暖睡鴛鴦
봄날의 강과 산은 곱고
봄바람에 꽃과 풀은 향기롭네.
진흙 문 제비 분주히 날아드는데
모래톱 따스해 원앙새 잠들었구나!

註▶ 1)遲日(지일): 봄날의 햇볕. 2)泥融(니융): 봄날의 제비가 보금자리를 차리려고 입에 진흙을 물었다.
〈출전〉杜工部集 〈작자〉杜甫 〈제목〉絶句

9.
江碧鳥逾白강벽조유백 **山靑花欲然**산청화욕연
강 푸르니 새 더욱 희고, 산 푸르니 꽃이 불타는 듯하네.

(原文)

江碧鳥逾白　山青花欲然　今春看又過　何日是歸年

강 푸르니 새 더욱 희고
산 푸르니 꽃이 불타는 듯하네.
이 봄도 또 눈앞에서 지나가니
어느 날이 돌아갈 해인가?

註▶ 1)然(연): 燃의 뜻으로 불탄다는 의미.
〈출전〉唐詩選　〈작자〉杜甫　〈제목〉絶句

10.

遠鷗浮水靜원구부수정　**輕燕受風斜**경연수풍사

멀리 보이는 갈매기는 물위에 떠서 고요히 날고, 가볍게 나는 제비는 바람 받아 기우네.

(原文)

苔徑臨江竹　茅簷覆地花　別來頻甲子　歸到忽春華　倚杖看孤石　傾壺就淺沙 **遠鷗浮水靜　輕燕受風斜**　世路雖多梗　吾生亦有涯　此身醒復醉　乘興卽爲家

이끼 낀 길 강 옆에 대나무 서있고
띠집 앞 땅에 꽃이 가득 피었네.
이별하여 여러 해가 바뀌고
홀연히 또 봄꽃이 피었네.
지팡이 의지하여 홀로 서있는 돌을 보고
술병 기울이며 얕은 백사장으로 나가네
멀리 보이는 갈매기는 물위에 떠서 고요히 날고
가볍게 나는 제비는 바람 받아 기우네.
세상에는 가시밭길이 많고
내 생애도 또한 한계가 있구나!

이 몸은 술이 깨면 다시 취하여
홍에 겨우면 이곳도 집과 같으리.

註▶ 1)苔徑(태경): 이끼 낀 길. 2)春華(춘화): 봄꽃. 春花와 통용.
<출전>唐詩選 <작자>杜甫 <제목>春歸

11.

芳樹無人花自落 방수무인화자락 **春山一路鳥空啼**춘산일로조공제

꽃다운 나무는 사람이 없어도 꽃이 절로 떨어지고, 봄 산의 길에선 새가 공허로이 울고 있네.

(原文)

宜陽城下草萋萋 澗水東流復向西 **芳樹無人花自落 春山一路鳥空啼**
의양성 아래 풀은 무성하고
산골짝 물은 동쪽으로 흐르다가 다시 서쪽으로 향하네.
꽃다운 나무는 사람이 없어도 꽃이 절로 떨어지고
봄 산의 길에선 새가 공허로이 울고 있네.

註▶ 1)宜陽(의양): 河南省 洛陽의 서남쪽. 2)萋萋(처처): 잎이 무성한 모양. 3)芳樹(방수): 꽃같이 아름다운 나무.
<출전>唐詩選 <작자>杜甫 <제목>春行寄興

12.

野渡花爭發야도화쟁발 **春塘水亂流**춘당수난류

시골 나루에는 꽃이 다투어 피고, 봄 둑에는 물이 어지러이 흐르네.

(原文)

細草緣汀洲 王孫耐薄游 年華初冠帶 文彩舊弓裘

野渡花爭發　春塘水亂流　史君憐小阮　應念倚門愁

가는 풀 정주에 푸른데

그대는 객지생활을 견디네.

좋은 때 만나 처음으로 벼슬하고

조상으로부터 이어받은 문장의 재주 있네.

시골 나루에는 꽃이 다투어 피고

봄 둑에는 물이 어지러이 흐르네.

사군은 완적을 아끼어

문에 기대어 근심하는 듯 생각하네.

註▶ 1)舊弓裘(구궁구): 조상으로부터 전해지는 문장의 재주. 2)小阮(소완): 阮籍. 3)倚門(의문): 어머니가 집을 나간 자식을 기다리는 심정을 비유한 것.

〈출전〉三體詩　〈작자〉李嘉祐　〈제목〉送王牧往吉州謁史君叔

13.

長樂鐘聲花外盡장락종성화외진　龍池柳色雨中深용지류색우중심

장락궁의 종소리는 꽃 너머 멀리까지 가서 사라지고, 용지의 버들 색은 비올 때에 진해지네.

(原文)

二月黃鸝飛上林　春城紫禁曉陰陰　**長樂鐘聲花外盡　龍池柳色雨中深**

陽和不散窮途恨　霄漢長懸捧日心　獻賦十年猶未遇　羞將白髮對華簪

이월에 꾀꼬리 상림원에 나는데

봄기운 이는 궁전은 안개가 자욱하다.

장락궁의 종소리는 꽃 너머 멀리까지 가서 사라지고

용지의 버들 색은 비올 때에 진해지네.

화창한 날에 운이 풀리지 않는 것이 한이라

하늘에는 임을 받들 심정이 걸려있다.
글을 올린 지 십 년에 아직 벼슬이 없으니
백발로 귀인을 대하기 부끄럽네.

註▶ 1)闕下(궐하): 궁궐이나 조정의 뜻. 2)裴舍人(배사인): 裴는 姓, 舍人은 中書省舍人 3)黃鸝(황리): 꾀꼬리. 4)紫禁(자금): 천자가 있는 궁성. 5)長樂(장락): 장락궁 궁중에 있음. 6)窮途(궁도): 궁한 운명. 7)霄漢(소한): 하늘. 천자를 가리켜 하는 말. 8)捧日心(봉일심): 임금을 받드는 마음. 충성심. 9)華簪(화잠): 귀인들이 꾸민 화려한 옷.
<출전>唐詩選 <작자>錢起 <제목>贈闕下裴舍人

14.
柳無氣力枝先動유무기력지선동 **池有波紋冰盡開**지유파문빙진개
버드나무 기운 없어 가지가 먼저 흔들리고, 연못에 물결일어 얼음이 다 깨지네.

(原文)
柳無氣力枝先動 池有波紋冰盡開 今日不知誰計會 春風春水一時來
버드나무 기운 없어 가지가 먼저 흔들리고
연못에 물결일어 얼음이 다 깨지네.
오늘 봄기운 이를 것을 아무도 알지 못했는데
봄바람과 봄물이 일시에 이르렀네.

註▶ 1)計會(계회): 생각하여 정하다.
<출전>白氏文集 <작자>白居易 <제목>府西池

15.
野火燒不盡야화소부진 **春風吹又生**춘풍취우생
들불은 불타도 꺼지지 않는데, 봄바람이 불자 풀이 또 돋아난다.

(原文)

離離原上草　一歲一枯榮　**野火燒不盡　春風吹又生**
遠芳侵古道　晴翠接荒城　又送王孫去　萋萋滿別情

언덕 위에 무성하게 우거져있는 풀이
한 해에 한 번씩 시들었다가 피어난다.
들불은 불타도 꺼지지 않는데
봄바람이 불자 풀이 또 돋아난다.
그윽한 향기 옛길에 젖어들고
옛 성터에도 푸른빛이 감돈다.
또 그대를 보내는데
푸른 언덕 위에 시름이 가득하다.

註▶ 1)離離(이리): 무성하게 우거져 있는 모양. 2)枯榮(고영): 시들고 새싹이 돋음. 3)野火(야화): 들의 풀을 태우는 불. 4)遠芳(원방): 그윽한 향기. 5)晴翠(청취): 아지랑이의 푸른 빛. 6)萋萋(처처): 푸르고 푸른 것.
〈출전〉白氏文集　〈작자〉白居易　〈제목〉草

16.

白片落梅浮澗水백편락매부간수　**黃梢新柳出城墻**황초신류출성장

흰 조각의 떨어진 매화꽃잎은 계곡물 위에 떠가고,
노란 나무 끝의 새 버들잎은 성 담장에서 나오네.

(原文)

若爲南國春還至　爭向東樓日又長　**白片落梅浮澗水　黃梢新柳出城墻**
閒拈蕉葉題詩詠　悶取藤枝引酒嘗　樂事漸無身漸老　從今始擬負風光

충주에 봄이 이른 것 같아
동쪽 누각에 바쁘게 향하니 해 또한 길구나.

흰 조각의 떨어진 매화꽃잎은 계곡물 위에 떠가고
노란 나무 끝의 새 버들잎은 성 담장에서 나오네.
한가히 파초 잎을 잡고 시를 읊고
고심하며 등나무 가지를 잡고 술을 맛보네.
즐거운 일은 점점 없어지고 몸도 점점 늙으니
오늘부터 시작될 것을 생각하며 풍광을 등지네.

註▶ 1)南國(남국): 忠州. 2)悶(민): 번뇌가 많다.
〈출전〉白氏文集 〈작자〉白居易 〈제목〉春至

17.
帶霧山鶯啼尙少대무산앵제상소 **穿沙蘆筍葉纔分**천사로순엽재분
안개 끼여 산 앵무새 소리 오히려 작고, 백사장 나뉘어 갈대 잎 겨우 나누어 졌네.

(原文)
款款春風澹澹雲 柳枝低作翠櫳裙 梅含鷄舌兼紅氣 江弄瓊花散綠紋
帶霧山鶯啼尙少 穿沙蘆筍葉纔分 今朝何事偏相覓 撩亂芳情最是君
느릿느릿 봄바람 불고 담박하게 구름이 떠 있고
버들가지 낮게 창가에 푸른 치마처럼 드리워졌네.
매화는 향기와 붉은 기운 겸하였고
강은 경화를 놀리듯 푸른 무늬 흩어지게 하네.
안개 끼여 산 앵무새 소리 오히려 작고
백사장 나뉘어 갈대 잎 겨우 나누어 졌네.
오늘 아침 무슨 일로 떨어져 서로 찾고 있는가?
난리 가운데 아름다운 정으로 그대가 가장 생각나네.

註▶ 1)款款(관관): 느릿느릿한 모양. 2)澹澹(담담): 담박한 모양. 3)翠櫳裙(취롱

군): 창가에 버들가지가 푸른색의 치마처럼 드리워져 있는 모양. 4)鷄舌(계설): 香의 이름. 5)瓊花(경화): 식물의 이름.
〈출전〉元氏長慶集 〈작자〉元稹 〈제목〉早春尋李校書

18.

千里鶯啼綠映紅천리앵제록영홍 **水村山郭酒旗風** 수촌산곽주기풍

길 따라 꾀꼬리 울고 버들잎이 꽃에 비치는데, 물가와 산밑 마을마다 깃발이 나부낀다.

(原文)

千里鶯啼綠映紅 水村山郭酒旗風 南朝四百八十寺 多少樓臺烟雨中
길 따라 꾀꼬리 울고 버들잎이 꽃에 비치는데
물가와 산 밑 마을마다 깃발이 나부낀다.
남조의 많은 절과
많고 높은 누대에 안개와 비가 내리네.

註▶ 1)江南(강남): 양자강 하류 남쪽연안. 2)南朝(남조): 吳 · 東晋 · 宋 · 齊 · 梁 · 陳의 육조시대를 말한다.
〈출전〉三體詩 〈작자〉杜牧 〈제목〉江南春

19.

風暖鳥聲碎풍난조성쇄 **日高花影重**일고화영중

바람 따뜻하니 새소리 많고, 해 높으니 꽃 그림자 짙어지네.

(原文)

早被嬋娟誤 欲粧臨鏡慵 承恩不在貌 敎妾若爲容

風暖鳥聲碎　日高花影重　年年越溪女　相憶採芙蓉
어려서 예쁜 모습 궁녀 되어 망쳤으니
분단장 하려다가 거울보곤 게으르네.
임금님 주는 총애 용모에 있지 않으니
나더러 누굴 위해 분단장 하려하는가?
바람 따뜻하니 새소리 많고
해 높으니 꽃 그림자 짙어지네.
해마다 월나라 땅 약야계의 여인들
부용꽃 따던 시절 설움 겨워 그리워하네.

註▶ 1)春宮(춘궁): 궁녀를 가리킴. 2)嬋娟(선연): 용모와 자태가 예쁜 여인의 모습. 3)承恩(승은): 임금의 총애를 받다. 4)越溪女(월계녀): 越나라 땅 若耶溪에서 빨래하던 여인을 뜻함. 월나라의 미인 서시가 吳나라 궁전으로 들어가기 전에는 약야계에서 삯빨래하던 빈천한 여인이었다.
〈출전〉三體詩　〈작자〉杜荀鶴　〈제목〉春宮

20.

春宵一刻直千金춘소일각직천금　花有淸香月有陰화유청향월유음

봄밤의 짧은 시간은 바로 천금과 같고, 꽃에는 맑은 향기가 있고 달에는 그림자가 있네.

(原文)
春宵一刻直千金　花有淸香月有陰　歌管樓臺聲細細　鞦韆院落夜沈沈
봄밤의 짧은 시간은 바로 천금과 같고
꽃에는 맑은 향기가 있고 달에는 그림자가 있네.
노래와 거문고 소리 끝난 정각은 고요하고
그네 뛰던 뒤안길에 밤은 깊어만 간다.

註▶ 1)直(직): 値의 뜻. 2)陰(음): 달그림자. 3)歌管(가관): 노래와 악기. 4)鞦韆

(추천): 그네. 5)院落(원락): 후원의 뒤뜰. 6)沈沈(침침): 고요하고 어두운 것.
<출전>蘇東坡集 續集 <작자>蘇軾 <제목>春夜

21.

竹外桃花三兩枝죽외도화삼량지 **春江水暖鴨先知**춘강수난압선지

대나무 너머 복사꽃이 두세 가지 보이고, 봄 강의 따뜻함을 오리가 먼저 아는구나.

(原文)

竹外桃花三兩枝 春江水暖鴨先知 簍蒿滿地蘆芽短 正是河豚欲上時
대나무 너머 복사꽃이 두세 가지 보이고
봄 강의 따뜻함을 오리가 먼저 아는구나.
물쑥이 땅에 가득하고 만초의 싹이 아직은 짧지만
바로 복어가 위로 올라가고자 하는 때이네.

註▶ 1)蔞蒿(누호): 물쑥. 2)蘆芽(여아): 蔓草의 싹. 3)河豚(하돈): 복어.
<출전>蘇東坡集 <작자>蘇軾 <제목>惠崇春江晩景二首中其二

22.

今年花落顔色改금년화락안색개 **明年花開復誰在**명년화개부수재

금년에 꽃 떨어지니 또 늙어가니, 내년에 꽃 피면 누가 다시 있으리오.

(原文)

洛陽城東桃李花 飛來飛去落誰家 洛陽女兒惜顔色 行逢落花長嘆息
今年花落顔色改 明年花開復誰在 已見松栢摧爲薪 更聞桑田變成海
古人無復洛城東 今人還對落花風 年年歲歲花相似 歲歲年年人不同
낙양성 동쪽에 핀 복사꽃이
날아다니다가 뉘 집에 떨어질 것인가?

낙양의 아가씨 얼굴이 변할까 애가 타서
떨어지는 꽃을 바라보고도 탄식한다.
금년에 꽃이 지면 내 얼굴이 변하지만
내년에 꽃이 피면 누가 다시 있겠는가?
이미 송백이 땔감이 된 것을 보았고
다시 뽕나무밭이 푸른 바다가 된다는 말도 들었다.
옛사람은 낙양성의 동쪽에서 찾아볼 수 없고
지금 사람이 다시 바람에 지는 꽃을 대하고 있다.
해마다 꽃은 서로 같지만
해마다 사람은 다르다.

註▶ 1)洛陽城(낙양성): 당나라의 도읍지. 2)摧(최): 꺾이는 것, 베어지는 것.
〈출전〉唐詩選 〈작자〉劉廷芝 〈제목〉代悲白頭翁

23.

舊苑荒臺楊柳新구원황대양유신 **菱歌清唱不勝春**릉가청창불승춘
옛 정원과 황폐한 누대에 버들잎 푸르고, 연밥 따는 노래 소리에 봄날의 흥이 끝이 없다.

(原文)
舊苑荒臺楊柳新 菱歌清唱不勝春 只今惟有西江月 曾照吳王宮裏人
옛 정원과 황폐한 누대에 버들잎 푸르고
연밥 따는 노래 소리에 봄날의 흥이 끝이 없다.
지금 서강에 떠 있는 저 달은
옛날 오나라 궁전의 서시도 비추어 주었지.

註▶ 1)蘇臺(소대): 姑蘇臺. 吳王 夫差가 쌓은 것으로 지금의 江蘇省 蘇州府 吳縣의 서남쪽 姑蘇山에 있음. 2)舊苑(구원): 동산. 3)菱歌(능가): 연밥을 따면서 부르는 노

래. 4)宮裏人(궁리인): 서시를 가리킴.
<출전>唐詩選 <작자>李白 <제목>蘇臺覽古

24.

俶載南畝숙재남무 **播厥百穀**파궐백곡

양지 밭을 갈아엎고 여러 곡식 씨 뿌리네.

<출전>詩經 周頌

25.

春水滿四澤춘수만사택

봄물은 사방 못에 가득하다.

(原文)

春水滿四澤 夏雲多奇峰 秋月揚明輝 冬嶺秀孤松
봄 불은 사방 못에 가득하고
여름 구름은 기이한 봉우리가 많구나.
가을 달은 휘영청 밝고
겨울 고개에는 외로운 소나무 빼어나구나.

<출전>古文眞寶 <작자>陶潛 <제목> 四詩

26.

開瓊筵以坐花개경연이좌화 **飛羽觴而醉月**비우상이취월

아름다운 자리를 펴 꽃 앞에 앉고, 우상을 날려 달 아래 취하네.

註▶ 1)瓊筵(경연): 옥과 같이 아름다운 자리, 화려한 연회의 자리. 2)羽觴(우상): 새 모양의 술잔.

<출전>古文眞寶 <작자>李白 <제목>春夜宴桃李園序

27.

田家葚熟麥將稠전가심숙맥장조 **綠樹時聞黃栗留**녹수시문황율유

시골집에 오디 익고 보리는 여물려 하고, 푸른 나무숲에서 때때로 꾀꼬리 울음 들린다.

(原文)

田家葚熟麥將稠 綠樹時聞黃栗留 似識洛陽花下客 慇懃百囀未能休

시골집에 오디 익고 보리는 여물려 하고
푸른 나무숲에서 때때로 꾀꼬리 울음 들린다.
꽃을 좋아하는 서울 나그네를 알아보는 듯
은근히 자꾸 지저귀며 그칠 줄을 모른다.

註▶ 1)田家(전가): 시골의 집. 農家. 2)葚(심): 오디. 즉 뽕나무의 열매. 3)黃栗留(황률유): 꾀꼬리. 즉 黃鳥. 4)洛陽(낙양): 河南城의 수도. 여기서는 서울. 5)花下客(화하객): 꽃구경을 좋아하는 나그네. 風流人. 6)慇懃(은근): 친절함. 간절함. 戀情.
<출전>한국한시 <작자>林椿 <제목>暮春聞鶯

28.

風和日暖鳥聲喧풍화일난조성훤 **垂柳陰中半掩門**수류음중반엄문

바람 부드럽고 햇볕 따뜻하여 새소리는 시끄러운데, 수양버들 그늘 속에 반쯤 문이 닫혀 있다.

(原文)

風和日暖鳥聲喧 垂柳陰中半掩門 滿地落花僧醉臥 山家猶帶太平痕

바람 부드럽고 햇볕 따뜻하여 새소리는 시끄러운데
수양버들 그늘 속에 반쯤 문이 닫혀 있다.

뜰에 가득 떨어진 꽃, 스님은 취해 누웠는데
절에는 아직 그대로 태평스런 흔적이 남아 있구나.

註▶ 1)山家(산가): 산 속에 있는 절.
〈출전〉한국문집총간 〈작자〉李奎報(白雲居士) 〈제목〉春日訪山寺

29.

鳥鳴天氣暖조명천기난 **魚泳浪紋平**어영랑문평

새들이 지저귀며 날씨는 따뜻하고, 고기들 노니는데 물결 고요하네.

(原文)
信馬尋春事 牛兒方力耕 **鳥鳴天氣暖 魚泳浪紋平**
野蝶成團戲 沙鷗作隊行 自嫌隨燕雀 不似鷺鷥淸
나는 말을 타고 봄을 찾는데
송아지는 비로소 밭 갈기에 고달프다.
새들이 지저귀며 날씨는 따뜻하고
고기들 노니는데 물결 고요하네.
들 나비들은 무리되어 장난치고
모래밭 갈매기는 떼를 지어 다닌다.
스스로 제비와 참새들 좇기를 꺼리나니
백로와 자고새의 깨끗함만이야 하랴.

註▶ 1)演雅體(연아체): 漢詩의 한 體. 2)信馬(신마): 말에 맡기다. 말이 가는 대로 맡겨 두다. 3)牛兒(우아): 소의 새끼. 송아지.
〈출전〉한국한시 〈작자〉郭預 〈제목〉東郊馬上演雅體

30.

大麥青青小麥齋대맥청청소맥재 **柳花如雪杏花稀**유화여설행화희

보리밭은 푸르고, 밀밭은 가지런하고, 버들 꽃은 눈 같고 살구꽃은 드무네.

(原文)

大麥青青小麥齋　柳花如雪杏花稀　風前一鳥打人過　天際孤雲學鴈飛
轉愛淸光卽欲醉　却愁春事便相違　錦韉玉勒紛紛滿　日暮遙憐獨咏歸

보리밭은 푸르고, 밀밭은 가지런하고
버들 꽃은 눈 같고 살구꽃은 드무네.
바람 앞의 새 한 마리, 사람에 부딪히듯 스쳐가고
하늘 끝의 구름 조각은 기러기 배워 난다.
맑은 풍광이 더욱 좋아 곧 취코자 하나
다시 봄 시름에 그 일도 다 틀렸다.
비단 안장 옥 굴레가 한창 어지러운데
저문 날에 멀리 그리워하여 시 읊으며 돌아온다.

註▶ 1)卽事(즉사): 그 자리에서 듣고 본, 또는 가슴에 떠오른 일. 그 일을 제목으로 하여 당장에 시를 지음. 2)錦韉(금천): 아름다운 말안장. 3)玉勒(옥륵): 아름답게 장식한 말굴레.
<출전>한국한시 <작자>偰遜(近思齋) <제목>三月晦日卽事

31.

春雨細不滴춘우세부적　夜中微有聲야중미유성

봄비 가늘어 방울지지 않고, 밤중에 작은 소리만 들리네.

(原文)

春雨細不滴　夜中微有聲　雪盡南溪漲　草芽多少生

봄비 가늘어 방울지지 않고
밤중에 작은 소리만 들리네.
눈이 다 녹아 남쪽 시냇물은 넘치고
풀은 어느새 싹이 많이 났구나.

〈출전〉한국문집총간 〈작자〉鄭夢周(圃隱) 〈제목〉春興

32.

千金尙未買佳節천금상미매가절 **酒熟誰家花正開**주숙수가화정개

천금으로도 이 좋은 철을 살 수 없거니, 어느 집에 술 익고 꽃이 한창 피었는고

(原文)

二月將闌三月來 一年春色夢中回 **千金尙未買佳節** **酒熟誰家花正開**

이월이 다 지나가고 삼월이 다가왔네.
일 년의 봄빛이 꿈속에 돌아왔네.
천금으로도 이 좋은 철을 살 수 없거니
어느 집에 술 익고 꽃이 한창 피었는고.

註▶ 1)闌(난): 반이 지나다. 고비를 넘기다.
〈출전〉한국한시 〈작자〉鄭以吾(郊隱) 〈제목〉次寄鄭伯容

33.

苔痕漬露翡翠濕태흔지로비취습 **杏花撲雪臙脂香**행화박설연지향

이끼 자취 이슬을 담아 비취가 젖은 듯하고, 살구꽃은 눈을 때려 연지가 향기로운 듯.

(原文)

妖紅軟綠含朝陽 鶯吟燕語愁人腸 **苔痕漬露翡翠濕** **杏花撲雪臙脂香**
鳳衫輕薄春寒冽 斜倚銀屛怨離別 藁砧一去歸不歸 屈指東風又三月

고운 붉음 연녹색은 아침볕을 머금었고
꾀꼬리와 제비의 지저귐은 사람 애를 끊는다.
이끼 자취 이슬을 담아 비취가 젖은 듯하고
살구꽃은 눈을 때려 연지가 향기로운 듯.

적삼이 엷어 봄추위가 매서운데
병풍을 의지하여 이별을 원망한다.
그대 한 번 떠나 언제 돌아오려는고.
갈색바람에 손꼽다가 또 삼월이다.

註▶ 1)翡翠(비취): 새 이름. 2)藁砧(고침): 짚을 두드리는 바탕 돌. 아내가 남편을 일컫는 은어.
〈출전〉한국한시 〈작자〉朴燁(菊窓) 〈제목〉傷春曲

34.
松花金粉落송화금분락 **春澗玉聲寒**춘간옥성한
소나무 꽃에서 금빛가루 떨어지고, 봄 시내는 옥소리 차가 와라.

(原文)
松花金粉落 春澗玉聲寒 盤石客來坐 仙人舊有壇
소나무 꽃에서 금빛가루 떨어지고
봄 시내는 옥소리로 차가 와라.
나그네 와서 반석에 앉나니
신선이 옛날에 두었던 단이네.

註▶ 1)紫霞(자하): 신선이 사는 곳에 떠돈다는 자줏빛의 구름 빛.
〈출전〉한국한시 〈작자〉河偉量 〈제목〉紫霞洞

35.
寒食風前穀雨餘한식풍전곡우여 **磨腮魚隊上灘初**마시어대상탄초
한식 바람 앞이요 곡우의 뒤인데, 빰을 비비는 고기떼가 여울에 막 올랐네.

(原文)
寒食風前穀雨餘 磨腮魚隊上灘初 乘時盡物非吾意 故使兒童結網疎

한식 바람 앞이요 곡우의 뒤인데
빰을 비비는 고기떼가 여울에 막 올랐네.
때를 타 물을 다 얻는 것이 내 뜻이 아니니
일부러 아이들 시켜 성긴 그물을 뜨네.

註▶ 1)穀雨(곡우): 二十四節氣의 여섯째
〈출전〉한국한시 〈작자〉申翊聖(東淮) 〈제목〉歸田結網

36.
牧童橫笛驅黃犢목동횡적구황독 **兒女携筐採白蘋**아녀휴광채백빈
목동은 피리 불며 송아지 몰고, 계집애는 광주리 갖고 흰 마름을 캐리.

(原文)
聞說江南又到春 上樓多少看花人 **牧童橫笛驅黃犢** **兒女携筐採白蘋**
들으니, 강남에 또 봄이 왔다 하니
다락에 오르며 꽃구경하는 이 많으리.
목동은 피리 불며 송아지 몰고
계집애는 광주리 갖고 흰 마름을 캐리.

〈출전〉한국문집총간 〈작자〉海原君 李健(葵窓) 〈제목〉江南春

37.
江南江北柳花飛강남강북류화비 **塞上征人尙未歸**새상정인상미귀
강의 남쪽과 북쪽에 버들 꽃이 날고, 변방의 나그네는 아직 못 돌아가네.

(原文)
江南江北柳花飛 **塞上征人尙未歸** 浮世始知閒界在 家家臨水結柴扉

강의 남쪽과 북쪽에 버들 꽃이 날고
변방의 나그네는 아직 못 돌아가네.
뜬 세상에 한가한 곳 비로소 알았는데
물가의 집집마다 사립문 매었네.

註▶ 1)征人(정인): 여행하는 사람. 나그네.
〈출전〉한국한시 〈작자〉鄭羽良(鶴南) 〈제목〉贈徐禧

38.

江樓四月已無花강루사월이무화 **簾幕薰風燕子斜**염막훈풍연자사
사월이라 강가 누각에 꽃은 이미 지고, 발밖엔 훈훈한 바람 부니 제비가 비껴 나네.

(原文)
江樓四月已無花 簾幕薰風燕子斜 一色綠波連碧艸 不知別恨在誰家
사월이라 강가 누각에 꽃은 이미 지고
발밖엔 훈훈한 바람 부니 제비가 비껴 나네.
한결같은 푸른 물결이 푸른 풀숲에 이어 있으니
누구 집에서 헤어지고 애 끊이는지 모르겠네.

註▶ 1)薰風(훈풍): 南風. 첫여름에 부는 훈훈한 바람.
〈출전〉한국한시 〈작자〉李家煥(錦帶) 〈제목〉練光亭次鄭知常韻

39.

黃鳥一聲裡황조일성리 **春日萬家閑**춘일만가한
꾀꼬리의 한 울음소리에, 봄날 집집마다 한가로워라.

(原文)

黃鳥一聲裡　春日萬家閑　佳人捲羅幙　芳草滿前山

꾀꼬리의 한 울음소리에

봄날 집집마다 한가로워라.

아름다운 사람은 비단휘장 걷나니

꽃다운 풀이 앞산에 가득하다.

註▶ 1)黃鳥(황조): 꾀꼬리. 2)佳人(가인): 미인. 미녀. 3)羅幙(나막): 비단으로 만든 휘장.

〈출전〉한국한시　〈작자〉三宜堂 金氏　〈제목〉春景六首中其三

40.

桃花灼灼滿地開도화작작만지개　**恰似機頭紅錦裁**흡사기두홍금재

찬란한 복사꽃이 땅에 가득히 피어, 마치 베틀에서 짜낸 붉은 비단과 같다.

(原文)

桃花灼灼滿地開　恰似機頭紅錦裁　莫遺東風任吹去　故敎山鳥好含來

찬란한 복사꽃이 땅에 가득히 피어

마치 베틀에서 짜낸 붉은 비단과 같다.

샛바람이 마음대로 불어가게 하지 말라

일부러 산새 시켜 고이 물고 오도록 하네.

註▶ 1)灼灼(작작): 꽃이 찬란하게 핀 모양.

〈출전〉한국한시　〈작자〉三宜堂 金氏　〈제목〉春日卽事

41.

芳郊前夜餞春回방교전야전춘회　**不耐深愁强把杯**불내심수강파배

지난 밤 꽃다운 들에서 봄을 보내고 돌아와, 깊은 시름을 어쩌지 못해 억지로 술잔 드네.

(原文)

芳郊前夜餞春回　不耐深愁强把杯　猶有榴花紅一樹　時看蛺蝶度墻來

지난 밤 꽃다운 들에서 봄을 보내고 돌아와

깊은 시름을 어쩌지 못해 억지로 술잔 드네.

그래도 석류꽃의 붉은 한 그루 나무 있어

담을 넘어 날아오는 나비를 때때로 바라보네.

註▶ 1)餞春(전춘): 봄을 전송하다. 봄을 보내다. 2)强(강): 억지로. 3)蛺蝶(협접): 나비. 4)度墻(도장): 담을 지나다.

<출전>한국한시　<작자>金芙蓉堂 雲楚　<제목>餞春

2. 夏

42.

荷風送香氣하풍송향기　**竹露滴淸響**죽로적청향

바람에 실려 오는 그윽한 연꽃 향기, 댓잎에 떨어지는 이슬방울의 맑은 소리.

(原文)

山光忽西落　池月漸東上　散髮乘夕涼　開軒臥閑敞　**荷風送香氣　竹露滴淸響**

欲取鳴琴彈　恨無知音賞　感此懷故人　中宵勞夢想

서산 위의 저녁 햇빛 어느새 사라지고

동쪽 못에 비낀 달은 서서히 떠오르네.

머리 풀어 이 저녁의 서늘함을 즐겨서

창문마저 열어놓고 한가하게 누웠네.

바람에 실려 오는 그윽한 연꽃 향기

댓잎에 떨어지는 이슬방울의 맑은 소리.
칠현금의 팽팽한 줄 튕겨 보고 싶건만
감상할 만한 사람 옆에 없어 한스럽네.
이것을 슬퍼해 그대생각 간절하니
이 밤도 어렴풋한 꿈속에서 새우려나.

註▶ 1)辛大(신대): 辛諤을 가리킴. 2)散髮(산발): 당나라 시기에는 남자들이 머리를 묶는 것이 상례적이었는데 집에서 한가할 때는 머리를 풀어헤치기도 하였다. 3)開軒(개헌): 창문을 열다. 4)臥閑敞(와한창):아늑하고 시원한 곳에 한가히 누움. 5)中宵(중소): 한밤중.
〈출전〉唐詩三百首 〈작자〉孟浩然 〈제목〉夏日南亭懷辛大

43.

淸江一曲抱村流청강일곡포촌류 長夏江村事事幽장하강촌사사유

맑은 강 한 구비 마을을 감싸고 흐르고, 기나긴 여름 강촌에는 일마다 그윽하네.

(原文)

淸江一曲抱村流 長夏江村事事幽 自去自來梁上燕 相親相近水中鷗
老妻畫紙爲棊局 稚子敲針作釣鉤 多病所須唯藥物 微軀此外更何求

맑은 강 한 구비 마을을 감싸고 흐르고
기나긴 여름 강촌에는 일마다 그윽하네.
들보 위의 제비는 절로 갔다 절로 오고
물위의 갈매기는 서로 친한 것 같은데.
늙은 아내는 종이에 바둑판을 그리고
어린 아들은 바늘을 두드려 낚시를 만드네.
병이 많아 오직 약물이 필요할 뿐
미천한 몸이 이밖에 무엇을 구하겠는가?

註▶ 1)棊局(기국): 바둑판. 2)釣鉤(조구): 낚시.
〈출전〉杜工部集 〈작자〉杜甫 〈제목〉江村

44.

甕頭竹葉經春熟옹두죽엽경춘숙　**階底薔薇入夏開**계저장미입하개

처음 담근 술이 봄을 지나 익었고, 계단 밑 장미는 여름이 되어서 피네.

(原文)

甕頭竹葉經春熟　階底薔薇入夏開　似火淺深紅壓架　如餳氣味綠粘臺

試將詩句相招去　倘有風情或可來　明日早花應更好　心期同醉卯時杯

처음 담근 술이 봄을 지나 익었고

계단 밑 장미는 여름이 되어서 피네.

불과 같이 온통 붉은 꽃이 담장 위에 가득 피고

엿과 같이 달콤한 氣味 푸르름으로 누각을 덮네.

시험 삼아 시구로 서로 불러가고

노닐만한 경치와 정이 있으니 다른 이들이 올만 하네.

내일 이른 아침 꽃이 더욱 좋을 것이요

함께 취하여 卯時까지 마시기를 기약하네.

註▶ 1)紅壓架(홍압가): 진홍빛의 꽃이 만개하여 담장을 덮음. 2)卯時(묘시): 아침 5시에서 7시 사이. 대략 오전 6시를 가리킨다.

<출전>白氏文集　<작자>白居易　<제목>薔薇正開 春酒初熟

45.

綠樹陰濃夏日長녹수음농하일장　**樓臺倒影入池塘**누대도영입지당

녹음이 짙어 가는 긴긴 여름날, 누각의 그림자가 거꾸로 연못에 비치네.

(原文)

綠樹陰濃夏日長　樓臺倒影入池塘　水晶簾動微風起　滿架薔薇一院香

녹음이 짙어 가는 긴긴 여름날

누각의 그림자가 거꾸로 연못에 비치네.

수정으로 만든 발이 움직이자 바람이 일어나니
선반 위의 장미 향기가 온 집안을 덮는다.

註▶ 1)陰濃(음농): 짙은 녹음. 2)水晶簾(수정렴): 수정으로 장식한 발. 3)一架(일가): 한 선반 4)滿院香(만원향): 집안에 가득한 향기.
<출전>全唐詩 <작자>高騈 <제목>山亭夏日

46.

四月清和雨乍晴사월청화우사청 **南山當戶轉分明**남산당호전분명

사월의 날씨 화창하여 비 언뜻 개고, 남산은 점점 선명해져 집에서 바로 보이네.

(原文)

四月清和雨乍晴 南山當戶轉分明 更無柳絮因風起 惟有葵花向日傾
사월의 날씨 화창하여 비 언뜻 개고
남산은 점점 선명해져 집에서 바로 보이네.
버들가지에 바람 불어 날리어 흩어지고
오직 해바라기만이 해를 향해 기울어 있네.

註▶ 1)更無(경무): 전혀 없다. 2)柳絮(유서): 버들가지. 3)葵花(규화): 해바라기.
<출전>絶句類選 <작자>司馬光 <제목>初夏

47.

柳葉鳴蜩綠暗유엽명조록암 **荷花落日紅酣**하화낙일홍감

버들잎 녹음 짙은 곳에서 매미 울고, 연꽃이 석양에 붉은 기운 한창이네.

(原文)

柳葉鳴蜩綠暗 荷花落日紅酣 三十六陂流水 白頭想見江南
버들잎 녹음 짙은 곳에서 매미 울고

연꽃이 석양에 붉은 기운 한창이네.
삼십 육 개의 제방을 돌아 물이 흐르니
백발이 되어서 강남의 경치를 생각하여본다.

註▶ 1)想見(상견): 생각하여 보다.
<출전>臨川先生 文集 <작자>王安石 <제목>題西太一宮壁二首中其一

48.

晴日暖風生麥氣청일난풍생맥기 **綠陰幽草勝花時**녹음유초승화시

맑은 날 따뜻한 바람은 보리의 기운을 생동케 하고,
푸른 그늘과 그윽한 풀이 꽃 보다 나은 때구나.

(原文)

石梁茅屋有彎碕 流水濺濺度兩陂 **晴日暖風生麥氣 綠陰幽草勝花時**

돌다리 옆 띠집은 물이 굽이 친 곳에 있고
물이 빨리 흘러 양쪽 언덕사이로 흐르는구나.
맑은 날 따뜻한 바람은 보리의 기운을 생동케 하고
푸른 그늘과 그윽한 풀이 꽃 보다 나은 때구나.

註▶ 1)石梁(석량): 돌다리, 즉 石橋를 말함. 2)彎碕(만기): 물이 굽이쳐 들어온 물가. 3)濺濺(천천): 빠르게 흐르다.
<출전>臨川先生文集 <작자>王安石 <제목>初夏卽事

49.

白水滿時雙鷺下백수만시쌍로하 **綠槐高處一蟬吟**녹괴고처일선음

맑은 물 가득한 때에 백로가 날개 짓하며 춤추듯 내려오고,
푸른 홰나무 꼭대기서 한 마리 매미가 우는구나.

(原文)

白水滿時雙鷺下　綠槐高處一蟬吟　酒醒門外三竿日　臥看溪南十畝陰

맑은 물 가득한 때에 백로가 날개 짓하며 춤추듯 내려오고

푸른 홰나무 꼭대기서 한 마리 매미가 우는구나.

술 깨어 일어나니 해가 중천에 떠있고

누워서 계곡 남쪽의 여러 이랑의 그림자를 보네.

註▶ 1)三竿(삼간): 대나무 장대 셋 가량을 이은 길이로 정오경에 해가 높이 뜬것을 말한다.

〈출전〉蘇東坡集　〈작자〉蘇軾　〈제목〉溪陰堂

50.

竹深樹密蟲鳴處죽심수밀충명처　**時有微凉不是風**시유미량불시풍

대숲 깊고 나무 울창한 곳에서 벌레 우는데, 그때 조금 시원한 것은 바람이 불어서가 아니네.

(原文)

夜熱依然午熱同　開門小立月明中　**竹深樹密蟲鳴處　時有微凉不是風**

한 밤의 더위가 낮의 더위와 같아서

문 열고 달 밝은 데 서있네.

대숲 깊고 나무 울창한 곳에서 벌레 우는데

그때 조금 시원한 것은 바람이 불어서가 아니네.

〈출전〉誠齋集　〈작자〉楊萬里　〈제목〉夏夜追凉

51.

薰風驚麥壟훈풍경맥롱　**凍雨暗苔磯**동우암태기

더운 바람 보리 밭둑에 일고, 찬 빗발 이끼 낀 물가에 몰래 스며드네.

(原文)

柳郊陰正密　桑塢葉初稀　雉爲哺雛瘦　蠶臨成繭肥
薰風驚麥壟　凍雨暗苔磯　寂寞無軒騎　溪頭晝掩扉

들의 버들은 그늘이 한창 무성하고
언덕의 뽕나무는 그 잎이 아직 드물다.
꿩은 여윈 새끼에게 배불리 먹이고
누에는 철이 되어 굵은 고치 만든다.
더운 바람 보리 밭둑에 일고
차가운 빗발 이끼 낀 물가에 몰래 스며드네.
적막하여라, 찾는 사람이 없어
시냇가의 사립문을 낮에도 닫아둔다.

註▶ 1)薰風(훈풍): 南風. 첫 여름에 부는 훈훈한 바람. 2)軒騎(헌기): 수레를 타고 말을 타다. 車馬와 같은 뜻.

<출전>한국한시 <작자>金克己 <제목>夏

52.

輕衫小簟臥風欞경삼소점와풍령　**夢斷啼鶯三兩聲**몽단제앵삼양성

얇은 옷에 대자리로 창 바람에 누웠다가, 꾀꼬리 두 세 소리에 그만 꿈을 깨었다.

(原文)

輕衫小簟臥風欞　夢斷啼鶯三兩聲　密葉翳花春後在　薄雲漏日雨中明

얇은 옷에 대자리로 창 바람에 누웠다가
꾀꼬리 두세 소리에 그만 꿈을 깨었다.
총총한 잎에 가려진 꽃은 봄이 간 뒤에 남아 있고
엷은 구름에 해가 새어 빗속에 밝구나.

註▶ 1)小簟(소점): 작은 대자리. 2)風欞(풍령): 바람이 부는 격자 창. 3)翳花(예

화): 꽃을 가리다.
〈출전〉한국문집총간 〈작자〉李奎報(白雲居士) 〈제목〉夏日卽事

53.

浮雲自作他山雨부운자작타산우 **返照俄成薄暮虹**반조아성박모홍

뜬구름은 스스로 다른 산의 비 만들고, 저녁볕은 갑자기 황혼의 무지개를 이루네.

(原文)

斗屋炊煙暑氣烘 樹陰箕坐待遙風 **浮雲自作他山雨 返照俄成薄暮虹**
過客不來談世事 野人相見念農功 前溪水淺漁梁涸 白鷺翻飛占別叢

오두막의 밥 짓는 연기에 더위는 타는 듯해
나무 그늘에 발 뻗고 앉아 먼 바람을 기다리네.
뜬구름은 스스로 다른 산의 비 만들고
저녁볕은 갑자기 황혼의 무지개를 이루네.
지나는 나그네 없어 세상일을 이야기하고
들사람을 만나면 농사 공을 생각하네.
앞 시냇물 얕아 발 담 메마르니
흰 해오라기는 날아 다른 떨기에 앉네.

註▶ 1)斗屋(두옥): 오두막집. 2)箕坐(기좌): 두 다리를 뻗고 앉다, 箕踞(기거). 3)返照(반조): 저녁때의 볕 4)薄暮(박모): 땅거미, 황혼. 5)魚梁(어량): 물을 막아 고기를 잡는 것.
〈출전〉한국한시 〈작자〉李炷(鳴皐) 〈제목〉夏日村居

54.

日長窓外有薰風일장창외유훈풍 **安石榴花個個紅**안석류화개개홍

긴 여름날 창밖에 따스한 바람, 돌에 기댄 석류꽃이 낱낱이 붉었구나.

(原文)

日長窓外有薰風　安石榴花個個紅　莫向門前投瓦石　黃鳥只在綠陰中

긴 여름날 창밖에 따스한 바람.

돌에 기댄 석류꽃이 낱낱이 붉었구나.

아이들아, 이 문 향해 돌을 던지지 말라.

녹음 속에 꾀꼬리 있도다.

註▶ 1)榴花(유화): 석류꽃. 2)安石(안석): 돌에 편안하다. 돌을 기대다. 3)瓦石(와석): 기와와 돌. 4)黃鳥(황조): 꾀꼬리.

〈출전〉한국한시　〈작자〉三宜堂 金氏　〈제목〉夏日

3. 秋

55.

秋風起兮白雲飛추풍기혜백운비　**草木黃落兮雁南歸**초목황락혜안남귀

가을바람 일어나니 흰 구름 날아가고, 초목이 시들어 떨어지니 기러기는 남쪽으로 돌아가네.

(原文)

秋風起兮白雲飛　草木黃落兮雁南歸　蘭有秀兮菊有芳, 攜佳人兮不能忘

泛樓舡兮濟汾河　橫中流兮揚素波, 簫鼓鳴兮發棹歌　歡樂極兮哀情多

少壯幾時兮奈老何

가을바람 일어나니 흰 구름 날아가고

초목이 시들어 떨어지니 기러기는 남쪽으로 돌아가네.

난초는 빼어나고 국화는 향기로우니

아름다운 분을 그리워함이여!
누선을 띄워 분하를 건너니
중류를 가로지르며 흰 물결을 날리는구나.
퉁소소리와 북소리 울리고 뱃노래 부르니
환락이 지극함에 슬픈 마음 많도다.
젊을 때가 얼마나 되는가? 늙음을 어이하리.

註▶ 1)樓舡(누강): 누대가 있는 큰 배. 2)汾河(분하): 山西省에서 발원하여 황하로 들어가는 강.
〈출전〉文選 〈작자〉漢武帝 〈제목〉秋風辭

56.

秋風蕭瑟天氣凉추풍소슬천기량 **草木搖落露爲霜**초목요락로위상
가을바람 소슬하니 날씨 서늘하고, 초목은 흔들려 떨어지고 이슬이 서리가 되네.

(原文)
秋風蕭瑟天氣凉 草木搖落露爲霜 群燕辭歸雁南翔 念君客遊思斷腸
(後二十一句略)
가을바람 소슬하니 날씨 서늘하고
초목은 흔들려 떨어지고 이슬이 서리가 되네.
무리 지은 제비가 돌아가려 하고 기러기 남쪽으로 날개 짓 하네.
그대가 객이 되어 떠돌 것을 생각하니 마음이 아프네.(후 21구 생략)

〈출전〉文選 〈작자〉魏文帝 〈제목〉燕歌行

57.

四時代序逝不追사시대서서불추 **寒風習習落葉飛**한풍습습낙엽비
사철은 순서대로 지나가니 좇지 말라, 차가운 바람 솔솔 불어 낙엽이 날아가네.

(原文)

四時代序逝不追　寒風習習落葉飛　蟋蟀在堂露盈階　念君遠遊常苦悲 (後八句略)

사철은 순서대로 지나가니 좇지 말라

차가운 바람 솔솔 불어 낙엽이 날아가네.

귀뚜라미 집에 있고 이슬은 계단에 가득하니

멀리 떠도는 그대 생각하니 항상 괴롭네.(후 8구 생략)

註▶ 1)四時(사시): 사계절. 2)習習(습습): 바람이 솔솔 부는 모양. 3)蟋蟀(실솔): 귀뚜라미.

〈출전〉玉台新詠　〈작자〉陸機　〈제목〉燕歌行

58.

白露滋園菊백로자원국　秋風落庭槐추풍낙정괴

맑은 이슬 정원에 핀 국화에 내리고, 가을바람이 뜰의 회나무 잎사귀를 떨어뜨리네.

(原文)

衡紀無淹度　晷運倏如催　**白露滋園菊　秋風落庭槐**　肅肅莎鷄羽　烈烈寒螿啼

夕陰結空幙　霄月皓中閨 (後十六句略)

옥형성은 운행의 길을 어기지 않고

태양의 운행은 홀연히 재촉하는 듯하네.

맑은 이슬 정원에 핀 국화에 내리고

가을바람이 뜰의 홰나무 잎사귀를 떨어뜨리네.

빠르게 베짱이 날개 짓 하고

열렬히 쓰르라미 우네.

땅거미 하늘에 드리우니

하늘의 달이 안방에 밝게 비추네.(후 16구 생략)

註▶ 1)衡紀(형기): 북두칠성의 다섯 번째의 별로 玉衡星을 말함. 2)晷運(귀운): 태양의 운행. 사계: 베짱이. 3)夕陰(석음): 땅거미. 中閨, 閨中과 같은 뜻으로 안방의 안을 말한다.
〈출전〉文選 〈작자〉謝惠連 〈제목〉擣衣

59.

白酒新熟山中歸백주신숙산중귀 黃鷄啄黍秋正肥황계탁서추정비

탁주 새로 익으니 산중의 집으로 돌아가고, 누런 닭이 기장 쪼으니 가을이 풍요롭구나.

(原文)
白酒新熟山中歸 黃鷄啄黍秋正肥 呼童烹鷄酌白酒 兒女嬉笑牽人衣
高歌取醉欲自慰 起舞落日爭光輝 (後六句略)
탁주 새로 익으니 산중의 집으로 돌아가고
누런 닭이 기장 쪼으니 가을이 풍요롭구나.
아이 불러 닭 삶아 탁주 한잔 마시니
아이들이 즐거워하며 사람의 옷을 당기네.
소리 높여 노래 부르며 취하여 스스로 위로 하고자 하여
춤을 추니 석양빛이 다투듯 빛나네.(후 6구 생략)

註▶ 1)南陵(남릉): 安徽省 宣城縣 서쪽. 2)白酒(백주): 탁주. 3)兒女(아녀): 남자아이와 여자아이.
〈출전〉李太白 文集 〈작자〉李白 〈제목〉南陵別兒童入京

60.

青楓江上秋天遠청풍강상추천원 白帝城邊古木疏백제성변고목소

청풍강 위의 가을 하늘을 어떻게 바라볼 것인가, 백제 성 변의 고목을 보고 슬퍼만 할 테지.

(原文)

嗟君此別意何如　駐馬銜杯問謫居　巫峽啼猿數行淚　衡陽歸雁幾封書
青楓江上秋天遠　白帝城邊古木疎　聖代卽今多雨露　暫時分手莫躊躇

슬프도다! 그대여 이별하는 마음이 어떤가?
말을 멈추고 술을 권하며 가는 곳을 물었다.
무협을 가다가 원숭이 울음에 눈물을 흘릴 것이네
형양의 기러기 편에 몇 통의 편지를 보낼 것인지.
청풍강 위의 가을 하늘을 어떻게 바라볼 것인가
백제 성변의 고목을 보고 슬퍼만 할 테지.
지금은 盛代의 은혜가 미치고 있으니
주저 말고 잠시 헤어져 있기만 하면 되네.

註▶ 1)長沙(장사): 지금의 湖南省 長沙府에 있다. 2)謫居(적거): 귀향 살이 가는 곳. 3)巫峽啼猿(무협제원): 무협의 골짜기에서 우는 원숭이. 4)衡陽(형양): 지금의 호남성 형주에 있음. 5)青楓江(청풍강): 장사에 있는 강 이름. 6)白帝城(백제성): 成都에 있는 성으로 漢武帝 때 쌓은 것. 7)雨露(우로): 임금의 은택.
〈출전〉唐詩選　〈작자〉高適　〈제목〉少府貶長沙

61.

秋風落葉正堪悲추풍낙엽정감비　黃菊殘花欲待誰황국잔화욕대수

가을바람에 흩어지는 낙엽은 슬픔을 견뎌내는 것 같고,
노란 국화 남은 꽃잎은 누군가를 기다리는 듯하네.

(原文)

秋風落葉正堪悲　黃菊殘花欲待誰　水近偏逢寒氣早　山深長見日光遲
愁中卜命看周易　夢裏招魂誦楚詞　自笑不如湘浦雁　飛來卻是北歸時

가을바람에 흩어지는 낙엽은 슬픔을 견뎌내는 것 같고
노란 국화 남은 꽃잎은 누군가를 기다리는 듯하네.

물가는 한기를 일찍 느끼고
산 깊으니 햇빛이 오래도록 더딘 것을 보네.
근심 중에 명을 받아 주역을 읽으니
꿈속에서 혼령을 불러 초사를 외우네.
소상강 포구의 기러기 보다 못한 것을 자소하는데
날아왔다가 문득 북으로 돌아갈 때이네.

<출전>三體詩 <작자>劉長卿 <제목>感懷

62.

竹凉侵臥內죽량침와내 **野月滿庭隅**야월만정우

대나무 숲 서늘함이 침상에까지 들어오고, 들판을 비추는 달은 뜰 모퉁이까지 가득하네.

(原文)

竹凉侵臥內 野月滿庭隅 重露成涓滴 稀星乍有無
暗飛螢自照 水宿鳥相呼 萬事干戈裏 空悲淸夜徂
대나무 숲 서늘함이 침상에까지 들어오고
들판을 비추는 달은 뜰 모퉁이까지 가득하네.
이슬이 많이 내려 물방울을 이루고
드문 별들은 잠깐 사이에 보이다가 없어지네.
어두운 곳에서 나는 반딧불은 스스로 비추고
물에서 잠자는 새는 서로 부르네.
모든 일이 전쟁 중이라서
공연히 맑은 밤이 지나감을 슬퍼하네.

註▶ 1)重露(중로): 이슬이 많이 내린 것을 말함. 2)涓滴(연적): 물방울. 3)淸夜(청야): 맑게 갠 밤.

<출전>杜工部集 <작자>杜甫 <제목>倦夜

63.

風急天高猿嘯哀풍급천고원소애 **渚淸沙白鳥飛廻**저청사백조비회

바람 부는 쓸쓸한 가을에 원숭이 울고, 물 맑은 모래 위에 갈매기 나네.

(原文)

風急天高猿嘯哀 渚淸沙白鳥飛廻 無邊落木蕭蕭下 不盡長江滾滾來
萬里悲秋常作客 百年多病獨登臺 艱難苦恨繁霜鬢 潦倒新停濁酒杯

바람 부는 쓸쓸한 가을에 원숭이 울고
물 맑은 모래 위에 갈매기 나네.
사방의 나무에서는 잎이 우수수 지는데
끝없는 강물은 굽이쳐 흐르네.
고향을 떠나 이 슬픈 가을에 나그네 신세로
병든 몸을 이끌고 이곳에 올랐네.
고생도 한스러운데 머리털이 희어지니
늙은 몸 탁주잔도 들지 못하겠네.

註▶ 1)無邊(무변): 끝이 없다. 2)落木(낙목): 떨어지는 잎. 3)蕭蕭(소소): 쓸쓸한 모습. 4)百年(백년): 한 생애. 5)繁霜鬢(번상빈): 백발이 많은 것을 표현한 것. 5)潦倒(요도): 늙어서 정신이 희미한 모습.
<출전>唐詩選 <작자>杜甫 <제목>登高

64.

何處秋風至하처추풍지 **蕭蕭送雁群**소소송안군

어디서 오는 가을바람이, 쓸쓸히 기러기 떼 보내는가.

(原文)

何處秋風至　蕭蕭送雁群　朝來入庭樹　孤客最先聞

어디서 오는 가을바람이
쓸쓸히 기러기 떼 보내는가.
이 아침에 뜰의 나무에서 나는 소리
외로운 나그네가 가장 먼저 듣네.

註▶ 1)蕭蕭(소소): 쓸쓸한 모습.
〈출전〉唐詩選　〈작자〉劉禹錫　〈제목〉秋風引

65.

月露發光彩월로발광채　**此時方見秋**차시방견추

달에 이슬이 빛을 발하니, 이때가 바야흐로 가을이네

(原文)

月露發光彩　此時方見秋　夜涼金氣應　天靜火星流
蟲響偏依井　螢飛直過樓　相知盡白首　淸景復追遊

달에 이슬이 빛을 발하니
이때가 바야흐로 가을이네.
밤이 서늘하니 가을의 기운이고
하늘이 고요하니 화성이 흐르는 듯하네.
벌레소리 우물가에서 나고
반딧불 날아 곧바로 누각을 지나네.
친구가 백발이 다 되었지만
맑은 경치에 다시 놀아본다.

註▶ 1)金氣(금기): 가을의 기운. 2)相知(상지): 친구, 여기서는 白樂天을 가리킨다.
〈출전〉三體詩　〈작자〉劉禹錫　〈제목〉新秋寄樂天

66.

大抵四時心總苦대저사시심총고 **就中腸斷是秋天**취중장단시추천

대개 사계절이 마음이 다 괴로우나, 그 중에서도 슬픈 건 이 가을날이네.

(原文)

黃昏獨立佛堂前　滿地槐花滿樹蟬　**大抵四時心總苦　就中腸斷是秋天**

황혼녘에 불당 앞에 홀로 서있는데

홰나무 꽃이 땅에 가득하고 매미는 나무에 가득하네.

대개 사계절이 마음이 다 괴로우나

그 중에서도 슬픈 건 이 가을날이네.

〈출전〉白氏文集　〈작자〉白居易　〈제목〉暮立

67.

霜草欲枯蟲思急상초욕고충사급 **風枝未定鳥棲難**풍지미정조서난

서리 맞은 풀이 시들려 하니 벌레들 숨기 바쁘고, 바람맞은 가지 흔들리니 새 깃들기 어렵네.

(原文)

林梢隱映夕陽殘　庭際蕭疎夜氣寒　**霜草欲枯蟲思急　風枝未定鳥棲難**

容衰見鏡同惆悵　身健逢杯且喜歡　應是天敎相煖熟　一時垂老與閒官

숲 속의 잔가지에 슬쩍 석양이 비치고

뜰 사이 나뭇잎 뒹구니 밤기운 차갑구나.

서리 맞은 풀이 시들려 하니 벌레들 숨기 바쁘고

바람맞은 가지 흔들리니 새 깃들기 어렵네.

쇠잔한 얼굴 거울에 비쳐보니 함께 슬프지만

몸이 건강하여 술잔을 대하니 또한 기쁘구나.

이것은 하늘이 서로 친하라는 뜻인데

일시에 한직에서 늙어가네.

註▶ 1)蕭疎(소소): 나뭇잎이 많이 떨어져서 드문드문하여 쓸쓸하게 보임. 2)惆悵(추창): 슬프다. 3) 煖熟(난숙): 서로 친하다.
<출전>白氏文集 <작자>白居易 <제목>答 夢得秋庭獨坐見 贈

68.

峨眉山月半輪秋아미산월반륜추 **影入平羌江水流**영입평강강수류

가을 반달은 아미산을 비추고, 달그림자는 평강강 물위에 떨어져 흐르네.

(原文)

峨眉山月半輪秋 影入平羌江水流 夜發淸溪向三峽 思君不見下渝州
가을 반달은 아미산을 비추고
달그림자는 평강강 물위에 떨어져 흐르네.
밤에 청계를 떠나 삼협을 가는데
그대를 만나지 못하고 유주에 내려간다.

註▶ 1)峨眉山(아미산): 四川省의 명산. 2)平羌江(평강강): 四川省 雅安縣의 북쪽에서 흘러온 강. 3)淸溪(청계): 四川省 동북쪽에 있는 지명. 4)三峽(삼협): 長江이 四川省 동부에서 湖北省 서부로 흘러가는 세 개의 협곡.
<출전>唐詩選 <작자>李白 <제목>峨眉山月歌

69.

葉落風不起엽락풍불기 **山空花自紅**산공화자홍

잎사귀 떨어져도 바람은 일지 않고, 산은 고요하나 꽃은 스스로 붉네.

<작자>陳無己 <제목>妾薄命 二首

70.

新凉入郊墟신량입교허 **燈火稍可親**등화초가친

초가을의 서늘함이 들과 인덕에 들어오니, 등불을 가까이 하여 독서할 만하구나.

<출전>古文眞寶 <작자>韓愈 <제목>勸學文

71.

秋水共長天一色추수공장천일색

가을 강물은 멀리 하늘과 이어져 한 빛깔이네.

<출전>古文眞寶 <작자>王勃 <제목>滕王閣序

72.

日落頑風起樹端일락완풍기수단 **飛霜貿貿葉聲乾**비상무무엽성건

저녁 되자 사나운 바람이 나무 끝에 일어나,

날리는 서리 아득히 내리고 나뭇잎 소리 바스락대네.

(原文)

日落頑風起樹端 飛霜貿貿葉聲乾 開軒不用迎淸月 瘦骨秋來怯夜寒

저녁 되자 사나운 바람이 나무 끝에 일어나

날리는 서리 아득히 내리고 나뭇잎 소리 바스락대네.

창을 열고 밝은 달맞이할 생각 없나니

야윈 몸이라 가을이 오면 밤 추위를 겁낸다.

註▶ 1)頑風(완풍): 사나운 바람. 완고한 바람. 2)貿貿(무무): 눈이 어두운 모양.

<출전>한국한시 <작자>金克己 <제목>秋晚月夜

73.

待得滿船秋月白대득만선추월백 **好吹長笛過江樓**호취장적과강루

배에 가득 가을의 밝은 달 싣고, 피리를 길게 불며 강나루를 지나가네.

(原文)

平林渺渺抱汀洲　十頃煙波漫不流　**待得滿船秋月白　好吹長笛過江樓**

아득한 들의 숲이 모래섬을 안았는데

희부연 물결 질펀히 흐르지 않네.

배에 가득 가을의 밝은 달 싣고

피리를 길게 불며 강나루를 지나가네.

註▶ 1)相國(상국): 百官의 長. 후세에는 宰相의 통칭. 2)渺渺(묘묘): 水面이 한없이 넓은 모양. 아득히. 3)汀洲(정주): 얕은 물 가운데 토사가 쌓여 물위에 나타난 곳. 곧 모래섬. 4)煙波(연파): 안개 같은 것이 끼어 부옇게 보이는 물결.

〈출전〉한국문집총간 〈작자〉李集(遁村) 〈제목〉寄鄭相國

74.

覆盆疎竹葉복분소죽엽　**汲井煮桑枝**급정자상지

소나기 내리니 대 잎이 더 성기고, 우물을 길어 뽕나무를 달인다.

(原文)

白露園林淨 高風草木衰 **覆盆疎竹葉 汲井煮桑枝**

落日鴈橫塞 秋窓蟲吐絲 誰憐貧病客 長詠楚人詞

흰 이슬에 동산 숲이 깨끗하고

높은 바람에 풀과 나무 시들었다.

소나기 내리니 댓잎이 더 성기고

우물을 길어 뽕나무를 달인다.

지는 햇빛에 기러기 비껴 날고

가을 창에는 벌레들이 우네.

누가 가여워하리, 이 병든 나그네.

초인의 노래를 혼자 길게 읊는다.

註▶ 1)覆盆(복분): 사발을 엎다. 소나기가 쏟아지다. 2)吐絲(토사): 누에가 실을 토한다는 뜻으로 벌레의 우는 형용. 3)楚人詞(초인사): 楚나라의 屈原의 詞. 즉 楚詞.
<출전>한국한시 <작자>鳴陽正 李賢孫 <제목>秋日

75.

斜日黃花映小軒사일황화영소헌 **曲欄烹茗喚靑猿**곡난팽명환청원

저녁볕 국화꽃이 작은 처마 비추는데, 난간에서 차 달이며 원숭이를 부르네.

(原文)

斜日黃花映小軒 曲欄烹茗喚靑猿 秋天木落金風冷 雨後苔庭獨掩門

저녁볕 국화꽃이 작은 처마 비추는데
난간에서 차 달이며 원숭이를 부르네.
가을하늘에 나뭇잎 지고 갈바람이 차가운데
비 온 뒤 이끼 낀 뜰에서 혼자 사립문 닫네.

註▶ 1)烹茗(팽명):차를 달이다. 2)金風(금풍): 가을바람.
<출전>한국한시 <작자>麟坪大君 李㴭(松溪) <제목>仰和樂善齋秋日閒吟

76.

蟬聲穿樹遠선성천수원 **山色入簾淸**산색입렴청

매미소리는 숲을 뚫고 멀리서 들려오고, 산 빛깔은 발에 들어와 맑구나.

(原文)

節序當秋孟 微凉生夕欞 **蟬聲穿樹遠 山色入簾淸**
片夢尋江國 孤蹤滯洛城 愁懷裁不得 苦咏到深更

철은 초가을 맞아
저녁 격자창이 조금 시원하네.
매미소리는 숲을 뚫고 멀리서 들려오고

산 빛깔은 발에 들어와 맑구나.
조각 꿈길은 강 나라를 찾는데
외로운 이 발길은 서울에 있네.
이 시름을 누를 길 없어
외로이 읊조리며 밤이 깊었네.

註▶ 1)洛城(낙성): 서울.
<출전>한국문집총간 <작자>趙持謙(迂齋) <제목>新秋

77.
白麓城邊落日斜백록성변락일사 **數株黃葉是吾家**수주황엽시오가
백록성 가에 저녁 해는 기우는데, 몇 그루 나무 누렇게 물든 곳이 나의 집이네.

(原文)
白麓城邊落日斜 數株黃葉是吾家 今年八月淸霜早 籬菊生心已作花
백록성 가에 저녁 해는 기우는데
몇 그루 나무 누렇게 물든 곳이 나의 집이네.
금년 팔월에는 맑은 서리가 일찍 내려
울타리 밑 국화가 벌써 피려 하네.

註▶ 1)生心(생심): 하려는 마음을 내다. 마음을 먹다.
<출전>한국한시 <작자>崔北(毫生館) <제목>秋懷

78.
洞房終夜寒蛩響동방종야한공향 **擣盡中腸萬斛愁**도진중장만곡수
안방에서 밤새 귀뚜라미 소리 들으니, 마음속의 많은 시름을 다 찧어내네.

(原文)
雨後凉風玉簟秋 一輪明月掛樓頭 **洞房終夜寒蛩響 擣盡中腸萬斛愁**

비 갠 뒤의 시원한 바람 아름다운 자리에 드는 가을에
한 바퀴 밝은 달이 다락 끝에 걸리었네.
안방에서 밤새 귀뚜라미 소리 들으니
마음속의 많은 시름을 다 찧어내네.

註▶ 1)玉簟(옥점): 아름다운 자리. 2)洞房(동방): 부인이 거처하는 방. 깊숙한 방. 3)中腸(중장): 속마음. 中情. 內心. 4)萬斛(만곡): 만 섬. 많다는 형용.
〈출전〉한국한시 〈작자〉桂生 〈제목〉玉簟秋

79.

露濕青空星散天노습청공성산천 **一聲叫雁塞雲邊**일성규안새운변

이슬 젖은 하늘에 별들은 흩어지고, 변방 구름 끝의 기러기는 외마디로 울어대네.

(原文)

露濕青空星散天 一聲叫雁塞雲邊 梅梢淡月移欄檻 彈罷瑤箏眠未眠
이슬 젖은 하늘에 별들은 흩어지고
변방 구름 끝의 기러기는 외마디로 울어대네.
매화가지 맑은 달이 난간으로 옮겼는데
거문고를 다 타고도 잠들 길 다시없네.

註▶ 1)塞雲(새운): 국경 변방의 구름. 2)瑤箏(요쟁): 아름다운 쟁. 쟁은 현악기.
〈출전〉한국한시 〈작자〉桂生 〈제목〉秋夜

80.

獨坐屛間寒不寐독좌병간한불매 **滿床蟲語夜深多**만상충어야심다

병풍 안에 홀로 앉아 추워 잠 못 드는데, 책상 가득 벌레소리 밤 깊어 요란하네.

(原文)

水晶簾外漾金波 雨歇池塘有破荷 **獨坐屛間寒不寐 滿床蟲語夜深多**

수정 주렴밖에는 금빛 물결 일렁이고
비 지난 못 둑에는 연꽃이 피네.
병풍 안에 홀로 앉아 추워 잠 못 드는데
책상 가득 벌레소리 밤 깊어 요란하네.

〈출전〉한국한시 〈작자〉三宜堂 金氏 〈제목〉秋夜

4. 冬

81.

風光人不覺풍광인불각 **已著後園梅**이저후원매

세월이 흐르는 것을 사람들은 느끼지 못했는데, 이미 뒤뜰의 매화는 피었구나.

(原文)

今歲今宵盡 明年明日催 寒隨一夜去 春逐五更來
氣色空中改 容顏暗裏回 **風光人不覺 已著後園梅**

올해도 이 밤으로 다하고
내년은 내일이면 되네.
추위는 한 밤을 따라 가고
봄은 오경이면 찾아오네.
기색은 공중에서 바뀌고
얼굴은 어두운 곳에서 바뀌네.
세월이 흐르는 것을 사람들은 느끼지 못했는데
이미 뒤뜰의 매화는 피었구나.

註▶ 1)五更(오경): 새벽 세 시부터 다섯 시 사이.
〈출전〉全唐詩 〈작자〉王諲 〈제목〉除夜

82.

寒流帶月澄如鏡한류대월징여경 **夕吹和霜利似刀**석취화상리사도

한기가 달을 둘러 흐르니 맑기가 거울과 같고,
저녁바람 서리와 같이 부니 날카롭기가 칼과 같네.

(原文)

樓中別曲催離酌 燈下紅裙間綠袍 縹緲楚風羅綺薄 錚鏦越調管絃高
寒流帶月澄如鏡 夕吹和霜利似刀 罇酒未空歡未盡 舞腰歌袖莫辭勞

누각에 이별 곡이 이별주를 재촉하고
등잔아래 아름다운 기생과 함께 있네.
높고 먼 곳에서 초나라의 바람 부니 옷은 얇고
월나라의 곡조 울리고 관현의 소리 높네.
한기가 달을 둘러 흐르니 맑기가 거울과 같고
저녁바람 서리와 같이 부니 날카롭기가 칼과 같네.
술 병 비지 않고 즐거움 다하지 않았으니
춤추고 노래한 것을 수고했다 말하지 말아라.

註▶ 1)紅裙(홍군): 붉은 치마. 기생을 가리킴. 2)綠袍(녹포): 하급의 관리가 입는 옷. 작자 자신을 가리킴. 3)縹緲(표묘): 높고 먼 모양. 4)羅綺(나기): 곱고 아름다운 비단. 아름다운 의복. 5)錚鏦(쟁총): 좋은 쇳소리가 맑게 울리는 소리.
〈출전〉白氏文集 〈작자〉白居易 〈제목〉江樓宴別

83.

千山鳥飛絶천산조비절 **萬徑人蹤滅**만경인종멸

모든 산에 새들 날아가 없고, 모든 길에 인적이 없네.

(原文)

千山鳥飛絶　萬徑人蹤滅　孤舟蓑笠翁　獨釣寒江雪

모든 산에 새들 날아가 없고

모든 길에 인적이 없네.

배에 탄 늙은 어부가

홀로 강 위에서 눈을 낚고 있네.

註▶ 1)萬徑(만경): 모든 길. 2)蓑笠翁(사립옹): 도롱이를 입고 삿갓을 쓴 어부. 3)寒江雪(한강설): 차가운 강 위에 내리는 눈.

〈출전〉唐詩三百首　〈작자〉柳宗元　〈제목〉江雪

84.

松攲半巖雪송기반암설　**竹覆一溪冰**죽복일계빙

소나무는 눈 덮인 바위에 반쯤 기울어져 있고, 대나무는 얼어붙은 계곡을 덮고 있네.

(原文)

巘路躡雲上　來參出世僧　**松攲半巖雪　竹覆一溪冰**

不說有爲法　非傳無盡燈　了然方寸內　應祇見南能

가파른 길 구름 위를 밟고

세속을 뛰어넘은 스님을 만났네.

소나무는 눈 덮인 바위에 반쯤 기울어져 있고

대나무는 얼어붙은 계곡을 덮고 있네.

有爲의 법을 말하지 말고

다함이 없는 등불은 전하지 않는다.

분명히 마음 안에 있으니

다만 慧能을 보네.

註▶ 1)巘路(헌로): 낭떠러지 옆의 가파른 길. 2)出世(출세): 세속을 초월하나. 3)了然(요연): 분명한 모양. 4)方寸(방촌): 마음. 5)應祇(응기): 다만. 6)南能(남능): 南宗禪을 연 慧能을 가리킴.
<출전>三體詩 <작자>王貞白 <제목>雲居長老

85.

荷盡已無擎雨蓋하진이무경우개 **菊殘猶有傲霜枝**국잔유유오상지
연잎은 말라 비올 때 우산 할 만한 것 없고,
국화는 아직 남아 있어 서리 맞은 가지가 거만한 듯하구나.

(原文)
荷盡已無擎雨蓋 菊殘猶有傲霜枝 一年好景君須記 正是橙黃橘綠時
연잎은 말라 비올 때 우산 할 만한 것 없고
국화는 아직 남아 있어 서리 맞은 가지가 거만한 듯하구나.
일 년의 좋은 광경을 그대는 기록하라
바로 지금이 등자나무 노랗고 귤 푸른 때로다.

<출전>蘇東坡集 <작자>蘇軾 <제목>贈 劉景文

86.

重衾脚冷知霜重중금각냉지상중 **新沐頭輕感髮稀**신목두경감발희
여러 겹 싸맨 발이 시리니 서리가 많은 것을 알겠고,
새로 감은 머리가 가벼우니 머리카락이 많이 빠진 것을 알겠구나.

(原文)
行歌野哭兩堪悲 遠火低星漸向微 病眼不眠非守歲 鄉音無伴苦思歸
重衾脚冷知霜重 新沐頭輕感髮稀 多謝殘燈不嫌客 孤舟一夜許相依

나그네의 노래와 들판에서 죽은 자를 애도하는 울음소리 둘 다 슬프고
멀리 보이는 별이 점점 희미해지네.
병든 눈으로는 새해를 맞이하지 못하고
고향소식 없어 괴로움에 돌아갈 생각뿐이네.
여러 겹 싸맨 발이 시리니 서리가 많은 것을 알겠고
새로 감은 머리가 가벼우니 머리카락이 많이 빠진 것을 알겠구나.
많이 남은 등잔불은 손님을 싫어하지 않고
외로운 배는 한밤중에 서로 의지할 곳으로 나아가네.

註▶ 1)行歌(행가): 나그네의 노래. 2)野哭(야곡): 들판에서 죽은 자를 애도하여 우는소리. 3)守歲(수세): 제야의 한밤중에 일어나서 새해를 맞이하는 행사.
〈출전〉蘇東坡集 〈작자〉蘇軾 〈제목〉除夜野 宿常州城外 二首中 其一

87.

空山雪墜一聲鐘공산설추일성종 **花落花開萬萬重**화락화개만만중
빈 산에 눈 떨어지니 종소리 울리고, 꽃피고 꽃 떨어지는 것이 끝없이 계속되네.

(原文)
空山雪墜一聲鐘 花落花開萬萬重 窗外亂飛蝴蝶影 客來都帶鷺鷥容
人情應笑靑雲改 版籍全歸白帝封 我自瑤臺甘小謫 三年只種玉芙蓉
빈 산에 눈 떨어지니 종소리 울리고
꽃피고 꽃 떨어지는 것이 끝없이 계속되네.
창밖에 어지럽게 나는 나비의 그림자 비치고
손님이 오니 모두 백로와 해오라기 모양 띠고 있네.
인정은 다 궁정의 잘못을 고치려하지만
나라전체는 백제에게 돌아가네.
나는 한림원에서 귀향 가는 것을 달게 받고
삼 년 동안 다만 옥부용을 심었네.

註▶ 1)靑雲(청운): 궁정의 뜻. 2)版籍(판적): 나라 전역. 3)白帝(백제): 전설상의 임금으로 만주에서 나와 중국 전역을 지배했다는 황제. 4)瑤臺(요대): 궁정의 한림원.
〈출전〉小倉山房詩集 〈작자〉袁枚 〈제목〉詠雪

88.

跨馬行衝微雪白과마행충미설백 **擧鞭吟數亂峯靑**거편음수난봉청

말을 타고 가면서 가랑 눈발 헤치고, 채찍 들고 읊으면서 푸른 봉우리 센다.

(原文)

凌晨獨出洛州城 幾許長亭與短亭 **跨馬行衝微雪白 擧鞭吟數亂峯靑**
天邊日落歸心促 野外風寒醉面醒 寂寞孤村投宿處 人家門戶早常扃
이른 새벽에 혼자서 낙주성 나와
장정과 단정을 얼마나 지났던고.
말을 타고 가면서 가랑 눈발 헤치고
채찍 들고 읊으면서 푸른 봉우리 센다.
하늘 끝에 해 떨어지니 돌아 갈 마음을 재촉하고
들밖에 바람이 차가와 취한 술기운 깬다.
가다 머무는 쓸쓸한 외로운 마을
집집마다 언제나 사립문 일찍 닫는다.

註▶ 1)凌晨(능신): 이른 새벽. 2)幾許(기허): 얼마. 3)長亭短亭(장정단정): 큰 宿舍와 작은 宿舍. 옛날에 10리마다 長亭을 5리마다 短亭을 두었음.
〈출전〉한국문집총간 〈작자〉林椿 〈제목〉冬日途中

89.

風細不敎金燼落풍세불교금신락 **更長漸覺玉蟲生**경장점각옥충생

실바람이라 불똥이 떨어지지 않고, 밤 깊어가니 차츰 초가 녹는 줄을 알겠다.

(原文)

風細不敎金燼落　更長漸覺玉蟲生　須知一片丹心在　欲助重瞳日月明

실바람이라 불똥이 떨어지지 않고

밤 깊어가니 차츰 초가 녹는 줄을 알겠다.

한 조각 붉은 마음이 거기 있음을 알라.

겹눈동자인 해와 달의 밝음을 도우려 함이다.

註▶ 1)元夕(원석): 정월보름날 밤. 元宵. 2)燈籠(등롱): 대나무 또는 나무 · 쇠 같은 것의 살로 둥근 바구니 모양으로 만들고, 비단 또는 종이를 씌워 그 안에 등잔을 넣은 기구. 3)金燼(금신): 금빛 불똥. 4)更(경): 해질녘부터 새벽까지 5등분한 야간의 시간. 5)玉蟲(옥충): 옥 벌레. 녹는 촛농을 표현한 것. 6)須知(수지): 모름지기…를 알아야 함. 7)一片丹心(일편단심): 한 조각의 정성스러운 마음. 8)重瞳(중동): 겹눈동자. 해와 달을 가리킴.

<출전>한국한시　<작자>李仁老(雙明齋)　<제목>元夕燈籠詩

90.

紙被生寒佛灯暗지피생한불정암　**沙彌一夜不鳴鍾**사미일야불명종

얇은 이불 차갑고 등불은 어두운데, 사미는 온밤 내내 종을 치지 않는다.

(原文)

紙被生寒佛灯暗　沙彌一夜不鳴鍾　應嗔宿客開門早　要看庭前雪壓松

얇은 이불 차갑고 등불은 어두운데

사미는 온밤 내내 종을 치지 않는다.

아마 나그네가 일찍 문을 열어서 성내었는가보다.

부디 뜰 앞의 눈이 소나무를 누르는 것 보라.

註▶ 1)紙被(지피): 얇은 이불. 2)沙彌(사미): 比丘될 만큼 아직 수행이 익지 않은 작은 중. 3)應嗔(응진): 아마 성내었을 것이다.

<출전>한국문집총간 <작자>李齊賢(益齋) <제목>山中雪後

91.

霜樹凍鵶啼啞啞상수동아제아아　**月庭寒竹翠蕭蕭**월정한죽취소소

서리 맞은 나무의 언 까마귀는 까악 까악 울고,

달빛 비치는 뜰의 찬 대나무는 쓸쓸히도 푸르다.

(原文)

傷時此志舊題橋　匣琴看來坐寂寥　**霜樹凍鵶啼啞啞**　**月庭寒竹翠蕭蕭**

철을 슬퍼하는 이 뜻을 옛날에 다리 이름으로 적었는데

갑 속 거문고 보며 쓸쓸히 앉아 있다.

서리맞은 나무의 언 까마귀는 까악 까악 울고

달빛 비치는 뜰의 찬 대나무는 쓸쓸히도 푸르다.

註▶ 1)口占(구점): 읊음. 읊조림. 2)回文(회문): 漢詩體의 한 가지. 逆順縱橫 어느 쪽으로 읽어도 體를 이루고 뜻이 통하는 詩. 3)啞啞(아아): 까마귀의 우는소리를 형용한 말.

〈출전〉한국한시　〈작자〉鄭柟壽(杏林)　〈제목〉冬夜口占

92.

銀漏丁東夜苦長은루정동야고장　**玉爐火煖燒殘香**옥로화난소잔향

물시계 치는 소리에 밤은 괴로이 길고, 따뜻한 화롯불에 남은 향이 타오른다.

(原文)

銀漏丁東夜苦長　**玉爐火煖燒殘香**　依依曙色生窓戶　鷄則非鳴月出光

물시계 치는 소리에 밤은 괴로이 길고

따뜻한 화롯불에 남은 향이 타오른다.

창문에 새벽빛이 희미하게 밝은데

닭은 아직 울지 않고 달만이 빛을 낸다.

註▶ 1)丁東(정동): 풍경 같은 것이 울리는 소리. 옥 같은 것이 부딪쳐 나는 소리.

〈출전〉한국한시　〈작자〉三宜堂 金氏　〈제목〉東宵

Ⅱ. 자연에 관계된 詩文

1. 朝夕

93.

山氣日夕佳산기일석가 **飛鳥相與還**비조상여환

산이 저녁놀에 타고 있는데, 나는 새도 짝을 불러 돌아온다.

(原文)

結廬在人境 而無車馬喧 問君何能爾 心遠地自偏 采菊東籬下 悠然見南山

山氣日夕佳 飛鳥相與還 此中有眞意 欲辯已忘言

집을 시골에 마련하니

수레와 말의 시끄러운 소리가 들리지 않는다.

나보고 왜 그러냐고 묻지만

마음은 편하고 이곳이 조용해서 좋다.

국화를 동편 울타리에서 꺾어들고

멀리 남산을 바라본다.

산이 저녁놀에 타고 있는데

나는 새도 짝을 불러 돌아온다.

이 속에서 참뜻을 깨닫게 되니

할 말을 잊고 말았다.

註▶ 1)人境(인경): 사람이 사는 곳으로 거마가 다니지 않는 곳. 2)南山(남산): 남쪽의 廬山. 3)日夕(일석): 저녁놀. 4)有眞意(유진의): 인생의 참뜻이 있다. 은둔생활을 말함.

〈출전〉唐詩三百首 〈작자〉陶潛 〈제목〉飮酒二十首中 其五

94.

荒城臨古渡황성임고도　**落日滿秋山**낙일만추산

황폐한 성 마루 옛 나루에 닿았고, 지는 해 노을은 가을 산에 가득하네.

(原文)

淸川帶長薄　車馬去閒閒　流水如有意　暮禽相與還

荒城臨古渡　落日滿秋山　迢遞崇高下　歸來且閉關

맑은 시내 깊은 숲을 띠처럼 둘렀는데
수레는 말에 끌려 한적하게 굴러가네.
흐르는 저 냇물도 나를 반겨 맞는 듯
저물녘 새들도 짝지어 돌아오네.
황폐한 성 마루 옛 나루에 닿았고
지는 해 노을은 가을 산에 가득하네.
아득하게 먼 곳에서 숭고산 밑으로
돌아왔으니 문을 닫아 잠그리.

註▶ 1)嵩山(숭산): 嵩高山. 지금의 하남성 등봉현 북쪽에 있음. 2)薄(박): 초목 숲이 무성한곳. 깊은 숲. 3)閒閒(한한): 수레가 느릿느릿 한적하게 굴러가는 모양. 4)迢遞(초체): 아득히 먼 곳.

<출전>唐詩三百首　<작자>王維　<제목>歸嵩山作

95.

渡頭餘落日도두여낙일　**墟里上孤煙**허리상고연

나룻 터에는 석양빛이 남아있고, 시골마을에는 한 가닥 연기가 올라가네.

(原文)

寒山轉蒼翠　秋水日潺湲　倚杖柴門外　臨風聽暮蟬

渡頭餘落日　墟里上孤煙　復値接輿醉　狂歌五柳前

차가운 산이 푸르러 지고
가을 물은 졸졸 흐르네.
지팡이 의지하여 사립문을 나서니
바람결에 저물녘 매미 소리 들리네.
나룻 터에는 석양빛이 남아있고
시골마을에는 한 가닥 연기가 올라가네.
다시 상여를 만나 취하고
소리 높여 오류 앞에서 노래 부르네.

註▶ 1)潺湲(잔원): 물이 졸졸 흐르는 모양. 2)墟里(허리): 시골마을. 3)五柳(오류): 晋나라의 陶淵明이 문 앞에 다섯 그루의 버드나무를 심고 五柳先生이라고 칭하였는데 王維가 도연명과 견주어 한 말.
〈출전〉唐詩三百首 〈작자〉王維 〈제목〉輞川閒居贈 裴秀才迪

96.

秋水明落日추수명낙일 **流光滅遠山**유광멸원산

가을 시냇물 수면 위에 떨어지는 해 빛나고, 흘러가는 빛은 먼 산으로 사라지네.

(原文)
南登杜陵上 北望五陵間 **秋水明落日 流光滅遠山**
남쪽 두릉 위에 올라
북쪽 오릉 사이를 바라보네.
가을물 수면 위에 지는 해 빛나고
흘러가는 빛 먼 산으로 사라지네.

註▶ 1)杜陵(두릉): 장안 남쪽의 漢나라 선제의 능. 2)五陵(오릉): 장안의 교외에 있는 漢代의 다섯 명의 왕릉
〈출전〉李太白集 〈작자〉李白 〈제목〉杜陵絶句

97.

返照入江翻石壁반조입강번석벽　**歸雲擁樹失山村**귀운옹수실산촌

해질녘 빛은 강 위에 비쳐 석벽에 빛나고, 돌아가는 구름은 나무를 둘러 산촌을 찾지 못하겠네.

(原文)

楚王宮北正黃昏　白帝城西過雨痕　**返照入江翻石壁**　**歸雲擁樹失山村**
衰年病肺惟高枕　絶塞愁時早閉門　不可久留豺虎亂　南方實有未招魂

초왕 궁전 북쪽에 황혼이 지고
백제성 서쪽에 비 지나간 흔적 있네.
해질녘 빛은 강 위에 비쳐 석벽에 빛나고
돌아가는 구름은 나무를 둘러 산촌을 찾지 못하겠네.
나이 들어 숨소리 거칠고 높은 베개 베고 있고
멀리 변방에서 시세를 근심하며 일찍 문을 닫네.
최우의 난을 오랫동안 놓아둘 수 없는데
남방에서 혼을 부르지 않는 것이 없다.

註▶ 1)楚王宮(초왕궁): 楚나라 襄王의 궁전. 2)白帝城(백제성): 지금의 四川省 奉節縣의 동쪽 산에 있다. 3)豺虎(시호): 승냥이와 호랑이로 崔旴를 가리킴. 4)絶塞(절새): 멀리 떨어진 변방의 요새.
〈출전〉唐詩選　〈작자〉杜甫　〈제목〉返照

98.

朝蹋落花相伴出조답낙화상반출　**暮隨飛鳥一時還**모수비조일시환

아침에 떨어진 꽃 밟으며 그대와 같이 외출하고, 저녁에는 나는 새 따라 같이 돌아오네.

(原文)

風光引步酒開顔　送老消春嵩洛間　**朝蹋落花相伴出**　**暮隨飛鳥一時還**

我爲病叟誠宜退　君是才臣豈合閒　可惜濟時心力在　放教臨水復登山
풍경이 발걸음 이끌고 술 마시니 얼굴 환해지고
늙은 날 보내며 숭산과 낙수에서 봄을 보내네.
아침에 떨어진 꽃 밟으며 그대와 같이 외출하고
저녁에는 나는 새 따라 같이 돌아오네.
나는 병들어 물러나려 하는데
임금은 재주 있는 신하라고 하나 어찌 합당하리요?
슬프게도 때를 구원할 마음은 있으나
가르침을 놓고 물가에 가고 또 산에 오르네.

註▶ 1)濟時(제시): 혼란한 세상을 바로잡아 백성을 구제하다.
〈출전〉白氏文集　〈작자〉白居易　〈제목〉春來頻與 李二賓客 郭外同遊 因贈 長句

99.

鳥宿池中樹조숙지중수　**僧敲月下門**승고월하문

새는 연못 가운데 서있는 나무에서 잠들고,
스님은 달빛 비치는 문을 두드리네.

(原文)
閑居少隣竝　草徑入荒園　**鳥宿池中樹　僧敲月下門**
過橋分野色　移石動雲根　暫去還來此　幽期不負言
한가히 몇 안 되는 이웃과 사는데
풀 사이 난 길은 황폐한 정원에까지 들어오네.
새는 연못 가운데 서있는 나무에서 잠들고
스님은 달빛 비치는 문을 두드리네.
다리 건너니 들판의 색깔이 미묘하게 변하고
돌을 옮겨놓은 것 같고 구름이 흔들리는 것 같네.
잠시 떠났다가 이때에 돌아오니

약속을 지키지 못했네.

註▶ 1)幽期(유기): 깊은 약속.
〈출전〉三體詩 〈작자〉賈島 〈제목〉題 李凝幽居

100.

鷄聲茅店月계성모점월 **人迹板橋霜**인적판교상

새벽을 알리는 닭소리는 여관의 달빛아래 울리고,
사람의 발자국이 판교위에 점점이 남아있네.

(原文)
晨起動征鐸 客行悲故鄕 **鷄聲茅店月 人迹板橋霜**
槲葉落山路 枳花明驛牆 因思杜陵夢 鳧雁滿回塘
새벽에 일어나 수레 끌고 떠나니
나그네길 고향생각으로 슬프네.
새벽을 알리는 닭소리는 여관의 달빛아래 울리고
사람의 발자국이 판교위에 점점이 남아있네.
떡갈나무 잎 산길에 떨어지고
탱자나무 꽃 역 담장에 밝게 피어있네.
두릉에서 놀던 일 생각나 꿈마저 꾸는데
오리와 기러기는 둑에 가득 날아다니네.

註▶ 1)征鐸(정탁): 길 떠나는 수레의 방울. 2)槲葉(곡엽): 떡갈나무 잎. 3)枳花(지화): 탱자나무 꽃. 4)杜陵(두릉): 장안 남쪽의 한나라 선제의 릉.
〈출전〉三體詩 〈작자〉溫庭筠 〈제목〉商山早行

101.

萬壑有聲含晩籟만학유성함만뢰 **數峰無語立斜陽**수봉무어입사양

많은 골짜기에 저녁 바람소리 울리고, 여러 봉우리 말없이 석양 가운데 서있네.

(原文)

馬穿山逕菊初黃　信馬悠悠野興長　**萬壑有聲含晩籟　數峰無語立斜陽**

棠梨葉落胭脂色　蕎麥花開白雪香　何事吟餘忽惆悵　村橋原樹似吾鄕

말을 타고 산길 가니 국화 노랗게 되기 시작하고

말을 믿고 유유히 들판에서 흥이 돋아나네.

많은 골짜기에 저녁바람소리 울리고

여러 봉우리 말없이 석양 가운데 서있네.

팥배나무 잎 떨어져 연지색이고

메밀 꽃 하얗게 피어 향기 나네.

무엇을 읊조려도 홀연히 슬퍼지고

마을 다리 옆의 나무는 내 고향의 나무와 같네.

註▶ 1)棠梨(당리): 팥배나무. 2)蕎麥(교맥): 메밀.

<출전>小畜集　<작자>王禹偁　<제목>村行

102.

江山自閒暇강산자한가　片月掛長空편월괘장공

강산은 스스로 한가롭고, 조각달은 하늘에 걸려 있네.

(原文)

李杜啁啾後　乾坤寂寞中　**江山自閒暇　片月掛長空**

이태백과 두보가 지껄이고 간 뒤에

하늘과 땅은 쓸쓸한 속에 있었다.

강산은 스스로 한가롭고

조각달은 하늘에 걸려 있네.

註▶ 1)李杜(이두): 李白과 杜甫. 모두 唐나라 때의 대시인. 2)啁啾(조추): 새가 울

다. 또는 새가 우는소리.
<출전>한국문집총간 <작자>李奎報(白雲居士) <제목>晩望

103.

落日臨荒野낙일임황야 **寒鴉下晩村**한아하만촌

지는 해 그림자는 들에 내리고, 겨울 까마귀는 저녁마을에 모인다.

(原文)

落日臨荒野　寒鴉下晩村　空林烟火冷　白屋掩柴門

지는 해 그림자는 들에 내리고
겨울 까마귀는 저녁마을에 모인다.
빈 숲 속에 밥 짓는 연기 찬데
초막에서는 사립문을 닫는다.

註▶ 1)白屋(백옥): 초가. 가난한 집.
<출전>한국문집총간 <작자>金淨(冲庵) <제목>卽事

104.

三角雲烟迷曉望삼각운연미효망 **五陵松柏動秋寒**오릉송백동추한

삼각산 구름 연기에 새벽 조망 아득하고, 오릉의 송백 숲에는 가을 추위 떠도네.

(原文)

東門旭日照歸鞍　草露微收路正乾　**三角雲烟迷曉望　五陵松柏動秋寒**
江湖憂樂行裝數　宇宙君臣契會難　遙想釣坮沙水淨　不妨相照舊心肝

동문의 아침 해는 돌아가는 말안장을 비추고
풀잎 이슬 조금 걷히니 길은 진정 말랐다.
삼각산 구름 연기에 새벽 조망 아득하고

오릉의 송백 숲에는 가을 추위 떠도네.
강호의 즐거움과 걱정에 행장은 잦고
이 세상 임금과 신하는 마음 맞기 어려워라.
멀리 낚시터의 모래 물이 맑음을 생각하노니
옛날의 그 마음속을 비쳐봄도 무방하리.

註▶ 1)三角山(삼각산): 서울의 북쪽과 고양군에 걸쳐 있는 산으로, 백운대, 국망봉, 인수봉 등 세 봉우리가 있어 지어진 이름. 2)契會(계회): 결합하다. 情誼를 두터이 하다. 3)釣臺(조대) : 낚시터 4) 心肝(심간) : 심장과 간장. 즉 衷心
〈출전〉한국문집총간 〈작자〉李植(澤堂) 〈제목〉解職歸峽

105.

高高明月照檣頭고고명월조장두 **極浦寒聲動客舟**극포한성동객주

높고 높은 밝은 달이 돛대 끝을 비추어, 극포의 찬 소리가 나그네 배를 뒤흔드네.

(原文)
高高明月照檣頭 極浦寒聲動客舟 潮落潮生夜已盡 水城淸曉見登州
높고 높은 밝은 달이 돛대 끝을 비추어
극포의 찬 소리가 나그네 배를 뒤흔드네.
조수는 들고나고 어느새 새벽인가.
물나라의 맑은 새벽에 등주 보이네.

〈출전〉한국한시 〈작자〉金地粹(苔川) 〈제목〉登州

106.

隔岸兩三家격안양삼가 **炊烟生暗樹**취연생암수

건너 언덕의 두세 집에서, 밥 짓는 연기가 어두운 나무에서 이네.

(原文)

搖櫓上灘來　江天日欲暮　**隔岸兩三家　炊烟生暗樹**

노를 저어 여울을 올라오니
강 하늘의 해는 저물려 하네.
건너 언덕의 두세 집에서
밥 짓는 연기가 어두운 나무에서 이네.

<출전>한국한시　<작자>許源　<제목>自博義洞還來

107.

落日溪邊路낙일계변로　**孤烟山下村**고연산하촌

해 떨어지는 시냇가의 길이요, 외로운 연기는 산 밑의 마을이네.

(原文)

落日溪邊路　孤烟山下村　主人迎我笑　繫馬入柴門

해 떨어지는 시냇가의 길이요
외로운 연기는 산밑의 마을이네.
주인은 나를 맞이해 웃고
나는 말을 매고 사립문을 들어가네.

註▶ 1)柴門(시문): 사립문.

<출전>한국한시　<작자>吳尙濂(燕超齋)　<제목>訪仲剛

108.

寒日西沈細路微한일서침세로미　**石門紅葉馬前飛**석문홍엽마전비

겨울 해는 서쪽으로 넘고 오솔길은 희미한데, 석문의 단풍잎은 말 앞에서 날아가네.

(原文)

寒日西沈細路微　石門紅葉馬前飛　雲林度盡鍾聲遠　流水潺湲宿鳥歸

겨울 해는 서쪽으로 넘고 오솔길은 희미한데

석문의 단풍잎은 말 앞에서 날아가네.

구름숲을 모두 지나니 멀리서 종소리

물은 졸졸 흐르고 잠자려 하는 새는 돌아가네.

註▶ 1)宿鳥(숙조): 잠을 자려고 하는 새.

〈출전〉한국한시　〈작자〉崔東標　〈제목〉江華路中

109.

空林暮雨歸來晩공림모우귀래만　**寥落山家不掩門**요락산가불엄문

쓸쓸한 숲 저녁 비에 늦게 돌아오는 밤, 드문드문 산골 집은 문을 닫지 않았네.

(原文)

立馬沙洲日欲昏　渡頭行客自相喧　**空林暮雨歸來晩　寥落山家不掩門**

말을 세우는 모래톱에는 해가 저물려는데

나루의 나그네들 서로 떠드네.

쓸쓸한 숲 저녁 비에 늦게 돌아오는 밤

드문드문 산골 집은 문을 닫지 않았네.

註▶ 1)沙洲(사주): 해안에 저절로 생기는 모래톱. 2)渡頭(도두): 나루. 3)寥落(요락): 드문드문.

〈출전〉한국한시　〈작자〉全尙璧　〈제목〉夜歸郊庄

110.

深巷鷄鳴孤月黑심항계명고월흑　**遠林人語一燈紅**원림인어일등홍

깊은 거리에 닭이 울어 외로운 달은 어둡고, 먼 숲의 사람 소리, 등불이 하나 붉다.

(原文)

荒城殘角響天風　明發駸駸馬首東　**深巷鷄鳴孤月黑　遠林人語一燈紅**
身隨驛使梅花色　夢入淮山桂樹叢　今夜瓊樓寒幾許　黯然回首五雲中

거친 성의 뿔피리가 하늘 바람에 울리고
새벽에 떠나는 빠른 말이 동쪽으로 향한다.
깊은 거리에 닭이 울어 외로운 달은 어둡고
먼 숲의 사람 소리, 등불이 하나 붉다.
몸은 배달부의 매화빛깔을 따르고
꿈은 회산의 계수나무 떨기에 든다.
오늘 밤 구슬 다락이 얼마나 춥겠는가.
암연히 오월 구름 속으로 머리 돌린다.

註▶ 1)角(각): 뿔피리. 軍中에서 쓰는 악기. 2)駸駸(침침): 말이 빨리 달리는 모양. 3)驛使(역사): 옛날의 우편배달부. 4)黯然(암연): 슬퍼하는 모양. 5)五雲(오운): 오월의 구름. 오월의 비. 무더운 장마철.
〈출전〉한국문집총간 〈작자〉申維翰(青泉) 〈제목〉曉發果川

111.

遠山暮色來원산모색래　前路行人少전로행인소

먼 산에 저녁 빛깔이 닥쳐, 앞길에는 다니는 사람 드무네.

(原文)

遠山暮色來　前路行人少　村機猶織聲　西窓有餘照

먼 산에 저녁 빛깔이 닥쳐
앞길에는 다니는 사람 드무네.

마을 베틀에서 아직도 베 짜는 소리
서쪽 창에는 석양이 남아 있네.

<출전>한국한시 <작자>李用休(惠寰) <제목>民山

2. 경 관

112.

古路無人跡 고로무인적 **深山何處鐘**심산하처종

옛길에 인적 끊어졌는데 깊은 산 어느 곳에서 종소리 들리나.

(原文)

不知香積寺 數里入雲峰 **古路無人跡 深山何處鐘**
泉聲咽危石 日色冷青松 薄暮空潭曲 安禪制毒龍

향적사가 어디 있는지 몰라서
몇 리를 걸어 구름 속에 들어갔다.
옛길에 인적 끊어졌는데
깊은 산에 종소리만 들린다.
냇물은 바위틈을 졸졸 흐르고
햇빛도 차갑게 소나무에 비친다.
날이 어두운 못 가에서
좌선하면서 욕심을 씻어버렸다.

註▶ 1)香積寺(향적사): 종남산에 있는 절. 2)空潭(공담): 깊은 연못. 3)安禪(안선): 좌선하여 마음의 욕심을 버리는 것. 4)毒龍(독룡): 사람의 욕심이 있는 것을 비유한 것.
<출전>三體詩 <작자>王維 <제목>過香積寺

113.

啼鳥歇時山寂寂제조헐시산적적　**野花殘處月蒼蒼**야화잔처월창창

새우는 소리 그칠 때 산은 적적하고, 들꽃 남은 곳에 달빛 차갑다.

註▶ 1)蒼蒼(창창): 한기가 돌다.

〈출전〉三體詩　〈작자〉李紳　〈제목〉晏安寺

114.

潮平兩岸闊조평양안활　**風正一帆懸**풍정일범현

조수 밀려와 양 언덕이 넓어지고, 바람에 밀려 배 한 척이 달리네.

〈출전〉三體詩　〈작자〉王灣　〈제목〉次北固山下

115.

山高水長산고수장

산은 높고 물은 길다.

〈출전〉古文眞寶　〈작자〉范仲淹　〈제목〉嚴先生祠堂記

116.

銜遠山함원산　**呑長江**탄장강

먼 산을 싸고, 장강을 삼킨다.

〈출전〉古文眞寶　〈작자〉范仲淹　〈제목〉岳陽樓記

117.

淸風徐來청풍서래　**水波不興**수파불흥

맑은 바람은 서서히 불어오고, 파도는 일지 않는다.

<출전>古文眞寶 <작자>蘇軾 <제목>前赤壁賦

118.

潦水盡而寒潭淸요수진이한담청 **煙光凝而暮山紫**연광응이모산자

장마 물이 다하니 차가운 못의 물이 맑고, 煙光이 엉기니 저녁 산이 노을 져 붉다.

註▶ 1)潦水(요수): 장마로 인해 늘어난 물.

<출전>古文眞寶 <작자>王勃 <제목>滕王閣序

119.

畫棟朝飛南浦雲화동조비남포운 **朱簾暮捲西山雨**주렴모권서산우

그림 그려진 기둥에는 아침에 南浦의 구름이 날고, 붉은 주렴은 저녁에 서산의 비를 거둔다.

註▶ 1)畫棟(화동): 그림이 그려진 기둥.

<출전>古文眞寶 <작자>王勃 <제목>滕王閣序

120.

星月皎潔성월교결 **明河在天**명하재천

별과 달은 희고 깨끗하고 은하수는 하늘에 있네.

註▶ 1)皎潔(교결): 달이나 별빛이 희고 깨끗하다. 2)明河(명하): 은하수.

<출전>古文眞寶 <작자>歐陽永叔 <제목>秋聲賦

121.

明月時至명월시지 **淸風自來**청풍자래

밝은 달은 때 맞춰 이르고, 맑은 바람은 스스로 불어오네.

〈출전〉古文眞寶 〈작자〉司馬君實 〈제목〉獨樂園記

122.

送夕陽송석양 **迎素月**영소월

석양을 보내고 흰 달을 맞이한다.

〈출전〉古文眞寶 〈작자〉王元之 〈제목〉黃州竹樓記

123.

山不在高산부재고 **有僊則名**유선즉명

산이 높지 않아도, 신선이 있으면 이름이 높다.

註▶ 1)僊(선): 神仙. 仙과 같음.
〈출전〉古文眞寶 〈작자〉劉禹錫 〈제목〉 陋室銘

124.

白雲滿地無人掃백운만지무인소

흰 구름 땅에 가득한데 치우는 사람 없네.

〈출전〉古文眞寶 〈작자〉魏野 〈제목〉尋隱者不遇

125.

浮光躍金부광약금 **靜影沈璧**정영침벽

호수에 비치는 달빛은 파도가 일어 금색으로 뛰어오르는 듯 하고,
고요한 물속에 옥이 잠긴 듯하구나.

註▶ 1)浮光(부광): 호수 위에 비치는 달빛.
〈출전〉文章軌範 〈작자〉范仲淹 〈제목〉岳陽樓記

126.

百川異源백천이원 **而皆歸于海**이개귀우해

모든 시내가 근원이 다르나 다 바다로 돌아간다.

〈출전〉淮南子 氾論訓

127.

林間松韻임간송운 **石上泉聲**석상천성 **靜裡聽來**정리청래 **識天地自然鳴佩**식천지자연명패

솔밭에 부는 바람 소리나 바위 위를 흐르는 시냇물 소리는

고요한 마음으로 들으면 자연의 음악임을 알게 된다.

註▶ 1)松韻(송운): 솔밭의 바람소리. 2)名牌(명패): 귀인들이 달고 다니던 구슬. 걸음을 옮길 때마다 아름다운 소리가 들렸다고 해서 음악을 가리킨다.

〈출전〉菜根譚 後集六十四

128.

草際煙光초제연광 **水心雲影**수심운영 **閒中觀去**한중관거 **見乾坤最上文章**견건곤최상문장

숲 사이의 안개나 물 가운데 비친 구름은

한가한 가운데 바라보면 천지에 펼쳐진 최상의 색채를 볼 것이다.

註▶ 1)草際(초제): 풀 사이. 2) 煙光(연광): 안개 빛. 3)文章(문장): 색채.

〈출전〉菜根譚 後集六十四

129.

萬籟寂寥中만뢰적요중 **忽聞一鳥弄聲**홀문일조롱성 **便喚起許多幽趣**편환기허다유취

온갖 소리가 고요해진 가운데 홀연히 한 마리의 새 소리를 들으면 문득 허다한 幽趣를 불러일으킨다.

註▶ 1)萬籟(만뢰): 삼라만상의 음향. 2)寂寥(적요): 고요하고 쓸쓸함. 3)弄聲(농성): 우짖는 소리. 4)幽趣(유취): 그윽한 취미.
<출전>菜根譚 後集九十

130.

山形秋更好산형추경호 **江色夜猶明**강색야유명

산의 모습은 가을에 더욱 좋고, 강물 빛깔은 밤에 오히려 밝다.

(原文)

俗客不到處 登臨意思淸 **山形秋更好 江色夜猶明**
白鳥高飛盡 孤帆獨去輕 自慚蝸角上 半世覓功名
속된 사람은 오지 않는 곳
올라와 바라보면 마음 맑아진다.
산의 모습은 가을에 더욱 좋고
강물 빛깔은 밤에 오히려 밝다.
흰 물새는 높이 날아 사라지고
외로운 배는 홀로 가기 가볍다.
부끄러워라, 달팽이 뿔 위에서
반평생 동안 공명 찾아 허덕였다.

註▶ 1)登臨(등림): 높은 곳에 올라가 아래를 내려다 봄. 2)蝸角(와각): 달팽이 뿔. 극히 작은 일을 말함. 蝸牛角.
<출전>한국한시 <작자>金富軾 <제목>甘露寺次韻

131.

鏡面磨平水府深경면마평수부심 **只監形影未監心**지감형영미감심 깊은 물은 거울인 듯 맑고도 편편하여, 형상은 비추이나 그 마음은 못 비추이네.

(原文)

鏡面磨平水府深　只監形影未監心　若教肝膽俱明照　垳上應知客罕臨

깊은 물은 거울인 듯 맑고도 편편하여

형상은 비추이나 그 마음은 못 비추이네.

만일 간과 담을 모두 비추인다면

아마 이 대 위에 오는 사람 드물리.

註▶ 1)水府(수부): 水中의 구역. 2)肝膽(간담): 간과 쓸개. 즉 心中을 가리키는 말.

〈출전〉한국한시 〈작자〉朴遂良(三可・礁岩) 〈제목〉鏡浦垳

132.

葭霞兩岸西風急가하양안서풍급　**無數飛帆亂夕陽**무수비범난석양

갈대 양쪽 언덕에 갈바람이 거센데, 무수한 돛배들이 석양에 어지럽네.

(原文)

千頃澄波一鑑光　曲欄斜倚賦滄浪　**葭霞兩岸西風急　無數飛帆亂夕陽**

천 이랑의 맑은 물결, 한 거울의 빛남이여.

굽은 난간 기대어 창랑가 읊어 보네.

갈대 양쪽 언덕에 갈바람이 거센데

무수한 돛배들이 석양에 어지럽네.

註▶ 1)滄浪(창랑): 滄浪歌. 굴원의 어부사에 나오는 노래로 인생의 일은 모두 자연히 돌아가는 대로 맡겨야 한다는 내용을 담고 있다.

〈출전〉한국한시 〈작자〉韓濩(石峰) 〈제목〉後西江

133.

凍雨霏霏灑晩天동우비비쇄만천　**前山雲霧接村烟**전산운무접촌연

겨울비 부슬부슬 저녁 하늘에 뿌리고, 앞산의 구름 안개, 마을 연기에 섞이었네.

(原文)

凍雨霏霏灑晚天　前山雲霧接村烟　漁翁不識蓑衣濕　閑傍蘆花共鷺眠

겨울비 부슬부슬 저녁 하늘에 뿌리고

앞산의 구름 안개, 마을 연기에 섞이었네.

늙은 고기잡이는 도롱이 젖는 줄 모르고

갈꽃 곁에서 한가히 해오라기와 졸고 있네.

註▶ 1)霏霏(비비): 비나 눈이 부슬부슬 오는 모양.

〈출전〉한국문집총간　〈작자〉鄭蘊(桐溪)　〈제목〉長風路上

134.

天邊日脚射滄溟천변일각사창명　**雲際遙分島嶼青**운제요분도서청

하늘가의 햇살이 넓은 바다에 비추어, 구름 끝의 멀리 푸른 섬 분명하게 하네.

(原文)

天邊日脚射滄溟　雲際遙分島嶼青　閶闔風聲晚來急　浪花飜倒碧波亭

하늘가의 햇살이 넓은 바다에 비추어

구름 끝의 멀리 푸른 섬 분명하게 하네.

저녁 들자 문의 바람소리가 급해지니

물결 꽃이 벽파정에 거꾸러지네.

註▶ 1)閶闔(창합): 문. 대궐의 문. 天上의 문

〈출전〉한국문집총간　〈작자〉張維(谿谷)　〈제목〉珍島碧波亭

135.

木落寒聲早목락한성조　**峰高暮色催**봉고모색최

나뭇잎 떨어지매 가을 소리 빠르고, 봉우리 높아 저녁 빛 재촉한다.

(原文)

天闢名區秘　人從勝日來　有流皆作瀑　無石不成臺

木落寒聲早　峰高暮色催　却愁山雨至　領略暫徘徊

하늘이 이름난 곳의 비밀을 드러내니

사람이 좋은 날을 가려서 왔다.

흐르는 물은 모두 폭포가 되고

돌들은 모두 돈대를 이루었다.

나뭇잎 떨어지매 가을 소리 빠르고

봉우리 높아 저녁 빛 재촉한다.

산비가 올까 시름하다가

알아차리고 잠깐 노닐어 본다.

註▶ 1)領略(영략): 알아차리다. 이해하다

〈출전〉한국문집총간　〈작자〉李端夏(畏齋)　〈제목〉大興洞

136.

輕雲華月吐경운화월토　**芳樹澹烟沈**방수담연침

실구름에는 밝은 달이 나오고, 꽃다운 나무에는 맑은 연기 감기네.

(原文)

輕雲華月吐　芳樹澹烟沈　夜久孤村靜　淸泉響竹林

실구름에는 밝은 달이 나오고

꽃다운 나무에는 맑은 연기 감기네.

밤이 깊어서 외딴 마을 고요한데

맑은 샘물이 대숲 울리네.

〈출전〉한국문집총간　〈작자〉金鎭圭(竹泉)　〈제목〉夜景

137.

石倚青天劍석의청천검 **湫鳴白日雷**추명백일뢰

돌이 기대서니 푸른 하늘이 칼이요, 폭포가 울어 한낮의 천둥이네.

(原文)

宇宙何年闢　溪山待我來　潭深龍作宅　寺古佛餘臺
石倚青天劍　湫鳴白日雷　探看須盡意　歸騎莫相催

우주는 그 언제 열리었던고
시내와 산이 나 오기를 기다리네.
물이 깊어라, 용이 집을 짓고
절이 낡아 부처가 누대에 남았네.
돌이 기대서니 푸른 하늘이 칼이요
폭포가 울어 한낮의 천둥이네.
자세히 그 뜻을 다 찾아 볼 지니
돌아가는 말을 재촉하지 말아라.

註▶ 1)潭深(담심): 물이 깊다. 또는 학문이 깊다. 2)探看(탐간): 찾아보다.
<출전>한국한시 <작자>申厚載(葵亭) <제목>岱巖

138.

潭黑定知龍臥處담흑정지용와처 **月明應有鶴歸時**월명응유학귀시

연못이 검으니 바로 이곳이 용이 누웠던 곳이요,
달이 밝으니 아마 학이 돌아올 때이리.

(原文)

造物何年效此奇　至今山骨化爲龜　中天露滴銅仙掌　絶頂雲藏綺皓碁
潭黑定知龍臥處　月明應有鶴歸時　層臺盛夏偏蕭爽　斜日清樽上馬遲

조물주는 그 언제 이런 기이함 주었던고.
지금 산의 뼈가 거북으로 변하였다.
하늘의 이슬방울은 銅仙의 손바닥에 떨어지고
맨 꼭대기의 구름은 綺皓의 바둑을 간직했다.
연못이 검으니 바로 이곳이 용이 누웠던 곳이요
달이 밝으니 아마 학이 돌아올 때이리.
한 여름의 층층한 누대가 몹시 시원하나니
지는 해 맑은 술에 말에 오르기 더디어라.

註▶ 1)造物(조물): 造物主. 즉 하늘과 땅의 모든 자연을 주재・섭리하는 神. 2)效(효): 주다. 수여하다. 3)綺皓(기호): 綺里季. 漢나라의 商山四皓의 한 사람.
〈출전〉한국한시 〈작자〉權堦 〈제목〉堤彦陽盤龜坮

139.

水舍鷄鳴夜向晨수사계명야향신 **柳梢風動月橫津**유초풍동월횡진

강 마을의 닭이 우니 밤이 새벽 되려 하고, 버들가지에 바람이 부니 달이 나루에 비꼈다.

(原文)
門外春江綠染衣 乘流一棹自忘歸 白鷗未必閒如我 盡日窺魚傍釣磯
水舍鷄鳴夜向晨 柳梢風動月橫津 漁家只在江南北 一色蘆花不見人
문 밖의 봄 강이 푸르러 옷에 물들 듯한데
물을 따라 배 한 척이 돌아가기 잊고 있네.
갈매기는 나처럼 한가하지 못해
종일토록 물가에서 물고기를 엿본다.
강 마을의 닭이 우니 밤이 새벽 되려 하고
버들가지에 바람이 부니 달이 나루에 비꼈다.

고기잡이의 집이 강의 남북에 있기는 한데
온통 갈대꽃 빛이라 사람은 안 보인다.

註▶ 1)水舍(수사): 水鄕. 水村. 강 마을.
〈출전〉한국한시 〈작자〉李喜之(凝齋) 〈제목〉江上雜詩

140.

山禽掠圃將雛過산금략포장추과 **野犢當林傍母眠**야독당림방모면
산새는 스쳐 새끼 몰고 지나가고, 들 송아지는 숲에서 어미 곁에서 잠잔다.

(原文)
洞府深深別有天 桑畦麥壟共依然 **山禽掠圃將雛過** **野犢當林傍母眠**
鬪草兒童隨暖日 卜畦田父望豊年 鷄鳴犬吠村南北 嫩綠陰中起午烟
洞天이 깊고 깊어 딴 세상 같으니
뽕밭과 보리 이랑이 옛날 그대로이다.
산새는 채마밭 스쳐 새끼 몰고 지나가고
들 송아지는 숲에서 어미 곁에서 잠잔다.
풀싸움하는 아이들은 따뜻한 해를 따르고
밭을 점치는 농부는 풍년 들기 바란다.
닭이 울고 개가 짖는 남북의 마을
신록 그늘 속에서 점심 연기가 인다.

註▶ 1)田家(전가): 농가. 농사 집. 2)同父(동부): 洞天. 신선이 산다는 명산. 3)依然(의연): 전과 다름이 없는 모양. 4)田父(전부): 농부. 5)嫩綠(눈록): 새로 나온 잎의 빛.
〈출전〉한국한시 〈작자〉林尙英(醉翁) 〈제목〉春日田家

141.

層峰迷海霧층봉미해무 **古木集村烟**고목집촌연

층층한 봉우리에 바다안개 헤매고, 오랜 나무에 마을 연기 모인다.

(原文)

步出南城外　行行度絶巓　**層峰迷海霧　古木集村烟**

橋斷人携杖　山危馬怯鞭　夕陽歸意急　相率渡前川

남쪽 성 밖으로 걸어서 나가

가고 가면서 산꼭대기 지나다.

층층한 봉우리에 바다안개 헤매고

오랜 나무에 마을 연기 모인다.

다리 끊어져 사람은 지팡이를 짚고

산이 위태해 말은 채찍 겁낸다.

석양이라 돌아갈 마음이 바빠

서로 이끌며 앞내를 건넌다.

〈출전〉한국한시　〈작자〉兪拓基(知守齋)　〈제목〉大興山城歸路

142.

烟火前村遠연화전촌원　**丹青古蘇滋**단청고소자

밥 짓는 연기에 앞마을 멀고, 단청에는 오랜 이끼 끼었네.

(原文)

山下古亭子　人言經亂離　掃塵僧寄宿　駐馬客題詩

烟火前村遠　丹青古蘇滋　庭前唯老栢　應見主人時

산밑의 옛 정자

사람들은 난리를 치렀다고 하네.

먼지를 쓸고 중은 밤을 지내고

말을 세우고 나그네는 시를 짓네.

밥 짓는 연기에 앞마을 멀고

단청에는 오랜 이끼 끼었네.
뜰 앞의 늙은 잣나무만이
아마 주인이 있을 때를 보았으리.

<출전>한국한시 <작자>南履寬 <제목>過空亭

143.

白雲橫里落백운횡리락 **松竹自成籬**송죽자성리

흰 구름은 마을에 비껴 있고, 소나무와 대나무가 저절로 울타리를 이루었네.

(原文)

白雲橫里落 松竹自成籬 遙望極淸絶 居人應未知
흰 구름은 마을에 비껴 있고
소나무와 대나무가 저절로 울타리를 이루었네.
멀리 바라보니 너무도 맑은데
살고 있는 사람들은 응당 알지 못하리.

註▶ 1)籬(리): 울타리.
<출전>한국한시 <작자>李定稷(石亭) <제목>道中記所見

144.

遠山浮翠色원산부취색 **柳崖暗烟霞**유애암연하

저 먼 산은 푸른빛에 떠 있고, 버들 언덕은 연하 속에 어둡네.

(原文)

遠山浮翠色 柳崖暗烟霞 何處靑旗在 漁舟近杏花
저 먼 산은 푸른빛에 떠 있고
버들 언덕은 연하 속에 어둡네.

어디에 푸른 기가 있는가 보니
고깃배가 행화촌에 가까이 닿네.

〈출전〉한국한시 〈작자〉桂生 〈제목〉尋眞三首中其三

145.

燕鳴江雨細 연명강우세 **魚唼水花腥**어삽수화성

제비는 강가의 보슬비에 지저귀고, 고기는 물위의 비린 연밥 쪼아 먹네.

(原文)
望裏蓬山色　多年入夢青　昔別會何所　相逢去此亭
燕鳴江雨細　魚唼水花腥　那堪問故舊　桐葉半凋零
봉산의 저 산 빛을 바라보나니
여러 해로 꿈에서 보던 그 산 빛.
옛날 우리 어디서 이별했던가?
오늘 또 이 정자에서 서로 만났네.
제비는 강가의 보슬비에 지저귀고
고기는 물위의 비린 연밥 쪼아 먹네.
옛 친구 안부들을 어찌 차마 물으랴
오동잎은 이미 반이나 떨어졌네.

註▶ 1)水花(수화): 연꽃의 딴 이름.
〈출전〉한국한시 〈작자〉姜只在堂 〈제목〉池亭見訪

146.

雲垂短巷孤帆隱운수단항고범은 **花落閑磯遠笛愁**화락한기원적수

구름 끝의 마을엔 외로운 배가 숨고, 꽃 지는 고요한 물가엔 피리소리 시름하네.

(原文)

西湖形勝在斯樓　隨意登臨作遨遊　西岸綺羅春草合　一江金碧夕陽流
雲垂短巷孤帆隱　花落閑磯遠笛愁　無限風烟收拾盡　錦囊生色畫欄頭

서호의 좋은 경치 이 다락에 모였거니
생각 따라 올라와선 즐겁게 노니노라.
서쪽 언덕의 비단 자락은 봄풀과 어울리고
온 강의 고운 빛깔은 저녁볕에 흘러가네.
구름 끝의 마을엔 외로운 배가 숨고
꽃 지는 고요한 물가엔 피리소리 시름하네.
끝없는 이 풍경을 모두 거두어 넣어
비단 주머니로 낯을 내나니, 이 그림의 난간에서….

註▶ 1)遨遊(오유): 즐겁게 놀다. 2)金碧(금벽): 고운 색채. 3)錦囊(금낭): 시의 원고를 넣어두는 주머니.
〈출전〉한국한시 〈작자〉錦園 〈제목〉江舍

Ⅲ. 天體, 地文

1. 天 運

147.

月滿則虧월만즉휴

달이 차면 쇠하여진다.

<출전>史記 蔡澤傳

148.

四時之序사시지서　**成功者去**성공자거

춘하추동의 순서는 공을 이룬 뒤에 바뀐다.

註▶ 1)成功(성공): 그 계절에 일어날 일을 이루다. 2)去(거): 계절이 바뀌다.
<출전>十八史略 春秋戰國　秦

149.

寒暑有往來한서유왕래　**功名安可留**공명안가류

추위와 더위도 오고 가는 것이 있는데 功名이 어찌 머무르겠는가?

<출전>古詩源　<작자>江淹　<제목>效阮公詩

150.

草木纔零落초목재영락　**便露萌穎於根柢**편로맹영어근저

초목은 비로소 시들어 떨이지면 문득 뿌리 밑에서 새싹이 돋아난다.

註▶ 1)纔(재): 겨우, 비로소. 2)零落(영락): 시들어 떨어짐. 3)萌穎(맹영): 새싹.
<출전>菜根譚 後集百十一

151.
履霜堅冰至이상견빙지
서리를 밟으면 단단한 얼음이 얼 때가 이르렀다.

<출전>易經　坤

2. 山川草木

152.
如南山之壽여남산지수　**不騫不崩**불건불붕
남산의 무궁함 같음이여 이지러지지도 무너지지도 않네.

註▶ 1)不騫(불건): 손상되지 않다. 2)不崩(불붕): 무너지지 않다.
<출전>詩經　小雅　天保

153.
他山之石타산지석　**可以攻玉**가이공옥
다른 산의 돌로 자기의 옥을 갈 수 있네.

<출전>詩經　小雅　鶴鳴

154.

山高故不貴산고고불귀　**以有樹爲貴**이유수위귀

산이 높아서 귀한 것이 아니고 나무가 있어서 귀하게 된다.

〈출전〉實語教

155.

山不在高산부재고　**有僊則名**유선즉명

산이 높지 않아도 신선이 있으면 이름이 높다.

註▶ 1)僊(선): 神仙. 仙과 같음.
〈출전〉古文眞寶　〈작자〉劉禹錫　〈제목〉陋室銘

156.

逝者如斯夫서자여사부　**不舍晝夜**불사주야

지나가는 것은 이와 같으니 낮과 밤이 없도다!

〈출전〉論語 子罕

157.

原泉混混원천혼혼　**不舍晝夜**불사주야　**盈科而後進**영과이후진　**放乎四海**방호사해

샘물은 근원에서 솟아 나와 밤낮으로 쉬지 않고 가득 찬 후에 흘러나와 사해로 흘러간다.

註▶ 1)混混(혼혼): 물이 솟아나 흐르는 모양. 2)盈科(영과): 가득 채우다.
〈출전〉孟子 離婁下

158.

菊花之隱逸者也국화지은일자야

국화는 꽃 중의 은자이다

註▶ 1)隱逸(은일): 세상을 피하여 숨어서 지내다.

<출전>古文眞寶 <작자>周惇頤 <제목>愛蓮說

159.

牧丹花之富貴者也목단화지부귀자야

목단은 꽃 중에 부귀한 것이다.

<출전>古文眞寶 <작자>周惇頤 <제목>愛蓮說

160.

蓮花之君子者也연화지군자자야

연꽃은 꽃 중의 군자이다.

<출전>古文眞寶 <작자>周惇頤 <제목>愛蓮說

161.

夜來忽有淸香動야래홀유청향동 **知放梅花第幾梢**지방매화제기초

지난밤에 갑자기 맑은 향기 피우더니, 매화 몇 가지에 꽃 핀 줄을 알겠네.

(原文)

臘雪孤村積未消 柴門誰肯爲相敲 **夜來忽有淸香動 知放梅花第幾梢**

마을의 섣달 눈이 아직 녹지 않았으니

누가 즐겨 사립문을 두드릴꼬.

지난밤에 갑자기 맑은 향기 피우더니

매화 몇 가지에 꽃 핀 줄을 알겠네.

註▶ 1)臘雪(납설): 섣달에 오는 눈. 2)柴門(시문): 사립문.
〈출전〉한국문집총간 〈작자〉柳方善(泰齋) 〈제목〉雪後

162.

賴有眞根泉下到뇌유진근천하도 **雪霜標格未全除**설상표격미전제

다행히 참 뿌리가 샘 밑까지 뻗치어, 눈과 서리도 그 품격을 어쩌지 못 하였네.

(原文)

海風吹去悲聲壯 山月高來瘦影疎 **賴有眞根泉下到 雪霜標格未全除**

바닷바람이 불어 슬픈 소리 웅장하고
산달이 높이 올라 여윈 그림자 성기네.
다행히 참 뿌리가 샘 밑까지 뻗치어
눈과 서리도 그 품격을 어쩌지 못 하였네.

註▶ 1)標格(표격): 목표로 하는 品格.
〈출전〉한국문집총간 〈작자〉金淨(冲庵) 〈제목〉題路傍松

163.

慇懃十月咸山菊은근시월함산국 **不爲重陽爲客開**불위중양위객개

은근해라, 시월 함흥의 국화여, 重陽은 나 몰라라, 손님을 위해 피는구나.

(原文)

秋盡關河候雁哀 思歸日上望鄕坮 **慇懃十月咸山菊 不爲重陽爲客開**

가을 지난 관하에 기러기 소리 구슬프니
고향 생각 날마다 망향대에 오르네.
은근해라, 시월 함흥의 국화여
重陽은 나 몰라라, 손님을 위해 피는구나.

註▶ 1)關河(관하): 函谷關과 黃河. 여기서는 咸興의 국경. 2)重陽(중양): 음력 9월 9일의 명절.
<출전>한국문집총간 <작자>鄭澈(松江) <제목>咸興十月看菊

164.

孤島落花春去後고도락화춘거후 **二陵芳草日斜時**이릉방초일사시

외로운 섬, 지는 꽃은 봄 떠난 뒤요, 두 능의 향기 풀은 해 넘을 때이네.

(原文)

青蓑一棹濟川湄 解纜東風遡上遲 **孤島落花春去後 二陵芳草日斜時**
仙山勝跡經年夢 江寺香燈此夜期 怊悵別懷難盡處 碧窓殘月子規枝

도롱이와 거룻배로 제천 가인데
배 떠나도 샛바람을 거스르기 더디네.
외로운 섬, 지는 꽃은 봄 떠난 뒤요
두 능의 향기 풀은 해 넘을 때이네.
선산의 좋은 자취는 해를 지난 꿈이요
강가 절의 향 등불은 이 밤을 기약했네.
이별한 슬픈 마음 끝이 없을 때
빈 창의 남은 달에 뻐꾸기 우네.

註▶ 1)解纜(해람): 배를 맨 줄을 풀고 배가 떠나다. 2)二陵(이릉): 太祖大王과 그 아들 思悼世子의 陵.
<출전>한국한시 <작자>鄭愛男 <제목>東湖

165.

東風小雨過長堤동풍소우과장제 **草色如烟望欲迷**초색여연망욕미

샛바람의 보슬비가 긴 둑을 지나, 풀빛이 연기 같아 바라보면 헷갈릴 듯하네.

(原文)

東風小雨過長堤　草色如烟望欲迷　寒食北邙山下路　野烏飛上白楊啼

샛바람의 보슬비가 긴 둑을 지나

풀빛이 연기 같아 바라보면 헷갈릴 듯하네.

한식 철 북망산의 그 밑의 길

들 까마귀는 백양나무에 날아올라 지저귀네.

註▶ 1)寒食(한식): 동지 뒤 백오일 되는 날. 古俗에 이 날은 불을 금하고 찬밥을 먹었다고 한다. 그것은 介子推를 애도하는 뜻이라 함. 우리나라에서도 왕실에서는 제향을 지냈고 민가에서는 성묘를 한다. 2)北邙(북망): 지금의 河南省 洛陽縣의 북쪽에 있는 邙山. 漢나라 이래고 유명한 묘지이므로 즉 무덤이나 묘지로 쓰임. 3)白楊(백양): 옛날에 무덤가에 이 나무를 많이 심었다.

〈출전〉한국한시　〈작자〉崔奇男(龜谷, 黙軒)　〈제목〉寒食

166.

玉貌冰肌冉冉衰옥모빙기염염쇠　**南風結子綠生枝**남풍결자록생지

예쁜 얼굴, 고운 살결이 차츰 쇠해가나니, 샛바람에 열매 맺고 푸른 가지 돋아나네.

(原文)

玉貌冰肌冉冉衰　南風結子綠生枝　纏綿不斷春消息　猶勝人間恨別離

예쁜 얼굴, 고운 살결이 차츰 쇠해가나니

샛바람에 열매 맺고 푸른 가지 돋아나네.

해마다 끊이지 않는 봄의 소식이거니

인간이별의 설움보다는 그래도 나은 것을.

註▶ 1)玉貌冰肌(옥모빙기): 옥처럼 예쁜 얼굴과 얼음처럼 깨끗하고 아름다운 살결. 매화의 형용한 것. 2)冉冉(염염): 세월 같은 것이 가는 모양. 3)纏綿(전면): 얽히고설킨 모양

〈출전〉한국한시　〈작자〉金芙蓉堂 雲楚　〈제목〉落梅

167.

尖如松葉刺人情첨여송엽자인정　**帶雨和烟滿古城**대우화연만고성

뾰족하기 솔잎 같아 사람 마음을 찌르면서, 비와 연기에 어울려 옛 성에 가득하다.

(原文)

尖如松葉刺人情　帶雨和烟滿古城　一春消息南原早　幾處征蛾夢相驚

뾰족하기 솔잎 같아 사람 마음을 찌르면서

비와 연기에 어울려 옛 성에 가득하다.

봄소식이 이 남원에 일찍 돌아왔나니

어느 곳에서 여인들이 꿈에 놀라 깨는가.

註▶ 1)南原(남원): 地名 또는 남쪽 언덕. 2)征蛾(정아): 蛾는 娥의 뜻. 남편이 싸움터에 나가고 홀로 사는 여자.

〈출전〉한국한시　〈작자〉鳳仙女史　〈제목〉細草

3. 禽獸蟲魚

168.

鳶飛戾天연비려천

솔개는 하늘 위를 날다.

註▶ 1)戾天(여천): 하늘에 도달하다. 세상이 태평스러움을 의미한다.

〈출전〉詩經　大雅　旱麓

169.

魚躍于淵어약우연

물고기는 연못에서 뛰네.

註▶ 1)魚躍于淵(어약우연): 세상이 태평스러움을 의미한다.
<출전>詩經 大雅 旱麓

170.

四靈사령

기린, 봉황, 거북, 용

<출전>禮記 禮運

171.

麟之所以爲麟者인지소이위린자 **以德不以形**이덕불이형

기린이 기린 되는 까닭은 덕이 있어서이지 생김새 때문이 아니다.

<출전>文章軌範 <작자>韓愈 <제목>獲麟解

172.

鳳凰鳴矣봉황명의 **于彼高岡**우피고강 **梧桐生矣**오동생의 **于彼朝陽**우피조양

봉황새가 저 높은 산등성이에서 울고, 오동나무가 산 동쪽 기슭에서 자랐네.

註▶ 1)高岡(고강): 높은 산등성이. 2)朝陽(조양): 산의 동쪽.
<출전>詩經 大雅 卷阿

173.

簫韶九成소소구성 **鳳凰來儀**봉황래의

舜임금이 지은 음악 九曲을 전부 연주하니 봉황이 날아와서 위엄 있는 기동을 갖추네.

註▶ 1)簫韶(절소): 순임금의 음악.
〈출전〉書經　益稷

174.
鶴鳴于九皐학명우구고　**聲聞于天**성문우천
학이 높은 하늘에서 우니 소리가 하늘에 퍼지네.

註▶ 1)九皐(구고): 깊은 그윽한 연못가의 언덕. 은사가 숨어살기는 하지만 그의 명성은 널리 떨친다는 뜻.

〈출전〉詩經　小雅　鶴鳴

175.
有鶖在梁유추재량　**有鶴在林**유학재림
물새는 들보에서 살고 학은 숲에서 산다.

註▶ 1)鶖(추): 물새. 2)有鶴在林(유학재림): 노자의 결백함을 말함.
〈출전〉詩經　小雅　白華

176.
魚得水逝어득수서 **而相忘乎水**이상망호수 **鳥乘風飛**조승풍비 **而不知有風**이부지유풍
고기는 물을 얻어 헤엄을 치되 물을 잊어버리고,
새는 바람을 타고 날면서 바람이 있음을 알지 못한다.

註▶ 1)逝(서): 헤엄쳐서 가다.
〈출전〉菜根譚 後集六十八

177.

驥不稱其力기불칭기력　**稱其德也**칭기덕야

좋은 말은 그 힘을 말하는 것이 아니고 그 덕을 말하는 것이다.

註▶ 1)驥(기): 천리마. 좋은 인재.

〈출전〉論語　憲問

178.

細思片隙無閒暇세사편극무한가　**漁父纔歸鷺又謀**어부재귀로우모

가만히 생각하면 잠깐도 한가한 때 없나니, 어부가 돌아가면 백로가 또 엿보네.

(原文)

圉圉紅鱗沒又浮　人言得意任遨遊　**細思片隙無閒暇**　**漁父纔歸鷺又謀**

괴로워하는 붉은 고기가 물에 떴다 잠겼다하고

사람들은 그것을 마음대로 즐거이 논다 하네.

가만히 생각하면 잠깐도 한가한 때 없나니

어부가 돌아가면 백로가 또 엿보네.

註▶ 1)圉圉(어어): 괴로워 펴지 못하는 모양. 2)紅鱗(홍린): 붉은 비늘. 즉 붉은 고기. 3)遨遊(오유): 놀다. 4)細思(세사): 곰곰이 생각하다. 5)片隙(편극): 극히 짧은 시간. 잠깐.

〈출전〉한국문집총간　〈작자〉李奎報(백운거사)　〈제목〉詠魚

179.

窓外候蟲秋思苦창외후충추사고　**伴人啼到五更終**반인제도오경종

창밖의 철 벌레는 가을 시름 괴로워, 사람 따라 새벽까지 우는구나.

(原文)

滿庭梧葉散西風　孤夢初回燭淚紅　**窓外候蟲秋思苦**　**伴人啼到五更終**

뜰에 가득 오동잎은 갈바람에 흩어지고
외로운 꿈이 막 깨자 촛불 눈물이 붉네.
창밖의 철 벌레는 가을 시름 괴로워
사람 따라 새벽까지 우는구나.

註▶ 1)候蟲(후충): 철을 따라 나오는 벌레. 2)五更(오경): 날샐 녘. 곧 오전 세시부터 다섯 시까지의 사이.
〈출전〉한국한시 〈작자〉金孝一(菊潭) 〈제목〉秋思

180.
驚人不遠飛경인불원비 **又向西山去**우향서산거
인기척에 놀라도 멀리 가지 않고, 다시 서산으로 날아가 운다.

(原文)
四月綠陰多 山禽終日語 **驚人不遠飛 又向西山去**
사월에 녹음이 많으니
산새가 종일 운다.
인기척에 놀라도 멀리 가지 않고
다시 서산으로 날아가 운다.

〈출전〉한국한시 〈작자〉朴婧(東川) 〈제목〉雜咏

181.
勁翮低垂草屋前경핵저수초옥전 **壯心猶在九霄烟**장심유재구소연
굳센 깃은 초옥 앞에 낮게 드리웠으나, 장한 뜻은 그래도 하늘 구름에 있네.

(原文)
勁翮低垂草屋前 壯心猶在九霄烟 凌風毛骨無人識 今日還爲過客憐

굳센 깃은 초옥 앞에 낮게 드리웠으나
장한 뜻은 그래도 하늘 구름에 있네.
바람을 거스르는 모골을 아는 사람이 없어
오늘에는 나그네의 가여움을 받고 있네.

註▶ 1)九霄(구소): 하늘. 九天. 2)凌風(능풍): 바람을 범하다. 바람을 업신여기다. 3)毛骨(모골): 터럭과 뼈.
〈출전〉한국한시 〈작자〉韓紀百(松石) 〈제목〉高原旅舍詠飢鷹

182.
正翮橫雲路정핵횡운로 **寒聲動夜扉**한성동야비
바른 깃촉으로 구름길을 가로지르고, 차가운 소리는 밤 사립문을 울리네.

(原文)
旅館驚秋早 天邊聽鴈翮 搏風超塞遠 隨氣向江飛
正翮橫雲路 寒聲動夜扉 蕭蕭鳴落木 星月碧空稀
여관에서 빠른 가을에 놀라나니
하늘가의 기러기 소리 들리네.
바람을 치며 먼 변방을 넘어가
기후를 따라 강을 향해 날아가네.
바른 깃촉으로 구름길을 가로지르고
차가운 소리는 밤 사립문을 울리네.
떨어지는 나뭇잎을 울리는 그 소리여
달 밝은 하늘에는 별이 드무네.

註▶ 1)翮(핵): 깃.
〈출전〉한국한시 〈작자〉令壽閤 徐氏 〈제목〉歸雁

Ⅳ. 氣 象

183.

江暗雨欲來강암우욕래　**浪白風初起**낭백풍초기

강 어두워지니 비 오려 하고, 물결 희어지니 바람 일기 시작하네.

(原文)

客心已百念　孤游重千里　**江暗雨欲來　浪白風初起**

나그네의 마음은 이미 온갖 상념으로 괴롭고

외로이 거듭 천리를 떠도네.

강 어두워지니 비 오려 하고

물결 희어지니 바람 일기 시작하네.

註▶ 1)百念(백념): 온갖 상념.

<출전>古詩源　<작자>何遜　<제목>相送

184.

好雨知時節호우지시절　**當春乃發生**당춘내발생

좋은 비 시절을 알고, 봄이 되니 만물이 자라는구나.

(原文)

好雨知時節　當春乃發生　隨風潛入夜　潤物細無聲

野徑雲俱黑　江船火獨明　曉看紅濕處　花重錦官城

좋은 비 시절을 알고

봄이 되니 때 맞춰 내리는구나.

바람 타고 남 몰래 밤중에 내려

세상 만물 적셔도 아무 소리 없네.
들판의 오솔길 검은 구름 속에 잠기고
강에 뜬 배에서는 등불만 밝게 빛나네.
날이 밝은 뒤 붉게 물든 곳 바라보면
금관성도 꽃바다 속에 잠기게 되리라.

註▶ 1)潤物(윤물): 빗물이 세상만물을 적셔주다. 2)曉看(효간): 날이 밝은 뒤에 바라보다. 3)花重(화중): 꽃이 겹겹이 쌓인 모양으로 꽃바다를 말함. 4)錦官城(금관성): 지금의 四川省 소재지 成都의 옛 별칭.
〈출전〉杜工部集 〈작자〉杜甫 〈제목〉春夜喜雨

185.
庭前有白露정전유백로 **暗滿菊花團**암만국화단
뜰 앞에 흰 이슬 내리니, 밤에 국화에 이슬이 가득 내렸네.

(原文)
光細弦初上 影斜輪未安 微升古塞外 已隱暮雲端
河漢不改色 關山空自寒 **庭前有白露 暗滿菊花團**
빛 가늘게 초승달 떠오르니
그림자 기울고 달빛 편안치 편안하지 않네.
희미하게 옛 변방밖에 떠올랐지만
이미 구름 끝에 숨었네.
은하수는 별빛이 바뀌지 않고 밝고
관문과 산은 텅 비어 한기가 느껴지네.
뜰 앞에 흰 이슬 내리니
밤에 국화에 이슬이 가득 내렸네.

註▶ 1)弦(현): 초승달. 2)河漢(하한): 은하수. 3)不改色(불개색): 달빛이 약해서 별빛이 변하지 않고 밝다.
<출전>杜工部集 <작자>杜甫 <제목>初月

186.

靜愛和花落정애화화락 **幽聞入竹聲**유문입죽성

꽃 떨어지는 것을 고요히 감상하고, 대나무 사이에 내리는 빗소리를 듣네.

(原文)

片雨拂簷楹 煩襟四座淸 霏微過麥隴 蕭瑟傍莎城
靜愛和花落 幽聞入竹聲 朝觀興無盡 高詠寄閑情
비가 내려 처마 밑 기둥을 적시니
번뇌가 모두 깨끗해지네.
가랑비 보리밭에 지나가고
쓸쓸함이 사초 무성한 성벽 옆을 감도네.
꽃 떨어지는 것을 고요히 감상하고
대나무 사이에 내리는 빗소리를 듣네.
아침에 바라본 흥은 다하여 없어져도
한가한 정취에 부쳐 높이 읊조리네.

註▶ 1)片雨(편우): 한 지방에 내리는 비. 2)煩襟(번금): 번거로운 속세의 일 때문에 시달리는 마음. 3)四座(사좌): 자리에 가득, 자리 전체. 4)霏微(비미): 가랑비나 가는 눈이 오는 모양. 5)麥隴(맥롱): 보리밭. 6)莎城(사성): 莎草가 무성한 성벽.
<출전>三體詩 <작자>僧 皎然 <제목>雨

187.

雪似鵝毛飛散亂설사아모비산란 **人披鶴氅立徘徊**인피학창입배회

눈은 기러기 털같이 날려 흩어져 어지럽고, 사람은 옷에 붙은 눈을 털며 서서 배회하네.

(原文)

雪似鵝毛飛散亂　人披鶴氅立徘徊　鄒生枚叟非無興　唯待梁王召卽來

눈은 기러기 털같이 날려 흩어져 어지럽고

사람은 옷에 붙은 눈을 털며 서서 배회하네.

추양과 매승은 홍이 많아

오직 양왕을 만나 불려 왔네.

註▶ 1)夢得(몽득): 백거이의 친구로 劉得夢을 가리킴. 2)鄒生牧叟(추생목수): 鄒陽과 枚乘으로 모두 漢나라의 문학가로 襄王의 빈객이 되었다.

〈출전〉白氏文集　〈작자〉白居易　〈제목〉酬令公雪中見贈 訝不與夢得同相訪

188.

溪雲初起日沈閣계운초기일침각　**山雨欲來風滿樓**산우욕래풍만루

계곡에 구름 처음 일어나니 해가 누각에 잠기는 듯 하고,

산에 비 내리려 하니 바람이 누대에 가득하네.

(原文)

一上高城萬里愁　蒹葭楊柳似汀洲　**溪雲初起日沈閣　山雨欲來風滿樓**

鳥下綠蕪秦苑夕　蟬鳴黃葉漢宮秋　行人莫問當年事　故國東來渭水流

높은 성에 오르면 끝없는 시름

갈대와 버들만이 마치 정주와 같다.

계곡에 구름 처음 일어나니 해가 누각에 잠기는 듯 하고

산에 비 내리려 하니 바람이 누각에 가득하네.

새가 내리는 푸른 잡초는 秦苑의 저녁이요

매미 우는 누런 잎은 漢宮의 가을이다.

나그네야 묻지 말라 그때의 일을

고국의 渭水만이 동으로 흘러온다.

註▶ 1)咸陽(함양): 지금의 陝西省 咸陽縣. 秦나라의 도읍지. 2)蒹葭(겸가): 갈대. 3)汀洲(정주): 얕은 물 가운데 토사가 쌓여 물위에 나타난 곳. 4) 秦苑(진원): 진나라의 상림. 5)漢宮(한궁): 漢나라의 궁전.
〈출전〉三體詩 〈작자〉許渾 〈제목〉咸陽城東樓

189.

黑雲翻墨未遮山흑운번묵미차산 **白雨跳珠亂入船**백우도주난입선

검은 구름 먹을 뒤집어 쓴 듯 채 산을 다 가리지 못했고,
하얗게 내리는 비는 구슬이 뛰듯 배 안에 어지러이 들어오네.

(原文)

黑雲翻墨未遮山 白雨跳珠亂入船 卷地風來忽吹散 望湖樓下水如天
검은 구름 먹을 뒤집어 쓴 듯 채 산을 다 가리지 못했고
하얗게 내리는 비는 구슬이 뛰듯 배 안에 어지러이 들어오네.
다시 바람 불어오다가 홀연히 흩어지고
망호루 아래 물은 하늘과 같아 보이네.

註▶ 1) 卷地(권지): 땅을 말듯이 불어온다는 뜻으로 한번 패전한 자가 다시 쳐들어오는 것을 말한다. 2) 望湖樓(망호루): 杭州의 鳳凰山에 있었다는 설과 西湖옆 昭慶寺의 앞에 있었다는 설이 있다.
〈출전〉蘇東坡集 〈작자〉蘇軾 〈제목〉六月二十七日望湖樓醉書五首中 其一

190.

昨夜松堂雨작야송당우 **溪聲一枕西**계성일침서

어젯밤에 송당에 비 내리더니, 서쪽 시냇물 소리를 누워 들었다.

(原文)

昨夜松堂雨 溪聲一枕西 平明看庭樹 宿鳥未離棲

어젯밤에 송당에 비 내리더니
서쪽 시냇물 소리를 누워 들었다.
새벽에 뜰 앞 나무 바라보니
자던 새는 아직도 둥우리 안 떠났네.

註▶ 1)山庄(산장): 庄은 莊의 俗字. 산중의 별장. 2)平明(평명): 새벽.
<출전>한국한시 <작자>高兆基 <제목>山庄雨夜

191.

楓葉蘆花水國秋풍엽로화수국추 **一江風雨灑扁舟**일강풍우쇄편주

단풍잎과 갈대꽃과 수국의 가을인데, 강바람이 비를 몰아 거룻배에 뿌린다.

(原文)

楓葉蘆花水國秋 一江風雨灑扁舟 驚回楚客三更夢 分與湘妃萬古愁

단풍잎과 갈대꽃, 수국의 가을인데
강바람이 비를 몰아 거룻배에 뿌린다.
놀라 돌아오는 고달픈 나그네의 한밤의 꿈을
아황 여영의 만고의 시름에 나누어준다.

註▶ 1)瀟湘夜雨(소상야우): 소상 8경의 하나. 2)水國(수국): 池沼 · 河川등이 많은 땅. 3)扁舟(편주): 작은 배. 거룻배. 4)楚客(초객): 고생하는 나그네. 5)湘妃(상비): 舜임금의 두 妃, 곧 娥皇과 女英.
<출전>한국문집총간 <작자>李齊賢(益齋) <제목>瀟湘夜雨

192.

好雨留人故不晴호우유인고불청 **隔窓終日聽江聲**격창종일청강성

좋은 비가 사람을 붙들어 두고 일부러 개지 않아, 창밖의 강물소리를 한 종일 듣고 있네.

(原文)

好雨留人故不晴　隔窓終日聽江聲　斑鳩又報春消息　山杏花邊款款鳴

좋은 비가 사람을 붙들어 두고 일부러 개지 않아

창밖의 강물소리를 한 종일 듣고 있네.

얼룩 비둘기는 또 봄소식을 알리느라

산 살구꽃 곁에서 구구구 울고 있네.

註▶ 1)款款(관관): 비둘기 우는소리의 형용.

<출전>한국문집총간 <작자>申光漢(企齋) <제목>阻雨宿神勒寺

193.

破屋凄風入파옥처풍입　**空庭白雪堆**공정백설퇴

부서진 집에 매운 바람이 들고, 빈 뜰엔 흰 눈이 쌓이네.

(原文)

破屋凄風入　空庭白雪堆　愁心與燈火　此夜共成灰

부서진 집에 매운 바람이 들고

빈 뜰엔 흰 눈이 쌓이네.

시름은 등불과 함께

오늘 이 밤에 다 같이 재가 되네.

註▶ 1)凄風(처풍): 매운 바람. 거센 바람.

<출전>한국문집총간　<작자>金壽恒(文谷)　<제목>雪夜獨坐

194.

醉臥酒爐邊취와주로변　**衣沾杏花雨**의첨행화우

술 화로 곁에 취해 누우면, 내 옷은 살구꽃 빗발에 젖네.

(原文)

東風紫陌來　興與春雲聚　**醉臥酒爐邊　衣沾杏花雨**

서울 거리에 샛바람이 불어

흥과 봄 구름이 함께 모이네.

술 화로 곁에 취해 누우면

내 옷은 살구꽃 빗발에 젖네.

註▶ 1)紫陌(자맥): 서울의 거리. 또는 서울 교외의 길.

<출전>한국한시　<작자>朴景夏(癯溪)　<제목>紫陌春雨

195.

蕭瑟鳴秋葉소슬명추엽　**霏微灑客衣**비미쇄객의

쓸쓸히 내려 가랑잎을 울리고, 애꿎게 뿌려 나그네 옷 적시네.

(原文)

疎雨梧桐夜　凉風動野扉　群鷗逐浪去　衆鳥移林歸

蕭瑟鳴秋葉　霏微灑客衣　殊方驚歲晩　愁切素心違

성근 빗발이 오동잎에 떨어지는 밤

차가운 바람 일어 사립문을 뒤흔드네.

갈매기 떼는 물결 따라 가버리고

새들은 숲 속으로 다투어 돌아오네.

쓸쓸히 내려 가랑잎을 울리고

애꿎게 뿌려 나그네 옷 적시네.

타향에서 저무는 또 한해를 보내나니

시름이 너무 애절해 미칠 것만 같구나.

註▶ 1)殊方(수방): 다른 지방. 즉 타향. 2)素心(소심): 결백한 마음. 또는 本心.

<출전>한국한시　<작자>令壽閤 徐氏　<제목>次陸夕雨

V. 探美

一. 優 麗

196.

青山橫北郭청산횡북곽 **白水遶東城**백수요동성

청산이 마을 위에 뻗어있고, 물이 성 밑을 돌아 흐른다.

(原文)

青山橫北郭　白水遶東城　此地一爲別　孤蓬萬里征

浮雲遊子意　落日故人情　揮手自玆去　蕭蕭班馬鳴

청산이 마을 위에 뻗어있고

물이 성 밑을 돌아 흐른다.

이 땅에서 이별하면

홀로 바람 따라 만 리 길을 간다.

뜬구름은 나그네의 심사인가

지는 해를 보고 친구를 그린다.

손을 뿌리치고 지금 떠나니

말도 섭섭한 듯 울고 있다.

註▶ 1)北郭(북곽): 북쪽에 있는 마을. 2)孤蓬(고봉): 바람에 흔들리는 외로운 풀이나 쑥. 3)浮雲(부운): 세상의 부귀와 영화. 4)揮手(휘수): 손을 뿌리치다. 5)蕭蕭(소소): 쓸쓸한 모습. 6)班馬(반마): 班은 分의 뜻으로 수레를 끄는 두 필의 말이 서로 조금 떨어져 있음을 말한다.

〈출전〉唐詩選　〈작자〉李白　〈제목〉送友人

197.

曉看紅濕處효간홍습처 **花重錦官城**화중금관성

새벽에 붉게 물든 습지를 보니, 꽃이 금관성에 무성히 피어있구나.

(原文)

好雨知時節 當春乃發生 隨風潛入夜 潤物細無聲
野徑雲俱黑 江船火獨明 **曉看紅濕處 花重錦官城**

좋은 비 시절을 알고
봄이 되니 때 맞춰 내리는구나.
바람 타고 남 몰래 밤중에 내려
세상 만물 적셔도 아무 소리 없네.
들판의 오솔길 검은 구름 속에 잠기고
강에 뜬 배에서는 등불만 밝게 빛나네.
날이 밝은 뒤 붉게 물든 곳 바라보면
금관성도 꽃바다 속에 잠기게 되리라.

註▶ 1)潤物(윤물): 빗물이 세상만물을 적셔주다. 2) 曉看(효간): 날이 밝은 뒤에 바라보다. 3)花重(화중): 꽃이 겹겹이 쌓인 모양으로 꽃바다를 말함. 4)錦官城(금관성): 지금의 四川省 소재지 成都의 옛 별칭.

〈출전〉杜工部集 〈작자〉杜甫 〈제목〉春夜喜雨

198.

岸花飛送客안화비송객 **檣燕語留人**장연어유인

언덕 가 꽃은 떠나는 이에게 날아가고, 돛대 위 제비는 머물러 있는 사람에게 지저귀네.

(原文)

夜醉長沙酒 曉行湘水春 **岸花飛送客 檣燕語留人**

賈傳才未有　褚公書絶倫　名高前後事　廻首·傷神
밤에는 장사의 술에 취하고
새벽에는 상수에 찾아온 봄 길을 건네.
언덕 가 꽃은 떠나는 이에게 날아가고
돛대 위 제비는 머물러 있는 사람에게 지저귀네.
가전은 재주가 없고
저수량의 글씨는 뛰어났다.
전후의 일에 이름이 높아
옛일을 생각하니 마음이 아프네.

註▶ 1)賈傳(가전): 賈誼를 가리키는 것으로 前漢 때 사람. 2)褚公(저공): 褚遂良을 가리키는 것으로 초당시대의 名臣이었으며 서예가로서 이름이 높았다. 3)廻首(회수): 옛일을 생각함.
〈출전〉杜工部集　〈작자〉杜甫　〈제목〉發潭州

199.

碧知湖外草벽지호외초　**紅見海東雲**홍견해동운

푸른 것은 호수너머 풀인 것을 알겠고, 붉게 바다 동쪽 구름이 보이네.

(原文)
久雨巫山暗　新晴錦繡文　**碧知湖外草　紅見海東雲**
竟日鶯相和　摩霄鶴數羣　野花乾更落　風處急紛紛
오랫동안 비가 내려 무산이 어둑어둑하고
새로 날이 개니 비단에 수놓은 듯하네.
푸른 것은 호수너머 풀인 것을 알겠고
붉게 바다 동쪽 구름이 보이네.
끝나는 날 앵무새 서로 노래하고
하늘에 닿을 듯 학이 무리를 짓네.

들꽃은 마르면 다시 떨어지고
바람 부는 곳 어지럽네.

註▶ 1)竟日(경일): 끝나는 날. 2)摩霄(마소): 하늘에 닿을 듯하다. 3)紛紛(분분): 어지럽다.
<출전>杜工部集 <작자>杜甫 <제목>晴二首中 其一

200.

澗花然暮雨간화연모우 **潭樹暖春雲**담수난춘운

시냇가의 꽃은 저녁 비에 붉게 타고, 연못가의 나무들은 봄 구름에 따뜻하다.

(原文)
谷口來相訪 空齋不見君 **澗花然暮雨 潭樹暖春雲**
門徑稀人迹 簷峰下鹿群 衣服與枕席 山靄碧氛氳
이 산골짝을 찾아왔는데
빈 서재에 그대는 보이지 않네.
시냇가의 꽃은 저녁 비에 붉게 타고
연못가의 나무들은 봄 구름에 따뜻하다.
문 밖 길에는 사람 발길 드문데
처마 끝 봉우리에는 사슴 떼 내려온다.
옷과 베개 잠자리는 그대로 있어
산 노을 기운이 푸르게 어리었다.

註▶ 1)高官(고관): 골짝 이름. 2)鄭鄠(정호): 사람이름. 3)氛氳(분온): 천지의 기운이 합하여 어린 기운.
<출전>岑嘉州集 <작자>岑參 <제목>高官谷口招鄭鄠

201.

瀟湘何事等間回소상하사등간회 **水碧沙明兩岸苔**수벽사명양안태

소상강을 어찌 떠나는가? 맑은 물, 흰모래, 이끼도 푸른네.

(原文)

瀟湘何事等閒回　水碧沙明兩岸苔　二十五絃彈夜月　不勝淸怨却飛來

소상강을 어찌 떠나는가?

맑은 물, 흰모래, 이끼도 푸른데.

이십 오현 비파 타는 밤에

슬픈 사연을 들을 수 없어 날아가는가!

註▶ 1)瀟湘(소상): 동정호의 남쪽 언덕. 2)等閒(등간): 마음에 두지 아니함. 3)二十五絃(이십오현): 옛날 秦帝 때 소녀로 하여금 비파를 타게 했는데 그 소리가 너무 슬프게 들려서 이것을 줄여 25개의 현으로 만들었다고 한다. 곧 악기의 뜻.

〈출전〉唐詩選　〈작자〉錢起　〈제목〉歸雁

202.

突兀岡巒臨鳥道돌올강만임조도　**淸幽洞壑秘仙蹤**청유동학비선종

높이 솟은 언덕과 산은 조도에 다다랐고, 맑고 깊은 골짜기는 신선 자취 감추었네.

(原文)

雪立亭亭千萬峰　海雲開出玉芙蓉　神光蕩漾滄溟近　淑氣蜿蜒造化鍾

突兀岡巒臨鳥道　淸幽洞壑秘仙蹤　東還便欲凌高頂　俯視鴻濛一盪胸

눈 속에 우뚝 솟은 천만 봉우리

바다구름이 옥부용을 피워 내었네.

싱그러운 빛이 일렁이니 큰 바다가 가깝고

맑은 기운이 꿈틀거리니 조화가 모이었네.

높이 솟은 언덕과 산은 조도에 다다랐고

맑고 깊은 골짜기는 신선 자취 감추었네.

동으로 돌아오다 문득 높은 꼭대기에 올라
천지를 굽어보며 한 번 가슴 씻으려네.

註▶ 1)亭亭(정정): 우뚝 솟은 모양. 2)蕩漾(탕양): 물이 흐르는 모양. 또는 물결이 움직이는 모양. 3)滄溟(창명): 사방의 바다. 4)蜿蜒(원연): 뱀 따위가 꿈틀거리며 가는 모양. 또는 산맥이 길게 연한 모양. 5)突兀(돌올): 높이 솟은 모양. 6)岡巒(강만): 언덕과 산. 7)鳥道(조도): 새가 아니면 통과할 수 없을 만큼 험하고 좁은 길. 8)鴻濛(홍몽): 천지자연의 기운.
〈출전〉한국문집총간 〈작자〉權近(陽村) 〈제목〉金剛山

203.
門前芳草綠初肥문전방초록초비　**籬外桃花紅未稀**이외도화홍미희
문 앞의 꽃다운 풀은 푸르름이 진해지고, 울 밖의 복사꽃은 붉은 색이 짙다.

(原文)
門前芳草綠初肥　籬外桃花紅未稀　罷釣歸來溪路晩　一輪明月照蘿衣
문 앞의 꽃다운 풀은 푸르름이 진해지고
울 밖의 복사꽃은 붉은 색이 짙다.
낚시 마치고 돌아오는 계곡길이 저무니
한 바퀴 밝은 달이 여라 옷을 비춘다.

註▶ 1)竹枝詞(죽지사): 歌詞의 한 體. 2)蘿衣(나의): 여라 옷. 松蘿 옷.
〈출전〉한국한시 〈작자〉申厚載(葵亭) 〈제목〉龍潭竹枝詞

204.
霜葉自深淺상엽자심천　**總看成錦樹**총간성금수
서리 맞은 잎은 스스로 깊고 얕아, 모두를 바라보면 비단 나무되었네.

(原文)

霜葉自深淺　總看成錦樹　虛齋坐忘言　葉上聽疎雨

서리 맞은 잎은 스스로 깊고 얕아
모두를 바라보면 비단 나무되었네.
빈 서재에 앉아 말을 다 잊고
나뭇잎 위에서 성긴 빗소리 듣네.

〈출전〉한국한시　〈작자〉南克寬(夢囈)　〈제목〉楓岩靜齋秋詞

205.

夜闌人不寐야란인불매　**明月在花梢**명월재화초

밤 깊도록 사람은 잠 못 이루고, 밝은 달이 꽃가지의 끝에 걸렸다.

(原文)

一室淸如水　簷端樹自交　**夜闌人不寐　明月在花梢**

온 집이 맑기가 물과 같은데
처마 끝의 나뭇가지 서로 얽혔다
밤 깊도록 사람은 잠 못 이루고
밝은 달이 꽃가지 끝에 걸렸다.

〈출전〉한국한시　〈작자〉韓翼恒(聽灘)　〈제목〉咏庭前梨樹

206.

朱欄俯綠池주란부록지　**日照幽蘭靜**일조유란정

붉은 난간이 푸른 못을 굽어보는데, 해가 비치면 난초가 고요하네.

(原文)

朱欄俯綠池　日照幽蘭靜　中有鼓琴人　欹巾坐花影

붉은 난간이 푸른 못을 굽어보는데
해가 비치면 난초가 고요하네.
그 가운데 거문고 타는 사람
비뚜름한 두건으로 꽃그늘에 앉았네.

註▶ 1)攲巾(의건): 두건을 한 쪽으로 기울게 씀.
〈출전〉한국문집총간 〈작자〉申維翰(青泉) 〈제목〉和金稷山

207.

冰湖百頃平鋪玉빙호백경평포옥 **彩閣千重聳出雲**채각천중용출운
백 이랑의 얼음 호수는 평평하게 옥을 깔아 놓은 듯하고,
천 겹의 채색누각은 구름 속에 솟았네.

(原文)
身到西山過昔聞 瑤林瓊島杳難分 **冰湖百頃平鋪玉 彩閣千重聳出雲**
世外忽驚超穢累 眼中無處着塵氛 敢將詩畫形容得 癡坐橋頭送夕曛
옛날부터 들었던 서산을 몸소 와 보니
구슬 숲과 옥의 섬을 분간하기 어려워라.
백 이랑의 얼음 호수는 평평하게 옥을 깔아 놓은 듯하고
천 겹의 채색누각은 구름 속에 솟았네.
세상 밖에서 문득 놀랐나니 더러운 얽매임을 벗어난 듯
눈에 뵈는 그 어디가 티끌 기가 묻었는가.
시와 그림으로 구태여 묘사하고는
멍하니 다리 끝에 앉아 저녁별을 보내네.

註▶ 1)瑤林瓊島(요림경도): 옥의 숲과 옥의 섬. 2)穢累(예루): 더러운 累. 더러운 얽매임. 3)塵氛(진분): 더러운 氣.
〈출전〉한국한시 〈작자〉姜世晃(豹菴) 〈제목〉西山

208.

窓光蒼黑變成紅창광창흑변성홍 **嶺上殘霞落日烘**영상잔하락일홍

창의 빛은 검푸르다 붉게 변하니, 산 위의 남은 노을은 지는 해가 타는 듯하네.

(原文)

窓光蒼黑變成紅 嶺上殘霞落日烘 欲象此時奇絶觀 桃花林裏水晶宮

창의 빛은 검푸르다 붉게 변하니

산 위의 남은 노을은 지는 해가 타는 듯하네.

이때의 기이한 장관을 그리려 하니

복숭아 숲 속의 수정궁이네.

註▶ 1)蒼黑(창흑): 검푸른 빛. 2)烘(홍): 타다. 밝다.

〈출전〉한국한시 〈작자〉李彦瑱(滄起) 〈제목〉窓光

209.

淸磬響沈星月白청경향침성월백 **萬山楓葉鬧秋聲**만산풍엽료추성

경쇠소리 잦아지고 별빛 달빛은 희고, 온 산 단풍잎의 가을소리 시끄럽다.

(原文)

千層隱佇千年寺 瑞氣祥雲石逕生 **淸磬響沈星月白 萬山楓葉鬧秋聲**

천 겹의 산에 천년이 된 절이 그윽하게 서 있나니

상서로운 기운과 구름이 돌길에서 생긴다.

경쇠소리 잦아지고 별빛 달빛은 희고

온 산 단풍잎의 가을소리 시끄럽다.

註▶ 1)佇(저): 서 있다. 2)石逕(석경): 돌 길. 3)鬧(요): 시끄럽다. 소란스럽다.

〈출전〉한국한시 〈작자〉桂生 〈제목〉登千層菴

210.

誰採崑山玉수채곤산옥 **巧成一半梳**교성일반소

누가 곤륜산 옥을 캐내어, 솜씨 있게 절반 빗을 만들었는고.

(原文)

誰採崑山玉 巧成一半梳 自從離別後 愁亂擲空虛

누가 곤륜산 옥을 캐내어

솜씨 있게 절반 빗을 만들었는고.

임을 이별한 그 뒤로는

시름에 겨워 허공에 던져뒀다.

〈출전〉한국한시 〈작자〉李玉峰 〈제목〉初月

211.

東閣梅花今又發동각매화금우발 **淸香不染一纖塵**청향불염일섬진

동쪽 집의 매화꽃은 금년에도 또 피어, 맑은 그 향기는 티끌 하나에도 물들지 않았네.

(原文)

世機忘却自閑身 匹馬西來再見春 **東閣梅花今又發 淸香不染一纖塵**

세상 일 아주 잊고 한가한 이 몸

말을 타고 서쪽으로 와서 다시 봄을 만났네.

동쪽 집의 매화꽃은 금년에도 또 피어

맑은 그 향기는 티끌 하나에도 물들지 않았네.

註▶ 1)世機(세기): 세상의 일. 2)匹馬(필마): 한 필의 말. 3)纖塵(섬진): 아주 작은 티끌.

〈출전〉한국한시 〈작자〉三宜堂 金氏 〈제목〉東閣梅花

2. 幽 邃

212.

蟬噪林逾靜선조임유정　**鳥鳴山更幽**조명산경유

매미 우니 숲 더욱 고요하고, 새 우니 산 더욱 그윽하구나.

(原文)

艅艎何泛泛　空水共悠悠　陰霞生遠岫　陽景逐廻流

蟬噪林逾靜　**鳥鳴山更幽**　此地動歸念　長年悲倦遊

아름답게 장식한 배 띄우고

사람 없는 강에 유유하네.

그늘진 안개는 먼 산에서 생기고

햇살 비친 경치는 굽이쳐 흐르는 물을 따라 펼쳐지네.

매미 우니 숲 더욱 고요하고

새 우니 산 더욱 그윽하구나.

이 땅은 고향에 돌아가고 싶은 생각나게 하니

오랫동안 객지를 떠도는 피로에 슬퍼하네.

註▶ 1)艅艎(여황): 아름답게 장식한 배. 2)倦遊(권유): 오랫동안 나그네 되어 떠돌아 다녀서 생활이 피곤한 것을 말함.

〈출전〉古詩源　〈작자〉王籍　〈제목〉入若耶溪

213.

澗戶寂無人간호적무인　**紛紛開且落**분분개차락

깊은 산 속 집에는 고요히 사람 없고, 꽃들은 피었다가 또 지네.

(原文)

木末芙蓉花　山中發紅萼　**澗戶寂無人**　**紛紛開且落**

나무에는 아직 부용꽃이 피지 않았는데
산중에는 붉은 꽃이 피었네.
깊은 산 속 집에는 고요히 사람 없고
꽃들은 피었다가 또 지네.

<출전>王右丞集 <작자>王維 <제목>辛夷塢

214.

空山不見人공산불견인 **但聞人語響**단문인어향

빈 산에 사람은 보이지 않는데, 다만 사람 소리 울리어 들리네.

(原文)

空山不見人 但聞人語響 返景入深林 復照青苔上
빈 산에 사람은 보이지 않는데
다만 사람 소리 울리어 들리네.
저녁노을이 숲 속에 스미더니
다시 푸른 이끼 위에 비치네.

註▶ 1)鹿柴(녹시): 사슴을 기르는 울타리. 2)返景(반경): 저녁노을 해가 서쪽 산에 기울면 그 반사하는 빛이 동쪽을 비침.
<출전>唐詩選 <작자>王維 <제목>鹿柴

215.

深林人不知심임인부지 **明月來相照**명월래상조

깊은 숲의 즐거움을 아는 이 없으나, 밝은 달이 찾아와 서로 비추네.

(原文)

獨坐幽篁裏 彈琴復長嘯 **深林人不知 明月來相照**

홀로 대숲 속에 앉아서
거문고를 타다가 휘파람도 불어본다.
깊은 숲의 즐거움을 아는 이 없으나
밝은 달이 찾아와 서로 비추네.

註▶ 1)竹里館(죽리관): 죽림 속에 있는 정자. 2)長嘯(장소): 한참동안 휘파람을 불다.
〈출전〉唐詩選 〈작자〉王維 〈제목〉竹里館

216.

古木無人逕고목무인경 **深山何處鐘**심산하처종

옛길에 인적 끊어졌는데, 깊은 산에 종소리만 들린다.

(原文)

不知香積寺 數里入雲峰 **古木無人逕 深山何處鐘**
泉聲咽危石 日色冷靑松 薄暮空潭曲 安禪制毒龍

향적사가 어디 있는지 몰라서
몇 리를 걸어 구름 속에 들어갔다.
옛길에 인적 끊어졌는데
깊은 산에 종소리만 들린다.
샘물은 바위틈을 졸졸 흐르고
햇빛도 차갑게 소나무에 비친다.
날이 어두운 연못가에서
좌선하면서 욕심을 씻어버렸다.

註▶ 1)香積寺(향적사): 종남산에 있는 절. 2)空潭(공담): 깊은 연못 3)安禪(안선): 좌선하여 마음의 욕심을 버리는 것. 4)毒龍(독룡): 사람의 욕심이 있는 것을 비유한 것.
〈출전〉唐詩選 〈작자〉王維 〈제목〉過香積寺

217.

泉聲咽危石천성인위석 **日色冷青松**일색냉청송

냇물은 바위틈을 졸졸 흐르고, 햇빛도 차갑게 소나무에 비친다.

(原文)

不知香積寺 數里入雲峰 古木無人逕 深山何處鐘
泉聲咽危石 日色冷青松 薄暮空潭曲 安禪制毒龍

향적사가 어디 있는지 몰라서
몇 리를 걸어 구름 속에 들어갔다.
옛길에 인적 끊어졌는데
깊은 산에 종소리만 들린다.
샘물은 바위틈을 졸졸 흐르고
햇빛도 차갑게 소나무에 비친다.
날이 어두운 연못가에서
좌선하면서 욕심을 씻어버렸다.

註▶ 1)香積寺(향적사): 종남산에 있는 절. 2)空潭(공담): 깊은 연못 3)安禪(안선): 좌선하여 마음의 욕심을 버리는 것. 4)毒龍(독룡): 사람의 욕심이 있는 것을 비유한 것.
<출전>唐詩選 <작자>王維 <제목>過香積寺

218.

薄暮空潭曲박모공담곡 **安禪制毒龍**안선제독용

날이 어두운 못 가에서, 좌선하면서 욕심을 씻어버렸다.

(原文)

不知香積寺 數里入雲峰 古木無人逕 深山何處鐘
泉聲咽危石 日色冷青松 **薄暮空潭曲 安禪制毒龍**
향적사가 어디 있는지 몰라서

몇 리를 걸어 구름 속에 들어갔다.
옛길에 인적 끊어졌는데
깊은 산에 종소리만 들린다.
샘물은 바위틈을 졸졸 흐르고
햇빛도 차갑게 소나무에 비친다.
날이 어두운 연못가에서
좌선하면서 욕심을 씻어버렸다.

註▶ 1)香積寺(향적사): 종남산에 있는 절. 2)空潭(공담): 깊은 연못 3)安禪(안선): 좌선하여 마음의 욕심을 버리는 것. 4)毒龍(독룡): 사람의 욕심이 있는 것을 비유한 것.
〈출전〉唐詩選 〈작자〉王維 〈제목〉過香積寺

219.

衆鳥高飛盡중조고비진 **孤雲獨去閑**고운독거한

많은 새 멀리 날아가고, 외로운 구름만 한가히 떠 있네.
(原文)
衆鳥高飛盡 孤雲獨去閑 相看兩不厭 只有敬亭山
많은 새 멀리 날아가고
외로운 구름만 한가히 떠 있네.
언제나 보아도 다정한 것은
다만 경정산 뿐이네.

註▶ 1)敬亭山(경정산): 지금의 安徽省 宣城縣 남쪽에 있는 산.
〈출전〉唐詩選 〈작자〉李白 〈제목〉獨坐敬亭山

220.

落日在簾鉤낙일재렴구 **溪邊春事幽**계변춘사유

지는 해 발 고리에 걸려있고, 시냇가 봄 일이 그윽하구나.

(原文)

落日在簾鉤　溪邊春事幽　芳菲緣岸圃　樵爨倚灘舟

啅雀爭枝墜　飛蟲滿院遊　濁醪誰造汝　一酌散千愁

지는 해 발 고리에 걸려있고
시냇가 봄 일이 그윽하구나.
언덕 밭에는 꽃이 향기로운데
여울가의 배에서는 저녁밥을 짓는다.
벌레를 쪼는 새들은 가지를 다투어 떨어지고
나는 벌레들은 뜰에 가득 헤엄친다.
누가 너에게 탁주를 갖다 주었는가?
한 잔 마시니 온갖 시름이 흩어지네.

註▶ 1)芳菲(방비): 꽃향기. 또는 향기로운 꽃. 2)樵爨(초찬): 땔나무로 밥을 지음.
3)造(조): 가지고 오다. 또는 가지고 가다.
〈출전〉杜工部集　〈작자〉杜甫　〈제목〉落日

221.

山空松子落산공송자락　**幽人應未眠**유인응미면

산 비어있고 솔방울만 떨어지니, 그대도 그 소리에 잠 못 이루리.

(原文)

懷君屬秋夜　散步詠涼天　**山空松子落　幽人應未眠**

그대를 생각하는 가을밤에
홀로 거닐면서 흥얼거리네.
산 비어있고 솔방울만 떨어지니
그대도 그 소리에 잠 못 이루리.

註▶ 1)丘二十二(구이십이): 丘는 姓씨이고 二十二는 형세 중에서 二十二 번째의 사람을 말함. 2)員外(원외): 官名으로 尙書省에 속하여 있는 관리. 3)松子(송자): 솔방울. 4)幽人(유인): 숨어사는 사람을 말하는 것으로 여기서는 丘氏를 말한다.
〈출전〉唐詩選 〈작자〉韋應物 〈제목〉秋夜寄丘二十二員外

222.

春潮帶雨晩來急춘조대우만래급 **野渡無人舟自橫**야도무인주자횡

봄 냇물은 비가 와서 해질녘에 급하게 흐르고, 나룻 터에 사람은 없고 배만 있네.

(原文)

獨憐幽草澗邊生 上有黃鸝深樹鳴 **春潮帶雨晩來急 野渡無人舟自橫**

시냇가의 그윽한 풀 혼자 사랑하는데
머리 위의 꾀꼬리 나무에 숨어서 운다.
봄 냇물은 비가 와서 해질녘에 급하게 흐르고
나룻 터에 사람은 없고 배만 있네.

註▶ 1)滁州(저주): 지금의 安徽省 滁州縣에 있는 양자강의 지류. 2)西澗(서간): 姓州城 서쪽에 있는 골짜기의 이름.
〈출전〉唐詩三百首 〈작자〉韋應物 〈제목〉滁州西澗

223.

山花落盡山長在산화락진산장재 **山水空流山自閑**산수공류산자한

산꽃이 다 떨어져도 산은 오래토록 그 자리에 있고,
산물이 흘러가도 산은 스스로 한가하네.

(原文)

終日看山不厭山 買山終待老山間 **山花落盡山長在 山水空流山自閑**

하루 종일 산을 바라봐도 산이 싫지 않으니
산에 기대어 산 속에서 늙으리.
산꽃이 다 떨어져도 산은 오래토록 그 자리에 있고
산물이 흘러가도 산은 스스로 한가하네.

<출전>臨川先生文集 <작자>王安石 <제목>遊鍾山

224.

紅塵萬事不可到홍진만사불가도 **幽人獨得長年閒**유인독득장년한

속세의 어떤 일도 감히 닿지 못하나니, 혼자 유인만이 언제고 한가하네.

(原文)

百步九折登巑岏 家在半空惟數間 靈泉澄淸寒水落 古壁暗淡蒼苔斑
石頭松老一片月 天末雲低千點山 **紅塵萬事不可到 幽人獨得長年閒**

백 걸음에 아홉 굽이 높은 산에 올라보니
높은 곳에 있는 집이 오직 두어 칸이네.
신령스런 맑은 샘에 찬물이 떨어지고
암담한 오랜 벽에 파란 이끼 아롱졌네.
돌 위의 솔이 늙어, 한 조각의 달이요
하늘 끝에 구름 낮아, 천 점의 산들이네.
속세의 어떤 일도 감히 닿지 못하나니
혼자 유인만이 언제고 한가하네.

註▶ 1)巑岏(찬완): 산이 높고 뾰족한 모양. 2)紅塵(홍진): 시끄럽고 번화한 속세.
3)幽人(유인): 어지러운 세상을 피하여 그윽한 곳에 숨어사는 사람. 隱者.
<출전>한국한시 <작자>鄭知常 <제목>開聖寺 八尺房

225.

惟有雪衣松上鶴유유설의송상학 **見公初到結廬時**견공초도결려시

오직 솔가지의 눈 옷 입은 저 두루미만이, 스님이 처음 와서 이 초막 얽음 보았으리.

(原文)

林端窈眇路逶迤　境僻寧敎俗士知　**惟有雪衣松上鶴　見公初到結廬時**

숲 끝은 아득하고 길은 구불구불한데

구석진 이 경계를 속인에게 왜 알렸는가.

오직 솔가지의 눈 옷 입은 저 두루미만이

스님이 처음 와서 이 초막 얽음 보았으리.

註▶ 1)窈眇(요묘): 그윽한 모양. 광활한 모양. 2)逶迤(위이): 구불구불한 모양. 逶蛇와 같은 말. 3)寧敎(영교): 어찌…로 하여금. 4)俗士(속사): 속된 선비. 5)雪衣(설의): 눈처럼 흰 옷. 6)結廬(결려): 오두막을 얽다. 초막을 짓다.

<출전>한국한시　<작자>金克己　<제목>贈彌勒寺住老

226.

地偏車馬少지편거마소　山氣自黃昏산기자황혼

외진 곳이라 찾는 사람 적은데, 산 기운은 스스로 어둑어둑해진다.

(原文)

赤葉明村逕　淸泉漱石根　**地偏車馬少　山氣自黃昏**

단풍나무 잎사귀는 마을길을 밝히고

맑은 샘물은 돌 뿌리를 씻는다.

외진 곳이라 찾는 사람 적은데

산 기운은 스스로 어둑어둑해진다.

註▶ 1)赤葉(적엽): 단풍나무의 잎. 2)石根(석근): 돌의 아랫부분

<출전>한국문집총간 <작자>李崇仁(陶隱) <제목>村居

227.

秋雲漠漠四山空추운막막사산공　**落葉無聲滿地紅**낙엽무성만지홍

가을 구름 막막하고 산들 모두 고요하고, 지는 잎은 소리 없이 땅에 가득 붉었구나.

(原文)

秋雲漠漠四山空　落葉無聲滿地紅　立馬溪橋問歸路　不知身在畫圖中

가을 구름 막막하고 산들 모두 고요하고
지는 잎은 소리 없이 땅에 가득 붉었구나.
시내 다리에 말 세우고 길을 묻나니
내 몸이 그림 속에 있는 줄을 모르네.

註▶ 1)野居(야거): 시골 집. 2)漠漠(막막): 흩어져 퍼지는 모양. 어두운 모양.
〈출전〉한국문집총간 〈작자〉鄭道傳(三峰) 〈제목〉訪金居士野居

228.

溪聲打出無生話계성타출무생화　**松韻彈成太古琴**송운탄성태고금

시내소리는 무생의 이야기를 자아내고 솔 소리는 태고의 거문고를 잘도 탄다.

(原文)

小橋橫斷碧波潯　人渡浮嵐翠靄深　兩岸蘚花經雨潤　千峰秋色倚雲侵
溪聲打出無生話　松韻彈成太古琴　此去精廬知不遠　猿啼白月是東林

푸른 물에 가로놓인 외나무다리
뜬 남기 얇은 놀을 사람이 건너간다.
양 언덕의 이끼 꽃은 비를 맞아 젖었는데
천봉의 가을빛은 구름 침노 받는다.
시내소리는 무생의 이야기를 자아내고
솔 소리는 태고의 거문고를 잘도 탄다.
이 걸음에 그 절이 멀지 않음 알겠거니

밝은 달은 잔나비 우는 바로 그 동림이다.

註▶ 1)無生話(무생화): 생사가 없는 이야기. 2)精廬(정려): 학문을 닦거나 책을 읽는 곳. 곧 학교. 또는 精舍. 서재. 절. 3)東林(동림): 절 이름.
<출전>한국문집총간 <작자>金時習(梅月堂) <제목>獨木橋

229.

半壑松聲僧定後반학송성승정후 **滿樓山色雪晴時**만루산색설청시

깊은 골짝의 소나무 소리는 중이 선정에 든 뒤요, 다락에 가득한 산 빛은 눈이 갠 때이다.

(原文)

問渠何事苦求詩 妙在難言人不知 **半壑松聲僧定後** **滿樓山色雪晴時**
林寒幽沼凝冰早 寺逈疎鍾出洞遲 此日逢君吟好景 他年相憶鬢如絲
그대는 무슨 일로 괴로이 시를 찾는가.
설명하기 어려운 오묘한 뜻을 사람들은 알지 못한다.
깊은 골짝의 소나무 소리는 중이 선정에 든 뒤요
다락에 가득한 산 빛은 눈이 갠 때이다.
숲이 차가와 깊은 소에는 얼음 일찍 얼었으리.
절이 멀어 종소리는 골짝을 더디 나온다.
오늘은 그대 만나 좋은 경치 읊지만
먼 훗날 생각할 때는 머리 아마 세었으리.

註▶ 1)渠(거): 그 사람. 어찌. 2)絲(사): 실. 전하여 노인의 형용. 머리털이 세다.
<출전>한국문집총간 <작자>姜渾(木溪) <제목>贈印上人

230.

採藥忽迷路채약홀미로 **千峰秋葉裏**천봉추엽리

약을 캐다가 문득 길을 잃었나니, 千峰에 쌓인 가을 잎 속이네.

(原文)

採藥忽迷路　千峰秋葉裏　山僧汲水歸　林末茶烟起

약을 캐다가 문득 길을 잃었나니

千峰에 쌓인 가을 잎 속이네.

스님이 물을 길어 돌아가더니

수풀 끝에서 차 달이는 연기 일어나네.

<출전>한국문집총간 <작자>李珥(栗谷) <제목>山中

231.

花落武陵春寂寂화락무릉춘적적　**水聲如送又如迎**수성여송우여영

무릉에 꽃은 지고 봄날은 적적한데, 물소리는 사람을 맞이하고 보내는 듯.

(原文)

黃梅一雨過淸明　洞裏輕陰不放晴　**花落武陵春寂寂　水聲如送又如迎**

누른 매화 한 번 비에 청명이 지나

골짜기 속의 얕은 그늘은 맑아지지 않네.

무릉에 꽃은 지고 봄날은 적적한데

물소리는 사람을 맞이하고 보내는 듯.

註▶ 1)武陵(무릉): 武陵桃源. 즉 이 세상과 따로 떨어진 별천지

<출전>한국문집총간 <작자>李明漢(白洲) <제목>次題僧卷

232.

松檜陰陰水殿虛송회음음수전허　**一區籬落畫圖如**일구리락화도여

솔 그늘 음침하고 물가 누각은 비어, 한 구석 울타리 집은 마치 그림 같아라.

(原文)

松檜陰陰水殿虛　一區籬落畫圖如　悠然覺罷仙臺夢　步出林亭月影疎

솔 그늘 음침하고 물가 누각은 비어

한 구석 울타리 집은 마치 그림 같아라.

유연히 선대의 꿈에서 깨어나

숲 속 정자를 나서니 달그림자 성기네.

註▶ 1)陰陰(음음): 무성하여 어둠침침한 모양. 2)水殿(수전): 물가에 세운 누각. 3)籬落(이락): 울. 울타리. 4)悠然(유연): 한가한 모양.

〈출전〉한국문집총간 〈작자〉睦大欽(竹塢) 〈제목〉夢仙臺詩

233.

石徑人誰至석경인수지　**春林鳥自啼**춘림조자제

이런 돌길에 누가 오겠는가, 봄 수풀에 새만이 지저귀네.

(原文)

柴扉尨亂吠　窓外白雲迷　**石徑人誰至　春林鳥自啼**

사립문에는 삽살개 마구 짖고

창밖에는 흰 구름이 헤매이네.

이런 돌길에 누가 오겠는가.

봄 수풀에 새만이 지저귀네.

〈출전〉한국한시 〈작자〉許景胤(竹菴) 〈제목〉山居

234.

石出溪聲少석출계성소　**霜高樹影稀**상고수영희

돌이 드러나 시냇물 소리 적고, 서리 매서워 나무 그늘 성기네.

(原文)

共有尋眞約　携笻上翠微　九秋餘幾日　千嶂又斜暉
石出溪聲少　霜高樹影稀　暮鐘何處寺　林外一僧歸

참된 것을 찾기로 같이 약속하였기에
지팡이 짚고 산꼭대기 올랐네.
가을은 아직 며칠이 남았는가.
봉우리들은 또 저녁 빛 받았네.
돌이 드러나 시냇물 소리 적고
서리 매서워 나무 그늘 성기네.
저녁 종소리 그 어디가 절인고.
숲 밖으로 한 중이 돌아가네.

註▶ 1)文珠(문주): 원래는 文殊이나 文珠라고도 씀. 2)石門(석문): 돌로 만든 문. 3)翠微(취미): 산꼭대기에서 조금 내려온 곳. 4)九秋(구추): 가을의 九十日間
〈출전〉한국한시 〈작자〉金孝一(菊潭) 〈제목〉文珠寺石門次崔英叔韻

235.

溪上獨來誰與伴계상독래수여반 **水禽終日立槎枒**수금종일립사야

시냇가에 혼자 오니 그 누구와 벗할꼬. 물새들은 종일토록 어지러이 서 있네.

(原文)

山齋幽寂晝陰斜　滿地蒼苔半落花　**溪上獨來誰與伴　水禽終日立槎枒**

서재는 고요하고 낮 그늘이 비꼈는데
땅에 가득한 푸른 이끼에 반은 떨어진 꽃.
시냇가에 혼자 오니 그 누구와 벗할꼬.
물새들은 종일토록 어지러이 서 있네.

註▶ 1)槎枒(사야): 뒤섞여서 어지러운 모양.
〈출전〉한국문집총간 〈작자〉朴尚立(懶齋) 〈제목〉林居

236.

小庭寂寂無餘事소정적적무여사 **閒看兒童拾落花**한간아동습낙화

뜰은 적적하고 별다른 일이 없어, 아이들이 꽃 줍는 것 한가히 바라보네.

(原文)

睡罷茅齋日欲斜 溪邊汲水煮新茶 **小庭寂寂無餘事** **閒看兒童拾落花**

서재에서 잠이 깨니 해는 지려 하는데

시냇가의 물을 길어 차를 달이네.

뜰은 적적하고 별다른 일이 없어

아이들이 꽃 줍는 것 한가히 바라보네.

〈출전〉한국한시 〈작자〉崔爾泰(睡窩) 〈제목〉幽居卽事

237.

寒簷月動江山色한첨월동강산색 **靜夜書開宇宙心**정야서개우주심

찬 처마에 달이 비치니 강산의 빛깔이요, 고요한 밤에 책을 펴니 우주의 마음이다.

(原文)

溪路縈回一壑深 世間誰識此雲林 **寒簷月動江山色** **靜夜書開宇宙心**

沙鳥漸親休養鶴 松風竊聽當鳴琴 箇中佳趣那專享 早晩煩君復見尋

시내 길이 돌고 돌아 산골짝이 깊은데

세간에 누가 알리, 이 구름과 숲을

찬 처마에 달이 비치니 강산의 빛깔이요

고요한 밤에 책을 펴니 우주의 마음이다.

모래 위의 새와 친해지니 학을 기르지 말라

솔바람을 몰래 듣거니 거문고 소리와 같다.

이 속의 아름다운 흥취를 누가 혼자 차지하랴
조만간에 그대 다시 찾기 바라노라.

註▶ 1)縈回(영회): 굽이쳐 돌다. 2)箇中(개중): 여럿이 있는 그 가운데.
〈출전〉한국문집총간 〈작자〉林泳(滄溪) 〈제목〉山齋月夜口占

238.
青林坐來暝청림좌래명 **獨自對蒼峰**독자대창봉
파란 숲 속에 앉았으니 어둠이 찾아와, 나 혼자 파란 산을 마주하네.

(原文)
青林坐來暝 獨自對蒼峰 先君一片月 來掛檻前松
파란 숲 속에 앉았으니 어둠이 찾아와
나 혼자 파란 산을 마주하네.
그대보다 먼저 한 조각달이 찾아와
나간 앞 소나무에 걸려 있네.

〈출전〉한국문집총간 〈작자〉金昌業(老稼齋) 〈제목〉楓溪夜逢士敬

239.
風暖幽禽語풍난유금어 **門深過客稀**문심과객희
바람이 따뜻해 새들이 지저귀고, 집 앞이 깊숙해 찾는 사람 드무네.

(原文)
我家谷口住 穿樹一蹊微 **風暖幽禽語 門深過客稀**
草花孤自映 林雨暗成霏 時向淸溪去 逢人坐不歸
우리 집은 골짝 어구에 있어
수풀을 뚫은 오솔길이 희미하네.

바람이 따뜻해 새들이 지저귀고
집 앞이 깊숙해 찾는 사람 드무네.
풀과 꽃은 외로이 스스로 비추이고
숲 속의 비는 가만히 보슬거리네.
때때로 맑은 시내로 나갔다가
누구 만나면 돌아올 줄 모르네.

<출전>한국한시 <작자>金履坤(鳳麓) <제목>閒趣

240.

細雨柴扉晝不開세우시비주불개 **茅庵獨鏁花深處**모암독쇄화심처

보슬비에 사립문을 낮에도 열지 않고, 띠 집은 홀로 무성한 곳에 잠겨 있네.

(原文)

洞門水送人歸去 午枕睡驚黃鳥語 **細雨柴扉晝不開 茅庵獨鏁花深處**

골 어구 강가에서 돌아가는 사람 보냈더니
낮잠 즐기다가 꾀꼬리 우는소리에 놀라네.
보슬비에 사립문을 낮에도 열지 않고
띠집은 홀로 무성한 곳에 잠겨 있네.

註▶ 1)鏁(쇄): 잠금.

<출전>한국한시 <작자>洪相喆(小瀛) <제목>寄萬山舘

241.

花煖林廬靜화난림려정 **松垂野徑幽**송수야경유

꽃들은 만발하고 숲 속의 집은 고요한데, 소나무 들길에 그윽하게 드리웠네.

(原文)

忽己到鄕里 門前春水流 欣然臨檠塢 依舊見漁舟

花煖林廬靜　松垂野徑幽　南遊數千里　何處得玆丘
어느 사이 고향에 도착하니
문 앞에 봄물이 흐르네.
흔연히 약오에 다다르니
고깃배들 옛 모습 그대로일세.
꽃들은 만발하고 숲 속의 집은 고요한데
소나무 들길에 그윽하게 드리웠네.
수 천리 남녘하늘을 유람했어도
어느 곳에서 이런 언덕을 얻을 수 있겠는가.

註▶ 1)苕川(초천): 경기도에 있는 정약용의 고향
〈출전〉한국한시 〈작자〉丁若鏞(茶山) 〈제목〉還苕川居

242.
鹿臥松陰靜녹와송음정　**龍吟雨氣來**용음우기래
사슴이 누우니 소나무 그늘이 조용하고, 용이 우니 비 기운이 오네.

(原文)
閒寂堪逃俗　淹留幾日回　愁多憑酒散　病不厭花開
鹿臥松陰靜　龍吟雨氣來　茅亭新入望　突兀出浮埃
한적하여 세속을 피할 만하니
오래 머무른 지 며칠이나 되었다.
근심이 많으니 술로 풀어 버리고
병들어도 꽃피는 것을 싫어하지 않네.
사슴이 누우니 소나무 그늘이 조용하고
용이 우니 비 기운이 오네.
새로 띠집을 짓고 바라보니
우뚝 먼지 속에서 벗어나 있네.

註▶ 1)淹留(엄류): 오래 미무르다. 2)突兀(돌올): 높이 솟은 모양. 3)浮埃(부애): 가벼운 진애. 먼지. 世事.
〈출전〉한국한시 〈작자〉南公轍(思潁) 〈제목〉茅亭一架成

243.
峽裡無人晴盡永협리무인청진영 **雲山炯水遠帆歸**운산형수원범귀
산골짜기에 사람 없고 맑은 날은 긴데, 구름 산 먼 바다에 외로운 배 돌아오네.

(原文)
石田茅屋掩柴扉 花落花開辨四時 **峽裡無人晴盡永 雲山炯水遠帆歸**
돌밭 오막살이의 사립문 닫았거니
꽃은 피고 지어 사철을 아네.
산골짜기에 사람 없고 맑은 날은 긴데
구름 산 먼 바다에 외로운 배 돌아오네.

〈출전〉한국한시 〈작자〉桂生 〈제목〉閑居

244.
秫熱先充釀출열선충양 **心閑欲化雲**심한욕화운
기장이 익어 술을 먼저 빚어 넣고, 마음이 한가로워 구름이 될 것 같다.

(原文)
解紱歸來早 亭開二水分 溪上知有主 鷗鷺得爲群
秫熱先充釀 心閑欲化雲 菟裘終老計 非是傲徵君
벼슬 그만두고 일찍 돌아왔나니
두 갈래 물 가운데 정자가 있다.
알겠구나, 시내 위에 주인이 있는 줄을.

갈매기 해오라기 떼를 지었다.
기장이 익어 술을 먼저 빚어 넣고
마음이 한가로워 구름이 될 것 같다.
여기에 숨어 한 세상을 보내려니
임금의 부름을 업신여김은 아니라네.

註▶ 1)解紱(해불): 인끈을 풀다. 즉 벼슬을 그만 는 것을 말한다. 2)菟裘(토구): 중국 魯나라의 隱公이 隱居하던 곳. 전하여 은거하다.
〈출전〉한국한시 〈작자〉李玉峰 〈제목〉歸來亭

245.
抱琴還弄月포금환롱월 **白雲滿床書**백운만상서
거문고 안고 다시 달을 즐기나니, 흰 구름이 가득 책상에 서려 있네.

(原文)
潭上有吾廬　迢遞似仙居　岩壁相玲瓏　杉松繞扶疎
乘興坐盤石　隨意數細魚　**抱琴還弄月　白雲滿床書**
깊은 못 위에 내 집 있는데
멀고도 높아 신선 집 같네.
바위 절벽은 그 빛이 영롱하고
삼나무 소나무는 우거져 둘러 있네.
흥취에 겨워 바위에 앉아서는
잔잔한 물고기를 멋대로 세어 보네.
거문고 안고 다시 달을 즐기나니
흰 구름이 가득 책상에 서려 있네.

註▶ 1)扶疏(부소): 초목의 가지와 잎이 무성한 모양.
〈출전〉한국한시 〈작자〉令壽閤 徐氏 〈제목〉憶淸潭

3. 寂寞

246.

秋天曠野行人絶추천광야행인절　**馬首西來知是誰**마수서래지시수

가을하늘 아래 넓은 들엔 행인 하나 없고, 말을 서쪽으로 달려오니 아는 이 누구리오?

(原文)

百花原頭望京師　黃河水流無盡時　**秋天曠野行人絶　馬首西來知是誰**

온갖 꽃들의 꽃봉오리 다 서울로 향하고

황하의 물이 흘러 다할 때가 없네.

가을하늘 아래 넓은 들엔 행인 하나 없고

말을 서쪽으로 달려오니 아는 이 누구겠는가?

<출전>三體詩　<작자>李頎　<제목>旅望

247.

斜陽照墟落사양조허락　**窮巷牛羊歸**궁항우양귀

석양빛은 시골마을 비추고, 좁은 길로 소와 양이 돌아가네.

(原文)

斜陽照墟落　窮巷牛羊歸　野老念牧童　倚杖候荊扉　雉雊麥苗秀

蠶眠桑葉稀　田夫荷鋤至　相見語依依　卽此羨閒逸　悵然吟式微

석양빛은 시골마을 비추고

좁은 길로 소와 양이 돌아가네.

시골의 늙은이는 목동을 염려하여

지팡이 짚고 사립문에서 기다린다.
꿩 새끼 우니 보리 싹 자랄 때요
누에 잠들어 뽕잎 적어졌는데
농부들은 각기 호미를 들고 서서
주고받는 이야기 다정하여라.
이것을 보면 그 한가함 부럽나니
式微式微를 슬프게 노래한다.

註▶ 1)渭川(위천): 渭水. 甘肅省에서 발원하여 동으로 흘러 陝西省으로 들어가는 내. 2)斜光(사광): 지는 해. 3)墟落(허락): 촌락. 4)窮巷(궁항): 가난한 사람들이 사는 뒷골목. 5)雉雊(치구): 장끼의 울음. 6)式微(식미): 式은 발어사. 微는 衰微. 시경에 式微式微하거니 왜 돌아가지 않는가? 라는 말이 있다. 왕실이 쇠미해진다는 뜻.
〈출전〉唐詩三百首 〈작자〉王維 〈제목〉渭川田家

248.

黃鶴一去不復返황학일거불부반 **白雲千載空悠悠**백운천재공유유

황학은 한번 떠나가더니 다시 돌아오지 않는데, 흰 구름만 천년 동안 유유히 떠있네.

(原文)

昔人已乘白雲去 此地空餘黃鶴樓 **黃鶴一去不復返 白雲千載空悠悠**
晴川歷歷漢陽樹 芳草萋萋鸚鵡洲 日暮鄕關何處是 煙波江上使人愁
옛사람이 이미 흰 구름을 타고 갔다는데
이 땅에는 쓸쓸히 황학루만 남아있다.
황학은 한번 떠나가더니 다시 돌아오지 않는데
흰 구름만 천년 동안 유유히 떠있네.
맑은 냇물은 한양의 나무 사이를 흘러가고
꽃다운 풀은 앵무의 모래톱에 푸르러 있네.

해가 저 가는데 내 고향은 어느 곳에 있는가?
안개 낀 강 위에 시름만이 흐른다.

註▶ 1)黃鶴樓(황학루): 武昌의 황학산에 있다. 2)悠悠(유유): 구름이 한가하게 떠가는 모습. 3)歷歷(역력): 또렷하다. 4)漢陽(한양): 武昌의 언저리에 있는 府. 5)萋萋(처처): 풀이 무성한 모습. 6)鸚鵡洲(앵무주): 이 모래톱은 江夏의 西大江의 가운데 있다. 7)鄕關(향관): 고향. 8)煙波(연파): 물위에 떠있는 아지랑이.
〈출전〉唐詩選 〈작자〉崔顥 〈제목〉黃鶴樓

249.

日暮蒼山遠 일모창산원 **天寒白屋貧** 천한백옥빈

해 저무니 푸른 산 멀어지고, 날씨 추워지니 하얀 띠집이 가난해지네.

(原文)

日暮蒼山遠 天寒白屋貧 柴門聞犬吠 風雪夜歸人
해 저무니 푸른 산 멀어지고
날씨 추워지니 하얀 띠집이 가난해지네.
사립문에서는 개 짖는 소리 들리고
바람 불고 눈 내리니 사람들 돌아가네.

〈출전〉全唐詩 〈작자〉劉長卿 〈제목〉逢雪宿芙蓉山主人

250.

石泉流暗壁석천유암벽 **草露滴秋根**초로적추근

돌 위의 샘물은 어두운 절벽에 흐르고, 풀잎 끝의 이슬은 그 뿌리에 떨어진다.

(原文)

牛羊下來久 各已閉柴門 風月自淸夜 江山非故園

石泉流暗壁　草露滴秋根　頭白燈明裏　何須花燼繁
소와 염소는 내려온 지 오래고
사람들은 모두 사립문을 닫았다.
바람과 달이 밝은 이 밤이거니
강이나 산들은 내 고향이 아니다.
돌 위의 샘물은 어두운 절벽에 흐르고
풀잎 끝의 이슬은 그 뿌리에 떨어진다.
머리 하얀 노인은 등불 앞에 있거니
등불 심지꽃은 어이 이리 많은가?

註▶ 1)火燼(화신): 등불의 심지가 다 타서 그 끝에 맺히는 불.
〈출전〉杜工部集　〈작자〉杜甫　〈제목〉日暮

251.

抱葉寒蟬靜포엽한선정　**歸山獨鳥遲**귀산독조지

잎사귀에 앉은 쓰르라미 조용하고, 산에 돌아가는 한 마리 새는 나는 게 더디구나.

(原文)
鼓角緣邊郡　川原欲夜時　秋聽殷地發　風散入雲悲
抱葉寒蟬靜　歸山獨鳥遲　萬方聲一概　吾道竟何之
북과 피리소리는 변방에서 들리고
거친 들판에 밤이 되려하네.
가을에 땅을 울리는 소리 들리고
바람은 흩어져 구름 속에 들어가 슬프네.
잎사귀에 앉은 쓰르라미 조용하고
산에 돌아가는 한 마리 새는 나는 게 더디구나.

만방에 소리 한 모양이니
내가 갈 길은 어디인가?

註▶ 1)鼓角(고각): 병사들을 독려하기 위한 북과 피리소리. 2)緣邊郡(연변군): 변방지대. 3)殷地(은지): 땅을 울리다. 4)一槪(일개): 한 모양.
〈출전〉杜工部集 〈작자〉杜甫 〈제목〉秦州雜詩二十首中 其四

252.

留春春不住유춘춘불주 **春歸人寂寞**춘귀인적막

봄을 잡고자 하나 봄은 머무르지 않고, 봄이 지나가니 적막하구나.

(原文)

留春春不住 春歸人寂寞 厭風風不定 風起花蕭索
봄을 잡고자 하나 봄은 머무르지 않고
봄이 지나가니 적막하구나.
바람을 싫어해도 바람은 그치지 않고
바람이 일어나면 꽃만 지고 마는구나.

註▶ 1)蕭索(소삭): 쓸쓸한 모양.
〈출전〉白氏文集 〈작자〉白居易 〈제목〉落花

253.

暮雲千里色모운천리색 **無處不傷心**무처불상심

해질녘 구름 색은 천리에까지 있는데, 곳곳마다 상심하지 않는 곳이 없구나.

(原文)

漢國山河在 秦陵草樹深 **暮雲千里色 無處不傷心**

장안의 산하는 예나 지금이나 같고
진시황의 능은 풀과 나무가 무성하네.
해질녘 구름 색은 천리에까지 있는데
곳곳마다 상심하지 않는 곳이 없구나.

註▶ 1)漢國(한국): 漢나라의 도읍이었던 長安. 2)秦陵(진릉): 진시황의 陵으로 장안 동쪽 驪山에 있다.
〈출전〉唐詩選 〈작자〉荊叔 〈제목〉題慈恩塔

254.

荒凉廢圃秋황량폐포추 **寂歷幽花晩**적력유화만

가을의 황량한 채소밭에, 고요하게 석양의 꽃이 그윽하네.

(原文)
荒凉廢圃秋 寂歷幽花晩 山城已窮僻 況與城相遠
我來亦何事 徙倚望雲巘 不見苦吟人 淸樽爲誰滿
가을의 황량한 채소밭에
고요하게 석양의 꽃이 그윽하네.
산성은 이미 궁벽하니
하물며 성과 서로 멀고나.
내가 와서 또 무엇을 하리요
발걸음 옮기어 구름가운데의 산봉우리 바라보네.
괴로이 읊조리는 사람이 보이지 않으니
술로 누가 만족하겠는가?

註▶ 1)雲巘(운헌): 구름가운데의 산봉우리.
〈출전〉蘇東坡集 〈작자〉蘇軾 〈제목〉新城陳氏園次晁補之韻

255.

林深惟竹栢임심유죽백 **境靜絶塵埃**경정절진애

깊은 수풀은 대나무와 잣나무 뿐, 경계 고요해 티끌 한 점도 없다.

(原文)

偶到山邊寺　香烟一室開　**林深惟竹栢　境靜絶塵埃**

俗耳聞僧語　愁腸得酒盃　蕭然已淸爽　況有月華來

우연히 온 산 가의 절이여

향기로운 연기에 방문 활짝 열리었다.

깊은 수풀은 대나무 잣나무 뿐

경계 고요해 티끌 한 점도 없다.

속인의 귀로써 스님의 이야기 들으니

시름하는 창자가 술잔 얻은 듯하네.

조용히 이미 맑고 시원하거니

하물며 또 달빛이 밝음이랴.

註▶ 1)蕭然(소연): 쓸쓸한 모양. 또는 조용한 모양.

〈출전〉한국한시 〈작자〉金敦中 〈제목〉宿樂安郡禪院

256.

樵笛依依隔暮林초적의의격모림 **佛龕寥落白雲深**불감요락백운심

나무꾼의 피리소리 저녁 숲에 은은하고, 흰 구름 깊은 곳에 불감이 쓸쓸하다.

(原文)

樵笛依依隔暮林　佛龕寥落白雲深　天寒古木棲鴉盡　流水空山處處陰

나무꾼의 피리소리 저녁 숲에 은은하고

흰 구름 깊은 곳에 불감이 쓸쓸하다.

찬 겨울 고목에는 까마귀들 다 깃들고
흐르는 물 빈 산은 곳곳이 음침하다.

註▶ 1)佛龕(불감): 佛像을 安置하는 欌. 龕室.
<출전>한국한시 <작자>徐益(萬竹) <제목>題僧壁

257.
孤吟盡日不知返고음진일불지반　**雲去鷺飛誰如群**운거로비수여군
해 지도록 외로이 읊으면서 돌아갈 줄 모르지만,
구름과 백로 날아간 뒤에는 그 누구와 벗하리.

(原文)
身如白鷺洲邊鷺　心似白雲山上雲　**孤吟盡日不知返　雲去鷺飛誰如群**
몸은 백로주의 해오라기와 같고
마음은 백운산의 구름과 같네.
해 지도록 외로이 읊으면서 돌아갈 줄 모르지만
구름과 백로 날아간 뒤에는 그 누구와 벗하리.

<출전>한국문집총간 <작자>李明漢(白洲) <제목>白鷺洲贈楊道一

258.
谷靜無人跡곡정무인적　**庭空有月痕**정공유월흔
골짝이 고요하여 사람의 자취 없고, 뜰이 비어서 달이 흔적이 있네.

(原文)
谷靜無人跡　庭空有月痕　忽聞山犬吠　沽酒客敲門
골짝이 고요하여 사람의 자취 없고
뜰이 비어서 달이 흔적이 있네.

문득 개 짖는 소리 들리니
이는 술 사려는 나그네 문을 두드리기 때문이다.

<출전>한국한시 <작자>嚴義吉(春圃) <제목>夜坐

259.

烟火前村遠연화전촌원 **丹青古蘇滋**단청고소자

밥 짓는 연기에 앞마을 멀고, 단청에는 오랜 이끼 끼었네.

(原文)

山下古亭子 人言經亂離 掃塵僧寄宿 駐馬客題詩
烟火前村遠 丹青古蘇滋 庭前唯老栢 應見主人時
산밑의 옛 정자
사람들은 난리를 치렀다고 하네.
먼지를 쓸고 중은 밤을 지내고
말을 세우고 나그네는 시를 짓네.
밥 짓는 연기에 앞마을 멀고
단청에는 오랜 이끼 끼었네.
뜰 앞의 늙은 잣나무만이
아마 주인이 있을 때를 보았으리.

<출전>한국한시 <작자>南履寬 <제목>過空亭

260.

松燈寒欲滅송등한욕멸 **今夜宿泉聲**금야숙천성

소나무 등불은 차갑게 꺼지려 하는데, 오늘밤 냇물소리도 잠잠하네.

(原文)

尋僧到晩飯 山寺聞鍾鳴 **松燈寒欲滅 今夜宿泉聲**

저녁 먹을 때 중을 찾아와
산사에서 종소리를 듣네.
소나무 등불은 차갑게 꺼지려 하는데
오늘밤 냇물소리도 잠잠하네.

註▶ 1)晩飯(만반): 저녁밥.
〈출전〉한국한시 〈작자〉洪吉周(沆瀣) 〈제목〉宿大興寺

4. 廣 漢

261.

四望無煙花사망무연화 **但見林與丘**단견림여구

사방을 둘러봐도 연기 불 없고, 다만 숲과 언덕만 보이네.

(原文)
悠悠涉荒路 靡靡我心愁 **四望無煙花 但見林與丘** 城郭生榛棘 蹊徑無所由
雚蒲竟廣澤 葭葦夾長流 日夕涼風發 翩翩漂吾舟 (後十四句略)
유유히 거친 길 건너는데
천천히 걸어가니 내 마음 근심스럽네.
사방을 둘러봐도 연기 불 없고
다만 숲과 언덕만 보이네.
성곽에는 개암나무와 대추나무 자라고
지름길은 자취가 없네.
풀들은 넓은 연못에 있고

갈대는 긴 강을 끼고 있네.
낮과 저녁으로 서늘한 바람 불어
오락가락 내 배가 물결에 떠도네.
(후 14구 생략)

註▶ 1)悠悠(유유): 여유 있는 모양. 2)靡靡(미미): 천천히 걸어 다니다. 3)榛棘(진극): 개암나무와 대추나무. 4)蹊徑(혜경): 지름길. 5)雚(관): 물가에서 자라는 풀. 6)葭葦(가위): 갈대. 7)翩翩(편편): 오락가락 하는 모양.
〈출전〉文選 〈작자〉王粲 〈제목〉從軍詩五首 其五

262.
春江潮水連海平춘강조수연해평 **海上明月共潮生**해상명월공조생
봄 강의 물결은 바다까지 이어져 평화롭고, 바다 위 밝은 달은 물결과 함께 나오네.

(原文)
春江潮水連海平 海上明月共潮生 灩灩隨波千萬里 何處春江無月明
(後三十二句略)
봄 강의 물결은 바다까지 이어져 평화롭고
바다 위 밝은 달은 물결과 함께 나오네.
출렁이는 물결 따라 천만리 이어지니
어느 곳이 봄 강에 밝은 달 없으리오. (후 32구 생략)

註▶ 1)灩灩(염염): 물결이 출렁이는 모양.
〈출전〉唐詩選 〈작자〉張若虛 〈제목〉春江花月夜

263.
氣蒸雲夢澤기증운몽택 **波撼岳陽城**파감악양성

수증기는 운몽택을 감싸고, 파도는 악양성을 흔드네.

(原文)

八月湖水平　涵虛混太淸　**氣蒸雲夢澤　波撼岳陽城**

欲濟無舟楫　端居恥聖明　坐觀垂釣者　徒有羡魚情

가을의 호수는 잔잔하네.

하늘이 물에, 물이 하늘에 닿았네.

수증기는 운몽택을 감싸고

파도는 악양성을 흔드네.

호수를 건너고 싶으나 배가 없고

벼슬이 없는 몸이라 세상이 부끄럽다.

낚시질하는 것을 바라보고

부질없이 고기 잡을 생각이 난다.

註▶ 1)洞庭(동정): 중국에서 제일 큰 호수. 2)太淸(태청): 하늘. 3)雲夢澤(운몽택): 연못의 이름으로 湖北省 荊州府에 있다. 4)岳陽城(악양성): 岳州의 巴陵縣에 있는 城. 5)端居(단거): 하는 일없이 사는 것. 6)聖明(성명): 태평성대. 聖人이 다스리는 세상. 7)羡魚情(선어정): 古人이 '연못에 임하여 고기를 부러워하는 것은 물러가서 그물을 짜는 것보다 못하다' 고 한말에서 인용한 것으로 고기를 잡고 싶은 생각, 곧 벼슬을 하고 싶은 생각을 비유한 것이다.

<출전>唐詩三百首　<작자>孟浩然　<제목>臨洞庭上張丞相

264.

洞庭西望楚江分동정서망초강분　**水盡南天不見雲**수진남천불견운

동정호에서 서쪽을 바라보니 장강이 나뉘었는데, 호수 끝 남쪽 하늘에 구름 한 점 없네.

(原文)

洞庭西望楚江分　水盡南天不見雲　日落長沙秋色遠　不知何處弔湘君

동정호에서 서쪽을 바라보니 장강이 나뉘었는데
호수 끝 남쪽 하늘에 구름 한 점 없네.
장사에 해는 지고 가을빛이 아득하니
모르겠구나! 어디 가서 湘君을 조상하리.

註▶ 1)陪(배): 모시다. 2)族叔(족숙): 아저씨뻘 되는 일가. 3)賈至(가지): 李白의 친구로서 시인. 4) 楚江(초강): 양자강이 동정호와 합류하는 부분. 5)長沙(장사): 동정호 옆에 있는 도시. 6)湘君(상군): 舜임금의 두 妃, 곧 娥皇과 女英으로 순임금의 죽음을 듣고 湘江에 투신자살하여 神이 되었다고 한다.
<출전>唐詩選 <작자>李白 <제목>陪族叔刑部侍郎曄及中書賈舍人至 遊洞庭湖 其一

265.

飛流直下三千尺비류직하삼천척 **疑是銀河落九天**의시은하낙구천

물줄기가 삼천 척을 곧바로 떨어지는데, 은하수가 높은 하늘에서 떨어지는가 의심이 간다.

(原文)
日照香爐生紫煙 遙看瀑布挂前川 **飛流直下三千尺 疑是銀河落九天**
해가 향로봉에 비쳐 안개가 자욱하게 피어나는데
멀리 폭포를 바라보니 긴 내가 걸려있는 듯하네.
물줄기가 삼천 척을 곧바로 떨어지는데
은하수가 높은 하늘에서 떨어지는가 의심이 간다.

註▶ 1)廬山(여산): 江南省 九江의 남쪽에 있는 산. 2)香爐(향로): 廬山의 북쪽에 있는 봉우리. 3)紫煙(자연): 산이 해에 비치어 푸르게 보임. 4)挂前川(괘전천): 긴 내가 걸려 있는 것 같다. 5)疑是(의시): 이것이 아닌가 의심이 간다. 6)九天(구천): 九重의 하늘. 높은 하늘.
<출전>李太白集 <작자>李白 <제목>望廬山瀑布二首中 其二

266.

天晴一雁遠천청일안원 **海闊孤帆遲**해활고범지

하늘 맑은데 한 마리 기러기 멀리 날아가고, 바다 넓은데 외로운 배 느릿느릿 가누나.

(原文)

張翰江東去 正値秋風時 **天晴一雁遠 海闊孤帆遲**

白日行欲暮 滄波杳難期 吳洲如見月 千里幸相思

장사인이 강동으로 떠나니

바로 가을바람 부는 때이네.

하늘 맑은데 한 마리 기러기 멀리 날아가고

바다 넓은데 외로운 배 느릿느릿 가누나.

밝은 해는 저물려고 하고

창파는 아득하여 기약하기 어렵네.

강동에서 같은 해를 보는 것은

천리를 떨어져 있어도 서로 생각하기 때문이네.

註▶ 1)吳洲(오주): 江東.

〈출전〉古文眞寶前集 〈작자〉李白 〈제목〉送張舍人之江東

267.

山從人面起산종인면기 **雲傍馬頭生**운방마두생

산이 행인의 얼굴 앞에 솟아있고, 구름은 말머리 옆에서 생겨나네.

(原文)

見說蠶叢路 崎嶇不易行 **山從人面起 雲傍馬頭生**

芳樹籠秦棧 春流遶蜀城 升沈應已定 不必問君平

나는 들었네, 잠총의 길은
험하여 쉽게 갈 수 없다네.
산이 행인의 얼굴 앞에 솟아있고
구름은 말머리 옆에서 생겨나네.
꽃다운 나무는 진잔을 둘러싸고
봄 강물은 촉성을 휘감으리.
오르고 가라앉는 것은 이미 정해진 것이니
엄군평에게 물을 것 없으리.

註▶ 1)蠶叢(잠총): 蜀나라의 별칭. 2)崎嶇(기구): 길이 험함. 3)秦棧(진잔): 장안에서 촉으로 통하는 棧稿棧稿는 험한 산골짜기에 나무로 건너질러 놓은 다리. 4)升沈(승침): 올라가는 것과 가라앉는 것. 5)君平(군평): 漢나라 때 사람으로 노자를 연구하여 老子指歸를 저술하였다.
〈출전〉唐詩選 〈작자〉李白 〈제목〉送友人入蜀

268.

吳楚東南坼오초동남탁 **乾坤日夜浮**건곤일야부

오나라와 초나라는 동남으로 갈라졌고, 하늘과 땅은 밤낮으로 떠 있다.

(原文)
昔聞洞庭水 今上岳陽樓 **吳楚東南坼 乾坤日夜浮**
親朋無一字 老病有孤舟 戎馬關山北 憑軒涕泗流
옛날부터 들어오던 동정호인데
이제 그 언덕의 악양루에 오른다.
吳나라와 楚나라는 동남으로 갈라졌고
하늘과 땅은 밤낮으로 떠 있다.
친한 벗들에게서는 한 장의 편지 없고
늙고 병든 몸에는 배 한 척일뿐이네.

관산 북쪽에는 아직도 전쟁이라
홀로 난간에 기대어 눈물 흘린다.

註▶ 1)岳陽樓(악양루): 湖南省 岳陽縣 동정호 동쪽 언덕에 있는 누각. 2)戎馬(융마): 전쟁. 3)關山(관산): 관문의 산. 4)涕泗(체사): 눈물과 콧물.
〈출전〉唐詩選 〈작자〉杜甫 〈제목〉登岳陽樓

269.

星隨平野闊성수평야활 **月湧大江流**월용대강류

별은 넓은 벌을 따라 빛나고, 달은 강 속에서 솟구쳐 흘러간다.

(原文)
細艸微風岸 危檣獨夜舟 **星隨平野闊 月湧大江流**
名豈文章著 官應老病休 飄飄何所似 天地一沙鷗
언덕의 고운 풀에 실바람이요
높은 돛 단 배에서 밤에 혼자 있네.
별이 드리워 평야는 넓고
달이 솟아올라 큰 강이 흐른다.
명예롭다, 문장에 달라붙으리
늙고 병들었으니 벼슬도 쉬어야 하리.
떠도는 이 신세 무엇 같은가
천지에 한 마리 모래밭 갈매기로다.

註▶ 1)危檣(위장): 높은 돛 기둥.
〈출전〉唐詩選 〈작자〉杜甫 〈제목〉旅夜書懷

270.

錦江春色來天地금강춘색래천지 **玉壘浮雲變古今**옥루부운변고금금강의 봄빛은 천지에 가득한데, 옥루봉에 뜬구름은 고금으로 변한다.

(原文)

花近高樓傷客心　萬方多難此登臨　**錦江春色來天地　玉壘浮雲變古今**
北極朝廷終不改　西山寇盜莫相侵　可憐後主還祠廟　日暮聊爲梁甫吟

누각 가까이 핀 꽃이 나그네의 마음을 슬프게 하고
천하가 소란한데 나는 누각에 오른다.
금강의 봄빛은 천지에 가득한데
옥루봉에 뜬구름은 고금으로 변한다.
북극의 우리 조정 끝내 바뀌지 않으리니
서산의 도적들아 침노하지 말아라.
괴이하다. 후주도 사당에 모셔졌구나.
해 저문 날 양부음을 읊노라.

註▶ 1)錦江(금강):成都 부근에 있는 강. 2)玉壘(옥루): 成都 부근에 있는 산. 3)北極(북극): 極星은 하늘 중앙에 있어서 모든 별들이 떠받들기 때문에 조정에 비유한 것. 4)西山寇盜(서산구도): 蜀의 서산을 침범해오는 吐蕃의 叛賊을 말함. 5)後主(후주): 蜀나라 유비의 아들 劉禪을 가리킴. 6)梁父吟(양부음): 제갈량이 재야에 있을 때 南陽의 전원에서 경작하면서 부르던 노래 이름. 梁甫吟이라고도 한다. 梁甫는 산 이름.
〈출전〉唐詩選　〈작자〉杜甫　〈제목〉登樓

271.

牕含西嶺千秋雪창함서령천추설　**門泊東吳萬里船**문박동오만리선

창은 西嶺의 만년설을 머금었는데, 문 앞에는 東吳의 배가 만 리까지 정박해 있네.

(原文)

兩箇黃鸝鳴翠柳　一行白鷺上青天　**牕含西嶺千秋雪　門泊東吳萬里船**

두 마리 누런 꾀꼬리는 파란 버들에 앉아 울고
한 줄의 흰 해오라기는 퍼런 하늘로 날아오른다.
창은 西嶺의 만년설을 머금었는데
문 앞에는 東吳의 배가 만 리까지 정박해있네.

註▶ 1)西嶺(서령): 峨嵋山. 2)東吳(동오): 동쪽의 오나라 땅.
〈출전〉杜工部集 〈작자〉杜甫 〈제목〉絶句四首中 其三

272.
江間波浪兼天湧강간파랑겸천용 **塞上風雲接地陰**새상풍운접지음
장강 물결 하늘과 더불어 솟아오르고, 변방의 풍운 대지에 이어져 음침하다네.

(原文)
玉露凋傷楓樹林 巫山巫峽氣蕭森 **江間波浪兼天湧 塞上風雲接地陰**
叢菊兩開他日淚 孤舟一繫故園心 寒衣處處催刀尺 白帝城高急暮砧
옥구슬 찬이슬에 단풍 숲도 시들었는데
무산과 무협 땅엔 가을 날씨 쓸쓸하구나.
장강 물결 하늘과 더불어 솟아오르고
변방의 풍운 대지에 이어져 음침하다네.
국화꽃 또 피어 그젯날의 눈물 흘리매
고독한 돛배에 귀향심도 함께 매었다.
겨울옷 마름질을 도처에서 서두르는데
높다란 백제성에 밤 다듬이 소리 급하도다.

註▶ 1)玉露(옥로): 늦가을의 옥구슬 같이 차가운 이슬. 2)巫山(무산): 지금의 四川省 동부 장강 북쪽에 있음. 3)巫峽(무협): 무산 아래의 160여 리의 협곡. 4)塞上風雲(새상풍운): 변방의 풍운. 전쟁 상태가 끝나지 않았음을 뜻함. 5)叢菊(총국): 무더기로 핀 국화꽃. 6)刀尺(도척): 옷을 지을 때 쓰는 가위와 칼로 옷 짓기 전 마름질

하는 것으로 풀이된다. 7)白帝城(백제성): 成都에 있는 성으로 漢武帝 때 쌓은 것. 8)暮砧(모침): 밤 다듬이 소리.

<출전>唐詩選 <작자>杜甫 <제목>秋興八首中 其一

273.

澄澄鏡浦涵新月징징경포함신월 **落落寒松鎖碧烟** 낙락한송쇄벽연

맑고 맑은 경포는 초승달을 머금었고, 우뚝 솟은 寒松은 푸른 연기 잠갔다.

(原文)

澄澄鏡浦涵新月 落落寒松鎖碧烟 雲錦滿地坮滿竹 塵寰亦有海中仙

맑고 맑은 경포는 초승달을 머금었고

우뚝 솟은 寒松은 푸른 연기 잠갔다.

구름 비단은 땅에 가득, 대나무는 대에 가득.

이 티끌세상에도 바다 신선이 있다.

註▶ 1)澄澄(징징): 물이 맑은 모양. 2)新月(신월): 초승달. 3)落落(낙락): 우뚝 솟은 모양. 4)寒松(한송): 겨울 소나무. 또는 강원도 강릉시에 있는 정각 이름. 5)塵寰(진환): 티끌세상. 속세. 塵世.

<출전>한국한시 <작자>黃喜(厖村) <제목>鏡浦坮

274.

乾坤浩浩三光合건곤호호삼광합 **江漢滔滔萬穴歸**강한도도만혈귀

건곤은 넓고 넓어 해와 달과 별이 보이고, 양자강과 한수는 도도하여 모든 구멍에 돌아간다.

(原文)

積氣冥濛釀作霏 天風不盡動征衣 **乾坤浩浩三光合 江漢滔滔萬穴歸**

若木扶桑看不辨　蜃樓鰲殿望還非　忽思張翰揚帆去　剡曲秋深鱸正肥
어슴푸레한 쌓인 기운은 안개를 빚고
끊임없는 높은 바람은 나그네 옷을 흔든다.
건곤은 넓고 넓어 해와 달과 별이 보이고
江漢은 도도하여 모든 구멍에 돌아간다.
약목 부상은 보아 분별 못하겠고
신기루와 오전은 바라보면 또 아니다.
문득 생각하노니, 張翰의 돛 달고 가는 배를.
剡曲에 가을 깊어 농어 진정 살지겠다.

註▶ 1)冥濛(명몽): 어둠침침하여 잘 분간할 수 없는 모양. 2)征衣(정의): 여행할 때 입는 옷. 3)浩浩(호호): 廣大한 모양 4)三光(삼광): 日·月·星의 세 빛. 5)江漢(강한): 양자강과 漢水. 6)滔滔(도도): 물이 넘쳐서 흐르는 모양 7)穴(혈): 구멍. 모든 물은 구멍에서 흘러나온다는 말이 있음 8)扶桑(부상): 동쪽 바다의 해 돋는 곳에 있다는 神木 9)蜃樓(신루): 신기루의 준말. 10)張翰(장한): 晋나라 사람. 字는 季鷹. 가을바람 불면 고향인 松江에서 나는 농어의 맛을 생각하고 일부러 歸鄕했음 11)剡曲(섬곡): 지명. 지금의 浙江省.
<출전>한국문집총간 <작자>鄭百昌(玄谷) <제목>次澤堂望海韻

275.

白雪挂終古백설괘종고　**驚雷殷一壑**경뢰은일학
하얀 눈은 옛날부터 날렸고, 천둥소리가 온 골짝을 울리네.

(原文)
白雪挂終古　驚雷殷一壑　晩來更淸壯　高峰秋雨落
하얀 눈은 옛날부터 날렸고
천둥소리가 온 골짝을 울리네.
저녁이 되자 더욱 맑고 웅장해지고

높은 봉우리에서 가을비 떨어지네.

〈출전〉한국한시 〈작자〉南克寬(夢囈) 〈제목〉瀑布

276.

潮聲殷鼓角조성은고각 **海氣接關城**해기접관성

조수 소리에 고각 소리 성하고, 바다 기운은 관문성에 대었다.

(原文)

古島風烟集 轅門節制明 **潮聲殷鼓角 海氣接關城**
舟楫高秋興 壺樽落日情 危樓時縱目 積水與雲平

옛 섬에는 바람과 연기 모이고
군문에서는 규칙과 명령이 밝다.
조수 소리에 고각 소리 성하고
바다 기운은 관문성에 대었다.
배와 노는 높은 가을의 흥치요
항아리의 술은 지는 해의 정이다.
높은 다락에서 때때로 바라보면
바다가 멀리 구름과 평평하네.

註▶ 1)轅門(原文): 軍門. 진영의 문. 2)節制(절제): 규율이 있다. 규칙이 잘 행하여지다. 3)鼓角(고각): 북과 뿔피리. 모두 군대에서 씀. 4)危樓(위루): 높은 다락. 5)縱目(종목): 눈을 놓는다는 뜻으로 바라보는 것을 지칭하는 말. 6)積水(적수): 모여서 고인 물. 곧 바다.

〈출전〉한국한시 〈작자〉吳瑗(月谷) 〈제목〉晏海樓

5. 清 爽

277.

薄帷鑑明月박유감명월　**清風吹我衿**청풍취아금

장막 엷아 밝은 달 감상하고, 맑은 바람이 내 옷깃에 불어오네.

(原文)

夜中不能寐　起坐彈鳴琴　**薄帷鑑明月　清風吹我衿**

孤鴻號外野　翔鳥鳴北林　徘徊將何見　憂思獨傷心

밤중에 잠 못 이뤄

일어나 앉아 거문고를 타네.

장막 엷아 밝은 달 감상하고

맑은 바람이 내 옷깃에 불어오네.

외로운 기러기는 들녘에서 울어대고

새는 북쪽 숲 속에서 운다.

배회하지만 장차 무엇을 보리요

근심스런 생각에 홀로 마음이 아프네.

註▶ 1)薄帷(박유): 침실에 쳐놓은 엷은 장막. 2)翔鳥(상조): 이리 저리 날아다니는 새.

〈출전〉文選　〈작자〉阮籍　〈제목〉詠懷詩十七首中　其一

278.

終南陰嶺秀종남음령수　**積雪浮雲端**적설부운단

종남산 북쪽고개 높고, 쌓인 눈이 구름 끝까지 보이네.

(原文)

終南陰嶺秀　積雪浮雲端　林表明霽色　城中增暮寒

종남산 북쪽고개 높고
쌓인 눈이 구름 끝까지 보이네.
숲의 표면은 밝게 개인 빛깔이고
장안성 안은 저물녘 추위가 더해지네.

註▶ 1)陰嶺(음령): 북쪽 고개. 2)終南(종남): 陝西省 남부에 있는 산. 3)林表(임표): 숲의 표면. 4)霽色(제색): 맑게 갠 정경. 5)城中(성중): 長安城 안.
〈출전〉唐詩三百首 〈작자〉祖詠 〈제목〉終南望餘雪

279.

渭城朝雨浥輕塵위성조우읍경진 **客舍青青柳色新**객사청청유색신

渭城의 아침 비는 먼지 씻어내어, 客舍의 푸른 버들잎 색 새롭게 하네.

(原文)

渭城朝雨浥輕塵 客舍青青柳色新 勸君更盡一杯酒 西出陽關無故人
渭城의 아침 비는 먼지 씻어내어
客舍의 푸른 버들잎 색 새롭게 하네.
그대에게 술 한 잔을 다시 더 권하노니
서쪽 양관 나가면 친한 벗도 없으리.

註▶ 1)元二(원이): 인명. 2)安西(안서): 지금의 甘肅省 吐魯蕃縣에 있음. 3)渭城(위성): 陝西省 咸陽의 동쪽에 있음. 4)陽關(양관): 甘肅省 燉煌縣에 있으며 옥문관 남쪽에 있으므로 양관이라고 함.
〈출전〉三體詩 〈작자〉王維 〈제목〉送元二使安西

280.

竹憐新雨後죽련신우후 **山愛夕陽時**산애석양시

대숲은 비 갠 뒤에 더욱 새롭고, 산은 해질 때에 더욱 좋아라.

(原文)

泉壑帶茅茨　雲霞生薜帷　**竹憐新雨後　山愛夕陽時**
閒鷺栖常早　秋花落更遲　家僮掃蘿徑　昨與故人期

샘물 골짜기에 초막이 한 채
구름과 노을이 벽려 휘장에서 생긴다.
대숲은 비 갠 뒤에 더욱 새롭고
산은 해질 때에 더욱 좋아라.
한가한 해오라기 항상 일찍 깃들고
가을꽃은 떨어지기 더욱 더디다.
머슴아이가 여라 길을 쓸고 있는 것은
친구와 어제 약속이 있었기 때문이네.

註▶ 1)谷口(곡구): 陝西省에 있는 지명. 2)補闕(보궐): 奉供과 諷諫을 맡은 벼슬. 3)茅茨(모자): 띠풀로 지붕을 이은 초막. 4)薜帷(설유): 줄사철나무가 둘러선 휘장. 5)蘿徑(나경): 女蘿의 넝쿨이 무성한 오솔길
〈출전〉唐詩三百首 〈작자〉錢起 〈제목〉谷口書齋寄楊補闕

281.

曲終人不見곡종인불견　江上數峰青강상수봉청

곡 끝나니 사람 보이지 않고, 강 위 여러 봉우리만 푸르구나.

(原文)

善鼓雲和瑟　常聞帝子靈　馮夷空自舞　楚客不堪聽　苦調凄金石　淸音入杳冥
蒼梧來怨慕　白芷動芳馨　流水傳瀟浦　悲風過洞庭　**曲終人不見　江上數峰青**

운화산의 거문고를 잘 연주하여
항상 아황과 여영에게 들리게 하네.
河神은 공허로이 스스로 춤추는데
굴원은 듣지 않네.

괴로이 읊조리는 것은 종과 경소리 같고
맑은 소리는 깊고 먼 곳에 들어가네.
창오에 와서 원망하고 그리워 하니
향초가 흔들려 꽃다운 향기 내네.
물은 흘러 상수로 흐르고
슬픈 바람은 동정호를 지나가네.
곡 끝나니 사람 보이지 않고
강 위 여러 봉우리만 푸르구나.

註▶ 1)湘靈(상령): 湘水의 神. 2)雲和瑟(운화슬): 운화는 거문고의 재료가 나오는 산의 이름으로 후세에 거문고와 비파를 칭하기도 하였다. 3)帝子(제자): 娥皇과 女英. 4)馮夷(풍이): 楚나라의 屈原을 가리킴. 5)金石(금석): 鐘과 磬같은 악기. 6)杳冥(묘명): 깊고 먼 곳. 7)蒼梧(창오): 지금의 湖南省 남부 寧遠縣 부근. 8)白芷(백지): 향초의 하나.
〈출전〉錢考功集 〈작자〉錢起 〈제목〉湘靈鼓瑟

282.

風吹古木晴天雨풍취고목청천우 **月照平沙夏夜霜**월조평사하야상

고목에 바람 부니 맑던 하늘에 비 내리고, 모래언덕에 달 비치니 여름밤에 서리 내리네.

(原文)

海天東望夕茫茫 山勢川形濶復長 燈火萬家城四畔 星河一道水中央
風吹古木晴天雨 月照平沙夏夜霜 能就江樓銷暑否 比君茅舍校淸涼
바다 위 하늘을 동쪽으로 바라보니
산세와 내의 형상이 탁 트이고 길구나.
등잔불 만가에 성 서쪽 들판에 보이고
은하수 서호의 중앙에 한 줄로 비치네.

고목에 바람 부니 맑던 하늘에 비 내리고
모래언덕에 달 비치니 여름밤에 서리 내리네.
강루에 나아가 더위를 쫓으려 하는 것이 아니고
그대가 사는 띠집과 견주어 청량함을 생각하네.

註▶ 1)水中央(수중앙): 호수의 중앙으로 호수는 西湖를 가리킨다.
〈출전〉白氏文集 〈작자〉白居易 〈제목〉江樓夕望招客

283.

狂奔疊石吼重巒광분첩석후중만 **人語難分咫尺間**인어난분지척간
쌍여진 돌 사이 쏟는 물에 온 산이 부르짖어, 곁의 사람 말소리도 알아듣기 어려워라.

(原文)
狂奔疊石吼重巒 人語難分咫尺間 常恐是非聲到耳 故教流水盡籠山
쌍여진 돌 사이 쏟는 물에 온 산이 부르짖어
곁의 사람 말소리도 알아듣기 어려워라.
시비 소리 귀에 들릴까 언제나 두려워해
일부러 흐르는 물로 온 메를 둘러쌌다.

註▶ 1)伽倻山(가야산): 해인사가 있는 산. 2)狂奔(광분): 미쳐 달림. 또 대단히 분주하게 돌아다님. 3)疊石(첩석): 겹쳐진 돌. 4)重巒(중만): 겹겹이 들어선 산봉우리. 5)咫尺(지척): 여덟 치와 한 자. 곧 가까운 距離. 6)故教(고교): 일부러 …하게 하다. 7)籠山(농산): 산을 둘러싸다.
〈출전〉한국문집총간 〈작자〉崔致遠 〈제목〉題伽倻山

284.

秋露輕霏千里爽추로경비천리상 **夕陽遙浸一江明**석양요침일강명

가을 이슬 조금 내려 천리가 시원하고, 저녁볕이 멀리 잠겨 온 강이 다 밝네.

(原文)

崎嶇石棧躡雲行　華構隣天若化城　**秋露輕霏千里爽　夕陽遙浸一江明**

漾空嵐細連香穗　啼谷禽閒遞磬聲　可羨高僧心上事　世道名利摠忘情

험준한 돌다리를 구름 밟고 가나니

빛나게 하늘과 이어지게 만들어 마치 화성 같아라.

가을 이슬 조금 내려 천리가 시원하고

저녁볕이 멀리 잠겨 온 강이 다 밝네.

허공에 어린 푸른 기운은 향기로운 이삭에 이었고

골짝에서 우는 한가한 새는 경쇠 소리에 번갈아 날아드네.

부러워라, 고승의 그 마음이여

세상길의 명리에는 도무지 뜻이 없네.

註▶ 1)崎嶇(기구): 길이 험함. 2)棧(잔): 잔보. 즉 험한 골짝에 나무로 건너질러 놓은 다리. 3)化城(화성): 법화경에 나오는 비유의 하나. 즉 번뇌를 방지하는 安息의 땅.
〈출전〉한국한시　〈작자〉鄭沆　〈제목〉題僧伽窟

285.

淸和天氣宜風詠청화천기의풍영　步上園亭坐晚霞보상원정좌만하

맑고 화창한 날씨가 시 읊기에 알맞아, 동산 정각에 올라 저녁놀에 앉는다.

(原文)

龍岫山前春雨過　繞門溪石水聲多　**淸和天氣宜風詠　步上園亭坐晚霞**

용수산 앞에 봄비가 지나간 뒤

문을 돌아나간 돌 시내에는 물소리 시끄럽네.

맑고 화창한 날씨가 시 읊기에 알맞아

동산 정각에 올라 저녁놀에 앉는다.

註▶ 1)龍岫山(용수산): 산 이름. 2)天氣(천기): 날씨. 3)風詠(풍영): 風景을 읊음.

4)晩霞(만하): 저녁놀.
〈출전〉한국한시 〈작자〉權溥(菊齋) 〈제목〉土園偶吟

286.

雲深沙路淨無泥운심사로정무니 **碧草如茵散馬蹄**벽초여인산마제

구름 깊은 모랫길은 진흙 없이 깨끗하고, 파란 풀은 자리 같아 말발굽이 흩어진다.

(原文)

雲深沙路淨無泥 碧草如茵散馬蹄 五月營城涼似水 冥冥山雨杜鵑啼
구름 깊은 모랫길은 진흙 없이 깨끗하고
파란 풀은 자리 같아 말발굽이 흩어진다.
오월의 이 營城은 물처럼 시원한데
어둑어둑 산비에 두견이 운다.

註▶ 1)冥冥(명명): 어두운 모양.
〈출전〉한국한시 〈작자〉偰遜(近思齋) 〈제목〉過營城口號

287.

雨過雲山濕우과운산습 **泉鳴石竇寒**천명석두한

비 지난 뒤에 구름산은 젖었고, 샘물 소리에 돌 움이 차가 와라.

(原文)

雨過雲山濕 泉鳴石竇寒 秋風紅葉路 僧踏夕陽還
비 지난 뒤에 구름산은 젖었고
샘물 소리에 돌 움이 차가 와라.
가을바람이 이는 붉은 낙엽 길을
외로운 중이 석양 밟고 돌아오네.

註▶ 1)竇(두): 움. 땅을 파서 만든 광이나 집.
〈출전〉한국한시 〈작자〉吳慶(溪山處士) 〈제목〉山中書事

288.

小池分得野泉凉소지분득야천량 **軒砌新栽橘柚香**헌체신재귤유향

작은 못은 샘물의 시원함을 나눠 얻고, 난간 섬돌에 새로 심은 귤나무가 향기롭다.

(原文)

小池分得野泉凉　軒砌新栽橘柚香　太守春來常閉閤　不知城外落花忙

작은 못은 샘물의 시원함을 나눠 얻고
난간 섬돌에 새로 심은 귤나무가 향기롭다.
봄이 와도, 태수는 언제나 문을 닫고
성 밖의 바삐 지는 꽃을 나 몰라라 한다.

註▶ 1)太守(태수): 郡의 지방장관. 군수.
〈출전〉한국한시 〈작자〉李昌庭(華陰) 〈제목〉昇平衙軒

289.

老人携書坐白石노인휴서좌백석 **童子鼓枻歌滄浪**동자고설가창랑

노인은 책을 들고 돌에 앉았고, 아이는 노를 치며 창랑가를 부르네.

(原文)

月溪之下斗湄傍　茅屋數間臨方塘　**老人携書坐白石　童子鼓枻歌滄浪**
流雲度水滿平壑　幽鳥隔林啼夕陽　紅稀綠暗覺春盡　時有山僧來乞章

월계 밑이요 두미 곁인데
두어 간의 띠집이 못 가에 있네.

노인은 책을 들고 돌에 앉았고
아이는 노를 치며 창랑가를 부르네.
흐르는 구름은 물을 지나 편편한 골짝에 가득하고
숨은 새는 숲 너머 저녁별에 지저귀네.
꽃은 드물고 풀은 짙어 봄 다 간 줄 아나니
마침 그때 중이 와서 내게 글을 청하네.

註▶ 1)滄浪(창랑): 滄浪歌. 屈原의 楚辭에 있는 글
<출전>한국한시 <작자>申翊聖(東淮) <제목>題僧軸

290.
廣陵江色碧於苔광릉강색벽어태 **一道澄明鏡面開**일도징명경면개
광릉의 강물 빛이 이끼보다 푸르러, 외길이 밝고 맑아 거울이 열리었다.

(原文)
廣陵江色碧於苔 一道澄明鏡面開 夾岸楓林秋影裏 水流西去我東來
광릉의 강물 빛이 이끼보다 푸르러
외길이 밝고 맑아 거울이 열리었다.
양 언덕의 단풍 숲은 가을 그림자 속인데
물은 서로 흘러가고 나는 동으로 온다.

<출전>한국문집총간 <작자>李敏求(東洲) <제목>月溪峽

291.
曙岩晴抱日서암청포일 **春洞暖生霞**춘동난생하
새벽 바위는 비 갠 뒤의 햇빛을 받고, 봄 골짝 따뜻한 놀 일으키네.

(原文)

水應孤吟響　山迎側帽斜　**曙岩晴抱日　春洞暖生霞**
綠膩仙壇草　香飄玉井花　窮途羞白髮　何處問丹砂

물은 외로이 읊는 소리에 대답하고
산은 비스듬한 모자를 맞이하네.
새벽 바위는 비 갠 뒤의 햇빛을 받고
봄 골짝 따뜻한 놀 일으키네.
선단의 풀에는 녹색이 기름지고
옥정의 꽃은 그 향기 나부끼네.
가기 힘들매 늙음이 부끄러우니
그 어디서 단사를 물어볼꼬.

註▶ 1)仙壇(선단): 신선에게 정성을 드리는 壇 2)玉井(옥정): 임금이 물을 마시는 우물. 3)窮途(궁도): 가기 힘든 길. 4)丹砂(단사): 水銀과 硫黃의 화합물. 長生不死한다는 약. 辰砂라고도 함.
〈출전〉한국한시　〈작자〉崔奇男(龜谷, 默軒)　〈제목〉三淸洞

292.

閒花自落好禽啼한화자락호금제　**一徑淸陰轉碧溪**일경청음전벽계

한가한 꽃 절로 지고 고운 새들 지저귀니, 오솔길의 맑은 그늘 또 푸른 시내이네.

(原文)

閒花自落好禽啼　一徑淸陰轉碧溪　坐睡行吟時得句　山中無筆不須題

한가한 꽃 절로 지고 고운 새들 지저귀니
오솔길의 맑은 그늘 또 푸른 시내이네.
앉아 졸고 다니며 읊어 가끔 시구를 얻지만
산중에 붓이 없어 적을 수 없네.

〈출전〉한국한시 〈작자〉金始振(盤皐) 〈제목〉山行

293.

涼意滿簾無夢寐양의만렴무몽매 **一池荷葉雨聲秋**일지하엽우성추

발에 가득 서늘한 기운에 잠이 없으니, 큰못의 연잎에 빗소리는 가을의 소리네.

(原文)

凝香閣裏夜悠悠 人倚欄干十二頭 **涼意滿簾無夢寐 一池荷葉雨聲秋**

응향각의 밤은 유유하여라.

사람은 열 두 난간 기대어 있다.

발에 가득 서늘한 기운에 잠이 없으니

큰못의 연잎에 빗소리는 가을의 소리네.

〈출전〉한국한시 〈작자〉李得元(竹齋) 〈제목〉凝香閣

294.

幽泉絡石細琤琤유천락석세쟁쟁 **夜靜山空響轉淸**야정산공향전청

샘물이 돌을 싸고 잔잔히 흘러, 고요한 밤 빈 산에 그 메아리 더욱 맑네.

(原文)

幽泉絡石細琤琤 夜靜山空響轉淸 時時驚起虛窓夢 錯認疎松過雨聲

샘물이 돌을 싸고 잔잔히 흘러

고요한 밤 빈 산에 그 메아리 더욱 맑네.

때때로 빈 창의 꿈에 놀라 일어나니

성긴 솔을 지나가는 빗소리로 잘못 알겠네.

註▶ 1)錯認(착인): 잘못 인정하다. 잘못 알다.

〈출전〉한국문집총간 〈작자〉洪宇遠(南坡) 〈제목〉后洞寓居雜咏

295.

高柳好鳥鳴고류호조명 **幽澗細草薰**유간세초훈

높은 버들에 좋은 새 울고, 깊은 시내에 잔풀이 향기롭다.

(原文)

既雨晴且佳 萬物皆欣欣 **高柳好鳥鳴** **幽澗細草薰**

尋花涉岩徑 觀魚臨水濆 孤笻一壑底 聊以窮朝曛

비오다 개이니 또한 아름다워

만물이 모두 기뻐하여라.

높은 버들에 좋은 새 울고

깊은 시내에 잔풀이 향기롭다.

꽃을 찾아서 바윗길을 건너고

고기를 보러 물가로 나간다.

구릉 밑에서 외로운 지팡이로

아침저녁을 애오라지 끝마치리.

註▶ 1)朝曛(조훈): 아침과 저녁. 즉 일생을 말한다.

〈출전〉한국문집총간 〈작자〉金壽增(谷雲) 〈제목〉華陰書事

296.

泉聲古閣凉盈檻천성고각량영함 **山色新齋翠滴簾**산색신재취적렴

옛집에 샘물 소리로 시원함이 난간에 가득하고, 새 서재에 산 빛깔의 푸름이 발에 떨어진다.

(原文)

西溪餘雨尙廉纖 落日楓陰繞四簷 殘夏圍碁思涑水 淸風欹枕想陶潛

泉聲古閣凉盈檻 **山色新齋翠滴簾** 終夕解衣盤礴地 人間不信有蒸炎

서쪽 시내의 남은 빗발이 아직도 보슬보슬
저녁 해 단풍 그늘이 네 개의 처마를 둘렀다.
늦여름에 바둑 두매 涑水를 생각하고
맑은 바람에 베개를 기대매 陶潛을 생각한다.
옛집의 샘물 소리에 시원함이 난간에 가득
새 서재의 산 빛깔의 푸름이 발에 떨어진다.
저녁 내내 옷을 풀고 단정히 앉았나니
인간 세상 무더위야 있는 줄은 나는 모르겠네.

註▶ 1)廉纖(염섬): 가랑비가 내리는 모양. 이슬비가 내리는 모양. 2)殘夏(잔하): 얼마 남지 않은 여름. 늦여름. 晩夏. 3)涑水(속수): 물 이름. 涑水記聞. 宋代의 구사를 雜技한 책. 司馬光이 지음. 4)陶潛(도잠): 東晋의 자연시인. 자는 淵明. 귀거래사로 유명함. 5)盤礴(반박): 책상다리를 하고 앉음. 盤膝. 6)蒸炎(증염): 찌는 더위. 즉 무더위. 蒸暑
〈출전〉한국문집총간 〈작자〉金昌集(夢窩) 〈제목〉太古亭次舜瑞韻

297.

湖村收宿雨호촌수숙우 **波色澹淸晨**파색담청신

호수 마을에 오랜 비가 걷히어, 맑은 새벽에 물결이 고요하네.

(原文)

湖村收宿雨 波色澹淸晨 岸岸蓬底濕 沙上不見人
호수 마을에 오랜 비가 걷히어
맑은 새벽에 물결이 고요하네.
언덕마다 쑥대 밑이 젖고
모래 위에는 사람이 안 보이네.

註▶ 1)宿雨(숙우): 연일 오는 비. 장마. 또는 간밤부터 오는 비.
〈출전〉한국한시 〈작자〉李匡呂 〈제목〉江行

298.

睡起不知前夜雨수기불지전야우　**遙看紅濕滿汀花**요간홍습만정화

잠을 깨어 간밤에 비 온 줄을 모르더니, 물가에 가득한 젖은 꽃들 바라보네.

(原文)

夾江楊柳綠陰多　燕子銜泥檻外過　**睡起不知前夜雨**　**遙看紅濕滿汀花**

강을 낀 버들가지 푸른 그늘이 많고

제비는 진흙 물고 난간 밖을 지나가네.

잠을 깨어 간밤에 비 온 줄을 모르더니

물가에 가득한 젖은 꽃들 바라보네.

〈출전〉한국한시　〈작자〉李箕鎭(牧谷)　〈제목〉寒碧雜詠

299.

荷花寂已盡하화적이진　**惟我能聞香**유아능문향

風吹荷葉翻풍취하엽번　**水底一星出**수저일성출

연꽃은 이미 졌으련만, 내게는 꽃 내음 느껴지네.

바람이 살짝 연잎 뒤치니, 물밑에 별이 하나 드러난다.

(原文)

月好不能宿　出門臨小塘　**荷花寂已盡**　**惟我能聞香**

風吹荷葉翻　**水底一星出**　我欲手探之　綠波寒浸骨

달빛이 좋아 잠을 못 이루고

문을 나서 연못에 임했네.

연꽃은 이미 졌으련만

내게는 꽃 내음 느껴지네.

바람이 살짝 연잎 뒤치니

물밑에 별이 하나 드러난다.

살며시 손 넣어 만지려 하니
파란 물결 차가와 뼛속까지 서늘하네.

註▶ 1)塘(당): 둑. 못. 2)荷花: 연꽃. 3)浸: 잠기다. 배이다.
〈출전〉한국한시 〈작자〉李建昌(寧齊) 〈제목〉月夜於池上作

300.
淸宵獨立望仰處청소독립망앙처 **霜滿空庭月滿山**상만공정월만산
맑은 밤에 홀로 서서 우러러 바라나니, 서리는 뜰에 쌓이고 달은 산에 가득하다.

(原文)
散亂寒聲在樹間 風林啼鳥夕陽還 **淸宵獨立望仰處 霜滿空庭月滿山**
어지러운 찬 소리 숲 속에서 일어나
지저귀는 새들이 석양에 돌아온다.
맑은 밤에 홀로 서서 우러러 바라나니
서리는 뜰에 쌓이고 달은 산에 가득하다.

〈출전〉한국한시 〈작자〉令壽閤 徐氏 〈제목〉次李白

301.
淸夜汲淸水청야급청수 **明月湧金井**명월용금정
맑은 밤에 맑은 물을 긷나니, 밝은 저 달이 우물 속에서 솟네.

(原文)
淸夜汲淸水 明月湧金井 無語立欄干 風動梧桐影
맑은 밤에 맑은 물을 긷나니
밝은 저 달이 우물 속에서 솟네.

아무 말 없이 난간에 서 있으면
바람이 오동나무 그림자를 흔드네.

註▶ 1)淸夜(청야): 맑게 갠 밤. 淸宵. 2)金井(금정): 아름다운 우물. 값진 우물.
〈출전〉한국한시 〈작자〉三宜堂 金氏 〈제목〉淸夜汲水

302.

秋塘水白曉星寒추당수백효성한 **箇箇明珠擎玉盤**개개명주경옥반

가을 못의 물은 맑고 새벽 별이 차가와, 하나하나 밝은 구슬을 옥 소반에 받든 듯하네.

(原文)

秋塘水白曉星寒 箇箇明珠擎玉盤 到得天明何處見 移情荷葉露團團

가을 못의 물은 맑고 새벽 별이 차가와
하나하나 밝은 구슬을 옥 소반에 받든 듯하네.
날이 새고 해가 뜨면 어디서 찾아보리.
정을 옮긴 연잎에 이슬만 동글동글하네.

註▶ 1)天明(천명): 새벽.
〈출전〉한국한시 〈작자〉姜只在堂 〈제목〉池塘秋曉

二. 인 간

Ⅰ. 인간의 본질

Ⅱ. 인간 운명

Ⅲ. 인간의 구분

二. 인간

Ⅰ. 인간의 본질

1. 신 체

303.

身體髮膚受之父母신체발부수지부모 **不敢毁傷**불감훼상 **孝之始也**효지시야

몸과 털과 피부는 부모로부터 받은 것이니 감히 훼손하지 않는 것이 효의 시작이다.

〈출전〉孝經 開宗明義

304.

身也者신야자 **父母之遺體也**부모지유체야 **行父母之遺體**행부모지유체 **敢不敬乎**감불경호

몸은 부모로부터 물려받은 것이다.
부모로부터 물려받은 몸으로 행동함에 감히 공경하지 않겠는가?

註▶ 1)遺體(유체): 물려받은 몸.
〈출전〉孝經 祭義

305.

豈愛身기애신 **不若桐梓哉**불약동재재 **弗思甚也**불사심야

몸을 사랑함이 오동나무나 가래나무 아끼는 것보다 못하리오? 생각하지 않는 것이 심하다.

註▶ 1)桐梓(동재): 오동나무와 가래나무로 모두 밑둥이 굉장히 굵어지고 키가 커지는 나무. 2)弗思(불사): 생각하지 않음. 弗은 不보다 부정하는 것이 강함.

〈출전〉孟子 告子上

306.

身是父母身신시부모신 **敢不敬此身**감불경차신

내 이 몸은 부모의 몸이거니, 어찌 감히 이 몸을 공경하지 않으랴.

(原文)

身是父母身 敢不敬此身 此身如可辱 乃是辱親身

내 이 몸은 부모의 몸이거니

어찌 감히 이 몸을 공경하지 않으랴.

만일 이 몸에 욕된 일이 있으면

그것은 어버이를 욕되게 함이네.

〈출전〉한국한시 〈작자〉貞夫人 張氏 〈제목〉敬身吟

2. 용 모

307.

有姸必有醜爲之對유연필유추위지대 **我不誇姸**아불과연 **誰能醜我**수능추아

고운 것이 있으면 반드시 추한 것이 있어 對를 이루니,
내 스스로 고운 것을 자랑하지 않으면 누가 능히 나를 추하다 할 것인가?

註▶ 1)姸(연): 고운 것. 아름다운 것. 2)仇(구): 원수나 적.
〈출전〉菜根譚　前集 百三十四

308.

暮去朝來顔色故모거조래안색고　**門前冷落鞍馬稀**문전냉락안마희

저녁이 가고 아침이 오니 미인의 얼굴이 쇠하여지고,
문 앞에는 찾는 이 없어 쓸쓸한 마음이네.

註▶ 1)顔色故(안색고): 故는 古의 뜻으로 쇠하였다는 뜻. 2)冷落(냉락): 쓸쓸한 것.
3)鞍馬(안마): 부호들이 타는 말.
〈출전〉古文眞寶　〈작자〉白居易　〈제목〉琵琶行

309.

隆準龍顔융준용안

코가 높은 龍顔

註▶ 1)準(준): 콧대. 2)龍顔(용안): 임금의 얼굴을 말하는 것으로, 漢나라의 高祖를 가리킴.

〈출전〉十八史略　西漢　高祖

310.

美者自美미자자미 **吾不知其美也**오불지기미야

아름다운 사람이 스스로 아름답다고 하지만 나는 그 아름다움을 알지 못하겠네.

<출전>韓非子 說林上

311.

溫而厲온이려

온화하되 엄숙 하라.

註▶ 1)厲(여): 엄숙하다.

<출전>論語 述而

312.

正顔色정안색 **斯近信矣**사근신의

안색을 예절에 맞게 바로 하면 신의를 가까이 할 것이다.

註▶ 1)正顔色(정안색): 얼굴의 표정을 예절에 맞게 단정하게 갖는다.

<출전>論語 泰伯

313.

動容貌동용모 **斯遠暴慢矣**사원폭만의

몸을 예절에 맞게 움직이면 난폭함을 멀리할 것이다.

註▶ 1)動容貌(동용모): 용모는 넓은 뜻으로 몸가짐, 동작, 행동을 나타낸다. 즉 예절에 맞게 행동한다는 뜻이다. 2)暴慢(폭만): 난폭하다. 慢은 건잡을 수 없는 방종과 탈선의 뜻.

<출전>論語 泰伯

314.

申申如也신신여야

마음이 온화하고 너그러운 것 같다.

註▶ 1)申申如(신신여): 마음이 풀리고 온화하다. 心和

<출전>論語　述而

315.

夭夭如也요요여야

안색이 유쾌한 것 같다.

註▶ 1)夭夭如(요요여): 안색이 즐거운 것 같다.

<출전>論語　述而

316.

禮義之始예의지시 **在於正容體**재어정용체 **齊顔色**제안색 **順辭令**순사령

예의의 시작은 얼굴과 몸을 바르게 하고, 안색을 가지런하게 하고, 명령에 순응하는데 있다.

註▶ 1)禮義(예의): 禮儀. 2)容體(용체): 용모와 몸가짐.

<출전>禮記　冠義

317.

修飾邊幅수식변폭　**如偶人形**여우인형

외모를 꾸미는 것은 인형과 같다.

註▶ 1)邊幅(변폭): 布帛의 가장자리. 여기서는 외모를 뜻함.

<출전>後漢書　馬援傳

318.

顔色憔悴안색초췌 **形容枯槁**형용고고

안색이 초췌하고 형용이 생기가 없다.

註▶ 1)憔悴(초췌): 고생이나 병에 시달려 파리한 모습. 2)枯槁(고고): 생기가 없는 모습.

〈출전〉文章軌範 〈작자〉屈平 〈제목〉漁父辭

319.

沐猴而冠목후이관

원숭이가 사람의 冠을 쓰고 있다.

註▶ 1)沐猴而冠(목후이관): 외모는 사람 같지만 마음은 원숭이처럼 미련하다고 하는 냉소적인 말.

〈출전〉十八史略 西漢 高祖

320.

慵起屛間看石鏡용기병간간석경 **玉漢今日爲誰凋**옥한금일위수조

병풍 안에서 고달피 일어나 거울 보나니, 고운 얼굴은 오늘에 누구 때문에 시들었는고.

(原文)

一雙玄鳥語春朝 花照紅窓影寂寥 **慵起屛間看石鏡 玉漢今日爲誰凋**

한 쌍 제비가 봄의 아침을 알리는데

꽃이 붉은 창에 비쳐 그 그림자 고요하다.

병풍 안에서 고달피 일어나 거울 보나니

고운 얼굴은 오늘에 누구 때문에 시들었는고.

註▶ 1)玄鳥(현조): 제비의 딴 이름. 2)紅窓(홍창): 햇빛이 비친 창. 3)慵起(용기): 게으르게 일어나다. 고달피 일어나다. 아침에 일어나기가 싫음. 4)石鏡(석경): 거울. 5)玉漢(옥한): 아름다운 얼굴.
〈출전〉한국한시 〈작자〉三宜堂 金氏 〈제목〉玄鳥語

321.
鏡裡瘦容物外身경리수용물외신 **寒梅影子竹精神**한매영자죽정신
거울 속의 야윈 모습, 세상 밖의 몸이여, 찬 매화의 그림자요 푸른 대의 정신이네.

(原文)
鏡裡瘦容物外身 寒梅影子竹精神 逢人不道人間事 便是人間無事人
거울 속의 야윈 모습, 세상 밖의 몸이여.
찬 매화의 그림자요 푸른 대의 정신이네.
그 누구를 만나도 인간 일은 말 않나니
이 바로 이 인간의 일없는 사람이네.

註▶ 1)物外(물외): 세상 밖. 2)影子(영자): 그림자. 3)道(도): 말하다. 이르다.
〈출전〉한국한시 〈작자〉金芙蓉堂 雲楚 〈제목〉瘦容

3. 養 生

322.
得養生焉득양생언
양생을 깨닫다.

註▶ 1)養生(양생): 병에 걸리지 않도록 섭생하는 것.
〈출전〉莊子　內篇 養生主

323.

眞人之息以踵진인지식이종　**衆人之息以喉**중인지식이후

진인의 호흡은 깊고, 보통사람의 호흡은 목구멍으로 한다.

註▶ 1)眞人(진인): 도교의 깊은 진리를 깨달은 사람. 2)息(식): 호흡. 3)踵(종): 발뒤꿈치로 깊다는 뜻. 4)衆人(중인): 보통사람. 5)喉(후): 목구멍.
〈출전〉莊子　內篇 大宗師

324.

殺生者不死살생자불사　**生生者不生**생생자불생

삶을 부정하는 사람은 죽지 않을 것이요, 삶에 집착하는 사람은 살지 못할 것이니라.

註▶ 1)殺生(살생): 삶을 부정하다. 삶에 집착하지 않는다. 2)生生(생생): 삶에 집착하다.
〈출전〉莊子　內篇 大宗師

325.

善養生者선양생자 **若牧羊然**약목양연 **視其後者** 시기후자 **而鞭之**이편지

양생을 잘하는 사람은 양을 기르는 것과 같아서 뒤쳐져 가는 것을 보면 채찍질하느니라.

註▶ 1)養生(양생): 병에 걸리지 않도록 섭생하는 것.
〈출전〉莊子　外篇 達生

326.

與物委蛇여물위사　**而同其波**이동기파　**是衛生之經已**시위생지경이

사물에 순응하여 그 파동과 함께 하면 이것이 양생의 상도니라.

註▶ 1)委蛇(위사): 순순히 따르는 것. 2)衛生(위생): 삶을 지키는 것. 3)經(경): 근본이 되는 道, 불변의 진리.

〈출전〉莊子　雜篇 庚桑楚

327.

善攝生者선섭생자　**陸行不遇兕虎**육행불우시호

養生을 잘한 사람은 들이나 산을 갈 때 맹수를 만나도 敵意를 느끼지 않는다.

註▶ 1)攝生(섭생): 양생.　2)兕虎(시호): 들소와 호랑이. 맹수를 뜻함.

〈출전〉老子　五十章

328.

多爲藥所誤다위약소오

약을 많이 쓰는 것은 잘못된 것이다.

〈출전〉古詩

329.

長生久視道장생구시도

오래 사는 것과 久視의 道

註▶ 1)久視(구시): 오랫동안 보는 것. 長生이나 不死와 같은 말이다.

〈출전〉老子　五十九章

4. 心

330.

操則存조즉존 **舍則亡**사즉망

본성을 잡고 있으면 존재하고, 놓으면 망하느니라.

註▶ 1)操(조): 꽉 잡고 놓지 않는다. 2)舍(사): 내버려두고 돌보지 않는다.
〈출전〉孟子 告子上

331.

求則得之구즉득지 **舍則失之**사즉실지

구하면 얻을 것이요, 놓아 버리면 잃을 것이니라.

註▶ 1)舍(사): 내버려두고 돌보지 않는다.
〈출전〉孟子 告子上

332.

人心之不同也인심지부동야 **如其面焉**여기면언

사람의 마음이 다른 것은 얼굴과 같다.

註▶ 1)面(면): 사람의 각기 다른 얼굴.
〈출전〉左傳 襄公三十一年

333.

學問之道無他학문지도무타 **求其放心而已矣**구기방심이이의

학문의 도는 다른 것이 없다, 놓친 마음을 잡는 것이니라.

註▶ 1)放心(방심): 놓친 마음, 흐트러진 마음.
〈출전〉孟子　告子上

334.
心廣體胖심광체반
마음이 너그러우면 몸이 편안하여 살찐다.

註▶ 1)心廣(심광): 마음이 너그럽다. 2)體胖(체반): 몸이 편안하여 살찐다.
〈출전〉大學　傳六章

335.
意廣者의광자　**斗室寬若兩間**두실관약양간
뜻이 넓은 사람은 좁은 방도 하늘과 땅 사이만큼 넓다.

註▶ 1)斗室(두실): 좁은 방. 2)兩間(양간): 하늘과 땅 사이.
〈출전〉菜根譚　後集 十九

336.
膽欲大而心欲小담욕대이심욕소
담력은 크게 하려하고 마음은 세밀하게 하려하라.

註▶ 1)膽(담): 담력. 2)小(소): 세밀하다.
〈출전〉唐書　隱逸　孫思邈傳

337.
猛獸易伏맹수이복　**人心難降**인심난강
맹수는 굴복시키기 쉬워도 사람의 마음은 굴복시키기 어렵다.

<출전>菜根譚 後集 六十五

338.

我心匪鑒아심비감 **不可以茹**불가이여

내 마음 거울 아니니 남이 알아줄리 없다.

註▶ 1)茹(여): 헤아린다. 즉 거울처럼 형상을 비춰내어 남이 그것을 보고 자기의 진심을 알아주지 않는다는 뜻.

<출전>詩經 邶 柏舟

339.

疑心生暗鬼의심생암귀

의심을 하면 두려운 망상이 생긴다.

註▶ 1)暗鬼(암귀): 두려운 생각.

<출전>列子 說符

340.

思無邪사무사

생각에 간사함이 없어야 된다.

<출전>詩經 魯頌 駉

341.

非無安居也비무안거야 **我無安心也**아무안심야

편안하게 기거할 곳이 없는 것이 아니라, 우리가 편안한 마음이 없는 것이다.

<출전>墨子 親士

342.

青天白日的節義청천백일적절의 **自暗屋漏中培來**자암옥루중배래

푸른 하늘에 빛나는 태양처럼 드날리는 절의는 어두운 방구석에서 길러낸 것이다.

註▶ 1)屋漏(옥루): 방의 서북쪽의 어두컴컴한 곳.

〈출전〉菜根譚 前集 百三十二

343.

心地上無風濤심지상무풍도 **隨在皆青山綠水**수재개청산록수

마음 위에 바람과 물결이 없으면 다 푸른 산 맑은 물이다.

註▶ 1)心地(심지): 마음. 2)隨在(수재): 가는 곳마다.

〈출전〉菜根譚 後集 六十六

344.

登高使人心曠등고사인심광 **臨流使人意遠**임류사인의원

높은 곳에 오르는 것은 사람으로 하여금 마음을 넓게 하며,
흐르는 물에 다다르는 것은 사람으로 하여금 뜻을 멀리 두게 한다.

〈출전〉菜根譚 後集 百十三

345.

此心常安在靜中차심상안재정중 **是非利害**시비이해 **誰能瞞昧我**수능만매아

이 마음을 언제나 고요한 가운데 편안히 있게 한다면,
시비와 이해에 있어 누가 나를 어둡게 하겠는가?

註▶ 1)瞞昧(만매): 속이고 어리석게 하다.

<출전>菜根譚　後集 四十二

346.

饑者易爲食기자이위식　**渴者易爲飮**갈자이위음

배고픈 사람은 기쁘게 먹고, 목마른 사람은 기쁘게 마신다.

註▶ 1)饑(기): 굶주리다. 飢의 뜻.

<출전>十八史略　唐太宗

347.

山林是勝地산림시승지　**一營戀**일영연　**便成市朝**편성시조

書畫是雅事서화시아사　**一貪癡**일탐치　**便成商賈**편성상가

산과 숲은 아름다운 곳이나, 한번 꾸며놓고 집착하면 곧 시장바닥을 이루고

글과 그림은 우아한 일이기는 하나 한번 탐내어 빠지면 곧 장사치가 된다.

註▶ 1)勝地(승지): 명승지, 경치가 좋은 곳. 2)營戀(영연): 여러 가지로 인위적인 시설을 해놓고 이에 집착하는 것. 3)市朝(시조): 사람이 많이 모이는 시가. 속세를 가리킴. 4)雅事(아사): 우아한 일. 5)貪癡(탐치): 탐내어 정신이 빠짐. 6)商賈(상고): 장사꾼.

<출전>菜根譚　後集 三十七

348.

能脫俗便是奇능탈속편시기　**作意尙奇者**작의상기자　**不爲奇而爲異**불위기이위리

능히 세속을 벗어나면 이것이 곧 기인이나,

일부러 기인을 숭상하는 사람은 기인이 되지 못하고 이상한 사람이 된다.

註▶ 1)脫俗(탈속): 세속을 벗어나다. 2)奇(기): 기인, 비범한 사람. 3)作意(작의): 의식적으로

<출전>菜根譚　前集 百六十九

349.

古德云고덕운 **竹影掃階塵不動**죽영소계진불동 **月輪穿沼水無痕**월륜천소수무흔 **吾儒云**오유운 **水流任急境常靜**수류임급경상정 **花落雖頻意自閒**화락수빈의자한

옛날 덕이 높은 스님이 말하기를 "대나무 그림자가 층계를 쓸되 티끌은 움직이지 않고, 달그림자가 연못을 꿰뚫되 물에는 흔적이 없다" 고 하였고, 유교의 선비가 말하기를 "물의 흐름이 아무리 빨라도 둘레는 늘 고요하고, 꽃의 떨어짐이 비록 잦기는 하지만 마음은 스스로 한가하다" 고 하였다.

註▶ 1)古德(고덕): 덕이 높은 스님. 이 구절은 당나라 雪峰和尙의 글인「竹影掃階塵不動 月輪穿沼水無痕」에서 나온 글이다. 2)月輪穿沼(월륜천소): 달그림자가 연못 깊이 잠겨 있는 모습.

〈출전〉菜根譚 後集 六十三

350.

自老視少자노시소 **可以消奔馳角逐之心**가이소분치각축지심

늙은 눈으로 젊음을 보면, 바삐 달리고 서로 다투는 마음을 없앨 수 있다.

註▶ 1)奔馳(분치): 명예와 이익을 좇아 분주히 돌아다니다. 2)角逐(각축): 명리를 서로 다투다.

〈출전〉菜根譚 後集 五十七

351.

水流而境無聲수류이경무성

물은 흐르면서도 소리 없이 흐른다.

〈출전〉菜根譚 後集 三十六

352.

鑑明則감명즉　**塵垢不止**진구부지

거울이 밝으면 먼지와 때가 그치지 않는다.

<출전>莊子　內篇 德充符

353.

心生道也심생도야

마음은 도를 만든다.

<출전>近思錄　道體類

354.

無聽之以耳무청지이이　**而聽之以心**이청지이심

귀로 듣지 말고 마음으로 들어라.

<출전>莊子　內篇 人間世

355.

天地本寬천지본관　**而鄙者自隘**이비자자애

천지는 본래 넓은데 비천한 사람은 스스로 좁힌다.

註▶ 1)鄙者(비자): 비천한 사람. 마음이 천한 사람. 2)隘(애): 좁다. 좁히다.
<출전>菜根譚　後集 四

356.

心不在焉심부재언　**視而不見**시이불견　**聽而不聞**청이불문
食而不知其味식이부지기미

마음이 있지 않으면 보아도 보이지 않고 들어도 들리지 않고 먹어도 그 맛을 알지 못하느니라.

〈출전〉大學　傳七章

357.

庭草階花照眠明정초계화조면명　**閒中心與境俱淸**한중심여경구청

뜰의 풀과 꽃이 비추어 눈이 밝아, 한가한 가운데 마음과 경계가 모두 맑다.

(原文)

庭草階花照眠明　閒中心與境俱淸　門前盡日無車馬　獨有幽禽時一鳴

뜰의 풀과 꽃이 비추어 눈이 밝아
한가한 가운데 마음과 경계가 모두 맑다.
종일토록 문 앞에 거마 없는데
깊숙이 사는 새가 때로 한 번씩 운다.

註▶ 1)幽禽(유금): 조용한 곳에서 사는 새.
〈출전〉한국한시　〈작자〉洪柱世(靜虛堂)　〈제목〉春詞

358.

千秋過客傷心地천추과객상심지　**莫遣殘芳近水開**막견잔방근수개

천추에 나그네가 마음 아파하는 곳이니, 남은 꽃을 물 가까이 피게 하지 말아라.

(原文)

風雨年年滿古臺　君王不復賞花來　**千秋過客傷心地　莫遣殘芳近水開**

해마다 비바람이 옛 누대에 가득한데

임금님은 다시는 꽃구경 오지 않네.
천추에 나그네가 마음 아파하는 곳이니
남은 꽃을 물 가까이 피게 하지 말아라.

註▶ 1)千秋(천추): 千年과 같은 말. 2)落花岩(낙화암): 부여 백마강에 잇닿아 절벽을 이루고 있는 부소산 서쪽 끝의 큰 바위. 백제가 망할 때 삼천 궁녀가 빠져 죽었다는 곳으로서, 이 위에 후세에 지은 백화정이 있고, 절벽 아래에 낙화암이라 새겨져 있다.
〈출전〉한국문집총간 〈작자〉朴泰輔(定齋) 〈제목〉落花岩

359.

長堤春草色凄凄장제춘초색처처 **舊客還來思欲迷**구객환래사욕미
긴 둑의 봄풀은 그 빛이 쓸쓸한데, 옛 손님이 돌아오니 마음이 어지럽네.

(原文)
長堤春草色凄凄 舊客還來思欲迷 故國繁華同樂處 滿山明月杜鵑啼
긴 둑의 봄풀도 그 빛이 쓸쓸한데
옛 손님이 돌아오니 마음이 어지럽네.
번화한 고향에서 함께 즐기던 곳엔
온 산에 달은 밝고 두견새만 울고 있으리.

註▶ 1)凄凄(처처): 쓸쓸한 모양. 2)舊客(구객): 옛 손님. 옛날에 사랑하던 사람.
〈출전〉한국한시 〈작자〉桂生 〈제목〉春愁

5. 인정과 자연

360.

非人情비인정　**不可近**불가근

인정이 없는 사람과는 가까이 할 수 없다.

〈출전〉十八史略　春秋戰國　齊

361.

好人之所惡호인지소오　**惡人之所好**오인지소호　**是謂拂人之性**시위불인지성

사람들이 싫어하는 것을 좋아하고 사람들이 좋아하는 것을 싫어하는 것은 사람의 성품을 거스르는 것이다.

註▶ 1)所惡(소오): 싫어하는 것. 2)拂(불): 거스르다

〈출전〉大學　傳十章

362.

行有不慊於心則餒矣행유불겸어심칙뇌의

행동할 때 마음에 불만이 없으면 굶주리게 된다.

註▶ 1)慊(겸): 흐뭇하지 않다.

〈출전〉孟子　公孫丑上

363.

疾痛慘怛질통참달　**未嘗不呼父母**미상불호부모

병들어 아프고 슬플 때 일찍이 부모를 부르지 않는 사람이 없다.

註▶ 1)疾痛(질통): 병이 들어 아프다. 2) 慘怛(참달): 아프고 슬프다.
〈출전〉文章軌範　〈작자〉司馬遷　〈제목〉屈原傳

364.

垂老抱佛脚수로포불각

늙어서는 죽음이 두려워 부처님 다리를 붙잡는다.

〈출전〉通俗篇　釋道

365.

自飽不知人飢자포부지인기

자기가 배부르면 남의 배고픔을 알지 못한다.

〈출전〉通俗篇　飮食

366.

及溺呼船급익호선

물에 빠지고서야 배를 부른다.

〈출전〉通俗篇　器用

367.

忿思難분사난

분할 때는 어려울 때를 생각하라.

〈출전〉論語　季氏

368.

和大怨화대원　**必有餘怨**필유여원

큰 원한은 풀어도 반드시 남는 원한이 있다.

註▶ 1)和(화): 화해하다, 풀다. 2)餘怨(여원): 그래도 남아 있는 원한.

〈출전〉老子　七十九章

369.

匠人成棺장인성관　**則欲人之夭死**칙욕인지요사

장인이 관을 짤 때는 사람들이 빨리 죽기를 바란다.

註▶ 1)匠人(장인): 기술자. 여기서는 관을 자는 기술자를 말한다.

〈출전〉韓非子　備內

370.

盜憎主人도증주인　**民惡其上**민악기상

도둑은 주인을 미워하고, 백성은 윗사람을 미워한다.

註▶ 1)其上(기상): 윗사람 즉 관리들을 가리킴.

〈출전〉左傳　成公十五年

371.

處疾則貴醫처질칙귀의　**有禍則畏鬼**유화칙외귀

병이 들었을 때는 의원을 귀하게 여기고, 재앙이 있을 때에는 귀신을 두려워 한다.

〈출전〉韓非子　解老

372.

有所忿懥유소분치　則不得其正즉부득기정

화를 내면 바른 것을 얻을 수 없다.

註▶ 1)忿懥(분치): 화를 내다, 성을 내다.

<출전>大學　傳七章

373.

衣不如新의불여신　人不如故인불여고

옷은 새것이 좋고, 사람은 옛사람이 좋다.

<출전>古詩源　<작자>竇玄妻　<제목>古怨歌

374.

高山仰止고산앙지　景行行止경행행지

높은 산은 우러러보고 큰길은 걸어 다니는 것이다.

註▶ 1)景行(경행): 大道의 뜻. 2)止(지): 助詞.

<출전>詩經　小雅　車舝

375.

相彼投兎상피투토　尚或先之상혹선지

토끼 그물 치는 걸 봐도 간혹 빠져나가는 수가 있다.

註▶ 1)相(상): 보다. 2)投(투): 掩의 뜻으로 토끼를 잡으려고 그물을 씌우는 것. 3)先(선): 開의 뜻으로 개방되어 빠져나가는 것. 토끼가 빠져나가는 행운도 있는데 자기는 없음을 말한다.

<출전>詩經　小雅　小弁

376.

有菀者柳유울자류　**不尙愒焉**불상게언

무성한 버드나무 밑에서 쉬기를 바라지 않겠는가?

註▶ 1)有菀(유울): 무성하다. 2)尙(상): 바라다. 3)愒(게): 息으로도 쓰인다.

〈출전〉詩經　小雅　菀柳

377.

心猿不定심원부정　**意馬四馳**의마사치

마음은 원숭이처럼 산란하고, 뜻은 말처럼 사방으로 달린다.

〈출전〉參同契 注

378.

良醫之門양의지문　**多病人**다병인

좋은 의원의 집 앞에는 병든 사람이 많다.

註▶ 1)良醫(양의): 병을 잘 고치는 의사.

〈출전〉荀子　法行篇

379.

鳥窮則啄조궁칙탁

새도 배가 고프면 쫀다.

註▶ 1)窮(궁): 배가 고프다. 2)啄(탁): 새가 모이를 쫀다.

〈출전〉荀子　哀公篇

380.

人情인정 **聽鶯啼則喜**청앵제칙희 **聞蛙鳴則厭**문와명칙염

사람의 정이란 꾀꼬리 울음을 들으면 기뻐하고, 개구리 울음을 들으면 싫어한다.

〈출전〉菜根譚 後集 五十

381.

淫奔之婦음분지부 **矯而爲尼**교이위니 **熱中之人**열중지인 **激而入道**격이입도

음탕한 부인도 극단에 이르면 여승이 되고,
일에 열중하던 사람도 격하여서는 중이 되는 수가 있다.

註▶ 1)淫奔(음분): 음탕함. 2)矯(교): 극단으로 달리다. 3)尼(이): 여승. 4)入道(입도): 불문으로 들어가다.
〈출전〉菜根譚 後集 百二十九

382.

機動的기동적 **弓影疑爲蛇蝎**궁영의위사갈 **寢石視爲伏虎**침석시위복호

마음이 흔들리면 활 그림자도 의심하여 뱀이 되고, 쓰러진 돌도 엎드린 범으로 보이게 된다.

註▶ 1)機動(기동): 심기가 동요되다. 2)蛇蝎(사갈): 뱀. 晋書의 樂廣傳에 나오는 고사로 벽에 걸린 활의 그림자가 술잔에 비친 것을 뱀으로 알았다고 한다. 3)寢石(침석): 쓰러진 돌. 漢書에 나오는 고사로 쓰러진 돌을 보고 엎드린 범으로 오인하였다고 함.
〈출전〉菜根譚 後集 四十八

383.

驚奇喜異者경기희이자 **無遠大之識**무원대지식

신기한 것에 경탄하고, 특이한 것에 기뻐함은 원대한 식견이 없는 탓이다.

註▶ 1)驚奇(경기): 신기한 것을 보고 놀라서 탄복하다. 2)識(식): 식견.
<출전>菜根譚 前集 百十八

384.
身在江海之上신재강해지상 **心居乎魏闕之下**심거호위궐지하
몸은 강과 바다 위에 있는데, 마음은 도성 안 영화에 있네.

註▶ 1)魏闕(위궐): 魏나라의 대궐. 즉 都城 안을 말한다.
<출전>莊子 雜篇 讓王

385.
天下攘攘천하양양 **皆爲利往**개위리왕 **天下熙熙**천하희희 **皆爲利來**개위리래
천하에 사람이 많이 모인 것은 다 이익을 위하여 따르는 것이고,
천하에 기뻐하는 것은 다 이로움을 위하여 온 것이다.

<출전>古詩源 六韜

386.
新浴者振其衣신욕자진기의 **新沐者彈其冠**신목자탄기관
새로 목욕한 사람은 옷을 털고, 새로 머리감은 사람은 冠을 턴다.

<출전>荀子 不苟篇

387.
俯看逝水嘆流景부간서수탄류경 **坐對青山多厚顔**좌대청산다후안

흐르는 물 굽어보며 흘러가는 세월을 한탄하고,
푸른 산을 마주 보며 앉아 있으니 낯 두꺼워지는 일이 많네.

(原文)

終日昏昏簿領間　偶因迎客出郊關　**俯看逝水嘆流景　坐對青山多厚顔**
半月城空江月白　孤雲仙去野雲閒　更尋陶令歸來賦　千載高風未易攀

장부 속에서 종일을 정신을 흐리다가
우연히 손님 맞아 교외로 나갔다.
흐르는 물 굽어보며 흘러가는 세월을 한탄하고
푸른 산을 마주 보며 앉아 있으니 낯 두꺼워지는 일이 많네.
반월성은 텅 비어 강에 비친 달만 밝고
孤雲 신선 떠난 뒤에 들판에 구름만 한가하다.
다시 도연명의 귀거래를 찾지만
천년의 높은 風道 더위 잡기 어려워라.

註▶ 1)鷄林(계림): 지금의 경주. 2)簿領(부령): 날마다 기입하는 문서. 3)逝水(서수): 孔子가 흐르는 냇물을 보고 "가는 사람이 이와 같다"고 한 고사. 4)景(경): 세월, 광음. 5)孤雲(고운): 崔致遠. 6)陶令(도령): 陶潛을 말함. 東晋의 자연시인으로 字는 淵明이다. 평택의 令이 되었으나 80여일 만에 귀거래사를 읊고 벼슬을 버리고 전원생활을 즐겼다. 7)高風(고풍): 거룩한 風道.
〈출전〉한국한시 〈작자〉田祿生(埜隱) 〈제목〉鷄林東亭

388.

江湖半夜孤舟夢강호반야고주몽　**幕府十年千首詩**막부십년천수시

강호의 밤중에는 조각배의 꿈이요, 막부 십 년에 천 수의 시뿐이네.

(原文)

天機人事兩參差　城郭依然似舊時　細竹更長新出笋　殘花還有未開枝

江湖半夜孤舟夢　幕府十年千首詩　此日南樓風景好　元戎何處駐旌旗
하늘의 기밀과 사람의 일, 둘이 서로 어긋나
성곽들은 의연히 옛날과 다름없네.
가는 대는 다시 자라 새로이 죽순 내고
남은 꽃은 도리어 피지 못한 가지 있네.
강호의 밤중에는 조각배의 꿈이요
막부 십 년에 천 수의 시뿐이네.
이 남루에 오늘날 풍경 좋은데
원융은 그 어디다 깃대를 세웠는고.

註▶ 1)合浦(합포): 지금의 馬山. 2)天機(천기): 천지조화의 심오한 비밀. 3)幕府(막부): 장군이 집무하는 곳. 4)元戎(원융): 元帥. 장군.
〈출전〉한국한시 〈작자〉李詹(雙梅堂) 〈제목〉重游合浦

389.
幽人倚杖忘歸去유인의장망귀거　**思在秋山錦繡間**사재추산금수간
지팡이에 기댄 은자, 돌아가기 잊었나니, 그 생각은 단풍 든 가을 산 사이에 있다.

(原文)
木麥花開野草殘　橋頭流水咽鳴環　**幽人倚杖忘歸去　思在秋山錦繡間**
메밀꽃은 한창 피고 들풀은 쇠잔한데
다리 밑의 물소리는 둘레를 다 울린다.
지팡이에 기댄 은자, 돌아가기 잊었나니
그 생각은 단풍 든 가을 산 사이에 있다.

註▶ 1)木麥(목맥): 메밀. 2)環(환): 둘레. 3)幽人(유인): 숨어 사는 사람. 즉 隱者와 같은 말.
〈출전〉한국문집총간 〈작자〉李山海(鵝溪) 〈제목〉江潭雜咏

390.

可憐客舍窓前菊가련객사창전국 **也是行人去後秋**야시행인거후추

가련해라, 객사 창 앞의 저 국화여, 저것은 나그네 떠난 뒤의 가을이리.

(原文)

關月蒼茫隴水流 宛然風物古凉州 **可憐客舍窓前菊 也是行人去後秋**

변방 달은 아득하고 밭둑의 물은 흘러

그 풍경이 옛날에 양주 땅과 흡사하네.

가련해라, 객사 창 앞의 저 국화여.

저것은 나그네 떠난 뒤의 가을이리.

註▶ 1)風物(풍물): 風景 2)凉州(양주): 지금의 중국 甘肅省에 있는 지명. 3)去非(거비): 金地粹의 字

<출전>한국문집총간 <작자>李明漢(白洲) <제목>次金去非韻

391.

客來問我塵間事객래문아진간사 **笑指南山一片雲**소지남산일편운

누가 와서 나에게 세상일을 묻는다면, 저 남산의 한 조각구름을 웃으면서 가리키리.

(原文)

一抹青山幸見分 邇來林壑鳥爲群 **客來問我塵間事 笑指南山一片雲**

한 가닥 푸른 산을 다행히 나눠주어

그 뒤로 숲 속에는 새가 무리 지었네.

누가 와서 나에게 세상일을 묻는다면

저 남산의 한 조각구름을 웃으면서 가리키리.

註▶ 1)邇來(이래): 그 뒤. 요사이.

〈출전〉한국한시 〈작자〉陳尙漸 〈제목〉閒居漫吟贈隣友

392.

靜中觀物理정중관물리 **居室一乾坤**거실일건곤

고요한 속에 만물 이치 살펴보면, 나 있는 방이 곧 하나의 건곤이네.

(原文)

空堦鳥雀下 無事晝掩門 **靜中觀物理 居室一乾坤**

빈 뜰에 새들이 내려앉고

아무 일이 없어 낮에 문을 닫고 있네.

고요한 속에 만물 이치 살펴보면

나 있는 방이 곧 하나의 건곤이네.

〈출전〉한국한시 〈작자〉許穆(眉叟) 〈제목〉山氣二首中 其二

393.

神豁恍醒曾醉酒신활황성증취주 **眼明如對久離朋**안명여대구리붕

정신이 황홀하여 술에 취한 것 같고, 눈이 밝아 오래 그린 벗을 만난 듯.

(原文)

積雨濛濛兩朔仍 今宵喜見月輪昇 乾坤萬里淸輝遍 河漢三更灝氣澄

神豁恍醒曾醉酒 眼明如對久離朋 興來步出前江岸 濯足滄浪洗熱蒸

장마비가 자욱하게 두 달이 걸려

오늘밤에 뜨는 달을 반가이 바라보네.

건곤 만 리에 밝은 빛이 퍼지고

삼경의 은하수는 그 기운이 깨끗하네.

정신이 황홀하여 술에 취한 것 같고

눈이 밝아 오래 그린 벗을 만난 듯.
홍이 일어 앞강의 언덕에 걸어 나가
물에 발을 씻고 찌는 더위 식히네.

註▶ 1)積雨(적우): 장마. 2)新月(신월): 초승달. 3)濛濛(몽몽): 가랑비가 자욱하게 오는 모양. 또는 어두운 모양. 4)兩朔(양삭): 두 초하루. 두 달. 5)河漢(하한): 은하수. 6)灝氣(호기): 天上의 맑은 氣. 7)滄浪(창랑): 푸른 물빛. 또는 滄浪洲. 동해 가운데 있는 신선이 산다는 곳.
〈출전〉한국한시 〈작자〉鄭思孝 〈제목〉積雨餘見新月喜而賦之

394.

庭樹風霜積정수풍상적 **池荷月露圓**지하월로원

뜰의 나무는 바람과 서리로 주름져 있고, 연못의 연은 달빛과 이슬에 둥글어졌네.

(原文)
高樓澹虛靜 人自意飄然 **庭樹風霜積 池荷月露圓**
山明當畫壁 秋熟小閒田 吏有此間隱 琴聲竹邊
높은 누각이 담박하고 허정하니
사람의 뜻을 저절로 표연케 하네.
뜰의 나무는 바람과 서리로 주름져 있고
연못의 연은 달빛과 이슬에 둥글어 졌네.
산이 밝아 그림 같은 벽 같은데
가을에 작은 밭에선 곡식이 익어간다.
벼슬아치가 이곳에 숨어 있으니
거문고 소리가 은은히 대나무 곁에서 들리네.

註▶ 1)澹(담): 담박하다. 조용하다. 2)虛靜(허정): 마음에 잡념이나 망상이 없이 조용한 상태. 3)飄然(표연): 바람에 가볍게 날리는 모양. 정처 없이 떠돌아다니는 모양. 4)風霜(풍상): 바람과 서리. 세월. 5)積(적): 쌓다. 주름지다. 6)閒田(한전): 주인 없는 밭이나 땅. 7)嫋(요): 소리가 길고 약하게 울리는 모양.
〈출전〉한국한시 〈작자〉李鶴來(青田) 〈제목〉題淳昌凝香閣

395.

事隨流水遠사수류수원 **愁逐曉春生**수수효춘생

일은 흐르는 물처럼 자꾸 멀어만 가고, 시름은 첫 봄을 따라 일어나네.

(原文)

事隨流水遠 愁逐曉春生 野色開烟綠 山光過雨明
簾前雙燕語 林外數鶯聲 獨坐無多興 傷心粉不成

일은 흐르는 물처럼 자꾸 멀어만 가고
시름은 첫 봄을 따라 일어나네.
안개 걷힌 들 빛은 푸른색이요
비 지난 뒤 산 빛은 더욱 맑아라.
발 앞에는 제비들이 짝지어 지저귀고
숲밖에는 몇 마리 꾀꼬리 우는소리
홀로 앉아 아무런 흥취도 없어
마음이 상해 화장도 제대로 안되네.

註▶ 1)粉(분): 흰 가루. 즉 화장.
〈출전〉한국한시 〈작자〉林碧堂 金氏 〈제목〉書懷次叔孫兄弟

396.

殘粧含淚捲窓紗잔장함루권창사 **花落東風燕子斜**화락동풍연자사

얼룩진 화장으로 눈물 머금고 창의 휘장 걷나니, 샛바람에 꽃은 지고 제비는 날아드네.

(原文)

竹院春深鳥語多　瑤琴彈罷相思曲　**殘粧含淚捲窓紗　花落東風燕子斜**

죽원에 봄이 깊어 새소리 요란한데

거문고 끌어 잡아 상사곡을 타 보네.

얼룩진 화장으로 눈물 머금고 창의 휘장 걷나니

샛바람에 꽃은 지고 제비는 날아드네.

註▶ 1)竹院(죽원): 주위에 대나무를 심은 집. 또는 書院. 2)瑤琴(요금): 아름다운 거문고. 3)相思曲(상사곡): 남녀가 서로 그리워하는 거문고의 가락.

<출전>한국한시 <작자>桂生 <제목>竹院

397.

瓊苑梨花杜宇啼경원이화두우제　**滿庭蟾影更凄凄**만정섬영경처처

동산 배꽃 속에 두견새가 우나니, 뜰에 어린 달그림자 새삼 쓸쓸하여라.

(原文)

瓊苑梨花杜宇啼　滿庭蟾影更凄凄　相思欲夢還無寢　起倚梅窓聽五鷄

동산 배꽃 속에 두견새가 우나니

뜰에 어린 달그림자 새삼 쓸쓸하여라.

그리워 꿈에라도 만나려 하나, 잠 못 이루니

일어나 창에 기대어 새벽 닭소리 듣네.

註▶ 1)瓊苑(경원): 아름다운 정원. 2)蟾影(섬영): 달그림자. 蟾(두꺼비)은 달 속에 두꺼비가 있다는 전설에 의한 것. 3)五鷄(오계): 날샐 녘의 닭 울음.

<출전>한국한시 <작자>桂生 <제목>聽鷄

398.

花開花落總無私화개화락총무사　**魚鳥沈浮竟爲誰**어조침부경위수

꽃이 피고 지는 것, 모두 사사로움이 없건만, 새 날고 고기 뛰는 것은 누구를 위함인고.

(原文)

花開花落總無私　魚鳥沈浮竟爲誰　欸乃一聲山更暮　那堪千里動秋思
今宵明月爲誰看　自是浮生好會難　風露滿天人不見　芦花十里水漫漫
꽃이 피고 지는 것, 모두 사사로움이 없건만
새 날고 고기 뛰는 것은 끝내 누구를 위함인고.
뱃노래 한 가락에 산이 더욱 저물거니
천리라, 가을 시름을 어찌 견디랴.
오늘밤 밝은 저 달 누구와 함께 볼꼬.
덧없는 인생이라 만나기 어려워라.
바람과 이슬이 하늘에 가득한데 임은 보이지 않고
갈꽃 십리 벌에 물만 질펀하여라.

註▶ 1)先進(선진): 先輩. 先覺者. 2)漫漫(만만): 넓어 끝이 없는 모양.
〈출전〉한국한시 〈작자〉金芙蓉堂 雲楚 〈제목〉有懷黃岡先進

399.

簾外時聞風自起염외시문풍자기　**幾回錯認故人來**기회착인고인래

발 밖에서 때때로 들리는 바람소리, 몇 번이나 속았던고, 임이 오는가 하고.

(原文)

垂楊深處綺窓開　小院無人長綠苔　**簾外時聞風自起　幾回錯認故人來**
실버들 깊은 곳에 창을 열고 바라보니
별채에 사람 없고 이끼만 자라나네.
발 밖에서 때때로 들리는 바람소리
몇 번이나 속았던고, 임이 오는가 하고.

註▶ 1)小院(소원): 조그만 집. 2)錯認(착인): 그릇 인정하다. 잘못 알다. 3)故人(고인): 죽은 사람. 여기서는 옛 친구. 즉 임을 가리키는 말.
<출전>한국한시 <작자>金芙蓉堂 雲楚 <제목>春風起

6. 性 情

(一). 성정

400.

天命之謂性천명지위성

하늘이 명한 것을 性이라 한다.

註▶ 1)命(명): 命賦의 뜻. 하늘이 명한 것이란 선천적으로 타고난 것을 말한다. 2)性(성): 사람의 본성. 朱熹는 性이란 理(이치, 원리)라고 하였다. 따라서 이치를 따지는 것이 道라는 것이다.
<출전>中庸 一章

401.

天地之性천지지성 人爲貴인위귀

천지의 性命을 받은 사람은 사람을 귀하게 여긴다.

<출전>孝經 聖治

402.

孟子道性善맹자도성선 **言必稱堯舜**언필칭요순

孟子가 사람의 성품이 착하다고 말하되 말마다 반드시 堯舜을 칭하였다.

註▶ 1)道(도): 말하다. 2)堯舜(요순): 聖帝인 唐堯와 虞舜.

<출전>孟子 滕文公上

403.

性無善無不善也성무선무불선야

性은 항상 선한 것도 없고 항상 선하지 않은 것도 없다.

<출전>孟子 告子上

404.

人之性惡인지성악 **其善者僞也**기선자위야

사람의 성품은 원래 惡하니, 善한 것은 거짓이다.

<출전>荀子 性惡篇

405.

食色性也식색성야

食欲과 色欲은 인간의 본성이다.

<출전>孟子 告子上

406.

性相近也성상근야 **習相遠也**습상원야

원래 기질은 서로 비슷하나 습관에 따라 서로 멀어진다.

註▶ 1)習相遠也(습상원야): 인간은 태어날 때는 기질이 비슷하였지만 살아가면서 습관에 따라 서로 달라진다.
〈출전〉孟子 陽貨

407.
人之所不學而能者인지소불학이능자 **其良能也**기양능야
所不慮而知者소불려이지자 **其良知也**기양지야
사람이 배우지 않고서도 할 수 있는 것은 그가 가장 잘하는 것이요,
생각하지 않고서도 아는 것은 그가 가장 잘 아는 것이다.

註▶ 1)良能(양능): 배우지 않아도 저절로 잘 하게 되는 능력. 2)良知(양지): 배우지 않아도 저절로 잘 알게 되는 능력.
〈출전〉孟子 盡心上

408.
操則存조즉존 **舍則亡**사즉망
본성을 잡고 있으면 존재하고, 놓으면 망하느니라.

註▶ 1)操(조): 꽉 잡고 놓지 않는다. 2)舍(사): 내버려두고 돌보지 않는다.
〈출전〉孟子 告子上

409.
人生而靜인생이정 **天之性也**천지성야
인간의 性情이 고요한 것은 하늘의 성품이다.

註▶ 1)人生(인생): 사람의 性情.

〈출전〉禮記　樂記

410.

人之生也直인지생야직

사람의 천성은 정직하다.

註▶ 1)生(생): 性情, 天性. 2)直(직): 정직.

〈출전〉論語　雍也

411.

人心인심　**譬如槃水**비여반수

사람의 마음은 비유하자면 빙빙 돌며 소용돌이치는 물과 같다.

註▶ 1)譬(비): 비유하자면. 2)槃水(반수): 빙빙 돌면서 소용돌이치는 물과 같아서 어디로 튈지 모른다.

〈출전〉荀子　性惡篇

412.

善者선자　**吾善之**오선지　**不善者**불선자　**吾亦善之**오역선지

나에게 선하게 하는 사람은 나도 선하게 하고,

착하지 않게 하는 사람에게도 내가 또한 착하게 하라.

〈출전〉老子　四十九章

413.

性卽理也성즉리야

본성은 천리이다.

註▶ 1)性(성): 사람의 본성. 2)理(이): 하늘의 이치, 즉 天理와 같다.
〈출전〉近思錄　道體類

414.
從善如流종선여류
선을 따르는 것을 물이 흐르듯이 하라.

〈출전〉左傳　成公八年

415.
習與性成습여성성
습관이 되어 성격을 이룬다.

註▶ 1)習(습): 오랜 시간동안 해 와서 습관이 된 것을 말함. 2)性(성): 성격.
〈출전〉書經　太甲上

416.
頗識身心靜파식신심정　**棲遲願不違**서지원불위
몸과 마음 고요함을 이제 깊이 알았나니, 물러나 살 바램이 일그러지지 않았다.

(原文)
茅齋連竹逕　秋日艷晴暉　果熟擎枝重　瓜寒著蔓稀
遊蜂飛不定　閒鴨睡相依　**頗識身心靜**　**棲遲願不違**
띠풀 서재가 대밭 길에 이어져
가을날이라, 맑은 햇빛이 곱다.
과일이 익어 받든 가지 힘겹고
오이 차가와 붙은 줄기 드물다.

노니는 벌은 쉬지 않고 날고
한가로운 오리는 서로 의지해 잔다.
몸과 마음 고요함을 이제 깊이 알았나니
물러나 살 바램이 일그러지지 않았다.

註▶ 1)棲遲(서지): 隱退하여 살다.
<출전>한국문집총간 <작자>徐居正(四佳) <제목>秋風

417.

西招華表鶴서초화표학 **相與戱雲間**상여희운간

서쪽으로 화표 위에 날아 앉은 학을 불러, 그와 더불어 구름 속에 노닐어 보네.

(原文)
我欲過江去 直登松鶻山 **西招華表鶴 相與戱雲間**
나는 강을 건너가려 하다가
바로 이 송골산에 오른다.
서쪽으로 화표 위에 날아 앉은 학을 불러
그와 더불어 구름 속에 노닐어 보네.

註▶ 1)華表鶴(화표학): 중국 漢나라 때 遼東사람인 丁令威가 仙術을 배워 학으로 변신하여 요동성문에 세워져 있던 華表柱에 갑자기 날아와 앉은 故事.
<출전>한국문집총간 <작자>鄭澈(松江) <제목>統軍亭

418.

花開日與野僧期화개일여야승기 **花落經旬掩竹扉**화락경순엄죽비

꽃이 피면 날마다 시골중과 어울리고, 꽃이 지면 열흘이 넘도록 대 사립문 닫고 있네.

(原文)

花開日與野僧期　花落經旬掩竹扉　共說此翁眞可笑　一年憂樂在花枝

꽃이 피면 날마다 시골중과 어울리고

꽃이 지면 열흘이 넘도록 대 사립문 닫고 있네.

모두들 이 늙은이 우습다 말하리니

한 해의 기쁨 걱정이 꽃가지에 있네.

註▶ 1)野僧(야승): 시골의 중.

〈출전〉한국문집총간 〈작자〉李山海(鵞溪) 〈제목〉此翁

419.

此時浩氣無滯碍차시호기무체애　**默念明誠篆肺肝**묵념명성전폐간

이때의 호연한 기운 걸림이 없어, 밝은 정성 묵묵히 마음속에 새기네.

(原文)

夏夜風軒夢忽罷　蒼蒼皓月漏雲端　**此時浩氣無滯碍　默念明誠篆肺肝**

여름밤의 난간에서 꿈이 문득 깨었는데

창창한 밝은 달이 구름 끝에 새어 나네.

이때의 호연한 기운 걸림이 없어

밝은 정성 묵묵히 마음속에 새기네.

註▶ 1)浩氣(호기): 浩然之氣. 즉 널리 천지간에 유동하는 정대한 원기. 또는 사람의 마음에 차 있는 정대한 원기.

〈출전〉한국한시 〈작자〉鄭脩(牛村) 〈제목〉偶吟

420.

塵寰多苦累진환다고루　**孤鶴未歸情**고학미귀정

티끌세상이라, 괴로움이 하도 많아, 외로운 학이 못 떠나는 심정이네.

(原文)

不是傷春病　只因憶玉郎　**塵寰多苦累　孤鶴未歸情**

이것은 봄을 슬퍼하는 병이 아니고

다만 님을 그리는 탓일 뿐이네.

티끌세상이라, 괴로움이 하도 많아

외로운 학이 못 떠나는 심정이네.

註▶ 1)玉郎(옥랑): 아름다운 남자. 즉 낭군. 님. 2)塵寰(진환): 티끌이 있는 세상. 俗界. 塵世. 3)苦累(고루): 괴로움의 결박. 4)孤鶴未歸情(고학미귀정): 외로운 학이 돌아가지 못하는 심정. 외로운 학은 자신을 가리킴.

〈출전〉한국한시　〈작자〉桂生　〈제목〉病中二首中 其一

(二). 善惡正邪

421.

善以爲寶선이위보

착한 것을 보배로 삼아라.

〈출전〉大學　傳十章

422.

樂取於人以爲善악취어인이위선

남의 의견을 취해서 선을 행하기를 즐거워하라.

〈출전〉孟子　公孫丑上

423.

得一善則득일선즉 **拳拳服膺**권권복응

선을 한번 얻으면 받들어 가슴에 꼭 지니고 그것을 잃지 않아야 한다.

註▶ 1)拳拳(권권): 받들어 지니고 있는 모습. 2)服(복): 朱熹에 의하면 着의 뜻으로 꼭 지니는 것.

〈출전〉中庸 八章

424.

好善優於天下호선우어천하

선을 좋아하면 천하에 뛰어나게 된다.

註▶ 1)優於天下(우어천하): 천하에 뛰어나게 된다. 즉 선을 좋아하는 사람이 정치를 하게 되면 온 천하 사람들이 그를 좋아하여 그에게로 모여들어 선을 일러주어서 천하를 다스리고도 남는다.

〈출전〉孟子 告子下

425.

樂道人之善낙도인지선

남들이 선한 것을 말하기를 즐거워하라.

註▶ 1)道(도): 말하다. 言과 같은 말.

〈출전〉論語 季氏

426.

善者선자 **吾善之**오선지 **不善者**불선자 **吾亦善之**오역선지

나에게 선하게 하는 사람은 나도 선하게 하고,

착하지 않게 하는 사람에게도 내가 또한 착하게 하라.

〈출전〉老子　四十九章

427.

上善若水상선약수

최상의 선은 물과 같다.

註▶ 1)上善若水(상선약수): 最上의 선은 물과 같다. 즉 물은 만물을 이롭게 해주고 다투지 않으며 대부분의 사람들이 싫어하는 낮은 위치에 처신하므로 물과 같다고 한 것이다.
〈출전〉老子　八章

428.

吉人爲善길인위선　**惟日不足**유일부족

착한 사람이 선을 행함에 날이 부족하다고 생각한다.

註▶ 1)吉人(길인): 착한 일을 행하는 사람. 2)惟(유): 생각하다.
〈출전〉書經　泰誓上

429.

爲善者위선자 **天報之以福**천보지이복 **爲不善者**위불선자 **天報之以禍**천보지이화

선을 행하는 사람은 하늘이 복으로써 보답하고,
착하지 않은 것을 행하는 사람은 하늘이 재앙으로써 보답한다.

〈출전〉荀子　宥坐篇

430.

從善如流종선여류

선을 따르는 것을 물이 흐르듯 하라.

〈출전〉左傳　成公八年

431.

爲善無近名위선무근명

선을 행함에 명예는 생각하지 말아야한다.

註▶ 1)無近名(무근명): 명예를 가까이 하지 말라. 즉 명예 따위는 생각하지 말고 선을 행해야 한다.

〈출전〉莊子　內篇 養生主

432.

有其善유기선 **喪厥善**상궐선 **矜其能**긍기능 **喪其功**상기공

선함이 있다고 자부하면 그 선을 잃을 것이요, 능력이 있다고 자랑하면 그 공적을 잃게 된다.

〈출전〉書經　說命中

433.

見惡如農夫之務去草焉견악여농부지무거초언

악한 것을 보면 농부가 잡초를 뽑아버리는 것 같이 하라.

註▶ 1)去草(거초): 풀을 제거하다. 즉 풀을 뽑다.

〈출전〉左傳　隱公六年

434.

勿以惡小而爲之물이악소이위지　**勿以善小而不爲**물이선소이불위

惡이 아무리 작아도 그것을 행하면 안 되고,
善이 아무리 작아도 그것을 행하지 않으면 안 된다.

〈출전〉小學　外篇 嘉言

435.

爲惡而畏人知위악이외인지　**惡中猶有善路**악중유유선로

악한 일을 하면서도 남이 알까 두려워하는 것은

악한 가운데서도 오히려 善한 길이 있기 때문이다.

註▶ 1)善路(선로): 선을 향하는 길.

〈출전〉菜根譚　前集 六十七

436.

見不善如探湯견불선여탐탕

착하지 않은 것을 보면 끓는 물을 더듬는 것 같이 하라.

註▶ 1)如探湯(여탐탕): 착하지 않은 것은 끓는 물을 대하듯 조심하고 만지지 않듯이 하라.

〈출전〉論語　季氏

437.

懲惡而勸善징악이권선

惡을 징계하고, 善을 권장하라.

〈출전〉左傳　成公十四年

438.

不善人불선인　**善人之資**선인지자

착하지 않은 사람은 착한 사람이 반성할 자료가 된다.

註▶ 1)資(자): 자원. 근원이 되는 자료, 근거.

〈출전〉老子　二十七章

439.

除凶斬佞終難得제흉참녕종난득　**欲換農牛敎子耕**욕환농우교자경

아첨하며 흉악한 놈 끝내 베지 못한다면, 농사소로 바꾸어 아이에게 밭 갈게 하리.

(原文)

三尺龍泉匣裏鳴　崢嶸怒氣腹中盈　**除凶斬佞終難得**　**欲換農牛敎子耕**

삼척 용천이 갑 속에서 우노니

크게 성난 기운이 배 안에 가득하다.

아첨하며 흉악한 놈 끝내 베지 못한다면

농사소로 바꾸어 아이에게 밭 갈게 하리.

註▶ 1)龍泉(용천): 龍泉太阿는 龍淵太阿. 용연과 태아는 모두 古代名劍의 이름. 2)崢嶸(쟁영): 험준한 모양. 가파른 모양.

〈출전〉한국한시　〈작자〉蔡震亨(蕁塘)　〈제목〉劍

(三). 희로애락

440.

一朝之忿일조지분 **忘其身**망기신 **以及其親**이급기친 **非惑與**비혹여

하루아침의 분노로 자신을 잊고 어버이에게까지 미친다면 미혹된 것이 아니겠는가?

註▶ 1)一朝之忿(일조지분): 하루아침의 분노. 조그마한 감정. 2)忘其身 以及其親(망기신 이급기친): 사소한 감정으로 자기를 잊고 난폭한 짓을 하여 욕이나 재앙이 자기 부모에게까지 미치게 한다.

〈출전〉論語　顔淵

441.

忿思難분사난

화가 날 때에는 어려울 때를 생각하라.

註▶ 1)忿思亂(분사난): 감정을 못 이겨서 잘못을 저질러 환난이 부모에게 미치지 않을까 생각하다.
〈출전〉論語　季氏

442.

不遷怒불천노　**不貳過**불이과

성냄을 다른 사람에게 옮기지 말고, 잘못을 두 번 저지르지 말라.

註▶ 1)不遷怒(불천노): 遷은 옮기다. 노여움을 남에게 옮기지 않는다. 2)不貳過(불이과): 과실을 두 번 되풀이하지 않는다.
〈출전〉論語　雍也

443.

有所忿懥유소분치　**則不得其正**즉부득기정

화를 내는 것이 있으면 바르게 처리할 수 없다.

註▶ 1)忿懥(분치): 화를 내다.
〈출전〉大學　傳七章

444.

怒者常情노자상정　**笑者不可測也**소자불가측야

화내는 사람은 보통사람의 인정이나, 웃는 사람은 판단할 수 없다.

註▶ 1)常情(상정): 보통사람이 느끼는 인정. 2)測(측): 판단하다. 헤아리다.

〈출전〉十八史略　唐　代宗

445.

懲忿窒欲징분질욕

분함을 막고, 욕심을 막는다.

註▶ 1)懲忿(징분): 화가 나는 것을 막다. 2)窒欲(질욕): 욕심을 막다.
〈출전〉易經　損象

446.

不可乘喜而輕諾불가승희이경락

기쁨에 들떠 가볍게 허락해서는 안 된다.

註▶ 1)輕諾(경락): 경솔하게 허락하다.
〈출전〉菜根譚　前集 二百十六

447.

喜怒通四時희노통사시

喜怒는 사계절과 통한다.

註▶ 1)通四時(통사시): 사계절이 때가 되면 변하듯 기쁘고 성내는 것은 수시로 변한다.
〈출전〉莊子　內篇 大宗師

448.

樂然後笑낙연후소　**人不厭其笑**인불염기소

즐거운 후에 웃는 것이니 사람은 웃음을 싫어하지 않는다.

註▶ 1)樂然(낙연): 즐거워하는 모습, 즐거워하다.

〈출전〉論語　憲問

449.

不以同異爲喜怒불이동이위희노　**不以喜怒爲用捨**불이희노위용사

의견이 같거나 다르다는 것으로 기뻐하거나 성내지 말고,
기쁨이나 성냄으로 채용을 결정해서는 안 된다.

註▶ 1)同異(동리): 생각이나 의견이 같거나 다른 것을 말함. 2)用捨(용사): 사람을 쓰거나 버리는 것을 말함.
〈출전〉宋名臣言行錄　富弼

450.

怒於室者色於市노어실자색어시

집안에서 화내는 사람은 저자에서도 안색이 나타난다.

註▶ 1)室(실): 집안. 2)市(시): 저자. 사람이 많이 모인 장소.
戰國策　韓策

451.

手舞足蹈수무족도

손이 춤추고 발이 춤춘다.

註▶ 1)手舞足蹈(수무족도): 손이 춤추고 발이 춤춘다는 뜻으로 매우 기쁘다는 뜻으로 쓰인다.
〈출전〉紅樓夢

452.

君子有終身之憂군자유종신지우　**無一朝之患也**무일조지환야

君子는 終身토록 근심이 있으나, 一時의 근심은 없다.

註▶ 1)終身(종신): 죽을 때까지. 2)一朝之患(일조지환): 일시적인 근심.
〈출전〉孟子　離婁下

453.

猶然笑之유연소지

超然하게 웃다.

註▶ 1)猶然笑之(유연소지): 세상을 달관하여 초연하게 웃다.
〈출전〉莊子　內篇 逍遙遊

454.

不以物喜부이물희　**不以己悲**불이기비

부귀와 권세로 기뻐하지 말고, 자기의 일로 슬퍼하지 말라.

註▶ 1)物(물): 세상 사람들이 탐내는 부귀와 권세를 말함. 2)己(기): 자기의 일.
〈출전〉文章軌範　〈작자〉范仲淹　〈제목〉岳陽樓記

455.

憂心如熏우심여훈

걱정하는 마음이 타는 듯하다.

〈출전〉詩經　大雅　雲漢

7. 氣 質

(一). 기 질

456.

膽欲大而心欲小담욕대이심욕소

담력은 크게 하려하고 마음은 세밀하게 하려하라.

註▶ 1)膽(담): 담력. 2)小(소): 세밀하다.

〈출전〉唐書　隱逸　孫思邈傳

457.

胸中灑落흉중쇄락　**如光風霽月**여광풍제월

가슴속이 깨끗하면 바람 불어 멀리까지 보이고 초목이 빛을 발하는 것 같고 맑은 하늘에 달이 뜬 것 같다.

註▶ 1)灑落(쇄락): 인품이 깨끗하고 속된 기운이 없는 모양. 2)霽月(제월): 맑게 갠 하늘에 뜬 달.

〈출전〉近思錄　觀聖賢類

458.

其接物也기접물야　**如春陽之溫**여춘양지온

만물에 접할 때는 봄의 태양과 같이 따뜻하게 하라.

註▶ 1)其接物也(기접물야): 만물에 접하는 태도. 2)春陽(춘양): 봄의 따뜻한 햇볕.

〈출전〉近思錄　觀聖賢類

459.

縱敎出處時通塞종교출처시통새　**讀我床頭授受經**독아상두수수경

비록 나고 듦이 때로는 막히고 트이기도 하지만,
내 침상머리에서 읽는 것은 주고받은 경서인 것을.

(原文)

半壁殘燈向五更　隣鷄拍翅夢初驚　乾坤且進盃中物　社稷難留死後名
臥病光陰如箭疾　居閒契闊似冰淸　**縱敎出處時通塞**　**讀我床頭授受經**

벽에 걸린 쇠잔한 등불은 새벽이 되어
이웃 닭이 날개를 쳐 꿈에서 막 깨어났네.
건곤에는 술잔 술을 드릴 수가 있어도
사직에는 죽은 뒤의 이름 남기기 어렵네.
누워 병들매 화살처럼 빠른 광음
삶이 한가하매 멀어지는 정이 얼음같이 맑아라.
비록 나고 듦이 때로는 막히고 트이기도 하지만
내 침상머리에서 읽는 것은 주고받은 경서인 것을.

註▶ 1)排悶(배민): 걱정을 없애다. 消遣. 2)社稷(사직): 土地와 五穀의 神, 즉 국가. 3)契闊(계활): 오랫동안 만나지 못하다. 疎遠. 4)縱敎(종교): 비록…하여금. 가령…하더라도. 縱令. 5)出處(출처): 나아가 벼슬하는 일과 물러나 집에 있는 일. 進退. 6)授受(수수): 주고받다.

<출전>한국한시 <작자>許錦(楚堂) <제목>病中排悶

460.

白雲生杖屨백운생장구　**豈復戀朱紱**개복연주불

흰 구름이 지팡이와 신에서 생기나니, 어찌 다시 부귀를 그리워하리.

(原文)

呂枕五十年　一覺空彷佛　欲知夢幻境　試問瞿曇佛　晋山世緣盡

思歸衣欲拂　昨夜夢山林　眼前無俗物　**白雲生杖屨　豈復戀朱紱**

오십 년 동안 꿈속의 여옹이여
한 번 깨니 모두가 공으로 방불하다.
몽환의 경계를 알고 싶어 하거든
구담의 부처에게 물어보아라.
산으로 나아가면 세상 인연 다하거니
돌아가기 생각하면 옷이 떨치려 한다.
어젯밤에 산림을 꿈꾸었나니
눈앞에 아무 속물 없었다.
흰 구름이 지팡이와 신에서 생기나니
어찌 다시 부귀를 그리워하리.

註▶ 1)晋山(진산): 주지가 되어 새 절에 들어가는 일. 2)呂枕(여침): 呂翁枕의 준말. 邯鄲夢. 3)瞿曇(구담): 석가여래가 속세에 있을 때의 姓. 4)朱紱(주불): 붉은 색의 인끈. 즉 벼슬.

<출전>한국한시 <작자>盧思愼(葆眞齋) <제목>次晋山韻贈學專上人

461.

世間傷心多少事세간상심다소사　**都付風前一嘯長**도부풍전일소장

세상의 마음 아픔 많고 적은 일, 모두 바람에 부쳐 한번 길게 휘파람 부네.

(原文)

西池落盡藕花香　虛閣秋生夜月凉　**世間傷心多少事　都付風前一嘯長**

서쪽 못에 연꽃 향기 다 떨어지고
빈집에 가을 들어 밤 달이 시원하네.
세상의 마음 아픔 많고 적은 일
모두 바람에 부쳐 한번 길게 휘파람 부네.

註▶ 1)都付(도부): 모두 부치다.

〈출전〉한국문집총간 〈작자〉洪宇遠(南坡) 〈제목〉夜吟

462.

祗今衣上汚黃塵지금의상오황진 **何事靑山不許人**하사청산불허인

지금 내 옷은 누른 티끌에 더러워졌는데, 어찌해 푸른 산은 받아 주지 않는가.

(原文)

祗今衣上汚黃塵 何事靑山不許人 寰宇只能囚四大 金吾難禁遠遊舟

지금 내 옷은 누른 티끌에 더러워졌는데
어찌해 푸른 산은 받아 주지 않는가.
이 세상은 다만 이 몸을 가둘 뿐이거니
금오도 멀리 노니는 배를 막지 못하리.

註▶ 1)黃塵(황진): 누런 먼지. 세속의 일. 2)寰宇(환우): 天下. 세계. 3)四大(사대): 세상 만물을 이루는 근본 요소인 地・水・火・風을 말함. 또 사람의 몸. 즉 地・水・火・風의 四大요소로 이루어졌다 하여 이름. 4)金吾(금오): 조선시대 때 義禁府의 별칭. 5)遠遊舟(원유주): 멀리 노니는 배. 즉 자신을 말함.

〈출전〉한국한시 〈작자〉李氏 〈제목〉自歎

(二). 剛 柔

463.

彊自取柱강자취주 **柔自取束**유자취속

굳센 것은 스스로 기둥노릇을 하고 부드러운 것은 스스로 한데 묶이게 된다.

〈출전〉荀子 勸學篇

464.

柔弱勝剛强유약승강강

부드럽고 약한 것이 굳세고 강한 것을 이긴다.

〈출전〉老子 三十六章

465.

柔能勝剛유능승강 **弱能勝强**약능승강

부드러움은 능히 굳센 것을 이기고, 약한 것은 능히 강한 것을 이긴다.

〈출전〉十八史略 東漢 光武帝

466.

柔則茹之유즉여지 **剛則吐之**강즉토지

부드러우면 먹고, 딱딱한 것은 뱉어라.

註▶ 1)茹(여): 먹다.

〈출전〉詩經 大雅 烝民

(三). 利 鈍

467.

世尊拈華迦葉微笑세존념화가섭미소

석가모니가 연꽃을 보이니 迦葉이 그 뜻을 알고 미소 짓다.

註▶ 1)世尊(세존): 석가모니의 존칭. 2)拈華微笑(염화미소): 석가모니가 연꽃을 따서 세자들에게 보였는데 아무도 그 뜻을 해득하는 자가 없고 다만 迦葉이 미소를 지으므로 석가가 그에게 불교의 진리를 전수하였다는 고사에서 나온 말. 3)迦葉(가섭): 석가의 십대제자의 한 사람.
〈출전〉聯燈會要　釋迦牟尼佛章

468.

庸庸多厚福용용다후복

평범하면 두터운 복이 많다.

註▶ 1)庸庸(용용): 평범한 모양.
〈출전〉陔餘叢考　成語

8. 욕 망

469.

與衆同欲여중동욕

민중과 함께 바란다.

〈출전〉左傳　成公六年

470.

食色性也식색성야

食欲과 色欲은 인간의 본성이다.

〈출전〉孟子　告子上

471.

有慾則無剛유욕즉무강

욕심이 있으면 굳셀 수 없다.

〈출전〉近思錄　警戒類

472.

人莫知其子之惡인막지기자지악　**莫知其苗之碩**막지기묘지석

사람은 자기 자식의 악함을 알지 못하고, 자기 싹이 큰 것을 알지 못한다.

註▶ 1)其子(기자): 자기의 자식. 2)其苗(기묘): 자기가 씨를 뿌려 키운 곡식의 싹.

〈출전〉大學　傳八章

473.

敖不可長오불가장　**欲不可從**욕불가종

오만함은 키워서는 안 되고, 욕망은 좇아서는 안 된다.

註▶ 1)長(장): 키우다. 2)從(종): 좇다, 따라가다.

〈출전〉禮記　曲禮上

474.

懲忿窒欲징분질욕

분함을 막고, 욕심을 막는다.

註▶ 1)懲忿(징분): 화가 나는 것을 막다. 1)窒欲(질욕): 욕심을 막다.

〈출전〉易經　損象

475.

破山中賊易파산중적이 **破心中賊難**파심중적난

산 속의 도적을 깨기는 쉬우나 마음속의 도적을 깨기는 어렵다.

〈출전〉陽明全書 與楊仕德薛尙謙書

476.

順理則裕순리즉유

道理를 따르면 넉넉해진다.

註▶ 1)順理(순리): 도리에 순응하여 따르다. 2)裕(유): 여유가 있고 넉넉해진다.

〈출전〉近思錄 克己類

477.

縱耳目之欲종이목지욕

귀와 눈의 욕심을 버려라.

註▶ 1)縱(종): 버리다, 놓다. 2)耳目之欲(이목지욕): 귀와 눈의 욕심. 즉 육체적인 욕심.

〈출전〉枚乘 七發

478.

益我貨者損我神익아화자손아신

자신의 재화를 늘리려고 하는 사람은 자신의 정신을 소모하게 된다.

〈출전〉高士傳 嚴遵

479.

逐獸者축수자 **目不見太山**목불견태산

짐승을 쫓는 사람은 눈앞의 태산을 보지 못한다.

〈출전〉淮南子　說林訓

480.

東家食而西家息동가식이서가식

동쪽 집에서 식사를 하고 서쪽 집에서 잠을 잔다.

註▶ 1)東家食而西家息(동가식이서가식): 욕심이 많아 동쪽 부잣집에서 식사를 하고, 서쪽 미남의 집에서 잠을 잔다.

〈출전〉太平御覽　人事

481.

貪夫徇財탐부순재

탐욕스런 사람은 재물 때문에 목숨을 버린다.

註▶ 1)徇財(순재): 徇은 殉의 뜻. 재물 때문에 자기의 목숨을 버리다.

〈출전〉史記　伯夷傳

482.

養心莫善於寡欲양심막선어과욕

마음을 수양함에는 욕심을 적게 하는 것 보다 좋은 것이 없다.

註▶ 1)養心(양심): 마음을 수양하다. 2) 寡欲(과욕): 욕심을 적게 하다.

〈출전〉孟子　盡心下

483.

取金之時취금지시　**不見人**불견인

재물을 취할 때에는 사람이 보이지 않는다.

註▶ 1)金(금): 단순히 금이라기보다는 재물 따위의 통칭이다.
〈출전〉列子　說符

484.

心無物欲심무물욕　**卽是秋空霽海**즉시추공제해

마음에 물욕이 없으면 가을하늘과 맑은 바다와 같다.

註▶ 1)物欲(물욕): 물질적인 욕심. 2)秋空霽海(추공제해): 가을 하늘과 맑은 바다 같이 맑고 잔잔하다.
〈출전〉菜根譚　後集 九

485.

好名不殊好利호명불수호리

명예를 좋아하는 것은 이익을 좋아하는 것과 다르지 않다.

註▶ 1)不殊(불수): 다를 것이 없다.
〈출전〉菜根譚　後集 七十九

486.

晴空朗月청공랑월 **何天不可翶翔**하천불가고상 **而飛蛾獨投夜燭**이비아독투야촉

하늘이 맑고 달이 밝아 자유자재로 날아다닐 수 있을 것인데
불나방은 어찌해서 촛불로 뛰어들어 몸을 태우는가?

註▶ 1)翶翔(고상): 자유롭게 날아다니다. 2)飛蛾(비아): 불나방.
〈출전〉菜根譚　後集 七十

487.

顧小利고소리 **則大利之殘也**즉대리지잔야

작은 이익을 돌아보면 큰 이익을 얻는 것이 방해된다.

註▶ 1)殘(잔): 일을 방해한다. 妨과 같은 뜻으로 쓰임.

〈출전〉韓非子 十過

488.

金玉滿堂금옥만당 **莫之能守**막지능수

황금과 구슬이 집에 가득 차면 그것을 완전히 지킬 수 없다.

註▶ 1)堂(당): 집. 唐寫本에는 室로 되어 있으나 같은 뜻으로 쓰인다.

〈출전〉老子 九章

489.

匠人成棺장인성관 **則欲人之夭死**즉욕인지요사

장인이 관을 짤 때는 사람들이 빨리 죽기를 바란다.

註▶ 1)匠人(장인): 기술자. 여기서는 관을 자는 기술자를 말한다.

〈출전〉韓非子 備內

490.

鷦鷯巢於深林초료소어심림 **不過一枝**불과일지 **偃鼠飮河**언서음하 **不過滿腹**불과만복

뱁새가 숲에 보금자리를 만드는데 필요한 것은 나무 한 가지에 불과하고 두더지가 강에서 물을 아무리 마신다 해도 배를 채우는 것밖에 못한다.

註▶ 1)鷦鷯(초료): 뱁새. 2)巢(소): 보금자리. 3)偃鼠(언서): 두더지.

〈출전〉莊子　內篇 逍遙遊

491.

嗜慾深者기욕심자　**其天機淺**기천기천

욕심이 깊은 사람은 천성이 깊지 않다.

註▶ 1)嗜慾(기욕): 욕심. 2)天機(천기): 天性과 같은 말.

〈출전〉近思錄　警戒類

9. 명 예

492.

大行受大名대행수대명　**細行受細名**세행수세명

크게 행하면 큰 이름을 받고, 작게 행하면 작은 이름을 받는다.

註▶ 1)細行(세행): 작은 행동. 小行과 같은 뜻.

〈출전〉逸周書　諡法解

493.

君子義以爲質군자의이위질　**禮以行之**예이행지　**孫以出之**손이출지
信以成之신이성지

군자는 의로써 바탕을 삼고 예로써 행하고 겸손으로써 나가고 믿음으로써 이룬다.

〈출전〉論語　衛靈公

494.

名者實之賓也명자실지빈야

이름은 실제로는 손님이다.

註▶ 1)賓(빈): 이름이라고 하는 것은 실제의 모습이 아니고 손님과 같이 주체가 되는 것은 아니다.

〈출전〉莊子 內篇 逍遙遊

495.

好名之人호명지인 **能讓千乘之國**능양천승지국

명예심이 강한 사람은 능히 大國을 양보한다.

註▶ 1)好名(호명): 명예를 좋아하다. 2)千乘之國(천승지국): 큰 제후의 나라.

〈출전〉孟子 盡心下

496.

埋骨不埋名매골불매명

뼈는 묻혀도 이름은 묻히지 않는다.

〈출전〉白居易 題故元少尹集後詩

497.

不立異以爲高불립이이위고 **不逆情以干譽**불역정이간예

인정과 다른 것을 세워 높이 되지 않고, 인정을 거슬러 명예를 얻지 않는다.

註▶ 1)異(이): 인정과 다른 것.

〈출전〉文章軌範 〈작자〉歐陽脩 〈제목〉縱囚論

498.

名實者聖人之所不能勝也명실자성인지소불능승야

명예와 이익은 聖人도 이겨내지 못하는 것이다.

註▶ 1)名實(명실): 명예와 실질적인 이익. 2)勝(승): 이겨내다, 버리다.
〈출전〉莊子 內篇 人間世

499.

有意近名유의근명 **則是僞也**즉시위야

뜻이 명예에 있으면 이것은 위선이다.

註▶ 1)近名(근명): 명예에 가깝다. 2)僞(위): 위선. 속이다.
〈출전〉近思錄 爲學類

500.

盜名不如盜貨도명불여도화

이름을 도용하는 것은 財貨를 훔치는 것보다 나쁘다.

註▶ 1)盜名(도명): 이름을 훔치다, 이름을 도용하다.
〈출전〉荀子 不苟篇

10. 재 능

501.

天生我材必有用천생아재필유용

하늘이 나에게 재능을 주어 태어나게 한 것은 반드시 쓰일 때가 있기 때문이다.

〈출전〉古文眞寶 〈작자〉李白 〈제목〉將進酒

502.

才性過人者재성과인자 **不足畏**부족외 **惟讀書尋思推究者**유독서심사추구자 **爲可畏耳**위가외이

재주와 천성이 사람들 보다 뛰어난 사람은 두렵지 않고,
오직 독서하고 깊이 생각하고 연구하는 사람이 두렵게 된다.

註▶ 1)過人(과인): 보통사람들 보다 뛰어나다. 2)尋思(심사): 깊이 생각하다. 3)推究(추구): 끝까지 연구하다.
〈출전〉小學 外篇 嘉言

503.

人各有能有不能인각유능유불능

사람은 각각 능한 것이 있고 능하지 못한 것이 있다.

註▶ 1)能(능): 잘 하는 것. 2)不能(불능): 하지 못하는 것.
〈출전〉左傳 定公五年

504.

嶄然見頭角참연견두각

높은 산에서 뛰어난 사람을 보다.

註▶ 1)嶄然(참연): 높은 산에서. 2)頭角(두각): 뛰어나다.
〈출전〉韓愈 柳子厚墓誌銘

505.
無能者무능자 **無所求**무소구
무능한 사람은 구하는 것이 없다.

〈출전〉莊子 雜篇 列禦寇

506.
褚小者不可以懷大저소자불가이회대 **綆短者不可以汲深**경단자불가이급심
작은 자루를 가진 자는 큰 것을 담을 수 없고,
두레박의 줄이 짧은 것을 가진 자는 깊은 물을 길을 수 없다.

註▶ 1)褚(저): 자루, 주머니. 2)懷大(회대): 큰 것을 담다. 3)綆(경): 두레박 줄. 4)汲深(급심): 깊은 물을 긷다.
〈출전〉莊子 外篇 至樂

507.
七步之詩칠보지시
재주가 뛰어나 일곱 발자국마다 시를 짓다.

〈출전〉世說新語 文學

508.
魚將化龍어장화룡

물고기가 장차 용이 된다.

註▶ 1)魚將化龍(어장화용): 재능이 뛰어나면 물고기가 용이 되듯 출세한다.
〈출전〉北夢□□言

509.
鴻鵠高飛홍곡고비　**不集汚池**부집오지
큰 새는 높이 날아서, 더러운 연못에 모이지 않는다.

註▶ 1)鴻鵠(홍곡): 큰기러기와 고니같이 큰 새. 2)汚池(오지): 작고 더러운 연못.
〈출전〉列子　楊朱

510.
枳棘非鸞鳳所栖지극비난봉소서　**百里非大賢之路**백리비대현지로
탱자나무 가시는 난봉이 살 곳이 아니오, 백 리 사방의 작은 땅은 큰선비가 살 곳이 아니다.

註▶ 1)枳棘(지극): 탱자나무의 가시. 2)難捧(난봉): 鸞새와 봉황으로 靈鳥들이다.
〈출전〉十八史略　東漢　桓帝

511.
若錐之處於囊中약추지처어낭중　**其末立見**기말입견
만약 송곳이 주머니에 있어도 그 끝이 나타나 보인다.

註▶ 1)囊中(낭중): 주머니 속에 송곳을 감추고 끝을 드러내지 않는 것처럼 자기의 재능을 드러내지 않는다는 말로 囊中之錐라는 말의 어원이다.
〈출전〉史記　平原君傳

512.

麒麟之衰也기린지쇠야　**駑馬先之**노마선지

천리마도 노쇠하면 둔한 말이 앞서간다.

註▶ 1)麒麟(기린): 천리마. 2)駑馬(노마): 둔하고 느린 말.
〈출전〉戰國策　齊策

513.

直木先伐직목선벌　**甘井先竭**감정선갈

반듯한 나무가 먼저 베어지고, 단물이 나오는 샘이 먼저 마른다.

〈출전〉莊子　外篇 山木

514.

曲則全곡즉전

굽은 것은 온전하게 되고 만다.

〈출전〉老子　二十二章

515.

以其能이기능　**苦其生**고기생

능력이 있으면 인생이 고생스럽다.

註▶ 1)以其能(이기능): 가지고 있는 능력 때문에.
〈출전〉莊子　內篇 人間世

516.

巧者勞교자노　**而知者憂**이지자우

재주 있는 사람은 수고롭고 지식이 있는 자는 근심이 많다.

註▶ 1)巧者(교자): 재주가 뛰어난 사람. 2)知者(지자): 지식이 있는 사람.
〈출전〉莊子　雜篇 列禦寇

517.
短綆不可以汲深井之泉단경불가이급심정지천
두레박 끈이 짧으면 깊은 샘물은 길을 수가 없다.

註▶ 1)綆(경): 두레박의 끈. 2)汲深井之泉(급심정지천): 깊은 우물의 물을 긷다.
〈출전〉荀子　榮辱篇

518.
越鷄不能伏鵠卵월계불능복곡란
작은 越나라의 닭은 큰고니의 알을 품을 수 없다.

〈출전〉莊子　雜篇 庚桑楚

519.
天之所以與我者천지소이여아자　**豈偶然哉**기우연재
하늘이 나에게 사명을 준 것이 어찌 우연이겠는가?

〈출전〉文章軌範　〈작자〉蘇老泉　〈제목〉上田攝密書

520.
點鐵成金점철성금
쇳덩이를 다루어서 황금을 만든다.

註▶ 1)點鐵成金(점철성금): 쇳덩이를 다루어 황금을 만들 듯이 나쁜 것을 고쳐서 좋은 것으로 만드는 것.
〈출전〉聞見後錄

521.

彈鳥탄조　**則千金不及丸泥**즉천금불급환니

새를 맞출 때에는 천금보다 진흙덩어리가 낫다.

註▶ 1)彈鳥(탄조): 던져서 새를 맞추다. 2)丸泥(환니): 진흙 덩어리.
〈출전〉抱朴子

522.

驚風君筆落경풍군필락　**泣鬼我詩成**읍귀아시성

그대는 글씨 쓰면 바람이 놀라 일고, 내가 시를 지으면 귀신들이 곡을 하네.

(原文)

妙譽皆童稚　東方母子名　**驚風君筆落**　**泣鬼我詩成**

어린 나이에 묘한 기림 얻으니
동방에서 우리 모자 이름 날리네.
그대는 글씨 쓰면 바람이 놀라 일고
내가 시를 지으면 귀신들이 곡을 하네.

註▶ 1)嫡子(적자): 본처의 몸에서 난 아들. 2)筆落(필락): 落筆. 붓을 들어 쓰기 시작하다.
〈출전〉한국한시　〈작자〉李玉峰　〈제목〉贈嫡子

11. 思 慮

523.

無遠慮무원려　**必有近憂**필유근우

멀리 생각하지 않으면 반드시 가까운 근심이 있다.

註▶ 1)無遠慮(무원려): 생각이 편협하여 멀리 내다보지 못하다.

〈출전〉論語　衛靈公

524.

思而不學則殆사이불학즉태

생각은 하고도 배우지 않으면 바탕이 굳지 못하다.

註▶ 1)思(사): 독단적으로 사색만 하다. 2)殆(태): 위태롭고 튼튼하지 못하다.

〈출전〉論語　爲政

525.

大謀不謀대모불모

큰 꾀는 꾀하지 않는 것이다.

〈출전〉六韜　武韜　發啓

526.

視强則目不明시강즉목불명　**聽甚則耳不聰**청심즉이불총

思慮過度則智識亂사려과도즉지식난

무리하게 보면 눈이 밝지 않고, 듣는 것이 심하면 귀가 밝지 않고,

생각이 과도하면 지식이 어지럽게 된다.

註▶ 1)視强(시강): 무리하게 보다. 2)聽甚(청심): 세세한 것까지 듣다. 3)思慮過度(사려과도): 생각이 지나치다.
〈출전〉韓非子　解老

527.

夜深窓月絃聲苦야심창월현성고　**只恨平生無子期**지한평생무자기

밤 깊어 창의 달에 거문고 소리 괴롭거니, 다만 한평생에 鍾子期 없음만이 한스러워라.

(原文)

七寶房中歌舞時　那知白髮老荒陲　無金可買長門賦　有夢空傳錦字詩
珠淚幾霑吳綀袖　熏香猶濕越羅衣　**夜深窓月絃聲苦　只恨平生無子期**

칠보로 꾸민 방안에서 노래하고 춤출 때에
백발로 변방에서 늙을 줄 어찌 알았으랴.
장문부를 살 만한 금은 없지만
錦字의 시를 부질없이 전할 꿈은 있었네.
구슬눈물은 吳나라의 명주소매를 얼마나 적셨던가!
피운 향기는 오히려 越나라의 비단옷을 적시었네.
밤 깊어 창의 달에 거문고 소리 괴롭거니
다만 한평생에 鍾子期 없음만이 한스러워라.

註▶ 1)長門賦(장문부): 司馬相如의 賦. 2)錦字詩(금자시): 비단에 짜 넣은 글자. 廻文錦字 참조. 3)子期(자기): 鍾子期를 이름. 춘추시대의 楚나라 사람. 白牙가 타는 거문고를 들으면 그가 갖는 심정을 알았다 함.
〈출전〉한국한시 〈작자〉朴孝修(石齋) 〈제목〉月夜聞老妓彈琴

528.

論道未知誰得道논도미지수득도 **應機爭似自忘機**응기쟁사자망기

도를 논하지만 그 누가 도 얻었는지 알 수 없으니, 세상을 따름이 어찌 세상을 잊음만 하랴.

(原文)

石徑縈迴上翠微 放驢扶杖到禪扉 月明措大吟詩席 燈映闍梨入定衣

論道未知誰得道 應機爭似自忘機 曾聞一宿曾成覺 我亦從前絶是非

돌길을 돌고 돌아 산중턱에 올라

나귀 버리고 지팡이 짚고 절 문에 이르렀네.

달은 서생들의 시 읊는 자리에 밝고

등불은 선정에 든 중의 옷자락에 비치네.

도를 논하지만 그 누가 도 얻었는지 알 수 없으니

세상을 따름이 어찌 세상을 잊음만 하랴.

한 밤을 자도 깨달음을 얻었다고 일찍이 들었는데

나 또한 예전부터 시비를 끊고 사네.

註▶ 1)縈迴(영회): 둘러싸다. 2)翠微(취미): 산꼭대기에서 조금 내려온 곳. 3)措大(조대): 書生. 4)闍梨(도리): 구체적으로는 阿闍梨. 여러 뜻이 있으나 여기서는 중. 5)忘機(망기): 귀찮은 세상일을 잊음. 機는 마음의 꾸밈.

〈출전〉한국한시 〈작자〉權遇(梅軒) 〈제목〉宿開岩寺

529.

爭名爭利意何如쟁명쟁리의하여 **投老山林計未疎**투노산림계미소

명예와 이익 다툼, 그 뜻이 어떠한고. 늙어 산림에 들자는 계획 아직 트이지 못하네.

(原文)

爭名爭利意何如　投老山林計未疎　雀噪荒堦人斷絶　竹窓斜日臥看書

명예와 이익 다툼, 그 뜻이 어떠한고.

늙어 산림에 들자는 계획 아직 트이지 못하네.

참새 우는 거친 뜰에 사람 자취 끊어졌고

대나무 창 비낀 햇살에 누워서 책을 보네.

註▶ 1)疎(소): 탁 트이다.

〈출전〉한국문집총간　〈작자〉李民宬(敬亭)　〈제목〉齋居卽事

530.

半生人誤功名會반생인오공명회　**遠別親當喜懼年**원별친당희구년

공과 이름 모임에 반생을 그르쳤고, 기쁨과 두려움 알 나이에 먼 이별을 당하였다.

(原文)

弊裘羸馬路三千　七渡長河倍愴然　雪灑鵬毛埋朔野　風旋羊角掛遼天

半生人誤功名會　遠別親當喜懼年　何日粗酬王事了　好隨耕犢臥林泉

낡은 갖옷, 여윈 말에 길은 삼천리

일곱 번 긴 강 건너니 더욱 슬프다.

눈처럼 흰 붕새 털 북방의 들에 묻고

꼬불꼬불한 양이 뿔 요동의 하늘에 걸었다.

공과 이름 모임에 반생을 그르쳤고

기쁨과 두려움 알 나이에 먼 이별을 당하였다.

언제나 임금 은혜를 조금이나마 갚고

밭가는 송아지 따라 전원에 누워 볼꼬.

註▶ 1)站(참): 역 마을. 역마를 갈아타는 곳. 2)鵬毛(붕모): 붕새의 털. 붕새의 날개. 즉 위대한 계획. 3)羊角(양각): 회오리바람. 4)林泉(임천): 수풀과 샘. 산중. 또는 田園.
〈출전〉한국문집총간 〈작자〉李民宬(敬亭) 〈제목〉湯站路上

531.

靜觀山水意정관산수의 **嫌我向風塵**혐아향풍진

산과 물의 뜻을 가만히 관찰하면, 내가 풍진으로 나가는 것 꺼리네.

(原文)

綠水喧如怒 靑山默似嚬 **靜觀山水意 嫌我向風塵**

시끄러운 물소리는 성내는 듯하고
잠자고 있는 산은 찡그리는 듯 한 모습이네.
산과 물의 뜻을 가만히 관찰하면
내가 풍진으로 나가는 것 꺼리네.

註▶ 1)風塵(풍진): 사람이 사는 이 세상. 俗世. 또는 벼슬길.
〈출전〉한국문집총간 〈작자〉宋時烈(尤庵) 〈제목〉赴京

532.

化雲心兮思淑貞화운심혜사숙정 **洞寂寞兮不見人**동적막혜불견인

구름 같은 마음이여, 맑고 곧음 생각하고, 골의 쓸쓸함이여, 사람을 볼 수 없네.

(原文)

化雲心兮思淑貞 洞寂寞兮不見人 瑤草芳兮思芬蒕 將奈何兮是靑春

구름 같은 마음이여, 맑고 곧음 생각하고
골의 쓸쓸함이여, 사람을 볼 수 없네.
고운 풀의 꽃다움이여, 향기를 생각하나니
아아, 장차 어찌하리? 이 청춘을.

註▶ 1)芬蒀(분온): 향기로움.
〈출전〉한국한시 〈작자〉薛瑤 〈제목〉返俗謠

12. 志 氣

533.
志不立지불립 **如無舵之舟**여무타지주 **無銜之馬**무함지마
뜻이 서지 않으면 키 없는 배와 같고 재갈 없는 말과 같다.

註▶ 1)無舵之舟(무타지주): 방향을 조종하는 키가 없는 배. 2)無銜之馬(무함지마): 말을 잘 부릴 수 있게 재갈을 물려야 하는데 재갈이 없는 말을 말한다.
〈출전〉王守仁 教條示龍場諸生

534.
尙志상지
뜻을 높이 숭상하라

〈출전〉孟子 盡心上

535.
不降志於白刀불항지어백도
흰 칼날 앞에서도 뜻을 굽히지 않는다.

註▶ 1)降志(항지): 뜻을 굽히다. 2)白刀(백도): 흰 칼날.

〈출전〉魏志　臧洪傳

536.

淸明在躬청명재궁　**氣志如神**기지여신

청명함이 몸에 있으면 기운과 의지가 신과 같다.

註▶ 1)淸明(청명): 맑고 밝은 기운.

〈출전〉禮記　孔子閒居

537.

功崇惟志공숭유지　**業廣惟勤**업광유근

공은 뜻을 세워야 높아지고, 일은 부지런해야 넓어진다.

〈출전〉書經　周官

538.

有志者事竟成也유지자사경성야

뜻이 있는 사람은 일이 마침내 이루어진다.

〈출전〉十八史略　東漢　光武帝

539.

殺身成仁살신성인

자신을 희생함으로써 仁을 이룬다.

〈출전〉論語　衛靈公

540.

燕雀安知鴻鵠之志哉연작안지홍곡지지재

제비나 참새가 어찌 기러기나 고니의 뜻을 알리요?

註▶ 1)燕雀(연작): 제비나 참새와 같이 작은 새로 여기서는 뜻이 작은 소인을 말한다. 2)鴻鵠(홍곡): 큰기러기나 고니 같이 큰 새로 여기서는 뜻이 큰 사람을 말한다.
〈출전〉十八史略　春秋戰國　秦

541.

天薄我以福천박아이복　**吾厚吾德以迓之**오후오덕이아지

하늘이 나에게 복을 박하게 준다면 나는 나의 덕을 두텁게 하여 맞아들인다.

註▶ 1)薄我以福(박아이복): 나에게 복을 박하게 주다. 2)迓(아): 맞이하다. 迎과 같은 뜻.
〈출전〉菜根譚　前集 九十

542.

立志不高입지불고　**則其學皆常人之事**즉기학개상인지사

뜻을 세운 것이 높지 않으면 학문이 다 평범한 사람들의 일같이 된다.

註▶ 1)常人之事(상인지사): 보통 사람들의 일.
〈출전〉小學　外篇 嘉言

543.

立身不高一步立입신불고일보립　**如塵裡振衣**여진리진의

泥中濯足니중탁족　**如何超達**여하초달

성공하여 한 걸음 높은 지위에 설 수 없다면, 티끌 속에서 옷을 털고 진흙 속에서 발을 씻는 것 같으니 어찌 인생을 달관할 수 있겠는가?

註▶ 1)立身(입신): 성공하다. 2)塵裡振衣(진리진의): 먼지 속에서 옷을 털다. 3)泥中濯足(이중탁족): 흙탕물에 발을 씻다. 4)超達(초달): 초월하다, 달관하다.
〈출전〉菜根譚 前集 四十三

544.
益我貨者損我神익아화자손아신
자신의 재화를 늘리려고 하는 사람은 자신의 정신을 소모하게 된다.

註▶ 1)益(익): 늘리다. 2)損(손): 소모하다.
〈출전〉高士傳 嚴遵

545.
雄氣堂堂貫斗牛웅기당당관두우
영웅의 기운이 당당하여 북두성과 견우성을 꿰뚫는다.

註▶ 1)雄氣(웅기): 영웅의 기운. 웅장한 기운. 2)斗牛(두우): 견우성.
〈출전〉岳飛 題青泥寺壁詩

546.
志不可滿지불가만
뜻은 가득 채울 수 없다.

〈출전〉禮記 曲禮 上

547.
弱其志强其骨약기지강기골
뜻은 약하게 만들되 뼈는 강하게 하라.

註▶ 1)弱其志(약기지): 욕망의 뜻은 약하게 하라. 2)强其骨(강기골): 도를 생각하는 뼈는 강하게 하라.
<출전>老子 三章

548.

浩然之氣호연지기

사람의 마음에 차있는 바르고 큰 기운.

註▶ 1)浩然(호연): 마음이 넓고 뜻이 큰 모양.
<출전>孟子 公孫丑上

549.

存其心존기심 **養其性**양기성 **所以事天也**소이사천야

마음을 잡고 성품을 기르는 것은 하늘을 받드는 것이다.

<출전>孟子 盡心上

550.

養心 양심 **莫善於誠**막선어성

마음을 수양하는 데에는 정성보다 나은 것은 없다.

註▶ 1)養心(양심): 마음을 수양하다.
<출전>荀子 不苟篇

551.

養心莫善於寡欲양심막선어과욕

마음을 수양하는 데에는 욕망을 적게 하는 것 보다 나은 것은 없다.

註▶ 1)養心(양심): 마음을 수양하다. 2)寡欲(과욕): 욕망이나 욕심을 적게 갖다.
<출전>孟子 盡心下

552.

男兒四方志남아사방지 **不獨爲功名**불독위공명

사내대장부의 사방의 뜻은, 오로지 공명만을 위한 것이 아니다.

(原文)

水國春光動　天涯客未行　草連千里綠　月共兩鄕明

遊說黃金盡　思歸白髮生　**男兒四方志　不獨爲功名**

물나라에 봄빛이 움직이는데

하늘 끝의 나그네는 나아가게 못하네.

풀은 천리에 이어 파랗고

달은 두 고을에 함께 밝으리.

유세하면서 돈은 다 떨어지고

고향생각에 백발은 더해간다.

사내대장부의 사방의 뜻은

오로지 공명만을 위한 것이 아니다.

註▶ 1)遊說(유세): 각처로 돌아다니며 자기 의견을 퍼뜨리다. 2)四方志(사방지): 사방으로 遠遊하려는 뜻.

〈출전〉한국문집총간 〈작자〉鄭夢周(圃隱) 〈제목〉奉使日本

553.

三尺龍泉萬卷書삼척용천만권서 **皇天生我意何如**황천생아의하여

삼척 용천검에 만 권의 책, 하늘이 나를 낸 그 뜻이 어떠한고.

(原文)

三尺龍泉萬卷書　皇天生我意何如　山東宰相山西將　彼丈夫兮我丈夫

삼척 용천검에 만 권의 책

하늘이 나를 낸 그 뜻이 어떠한고.
산동의 재상과 산서의 장군
그대들도 장부거니와 나 또한 장부일세.

註▶ 1)龍泉(용천): 古代의 名劍의 이름. 龍淵이라고도 함. 2)皇天(황천): 하늘의 敬稱. 또는 上帝.
〈출전〉한국한시 〈작자〉林慶業 〈제목〉偶咏

554.
長歌拂雄劍장가불웅검 **獨上伏波樓**독상복파루
긴 노래로 웅검을 떨쳐 잡고, 나 혼자 복파루에 오르네.

(原文)
節度轅門壯 前臨碧海頭 角聲吹浪轉 兵氣雜雲浮
南徼元千里 吾生偶一遊 **長歌拂雄劍 獨上伏波樓**
절도사의 원문은 웅장해
그 앞은 푸른 바다네.
뿔피리 소리는 물결을 불어 구르고
군사 기운은 구름에 섞여 떠 있네.
남쪽 변방은 원래 천리나
내 일생에 우연히 한 번 왔네.
긴 노래로 웅검을 떨쳐 잡고
나 혼자 복파루에 오르네.

註▶ 1)節度(절도): 節度使. 唐宋時代에 한 지방의 軍政 및 행정 사무를 총괄하던 관직. 2)轅門(原文): 軍門. 陣營의 문. 3)角聲(각성): 뿔피리 소리. 군대에서 부는 악기. 4)徼(요): 변방. 즉 국경지대. 5)雄劍(웅검): 잘 드는 칼.
〈출전〉한국한시 〈작자〉金富賢(巷東) 〈제목〉全羅右水營

555.

平生不學食東家평생불학식동가 **只愛梅窓日影斜**지애매창일영사

평생에 배움 없이 떠돌아다니지만, 매창에 비낀 해만은 사랑하며 살았네.

(原文)

平生不學食東家 只愛梅窓日影斜 詞人未識幽閑意 指點行雲枉自多

평생에 배움 없이 떠돌아다니지만

매창에 비낀 해만은 사랑하며 살았네.

유한한 내 심정을 시문을 짓는 사람은 몰라보고

"떠가는 구름" 이라니, 너무도 억울하네.

註▶ 1)食東家(식동가): 〈東家食西家宿〉에서 따온 말. 즉 먹을 것과 잘 곳이 없이 떠돌아다니는 것을 말한다. 2) 梅窓(매창): 작자의 또 하나의 호. 3)詞人(사인): 詩文을 짓는 사람. 詞客. 4)幽閑(유한): 고요하다. 한가하다. 5)指點(지점): 어느 곳을 손가락으로 가리켜 보이다. 6)行雲(행운): 떠가는 구름. 일정한 형체 없이 자꾸 변화함의 비유.

〈출전〉한국한시 〈작자〉桂生 〈제목〉客聞桂生詩以詩挑之卽次韻

13. 식 견

556.

登東山而小魯등동산이소노 **登太山而小天下**등태산이소천하

동산에 올라서 보니 노나라가 작아 보이고, 태산에 올라서 보니 천하가 작아 보이네.

註▶ 1)東山(동산): 노나라의 동쪽에 있는 산. 山東省 蒙陰縣에 있는 蒙山. 2)太山(태산): 泰山을 말하는 것으로 중국의 五岳중 하나이다.

〈출전〉孟子 盡心上

557.

觀於海者관어해자 **難爲水**난위수 **遊於聖人之門者**유어성인지문자 **難爲言**난위언

바다를 본 사람에게 물을 말하기 어렵고,
성인의 문하에서 공부한 사람에게 성인에 대해서 말하기 어렵다.

註▶ 1)難爲水(난위수): 물 이야기를 하기 어렵다. 바다라는 큰물을 보았기 때문에 작은 물을 가지고 그 장대한 것을 형용할 길이 없기 때문이다. 2)難爲言(난위언): 말하기가 어렵다. 대도를 체득하고 사는 성인의 덕의 위대함을 알기 때문이다.
〈출전〉孟子　盡心上

558.

少所見多所怪소소견다소괴

소견이 좁으면 괴이하게 여기는 것이 많다.

〈출전〉牟子

559.

井鼃不可以語於海정와불가이어어해

우물 안의 개구리는 바다에 대해서 말할 수 없다.

〈출전〉莊子　外篇 秋水

560.

井中視星정중시성

우물에 앉아 별을 본다.

註▶ 1)井中視星(정중시성): 우물 안에서 별을 보듯 소견이 좁다.
〈출전〉尸子　廣澤

561.

粵犬吠雪월견폐설

월나라의 개가 눈을 보고 짖다.

註▶ 1)粵犬吠雪(월견폐설): 눈이 자주 오지 않는 월나라의 개가 눈이 오자 짖듯 소견이 좁다.

〈출전〉楊萬里　荔枝歌

562.

才有餘而識不足也재유여이식부족야

재주가 넘치면 지식이 부족하다.

〈출전〉蘇軾　賈誼論

563.

浩浩如黃河東注호호여황하동주

재주와 지식이 많아 황하가 동해에 흘러 들어가는 듯하다.

〈출전〉魏書　崔光傳

564.

雖得市童憐수득시동연　還爲識者鄙환위식자비

비록 시장의 아이가 놀랄만한 얘기를 하더라도 돌아와 식자에게 말하면 어리석게 여긴다.

註▶ 1)市童(시동): 시장의 아이, 길거리의 아이. 2)憐(연): 놀라운 얘기. 3)鄙(비): 어리석다, 하찮다.

〈출전〉小學　外篇 嘉言

14. 태 도

565.

泰而不驕태이불교

풍부하고 편안하되 교만하지 않게 하라.

註▶ 1)泰(태): 풍부하고 편안하다.

〈출전〉論語　子路

566.

君子坦蕩蕩군자탄탕탕　**小人長戚戚**소인장척척

군자는 평안하여 너그럽고, 소인은 항상 겁내고 두려워한다.

註▶ 1)坦(탄): 평안하고 고요하다, 평안하다. 2)蕩蕩(탕탕): 넓고 너그럽다. 3)長(장): 길게, 영구히, 오래도록. 4)戚戚(척척): 두려워하고 걱정하다.

〈출전〉論語　述而

567.

心廣體胖심광체반

마음이 너그러우면 몸이 편안하여 살찐다.

註▶ 1)心廣(심광): 마음이 너그럽다. 2)體胖(체반): 몸이 편안하여 살찐다.

〈출전〉大學　傳六章

568.

威而不猛위이불맹

위엄이 있되 사납지 말라.

〈출전〉論語　述而

569.

恭而安공이안

공손하되 편안하다.

〈출전〉論語　述而

570.

色思溫색사온

안색은 온화함을 생각하라.

〈출전〉論語　季氏

571.

外面似菩薩외면사보살　**內心如夜叉**내심여야차

외면은 보살처럼 하고, 내심은 사납게 하라.

註▶ 1)菩薩(보살): 대자대비를 펴서 중생을 제도하는 부처의 다음가는 성인. 2)夜叉(야차): 범어로 사람을 해치는 사나운 귀신.

〈출전〉唯識論

572.

旁若無人방약무인

옆에 사람이 없는 것처럼 편안히 하라.

〈출전〉十八史略　東晉　穆帝

573.

意廣者의광자 **斗室寬若兩間**두실관약양간

뜻이 넓은 사람은 좁은 방도 하늘과 땅 사이만큼 넓다.

註▶ 1)斗室(두실): 좁은 방. 2)兩間(양간): 하늘과 땅 사이.

〈출전〉菜根譚 後集 十九

574.

冶容誨淫야용회음

너무 예쁘게 단장하면 음란하여지기 쉽다.

〈출전〉易經 繫辭上

575.

慢藏誨盜만장회도

문단속을 잘 하지 않으면 도둑에게 도둑질하라고 가르치는 것과 같다.

〈출전〉易經 繫辭上

576.

願言一終始원언일종시 **名節兩俱全**명절양구전

원하노니 처음과 끝이 한결 같기를. 그래야 이름과 절개가 다 완전하리라.

(原文)

人生一世間 有命懸在天 窮達各其分 惟道貴如弦 奈何枉尋者

悠悠動百千 先生中有恃 物外莫相牽 **願言一終始** **名節兩俱全**

인생이 일생동안에
그 목숨은 하늘에 달렸으며
성공은 제각각의 그 분수요
오직 道만이 활의 시위처럼 곧아 귀하니라.
어찌해 저 잘못을 찾는 사람들은
근심스레 많이도 흔들리는고.
선생은 마음속에 믿는 바 있어
이 세상 밖의 것에 이끌리지 않아
원하노니 처음과 끝이 한결 같기를
그래야 이름과 절개가 다 완전하리라.

註▶ 1)弦(현): 활의 시위. 즉 곧다는 뜻. 2)悠悠(유유): 근심하는 모양. 3)物外(물외): 이 세상 밖. 세상일에는 관계하지 않는 일. 4)願言(원언): 원하다. 바라다. 言은 助字.
〈출전〉한국한시 〈작자〉崔瀣(拙翁) 〈제목〉送尹莘傑北上

577.

作詩相棹歌작시상도가 **明當風自順**명당풍자순

시를 지으며 뱃노래를 불러 보면, 내일이면 바람이 스스로 잦아질 것을.

(原文)
山居畏虎豹 水行厭蛟蜃 人生少安處 肘下生白刃 不如從險易 天命且自信
速行固所願 遲留亦何吝 日月江河流 百年眞一瞬 **作詩相棹歌 明當風自順**
산에 살면 호랑이와 표범 두렵고
물에 가려면 교룡과 이무기 거리끼네.
사람 삶이라 편한 곳이 없나니
팔꿈치의 밑에서 흰 칼날이 생기네.
험하거나 쉽거나 따르는 것만 못하나니

하늘 명령을 또한 스스로 믿네.
빨리 가기가 본래 원하는 것이지만
오래 머무름인들 또 어찌 인색하리.
세월은 강물처럼 흘러가는 것
백 년 동안이 진실로 한 순간이네.
시를 지으며 뱃노래를 불러 보면
내일이면 바람이 스스로 잦아질 것을.

註▶ 1)蛟蜃(교신): 교룡과 이무기. 2)遲留(지류): 오래 머무르다. 3)棹歌(도가): 뱃노래.
〈출전〉한국문집총간 〈작자〉李穀(稼亭) 〈제목〉禮城江阻風

15. 쾌락

578.
君子有三樂군자유삼락 **而王天下不與存焉**이왕천하불여존언
군자는 세 가지의 즐거움이 있는데 천하에 왕 노릇 하는 것은 없다.

〈출전〉孟子 盡心上

579.
父母俱存부모구존 **兄弟無故**형제무고 **一樂也**일락야
부모님이 건강히 다 계시고 형제가 사고 없는 것이 첫 번째 즐거움이다.

〈출전〉孟子 盡心上

580.

仰不愧於天앙불괴어천　**俯不怍於人**부부작어인　**二樂也**이락야

하늘을 우러러 부끄러움이 없고 숙여서는 사람에게 부끄러움이 없는 것이 두 번째 즐거움이다.

〈출전〉孟子　盡心上

581.

得天下英才而敎育之득천하영재이교육지　**三樂也**삼락야

천하의 영재를 얻어 가르치는 것이 세 번째 즐거움이다.

〈출전〉孟子　盡心上

582.

苟有道義之樂구유도의지락　**形骸可外**형해가외

진실로 道義의 즐거움이 있으면 육체의 욕망을 벗어날 수 있다.

註▶ 1)苟(구): 진실로. 2)形骸(형해): 육체, 육체적인 욕망. 3)外(외): 벗어나다.
〈출전〉宋名臣言行錄　范仲淹

583.

爲善最樂위선최락

선한 일을 하는 것이 최고의 즐거움이다.

〈출전〉十八史略　東漢　明帝

584.

名敎中自有樂地명교중자유락지

명분의 가르침 중에 즐거운 경지가 있다.

註▶ 1)名敎(명교): 명분에 관한 도덕의 가르침.
〈출전〉十八史略 西晉 惠帝

585.
不改其樂불개기락
구도의 즐거움을 버리지 않는다.

〈출전〉論語 雍也

586.
貧而樂빈이락
가난하여도 수양을 많이 한 사람은 즐겁다.

〈출전〉論語 學而

587.
知之者지지자 **不如好之者**불여호지자
무언가를 아는 사람은 그것을 즐기는 사람보다 못하다.

〈출전〉論語 雍也

588.
樂以忘憂낙이망우
학문을 즐기며 근심을 잊는다.

〈출전〉論語 述而

589.

快心之事쾌심지사 **悉敗身喪德之媒**실패신상덕지매 **五分便無悔**오분편무회

유쾌한 일도 도를 넘으면 몸을 망치고 덕을 잃게 되는 것이니
만족을 채우기 전에 적당히 끝을 내면 후회가 없게 된다.

註▶ 1)快心之事(쾌심지사): 마음에 상쾌한 일. 2)敗身喪德(패신상덕): 몸을 망치고 덕을 잃게 한다.
〈출전〉菜根譚 前集 百四

590.

樂不必尋낙불필심 **去其苦之者而樂自存**거기고지자이락자존

즐거움은 꼭 찾을 필요는 없는 것이니, 괴로움을 제거하면 즐거움이 절로 있게 된다.

〈출전〉菜根譚 前集 百五十一

591.

樂生於憂낙생어우

즐거움은 근심이 있어서 벗어날 때 생겨난다.

〈출전〉明心寶鑑

592.

樂不可極낙불가극

쾌락은 끝까지 가면 안 된다.

〈출전〉禮記 曲禮上

593.

開瓊筵以坐花개경연이좌화　**飛羽觴而醉月**비우상이취월

연회를 열어 꽃을 보고 즐기고, 술잔 돌리며 달에 취하네.

註▶ 1)瓊筵(경연): 옥과 같이 아름다운 자리, 화려한 연회의 자리. 2)羽觴(우상): 새 모양의 술잔.

〈출전〉文章軌範　〈작자〉李白　〈제목〉春夜宴桃李園序

594.

樂處樂非眞樂낙처락비진락　**苦中樂得來**고중락득래　**纔見心體之眞機**재견심체지진기

즐거운 곳에서의 즐거움은 참 즐거움이 아니며,

괴로운 가운데서 즐거움을 얻어야 비로소 마음의 참 기밀을 볼 수 있다.

註▶ 1)眞機(진기): 참된 機密.

〈출전〉菜根譚　前集 八十八

595.

游於藝유어예

육례를 익히며 노닌다.

註▶ 1)藝(예): 六禮를 가리키는 말로 육례란 禮, 樂, 射, 御, 書, 數를 말한다.

〈출전〉論語　述而

596.

至樂無樂지락무락

지극히 즐거운 것은 즐거움이 없는 것이다.

〈출전〉莊子　外篇 至樂

597.

有一樂境界유일락경계 **就有一不樂的相對待**취유일불락적상대대

하나의 즐거운 경지가 있으면 곧 다른 하나의 즐겁지 않은 것이 있어 상대가 된다.

註▶ 1)相對待(상대대): 서로 대립을 이루다.

<출전>菜根譚 後集 六十

598.

獺髓未能醫玉頰달수미능의옥협 **五陵公子恨無窮**오릉공자한무궁

수달의 골수로도 고치지 못하는 옥 같은 그 볼이여, 오릉의 공자들의 그 한이 끝이 없다.

(原文)

百花叢裡淡丰容 忽被狂風減却紅 **獺髓未能醫玉頰 五陵公子恨無窮**

온갖 꽃 속에서도 맑고 고운 그 얼굴

갑자기 몰아치는 광풍 앞에 붉은빛 다 가셨다.

수달의 골수로도 고치지 못하는 옥 같은 그 볼이여

오릉의 공자들의 그 한이 끝이 없다.

註▶ 1)丰容(봉용): 토실토실한 아름다운 얼굴. 2)減却(감각): 줄임. 却은 助字. 3)五陵公子(오릉공자): 중국의 오릉은 한나라 때 豪俠少年들이 자주 모이는 곳이었으므로 전하여 호협하고 헌걸찬 사람들을 나타내는 말로 쓰인다.

<출전>한국한시 <작자>鄭襲明 <제목>贈妓

599.

紫泉一曲人如玉자천일곡인여옥 **紅燭燒殘夜未闌**홍촉소잔야미란

자천의 한 곡조에 사람은 옥 같은데, 붉은 촛불은 가물거리나 밤은 아직 깊지 않다.

(原文)

露洗銀河添月色　酒盈金盞却天寒　**紫泉一曲人如玉　紅燭燒殘夜未闌**

이슬이 은하를 씻어 달빛 보태고

술이 술잔에 가득한데 날씨는 차갑네.

자천의 한 곡조에 사람은 옥 같은데

붉은 촛불은 가물거리나 밤은 아직 깊지 않다.

註▶ 1)紫泉(자천): 곡조 이름. 2)紅燭(홍촉): 붉은 촛불. 등잔불.

〈출전〉한국한시 〈작자〉權溥(菊齋) 〈제목〉夜宴

600.

醉裏不知雙鬢雪취리불지쌍빈설　**折簪繁萼立東風**절잠번악입동풍

술에 취해 머리 흰 것 알지 못하고, 화려한 꽃 꺾어 꽂고 봄바람에 서 보네.

(原文)

村家昨夜雨濛濛　竹外桃花忽放紅　**醉裏不知雙鬢雪　折簪繁萼立東風**

어젯밤 마을 집에 가랑비 내리더니

대밭 밖의 복사꽃이 갑자기 피어나네.

술에 취해 머리 흰 것 알지 못하고

화려한 꽃 꺾어 꽂고 봄바람에 서 보네.

註▶ 1)濛濛(몽몽): 가랑비가 자욱하게 오는 모양. 2)雙鬢雪(쌍빈설): 두 귀밑머리의 눈. 머리가 희었다는 뜻. 3)折簪(절잠): 꽃을 꺾어 머리에 꽂는다는 말. 4)繁萼(번악): 무성한 꽃받침. 화려한 꽃.

〈출전〉한국한시 〈작자〉王伯 〈제목〉山居春日

601.

臨溪茅屋獨閒居임계모옥독한거　**月白風淸興有餘**월백풍청흥유여

시냇가의 초막에서 홀로 한가히 지내나니, 달 밝고 바람 맑아 흥취가 넉넉하네.

(原文)

臨溪茅屋獨閒居　月白風淸興有餘　外客不來山鳥語　移床竹塢臥看書

시냇가의 초막에서 홀로 한가히 지내나니

달 밝고 바람 맑아 흥취가 넉넉하네.

찾는 사람은 없고 산새는 지저귀고

대나무 언덕 위에 책상 놓고 누워 책을 읽노라.

註▶ 1)茅屋(모옥): 지붕을 띠로 인 집. 오막살이. 누추한 집. 2)有餘(유여): 남음이 있음. 여유가 있음. 3)竹塢(죽오): 대나무를 심은 언덕.

〈출전〉한국문집총간 〈작자〉吉再(冶隱) 〈제목〉閒居

602.

富貴功名且可休부귀공명차가휴　**有山有水足遨遊**유산유수족오유

부귀공명을 우선 다 내던지고, 산 있고 물 있거니 즐겁게 놀 만하네.

(原文)

富貴功名且可休　有山有水足遨遊　與君共臥一間屋　秋風明月成白髮

부귀공명을 우선 다 내던지고

산 있고 물 있거니 즐겁게 놀 만하네.

당신과 함께 초막에 누웠거니

가을바람 밝은 달에 늙도록 살고 싶네.

註▶ 1)且(차): 우선. 2)遨遊(오유): 즐겁게 놀다.

〈출전〉한국한시　〈작자〉朝雲　〈제목〉共臥一間屋

16. 自 適

603.

自適其適자적기적

자신이 좋아하는 것을 쫓아간다.

<출전>莊子　內篇　大宗師

604.

今宵有酒今宵醉금소유주금소취　**明日愁來明日愁**명일수래명일수

오늘밤 술 있으니 오늘밤 취하고, 내일 근심이 찾아와도 내일 근심일세.

<출전>權審　絶句

605.

問余何事栖碧山문여하사서벽산　**笑而不答心自閑**소이불답심자한

나에게 왜 푸른 산에 사느냐고 묻는다면, 빙그레 웃고 대답하지 않지만 마음은 한가하네.

(原文)

問余何事栖碧山　笑而不答心自閑　桃花流水杳然去　別有天地非人間

나에게 왜 푸른 산에 사느냐고 묻는다면

빙그레 웃고 대답하지 않지만 마음은 한가하네.

복사꽃 띄워 물은 아득히 흘러가나니

별천지 따로 있어 인간 세상 아니네.

<출전>古文眞寶　<작자>李白　<제목>山中答俗人

606.

入無窮之門입무궁지문 **以遊無極之野**이유무극지야

無窮한 문에 들어가서 끝없는 들에서 논다.

<출전>莊子 外篇 在宥

607.

窮亦樂궁역락 **通亦樂**통역락

곤궁해도 또한 즐겁고, 통해도 또한 즐거워한다.

<출전>莊子 雜篇 讓王

608.

獨無外物牽독무외물견 **遂此幽居情**수차유거정

홀로 세상일을 좇지 않고 한가히 사는 정취를 즐기네.

註▶ 1)幽居情(유거정): 한가한 정취.

<출전>唐詩選 <작자>韋應物 <제목>幽居

609.

卷舒不隨乎時권서불수호시

진퇴는 시세에 따라가지 말라.

註▶ 1)卷舒(권서): 나아가고 물러나는 것. 進退. 2)時(시): 時勢

<출전>文章軌範 <작자>韓愈 <제목>與于襄陽書

610.

心地上無風濤심지상무풍도 **隨在皆青山綠水**수재개청산록수

마음에 바람과 물결이 없으면 이르는 곳마다 다 푸른 산 맑은 물이다

註▶ 1)心地(심지): 마음. 2)隨在(수재): 가는 곳마다.
〈출전〉菜根譚 後集 六十六

611.

坐忘좌망

앉아서 모든 것을 잊는다.

〈출전〉莊子 內篇 大宗師

612.

我忘吾아망오

내가 나의 존재를 잊는다.

〈출전〉蘇軾 客位假寢詩

613.

樂琴書以消憂낙금서이소우

가야금 타고 글 읽는 것을 즐기며 세상 근심을 잊는다.

〈출전〉古文眞寶 〈작자〉陶潛 〈제목〉歸去來辭

614.

會得個中趣회득개중취 **五湖之煙月**오호지연월 **盡入寸裡**진입촌리

한 개의 사물 가운데서 참 맛을 얻을 수 있다면
五湖의 아름다운 경치도 마음속으로 다 들어올 것이다.

註▶ 1)個中趣(개중취): 한 개의 사물 가운데 깃든 정취. 2)五湖(오호): 중국에 있는 큰 호수로 파양호, 단양호, 청초호, 동정호, 태호. 3)煙月(연월): 煙霞風月의 줄인 말로 경치를 뜻한다. 4)寸裡(촌리): 마음속.
〈출전〉菜根譚　後集 十一

615.

何處孤帆飽風去하처고범포풍거　**瞥然飛鳥杳無蹤**별연비조묘무종

어디서 온 배 한 척이 바람 받아 가는데, 언뜻 보인 외로운 새는 아득히 자취 없네.

(原文)
烟巒簇簇水溶溶 鏡裏人家對碧峰 **何處孤帆飽風去 瞥然飛鳥杳無蹤**
안개 속의 낮은 산들과 질편히 흐르는 물
거울 속의 집들이 푸른 봉우리를 마주했다.
어디서 온 배 한 척이 바람 받아 가는데
언뜻 보인 외로운 새는 아득히 자취 없네.

註▶ 1)簇簇(족족): 많이 모인 모양. 2)溶溶(용용): 물이 도도히 흐르는 모양. 3)飽風(포풍): 바람을 많이 받음. 4)瞥然(별연): 언뜻 보는 모양.
〈출전〉한국문집총간 〈작자〉崔致遠 〈제목〉臨鏡臺

616.

白雲溪畔創仁祠백운계반창인사　**三十年來此住持**삼십년래차주지

흰 구름 시냇가에 처음으로 절을 지어, 삼십 년 동안 여기 내리 머무네.

(原文)
白雲溪畔創仁祠　三十年來此住持　笑指門前一條路　纔離山下有千岐

흰 구름 시냇가에 처음으로 절을 시어
삼십 년 동안 여기서 내리 머무네.
문 앞 한 가닥 길을 웃으며 가리키면서
이 산을 내려만 가면 천 갈래 길이 있네.

註▶ 1)仁祠(인사): 절의 다른 이름. 2)住持(주지): 한 절을 주관하는 중. 3)纔(재): 겨우. 4)岐(기): 갈림길.
〈출전〉한국문집총간 〈작자〉崔致遠 〈제목〉贈金川寺主人

617.
更有松絃彈譜外경유송현탄보외 **只堪珍重未傳人**지감진중미전인
거기에 다시 솔 거문고가 악보 밖의 곡조 타나니,
다만 혼자 즐길 뿐 세상 사람들에게는 전할 수 없네.

(原文)
滿庭月色無烟燭 入座山光不速賓 **更有松絃彈譜外 只堪珍重未傳人**
뜰에 달빛 가득한데 연기일지 않고
들어와 앉은 산 빛은 부르지 않은 손이네.
거기에 다시 솔 거문고가 악보 밖의 곡조 타나니
다만 혼자 즐길 뿐 세상 사람들에게는 전할 수 없네.

註▶ 1)速賓(속빈): 손님을 부르다. 2)松絃(송현): 소나무에 바람이 불어 거문고 소리가 는 것. 3)譜外(보외): 악보 밖. 뛰어난 가락. 4)珍重(진중): 진귀하게 소중히 함. 또는 존중하여 찬미함.
〈출전〉한국한시 〈작자〉崔冲 〈제목〉絶句

618.
淸歡雖共客청환수공객 **眞樂獨全天**진락독전천

맑은 기쁨은 손님과 함께 하나, 참 즐거움은 혼자서 차지했네.

(原文)

蘇刻丹書額　壺藏白日仙　**淸歡雖共客　眞樂獨全天**

庭雨蕉先響　園晴草自烟　桃花流水遠　回却武陵仙

이끼는 단서의 편액을 새기고

항아리는 한낮의 신선을 간직했네.

맑은 기쁨은 손님과 함께 하나

참 즐거움은 혼자서 차지했네.

뜰에 내리는 비에 파초에서 먼저 소리 나고

동산에 비 개이자 풀에는 절로 안개 어렸네.

흐르는 물에 복사꽃 떠가나니

무릉도원 신선을 돌이켜 생각하네.

註▶ 1)相國(상국): 百官의 長. 처음에는 丞相보다 높았으나 후세에는 승상도 상국이라 일컬어 마침내 宰相의 통칭이 됨. 2)丹書(단서): 丹砂로 만든 彩料로 붉게 쓴 것. 또는 그 문서. 3)白日仙(백일선): 병 속에 들어가 살면서 속세를 드나들던 노인으로 漢나라 費長房에게 자기는 죄를 지어 귀양 온 사람이라 했다. 4)額(액): 문 위나 방안에 걸어 놓은 현판. 5)武陵仙(무릉선): 무릉도원의 신선. 이 세상과 따로 떨어진 별천지의 신선. 陶潛이 지은「桃花源記」에 나온다.

〈출전〉한국한시　〈작자〉兪升旦　〈제목〉趙相國獨樂園

619.

到寺方應覺도사방응각　**甁傾月亦空**병경월역공

절에 돌아와 비로소 깨달았으리. 병이 기울자 달도 따라 비어진 것을.

(原文)

山僧貪月色　幷汲一甁中　**到寺方應覺　甁傾月亦空**

스님이 저 달빛에 욕심이 생겨
병 속에 물과 달을 함께 길었다.
절에 돌아와 비로소 깨달았으리.
병이 기울자 달도 비워진 것을.

註▶ 1)幷汲(병급): 물과 달을 아울러 길음.
〈출전〉한국문집총간 〈작자〉李奎報(白雲居士) 〈제목〉詠井中月

620.

白眼如無見백안여무견 **青山似有情**청산사유정

백안이라 마치 보는 것이 없는 듯하고, 푸른 산들은 마치 정이 있는 듯하네.

(原文)
春色可天地　江淮猶甲兵　漫依詩歲月　不羨世功名
白眼如無見　青山似有情　濁醪聊適意　時復喚兒傾
이 천지에 봄빛은 꼭 맞는데
강회에는 아직도 전쟁이 있네.
시의 세월을 느긋이 의지하여
세상 공명은 부러워하지 않네.
백안이라 마치 보는 것이 없는 듯
푸른 산들은 마치 정이 있는 듯.
탁한 막걸리가 애오라지 뜻에 맞아
때때로 다시 아이 불러 기울이네.

註▶ 1)甲兵(갑병): 전쟁. 2) 白眼(백안): 흘기는 눈. 노려보는 눈. 3)濁醪(탁료): 막걸리.
〈출전〉한국한시 〈작자〉偰長壽(芸齋) 〈제목〉春色

621.

家貧妨養疾가빈방양질 **心靜足忘憂**심정족망우

집이 가난해 병도 옳게 못 고치나, 마음이 고요하매 시름 잊기 넉넉하네.

(原文)

斃業三峰下 歸來松桂秋 **家貧妨養疾 心靜足忘憂**

護竹開迂徑 憐山起小樓 隣僧來問字 盡日爲相留

하찮은 나의 터전이 삼봉 아래이니

돌아와 송계의 가을을 맞네.

집이 가난해 병도 옳게 못 고치나

마음이 고요하매 시름 잊기 넉넉하네.

대를 가꾸자고 길 돌려내고

산을 사랑해 작은 다락 일으켰네.

이웃의 중이 와서 글자를 묻기에

한 종일 붙들어 두고 이야기하네.

註▶ 1)斃業(폐업): 업을 죽이다. 2)養疾(양질): 병을 조섭하여 다스리다.

〈출전〉한국문집총간 〈작자〉鄭道傳(三峰) 〈제목〉山中

622.

挑盡寒燈題帖子도진한등제첩자 **膽甁相對一枝梅**담병상대일지매

등불 한껏 돋우어 주련을 쓰고, 꽃병에 꽂힌 한 가지의 매화를 마주하네.

(原文)

驅儺處處鼓如雷 春色遙隨斗柄迴 **挑盡寒燈題帖子 膽甁相對一枝梅**

역귀 쫓는 곳곳의 천둥 같은 북소리

두우성 자루 따라 봄빛이 돌아오네.

등불 한껏 돋우어 주련을 쓰고
꽃병에 꽂힌 한 가지의 매화를 마주하네.

註▶ 1)除夜(제야): 섣달 그믐날. 除夕이라도 함. 2)驅儺(구나): 歲暮에 疫鬼를 몰아내는 儀式. 3)斗柄(두병): 북두칠성 중 자루 쪽의 세 별. 4)帖子(첩자): 柱聯. 5)膽甁(담병): 쓸개모양으로 만들어진 꽃병.
〈출전〉한국문집총간 〈작자〉鄭摠(復齋) 〈제목〉除夜

623.
把竿終日趁江邊파간종일진강변 **垂足滄浪困一眠**수족창랑곤일면
낚싯대 들고 한 종일 강가를 다니다가, 푸른 물결에 발 담그고 한 잠 곤히 잠들었네.

(原文)
把竿終日趁江邊　垂足滄浪困一眠　夢與白鷗飛萬里　覺來身在夕陽天
낚싯대 들고 한 종일 강가를 다니다가
푸른 물결에 발 담그고 한 잠 곤히 잠들었네.
꿈속에서 갈매기와 멀리 날아 다녔는데
깨어 보니 이 몸은 저녁볕 속에 있네.

註▶ 1)竿(간): 낚싯대. 2)趁(진): 좇아다니다.
〈출전〉한국한시 〈작자〉成聃壽(文斗) 〈제목〉釣魚

624.
松間引步午風凉송간인보오풍량 **手弄金沙到夕陽**수롱금사도석양
솔 사이를 거닐며 낮 바람이 시원해, 금모래 만지다가 어느새 석양이다.

(原文)

松間引步午風凉　手弄金沙到夕陽　千載阿郎無處覓　蜃樓消盡海天長

솔 사이를 거닐며 낮 바람이 시원해

금모래 만지다가 어느새 석양이다.

천년의 우리 님을 찾을 곳이 없거니

신기루 사라지고 바다 하늘만 멀다.

註▶ 1)海市(해시): 蜃氣樓. 2)阿郎(아랑): 낭군.

〈출전〉한국문집총간 〈작자〉李珥(栗谷) 〈제목〉金沙寺見海市

625.

萬事悠悠一笑揮만사유유일소휘　**草堂春雨掩松扉**초당춘우엄송비

근심스런 모든 일을 웃음으로 휘날리고, 초당 봄비에 사립문을 닫고 있네.

(原文)

萬事悠悠一笑揮　草堂春雨掩松扉　生憎簾外新歸燕　似向閒人說是非

근심스런 모든 일을 웃음으로 휘날리고

초당 봄비에 사립문을 닫고 있네.

뜻밖에도 발밖에 새로 제비 돌아와

한가한 사람에게 시비를 말하는 듯하네.

註▶ 1)悠悠(유유): 근심하는 모양 2)生憎(생증): 뜻밖에. 의외로

〈출전〉한국문집총간 〈작자〉李植(澤堂) 〈제목〉詠新燕

626.

至樂便忘貧賤苦지락편망빈천고　**床頭賴有聖賢書**상두뢰유성현서

지극한 즐거움에 바로 빈천의 괴로움을 잊나니, 책상 위에 있는 성현의 책에 의지하네.

(原文)
千疊山圍一草廬　漁樵身世此中居　**至樂便忘貧賤苦　床頭賴有聖賢書**
첩첩한 산들이 초당을 둘러쌌는데
고기 잡고 나무하는 신세라 여기서 사네.
지극한 즐거움에 바로 빈천의 괴로움을 잊나니
책상 위에 있는 성현의 책에 의지하네.

註▶ 1)帖(첩): 주련. 세로로 써서 붙이는 聯句. 2)草廬(초려): 草堂. 누추한 집.
〈출전〉한국한시 〈작자〉盧亨弼(雲堤) 〈제목〉淵冰軒春帖

627.
閒來獨步蒼苔逕한래독보창태경　**雨後微香動草花**우후미향동초화
한가하면 이끼 길을 혼자서 거니노니, 비 갠 뒤의 은은한 향기 풀과 꽃에 진동하네.

(原文)
綠樹陰中黃鳥節　青山影裡白茅家　**閒來獨步蒼苔逕　雨後微香動草花**
녹색 나무 그늘 속에 꾀꼬리 우는 철
푸른 산 그림자 속에 띠집이 한 채.
한가하면 이끼 길을 혼자서 거니노니
비 갠 뒤의 은은한 향기 풀과 꽃에 진동하네.

註▶ 1)杜詩(두시): 杜甫의 詩　杜甫는 盛唐 때의 大詩人으로서, 字는 子美. 호는 少陵. 李白과 함께 그 이름을 나란히 하여 李杜라고 함.
〈출전〉한국한시 〈작자〉崔奇男(龜谷, 黙軒) 〈제목〉閒中用杜詩韻

628.
騷人獨酌有詩句소인독작유시구　**村老相逢無是非**촌로상봉무시비

시인은 혼자 술 마시나 시가 있고, 촌 늙은이 만나도 시비가 없네.

(原文)

垂柳陰中一逕微　雜花生樹草芳菲　**騷人獨酌有詩句　村老相逢無是非**

春水白魚爭潑潑　野田黃雀自飛飛　翟公未解閒居與　枉恨門前車馬稀

수양버들 그늘 속에 오솔길 하나

온갖 꽃과 나무들, 풀은 한창 향기롭네.

시인은 혼자 술 마시나 시가 있고

촌 늙은이 만나도 시비가 없네.

봄물의 백어들은 다투어 발발하고

들밭의 황작들은 스스로 갔다 왔다.

적공은 한가한 맛 아직 알지 못하고

부질없이 문 앞에 가마 드묾을 한하였네.

註▶ 1)潑潑(발발): 물고기가 활발하게 뛰는 모양. 潑剌. 2)翟公(적공): 翟公書門. 漢나라 사람. 廷尉가 되었을 때 방문객이 앞을 다투어 닥쳤으나, 퇴관 후에는 방문객이 없었는데 그 뒤에 다시 정위가 되니 방문객아 많이 찾아 왔으므로 적공이 그 문에 글을 써 붙여, 인정이 경박한 것을 탄식한 故事.

〈출전〉한국한시　〈작자〉鄭斗卿(東溟)　〈제목〉田園卽事

629.

不知衣露濕부지의로습　**猶自聽溪聲**유자청계성

옷이 이슬에 젖는 것도 모르고, 그래도 시내의 물소리 듣네.

(原文)

溪上離離草　侵人坐處生　**不知衣露濕　猶自聽溪聲**

시내 위의 흩어진 풀이

사람의 앉을 자리 침범했네.

옷이 이슬에 젖는 것도 모르고
그래도 시내의 물소리 듣네.

註▶ 1)離離(이리): 흩어진 모양.
〈출전〉한국한시 〈작자〉金富賢(巷東) 〈제목〉三淸洞

630.
小亭人與甁俱臥소정인여병구와 **天外歸鴻意獨長**천외귀홍의독장
작은 정자에 사람은 술병과 함께 누웠는데, 하늘 끝의 외기러기 그 뜻이 혼자 가네.

(原文)
江雨蕭蕭夜未央 漁燈明滅荻花凉 **小亭人與甁俱臥 天外歸鴻意獨長**
강비는 쓸쓸한데 아직 밤은 깊지 않아
고기잡이의 등불 깜박이고 억새꽃이 차갑네.
작은 정자에 사람은 술병과 함께 누웠는데
하늘 끝의 외기러기 그 뜻이 혼자 가네.

註▶ 1)蕭蕭(소소): 쓸쓸한 모양.
〈출전〉한국한시 〈작자〉李夏鎭(梅山) 〈제목〉雨夜

631.
群山爽氣還襟袖군산상기환금수 **萬里飛花入酒盃**만리비화입주배
여러 산의 시원한 기운은 옷소매에 돌아들고, 만 리에 나는 꽃잎은 술잔에 드네.

(原文)
雲盡江天雁影回 百年時序獨登臺 **群山爽氣還襟袖 萬里飛花入酒盃**
但使夕陽無限好 何愁春色不重來 雄心向覺塵寰窄 踏遍蓬瀛眼始開

구름 걷힌 강 하늘에 기러기 그림자 돌고
백 년 동안 철을 따라 혼자 누대에 오르네.
여러 산의 시원한 기운은 옷소매에 돌아들고
만 리에 나는 꽃잎은 술잔에 드네.
다만 저녁별을 한없이 즐거워할 뿐
다시 오지 않는 봄빛이야 무엇을 시름하리.
씩씩한 마음에는 아직도 이 세상이 좁거니
봉래와 영주를 두루 돌아다녀야 비로소 눈이 열리리.

註▶ 1)時序(시서): 돌아가는 철의 차례. 2)塵寰(진환): 티끌이 있는 세상. 俗界. 이 세상. 3)蓬瀛(봉영): 蓬萊와 瀛洲. 즉 동해 가운데 있는 신선이 산다는 산.
<출전>한국한시 <작자>洪星齡 <제목>次呈

632.

悠然獨坐忘歸路유연독좌망귀로 **一任霜風拂面寒**일임상풍불면한

유연히 혼자 앉아 돌아갈 길 다 잊고, 서리 바람이 얼굴을 닦는 차가움에 맡기노라.

(原文)
七曲楓岩倒碧灘 錦屛秋色鏡中看 **悠然獨坐忘歸路 一任霜風拂面寒**
일곱 굽이 풍암이 푸른 여울에 거꾸러져
비단 병풍과 가을 빛깔을 거울 속에 바라본다.
유연히 혼자 앉아 돌아갈 길 다 잊고
서리 바람이 얼굴을 닦는 차가움에 맡기노라.

註▶ 1)拂面(불면): 얼굴을 닦다. 얼굴을 털다.
<출전>한국한시 <작자>權尙夏(遂庵) <제목>高山九曲楓岩

633.

田翁白酒來相餉전옹백주래상향　**漫興陶然醉夕陽**만홍도연취석양

늙은 농부가 막걸리를 권하여, 도연히 취한 홍치가 석양에 절로 인다.

(原文)

九月西風晩稻黃　寒林落葉盡迎霜　**田翁白酒來相餉**　**漫興陶然醉夕陽**

구월의 갈바람에 늦벼가 누렇구나.

차가운 숲의 낙엽이 모두 서리 맞았다.

늙은 농부가 막걸리를 권하여

도연히 취한 홍치가 석양에 절로 인다.

註▶ 1)田翁(전옹): 늙은 농부. 2)白酒(백주): 막걸리. 3)漫興(만홍): 저절로 일어나는 홍취. 4)陶然(도연): 취하여 홍이 돋는 모양.

〈출전〉한국문집총간 〈작자〉李玄錫(游齋) 〈제목〉漫吟

634.

兒童報道溪魚上아동보도계어상　**又試經綸理釣絲**우시경륜리조사

시내 고기 올랐다고 아이들이 알리어, 경영을 시험 삼아 낚싯줄을 다스리네.

(原文)

山雨過來夕照遲　瓜田鋤畢坐如箕　**兒童報道溪魚上**　**又試經綸理釣絲**

산에 비가 너무 온 뒤 저녁별이 뜨니

오이 밭에 김을 매고 편히 앉았네.

시내 고기 올랐다고 아이들이 알리어

경영을 시험 삼아 낚싯줄을 다스리네.

註▶ 1)徑輪(경륜): 경영하고 처리하다. 2)釣絲(조사): 낚싯줄.

〈출전〉한국한시 〈작자〉安鼎福(順庵) 〈제목〉謾吟

635.

流鶯百囀渾如夢유앵백전혼여몽　**岸幘悠然望遠峰**안책유연망원봉

꾀꼬리의 지저귐은 모두 꿈길 같은데, 두건 벗고 유연히 먼 산을 바라본다.

(原文)

床頭蠶食三春葉　枕上風驅萬壑聲　**流鶯百囀渾如夢　岸幘悠然望遠峰**

책상 끝의 누에는 봄의 뽕잎 다 먹고

베개 위의 바람은 온 골짝의 소리를 다 몰고 온다.

꾀꼬리의 지저귐은 모두 꿈길 같은데

두건 벗고 유연히 먼 산을 바라본다.

註▶ 1)暴(폭): 갑작스럽게. 2)流鶯(유앵): 이 나무에서 저 나무로 다니면서 우는 꾀꼬리. 3)岸幘(안책): 두건을 벗고 이마를 내놓다.

〈출전〉한국한시　〈작자〉成夢良(嘯軒)　〈제목〉患暴聾

636.

藜杖閒聽田水響이장한청전수향　**笋輿時過稻花香**순여시과도화향

지팡이 짚고 밭 사이 물소리를 한가히 듣고, 때때로 대가마 타고 벼꽃향기를 맡으며 지나네.

(原文)

柴門新拓數弓荒　眞是終南舊草堂　**藜杖閒聽田水響　笋輿時過稻花香**

사립문을 여니 얼마 안 되는 땅이 거칠구나.

진실로 이곳이 종남산의 옛 초당이리.

지팡이 짚고 밭 사이 물소리를 한가히 듣고

때때로 대가마 타고 벼꽃향기를 맡으며 지나네.

註▶ 1)拓(척): 넓히다. 손으로 밀다. 2)弓(궁): 여덟 자. 토지 길이의 단위로 步와

같다. 3)笋(순): 내순.
<출전>한국한시 <작자>李書九(素玩亭) <제목>秋日田園

637.

聽殘幽鳥獨徘徊청잔유조독배회 **深閉重門晝不開**심폐중문주불개

새소리가 듣기 좋아 홀로 배회하면서, 겹문을 굳게 닫고 낮에도 열지 않네.

(原文)

聽殘幽鳥獨徘徊 深閉重門晝不開 淸似仙居無一事 名區何必在蓬萊

새소리가 듣기 좋아 홀로 배회하면서
겹문을 굳게 닫고 낮에도 열지 않네.
신선처럼 깨끗한 집, 아무 일도 없거니
하필 저 봉래산이 명승지이던가.

註▶ 1)蓬萊(봉래): 東海 가운데 있는 신선이 산다는 산.
<출전>한국한시 <작자>朴竹西 <제목>偶吟

638.

褰箔看山翠건박간산취 **開樽對月輝**개준대월휘

발을 걷고는 푸른 산을 바라보고, 술잔 들고는 밝은 달을 우러르네.

(原文)

來訪沙鷗約 江岸木葉飛 園收芋栗富 網擧蝦魚肥
褰箔看山翠 開樽對月輝 夜凉淸不寐 松露滴羅衣

갈매기 약속 따라 강가에 나왔는데
언덕에는 낙엽이 어지러이 날아다니네.
동산에서는 풍성한 과일들을 거둬들이고

그물 들면 생선들이 한창 살쪄있네.
발을 걷고는 푸른 산을 바라보고
술잔 들고는 밝은 달을 우러르네.
밤이 맑고 차가와 잠 못 들어 하나니
솔잎 이슬방울이 옷자락에 떨어지네.

註▶ 1)沙鷗約(사구약): 모래밭 갈매기와의 약속. 2)鰕魚(하어): 새우와 물고기. 3)褰箔(건박): 발을 걷다.
〈출전〉한국한시 〈작자〉鄭氏 〈제목〉江舍

17. 풍류

639.

浴乎沂욕호기 **風乎舞雩**풍호무우 **詠而歸**영이귀

沂水의 온천에서 목욕하고, 舞雩에서 맑은 바람맞고 노래하며 돌아가리라.

註▶ 1)沂水(기수): 山東省에서 발원하여 泗水로 들어가는 강.
〈출전〉論語 先進

640.

千金駿馬換小妾천금준마환소첩 **笑坐雕鞍歌落梅**소좌조안가락매

千金의 駿馬와 妾을 바꾸고, 웃으며 안장에 앉아 떨어지는 매화를 노래하네.

註▶ 1)雕鞍(조안):조각이 되어 있는 안장.
〈출전〉古文眞寶 〈작자〉李白 〈제목〉襄陽歌

641.

一觴一詠일상일영　**亦足以暢敍幽情**역족이창서유정

술 한 잔 마시며 시 한 수 읊으며 깊고 그윽한 정취 펼 만하구나.

註▶ 1)暢敍(창서): 펼치다. 2)幽情(유정): 그윽한 정취.

〈출전〉古文眞寶　〈작자〉王羲之　〈제목〉蘭亭記

642.

縱一葦之所如종일위지소여　**凌萬頃之茫然**능만경지망연

갈대만한 작은 배의 가는 곳을 따라, 만경의 아득한 물결을 타고 간다.

註▶ 1)萬頃(만경): 많은 파도. 2)茫然(망연): 아득하다.

〈출전〉古文眞寶　〈작자〉蘇軾　〈제목〉前赤壁賦

643.

一字不識일자불식　**而有詩意者**이유시의자　**得詩家眞趣**득시가진취

한 글자도 알지 못하면서도 詩에 뜻을 지닌 사람은 시인의 참 멋을 터득한다.

註▶ 1)詩意(시의): 시적 정서.

〈출전〉菜根譚　後集 四十七

644.

楚人安楚초인안초　**君子安雅**군자안아

초나라 사람은 초나라에 안주하나, 군자는 문아에 안주한다.

註▶ 1)雅(아): 文雅, 문장과 風雅.

〈출전〉荀子　榮辱篇

645.

客路幾人閒似我객로기인한사아　**曉來吟到晩鴉還**효래음도만아환

나그네 길이 그 누가 나만큼 한가한가, 시 읊으며 새벽에 왔는데 저녁 까마귀 돌아온다.

(原文)

小樓高倚碧孱顔　雨後登臨物色閒　帆帶綠烟歸遠浦　潮穿黃葦到前灣
水分天上眞身月　雲漏江邊本色山　**客路幾人閒似我**　**曉來吟到晩鴉還**

조그만 암자가 푸른 산꼭대기에 달려 있는데
비 온 뒤에 오르나니 물색이 한가하다.
배는 희부연 연기 속으로 먼 포구에 돌아오고
조수는 누런 갈대를 뚫고 앞 여울에 밀려든다.
물이 갈라지는 하늘에는 진신의 달빛이요
구름이 새는 강가에는 본색의 산 빛이다.
나그네 길이 그 누가 나만큼 한가한가.
시 읊으며 새벽에 왔는데 저녁 까마귀 돌아온다.

註▶ 1)晩眺(만조): 저녁의 眺望. 2)孱顔(잔안): 산이 높고 험한 모양. 孱은 원래 그 음이 잔인데 지금 여기서는 巉과 같음.
〈출전〉한국문집총간　〈작자〉陳澕　〈제목〉月溪寺晩眺

646.

與客登臨多感慨여객등임다감개　**秋光不老一壺春**추광불노일호춘

손님과 함께 산에 오르면 감개 많나니, 한 항아리의 술에 가을빛 안 늙는다.

(原文)

閒中忽念趁良辰　走到東陽共主人　溪繞樓臺涵落照　驛分南北動行塵
風烟淨盡山如畫　草樹凋零菊更新　**與客登臨多感慨**　**秋光不老一壺春**

한가한 속에 생각하니, 좋은 철이 왔구나.
동양에게 달려가 주인과 어울리다.
시내는 누대를 둘러지는 해를 담았고
역은 남북으로 갈라져 떠나는 먼지 일으킨다.
바람과 연기가 모두 깨끗해 산은 그림과 같고
초목이 시들어 국화 더욱 새롭다.
손과 함께 산에 오르면 감개 많나니
한 항아리의 술에 가을빛 안 늙는다.

註▶ 1)重九(중구): 음력 9월 9일. 즉 重陽. 2)良辰(양신): 좋은 날. 또 좋은 시절. 곧 좋은 철. 3)東陽(동양): 사람의 號인 듯하다. 4)登臨(등림): 높은 곳에 올라가 아래를 내려다 봄.
〈출전〉한국한시 〈작자〉曺庶 〈제목〉重九有感

647.

閒斸藥苗臨澗洗한촉약묘임간세 **靜披詩句掃岩題**정피시구소암제

한가하면 약초 캐어 산 속 시내에 씻고, 고요하면 시구 펼쳐 바위 쓸고 적네.

(原文)
朝別高僧過虎溪 白雲紅樹石門西 潭澄古竇看魚樂 松老層崖見鶴棲
閒斸藥苗臨澗洗 靜披詩句掃岩題 文殊近在東林外 明月歸時路不迷

아침에 중을 이별할 때 호계를 지났는데
흰 구름과 단풍나무 석문 서쪽이었다.
봇물 맑은 입구에선 고기 즐거움 보았고
늙은 소나무 벼랑에선 학이 깃든 것을 보았네.
한가하면 약초 캐어 산 속 시내에 씻고
고요하면 싯구 펼쳐 바위 쓸고 적네.

문수가 동쪽 숲밖에 가까이 있거니
밝은 달 돌아갈 길이 헷갈리지 않으리.

註▶ 1)虎溪(호계): 晋나라의 慧遠法師가 陶淵明과 陸修靜 두 사람을 전송할 때에 이야기에 팔려 자기도 모르게 虎溪를 건너 범 우는소리를 듣고 모두 大笑하였다는 故事. 2)竇(두): 입구. 출입구. 3)文殊(문수): 梵語의 音譯. 妙德 · 妙吉祥이란 뜻. 如來의 왼편에 있는 지혜를 맡은 보살. 十三德을 모두 갖추고 불가사의한 지혜를 가진 보살.
〈출전〉한국한시 〈작자〉金孝一(菊潭) 〈제목〉黃梅洞

648.

夜來未厭金樽月야래미염금준월 **已見朝霞盪綠波**이견조하탕록파

밤새껏 술통과 달이 싫어지지 않았는데, 어느새 아침놀에 푸른 물결이 일렁이네.

(原文)
城外人喧汲水多 烟江一帶有漁歌 **夜來未厭金樽月 已見朝霞盪綠波**
성 밖에 떠드는 사람들이 물을 많이 긷는구나.
희뿌연 강 곳곳마다 고기잡이 노랫소리.
밤새껏 술통과 달이 싫어지지 않았는데
어느새 아침놀에 푸른 물결이 일렁이네

〈출전〉한국문집총간 〈작자〉金昌翕(三淵) 〈제목〉練光亭次鄭知常韻

649.

師言無所住사언무소주 **偶與白雲回**우여백운회

스님은 답하길 "아무 데도 머무는 데 없고, 흰 구름과 짝하여 돌아다니네" 라고 하네.

(原文)

掃石臨流水　問師何處來　**師言無所住　偶與白雲回**

돌을 쓸고는 흐르는 물가에서

스님에게 묻기를 어디서 오십니까?

스님은 답하길 "아무 데도 머무는 데 없고

흰 구름과 짝하여 돌아다니네" 라고 하네.

註▶ 1)方丈(방장): 和尙 · 國師 등의 높은 중의 처소. 또는 住持.

<출전>한국문집총간　<작자>申維翰(靑泉)　<제목>磧川寺過方丈英禪師

650.

時淸戰艦閒無事시청전함한무사　**穩載笙歌下晩風**온재생가하만풍

태평 세상이라 전함이 한가하며 아무 일 없으니,

한가로이 생황노래를 싣고 저녁 바람에 내려온다.

(原文)

帆外微茫浪拍空　柁樓徙倚海門東　河山不盡關防險　翰墨相逢意氣中

雲壓橫過鹽井黑　湖平倒揷畫旂紅　**時淸戰艦閒無事　穩載笙歌下晩風**

돛 밖은 아득히 물결이 하늘을 치고

키 다락의 동쪽 해협을 거닐어 본다.

물과 산은 한이 없고 관문 막이 험하고

붓과 먹이 서로 만나니 의기 속이다.

구름이 눌러 검은 염정을 질러가고

호수가 질펀하여 붉은 기가 거꾸로 꽂히었다.

태평 세상이라 전함이 한가하며 아무 일 없으니

한가로이 생황노래를 싣고 저녁 바람에 내려온다.

註▶ 1)微茫(미망): 흐릿한 모양. 모호한 모양. 2)柁樓(타루): 키를 잡는 선실의 다락. 3)徙倚(사의): 배회하다. 4)海門(해문): 육지와 육지 사이에 있는 바다의 좁은 부분. 해협. 5)翰墨(한묵): 붓과 먹. 곧 문사. 필적. 6)橫過(횡과): 질러 감. 횡단하다. 7)時淸(시청): 때가 맑다. 즉 태평한 세상.
〈출전〉한국한시 〈작자〉李天輔(晋庵) 〈제목〉汎舟

651.

風暖幽禽語풍난유금어 **門深過客稀**문심과객희

바람이 따뜻해 새들이 지저귀고, 집 앞이 깊숙해 찾는 사람 드무네.

(原文)

我家谷口住 穿樹一蹊微 **風暖幽禽語 門深過客稀**
草花孤自映 林雨暗成霏 時向淸溪去 逢人坐不歸

우리 집은 골짝 어구에 있어
수풀을 뚫은 오솔길이 희미하네.
바람이 따뜻해 새들이 지저귀고
집 앞이 깊숙해 찾는 사람 드무네.
풀과 꽃은 외로이 스스로 비추이고
숲 속의 비는 가만히 보슬거리네.
때때로 맑은 시내로 나갔다가
누구 만나면 돌아올 줄 모르네.

〈출전〉한국한시 〈작자〉金履坤(鳳麓) 〈제목〉閒趣

652.

淸雲意俱遠청운의구원 **幽鳥酒初醒**유조주초성

맑은 구름에는 그 뜻이 함께 멀고, 그윽한 새소리에 술이 막 깬다.

(原文)

春陰歇遊騎　滿地柳條靑　山色隨移杖　池心照倚亭

淸雲意俱遠　幽鳥酒初醒　曠眺村墟晩　人烟生窈冥

봄이 음산해 말 타고 놀기를 쉬니

땅에 가득한 버들은 가지 푸르네.

산 빛깔은 옮기는 지팡이에 따르고

연못 복판에는 의지한 정자가 비치네.

맑은 구름에는 그 뜻이 함께 멀고

그윽한 새소리에 술이 막 깬다.

멀리 바라보면 마을은 저녁인데

저녁 짓는 연기가 어둠 속에서 인다.

註▶ 1)池心(지심): 연못의 복판. 2)窈冥(요명): 어슴푸레한 모양.

〈출전〉한국한시　〈작자〉南有容(雷淵)　〈제목〉集吳伯玉岩亭李宜叔洪養之黃大卿俱

653.

牧笛村村去목적촌촌거　樵歌谷谷來초가곡곡래

목동의 피리소리 마을마다 지나가고, 나무꾼의 노랫소리 골짝마다 일어난다.

(原文)

牧笛村村去　樵歌谷谷來　夕陽無限興　窓外暫徘徊

목동의 피리소리 마을마다 지나가고

나무꾼의 노랫소리 골짝마다 일어난다.

저녁 빛의 끝이 없는 이 흥취여

창밖에 잠시 동안 거닐어 본다.

註▶ 1)牧笛(목적): 목동이 부는 피리소리. 2)樵歌(초가): 나무꾼의 노래.

〈출전〉한국한시　〈작자〉三宜堂 金氏　〈제목〉牧笛三首中其二

18. 嗜 好

654.

江邊家家結大網강변가가결대망　**持網赤身入江水**지망적신입강수

강 마을 집집에 큰 그물 엮어서, 그물 잡고 알몸으로 강물로 뛰어드네.

(原文)

豆江四月冰雪消　松魚始自瑟海至　**江邊家家結大網　持網赤身入江水**

嗟爾逐魚愼勿過半江　半江之外非吾地

두만강 사월엔 얼음과 눈 녹아서

송어가 처음으로 슬해로부터 이르네.

강 마을 집집에 큰 그물 엮어서

그물 잡고 알몸으로 강물로 뛰어드네.

슬프다 고기 쫓아서 삼가 강물 반은 지나지 마라.

강 절반 밖은 우리 땅 아니네.

〈출전〉한국한시　〈작자〉洪良浩(耳溪)　〈제목〉豆江

(一). 문장, 文墨

655.

文章經國之大業문장경국지대업　**不朽之盛事**불후지성사

문장은 나라를 경영하는 대업으로 영원히 썩지 않는 성대한 일이다.

〈출전〉魏文帝　典論

656.
韓多悲白多樂한다비백다락
한유는 비관적인 시가 많고, 백거이는 낙천적인 시가 많다.

註▶ 1)韓(한): 韓愈. 2)白(백): 白居易.
〈출전〉泊宅篇

657.
文生於情문생어정　**情生於文**정생어문
문장은 정에서 생겨나고, 정은 문장에서 생겨난다.

〈출전〉晋書　孫楚傳

658.
大巧無巧術대교무교술　**用術者乃所以爲拙**용술자내소이위졸
큰 기교는 교묘한 술책이 없고, 교묘한 술책을 부리는 사람은 재주가 서투르기 때문이다.

註▶ 1)大巧(대교): 큰 재주. 2)巧術(교술): 교묘한 수단과 방법. 3)拙(졸): 서투른 것.
〈출전〉菜根譚　前集 六十二

659.
大巧在所不爲대교재소불위
큰 기교는 세세한 것은 하지 않는다.

註▶ 1)大巧(대교): 큰 재주. 2))不爲(불위): 단순히 하지 않는 것이 아니라 세세한 것들을 하지 않는 것을 말한다.
〈출전〉荀子　天論篇

660.

疑是天邊十二峰의시천변십이봉　**飛入君家彩屛裏**비입군가채병리

하늘에 솟은 열두 봉우리가 그대 집에 채색한 병풍 속으로 날아 들어간 것 같네.

<출전>古文眞寶　<작자>李白　<제목>觀元丹丘坐巫山屛風

661.

卽今漂泊干戈際즉금표박간과제　**屢貌尋常行路人**누모심상행로인

지금 전란의 때를 만나 정처 없이 떠도는 중에도, 여러 모습의 길가는 보통 사람을 그렸네.

註▶ 1)漂迫(표박): 정처 없이 떠돌아다니다. 2)屢貌(누모): 曹霸는 그림의 명인으로 귀한 사람의 초상화를 그렸으나 전쟁이 일어나 보통사람을 계속 그렸다는 내용
<출전>唐詩選　<작자>杜甫　<제목>丹靑引贈曹將軍霸

662.

驚天動地文경천동지문

하늘을 놀라게 하고, 땅을 움직이게 하는 문장

<출전>白居易　李白墓詩

663.

換骨奪胎환골탈태

뼈를 바꾸고 모태에서 벗어나듯 한다.

註▶ 1)換骨奪胎(환골탈태): 뼈를 바꾸고 母胎에서 벗어나듯 문장을 지을 때 新思想을 더한다.
<출전>冷齋夜話

664.

筆頭生花필두생화

붓끝에서 꽃이 미소 짓는다.

註▶ 1)筆頭(필두): 붓의 털 부분.

〈출전〉雲仙雜記

665.

筆端吐光若火필단토광약화

붓끝에서 뿜어져 나오는 빛이 불과 같다.

〈출전〉瑯嬛記

666.

善書不擇紙筆선서불택지필

글씨를 잘 쓰는 사람은 종이와 붓을 가리지 않는다.

〈출전〉後山談叢

667.

磨墨如病兒마묵여병아 **把筆如壯夫**파필여장부

먹을 갈 때에는 병든 아이처럼 하고, 붓을 잡을 때는 장부같이 하라.

〈출전〉避暑錄話

668.

貴藏鋒也귀장봉야

붓끝을 감추는 것을 귀하게 여긴다.

〈출전〉墨藪

669.

畵皮難畵骨화피난화골

가죽은 그리되 뼈는 그리기 어렵다.

〈출전〉通俗篇　黙畜

670.

繪事後素회사후소

그림을 그리는 것은 바탕 다음의 것이다.

〈출전〉論語　八佾

671.

欲燒其筆硯욕소기필연

붓과 벼루를 태워 버리려한다.

註▶ 1)欲燒其筆硯(욕소기필연): 다른 사람의 좋은 글을 보고 자신의 부족을 느껴 붓과 벼루를 태워 버리려한다.
〈출전〉晋書　陸機傳

672.

事業文章사업문장　**隨身銷毁**수신소훼　**而精神萬古如新**이정신만고여신

사업과 문장은 몸을 따라 없어지지만 정신은 만고에 변함없이 새롭다.

註▶ 1)銷毁(소훼): 소실되나, 없어지다.
〈출전〉菜根譚 前集 百四十八

673.

畫竹화죽 **必先得成竹于胸中**필선득성죽우흉중 **執筆熟視**집필숙시
乃見其欲畫者내견기욕화자

대나무를 그릴 때는 먼저 마음에 대나무의 모습이 이루어져 있어야 한다.
붓을 잡고 자세히 보면 그리고자 하는 것이 보인다.

〈출전〉蘇軾 篔簹公偃竹記

674.

掬泉注硯池국천주연지 **閑坐寫新詩**한좌사신시

샘물을 움켜다가 벼루에 드리우고, 한가히 앉은 채로 새 시를 써 보련다.

(原文)
掬泉注硯池 閑坐寫新詩 自適幽居趣 何論知不知
샘물을 움켜다가 벼루에 드리우고
한가히 앉은 채로 새 시를 써 보련다.
깊숙이 사는 취미 스스로 즐거우니
남이야 알건 말건 무엇을 아랑곳하리.

〈출전〉한국문집총간 〈작자〉李滉(退溪) 〈제목〉溪堂偶興

675.

坐睡行吟時得句좌수행음시득구 **山中無筆不須題**산중무필불수제

앉아 졸고 다니며 읊어 가끔 시구를 얻지만, 산중에 붓이 없어 적을 수 없네.

(原文)

閒花自落好禽啼　一徑淸陰轉碧溪　**坐睡行吟時得句　山中無筆不須題**

한가한 꽃 절로 지고 고운 새들 지저귀니
오솔길의 맑은 그늘 또 푸른 시내이네.
앉아 졸고 다니며 읊어 가끔 시구를 얻지만
산중에 붓이 없어 적을 수 없네.

〈출전〉한국한시　〈작자〉金始振(盤皐)　〈제목〉山行

676.

超脫虞羅外초탈우라외　**空中自在鷹**공중자재응

걱정하는 그물 밖을 멀리 벗어나, 공중에서 자유로운 저 매여.

(原文)

超脫虞羅外　空中自在鷹　天颸生側視　溟旭欲俱騰
不羨乘軒鶴　堪隨擊水鵬　縱橫千里勢　凡羽爾何能

걱정하는 그물 밖을 멀리 벗어나
공중에서 자유로운 저 매여.
하늘 바람이야 곁눈질하고
바다의 해와 함께 떠올랐으면…….
초헌을 탄 학은 부러워하지 않고
물을 치는 붕새를 따를 만하다.
천리를 종횡하는 그 모양
평범한 새, 너 어찌할 수 있으리.

註▶ 1)虞(우): 걱정하다. 2)颸(시): 시원한 바람. 3)側視(측시): 모로 보다. 옆으로 보다. 4)軒(헌): 초헌. 大夫 이상이 타는 수레.

〈출전〉한국한시　〈작자〉趙載浩(農村)　〈제목〉畫鷹

677.

荒凉片石孤雲黑황량편석고운흑 **紅葉蒼苔積幾多**홍엽창태적기다

황량한 돌 조각에 孤雲의 필적 남아 있는데, 붉은 잎, 푸른 이끼가 수북이 쌓여 있다.

(原文)

萬疊寒山百折波 獨留殘照見新羅 **荒凉片石孤雲黑** **紅葉蒼苔積幾多**

첩첩이 쌓인 찬 산은 굽이굽이 꺾어져 물결치는데

홀로 남아 지는 햇빛에 신라 비문을 본다.

황량한 돌 조각에 孤雲의 필적 남아 있는데

붉은 잎, 푸른 이끼가 수북이 쌓여 있다.

註▶ 1)眞鑑禪師(진감선사): 신라 말기의 고승. 법명은 慧昭. 지리산 쌍계사에서 일생을 마침. 최치원이 지은 비명이 전한다. 2)殘照(잔조): 지는 햇빛. 석양. 3)孤雲(고운): 최치원의 호. 4)蒼苔(창태): 푸른 이끼. 5)幾多(기다): 수두룩하다. 허다하다. 얼마나.

〈출전〉한국한시 〈작자〉成蕙永(南坡) 〈제목〉題眞鑑禪師碑

678.

驚風君筆落경풍군필락 **泣鬼我詩成**읍귀아시성

그대는 글씨 쓰면 바람이 놀라 일고, 내가 시를 지으면 귀신들이 곡을 하네.

(原文)

妙譽皆童稚 東方母子名 **驚風君筆落** **泣鬼我詩成**

어린 나이에 묘한 기림 얻으니

동방에서 우리 모자 이름 날리네.

그대는 글씨 쓰면 바람이 놀라 일고

내가 시를 지으면 귀신들이 곡을 하네.

註▶ 1)嫡子(적자): 본처의 몸에서 난 아들. 2)筆落(필락): 落筆. 붓을 들어 쓰기 시작하다.
<출전>한국한시 <작자>李玉峰 <제목>贈嫡子

679.

鶴髮投竿客학발투간객 **超然不世翁**초연불세옹

낚싯대 들고 있는 머리 흰 사람이여, 초연한 그 모습이 세상사람 아니다.

(原文)

鶴髮投竿客 超然不世翁 若非西伯獵 長伴往來鴻

낚싯대 들고 있는 머리 흰 사람이여

초연한 그 모습이 세상사람 아니다.

저 서백의 사냥이 아니었던들

언제나 오고 가는 기러기를 짝했으리.

註▶ 1)太公(태공): 姜太公. 즉 周初의 賢臣인 呂尙을 말함. 2)鶴髮(학발): 老人의 白髮. 3)竿(간): 낚싯대. 4)超然(초연): 세속을 초월한 모양. 5)西伯(서백): 周나라 文王을 말한다. 周 文王이 사냥을 나갔다가 강가에서 고기를 낚고 있는 姜太公을 보고 그가 賢才임을 인정하여 재상을 삼았다.
<출전>한국한시 <작자>鄭氏 <제목>太公釣魚圖

(二). 음 악

680.

樂者樂也악자락야

음악은 원래 즐거운 것이다.

<출전>禮記 樂記

681.

樂者악자　德之華也덕지화야

음악은 인간성을 아름답게 한다.

註▶ 1)德(덕): 인간의 내면에 있는 좋은 인간성.

〈출전〉禮記　樂記

682.

樂也者악야자　情之不可變者也정지불가변자야

음악은 감정이 변하지 않게 하는 것이다.

〈출전〉禮記　樂記

683.

聞韶三月문소삼월　不知肉味부지육미

韶라는 음악을 듣고 배운 석 달을 고기 맛을 알지 못했다.

註▶ 1)韶(소): 舜임금이 지은 음악의 이름.

〈출전〉論語　述而

684.

琴瑟在御금슬재어　莫不靜好막부정호

琴과 瑟도 손닿는 데 있으니 모두 즐겁고 행복할 것이다.

註▶ 1)琴瑟(금슬): 거문고와 큰 거문고. 2)在御(재어): 언제나 쓸 수 있도록 손닿는데 있는 것. 3)靜好(정호): 嘉好의 뜻으로 즐겁고 행복한 것을 말한다.

〈출전〉詩經　鄭風　女曰鷄鳴

685.

審樂以知政심악이지정

음악을 살피면 시대에 맞는 정치를 알 수 있다.

註▶ 1)審樂(심악): 당시에 유행하는 음악을 살피다.

〈출전〉禮記　樂記

686.

德音之謂樂덕음지위악

도덕을 전하는 것을 음악이라 한다.

註▶ 1)德音(덕음): 난잡하지 않고 도덕을 전하는 음악.

〈출전〉禮記　樂記

687.

鄭衛之音정위지음　**亂世之音也**난세지음야

정나라와 위나라의 음악은 난세의 음악이다.

〈출전〉禮記　樂記

688.

亂世之音怨以怒난세지음원이노　**其政乖**기정괴

亂世의 음악은 怨恨으로 성내는 소리가 많아져서 정치는 어긋나게 된다.

〈출전〉禮記　樂記

689.

治世之音安以樂치세지음안이락　**其政和**기정화

치세의 음악은 편안함으로 즐거워져서 정치는 온화하게 된다.

〈출전〉禮記　樂記

690.

亡國之音哀以思망국지음애이사　**其民困**기민곤

亡國의 음악은 슬픔을 생각나게 해서 백성이 곤궁하게 된다.

〈출전〉禮記　樂記

691.

樂云樂云악운악운　**鐘鼓云乎哉**종고운호재

음악이라 이르고 음악이라 이르나 종과 북을 두드리는 것만을 이르겠는가?

〈출전〉論語　陽貨

692.

別有幽愁暗恨生별유유수암한생　**此時無聲勝有聲**차시무성승유성

그윽한 한이 슬그머니 일어나는데, 소리를 잠시 멈춘 것이 한결 좋구나.

註▶ 1)幽愁暗恨(유수암한): 말 못할 수심과 쌓여 있는 한.

〈출전〉古文眞寶　〈작자〉白居易　〈제목〉琵琶行

693.

轉軸撥絃三兩聲전축발현삼양성　**未成曲調先有情**미성곡조선유정

줄 골라 두세 번 퉁기는 소리, 곡조도 타지 않아서 은근한 정이 감도네.

註▶ 1)轉軸(전축): 비파의 윗부분에 줄을 감아 놓는 굴레. 2)未成曲調(미성곡조): 줄을 고를 때 한두 번 퉁기는 것.

〈출전〉古文眞寶 〈작자〉白居易 〈제목〉琵琶行

694.

樂不可以僞爲악불가이위위

음악은 거짓으로 할 수 없다.

註▶ 1)僞爲(위위): 거짓으로 하다.

〈출전〉禮記 樂記

695.

順氣成象순기성상 **而和樂興焉**이화락흥언

기분에 따라 표현되어 화락이 흥해진다.

註▶ 1)順氣成象(순기성상): 그때그때의 기분에 따라 표현이 되다.

〈출전〉禮記 樂記

696.

感於物而動감어물이동 **故形於聲**고형어성

마음이 사물에 감응하여 움직이므로 소리가 형성된다.

〈출전〉禮記 樂記

697.

觀其舞知其德관기무지기덕

춤추는 것을 보면 덕을 알 수 있다.

〈출전〉禮記　樂記

698.

簫韶九成소소구성　**鳳凰來儀**봉황래의

舜 임금이 지은 음악 구곡을 전부 연주하면 봉황이 날아와 위엄 있는 거동을 갖춘다.

註▶ 1)韶(소): 舜임금이 지은 음악의 이름.

〈출전〉書經　益稷

699.

陽春一曲和皆難양춘일곡화개난

陽春詩 뛰어나 한 곡 불러 화답하기 어렵네.

(原文)

鷄鳴紫陌曙光寒　鶯囀皇州春色闌　金闕曉鐘開萬戶　玉階仙仗擁千官

花迎劍佩星初落　柳拂旌旗露未乾　獨有鳳凰池上客　**陽春一曲和皆難**

닭 우는 큰길에 새벽빛이 차갑고

꾀꼬리 우는 장안은 봄빛이 완연하다.

금궐에서 종소리 울리면 만호가 열리고

옥계에 늘어선 의병은 천관을 옹호한다.

꽃이 관원을 맞을 때, 별은 사라지고

버들이 깃폭에 움직일 때 이슬이 영롱하였다.

봉황지에 글 잘하는 선비가 있으니

陽春詩 뛰어나 한 곡 불러 화답하기 어렵네.

註▶ 1)皇州(황주): 帝都. 2)金闕(금궐): 皇城. 3)仙仗(선장): 儀仗兵. 4)鳳凰池(봉황지): 中書省을 말함. 5)陽春一曲(양춘일곡): 賈至의 시를 칭찬하여 한 말이다.
〈출전〉唐詩選 〈작자〉岑參 〈제목〉奉和中書舍人賈至早朝大明宮

700.

何時共帶春風面하시공대춘풍면 **朗月孤琴一笑看**낭월고금일소간

언제나 함께 모두 봄바람 맞이하고, 밝은 달에 거문고 타며 한 번 웃고 바라보리.

(原文)
吾病歲新猶閉關 汝寒冬盡未開顔 **何時共帶春風面 朗月孤琴一笑看**
나는 병이 들어 해가 바뀌어도 아직 문을 닫은 채인데
너는 추운 겨울이 끝나도록 꽃피우지 않는구나.
언제나 함께 모두 봄바람 맞이하고
밝은 달에 거문고 타며 한 번 웃고 바라보리.

〈출전〉한국한시 〈작자〉蔡之洪(三患齋) 〈제목〉臘梅經冬不開謾吟

Ⅱ. 인간의 운명

1. 生 死

701.

死時不動心사시부동심　**須生時事物看得破**수생시사물간득파

죽을 때에 마음을 움직이지 않으려면,

모름지기 살았을 때에 사물의 참모습을 간파할 수 있어야 한다.

〈출전〉菜根譚　後集 二十六

702.

人命至重인명지중

사람의 목숨은 매우 중요하다.

〈출전〉十八史略　西漢　元帝

703.

知命者지명자　**不立乎巖牆之下**불립호암장지하

天命을 아는 사람은 위험한 돌담 아래에 서있지 않는다.

註▶ 1)巖牆之下(암장지하): 돌로 된 담 아래를 말하는 것으로 위험한 곳을 뜻한다.

〈출전〉孟子　盡心上

704.

生寄也생기야　**死歸也**사귀야

인생은 세상에 몸을 맡기는 것이요, 죽는 것은 고향에 돌아가는 것이다.

註▶ 1)寄(기): 세상에 몸을 맡기다. 2)歸(귀): 원래의 곳으로 돌아가다.
〈출전〉十八史略　夏后氏

705.

人生如寄인생여기

인생은 잠시 붙어사는 것과 같다.

〈출전〉魏文帝　善哉行

706.

得者時也득자시야　**失者順也**실자순야　**安時而處順**안시이처순
哀樂不能入也애락불능입야

태어나는 것은 때와 만나는 것이요, 죽는 것은 순서에 따르는 것이니 태어날 때를 편안히 받아들이고 죽을 때에 순서에 따르면 슬픔과 즐거움이 나에게 들어오지 못한다.

註▶ 1)得者(득자): 태어난다고 하는 것. 2)失者(실자): 죽는다고 하는 것. 3)安時(안시): 태어날 때를 편안하게 받아들이다. 4)處順(처순): 죽는 것을 순서에 따르다.
〈출전〉莊子　內篇　大宗師

707.

死或重於泰山사혹중어태산　**或輕於鴻毛**혹경어홍모

죽음은 태산 보다 무겁고, 혹은 기러기 털 보다 가볍다.

〈출전〉文章軌範　〈작자〉司馬遷　〈제목〉報任安書

708.

慷慨赴死易강개부사이　**從容就義難**종용취의난

慷慨하면 죽음에 다다르기 쉽고, 얌전하면 義에 나아가기 어렵다.

註▶ 1)慷慨(강개): 의기가 복받치어 분개하다. 2)從容(종용): 얌전히 따르다.
<출전>文章軌範　<작자>謝枋得　<제목>卻聘書

709.

有生者必有死유생자필유사

태어난 사람은 반드시 죽는다.

<출전>法言　君子

710.

聊乘化以歸盡요승화이귀진

조화를 타고 일생을 마치려 한다.

<출전>古文眞寶　<작자>陶潛　<제목>歸去來辭

711.

樂夫天命復奚疑낙부천명복해의

천명을 즐기니 다시 무엇을 의심하겠는가.

<출전>古文眞寶　<작자>陶潛　<제목>歸去來辭

712.

天地有萬古천지유만고　**此身不再得**차신부재득

하늘과 땅은 萬古가 있으나 이 몸은 다시 얻지 못하네.

〈출전〉菜根譚 前集 百七

713.

羨萬物之得時선만물지득시 **感吾生之行休**감오생지행휴

만물이 제 때를 얻음을 부러워하고, 우리 인생이 장차 끝남을 느낀다.

註▶ 1)得時(득시): 제 때를 얻는다. 2)行休(행휴): 끝나다.
〈출전〉古文眞寶 〈작자〉陶潛 〈제목〉歸去來辭

714.

知生之必死지생지필사 **則保生之道**즉보생지도 **不必過勞**불필과로

생이 반드시 죽을 것임을 안다면 생을 보존하는 길에 반드시 지나치게 수고롭지 않을 것이니라.

註▶ 1)保生之道(보생지도): 생존을 지키려는 마음. 2)過勞(과로): 지나치게 수고롭다.
〈출전〉菜根譚 後集 六十二

715.

吾生也有涯오생야유애 **而知也無涯**이지야무애

나의 생은 유한하나 알고 싶은 욕구는 무한하다.

〈출전〉莊子 內篇 養生主

716.

朝菌不知晦朔조균부지회삭

아침 버섯은 그믐과 초하루를 구별하지 못한다.

〈출전〉莊子 內篇 逍遙遊

717.

殺生者不死살생자불사 **生生者不生**생생자불생

삶을 부정하는 자는 죽지 않을 것이요, 삶에 집착하는 사람은 살지 못할 것이다.

註▶ 1)殺生者(살생자): 삶을 부정하는 사람, 죽기를 각오한 사람. 2)生生者(생생자): 삶에 집착하는 사람.

〈출전〉莊子 內篇 大宗師

718.

視生如死시생여사 **視富如貧**시부여빈

살아있는 것을 보면 죽음과 같고, 부유함을 보면 가난함과 같다.

〈출전〉列子 仲尼

719.

含笑入地함소입지

안심하고 죽다.

註▶ 1)含笑(함소): 웃음을 머금다. 2)入地(입지): 땅에 들어간다는 말로 죽음을 의미한다.

〈출전〉後漢書 韓韶傳

720.

以無爲首이무위수 **以生爲脊**이생위척 **以死爲尻**이사위고

無로써 머리를 삼고, 살아있는 것으로써 중간을 삼고, 죽음으로써 마지막으로 삼는다.

〈출전〉莊子　內篇　大宗師

721.

速亡愈於久生속망유어구생

빨리 죽는 것이 경우에 따라서는 오래 사는 것 보다 낫다.

〈출전〉列子　楊朱

722.

好死不如惡活호사불여악활

아무리 좋은 죽음도 고생하며 사는 것 보다 못하다.

〈출전〉通俗篇　識餘

723.

人之生也柔弱인지생야유약　**其死也堅强**기사야견강

사람은 살아 있을 때는 부드러우나, 죽었을 때는 경직되어진다.

〈출전〉老子　七十六章

724.

莫非命也막비명야　**順受其正**순수기정

천명이 아닌 것이 없으니 正命을 따라 받아들이라.

註▶ 1)正(정): 正命, 즉 정당한 수명
〈출전〉孟子　盡心上

725.

泰山其頹乎태산기퇴호　**梁木其壞乎**양목기괴호

태산이 무너지고 큰 기둥이 쓰러졌네.

註▶ 1)泰山其頹乎　梁木其壞乎(태산기퇴호　양목기괴호): 聖賢과 哲人의 죽음을 슬퍼하는 내용.
〈출전〉禮記　檀弓上

726.

息我以死식아이사

하늘이 쉬게 하고자 죽게 한다.

〈출전〉莊子　內篇　大宗師

727.

降年有永有不永강년유영유불영

하늘이 내려준 수명은 긴 것이 있고 길지 않은 것이 있다.

註▶ 1)降年(항년): 하늘이 내려준 수명.
〈출전〉書經　高宗肜日

728.

脩短隨化수단수화　**終期於盡**종기어진

장수하거나 단명하거나 간에 조화에 따라 끝내는 다 없어지고 만다.

〈출전〉古文眞寶　〈작자〉王羲之　〈제목〉蘭亭記

729.

未知生미지생　**焉知死**언지사

生을 모르는데 어찌 죽음을 알리오?

〈출전〉論語　先進

730.

知一死生爲虛誕지일사생위허탄　**齊彭殤爲妄作**제팽상위망작

죽고 사는 것이 하나라고 한 것은 허망한 말이요,

800살을 산 彭祖와 요절한 殤을 똑같다고 한 것은 망령된 일임을 알겠다.

註▶ 1)虛誕(허탄): 허망하다. 2)彭祖(팽조): 신선의 이름으로 요임금의 신하로써 은나라 말기까지 팔백 년을 살았다고 한다. 3)殤(상): 은나라 사람으로 요절하였다고 전한다.

〈출전〉古文眞寶　〈작자〉王羲之　〈제목〉蘭亭記

731.

禹鼎重時生亦大우정중시생역대　**鴻毛輕處死還榮**홍모경처사환영

솥처럼 무거울 때는 삶도 또한 크지만, 털처럼 가벼울 때는 죽음도 도리어 영광이네.

(原文)

禹鼎重時生亦大　鴻毛輕處死還榮　明發不寐出門去　顯陵松柏夢中青

솥처럼 무거울 때는 삶도 또한 크지만

털처럼 가벼울 때는 죽음도 도리어 영광이네.
새벽에 자지 않고 문을 열고나서니
현릉의 송백들이 꿈속에 청청하네.

註▶ 1)絶筆(절필): 죽기 전의 마지막 글씨. 또는 저서. 2)禹鼎(우정): 夏나라 禹王이 九州의 금속을 모아 만든 솥. 이것을 王位 傳承의 寶器로 삼다. 3)鴻毛(홍모): 기러기의 털. 즉 아주 가벼운 것. 4)明發(명발): 새벽. 5)顯陵(현릉): 文宗의 陵號. 이 임금이 端宗의 장래를 이개에게 부탁하다.
〈출전〉한국한시 〈작자〉李塏(白玉) 〈제목〉臨死絶筆

732.

此身未死悲何極차신미사비하극 **今夜如生夢不迷**금야여생몽불미

이 몸이 못 죽으니 슬픔이 어찌 끝 있을까, 오늘밤에는 마치 살아있는 듯 꿈도 혼란하지 않다.

(原文)
銀燭幢幢水檻低 行人墮淚五更鷄 **此身未死悲何極 今夜如生夢不迷**
凉籟在簾秋咽咽 野雲浮峽暗悽悽 更憐稚子書中語 自別爺來日夕啼
촛불 그림자는 일렁이고 뱃전은 나직하니
길가는 이 눈물짓고 날샐 녘의 닭이 운다.
이 몸이 못 죽으니 슬픔이 어찌 끝 있을까
오늘밤에는 마치 살아있는 듯 꿈도 혼란하지 않다.
시원한 소리는 발을 통해 들어와 가을이 목 메이고
들 구름이 골짝에 떠있어서 어두움이 구슬프다.
어린애의 편지 속 말이 다시금 가여워라
아버지 떠난 뒤로는 밤낮으로 자꾸 우는구나.

註▶ 1)幢幢(당당): 불 그림자가 움직이는 모양. 2)水檻(수함): 배의 난간. 뱃전. 3)籟(뇌): 소리. 구멍을 통해 바람으로 나오는 모든 소리. 4)咽咽(열열): 목 메이다. 목이 메어 소리가 막히다. 5)爺(야): 아버지
〈출전〉한국문집총간 〈작자〉蔡彭胤(希庵) 〈제목〉悼亡

733.

時來天地皆同力시래천지개동력 **運去英雄不自謀**운거영웅불자모

때를 만나서는 천하도 다 내 뜻과 같았지만, 시운이 다하니 영웅도 스스로 어쩔 수 없구나.

(原文)

時來天地皆同力 運去英雄不自謀 愛民正義我無失 愛國丹心誰有知

때를 만나서는 천하도 다 내 뜻과 같았지만
시운이 다하니 영웅도 스스로 어쩔 수 없구나.
백성을 사랑하고 정의를 위한 일이 무슨 허물이랴
나라 위한 참된 마음 그 누가 알아주리오.

註▶ 1)殞命(운명): 죽음. 2)丹心(단심): 속에서 우러나는 참된 마음. 지성이어서 거짓이 없는 마음.
〈출전〉한국한시 〈작자〉全琫準 〈제목〉殞命

2. 장수와 요절

734.

仁者壽인자수

어진 사람은 장수한다.

〈출전〉論語　雍也

735.

恭則壽공즉수

공손하면 장수한다.

〈출전〉古詩源　帶銘

736.

壽考維祺수고유기　**以介景福**이개경복

오래오래 잘 살도록 해 드리며 큰 복을 비네.

註▶ 1)祺(기): 길하게 잘살게 해드리는 것. 2)介(개): 빌다. 3)景福(경복): 큰 복.
〈출전〉詩經　大雅　行葦

737.

如南山之壽여남산지수　**不騫不崩**불건불붕

남산이 무궁함 같으며 이지러지지도 무너지지도 않는다.

〈출전〉詩經　小雅　天保

738.
壽山福海수산복해
장수함은 산과 같고, 복은 바다와 같게 되소서.

〈출전〉劉基　壽山福海圖歌

739.
鈍者壽둔자수　**而銳者夭**이예자요
둔한 사람은 장수하고, 날카로운 사람은 요절한다.

〈출전〉古文眞寶　唐子西　古硯銘

740.
壽命猶如風前燈燭수명유여풍전등촉
수명은 바람 앞의 등불과 같이 위태롭다.

〈출전〉俱舍論　疏

741.
日薄西山일박서산　**氣息奄奄**기식엄엄
해가 서산에 이른 것 같이 숨이 거의 다한 듯하다.

註▶ 1)奄奄(엄엄): 숨이 끊어지려 하는 모양.
〈출전〉文章軌範　〈작자〉李密　〈제목〉陳情表

742.
靜者壽정자수
고요한 사람은 장수한다.

<출전>古文眞寶 <작자>唐子西 <제목>古硯銘

743.

壽酒獻來霞液溢수주헌래하액일 **斑衣舞處錦筵香**반의무처금연향

축수 술을 드리면 좋은 술 넘치고, 때때옷으로 춤추면 비단자리 향기롭네.

(原文)

八旬雙鶴老家鄉 五馬歸寧興更長 **壽酒獻來霞液溢** **斑衣舞處錦筵香**

身閒正好醉花塢 世治何妨臥草堂 欲向淸江垂直釣 白頭他日遇文王

팔순의 부모님이 고향에서 늙으시매

수레 타고 뵈려 가매 흥이 새삼 길어라.

축수 술을 드리면 좋은 술 넘치고

때때옷으로 춤추면 비단자리 향기롭네.

한가하매 꽃 언덕에서 술 취함이 진정 좋고

태평세월이라, 초당에 누워 있은들 어떠하리.

맑은 강물을 향해 곧은 낚시를 드리우나니

흰머리로 다른 날에 문왕을 만나리.

註▶ 1)雙鶴(쌍학): 늙으신 아버지와 어머니. 2)五馬(오마): 太守의 수레는 다섯 필의 말이 끌었으므로 轉하여 太守의 別稱. 3)歸寧(귀녕): 시집간 여자가 친정 부모를 뵈러 가다. 4)霞液(하액): 놀의 액. 신선이 마시는 술. 5)班衣(반의): 무늬가 있는 고운 옷. 때때옷. 老來子가 나이 70에 어린애 옷을 입고 춤을 추어 그 부모를 즐겁게 하였다는 故事. 老來子는 楚나라의 賢人으로 중국 효자의 한 사람. 6)文王(문왕): 周나라의 왕. 太公望이 渭水에서 낚시질하고 지내다가 文王에게 등용된 故事.

<출전>한국한시 <작자>張天翼 <제목>書懷

744.

人生七十古來稀인생칠십고래희 **七十加三稀又稀**칠십가삼희우희

인생 칠십은 예로부터 드물거니, 칠십에 또 셋이니 드물고 또 드문 일.

(原文)

人生七十古來稀　七十加三稀又稀　稀又稀中多男子　稀又稀中稀又稀

인생 칠십은 예로부터 드물거니

칠십에 또 셋이니 드물고 또 드문 일.

드물고 드문 중에 아들 많이 두었나니

드물고 드문 중에 드물고 또 드물다.

註▶ 1)人生七十古來稀(인생칠십고래희): 唐나라 杜甫의 詩에 나오는 구절.

〈출전〉한국한시　〈작자〉貞夫人 張氏　〈제목〉稀又詩

3. 빈 부 귀 천

745.

富貴在天부귀재천

부귀는 하늘에 달려있다.

〈출전〉論語　顔淵

746.

富在知足부재지족

부유함은 만족할 줄 아는데 있다.

〈출전〉說苑　談叢

747.

富而可求也부이가구야　**雖執鞭之士**수집편지사　**吾亦爲之**오역위지

재물을 구해서 가져도 무관한 것이라면

그것을 위해 채찍을 들고 외치는 천한 직책이라도 내가 또한 하리라.

註▶ 1)可求(가구): 구해서 가져도 무관하다. 2)執鞭(집편): 執鞭之士는 왕후의 행렬 앞에서 채찍을 들고 길을 트는 천직이다.

〈출전〉論語　述而

748.

富貴之于我부귀지우아　**如秋風之過耳**여추풍지과이

부귀는 나에게 가을바람이 귀를 스치고 지나가는 것과 같다.

〈출전〉吳越春秋　吳太伯傳

749.

不義而富且貴불의이부차귀　**於我如浮雲**어아여부운

의롭지 않고 부유하고 또한 귀한 것은 나에게 있어서는 뜬구름과 같다.

註▶ 1)浮雲(부운): 뜬구름. 헛된 꿈.

〈출전〉論語　述而

750.

富而好禮부이호례

부유하고 예를 좋아한다.

〈출전〉論語　學而

751.

知足者富지족자부

만족할 줄 아는 사람은 부자이다.

<출전>老子　三十三章

752.

貧而樂빈이락

가난해도 즐거워한다.

<출전>論語　學而

753.

貧而無怨難빈이무원난　**富而無驕易**부이무교이

가난할 때 원망하지 않기 어렵고, 부유할 때 교만하지 않기 어렵다.

<출전>論語　憲問

754.

富貴而驕부귀이교　**自遺其咎**자유기구

부귀하다고 교만한 것은 스스로 허물을 남기는 것이다.

<출전>老子　九章

755.

欲富乎욕부호　**忍恥矣**인치의

부자가 되고 싶으면 부끄러움을 참아라.

<출전>荀子　大略篇

756.

大富由命대부유명 **小富由勤**소부유근

큰 부자는 천명으로 나오고, 작은 부자는 부지런함으로 말미암는다.

註▶ 1)由命(유명): 천명으로부터 나온다. 2)由勤(유근): 부지런해야 한다.
〈출전〉女論語 榮家

757.

奢者富而不足사자부이부족 **何如儉者貧而有餘**하여검자빈이유여

사치하는 사람은 부자가 되어도 부족하니,
어찌 검소한 사람이 가난하면서도 여유가 있는 것과 같으리오.

〈출전〉菜根譚 前集 五十五

758.

富貴何如草頭露부귀하여초두로

부귀는 어찌하여 풀끝에 맺힌 이슬 같은가?

〈출전〉杜甫 送孔巢父歸江東詩

759.

一家富貴千家怨일가부귀천가원

한 집안이 부귀하면 千家가 원망한다.

〈출전〉草木子

760.

富者衆之怨也부자중지원야

부자는 많은 사람이 원망한다.

〈출전〉十八史略　西漢　宣帝

761.

千金不死천금불사　**百金不刑**백금불형

千金이면 죽음도 면하고, 百金이면 형벌도 면한다.

〈출전〉尉繚子　將理第九

762.

富貴他人合부귀타인합　**貧賤親戚離**빈천친척리

부귀하면 타인들이 모이고, 빈천하면 친척들도 멀어진다.

註▶ 1)合(합): 모여든다. 2)離(이): 멀어진다.

〈출전〉曹攄　感舊詩

763.

藏餘不分則民盜장여불분즉민도

여분을 감춰두고 나누어주지 않으면 백성이 도둑질한다.

〈출전〉晏子　雜上

764.

多藏者厚亡다장자후망　**故知富不如貧之無慮**고지부불여빈지무려

많은 것을 감춘 자는 많은 것을 잃게 되니

부자는 가난한 사람의 걱정이 없는 것보다 못하다는 것을 알 것이다.

註▶ 1)多藏者(다장자): 재산을 많이 가진 사람. 2)厚亡(후망): 많이 잃어버리다.
〈출전〉菜根譚　後集 五十三

765.
以貴下賤이귀하천　**大得民也**대득민야
귀한 자리에 있으면서도 자신을 낮춰 천한 듯이 하면 민심을 크게 얻는다.

註▶ 1)下賤(하천): 자신을 낮추어 천한 것처럼 행하다. 2)得民(득민): 민심을 얻다.
〈출전〉易經　屯象

766.
財多命殆재다명태
재물이 많으면 노리는 사람이 많아 목숨이 위태롭다.

〈출전〉通俗篇　貨財

767.
民貧則姦邪生민빈즉간사생
백성이 가난하면 간사함이 생긴다.

〈출전〉文章軌範　〈작자〉鼂錯　〈제목〉論貴粟

768.
遍身綺羅者편신기라자　**不是養蠶人**불시양잠인
온몸에 비단을 두른 사람은 누에치는 사람이 아니다.

註▶ 1)遍身(편신): 온몸에 두르다. 2)綺羅(기라): 무늬가 수놓인 얇은 비단과 화려한 옷.
〈출전〉古文眞寶　〈작자〉無名氏　〈제목〉蠶婦

769.

城中寸土如寸金성중촌토여촌금

都城안의 땅은 비싸서 작은 땅이라도 땅 크기 만 한 금값과 같다.

<출전>古文眞寶 <작자>僧淸順 <제목>十竹

770.

心曠則萬鍾如瓦缶심광즉만종여와부

마음이 넓으면 고관대작의 봉록도 질항아리 같다.

註▶ 1)萬鍾(만종): 많은 월급. 1종은 64말. 2)瓦缶(와부): 흙으로 만든 보잘것없는 악기. 쓸모없는 것에 비유한다.

<출전>菜根譚 後集 百十四

771.

美其室미기실 **非所望也**비소망야

집을 꾸미는 것은 바랄 것이 아니다.

註▶ 1)美其室 非所望也(미기실 비소망야): 윗사람은 자신의 집을 꾸미기를 바라서는 안 된다.

<출전>左傳 襄公十五年

772.

鶴長鳧短皆爲鳥학장부단개위조 **李白桃紅總是花**이백도홍총시화

학의 다리 길고 오리의 다리 짧아도 모두 새라 부르고, 오얏꽃 희고 복사꽃 붉어도 모두 꽃이네.

(原文)

鶴長鳧短皆爲鳥　李白桃紅總是花　官賤頗遭官長罵　不如歸去白鷗波

학의 다리 길고 오리의 다리 짧아도 모두 새라 부르고
오얏꽃 희고 복사꽃 붉어도 모두 꽃이네.
벼슬 낮으매 장관 꾸지람 많이 듣나니
흰 갈매기 저 물결로 돌아감만 못하네.

註▶ 1)鶴長鳧短(학장부단): 학의 다리는 길고 오리의 다리는 짧음.
〈출전〉한국한시 〈작자〉金梶(柳塘) 〈제목〉有所感

773.

富貴豈不美부귀기불미　**識者憂其胎**식자우기태

부귀가 어찌 아름답지 않으랴만, 식자는 그 위태함을 걱정한다.

(原文)

倀鬼爲虎役　旣悟還自悔　可憐世上人　疲薾迷眞宰　京華多冠蓋
翕赩流光彩　**富貴豈不美　識者憂其胎**　任重負版籍　懷璧匹夫罪
蕭蕭荊茅下　中有至樂在

창귀가 호랑이의 심부름을 했는데
깨달았으면 뉘우쳐야 하는 것이다.
가련하여라, 이 세상 사람들
피로하고 지쳐 진재 모른다.
저 서울에서 수레의 덮개가 많아
빨간빛 모아 흐르는 빛 아롱지다.
부귀가 어째 아름답지 않으랴만
식자는 그 위태함을 걱정한다.
판적을 지는 무거운 책임 맡았으니
옥을 품은 것이 필부의 죄이다.

쓸쓸하나마 띠집 밑이여
그 속에 지극한 즐거움 있다.

註▶ 1)倀鬼(창귀): 호랑이의 앞장을 서서 먹을 것을 찾아 준다는 못된 귀신 2)眞宰(진재): 道敎에서 말하는 우주의 主宰者. 조물주 3)京華(경화): 京師. 곧 서울. 4)冠盖(관개): 수레의 덮개 5)版籍(판적): 토지 및 백성에 관한 기록을 한 장부. 戶籍
〈출전〉한국문집총간 〈작자〉張維(谿谷) 〈제목〉感興

774.

斷絕青雲跡단절청운적 **歸來白屋貧**귀래백옥빈

벼슬자리 발자취를 끊어버리고, 돌아오니 오두막집 가난하다.

(原文)

斷絕青雲跡　歸來白屋貧　已多浮世謗　爭奈細君嗔
出處俱無興　詩篇獨有神　百年經濟意　空愧此沈淪

벼슬자리 발자취를 끊어버리고
돌아오니 오두막집 가난하다.
이 세상 비방이 일찍이 많았거니
아내의 성내는 것 어찌할거나.
나아가고 물러남에 그 모두 흥취 없고
오직 시편만이 신묘함이 있구나.
백 년 동안 경제 하려던 그 뜻이여
부질없는 이 곤경이 부끄럽다.

註▶ 1)青雲(청운): 고위 고관의 지위를 가리키는 말. 또는 立身出世를 이르는 말. 2)白屋(백옥): 草家. 가난한 집 3)爭奈(쟁내): 어찌할꼬! 4)細君(세군): 자기 아내를 일컫는 말. 5)出處(출처): 나아가 벼슬하는 일과 물러나 집에 있는 일. 6)經濟(경제): 나라를 잘 다스려 백성을 고난에서 건짐. 經世濟民. 7)沈淪(침륜): 苦境에 빠짐. 또는 零落. 沈沒
〈출전〉한국한시 〈작자〉姜瑜(商谷) 〈제목〉詠懷

775.

願生伶俐兒원생령리아 **學書作官吏**학서작관리

원하는 바는 영리한 아이 태어나서, 글 배워 관리되는 것이네.

(原文)

耕田賣田糴 來歲耕何地 **願生伶俐兒 學書作官吏**

갈던 밭으로 곡식을 사니
내년에는 어느 땅을 경작할까.
원하는 바는 영리한 아이 태어나서
글 배워 관리되는 것이네.

註▶ 1)田家(전가): 시골의 집. 농가. 2)糴(적): 쌀 또는 곡식을 사들이다. 3)伶俐(영리): 똑똑하고 민첩하다.

<출전>한국한시 <작자>李亮淵(臨淵) <제목>田家苦

776.

家貧無斗酒가빈무두주 **宿客夜還歸**숙객야환귀

집이 가난해 넉넉한 술 없기에, 자고 갈 손님마저 이 밤에 돌아가네.

(原文)

僻地人來少 山深俗事稀 **家貧無斗酒 宿客夜還歸**

땅이 후미져 오가는 사람 적고
산이 깊어 속된 일 전혀 없네.
집이 가난해 넉넉한 술 없기에
자고 갈 손님마저 이 밤에 돌아가네.

註▶ 1)僻地(벽지): 치우쳐 있는 땅. 궁벽한 땅. 2)斗酒(두주): 말술. 많은 술.

<출전>한국한시 <작자>林碧堂 金氏 <제목>僻地

4. 禍 福

777.

永言配命영언배명　**自求多福**자구다복

오래도록 하늘의 명을 지키어 스스로 많은 복을 추구하리라.

註▶ 1)永(영): 영구히. 2)言(언): 助詞. 3)配命(배명): 하늘이 준 命.
<출전>詩經　大雅　文王

778.

壽富수부

장수하고 부유하다.

<출전>莊子　外篇　天地

779.

文定厥祥문정궐상

문덕으로 길일을 정하다.

註▶ 1)文(문): 禮를 말한다. 2)祥(상): 吉과 통하여 吉日을 뜻하는 것.
<출전>詩經　大雅　大明

780.

大福不再대복부재

큰 복은 다시 오지 않는다.

<출전>左傳　昭公十三年

781.

自求多福자구다복

스스로 많은 복을 구하다.

〈출전〉左傳　桓公六年

782.

福莫長於無禍복막장어무화

복은 재앙이 없는 것보다 좋은 것이 없다.

註▶ 1)長(장): 좋은 것.
〈출전〉荀子　勸學篇

783.

福莫福於少事복막복어소사　**禍莫禍於多心**화막화어다심

복은 일이 적은 것보다 복이 없고, 재앙은 心思가 복잡한 것보다 화가 없다.

註▶ 1)少事(소사): 일이 적은 것을 말한다. 2)多心(다심): 마음을 여러 곳에 쓰는 것을 말한다.
〈출전〉菜根譚　前集 四十九

784.

禍生不德화생부덕

재앙은 不德에서 생긴다.

〈출전〉崔琦　外戚箴

785.

轉禍爲福전화위복

재앙이 바뀌어 복이 된다.

〈출전〉十八史略　唐　高祖

786.

轉禍而爲福전화이위복

재앙이 바뀌어 복이 된다.

〈출전〉戰國策　燕策

787.

福者禍之門也복자화지문야

복은 재앙의 문이다.

〈출전〉說苑　談叢

788.

禍兮福所倚화혜복소의　**福兮禍所福**복혜화소복

재앙 속에 복이 깃들어 있고 복 속에 재앙이 숨겨져 있는 것이다.

〈출전〉老子　五十八章

789.

禍與福同門화여복동문　**利與害爲隣**이여해위린

재앙과 복의 문은 같고, 이익과 손해는 이웃처럼 가깝게 있다.

〈출전〉淮南子　人閒訓

790.

禍與福隣화여복린

재앙과 복은 이웃처럼 가깝다.

〈출전〉荀子　大略篇

791.

禍福無門화복무문

禍福은 특별한 문이 없다.

〈출전〉左傳　襄公二十三年

792.

塞翁之馬새옹지마

길흉화복이 무상하여 예측할 수 없다.

〈출전〉淮南子　人閒訓

793.

禍中有福也화중유복야

재앙 가운데 복이 있다.

〈출전〉淮南子　說林訓

794.

下民之孽하민지얼　**匪降自天**비강자천

백성들이 받는 죄는 하늘로부터 내려진 것이 아니다.

註▶ 1)下民(하민): 일반백성. 2)孽(얼): 죄를 받는 것.

〈출전〉詩經　小雅　十月之交

795.

禍莫大於不知足화막대어부지족

재앙은 만족하지 못하는 것보다 큰 것이 없다.

〈출전〉老子　四十六章

796.

臨禍忘憂 임화망우 **憂必及之**우필급지

재앙이 임했을 때 근심하지 않으면 근심이 반드시 미칠 것이다.

〈출전〉左傳　莊公二十年

797.

惡之顯者禍淺악지현자화천　**而隱者禍深**이은자화심

잘못을 시인하고 후회하면 재앙이 작고, 잘못을 숨기려 하면 재앙이 깊어진다.

〈출전〉菜根譚　前集 百三十八

798.

非分之福비분지복 **無故之獲**무고지획 **非造物之釣餌**비조물지조이 **卽人世之機阱**즉인세지기정

분수에 넘치는 복과 까닭 없는 얻음은 조물주의 낚시 미끼가 아니면 곧 인간세상의 함정이다.

註▶ 1)非分之福(비분지복): 분수에 넘치는 복. 2)無故之獲(무고지획): 아무 까닭 없

이 얻는 이득. 3)造物(조물): 조물주. 4)釣餌(조이): 낚시의 미끼. 5)機阱(기정): 함정.
〈출전〉菜根譚 後集 百二十六

799.

禍起于細微화기우세미

재앙은 작은 것에서 일어난다.

註▶ 1)細微(세미): 아주 작고 미미한 일.
〈출전〉說苑 敬愼

800.

事起乎所忽사기호소홀 **禍生乎無妄**화생호무망

일은 소홀한데서 일어나고, 재앙은 예측 못한데서 생긴다.

註▶ 1)無妄(무망): 예측하지 못한 것.
〈출전〉古文眞寶 〈작자〉張蘊古 〈제목〉大寶箴

801.

人生福境禍區인생복경화구 **皆念想造成**개념상조성

인생에 있어서 복의 경지와 불행한 경지는 다 마음으로 이루어지는 것이다.

註▶ 1)福境(복경): 행복한 경지. 2)禍區(화구): 불행한 경지.
〈출전〉菜根譚 後集 百八

802.

誣神者殃及三世무신자앙급삼세

신을 속이는 자는 재앙이 삼대까지 미친다.

〈출전〉漢書　郊祀志

803.

幸災樂禍행재락화

재앙을 다행으로 여기고 禍를 즐거워하라.

〈출전〉顔氏家訓

804.

養虎自遺患也양호자유환야

호랑이를 기르면 스스로 근심을 남기게 된다.

〈출전〉十八史略　西漢　高祖

805.

一苦一樂相磨練일고일락상마연 **練極而成福者**연극이성복자 **其福始久**기복시구

괴로움과 즐거움을 함께 연마하여, 연마한 끝에 얻은 행복, 그 행복은 비로소 오래간다.

註▶ 1)磨練(마련): 연마하다, 갈고 닦다.

〈출전〉菜根譚　前集 七十四

806.

食舊德貞식구덕정　**厲終吉**여종길

옛 덕을 가지고 있으면서 올바르면 위태롭지만 끝내는 길할 것이다.

〈출전〉易經　訟　六十三

5. 榮 辱

807.

衣食足而知榮辱의식족이지영욕

옷과 음식이 해결된 후에야 영욕을 안다.

註▶ 1)榮辱(영욕): 명예와 수치.
〈출전〉史記　貨殖傳

808.

我不希榮아불희영　**何憂乎利祿之香餌**하우호리록지향이

내가 영화를 바라지 않거늘 어찌 이익과 봉록의 향기로운 미끼를 근심하리요?

註▶ 1)榮(영): 영화. 2)利祿(이록): 이익과 봉록. 3)香餌(향이): 향기로운 미끼, 유혹의 미끼.
〈출전〉菜根譚　後集 四十四

809.

寵辱不驚총욕불경　**閑看庭前花開花落**한간정전화개화락

칭찬과 비방에 놀라지 않고, 한가하게 꽃 피고 지는 것을 본다.

註▶ 1)寵辱(총욕): 칭찬하는 것과 비방하는 것. 2)閑看(한간): 한가하게 바라보다.
〈출전〉菜根譚　後集 七十

810.

寵利毋居人前총리무거인전　**德業毋落人後**덕업무락인후

사랑을 받음과 이익 되는 일에는 남보다 앞서지 말고, 덕행과 일에는 남의 뒤에 처지지 말라.

註▶ 1)寵利(총리): 총애와 이익. 2)毋(무): 하지 말라. 3)德業(덕업): 덕행과 사업.
〈출전〉菜根譚 前集 十六

811.

隱逸林中無榮辱은일림중무영욕 **道義路上無炎凉**도의로상무염량

숨어사는 숲 속에는 榮華와 욕됨이 없고, 도의의 길에는 더웠다 차가웠다함이 없다.

註▶ 1)隱逸(은일): 속세를 떠나 숨어사는 것. 2)榮辱(영욕): 명예와 수치. 3)道義路上(도의로상): 도의로 하는 교제 4)炎凉(염량): 더위와 추위, 인정의 변화
〈출전〉菜根譚 後集 二十七

812.

垂功名於竹帛수공명어죽백

공명을 후세에 전하다.

註▶ 1)竹帛(죽백): 책, 옛날에는 글씨를 대쪽이나 헝겊에 썼으므로 책을 말할 때 쓴다.
〈출전〉後漢書 鄧禹傳

813.

樹木至歸根수목지귀근 **而後知華萼枝葉之徒榮**이후지화악지엽지도영

나무는 잎이 떨어져 뿌리로 돌아간 다음에야 꽃과 가지가 잎이 헛된 영화였음을 알게 된다.

註▶ 1)歸根(귀근): 잎이 다 떨어져 뿌리로 돌아가다. 2)華萼(화악): 아주 아름다운 꽃. 3)徒榮(도영): 헛된 영화.
〈출전〉菜根譚 後集 七十七

814.

泥塗軒冕이도헌면

수레와 관을 진창길에 버린다.

註▶1)泥塗軒冕(이도헌면): 軒冕은 수레와 관을 말하고 부귀와 권세를 버린다는 뜻이다.
<출전>古文眞寶　<작자>范仲淹　<제목>嚴先生祠堂記

6. 成 敗

815.

有志者유지자　**事竟成也**사경성야

뜻이 있는 사람은 일이 마침내 이루어진다.

<출전>十八史略　東漢　光武帝

816.

功之成공지성　**非成於成之日**비성어성지일　**蓋必有所由起**개필유소유기

공이 이루어지는 것은 성공하는 날 돌연히 이루어지는 것이 아니라, 대개 일어나는 까닭이 있다.

<출전>蘇洵　管仲論

817.

三折肱知爲良醫삼절굉지위양의

자신의 팔을 세 번 부러뜨려봐야 좋은 의사가 되는 것을 알 수 있다.

〈출전〉左傳　定公十三年

818.

忠信以得之충신이득지　**驕泰以失之**교태이실지

충성과 믿음으로는 얻을 수 있으나 겸손하지 않고 뽐내면 잃을 것이다.

註▶ 1)驕泰(교태): 교만하고 뽐내다.

〈출전〉大學　傳十章

819.

成立之難성립지난　**如升天**여승천　**覆墜之易**복추지이　**如燎毛**여료모

성공의 어렵기가 하늘을 오르는 것 같고, 실패의 쉽기가 털을 태우는 것 같다.

註▶ 1)如升天(여승천): 하늘을 오르듯 어렵다. 2)覆墜(복추): 실패하다. 3)如燎毛(여료모): 털을 태우는 것과 같이 쉽다.

〈출전〉小學　外篇　嘉言

820.

大器晩成대기만성

큰그릇은 늦게 완성된다.

〈출전〉老子　四十一章

821.

因敗爲成인패위성

실패를 거울삼으면 성공한다.

〈출전〉劉琨　謝錄功表

822.

至於成敗天也지어성패천야

마지막 성패에 이르러서는 하늘이 결정한다.

〈출전〉宋名臣言行錄　韓琦

823.

得意時득의시　**便生失意之悲**편생실의지비

득의에 차 있을 때는 문득 실망의 슬픔이 생긴다.

註▶ 1)得意(득의): 일이 뜻대로 되어 성공하다.
〈출전〉菜根譚　前集 五十八

824.

成則公侯성즉공후　**敗則賊子**패즉적자

성공하면 公侯요, 실패하면 역적이다.

〈출전〉紅樓夢　二回

7. 盛 衰

825.

滿則覆만즉복

가득 차면 엎어진다.

〈출전〉荀子　宥坐篇

826.

盛衰之理성쇠지리　**雖曰天命**수왈천명　**豈非人事哉**기비인사재

성쇠의 이치는 비록 천명에 달려 있다고 말하지만 어찌 사람의 일이 아니겠는가?

〈출전〉文章軌範　〈작자〉六一居士　〈제목〉五代史伶官傳序

827.

盛衰等朝暮성쇠등조모　**世道若浮萍**세도약부평

성쇠는 아침저녁으로 고른데 세상의 도는 부평초 같이 흔들린다.

〈출전〉古詩源　〈작자〉大義公主　〈제목〉書屛風詩

828.

華不再揚화부재양

꽃은 두 번 날리지 않는다.

註▶ 1)華(화): 花와 같이 쓰인다.
〈출전〉文選　〈작자〉陸機　〈제목〉短歌行

829.

艸木無情초목무정　**有時飄零**유시표령

초목은 감정이 없으나 때가 이르면 잎사귀가 말라 떨어지네.

註▶ 1)有時(유시): 때가 되다. 2)飄零(표령):잎사귀가 말라서 바람에 떨어지다.
〈출전〉古文眞寶　〈작자〉歐陽永叔　〈제목〉秋聲賦

830.

霽日青天제일청천 **倏變爲迅雷震電**숙변위신뢰진전 **疾風怒雨**질풍노우 **倏變爲朗月晴空**숙변위랑월청공

갠 날과 푸른 하늘도 갑자기 변하여 우뢰와 번개가 천지를 뒤흔들고,
사나운 바람과 성난 비도 갑자기 변하여 밝은 달 맑은 하늘을 이룬다.

註▶ 1)霽日(제일): 갠 날. 2)倏(숙): 갑자기. 3)迅雷震電(신뢰진전): 심한 우레와 번갯불.
〈출전〉菜根譚 前集 百二十四

831.

其命維新기명유신

天命은 항상 새롭다.

註▶ 1)其命(기명): 天命.
〈출전〉孟子 滕文公上

832.

商之孫子상지손자 **其麗不億**기려불억 **上帝旣命**상제기명 **侯于周服**후우주복

商나라의 자손들은 그 수를 헤아릴 수 없지만은
하늘이 명을 내리시어 周나라에 복종케 되었네.

註▶ 1)麗(여): 數의 뜻. 2)不億(불억): 헤아릴 수 없다. 3)侯(후): 助詞. 4)于周服(우주복): 주나라에 복종하다.
〈출전〉詩經 大雅 文王

833.

麒麟之衰也기린지쇠야 **駑馬先之**노마선지

천리마도 노쇠하면 둔한 말이 앞서간다.

註▶ 1)麒麟(기린): 천리마. 2)駑馬(노마): 둔한 말.
〈출전〉戰國策　齊策

834.

長發其祥장발기상

오래도록 상서로움이 나타난다.

註▶ 1)長發(장발):오래도록 나타나다.
〈출전〉詩經　商頌　長發

835.

有羅紈者必有麻蒯유라환자필유마괴

좋은 옷을 입은 사람은 반드시 거친 옷을 입을 때가 있다.

註▶ 1)羅紈(나환): 비단옷 같은 좋은 옷. 2)麻蒯(마괴): 삼베나 수초로 만든 거친 옷.
〈출전〉淮南子　說林訓

836.

勝地不常승지불상　**盛筵難再**성연난재

경치 좋은 곳은 항상 있는 것이 아니고, 성대한 자리는 다시 만나기 어렵다.

註▶ 1)勝地(승지): 경치가 좋은 곳. 2)不常(불상): 항상 있는 것이 아니다. 3)盛筵(성연): 성대한 잔치 자리.
〈출전〉古文眞寶　〈작자〉王勃　〈제목〉滕王閣序

837.

升沈應已定승침응이정

오르고 잠기는 것은 이미 징해져 있다.

(原文)

見說蠶叢路　崎嶇不易行　山從人面起　雲傍馬頭生

芳樹籠秦棧　春流遶蜀城　**升沈應已定　不必問君平**

나는 들었네, 잠총의 길은

험하여 쉽게 갈 수 없다네.

산이 행인의 얼굴 앞에 솟아있고

구름은 말머리 옆에서 생겨나네.

꽃다운 나무는 진잔을 둘러싸고

봄 강물은 촉성을 휘감으리.

오르고 가라앉는 것은 이미 정해진 것이니

엄군평에게 물을 것 없으리.

註▶ 1)蠶叢(잠총): 蜀나라의 별칭. 2)崎嶇(기구): 길이 험함. 3)秦棧(진잔): 장안에서 촉으로 통하는 棧稿棧稿는 험한 산골짜기에 나무로 건너질러 놓은 다리. 4)升沈(승침): 올라가는 것과 가라앉는 것. 5)君平(군평): 漢나라 때 사람으로 노자를 연구하여 老子指歸를 저술하였다.

〈출전〉唐詩選　〈작자〉李白　〈제목〉送友人入蜀

838.

揚之水양지수　不流束薪불류속신

잔잔한 물결은 나무다발도 떠내려 보내지 못한다.

註▶ 1)揚之水(양지수): 毛傳에서는 양을 激揚의 뜻으로 보기도 하지만 悠揚의 뜻으로 보아 물이 잔잔하게 흐르는 모습이라고 한 集傳을 취하였다. 2)束薪(속신): 묶어놓은 땔나무 다발.

〈출전〉詩經　王風　揚之水

839.

天地不回生物意천지불회생물의　**凍殍何處見春暉**동표하처견춘휘

천지가 생물의 뜻을 돌이키지 않나니, 얼고 굶주리니 그 어디에서 봄빛을 보겠는가.

(原文)

虞韶聞盡淳風去　岐鳳鳴殘好事非　**天地不回生物意**　**凍殍何處見春暉**

우소 소리 끊겨 순후한 풍속 가버렸고

기봉 울음 사라져 좋은 일 다 글렀다.

천지가 생물의 뜻을 돌이키지 않나니

얼고 굶주리니 그 어디에서 봄빛을 보겠는가.

註▶ 1)鄭困齋(정곤재): 介淸을 지칭. 2)虞韶(우소): 舜임금이 지은 음악. 3)岐鳳(기봉): 岐山의 봉황새. 기산은 周나라의 發祥地요, 봉황새는 聖人이 세상에 나오면 이에 응하여 나타난다고 한다. 4)生物(생물): 물건을 살림. 5)凍殍(동표): 얼고 굶주리다.

<출전>한국문집총간 <작자>徐起(孤靑) <제목>傷懷呈鄭困齋

840.

舊業留靑嶂구업유청장　**遺墟只白鷗**유허지백구

옛 업적은 푸른 산에 남아 있고, 남은 옛 터에는 갈매기뿐이네.

(原文)

愴念吾先祖　當年築此邱　非緣甘隱遯　端爲得藏修

舊業留靑嶂　**遺墟只白鷗**　孱孫無限意　佇立半江秋

슬프다, 우리 선조

그때에 이 언덕을 쌓았네.

숨어살기를 달게 여김이 아니요

다만 학문 닦기 위함이었네.

옛 업적은 푸른 산에 남아 있고

남은 옛 터에는 갈매기뿐이네.
약한 자손의 무한한 뜻이여
이 가을 강가에 우두커니 서 있네.

註▶ 1)隱遯(은둔): 세상을 피하여 숨다. 2)藏修(장수): 학문을 正課로서 修習하는 일. 3)孱孫(잔손): 약한 자손.
〈출전〉한국한시 〈작자〉鄭弘緖(松灘) 〈제목〉岳陽尋先祖遺址有感

8. 이해득실

841.
見得思義견득사의
이득을 보면 도리를 생각하라.

〈출전〉論語 季氏

842.
見利而讓義也견리이양의야
이익을 보면 양보하는 것이 옳은 것이다.

〈출전〉禮記 樂記

843.
奇貨可居
진기한 물건을 사두었다가 때를 기다리면 큰 이익을 볼 수 있다.

〈출전〉十八史略　秦　始皇

844.

見利思義견리사의

이익을 보면 의로움을 생각하라.

〈출전〉論語　憲問

845.

臨財毋苟得임재무구득

재물을 대할 때 구차하게 구하지 말라.

註▶ 1)苟得(구득): 구차하게 구하다.
〈출전〉禮記　曲禮上

846.

無見其利而不顧其害무견기리이불고기해

이로움을 보이면 그 해로움을 돌아보지 않으면 안 된다.

〈출전〉荀子　議兵篇

847.

有三利유삼리　**必有三患**필유삼환

세 가지의 이익이 있으면 반드시 세 가지의 근심이 있다.

〈출전〉韓詩外傳

848.

利不可兩이불가량

양쪽 다 이익을 얻을 수는 없다.

〈출전〉呂覽　權勳

849.

顧小利고소리　**則大利之殘也**즉대리지잔야

작은 이익을 돌아보면 큰 이익을 얻는 것이 방해된다.

〈출전〉韓非子　十過

850.

見利而忘其眞견리이망기진

이익을 보면 참된 것을 잊는다.

〈출전〉莊子　外篇　山木

851.

興一利不若除一害홍일리부약제일해

하나의 이로움이 생기는 것은 하나의 해로움을 없애는 것보다 못하다.

〈출전〉十八史略　南宋　理宗

852.

人生減省一分인생감생일분　**便超脫一分**편초탈일분

사람이 살아갈 때 조금씩 덜어 줄이면 그만큼 세속에서 벗어나는 것이다.

註▶ 1)減省(감생): 덜어내어 줄이다. 2)一分(일분): 조금. 3)超脫(초탈): 벗어나다.
〈출전〉菜根譚　後集 百三十一

853.

得意時득의시　**便生失意之悲**편생실의지비

득의에 차 있을 때는 문득 실망의 슬픔이 생긴다.

註▶ 1)得意(득의): 일이 뜻대로 되어 성공하다.
〈출전〉菜根譚　前集 五十八

854.

以利合者이리합자　**迫窮禍患害相棄也**박궁화환해상기야
以天屬者이천속자　**迫窮禍患害相收也**박궁화환해상수야

이익으로 합쳐진 사람들은 어려움이 닥치면 서로 버리고,
자연적으로 맺어진 사람들은 어려움이 와도 서로 도와준다.

註▶ 1)天屬(천속): 자연적으로 맺어지다. 2)收(수): 거두어주다, 도와주다.
〈출전〉莊子　外篇　山木

855.

行人之得행인지득　**邑人之災**읍인지재

지나가는 사람이 이득을 보면 마을 사람들이 손해를 본 것이다.

〈출전〉易經　无妄　六十三

856.

論功豈啻破强吳논공기시파강오　**最在扁舟泛五湖**최재편주범오호

공을 말할 때 어찌 강한 오나라를 쳐부숨뿐이겠는가,
가장 좋기는 거룻배를 오호에 띄운 것이네.

(原文)

論功豈啻破强吳　最在扁舟泛五湖　不解載將西子去　越宮還有一姑蘇
공을 말할 때 어찌 강한 오나라를 쳐부숨뿐이겠는가.
가장 좋기는 거룻배를 오호에 띄운 것이네.
배에 싣고 간 서시를 다시 놓아 보내지 않았더라면
월나라 궁전에 도리어 하나의 고소대가 있었을 것을.

註▶ 1)范蠡(범려): 春秋시대의 楚나라 사람으로 越王 句踐을 도와서 吳나라를 멸망시켰음. 뒤에 벼슬을 버리고 陶에 숨어살면서 큰 부호가 되매 세상 사람들은 모두 陶朱公이라 불렀음. 2)啻(시): 그뿐만 아니라는 뜻으로 쓰임. 3)扁舟(편주): 작은 배. 거룻배. 4)解(해): 보내다. 5)西子(서자): 西施. 즉 吳王 夫差의 寵姬였던 越나라의 미인. 6)姑蘇台(고소대): 吳王 夫差가 越나라를 격파하고 얻은 미인 西施를 위하여 쌓은 台.
〈출전〉한국문집총간 〈작자〉李齊賢(益齋) 〈제목〉范蠡

9. 인 과 응 보

857.

出乎爾者출호이자　**反乎爾者也**반호이자야
너에게서 나온 것은 너에게로 돌아간다.

〈출전〉孟子　梁惠王下

858.

明明上天명명상천　**照臨下土**조임하토

밝은 하늘이 아래에 있는 땅을 비추고 있네.

註▶ 1)明明上天 照臨下土(명명상천 조임하토): 하늘이 보고 있으므로 악을 행하지 말라.
〈출전〉詩經 小雅 小明

859.

天網恢恢천망회회 **疎而不失**소이부실

하늘의 그물이 넓어 구멍이 클 것 같으나 놓치지 않는다.

註▶ 1)天網(천망): 하늘의 망. 하늘이 천지 만물을 감싸는 것을 말함. 2)恢恢(회회): 광대한 모양. 3)不失(불실): 만물을 감싸주면서 하나도 빠뜨리거나 잃지 않는다.
〈출전〉老子 七十三章

860.

善惡之報선악지보 **若影隨形**약영수형

선과 악의 보답은 그림자가 형태를 따라다니듯 확실하게 나타난다.

〈출전〉舊唐書 張士衡傳

861.

積善之家적선지가 **必有餘慶**필유여경

착한 일을 많이 쌓은 집은 반드시 남을 정도의 경사가 있다.

註▶ 1)餘慶(여경): 남을 정도의 많은 경사.
〈출전〉易經 坤 文言傳

862.

爲善者위선자 **天報之以福**천보지이복 **爲不善者**위불선자 **天報之以禍**천보지이화

착한 일을 하는 사람은 하늘이 복으로 보답하고,
착하지 않은 일을 하는 사람에게는 하늘이 재앙으로 보답한다.

〈출전〉荀子 宥坐篇

863.

多行無禮다행무례 **必自及也**필자급야

무례하게 많이 행동하면 반드시 자기에게도 미친다.

〈출전〉左傳 襄公四年

864.

作善降之百祥작선강지백상 **作不善降之百殃**작불선강지백앙

착한 일을 하면 하늘이 온갖 좋은 일을 내려주고, 악한 일을 하면 하늘이 온갖 재앙을 내려준다.

註▶ 1)作(작): 하다. 2)百祥(백상): 많은 상서로움. 3)百殃(백앙): 많은 재앙.
〈출전〉書經 伊訓

865.

有陰德者유음덕자 **必有陽報**필유양보 **有陰行者**유음행자 **必有昭名**필유소명

남 몰래 덕을 행하는 사람은 반드시 드러나는 보답이 있고,
남 몰래 착한 일을 행하는 자는 반드시 밝게 드러나는 이름이 있다.

註▶ 1)陰德(음덕): 남이 보지 않는 곳에서 몰래 행하는 덕. 2)陽報(양보): 드러나는 보답. 3)陰行(음행): 남몰래 행하는 것. 4)昭名(소명): 밝게 드러나는 이름.
〈출전〉淮南子 人間訓

866.

惠迪吉혜적길　**從逆凶**종역흉　**惟影響**유영향

도덕에 따르는 자는 길하게 되고, 도덕에 거스르는 자는 흉하게 되니 오직 행동의 영향이라.

〈출전〉書經　大禹謨

867.

神福仁而禍淫신복인이화음

신은 어진 사람에게 복을 주고, 음탕한 사람에게 재앙을 준다.

〈출전〉左傳　成公五年

868.

燕雀不生鳳연작불생봉

제비나 참새는 봉황을 낳을 수 없다.

註▶ 1)燕雀不生鳳(연작불생봉):어질지 않은 사람은 어진 자식을 낳을 수 없다.
〈출전〉參同契 注

869.

孰無施而有報兮숙무시이유보혜

누가 베풀지 않고 보답이 있겠는가?

〈출전〉楚辭　九章　抽思

870.

石上不生五穀석상불생오곡

돌 위에서는 오곡이 자랄 수 없다.

〈출전〉淮南子　道應訓

871.

脣竭則齒寒순갈즉치한

입술이 없으면 치아가 시리다.

註▶ 1)脣竭則齒寒(순갈즉치한): 서로 돕고 의지하는 한 나라가 망하면 다른 한 나라도 위태롭다는 비유.
〈출전〉莊子　外篇　胠篋

Ⅲ. 인간의 구분

1. 聖人

872.

聖人先得我心之所同然耳성인선득아심지소동연이

성인은 내 마음과 같은 것을 먼저 얻었을 뿐이다.

〈출전〉孟子　告子上

873.

規矩규구　**方員之至也**방원지지야　**聖人**성인　**人倫之至也**인륜지지야

정규와 자는 방과 원을 그리는 최고 좋은 표준이요, 성인은 인륜의 지극한 표준이다.

註▶ 1)規矩(규구): 정규와 자. 즉 기준이나 표준.

〈출전〉孟子　離婁上

874.

畏聖人之言외성인지언

성인의 말을 두려워하라.

〈출전〉論語 季氏

875.

聖人之道성인지도　**入乎耳存乎心**입호이존호심　**蘊之爲德行**온지위덕행

行之爲事業행지위사업　**彼以文辭而已者陋矣**피이문사이이자루의

성인의 도를 배움에 귀에 들리고 마음에 남아 쌓아서 덕행이 되고, 행하면 덕행의 일이 된다. 단순히 문사만을 일삼는 사람은 고루한 것이다.

〈출전〉小學　外篇　嘉言

876.

君子依乎中庸군자의호중용　**遯世不見知而不悔**둔세불견지이불회

唯聖者能之유성자능지

군자는 중용에 의지하여 숨어있어 알아주지 않더라도 후회하지 않는 것이니. 오직 성자라야 그렇게 할 수 있다.

註▶ 1)遯世(둔세): 세상을 등지고 숨어살다. 2)不見知(불견지): 알아주지 않다.

〈출전〉中庸　十一章

877.

聖人無名성인무명

聖人은 명예를 구하지 않는다.

註▶ 1)無名(무명): 명예를 구하거나 집착하지 않는다.

〈출전〉莊子　內篇　逍遙遊

878.

聖人성인　**後其身而身先**후기신이신선　**外其身而身存**외기신이신존

聖人은 자신을 뒤로 미루지만 자신이 앞서게 되며, 자신을 도외시 하지만, 자신이 생존하게 되는 것이다.

註▶ 1)後其身(후기신): 자신을 뒤로 미루다, 자신을 내세우지 않다.

〈출전〉老子　七章

879.

聖人之心靜乎성인지심정호 **天地之鑒也**천지지감야 **萬物之鏡也**만물지경야

성인의 마음은 고요하니 천지의 거울이고, 만물의 거울이다.

〈출전〉莊子　外篇　天道

880.

聖人工乎天성인공호천　**而拙乎人**이졸호인

성인은 하늘과 합하는 데는 능하지만, 사람들의 칭찬을 피하는 데는 서툴렀다.

註▶ 1)工(공): 능하다. 2)拙乎人(졸호인): 사람들의 칭찬을 피하는 데에는 서투르다, 즉 사람들의 칭찬을 받게 되다.

〈출전〉莊子　雜篇　庚桑楚

881.

聖人之大寶曰位성인지대보왈위

성인의 큰 보화는 천자의 자리에서 만백성을 다스리는 것이다.

註▶ 1)位(위): 天子의 자리.

〈출전〉易經　繫辭下

882.

聖人성인　**終不爲大**종불위대　**故能成其大**고능성기대

성인은 큰일을 하지 않으므로, 능히 큰일을 이룬다.

註▶ 1)終不爲大　故能成其大(종불위대　고능성기대): 일은 작은 일로부터 큰 일이 일어나므로 작은 일부터 한다.

〈출전〉老子　六十三章

883.

聖人不凝滯於物성인불응체어물 **而能與世推移**이능여세추이

성인은 사물에 막히거나 얽매이지 않고, 세상을 따라 변하여 옮겨간다.

註▶ 1)凝滯(응체): 막히거나 얽매이다.

〈출전〉文章軌範 〈작자〉屈平 〈제목〉漁夫辭

884.

先聖後聖其揆一也선성후성기규일야

선대의 聖人과 후대의 聖人이 그 행한 법도가 같다.

註▶ 1)揆(규): 법도, 법칙, 도.

〈출전〉孟子 離婁下

885.

聖人執一以靜성인집일이정

聖人은 하나의 의로움을 잡으면 고요하다.

〈출전〉韓非子 揚權

886.

觀於海者관어해자 **難爲水**난위수 **遊於聖人之門者**유어성인지문자 **難爲言**난위언

바다를 본 사람은 물에 대해 이야기하기를 어려워하고,

聖人의 문하에서 공부하는 사람은 聖人에 대해서 말하기 어려워한다.

〈출전〉孟子 盡心上

887.

聖人之言성인지언　**終身誦之可也**종신송지가야

聖人의 말은 일생동안 외워야 한다.

<출전>宋名臣言行錄　李沆

888.

所過者化소과자화　**所存者神**소존자신

聖賢이 지나간 곳은 교화되고, 머물러 있는 곳은 감화된다.

註▶ 1)所過者(소과자): 성인이 지나간 곳. 2)所存者(소존자): 성인이 머물러 있는 곳.
<출전>孟子 盡心上

889.

吐辭爲經토사위경　**擧足爲法**거족위법

聖人이 말을 하면 경전이 되고, 행동하면 법이 된다.

註▶ 1)吐辭(토사): 말을 토해내다, 즉 말을 하다. 2)擧足(거족): 발을 들다, 즉 행동하다.
<출전>文章軌範　<작자>韓愈　<제목>進學解

890.

所以異於深山之野人者幾希소이이어심산지야인자기희

聖賢은 평소에는 깊은 산의 野人과 다른 점이 드물다.

註▶ 1)幾希(기희): 드물다, 없다.
<출전>孟子 盡心上

891.

作者之謂聖　述者之謂明작자지위성

禮樂을 창작하는 사람을 聖人이라고 하고, 예악을 가르쳐 논술을 하는 사람을 현인이라고 한다.

註▶ 1)作者(작자): 예악을 창작하는 사람. 2)述者(술자): 예악을 가르쳐 논술하는 사람. 3)明(명): 賢人.

〈출전〉禮記　樂記

892.

聖人不仁성인불인　**以百姓爲芻狗**이백성위추구

聖人도 어질지 않으니, 백성들을 짚으로 만든 개처럼 버려둔다.

註▶ 1)芻狗(추구): 짚으로 개 모양으로 만든 것.

〈출전〉老子　五章

893.

聖人無常師성인무상사

聖人은 일정한 스승이 없다.

註▶ 1)常師(상사): 일정한 스승, 정해진 스승.

〈출전〉古文眞寶　〈작자〉韓愈　〈제목〉師說

894.

隣國有聖人인국유성인　敵國之憂也적국지우야

이웃나라에 聖人이 있으면 적국이 근심한다.

〈출전〉韓非子　十過

895.

江漢以濯之강한이탁지 **秋陽以暴之**추양이폭지 **皜皜乎不可尙已**호호호불가상이

공자의 덕은 長江과 漢水가 씻어주는 것 같고, 가을 햇볕이 내리 쪼이는 것 같고, 태양이 희고 흰 것 같아 더 보탤 수 없는 것이다.

註▶ 1)江漢(강한): 長江과 漢水로 모두 물이 많은 長流水로 온갖 물건을 깨끗이 빨아주는 위대한 힘을 가지고 있다. 2)暴(폭): 曝과 같음. 햇볕을 내리 쪼이다. 3)皜皜(호호): 희고 흰 모양, 태양의 아주 결백한 것을 말한 것. 4)不可尙(불가상): 더 보탤 수 없다.

〈출전〉孟子 滕文公上

896.

衆人多而聖人寡중인다이성인과

보통사람은 많으나 聖人은 적다.

註▶ 1)衆人: 보통 사람.

〈출전〉韓非子 解老

897.

天下無二道천하무이도 **聖人無兩心**성인무양심

천하에는 두 개의 도가 없고, 聖人은 두마음이 없다.

〈출전〉荀子 解蔽篇

898.

崇德而廣業也숭덕이광업야

德性을 높이고 사업을 넓고 크게 한다.

〈출전〉易經 繫辭上

2. 賢 人

899.

賢者識其大者현자식기대자　**不賢者識其小者**불현자식기소자

어진 자는 식견이 큰 사람이고, 어질지 못한 자는 식견이 작은 사람이다.

〈출전〉論語　子張

900.

賢者順理而安行현자순리이안행

어진 자는 도리에 순응하여 편안하게 행한다.

〈출전〉近思錄　出處類

901.

賢士尙志현사상지

어진 선비는 자기의 뜻을 높이 갖는다.

註▶ 1)尙志(상지): 뜻을 높게 갖는다.
〈출전〉莊子　外篇　刻意

902.

賢者以其昭昭현자이기소소　**使人昭昭**사인소소

어진 사람은 자신의 밝은 덕으로 사람들을 밝게 선도한다.

註▶ 1)其昭昭(기소소): 자기의 밝은 덕. 2)使人昭昭(사인소소): 남들로 하여금 밝게 되도록 한다.
〈출전〉孟子　盡心下

903.

濬哲維商준철유상　**長發其祥**장발기상

叡智 있고 明哲한 商나라 임금에게 오래도록 좋은 일이 나타난다.

註▶ 1)濬哲(준철): 예지와 명철. 2)商(상): 상나라의 임금. 3)長發(장발): 오래도록 나타나다.

<출전>詩經　商頌　長發

904.

以德分人謂之聖이덕분인위지성　**以財分人謂之賢**이재분인위지현

덕을 사람들에게 나눠주면 성인이라 부르고, 재물을 사람들에게 나눠주면 현인이라 부른다.

<출전>莊子　雜篇　徐無鬼

3. 君 子

905.

君子上達군자상달

군자는 위에 도달한다.

<출전>論語　憲問

906.

君子去仁군자거인　**惡乎成名**악호성명

君子가 仁을 버리면 어찌 이름을 지키겠는가?

註▶ 1)去仁(거인): 인을 저버리다. 2)惡(오): 어찌.
〈출전〉論語 里仁

907.

人不知而不慍인부지이불온 **不亦君子乎**불역군자호

사람들이 알아주지 않아도 성내지 않으면 또한 君子가 아닌가?

〈출전〉論語 學而

908.

君子不器군자불기

君子는 자잘한 기능공 일은 하지 않는다.

註▶ 1)不器(불기): 부분적인 기술자가 되지 않고 두루 통한다.
〈출전〉論語 爲政

909.

君子之守군자지수 **修其身而天下平**수기신이천하평

君子가 지킬 것은 자신을 수양하여 天下를 평안케 하는 것이다.

〈출전〉孟子 盡心下

910.

不知命부지명 **無以爲君子也**무이위군자야

天命을 알지 못하면 君子가 될 수 없다.

〈출전〉論語 堯曰

911.

修己以敬수기이경

자기를 수양하여 공경하는 마음을 잊지 말라.

〈출전〉論語　憲問

912.

修己以安人수기이안인

자기를 수양하여 사람들을 편안케 한다.

〈출전〉論語　憲問

913.

君子義以爲質군자의이위질　**禮以行之**예이행지　**孫以出之**손이출지　**信以成之**신이성지

君子는 의리를 본질로 삼고, 禮儀로 행하고 겸손하게 나아가고, 믿음으로 이룬다.

註▶ 1)爲質(위질): 본질로 삼다. 2)孫(손): 겸손.

〈출전〉論語　衛靈公

914.

君子以經綸군자이경륜

君子는 천하를 다스리는 것이 최후의 목표이다.

註▶ 1)經綸(경륜): 천하를 다스리다. 경영하고 처리하다.

〈출전〉易經　屯象

915.

君子泰以不驕군자태이불교

君子는 태연하나 교만하지 않는다.

註▶ 1)泰(태): 태연하다. 2)驕(교): 교만하다.
〈출전〉論語 子路

916.

有終身之憂유종신지우 **無一朝之患也**무일조지환야

君子는 평생 동안 수양이 부족함을 걱정하나 일시의 患難은 걱정하지 않는다.

註▶ 1)終身之憂(종신지우): 수양이 부족하다고 평생 동안 근심하는 것. 2)一朝(일조): 일시.
〈출전〉孟子 離婁下

917.

不憂不懼불우불구

君子는 근심하지 않고 두려워하지 않는다.

〈출전〉論語 顏淵

918.

文質彬彬문질빈빈 **然後君子**연후군자

외관과 내용이 잘 조화된 후에야 君子라 할 수 있다.

註▶ 1)文質(문질): 겉으로 드러난 외식과 바탕. 2)彬彬(빈빈): 잘 어울려 조화를 이루다.
〈출전〉論語 雍也

919.

君子有三變군자유삼변 **望之儼然**망지엄연 **卽之也溫**즉지야온

聽其言也厲청기언야려

군자의 태도는 세 가지로 다르게 나타난다. 외모를 보면 엄숙하게 보이고, 가까이 하면 온화하고, 말을 들으면 바르고 엄숙하다.

註▶ 1)望之(망지): 우러러 외모를 보다. 2)儼然(엄연): 엄숙하다. 3)卽之(즉지): 가까이 가다. 4)厲(여): 엄숙하다.
〈출전〉論語 子張

920.
成人之美성인지미

군자는 사람의 아름다움을 이루게 한다.

〈출전〉論語 顔淵

921.
君子之道군자지도 **造端乎夫婦**조단호부부 **及其至也**급기지야 **察乎天地**찰호천지

君子의 도는 匹夫匹婦에서 발단되나 그 지극함에 이르러서는 천지에 드러난다.

註▶ 1)察(찰): 드러난다.
〈출전〉中庸 十二章

922.
君子疾沒世而名不稱焉군자질몰세이명불칭언

군자는 종신토록 이름이 칭송되지 않는 것을 꺼린다.

註▶ 1)疾(질): 걱정한다. 2)沒世(몰세): 종신토록.
〈출전〉論語 衛靈公

923.

君子心군자심 **汪汪淡如水**왕왕담여수

君子의 마음은 깊고 넓어서 맑기가 물과 같다.

註▶ 1)汪汪(왕왕): 넓고 넓은 모양.

〈출전〉小學 外篇 嘉言

924.

良賈深藏若虛양가심장약허 **君子盛德容貌若愚**군자성덕용모약우

뛰어난 상인은 깊이 감추면 아무 것도 없는 것 같고,

군자의 덕이 가득한 모습은 어리석은 자 같다.

註▶ 1)良賈(양가): 장사에 뛰어난 상인. 2)盛德容貌(성덕용모): 덕이 가득 찬 얼굴.

〈출전〉十八史略 春秋戰國 魯

925.

無智名無勇功무지명무용공

군자는 지혜의 명성이 없고, 용맹한 공도 없다.

註▶ 1)智名(지명): 지혜롭다고 하는 명성. 2)勇功(용공): 용맹한 공적.

〈출전〉宋名臣言行錄 范鎭

926.

困而不失其所亨곤이부실기소형 **其唯君子乎**기유군자호

곤란하여도 道를 잃지 않고 통하는 것은 오직 君子이다.

〈출전〉易經 困象

927.

道其常도기상

君子는 기이하지 않은 道를 말한다.

〈출전〉荀子　榮辱篇

928.

君子贈人以言군자증인이언　**庶人贈人以財**서인증인이재

君子는 사람들에게 좋은 말을 해주고, 보통 사람은 사람들에게 재물을 준다.

〈출전〉荀子　大略篇

929.

君子之道군자지도　**辟則坊與**벽즉방여　**坊民之所不足者也**방민지소부족자야

君子의 길은, 비유한다면 둑과 같은 것이다.

백성이 仁義의 道에 있어서 모자라는 곳이 있으면 막는다.

〈출전〉禮記　坊記

930.

君子役物군자역물　**小人役於物**소인역어물

君子는 사물을 부리고, 小人은 사물에게 부림을 당한다.

註▶ 1)役物(역물): 사물을 부리다. 2)役於物(역어물): 사물에 부림을 당하다.

〈출전〉荀子　修身篇

931.

自彊不息자강불식

君子는 스스로 쉬지 않고 노력한다.

〈출전〉易經 乾象

932.

淑人君子숙인군자 **其儀一兮**기의일혜

훌륭한 君子는 위엄 있는 거동이 한결같다.

註▶ 1)淑人(숙인): 훌륭하다.

〈출전〉詩經 曹風 鳲鳩

933.

淑人君子숙인군자 **其德不回**기덕불회

훌륭한 君子는 그 덕이 훌륭하셨네.

註▶ 1)淑人(숙인): 훌륭하다.

〈출전〉詩經 小雅 鼓鍾

934.

知命者不怨天지명자불원천

天命을 아는 사람은 하늘을 원망하지 않는다.

〈출전〉荀子 榮辱篇

935.

君子易事而難說也군자역사이난열야

君子는 섬기기는 쉬우나 기쁘게 하기는 어렵다.

註▶ 1)易事(이사): 섬기기는 쉽다. 2)難說(난열): 기쁘게 하기는 어렵다.
〈출전〉論語 子路

936.

君子不可小知군자불가소지 **而可大受也**이가대수야

君子는 작은 일은 몰라도 큰일은 맡을 수 있다.

〈출전〉論語 衛靈公

937.

貞而不諒정이불량

굳고 바르지만 완고하지는 말라.

註▶ 1)貞(정): 正而固 즉 바르고 굳다. 2)諒(양): 시비와 선악을 가리지 않고 한번 말했다고 덮어놓고 지킨다는 뜻.
〈출전〉論語 衛靈公

938.

不動而敬부동이경 **不言而信**불언이신

움직이지 않아도 공경하며, 말하지 않아도 믿음이 있다.

〈출전〉中庸 三十三章

939.

君子之心事군자지심사 **天靑日白**천청일백 **不可使人不知**불가사인부지

君子의 마음 씀씀이는 하늘이 푸르고,
태양이 명백한 것과 같아서 남들로 하여금 모르는 것이 없도록 한다.

註▶ 1)心事(심사): 마음속에 있는 생각. 2)天靑日白(천청일백): 靑天白日과 같은 뜻으로 공명정대한 것.
〈출전〉菜根譚 前集 三

940.

豈弟君子기제군자 **民之父母**민지부모

점잖은 君子는 백성의 부모다.

註▶ 1)豈弟(기제): 점잖은 모양.
〈출전〉詩經 大雅 泂酌

941.

君子遠庖廚也군자원포주야

君子는 주방을 멀리한다.

註▶ 1)遠庖廚(원포주): 동물이 살아 있는 것을 보고 그것을 차마 먹을 수 없기 때문이다.
〈출전〉孟子 梁惠王上

942.

和而不同화이부동

君子는 화합하되 따라하지는 않는다.

註▶ 1)和(화): 조화, 협화, 화합의 뜻으로 자기의 개성이나 특질을 죽이지 않고 인의나 사회집단을 위해 협조한다는 의미. 2)同(동): 무조건 동화되어 버리다.
〈출전〉論語 子路

943.

君子不亮군자불량 **惡乎執**악호집

君子가 신용이 없으면 어디를 지지하겠는가?

註▶ 1)亮(양): 諒과 같은 뜻으로 신용을 말한다.
〈출전〉孟子 告子下

944.
君子安貧군자안빈 **達人知命**달인지명
君子는 가난해도 편안하고, 달인은 천명을 안다.

註▶ 1)安貧(안빈): 욕심이 없어서 가난하더라도 편안히 지낼 수 있다.
〈출전〉古文眞寶 〈작자〉王勃 〈제목〉滕王閣序

4. 士

945.
弘毅홍의
도량은 넓게 하고 의지는 강하게 해야 한다.

註▶ 1)弘毅(홍의): 寬廣과 强忍. 도량이 넓으면서도 의지가 굳고 강하다.
〈출전〉論語 泰伯

946.
士而懷居사이회거 **不足以爲士矣**부족이위사의
선비가 편안한 처소를 그리워하면 선비가 될 수 없다.

註▶ 1)懷居(회거): 居는 편안하게 살 수 있는 처소를 말하므로 편안한 처소를 그리워한다는 뜻.
〈출전〉論語 憲問

947.
志士不忘在溝壑지사불망재구학 **勇士不忘喪其元**용사불망상기원
뜻이 있는 선비는 시궁창에 던져질 것을 잊지 않고,
용기 있는 선비는 자기 목을 잃을 것을 잊지 않는다.

註▶ 1)溝壑(구학): 시궁창. 2)其元(기원): 자기의 목.
〈출전〉孟子 滕文公下

948.
行己有恥행기유치
자기의 행동에 부끄러움이 있음을 알아야한다.

〈출전〉論語 子路

949.
智術之士지술지사 **必遠見而明察**필원견이명찰
기술에 밝은 선비는 반드시 멀리 보고 밝게 살핀다.

〈출전〉韓非子 孤憤

950.
士窮乃見節義사궁내견절의
선비는 곤궁하면 절의를 나타낸다.

〈출전〉文章軌範 〈작자〉韓愈 〈제목〉柳子厚墓誌銘

951.

國士無雙국사무쌍

나라 안에 선비가 하나밖에 없다.

註▶ 1)無雙(무쌍): 韓信을 가리키는 말.

〈출전〉史記　淮陰侯傳

952.

士爲知己者死사위지기자사　**女爲說己者容**여위설기자용

선비는 자기를 알아주는 자를 위해 죽고, 여자는 자기를 예쁘게 봐주는 사람을 위해 꾸민다.

註▶ 1)知己者(지기자): 자기의 능력을 알아주는 사람. 2)說己者(열기자): 자기를 예쁘게 봐서 기뻐하는 사람. 3)容(용): 용모를 꾸미고 예쁘게 단장하다.

〈출전〉史記　刺客傳

953.

風塵未息書生老풍진미식서생노　**歲月如流志士窮**세월여류지사궁

풍진은 그치지 않고 서생만이 늙었는데, 세월이 물 흐르듯 하니 지사가 곤궁하네.

(原文)

別離三載始相逢　往事悠悠似夢中　毁譽是非身尙在　悲歡出處道還同

風塵未息書生老　歲月如流志士窮　忍向樽前歌此曲　明朝分袂又西東

삼 년을 헤어졌다 비로소 서로 만나

유유한 지난 일이 마치 꿈속 같구나.

毁譽와 시비는 몸에 아직 남아 있는데

悲歡 출처 다르건만 도는 도리어 같네.
풍진은 그치지 않고 서생만이 늙었는데
세월이 물 흐르듯 하니 지사가 곤궁하네.
차마 술통 앞에서 노래 한 곡 부르나니
내일이면 동서로 또 헤어지리.

註▶ 1)出處(출처): 나가 벼슬하는 일과 물러나 집에 있는 일. 進退 2)風塵(풍진): 兵亂. 3)分袂(분메): 作別하다. 分襟.
〈출전〉한국문집총간 〈작자〉鄭道傳(三峰) 〈제목〉原城逢金若濟

5. 大 人

954.
大人者不失其赤子之心者也대인자부실기적자지심자야
대인이란 그의 어린아이 때 마음을 잃지 않은 사람이다.

註▶ 1)赤子之心(적자지심): 어린아이의 마음. 세상의 죄악에 물들지 않은 자연 그대로의 깨끗한 마음. 2)大人(대인): 학문과 덕이 높은 사람.
〈출전〉孟子 離婁下

955.
從其大體爲大人종기대체위대인 **從其小體爲小人**종기소체위소인
인의의 본질을 좇는 사람은 대인이 되고, 사소한 욕구를 좇는 사람은 소인이 된다.

註▶ 1)大體(대체): 본질, 마음. 2)小體(소체): 사소한 욕구, 耳目.
〈출전〉孟子　告子上

956.
養其小者爲小人양기소자위소인　**養其大者爲大人**양기대자위대인
사소한 욕구를 기르는 사람은 소인이 되고, 인의의 본질을 좇는 사람은 대인이 된다.

〈출전〉孟子　告子上

957.
虎變호변
대인은 계속 진보하여 호랑이 가죽처럼 선명하고 아름답게 변화한다.

〈출전〉易經　革象

958.
無己무기
대인은 자기를 생각하지 않는다.

〈출전〉莊子　外篇　秋水

959.
有大人者유대인자　**正己而物正者也**정기이물정자야
대인은 자기를 바르게 하여 사물도 바르게 감화시킨다.

〈출전〉孟子　盡心上

960.

言不必信언불필신　**行不必果**행불필과　**惟義所在**유의소재

대인이란 말을 한다고 반드시 그 신용을 지키지 않고,
행동한다고 반드시 처음 목표했던데 까지 해내지는 않는다.

〈출전〉孟子　離婁下

961.

不責小人過불책소인과

대인은 소인의 허물을 꾸짖지 않는다.

〈출전〉陔餘叢考　成語

962.

大人不可不畏대인불가불외　**畏大人則無放逸之心**외대인즉무방일지심

대인은 두려워 해야 하니 대인을 두려워하면 방자한 마음이 없어진다.

註▶ 1)放逸(방일): 방종, 방탕.
〈출전〉菜根譚　前集 二百十四

963.

鴻鵠高飛홍곡고비　**不集汚池**부집오지

큰 새는 높이 날되 더러운 연못에는 모이지 않는다.

註▶ 1)鴻鵠(홍곡): 큰기러기나 고니 같이 큰 새로 여기서는 뜻이 큰 사람을 말한다.
〈출전〉列子　楊朱

6. 大 丈 夫

964.

居天下之廣居거천하지광거 **立天下之正位**입천하지정위 **行天下之大道**행천하지대도

天下라는 넓은 집에 살고, 천하의 올바른 자리에 서고, 천하의 대도를 실천한다.

註▶ 1)廣居(광거): 넓은 거처, 넓은 집. 2)正位(정위): 올바른 자리.

〈출전〉孟子 滕文公下

965.

富貴不能淫부귀불능음 **貧賤不能移**빈천불능이 **威武不能屈**위무불능굴

此之謂大丈夫차지위대장부

부귀도 마음을 혼란하게 못하고, 빈천도 마음을 변하게 하지 못하고,

무서운 무력도 굴복시키지 못해야 그것을 대장부라 한다.

〈출전〉孟子 滕文公下

966.

大丈夫處世대장부처세 **當掃除天下**당소제천하

대장부가 세상에 살 때 마땅히 천하의 어지러움을 없애야 한다.

註▶ 1)掃除(소제): 쓸어내다, 없애다.

〈출전〉後漢書 陳蕃傳

967.

丈夫志四海장부지사해 **萬里猶比隣**만리유비린

사방 세상에 뜻이 있는 사람은 만 리나 떨어진 곳도 이웃과 같이 가깝다.

註▶ 1)四海(사해): 사방 세상, 온 세상.
<출전>曹植　贈白馬王彪詩

968.

居廟堂之高거묘당지고　**則憂其民**즉우기민　**處江湖之遠**처강호지원
則憂其君즉우기군

조정의 높은 지위에 있으면 백성을 근심하고, 재야에 있으면 임금을 근심한다.

註▶ 1)廟堂之高(묘당지고): 조정의 높은 자리. 2)江湖之遠(강호지원): 재야에 있어서 임금과 멀리 떨어져 있는 것.
<출전>文章軌範　<작자>范仲淹　<제목>岳陽樓記

7. 君子와 小人

969.

君子上達군자상달　**小人下達**소인하달

군자는 어떤 일이든지 노력하여 위에 도달하고, 소인은 어떤 일을 하더라도 퇴보한다.

<출전>論語　憲問

970.

君子求諸己군자구제기　**小人求諸人**소인구제인

군자는 책임을 자기에게서 구하고, 소인은 남에게서 구한다.

<출전>論語　衛靈公

971.

君子喩於義 군자유어의 **小人喩於利**소인유어리

군자는 大義를 밝히고, 소인은 이익을 밝힌다.

註▶ 1)喩(유): 曉와 같은 뜻으로 빠르게 밝히어 알다. 2)義(의): 정의, 대의 3)利(이): 개인적인 이익.

<출전>論語　里仁

972.

君子坦蕩蕩군자탄탕탕　**小人長戚戚**소인장척척

군자는 마음이 평정하고 넓고 너그러우며, 소인은 항상 겁내고 두려워한다.

註▶ 1)坦(탄): 平靜하다. 2)蕩蕩(탕탕): 넓고 너그럽다. 3)長(장): 오래도록. 4)戚戚(척척): 두려워하고 걱정하다.

<출전>論語　述而

973.

周而不比주이불비

교제를 두루두루 하되 한쪽으로 치우치지 않게 한다.

註▶ 1)周(주): 보편적으로 통하다. 2)比(비): 편당적이고 사사로운 이익에 일시적으로 서로 얽히다.

<출전>論語　爲政

974.

虎變호변

대인은 계속 진보하여 호랑이 가죽처럼 선명하고 아름답게 변화한다.

〈출전〉易經　革象

975.

君子役物군자역물　**小人役於物**소인역어물

군자는 사물을 부리고, 소인은 부림을 당한다.

註▶ 1)役物(역물): 사물을 부리다. 2)役於物(역어물): 사물에 부림을 당하다.
〈출전〉荀子　修身篇

976.

君子居易以俟命군자거이이사명　**小人行險以徼幸**소인행험이요행

君子는 平易함에 처신하여 명을 기다리고, 소인은 위험한 일을 하여 요행을 바란다.

〈출전〉中庸　十四章

977.

君子難進易退군자난진이퇴　**小人反是**소인반시

군자는 벼슬에 어렵게 나가고 쉽게 그만두지만 소인은 이와 반대다.

註▶ 1)難進易退(난진이퇴): 벼슬에 어렵게 나가고 쉽게 벼슬을 그만두다. 2)反是(반시): 이것과 반대이다.
〈출전〉宋名臣言行錄　司馬光

978.

君子以同道爲朋군자이동도위붕 **小人以同利爲朋**소인이동리위붕

군자는 같은 도를 추구하는 사람끼리 친구를 삼고,
소인은 같은 이익을 추구하는 사람끼리 친구를 삼는다.

〈출전〉宋名臣言行錄 歐陽脩

979.

天之小人人之君子천지소인인지군자 **人之君子天之小人也**인지군자천지소인야

하늘이 볼 때 소인은 인간세상에서는 군자이고,
사람들이 군자라고 하는 이는 하늘이 볼 때 소인이다.

〈출전〉莊子 內篇 大宗師

980.

君子勞心군자노심 **小人勞力**소인노력

군자는 마음이 수고하고, 소인은 힘을 써서 수고한다.

〈출전〉左傳 襄公九年

981.

小人溺於水소인익어수 **君子溺於口**군자익어구 **大人溺於民**대인익어민

소인은 물에 빠지고, 군자는 구설수에 빠지고, 대인은 백성을 다스리는 방법이 잘못되어 고생한다.

〈출전〉禮記 緇衣

982.

小人則以身殉利소인즉이신순리　**聖人則以身殉天下**성인즉이신순천하

소인은 이익을 위해 몸을 바치고, 聖人은 온 세상을 위해 자신을 희생한다.

〈출전〉莊子　外篇　騈拇

8. 小 人

983.

小人下達소인하달

소인은 어떤 일을 하더라도 퇴보한다.

〈출전〉論語　憲問

984.

小人貧斯約소인빈사약　**富斯驕**부사교

소인은 가난하면 구차하고 부유하면 교만해진다.

註▶ 1)約(약): 구차하다. 2)驕(교): 교만하다.
〈출전〉禮記　坊記

985.

小人過也소인과야　**必文**필문

소인은 잘못을 하면 겉으로 꾸며서 얼버무리려한다.

註▶ 1)文(문): 일의 진실은 제쳐두고 겉으로 꾸미어 얼버무리다.
〈출전〉論語　子張

986.
小人窮斯濫矣소인궁사람의
소인은 궁하면 正道를 넘는 짓을 한다.

註▶ 1)濫(남): 道義나 正道를 넘는 행위.
〈출전〉論語　衛靈公

987.
小人閒居爲不善소인한거위불선　**無所不至**무소부지
소인은 한가하게 있으면 악한 일을 하여 하지 않는 것이 없다.

註▶ 1)無所不至(무소부지): 이르지 못하는 것이 없다, 하지 않는 것이 없다.
〈출전〉大學　傳六章

988.
得之득지　**患失之**환실지
얻으면 잃을 것을 걱정한다.

〈출전〉論語　陽貨

989.
苟患失之구환실지　**無所不至矣**무소부지의
진실로 잃을까 근심하면 모든 것이 걱정된다.

〈출전〉論語　陽貨

990.

寧爲小人所忌毁영위소인소기훼 **毋爲小人所媚悅**무위소인소미열

차라리 소인들이 시기하고 헐뜯는 사람이 될지언정

소인들이 아첨하고 기뻐하는 사람이 되지 말라.

註▶ 1)寧(녕): 차라리. 2)忌毁(기훼): 시기하고 헐뜯다. 3)毋爲(무위): 하지 말라. 4)媚悅(미열): 아첨하고 기뻐하다.

〈출전〉菜根譚 前集 百九十二

991.

細人之愛人也以姑息세인지애인야이고식

소인은 사람을 사랑할 때 임시변통으로 한다.

註▶ 1)細人(세인): 소인. 2)姑息(고식): 당장 편안한 것을 취하는 임시방편.

〈출전〉禮記 檀弓上

9. 人 材

992.

德者才之主덕자재지주 **才者德之奴**재자덕지노

덕은 재능의 주인이요, 재능은 덕의 종이다.

〈출전〉菜根譚 前集 百三十九

993.

生而知之者생이지지자 上也상야 學而知之者학이지지자 次也차야
困而學之者곤이학지자 又其次也우기차야

태어나면서부터 아는 사람이 타고난 능력이 최고요,
배워서 아는 자가 다음이요, 곤궁하여도 배우는 자가 그 다음이다.

〈출전〉論語 季氏

994.

王侯將相왕후장상 寧有種乎영유종호

왕후와 장군과 재상이 어찌 다른 인종이겠는가.

〈출전〉史記 陳涉世家

995.

有天民者유천민자 達可行於天下달가행어천하 而後行之者也이후행지자야

하늘의 백성이란 자기가 도달한 지위가 천하에 자기의 소신을 행할 수 있게
된 후에 그것을 행하는 자다.

〈출전〉孟子 盡心上

996.

待文王而後興者凡民也대문왕이후흥자범민야

문왕이 나오고 난 후에 분발한 것은 일반백성들이다.

〈출전〉孟子 盡心上

997.

高材疾足고재질족

재목이 크고 걸음이 빠르다.

註▶ 1)高材疾足(고재질족): 타고난 천성이 높고 행동이 민첩하다.

<출전>史記 淮陰侯傳

998.

千羊之皮천양지피 不如一狐之腋불여일호지액

천 마리의 양가죽은 한 마리의 여우 겨드랑이 털보다 못하다.

註▶ 1)千羊之皮 不如一狐之腋(천양지피 불여일호지액):바보 천 명 보다 총명한 사람 하나가 낫다는 비유로 쓰는 말.

<출전>愼子 內篇

999.

使於四方사어사방 不辱君命불욕군명

사방에 외교사절로 나가면 임금이 명한 사명을 다하여 왕명을 욕되지 않게 해야 한다.

<출전>論語 子路

1000.

逐殺獸者狗也축살수자구야 發縱指示者人也발종지시자인야

짐승을 쫓아가서 죽이는 것은 개지만 사냥개의 끈을 풀어서 잡게 지시하는 것은 사람이다.

<출전>十八史略 西漢 高祖

1001.

鐵中錚錚철중쟁쟁

쇳소리가 좋다.

註▶ 1)錚錚(쟁쟁): 쇠의 소리가 맑게 울리는 것으로 인물이 뛰어난 것을 나타낸다.
〈출전〉十八史略　東漢　光武帝

1002.

有非常之人유비상지인　**然後有非常之事**연후유비상지사
有非常之事유비상지사　**然後有非常之功**연후유비상지공

뛰어난 사람이 있은 후에 뛰어난 일이 있고, 뛰어난 일이 있은 후에 뛰어난 공이 있다.

〈출전〉文章軌範　〈작자〉司馬相如　〈제목〉難蜀父老

1003.

寬而見畏관이견외　**嚴而見愛**엄이견애

너그럽되 무서움을 보이고, 엄중하되 사랑을 보여야한다.

〈출전〉宋名臣言行錄　張詠

1004.

雲中白鶴운중백학　**非鶉鷃之網所能羅矣**비순안지망소능라의

구름 속을 나는 흰 학은 메추라기를 잡는 망에는 걸리지 않는다.

註▶ 1)鶉鷃(순안): 메추라기.
〈출전〉魏志　邴原傳 注

1005.

將門必有將장문필유장 **相門必有相**상문필유상

장군의 집에서는 반드시 장군이 나오고, 재상의 집에서는 반드시 재상이 나온다.

〈출전〉史記 孟嘗君傳

1006.

如珠玉在瓦礫間여주옥재와력간

귀한 구슬은 기와와 돌 사이에 숨어 있는 것 같다.

註▶ 1)如珠玉在瓦礫間(여주옥재와력간): 비범한 영재가 숨어있음을 뜻한다.
〈출전〉晋書 王衍傳

10. 英 傑

1007.

推赤心추적심 **置人腹中**치인복중

자신의 진심을 밀고 나가서 다른 사람의 마음에 들어가 접한다.

註▶ 1)赤心(적심): 진심. 2)腹中(복중): 마음속.
〈출전〉十八史略 東漢 光武帝

1008.

力拔山兮氣蓋世역발산혜기개세

힘은 산을 뽑고, 기운은 세상을 덮네.

〈출전〉史記　項羽紀

1009.

蛟龍得雲雨교룡득운우　**終非池中物也**종비지중물야

蛟龍이 비와 구름을 만나면 승천하므로 연못 속 짐승이 아니네.

註▶ 1)蛟龍(교룡): 용의 일종으로 큰물을 일으킨다는 상상의 동물. 2)終非池中物也(종비지중물야): 영웅호걸이 때를 만나 활약하는 것을 뜻한다.

〈출전〉十八史略　東漢　獻帝

1010.

燕雀安知鴻鵠之志哉연작안지홍곡지지재

제비와 참새가 어찌 큰 새의 뜻을 알리오!

註▶ 1)燕雀(연작): 제비와 참새로 여기서는 뜻이 작은 사람을 말한다. 2)鴻鵠(홍곡): 큰기러기와 고니로 뜻이 큰 영웅호걸을 말한다.

〈출전〉十八史略　春秋戰國　秦

1011.

鱣鯨非溝瀆所容也전경비구독소용야

작은 도랑은 큰 고기를 받아들일 수 없다.

註▶ 1)鱣鯨(전경): 철갑상어나 고래로 뜻이 큰사람을 말한다. 2)溝瀆(구독): 작은 도랑.

〈출전〉文中子　禮樂

1012.

呑舟之魚탄주지어　**不游枝流**불유지류

배를 삼킬 만큼 큰 고기는 작은 물줄기에서는 놀지 않는다.

註▶ 1)呑舟之魚(탄주지어): 배를 삼켜버릴 정도로 큰 고기로 여기서는 뜻이 큰 사람을 비유하여 말한 것이다. 2)枝流(지류): 支流와 같은 말. 작은 물줄기.
〈출전〉列子　楊朱

1013.

大風起兮雲飛揚대풍기혜운비양　**威加海內兮歸故鄕**위가해내혜귀고향

큰바람 일어나 구름 날리고 세력이 세상에 더해져 적을 깨뜨리니 고향에 돌아가네.

〈출전〉古文眞寶　〈작자〉漢高祖　〈제목〉大風歌

1014.

飛必沖天비필충천

한번 날면 반드시 하늘에 도달한다.

註▶ 1)飛必沖天(비필충천): 평소에 침묵하다가 한번 움직이면 세상을 놀라게 큰일을 해낸다.
〈출전〉韓非子　喩老

1015.

浩乎若滄溟之無際호호약창명지무제

가슴의 넓기가 창해의 끝없이 넓은 것과 같다.

註▶ 1)浩(호): 넓은 가슴. 2)滄溟(창명): 큰 바다.
〈출전〉近思錄　觀聖賢類

1016.

有非常之人유비상지인　然後有非常之事연후유비상지사

有非常之事유비상지사　然後有非常之功연후유비상지공

뛰어난 사람이 있은 후에 뛰어난 일이 있고, 뛰어난 일이 있은 후에 뛰어난 공이 있다.

〈출전〉文章軌範　〈작자〉司馬相如　〈제목〉難蜀父老

1017.

乘雲氣승운기　御飛龍어비룡

구름의 기운을 타고, 나는 용을 타고 간다.

〈출전〉莊子　內篇　逍遙遊

1018.

遊乎四海之外유호사해지외

세상 밖에서 노닌다.

〈출전〉莊子　內篇　逍遙遊

1019.

大浸稽天而不溺대침계천이불익

홍수가 나서 물이 하늘까지 넘쳐도 빠져죽지 않는다.

註▶ 1)大浸(대침): 홍수, 큰 물.

〈출전〉莊子　內篇　逍遙遊

1020.

雪沒錦韉關月黑설몰금천관월흑　**暗從沙路斫胡營**암종사로작호영

눈에 안장 빠지고 관문에는 달도 없는데, 가만히 사막 길 따라 오랑캐를 무찔렀다.

(原文)

將軍自領五千兵　鐵馬貂裘夜出城　**雪沒錦韉關月黑**　**暗從沙路斫胡營**

장군이 몸소 오천 군사 거느리고

쇠말 타고 갖옷 입고, 밤에 성을 나오다.

눈에 안장 빠지고 관문에는 달도 없는데

가만히 사막 길 따라 오랑캐를 무찔렀다.

註▶ 1)塞(새): 堡壘. 2)貂裘(초구): 담비의 가죽으로 만든 갖옷. 3)韉(천): 말의 등에 덮어 주는 담요 따위. 안장을 그 위에 얹음. 4)胡營(호영): 오랑캐의 진영

〈출전〉한국한시　〈작자〉崔奇男(龜谷, 黙軒)　〈제목〉塞下曲

1021.

山東宰相山西將산동재상산서장　**彼丈夫兮我丈夫**피장부혜아장부

산동의 재상과 산서의 장군, 그대들도 장부거니와 나 또한 장부일세.

(原文)

三尺龍泉萬卷書　皇天生我意何如　**山東宰相山西將**　**彼丈夫兮我丈夫**

삼척 용천검에 만 권의 책

하늘이 나를 낸 그 뜻이 어떠한고.

산동의 재상과 산서의 장군

그대들도 장부거니와 나 또한 장부일세.

註▶ 1)龍泉(용천): 古代의 名劍의 이름. 龍淵이라고도 함. 2)皇天(황천): 하늘의 敬

稱. 또는 上帝.
〈출전〉한국한시 〈작자〉林慶業 〈제목〉偶咏

1022.

英風能竪髮영풍능수발 **高義可醒昏**고의가성혼

영웅의 기풍은 머리털을 일으키고, 높은 의리는 어두움을 깨우친다.

(原文)

小廟依山麓 孤樓枕水濱 **英風能竪髮 高義可醒昏**
學道人何限 撐流獨子存 至今青史上 天日照淸芬

조그만 사당은 산기슭에 있고
외로운 다락은 물가에 있다.
영웅의 기풍은 머리털을 일으키고
높은 의리는 어두움을 깨우친다.
도를 배움에 사람 한정 있던가.
시류를 버팀에 그대 혼자뿐이다.
지금까지의 역사 위에서
하늘의 해가 밝은 향기 비춘다.

註▶ 1)臨川(임천): 지금의 江西省에 있는 지명. 2)鄕社(향사): 시골의 社稷堂. 3)子(자): 그대. 王安石을 가리킴. 그는 宋나라의 정치가요 학자. 唐宋八大家의 한 사람으로 臨川사람이다. 4)青史(청사): 역사. 史書.
〈출전〉한국한시 〈작자〉申活(竹老) 〈제목〉過臨川鄕社有感

1023.

溟流不盡英雄恨명류불진영웅한 **長送波濤日夜聲**장송파도일야성

바닷물 끝없이 흐름은 영웅의 한이리니, 밤낮으로 언제나 물결소리 보내네.

(原文)
偶逐旌麾此地行　至今遺廟凜精靈　威名尙遣蠻夷慴　功烈應垂簡策明
南海城頭雲漠漠　露梁河畔草靑靑　**溟流不盡英雄恨　長送波濤日夜聲**
우연히 길을 따라 여기까지 왔구나.
지금까지 사당에는 정령이 늠름하네.
위엄 있는 이름에는 아직도 오랑캐가 두려워하고
공적과 절개는 아마 책에까지 남으리.
남해성 위에는 구름이 막막하고
노량 강가에는 풀이 푸르고 푸르구나.
바닷물 끝없이 흐름은 영웅의 한이리니
밤낮으로 언제나 물결소리 보내네.

註▶ 1)忠烈廟(충렬묘): 李舜臣 장군의 사당 이름. 2)旌麾(정휘): 지휘하는 旗. 3)威名(위명): 위엄이 있는 명성. 4)蠻夷(만이): 오랑캐. 주로 일본을 가리킴. 5)功烈(공렬): 공적과 절개. 6)簡策(간책): 책. 서적.
<출전>한국한시 <작자>李得元(竹齋) <제목>過忠烈廟有感

1024.

角聲吹浪轉각성취랑전　**兵氣雜雲浮**병기잡운부

뿔피리소리는 물결을 불어 구르고, 군사의 기운은 구름에 섞여 떠있네.

(原文)
節度轅門壯　前臨碧海頭　**角聲吹浪轉　兵氣雜雲浮**
南徼元千里　吾生偶一遊　長歌拂雄劍　獨上伏波樓
절도사의 원문은 웅장해
그 앞은 푸른 바다네.
뿔피리 소리는 물결을 불어 구르고
군사 기운은 구름에 섞여 떠 있네.

남쪽 변방은 원래 천리나
내 일생에 우연히 한 번 왔네.
긴 노래로 웅검을 떨쳐 잡고
나 혼자 복파루에 오르네.

註▶ 1)節度(절도): 節度使. 唐宋時代에 한 지방의 軍政 및 행정 사무를 총괄하던 관직. 2)轅門(原文): 軍門. 陣營의 문. 3)角聲(각성): 뿔피리 소리. 군대에서 부는 악기. 4)徼(요): 변방. 즉 국경지대. 5)雄劍(웅검): 잘 드는 칼.
〈출전〉한국한시 〈작자〉金富賢(巷東) 〈제목〉全羅右水營

1025.

壯志已經雲嶺險장지이경운령험 **惠聲應共豆江流**혜성응공두강류

웅장한 뜻은 이미 험한 구름을 두른 고개 지났고,
은혜로운 명성은 아마 흐르는 두만강과 함께 하리.

(原文)
侍臣增秩領邊州 千里龍光玉陛頭 **壯志已經雲嶺險 惠聲應共豆江流**
平郊快馬秋觀獵 紅燭青娥夜打毬 遙識政成饒樂事 愁城從此不須愁
모시는 신하 등급을 올려 변방을 다스리게 하니
천리용의 빛이 대궐의 섬돌머리에 있네.
웅장한 뜻은 이미 험한 구름을 두른 고개 지났고
은혜로운 명성은 아마 흐르는 두만강과 함께 하리.
들 밖의 잘 달리는 말에 가을 사냥을 보고
촛불 밝히고 미인들과 밤에 공놀이하네.
정치를 잘해 즐거운 일 많음을 멀리서도 아노니
시름의 성이 지금부터는 시름할 것이 없다.

註▶ 1)校理(교리): 책을 조사하고 정리하는 관리. 2)增秩(증질): 봉급을 올림. 벼슬

을 승차시키다. 3)龍光(용광): 남의 풍채에 대한 敬稱. 4)玉陛(옥폐): 대궐 안의 섬돌. 5)快馬(쾌마): 빨리 달리는 말. 6)青娥(청아): 美人.
〈출전〉한국문집총간 〈작자〉金萬重(西浦) 〈제목〉送姜校理叔夏擢守鍾城

1026.

平安壯士目雙張평안장사목쌍장 **快殺邦讐似殺羊**쾌살방수사살양

평안도 장사가 두 눈을 부릅뜨고, 양 새끼 죽이듯이 나라 원수 죽였구나.

(原文)

平安壯士目雙張 快殺邦讐似殺羊 未死得聞消息好 狂歌亂舞菊花傍
평안도 장사가 두 눈을 부릅뜨고
양 새끼 죽이듯이 나라 원수 죽였구나.
죽기 전에 들은 소식 하도 반가와
국화 곁에서 미친 듯이 노래하며 춤추네.

〈출전〉한국한시 〈작자〉金澤榮(滄江, 韶護堂主人) 〈제목〉聞安重根報國讐事二首中其一

1027.

多少六洲豪健客다소육주호건객 **一時匙箸落秋風**일시시저락추풍

많은 온 세계 호걸들이, 가을바람에 일시에 수저를 떨구네.

(原文)

海蔘港裏鶻磨空 哈爾賓頭霹火紅 **多少六洲豪健客 一時匙箸落秋風**
블라디보스토크의 하늘가에 맴돌던 송골매가
하얼빈 역 내려서자 벼락불 터뜨렸네.
많은 온 세계 호걸들이
가을바람에 일시에 수저를 떨구네.

註▶ 1)海蔘(해삼): 해삼 위. 블라디보스토크를 말함. 2)鶻(골): 송골매. 3)霹(벽): 벼락. 천둥. 4)匙箸(시저): 숟가락과 젓가락.
<출전>한국한시 <작자>金澤榮(滄江, 韶護堂主人) <제목>聞安重根報國讐事二首中其一

11. 名 人

1028.

大巧無巧術대교무교술 **用術者乃所以爲拙**용술자내소이위졸

큰 기교는 교묘한 술책이 없고, 교묘한 술책을 부리는 사람은 재주가 서투르기 때문이다,

註▶ 1)大巧(대교): 큰 재주. 2)巧術(교술): 교묘한 수단과 방법. 3)拙(졸): 서투른 것.
<출전>菜根譚 前集 六十二

1029.

大巧在所不爲대교재소불위

큰 기교는 세세한 것은 하지 않는다.

註▶ 1)大巧(대교): 큰 재주. 2))不爲(불위): 단순히 하지 않는 것이 아니라 세세한 것들을 하지 않는 것을 말한다.
<출전>荀子 天論篇

1030.

疑是天邊十二峰의시천변십이봉 **飛入君家彩屛裏**비입군가채병리

하늘에 솟은 열두 봉우리가 그대 집에 채색한 병풍 속으로 날아 들어간 것 같네.
〈출전〉古文眞寶 〈작자〉李白 〈제목〉觀元丹丘坐巫山屛風

1031.

卽今漂泊干戈際즉금표박간과제 **屢貌尋常行路人** 누모심상행로인

지금 전란의 때를 만나 정처 없이 떠도는 중에도, 여러 모습의 길가는 보통 사람을 그렸네.

註▶ 1)漂迫(표박): 정처 없이 떠돌아다니다. 2)屢貌(누모): 曹覇는 그림의 명인으로 귀한 사람의 초상화를 그렸으나 전쟁이 일어나 보통사람을 계속 그렸다는 내용
〈출전〉唐詩選 〈작자〉杜甫 〈제목〉丹靑引贈曹將軍覇

1032.

獨有鳳凰池上客독유봉황지상객 **陽春一曲和皆難**양춘일곡화개난

鳳凰池에 글 잘하는 선비가 있으니, 그 陽春詩는 한 곡 불러 화답하기 어렵네.

(原文)

鷄鳴紫陌曙光寒 鶯囀皇州春色闌 金闕曉鐘開萬戶 玉階仙仗擁千官
花迎劍佩星初落 柳拂旌旗露未乾 **獨有鳳凰池上客 陽春一曲和皆難**

닭 우는 큰길에 새벽빛이 차갑고
꾀꼬리 우는 장안은 봄빛이 완연하다.
금궐에서 종소리 울리면 만호가 열리고
옥계에 늘어선 의병은 천관을 옹호한다.
꽃이 관원을 맞을 때, 별은 사라지고
버들이 깃폭에 움직일 때 이슬이 영롱하였다.
봉황지에 글 잘하는 선비가 있으니
陽春詩 뛰어나 한 곡 불러 화답하기 어렵네.

註▶ 1)皇州(황주): 帝都. 2)金闕(금궐): 皇城. 3)仙仗(선장): 儀仗兵 4)鳳凰池(봉황지): 中書省을 말함. 5)陽春一曲(양춘일곡): 賈至의 시를 칭찬하여 한 말이다.
〈출전〉唐詩選 〈작자〉岑參 〈제목〉奉和中書舍人賈至早朝大明宮

12. 至人, 眞人

1033.

至人無己지인무기

학문과 덕이 높은 사람은 자기의 욕심이 없다.

註▶ 1)至人(지인): 학문과 덕이 높은 사람.
〈출전〉莊子 內篇 逍遙遊

1034.

至人蹈火不熱지인도화불열

학문과 덕이 높은 사람은 불을 밟아도 뜨겁지 않다.

〈출전〉莊子 外篇 達生

1035.

與天爲徒여천위도

자연과 더불어 하나가 된다.

〈출전〉莊子 內篇 大宗師

1036.

眞人不知悅生진인부지열생　**不知惡死**부지악사

도의 진리를 깨달은 사람은 삶을 기뻐할 줄 모르고, 죽음을 미워할 줄 모른다.

註▶ 1)眞人(진인): 진리를 깨달은 사람. 2)悅生(열생): 삶을 좋아하다. 3)惡生(오생): 삶을 미워하다.
〈출전〉莊子　內篇　大宗師

1037.

喜怒通四時희노통사시

기뻐하고 성내는 것이 사철을 통한다.

〈출전〉莊子　內篇　大宗師

1038.

自適자적

스스로 즐기다.

註▶ 1)自適(자적): 자기가 아닌 다른 것에 얽매이지 않고 하고 싶은 대로하면서 즐기다.
〈출전〉莊子　內篇　大宗師

1039.

有眞人유진인　**而侯有眞知**이후유진지

도의 진리를 깨달은 사람이 있은 후에 진인의 지혜가 있다.

〈출전〉莊子　內篇　大宗師

1040.

至人何思何慮지인하사하려　**愚人不識不知**우인불식부지

可與論學가여논학　**亦可與建功**역가여건공

학문과 덕이 높은 사람은 무엇을 생각하고 무엇을 걱정하랴, 어리석은 사람은 알지도 못하고 생각도 못해서 함께 학문을 논할 수 있고 또한 공도 세울 수 있다.

〈출전〉菜根譚　前集 二百十九

1041.

登高不慄등고불률

높이 올라가도 무서워하지 않는다.

〈출전〉莊子　內篇　大宗師

1042.

入水不濡입수불유　**入火不熱**입화불열

물에 들어가도 젖지 않고, 불에 들어가도 뜨겁지 않다.

〈출전〉莊子　內篇　大宗師

1043.

眞人之息以踵진인지식이종　**衆人之息以喉**중인지식이후

도의 진리를 깨달은 사람의 호흡은 깊고, 보통 사람의 호흡은 목구멍으로 한다.

註▶ 1)息以踵(식이종): 호흡이 깊어서 발뒤꿈치로 하는 것 같다. 2)息以喉(식이후): 호흡을 목구멍만으로 한다.

〈출전〉莊子　內篇　大宗師

13. 隱逸, 仙人

1044.

四體不勤사체불근 **五穀不分**오곡불분 **孰爲夫子**숙위부자

四肢도 움직이지 않고 곡식도 나눠먹지 않는데 누가 선생이라 하겠는가?

〈출전〉論語 微子

1045.

隱居放言은거방언

숨어살면서도 큰소리를 치다.

〈출전〉論語 子張

1046.

從赤松子遊耳종적송자유이

赤松子를 따라 놀 따름이네.

註▶ 1)赤松子(적송자): 古代의 신선이름. 2)從赤松子遊(종적송자유): 은둔하여 인생을 보냄

〈출전〉十八史略 西漢 高祖

1047.

山林之士산림지사 **淸苦而逸趣自饒**청고이일취자요

산과 숲에 사는 선비는 청빈하게 살아서 스스로 고상한 취미가 많다.

註▶ 1)淸苦(청고): 청빈하여 가난한 것을 말함. 2)逸趣(일취): 세상을 초월한 취미. 3)饒(요): 넉넉하다.

〈출전〉菜根譚　後集 百二十五

1048.

白雲深處老僧多백운심처노승다

흰 구름 깊은 곳에는 노승이 많네.

(原文)

虎溪閒月引相過　帳雪松枝持薜蘿　無限靑山行欲盡　**白雲深處老僧多**

한가한 달에 끌려 호계를 지났는가?

눈 맞은 솔가지에 벽라가 걸려있네.

무한한 푸른 산을 두루 다녀보나니

흰 구름 깊은 곳에 노승이 많네.

註▶ 1)虎溪(호계): 江西省 廬山 東林寺 앞에 있는 시내. 晉나라 惠遠法師가 東林寺에 있을 때 찾아온 친우를 전송하면서 이야기에 팔려 자기도 모르는 사이에 虎溪를 지났다는 故事를 인용하여 지금 이 절을 東林寺에 비유하여 말한 것. 2)薜蘿(벽라): 덩굴이 있는 풀. 隱者의 옷.

〈출전〉唐詩選　〈작자〉釋靈一　〈제목〉僧院

1049.

但去莫復問단거막복문　**白雲無盡時**백운무진시

여러 말하지 말고 그저 떠나게, 그곳은 언제나 흰 구름 있으려니.

(原文)

下馬勸君酒　問君何所之　君言不得意　歸臥南山陲　**但去莫復問**　**白雲無盡時**

말에서 내려 술을 권하며

어디로 가려는가 하고 그대에게 묻노니

세상일 모두 뜻같이 않아서

남산에 돌아가 누우려 하네.
여러 말하지 말고 그저 떠나게
그곳은 언제나 흰 구름 있으려니.

註▶ 1)之(지): 往과 같은 뜻으로 간다는 것을 말함. 2)南山(남산): 終南山. 3)陲(수): 변방, 한구석.
〈출전〉唐詩選 〈작자〉王維 〈제목〉送別

1050.
一去春山裏일거춘산리 **千峰不可尋**천봉불가심
봄 산 속으로 들어가니 천 개의 봉우리라 찾을 수 없네.

〈출전〉三體詩 〈작자〉劉長卿 〈제목〉寄靈一上人

1051.
神人無己신인무기
신의 경지에 들어간 사람은 공에 욕심이 없다.

〈출전〉莊子 內篇 逍遙遊

1052.
山中無曆日산중무력일 **寒盡不知年**한진부지년
산중에는 달력이 없어서, 추위가 가고 해가 바뀌어도 몇 년인지 모르겠네.

(原文)
偶來松樹下 高枕石頭眠 **山中無曆日 寒盡不知年**
무심히 소나무 밑에 와서

돌 베개 베고 잠이 들었네.
산중에는 달력이 없어서
추위가 가고 해가 바뀌어도 몇 년인지 모르겠네.

註▶ 1)高枕(고침): 베개를 높이 베다. 2)石頭(석두): 돌. 頭는 의미 없는 조사.
〈출전〉唐詩選 〈작자〉太上隱者 〈제목〉答人

1053.
躡雲双屐冷섭운쌍극랭 **採藥一身香**채약일신향
구름 밟으니 두발이 시리고, 약초를 캐니 온몸에서 향기 나네.

〈출전〉三體詩 〈작자〉孟貫 〈제목〉寄山中高逸人

1054.
一僧年八十일승년팔십 **世事未曾聞**세사미증문
한 스님 나이 팔십인데, 세상 일 들은 적 없네.

〈출전〉三體詩 〈작자〉賈島 〈제목〉暮過山寺

1055.
黃鶴一去不復返황학일거불복반 **白雲千載空悠悠**백운천재공유유
황학은 한번 떠나가더니 다시 돌아오지 않는데,
흰 구름만 천년 동안 유유히 떠있네.

(原文)
昔人已乘白雲去 此地空餘黃鶴樓 **黃鶴一去不復返 白雲千載空悠悠**
晴川歷歷漢陽樹 芳草萋萋鸚鵡洲 日暮鄕關何處是 煙波江上使人愁

옛사람이 이미 흰 구름을 타고 갔다는데
이 땅에는 쓸쓸히 황학루만 남아있다.
황학은 한번 떠나가더니 다시 돌아오지 않는데
흰 구름만 천년 동안 유유히 떠있네.
맑은 냇물은 한양의 나무 사이를 흘러가고
꽃다운 풀은 앵무의 모래톱에 푸르러 있네.
해가 져 가는데 내 고향은 어느 곳에 있는가?
안개 낀 강 위에 시름만이 흐른다.

註▶ 1)黃鶴樓(황학루): 武昌의 황학산에 있음. 2)悠悠(유유): 구름이 한가하게 떠가는 모습. 3)歷歷(역력): 또렷하다. 4)漢陽(한양): 武昌의 언저리에 있는 府. 5)萋萋(처처): 풀이 무성한 모습. 6)鸚鵡洲(앵무주): 이 모래톱은 江夏의 西大江의 가운데 있음. 7)鄕關(향관): 고향. 8)煙波(연파): 물위에 떠있는 아지랑이.
〈출전〉唐詩選 〈작자〉崔顥 〈제목〉黃鶴樓

1056.
昔人已乘白雲去석인이승백운거 **此地空餘黃鶴樓**차지공여황학루
옛사람이 이미 흰 구름을 타고 갔다는데, 이 땅에는 쓸쓸히 황학루만 남아있다.

〈출전〉唐詩選 〈작자〉崔顥 〈제목〉黃鶴樓

1057.
神人以此不材신인이차불재
신의 경지에 이른 사람은 자신의 능력을 쓰지 않는다.
(능력을 쓰면 인생이 고달프게 되기 때문에 사용하지 않는다.)

註▶ 1)此不材(차부재): 능력을 쓰면 인생이 고달프게 되기 때문에 사용하지 않는다.
〈출전〉莊子 內篇 人間世

1058.

羨君無外事선군무외사　**日與世情違**일여세정위

세상일 없이 날마다 세속의 정 잊는 그대가 부럽네.

<출전>三體詩　<작자>鄭常　<제목>寄邢逸人

1059.

落花芳草無尋處낙화방초무심처　**萬壑千峰獨閉門**만학천봉독폐문

지는 꽃과 아름다운 풀은 자취를 찾을 수 없더니,

수많은 골짜기와 많은 봉우리는 隱者의 문을 닫고 있네.

(原文)

寂寂孤鶯啼杏園　寥寥一犬吠桃源　落花芳草無尋處　萬壑千峰獨閉門

외로운 꾀꼬리 살구꽃 속에서 울고

복사꽃 핀 골짜기에 개가 짖는다.

지는 꽃과 아름다운 풀은 자취를 찾을 수 없더니

수많은 골짜기와 많은 봉우리는 隱者의 문을 닫고 있네.

註▶ 1)鄭山人(정산인): 鄭은 성씨이고 山人은 산에 은거하는 사람을 말한다. 2)寂寂(적적): 고요한 모양. 3)寥寥(요요): 고요하고 한가한 모양. 4)桃源(도원): 武陵桃源을 말함.

<출전>三體詩　<작자>劉長卿　<제목>過鄭山人所居

1060.

只在此山中지재차산중　**雲深不知處**운심부지처

다만 이 산중에 계시나, 구름이 깊어서 계신 곳을 알지 못하겠네.

(原文)

松下問童子　言師採藥去　**只在此山中　雲深不知處**

소나무 아래에서 동사에게 물으니
스승님은 약초를 캐러 가셨다고 하네.
다만 이 산중에 계시나
구름이 깊어서 계신 곳을 알지 못하겠습니다.

〈출전〉唐詩選 〈작자〉賈島 〈제목〉尋隱者不遇

1061.

幽居野興老彌淸유거야흥노미청 **怡得新詩眼底生**이득신시안저생

숨어사는 홍취가 늙을수록 더욱 맑아, 새로운 시를 쉬이 얻어 눈앞에 펼쳐진다.

(原文)

幽居野興老彌淸 怡得新詩眼底生 風定餘花猶自落 雲移小雨未全晴
墻頭粉蝶別枝去 屋角綿鳩深樹鳴 齊物逍遙非我事 鏡中形色甚分明
숨어사는 홍취가 늙을수록 더욱 맑아
새로운 시를 쉬이 얻어 눈앞에 펼쳐진다.
바람이 자도 나머지 꽃이 스스로 떨어지고
구름이 옮겨가도 가랑비는 활짝 개지 않았다.
담장 위의 나비들은 꽃가지를 떠나가고
집 모서리 비둘기는 깊은 숲에서 운다.
제물과 소요는 내 할 일이 아니지만
거울 속의 그 형색이 못내 분명하여라.

註▶ 1)粉蝶(분접): 흰나비. 아름다운 나비. 2)綿鳩(면구): 綿은 새 우는 소리. 즉 우는 비둘기. 3)齊物(제물), 逍遙(소요): 모두 莊子의 논설로서 그 篇名. 특히 齊物論은 장자의 중심사상을 나타낸 논설. 즉 세상의 是非眞僞를 모두 상대적으로 보고 모두 하나로 돌아가야 한다는 주장.
〈출전〉한국문집총간 〈작자〉李穡(牧隱) 〈제목〉卽事

1062.

朝望海雲開戶早조망해운개호조 **夜憐山月下簾遲**야련산월하렴지

아침에는 바다구름 바라보며 사립문을 일찍 열고, 밤이면 산의 달을 사랑해 발을 더디 내린다.

(原文)

幽居卽事少人知 獨愛吾廬護弊籬 **朝望海雲開戶早** **夜憐山月下簾遲**
興來邀客嘗新釀 吟就呼兒改舊詩 因病抱關身已老 愧無功業補淸時

숨어사는 경지를 아는 사람이 적어
혼자 내 집 사랑해 낡은 울타리를 돌본다.
아침에는 바다구름 바라보며 사립문을 일찍 열고
밤이면 산의 달을 사랑해 발을 더디 내린다.
흥이 일면 손을 맞아 담근 새 술 맛보며
가락이 되면 아이 불러 옛 시를 고친다.
병으로 집 지키다 몸이 이미 늙었나니
태평한 세상에 도울 공 없음이 못내 부끄럽네.

註▶ 1)抱關(포관): 문지기. 2)淸時(청시): 잘 다스려져 조용한 세상. 태평한 세상. 淸世.
〈출전〉한국문집총간 〈작자〉朴宜中(貞齋) 〈제목〉幽居卽事

1063.

處獨居閒絶往還처독거한절왕환 **只呼明月照孤寒**지호명월조고한

한가히 홀로 있어 왕래를 모두 끊고, 밝은 달을 불러 내 가난하고 미천함을 비칠 뿐.

(原文)

處獨居閒絶往還 **只呼明月照孤寒** 憑君莫問生涯事 萬頃烟波數疊山

한가히 홀로 있어 왕래를 모두 끊고

밝은 달을 불러 내 가난하고 미천함을 비칠 뿐.
부탁하노니 그대는 생애의 일 묻지 말라.
만 이랑 흰 물결에 몇 겹의 산이 있네.

註▶ 1)孤寒(고한): 가난하고 寒微함. 가난하고 미천함. 2)憑君(빙군): 그대에게 의뢰함. 그대에게 부탁함. 3)生涯(생애): 살아 있는 동안. 일생. 4)烟波(연파): 안개 같은 것이 끼어 부옇게 보이는 물결.
〈출전〉한국한시 〈작자〉金宏弼(寒暄堂) 〈제목〉書懷

1064.

溪雲連檻起계운연함기 **野竹傍階疎**야죽방계소

시내 구름은 난간에 연해 일고, 들 대나무 섬돌 곁에 성그네.

(原文)
停舫綠楊岸 爲尋淸隱居 **溪雲連檻起 野竹傍階疎**
鑿翠開苔逕 硏朱點道書 箇中塵不到 孤坐意何如
푸른 버들 언덕에 배를 멈춘 것은
청은의 집을 찾으려 함이었네.
시내 구름은 난간에 연해 일고
들 대나무 섬돌 곁에 성그네.
푸르름을 파서 이끼 길을 열고
주사를 갈아 도의 글에 점찍네.
이 가운데 세상 티끌 안 오거니
외로이 앉으매 그 뜻은 어떠한고.

註▶ 1)朱(주): 朱砂. 광택이 있는 붉은 광물. 辰砂라고도 함. 2)箇中(개중): 여럿이 있는 그 가운데.
〈출전〉한국한시 〈작자〉趙璞(石谷) 〈제목〉停舟訪淸隱

1065.

移竹兼梅存宿契이죽겸매존숙계　**喚鷗和鷺託同歡**환구화로탁동환

대나무 매화 옮겨 오래된 약속을 지키고, 해오라기와 갈매기 불러 함께 즐길 수 있네.

(原文)

新卜龜庄一畝寬　平臨碧沼背蒼巒　力耕且足供飢飽　小搆聊堪度暑寒
移竹兼梅存宿契　喚鷗和鷺託同歡　從今老矣無餘事　不信人間道路難

오두막을 새로 지어 한 이랑도 넉넉한데
맑은 물이 임해 있고 푸른 산을 등졌네.
힘써 밭을 가니 배를 불릴 수 있고
작은 집이나마 추위와 더위 피할 수 있네
대나무 매화 옮겨 오래된 약속을 지키고
해오라기와 갈매기 불러 함께 즐길 수 있네.
지금부터 늙겠거니 별 일 있는가.
"인간의 길 어렵다" 나는 믿지 않네.

註▶ 1)龜庄(귀장): 오두막. 즉 거북의 형상으로 된 집. 2)宿契(숙계): 전생의 약속
〈출전〉한국한시　〈작자〉申之悌(悟峰)　〈제목〉幽居

1066.

風輕雲澹夕陽天풍경운담석양천　**無限溪山几案間**무한계산궤안간

바람 솔솔 불고 구름이 맑은 저녁때의 하늘, 무한한 시내와 산이 책상 사이에 있네.

(原文)

風輕雲澹夕陽天　無限溪山几案間　塵世幾人閒似我　興來微咏困來眠

바람 솔솔 불고 구름이 맑은 저녁때의 하늘

무한한 시내와 산이 책상 사이에 있네.
이 세상 몇 사람이나 나처럼 한가하리.
홍이 일면 나직이 읊고 피곤하면 잠드네.

〈출전〉한국한시 〈작자〉金斗文(敬勝齋) 〈제목〉隱藏洞

1067.

細雨柴扉晝不開세우시비주불개 **茅庵獨鏁花深處**모암독쇄화심처

보슬비에 사립문을 낮에도 열지 않고, 띠 집은 홀로 무성한 곳에 잠겨 있네.

(原文)

洞門水送人歸去 午枕睡驚黃鳥語 **細雨柴扉晝不開 茅庵獨鏁花深處**

골 어구 강가에서 돌아가는 사람 보냈더니
낮잠 즐기다가 꾀꼬리 우는소리에 놀라네.
보슬비에 사립문을 낮에도 열지 않고
띠집은 홀로 무성한 곳에 잠겨 있네.

註▶ 1)鏁(쇄): 잠금.

〈출전〉한국한시 〈작자〉洪相喆(小瀛) 〈제목〉寄萬山舘

1068.

院深無客似禪居원심무객사선거 **晝永春眠樂有餘**주영춘면락유여

집이 깊고 손님이 없어 마치 참선하는 것 같으니, 낮이 긴 봄잠에 즐거움이 넉넉하네.

(原文)

院深無客似禪居 晝永春眠樂有餘 拋盡萬緣高枕外 燒香時讀故人書

집이 깊고 손님이 없어 마치 참선하는 것 같으니

낮이 긴 봄잠에 즐거움이 넉넉하네.
모든 일을 잊고 높이 누우니
향을 태우며 때때로 옛사람 글을 읽네.

〈출전〉한국한시 〈작자〉吳慶錫(亦梅) 〈제목〉次大齋韻

1069.

浮雲雁跡無尋處부운안적무심처 **獨過青山風滿衣**독과청산풍만의

뜬구름은 새 자취라 찾을 길 없어, 옷자락을 날리며 혼자 산을 내려오네.

(原文)

竹巷松蹊客到稀 猿啼日暮掩荊扉 **浮雲雁跡無尋處 獨過青山風滿衣**

대와 솔의 좁은 길에 찾는 손이 드물어
잔나비 우는 해질녘에 사립문을 닫았네.
뜬구름은 새 자취라 찾을 길 없어
옷자락을 날리며 혼자 산을 내려오네.

註▶ 1)蹊(혜): 좁은 길. 오솔길.

〈출전〉한국한시 〈작자〉令壽閣 徐氏 〈제목〉次唐訪隱者不遇

14. 미 인

1070.

芙蓉如面柳如眉부용여면류여미 **對此如何不淚垂**대차여하불루수

부용은 임의 얼굴과 같고 버들은 임의 눈썹 같은데,

이것을 바라보고 어찌 눈물이 쏟아지지 않겠는가?

註▶ 1)芙蓉(부용): 연꽃. 2)淚垂(누수): 눈물을 흘리다.
〈출전〉古文眞寶 〈작자〉白居易 〈제목〉長恨歌

1071.

月出皎兮월출교혜 **佼人僚兮**교인료혜

달이 떠 희게 비치니, 아름다운 임의 얼굴 그립네.

註▶ 1)皎(교): 달빛의 아름다움을 표현한 것. 2)佼人(교인): 미인. 3)僚(요): 미인의 아름다운 모습.
〈출전〉詩經 陳風 月出

1072.

沈魚落雁침어낙안

고기는 물속으로 숨고, 새는 높이 날아가 버렸다.

註▶ 1)沈魚落雁(침어낙안): 워낙 뛰어난 미인을 보고 고기는 물속으로 숨고, 새는 높이 날아가 버렸다.

〈출전〉通俗篇 禽魚

1073.

魚見之深入어견지심입

물고기가 보고 겁내어 깊이 들어갔다.

註▶ 1)魚見之深入(어견지심입): 워낙 뛰어난 미인을 보고 물고기가 겁을 내어 깊이 들어간다.
〈출전〉莊子 內篇 齊物論

1074.

三千寵愛在一身삼천총애재일신

삼천명의 총애를 한 몸에 받았다.

註▶ 1)在一身(재일신): 양귀비의 미모에 빠져서 다른 삼천명의 궁녀들은 돌보지 않았다.

〈출전〉古文眞寶 〈작자〉白居易 〈제목〉長恨歌

1075.

眉黛奪將萱草色미대탈장훤초색 **紅裙妬殺石榴花**홍군투살석류화

미인의 눈썹은 萱草의 자줏빛을 뺏은 듯 하고, 붉은 치마는 석류꽃을 질투하는 듯 아름답네.

註▶ 1)眉黛(미대): 눈썹을 그리는 먹, 진한 눈썹. 2)紅裙(홍군): 붉은 치마. 3)妬殺(투살): 질투하다. 殺은 조사.

〈출전〉唐詩選 〈작자〉萬楚 〈제목〉五日觀妓

1076.

一顧傾人城일고경인성 **再顧傾人國**재고경인국

요염한 여자가 한 번 돌아보면 성을 망하게 하고, 다시 돌아보면 나라를 망하게 한다.

〈출전〉漢書 外戚 孝武李夫人傳

1077.

若非群玉山頭見약비군옥산두견 **會向瑤臺月下逢**회향요대월하봉

만일 群玉山에서 만나지 못하면, 瑤臺에 가서 밝은 달 아래 만나보리라.

(原文)

雲想衣裳花想容 春風拂檻露華濃 **若非群玉山頭見 會向瑤臺月下逢**

구름 같은 의상 꽃 같은 얼굴이어서
봄바람 부는 난간 이슬도 영롱하다.
만일 群玉山에서 만나지 못하면
瑤臺에 가서 밝은 달 아래 만나보리라.

註▶ 1)拂檻(불함): 난간에 솔솔 불어오다. 2)露華濃(노화농): 아지랑이가 꽃가지에 짙게 피어오르고 있는 모양. 3)群玉山(군옥산): 신선인 西王母가 살던 산 이름으로 崑崙山을 말하는 것인데 여기서는 양귀비를 西王母에 비유한 것이다. 4)瑤臺(요대): 楚辭에서 나온 佚女라는 말이 있는데 양귀비를 비유한 것이다.
〈출전〉唐詩選 〈작자〉李白 〈제목〉淸平調詞

1078.

一枝濃艶露凝香일지농염로응향 **雲雨巫山枉斷腸**운우무산왕단장

한가지의 꽃이 이슬에 아롱져 향기가 어려 있고,
비구름이 되어 무산에서 만나는 꿈이 괴롭기 그지없네.

(原文)

一枝濃艶露凝香 雲雨巫山枉斷腸 借問漢宮誰得似 可憐飛燕倚新粧

한가지의 꽃이 이슬에 아롱져 향기가 어려 있고
비구름이 되어 무산에서 만나는 꿈이 괴롭기 그지없네.
漢宮에서 그 누가 양귀비같이 아름다운가?
그것은 그 옛날 곱게 단장한 비연뿐이지.

註▶ 1)濃艶(농염): 활짝 핀 꽃의 아름다움을 말함. 2)雲雨巫山(운우무산): 楚나라의 襄王이 巫山의 神女를 꿈에서 만나보고 구름이 되고 비가 되어 朝夕으로 만나려고 했으나 소원을 이루지 못하였다는 故事로 公子와 遊女와의 긴밀한 정을 형용한 것이다. 3)枉(왕): 쓸쓸히. 4)飛燕(비연): 漢나라 成帝의 皇后인 趙飛燕을 말함.
〈출전〉唐詩選 〈작자〉李白 〈제목〉淸平調詞

1079.

姑蘇臺上烏棲時고소대상오서시 **吳王宮裏醉西施**오왕궁리취서시

새가 잠든 때에 姑蘇臺에 놀러가서, 吳王은 宮안에서 서시에 취해있네.

(原文)

姑蘇臺上烏棲時　吳王宮裏醉西施　吳歌楚舞歡未畢　青山欲銜半邊日

銀箭金壺漏水多 起看秋月墜江波　東方漸高奈樂何

姑蘇臺 위에 까마귀가 깃들 때

吳王은 궁중에서 서시에 취해 있다.

吳나라 노래와 楚나라 춤에 즐거움은 아직인데,

푸른 산은 어느새 해의 반을 삼키네.

은 화살 금 항아리에 漏水는 많이 쌓이고

바라보는 가을달은 강물에 떨어졌다.

어느새 동쪽하늘 차츰 희어지거니

아아, 어쩌리. 그 즐거움 어쩌리.

註▶ 1)姑蘇臺(고소대): 姑蘇는 춘추전국시대의 吳나라의 서울로 지금의 江西省 蘇州府. 姑蘇臺는 吳왕 夫差가 越나라를 격파하고 얻은 미인 西施를 위해 쌓은 臺. 2)西施(서시): 越나라의 미인. 3)吳歌(오가): 고국을 그리워하는 노래. 즉 궁녀들의 노래. 4)楚舞(초무): 楚나라의 허리가 가는 미녀의 춤, 즉 궁녀들의 춤. 5)銀箭(은전): 물시계의 눈금이 새겨져 있는 은으로 만든 漏箭. 6)金壺(금호): 금으로 만든 물시계의 물통. 7)漏水(누수): 물시계의 물.

〈출전〉古文眞寶　〈작자〉李白　〈제목〉烏棲曲

1080.

佳人多薄命가인다박명

미인은 薄命하는 사람이 많다.

〈출전〉蘇軾　薄命佳人詩

1081.

美女者醜婦之仇也미녀자추부지구야

미녀는 못생긴 아내의 원수이다.

〈출전〉說苑　尊賢

1082.

絶代有佳人절대유가인　**幽居在空谷**유거재공곡

절세의 미인은 빈 골짜기에서 홀로 산다.

〈출전〉古文眞寶　〈작자〉杜甫　〈제목〉佳人

1083.

行宮見月傷心色행궁견월상심색　**夜雨聞鈴斷腸聲**야우문령단장성

발길이 옮겨질 때 달을 바라보며 상심도 하고,

밤비에 방울소리만 들어도 창자가 끊어지는 듯하구나.

註▶ 1)聞鈴(문령): 방울 소리를 듣다.

〈출전〉古文眞寶　〈작자〉白居易　〈제목〉長恨歌

1084.

玉容寂寞淚欄干옥용적막루란간　**梨花一枝春帶雨**이화일지춘대우

백옥 같은 얼굴에 시름이 어리어 눈물이 쏟아지니, 배꽃 한 가지가 봄비에 젖어있는 정경일세.

〈출전〉古文眞寶　〈작자〉白居易　〈제목〉長恨歌

1085.

雨中有淚亦悽慘우중유루역처참　**月下無人更淸淑**월하무인경청숙

해당화에 비 내리니 눈물 흘리듯 슬프고, 달 아래 고독한 미인은 맑고 정숙하네.

〈출전〉古文眞寶 〈작자〉蘇軾 〈제목〉定惠院海棠

1086.

善毛嬙西施之美선모장서시지미 **無益吾面**무익오면

毛嬙과 西施의 아름다움이 좋지만 나의 얼굴에는 도움이 안 되네.

註▶ 1)毛嬙(모장): 고대의 미인의 이름. 2)西施(서시): 吳王 夫差의 寵姬였던 越나라의 미인.

〈출전〉韓非子 顯學

1087.

美女雖不出미녀수불출 **人多求之**인다구지

미녀는 비록 집에서 나오지 않더라도 사람들이 그것을 추구한다.

〈출전〉墨子 公孟

1088.

甚美必有甚惡심미필유심악

심하게 아름다운 것은 심한 악이 있다.

〈출전〉左傳 昭公二十八年

1089.

齧妃女脣설비녀순 **甘如飴**감여이

미인의 입술을 깨무는 것은 달기가 엿과 같다.

〈출전〉古詩源 〈작자〉武帝 〈제목〉柏梁詩

1090.

也羞行路護輕紗야수행로호경사 **清夜微雲露月華**청야미운로월화

다닐 때는 부끄러워 면사로 싼 얼굴을, 맑은 밤 실구름의 달빛에는 드러내네.

(原文)

也羞行路護輕紗　清夜微雲露月華　約束蜂腰纖一掬　羅裙新剪石榴花

다닐 때는 부끄러워 면사로 싼 얼굴을

맑은 밤 실구름의 달빛에는 드러내네.

띠로 묶은 가는 허리 한 줌이 될까 말까.

새 비단치마 입고 석류꽃을 꺾어보네.

註▶ 1)約束(약속): 허리띠로 묶음. 2)蜂腰(봉요): 벌의 허리. 즉 가는 허리를 지칭. 柳腰.

〈출전〉한국한시 〈작자〉趙徽 〈제목〉戲贈燕京面紗美人

1091.

青裙女出木花田청군여출목화전 **見客回身立路邊**견객회신립로변

푸른 치마 입은 여자 목화밭에서 나와서, 손님 보자 몸을 돌려 길가에 서네.

(原文)

青裙女出木花田　見客回身立路邊　白犬遠隨黃犬去　雙還却走主人前

푸른 치마 입은 여자 목화밭에서 나와서

손님 보자 몸을 돌려 길가에 서네.

흰 개가 누른 개를 멀리서 따라가다

두 마리가 도리어 주인 앞으로 달려가네.

〈출전〉한국한시 〈작자〉申光洙(石北) 〈제목〉峽口所見

三. 인 생

Ⅰ. 인생의 목적

Ⅱ. 인생의 연령별 구분과 남녀

Ⅲ. 인생의 정

Ⅳ. 인생의 즐거움

Ⅴ. 인생의 애수

三. 인생

Ⅰ. 인생의 목적

1092.

何時靜坐雲林下하시정좌운림하　**翠竹蒼梧仔細看**취죽창오자세간

그 언제나 고요히 구름 숲 밑에 앉아, 푸른 대와 오동잎을 자세히 바라볼꼬.

(原文)

新築書堂壁未乾　馬蹄催我上長安　兒時但道爲官好　老去方知行路難

千里關山千里夢　一番風雨一番寒　**何時靜坐雲林下**　**翠竹蒼梧仔細看**

서당을 새로 지어 벽도 마르기 전에

말은 나를 재촉해 서울로 올라가네.

아이 때는 벼슬이 좋다고만 말했는데

늙어 가매 비로소 행로난을 알겠네.

천리의 고향산은 천리의 꿈속이요

비바람 칠 때마다 추위가 다가오네.

그 언제나 고요히 구름 숲 밑에 앉아

푸른 대와 오동잎을 자세히 바라볼꼬.

註▶ 1)行路難(행로난): 가는 길의 어려움. 다니는 길의 어려움. 2)關山(관산): 고향에 있는 산.

〈출전〉한국문집총간 〈작자〉表沿沫(藍溪) 〈제목〉召赴京途中述懷

1. 인간의 특성

1093.

仁者人也인자인야

仁이라고 하는 것은 사람다움이다.

註▶ 1)人(인): 사람다운 것을 말함.

〈출전〉中庸　十二章

1094.

仁人心也인인심야　**義人路也**의인로야

仁은 사람이 가져야 할 마음이요, 義는 사람이 걸어 가야할 길이다.

註▶ 1)人路(인로): 사람이 행하고 나아가야 할 길을 말함.

〈출전〉孟子　告子上

1095.

仁也者人也인야자인야

仁이라고 하는 것은 사람다움이다.

註▶ 1)人(인): 사람다운 것을 말함.

〈출전〉孟子　盡心下

1096.

爲仁由己위인유기　**而由人乎哉**이유인호재

仁을 이룩함은 나로부터 나오는 것이지 남에게서 나오겠는가?

〈출전〉論語　顔淵

1097.

無惻隱之心非人也무측은지심비인야

측은해 하는 마음이 없으면 사람이 아니다.

〈출전〉孟子　公孫丑上

1098.

人之生也直인지생야직

사람의 천성은 원래 착해서 정직하게 살아간다.

註▶ 1)生(생): 태어날 때부터 갖고 있는 천성. 2)直: 정직.
〈출전〉論語　雍也

1099.

我有三寶아유삼보　**持而保之**지이보지　**一曰慈**일왈자　**二曰儉**이왈검
三曰不敢爲天下先삼왈불감위천하선

나에게는 세 가지의 보배가 있으니 그것을 받들어 지켜왔다, 첫째는 자애로움이고 둘째는 검약함이고 셋째는 감히 천하에서 앞서가지 않는 것이다.

〈출전〉老子　六十七章

1100.

君子不器군자불기

君子는 자잘한 기능공 일은 않는다.

註▶ 1)不器(불기): 부분적인 기술자가 되지 않고 두루 통한다.
〈출전〉論語　爲政

1101.

一樹一穫者穀也일수일확자곡야 **一樹十穫者木也**일수십확자목야
一樹百穫者人也일수백확자인야

하나를 심어서 하나를 수확하는 게 곡식이요, 하나를 심어서 열 개를 얻는 게 나무요, 하나를 심어서 백 개를 얻는 게 사람이다.

註▶ 1)樹(수): 심다. 2)穫(확): 거두다.
〈출전〉管子 權修

1102.

鳥獸不可與同群조수불가여동군 **吾非斯人之徒與**오비사인지도여 **而誰與**이수여

사람은 새와 짐승과 함께 어울려 살지 못하니
내가 천하의 사람들과 어울려 살지 않고 누구와 더불어 살겠는가?

〈출전〉論語 微子

1103.

人生在勤인생재근

인생은 부지런함에 달려있다.

〈출전〉宋史 辛棄疾傳

1104.

譽我便應還毁我예아편응환훼아 **逃名却自爲求名**도명각자위구명

나를 칭찬하다가 곧 다시 나를 헐고, 이름을 숨긴다면서 되레 이름을 구하네.

(原文)
乍晴還雨雨還晴 天道猶然況世情 **譽我便應還毁我** **逃名却自爲求名**

花開花謝春何管　雲去雲來山不爭　寄語世人須記憶　取歎無處得平生
개었다 비오다, 비오다 다시 개니
천도도 그렇거니 하물며 세정이랴.
나를 칭찬하다가 곧 다시 나를 헐고
이름을 숨긴다면서 되레 이름을 구하네.
꽃이야 피건 지건 봄이 무슨 관계이랴
구름이 가건 오건 산은 다투지 않네.
세인들아 말하노니, 부디 기억해 두라
평생 동안 즐거움은 어디서나 얻나니….

註▶ 1)逃名(도명): 이름을 버리다. 이름을 숨기다.
〈출전〉한국문집총간 〈작자〉金時習(梅月堂) 〈제목〉乍晴乍雨

2. 修 己 治 人

1105.
克明俊德극명준덕　**以親九族**이친구족
밝은 덕을 밝게 하여 친족들을 친하게 한다.

註▶ 1)俊德(준덕): 높은 덕. 2)九族(구족): 친족들.
〈출전〉書經　堯典

1106.
九族既睦구족기목　**平章百姓**평장백성
모든 가족이 화목하면 백성을 공평하고 밝게 잘 다스려라.

註▶ 1)九族(구족): 친족들. 2)平章(평장): 공평하고 밝게 다스리다.

〈출전〉書經　堯典

1107.

百姓昭明백성소명　**協和萬邦**협화만방

백성이 밝은 덕을 밝히면 모든 나라를 도와 화합하라.

〈출전〉書經　堯典

1108.

明明德명명덕

밝은 덕을 밝히다

〈출전〉大學　經一章

1109.

親民친민

백성을 친애하다

〈출전〉大學　經一章

1110.

止於至善지어지선

지극한 선에 머무르게 하다

〈출전〉大學　經一章

1111.

欲明明德於天下者욕명명덕어천하자　**先治其國**선치기국

밝은 덕을 밝히고자 하는 사람은 먼저 그 나라를 다스려야한다.

〈출전〉大學　經一章

1112.

欲治其國者욕치기국자　**先齊其家**선제기가

나라를 다스리고자 하는 사람은 먼저 그 집안을 가지런히 해야한다.

〈출전〉大學　經一章

1113.

欲齊其家者욕제기가자　**先脩其身**선수기신

집안을 가지런히 하고자 하는 사람은 먼저 자신을 수양해야한다.

〈출전〉大學　經一章

1114.

欲脩其身者욕수기신자　**先正其心**선정기심

자신을 수양 하고자 하는 사람은 먼저 그 마음을 바르게 해야한다.

〈출전〉大學　經一章

1115.

欲正其心者욕정기심자　**先誠其意**선성기의

마음을 바르게 하고자 하는 사람은 먼저 그 뜻을 정성스럽게 해야 한다.

〈출전〉大學　經一章

1116.

欲誠其意者욕성기의자　**先致其知**선치기지

뜻을 정성스럽게 하고자 하는 사람은 먼저 앎에 이르게 해야 한다.

〈출전〉大學　經一章

1117.

致知在格物치지재격물

아는 것에 이르게 되는 것은 사물을 구명함에 있다.

註▶ 1)格物(격물): 사물을 구명하다.
〈출전〉大學　經一章

1118.

予懷明德여회명덕　**不大聲以色**불대성이색

나는 밝은 덕을 좋아하나 소리와 빛으로 크게 나타내지는 않는다.

註▶ 1)懷(회): 생각하다, 좋아하다.
〈출전〉詩經　大雅　皇矣

1119.

脩己以安人수기이안인

자기를 수양하여 사람들을 편안하게 하다.

〈출전〉論語　憲問

1120.

大上有立德대상유입덕　**其次有立功**기차유입공　**其次有立言**기차유입언

가장 큰 것은 덕을 세우는 것이고, 그 다음은 공을 세우는 것이고,
그 다음은 바른 말을 세우는 것이다.

〈출전〉左傳　襄公二十四年

3. 道

1121.

吾道一以貫之오도일이관지

나는 평생 동안 일관되게 도를 추구한다.

〈출전〉論語　里仁

1122.

一以貫之일이관지

오로지 인을 가지고 관철한다.

〈출전〉論語　衛靈公

1123.

淑人君子숙인군자　**其儀一兮**기의일혜

훌륭한 君子는 위엄 있는 거동이 한결같다.

〈출전〉詩經　曹風　鳲鳩

1124.

天得一以淸천득일이청　**地得一以寧**지득일이녕

하늘은 道를 체득하여 맑아졌고, 땅은 道를 체득하여 편안해졌다.

註▶ 1)一: 道에서 나온 원기로 음양으로 갈리기 이전의 것. 道라고 보아도 될 것이다.

〈출전〉老子　三十九章

1125.

一德一心일덕일심

같은 도덕에 서고, 같은 마음으로 일한다.

〈출전〉書經　泰誓中

1126.

人不知而不慍인부지이불온　**不亦君子乎**불역군자호

사람들이 알아주지 않아도 성내지 않으면 또한 군자가 아닌가?

註▶ 1)不知: 자신의 능력을 알아주지 않는 것을 말함. 2)不慍: 성내지 않다.
〈출전〉論語　學而

1127.

身雖否而道之亨也신수부이도지형야

一身의 생활이 불행해도 도는 도달한다.

〈출전〉近思錄　出處類

1128.

富貴不能淫부귀불능음　**貧賤不能移**빈천불능이
威武不能屈위무불능굴　**此之謂大丈夫**차지위대장부

부귀도 마음을 혼란하게 못하고, 빈천도 마음을 변하게 하지 못하고, 무서운 무력도 굴복시키지 못하게 되어야 그것을 대장부라고 한다.

〈출전〉孟子　滕文公下

1129.

屈于身而不屈于道兮굴우신이불굴우도혜

일신상의 역경에는 굽히지만 도에는 굽히지 않는다.

〈출전〉宋名臣言行錄　王禹偁

1130.

朝聞道조문도　**夕死可矣**석사가의

아침에 도를 들으면 저녁에 죽어도 후회가 없다.

〈출전〉論語　里仁

1131.

特立而獨行특립이독행

세상에 좌우되지 않고 서서 홀로 행한다.

註▶ 1)特立(특립): 특별히 우뚝 서서 세상에 좌우되지 않다.
〈출전〉文章軌範　〈작자〉韓愈　〈제목〉與于襄陽書

1132.

和而不流화이불류

조화를 이루되 시류에 따라가지 말라

〈출전〉近思錄　觀聖賢類

1133.

內省不疾내성부질　**夫何憂何懼**부하우하구

안으로 반성하여 잘못이 없거늘 무엇을 근심하고 무엇을 두려워하겠는가?

註▶ 1)疾(질): 잘못.
〈출전〉論語　顔淵

Ⅱ. 인생의 연령별 구분과 남녀

1134.

十有五而志于學십유오이지우학

열다섯 살에는 학문에 뜻을 두다.

<출전>論語 爲政

1135.

三十而立삼십이립

서른 살에는 독립하다.

<출전>論語 爲政

1136.

四十而不惑사십이불혹

마흔 살에는 망설이지 않게 되다.

註▶ 1)不惑(불혹): 미혹되지 않다.
<출전>論語 爲政

1137.

五十而知天命오십이지천명

쉰 살에는 천명을 알게 되다.

<출전>論語 爲政

1138.

六十而耳順육십이이순

예순 살에는 남의 말을 순순히 듣게 되다.

<출전>論語　爲政

1139.

七十而從心所欲칠십이종심소욕　**不踰矩**불유구

일흔 살에는 마음 내키는 대로 좇아도 법도를 넘지 않게 되다.

註▶ 1)從心所欲(종심소욕): 마음이 내키는 대로 따르다. 2)不踰矩(불유구): 법도를 넘지 않다.
<출전>論語　爲政

1. 小 壯 年

1140.

後生可畏후생가외

젊은 후배들을 두려워해야 한다.

註▶ 1)後生(후생): 뒤에 태어난 사람, 즉 후배나 후학을 말함.
<출전>論語　子罕

1141.

宣父猶能畏後生선부유능외후생　**丈夫未可輕年少**장부미가경년소

공자께서도 후배들을 두려워하셨으니, 장부가 나이가 어리다고 가벼이 여겨서는 안 된다.

註▶ 1)宣父(선부): 孔子를 말함. 2)後生(후생): 뒤에 태어난 사람, 즉 후배나 후학을 말함.
<출전>古文眞寶 <작자>李白 <제목>上李邕

1142.

口尙乳臭구상유취

입에서 아직 젖 냄새가 난다.

<출전>十八史略 西漢 高祖

1143.

小壯不努力소장불노력 **老大徒傷悲**노대도상비

젊었을 때 노력하지 않으면, 늙어서 상심하고 슬프기만 하다.

<출전>古文眞寶 <작자>沈休文 <제목>長歌行

1144.

盛年不重來성년부중래 **一日難再晨**일일난재신

청춘은 두 번 다시 오지 않고, 하루에 새벽은 두 번 오기 어렵다.

註▶ 1)盛年(성년): 인생에 있어서 가장 번성기인 청춘을 말함.
<출전>古文眞寶 <작자>陶潛 <제목>雜詩

1145.

當少壯之時당소장지시 **須念衰老的辛酸**수념쇠노적신산

젊었을 때에는 모름지기 노쇠한 처지의 괴로움을 알아야한다.

註▶ 1)辛酸(신산): 고통, 고생.
<출전>菜根譚 前集 百八十七

1146.

少之時소지시 **血氣未定**혈기미정 **戒之在色**계지재색

소년기에는 혈기가 안정되지 않았으므로 색을 경계해야한다.

註▶ 1)血氣未定(혈기미정): 혈기가 안정되지 않아서 충동적인 것을 말함. 2)色(색): 여색.

〈출전〉論語 季氏

1147.

歡樂極兮哀情多환락극혜애정다 **少壯幾時兮奈老何**소장기시혜나노하

환락에 너무 빠지면 슬픈 마음이 많아진다.

젊음의 때가 얼마나 되는가? 늙어 가는 것을 어이하리?

(原文)

秋風起兮白雲飛 草木黃落兮雁南歸 蘭有秀兮菊有芳, 攜佳人兮不能忘

泛樓船兮濟汾河 橫中流兮揚素波, 簫鼓鳴兮發棹歌 **歡樂極兮哀情多**

少壯幾時兮奈老何

가을바람 일어나니 흰 구름 날아가니

초목이 노랗게 시들어 떨어지고 기러기는 남쪽으로 돌아가네.

난초는 빼어나고 국화는 향기로우니

아름다운 분을 그리워함이여!

누선을 띄워 분하를 건너니

중류를 가로지르며 흰 물결을 날리는구나.

퉁소소리와 북소리 울리고 뱃노래 부르니

환락이 지극함에 슬픈 마음 많도다.

젊을 때가 얼마나 되는가? 늙음을 어이하리.

註▶ 1)樓船(누선): 누대가 있는 큰 배. 2)汾河(분하): 산서성에서 발원하여 황하로 들어가는 강.

〈출전〉文選 〈작자〉漢武帝 〈제목〉秋風辭

1148.

翫歲而愒日 완세이게일

세월을 아끼고, 하루하루를 아껴라.

註▶ 1)翫(완): 아끼며 즐거워하다. 2)愒(게): 아끼다, 탐하다.

〈출전〉左傳　昭公元年

1149.

少年安得長少年 소년안득장소년　**海波尙變爲桑田** 해파상변위상전

소년이 어찌 오래도록 소년으로 있으리오. 바다가 뽕나무밭으로 변하는구나.

註▶ 1)長(장): 오랫동안, 영구히. 2)海波(해파): 바다.

〈출전〉古文眞寶　〈작자〉李長吉　〈제목〉刺年少

1150.

今年花落顔色改 금년화락안색개　**明年花開復誰在** 명년화개복수재

금년에 꽃 떨어지니 얼굴이 또 늙어, 내년에 꽃필 때에는 누가 다시 있으리오.

(原文)

洛陽城東桃李花　飛來飛去落誰家　洛陽女兒惜顔色　行逢落花長嘆息
今年花落顔色改　明年花開復誰在　已見松栢摧爲薪　更聞桑田變成海
古人無復洛城東　今人還對落花風　年年歲歲花相似　歲歲年年人不同

낙양성 동쪽에 핀 복사꽃이
날아다니다가 뉘 집에 떨어질 것인가?
낙양의 아가씨 얼굴이 변할까 애가 타서
떨어지는 꽃을 바라보고도 탄식한다.
금년에 꽃이 지면 내 얼굴이 변하지만

내년에 꽃이 피면 누가 다시 있겠는가?
이미 송백이 땔감이 된 것을 보았고
다시 뽕나무밭이 푸른 바다가 된다는 말도 들었다.
옛사람은 낙양성의 동쪽에서 찾아볼 수 없고
지금 사람이 다시 바람에 지는 꽃을 대하고 있다.
해마다 꽃은 서로 같지만
해마다 사람은 다르다.

註▶ 1)洛陽城(낙양성): 당나라의 도읍지. 2)摧(최): 꺾이는 것, 베어지는 것.
〈출전〉唐詩選 〈작자〉劉廷芝 〈제목〉代悲白頭翁

1151.

年年歲歲花相似 연년세세화상사 **歲歲年年人不動** 세세년년인부동

해마다 피는 꽃은 같은데, 해마다 사람은 같지 않네.

(原文)

洛陽城東桃李花 飛來飛去落誰家 洛陽女兒惜顔色 行逢落花長嘆息
今年花落顔色改 明年花開復誰在 已見松栢摧爲薪 更聞桑田變成海
古人無復洛城東 今人還對落花風 **年年歲歲花相似** **歲歲年年人不同**
낙양성 동쪽에 핀 복사꽃이
날아다니다가 뉘 집에 떨어질 것인가?
낙양의 아가씨 얼굴이 변할까 애가 타서
떨어지는 꽃을 바라보고도 탄식한다.
금년에 꽃이 지면 내 얼굴이 변하지만
내년에 꽃이 피면 누가 다시 있겠는가?
이미 송백이 땔감이 된 것을 보았고
다시 뽕나무밭이 푸른 바다가 된다는 말도 들었다.

옛사람은 낙양성의 동쪽에서 찾아볼 수 없고
지금 사람이 다시 바람에 지는 꽃을 대하고 있다.
해마다 꽃은 서로 같지만
해마다 사람은 다르다.

註▶ 1)洛陽城(낙양성): 당나라의 도읍지. 2)摧(최): 꺾이는 것, 베어지는 것.
〈출전〉唐詩選 〈작자〉劉廷芝 〈제목〉代悲白頭翁

1152.

四十不動心사십부동심

마흔 살에는 마음이 동요되지 않는다.

〈출전〉孟子 公孫丑上

1153.

戒之在鬪계지재투

싸움을 경계하라.

〈출전〉論語 季氏

1154.

髮短발단 **而心甚長**이심심장

나이가 들어 머리카락이 짧아지지만 지혜는 깊어진다.

註▶ 1)髮短(발단): 나아가 많이 들어서 머리카락이 빠지고 짧아지는 것을 말함. 2)長(장): 지혜가 깊어지다.
〈출전〉左傳 昭公三年

2. 노 년

1155.

四十五十而無聞焉사십오십이무문언 **斯亦不足畏也已**사역부족외야이

사십 오십이 되어도 이름이 나지 않으면 역시 두려울 것이 없다.

註▶ 1)無聞(무문): 名聲이 나지 않아서 소문이 들리지 않는 것.

〈출전〉論語 子罕

1156.

年五十 연오십 **而知四十九年非**이지사십구년비

나이가 오십이 되니 사십 구 년 동안의 잘못을 알겠다.

註▶ 1)年(년): 나이. 2)非(비): 잘못.

〈출전〉淮南子 原道訓

1157.

遽伯玉거백옥 **行年六十而六十化**행년육십이육십화

遽伯玉은 나이가 육십이 될 때까지 육십 번이나 살아가는 방법이 변화했다.

註▶ 1)遽伯玉(거백옥): 衛나라의 賢人

〈출전〉莊子 雜篇 則陽

1158.

戒之在得계지재득

탐욕을 경계하라

註▶ 1)得(득): 얻을 것, 즉 탐하는 마음.
〈출전〉論語　季氏

1159.

謀黃髮番番모황발번번　**則無所過**즉무소과

노인에게 여러 번 상담하면 잘못될 것이 없다.

註▶ 1)謀(모): 물어보다. 2)黃髮(황발): 노인. 3)番番(번번): 여러 번, 번번이. 4)所過(소과): 잘못될 것.
〈출전〉史記　秦紀

1160.

無侮老成人무모노성인

인생경험이 많은 노인을 업신여기지 말라.

〈출전〉書經　盤庚上

1161.

自老視少자노시소　**可以消奔馳角逐之心**가이소분치각축지심

늙은 눈으로 젊음을 보면 바삐 달리고 서로 다투는 마음을 없앨 수 있다.

註▶ 1)奔馳(분치): 명예와 이익을 좇아 분주히 돌아다니다. 2)角逐(각축): 명예와 이익을 서로 다투다.
〈출전〉菜根譚　後集 五十七

1162.

相知盡白首상지진백수　**淸景復追遊**청경복추유

서로 알고 지낸 친구와 백발이 다되었어도, 맑은 경치에 가서 다시 한번 놀아보세.

(原文)

月露發光彩　此時方見秋　夜涼金氣應　天靜火星流
蟲響偏依井　螢飛直過樓　**相知盡白首　淸景復追遊**

달에 이슬이 빛을 발하니
이때가 바야흐로 가을이네.
밤이 서늘하니 가을의 기운이고
하늘이 고요하니 화성이 흐르는 듯하다.
벌레소리 우물가에서 나고
반딧불 날아 곧바로 누각을 지나네.
친구가 백발이 다 되었지만
맑은 경치에 다시 놀아본다.

註▶ 1)金氣(금기): 가을의 기운. 2)相知(상지): 친구, 白樂天을 가리킴.
<출전>三體詩　<작자>劉禹錫　<제목>新秋寄樂天

1163.

堂上書生空白頭당상서생공백두

집 위의 서생이 헛되이 늙어 백발이 되었네.
<출전>古文眞寶　<작자>杜甫　<제목>秋雨歎

1164.

白髮悲花落백발비화락　**青雲羨鳥飛**청운선조비

백발이 생기니 꽃 떨어지는 것을 슬퍼하고, 푸른 구름사이로 새 날아감을 부러워하네.

(原文)

聯步趨丹陛　分曹限紫薇　曉隨天仗入　暮惹御香歸

白髮悲花落　青雲羡鳥飛　聖朝無闕事　自覺諫書稀

잔걸음 함께 걸어 붉은 섬돌 올라서

벼슬에 좇아 자미성에 갈라선다네.

아침엔 천자의 의장 따라 입궐하고

저녁엔 어전의 향기 갖고 돌아오네.

백발이 생기니 꽃 떨어지는 것을 슬퍼하고

푸른 구름사이로 새 날아감을 부러워하네.

성스런 조정 정사 미흡함이 없을지니

스스로 느끼건대 권간 상서 적어지네.

註▶ 1)杜拾遺(두습유): 杜甫를 가리킴. 2)聯步(연보): 함께 나란히 걸어가다. 3)趨(추): 잔걸음. 당나라 때 대신들이 궁전에 들어설 때면 빨리 걷는 잔걸음으로 임금에 대한 공경의 뜻을 표했다. 4)丹陛(단폐): 궁전 앞에 붉은 칠을 한 섬돌.
5)分曹(분조): 벼슬의 등급에 다라 갈라서는 것. 6)紫薇(자미): 紫薇省, 中書省의 별칭. 7)天仗(천장): 天子의 儀杖. 8)惹(야): 묻히다. 여기서는 향기가 옷에 듬뿍 스며드는 것을 말함. 9)無闕事(무궐사): 임금의 정사가 미흡한 점이 없다. 10)諫書(간서): 임금을 勸諫하는 上奏書.

〈출전〉唐詩選　〈작자〉岑參　〈제목〉寄左省杜拾遺

1165.

朝如青絲暮如雪조여청사모여설

아침에는 푸른 실처럼 머리카락이 검더니 저녁에는 눈처럼 백발이 되네.

〈출전〉古文眞寶　〈작자〉李白　〈제목〉將進酒

1166.

人生七十古來稀인생칠십고래희

칠십까지 사는 사람이 예부터 드물구나.

(原文)

朝回日日典春衣　每日江頭盡醉歸　酒債尋常行處有　**人生七十古來稀**

穿花蛺蝶深深見　點水蜻蜓款款飛　傳語風光共流轉　暫時相賞莫相違

조정에 돌아오면 봄옷을 잡혀

날마다 강가에 나가 실컷 취해 돌아온다.

가는 곳마다 술빚은 으레 있고

인생 칠십은 예부터 드물거니

꽃에 앉는 나비는 뚫어져라 들여다보고

물을 차는 잠자리는 애은 듯 날아간다.

말하노라, 풍광은 세월과 함께 흐르는 것

잠시나마 즐기고 부디 등지지 말라.

註▶ 1)古來稀(고래희): 古稀라는 말의 기원. 2)深深見(심심견): 매우 깊이 보는 모양. 3)款款飛(관관비): 느릿느릿 나는 모양.

〈출전〉唐詩選　〈작자〉杜甫　〈제목〉曲江

1167.

宿昔青雲志숙석청운지　**蹉跎白髮年**차타백발년

옛날에 품었던 청운의 뜻이, 때를 다 놓치고 백발이 되었나니.

(原文)

宿昔青雲志　蹉跎白髮年　誰知明鏡裡　形影自相憐

옛날에 품었던 청운의 뜻이

때를 다 놓치고 백발이 되었나니.

누가 알았겠는가, 이 거울 속에서
몸과 그림자가 서로 가여워할 줄을.

註▶ 1)宿昔(숙석): 옛날. 2)青雲志(청운지): 출세하려하는 마음. 3)蹉跎(차타): 때를 놓침. 4)形影(형영): 형체와 그림자.
<출전>唐詩選 <작자>張九齡 <제목>照鏡見白髮

1168.

誰知明鏡裏수지명경리 **形影自相憐**형영자상련

누가 알았겠는가, 이 거울 속에서, 몸과 그림자가 서로 가여워할 줄을.

(原文)

宿昔青雲志 蹉跎白髮年 **誰知明鏡裡 形影自相憐**

옛날에 품었던 청운의 뜻이
때를 다 놓치고 백발이 되었나니.
누가 알았겠는가, 이 거울 속에서
몸과 그림자가 서로 가여워할 줄을.

註▶ 1)宿昔(숙석): 옛날. 2)青雲志(청운지): 출세하려하는 마음. 3)蹉跎(차타): 때를 놓침. 4)形影(형영): 형체와 그림자.
<출전>唐詩選 <작자>張九齡 <제목>照鏡見白髮

1169.

白髮三千丈백발삼천장 **緣愁似箇長**연수사개장

백발이 三千丈이 된 것은, 시름 때문에 이처럼 자랐네.

(原文)

白髮三千丈 緣愁似個長 不知明鏡裏 何處得秋霜

백발이 三千丈이 된 것은
시름 때문에 이처럼 자랐네.
알 수 없구나, 거울 속의 너
어디서 그 가을 서리를 맞았는가.

註▶ 1)緣愁(연수): 시름 때문에. 2)似個(사개): 이와 같이.
〈출전〉唐詩選 〈작자〉李白 〈제목〉秋浦歌 其十五

1170.
高歌一曲掩明鏡고가일곡엄명경 **昨日少年今白頭**작일소년금백두
소리 높여 한 곡하고 거울에 비친 안색을 보니, 어제는 소년이었는데 오늘은 백발이네.

(原文)
琪樹西風枕簟秋 楚雲湘水憶同遊 **高歌一曲掩明鏡 昨日少年今白頭**
아름다운 나무에 가을바람 부니 대자리 베고 자는 가을이고
동정호와 상강은 함께 놀던 때를 기억하게 하네.
소리 높여 한 곡하고 거울에 비친 안색을 보니
어제는 소년이었는데 오늘은 백발이네.

註▶ 1)琪樹(기수): 아름다운 나무. 2)西風(서풍): 가을바람. 3)簟(점): 대자리. 4)楚雲(초운): 동정호 일대의 옛 지명. 5)湘水(상수): 湘江.
〈출전〉唐詩選 〈작자〉許渾 〈제목〉秋思

1171.
親朋無一字친붕무일자 **老病有孤舟**노병유고주
친한 벗들에게서는 한 장의 편지 없고, 늙고 병든 몸에는 배 한 척일뿐이네.

(原文)

昔聞洞庭水　今上岳陽樓　吳楚東南坼　乾坤日夜浮
親朋無一字　老病有孤舟　戎馬關山北　憑軒涕泗流

옛날부터 들어오던 동정호인데
이제 그 언덕의 악양루에 오른다.
오나라와 초나라는 동남으로 갈라졌고
하늘과 땅은 밤낮으로 떠 있다.
친한 벗들에게서는 한 장의 편지 없고
늙고 병든 몸에는 배 한 척일뿐이네.
관산 북쪽에는 아직도 전쟁이라
홀로 난간에 기대어 눈물 흘린다.

註▶ 1)岳陽樓(악양루): 湖南省 岳陽縣 동정호 동쪽 언덕에 있는 누각. 2)戎馬(융마): 전쟁. 3)關山(관산): 관문의 산. 4)涕泗(체사): 눈물과 콧물.
〈출전〉唐詩選　〈작자〉杜甫　〈제목〉登岳陽樓

1172.

自憐黃髮暮자련황발모　**一倍昔年華**일배석년화

머리카락이 누렇게 변하여 늙었음을 슬퍼하고,
지난날 화려했던 시절을 아까워함이 한층 더해지네.

註▶ 1)黃髮暮(황발모): 머리카락이 누렇게 변할 정도로 늙었다는 뜻. 2)一倍(일배): 한층 더해지다.
〈출전〉三體詩　〈작자〉王維　〈제목〉晚春答嚴少尹諸公見過

1173.

羨萬物之得時선만물지득시　**感吾生之行休**감오생지행휴

만물이 제때를 얻음을 부러워하고, 우리 인생이 장차 끝나 감을 느낀다.

註▶ 1)得時(득시): 제 때를 얻다. 2)行休(행휴): 끝나가다.
<출전>古文眞寶　<작자>陶潛　<제목>歸去來辭

1174.
壽考維祺수고유기　**以介景福**이개경복
오래오래 잘살도록 해드리며 큰 복을 비네.

註▶ 1)祺(기): 길하게 잘살게 해드리는 것. 2)介(개): 빌다. 3)景福(경복): 큰 복.
<출전>詩經　大雅　行葦

1175.
枯楊生華고양생화
늙은 버드나무에 꽃이 핀다.

<출전>易經　大過　九十五

1176.
可笑此翁猶矍鑠가소차옹유확삭　**百端無計駐韶華**백단무계주소화
우스워라, 이 늙은이 아직 씩씩하건만, 아무래도 청춘을 붙들어 둘 길이 없구나.

(原文)
自憐阿堵已生花　尙且逢場發興多　**可笑此翁猶矍鑠　百端無計駐韶華**
가여워라, 눈에 꽃이 생겼구나.
그래도 마당놀이에 나가면 홍취가 솟구치네.
우스워라, 이 늙은이 아직 씩씩하건만
아무래도 청춘을 붙들어 둘 길이 없구나.

註▶ 1)阿堵(아도): 눈동자. 眼睛. 2)花(화): 늙어 가면 눈앞에 어른거리는 불꽃. 3)矍

鑠(확삭): 노인이 원기가 왕성하고 몸이 잰 모양. 4)韶華(소화): 화창한 봄 경치. 韶光.
〈출전〉한국문집총간 〈작자〉南在(龜亭) 〈제목〉次廣州淸風樓韻

1177.

乾坤有意生男子건곤유의생남자 **歲月無情老丈夫**세월무정노장부

건곤은 뜻이 있어 이 남아를 내었는데, 세월은 무정하여 장부를 다 늙히네.

(原文)

玉露凋傷金井梧 九秋佳節亦須臾 **乾坤有意生男子 歲月無情老丈夫**
少日交遊俱寂寞 異鄕蹤跡復江湖 家貧衆口多鵝雁 赤手荒年活計迂

우물가 오동잎이 이슬에 다 시들어
가을의 좋은 시절도 잠깐이구나.
건곤은 뜻이 있어 이 남아를 내었는데
세월은 무정하여 장부를 다 늙히네.
젊을 때 사귄 사람 그 모두 적막하고
타향의 그 발길이 다시 시골로 왔네.
가난한 집 모든 입이 아귀처럼 먹는데
맨손이라 이 흉년에 살아가기 서투네.

註▶ 1)九秋(구추): 가을의 90일간. 2)鵝眼(아안): 거위와 기러기. 많이 먹음을 비유. 3)赤手(적수): 맨손. 4)荒年(황년): 흉년.
〈출전〉한국한시 〈작자〉趙國賓 〈제목〉鄕居自歎

1178.

野老無營不出門야노무영불출문 **鉤簾終日坐幽軒**구렴종일좌유헌

할 일 없는 들 늙은이 문을 나가지 않고, 발을 달아매고 종일토록 난간에 앉아 있네.

(原文)

野老無營不出門　鉤簾終日坐幽軒　胸中自爾心機靜　竹雨松風亦厭喧

할 일 없는 들 늙은이 문을 나가지 않고

발을 달아매고 종일토록 난간에 앉아 있네.

가슴속이 그러하여 마음이 고요 커니

대비와 솔바람도 시끄러워 싫어하네.

註▶ 1)自爾(자이): 스스로 그러하다. 自然. 2)心機(심기): 마음의 활동.

〈출전〉한국한시 〈작자〉許蔣 〈제목〉溪亭偶吟

4. 남 녀

1179.

乾道成男건도성남　**坤道成女**곤도성녀

하늘의 도는 남자를 이루고, 땅의 도는 여자를 이룬다.

註▶ 1)乾道(건도): 하늘의 도. 2)坤道(곤도): 땅의 도.

〈출전〉易經　繫辭上

1180.

男女居室남녀거실　**人之大倫也**인지대륜야

남녀가 함께 사는 것은 인간의 가장 큰일이다.

註▶ 1)居室(거실): 같은 방에서 사는 것. 즉 부부의 관계를 맺는 것을 말한다.

〈출전〉孟子　萬章上

1181.

治心修身치심수신 **以飮食男女爲切要**이음식남녀위절요

마음을 다스리고 자신을 수양하는 것은 음식을 먹거나 남녀 간의 관계에서 절실한 요체가 된다.

註▶ 1)切要(절요): 절실한 요체.

〈출전〉小學 外篇 嘉言

1182.

男女正남녀정 **天地之大義也**천지지대의야

남자는 남자대로 여자는 여자대로 자리를 바르게 지키는 것은 천지의 큰 의로움이다.

〈출전〉易經 家人 彖

1183.

男不言內남불언내 **女不言外**여불언외

남자는 집안일을 말하지 말고, 여자는 바깥일을 말하지 말라.

〈출전〉禮記 內則

1184.

女正位乎內여정위호내 **男正位乎外**남정위호외

여자는 가정에서 바른 자리를 지키고, 남자는 밖에서 바른 자리를 지켜서 활동하라.

〈출전〉易經 家人 彖

1185.

士爲知己者用사위지기자용　**女爲說己者容**여위설기자용

선비는 자기를 알아주는 사람을 위하여 쓰여지고,
여자는 자기를 예뻐해 주는 사람을 위하여 단장한다.

註▶ 1)知己者(지기자): 자기의 능력을 알아주는 사람. 2)說己者(열기자): 자기를 예뻐해 주는 사람. 3)容(용): 단장하다.
〈출전〉文章軌範　司馬遷　報任安書

1186.

士爲知己者死사위지기자사　**女爲說己者容**여위설기자용

선비는 자기를 알아주는 사람을 위하여 죽고,
여자는 자기를 예뻐해 주는 사람을 위하여 단장한다.

註▶ 1)知己者(지기자): 자기의 능력을 알아주는 사람. 2)說己者(열기자): 자기를 예뻐해 주는 사람. 3)容(용): 단장하다.
〈출전〉史記　刺客傳

1187.

以順爲正者이순위정자　**妾婦之道也**첩부지도야

순종으로써 바르게 행하는 것은 부인의 도리이다.

〈출전〉孟子　滕文公下

1188.

唯女子與小人유녀자여소인　**爲難養也**위난양야

유독 여자와 소인은 다루기 어렵다.

註▶ 1)養(양): 다루다.

〈출전〉論語　陽貨

1189.

哲夫成城철부성성　**哲婦傾城**철부경성

명철한 남자는 城을 만들고, 똑똑한 여자는 城을 기울게 한다.

註▶ 1)哲夫(철부): 명철한 남편, 명철한 남자. 2)哲婦(철부): 명철한 아내, 명철한 여자.
〈출전〉詩經　大雅　瞻卬

1190.

人生莫作婦人身인생막작부인신　**百年苦樂由他人**백년고락유타인

인생을 부인에게 걸지 말라, 일생의 고락은 타인에게서 나온다.

〈출전〉古文眞寶　〈작자〉白居易　〈제목〉太行路

1191.

癡牛與騃女치우여애녀　**不肯勤農桑**불긍근농상　**徒勞含淫思**도로함음사
夕旦遙相望석단요상망

어리석은 소와 어리석은 여자는 농사와 양잠을 부지런히 하지 않고 헛되게 음란한 생각으로 저녁과 아침으로 멀리서 서로 바라본다.

註▶ 1)癡牛(치우): 어리석은 소. 2)騃女(애녀): 어리석은 여자. 3)不肯(불긍): 즐거워하지 않는다. 4)淫思(음사): 음란한 생각.
〈출전〉盧仝　月蝕詩

1192.

色衰而愛弛색쇠이애이

얼굴이 늙으면 사랑도 엷아진다.

註▶ 1)色衰(색쇠): 얼굴이 쇠해지다, 즉 얼굴이 늙다. 2)弛(이): 느슨해진다.
〈출전〉史記　呂不韋傳

1193.
一日不見일일불견　如三月兮여삼월혜
하루를 못 봤는데 하루가 석 달 같다.

〈출전〉詩經　王風　采葛

1194.
婦有長舌부유장설　維厲之階유려지계
여자에게는 긴 혀가 있어서 세상 중에 어지러움을 일으키는 근본이 된다.

註▶ 1)厲(여): 惡의 뜻으로 재난을 말한다. 2)階(계): 근본.
〈출전〉詩經　大雅　瞻卬

1195.
靑靑子衿청청자금　悠悠我心유유아심　縱我不往종아불왕　子寧不嗣音자녕불사음
푸르고 푸른 임의 옷깃이여! 내 마음에 시름 안기네.
비록 나는 못 간다 해도, 임은 어찌 소식도 없는가?

註▶ 1)靑靑(청청): 푸르기만 한 것. 2)子(자): 남자를 가리킴. 3)悠悠(유유): 생각이 긴 모양. 따라서 생각을 길게 하도록 한다는 것은 시름을 안겨준다는 것을 의미한다. 4)嗣音(사음): 소식을 전하는 것.
〈출전〉詩經　鄭風　子衿

1196.
獨陰不生독음불생　獨陽不生독양불생

陰은 혼자서 만들지 못하고, 陽도 혼자서 만들지 못한다.

〈출전〉穀梁傳　莊公三年

1197.

歸妹귀매 **天地之大義也**천지지대의야 **天地不交**천지불교 **而萬物不興**이만물불흥 **歸妹**귀매 **人之終始也**인지종시야

여자가 시집가는 것은 천지의 대의이다, 천지가 교합하지 않으면 만물이 생기지 않는다, 여자가 시집가는 것은 사람의 마지막이자 처음인 것이다.

註▶ 1)歸妹(귀매): 여자가 시집가는 것. 2)不興(불흥): 생기지 않는다.
〈출전〉易經　歸妹　彖

1198.

道生一도생일　**一生二**일생이　**二生三**이생삼　**三生萬物**삼생만물

道가 하나를 낳고, 하나는 둘을 낳고, 둘은 셋을 낳고, 셋은 만물을 낳는다.

註▶ 1)一(일): 음양의 두 氣로 나눠지기 이전의 근본적인 氣. 2)二(이): 음양의 두 氣. 3)三(삼): 음양의 두 氣의 변화에 의하여 생겨나는 물질의 근원이 되는 氣.
〈출전〉老子　四十二章

1199.

美者自美미자자미　**吾不知其美也**오부지기미야　**其惡者自惡**기악자자악　**吾不知其惡也**오부지기악야

미인은 자기가 미인이라 하여 콧대가 높아서 내 눈에는 아름답다고 보이지 않는다. 그러나 추녀는 스스로 못생겼다는 것을 알고 있으므로 내 눈에는 추하다고 보이지 않는다.

註▶ 1)自美(자미): 스스로 아름답다고 하는 것. 2)自惡(자악): 스스로 못생겼다고 여기는 것.
〈출전〉莊子 外篇 山木

1200.

但願一宵詩酒席단원일소시주석 **助吟風月結芳緣**조음풍월결방연

다만 하룻밤 시 짓고 술 마시는 자리에서, 풍월을 함께 읊으며 꽃다운 인연 맺고 싶을 뿐.

(原文)

廣平鐵腸早知堅 兒本無心共枕眠 **但願一宵詩酒席 助吟風月結芳緣**

광평의 굳은 쇠 창자를 내 일찍 알았거니
본래 한 잠자리 할 생각 전혀 없었네.
다만 하룻밤 시 짓고 술 마시는 자리에서
풍월을 함께 읊으며 꽃다운 인연 맺고 싶을 뿐.

註▶ 1)宋佐幕(송좌막): 宋은 姓. 佐幕은 벼슬 이름. 國瞻은 그 이름. 2)廣平(광평): 옛날 중국사람. 廣平君. 3) 鐵腸(철장): 쇠 같이 굳은 창자. 鐵腸石心이란 말이 있다. 4)兒(아): 우돌 자신. 5)風月(풍월): 淸風과 明月. 곧 자연의 좋은 경치. 여기서는 시.
〈출전〉한국한시 〈작자〉吁咄 〈제목〉呈宋佐幕國瞻

1201.

相逢長安陌상봉장안맥 **相向花間語**상향화간어

장안 거리에서 우리는 만나, 꽃 사이에서 속삭이었네.

(原文)

相逢長安陌 相向花間語 遺却黃金鞭 回鞍走馬去

장안 거리에서 우리는 만나

꽃 사이에서 속삭이었네.
황금 채찍을 그만 잊어버리고
말머리 돌려 달려갔었네.

註▶ 1)遺却(유각): 잊어버리다.
<출전>한국문집총간 <작자>蘭雪軒 許氏 <제목>相逢行

Ⅲ. 인생의 정

1. 가족 간의 정

1202.

凱風自南吹彼棘心개풍자남취피극심 **棘心夭夭母氏劬勞**극심요요모씨구로

따스한 남풍이 어린 대추나무에 불어와,

어린 대추나무 파릇파릇 하니 어머님의 은혜를 생각하게 하네.

註▶ 1)凱風(개풍): 凱는 和하다, 凱風은 南風의 뜻. 2)棘心(극심): 대추나무의 어린 가시. 3)夭夭(요요): 어린 나무가 파릇파릇 자라는 모양. 4)劬勞(구로): 勞苦의 뜻.

〈출전〉詩經 邶風 凱風

1203.

哀哀父母生我劬勞애애부모생아구로

슬프도다! 부모님은 나를 낳으시고 수고하셨네.

註▶ 1)哀哀(애애): 슬프다. 2)劬勞(구로): 勞苦의 뜻.

〈출전〉詩經 小雅 蓼莪

1204.

無父何怙무부하호 **無母何恃**무모하시

아버님이 아니면 무엇을 의지하며, 어머님이 아니면 무엇을 믿나?

註▶ 1)怙(호): 믿다, 의지하다. 2)恃(시): 의지하다, 믿다.

〈출전〉詩經 小雅 蓼莪

1205.

兄弟鬩于牆형제혁우장 **外禦其務**외어기무

형제가 집안에서 다투더라도 밖에서 모욕을 가해오면 함께 대적한다.

註▶ 1)于牆(우장): 담장 안, 즉 집안. 2)禦(어): 막다. 3)務(무): 모와 통하여 밖에서 모욕을 가해오는 것.

〈출전〉詩經 小雅 常棣

1206.

老妻畫紙爲棊局노처화지위기국 **稚子敲針作釣鉤**치자고침작조구

늙은 아내는 종이에 바둑판을 그리고, 어린 아들은 바늘을 두드려 낚시를 만드네.

(原文)

清江一曲抱村流 長夏江村事事幽 自去自來梁上燕 相親相近水中鷗

老妻畫紙爲棊局 稚子敲針作釣鉤 多病所須唯藥物 微軀此外更何求

맑은 강 한 구비 마을을 감싸고 흐르고

기나긴 여름 강촌에는 일마다 그윽하네.

들보 위의 제비는 절로 갔다 절로 오고

물위의 갈매기는 서로 친한 것 같은데.

늙은 아내는 종이에 바둑판을 그리고

어린 아들은 바늘을 두드려 낚시를 만드네.

병이 많아 오직 약물이 필요할 뿐

미천한 몸이 이밖에 무엇을 구하겠는가?

註▶ 1)棊局(기국): 바둑판. 2)釣鉤(조구): 낚시.

〈출전〉杜工部集 〈작자〉杜甫 〈제목〉江村

1207.

慈母手中線자모수중선 **遊子身上衣**유자신상의

자애로운 어머님이 손수 꿰맨 옷은, 멀리 떠나있는 아들이 입을 옷이네.

(原文)

慈母手中線 遊子身上衣 臨行密密縫 意恐遲遲歸 誰言寸草心 報得三春暉

자애로운 어머님이 손수 꿰맨 옷은
멀리 떠나있는 아들이 입을 옷인데.
떠날 때 다시 바느질 손보심은
어쩌다 더디 돌아올까 걱정해서이네.
누가 말하던가! 저 조그만 풀이
따뜻한 봄볕 은혜 갚을 수 있다고.

註▶ 1)遊子吟(유자음): 樂府의 제목으로 거문고 가락의 가사에 속한다. 2)線(선): 실. 3)遊子(유자): 떠도는 아들, 나그네. 4)三春(삼춘): 봄의 3개월. 5)暉(휘): 봄의 햇빛.
〈출전〉唐詩三百首 〈작자〉孟郊 〈제목〉遊子吟

1208.

臨行密密縫임행밀밀봉 **意恐遲遲歸**의공지지귀

떠날 때 다시 바느질 손보심은, 어쩌다 더디 돌아올까 걱정해서이네.

(原文)

慈母手中線 遊子身上衣 **臨行密密縫 意恐遲遲歸** 誰言寸草心 報得三春暉

자애로운 어머님이 손수 꿰맨 옷은
멀리 떠나있는 아들이 입을 옷인데.
떠날 때 다시 바느질 손보심은
어쩌다 더디 돌아올까 걱정해서이네.

누가 말하던가! 저 조그만 풀이
따뜻한 봄볕 은혜 갚을 수 있다고.

註▶ 1)遊子吟(유자음): 樂府의 제목으로 거문고 가락의 가사에 속한다. 2)線(선): 실. 3)遊子(유자): 떠도는 아들, 나그네. 4)三春(삼춘): 봄의 3개월. 5)暉(휘): 봄의 햇빛.
〈출전〉唐詩三百首 〈작자〉孟郊 〈제목〉遊子吟

1209.

辛勤三十日신근삼십일 **母瘦雛漸肥**모수추점비

부지런히 먹인 삼십 일에, 어미는 야위고 새끼는 커갔다.

註▶ 1)辛勤(신근): 고생하며 부지런히 새끼에게 먹이다. 2)雛(추): 새의 새끼.
〈출전〉白氏文集 〈작자〉白居易 〈제목〉燕詩

1210.

思爾爲雛日사이위추일 **高飛背母時**고비배모시

생각컨데 너도 새끼 때에, 높이 날아가 어미를 저버리지 않았는가?

註▶ 1)雛日(추일): 새끼일 때.
〈출전〉白氏文集 〈작자〉白居易 〈제목〉燕詩

1211.

中宵見月思親淚중소견월사친루 **白日看雲憶弟心**백일간운억제심

밤중의 달을 보고 부모 생각 눈물이요, 한낮에 구름 바라보니 아우 생각 마음이다.

(原文)
擧日江山深復深　家書一字抵千金　**中宵見月思親淚　白日看雲憶弟心**
兩眼昏花看霧隔　一簪華髮曉霜侵　春風不覺愁邊過　綠樹鶯聲忽滿林
바라보면 강산은 멀고 또 먼데
집의 편지 한 자의 그 값이 천금이다.
밤중의 달을 보고 부모 생각 눈물이요
한낮에 구른 바라보니 아우 생각 마음이다.
두 눈으로 꽃을 보니 봄 안개가 서린 듯
한 비녀 흰머리는 새벽 서리 내린 듯.
봄바람 어느덧 시름 속에 보내고
푸른 나무 꾀꼬리 소리 문득 숲에 가득하다.

註▶ 1)深(심): 멂. 2)抵(지): 값. 3)華髮(화발): 흰머리. 老年을 일컬음.
〈출전〉한국한시 〈작자〉成石磷(獨谷) 〈제목〉在固城寄舍弟

1212.
春到江南客未回춘도강남객미회　**山茶落盡野梅開**산다락진야매개
봄이 와도 강남의 나그네는 돌아가지 못하니, 동백꽃은 다 지고 들매화가 피었네.

(原文)
春到江南客未回　山茶落盡野梅開　林扉寂寞無人管　烟鎖溪邊舊釣臺
봄이 와도 강남의 나그네는 돌아가지 못하니
동백꽃은 다 지고 들매화가 피었네.
숲 사립문이 적막해 맡은 사람이 없고
연기는 시냇가의 옛 낚시터에 잠겼네.

註▶ 1)山茶(산다): 동백나무, 또는 동백꽃. 2)釣臺(조대): 낚시터.
〈출전〉한국한시 〈작자〉權忭(遂初堂) 〈제목〉寄洛中諸弟

1213.

極目荒雲斷극목황운단 **驚心遠雁呼**경심원안호

바라보는 저 끝에 거친 구름이 끊기고, 놀란 마음에 먼 기러기를 부른다.

(原文)

古宅妻兒守 空山歲月徂 積哀餘淚盡 半割此身孤
極目荒雲斷 驚心遠雁呼 人生虧一樂 後死獨憐吾

옛날의 집은 처와 자식이 지키고
적적한 산에는 세월이 흘렀다.
쌓인 슬픔에 남은 눈물이 마르고
반을 베어낸 이 몸이 외롭다.
바라보는 저 끝에 거친 구름이 끊기고
놀란 마음에 먼 기러기를 부른다.
인생에 한 즐거움이 없어졌거니
뒤에 죽을 나를 가여워한다.

註▶ 1)極目(극목): 시력이 미치는 한.
〈출전〉한국한시 〈작자〉趙載浩(農村) 〈제목〉亡弟墓

1214.

關河音信稀관하음신희 **端憂不可釋**단우불가석

오빠 계신 관하의 소식이 뜸하여, 으레 있는 걱정이 풀릴 길 없네.

(原文)

暗窓銀燭低 流螢度高閣 悄悄深夜寒 蕭蕭秋葉落
關河音信稀 端憂不可釋 遙想靑蓮宮 山空蘿月白

어두운 창에 촛불은 나직하고
나는 반딧불은 높은 지붕 지나가네.

근심스러워 깊은 밤은 추워 가는데
가을 나무 소소히 잎 떨어지네.
오빠 계신 관하의 소식이 뜸하여
으레 있는 걱정이 풀릴 길 없네.
멀리 청련궁을 생각하나니
빈 산은 적적하고 달은 밝아라.

註▶ 1)荷谷(하곡): 작자의 중형 許篈. 2)悄悄(초초): 근심되어 기운이 없는 모양. 3)蕭蕭(소소): 나뭇잎이 떨어지는 소리. 4)關河(관하): 函谷關과 黃河. 5)靑蓮宮(청련궁): 절의 별칭. 6)蘿月(나월): 여라의 덩굴에 걸려 있는 달.
〈출전〉한국문집총간 〈작자〉蘭雪軒 許氏 〈제목〉寄荷谷

1215.

枕邊欲作壎篪夢침변욕작훈지몽 **莫敎金鷄報曉鳴**막교금계보효명

베개 위에서 훈지의 꿈이나마 꾸려 하나니, 닭이여, 부디 울어 새벽을 알리지 말라.

(原文)
中夜蟲聲悲淚落 夕陽蟬語離愁生 **枕邊欲作壎篪夢 莫敎金鷄報曉鳴**
한밤 벌레소리에 슬픈 눈물 떨어지고
석양 매미 울음에 이별 설움이 이네.
베개 위에서 훈지의 꿈이나마 꾸려 하나니
닭이여, 부디 울어 새벽을 알리지 말라.

註▶ 1)中夜(중야): 한밤중. 2)蟬語(선어): 매미 우는소리. 3)壎篪(훈지): 질나팔과 저. 형은 질나팔을 불고 아우는 저를 분다는 뜻으로 형제의 화목한 사이를 말한다. 4)敎(교): 하여금. 5)金鷄(금계): 天上에 있다는 닭.
〈출전〉한국한시 〈작자〉洪 幽閑堂 〈제목〉憶弟

1216.

歲暮寒窓客下眠세모한창객하면 **思兄憶弟意凄然**사형억제의처연

세밑의 찬 창 앞에서 잠 못 드는 나그네, 형과 아우 생각하매 마음 더욱 슬퍼지네.

(原文)

歲暮寒窓客下眠 思兄憶弟意凄然 孤燈欲滅愁歎歇 泣抱朱絃餞舊年

세밑의 찬 창 앞에서 잠 못 드는 나그네
형과 아우 생각하매 마음 더욱 슬퍼지네.
가물거리는 등불 앞에 한숨을 쉬고 나서
눈물로 거문고 타며 가는 해를 보내네.

註▶ 1)除夕(제석): 섣달 그믐날 밤. 2)凄然(처연): 쓸쓸한 모양. 3)朱絃(주현): 거문고 줄.
〈출전〉한국한시 〈작자〉平壤妓生 〈제목〉除夕

2. 부부간의 정

1217.

死生契闊사생계활 **與子成說**여자성설 **執子之手**집자지수 **與子偕老**여자해로

죽음과 삶과 만남과 헤어짐을 함께 하자고 그대와 언약했었지,
그대와 손을 잡고 그대와 죽도록 해로하려 했네.

註▶ 1)契闊(계활): 만나고 헤어짐을 뜻한다. 2)子(자): 그대, 집에 두고 온 아내를 가리킨다. 3)成說(성설): 언약을 하였다는 뜻. 4)偕老(해로): 죽을 때까지 함께 늙는 것.
〈출전〉詩經 邶風 擊鼓

1218.

結髮爲夫妻결발위부처　**恩愛兩不疑**은애양불의

머리 묶어 부부가 되니, 은혜와 사랑 둘 다 의심할 것이 없네.

〈출전〉文選　〈작자〉蘇武　〈제목〉詩四首中 其三

1219.

衣不如新의불여신　**人不如故**인불여고

옷은 새 것이 좋고, 사람은 옛사람이 좋다.

(原文)

甇甇白口　東走西顧　**衣不如新　人不如故**

근심하는 흰 토끼

동쪽으로 달리면서 서쪽을 돌아보네.

옷은 새것이 좋고

사람은 옛사람이 좋다.

註▶ 1)甇甇(경경): 근심하는 모양.

〈출전〉古詩源　〈작자〉竇玄 妻　〈제목〉古怨歌

1220.

願爲雙黃鵠원위쌍황곡　**比翼戲淸池**비익희청지

원하기는 한 쌍의 누런 고니 되어, 비익조처럼 맑은 연못에서 살리라.

註▶ 1)比翼(비익): 한 마리의 새가 눈과 날개가 하나만 있어서 두 마리가 합쳐져야 완전하게 될 수 있다는 새. 부부간의 정이 대단히 좋음을 비유한다.

〈출전〉玉台新詠　〈작자〉文帝　〈제목〉於淸河見輓船士新婚別妻 一首

1221.

君若淸路塵군약청로진　**妾若濁水泥**첩약탁수니

님은 맑은 길에 날리는 먼지 같고, 첩은 흐린 물속의 진흙 같네.

<출전>文選　<작자>曹植　<제목>七哀

1222.

願爲西南風원위서남풍　**長逝入君懷**장서입군회

원하기는 서남풍 되어, 멀리 가서 임의 품에 안기고 싶네.

<출전>文選　<작자>曹植　<제목>七哀

1223.

在昔蒙恩惠재석몽은혜　**和樂如瑟琴**화락여슬금

예전에 은혜를 입었는데, 和樂함이 거문고 같았네.

<출전>玉台新詠　<작자>曹植　<제목>浮萍篇

1224.

願爲雙飛鳥원위쌍비조　**比翼共翱翔**비익공고상

원하기는 한 쌍의 나는 새되어, 비익조처럼 함께 날고 싶네.

註▶ 1)翱翔(고상): 빙빙 돌며 나는 것. 2)比翼(비익): 한 마리의 새가 눈과 날개가 하나만 있어서 두 마리가 합쳐져야 완전하게 될 수 있다는 새. 부부간의 정이 대단히 좋음을 비유한다.

<출전>文選　<작자>阮籍　<제목>詠懷詩十七首中 其四

1225.

目想淸慧姿목상청혜자　**耳存淑媚音**이존숙미음

눈에는 임의 맑은 자태가 남아있고, 귀에는 임의 아름다운 소리가 남아있네.

註▶ 1)淸慧(청혜): 맑고 지혜로운 모양. 2)淑媚(숙미): 맑고 아름다운 모양.

〈출전〉古詩源　〈작자〉陸雲　〈제목〉爲顧彦先贈婦四首 其一

1226.

不見松上蘿불견송상라　**葉落根不移**엽락근불이

소나무 꼭대기에 있는 여라는 보지 못했고, 잎사귀는 떨어져도 뿌리는 변하지 않네.

註▶ 1)根不移(근불이): 변하지 않는 남자의 정을 나타낸 것.

〈출전〉玉台新詠　〈작자〉梁武帝　〈제목〉古意二首中 其一

1227.

屛風有意障明月병풍유의장명월　**燈火無情照獨眠**등화무정조독면

병풍으로 밝은 달을 가렸으나, 등불은 무정하게 혼자 잠든 여인을 비추네.

〈출전〉古詩源　〈작자〉江總　〈제목〉閨怨篇

1228.

閨中少婦不知愁규중소부부지수　**春日凝粧上翠樓**춘일응장상취루

안방의 젊은 처는 근심을 알지 못하고 살다가, 봄날에 화장을 하고 푸른 누각에 오르네.

(原文)

閨中少婦不知愁　春日凝粧上翠樓　忽見陌頭楊柳色　悔教夫壻覓封候

안방의 어린 신부 시름을 아직 몰라
봄날에 화장하고 다락 위에 올랐었다.
갑자기 길거리의 버들 빛 바라보고
낭군을 벼슬 찾아 보낸 것 후회하네.

註▶ 1)閨怨(규원): 아내가 남편에게 이별을 당한 원한. 2)閨中(규중): 부녀자가 거처하는 방 안. 3)凝粧(응장): 화장을 마치다. 4)陌頭(맥두): 길거리. 5)夫壻(부서): 남편. 6)封候(봉후): 제후를 봉하다.
<출전>唐詩選 <작자>郭振 <제목>閨怨

1229.

秋風吹不盡추풍취불진 **總是玉關情**총시옥관정

가을바람은 끊임없이 부나니, 옥문관으로 치닫는 마음뿐이네.

(原文)
長安一片月 萬戶擣衣聲 **秋風吹不盡 總是玉關情** 何日平胡虜 良人罷遠征
장안의 조각달 아래
집집마다 다듬이소리 일고
가을바람은 끊임없이 부나니
이 모두가 옥문관으로 치닫는 마음뿐이네.
언제나 저 오랑캐 다 쳐부수고
먼 싸움터에서 그이는 돌아올런고.

註▶ 1)玉關(옥관): 玉門關. 甘肅省에서 新疆省으로 나가는 데에 있음. 2)良人(양인): 남편. <출전>唐詩選 <작자>李白 <제목>子夜吳歌

1230.

何日平胡虜하일평호로 **良人罷遠征**양인파원정

언제나 저 오랑캐 다 쳐부수고, 먼 싸움터에서 그이는 돌아올런고.

(原文)

長安一片月　萬戶擣衣聲　秋風吹不盡　總是玉關情　**何日平胡虜　良人罷遠征**

장안의 조각달 아래

집집마다 다듬이소리 일고

가을바람은 끊임없이 부나니

이 모두가 옥문관으로 치닫는 마음뿐이네.

언제나 저 오랑캐 다 쳐부수고

먼 싸움터에서 그이는 돌아올런고.

註▶ 1)玉關(옥관): 玉門關. 甘肅省에서 新疆省으로 나가는 데에 있음. 2)良人(양인): 남편.
〈출전〉唐詩選　〈작자〉李白　〈제목〉子夜吳歌

1231.

停梭悵然憶遠人정사창연억원인　**獨宿空房淚如雨**독숙공방루여우

북을 멈추고 슬프게 낭군을 그리다가, 홀로 빈방에 자는데 눈물이 비 오듯 하네.

(原文)

黃雲城邊烏欲棲　歸飛啞啞枝上啼　機中織錦秦川女　碧紗如烟隔窓語

停梭悵然憶遠人　獨宿空房淚如雨

누런 구름이 떠도는 성에 보금자리 치려고 까마귀는 날아와

까악, 까악, 까악 나뭇가지에서 운다.

베틀에서 비단 짜는 진천 땅의 계집은

회미한 사창 너머로 혼잣말을 중얼댄다.

갑자기 북(사)을 놓고 먼 사람을 생각하고는

혼자 자는 빈방이라 흐르는 눈물 비 오듯 하네.

註▶ 1)黃雲(황운): 티끌이 구름과 어울려서 누렇게 보이는 것. 2)秦川(진천): 장안에 있는 지명.
<출전>唐詩選 <작자>李白 <제목>烏夜啼

1232.

香霧雲鬟濕향무운환습 **淸輝玉臂寒**청휘옥비한

밤안개에 미인의 머리 결은 촉촉하고, 맑은 달빛아래 미인의 팔에 차가움이 감도네.

(原文)

今夜鄜州月 閨中只獨看 遙憐小兒女 未解憶長安
香霧雲鬟濕 淸輝玉臂寒 何時依虛幌 雙照淚痕乾
오늘밤 부주의 달을
아내는 혼자서 바라보리.
가엽다, 저 어린애들은
장안을 생각하는 어머니 시름을 모르리.
향기로운 안개는 구름 쪽(환)을 적시고
맑은 저 빛은 옥 같은 팔에 차리.
언제나 얇은 창을 의지할 때에
둘을 함께 비쳐 눈물 흔적 마를까.

註▶ 1)鄜州(부주): 陝西省에 있는 長安의 북쪽. 2)雲鬟(운환): 푸른 구름처럼 아름다운 미인의 머리. 3)虛幌(허황): 속이 비치는 얇은 창 가리개.
<출전>唐詩三百首 <작자>杜甫 <제목>月夜

1233.

夜闌更秉燭야란경병촉 **相對如夢寐**상대여몽매

밤중에 다시 촛불을 잡고, 가족을 서로 대하니 꿈만 같구나.

〈출전〉杜工部集 〈작자〉杜甫 〈제목〉羌村三首中 其一

1234.

在天願作比翼鳥재천원작비익조 **在地願爲連理枝**재지원위연리지

하늘에 태어난다면 비익조가 되고, 땅에 태어난다면 연리지가 되고 싶다.

註▶ 1)比翼鳥(비익조): 한 마리의 새가 눈과 날개가 하나만 있어서 두 마리가 합쳐져야 완전하게 될 수 있다는 새로 부부간의 정이 대단히 좋음을 비유한다. 2)連理枝(연리지): 뿌리와 줄기가 다른 두 나무의 가지가 서로 이어져 하나가 된 것으로 애정이 깊은 부부를 비유한다.

〈출전〉唐詩三百首 〈작자〉白居易 〈제목〉長恨歌

1235.

嫁日衣裳半是新가일의상반시신 **開箱點檢益傷神**개상점검익상신

시집올 때 그 옷이 반은 새 것인데, 농을 열고 챙겨볼 때 더더욱 애달파라.

(原文)

嫁日衣裳半是新 開箱點檢益傷神 平生玩好俱資送 一任空山化作塵

시집올 때 그 옷이 반은 새 것이데
농을 열고 챙겨볼 때 더더욱 애달파라.
평생 좋아하던 것 장만해 보내노니
빈 산에 일임하여 모두 먼지 되리라.

註▶ 1)資送(자송): 혼수 또는 세간을 장만하여 보내는 것을 말한다.

〈출전〉한국한시 〈작자〉李炷(鳴皐) 〈제목〉婦人挽

1236.

陌頭楊柳吾何怨맥두양류오하원 **只待歸鞍繫月枝**지대귀안계월지

길거리의 버들을 내 어찌 원망하리오. 임 오기를 기다려 그 가지에 말을 매리.

(原文)

何處沙場駐翠旗 戍歌羌笛夢中悲 **陌頭楊柳吾何怨 只待歸鞍繫月枝**

어떤 전쟁터에서 푸른 기 세웠는가?

수자리 노래와 피리소리가 꿈속에 애 끊는다.

길거리의 버들을 내 어찌 원망하리오.

임 오기를 기다려 그 가지에 말을 매리.

註▶ 1)塞(새): 국경 지방. 2)沙場(사장): 모래 톱. 전쟁터. 또는 사막. 3)翠旗(취기): 푸른 기. 국경을 지키는 군대의 장수가 쓰는 기. 4)戍歌羌笛(수가강적): 수자리 사는 군인의 노래와 오랑캐의 피리소리. 5)陌頭(맥두): 길거리. 6)鞍(안):말의 안장. 여기서는 말. 7)月枝(월지): 달 아래의 가지.

〈출전〉한국한시 〈작자〉李恪夫人 〈제목〉送夫出塞

1237.

天涯尺素無緣見천애척소무연견 **獨倚危欄暗結愁**독의위란암결수

하늘 끝의 남편 소식을 알 길 없어, 홀로 높은 난간에 기대 가만히 시름하네.

(原文)

昨夜清霜鴈叫秋 擣衣征婦隱登樓 **天涯尺素無緣見 獨倚危欄暗結愁**

간밤에 맑은 서리에 기러기 우는 가을

다듬이질하던 외로운 여자 다락에 올라보네.

하늘 끝의 남편 소식을 알 길 없어

홀로 난간에 기대 가만히 시름하네.

註▶ 1)征婦(정부): 남편을 전쟁에 보낸 아내. 2)尺素(척소): 편지.

〈출전〉한국한시 〈작자〉桂生 〈제목〉秋思

1238.

洞房極目傷春意동방극목상춘의 **草綠江南人未歸**초록강남인미귀

침방에서 바라보는 봄빛의 시름이여, 강남에 풀 푸른데 임은 돌아오지 않네.

(原文)

燕掠斜簾兩兩飛 落花撩亂撲羅衣 **洞房極目傷春意 草綠江南人未歸**

제비는 발을 스쳐 쌍쌍이 나는데

꽃은 어지러이 비단 옷에 떨어지네.

침방에서 바라보는 봄빛의 시름이여

강남에 풀 푸른데 임은 돌아오지 않네.

註▶ 1)洞房(동방): 깊숙한 데 있는 방. 즉 부인이 있는 방. 寢房. 2)極目(극목): 視力이 미치는 한계. 3)傷春意(상춘의): 봄을 슬퍼하는 마음. 봄의 마음이 슬퍼지다.

〈출전〉한국문집총간 〈작자〉蘭雪軒 許氏 〈제목〉寄夫江舍讀書

1239.

如月如花人對坐여월여화인대좌 **世間榮辱屬誰家**세간영욕속수가

달 같고 꽃 같은 임 마주해 앉았으니, 세간의 영욕이야 누구에게 있건 말건.

(原文)

滿天明月滿園花 花影相添月影加 **如月如花人對坐 世間榮辱屬誰家**

하늘에는 밝은 달, 동산에는 활짝 핀 꽃

꽃 그림자에 다시 달그림자 보태었다.

달 같고 꽃 같은 임 마주해 앉았으니

세간의 영욕이야 누구에게 있건 말건.

註▶ 1)榮辱(영욕): 영화와 치욕. 2)屬誰家(속수가): 누구 집에 속해 있는가. 즉 내게는 관계없다는 뜻.
〈출전〉한국한시 〈작자〉三宜堂 金氏 〈제목〉寄在京夫子

3. 이성간의 정

1240.

窈窕淑女요조숙녀 **琴瑟友之**금슬우지

아리따운 아가씨를 琴瑟 좋게 친구 삼고 싶네.

註▶ 1)窈窕(요조): 교양이 있고 아리따운 모습. 2)淑女(숙녀): 곧고 훌륭한 여자.
〈제목〉詩經 周南 關雎

1241.

願爲比翼鳥원위비익조 **施翮起高翔**시핵기고상

원하기는 비익조가 되어, 날개를 펴서 날고 싶네.

註▶ 1)比翼鳥(비익조): 한 마리의 새가 눈과 날개가 하나만 있어서 두 마리가 합쳐져야 완전하게 될 수 있다는 새. 부부간의 정이 대단히 좋음을 비유한다.
〈제목〉文選 〈작자〉曹植 〈제목〉送應氏二首中 其二

1242.

願得一心人원득일심인 **白頭不相離**백두불상리

원하기는 마음이 진심으로 같은 사람과, 백발이 될 때까지 헤어지지 않고 살고 싶다.

〈제목〉玉台新詠 〈작자〉無名氏 〈제목〉古樂府六首中 其五

1243.

我心如松柏아심여송백 **君心復何似**군심복하사

나의 마음은 松柏과 같은데, 그대의 마음은 무엇과 같은가?

(原文)

淵冰厚三尺 素雪覆千里 **我心如松柏 君心復何似**

연못의 얼음은 두께가 삼척이나 되고

흰 눈이 천리를 덮고 있네.

나의 마음은 松柏과 같은데

그대의 마음은 무엇과 같은가?

〈제목〉玉台新詠 〈작자〉無名氏 〈제목〉近代吳歌九首中 其四冬歌

1244.

同聲好相應동성호상응 **同氣自相求**동기자상구

같은 소리를 가진 자는 서로 합해지고, 같은 기운을 가진 자는 서로 구원한다.

〈제목〉玉台新詠 〈작자〉楊方 〈제목〉合歡詩五首中 其一

1245.

直如朱絲繩직여주사승 **淸如玉壺冰**청여옥호빙

곧기가 붉은 먹줄 같고, 맑기가 술병 속의 얼음 같구나.

〈제목〉文選 〈작자〉鮑照 〈제목〉白頭吟

1246.

寧作野中之雙鳧영작야중지쌍부 **不願雲間之別鶴**불원운간지별학

차라리 들판의 짝 있는 오리가 되고 싶지, 구름 속의 외로운 학은 되고 싶지 않네.

<제목>古詩源 <작자>鮑照 <제목>擬行路難十八首中 其三

1247.

同來翫月人何處동래완월인하처 **風景依稀似去年**풍경의희사거년

함께 와서 달을 즐기던 사람은 어느 곳에 있는가.

(原文)

獨上江樓思渺然 月光如水水連天 **同來翫月人何處 風景依稀似去年**

강루에 홀로 앉아 생각이 아득하구나.

달빛은 물과 같고 물은 하늘과 이어져 있네.

함께 와서 달을 즐기던 사람은 어느 곳에 있는가?

비슷한 풍경만이 지난해와 같구나.

註▶ 1)渺然(묘연): 아득하다. 2)翫月(완월): 달을 즐기다. 3)依稀(의희): 비슷한 모양.

<제목>唐詩選 <작자>白居易 <제목>江樓書感

1248.

翩翩黃鳥편편황조 **雌雄相依**자웅상의

팔팔 날아 오고가는 꾀꼬리들이여, 암 수컷이 모두 짝을 지었네.

(原文)

翩翩黃鳥 雌雄相依 念我之獨 誰其與歸

팔팔 날아 오고가는 꾀꼬리들이여
암 수컷이 모두 짝을 지었네.
생각하면 나는 외로운 몸
누구와 함께 집으로 돌아가리.

註▶ 1)黃鳥(황조): 꾀꼬리 2)翩翩(편편): 새가 날아 오락가락 하는 모양
〈출전〉한국한시 〈작자〉琉璃王 〈제목〉黃鳥歌

1249.

洛社舊遊猶不忘낙사구유유불망 **夢中時把菊花杯**몽중시파국화배

서울의 옛 놀이를 아직도 잊지 못하니, 꿈속에서 때로는 국화주의 잔을 든다.

(原文)
書生愧乏幕賓才　何事天涯久未廻　豆滿江邊驚歲暮　鬼門關外少人來
百年壯志頻看劒　千里歸心獨上臺　**洛社舊遊猶不忘　夢中時把菊花杯**
서생이 막빈의 재주가 모자람이 부끄러운데
무슨 일로 하늘 끝에서 돌아가지 못하는고.
두만강 가에서 세밑 됨을 놀래었고
귀문관 밖에서 찾는 사람이 드물다.
백년의 장한 뜻은 자주 칼을 들여다보고
천리의 고향 그리움에 혼자 대에 오른다.
서울의 옛 놀이를 아직도 잊지 못하니
꿈속에서 때로는 국화주의 잔을 든다.

註▶ 1)洛中(낙중): 서울. 2)書生(서생): 학업을 닦는 젊은이. 3)幕賓(막빈): 비밀의 모의에 참여해 막부의 손님 예우를 받는 사람. 4)洛社(낙사): 서울에 있는 동지의 모임.
〈출전〉한국한시 〈작자〉崔廷憲(醉睡堂) 〈제목〉寄洛中舊遊諸友

1250.

雉鳴雁飛高치명안비고 **兩情猶未已**양정유미이

그 꿩이 울고 그 오리 높이 날도록, 두 사람의 정 끝이 없기를.

(原文)

郎執木雕鴈 妾奉合乾雉 **雉鳴雁飛高 兩情猶未已**

서방님은 나무오리 잡고

이 몸은 말린 꿩을 받들었네.

그 꿩이 울고 그 오리 높이 날도록

두 사람의 정 끝이 없기를.

註▶ 1)木雕鴈(목조안): 혼례 때 신랑이 신부 집에 들여놓는 나무로 만든 오리. 2) 合乾雉(합건치): 서울의 혼례 풍속에 신부는 신랑에게 말린 꿩고기를 바치는데 그것을 합에 담아 바치므로 쓴 말이다.

〈출전〉한국한시 〈작자〉李鈺(文無子) 〈제목〉雅調

1251.

縱有連簷三月雨종유연첨삼월우 **指頭何忍洗餘香**지두하인세여향

비록 석 달 동안 잇따라 비가 내린다 한들, 손가락에 남은 향기 어찌 차마 씻으랴.

(原文)

浣紗溪上傍垂楊 執手論心白馬郎 **縱有連簷三月雨 指頭何忍洗餘香**

완사계 위의 수양버들 곁에서

임과 손을 맞잡고 사랑을 속삭였네.

비록 석 달 동안 잇따라 비가 내린다 한들

손가락에 남은 향기 어찌 차마 씻으랴.

註▶ 1)白馬郞(백마랑): 흰말을 탄 사내. 2)浣紗溪(완사계): 시내의 이름. 3)縱(종): 비록. 4)連簷(연첨): 처마가 맞닿다. 처마에 맞닿다. 5)指頭(지두): 손가락의 끝. 6)餘香(여향): 남은 향기.
〈출전〉한국한시 〈작자〉濟危寶女 〈제목〉白馬郞

1252.

相思相見只憑夢상사상견지빙몽 **儂訪歡時歡訪儂**농방환시환방농

그리는 이 심정은 꿈에서나 만날 뿐, 내가 만나 반길 때에 임이 나를 찾아왔네.

(原文)

相思相見只憑夢 **儂訪歡時歡訪儂** 願使遙遙他夜夢 一時同作路中逢

그리는 이 심정은 꿈에서나 만날 뿐
내가 만나 반길 때에 임이 나를 찾아왔네.
바라거니 언제일까, 다음 날 꿈에는
오가는 그 길에서 우리 함께 만나기를.

註▶ 1)憑夢(빙몽): 꿈을 의지하다. 2)儂(농): 나. 我의 俗語. 3)遙遙(요요): 먼 모양. 아득한 모양.
〈출전〉한국한시 〈작자〉黃眞伊 〈제목〉相思夢

1253.

慇懃樑上燕은근량상연 **何日喚人還**하일환인환

은근해라, 들보 위의 저 제비여, 언제나 임을 불러 돌아오려나.

(原文)

夢罷愁風雨 沈吟行路難 **慇懃樑上燕** **何日喚人還**

꿈을 깨자 시름 어린 비바람 소리

조용히 세상살이 어려움을 읊네.
은근해라, 들보 위의 저 제비여
언제나 임을 불러 돌아오려나.

註▶ 1)行路難(행로난): 길을 걷는 어려움. 즉 세상을 살아가는 어려움. 2)慇懃(은근): 간절함. 친절함. 또는 戀情.
〈출전〉한국한시 〈작자〉桂生 〈제목〉自傷四首中其四

1254.
松柏芳盟日송백방맹일 **思情與海深**사정여해심
송백을 두고 굳게 맹세하던 날, 사랑하는 그 정은 바다처럼 깊었었네.

(原文)
松柏芳盟日 思情與海深 江南靑鳥斷 中夜獨傷心
송백을 두고 굳게 맹세하던 날
사랑하는 그 정은 바다처럼 깊었었네.
강남 파랑새의 자취 아득하나니
한밤중에 외로이 애를 태우네.

註▶ 1)松柏(송백): 소나무와 잣나무. 즉 굳은 절개를 뜻함. 2)靑鳥(청조): 파랑새. 使者. 또는 편지. 東方朔이 푸른 새가 온 것을 보고 西王母의 사자라고 한 고사에서 나온 말. 3)中夜(중야): 한밤중.
〈출전〉한국한시 〈작자〉桂生 〈제목〉松柏

1255.
潮信有期應自至조신유기응자지 **郎舟一去幾時還**낭주일거기시환
조수는 기약 있어 제 시간에 오건만, 한 번 떠난 임의 배는 언제 올 것인가.

(原文)

永安宮外是層灘　灘上舟行多少難　**潮信有期應自至　郎舟一去幾時還**

영안궁 밖은 바로 거센 여울물

그 여울로 배 다니기 다소 힘드네.

조수는 기약 있어 제 시간에 오건만

한 번 떠난 임의 배는 언제 올 것인가.

註▶ 1)永安宮(영안궁): 집의 이름. 名宮. 2)層灘(층탄): 층층히 내려오는 여울. 3)潮信(조신): 조수의 신용. 4)應自至(응자지): 제가 스스로 오다. 5)郎舟(낭주): 낭군의 배.

〈출전〉한국문집총간 〈작자〉蘭雪軒 許氏 〈제목〉竹枝詞四首中其三

1256.

相思惟有青天月상사유유청천월 **應照人間兩地心**응조인간양지심

서로 그리워하나니, 청천의 저 달만은, 아마 우리 둘의 마음을 비추어 주리.

(原文)

孔雀屛風翡翠衾　一窓夜色正沉沉　**相思惟有青天月　應照人間兩地心**

공작병풍을 치고 비취이불 덮었는데

창에 가득 밤 빛은 진정 침침하여라.

서로 그리워하나니, 청천의 저 달만은

아마 우리 둘의 마음을 비추어 주리.

註▶ 1)孔雀屛(공작병): 공작을 그린 병풍. 2)翡翠衾(비취금): 비취를 수놓은 이불. 3)沉沉(침침): 밤이 깊어 조용한 것.

〈출전〉한국한시 〈작자〉三宜堂 金氏 〈제목〉秋閨詞四首中其二

4. 친구간의 정

1257.

有朋유붕 **自遠方來**자원방래 **不亦樂乎**불역락호

친구가 있어서 멀리서 찾아오면 또한 즐겁지 않은가?

〈출전〉論語 學而

1258.

四海皆兄弟사해개형제 **誰爲行路人**수위행로인

온 세상이 다 형제인데, 누구를 행인이라 하겠는가?

註▶ 1)四海(사해): 온 세상, 온 세상 사람.

〈출전〉文選 〈작자〉蘇軾 〈제목〉詩四首中 其一

1259.

良無盤石固양무반석고 **虛名復何益**허명복하익

어짊이 반석과 같이 굳지 않으면, 내실 없는 이름이 어찌 이롭겠는가?

註▶ 1)虛名(허명): 헛된 이름, 내실이 없는 이름.

〈출전〉文選 〈작자〉無名氏 〈제목〉古詩十九首中 其七

1260.

日暮思親友일모사친우

날 저무니 친구 생각나네.

〈출전〉文選 〈작자〉阮籍 〈제목〉詠懷詩十七首中 其十五

1261.

思我良朋사아양붕 **如渴如飢**여갈여기

내가 좋은 친구를 생각하는 것은 목마르고 배고픈 것 같다.

〈출전〉文選 〈작자〉嵇康 〈제목〉贈秀才入軍五首中 其三

1262.

交以澹成교이담성

교제는 담박함으로 이루어진다.

〈출전〉古詩源 〈작자〉郭璞 〈제목〉贈溫嶠

1263.

海內存知己해내존지기 **天涯若比隣**천애약비린

세상 중에 친구가 있으니, 멀리 떨어져 있어도 이웃같이 느껴지네.

註▶ 1)海內(해내): 세상 중에. 2)天涯(천애): 하늘 끝, 즉 멀리 떨어져 있는 것을 말함.
〈출전〉唐詩選 〈작자〉王勃 〈제목〉送杜少府之任蜀州

1264.

正是江南好風景정시강남호풍경 **落花時節又逢君**낙화시절우봉군

지금 이 강남은 한창 풍경 좋은데, 꽃 떨어지는 이때에 또 그대를 만났구려.

(原文)

岐王宅裏尋常見 崔九堂前幾度聞 **正是江南好風景 落花時節又逢君**

기왕의 집에서 항상 그대를 보았고

최구의 마루에서 노래를 몇 번 들었소.

지금 이 강남은 한창 풍경 좋은데
꽃 떨어지는 이때에 또 그대를 만났구려.

註▶ 1)李龜年(이구년): 玄宗皇帝의 사랑을 받은 궁중의 歌手. 2)岐王(기왕): 玄宗의 아우로 岐王에 봉해졌다. 3)崔九(최구): 玄宗의 秘書監이었던 사람의 이름.
〈출전〉唐詩三百首 〈작자〉杜甫 〈제목〉江南逢李龜年

1265.

翻手作雲覆手雨번수작운복수우 **紛紛輕薄何須數**분분경박하수수

손을 뒤집으면 구름이 되고 엎으면 비가 되나니,
경박한 세상사를 어찌 일일이 지적할 필요가 있으랴?

(原文)

翻手作雲覆手雨 紛紛輕薄何須數 君不見管鮑貧時交 此道今人棄如土
손을 뒤집으면 구름이 되고 엎으면 비가 되나니
경박한 세상사를 어찌 일일이 지적할 필요가 있으랴?
그대는 못 보았는가! 관포의 가난할 때의 사귐을.
그런 도를 지금 사람들은 흙덩이처럼 다 버린다.

註▶ 1)貧交行(빈교행): 가난할 때의 사귐을 읊은 시. 行은 詩體의 하나. 2)翻手(번수): 손바닥을 뒤집음. 3)覆手(복수): 손바닥을 엎음. 4)雲雨(운우): 변화하여 한결같지 않음을 말함. 5)管鮑(관포): 管中과 鮑叔牙로 관중은 전국시대 齊나라의 桓公을 섬겨 재상이 되었고, 포숙아는 襄公의 아들로 양공이 齊王이 된 뒤에는 친구인 관중을 천거하여 재상으로 삼게 하였다.
〈출전〉唐詩選 〈작자〉杜甫 〈제목〉貧交行

1266.

君不見管鮑貧時交군불견관포빈시교 **此道今人棄如土**차도금인기여토

그대는 管仲과 鮑叔이 가난할 때 우정을 보지 않았느냐?
이 우정을 지금 사람들은 흙처럼 버리고 있다.

(原文)
翻手作雲覆手雨　紛紛輕薄何須數　**君不見管鮑貧時交　此道今人棄如土**
손을 뒤집으면 구름이 되고 엎으면 비가 되나니
경박한 세상사를 어찌 일일이 지적할 필요가 있으랴?
그대는 못 보았는가! 관포의 가난할 때의 사귐을.
그런 도를 지금 사람들은 흙덩이처럼 다 버린다.

註▶ 1)貧交行(빈교행): 가난할 때의 사귐을 읊은 시. 行은 詩體의 하나. 2)翻手(번수): 손바닥을 뒤집음. 3)覆手(복수): 손바닥을 엎음. 4)雲雨(운우): 변화하여 한결같지 않음을 말함. 5)管鮑(관포): 管中과 鮑叔牙로 관중은 전국시대 齊나라의 桓公을 섬겨 재상이 되었고, 포숙아는 襄公의 아들로 양공이 齊王이 된 뒤에는 친구인 관중을 천거하여 재상으로 삼게 하였다.
〈출전〉唐詩選 〈작자〉杜甫 〈제목〉貧交行

1267.
琴詩酒友皆抛我금시주우개포아　**雪月花時最憶君**설월화시최억군
가야금 타고 시 읊고 술 마시던 친구와 헤어졌으니,
눈 내린 아침과 달이 뜬 밤과 꽃이 핀 때에는 그대 생각이 나네.

(原文)
五歲優游同過日　一朝消散似浮雲　**琴詩酒友皆抛我　雪月花時最憶君**
幾度聽鷄歌白日　亦曾騎馬詠紅裙　吳娘暮雨蕭蕭曲　自別江南更不聞
오 년 동안 강남에서 한가했던 것이 하루 같은데
하루아침에 없어지는 것이 뜬구름 같네.
가야금 타고 시 읊고 술 마시던 친구와 헤어졌으니

눈 내린 아침과 달이 뜬 밤과 꽃이 핀 때에는 그대 생각이 나네.
몇 번이나 닭이 해가 뜬것을 듣고
또 말 타고 붉은 치마 읊조리네.
오랑의 저녁 비에 쓸쓸한 노래 들렸는데
이별한 뒤에 강남소식 듣지 못했네.

註▶ 1)五歲優游(오세우유): 白居易가 강남지방의 刺史로 있으며 한가했던 동안. 2)琴詩酒友(금시주우): 가야금과 시와 술을 함께 즐기던 친구. 3)吳娘(오랑): 江蘇省 지방의 아가씨. 4)蕭蕭(소소): 쓸쓸한 모양.
〈출전〉唐詩別裁 〈작자〉白居易 〈제목〉寄殷協律

1268.
殘燈無焰影幢幢잔등무염영당당 **此夕聞君謫九江**차석문군적구강
꺼지려하는 등불의 불꽃도 없고 그림자도 흔들리는데,
그대가 九江에 좌천된 것을 오늘밤에 들었네.

(原文)
殘燈無焰影幢幢 此夕聞君謫九江 垂死病中驚坐起 暗風吹雨入寒窓
꺼지려하는 등불의 불꽃도 없고 그림자도 흔들리는데
그대가 九江에 좌천된 것을 오늘밤에 들었네.
거의 죽게 된 병을 누워 앓다가 갑자기 일어나 앉았나니
어두운 바람은 비를 휘몰아 쓸쓸한 내 창에 들이친다.

註▶ 1)殘燈(잔등): 꺼져 가는 등불. 2)幢幢(당당): 불 그림자가 흔들리는 모양. 3)謫(적): 귀양을 가다. 4)九江(구강): 지금의 江蘇省 鎭江府에 있는 지명. 5)垂死(수사): 거의 죽게되다.
〈출전〉唐詩選 〈작자〉元稹 〈제목〉聞白樂天左降江州司馬

1269.

閑夜思君坐到明한야사군좌도명　**追尋往事倍傷情**추심왕사배상정

한가한 밤에 그대 생각에 앉아 날이 밝았는데, 지난 일 생각하니 아픔이 더 해지네.

(原文)

閑夜思君坐到明　追尋往事倍傷情　同登科後心相合　初得官時髭未生
二十年來諳世路　三千里外老江城　猶應更有前途在　欲向人間何處行

한가한 밤에 그대 생각에 앉아 날이 밝았는데
지난 일 생각하니 아픔이 더해지네.
함께 등과한 후에는 마음을 서로 합하여
처음 관직을 얻었을 때에는 아직 수염도 없었네.
이십 년 동안 세상을 경험하여 알고
삼천리 밖의 강릉에서 늙어가네.
응당 다시 앞길이 있을 것이니
인간을 향해 어느 곳에 가려하는가?

註▶ 1)登科(등과): 과거에 급제하다. 2)髭(자): 콧수염. 3)諳世路(암세로): 세상일을 경험하여 알다. 4)江城(강성): 좌천되어 간 江陵으로 지금의 湖北省에 있는 지명.
〈출전〉元氏長慶集　〈작자〉元稹　〈제목〉寄樂天

1270.

天壽門前柳絮飛천수문전유서비　**一壺來待故人歸**일호래대고인귀

천수문 앞에 버들개지 날으나니, 술 한 병들고 나와 벗 오기 기다리네.

(原文)

天壽門前柳絮飛　一壺來待故人歸　眼穿落日長亭晚　多少行人近却非

천수문 앞에 버들가지 날으나니
술 한 병들고 나와 벗 오기 기다리네.
눈이 뚫어져라 바라보다 장정에 해 저무는데
길가는 많은 사람, 가까워지자 또 아니네.

註▶ 1)天壽門(천수문): 大門의 이름. 2)柳絮(유서): 버들가지. 3)故人(고인): 사귄지 오래된 친구. 故舊. 4)長亭(장정): 십리마다 있는 역말의 여관. 5)多少(다소): 많고 적음. 또는 많음.
〈출전〉한국한시 〈작자〉崔斯立 〈제목〉待人

1271.

有約不來花盡謝유약불래화진사 **相思不見月重圓**상사불견월중원

기약해 놓고도 오지 않으매 꽃은 다 떨어지고, 그리면서 보지 못해 달이 두 번 둥글었다.

(原文)

繞屋扶疎綠樹煙 幽齋不語對山川 百年耐友惟岩遁 千首新詩卽浪仙
有約不來花盡謝 相思不見月重圓 倚樓淸嘯何時聽 回望龍池一悵然
집을 둘러싼 우거진 푸른 나무와 연기
고요한 서재에서 말없이 산천을 마주하네.
백년에 유능한 벗은 오직 이 암둔이요
천수의 새로운 시를 보니 곧 가랑선일세.
기약해 놓고도 오지 않으매 꽃은 다 떨어지고
그리면서 보지 못해 달이 두 번 둥글었다.
누각에 기대어 맑은 그 읊음 또 언제나 들을까
용지를 둘러보니 창연 하노라.

註▶ 1)扶疎(부소): 초목의 지엽이 무성한 모양. 2)耐友(내우): 유능한 벗. 3)悵然(창연): 失意하여 한탄하는 모양. 4)賈浪仙(가랑선): 중국 당나라 시인인 賈誼를 가리키는 말.

〈출전〉한국문집총간 〈작자〉鄭樞(圓齋) 〈제목〉寄岩遁

1272.

倒屣慇懃意도사은근의 **披襟更把盃**피금경파배

신을 거꾸로 신는 은근한 그 뜻, 다시 마음 터놓고 술잔을 드네.

(原文)

倒屣慇懃意 披襟更把盃 微明此夜月 欲落去年梅
軟語酣成謔 新詩老見才 丁寧後期在 山廓踏蒼苔

신을 거꾸로 신는 은근한 그 뜻
다시 마음 터놓고 술잔을 드네.
이 밤의 달은 어렴풋 밝고
지난해의 그 매화 떨어지려 하네.
다정한 말씨는 한창 농지거리가 되고
시는 늙을수록 재주 보이네.
정녕 다시 만날 것을 기약하나니
저 산 성곽에서 푸른 이끼를 밟자.

註▶ 1)倒屣(도사): 급히 마중 나가느라고 신을 거꾸로 신는다는 뜻. 반가운 손님을 영접하는 것을 가리켜 말하는 것.
〈출전〉한국한시 〈작자〉申翊聖(東淮) 〈제목〉奇竹陰

1273.

愁來欲奏相思曲수래욕주상사곡 **落盡江花不見君**낙진강화불견군

시름이 오면 상사곡을 타 보려 하나, 강가의 꽃은 모두 지고 그대는 안 보인다.

(原文)

南浦波恬采綠蘋 故人江海久相分 **愁來欲奏相思曲 落盡江花不見君**

남포에 물결이 고와 녹색 마름을 캐는데
이 강에서 옛 친구를 오래 전에 이별했다.
시름이 오면 상사곡을 타 보려 하나
강가의 꽃은 모두 지고 그대는 안 보인다.

〈출전〉한국한시 〈작자〉鄭榮邦(石門) 〈제목〉寄申汝涉

1274.

碧梧軒下時斟酒벽오헌하시짐주 **落月灘頭幾泛舟**낙월탄두기범주

오동나무 처마 밑에 때로 술잔 나누고, 달이 지는 여울에서 몇 번이나 배 띄웠나.

(原文)

蘂城詩到錦城秋 句裡新開病裏眸 白首只堪同養拙 黃堂可耐任分憂
碧梧軒下時斟酒 落月灘頭幾泛舟 縮地相邀俱未易 後期須卜郭南遊

예성에서 시가 오니 금성은 가을
시구에서 새로이 앓는 눈이 뜨인다.
흰머리로 다 함께 옹졸함을 기르니
황당에서 근심 나누는 일을 견딜 만하리.
오동나무 처마 밑에 때로 술잔 나누고
달이 지는 여울에서 몇 번이나 배 띄웠나.
축지법으로써 만남이 그리 쉽지 않거니
뒷기약은 반드시 성남의 놀이이리.

註▶ 1)黃堂(황당): 太守가 執務하는 곳. 또는 太守의 별칭. 2)縮地(축지): 땅을 축소하여 먼 곳을 가깝게 하는 것. 3)郭南(곽남): 곽은 도읍을 둘러싼 外城. 즉 城의 남쪽.

〈출전〉한국한시 〈작자〉鄭之虎(霧隱) 〈제목〉和皆山柳監司碩

1275.

聞道仙舟發鷲川문도선주발연천　**飄然來待彩雲邊**표연래대채운변

듣건대 그 배가 연천을 떠났다기에, 표연히 와서 아름다운 구름 가에서 기다리네.

(原文)

聞道仙舟發鷲川　飄然來待彩雲邊　三江水落歸帆斷　應泊皐蘭古寺前

듣건대 그 배가 연천을 떠났다기에
표연히 와서 아름다운 구름 가에서 기다리네.
삼강의 물이 말라 배가 끊어졌다니
아마 고란의 옛 절 앞에 대었으리.

註▶ 1)聞道(문도): 들으니. 들은 바에 의하면. 2)飄然(표연): 바람에 가볍게 날리는 모양. 정처 없이 떠돌아다니는 모양.

〈출전〉한국문집총간　〈작자〉尹元擧(龍西)　〈제목〉江上待尤齋

1276.

春深院落無人到춘심원락무인도　**收拾風烟滿袖來**수습풍연만수래

봄이 깊은 이 집에는 찾는 사람 없나니, 바람과 연기를 거두어 소매에 가득 채우고 오네.

(原文)

一道淸溪抱岸廻　隔林何處野棠開　**春深院落無人到　收拾風烟滿袖來**

한 줄기 맑은 시내가 언덕을 안고 도는데
숲 건너 그 어디서 팥배꽃이 피었는가.
봄이 깊은 이 집에는 찾는 사람 없나니
바람과 연기를 거두어 소매에 가득 채우고 오네.

註▶ 1)院落(원락): 울을 두른 집.
<출전>한국한시 <작자>李鼎成(芸谷) <제목>春日訪金上舍緯漢不遇

1277.

匣琴已斷知音曲갑금이단지음곡 **墓木空餘掛劒枝**묘목공여괘검지

갑에 든 거문고는 지음 가락 끊어졌고, 무덤 앞 나무에는 칼을 건 가지만 남았구나.

(原文)

故人爲作故人詞 墨淚先從感淚垂 地下相逢應有日 世間團會永無期
匣琴已斷知音曲 墓木空餘掛劒枝 迢遞玉京攀不得 西風征雁一聲悲

친구가 고인 위해 글을 짓나니
슬픈 눈물보다 먹 눈물이 먼저 흐르네.
지하에서 만날 날은 으레 있으려니와
이 세상에서 보기는 영영 기약이 없네.
갑에 든 거문고는 지음 가락 끊어졌고
무덤 앞 나무에는 칼을 건 가지만 남았구나.
아득한 저 옥경은 오르지 못하나니
서풍에 기러기는 슬피 울며 지나가네.

註▶ 1)故人(고인): 앞의 故人은 사귄 지 오래된 친구. 즉 자기를 가리킴. 뒤의 고인은 죽은 사람. 즉 윤부인을 가리킨다. 2)玉京(옥경): 옥황상제가 산다는 서울.
<출전>한국한시 <작자>吳小坡 <제목>哭輓尹夫人

5. 망 향

1278.

陟彼岵兮척피호혜　瞻望父兮첨망부혜　父曰부왈　嗟予子行役차여자행역
夙夜無已숙야무이　上愼旃哉상신전재　猶來無止유래무지

민둥산에 올라 아버지 계신 곳을 바라보니 아버님 말씀 떠오르네. 아아! 내 아들 전쟁에 나가 밤낮으로 쉴 새도 없을 텐데 부디 조심하였다가 우리를 버리지 말고 돌아오너라!

註▶ 1)瞻望(첨망): 멀리 바라보는 것. 2)父(부): 아버지 계신 곳. 3)父曰(부왈): 아버님의 말씀이 들리는 듯 하다는 뜻. 4)夙夜(숙야): 이른 새벽부터 밤늦게 까지. 5)無已(무이): 쉬지 못하는 것. 6)上(상): 尙과 통하여 "부디"의 뜻. 7)旃(전): 之와 같은 조사. 8)無止(무지): 머물지 말라, 즉 우물쭈물 하지 말라.
〈출전〉詩經　魏風 陟岵

1279.

陟彼屺兮척피기혜　瞻望母兮첨망모혜　母曰모왈　嗟予季行役차여계행역
夙夜無寐숙야무매　上愼旃哉상신전재　猶來無棄유래무기

푸른 산에 올라 어머니 계신 곳을 바라보니 어머님 말씀이 떠오르네. 아아! 내 막둥이 전쟁에 나가 밤낮으로 잠잘 틈도 없을 텐데 부디 조심하였다가 우리를 버리지 말고 돌아오너라!

註▶ 1)瞻望(첨망): 멀리 바라보는 것. 2)母(모): 어머님 계신 곳. 3)母曰(모왈): 어머님의 말씀이 들리는 듯 하다는 뜻. 4)季(계): 막둥이. 5)夙夜(숙야): 이른 새벽부터 밤늦게까지. 6)旃(전): 之와 같은 조사. 7)無棄(무기): 어머니인 당신을 저버리지 말라는 뜻.
〈출전〉詩經　魏風 陟岵

1280.

願爲黃鵠兮還故鄕원위황곡혜환고향

누런 고니 되어 고향으로 돌아가기 원하네.

〈출전〉古詩源 〈작자〉烏孫公主 〈제목〉悲愁歌

1281.

離家日趨遠이가일추원 **衣帶日趨緩**의대일추완

집 떠나 날이 갈수록 집은 멀어지고, 날이 갈수록 옷의 띠는 늘어지네.

註▶ 1)日趨(일추): 날이 갈수록.
〈출전〉古詩源 〈작자〉無名氏 〈제목〉古歌

1282.

胡馬依北風호마의북풍 **越鳥巢南枝**월조소남지

胡馬는 북풍을 의지하여 고향을 생각하고, 越鳥는 남쪽가지에 집을 지어 고향 생각하네.

註▶ 1)胡馬(호마):중국 북방에서 나는 말. 2)越鳥(월조): 남쪽 越나라에서 온 새
〈출전〉文選 〈작자〉無名氏 〈제목〉古詩十九首中 其一

1283.

悲歌可以當泣비가가이당읍 **遠望可以當歸**원망가이당귀

슬픈 노래는 우는 것이 당연하고, 멀리 고향을 그리워하면 돌아가는 것이 당연하다

〈출전〉古詩源 〈작자〉無名氏 〈제목〉悲歌

1284.

傷心江上客상심강상객　**不是故鄕人**불시고향인

시름에 잠겨 강둑을 걷는 사람들 가운데, 고향사람은 하나도 없네.

(原文)

去國三巴遠　登樓萬里春　**傷心江上客**　**不是故鄕人**

고국을 멀리 떠나 삼파에 와서

남루에 오르니 봄빛이 한창이다.

마음 아프다, 강 위의 나그네여

고향 사람은 아무도 안 보이네.

註▶ 1)三巴(삼파): 巴郡, 巴東, 巴西의 총칭으로 지금의 四川省을 말한다.

〈출전〉唐詩選　〈작자〉盧僎　〈제목〉南樓望

1285.

羈鳥戀舊林기조연구림　**池魚思故淵**지어사고연

새장 안에 갇힌 새는 원래 살던 연못을 그리워하고,

연못의 고기는 옛날에 살던 연못을 생각한다.

註▶ 1)羈鳥(기조): 새장에 갇힌 새.

〈출전〉古詩源　〈작자〉陶潛　〈제목〉歸田園居五首中 其一

1286.

九日陶家雖載酒구일도가수재주　**三年楚客已霑裳**삼년초객이점상

重陽節에 陶淵明의 집에 술을 가지고 가서,

삼 년 동안 고생한 것을 이야기 하니 눈물이 옷을 적시네.

註▶ 1)九日(구일): 九月 九日 즉 重陽節을 말함. 2)陶家(도가): 陶淵明의 집.

〈출선〉唐詩選 〈작사〉崔國輔 〈세목〉九日

1287.

故鄕籬下菊고향리하국 **今日幾花開**금일기화개

고향집 담 장 밑에 국화는, 오늘 몇 개나 피었을까?

(原文)

心逐南雲逝 形隨北雁來 **故鄕籬下菊 今日幾花開**

마음은 남쪽 구름을 따라 가고

몸은 북쪽 기러기를 따라 왔네.

고향집 담 장 밑에 국화는

오늘 몇 개나 피었을까?

〈출전〉古詩源 〈작자〉江總 〈제목〉於長安歸還揚州九月九日行薇山亭賦韻

1288.

去國三巴遠거국삼파원 **登樓萬里春**등루만리춘

장안을 떠나 三巴의 땅에 이르러, 누각에 올라보니 만리가 봄이네.

(原文)

去國三巴遠 登樓萬里春 傷心江上客 不是故鄕人

고국을 멀리 떠나 삼파에 와서

남루에 오르니 봄빛이 한창이다.

마음 아프다, 강 위의 나그네여

고향 사람은 아무도 안 보이네.

註▶ 1)三巴(삼파): 巴郡, 巴東, 巴西의 총칭으로 지금의 四川省을 말한다.

〈출전〉唐詩選 〈작자〉盧僎 〈제목〉南樓望

1289.

君自故鄕來군자고향래 **應知故鄕事**응지고향사

그대는 고향에서 왔으니, 응당 고향 일을 잘 알 것이다.

(原文)

君自故鄕來 應知故鄕事 來日綺窓前 寒梅着花未

그대는 고향에서 왔으니

응당 고향 일을 잘 알 것이다.

오던 날 그 비단 창 앞에

매화꽃 하마 꽃 피었던가요?

註▶ 1)綺窓(기창): 아름답게 장식한 창. 여자가 거처하는 방.

<출전>唐詩三百首 <작자>王維 <제목> 雜詩三首中 其二

1290.

獨在異鄕爲異客독재이향위이객 **每逢佳節倍思親**매봉가절배사친

타향을 떠도는 나그네의 몸이라, 명절이 되면 어버이 생각이 간절하다.

(原文)

獨在異鄕爲異客 每逢佳節倍思親 遙知兄弟登高處 偏揷茱萸少一人

타향을 떠도는 나그네의 몸이라

명절이 되면 어버이 생각이 간절하다.

아마 금년에도 우리 형제들 그 높은 산에 오르겠거니

머리에 수유 열매 돌려 꽂다가 한 사람 모자란 줄 문득 알리라.

註▶ 1)異鄕(이향): 타향. 2)異客(이객): 타향살이 나그네. 3)佳節(가절): 좋은 명절. 4)登高(등고): 높은 곳에 올라가다. 특히 음력 9월 9일에 빨간 주머니에 茱萸를 넣고 높은 산에 올라가 厄을 막았다.

<출전>唐詩選 <작자>王維 <제목>九月九日憶山東兄弟

1291.

擧頭望山月거두망산월　**低頭思故鄕**저두사고향

머리를 들어 산에 솟은 달을 바라보다가, 고개 숙여 고향을 생각한다.

(原文)

牀前看月光　疑是地上霜　**擧頭望山月**　**低頭思故鄕**

침대 앞의 밝은 달빛

이슬이 내렸는가?

머리를 들어 산에 솟은 달을 바라보다가

고개 숙여 고향을 생각한다.

註▶ 1)擧頭(거두): 머리를 들다. 2)低頭(저두): 고개를 숙이다.

〈출전〉唐詩選　〈작자〉李白　〈제목〉靜夜思

1292.

誰家玉笛暗飛聲수가옥적암비성　**散入春風滿洛城**산입춘풍만낙성

뉘 집에서 들려오는 옥피리 소린가? 봄바람 타고 흩어져 낙양성에 가득하네.

(原文)

誰家玉笛暗飛聲　**散入春風滿洛城**　此夜曲中聞折柳　何人不起故園情

누군가 부는 옥피리 소리 그윽이 날아와서

봄바람 속에 실려 낙성에 가득 차네.

이 밤에 곡 중에서 이별 곡을 듣고

누구든지 고향생각이 나지 않겠는가?

註▶ 1)洛城(낙성): 洛陽城. 洛陽省 洛陽縣 동쪽에 있었다. 2)折柳(절류): 악곡의 이름으로 옛날에 장안 사람들이 손님을 배웅할 때 灞橋까지 나가서 다리 주변의 버들가지를 꺾어 주어 재회를 축원하였다. 轉하여 송별을 뜻한다.

〈출전〉唐詩選　〈작자〉李白　〈제목〉春夜洛城聞笛

1293.

此夜曲中聞折柳차야곡중문절류　**何人不起故園情**하인불기고원정

이 밤에 곡 중에서 이별 곡을 듣고, 누구든지 고향생각이 나지 않겠는가?

(原文)

誰家玉笛暗飛聲　散入春風滿洛城　**此夜曲中聞折柳**　**何人不起故園情**

누군가 부는 옥피리 소리 그윽이 날아와서

봄바람 속에 실려 낙성에 가득 차네.

이 밤에 곡 중에서 이별 곡을 듣고

누구든지 고향생각이 나지 않겠는가?

註▶ 1)洛城(낙성): 洛陽城. 洛陽省 洛陽縣 동쪽에 있었다. 2)折柳(절류): 악곡의 이름으로 옛날에 장안 사람들이 손님을 배웅할 때 灞橋까지 나가서 다리 주변의 버들가지를 꺾어 주어 재회를 축원하였다. 轉하여 송별을 뜻한다.

〈출전〉唐詩選　〈작자〉李白　〈제목〉春夜洛城聞笛

1294.

白雁上林飛백안상림비　**空傳一書札**공전일서찰

흰기러기 장안의 上林苑에 날아와서, 하늘에서 서찰하나 전해주네

〈출전〉古文眞寶　〈작자〉李白　〈제목〉蘇武

1295.

南風吹歸心남풍취귀심　**飛墮酒樓前**비타주루전

남풍이 고향에 돌아가고픈 마음에 불어와, 酒樓앞으로 날아가 떨어지네.

〈출전〉李太白集　〈작자〉李白　〈제목〉寄東魯二稚子

1296.

總爲浮雲能蔽日총위부운능폐일　**長安不見使人愁**장안불견사인수

朝廷의 악한 신하들이 天子의 총명함을 가리니, 長安을 떠난 사람을 근심에 빠뜨리네.

(原文)

鳳凰臺上鳳凰遊　鳳去臺空江自流　吳宮花草埋幽徑　晋代衣冠成古丘
三山半落青天外　二水中分白鷺洲　**總爲浮雲能蔽日**　**長安不見使人愁**

봉황대위에 봉황이 노닐더니
봉황 떠난 빈 누대 곁에 강물만 절로 흐른다.
吳宮의 꽃과 풀은 어둑한 길에 묻히었고
晋代의 의관들은 옛 무덤 이루었다.
하늘 밖의 세 산봉우리는 구름 속에 잠겼고
강 복판의 白鷺洲를 물을 갈라놓았네.
朝廷의 악한 신하들이 天子의 총명함을 가리니
長安을 떠난 사람을 근심에 빠뜨리네.

註▶ 1)金陵(금릉)지금의 남경. 2)吳宮(오궁):三國時代 吳나라의 孫權이 창건하고 그 뒤에 重修한 것으로 웅장하고 화려하다. 3)晋代衣冠(진대의관): 晋나라의 元帝가 그 첫 황제로 궁성은 吳나라의 舊都를 그대로 썼고 그 왕족들이 번성했다. 4)三山(삼산): 金陵의 서남쪽에 있는 三峰으로 된 산. 5)二水(이수): 秦水와 淮水. 6)白鷺洲(백로주): 二水의 한 갈래는 성으로 들어가고 또 한 갈래는 성밖을 둘러 한 洲를 이루었으니 이것이 白鷺洲이다. 7)浮雲蔽日(부운폐일): 간사한 신하들이 어진 사람들을 덮어버리는 것을 가리킨다.

〈출전〉唐詩選　〈작자〉李白　〈제목〉登金陵鳳凰臺

1297.

故鄕今夜思千里고향금야사천리　**霜鬢明朝又一年**상빈명조우일년

고향에서도 오늘밤 천리밖에 있는 나를 생각할 텐데,
서리 같은 흰머리가 내일이면 또 한 살 더 먹네.

(原文)
旅館寒燈獨不眠　客心何事轉凄然　**故鄕今夜思千里　霜鬢明朝又一年**
여관의 찬 등불 아래 혼자서 잠 못 드는데
나그네 마음 무슨 일로 이처럼 쓸쓸한가.
고향에서도 오늘밤 천리밖에 있는 나를 생각할 텐데
서리 같은 흰머리가 내일이면 또 한 살 더 먹네.

註▶ 1)除夜(제야): 섣달 그믐날 밤. 2)凄然(처연): 쓸쓸한 모양. 3)霜鬢(상빈): 서리처럼 흰 구렛나루.
〈출전〉唐詩選　〈작자〉高適　〈제목〉除夜作

1298.
日暮鄕關何處是일모향관하처시　**烟波江上使人愁**연파강상사인수
해가 져 가는데 내 고향은 어느 곳에 있는가? 안개 낀 강 위에 시름만이 흐른다.

(原文)
昔人已乘黃鶴去　此地空餘黃鶴樓　黃鶴一去不復返　白雲千載空悠悠
晴川歷歷漢陽樹　芳艸萋萋鸚鵡洲　**日暮鄕關何處是　烟波江上使人愁**
옛 사람 이미 황학 타고 떠나고
이땅에는 부질없이 황학루만 남아 있다.
황학이 한 번 떠나 다시 오지 않나니
흰 구름만 천년동안 부질없이 유유하다.
맑은 내에는 역력한 한양의 나무들이요
꽃다운 풀 무성한 앵무주이다.
해가 져 가는데 내 고향은 어느 곳에 있는가?

안개 낀 강 위에 시름만이 흐른다.

註▶ 1)黃鶴樓(황학루) 湖北省 武昌縣 서쪽 漢陽門안의 황학산에 있는 누대. 2)悠悠(유유): 한가한 모양. 3)漢陽(한양): 지금의 湖北省 漢陽縣. 4)萋萋(처처): 풀이 무성한 모양. 5)鸚鵡洲(앵무주): 湖北省 武昌縣 서남쪽 큰 강의 복판에 있다. 洲는 섬이나 모래톱을 말한다. 6)鄕關(향관): 고향. 7)煙波(연파): 안개 같은 것이 끼어 부옇게 보이는 물결.
〈출전〉唐詩選 〈작자〉崔顥 〈제목〉黃鶴樓

1299.

鄕國雲霄外향국운소외 **誰堪羈旅情**수감기여정

내 고국은 저 하늘 밖이거니, 나그네의 시름을 누가 차마 견디리.

(原文)
泊舟淮水次 霜降夕流淸 夜久潮侵岸 天寒月近城
平沙依雁宿 旅館聽鷄鳴 **鄕國雲霄外 誰堪羈旅情**

회수에 배를 대니
서리 내리고 저녁 물이 맑네.
밤이 깊어 조수는 언덕을 침노하고
하늘은 찬데 달은 성에 가깝다.
모래밭에서 기러기를 벗하다가
후관에서 어느새 닭소리를 듣는다.
내 고국은 저 하늘 밖이거니
나그네의 시름을 누가 차마 견디리.

註▶ 1)盱眙(우이): 安徽省 鳳陽縣에 있는 성으로 그 밑으로 淮水가 흐른다. 2)候館(후관): 먼 곳을 바라보거나 적군의 동정을 살피는 누대. 3)鄕國(향국): 고향. 4)羈旅(기려): 나그네.
〈출전〉三體詩 〈작자〉常建 〈제목〉泊舟盱眙

1300.

鄕心新歲切향심신세절　**天畔獨潸然**천반독산연

새해를 맞이하여 고향생각이 간절하여, 멀리 떨어진 타향에서 눈물 흘리네.

(原文)

鄕心新歲切　天畔獨潸然　老至居人下　春歸在客先
嶺猿同朝暮　江柳共風煙　已似長沙傅　從今又幾年

새해를 맞이하여 고향생각이 간절하여
멀리 떨어진 타향에서 눈물 흘리네.
늙어서 일마다 남에게 뒤지는데
봄은 나그네보다 먼저 돌아왔구나.
산의 원숭이는 아침저녁 같이 있고
강의 버들과 바람 안개 함께 한다.
나는 이미 저 장사부와 같으니
지금부터는 또 몇 해나 지날까?

註▶ 1)潸然(산연): 눈물을 흘리는 모양. 2)長沙傅(장사부): 長沙王太傅. 賈誼를 말함.
〈출전〉唐詩三百首　〈작자〉劉長卿　〈제목〉新年作

1301.

今春看又過금춘간우과　**何日是歸年**하일시귀년

이 봄도 또 눈앞에서 지나가니, 어느 날이 돌아갈 해인가?

(原文)

江碧鳥逾白　山靑花欲然　**今春看又過　何日是歸年**

강 푸르니 새 더욱 희고
산 푸르니 꽃이 불타는 듯하네.
이 봄도 또 눈앞에서 지나가니

어느 날이 돌아갈 해인가?

註▶ 1)然(연): 燃의 뜻으로 불탄다는 의미.
〈출전〉唐詩選 〈작자〉杜甫 〈제목〉絶句

1302.

叢菊兩開他日淚총국량개타일루 **孤舟一繫故園心**고주일계고원심

국화를 바라보니 다시 지난해처럼 눈물이 나고, 배를 저어가니 고향생각이 이어진다.

(原文)

玉露凋傷楓樹林 巫山巫峽氣蕭森 江間波浪兼天湧 塞上風雲接地陰
叢菊兩開他日淚 孤舟一繫故園心 寒衣處處催刀尺 白帝城高急暮砧

옥구슬 찬이슬에 단풍 숲도 시들었는데
무산과 무협 땅엔 가을 날씨 쓸쓸하구나.
장강 물결 하늘과 더불어 솟아오르고
변방의 풍운 대지에 이어져 음침하다네.
국화를 바라보니 다시 지난해처럼 눈물이 나고
배를 저어가니 고향생각이 이어진다.
겨울옷 마름질을 도처에서 서두르는데
높다란 백제성에 밤 다듬이 소리 급하도다.

註▶ 1)玉露(옥로): 늦가을의 옥구슬 같이 차가운 이슬. 2)巫山(무산): 지금의 四川省 동부 장강 북쪽에 있음. 3)巫峽(무협): 무산 아래의 160여 리의 협곡. 4)塞上風雲(새상풍운): 성새의 풍운. 전쟁 상태가 끝나지 않았음을 뜻함. 5)叢菊(총국): 무더기로 핀 국화꽃. 6)刀尺(도척): 옷을 지을 때 쓰는 가위와 칼로 옷 짓기 전 마름질하는 것으로 풀이된다. 7)白帝城(백제성): 成都에 있는 성으로 漢武帝 때 쌓은 것. 8)暮砧(모침): 밤 다듬이 소리.
〈출전〉唐詩選 〈작자〉杜甫 〈제목〉秋興八首中 其一

1303.

思家步月淸宵立사가보월청소립　**憶弟看雲白日眠**억제간운백일면

집 생각하다 달을 바라보며 밤에 우뚝 서 있기도 하며,

아우를 그리다가 구름을 보며 한낮에 졸기도 한다.

(原文)

洛城一別四千里　胡騎長驅五六年　草木變衰行劍外　兵戈阻絶老江邊

思家步月淸宵立　憶弟看雲白日眠　聞道河陽近乘勝　司徒急爲破幽燕

낙양성에서 이별하고 사천 리를 떨어져 있고

오랑캐 말 타고 오랫동안 말을 몬지 오륙 년이 되었네.

초목이 쇠한 검문산 밖을 걸어가니

전쟁으로 막혀 강변에서 늙었네.

집 생각하다 달을 바라보며 밤에 우뚝 서 있기도 하며

아우를 그리다가 구름을 보며 한낮에 졸기도 한다.

하양부근에서 승기를 잡았다고 들리고

사도는 幽와 燕지방을 깨뜨리라고 하네.

註▶ 1)劍外(검외): 劍門山의 밖, 蜀나라를 가리킨다. 2)河陽(하양): 지금의 河南省 孟縣의 서쪽. 3)司徒(사도): 三公의 하나로 宰相을 말한다.

〈출전〉杜工部集　〈작자〉杜甫　〈제목〉恨別

1304.

故園東望路漫漫고원동망로만만　**雙袖龍鍾淚不乾**쌍수용종루불건

동쪽 고향을 바라보면 길이 끝이 없으니, 두 소매에 눈물이 젖어 마를 겨를이 없네.

(原文)

故園東望路漫漫　雙袖龍鍾淚不乾　馬上相逢無紙筆　憑君傳語報平安

동쪽 고향을 바라보면 길이 끝이 없으니
두 소매에 눈물이 젖어 마를 겨를이 없네.
말 위에서 그대를 만났으나 지필묵이 없으니
고향에 가거들랑 잘 있다고 전해주게.

註▶ 1)龍鍾(용종): 눈물이 흐르는 모양.
〈출전〉唐詩選 〈작자〉岑參 〈제목〉逢入京使

1305.

馬上相逢無紙筆마상상봉무지필 **憑君傳語報平安**빙군전어보평안

말 위에서 그대를 만났으나 지필묵이 없으니, 고향에 가거들랑 잘 있다고 전해주게.

(原文)
故園東望路漫漫 雙袖龍鍾淚不乾 **馬上相逢無紙筆 憑君傳語報平安**
동쪽 고향을 바라보면 길이 끝이 없으니
두 소매에 눈물이 젖어 마를 겨를이 없네.
말 위에서 그대를 만났으나 지필묵이 없으니
고향에 가거들랑 잘 있다고 전해주게.

註▶ 1)龍鍾(용종): 눈물이 흐르는 모양.
〈출전〉唐詩選 〈작자〉岑參 〈제목〉逢入京使

1306.

孤燈然客夢고등연객몽 **寒杵擣鄉愁**한저도향수

여관의 등불은 손님이 잠든 사이에도 타는데, 겨울의 다듬이 소리는 향수를 일으키네.

(原文)

雲送關西雨　風傳渭北秋　**孤燈然客夢　寒杵搗鄕愁**

灘上思嚴子　山中憶許由　蒼生今有望　飛詔下林丘

구름은 관서의 비를 보내고
바람은 위수 북쪽의 가을을 전하네.
여관의 등불은 손님이 잠든 사이에도 타는데
겨울의 다듬이 소리는 향수를 일으키네.
여울 위의 嚴子를 생각하고
산중의 許由를 생각하네.
백성들은 지금 소망이 있으니
숲과 언덕에서 불러내었으면 한다.

註▶ 1)嚴子, 許由(엄자, 허유): 둘 다 隱者이다.

〈출전〉三體詩　〈작자〉岑參　〈제목〉宿關西客舍寄嚴許二山人

1307.

邊城夜夜多愁夢변성야야다수몽　**向月胡笳誰喜聞**향월호가수희문

변방의 城을 지키는데 밤마다 보이는데,
달을 향해 부는 胡人의 풀피리 소리를 누가 기쁘게 듣겠는가?

〈출전〉唐詩選　〈작자〉岑參　〈제목〉胡笳歌送顔眞卿使赴河隴

1308.

還家萬里夢환가만리몽　**爲客五更愁**위객오경수

萬里 밖에서 집에 돌아갈 꿈을 꾸지만, 객지에서 새벽까지 근심에 뒤척이네.

〈출전〉唐詩選　〈작자〉張謂　〈제목〉同王徵君洞庭有懷

1309.

卽今河畔冰開日즉금하반빙개일　**正是長安花落時**정시장안화락시

이제야 황하에는 얼음이 풀리는데, 지금쯤 장안에는 한창 꽃이 질 것을.

(原文)

五原春色舊來遲　二月垂楊未掛絲　**卽今河畔冰開日**　**正是長安花落時**

五原의 봄은 옛날부터 더디어

이월인데 버들은 아직 실을 안 걸었다.

이제야 황하에는 얼음이 풀리는데

지금쯤 장안에는 한창 꽃이 질 것을.

註▶ 1)邊詞(변사): 국경지방의 노래. 2)五原(오원): 지금의 山西省 大同縣.

〈출전〉唐詩選　〈작자〉張敬忠　〈제목〉邊詞

1310.

昨夜閑潭夢落花작야한담몽락화　**可憐春半不還家**가련춘반불환가

어제 밤 꿈에 고요한 연못에 떨어진 꽃이 지는 것을 보았는데,

봄이 반이나 지났는데 집에 돌아가지 못하고 있네.

註▶ 1)春江花月夜(춘강화월야): 이 제목은 악부의 제목으로 陳나라의 後主가 지은 곡명이다. 張若虛는 이 제목을 빌어 봄철 강가의 꽃피고 달 밝은 밤 풍경을 읊었다.

〈출전〉唐詩選　〈작자〉張若虛　〈제목〉春江花月夜

1311.

故園渺何處고원묘하처　**歸思方悠哉**귀사방유재

고향동산이 아득히 멀리 있으니 어느 곳인가? 돌아가고픈 생각이 마음깊이 일어나네.

(原文)

故園渺何處　歸思方悠哉　淮南秋雨夜　高齋聞雁來

고향동산이 아득히 멀리 있으니 어느 곳인가?

돌아가고픈 생각이 마음깊이 일어나네.

淮南에 가을비 오는 이 밤에

높은 서재에서 기러기 소리 듣네.

註▶ 1)淮南(회남): 淮水의 남쪽. 2)高齋(고재): 郡守의 官舍인 높은 누대.

<출전>唐詩選　<작자>韋應物　<제목>聞雁

1312.

鄕國不知何處是향국부지하처시　**雲山漫漫使人愁**운산만만사인수

고향이 어디 있는지 모르겠네? 구름과 산이 계속 이어져 사람들을 슬프게 하네.

(原文)

亭亭孤月照行舟　寂寂長江萬里流　**鄕國不知何處是　雲山漫漫使人愁**

드높은 외로운 달은 나그네의 배를 비추고

쓸쓸한 긴 강은 만 리의 흐름이다.

고향이 어디 있는지 모르겠네?

구름과 산이 계속 이어져 사람들을 슬프게 하네.

註▶ 1)胡渭州(호위주): 악부의 제목.

<출전>唐詩選　<작자>張祜　<제목>胡渭州

1313.

家在夢中何日到가재몽중하일도　**春來江上幾人還**춘래강상기인환

고향집은 꿈속에 보이는 데 어느 날에나 갈까? 봄은 강 위에 왔는데 몇 사람이나 돌아갈까?

〈출전〉唐詩選 〈작자〉盧綸 〈제목〉長安春望

1314.

洛陽城裏見秋風낙양성리견추풍 **欲作家書意萬重**욕작가서의만중

낙양성 안에서 가을바람을 보고, 집에 편지 쓰고자하니 고향생각이 끝이 없네.

(原文)

洛陽城裏見秋風 欲作家書意萬重 復空忽忽說不盡 行人臨發又開封

낙양성 안에서 가을바람을 보고

집에 편지 쓰려니 할 말도 하도 많다.

서두름에 쫓기어 말 다하지 못했을까

사람 떠나려는데 다시 봉함 뜯어본다.

註▶ 1)意萬重(의만중): 할 말이 너무 많은 것을 말함.

〈출전〉三體詩 〈작자〉張籍 〈제목〉秋思

1315.

客舍幷州已十霜객사병주이십상 **歸心日夜憶咸陽**귀심일야억함양

병주땅에 머문 지도 이미 십 년, 밤낮으로 내 고향 함양을 그리고 있다.

(原文)

客舍幷州已十霜 歸心日夜憶咸陽 無端更渡桑乾水 卻望幷州是故鄕

병주땅에 머문 지도 이미 십 년

밤낮으로 내 고향 함양을 그리고 있다.

이제 느닷없이 상건강을 건너다가

병주를 돌아볼 때 그곳이 바로 고향 같구나.

註▶ 1)桑乾(상건): 太原에 있는 강 이름. 2)幷州(병주): 山西省의 太原. 3)咸陽(함양): 장안의 서북에 있는 지명. 4)無端(무단): 특별한 까닭 없이.

<출전>唐詩選 <작자>賈島 <제목>度桑乾

1316.

無端更渡桑乾水무단경도상건수 **卻望幷州是故鄕**각망병주시고향

이제 느닷없이 상건강을 건너다가, 병주를 돌아볼 때 그곳이 바로 고향 같구나.

(原文)

客舍幷州已十霜 歸心日夜憶咸陽 **無端更渡桑乾水 卻望幷州是故鄕**

병주땅에 머문 지도 이미 십 년

밤낮으로 내 고향 함양을 그리고 있다.

이제 느닷없이 상건강을 건너다가

병주를 돌아볼 때 그곳이 바로 고향 같구나.

註▶ 1)桑乾(상건): 太原에 있는 강 이름. 2)幷州(병주): 山西省의 太原. 3)咸陽(함양): 장안의 서북에 있는 지명. 4)無端(무단): 특별한 까닭 없이.

<출전>唐詩選 <작자>賈島 <제목>度桑乾

1317.

窓外三更雨창외삼경우 **燈前萬里心**등전만리심

한밤 창밖에 보슬비 내리나니, 등불 앞의 마음은 그저 아득하여라.

(原文)

秋風惟苦吟 世路少知音 **窓外三更雨 燈前萬里心**

가을바람에는 괴로운 시뿐이던가

세상길에는 친한 벗들이 드물구나.

한밤 창밖에 보슬비 내리나니

등불 앞의 마음은 그저 아득하여라.

註▶ 1)知音(지음): 音을 알다, 거문고 소리를 알아듣다. 轉하여 자기의 마음을 아는 친한 벗. 列子에 나오는 伯牙가 거문고를 잘 타고, 그의 벗 鍾子期는 그 타는 소리를 듣고, 伯牙의 심중을 잘 알았는데 鍾子期가 죽자 伯牙는 '자기가 타는 거문고 소리를 이해하는 사람이 없으니 거문고를 타 무슨 소용이 있으랴' 하여 거문고의 줄을 끊고 다시는 손을 대지 않았다고 하는 고사에서 나온 말. 2)三更(삼경): 하룻밤을 다섯으로 나눈 가운데 셋째의 更. 곧 子正 前後.
<출전>한국문집총간 <작자>崔致遠 <제목>秋夜雨中

1318.

上國好花愁裏艶상국호화수리염 **故園芳樹夢中春**고원방수몽중춘

상국의 좋은 꽃도 시름 속에서만 곱고, 고향의 꽃다운 나무는 꿈속의 봄이어라.

(原文)

麻衣難拂路岐塵 鬢改顔衰曉鏡新 **上國好花愁裏艶 故園芳樹夢中春**
扁舟烟月思浮海 羸馬關河倦問津 祇爲未酬螢雪志 綠楊鶯語太傷神

삼베옷으로 갈림길의 티끌을 털기 어려워
흰머리 여윈 얼굴이 새벽 거울에 새롭다.
상국의 좋은 꽃도 시름 속에서만 곱고
고향의 꽃다운 나무는 꿈속의 봄이어라.
거룻배의 으스름달에 바다에 뜬 일 생각하고
여윈 말로 관하의 나루 묻기에 고달프다.
다만 형설의 뜻을 이루지 못했기 때문이라
버드나무의 꾀꼬리 우는소리에 마음이 너무 슬프네.

註▶ 1)長安(장안): 중국의 周, 秦이래 隋, 唐등의 국도의 소재지였던 地名. 지금의 陝西省長安縣의 서북쪽에 있음. 2)上國(상국): 屬國이 宗主國을 일컫는 말. 3)故園(고원): 고향. 4)關河(관하): 函谷關과 黃河. 관문의 강. 5)螢雪(형설): 車胤은 반딧

불에 글을 읽고 孫康은 눈빛에 글을 읽었다는 故事. 곧 부지런히 勉學하는 일.
〈출전〉한국한시 〈작자〉崔匡裕 〈제목〉長安春日有感

1319.

滄海茫茫萬丈波창해망망만장파 **家山遠在天之涯**가산원재천지애

바다는 아득해라, 만장의 물결이요, 고향은 저 멀리 하늘 끝에 있구나.

(原文)

江南柳江南柳 春風裊裊黃金絲 江南柳色年年好 江南行客歸何時
滄海茫茫萬丈波 家山遠在天之涯 天涯之人日夜望歸舟 坐對落花空長歎
但識相思苦 肯識此間行路難 人生莫作遠遊客 少年兩鬢如雪白

강남의 버들이여! 강남의 버들이여!
봄바람에 간드러지는 황금 실이여.
강남의 버들 빛은 해마다 좋건마는
강남의 나그네는 언제나 돌아갈꼬.
바다는 아득해라, 만장의 물결이요,
고향은 저 멀리 하늘 끝에 있구나.
하늘 끝의 사람은 밤낮으로 돌아갈 배 기다리어
지는 꽃 바라보며 부질없이 한숨 쉬네.
다만 그리워하는 괴로움만 알뿐인데
어찌 이 행로의 어려움을 알 것인가.
사람이 태어나 멀리 떠도는 나그네신세 되지 말 것이리니
소년의 검은머리 눈처럼 희었구나.

註▶ 1)裊裊(요뇨): 바람에 나뭇잎과 가지가 나부끼는 모양. 간드러진 모양.
2)兩鬢(양빈): 두 귀밑머리.
〈출전〉한국문집총간 〈작자〉鄭夢周(圃隱) 〈제목〉江南柳

1320.

思鄕肯作登樓賦사향긍작등루부　**把酒聊吟問月詩**파주료음문월시

고향 생각이라, 어찌 다락에 올라 부를 지으랴, 술잔 들고 애오라지 달에 묻는 시를 읊는다.

(原文)

高城越絶鎭邊陲　直壓滄溟勢最奇　逐浪雄風吹海倒　干霄老木倚雲垂
思鄕肯作登樓賦　把酒聊吟問月詩　邂逅相逢盡萍水　欲忙歸去去還遲

우뚝한 높은 성이 변방을 진압하여
바로 바다를 눌러 그 형세 기절하다.
물결을 쫓는 거센 바람은 바다를 거꾸러뜨리고
하늘에 닿는 늙은 나무는 구름 기대 드리웠다.
고향 생각이라, 어찌 다락에 올라 부를 지으랴.
술잔 들고 애오라지 달에 묻는 시를 읊는다.
우연히 서로 만나 평수가 마르도록….
바삐 돌아가려 하나 걸음 되레 더디다.

註▶ 1)邊陲(변수): 나라의 경계가 되는 변두리의 땅. 2)萍水(평수): 萍水相逢이란 말이 있는데, 서로 우연히 타향에서 만나 알게 됨.
〈출전〉한국문집총간 〈작자〉李石亨(樗軒) 〈제목〉蔚珍東軒

1321.

田園蕪沒幾時歸전원무몰기시귀　**頭白人間宦念微**두백인간환념미

전원이 거칠거니 언제나 돌아갈꼬. 머리 흰 이 사람은 벼슬살이 생각 적네.

(原文)

田園蕪沒幾時歸　頭白人間宦念微　寂寞山林春事盡　更看疎雨濕薔薇
厭厭晝睡雨來初　一枕薰風殿角餘　小吏莫催嘗午飯　夢中方食武昌魚

전원이 거칠거니 언제나 돌아갈꼬.
머리 흰 이 사람은 벼슬살이 생각 적네.
쓸쓸한 산의 숲에 봄은 다 가고.
성긴 빗발에 젖는 장미를 다시 보네.
고요한 낮 졸음은 비 내릴 때부터요.
한 베개 더운 바람 관청 집에 넉넉하네.
소리야, 점심 먹으라고 재촉하지 말아라.
지금 꿈속에 한창 무창의 생선 먹고 있네.

註▶ 1)省(성): 관청, 대궐. 2)厭厭(염염): 고요한 모양. 3)殿角(전각): 궁전의 지붕 모퉁이. 4)小吏(소리): 지위가 낮은 관리.
〈출전〉한국문집총간 〈작자〉許筠(蛟山) 〈제목〉初夏省中

1322.

叢菊他鄕淚총국타향루 **孤燈此夜心**고등차야심

떨기 국화는 타향의 눈물이요, 외로운 등잔불은 이 밤의 마음이네.

(原文)
秋天生薄陰 華嶽影沈沈 **叢菊他鄕淚 孤燈此夜心**
流螢亂隱草 疎雨落長林 懷侶不能寐 隔窓啼怪禽
가을 하늘이 엷은 그늘을 내어
화산의 그림자가 고요하여라.
떨기 국화는 타향의 눈물이요.
외로운 등잔불은 이 밤의 마음이네.
흐르는 반딧불은 풀 속에 어지럽고
성긴 빗발은 긴 숲에 떨어지네.
벗의 그리움에 잠 못 드는데
창 밖에서 괴상한 새가 우네.

〈출전〉한국한시 〈작자〉白大鵬 〈제목〉秋日

1323.

歸心日暮連芳草 귀심일모연방초 **別恨春來似落花**별한춘래사락화

해 저물어 돌아갈 마음은 아름다운 풀에 닿고, 봄이 오니 이별의 한은 떨어지는 꽃과 같네.

(原文)

獨上江樓望遠波 青山迢遞水雲多 **歸心日暮連芳草** **別恨春來似落花**

公子風流悲短褐 美人消息隔明河 三年共失黃昏約 憔悴空聞漁父歌

강 다락에 혼자 올라 먼 물결을 바라보니

청산은 아득하고 물과 구름이 많네.

해 저물어 돌아갈 마음은 아름다운 풀에 닿고

봄이 오니 이별의 한은 떨어지는 꽃과 같네.

귀공자의 풍류는 짧은 베옷 슬퍼하고

미인의 소식은 은하수를 사이했네.

삼 년 동안 다 함께 황혼 약속 어겼나니

여윈 채로 부질없이 어부의 노래 듣네.

註▶ 1)迢遞(초체): 먼 모양. 또는 높은 모양. 2)公子(공자): 귀족의 자제. 3)明河(명하): 은하수. 天漢

〈출전〉한국한시 〈작자〉朴民瞻 〈제목〉春日有懷贈李奉宣

1324.

長年北望遙歸路장년북망요귀로 **一夢空尋漢水舟**일몽공심한수주

여러 해로 북쪽의 고향 먼 길 바라보면, 외로운 꿈 부질없이 한강 배를 찾고 있네.

(原文)

行役江南苦未休　春來白髮已渾頭　人間着迹無平地　客裏寬愁有小樓
嘯咏元非耽景物　登臨豈是任風流　**長年北望遙歸路　一夢空尋漢水舟**

강남 역사에 괴로우나 쉬지 못해
봄이 오매 백발이 온 머리에 덮이었네.
인간세상에서 발을 붙일 평탄한 땅이 없는데
객지에서 시름 누릴 작은 다락이 있네.
시 읊음이 원래 경치 탐함 아니요
산에 오름이 어찌 바로 풍류에 맡김이랴.
여러 해로 북쪽의 고향 먼 길 바라보면
외로운 꿈 부질없이 한강 배를 찾고 있네.

註▶ 1)行役(행역): 징용 당하여 공사를 하거나 국경을 수비하는 부역. 또는 여행. 2)嘯詠(소영): 시가를 읊음. 3)登臨(등림): 높은 곳에 올라가 아래를 내려다봄. 4)長年(장년): 오랫동안. 또는 老年

〈출전〉한국한시　〈작자〉姜瑜(商谷)　〈제목〉淳昌觀政樓

1325.

遙望帝鄕歸不得요망제향귀불득　**西風空倚仲宣樓**서풍공의중선루

멀리 서울을 바라보나 돌아가지 못하고, 갈바람에 부질없이 중선루에 기대 본다.

(原文)

漢拏山北朝天舘　水濶雲多少客遊　笛弄檻前漁艇返　霜酣窓外橘林秋
千年日月臨玄圃　萬里帆檣逐白鷗　**遙望帝鄕歸不得　西風空倚仲宣樓**

한라산 북쪽에 조천관이 있는데
물 넓고 구름 많은데 노는 나그네는 적다.
피리 부는 난간 앞에 고깃배 돌아오고
서리 한창 창밖에는 귤 숲이 가을이다.

천년의 해와 달은 현포를 비추었고
만 리의 돛배들은 흰 갈매기 따른다.
멀리 서울을 바라보나 돌아가지 못하고
갈바람에 부질없이 중선루에 기대 본다.

註▶ 1)玄圃(현포): 崑崙山에 있다는 신선이 사는 곳. 2)帝鄕(제향): 황제가 거처하는 서울. 帝都. 3)仲宣樓(중선루): 孔子를 모신 사당에 있는 누각. 4)西風(서풍): 가을바람. 가을은 五行으로 金, 方位로는 서쪽에 해당한다.
〈출전〉한국문집총간 〈작자〉海原君 李健(葵窓) 〈제목〉登朝天舘

1326.

何時重踏臨瀛路하시중답임영로 **綵舞斑衣膝下縫**채무반의슬하봉

언제나 다시 임영의 길을 밟아, 때때옷에 춤추며 슬하에서 옷 지을꼬.

(原文)

千里家山萬疊峰 歸心長在夢魂間 寒松亭畔雙輪月 鏡浦台前一陣風
沙上白鷗恒聚散 波頭漁艇每西東 **何時重踏臨瀛路 綵舞斑衣膝下縫**

천리라 내 고향은 첩첩 봉우리 저쪽
돌아가고 싶은 마음 언제나 꿈속이네.
한송정 곁에는 외로운 달빛이요
경포대 앞에는 한 떼의 바람이리.
모래밭의 백구는 모였다 흩어지고
물결 위의 어선들은 왔다 갔다 하였네.
언제나 다시 임영의 길을 밟아
때때옷에 춤추며 슬하에서 옷 지을꼬.

註▶ 1)家山(가산): 고향 산천. 고향. 2)寒松亭(한송정): 강릉 지방에 있는 정자. 3)鏡浦台(경포대): 강릉 호숫가에 있는 정자. 4)綵舞(채무): 때때옷을 입고 춤을 추다.

老萊子의 故事. 5)班衣(반의): 무늬가 있는 고운 옷. 6)膝下(슬하): 부모의 곁.
〈출전〉한국한시 〈작자〉師任堂申氏 〈제목〉思親

1327.

夜深驚起思鄕夢야심경기사향몽 **月滿陰山百尺高**월만음산백척고

고향 생각 꿈을 꾸다 놀라 깬 깊은 밤, 산골짝 높은 대에 달빛이 가득하네.

(原文)

寒塞無春不見梅 邊人吹入笛聲來 **夜深驚起思鄕夢** **月滿陰山百尺高**

찬 변방에는 봄이 없어 매화 못 보는데
변방 사람이 부는 피리소리 들려오네.
고향 생각 꿈을 꾸다 놀라 깬 깊은 밤
산골짝 높은 대에 달빛이 가득하네.

〈출전〉한국문집총간 〈작자〉蘭雪軒 許氏 〈제목〉塞下曲

1328.

數聲鴻雁遠雲外 수성홍안원운외 **東望故園天一方**동망고원천일방

먼 구름 밖에서 기러기는 우는데, 동쪽을 바라보면 고향 하늘 아득하네.

(原文)

獨倚欄干恨更長 北風吹雪夜昏黃 **數聲鴻雁遠雲外** **東望故園天一方**

홀로 난간 기대나니 한이 새삼 끝없어라.
북풍에 눈 날리고 밤은 어두워지네.
먼 구름 밖에서 기러기는 우는데
동쪽을 바라보면 고향 하늘 아득하네.

註▶ 1)天一方(천일방): 하늘의 한쪽. 하늘의 한 방향. 2)昏黃(혼황): 黃昏. 해가 저물어 감. 3)故園(고원): 옛 동산. 여기서는 고향을 말한다.
〈출전〉한국한시 〈작자〉三宜堂 金氏 〈제목〉天一方

1329.

思家仍不寐사가잉불매 **夢想幾時休**몽상기시휴

집을 생각하다 잠 못 드나니, 꿈속의 이 그리움 언제나 그칠는고.

(原文)

歸鴈雲邊叫 驚寒江上秋 嚴霜催寒雪 老容戀貌裘
波動風侵檻 雲開月入樓 **思家仍不寐 夢想幾時休**
돌아가는 기러기는 구름 속에서 울고
이 강의 찬 가을에 문득 놀란다.
찬 서리는 겨울눈을 재촉하고
늙은 몸이라 따뜻한 갖옷 그립다.
물결이 움직여 바람이 창을 스치고
구름이 걷히어 달이 다락에 든다.
집을 생각하다 잠 못 드나니
꿈속의 이 그리움 언제나 그칠는고.

〈출전〉한국한시 〈작자〉洪 幽閑堂 〈제목〉次杜江上

Ⅳ. 인생의 즐거움

1. 음 주

1330.

酒百藥之長주백약지장

술은 모든 藥 중에서 으뜸이다.

〈출전〉漢書　食貨志

1331.

後世必有以酒亡國者후세필유이주망국자

후세에 반드시 술 때문에 나라를 망하게 하는 사람이 있을 것이다.

〈출전〉十八史略　夏后氏

1332.

惟酒無量유주무량　**不及亂**불급난

공자께서는 술을 양을 정해놓지는 않았어도 취해서 난잡하지는 않았다.

〈출전〉論語　鄕黨

1333.

不爲酒困불위주곤

술을 마시고 어지러운 행동을 하지 말라.

〈출전〉論語　子罕

1334.

天地既愛酒천지기애주　**愛酒不愧天**애주불괴천

天地가 이미 술을 사랑하니, 술을 사랑하는 것이 하늘에 부끄럽지 않다.

〈출전〉古文眞寶　〈작자〉李白　〈제목〉月下獨酌 其一

1335.

長星장성　**勸汝一杯酒**권여일배주　**世豈有萬年天子邪**세기유만년천자사

彗星이여! 내가 그대에게 술 한 잔을 권하니, 세상에 어찌 萬年의 天子가 있겠는가?

註▶ 1)長星(장성): 彗星. 彗星을 보면 다들 두려워하는데 별을 향해 술을 권하는 豪氣가 대단한 구절.

〈출전〉十八史略　東晉　武帝

1336.

花看半開화간반개　**酒飮微醺**주음미훈

꽃은 반쯤 피었을 때보고, 술은 조금 취하도록 마셔라.

註▶ 1)微醺(미훈): 조금 취하다.

〈출전〉菜根譚　後集 百二十二

1337.

百年三萬六千日백년삼만육천일　**一日須傾三百杯**일일수경삼백배

백년 삼만육천 일 동안, 하루에 삼백 잔을 마신다.

註▶ 1)傾(경): 술잔을 기울이다, 즉 술을 마시다.

〈출전〉古文眞寶　〈작자〉李白　〈제목〉襄陽歌

1338.

醉翁之意不在酒취옹지의불재주 **在乎山水間也**재호산수간야

취한 사람의 마음은 술에 있지 않고, 산과 물 사이에 있다.

〈출전〉古文眞寶 〈작자〉歐陽永叔 〈제목〉醉翁亭記

1339.

李白一斗詩百篇이백일두시백편 **長安市上酒家眠**장안시상주가면

李白은 술 한 말을 마시면 시 백 편을 짓고, 장안 시장의 술집에서 누워 잤다.

(原文)

李白一斗詩百篇 長安市上酒家眠 天子呼來不上船 自稱臣是酒中仙

李白은 술 한 말을 마시면 시 백 편을 짓고

長安 시장의 술집에서 누워 잤다.

天子가 오라해도 배에 오르지 않고

臣은 酒中 신선이라고 스스로 일컬었다.

〈출전〉古文眞寶 〈작자〉杜甫 〈제목〉飮中八仙歌 其六

1340.

歸去來山中귀거래산중 **山中酒應熟**산중주응숙

산중으로 돌아가리라, 산중에 술이 익었으리라.

〈출전〉古文眞寶 〈작자〉陶潛 〈제목〉問來使

1341.

人生得意須盡懽인생득의수진환 **莫使金樽空對月**막사금준공대월

인생이 뜻을 이루게 되면 모름지기 즐거움을 다할 것이니,
술동이 앞에서 쓸쓸히 달을 대하지 말아라.

〈출전〉古文眞寶 〈작자〉王維 〈제목〉春桂問答

1342.

巵酒安足辭치주안족사

한 잔의 술을 어찌 사양하리요?

註▶ 1)巵酒(치주): 한 잔의 술. 2)安(안): 어찌.
〈출전〉十八史略 西漢 高祖

1343.

古來賢達皆寂寞고래현달개적막 **惟有飮者留其名**

옛부터 어진 君子들도 죽은 후에는 적막 하지만,
오직 술을 마신 사람만은 그 이름이 남아있다.

〈출전〉古文眞寶 〈작자〉李白 〈제목〉將進酒

1344.

祀茲酒사자주

술은 제사에 쓰이는 것이다.(飮酒를 警戒하라)

註▶ 1)祀茲酒(사자주): 飮酒를 警戒하라.
〈출전〉書經 酒誥

1345.

詩不成시불성 **罰依金谷酒數**벌의금곡주수

시를 짓지 못하면 罰酒는 金谷의 술잔 수를 따르리라.

註▶ 1)罰依金谷酒數(벌의금곡주수): 金谷은 晉나라 石崇의 동산으로 石崇은 여기에서 손님들에게 잔치를 베풀면서 詩賦를 짓지 못하는 자에게는 罰酒 세 말을 먹인 고사가 있어서 이것을 인용한 것이다.
<출전>文章軌範 <작자>李白 <제목>春夜宴桃李園序

1346.
飮酒以樂爲主음주이락위주
술을 마시는 것은 환락을 主로 삼는 것이다

註▶ 1)樂(락): 歡樂.
<출전>莊子 雜篇 漁夫

1347.
有客無酒유객무주 **有酒無肴**유주무효 **月白風淸**월백풍청 **如此良夜何**여차량야하
손님이 있으면 술이 없고 술이 없으면 안주가 없구나!
달이 밝고 바람이 시원하니 이처럼 좋은 밤에 어찌 한단 말인가?

<출전>文章軌範 <작자>蘇軾 <제목>後赤壁賦

1348.
爲樂當及時위락당급시 **何能待來玆**하능대래자
즐기는 것은 때가 왔을 때 해야지, 어찌 내년을 기다리겠는가?

註▶ 1)來玆(내자): 내년.
<출전>文選 <작자>無名氏 <제목>古詩十九首 其十五

1349.

何以解憂하이해우　**唯有杜康**유유두강

무엇으로 근심을 풀 것인가? 오직 술이 있을 뿐이다.

註▶ 1)杜康(두강): 술을 최초로 빚었다는 사람으로 술을 가리키는 말.
〈출전〉文選　〈작자〉魏武帝　〈제목〉短歌行

1350.

對酒當歌대주당가　**人生幾何**인생기하

술을 대하면 노래하세! 인생이 얼마나 될 것인가?

〈출전〉文選　〈작자〉魏武帝　〈제목〉短歌行

1351.

莫謾愁沽酒막만수고주　**囊中自有錢**낭중자유전

부질없이 술을 사랄까 걱정 말게, 내 주머니에 돈이 있네.

(原文)

主人不相識　偶坐爲林泉　**莫謾愁沽酒**　**囊中自有錢**

주인과는 서로 알지 못하는 사이인데
이렇게 마주 앉아 있는 것은 林泉 때문이네.
부질없이 술을 사랄까 걱정 말게
내 주머니에 돈이 있네.

註▶ 1)偶坐(우좌): 마주 앉다. 2)林泉(임천): 숲과 샘. 곧 수목이 울창하고 샘물이 흐르는 산중이나 정원. 3)謾(만): 漫과 같은 뜻으로 무리하게라는 뜻. 〈출전〉唐詩選　〈작자〉賀知章　〈제목〉題袁氏別業

1352.

酒能袪百慮주능거백려 **菊解制頹齡**국해제퇴령

술은 온갖 시름을 사라지게 하고, 국화는 나이를 잊게 한다.

註▶ 1)袪(거): 떨어 깨끗하게 하다. 2)百慮(백려): 온갖 시름. 3)頹齡(퇴령): 노쇠한 나이.

<출전>古詩源 <작자>陶潛 <제목>九日閑居

1353.

對酒誠可樂대주성가락 **此酒復能醇**차주복능순

술 대하니 진실로 즐겁고, 이 술은 다시 진하구나.

註▶ 1)誠(성): 진실로. 2)醇(순): 술이 진하다.

<출전>玉台新詠 <작자>張率 <제목>對酒

1354.

眼前一杯酒안전일배주 **誰論身後名**수론신후명

눈앞에 한잔 술이 있는데, 누가 죽은 뒤의 공명을 논하겠는가?

<출전>古詩源 <작자>庾信 <제목>擬詠懷二十七首中 其十一

1355.

秋鬢含霜白추빈함상백 **衰顔倚酒紅**쇠안의주홍

가을 머리카락 서리의 흰색을 머금었으니, 늙은 얼굴 술의 붉은 빛에 기대네.

<출전>古詩源 <작자>尹式 <제목>別宋常侍

1356.

蘭陵美酒鬱金香난릉미주울금향 **玉碗盛來琥珀光**옥완성래호박광

蘭陵의 좋은 술은 좋은 향기 나고, 옥 주발에 따라 가져오니 호박 빛이 나네.

(原文)

蘭陵美酒鬱金香　玉碗盛來琥珀光　但使主人能醉客　不知何處是他鄕

蘭陵의 좋은 술은 좋은 향기 나고
옥 주발에 따라 가져오니 호박 빛이 나네.
주인이 나그네를 취하게만 해준다면
타향살이 어디가 고향 아니랴.

註▶ 1)蘭陵(난릉): 山東省 蒼山縣 서남쪽에 있는 곳으로 좋은 술이 나는 곳이다.
2)鬱金香(울금향): 서역에서 나는 백합과 식물로 술 향기를 내는데 쓰인다.
〈출전〉唐詩選　〈작자〉李白　〈제목〉客中行

1357.

但使主人能醉客단사주인능취객 **不知何處是他鄕**부지하처시타향

주인이 나그네를 취하게 하니, 어느 곳이 타향인지 모르겠네.

(原文)

蘭陵美酒鬱金香　玉碗盛來琥珀光　**但使主人能醉客　不知何處是他鄕**

蘭陵의 좋은 술은 좋은 향기 나고
옥 주발에 따라 가져오니 호박 빛이 나네.
주인이 나그네를 취하게만 해준다면
타향살이 어디가 고향 아니랴.

註▶ 1)蘭陵(난릉): 山東省 蒼山縣 서남쪽에 있는 곳으로 좋은 술이 나는 곳이다.
2)鬱金香(울금향): 서역에서 나는 백합과 식물로 술 향기를 내는데 쓰인다.

<출전>唐詩選 <작자>李白 <제목>客中行

1358.

兩人對酌山花開양인대작산화개 **一盃一盃復一盃**일배일배부일배

둘이서 대작하니 산에는 꽃이 피고, 한 잔 한 잔 또 한 잔일세.

(原文)

兩人對酌山花開 一盃一盃復一盃 我醉欲眠君且去 明朝有意抱琴來

둘이서 대작하니 산에는 꽃이 피고
한 잔 한 잔 또 한 잔일세.
나는 취해서 졸리나니 그대는 우선 가게
내일 아침에 생각나거든 거문고 안고 오게.

<출전>古文眞寶前集 <작자>李白 <제목>山中對酌

1359.

花間一壺酒화간일호주 **獨酌無相親**독작무상친

꽃 아래서 한 병의 술을, 친한 이 없어 홀로 쓸쓸히 마시네.

<출전>唐詩三百首 <작자>李白 <제목>月下獨酌

1360.

擧杯邀明月거배요명월 **對影成三人**대영성삼인

술잔을 들고 밝은 달을 맞이하나니, 달과 그림자와 나 세 사람이 되었네.

註▶ 1)三人(삼인): 혼자 마시는 나와 하늘의 달과 달이 내 몸을 비추어 되는 내 그림자.

<출전>唐詩三百首 <작자>李白 <제목>月下獨酌

1361.

我歌月徘徊아가월배회 **我舞影零亂**아무영령난

내가 노래하면 달도 서성거리고, 내가 춤추면 그림자도 따라 춘다.

註▶ 1)零亂(영란):淩亂이라고도 하여 거듭되고 뒤섞인다는 뜻.
<출전>唐詩三百首 <작자>李白 <제목>月下獨酌

1362.

滌蕩千古愁척탕천고수 **留連百壺飮**유연백호음

쌓인 근심을 씻어내고, 백 독의 술을 마시며 머무네.

註▶ 1)滌蕩(척탕): 더러운 것을 씻어냄.
<출전>李太白集 <작자>李白 <제목>友人會宿

1363.

人生得意須盡歡인생득의수진환 **莫使金樽空對月**막사금준공대월

인생이 뜻을 이루게 되면 모름지기 즐거움은 다할 것이니,
술잔 앞에서 쓸쓸히 달을 대하지 말아라.

註▶ 1)金樽(금준): 술잔.
<출전>唐詩三百首 <작자>李白 <제목>將進酒

1364.

五花馬千金裘오화마천금구 **呼兒將出換美酒**호아장출환미주
與爾同銷萬古愁여이동소만고수

오색의 말과 천금의 옷을, 아이를 불러 좋은 술과 바꿔오라고 하여서,
그대들과 쌓인 시름을 녹여 보리라

註▶ 1)五花馬(오화마): 털빛이 오색의 꽃 같은 말. 2)千金裘(천금구): 매우 값진 갖옷.
〈출전〉唐詩三百首 〈작자〉李白 〈제목〉將進酒

1365.

酒後留君待明月주후류군대명월 **還將明月送君回**환장명월송군회

술자리 끝나고 그대와 명월을 기다리니, 장차 명월이 뜨니 그대 갈길 보여 떠나보내네.

〈출전〉唐詩選 〈작자〉丁仙芝 〈제목〉餘杭醉歌贈吳山人

1366.

酌酒與君君自寬작주여군군자관 **人情飜覆似波瀾**인정번복사파란

술을 그대에게 권하니 그대는 마음을 너그럽게 가져라,
人情의 飜覆은 물결치는 파도와 같은 것이다.

(原文)

酌酒與君君自寬 人情飜覆似波瀾 白首相知猶按劍 朱門先達笑彈冠
草色全經細雨濕 花枝欲動春風寒 世事浮雲何足問 不如高臥生加餐
술을 부어 그대에게 권하노니 그대여 마음을 너그럽게 가지게
사람의 정이란 마치 저 물결처럼 뒤집히는 것이네.
백발이 되도록 친하던 친구도 그 또한 칼을 겨눌 때 있고
부귀 누리는 주문의 선배들도 탄관의 후배들을 도리어 비웃나니.
저 잡초는 편히 살면서 보슬비에 젖는데
꽃은 피고자하나 봄바람이 차갑네.
세상일은 다 뜬구름이라 말해서 무엇하리.
차라리 높이 누워 맛있는 것이나 먹으며 살게나.

註▶ 1)裴迪(배적): 人名. 2)按劍(안검): 칼자루에 손을 대고 쓰다듬다. 3)朱門(주문): 붉은 칠을 한 문. 즉 지위가 높은 사람의 집. 4)先達(선달): 先輩. 5)彈冠(탄관): 손가락으로 갓의 먼지를 털다. 6)高臥(고와): 세속을 벗어나서 마음 내키는 대로 살다. 7)加餐(가찬): 음식을 많이 먹다, 식사를 잘하다, 몸을 소중히 하다.
〈출전〉唐詩選 〈작자〉王維 〈제목〉酌酒與裴迪

1367.

陶然共醉菊花杯도연공취국화배

국화주에 陶然히 함께 취해보고 싶다.

(原文)

漢文皇帝有高臺 此日登臨曙色開 三晋雲山皆北向 二陵風雨自東來
關門令尹誰能識 河上仙翁去不回 且欲近尋彭澤宰 **陶然共醉菊花杯**

漢나라 文皇帝의 높은 이 누대
나는 지금 오르나니 새벽빛이 트인다.
三晋의 구름과 산은 모두 북을 향하고
二陵의 바람과 비는 동에서 몰아온다.
관문의 그 令尹을 누가 알아주었던가.
河上의 그 仙翁은 가서는 아니 온다.
우선 여기 가까운 彭澤宰를 찾아서
국화주에 陶然히 함께 취해보고 싶다.

註▶ 1)三晋(삼진): 전국시대의 韓, 趙, 魏를 가리킴. 2)二陵(이릉): 秦나라의 요새인 殽山에 이릉이 있는데 그 남쪽에는 夏后의 능이고 그 북쪽 능은 文王이 風雨를 피하던 곳이다. 3)關門令尹(관문령윤): 尹喜는 周나라 대부로서 內學에 통하여 덕을 숨기고 행을 닦았으나 그때의 사람들은 아무도 몰랐다. 그 뒤에 老子가 道德經을 가르쳐주고 함께 놀았다. 그러나 아무도 그의 죽은 곳을 몰랐다. 4)河上仙翁(하상선옹): 漢文帝 때의 도인. 5)彭澤宰(팽택재): 陶潛은 彭澤令이 되었으나 곧 사직하고 돌아왔다. 9월 9일에 술이 없어 집밖에 나가 국화 곁에 오래 앉아 있을 때 王宏이 술을 가지고 와서 함께 취하였다. 그것이 곧 국화주다.
〈출전〉唐詩選 〈작자〉崔曙 〈제목〉九日登望仙臺呈劉明府

1368.
羡君有酒能便醉선군유주능편취 **羨君無錢能不憂**선군무전능불우
술이 있어 쉽게 취할 수 있는 그대가 부럽고, 돈이 없어도 근심하지 않는 그대가 부럽다.

〈출전〉唐詩選 〈작자〉張謂 〈제목〉贈喬林

1369.
莫思身外無窮事막사신외무궁사 **且盡生前有限杯**차진생전유한배
자신의 일이 아닌 모든 일을 생각하지 말고, 목숨이 다하기 전에 술 마시기를 또한 다하라.

(原文)
二月已破三月來 漸老逢春能幾回 **莫思身外無窮事 且盡生前有限杯**
이월이 이미 지나고 삼월이 왔는데
점점 늙어가니 봄을 몇 번이나 맞날까?
자신의 일이 아닌 모든 일을 생각하지 말고
목숨이 다하기 전에 술 마시기를 또한 다하라.

〈출전〉杜工部集 〈작자〉杜甫 〈제목〉絶句漫興九首中 其三

1370.
寬心應是酒관심응시주 **遣興莫過詩**견흥막과시

마음을 너그럽게 할 때는 술을 마시고, 흥을 보낼 때는 시를 놓치지 말라.

(原文)
花飛有底急　老去願春遲　可惜歡娛地　都非少壯時
寬心應是酒　遣興莫過詩　此意陶潛解　吾生後汝期
꽃 떨어져 날리는 것이 어찌 급한 게 있으리오.
노인은 봄이 가는 게 더디길 바라네.
즐겁게 놀던 땅을 애석해 하지만
모두 어릴 적 때가 아니네.
마음을 너그럽게 할 때는 술을 마시고
흥을 보낼 때는 시를 놓치지 말라.
이 뜻을 도연명이 풀어놓은 것인데
내가 사는 것이 그대의 때보다 늦은 것이네.

註▶ 1)底(저): 何의 뜻으로 "어찌"로 푼다.
〈출전〉杜工部集　〈작자〉杜甫　〈제목〉可惜

1371.

知章騎馬似乘船지장기마사승선　**眼花落井水底眠**안화락정수저면

賀知章이 술에 취해 말이 배처럼 흔들리고, 눈빛이 샘에 빠져 물속에서 조는 것처럼 흐려있다.

註▶ 1)智障(지장): 賀知章. 唐나라 초기의 시인. 2)眼花(안화): 술에 취해서 눈앞에 불똥 같은 것이 어른거림.
〈출전〉唐詩選　〈작자〉杜甫　〈제목〉飮中八仙歌 其一

1372.

飮如長鯨吸百川음여장경흡백천　**銜杯樂聖稱避賢**함배락성칭피현

고래가 바닷물을 흡수하듯이 마시고 나서, 술잔을 들고 청주 맛이 막걸리 보다 낫다고 한다.

〈출전〉唐詩選 〈작자〉杜甫 〈제목〉飮中八仙歌 其三

1373.

自稱臣是酒中仙자칭신시주중선

臣은 酒中 신선이라고 스스로 일컬었다.

(原文)

李白一斗詩百篇 長安市上酒家眠 天子呼來不上船 **自稱臣是酒中仙**

李白은 술 한 말을 마시면 시 백 편을 짓고

長安 시장의 술집에서 누워 잤다.

天子가 오라해도 배에 오르지 않고

臣은 酒中 신선이라고 스스로 일컬었다.

〈출전〉唐詩選 〈작자〉杜甫 〈제목〉飮中八仙歌 其六

1374.

此身醒復醉차신성복취 **乘興卽爲家**승흥즉위가

이 몸은 술이 깨면 다시 취하여, 홍을 타고 집에서 봄을 즐기리라.

(原文)

苔徑臨江竹 茅簷覆地花 別來頻甲子 歸到忽春華 倚杖看孤石 傾壺就淺沙

遠鷗浮水靜 輕燕受風斜 世路雖多梗 吾生亦有涯 **此身醒復醉** **乘興卽爲家**

이끼 낀 길 강 옆에 대나무 서있고

띠 집 앞에 땅에 가득 꽃이 피었네.

이별하여 여러 번 해가 바뀌고
홀연히 봄꽃이 피었네.
지팡이 의지하여 홀로 서있는 돌을 보고
술병 기울이며 얕은 백사장으로 나가네
멀리 보이는 갈매기는 물위에 떠서 고요히 날고
가볍게 나는 제비는 바람을 받아 기우네.
세상에는 가시밭길이 많고
내 생애도 또한 한계가 있구나!
이 몸은 술이 깨면 다시 취하여
홍에 겨우면 이곳도 집과 같으리.

註▶ 1)苔徑(태경): 이끼 낀 길. 2)春華(춘화): 봄꽃. 春花와 통용.
〈출전〉唐詩選 〈작자〉杜甫 〈제목〉春歸

1375.

晩來天欲雪만래천욕설 **能飮一杯無**능음일배무

오늘 저녁에는 눈이 올 것 같은데, 한잔 술을 먹는 게 어떻겠는가?

(原文)
綠螘新醅酒 紅泥小火爐 **晩來天欲雪 能飮一杯無**
새로 거른 녹의주에
홍니의 작은 화로
오늘 저녁에는 눈이 올 것 같은데
한잔 술을 먹는 게 어떻겠는가?

註▶ 1)劉十九(유십구): 사람 이름. 2)綠螘(녹의): 술 이름. 3)新醅(신배): 새로 거른 진한 술. 4)紅泥(홍니): 붉은 질그릇으로 만든 화로. 5)晩來(만래): 저녁 때. 來는 助字.
〈출전〉唐詩三百首 〈작자〉白居易 〈제목〉問劉十九

1376.

花下忘歸因美景화하망귀인미경　**樽前勸酒是春風**준전권주시춘풍

꽃 아래서 아름다운 경치에 빠져 돌아갈 것을 잊고, 술잔 앞에서 술을 권하니 봄바람이 부네.

(原文)

去歲歡遊何處去　曲江西岸杏園東　**花下忘歸因美景　樽前勸酒是春風**
各從微宦風塵裏　共度流年離別中　今日相逢愁又喜　八人分散兩人同

지난해 즐겁게 놀았던 벗들은 어디로 갔는가?
곡강의 서안과 행원의 동쪽에서 잔치를 열었네.
꽃 아래서 아름다운 경치에 빠져 돌아갈 것을 잊고
술잔 앞에서 술을 권하니 봄바람이 부네.
각자 풍진 속으로 벼슬길 떠나서
함께 이별 중에 세월을 보내네.
오늘 서로 만나니 걱정과 기쁨이 일고
팔 인이 흩어졌지만 두 사람은 함께 하네.

〈출전〉白氏文集　〈작자〉白居易　〈제목〉酬哥舒大見贈

1377.

林間煖酒燒紅葉임간난주소홍엽　**石上題詩掃綠苔**석상제시소녹태

숲 속에서 붉은 잎사귀 태워 술을 데우고, 돌 위에 푸른 이끼 긁어내고 시를 쓴다.

(原文)

曾於太白峰前住　數到仙遊寺裏來　黑水澄時潭底出　白雲破處洞門開
林間煖酒燒紅葉　石上題詩掃綠苔　惆悵舊遊無復到　菊花時節羨君迴

전에 태백봉 앞에 살면서
자주 선유사 안에 갔었네.

흑수가 맑은 때 연못의 밑이 보이고
흰 구름 흩어지는 곳 굴 입구 열리네.
숲 속에서 붉은 잎사귀 태워 술을 데우고
돌 위에 푸른 이끼 긁어내고 시를 쓴다.
옛날에 놀던 이 다시 오지 않음을 슬퍼하고
국화 핀 계절에 그대가 돌아오기를 바라네.

註▶ 1)仙遊寺(선유사): 盩屋縣 에 있는 절. 2)太白峰(태백봉): 盩屋縣 서쪽에 있는 산. 3)黑水(흑수): 盩屋縣 동쪽을 흐르는 냇물. 4)洞門(동문): 굴의 입구. 5)惆悵(추창): 슬퍼하다.
<출전>白氏文集 <작자>白居易 <제목>送王十八歸山寄題仙遊寺

1378.
半醒半醉遊三日반성반취유삼일 **紅白花開山雨中**홍백화개산우중
반은 깨어있고 반은 취해 삼일을 지냈더니, 붉고 흰 꽃은 피고 산에는 비가 오네.

(原文)
李白題詩水西寺 古木廻巖樓閣風 **半醒半醉遊三日** **紅白花開山雨中**
李白은 수서사에서 시를 지었는데
고목은 바위를 휘감고 누각에는 바람이 부네.
반은 깨어있고 반은 취해 삼일을 지냈더니
붉고 흰 꽃은 피고 산에는 비가 오네.

<출전>樊川文集 <작자>杜牧 <제목>念昔遊三首中 其三

1379.
勸君金屈巵권군금굴치 **滿酌不須辭**만작불수사
그대에게 황금의 술잔으로 권하니, 이 술을 사양 말고 들어라,

(原文)

勸君金屈巵　滿酌不須辭　花發多風雨　人生足別離

그대에게 황금의 술잔으로 권하니

이 술을 사양 말고 들어라,

꽃이 피니 바람과 비가 많을 것이요

인생은 이별이 많은 것이다.

註▶ 1)金屈巵(금굴치): 구부러진 손잡이가 달린 금으로 만든 술잔. 2)足(족): 多와 같음.

〈출전〉唐詩選　〈작자〉于武陵　〈제목〉勸酒

1380.

兩臉若春融양검약춘융　**千愁盡冰釋**천수진빙석

두 볼에는 봄이 무르녹는 듯 하고, 온갖 시름이 모두 얼음 녹는 듯하네.

(原文)

我飮只數杯　君飮須一石　及當醉陶陶　至樂相與敵

兩臉若春融　千愁盡冰釋　何須較少多　且得適其適

나는 술을 몇 잔밖에 못 마시는데

그대는 한 말의 술을 마시네.

그러나 도도히 취하고 나면

지극한 즐거움은 모두 다 같네.

두 볼에는 봄이 무르녹는 듯 하고

온갖 시름이 모두 얼음 녹는 듯하네.

많고 적게 마심을 견주어 무엇하리.

우선 알맞게 마실 뿐이네.

註▶ 1)陶陶(도도): 흐뭇이 즐기는 모양.

〈출전〉한국한시 〈작자〉李仁老(雙明齋) 〈제목〉贈酒友李湛之(「네 벗에게」四首 중에서)

1381.

笑談欸欸罇如海소담애애준여해 **簾幙深深雨送秋**염막심심우송추

정성스런 담소에 술그릇은 바다 같고, 깊숙한 발과 막에는 비가 가을 보낸다.

(原文)

平生蹤跡等雲浮 萬里相逢信有由 天上風流牛女夕 人間佳麗帝王州

笑談欸欸罇如海 簾幙深深雨送秋 乞巧曝衣非我事 且憑詩句遣閒愁

한평생 발자취가 구름처럼 떠도는데

만리 밖에서 서로 만난 것은 진실로 까닭 있으리.

저 천상의 풍류는 이 저녁의 견우와 직녀

인간의 아름다움 제왕의 나라이다.

정성스런 담소에 술그릇은 바다 같고

깊숙한 발과 막에는 비가 가을 보낸다.

솜씨 빌고 옷에 햇볕 쪼이기 원래 내 일 아니니

또 시구로써 한가한 시름 보낸다.

註▶ 1)牛女(우녀): 牽牛星과 織女星. 2)帝王州(제왕주): 제왕의 나라. 3)欸欸(애애): 남의 말을 그렇다고 대답하는 소리. 4)罇(준): 술그릇. 5)乞巧(걸교): 칠석날 밤에 부녀자가 견우성과 직녀성 두 별에게 길쌈과 바느질 솜씨가 늘기를 비는 제사. 6)曝衣(폭의): 옷을 햇볕에 쬠.

〈출전〉한국문집총간 〈작자〉李穀(稼亭) 〈제목〉七夕小酌

1382.

醉後不知天月上취후부지천월상 **滿庭紅影欲迷人**만정홍영욕미인

술에 취해 하늘에 달 뜬 줄을 몰랐는데, 뜰에 가득 꽃 그림자 사람을 어지럽게 하네.

(原文)

烟花粧點太平春　太守乘閒訪逸民　**醉後不知天月上　滿庭紅影欲迷人**

희부연 꽃단장한 태평스런 봄이라
태수는 틈을 보아 숨은 백성 찾아왔네.
술에 취해 하늘에 달 뜬 줄을 몰랐는데
뜰에 가득 꽃 그림자 사람을 어지럽게 하네.

註▶ 1)太守(태수): 고을의 지방장관. 지금의 郡守. 2)粧點(장점): 단장함. 3)逸民(일민): 속세를 버리고 숨어사는 사람.

〈출전〉한국문집총간 〈작자〉金安國(慕齋) 〈제목〉太守載酒見訪

1383.

良宵宜勝集양소의승집　**熱酒且徐傾**열주차서경

좋은 밤에는 훌륭한 모임 좋아, 뜨거운 술을 천천히 기울인다.

(原文)

禁漏風交響　華燈月並明　**良宵宜勝集　熱酒且徐傾**
節意寒將燠　身名寵若驚　何當謝簪組　林水送餘生

물시계에 바람은 섞여 울리고
꽃 등불에 달빛은 아울러 밝다.
좋은 밤에는 훌륭한 모임 좋아
뜨거운 술을 천천히 기울인다.
절개의 뜻은 추워지면 더욱 빛나고
육신의 명예에는 은총도 놀라는 듯.
어떻게 하면 벼슬을 그만두고
숲과 물에서 남은 생을 보낼꼬.

註▶ 1)省(성): 宮殿. 대궐. 2)禁漏(금루): 궁중의 물시계. 3)燠(욱): 따뜻함. 4)簪組(잠조): 비녀와 끈. 즉 벼슬.
<출전>한국문집총간 <작자>蔡裕後(湖洲) <제목>省中夜酌

1384.

醉臥蓬窓春睡穩취와봉창춘수온 **不知風雨滿江門**부지풍우만강문

창 앞에 취해 누워 봄잠이 깊었던가, 바람과 비가 강 어구에 가득한 줄 몰랐구나.

(原文)

青帘高出杏花村 沽酒歸來日已昏 **醉臥蓬窓春睡穩** **不知風雨滿江門**

푸른 기를 높이 걸은 행화촌에서
술 사 가지고 돌아오면 해는 이미 저물었네.
창 앞에 취해 누워 봄잠이 깊었던가?
비바람이 강 어구에 가득한 줄 몰랐구나.

註▶ 1)青帘(청렴): 酒店에 거는 旗. 酒旗. 2)杏花村(행화촌): 술집을 말함.
<출전>한국한시 <작자>金忠烈(玉湖) <제목>春江泛舟

1385.

有客須勸醉유객수권취 **無客且獨酌**무객차독작

손님 있으면 취하도록 권하고, 손님 없으면 또한 혼자 마시리.

(原文)

潮來全浦白 潮去全浦黑 無端盈虛理 來日又如昨 悠悠眼前事 何失復何得
微露忽生晞 炎涼已回薄 但携一壺酒 聊取今宵適 **有客須勸醉** **無客且獨酌**

조수가 오면 온 갯벌이 하얗고
조수가 가면 온 갯벌이 까맣네.

끝이 없이 차고 비는 이치니
내일이 또 어제와 같네.
유유한 눈앞의 날이여
무엇을 잃고 또 무엇을 얻으랴.
작은 이슬은 어느새 마르고
덥다가 시원함이 이미 돌아왔네.
다만 한 병의 술을 가지고
오늘밤에 알맞게 즐기자.
손님 있으면 취하도록 권하고
손님 없으면 또한 혼자 마시리.

註▶ 1)無端(무단): 처음과 끝이 없다. 단서가 없다.
<출전>한국한시 <작자>金時保(茅洲) <제목>秋夜獨酌

1386.

醉臥酒爐邊취와주로변 **衣沾杏花雨**의첨행화우

술 화로 곁에 취해 누우면, 내 옷은 살구꽃 빗발에 젖네.

(原文)
東風紫陌來 興與春雲聚 **醉臥酒爐邊** **衣沾杏花雨**
서울 거리에 샛바람이 불어
흥과 봄 구름이 함께 모이네.
술 화로 곁에 취해 누우면
내 옷은 살구꽃 빗발에 젖네.

註▶ 1)紫陌(자맥): 서울의 거리. 또는 서울 교외의 길.
<출전>한국한시 <작자>朴景夏(癯溪) <제목>紫陌春雨

1387.

我言酒好經得醉아언주호경득취 **雖失十觴亦相當**수실십상역상당

술이 좋아 일찍 취하기만 한다면, 열 잔 잃더라도 그게 그것 아닌가.

(原文)

勸婦漉酒兒承盎 我坐搘頤聞酒香 斗米前年得三瓶 今年酒好少十觴

我言酒好經得醉 雖失十觴亦相當 不須斟酌疎酒氣 且將一瓶與我嘗

아내에게 술 거르게 하고 아이는 동이로 받으라고 하고

나는 턱 고이고 앉아 술 냄새를 맡는다.

작년에는 한 말 쌀로 세 병을 걸렀는데

금년에는 술맛이 좋아 열 잔이 적다.

술이 좋아 일찍 취하기만 한다면

열 잔 잃더라도 그게 그것 아닌가.

술기운이 적다고 짐작하지 말고

우선 내게 한 병 주어 맛보게 하라.

註▶ 1)搘頤(지이): 턱을 괴다. 2)聞(문): 맡다. 냄새를 맡다. 3)經醉(경취): 빨리 취하다. 4)斟酌(짐작): 머뭇거리다. 주저하다. 5)嘗(상): 맛을 보다.

〈출전〉한국한시 〈작자〉南有容(雷淵) 〈제목〉看漉酒

1388.

大醉長安酒대취장안주 **狂歌日暮還**광가일모환

장안의 술에 크게 취하여, 저녁 무렵 미친 노래 부르며 돌아온다.

(原文)

大醉長安酒 狂歌日暮還 蓬壺多俗物 游戲且人間

장안의 술에 크게 취하여

저녁 무렵 미친 노래 부르며 돌아온다.

봉래산에도 속물이 많기에
인간세상에서 유희하노라.

註▶ 1)蓬壺(봉호): 蓬萊山. 그 모양이 병 같아 이렇게도 말한다. 2)游戲(유희): 장난하며 놂. 또는 장난. 놀이.
〈출전〉한국한시 〈작자〉金可基(雲巢子) 〈제목〉失題

1389.
莫向樽前辭一醉막향준전사일취 **五陵公子草中墳**오능공자초중분
술통 앞에서 한 번 취하기 사양하지 말아라, 오릉의 공자들도 잡초 속의 무덤인 걸.

(原文)
誰云洛下時多變 我願人間事不聞 **莫向樽前辭一醉 五陵公子草中墳**
누가 이 세상의 변천이 많다던가.
나는 인간 일을 듣기 원치 않네.
술통 앞에서 한 번 취하기 사양하지 말아라.
오릉의 공자들도 잡초 속의 무덤인 걸.

註▶ 1)扶餘(부여): 충남에 있는 百濟의 古都. 2)洛下(낙하): 서울의 아래. 즉 세상이란 뜻. 3)五陵(오릉): 沃高祖, 이하 다섯 임금의 무덤. 즉 고귀한 사람의 무덤. 4)公子(공자): 귀족의 자제.
〈출전〉한국한시 〈작자〉桂生 〈제목〉扶餘懷古二首中其一

1390.
今朝因半醉금조인반취 **四海闊無津**사해활무진
오늘 술에 거나하게 취해보니, 이 세상이 넓어 끝이 없네.

(原文)
天地雖云廣 幽閨未見眞 **今朝因半醉 四海闊無津**

하늘과 땅이 넓다고 하나
깊은 안방이라 참뜻을 몰랐었네.
오늘 술에 거나하게 취해보니
이 세상이 넓어 끝이 없네.

註▶ 1)幽閨(유규)깊숙한 안방. 2)津(진): 언덕. 가장자리.
〈출전〉한국한시 〈작자〉宋氏 〈제목〉酒醉

1391.

將進一盃還住手장진일배환주수 **指尖輕時適溫凉**지첨경시적온량

술 한 잔 권하다가 손을 잠깐 멈추어, 손가락 끝 살짝 담가 술 더운가 저어보네.

(原文)
金樽酒熟菊花香 留客秋燈坐夜長 **將進一盃還住手 指尖輕時適溫凉**
금 단지에 익은 술은 국화의 향기인가.
가을 등불 깊은 밤에 손님과 마주 앉았는데
술 한 잔 권하다가 손을 잠깐 멈추어
손가락 끝 살짝 담가 술 더운가 저어보네.

〈출전〉한국한시 〈작자〉姜只在堂 〈제목〉翠娘家秋讌飮

2. 유 람

1392.

淸暉能娛人청휘능오인 **遊子憺忘歸**유자담망귀

맑은 빛은 사람의 마음을 즐겁게 하고,
놀러온 사람의 마음을 편안하게 하여 돌아갈 것을 잊게 한다.

註▶ 1)淸暉(청휘): 맑은 빛. 2)遊子(유자): 놀러온 사람. 3)憺(담): 편안하게 하다.
〈출전〉文選 〈작자〉謝靈運 〈제목〉石壁精舍還湖中作

1393.

偶然値林叟우연치림수 **談笑無還期**담소무환기

우연히 나무하는 늙은이를 만나면, 담소하다가 돌아올 때를 잊었네.

(原文)

中歲頗好道 晩家南山陲 興來每獨往 勝事空自知
行到水窮處 坐看雲起時 **偶然値林叟 談笑無還期**

중년에 들어 도를 자못 좋아해서
늙어서 종남산에 별장을 지었네.
마음 내키면 매양 혼자 가나니
아름다운 경치는 나만이 아네.
개울물이 끝나는 거기까지 걸어가
일어나는 구름을 앉아 바라보다가
우연히 나무하는 늙은이를 만나면
담소하다가 돌아올 때를 잊었네.

註▶ 1)終南別業(종남별업): 종남산의 별장. 즉 陝西省 藍田縣의 輞川에 있는 王維의 별장. 2)好道(호도): 王維가 佛道를 좋아한다는 뜻. 3)勝事(승사): 훌륭한 일.
〈출전〉唐詩三百首 〈작자〉王維 〈제목〉終南別業

1394.

掬水月在手국수월재수 **弄花香滿衣**농화향만의

계곡 물을 양손에 담아두니 달이 손안에 있고, 꽃을 따서 갖고 노니 향기가 옷에 가득하네.

(原文)

春山多勝事　賞翫夜忘歸　**掬水月在水　弄花香滿衣**

興來無遠近　欲去惜芳菲　南望鳴鍾處　樓臺深翠微

봄철의 산에 좋은 일 많아

즐기노라 밤에도 돌아가기 잊는다.

불을 움켜 뜨면 달이 손에 담기고

꽃을 희롱하면 향기가 옷에 밴다.

흥이 일어 어디나 다니다가

떠나가려면 꽃향기가 아쉽다.

남쪽을 바라보나니 종소리 나는 곳에

누대들이 은은히 翠微 속에 보인다.

註▶ 1)芳菲(방비): 꽃향기, 또는 향기로운 꽃. 2)翠微(취미): 파란 산의 기운.

<출전>全唐詩　<작자>于良史　<제목>春山夜月

1395.

借問酒家何處有차문주가하처유　**牧童遙指杏花村**목동요지행화촌

술집이 어느 곳에 있는지 물어보니, 목동은 멀리 살구 꽃핀 마을을 가리키네.

(原文)

淸明時節雨紛紛　路上行人欲斷魂　**借問酒家何處有　牧童遙指杏花村**

청명 시절에 어지러이 비가 내려

길을 가는 나그네 시름에 겨워한다.

술집이 어느 곳에 있는지 물어보니

목동은 멀리 살구 꽃핀 마을을 가리키네.

註▶ 1)清明(청명): 24기의 하나로 춘분 다음. 2)斷魂(단혼): 애를 끊음.
〈출전〉聯珠詩格 〈작자〉杜牧 〈제목〉清明

1396.
渡水復渡水도수복도수 **看花還看花**간화환간화
물을 건너고 또 물을 건너며, 꽃을 보고 또 꽃을 보네.

(原文)
渡水復渡水 看花還看花 春風江上路 不覺到君家
물을 건너고 또 물을 건너며
꽃을 보고 또 꽃을 보네.
봄바람 부는 강 길을 가다가
그대 집에 이른 것도 몰랐네.

〈출전〉高太史大全集 〈작자〉高啓 〈제목〉尋胡隱君

1397.
春風江上路춘풍강상로 **不覺到君家**불각도군가
봄바람 부는 강 길을 가다가, 그대 집에 이른 것도 몰랐네.

(原文)
渡水復渡水 看花還看花 **春風江上路 不覺到君家**
물을 건너고 또 물을 건너며
꽃을 보고 또 꽃을 보네.
봄바람 부는 강 길을 가다가
그대 집에 이른 것도 몰랐네.

〈출전〉高太史大全集 〈작자〉高啓 〈제목〉尋胡隱君

1398.

西風落日吹遊艇서풍락일취유정 **醉後江山滿載歸**취후강산만재귀

지는 해에 갈바람은 놀이 배에 불어오고, 취한 뒤에 강산을 배에 가득 싣고 온다.

(原文)

水國秋高木葉飛 沙寒鷗鷺淨毛衣 **西風落日吹遊艇 醉後江山滿載歸**

물 마을에 가을 깊어 나뭇잎이 날아다니고

찬 모래에 기러기 · 백로는 그 털을 깨끗하게 하네.

지는 해에 갈바람은 놀이 배에 불어오고

취한 뒤에 강산을 배에 가득 싣고 온다.

註▶ 1)水國(수국): 池沼 · 河川등이 많은 땅.

〈출전〉한국한시 〈작자〉申用溉(松溪, 二樂軒) 〈제목〉舟下楊花渡

1399.

青山回合擁江流청산회합옹강류 **忽見瑤岑出馬頭**홀견요잠출마두

청산은 돌아 모여 흐르는 강을 꼈는데, 문득 보면 옥 봉우리가 말머리에서 나오네.

(原文)

青山回合擁江流 忽見瑤岑出馬頭 擧目怳然連絶景 凝神方始記曾游

懸崖尚有題名石 曲渚猶疑泛雪舟 春滿洞天花似錦 不堪回望舊丹邱

청산은 돌아 모여 흐르는 강을 꼈는데

문득 보면 옥 봉우리가 말머리에서 나오네.

눈을 드니 황연히 뛰어난 경계를 연하고

정신을 모으니 비로소 일찍이 놀던 일 생각나네.

벼랑에는 아직도 이름 적은 돌이 있고

굽은 물가에 오히려 눈에 띄운 배 있는가.
봄이 익은 동천에 꽃은 비단 같은데
차마 머리 돌려 옛 단구를 못 보겠네.

註▶ 1)怳然(황연): 분명하지 아니한 모양. 2)凝神(응신): 정신을 집중시킴. 3)洞天(동천): 신선이 산다는 名山. 밤도 낮같이 훤하다 함. 丹丘라고도 씀.
〈출전〉한국문집총간 〈작자〉金壽興(退憂堂) 〈제목〉龜潭道中

1400.

城東車馬塡街出성동거마전가출 **幾處芳遊設錦帷**기처방유설금유

성 동쪽의 수레와 말은 거리 메우고 나오니, 봄놀이의 장막은 어디어디 치는가.

(原文)
日暖風恬二月時 綠楊青草滿江湄 **城東車馬塡街出 幾處芳遊設錦帷**
바람 자고 따뜻한 날, 때는 바로 이월이라
녹색 버들 푸른 풀은 강가에 어울렸네.
성 동쪽의 수레와 말은 거리 메우고 나오니
봄놀이의 장막은 어디어디 치는가.

註▶ 1)恬(염): 조용하다. 2)塡(전): 메우다.
〈출전〉한국한시 〈작자〉三宜堂 金氏 〈제목〉轎過蔘溪吟

1401.

櫓歌聲裡棹扁舟노가성리도편주 **斜日雲霞遠欲流**사일운하원욕류

뱃노래를 부르며 거룻배를 저어가니, 해질녘의 구름이 놀에 멀리 흐르는 듯하네.

(原文)
櫓歌聲裡棹扁舟 斜日雲霞遠欲流 一色烟波三十里 近江垂柳盡名樓
뱃노래를 부르며 거룻배를 저어가니

해질녘의 구름이 놀에 멀리 흐르는 듯하네.
삼십 리 한 빛깔의 흐릿한 물결.
강 언덕의 버들 숲엔 다 이름난 다락이네.

註▶ 1)櫓歌(노가): 노를 저으면서 부르는 노래. 2)扁舟(편주): 작은 배. 거룻배. 3)烟波(연파): 안개 같은 것이 끼어 부옇게 보이는 물결.
〈출전〉한국한시 〈작자〉錦園 〈제목〉龍山船遊

3. 경축, 축하

(一). 결 혼

1402.
關關雎鳩관관저구 **在河之洲**재하지주 **窈窕淑女**요조숙녀 **君子好逑**군자호구
구욱 구욱 물수리는 강가 숲 속에서 우는데,
대장부의 좋은 배필 아리따운 아가씨는 어디 있는가.

註▶ 1)關關(관관): 물수리의 울음소리를 표현한 것인데 그 소리를 알 수 없어서 구욱 구욱이라고 번역하였다. 2)河(하): 黃河. 3)窈窕淑女(요조숙녀): 교양이 있고 아리따우며 곧고 훌륭한 여자. 4)逑(구): 짝, 배필.
〈출전〉詩經 周南 關雎

1403.
桃之夭夭도지요요 **灼灼其華**작작기화 **之子于歸**지자우귀 **宜其家室**의기가실
싱싱한 복숭아나무에 화사한 꽃이 피었네, 시집가는 아가씨여 한집안을 和樂하게 하라.

註▶ 1)夭夭(요요): 나무가 젊어서 싱싱한 모습. 2)灼灼(작작): 꽃이 활짝 피어 곱고 환한 모습. 3)之子(지자): 이 아가씨. 4)宜(의): 화락하게 하다. 5)家室(가실): 온 집안.
〈출전〉詩經　周南　桃夭

1404.

笑擁梅花迎翠步소옹매화영취보　**題留紅葉動仙娥**제유홍엽동선아

웃으며 매화 옆에서 미인을 맞이하고, 머리맡에 붉은 잎사귀 선녀가 움직이네.

註▶ 1)翠步(취보): 머리가 검은 미인의 걸음, 즉 미인을 말한다. 2)仙娥(선아): 선녀.
〈출전〉 萬有對聯

1405.

堂上畫屛開孔雀당상화병개공작　**閨中綉幕隱芙蓉**규중수막은부용

堂上의 그림 병풍은 공작이 꼬리를 펼치고, 閨中의 수놓은 장막은 부용을 숨기네.

註▶ 1)芙蓉(부용): 미인의 아름다운 모습.
〈출전〉 萬有對聯

1406.

錦堂雙壁合금당쌍벽합　**玉樹萬枝榮**옥수만지영

호화로운 집에 두 벽이 합해지고, 옥 같은 나무에 모든 가지가 영화롭네.

註▶ 1)玉樹(옥수): 재주가 뛰어난 사람. 2)萬枝(만지): 모든 가지, 즉 가족과 후손을 말한다.
〈출전〉 萬有對聯

1407.

鳥語紗窓曉조어사창효　**鶯啼繡閣春**앵제수각춘

새 우니 깁창에 새벽이 오고, 꾀꼬리 우니 수놓은 집에 봄이 찾아오네.

〈출전〉 萬有對聯

1408.

寶鏡臺前人似玉보경대전인사옥　**金鶯枕側語如花**금앵침측어여화

보경대 앞 사람은 옥과 같고, 금앵침 옆 말소리는 꽃과 같네.

註▶ 1)寶鏡臺(보경대): 좋은 경대, 즉 보배 같은 거울. 2)金鶯枕(금앵침): 화려한 베개, 즉 신혼 이부자리.
〈출전〉 萬有對聯

1409.

美滿姻緣天作合미만인연천작합　**清和時節日初長**청화시절일초장

아름답고 충만한 姻緣은 하늘이 합한 것이고, 맑고 화창한 시절은 날이 처음으로 길구나.

註▶ 1)姻緣(인연): 결혼을 한 인연.
〈출전〉 萬有對聯

(二). 壽 宴

1410.

人生七十古來稀인생칠십고래희　**七十加三稀又稀**칠십가삼희우희

인생 칠십은 예로부터 드물거니, 칠십에 또 셋이니 드물고 또 드문 일.

(原文)

人生七十古來稀　七十加三稀又稀　稀又稀中多男子　稀又稀中稀又稀

인생 칠십은 예로부터 드물거니
칠십에 또 셋이니 드물고 또 드문 일.
드물고 드문 중에 아들 많이 두었나니
드물고 드문 중에 드물고 또 드물다.

註▶ 1)人生七十古來稀(인생칠십고래희): 唐나라 杜甫의 詩에 나오는 구절로 70세를 古稀라고 부르는 말의 어원이 되었다.
〈출전〉한국한시 〈작자〉貞夫人 張氏 〈제목〉稀又詩

1411.
青松多壽色청송다수색 **丹桂有叢香**단계유총향
청송은 오랫동안 살아온 빛이 역력하고, 붉은 계수나무는 한 떨기 향이 있구나.

〈출전〉 萬有對聯

1412.
椿樹千尋碧춘수천심벽 **蟠桃幾度紅**반도기도홍
오래된 나무는 천 길이나 푸르고, 큰 복숭아나무는 몇 번이나 붉었던가?

註▶ 1)椿樹(춘수): 장수하는 나무. 2)蟠桃(반도): 仙境에 있다는 큰 복숭아나무로 장수를 비유하는 데에 쓰이는 말.
〈출전〉 萬有對聯

1413.
仁者有壽者相인자유수자상 **福人得古人風**복인득고인풍
어진 사람은 장수하는 상이 있고, 복이 있는 사람은 고인의 풍모를 얻었다.

〈출전〉 萬有對聯

1414.

大德得無量壽대덕득무량수

큰 덕이 있으면 헤아릴 수 없는 장수를 얻는다.

註▶ 1)無量壽(무량수): 헤아릴 수 없는 장수, 끝이 없는 장수.

〈출전〉 萬有對聯

1415.

翠柏蒼松是壽者相취백창송시수자상 **渾金璞玉有古人風**혼금박옥유고인풍

푸른 잣나무와 푸른 소나무는 장수하는 사람의 상이요, 혼금박옥은 고인의 풍이다.

註▶ 1)渾金璞玉(혼금박옥): 아직 정련하지 않은 금과 아직 다듬지 않은 옥으로 사람의 아름다운 소질을 비유하는 말이다.

〈출전〉 萬有對聯

1416.

室有芝蘭春自韻실유지란춘자운 **人如松柏歲長新**인여송백세장신

방안에 영지와 난초 있으니 봄에 스스로 운치가 있고,

사람이 송백과 같으니 해마다 길게 새로워지네.

〈출전〉 萬有對聯

1417.

玉樹暖迎蒼海日옥수난영창해일 **綺筵春泛赤城霞**기연춘범적성하

옥수는 창해의 해를 따뜻하게 맞이하고, 기연은 봄에 적성의 노을을 띄우네.

註▶ 1)玉樹(옥수): 재주가 뛰어난 사람의 비유. 2)綺筵(기연): 화려한 잔치.

〈출전〉 萬有對聯

1418.

歲寒松晩翠세한송만취 **春暖蕙先芳**춘난혜선방

세한에도 소나무는 늦게까지 푸르고, 봄이 따뜻하면 혜초가 먼저 아름답네.

〈출전〉 萬有對聯

(三). 生 子

1419.

積德累仁自求多福적덕루인자구다복 **承先啓後生此寧馨**승선계후생차녕형

덕을 쌓고 인을 계속 행하니 스스로 복을 구한 것이요,

선대를 잇고 후대로 계승하니 이 뛰어난 아이 얻었네.

註▶ 1)寧馨(영형): 뛰어난 아이.

〈출전〉 萬有對聯

1420.

積德累仁先世栽培惟福善적덕루인선세재배유복선

降麟誕鳳後昆光耀顯門楣강린탄봉후곤광요현문미

덕을 쌓고 인을 계속 행해 선대가 길러주니 오직 복과 좋은 일이 있고,

기린과 봉황이 태어나니 후손이 빛나서 가문이 빛나는구나.

註▶ 1)先世(선세): 선대와 같은 말. 2)降麟誕鳳(강린탄봉): 기린과 봉황과 같이 뛰어난 아이가 태어나다. 3)後昆(후곤): 후손. 4)門楣(문미): 가문, 집안.

〈출전〉 萬有對聯

1421.

英聲載路喜得寧馨영성재로희득녕형

영웅의 목소리 길에 들리니 기쁘게 아이를 얻었네.

註▶ 1)寧馨(영형): 뛰어난 아이.

〈출전〉 萬有對聯

1422.

泉流東海千層浪천류동해천층랑

샘물이 동해로 흘러 천 층의 물결이 된다.

〈출전〉 萬有對聯

1423.

秋月晩成丹桂實추월만성단계실 **春風新長紫蘭芽**춘풍신장자란아

가을달은 붉은 계수나무 열매 익히고, 봄바람은 자줏빛 난의 싹을 새로 자라게 하네.

〈출전〉 萬有對聯

(四). 新居(이사)

1424.

簾捲星風重門燕喜염권성풍중문연희 **堂開畫錦高第鶯遷**당개화금고제앵천

발 걷으니 별 총총하고 바람 불고 여러 문에서 제비 기뻐하고,

집 문 여니 화려하고 높은 집으로 꾀꼬리 옮겨드네.

註▶ 1)高第(고제): 높은 집.
〈출전〉 萬有對聯

1425.
擇里仁爲美택리인위미 **安居德有隣**안거덕유린
인으로써 아름다움을 삼아 마을을 정하고, 덕으로써 이웃을 삼아 편안히 살아가네.

〈출전〉 萬有對聯

1426.
鶯遷仁是里앵천인시리 **燕喜德爲隣**연희덕위린
인으로써 마을을 정하니 꾀꼬리 옮겨들고, 덕으로써 이웃을 삼으니 제비가 기뻐하네.

〈출전〉 萬有對聯

1427.
松菊陶潛宅송국도잠택 **詩書孟子隣**시서맹자린
소나무와 국화는 도잠의 집이요, 시와 서로 맹자를 이웃으로 삼다.
〈출전〉 萬有對聯

1428.
燕築新巢春正暖연축신소춘정난 **鶯遷高木日初長**앵천고목일초장
제비가 새집을 지으니 봄이 따뜻하고, 꾀꼬리 높은 나무에 옮겨드니 날이 길구나.

〈출전〉 萬有對聯

1429.

松茂竹苞及時而秀송무죽포급시이수 **蘭馨桂馥遷地爲良**난형계복천지위량

소나무 무성하고 대나무 우거져 이사한 때가 좋고,

난 향기와 계수나무 향기 나니 옮겨온 때가 좋구나.

註▶ 1)及時(급시): 이사한 때.

〈출전〉 萬有對聯

(五). 승 진

1430.

考績課功應上選고적과공응상선 **勸農興敎繼前賢**권농홍교계전현

공적을 생각하고 공을 헤아리면 응당 승진할 만하니,

농사를 권장하고 가르침을 일으켜 전현들을 이으소서.

註▶ 1)上選(상선): 승진하다. 2)前賢(전현): 지난 시대의 현인들을 말한다.

〈출전〉 萬有對聯

1431.

鴻鈞新轉景樂韶華홍균신전경락소화

세상이 잘 다스려져서 새로 옮겨가니 큰 즐거움에 풍류소리 화려하네.

註▶ 1)鴻鈞(홍균): 세상이 잘 다스려지다.

〈출전〉 萬有對聯

(六). 사업 및 개업

1432.

積土成山적토성산

흙이 쌓여 산이 이루어진다.

〈출전〉荀子　勸學篇

1433.

積水成淵적수성연

물이 모여 연못을 이룬다.

〈출전〉荀子　勸學篇

1434.

德者事業之基덕자사업지기

덕은 사업의 근본이다.

註▶ 1)德者(덕자): 덕이라고 하는 것. 2)基(기): 기초, 근본.
〈출전〉菜根譚　前集 百五十八

1435.

長春融德澤장춘융덕택　**餘慶衍財門**여경연재문

긴 봄이 덕의 연못에 융화되고, 많은 경사가 재물의 문에 넘치네.

〈출전〉 萬有對聯

1436.

根深葉茂無疆業근심엽무무강업 **源遠流長有道財**원원유장유도재

뿌리 깊고 잎사귀 무성하니 무궁한 일이요, 근원 깊고 흐름 장대하니 도가 있는 재물이네.

〈출전〉 萬有對聯

1437.

門迎曉日財源廣문영효일재원광 **戶納春風吉慶多**호납춘풍길경다

문마다 새벽 해 맞이하니 재물의 근원이 넓어지고,
창마다 봄바람 들이니 길하고 경사스런 일 많네.

〈출전〉 萬有對聯

1438.

鳳律新調三陽開泰봉률신조삼양개태 **鴻猶丕振四季亨通**홍유비진사계형통

봉황이 새 가락 부르니 정월에 태평함이 열리고, 기러기 크게 떨치니 사계절 형통하네.

註▶ 1)三陽(삼양): 정월.
〈출전〉 萬有對聯

五. 인생의 애수

1. 無 常

1439.

歡樂極兮哀情多환락극혜애정다　**少壯幾時兮奈老何**소장기시혜나로하

歡樂이 지극함에 슬픈 마음 많도다. 젊을 때가 얼마나 되는가? 늙음을 어이하리.

(原文)

秋風起兮白雲飛　草木黃落兮雁南歸　蘭有秀兮菊有芳, 攜佳人兮不能忘
泛樓舡兮濟汾河　橫中流兮揚素波, 簫鼓鳴兮發棹歌　**歡樂極兮哀情多**
少壯幾時兮奈老何

가을바람 일어나니 흰 구름 날아가니
초목이 노랗게 시들어 떨어지고 기러기는 남쪽으로 돌아가네.
난초는 빼어나고 국화는 향기로우니
아름다운 분을 그리워함이여!
누선을 띄워 분하를 건너니
중류를 가로지르며 흰 물결을 날리는구나.
퉁소소리와 북소리 울리고 뱃노래 부르니
환락이 지극함에 슬픈 마음 많도다.
젊을 때가 얼마나 되는가? 늙음을 어이하리.

註▶ 1)樓船(누선): 누대가 있는 큰 배. 2)汾河(분하): 산서성에서 발원하여 황하로 들어가는 강.

〈출전〉文選　〈작자〉漢武帝　〈제목〉秋風辭

1440.

所遇無故物소우무고물　**焉得不速老**언득불속노

눈에 보이는 것이 옛 모습이 없으니, 어찌 빨리 늙지 않았으리요?

註▶ 1)所遇(소우): 만나는 것, 보이는 것. 2)故物(고물): 옛 모습.
<출전>文選　<작자>無名氏　<제목>古詩十九首中 其十一

1441.

四時更變化사시경변화　**歲暮一何速**세모일하속

사철이 또 변화하니, 한해가 저무는 것이 어찌 이리 빠른가?

註▶ 1)四時(사시): 사철.
<출전>文選　<작자>無名氏　<제목>古詩十九首中 其十二

1442.

去者日以疎거자일이소　**來者日以親**내자일이친

죽은 사람은 날이 가면 잊혀지고, 태어난 사람은 날이 갈수록 친해진다.

註▶ 1)去者(거자): 죽은 사람. 2)來者(내자): 태어난 사람.
<출전>文選　無名氏　<제목>古詩十九首 其十四

1443.

古墓犂爲田고묘리위전　**松柏摧爲薪**송백최위신

오래된 묘는 쟁기질하여 밭이 되고, 松柏도 꺾이면 땔나무가 된다.

<출전>文選　<작자>無名氏　<제목>古詩十九首 其十四

1444.

對酒當歌대주당가 **人生幾何**인생기하 **譬如朝露**비여조로 **去日苦多**거일고다

술을 대하여 노래 부르세, 인생이 얼마나 될 것인가?
비유 컨데 아침이슬 같구나, 지난날은 괴로움이 많았구나!

〈출전〉文選 〈작자〉魏武帝 〈제목〉短歌行

1445.

人居一世間인거일세간 **忽若風吹盡**홀약풍취진

사람이 한 세상 사는 것은, 작기가 바람에 날리는 먼지 같구나.

註▶ 1)一世間(일세간): 한 세상. 2)忽(홀): 작다.
〈출전〉曹子建集 曹植 〈제목〉薤露行

1446.

人壽幾何인수기하 **逝如朝露**서여조로

사람 壽命이 얼마나 될 것인가? 아침이슬 같이 사라지네.

註▶ 1)幾何(기하): 얼마인가?
〈출전〉文選 〈작자〉陸機 〈제목〉短歌行

1447.

晦朔如循環회삭여순환 **月盈已復魄**월영이복백

그믐과 초하루는 돌고 도는 것이니, 달이 차면 다시 초하루가 된다.

註▶ 1)晦朔(회삭): 그믐과 초하루. 2)魄(백): 초하루, 달빛.
〈출전〉文選 〈작자〉郭璞 〈제목〉遊仙詩七首中 其七

1448.

人生似幻化인생사환화　**終當歸空無**종당귀공무

사람은 결국은 죽는 것이니, 끝내는 아무 것도 없는 곳으로 돌아간다.

註▶ 1)幻化(환화): 허깨비처럼 변화한다는 말로 사람의 죽음을 뜻함.

〈출전〉古詩源　〈작자〉陶潛　〈제목〉歸田園居五首中 其四

1449.

人生無根蔕인생무근체　**飄如陌上塵**표여맥상진

인생은 근본이 없으니, 거리의 먼지같이 흔들린다.

註▶ 1)根蔕(근체): 뿌리와 꼭지라는 말로 근본, 토대를 뜻함.

〈출전〉古詩源　〈작자〉陶潛　〈제목〉雜詩十二首中 其一

1450.

盛年不重來성년불중래　**一日難再晨**일일난재신

청춘의 시절은 다시 오지 않고, 하루에 새벽은 두 번 오지 않는다.

註▶ 1)盛年(성년): 청춘시절.

〈출전〉古詩源　〈작자〉陶潛　〈제목〉雜詩十二首中 其一

1451.

寂寂空郊暮적적공교모　**非復少年時**비복소년시

고요한 빈 郊外에 저녁이 찾아오는데, 소년 시절은 돌아오지 않네.

〈출전〉玉台新詠　〈작자〉湘東王繹　〈제목〉登顔園故閣

1452.

君不見人生百年如流電군불견인생백년여류전

그대는 인생 백년이 번개처럼 흐르는 것을 보지 못하는가?

〈출전〉玉台新詠 〈작자〉費昶 〈제목〉行路難二首中 其二

1453.

已見松柏摧爲薪이견송백최위신 **更聞桑田變爲海**경문상전변위해

이미 松柏이 땔감이 된 것을 보았고, 다시 桑田이 碧海가 되었다는 말도 들었다.

(原文)

洛陽城東桃李花 飛來飛去落誰家 洛陽女兒惜顔色 行逢落花長歎息

今年花落顔色改 明年花開復誰在 **已見松柏摧爲薪 更聞桑田變成海**

古人無復洛城東 今人還對落花風 年年歲歲花相似 歲歲年年人不同

(後十四句 略)

낙양성 동쪽에 핀 복사꽃이

날아다니다가 뉘 집에 떨어질 것인가?

낙양의 아가씨 얼굴이 변할까 애가 타서

떨어지는 꽃을 바라보고도 탄식한다.

금년에 꽃이 지면 내 얼굴이 변하지만

내년에 꽃이 피면 누가 다시 있겠는가?

이미 송백이 땔감이 된 것을 보았고

다시 뽕나무밭이 푸른 바다가 된다는 말도 들었다.

옛사람은 낙양성의 동쪽에서 찾아볼 수 없고

지금 사람이 다시 바람에 지는 꽃을 대하고 있다.

해마다 꽃은 서로 같지만

해마다 사람은 다르다. (후 14구 생략)

註▶ 1)洛陽城(낙양성): 당나라의 도읍지. 2)摧(최): 꺾이는 것, 베어지는 것.
〈출전〉唐詩選 〈작자〉劉希夷 〈제목〉代悲白頭翁

1454.

今年花落顏色改금년화락안색개 **明年花開復誰在**명년화개복수재

금년에 꽃 떨어지니 낯빛도 늙어 가는데, 내년에 꽃 필적에 누가 다시 있으리오.

(原文)

洛陽城東桃李花 飛來飛去落誰家 洛陽女兒惜顏色 行逢落花長歎息
今年花落顏色改 明年花開復誰在 已見松柏摧爲薪 更聞桑田變成海
古人無復洛城東 今人還對落花風 年年歲歲花相似 歲歲年年人不同
(後十四句 略)

낙양성 동쪽에 핀 복사꽃이
날아다니다가 뉘 집에 떨어질 것인가?
낙양의 아가씨 얼굴이 변할까 애가 타서
떨어지는 꽃을 바라보고도 탄식한다.
금년에 꽃이 지면 내 얼굴이 변하지만
내년에 꽃이 피면 누가 다시 있겠는가?
이미 송백이 땔감이 된 것을 보았고
다시 뽕나무밭이 푸른 바다가 된다는 말도 들었다.
옛사람은 낙양성의 동쪽에서 찾아볼 수 없고
지금 사람이 다시 바람에 지는 꽃을 대하고 있다.
해마다 꽃은 서로 같지만
해마다 사람은 다르다. (후 14구 생략)

註▶ 1)洛陽城(낙양성): 당나라의 도읍지. 2)摧(최): 꺾이는 것, 베어지는 것.
〈출전〉唐詩選 〈작자〉劉希夷 〈제목〉代悲白頭翁

1455.

年年歲歲花相似년년세세화상사　**歲歲年年人不同**세세년년인부동

해마다 꽃은 같지만, 해마다 사람은 같지 않네.

(原文)

洛陽城東桃李花　飛來飛去落誰家　洛陽女兒惜顔色　行逢落花長歎息
今年花落顔色改　明年花開復誰在　已見松柏摧爲薪　更聞桑田變成海
古人無復洛城東　今人還對落花風　**年年歲歲花相似**　**歲歲年年人不同**
(後十四句 略)

낙양성 동쪽에 핀 복사꽃이
날아다니다가 뉘 집에 떨어질 것인가?
낙양의 아가씨 얼굴이 변할까 애가 타서
떨어지는 꽃을 바라보고도 탄식한다.
금년에 꽃이 지면 내 얼굴이 변하지만
내년에 꽃이 피면 누가 다시 있겠는가?
이미 송백이 땔감이 된 것을 보았고
다시 뽕나무밭이 푸른 바다가 된다는 말도 들었다.
옛사람은 낙양성의 동쪽에서 찾아볼 수 없고
지금 사람이 다시 바람에 지는 꽃을 대하고 있다.
해마다 꽃은 서로 같지만
해마다 사람은 다르다. (후 14구 생략)

註▶ 1)洛陽城(낙양성): 당나라의 도읍지. 2)摧(최): 꺾이는 것, 베어지는 것.
〈출전〉唐詩選　〈작자〉劉希夷　〈제목〉代悲白頭翁

1456.

此翁白頭眞可憐차옹백두진가련　**伊昔紅顔美少年**이석홍안미소년

이 늙은이의 흰머리가 참으로 불쌍하지만, 옛날에는 紅顔의 美少年이었다.

〈출전〉唐詩選 〈작사〉劉希夷 〈제목〉代悲白頭翁

1457.

宛轉蛾眉能幾時완전아미능기시 **須臾鶴髮亂如絲**수유학발난여사

화려하고 아름다운 젊은 날이 얼마나 되는가? 잠깐 사이에 흰머리가 휘날리게 된다.

註▶ 1)宛轉(완전): 여자들의 몸치장이 화려한 것. 2)蛾眉(아미): 눈썹이 곱게 꼬부라진 것, 즉 眉目의 아름다움을 말함. 3)須臾(수유): 잠깐 사이

〈출전〉唐詩選 〈작자〉劉希夷 〈제목〉代悲白頭翁

1458.

百年同謝西山日백년동사서산일 **千秋萬古北邙塵**천추만고북망진

인생은 백 년 동안 서산에 지는 해를 보고, 천년만년 北邙山에 묻혀있네.

〈출전〉唐詩選 〈작자〉劉希夷 〈제목〉公子行

1459.

城中日夕歌鐘起성중일석가종기 **山上唯聞松柏聲**산상유문송백성

성안에서는 아침저녁으로 노래와 악기소리 들리는데, 북망산에는 오직 松柏 소리만 들리네.

〈출전〉唐詩選 〈작자〉沈佺期 〈제목〉邙山

1460.

江畔何人初見月강반하인초견월 **江月何年初照人**강월하년초조인

강가의 어떤 사람이 처음 달을 보았는가? 강가의 달은 어느 해에 처음 사람을 비추었는가?

註▶ 1)春江花月夜(춘강화월야): 이 제목은 악부의 제목으로 陳나라의 後主가 지은 곡명이다. 張若虛는 이 제목을 빌어 봄철 강가의 꽃피고 달 밝은 밤 풍경을 읊었다.
<출전>唐詩選 <작자>張若虛 <제목>春江花月夜

1461.

誰知明鏡裏수지명경리 **形影自相憐**형영자상련

누가 알았겠는가, 이 거울 속에서, 몸과 그림자가 서로 가여워할 줄을.

(原文)

宿昔青雲志 蹉跎白髮年 **誰知明鏡裡 形影自相憐**

옛날에 품었던 청운의 뜻이
때를 다 놓치고 백발이 되었나니.
누가 알았겠는가, 이 거울 속에서
몸과 그림자가 서로 가여워할 줄을.

註▶ 1)宿昔(숙석): 옛날. 2)青雲志(청운지): 출세하려하는 마음. 3)蹉跎(차타): 때를 놓침. 4)形影(형영): 형체와 그림자.
<출전>唐詩選 <작자>張九齡 <제목>照鏡見白髮

1462.

眼看春色如流水안간춘색여류수 **今日殘花昨日開**금일잔화작일개

눈에 보이는 봄빛은 흐르는 물과 같고, 오늘 남아있는 꽃들은 어제 핀 것이네.

(原文)

一月主人笑幾回 相逢相值且銜杯 **眼看春色如流水 今日殘花昨日開**

한 달에 주인은 몇 번이나 웃는가?
서로 만나고 서로 마주칠 때 또 술이나 마시세.
눈에 보이는 봄빛은 흐르는 물과 같고
오늘 남아있는 꽃들은 어제 핀 것이네.

註▶ 1)幾回(기회): 몇 번이나. 2)相値(상치): 공교롭게 마주치다. 3)銜杯(함배): 술을 마시다.
<출전>唐詩選 <작자>崔惠童 <제목>奉和同前

1463.

一年始有一年春일년시유일년춘 **百歲曾無百歲人**백세증무백세인

일 년의 시작은 봄에 있는데, 백년이 거듭되어도 백 살 먹은 사람은 없네.

(原文)

一年始有一年春 百歲曾無百歲人 能向花前幾回醉 十千沽酒莫辭貧
일 년의 시작은 봄에 있는데
백년이 거듭되어도 백 살 먹은 사람은 없네.
이 꽃 속에서 몇 번이나 취하겠는가.
가난을 핑계 말고 얼마든지 술을 사라.

註▶ 1)十千(십천): 萬錢. 즉 술 한 말 값이 萬錢이 되는 술이라는 뜻. 2)沽酒(고주): 술을 사다.
<출전>唐詩選 <작자>崔敏童 <제목>宴城東莊

1464.

人生能幾何인생능기하 **畢竟歸無形**필경귀무형

인생이 얼마나 되겠는가? 결국은 無形으로 돌아간다,

註▶ 1)幾何(기하): 얼마나. 2)畢竟(필경): 결국은, 끝내는.
〈출전〉唐詩別裁 〈작자〉王維 〈제목〉哭殷遙

1465.

今人不見古時月금인불견고시월 今月曾經照古人금월증경조고인

지금 사람은 옛날의 달을 보지 못했고, 지금의 달은 일찍이 옛날사람도 비추었다.

〈출전〉古文眞寶前集 〈작자〉李白 〈제목〉把酒問月

1466.

人生非寒松인생비한송 年貌豈長在년모기장재

인생은 겨울 소나무와는 다르다, 나이 들면 어찌 오래 남아있으리오?

〈출전〉李太白集 〈작자〉李白 〈제목〉古風五十九首中 其十一

1467.

君不見黃河之水天上來군불견황하지수천상래 奔流到海不復回분류도해불부회

그대는 황하수가 하늘에서 흘러오는 것을 보지 않았는가?
급히 흘러 바다에 이르면 다시 돌아오지 않는다.

註▶ 1)奔流(분류): 급하게 흐르다.
〈출전〉唐詩三百首 〈작자〉李白 〈제목〉將進酒

1468.

君不見高堂明鏡悲白髮군불견고당명경비백발 朝如青絲暮成雪조여청사모성설

그대는 高堂의 거울 속 슬픈 백발을 보지 않았는가?
아침에 검던 머리카락이 날 저물자 눈처럼 희었구나!

註▶ 1)青絲(청사): 푸른 실처럼 검은 머리카락.
<출전>唐詩三百首 <작자>李白 <제목>將進酒

1469.

人生有情淚沾臆인생유정루첨억 **江水江花豈終極**강수강화기종극

인생이 한스러워 눈물이 가슴을 적시네, 흐르는 물과 피는 꽃이 어찌 끝이 있겠는가?

註▶ 1)有情(유정): 한스럽다. 2)沾臆(첨억): 가슴을 적시다.
<출전>唐詩選 <작자>杜甫 <제목>哀江頭

1470.

庭樹不知人去盡정수부지인거진 **春來還發舊時花**춘래환발구시화

뜰에 서있는 나무는 사람이 떠나간 것은 모르고, 봄이 오면 옛 가지에 꽃을 피우고 있네.

(原文)
梁園日暮亂飛鴉 極目蕭條三兩家 **庭樹不知人去盡 春來還發舊時花**
양원에 해 저물어 까마귀 떼는 어지러이 나는데
보이는 것은 모두 쓸쓸할 뿐 집만 두세 채 있네.
뜰에 서있는 나무는 사람이 떠나간 것은 모르고
봄이 오면 옛 가지에 꽃을 피우고 있네.

註▶ 1)山房(산방): 산 속의 집. 2)春事(춘사): 春興. 3)梁園(양원): 梁나라 孝王이 지은 莊園. 4)極目(극목): 시야가 미치는 데까지. 5)還(환): 다시.
<출전>唐詩選 <작자>岑參 <제목>山房春事

1471.

落花不語空辭樹낙화불어공사수　**流水無情自入池**유수무정자입지

떨어진 꽃은 말이 없이 공허로이 흩어지고, 흐르는 물은 무심히 스스로 연못에 들어가네.

(原文)

鷄犬喪家分散後　林園失主寂寥時　**落花不語空辭樹　流水無情自入池**

風蕩醼船初破漏　雨淋歌閣欲傾欹　前庭後院傷心事　唯是春風秋月知

닭과 개 집을 잃고 흩어진 후이고

林園은 주인을 잃고 조용한 때이네.

떨어진 꽃은 말이 없이 공중에 흩어지고

흐르는 물은 무심히 스스로 연못에 들어가네.

바람은 술자리를 연 배를 흘러가게 하여 구멍을 내고

비는 가무를 즐기는 누각에 불어 기울게 하려 하네.

앞뜰과 후원의 상심한 일을

오직 봄바람과 가을달만이 아네.

註▶ 1)元家(원가): 元稹의 집. 2)醼船(연선): 酒宴을 베푼 배. 3)歌閣(가각): 歌舞를 즐기며 노는 배. 즉 元稹의 집을 가리킨다.

〈출전〉白氏文集　〈작자〉白居易　〈제목〉過元家履信宅

1472.

松樹千年終是朽송수천년종시후　**槿花一日自爲榮**근화일일자위영

소나무가 천년이 되면 끝내는 썩고, 무궁화는 하루의 영화를 누리네.

〈출전〉白氏文集　〈작자〉白居易　〈제목〉放言五首中 其五

1473.

人生似行客 인생사행객 **兩足無停步**양족무정보

인생은 지나가는 行人과 같아서, 두발이 걸음을 멈추지 않네.

〈출전〉白氏文集 〈작자〉白居易 〈제목〉送春

1474.

往事渺茫都似夢왕사묘망도사몽 **舊遊零落半歸泉**구유령락반귀천

지난 일은 멀어서 모두 꿈만 같고, 옛적에 같이 놀던 친구들 반은 黃泉에 돌아갔네.

註▶ 1)零落(영락): 죽음 2)泉(천): 황천 〈출전〉白氏文集 〈작자〉白居易 〈제목〉十年三月三十日 別微之於澧上 十四年三月十一日夜 遇微之於峽中 云云)

1475.

朝朝花遷落조조화천락 **歲歲人移改**세세인이개

날마다 꽃은 떨어지고, 해마다 사람은 죽는다.

〈출전〉寒山子詩集 〈작자〉寒山 〈제목〉無題

1476.

何以長惆悵하이장추창 **人生似朝菌**인생사조균

무엇 때문에 슬퍼하고 탄식하는가? 인생은 무상한 것인데!

註▶ 1)朝菌(조균): 아침에 났다가 저녁에 시든다는 버섯으로 단명이나 무상을 비유한다.

〈출전〉寒山子詩集 〈작자〉寒山 〈제목〉無題

1477.

少年安得長少年소년안득장소년 **海波尙變爲桑田**해파상변위상전

소년이 어찌 오래도록 소년으로 있겠는가? 바다가 桑田으로 변하는데!

〈출전〉古文眞寶前集 〈작자〉李賀 〈제목〉嘲少年

1478.

高歌一曲掩明鏡고가일곡엄명경 **昨日少年今白頭**작일소년금백두

소리 높여 한 곡 부르며 거울을 가리니, 어제는 소년이었는데 오늘은 백발이네.

(原文)

琪樹西風枕簟秋 楚雲湘水憶同遊 **高歌一曲掩明鏡** **昨日少年今白頭**

아름다운 나무에 가을바람 부니 대자리 베고 자는 가을이고

동정호와 상강은 함께 놀던 때를 기억하게 하네.

소리 높여 한 곡하고 거울에 비친 안색을 보니

어제는 소년이었는데 오늘은 백발이네.

註▶ 1)琪樹(기수): 아름다운 나무. 2)西風(서풍): 가을바람. 3)簟(점): 대자리. 4)楚雲(초운): 동정호 일대의 옛 지명. 5)湘水(상수): 湘江.

〈출전〉唐詩選 〈작자〉許渾 〈제목〉秋思

1479.

昔年顧我長青眼석년고아장청안 **今日逢君盡白頭**금일봉군진백두

지난해 나를 돌아볼 때 青眼이었는데, 오는 그대를 만나니 이미 백발이 되었네.

註▶ 1)青眼(청안): 젊은이의 눈, 기뻐하는 눈.

〈출전〉丁卯集 〈작자〉許渾 〈제목〉贈河東虞押衙

1480.

砌下梨花一堆雪체하리화일퇴설 **明年誰此凭闌干**명년수차빙란간

계단 아래의 배꽃에 눈이 쌓여 있는데, 내년에는 누가 난간에 기대어 볼 것인가?

(原文)

淮陽多病偶求懽 客袖侵霜與燭盤 **砌下梨花一堆雪 明年誰此凭闌干**

회양에서 병이 많아 술을 마시고

손님의 소매에 서리 묻어있어 촛대를 함께 쓰네.

계단 아래의 배꽃에 눈이 쌓여 있는데

내년에는 누가 난간에 기대어 볼 것인가?

註▶ 1)求懽: 즐거움을 구하다. 즉 술을 마시다. 2)與燭盤: 촛대를 함께 쓰다.

〈출전〉樊川文集 〈작자〉杜牧 〈제목〉初冬夜飮

1481.

浮沈千古事부침천고사 **誰與問東流**수여문동류

홍망의 역사를, 누구와 함께 강물에게 물어볼 것인가?

(原文)

落日五湖遊 烟波處處愁 **浮沈千古事 誰與問東流**

해 지자 오호에서 노니니

물안개와 물결마다 근심이네.

홍망의 역사를

누구와 함께 강물에게 물어볼 것인가?

註▶ 1)浮沈(부침): 興亡.

〈출전〉唐詩選 〈작자〉薛瑩 〈제목〉秋日湖上

1482.

百川日夜逝백천일야서 **物我相隨去**물아상수거

모든 시냇물은 밤낮으로 흘러가고, 外物과 나도 함께 시내를 따라 흘러가네

〈출전〉蘇東坡集 〈작자〉蘇軾 〈제목〉初秋寄子由

1483.

此生忽忽憂患裏차생홀홀우환리 **淸境過眼能須臾**청경과안능수유

이 인생은 번뇌 속에 사는 것이고, 좋은 풍경이 눈앞을 지나가는 것은 잠깐이다.

註▶ 1)忽忽(홀홀): 사물을 돌아보지 않는 모양, 失意한 모양. 2)淸境(청경): 좋은 풍경. 3)須臾(수유): 잠간 사이.

〈출전〉蘇東坡集 〈작자〉蘇軾 〈제목〉舟中夜起

1484.

賢愚千載知誰是현우천재지수시 **滿眼蓬蒿共一丘**만안봉호공일구

어진 이와 어리석은 이를 천년이 지난 뒤에 누가 알겠는가?

눈에 가득한 잡초들이 함께 언덕을 이루네.

註▶ 1)千載(천재): 千年. 2)蓬蒿(봉호): 쑥을 말하는 것으로 여기서는 잡초를 의미한다.

〈출전〉山谷詩集注 〈작자〉黃庭堅 〈제목〉淸明

1485.

徘徊想前事배회상전사 **不覺淚霑衣**불각루점의

이리저리 거닐며 지난 일 생각할 때, 어느 결에 눈물이 옷깃을 다 적신다.

(原文)
古樹鳴朔吹　微波漾殘暉　**徘徊想前事　不覺淚霑衣**
늙은 나무에 북풍이 울고
잔물결 위에 저녁볕이 떠돈다.
이리저리 거닐며 지난 일 생각할 때
어느 결에 눈물이 옷깃을 다 적신다.

註▶ 1)皇龍寺(황룡사): 경주에 있던 절. 신라 왕궁을 지을 때 거기서 황룡이 나왔으므로 거기 절터를 잡았다 한다. 지금은 터만 남아 있다. 2)朔吹(삭취): 北風. 朔風. 3)殘暉(잔휘): 지는 햇빛. 殘照. 4)徘徊(배회): 천천히 이리저리 왔다 갔다 하다.
〈출전〉한국한시　〈작자〉崔鴻賓　〈제목〉書皇龍寺雨花門

1486.
到寺方應覺도사방응각　**甁傾月亦空**병경월역공
절에 돌아와 비로소 깨달았으리. 병이 기울자 달도 따라 비어진 것을.

(原文)
山僧貪月色　幷汲一甁中　**到寺方應覺　甁傾月亦空**
스님이 저 달빛에 욕심이 생겨
병 속에 물과 달을 함께 길었다.
절에 돌아와 비로소 깨달았으리.
병이 기울자 달도 비워진 것을.

註▶ 1)幷汲(병급): 물과 달을 아울러 길음.
〈출전〉한국문집총간 〈작자〉李奎報(白雲居士) 〈제목〉詠井中月

1487.
當時座客休嫌老당시좌객휴혐로　**樓上佳人亦白頭**누상가인역백두

그때 그 자리의 사람들아, 늙는다고 한하지 말라, 이 다락의 미인들도 모두 백발인 것을.

(原文)

霜月凄凉燕子樓　郎官一曲夢悠悠　**當時座客休嫌老　樓上佳人亦白頭**

서리 내린 달밤의 쓸쓸한 燕子樓여!

낭관의 한 가락이 꿈길에 아득하네.

그때 그 자리의 사람들아, 늙는다고 한하지 말라

이 다락의 미인들도 모두 백발인 것을.

註▶ 1)昇平(승평): 地名. 2)霜月(상월): 서리가 내린 밤의 달. 또는 음력 7월의 異稱. 3)郎官(낭관): 郎中. 즉 상서를 보좌하여 정무에 참여하는 벼슬. 4)座客(좌객): 한 자리에 앉았던 사람. 5)休(휴): 하지 말아라.

〈출전〉한국한시 〈작자〉張鎰 〈제목〉過昇平燕子樓

1488.

頗信流光如電影파신류광여전영 **又驚芳信到花枝**우경방신도화지

번개 같은 세월을 믿기는 하였으나, 꽃가지의 봄소식에 새삼 놀라워하네.

(原文)

病裏情懷每自悲　蒼天肯復管安危　時時對鏡憐黃瘦　事事臨機恨白癡

頗信流光如電影　又驚芳信到花枝　牢籠物色知無力　驅使由來只小詩

병중이라 마음은 늘 스스로 슬퍼하나니

저 하늘이야 어찌 즐거이 내 안위를 관리하리.

때때로 거울 보면 여윈 얼굴 가련하고

일마다 때 당하면 바보 노릇 한스럽네.

번개 같은 세월을 믿기는 하였으나

꽃가지의 봄소식에 새삼 놀라워하네.

物色을 통합함에 무력한 줄 알지만
지금까지 스스로 시를 몰아치기만 하였네.

註▶ 1)京師(경사): 그때의 중국의 서울. 京은 大, 師는 衆. 곧 大衆이 사는 곳이라는 뜻. 2)黃瘦(황수): 누른빛을 띠고 여윈 것. 3)白癡(백치): 바보. 4)牢籠(뇌롱): 한 데 넣음. 또는 통합함.
<출전>한국문집총간 <작자>李穡(牧隱) <제목>自京師東歸

1489.

此夜浮生餘白首차야부생여백수 **點燈時復顧初心**점등시복고초심

덧없는 삶, 이 밤에 흰머리만 남았나니, 등불 켜고 때로는 초심을 돌아본다.

(原文)
陰風慘慘雨淋淋　海氣連天石竇深　**此夜浮生餘白首　點燈時復顧初心**
바람은 음침하고 비는 줄줄 내리고
바다 기운은 하늘에 닿고 돌 움집이 깊어라.
덧없는 삶, 이 밤에 흰머리만 남았나니
등불 켜고 때로는 초심을 돌아본다.

註▶ 1)慘慘(참참): 몹시 슬퍼하는 모양. 또는 처참한 모양. 2)淋淋(임림): 비가 오는 모양. 또는 물방울이 떨어지는 모양. 3)石竇(석두): 돌로 만든 움집. 4)初心(초심): 처음의 마음. 본시 먹은 마음.
<출전>한국문집총간 <작자>李胄(忘軒) <제목>夜坐

1490.

萬事不堪供一笑만사불감공일소 **靑山閱世自浮埃**청산열세자부애

만사가 모두 한바탕의 웃음거리도 안 돼, 청산에서 지난 세상 하나의 티끌이다.

(原文)

伽藍却是新羅舊　千佛皆從西竺來　從古神人迷大隈　至今福地似天台
春陰欲雨鳥相語　老樹無情風自哀　**萬事不堪供一笑　青山閱世自浮埃**

이 절은 바로 신라의 옛 절인데
거기 천불은 다 천축에서 왔구나.
옛부터 신인들은 대외에서 길 잃었는데
지금의 복된 땅은 천태와 같다.
흐릿한 봄날 비 내리려 하니 새들이 지저귀고
늙은 나무는 무정한데 바람 절로 슬퍼한다.
만사가 모두 한바탕의 웃음거리도 안 돼
청산에서 지난 세상 하나의 티끌이다.

註▶ 1)伽藍(가람): 절. 2)西竺(서축): 西域・天竺이란 뜻으로 지금의 인도 3)大隈(대외): 莊子에 黃帝가 대외에서 길을 잃었다고 한다. 4)天台(천태): 중국에 있는 산 이름.
<출전>한국문집총간 <작자>朴誾(挹翠軒) <제목>福靈寺

1491.

去來無定蹤거래무정종 **悠悠百年計**유유백년계

오고 감에 일정한 자취 없나니, 아득하여라, 백년의 계획이여….

(原文)

來從何處來　去向何處去　**去來無定蹤　悠悠百年計**

오기는 어디서 왔다가
가기는 어디로 가는고.
오고 감에 일정한 자취 없나니
아득하여라, 백년의 계획이여….

註▶ 1)冲庵(충암): 金淨의 호. 2)悠悠(유유): 근심하는 모양. 아득한 모양.
<출전>한국문집총간 <작자>金麟厚(河西) <제목>題冲庵詩卷

1492.

門前車馬散如烟문전거마산여연 **相國繁華未百年**상국번화미백년

문 앞의 거마들은 연기처럼 흩어지고, 상국님의 그 번화도 백년을 못 채웠다네.

(原文)

門前車馬散如烟 相國繁華未百年 村巷寥寥寒食過 茱萸花發古墻邊

문 앞의 거마들은 연기처럼 흩어지고

상국님의 그 번화도 백년을 못 채웠다네.

쓸쓸한 촌 골목에 한식도 지나가고

오랜 담장 곁에 수유꽃만 피었구나.

註▶ 1)相國(상국): 처음에는 百官의 長을 칭했으나, 후세에는 宰相의 총칭.

〈출전〉한국문집총간 〈작자〉崔慶昌(孤竹) 〈제목〉大隱岩

1493.

廉士遺墟何處尋염사유허하처심 **井邊螬李已無陰**정변조리이무음

청렴한 그 선비의 옛 집터 어디인고. 우물가의 벌레 먹은 오얏나무 그늘도 없어졌네.

(原文)

廉士遺墟何處尋 井邊螬李已無陰 野塘水綠雙鵝白 獨作當時鶂鶂音

청렴한 그 선비의 옛 집터 어디인고.

우물가의 벌레 먹은 오얏나무 그늘도 없어졌네.

파란 못물에 한 쌍의 거위 흰데

그것만이 옛 소리 그대로 내고 있네.

註▶ 1)故里(고리): 고향 마을. 2)鶂鶂(역역): 거위의 우는소리.

〈출전〉한국한시 〈작자〉金尙憲(淸陰) 〈제목〉陳仲子故里

1494.

興亡千載事홍망천재사 **長嘯倚南樓**장소의남루

홍하고 망한 천년의 일이여, 길게 한숨이며 남루에 의지한다.

(原文)

獨鳥孤城外 殘鐘古寺秋 **興亡千載事** **長嘯倚南樓**

외로운 새는 성 밖에서 날고

쇠잔한 종소리는 가을 녘 옛 절에서 들려오네.

홍하고 망한 천년의 일이여

길게 한숨이며 남루에 의지한다.

〈출전〉한국한시 〈작자〉李志完(斗峯) 〈제목〉松京南樓

1495.

乾坤有意生男子건곤유의생남자 **歲月無情老丈夫**세월무정노장부

건곤은 뜻이 있어 이 남아를 내었는데, 세월은 무정하여 장부를 다 늙히네.

(原文)

玉露凋傷金井梧 九秋佳節亦須臾 **乾坤有意生男子** **歲月無情老丈夫**

少日交遊俱寂寞 異鄉蹤跡復江湖 家貧衆口多鵝雁 赤手荒年活計迂

우물가 오동잎이 이슬에 다 시들어

가을의 좋은 시절도 잠깐이구나.

건곤은 뜻이 있어 이 남아를 내었는데

세월은 무정하여 장부를 다 늙히네.

젊을 때 사귄 사람 그 모두 적막하고

타향의 그 발길이 다시 시골로 왔네.

가난한 집 모든 입이 아귀처럼 먹는데

맨손이라 이 흉년에 살아가기 서투네.

註▶ 1)九秋(구추): 가을의 구십 일간 2)鵝眼(아안): 거위와 기러기. 많이 먹음을 비유. 3)赤手(적수): 맨손 4)荒年(황년): 흉년
〈출전〉한국한시 〈작자〉趙國賓 〈제목〉鄉居自歎

1496.

欲問當時成敗事욕문당시성패사 **暮山無語水聲哀**모산무어수성애

당시 일의 성패를 불어보고자 하나, 저녁산은 말이 없고 물소리만 슬프네.

(原文)

片雲飛雨過琴臺 招得忠魂酎酒回 **欲問當時成敗事 暮山無語水聲哀**

조각 구름 날리는 빗발은 탄금대를 지나가고
충성스런 혼을 불러 좋은 술을 돌리네.
당시 일의 성패를 불어보고자 하나
저녁산은 말이 없고 물소리만 슬프네.

註▶ 1)彈琴臺(탄금대): 충청북도 충주에 있는데 于勒이 처음으로 여기서 거문고를 탔으므로 탄금대라는 이름이 생겼다. 申砬장군이 임진왜란 때 왜군과 이곳에서 대적하여 戰死하였던 장소로 유명하다. 2)酎(주): 세 번 빚은 醇酒.
〈출전〉한국문집총간 〈작자〉李昭漢(玄洲) 〈제목〉彈琴臺

1497.

廢苑秋花落폐원추화락 **荒臺野草深**황대야초심

황폐한 동산에는 가을꽃 떨어지고, 거친 돈대에는 들풀이 우거졌다.

(原文)

千載興亡地 行人一愴心 前朝留短碣 往事聽寒禽
廢苑秋花落 荒臺野草深 獨驅羸馬去 城樹晩陰陰

천년 흥망의 땅
길가는 사람의 마음 슬프다.
전조는 짧은 비석에 남아 있고
지나간 일은 겨울새에게 듣는다.
황폐한 동산에는 가을꽃 떨어지고
거친 누대에는 들풀이 우거졌다.
나 혼자 여윈 말을 몰아가노니
성가의 저녁 나무 그늘이 음침하다.

註▶ 1)前朝(전조): 앞의 왕조. 여기서는 新羅를 지칭.
〈출전〉한국한시 〈작자〉金忠烈(玉湖) 〈제목〉次姜子續鷄林懷古韻

1498.

憶曾年少此經過억증년소차경과 **千里重來兩鬢皤**천리중래양빈파

생각하면 젊어서 여기를 지났는데, 천리 길 다시 오니 두 귀밑머리 희었네.

(原文)
憶曾年少此經過 千里重來兩鬢皤 屈指炎凉十有九 轉頭哀樂一何多
江流不改淸如故 人事無端計已訛 沙上白鷗閑自在 羨他終日戲春波
생각하면 젊어서 여기를 지났는데
천리 길 다시 오니 두 귀밑머리 희었네.
손꼽으면 추위와 더위, 십에 또 구요
돌아보면 애락은 어찌 그리 많은고?
흐르는 물 옛처럼 맑기도 한데
사람일은 무단히 계획 이미 틀렸네.
모래밭의 갈매기는 한가로이 노니니
해지도록 물결 희롱함을 부러워하네.

註▶ 1)兩鬢(양빈): 좌우의 구레나룻. 2)炎涼(염량): 더위와 서늘함. 또는 인정의 후함과 박함.
〈출전〉한국한시 〈작자〉鄭昌胄(晩洲) 〈제목〉過洛東江

1499.
駐馬傷秋草주마상추초 **興亡水自流**흥망수자류
말을 세우고 가을 풀을 슬퍼하니, 흥하거나 망하거나 물은 절로 흐르네.

(原文)
寒烟繞舊郭 新月入虛樓 **駐馬傷秋草 興亡水自流**
찬 연기는 옛 성을 둘러싸고
초승달은 빈 다락에 드네.
말을 세우고 가을 풀을 슬퍼하니
흥하거나 망하거나 물은 절로 흐르네.

〈출전〉한국한시 〈작자〉李萬培 〈제목〉暮過松都門樓

1500.
萬古鎖沈無限恨만고쇄침무한한 **春風扶醉上皐蘭**춘풍부취상고란
만고에 사그라진 무한한 그 한이여, 봄바람에 취한 나를 붙들고 고란사에 올랐네.

(原文)
蕭然覇氣舊山河 落日漁歌下急灘 **萬古鎖沈無限恨 春風扶醉上皐蘭**
쓸쓸한 그 패기의 옛날의 산과 물.
지는 해에 고기잡이 노래가 거센 여울로 내려오네.
만고에 사그라진 무한한 그 한이여.
봄바람에 취한 나를 붙들고 고란사에 올랐네.

註▶ 1)皐蘭寺(고란사): 백제의 옛 서울 부여의 부소산에 있는 절. 2)銷沈(소침): 사그라지다. 기운이 없어지다.
〈출전〉한국한시 〈작자〉許采(聾窩) 〈제목〉登皐蘭寺示沈兄君玉

1501.

古槐衰柳閟樓臺고괴쇠류비루대 **往事繁華一夢廻**왕사번화일몽회

오랜 홰나무와 쇠잔한 버들에 누대는 깊숙하고, 지난 일의 번화는 한바탕의 꿈이로다.

(原文)

古槐衰柳閟樓臺 往事繁華一夢廻 門鎖夕陽秋色裏 隣兒剝栗毁墻來
오랜 홰나무와 쇠잔한 버들에 누대는 깊숙하고
지난 일의 번화는 한바탕의 꿈이로다.
문은 석양의 가을빛 속에 잠기었는데
이웃 아이는 밤 따느라 담을 모두 헐었네.

註▶ 1)閟(비): 깊다. 으슥하다.
〈출전〉한국한시 〈작자〉朴玲(也足翁) 〈제목〉駱山王子舊第

1502.

惆悵千年歌舞地추창천년가무지 **短燈疎磬一僧眠**단등소경일승면

슬퍼하며 천 년 전 노래하고 춤추던 곳을 보니, 작은 등과 외로운 경쇠 소리에 한 중이 자고 있네.

(原文)

江雨霏霏滿客船 扶蘇王氣冷如烟 **惆悵千年歌舞地 短燈疎磬一僧眠**
강비는 부슬부슬 손님이 가득한 배에 내리는데

부소산의 왕기는 차가워서 연기와 같구나.
슬퍼하며 천 년 전 노래하고 춤추던 곳을 보니
작은 등 외로운 경쇠 소리에 한 중이 자고 있네.

註▶ 1)磬(경): 경쇠. 옥이나 돌로 만든 악기의 하나.
〈출전〉한국한시 〈작자〉洪良浩(耳溪) 〈제목〉舟中望皐蘭亭

1503.

莓苔青鶴行無跡매태청학행무적 **紅葉繽紛讀書堂**홍엽빈분독서당

이끼에는 청학이 남긴 흔적이 없고, 붉은 잎만 독서당에 어지럽게 날리네.

(原文)
渲染伽倻一半霜 山深雲擁貝多香 **莓苔青鶴行無跡 紅葉繽紛讀書堂**
바린 가야산은 한쪽 반이 서리인데
산은 깊고 구름이 에워싸 불경이 향기롭네.
이끼에는 청학이 남긴 흔적이 없고
붉은 잎만 독서당에 어지럽게 날리네.

註▶ 1)渲染(선염): 색칠할 때 한 쪽을 진하게 하고 다른 쪽으로 갈수록 차츰 엷게 하는 일. 바림. 2)擁(옹): 끼다. 소유하다. 호위하다. 3)貝多(패다): 貝多葉. 인도의 多羅樹의 잎. 그 위에 佛經을 베꼈다. 즉 불가의 經文을 지칭. 4)莓笞(매태): 이끼. 5)繽粉(빈분): 꽃 같은 것이 떨어져 어지럽게 흩어지는 모양.
〈출전〉한국한시 〈작자〉朴珪壽(瓛齋) 〈제목〉江陽竹枝詞

1504.

往事憑誰問왕사빙수문 **臨風喚鶴來**임풍환학래

지나간 일을 누구에게 물어볼꼬. 바람 길에 학만을 불러올 뿐.

(原文)

王在千年寺　空餘御水臺　**往事憑誰問　臨風喚鶴來**

왕이 계시던 천년의 옛 터에는
부질없이 이 어수대만 남았구나.
지나간 일을 누구에게 물어볼꼬.
바람 길에 학만을 불러올 뿐을.

註▶ 1)御水臺(어수대): 임금이 마시던 우물가에 있는 대. 2)寺(사): 官衙. 관청.
〈출전〉한국한시　〈작자〉桂生　〈제목〉登御水臺

1505.

萬古消磨應是夢만고소마응시몽　**人生老在不知中**인생노재부지중

만고에 지난 일은 모두 이 꿈이거니, 인생이란 모르는 사이에 제가 늙고 있었네.

(原文)

無情又遣今年去　有力難回此夜窮　**萬古消磨應是夢　人生老在不知中**

무정해라, 또 보내어 이 해도 가네.
누구 힘으로 다해 가는 이 밤을 돌이킬 수 있으랴.
만고에 지난 일은 모두 이 꿈이거니
인생이란 모르는 사이에 늙어가고 있었네.

註▶ 1)除夜(제야): 섣달 그믐날 밤. 2)萬古(만고): 太古. 영원.
〈출전〉한국한시　〈작자〉三宜堂 金氏　〈제목〉除夜

1506.

青山若不曾緘默청산약불증함묵　**千古興亡問如何**천고흥망문여하

만일 저 푸른 산이 침묵하지 않았다면, 천고 흥망이 어떠하던가 물을 것을.

(原文)
白馬坮空經幾歲　落花岩立過多時　**青山若不曾緘默　千古興亡問如何**
쓸쓸한 백마대는 몇 해나 되었던고.
우뚝 선 낙화암도 많은 세월 흘렀구나.
만일 저 푸른 산이 침묵하지 않았다면
천고 흥망이 어떠하던가 물을 것을.

註▶ 1)緘默(함묵): 침묵. 즉 입을 다물다.
〈출전〉한국한시　〈작자〉於于同　〈제목〉白馬坮

2. 憂 愁

1507.
心思不能言심사불능언　**腸中車輪轉**장중거륜전
마음을 말로 표현할 수 없구나! 내장에 수레바퀴가 굴러가는 듯하네.

〈출전〉古詩源　〈작자〉無名氏　〈제목〉古歌

1508.
感物傷我懷감물상아회　**撫心長太息**무심장태식
外物에 감화 받으면 생각이 상하고, 마음을 어루만지니 긴 탄식이 나오네.

註▶ 1)感物(감물): 외적인 사물에 감화 받다.
〈출전〉文選　〈작자〉曹植　〈제목〉贈白馬王彪中 其四

1509.

苦辛何慮思고신하려사　**天命信可疑**천명신가의

고생스러운데 무엇을 생각하리요? 천명이 진실로 의심스럽다.

註▶ 1)辛苦(신고): 고생.
〈출전〉文選　〈작자〉曹植　〈제목〉贈白馬王彪中 其七

1510.

夜中不能寐야중불능매　**起坐彈鳴琴**기좌탄명금

밤중에 잠 못 이뤄, 일어나 앉아 가야금을 타네.

(原文)

夜中不能寐　起坐彈鳴琴　薄帷鑑明月　淸風吹我衿
孤鴻號外野　翔鳥鳴北林　徘徊將何見　憂思獨傷心

밤중에 잠 못 이뤄
일어나 앉아 가야금을 타네.
장막 엷아 밝은 달 감상하고
맑은 바람이 내 옷깃에 불어오네.
외로운 기러기는 들녘에서 울어대고
새는 북쪽 숲 속에서 운다.
배회하지만 장차 무엇을 보리요
근심스런 생각에 홀로 마음이 아프네.

註▶ 1)薄帷(박유): 침실에 쳐놓은 얇은 장막. 2)翔鳥(상조): 이리 저리 날아다니는 새.
〈출전〉文選　〈작자〉阮籍　〈제목〉詠懷詩十七首中 其一

1511.

獨坐空堂上독좌공당상 **誰可與歡者**수가여환자

홀로 빈집에 앉아 있는데, 누구와 함께 즐거워 할 것인가?

<출전>文選 <작자>阮籍 <제목>詠懷詩十七首中 其十五

1512.

志士惜日短지사석일단 **愁人知夜長**수인지야장

뜻 있는 선비는 낮이 짧은 것을 애석해 하고, 근심이 많은 사람은 밤이 긴 것을 안다.

註▶ 1)日短(일단): 낮이 짧다. 2)夜長(야장): 밤이 길다.
<출전>文選 <작자>傅玄 <제목>雜詩一首

1513.

哀人易感傷애인역감상 **觸物增悲心**촉물증비심

슬픈 사람은 쉽게 마음이 상하게 되어, 사물에 닿으면 슬픈 마음이 더해진다.

(原文)

哀人易感傷 觸物增悲心 丘隴日已遠 纏綿彌思深
憂來今髮白 誰云愁可任 徘徊向長風 淚下霑衣衿
슬픈 사람은 쉽게 마음이 상하게 되어
사물에 닿으면 슬픈 마음이 더해진다.
언덕에서 지낸 날이 이미 오래되었거늘
마음에 얽힌 생각 더욱 깊어지네.
근심 찾아오니 오늘 머리 희었는데
누가 말했던가. 근심을 이길 수 있다고.

긴 바람 향해 배회하니
눈물이 흘러 옷깃을 적시네.

註▶ 1)觸物(촉물): 사물과 접촉하다. 2)丘隴(구롱): 언덕. 3)纏綿(전면): 사랑이나 근심갖은 것이 마음에 얽히고설키어 떠나지 않는 것.
〈출전〉文選 〈작자〉張載 〈제목〉七哀詩二首中 其二

1514.

萬行曹淚瀉만행조루사 **千里夜愁積**천리야수적

아침에는 온갖 일로 눈물 흘리고, 밤에는 근심이 천리까지 쌓이네.

(原文)
簷露滴爲珠 池冰合成璧 **萬行曹淚瀉 千里夜愁積**
孤帳閉不開 寒膏盡復益 誰知心眼亂 看朱忽成碧
처마에 내린 이슬 방울져 구슬이 되고
연못에 얼음 합해져 옥을 이루네.
아침에는 온갖 일로 눈물 흘리고
밤에는 근심이 천리까지 쌓이네.
외롭게 쳐진 휘장은 닫힌 채 열리지 않고
차가운 등잔은 다시 켜지지 않네.
마음의 눈이 이지러운 것을 누가 알리오?
붉은 것을 보았는데 갑자기 푸른 것이 되네.

註▶ 1)淚瀉(누사): 눈물이 쏟아지다. 2)寒膏(한고): 차가운 등잔. 즉 꺼져버린 등잔.
〈출전〉玉台新詠 〈작자〉王僧孺 〈제목〉夜愁

1515.

兒童相見不相識아동상견불상식 **笑問客從何處來**소문객종하처래

아이들은 나를 보고도 알아보지 못하고, 어디서 오신 손님이냐고 웃으며 물어보네.

(原文)

少小離鄕老大回　鄕音無改鬢毛催　**兒童相見不相識　笑問客從何處來**

젊어서 집을 떠나 늙어서 돌아왔네.
시골 사투리는 변함없는데 내 머리털만 다 희었구나.
아이들은 나를 보고도 알아보지 못하고
어디서 오신 손님이냐고 웃으며 물어보네.

註▶ 1)鄕音(향음): 시골 사투리. 2)鬢毛(빈모): 귀 앞에 난 머리털.
〈출전〉唐詩三百首　〈작자〉賀知章　〈제목〉回鄕偶書

1516.

前不見古人전불견고인　**後不見來者**후불견래자

앞에 태어난 옛사람을 보지 않았고, 뒤에 태어난 다음 사람도 보지 않았다.

(原文)

前不見古人　後不見來者　念天地之悠悠　獨愴然而涕下

앞으로는 옛사람을 보지 못하고
뒤로는 오는 사람을 보지 못하네.
천지의 유유함을 곰곰이 생각하다가
그만 홀로 창연히 눈물을 흘리네.

註▶ 1)幽州(유주): 지금의 北京 지방으로 宋나라의 처음의 수도 2)悠悠(유유): 근심하는 모양, 아득하게 먼 모양. 3)愴然(창연): 슬퍼하는 모양. 4)涕下(체하): 눈물을 흘리다.
〈출전〉唐詩三百首　〈작자〉陳子昂　〈제목〉登幽州臺歌

1517.

念天地之悠悠염천지지유유　**獨愴然而涕下**독창연이체하

천지의 유유함을 곰곰이 생각하다가, 그만 홀로 창연히 눈물을 흘리네.

(原文)

前不見古人　後不見來者　**念天地之悠悠　獨愴然而涕下**

앞으로는 옛사람을 보지 못하고

뒤로는 오는 사람을 보지 못하네.

천지의 유유함을 곰곰이 생각하다가

그만 홀로 창연히 눈물을 흘리네.

註▶ 1)幽州(유주): 지금의 北京 지방으로 宋나라의 처음의 수도 2)悠悠(유유): 근심하는 모양, 아득하게 먼 모양. 3)悵然(창연): 슬퍼하는 모양. 4)涕下(체하): 눈물을 흘리다.

〈출전〉唐詩三百首　〈작자〉陳子昂　〈제목〉登幽州臺歌

1518.

心緒逢搖落심서봉요락　**秋聲不可聞**추성불가문

어지러운 마음으로 떨어지는 낙엽을 보니, 가을소리 들을 수 없네.

(原文)

北風吹白雲　萬里渡河汾　**心緒逢搖落　秋聲不可聞**

북풍이 흰 구름에 부는데

만 리의 분하를 건너네.

어지러운 마음으로 떨어지는 낙엽을 보니

가을소리 들을 수 없네.

註▶ 1)汾河(분하): 山西省의 남쪽을 흘러 황하로 들어가는 강.

〈출전〉唐詩選　〈작자〉蘇頲　〈제목〉汾上驚秋

1519.

白髮三千丈백발삼천장 **緣愁似箇長**연수사개장

백발이 성성한 것은, 시름 때문에 하나하나 자란 것이다.

(原文)

白髮三千丈 緣愁似箇長 不知明鏡裏 何處得秋霜

백발이 三千 丈이 된 것은

시름 때문에 이처럼 자랐네.

알 수 없구나, 거울 속의 너

어디서 그 가을 서리를 맞았는가.

註▶ 1)緣愁(연수): 시름 때문에. 2)似箇(사개): 이와 같이.

〈출전〉唐詩選 〈작자〉李白 〈제목〉秋浦歌中 其十五

1520.

抽刀斷水水更流추도단수수경류 **擧杯消愁愁更愁**거배소수수경수

칼을 뽑아 물을 베어도 물은 다시 흐르고, 잔을 들어 근심을 없애도 근심이 다시 생기네.

〈출전〉唐詩三百首 〈작자〉李白 〈제목〉宣州謝朓樓餞別校書叔雲

1521.

寂寞向秋草적막향추초 **悲風千里來**비풍천리래

적막함이 가을 풀에 서려있고, 슬픈 바람이 천리 밖에서 불어오네.

(原文)

梁王昔全盛 賓客復多才 悠悠一千年 陳跡惟高臺 **寂寞向秋草 悲風千里來**

양왕이 옛날 한창 성할 때는

그 숱한 손님에 才士도 많았는데
흐르는 세월은 어느덧 천년
남은 자취는 오직 높은 누각뿐이네.
쓸쓸하여라 가을 풀을 바라보면
슬픈 바람이 천리를 불어오네.

註▶ 1)宋中(송중): 宋나라. 2)粱王(양왕): 粱나라의 孝王. 3)悠悠(유유): 때가 오래된 모양. 4): 陳跡(진적): 묵은 일의 자취.
〈출전〉唐詩選 〈작자〉高適 〈제목〉宋中

1522.

寂寞空庭春欲晩적막공정춘욕만 **梨花滿地不開門**이화만지불개문

고요한 빈 뜰에 봄을 늦추려 하나, 배꽃이 땅에 가득 떨어졌는데 문을 열지 않네.

(原文)
紗窓日落漸黃昏 金屋無人見淚痕 **寂寞空庭春欲晩 梨花滿地不開門**
사창에 해 떨어져 날은 점점 어두운데
금옥의 눈물 흔적 보아 줄 사람 없다.
쓸쓸한 빈 뜰에 봄은 저물려 하는데
지는 배꽃 뜰에 쌓여도 문을 열지 않는다.

註▶ 1)紗窓(사창): 얇은 천을 바른 창. 2)金屋(금옥): 화려한 宮屋.
〈출전〉唐詩三百首 〈작자〉劉方平 〈제목〉春怨

1523.

花飛有底急화비유저급 **老去願春遲**노거원춘지

꽃 떨어져 날리는 것이 어찌 급한 게 있으리오. 노인은 봄이 가는 게 더디길

바라네.

(原文)

花飛有底急　老去願春遲　可惜歡娛地　都非少壯時
寬心應是酒　遣興莫過詩　此意陶潛解　吾生後汝期
꽃 떨어져 날리는 것이 어찌 급한 게 있으리오.
노인은 봄이 가는 게 더디길 바라네.
즐겁게 놀던 땅을 애석해 하지만
모두 어릴 적 때가 아니네.
마음을 너그럽게 할 때는 술을 마시고
홍을 보낼 때는 시를 놓치지 말라.
이 뜻을 도연명이 풀어놓은 것인데
내가 사는 것이 그대의 때보다 늦은 것이네.

註▶ 1)底(저): 何의 뜻으로 "어찌"로 푼다.
〈출전〉杜工部集　〈작자〉杜甫　〈제목〉可惜

1524.

一片花飛減却春일편화비감각춘　**風飄萬點正愁人**풍표만점정수인
한 조각 꽃 날려도 봄이 줄어든 듯 하고,
바람에 날리는 많은 꽃들은 사람을 진정 수심에 빠지게 하네.

(原文)

一片花飛減却春　風飄萬點正愁人　且看欲盡花經眼　莫厭傷多酒入脣
江上小堂巢翡翠　苑邊高塚臥麒麟　細推物理須行樂　何用浮名絆此身
한 조각 꽃 날려도 봄이 줄어든 듯 하고
바람에 날리는 많은 꽃들은 사람을 진정 수심에 빠지게 하네.
없어지려는 꽃이 눈을 스치는 것 우선 잠깐 바라보고

많은 술이 해롭다고 입술에 닿는 것 싫어하지 말아라.
강가의 작은 집에는 翡翠가 집을 짓고
동산 곁의 높은 언덕에는 기린이 누워 있다.
사물의 이치를 곰곰이 생각하고 부디 한껏 즐기어라.
무엇하러 뜬 이름으로 이 몸을 얽맬 것인가.

註▶ 1)曲江(곡강): 西安府에 있는 뛰어난 경치. 2)翡翠(비취): 물가에 살면서 물고기를 잡아먹는 새, 물총새. 3)苑(원): 芙蓉苑. 4)麒麟(기린): 상상의 동물로 聖人이 나오면 나타난다고 한다. 여기서는 진시황의 묘 앞에 있던 石刻의 기린으로 그 뒤에 五祚宮으로 옮겨 靑梧觀의 오동나무 밑에 있는데 난리 통에 넘어져 있는 것을 말함.
〈출전〉杜工部集 〈작자〉杜甫 〈제목〉曲江二首中 其一

1525.
憂來藉草坐우래자초좌 **浩歌淚盈把**호가루영파
근심이 찾아오니 풀을 깔고 앉아서, 소리 높여 노래 부르니 눈물이 손에 가득하네.

註▶ 1)浩歌(호가): 소리 높여 노래하다.
〈출전〉唐詩選 〈작자〉杜甫 〈제목〉玉華宮

1526.
此夜斷腸人不見차야단장인불견 **起行殘月影徘徊**
이 밤에 슬픔을 견딜 수 없으나 그리운 사람은 보이지 않아, 일어나 남은 달빛 아래 서성거리네.

(原文)
故園黃葉滿靑苔 夢後城頭曉角哀 **此夜斷腸人不見 起行殘月影徘徊**
고향의 정원 누런 잎 있고 푸른 이끼 가득한데

꿈에서 깬 뒤 성 꼭대기에서 들리는 뿔피리소리 애절하네.
이 밤에 슬픔을 견딜 수 없으나 그리운 사람은 보이지 않아
일어나 남은 달빛 아래 서성거리네.

註▶ 1)故園(고원): 고향의 정원.
<출전>唐詩選 <작자>顧況 <제목>聽角思歸

1527.

惆悵春歸留不得추창춘귀류부득 **紫藤花下漸黃昏**자등화하점황혼
봄이 끝 나감을 탄식하여 머무르게 하지 못하고, 붉은 등나무 꽃 아래에 점점 황혼이 지네.

(原文)
慈恩春色今朝盡 盡日徘徊倚寺門 **惆悵春歸留不得 紫藤花下漸黃昏**
자은사의 봄빛이 오늘 아침에 다하니
해가 지도록 배회하며 절 문 앞에 기대어 있네.
봄이 끝 나감을 탄식하여 머무르게 하지 못하고
붉은 등나무 꽃 아래에 점점 황혼이 지네.

註▶ 1)惆悵(추창): 슬퍼하다.
<출전>白氏文集 <작자>白居易 <제목>三月三十日 題慈恩寺

1528.

行宮見月傷心色행궁견월상심색 **夜雨聞鈴腸斷聲**야우문령장단성
발길이 옮겨질 때 달을 바라보며 상심도 하고,
밤비에 방울소리만 들어도 창자가 끊어지는 듯하다.

註▶ 1)行宮(행궁): 여행 중의 처소. 2)聞鈴(문령): 밤비 속에서 방울 소리를 들으

면 양귀비가 방울소리를 좋아하던 것이 생각이 난다는 뜻. 3)腸斷(장단): 창자가 끊어지는 듯 한 슬픔.
〈출전〉唐詩三百首 〈작자〉白居易 〈제목〉長恨歌

1529.

夕殿螢飛思悄然석전형비사초연 **孤燈挑盡未成眠**고등도진미성면

저녁이면 궁전에 나는 반딧불만 보아도 시름에 잠기고,
켜놓은 등불 꺼진 뒤에도 잠을 이루지 못하고 있다.

註▶ 1)悄然(초연): 깊은 시름에 잠겨있는 모습. 2)挑盡(도진): 등잔불의 심지를 돋우어 올린 것. 타 들어가서 불이 꺼진 것을 말한다.
〈출전〉唐詩三百首 〈작자〉白居易 〈제목〉長恨歌

1530.

玉容寂寞淚闌干옥용적막루란간 **梨花一枝春帶雨**이화일지춘대우

백옥 같은 얼굴에 시름이 어리어 눈물이 쏟아지니, 배꽃 한 가지가 봄비에 젖어있는 정경이네.

註▶ 1)玉容(옥용): 백옥같이 아름다운 얼굴. 2)淚闌干(누란간): 눈물이 줄줄 흘러내리는 모습. 闌干은 비껴 있는 모습.
〈출전〉唐詩三百首 〈작자〉白居易 〈제목〉長恨歌

1531.

紅顔勝人多薄命홍안승인다박명 **莫怨春風當自嗟**막원춘풍당자차

아름다운 얼굴이 뛰어난 사람은 薄命한 사람이 많다,
꽃을 떨어뜨리는 봄바람을 원망하지 말고 자신을 탄식할 지니라.

註▶ 1)紅顔(홍안): 아름다운 얼굴. 2)勝人(승인): 남보다 뛰어나다.
〈출전〉古文眞寶前集 〈작자〉歐陽脩 〈제목〉明妃曲

1532.

花鳥總知春爛熳화조총지춘난만 **人間獨自有傷心**인간독자유상심

꽃과 새는 봄이 한창인 것을 다 아는데. 사람은 홀로 상심해 있네.

(原文)

重將白髮傍牆陰 陳迹茫然不可尋 **花鳥總知春爛熳 人間獨自有傷心**

계속 생기는 백발로 담장 밑에 서있는데
옛일은 망연히 찾을 수 없네.
꽃과 새는 봄이 한창인 것을 다 아는데
사람은 홀로 상심해 있네.

註▶ 1)陳跡(진적): 묵은 일의 자취. 2)爛熳(난만): 한창이다.
〈출전〉臨川先生文集 〈작자〉王安石 〈제목〉重將

1533.

清愁自是詩中料청수자시시중료 **向使無愁可得詩**향사무수가득시

맑은 근심은 시를 만드는 재료가 되고, 근심을 없애고자 하면 시를 얻을 수 있다.

(原文)

清愁自是詩中料 向使無愁可得詩 不屬僧窓孤宿時 卽還山驛旅遊時

맑은 근심은 시를 만드는 재료가 되고
근심을 없애고자 하면 시를 얻을 수 있다.
스님의 창에서 외로이 자던 때가 아니고

산역에 돌아가 나그네 되어 놀던 때이네.

<출전>劍南詩藁 <작자>陸游 <제목>獨唐人愁詩戲作

1534.

病知詩愈苦병지시유고 **貧覺酒難賖**빈각주난사

병이 드니 시 짓는 일이 더욱 괴로움을 알겠고, 가난을 깨달으매 술 외상도 어렵네.

(原文)

地僻秋將盡 山寒菊未花 **病知詩愈苦 貧覺酒難賖**

野路天容大 村墟日脚斜 客懷無以遣 薄暮過田家

땅이 후미져 가을이 다 가려하고

산이 차가와 국화도 못 피었네.

병이 드니 시 짓는 일이 더욱 괴로움을 알겠고

가난을 깨달으매 술 외상도 어렵네.

들길이라 하늘이 크기도 하고

마을 터에는 햇살이 비끼었다.

나그네의 회포를 보낼 길이 없는데

땅거미 질 때 시골집을 지나간다.

註▶ 1)重九(중구): 음력 9월 9일. 2)賖(사): 외상으로 거래하다. 3)日脚(일각): 태양의 운행하는 도. 햇발. 4)田家(전가): 시골의 집. 또는 農家.

<출전>한국문집총간 <작자>鄭誧(雪谷) <제목>重九

1535.

處世同炊黍처세동취서 **持身若累碁**지신약누기

세상에 처하기는 기장으로 밥 짓는 것 같고, 몸을 가지기는 쌓아올린 바둑돌인 듯.

(原文)

今朝零露冷　履遠獨凄其　**處世同炊黍　持身若累碁**
浮沈元有數　覆載本無私　白酒可人意　頹然一中之

오늘 아침에는 찬이슬 떨어지니
먼 나그네 혼자 슬퍼하네.
세상에 처하기는 기장으로 밥 짓는 것 같고
몸을 가지기는 쌓아올린 바둑돌인 듯.
뜨고 가라앉기는 원래 수가 있지만
하늘과 땅은 본래 사사로움이 없네.
오직 막걸리가 내 마음에 들거니
쓰러질 때까지 한 번 잔뜩 취해 볼거나.

註▶ 1)相國(상국): 宰相. 2)累碁(누기): 쌓아올린 바둑돌. 몹시 위태로운 것의 비유. 3)覆載(복재): 하늘은 덮고 땅을 싣는다는 뜻으로 天地를 일컬음. 4)頹然(퇴연): 취해 쓰러지는 모양. 5)中 (중): 술에 몹시 취하다.
〈출전〉한국한시 〈작자〉趙須(松月堂) 〈제목〉呈金相國

1536.

滄海怒聲來薄暮창해노성래박모　**碧山愁色冷淸秋**벽산수색랭청추

넓은 바다 성낸 소리는 황혼에 들리고, 푸른 산 시름 빛은 맑은 가을에 차가와라.

(原文)

北風吹雨過城頭　瘴氣昏凝百尺樓　**滄海怒聲來薄暮　碧山愁色冷淸秋**
歸心每結王孫草　客夢遙連帝子洲　故國興亡無處問　却來江上泛孤舟

북풍이 비를 몰고 성 머리를 지나는데
높은 이 다락에 장기 기운 어리었다.
넓은 바다 성낸 소리는 황혼에 들리고
푸른 산 시름 빛은 맑은 가을에 차가 와라.
돌아갈 마음 언제나 왕손의 풀에 맺히고
나그네 꿈은 멀리 제자의 물가에 닿았다.
고국 흥망을 물어볼 곳 없구나.
강으로 물러나서 외로운 배를 띄운다.

註▶ 1)瘴氣(장기): 열병의 원인이 되는, 산천에서 생기는 나쁜 기운. 2)王孫(왕손): 帝王의 자손, 또는 귀인의 자제. 3)帝子(제자): 제왕의 아들.
〈출전〉한국한시 〈작자〉光海君 〈제목〉濟州

1537.
老隨春共至노수춘공지 **愁與夢相牽**수여몽상견
늙음은 봄을 따라 같이 오고, 시름은 꿈과 서로 당기네.

(原文)
萬里悲雙鬢 明朝又一年 **老隨春共至 愁與夢相牽**
最惜將殘臘 頻看欲曙天 屠蘇雖强飮 不敢在人先
만 리 밖에서 흰머리가 슬픈데
내일 아침이면 또 한 해이네.
늙음은 봄을 따라 같이 오고
시름은 꿈과 서로 당기네.
앞으로 남은 섣달 아까워하며
밝으려는 새벽하늘 자주 보나니.
도소주를 아무리 억지로 마셔보나
감히 남보다 앞장 설 수야 없네.

註▶ 1)守歲(수세): 섣달 그믐날의 밤샘. 2)屠蘇(도소): 屠蘇酒. 즉 설날에 마시면 邪氣를 물리친다는 술
〈출전〉한국문집총간 〈작자〉李民宬(敬亭) 〈제목〉玉河舘次白沙守歲韻

1538.

香盡博山孤枕冷향진박산고침랭 **夢回虛幌一燈殘**몽회허황일등잔

향이 끊긴 향로에는 외로운 베개가 차갑고, 꿈이 깬 빈 휘장에는 등불 가물거리네.

(原文)

雪晴庭畔月正團 草屋蕭條夜色寒 **香盡博山孤枕冷** **夢回虛幌一燈殘**

눈이 갠 뜰 가에 달이 진정 둥근데
쓸쓸한 초막에는 밤기운이 차가 와라.
향이 끊긴 향로에는 외로운 베개가 차갑고
꿈이 깬 빈 휘장에는 등불 가물거리네.

註▶ 1)博山(박산): 산봉우리 모양의 香爐.
〈출전〉한국한시 〈작자〉崔承胄 〈제목〉雪夜感懷

1539.

煙霞冷落殘僧夢연하랭락잔승몽 **歲月崢嶸破塔頭**세월쟁영파탑두

연하가 쓸쓸하니, 남은 중의 꿈이요, 세월이 아득해라, 부서진 탑의 머리.

(原文)

古寺蕭然傍御溝 夕陽喬木使人愁 **煙霞冷落殘僧夢** **歲月崢嶸破塔頭**
黃鳳羽歸飛鳥雀 杜鵑花落牧羊牛 神松憶得繁華日 豈意如今春似秋

고요한 묵은 절이 어구 곁에 있는데

저녁 빛의 교목이 못내 시름에 빠지게 하네.
연하가 쓸쓸하니, 남은 중의 꿈이요
세월이 아득해라, 부서진 탑의 머리.
누런 봉황은 어디 가고 새들만 오락가락
진달래꽃 진 곳에는 소와 양이 풀을 뜯네.
송악산 번화하던 그날을 생각하니
어찌 알았으리. 지금 이 봄이 가을이듯 한 것을.

註▶ 1)御溝(어구): 大闕안의 도랑. 2)喬木(교목): 키가 큰 나무. 여러 代를 중요한 지위에 있어서 나라와 운명을 같이 하는 집안과 신하란 뜻인 喬木世家와 또 喬木世臣이라는 말도 있다. 3)冷落(냉락): 쓸쓸함. 4)崢嶸(쟁영): 세월이 자꾸 쌓이는 모양. 5)黃鳳(황봉): 누런 빛깔의 봉황. 여기서는 임금을 뜻한다. 6)神松(신송): 松岳山.
〈출전〉한국한시 〈작자〉黃眞伊 〈제목〉滿月臺懷古

1540.
低頭信手處저두신수처 **珠淚滴針絲**주루적침사
머리 숙이고 손에 맡겨 두나니, 눈물방울이 바늘과 실에 떨어지네.

(原文)
春冷補寒衣 紗窓日照時 **低頭信手處 珠淚滴針絲**
봄이 차가와 핫옷을 꿰맬 때
창에 햇빛이 비치어 드네.
머리 숙이고 손에 맡겨 두나니
눈물방울이 바늘과 실에 떨어지네.

註▶ 1)針線(침선): 바늘과 실. 즉 바느질. 2)寒衣(한의): 추울 때 입는 옷. 곧 핫옷. 3)信手(신수): 손이 움직이는 대로 내버려두다. 4)珠淚(주루): 구슬 같은 눈물.
〈출전〉한국한시 〈작자〉桂生 〈제목〉自恨

1541.

長笛一聲何處是　楚鄕歸客淚添衣

어디서 들려오는 저 피리소리인고. 타향의 나그네 눈물이 더욱 옷깃 적시네.

(原文)

千山萬樹葉初飛　鴈叫南天帶落暉　**長笛一聲何處是　楚鄕歸客淚添衣**

온 산의 나무마다 잎이 처음 지는데

지는 햇볕에 기러기는 남쪽으로 울고 가네.

어디서 들려오는 저 피리소리인고.

타향의 나그네 눈물이 더욱 옷깃 적시네.

註▶ 1)落暉(낙휘): 지는 해. 落日. 夕陽. 2)楚鄕(초향): 먼 고향. 타향.

〈출전〉한국한시　〈작자〉桂生　〈제목〉早秋

1542.

借問人生能幾時차문인생능기시　**胸懷無日不沾衣**흉회무일불첨의

묻노니 인생이란 진정 얼마이던고. 가슴속에 맺힌 설움 언제나 눈물이네.

(原文)

空閨養拙病餘身　長在飢寒四十年　**借問人生能幾時　胸懷無日不沾衣**

못난 그대로 외로이 앓고 난 뒤의 몸

굶주리고 떨면서 사십 년을 살아왔네.

묻노니 인생이란 진정 얼마이던고.

가슴속에 맺힌 설움 언제나 눈물이네.

註▶ 1)空閨(공규): 지아비가 없이 아내가 혼자 자는 방. 2)養拙(양졸): 타고난 미흡한 덕을 길러 보존하다. 3)借問(차문): 시험 삼아 물어 보다. 4)胸懷(흉회): 가슴속의 회포

〈출전〉한국한시　〈작자〉桂生　〈제목〉空閨

1543.

不制傷時淚부제상시루 **難堪去國愁**난감거국수

때를 슬퍼하는 눈물 막을 길 없고, 고향을 떠난 시름 견디기 어려워라.

(原文)

霜落眞珠樹 關城盡一秋 心情金輦下 形役海天頭

不制傷時淚 難堪去國愁 同時望北極 江上有高樓

진주 나무에 서리가 내려

성안에는 모두가 가을빛이네.

마음은 항상 임금 곁에 있건마는

몸은 바닷가에서 시달리네.

때를 슬퍼하는 눈물 막을 길 없고

고향을 떠난 시름 견디기 어려워라.

임과 함께 북쪽 끝을 바라보나니

강 위에는 다락집이 높이 솟았네.

註▶ 1)眞珠(진주): 三陟의 별호. 2)金輦(금련): 임금이 타는 수레. 3)形役(형역): 마음이 육체적 생활의 노예가 되어 사역 당하는 일.

〈출전〉한국한시 〈작자〉李玉峰 〈제목〉秋思

1544.

長空萬里孤懸月장공만리고현월 **斜照羈窓影未安**사조기창영미안

만 리 먼 하늘에 외로이 걸린 달이, 나그네 창을 비추어 그 그림자 슬프다.

(原文)

疎疎耿耿不勝寒 風滿高樓夜色闌 **長空萬里孤懸月 斜照羈窓影未安**

외롭고 쓸쓸하여 추위에 겨워하나니

바람 부는 나락에는 밤이 한창 깊었다.
만 리 먼 하늘에 외로이 걸린 달이
나그네 창을 비추어 그 그림자 슬프다.

註▶ 1)疎疎(소소): 성근 모양. 드문드문 흩어져 떨어지는 모양. 2)耿耿(경경): 마음에 잊히지 않는 모양. 마음이 편치 않은 모양. 3)闌(난): 늦다. 깊다. 한창. 4)孤懸月(고현월): 외로이 걸린 달. 5)羇窓(기창): 나그네의 창.
〈출전〉한국한시 〈작자〉令壽閣 徐氏 〈제목〉冬夜共賦

1545.
寒雁高飛遠한안고비원 **浮生半異鄕**부생반이향
겨울 기러기 멀리 높이 날고, 덧없는 내 일생은 반이나 타향이네.

(原文)
寒雁高飛遠 浮生半異鄕 誰堪山杵響 犬吠月蒼蒼
겨울 기러기 멀리 높이 날고
덧없는 내 일생은 반이나 타향이네.
누가 견디리. 산에는 절구소리
창창한 달밤에 개 짖는 소리.

〈출전〉한국한시 〈작자〉金芙蓉堂 雲楚 〈제목〉宿黔秀

3. 송 별

1546.

願爲雙黃鵠원위쌍황곡 **送子俱遠飛**송자구원비

원하기는 한 쌍의 누런 고니 되어, 그대를 보내어 같이 멀리 날아가고 싶다.

〈출전〉文選 〈작자〉蘇武 〈제목〉詩四首中 其二

1547.

握手一長歎악수일장탄 **淚爲生別滋**누루위생별자

손을 잡고 이별에 길게 탄식하고, 이별의 눈물이 흐르네.

〈출전〉文選 〈작자〉蘇武 〈제목〉詩四首中 其三

1548.

良時不再至양시부재지 **離別在須臾**이별재수유

좋은 때는 다시 이르지 않고, 이별은 잠깐사이에 있다.

註▶ 1)良時(양시): 좋은 때. 2)須臾(수유): 잠깐사이.
〈출전〉文選 〈작자〉李陵 〈세목〉與蘇武三首中 其一

1549.

嘉會難再遇가회난재우 **三載爲千秋**삼재위천추

좋은 만남은 다시 만나기 어려우니, 삼 년이 천년 같다.

註▶ 1)嘉會(가회): 좋은 만남. 2)三載(삼재): 三年. 3)千秋(천추): 千年.
〈출전〉文選 〈작자〉李陵 〈제목〉與蘇武三首中 其二

1550.

昔去雪如花석거설여화 **今來花似雪**금래화사설

지난날 떠날 때는 눈이 꽃같이 내렸었는데, 지금 와보니 꽃이 눈같이 날리어 흩어지네.

(原文)

洛陽城東西 長作經時別 **昔去雪如花 今來花似雪**

낙양성 동서쪽에서
오랜 시간의 이별을 했네.
지난날 떠날 때는 눈이 꽃같이 내렸었는데
지금 와보니 꽃이 눈같이 날리어 흩어지네.

註▶ 1)經時別(경시별): 오랜 시간이 경과되도록 헤어져 있는 것.
〈출전〉古詩源 〈작자〉范雲 〈제목〉別詩

1551.

江南無所有강남무소유 **聊贈一枝春**요증일지춘

江南에서는 줄 것이 없으나, 매화 한 가지에 찾아온 봄은 드릴 수 있네.

(原文)

折花逢驛使 寄與隴頭人 **江南無所有 聊贈一枝春**

꽃을 꺾어들고 驛使를 만나
隴山가의 사람에게 보내네.
江南에서는 줄 것이 없으나
매화 한 가지에 찾아온 봄은 드릴 수 있네.

註▶ 1)驛使(역사): 옛날의 우편배달부. 2)隴頭(농두): 隴山의 주변. 隴山은 지금의 陝西省 隴縣 서북쪽에 있는 산 이름.
〈출전〉古詩源 〈작자〉陸凱 〈제목〉贈范曄詩

1552.

離燭有窮輝이촉유궁휘　**別念無終緖**별념무종서

이별의 촛불은 그 빛이 다해도, 이별의 아쉬움은 끝없이 이어지네.

〈출전〉古詩源　〈작자〉任昉　〈제목〉別蕭諮議衍

1553.

日暮孤舟何處泊일모고주하처박　**天涯一望斷人腸**천애일망단인장

날 저무니 그대가 탄 작은 배가 어디에 머물까? 먼 곳을 바라보니 슬픔을 견딜 수 없네.

(原文)

荊吳相接水爲鄕　君去春江正淼茫　**日暮孤舟何處泊　天涯一望斷人腸**

楚나라와 吳나라는 서로 접해 있는 물가의 마을이거니

그대 떠난 봄 강은 한없이 물이 많구나.

날 저무니 그대가 탄 작은 배가 어디에 머물까?

먼 곳을 바라보니 슬픔을 견딜 수 없네.

註▶ 1)荊(형): 작자의 고향인 楚나라를 가리킴. 2)淼茫(묘망): 물이 한없이 넓은 모양. 3)天涯(천애): 멀리 떨어져 있는 것.

〈출전〉唐詩選　〈작자〉孟浩然　〈제목〉送杜十四之江南

1554.

勸君更盡一杯酒권군경진일배주　**西出陽關無故人**서출양관무고인

그대에게 술 한 잔을 더 권하노니, 서쪽 陽關 땅에 가면 친구가 없지 않은가?

(原文)

渭城朝雨浥輕塵　客舍靑靑柳色新　**勸君更盡一杯酒　西出陽關無故人**

위성의 아침 비가 촉촉이 먼지 적셔
객사의 푸른 버들 그 빛 더욱 새로워라.
그대에게 술 한 잔을 더 권하노니
서쪽 陽關 땅에 가면 친구가 없지 않은가?

註▶ 1)元二(원이): 人名. 2)安西(안서): 지금의 甘肅省 吐魯蕃縣에 있음. 3)渭城(위성): 陝西省 咸陽의 동쪽에 있음. 4)陽關(양관): 甘肅省 燉煌縣에 있으며 玉門關 남쪽에 있으므로 陽關이라고 한다.
〈출전〉三體詩 〈작자〉王維 〈제목〉送元二使安西

1555.

但去莫復問단거막복문 **白雲無盡時**백운무진시

여러 말 말고 그저 떠나게, 거기는 언제나 흰 구름 있으려니.

(原文)
下馬飮君酒 問君何所之 君言不得意 歸臥南山陲 **但去莫復問 白雲無盡時**
말에서 내려 그대에게 술을 권하며
어디로 가느냐고 물으니
그대가 말하기를 세상일이 모두 뜻 같지 않아서
남산에 돌아가 누우려한다고 하네.
여러 말 말고 그저 떠나게
거기는 언제나 흰 구름 있으려니.

註▶ 1)之(지): 往의 뜻으로 간다는 의미. 2)南山(남산): 終南山. 3)陲(수): 변방, 한구석.
〈출전〉唐詩選 〈작자〉王維 送別

1556.

孤帆遠影碧空盡고범원영벽공진 **唯見長江天際流**유견장강천제류 외로운 돛의 먼 그림자 푸른 하늘에 사라지고, 보이는 것은 하늘 끝의 흐르는 강물뿐인 것을.

(原文)
故人西辭黃鶴樓　烟花三月下揚州　**孤帆遠影碧空盡　唯見長江天際流**
故人은 서쪽의 황학루를 하직하고
안개 속에 꽃이 핀 삼월에 양주로 내려간다.
외로운 돛의 먼 그림자 푸른 하늘에 사라지고
보이는 것은 하늘 끝의 흐르는 강물뿐인 것을.

註▶ 1)故人(고인): 오래 사귄 벗. 2)黃鶴樓(황학루): 湖北省 武昌縣의 황학산에 있는 높은 누각. 3)煙花(연화): 안개 같은 것이 끼어 흐릿하게 보이는 꽃.
〈출전〉唐詩選　〈작자〉李白　〈제목〉黃鶴樓送孟浩然之廣陵

1557.
此地一爲別차지일위별　**孤蓬萬里征**고봉만리정
이 땅에서 이별하면, 홀로 바람 따라 만 리 길을 간다.

(原文)
青山橫北郭　白水遶東城　**此地一爲別　孤蓬萬里征**
浮雲遊子意　落日故人情　揮手自玆去　蕭蕭班馬鳴
청산이 마을 위에 뻗어있고
물이 성 밑을 돌아 흐른다.
이 땅에서 이별하면
홀로 바람 따라 만 리 길을 간다.
뜬구름은 나그네의 심사인가
지는 해를 보고 친구를 그린다.
손을 뿌리치고 지금 떠나니
말도 섭섭한 듯 울고 있다.

註▶ 1)北郭(북곽): 북쪽에 있는 마을. 2)孤蓬(고봉): 바람에 흔들리는 외로운 풀이나 쑥. 3) 浮雲(부운): 세상의 부귀와 영화. 4)揮手(휘수): 손을 뿌리치다. 5)蕭蕭(소소): 쓸쓸한 모습. 6)班馬(반마): 班은 分의 뜻으로 수레를 끄는 두 필의 말이 서로 조금 떨어져 있음을 말함.

〈출전〉唐詩選 〈작자〉李白 〈제목〉送友人

1558.

浮雲遊子意부운유자의 **落日故人情**낙일고인정

뜬구름은 나그네의 심사인가? 지는 해를 보고 친구를 그린다.

(原文)

青山橫北郭 白水遶東城 此地一爲別 孤蓬萬里征

浮雲遊子意 落日故人情 揮手自玆去 蕭蕭班馬鳴

청산이 마을 위에 뻗어있고

물이 성 밑을 돌아 흐른다.

이 땅에서 이별하면

홀로 바람 따라 만 리 길을 간다.

뜬구름은 나그네의 심사인가

지는 해를 보고 친구를 그린다.

손을 뿌리치고 지금 떠나니

말도 섭섭한 듯 울고 있다.

註▶ 1)北郭(북곽): 북쪽에 있는 마을. 2)孤蓬(고봉): 바람에 흔들리는 외로운 풀이나 쑥. 3) 浮雲(부운): 세상의 부귀와 영화. 4)揮手(휘수): 손을 뿌리치다. 5)蕭蕭(소소): 쓸쓸한 모습. 6)班馬(반마): 班은 分의 뜻으로 수레를 끄는 두 필의 말이 서로 조금 떨어져 있음을 말함.

〈출전〉唐詩選 〈작자〉李白 〈제목〉送友人

1559.

泣把李陵衣읍파이릉의 **相看淚成血**상간루성혈

울면서 李陵의 옷을 잡고, 서로 보면서 눈물이 피가 되어 흘러내리네.

〈출전〉古文眞寶 〈작자〉李白 〈제목〉蘇武

1560.

古來萬事東流水고래만사동류수 **別君去兮何時還**별군거혜하시환

옛날부터 모든 일은 동쪽으로 흘러가는 물과 같았으니, 그대를 떠나보내니 언제 돌아올까?

〈출전〉唐詩三百首 〈작자〉李白 〈제목〉夢遊天姥吟留別

1561.

明日隔山岳명일격산악 **世事兩茫茫**세사량망망

내일 이별하면 산으로 막혀서, 세상일 둘 다 멀어 아득하네.

註▶ 1)茫茫(망망): 멀어서 아득한 모양.

〈출전〉唐詩三百首 〈작자〉杜甫 〈제목〉贈衛八處士

1562.

滿堂絲竹爲君愁만당사죽위군수

집에 가득한 악기소리는 그대의 시름을 위함이네.

註▶ 1)絲竹(사죽): 거문고와 퉁소로 관악기와 현악기를 뜻함.

〈출전〉唐詩選 〈작자〉張謂 〈제목〉送人使河源

1563.

今日暫同芳菊酒금일잠동방국주 **明朝應作斷蓬飛**명조응작단봉비

오늘 잠시 국화주를 같이 마시고, 내일 아침에는 그대는 쑥처럼 정처 없이 떠날 것을!

(原文)

薊庭蕭瑟故人稀 何處登高且送歸 **今日暫同芳菊酒 明朝應作斷蓬飛**

계정의 가을 쓸쓸하고 옛 친구도 드무니
어디 가서 산에 오르고 또 보내 이별할까.
향기 좋은 국화주를 오늘 잠깐 함께 들자.
내일 아침에는 그대는 쑥처럼 정처 없이 떠날 것을!

註▶ 1)薊庭(계정): 북방의 땅으로 지금의 直隷省. 2)登高(등고): 음력 9월 9일에 높은 산에 올라가 노는 고사에서 유래한 말. 3)斷蓬(단봉): 겨울에 뿌리가 끊어진 쑥이 바람에 날리듯 정처 없이 떠다니는 것.
〈출전〉唐詩選 〈작자〉王之渙 〈제목〉九日送別

1564.

莫愁前路無知己막수전로무지기 **天下誰人不識君**천하수인불식군

가는 길에 알아주는 사람 없을 것을 근심하지 말라, 천하에 누가 그대를 모르겠는가?

(原文)

十里黃雲白日曛 北風吹雁雪紛紛 **莫愁前路無知己 天下誰人不識君**

십리의 누런 구름 하루해가 저무는데
북풍에 기러기 날고 눈발도 어지럽다.
가는 길에 알아주는 사람 없을 것을 근심하지 말라
천하에 누가 그대를 모르겠는가?

註▶ 1)董大(동대): 人名. 2)曛(훈): 땅거미가 지다.
<출전>唐詩選 <작자>高適 <제목>別董大

1565.

今日送君須盡醉금일송군수진취 **明朝相憶路漫漫**명조상억로만만

오늘 그대를 보내고 크게 취하고, 내일 아침 서로 생각하니 앞길이 멀구나.

(原文)

雪晴雲散北風寒 楚水吳山道路難 **今日送君須盡醉 明朝相憶路漫漫**

눈은 개이고 구름은 흩어지고 북풍은 차가운데
楚나라 물, 吳나라 산 그대 갈 길 어려워라.
이제 그대를 보내나니 우리 잔뜩 취해보세
내일 아침에 서로 생각한들 길은 멀고 아득하리.

註▶ 1)常州(상주): 지명. 2)楚吳(초오): 나라 이름. 3)漫漫(만만): 길이 길고 먼 모양.
<출전>唐詩選 <작자>賈至 <제목>送李侍郎赴常州

1566.

君去春山誰共遊군거춘산수공유 **鳥啼花落水空流**조제화락수공류

그대 떠난 봄 산에서 누구와 함께 놀까? 새 울고 꽃 떨어지고 물은 공허로이 흐른다.

(原文)

君去春山誰共遊 鳥啼花落水空流 如今送別臨溪水 他日相思來水頭

그대 떠난 봄 산에서 누구와 함께 놀까?
새 울고 꽃 떨어지고 물은 공허로이 흐른다.
오늘 송별한 듯 계곡물에 이르러
다른 날 서로 그리며 물가에 오네.

〈출선〉三體詩 〈작자〉劉商 〈제목〉送王永

1567.

水邊楊柳麴塵絲수변양류국진사 **立馬煩君折一枝**입마번군절일지

물가 버들은 청황색을 띠었는데, 말 세우고 그대가 생각나서 가지 하나 꺾네.

(原文)

水邊楊柳麴塵絲 立馬煩君折一枝 惟有春風最相惜 殷勤更向手中吹

물가 버들은 청황색을 띠었는데

말 세우고 그대가 생각나서 가지 하나 꺾네.

봄바람이 애석하여

은근히 다시 손안의 버들에 부어오네.

註▶ 1)麴塵絲(국진사): 청황색의 버들가지

〈출전〉全唐詩 〈작자〉楊巨源 〈제목〉折楊柳

1568.

惟有春風最相惜유유춘풍최상석 **殷勤更向手中吹**은근경향수중취

봄바람이 애석하여, 은근히 다시 손안의 버들에 부어오네.

(原文)

水邊楊柳麴塵絲 立馬煩君折一枝 **惟有春風最相惜 殷勤更向手中吹**

물가 버들은 청황색을 띠었는데

말 세우고 그대가 생각나서 가지 하나 꺾네.

봄바람이 애석하여

은근히 다시 손안의 버들에 부어오네.

註▶ 1)麴塵絲(국진사): 청황색의 버들가지

〈출전〉全唐詩 〈작자〉楊巨源 〈제목〉折楊柳

1569.

醉不成歡慘將別취불성환참장별 **別時茫茫江浸月**별시망망강침월

술에 취해 슬피 떠나려는데, 이때 아득한 강물에 달이 떠온다.

註▶ 1)茫茫(망망): 멀고 아득하다.

〈출전〉唐詩三百首 〈작자〉白居易 〈제목〉琵琶行

1570.

日暮酒醒人已遠일모주성인이원 **滿天風雨下西樓**만천풍우하서루

해는 지고 술은 깨고 그대는 멀리 가고, 비바람 어둠 속에 다락을 내려온다.

(原文)

勞歌一曲解行舟 紅葉青山水急流 **日暮酒醒人已遠 滿天風雨下西樓**

뱃노래 한 가락에 배를 띄워 떠나니

붉은 잎 푸른 산에 물소리는 급하다.

해는 지고 술은 깨고 그대는 멀리 가고

비바람 어둠 속에 다락을 내려온다.

註▶ 1)勞歌(노가): 뱃노래.

〈출전〉丁卯集 〈작자〉許渾 〈제목〉謝亭送別

1571.

相見時難別亦難상견시난별역난 **東風無力百花殘**동풍무력백화잔

만나기도 어렵지만 이별 또한 어렵구나, 봄바람에 꽃들이 힘없이 날려 흩어지네.

(原文)

相見時難別亦難　東風無力百花殘　春蠶到死絲方盡　蠟炬成灰淚始乾
曉鏡但愁雲鬢改　夜吟應覺月光寒　蓬萊此去無多路　靑鳥殷勤爲探看

만나기도 어렵지만 이별 또한 어렵구나.
봄바람에 꽃들이 힘없이 날려 흩어지네.
봄누에는 죽어서야 비로소 실이 다하고
촛불은 재가 되어 그제서야 눈물이 마른다.
새벽 거울에 구름 같은 머리채의 변하는 것 시름하고
혼자 밤에 시를 읊으면 달빛이 차가우리.
여기서 봉래산까지 먼 길이 아니니
파랑새야 나를 위해 은근히 그를 찾아가 보라.

註▶ 1)雲鬢(운빈): 미인의 검은머리. 2)蓬萊山(봉래산): 신선이 산다는 곳. 3)多路(다로): 먼 길. 4)靑鳥(청조): 신선과 연락하는 새로 여기서는 그 님.
〈출전〉唐詩三百首　〈작자〉李商隱　〈제목〉無題

1572.

灞橋兩岸千條柳파교양안천조류　**送盡東西渡水人**송진동서도수인

파교의 양쪽 언덕에 천 가지의 버들은, 동서로 파수 건너는 사람을 다 보내네.

(原文)

長樂坡前雨似塵　小陵原上淚霑巾　**灞橋兩岸千條柳　送盡東西渡水人**

장락파 앞의 비는 먼지 같고
소릉원 위에서 흘리는 눈물은 수건을 적시네.
파교의 양쪽 언덕에 천 가지의 버들은
동서로 파수 건너는 사람을 다 보내네.

註▶ 1)長樂坡(장락파): 長安城 동쪽의 제방. 2)小陵原(소릉원): 終南山 기슭의 구릉. 3)灞橋(파교): 장안의 동쪽에 있는 파수에 있는 다리의 이름으로 옛날에 사람들

이 이별할 때 이 다리에 이르러 버들가지를 꺾어 송별의 뜻을 표하였다.
<출전>帶經堂集 <작자>王士禛 <제목>灞橋寄內二首中 其一

1573.

好去不須頻下淚호거불수빈하루 **老僧相伴有烟霞**노승상반유연하

잘 가거라. 부디 자주 눈물 흘리지 말라. 노승이 짝이 되고 놀과 안개 있지 않느냐?

(原文)

空門寂寞汝思家 禮別雲房下九華 愛向竹欄騎竹馬 懶於金地聚金沙
添甁澗屋休招月 烹茗甌中罷弄花 **好去不須頻下淚 老僧相伴有烟霞**

쓸쓸한 공문에서 너는 집을 생각해서
운방을 하직하고 구화산을 내려간다.
죽란에서 죽마 타기 좋아해 그리 가고
금지에서 금모래를 모으기 게을렀다.
병에 담을 시냇물에 달을 부르지 말라
차 달이는 병에서는 꽃 즐기기 쉬웠구나.
잘 가거라. 부디 자주 눈물 흘리지 말라
노승이 짝이 되고 놀과 안개 있지 않니?

註▶ 1)空門(공문): 佛門을 이름. 2)雲房(운방): 중이 거처하는 방. 3)竹馬(죽마): 대말. 즉 아이들이 장난할 때 두 다리로 걸터타고 다니는 대막대기. 4)金地(금지): 불교를 뜻함. 5)金沙(금사): 불교의 교리를 뜻함.
<출전>한국한시 <작자>金地藏 <제목>送童子下山

1574.

居人重別離거인중별리 **遊子輕行役**유자경행역

있는 사람은 거듭 이별하는데, 나그네는 행장이 가볍겠구나.

(原文)

居人重別離　遊子輕行役　人事固以然　所悲寒暑易
惻惻臨衢岐　靡靡踰阡陌　回風卷行塵　不見征馬跡

있는 사람은 거듭 이별하는데
나그네는 행장이 가볍겠구나.
사람의 일이란 원래 이런 것
괴로운 바는 추위와 더위가 바뀌는 것이네.
거리의 갈림길에 다다라 슬퍼하고
언덕길을 넘기에 천천히 건네.
돌개바람이 가는 먼지 휘감아
타고 가는 말 모습이 보이지 않네.

註▶ 1)遊子(유자): 나그네. 2)行役(행역): 여행. 3)惻惻(측측): 몹시 슬퍼하는 모양. 4)靡靡(미미): 천천히 걷는 모양. 5)阡陌(천맥): 밭둑 길 6)回風(회풍): 돌개바람 7)征馬(정마): 여행할 때에 타고 가는 말
〈출전〉한국문집총간 〈작자〉李植(澤堂) 〈제목〉送沈德用

1575.

風江一棹送將歸풍강일도송장귀　**夾岸桃花亂打衣**협안도화난타의

바람 거센 강에서 거룻배로 보내나니, 양쪽 언덕 복사꽃이 옷에 어지러이 떨어지네.

(原文)

風江一棹送將歸　夾岸桃花亂打衣　大醉不知離別苦　夕陽西下轉依依

바람 거센 강에서 거룻배로 보내나니
양쪽 언덕 복사꽃이 옷에 어지러이 떨어지네.
크게 취해 이별의 괴로움도 모르다가
저녁 해 산 넘어 가니 더욱 그리워지네.

註▶ 1)依依(의의): 사모하는 모양. 차마 떨어지기 어려워하는 모양.
〈출전〉한국한시 〈작자〉鄭麟卿(蒼谷) 〈제목〉江頭送別

1576.

官柳留人縈去馬관류유인영거마 **春風送客拂征衣**춘풍송객불정의

버들은 사람 붙들어 가는 말을 매어 놓고, 봄바람은 손을 보내 나그네 옷을 펄럭인다.

(原文)

相看未了却相違 行李迢迢幾日歸 **官柳留人縈去馬 春風送客拂征衣**
銀溪殘雪泥橋滑 鐵嶺高雲石路微 王事不須愁遠別 賢聲此去有光輝

만나 얼마 안 되어 각기 헤어지나니
멀고 먼 그 행리가 언제 돌아올꼬.
버들은 사람 붙들어 가는 말을 매어 놓고
봄바람은 손을 보내 나그네 옷을 펄럭인다.
은계의 남은 눈에 진흙 다리 미끄럽고
철령 높은 구름에 돌길이 희미하리.
나라 일이라 먼 이별을 시름하지 말아라.
이 걸음에 어진 소리 빛이 있으리.

註▶ 1)判官(판관): 唐代에 節度使 · 觀察使 등의 屬官으로서 行政을 맡아 分掌하였던 벼슬아치. 2)行李(행리): 여행할 때에 쓰는 모든 기구. 또는 여행의 차림. 3)征衣(정의): 여행할 때 가지고 가는 옷. 客衣. 行衣.
〈출전〉한국한시 〈작자〉南九萬(葯泉) 〈제목〉送族叔北靑判官夢星

1577.

絶塞正臨靑海水절새정임청해수 **歸心遙拱紫微垣**귀심요공자미원

먼 변방은 바로 푸른 바닷물에 다다랐고, 돌아가는 마음은 멀리 대궐 담에 바쳤다.

(原文)

關路三千接雁門　春明曉日動行軒　連年南北惟朝命　半刺翱翔亦聖恩
絶塞正臨青海水　歸心遙拱紫微垣　頻頻送別郊亭上　洛下朋遊幾個存

삼천리 관문길이 안문에 대어
밝은 봄 새벽 날에 가는 수레 움직인다.
해마다 남북으로 오직 조정 명령뿐.
반쯤 잘린 날개도 임금님 은혜이다.
먼 변방은 바로 바닷물에 다다랐고
돌아가는 마음은 멀리 대궐 담에 바쳤다.
자주 송별하는 들 밖의 이 정자여
서울에서 노는 벗이 몇이나 남아 있는고.

註▶ 1)通判(통판): 宋때에 藩鎭의 권한을 줄이기 위해 한 州의 행정을 총관하던 벼슬. 2)雁門(안문): 산서성 대현에 있던 군 이름. 관문이었던 방비의 요충지. 3)紫微(자미): 天帝가 있는 별 이름. 즉 천자의 대궐. 4)洛下(낙하): 서울.
〈출전〉한국한시　〈작자〉閔黯(叉湖)　〈제목〉奉別朴通判奉卿赴鏡城任

4. 이 별

1578.

南浮漲海人何處남부창해인하처　**北望衡陽雁幾群**북망형양안기군
南海에 배 띄우고 가는 사람은 어디에 있는가?
북쪽 衡陽을 바라보고 가는 기러기는 얼마나 되는가?

註▶ 1)漲海(창해): 남해의 다른 이름. 2)衡陽(형양): 지금의 湖南省 衡州에 있음.
〈출전〉唐詩選 〈작자〉沈佺期 〈제목〉遙同杜員外審言過嶺

1579.

昔爲同池魚석위동지어 **今若商與參**금약상여참

옛날에는 같은 연못의 고기처럼 친했는데, 지금은 商星과 參星같이 멀리 있구나.

註▶ 1)商(상): 동쪽에 있는 별 이름. 2)參(삼): 서쪽에 있는 별로 세 별로 이루어져 있다.
〈출전〉玉台新詠 〈작자〉曹植 〈제목〉種葛篇

1580.

樂以會興낙이회흥 **悲以別章**비이별장

즐거움은 만날 때 일어나고, 슬픔은 이별할 때 일어난다.

〈출전〉文選 〈작자〉陸機 〈제목〉短歌行

1581.

蟋蟀在堂露盈階실솔재당로영계 **念君遠遊常苦悲**염군원유상고비

귀뚜라미 집안에서 울고 이슬 계단에 가득할 때, 멀리 나간 그대생각 괴롭고 슬프구나,

註▶ 1)蟋蟀(실솔): 귀뚜라미.
〈출전〉玉台新詠 〈작자〉陸機 〈제목〉樂府燕歌行一首

1582.

欲識離人悲욕식이인비 **孤臺見明月**고대견명월

남편과 헤어진 사람의 슬픔을 알려면, 누대에 올라 밝은 달을 보라.

(原文)

白雲山上盡　淸風松下歇　**欲識離人悲　孤臺見明月**

흰 구름은 산 위에 다하고
맑은 바람은 소나무 밑에서 쉬네.
남편과 헤어진 사람의 슬픔을 알려면
누대에 올라 밝은 달을 보라.

註▶ 1)離人(이인): 헤어진 사람. 즉 여기서는 남편과 헤어진 여인을 말한다.
<출전>古詩源　<작자>張融　<제목>別詩

1583.

千里逢迎천리봉영　**高朋滿座**고붕만좌

천리 밖에서 맞이하니, 높은 벗이 자리에 가득하다.

<출전>古文眞寶　<작자>王勃　<제목>滕王閣序

1584.

孤帆遠影碧空盡고범원영벽공진　**唯見長江天際流**유견장강천제류

돛단배 하늘 끝에 사라지면, 끝없이 흘러가는 강물만 바라본다.

(原文)

故人西辭黃鶴樓　煙花三月下揚州　**孤帆遠影碧空盡　唯見長江天際流**

故人은 서쪽의 황학루를 하직하고
안개 속에 꽃이 핀 삼월에 양주로 내려간다.
외로운 돛의 먼 그림자 푸른 하늘에 사라지고
보이는 것은 하늘 끝의 흐르는 강물뿐인 것을.

註▶ 1)故人(고인): 오래 사귄 벗. 2)黃鶴樓(황학루): 湖北省 武昌縣의 황학산에 있

는 높은 누각. 3)煙花(연화): 안개 같은 것이 끼어 흐릿하게 보이는 꽃.
〈출전〉唐詩選 〈작자〉李白 〈제목〉黃鶴樓送孟浩然之廣陵

1585.

浮雲遊子意부운유자의 **落日故人情**낙일고인정

뜬구름은 나그네의 심사인가, 지는 해를 보고 친구를 그린다.

(原文)

青山橫北郭 白水遶東城 此地一爲別 孤蓬萬里征
浮雲遊子意 落日故人情 揮手自玆去 蕭蕭班馬鳴
청산이 마을 위에 뻗어있고
물이 성 밑을 돌아 흐른다.
이 땅에서 이별하면
홀로 바람 따라 만 리 길을 간다.
뜬구름은 나그네의 심사인가
지는 해를 보고 친구를 그린다.
손을 뿌리치고 지금 떠나니
말도 섭섭한 듯 울고 있다.

註▶ 1)北郭(북곽): 북쪽에 있는 마을. 2)孤蓬(고봉): 바람에 흔들리는 외로운 풀이나 쑥. 3) 浮雲(부운): 세상의 부귀와 영화. 4)揮手(휘수): 손을 뿌리치다. 5)蕭蕭(소소): 쓸쓸한 모습. 6)班馬(반마): 班은 分의 뜻으로 수레를 끄는 두 필의 말이 서로 조금 떨어져 있음을 말함.
〈출전〉唐詩選 〈작자〉李白 〈제목〉送友人

1586.

今日送君須盡醉금일송군수진취 **明朝相憶路漫漫**명조상억로만만

오늘 그대를 보내고 크게 취하고, 내일 아침 서로 생각하니 앞길이 멀구나.

(原文)

雪晴雲散北風寒　楚水吳山道路難　**今日送君須盡醉　明朝相憶路漫漫**

눈은 개이고 구름은 흩어지고 북풍은 차가운데
楚나라 물, 吳나라 산 그대 갈 길 어려워라.
이제 그대를 보내나니 우리 잔뜩 취해보세
내일 아침에 서로 생각한들 길은 멀고 아득하리.

註▶ 1)常州(상주): 지명. 2)楚吳(초오): 나라 이름. 3)漫漫(만만): 길이 길고 먼 모양.
<출전>唐詩選　<작자>賈至　<제목>送李侍郎赴常州

1587.

嗟君此別意何如차군차별의하여　**駐馬啣盃問謫居**주마함배문적거

슬프도다! 그대와 이별한 마음을 어찌 하리요? 말을 멈추고 술 한 잔 마시며 귀향간 땅을 살피네.

(原文)

嗟君此別意何如　駐馬啣杯問謫居　巫峽啼猿數行淚　衡陽歸雁幾封書
青楓江上秋天遠　白帝城邊古木疎　聖代卽今多雨露　暫時分手莫躊躇

슬프다 그대여 이별하는 마음이 어떤가?
말을 멈추고 술을 권하며 가는 곳을 물었다.
무협을 가다가 원숭이 울음에 눈물을 흘릴 것이네
형양의 기러기 편에 몇 통의 편지를 보낼 것인지.
청풍강 위의 가을 하늘을 어떻게 바라볼 것인가
백제 성변의 고목을 보고 슬퍼만 할 테지.
지금은 盛代의 은혜가 미치고 있으니
주저 말고 잠시 헤어져 있기만 하면 되네.

註▶ 1)長沙(장사): 지금의 호남성 長沙府에 있음. 2)謫居(적거): 귀향 살이 가는 곳. 3)巫峽啼猿(무협제원): 무협의 골짜기에서 우는 원숭이. 4)衡陽(형양): 지금의 호남성 형주에 있음. 5)靑楓江(청풍강):장사에 있는 강 이름. 6)白帝城(백제성): 成都에 있는 성으로 漢武帝 때 쌓은 것. 7)雨露(우로): 임금의 은택.
〈출전〉三體詩 〈작자〉盧綸 〈제목〉送李少府貶峽中王少府貶長沙

1588.

聖代祗今多雨露성대지금다우로 **暫時分手莫躊躇**잠시분수막주저

지금은 盛代의 은혜가 미치고 있으니, 주저 말고 잠시 헤어져 있기만 하면 되네.

(原文)

嗟君此別意何如 駐馬啣杯問謫居 巫峽啼猿數行淚 衡陽歸雁幾封書
靑楓江上秋天遠 白帝城邊古木疎 **聖代卽今多雨露 暫時分手莫躊躇**

슬프다 그대여 이별하는 마음이 어떤가?
말을 멈추고 술을 권하며 가는 곳을 물었다.
무협을 가다가 원숭이 울음에 눈물을 흘릴 것이네
형양의 기러기 편에 몇 통의 편지를 보낼 것인지.
청풍강 위의 가을 하늘을 어떻게 바라볼 것인가
백제 성변의 고목을 보고 슬퍼만 할 테지.
지금은 盛代의 은혜가 미치고 있으니
주저 말고 잠시 헤어져 있기만 하면 되네.

註▶ 1)長沙(장사): 지금의 호남성 長沙府에 있음. 2)謫居(적거): 귀향 살이 가는 곳. 3)巫峽啼猿(무협제원): 무협의 골짜기에서 우는 원숭이. 4)衡陽(형양): 지금의 湖南省 衡州에 있음. 5)靑楓江(청풍강): 長沙에 있는 강 이름. 6)白帝城(백제성): 成都에 있는 성으로 漢武帝 때 쌓은 것. 7)雨露(우로): 임금의 은택.
〈출전〉三體詩 〈작자〉盧綸 〈제목〉送李少府貶峽中王少府貶長沙

1589.

別離方異域별리방이역　**音信若爲通**음신약위통

헤어져 다른 곳에 갔으나, 소식은 통할 수 있을 것 같네.

註▶ 1)音信(음신): 소식.

〈출전〉唐詩選　〈작자〉王維　〈제목〉送秘書晁監還日本

1590.

君去春山誰共遊군거춘산수공유　**鳥啼花落水空流**조제화락수공류

그대 떠난 봄 산에서 누구와 함께 놀까? 새 울고 꽃 떨어지고 물은 공허로이 흐른다.

(原文)

君去春山誰共遊　鳥啼花落水空流　如今送別臨溪水　他日相思來水頭

그대 떠난 봄 산에서 누구와 함께 놀까?
새 울고 꽃 떨어지고 물은 공허로이 흐른다.
오늘 송별한 듯 계곡 물에 이르고
다른 날 서로 그리며 물가에 오네.

〈출전〉三體詩　〈작자〉劉商　〈제목〉送王永

1591.

洛陽親友如相問낙양친우여상문　**一片冰心在玉壺**일편빙심재옥호

낙양의 친구들이 내 안부 묻거들랑, 한 조각 언 마음이 옥병에 있다고 하게.

(原文)

寒雨連江夜入吳　平明送客楚山孤　**洛陽親友如相問　一片冰心在玉壺**

찬 빗발이 강에 잇닿은 밤에 오나라 땅에 들어왔는데
그대 보낸 이른 새벽에 초산이 외로워라.
낙양의 친구들이 내 안부 묻거들랑
한 조각 언 마음이 옥병에 있다고 하게.

註▶ 1)芙蓉樓(부용루): 鎭江府의 城上에 있는 누대. 2)楚山(초산): 부용루에서 보이는 강 북쪽은 모두 楚나라 땅이다. 3)冰心在玉壺(빙심재옥호): 벼슬에 뜻이 없음을 말한다.
<출전>唐詩選 <작자>王昌齡 <제목>芙蓉樓送辛漸

1592.

莫道秋江離別難막도추강이별난 **舟船明日是長安**주선명일시장안

가을 강가에서 이별하기 어렵다고 말하지 말아라. 내일 아침이면 바로 長安에 도착한다.

(原文)

莫道秋江離別難 舟船明日是長安 吳姬緩舞留君醉 隨意靑楓白露寒
가을 강가에서 이별하기 어렵다고 말하지 말아라.
내일 아침이면 바로 長安에 도착한다.
오희를 시켜 느린 춤으로 그대 붙들고 취하게 하리.
푸른 단풍에 차가운 이슬이야 마음대로 내려라.

註▶ 1)李評事(이평사): 이는 성씨이고 평사는 직명. 2)吳姬(오희): 吳나라의 미인.
<출전>唐詩選 <작자>王昌齡 <제목>重別李評事

1593.

今春看又過금춘간우과 **何日是歸年**하일시귀년

이 봄도 눈앞에서 또 지나가니, 어느 날이 돌아갈 해인가?

(原文)
江碧鳥逾白　山靑花欲然　**今春看又過　何日是歸年**
강이 푸르니 새가 더욱 희고
산이 푸르니 꽃이 불타는 것 같네.
이 봄도 또 눈앞에서 지나가니
어느 날이 돌아갈 해인가?

註▶ 1)然: 燃의 뜻으로 불탄다는 뜻.
〈출전〉唐詩選　〈작자〉杜甫　〈제목〉絶句

1594.
渭北春天樹위북춘천수　**江東日暮雲**강동일모운
나는 위수 북쪽의 나무요, 李白은 江東의 해질녘 구름이네.
(杜甫 자신과 李白이 멀리 떨어져 있음을 표현한 것이다.)

(原文)
白也詩無敵　飄然思不群　淸新庾開府　俊逸鮑參軍
渭北春天樹　江東日暮雲　何時一樽酒　重與細論文
이백의 시는 당할 사람이 없고
그 생각은 많은 사람 가운데서 뛰어났다.
맑고 새롭기는 유개부와 같고
뛰어나게 훌륭하기가 포참군 같네.
위북에는 봄 나무들 한창 싱그러운데
강동에는 해 저문 날 구름이 많네.
언제나 한 항아리 술을 마시며
문장을 자상하게 이야기해 볼까.

註▶ 1)飄然(표연): 가볍게 날리는 모양. 2)淸新(청신): 산뜻하고 새로운 것. 3)庾

開府(유개부): 開府인 庾信을 말하는 것. 4)鮑參軍(포참군): 參軍인 鮑照를 말하는 것. 유신과 포조는 모두 奇才가 뛰어났다. 5)渭北(위북): 杜甫의 집. 長安에 있으니 渭水의 북이다. 6)江東(강동): 李白은 枯蘇에서 유랑하고 있었으니 강의 동쪽이다.
〈출전〉唐詩別裁 〈작자〉杜甫 〈제목〉春日憶李白

1595.

胡塵一起亂天下호진일기난천하 **何處春風無別離**하처춘풍무별리

安祿山이 전쟁을 일으켜 천하가 어지러운데, 어느 곳이 봄바람 부는 중에 이별이 없으리오.

(原文)

去年燕巢主人屋 今年花發路傍枝 年年爲客不到舍 舊國存亡那得知
胡塵一起亂天下 何處春風無別離
지난 해 제비는 여관 주인의 집에 둥지를 틀고
금년에 꽃은 길가 가지에 피었네.
해마다 나그네 되어 고향집에 이르지 못하니
고향의 존망을 어찌 알겠는가?
安祿山이 전쟁을 일으켜 천하가 어지러운데
어느 곳이 봄바람 부는 중에 이별이 없으리오.

註▶ 1)主人(주인): 客舍의 주인. 2)舍(사): 고향집. 3)舊國(구국): 고향.
〈출전〉唐詩選 〈작자〉薛業 〈제목〉洪州客舍寄柳博士芳

1596.

馬上相逢無紙筆마상상봉무지필 **憑君傳語報平安**빙군전어보평안

말 위에서 그대를 만났으나 지필묵이 없으니, 고향에 가거들랑 잘 있다고 전해주게.

(原文)

故園東望路漫漫　雙袖龍鍾淚不乾　**馬上相逢無紙筆　憑君傳語報平安**

동쪽 고향을 바라보면 길이 끝이 없으니
두 소매에 눈물이 젖어 마를 겨를이 없네.
말 위에서 그대를 만났으나 지필묵이 없으니
고향에 가거들랑 잘 있다고 전해주게.

註▶ 1)龍鍾(용종): 눈물이 흐르는 모양.
〈출전〉唐詩選　〈작자〉岑參　〈제목〉逢入京使

1597.

巫峽啼猿數行淚무협제원수행루　**衡陽歸雁幾封書**형양귀안기봉서

巫峽을 가다가 원숭이 울음에 여러 번 눈물을 흘릴 것이네,
衡陽의 기러기 편에 몇 통의 편지를 보낼 것인가?

(原文)

嗟君此別意何如　駐馬啣杯問謫居　**巫峽啼猿數行淚　衡陽歸雁幾封書**
青楓江上秋天遠　白帝城邊古木疎　聖代卽今多雨露　暫時分手莫躊躇

슬프다 그대여 이별하는 마음이 어떤가?
말을 멈추고 술을 권하며 가는 곳을 물었다.
무협을 가다가 원숭이 울음에 눈물을 흘릴 것이네
형양의 기러기 편에 몇 통의 편지를 보낼 것인가?
청풍강 위의 가을 하늘을 어떻게 바라볼 것인가
백제 성변의 고목을 보고 슬퍼만 할 테지.
지금은 盛代의 은혜가 미치고 있으니
주저 말고 잠시 헤어져 있기만 하면 되네.

註▶ 1)長沙(장사): 지금의 호남성 長沙府에 있음. 2)謫居(적거): 귀향 살이 가는 곳. 3)巫峽啼猿(무협제원):무협의 골짜기에서 우는 원숭이. 4)衡陽(형양): 지금의 湖南省 衡州에 있음. 5)青楓江(청풍강): 長沙에 있는 강 이름. 6)白帝城(백제성): 成都에 있는 성으로 漢武帝 때 쌓은 것. 7)雨露(우로): 임금의 은택.

<출전>唐詩選 <작자>高適 <제목>送李少府貶峽中王少府貶長沙

1598.

莫怨他鄉暫離別막원타향잠이별 **知君到處有逢迎**지군도처유봉영

타향에 가서 잠시 이별하는 것을 원망하지 말아라! 그대가 가는 곳마다 맞이할 것이다.

(原文)

高館張燈酒復淸 夜鍾殘月雁歸聲 只因啼鳥堪求侶 無那春風欲送行

黃河曲裏沙爲岸 白馬津邊柳向城 **莫怨他鄉暫離別 知君到處有逢迎**

높은 누각에 등불을 켜고 술이 또한 맑은데

밤 종소리 기우는 달에 돌아가는 기러기.

우는 새는 짝 구한다 말뿐이던가.

봄바람에 이 이별 할 수 없구나.

황하 굽이치는 곳에는 모래 쌓여 언덕 되고

백마 나룻가의 버들가지는 성을 향해 휘어졌다.

타향에 가서 잠시 이별하는 것을 원망하지 말아라!

그대가 가는 곳마다 맞이할 것이다.

註▶ 1)韋司士(위사사): 韋는 성씨이고 司士는 司士參軍으로 州縣에 배치되어 토목 사업을 관장하는 벼슬. 2)黃河曲(황하곡): 황하는 천리마다 한 번씩 굽이친다. 3)白馬津(백마진): 하남성 활현 근처의 나루터.

<출전>唐詩選 <작자>高適 <제목>夜別韋司士得城字

1599.

鴻雁不堪愁裏聽홍안불감수리청 **雲山況是客中過**운산황시객중과

시름하는 사람으로는 기러기 소리 차마 못 듣겠거니,

하물며 산길을 걷는 나그네의 마음은 어떠할까?

(原文)

朝聞遊子唱離歌　昨夜微霜初度河　**鴻雁不堪愁裏聽　雲山況是客中過**

關城樹色催寒近　御苑砧聲向晩多　莫是長安行樂處　空令歲月易蹉跎

아침에 나그네의 고별인사 들었는데

어제 밤에 엷은 서리 강을 처음 건너왔다.

시름하는 사람으로는 기러기 소리 차마 못 듣겠거니

하물며 산길을 걷는 나그네의 마음은 어떠할까?

관성의 나무 빛은 닥칠 추위 알리는데

어원의 다듬이 소리 저녁이 되자 더욱 많이 나네.

장안의 환락가를 그대여 부디 가지 말게나.

부질없이 세월 보내 때 놓치기 쉬우니라.

註▶ 1)魏萬(위만): 人名인데 미상. 2)遊子(유자): 나그네. 3)河(하): 黃河. 4)雲山(운산): 구름이 낀 산. 5)關城(관성): 관문의 성. 6)蹉跎(차타): 발이 물건에 걸려 넘어지다. 때를 놓치다. 불운해지다.

〈출전〉唐詩選　〈작자〉李頎　〈제목〉送魏萬之京

1600.

卽今相對不盡歡즉금상대부진환 **別後相思復何益**별후상사복하익

지금 서로 즐거움이 끝나지 않았는데, 이별하면 서로 생각해도 무엇하리요?

〈출전〉唐詩選　〈작자〉張謂　〈제목〉湖中對酒作

1601.

昨夜閑潭夢落花작야한담몽락화 **可憐春半不還家**가련춘반불환가

어제 밤 꿈에 고요한 연못에 떨어진 꽃이 흐르는 것을 보았는데, 슬프도다! 봄이 반이나 지났는데 집에 돌아가지 못하고 있네.

〈출전〉唐詩選 〈작자〉張若虛 〈제목〉春江花月夜

1602.

去年花裏逢君別거년화리봉군별 **今日花開又一年**금일화개우일년

작년에 꽃 속에서 그대를 이별하고, 이제 꽃이 피어 또 일 년이 지났구나.

(原文)

去年花裏逢君別 今日花開又一年 世事茫茫難自料 春愁黯黯獨成眠

身多疾病思田里 邑有流亡愧俸錢 聞道欲來相問訊 西樓望月幾時圓

작년에 꽃 속에서 그대를 이별하고

이제 꽃이 피어 또 일 년이 지났구나.

세상일 망망하여 헤아리기 어려운데

봄시름에 고달픈 몸 혼자서 잠을 잔다.

몸에 병이 많아 고향 더욱 그립고

읍에는 유랑민이 있는데 월급날이 부끄럽다.

듣건대, 그대들이 나를 만나러 온다던데

내가 이 서루에서 바라보는 저 달이 몇 번이나 둥글었던가.

註▶ 1)李儋 元錫(이담 원석): 둘 다 작자의 친구로 작자가 滁州에 있을 때 함께 놀았다. 2)黯黯(암암): 이별을 슬퍼하는 모양. 3)西樓(서루): 蘇州에 있는 누대. 작자는 그때 蘇州刺史로 있었다.

〈출전〉唐詩三百首 〈작자〉韋應物 〈제목〉寄李儋 元錫

1603.

廣陵三月花正開광릉삼월화정개 **花裏逢君醉一廻**화리봉군취일회

삼월이라 광릉 땅에 꽃이 만발하였는데, 꽃 속에서 그대를 만나 한번 취해보고 싶네.

(原文)

廣陵三月花正開 花裏逢君醉一廻 南北相過殊不遠 暮潮歸去早潮來

삼월이라 광릉 땅에 꽃이 만발하였는데
꽃 속에서 그대를 만나 한번 취해보고 싶네.
남북으로 떨어져 있다 하나 길은 그리 멀지 않네.
저녁 潮水 돌아갔다 아침이면 오는 것을.

註▶ 1)柳郞中(유랑중): 柳는 성씨이고 郞中은 尙書省의 官名. 2)見別(견별): 작별을 받았다. 3)廣陵(광릉): 揚州. 4)一廻(일회): 한 번.

<출전>唐詩選 <작자>韋應物 <제목>酬柳郞中春日歸揚州南郭見別之作

1604.

故鄕今夜思千里고향금야사천리 **霜鬢明朝又一年**상빈명조우일년

고향에서는 오늘밤 천리밖에 있는 나를 생각 할 텐데,
백발이 다 된 나는 내일 아침이면 또 한 살을 더 먹네.

(原文)

旅館寒燈獨不眠 客心何事轉凄然 **故鄕今夜思千里 霜鬢明朝又一年**

여관의 찬 등불 아래 혼자서 잠 못 드는데
나그네 마음 무슨 일로 이처럼 쓸쓸한가.
고향에서도 오늘밤 천리밖에 있는 나를 생각 할 텐데
서리 같은 흰머리가 내일이면 또 한 살 더 먹네.

註▶ 1)除夜(제야): 섣달 그믐날 밤. 2)凄然(처연): 쓸쓸한 모양. 3)霜鬢(상빈): 서

리처럼 흰 구렛나루.
〈출전〉唐詩選 〈작자〉高適 〈제목〉除夜作

1605.

潯陽江頭夜送客심양강두야송객 **楓葉荻花愁瑟瑟**풍엽적화수슬슬

潯陽江邊에서 밤에 손님을 보내는데, 단풍잎 갈꽃에 바람도 싸늘하다.

註▶ 1)潯陽江(심양강): 江西省 九江縣 근처에 있는 강. 2)楓葉荻花(풍엽적화): 단풍잎과 갈대꽃. 3)瑟瑟(슬슬): 가을바람이 부는 소리를 표현한 것.
〈출전〉古文眞寶 〈작자〉白居易 〈제목〉琵琶行

1606.

花發多風雨화발다풍우 **人生足別離**인생족별리

꽃이 피면 비바람에 흩날리나니, 인생도 만나면 헤어지는 것이다.

(原文)
勸君金屈卮 滿酌不須辭 **花發多風雨 人生足別離**
그대에게 황금의 술잔으로 권하니
이 술을 사양 말고 들어라,
꽃이 피면 비바람에 흩날리나니
인생도 만나면 헤어지는 것이다.

註▶ 1)金屈卮(금굴치): 구부러진 손잡이가 달린 금으로 만든 술잔. 2)足(족): 多와 같음.
〈출전〉唐詩選 〈작자〉于武陵 〈제목〉勸酒

1607.

寒燈相對記疇昔한등상대기주석 **夜雨何時聽蕭瑟**야우하시청소슬

밤에 등불아래서 바라보던 어젯밤을 생각하는데, 밤비 내리는 어느 때에 쓸쓸한 소리 들을까?

〈출전〉蘇東坡集 〈작자〉蘇軾 〈제목〉辛丑十一月十九日 旣與子由別於鄭州西門之外 馬上賦詩一篇寄之

1608.

翩翩黃鳥편편황조 **雌雄相依**자웅상의

팔팔 날아 오고가는 꾀꼬리들이여, 암 수컷이 모두 짝을 지었네.

(原文)

翩翩黃鳥 雌雄相依 念我之獨 誰其與歸

팔팔 날아 오고가는 꾀꼬리들이여
암 수컷이 모두 짝을 지었네.
생각하면 나는 외로운 몸
누구와 함께 집으로 돌아가리.

註▶ 1)黃鳥(황조): 꾀꼬리 2)翩翩(편편): 새가 날아 오락가락 하는 모양
〈출전〉한국한시 〈작자〉琉璃王 〈제목〉黃鳥歌

1609.

大同江水何時盡대동강수하시진 **別淚年年添綠波**별루년년첨록파

이 대동강 물은 언제나 다할는고, 해마다 이별의 눈물이 물결을 더하는 것을.

(原文)

雨歇長堤草色多 送君南浦動悲歌 **大同江水何時盡 別淚年年添綠波**

비 개인 긴 둑에는 풀빛도 많아라.

그대 보내는 남포에는 슬픈 노래 울리네.
이 대동강 물은 언제나 다할는고
해마다 이별 눈물이 물결을 더하는 것을.

註▶ 1)南浦(남포): 地名.
<출전>한국한시 <작자>鄭知常 <제목>大同江

1610.

林外一蟬諳別恨임외일선암별한 **曳聲來上夕陽枝**예성래상석양지

숲 밖의 매미 한 마리 이별의 설움을 잘 알아, 소리를 끌고 와서 해질녘의 가지에 오르네.

(原文)
煙楊窣地拂金絲　幾被行人贈別離　**林外一蟬諳別恨　曳聲來上夕陽枝**
갑자기 금빛 실을 떨치는 연기 속의 수양버들
가고 보내는 사람들에게 얼마나 꺾이었던가.
숲 밖의 매미 한 마리 이별의 설움을 잘 알아
소리를 끌고 와서 해질녘의 가지에 오르네.

註▶ 1)煙楊(연양): 아지랑이나 안개가 끼어 흐릿하게 보이는 버드나무. 2)窣地(솔지): 갑작스럽게. 地는 助字. 졸지. 3)金絲(금사): 금빛 가지. 노르스름한 가지. 4)諳(암): 익숙히 알다. 잘 알다.
<출전>한국한시 <작자>金克己 <제목>通達驛

1611.

去客沒孤鳥거객몰고조 **浮生同片雲**부생동편운

떠나는 나그네는 의로운 새처럼 빠져들고, 뜬 생명은 마치 조각구름과 같다.

(原文)

落日長程畔　把杯持勸君　危樓天欲櫬　官渡路橫分

去客沒孤鳥　浮生同片雲　江風不解別　吹棹動波文

해질녘 긴 여정 길에

술잔을 잡고 그대에게 권하노니

높은 다락집은 하늘에 닿을 듯하고

벼슬 나루에 길은 가로 나누인다.

떠나는 나그네는 의로운 새처럼 빠져들고

뜬 생명은 마치 조각구름과 같다.

그러나 강바람은 이별을 모르는 듯

노에 불어 물결의 무늬 일으킨다.

註▶ 1)長程(장정): 긴 여정. 2)櫬(츤): 가깝다. 친하다.

〈출전〉한국한시 〈작자〉金馹孫(濯纓) 〈제목〉次季雲

1612.

歲暮江南路세모강남로　**看梅欲寄詩**간매욕기시

세밑이라 강남으로 떠나는 길에, 매화를 보며 시를 부치려 하네.

(原文)

行藏兩難得　閉戶客長麾　別後誰相問　天涯應爾思

浮雲無定態　直道幾多岐　**歲暮江南路　看梅欲寄詩**

나아가고 물러남이 모두 어려워

문을 닫은 이 나를 언제나 불렀었네.

이별한 뒤에 누가 문안할 건가.

하늘 끝에서 아마 그대를 생각하리.

뜬구름은 일정한 모습 없고

곧은 길에는 갈래 길이 얼마던가.
세밑이라 강남으로 떠나는 길에
매화를 보며 시를 부치려 하네.

註▶ 1)行藏(행장): 나아가서 일을 행함과 물러나서 숨음 2)麾(휘): 가리키다, 부르다.
〈출전〉한국문집총간 〈작자〉張維(谿谷) 〈제목〉將赴錦州次白洲韻

1613.

怊悵孤舟南岸別초창고주남안별 **不堪空帶夕陽歸**불감공대석양귀

슬프다, 외로운 배로 남쪽 언덕에서 이별하나니, 부질없이 저녁별 띠고 돌아감이 애 끊이네.

(原文)

落花流絮點人衣 三月江村燕子飛 **怊悵孤舟南岸別 不堪空帶夕陽歸**
지는 꽃과 버들개지는 사람 옷에 점찍고
삼월 강 마을에는 제비 날으네.
슬프다, 외로운 배로 남쪽 언덕에서 이별하나니
부질없이 저녁별 띠고 돌아감이 애 끊이네.

註▶ 1)子時(자시): 李敏求의 字 2)怊悵(초창): 슬퍼하는 모양. 실망하는 모양
〈출전〉한국문집총간 〈작자〉李明漢(白洲) 〈제목〉書堂別席醉書子時扇

1614.

多情求別語다정구별어 **得意向仙區**득의향선구

다정히도 이별 말을 청한 뒤에는, 만족한 그 얼굴로 선경으로 떠나네.

(原文)

爲謝新東伯 來尋病判樞 **多情求別語 得意向仙區**

海濶經層浪　山高歷畏途　城西門獨掩　閒靜不如吾
새로 관동백에 임명된 걸 감사하려고
이 병든 판추를 찾아 왔구나.
다정히도 이별 말을 청한 뒤에는
만족한 그 얼굴로 선경으로 떠나네.
넓은 바다의 거센 물결 건너고
높은 산들의 위험한 길 지났네.
성의 서쪽 문을 혼자 닫나니
한가하고 고요하기 나보다는 못하리.

註▶ 1)關東(관동): 大關嶺 동쪽. 2)伯(백): 長官. 首長. 3)判樞(판추): 宰相. 領相. 4)得意(득의): 뜻대로 되어 만족함.
〈출전〉한국문집총간 〈작자〉鄭太和(陽坡) 〈제목〉別關東伯

1615.
關心又是明朝別관심우시명조별　**長笛殘星總喚愁**장적잔성총환수
내일 아침 이별이 마음에 걸려, 피리소리 남은 별이 모두 시름이다.

(原文)
古寺鍾沈客倚樓　一林寒葉夜鳴秋　**關心又是明朝別　長笛殘星總喚愁**
옛 절의 종소리는 그치고 손은 다락에 기대니
찬 숲의 한 잎이 밤에 가을을 운다.
내일 아침 이별이 마음에 걸려
피리소리 남은 별이 모두 시름이다.

〈출전〉한국문집총간 〈작자〉吳道一(西坡) 〈제목〉重興洞山陽樓贈趙子直

1616.

相視中心在상시중심재 **臨岐恥挽衣**임기치만의

있는 속마음을 서로 다 보았으니, 갈림길에서 옷자락을 당김이 부끄러우리.

(原文)

夕風吹雪急 窮巷見人稀 病馬鳴如訴 寒禽倦不飛

百年吾自苦 三日爾將歸 相視中心在 臨岐恥挽衣

저녁 바람에 거세게 눈이 휘몰아쳐

좁은 거리에 사람 자취 드물다.

병든 말의 울음은 하소연하는 것 같고

차가운 새는 피곤해 날지 않는다.

백년을 내 스스로 괴로워하였는데

사흘 만에 그대는 돌아가려 하는구나.

있는 속마음을 서로 다 보았으니

갈림길에서 옷자락을 당김이 부끄러우리.

註▶ 1)窮巷(궁항): 누추하고 좁은 거리. 2)挽衣(만의): 옷을 잡아당기다.

〈출전〉한국문집총간 〈작자〉金春澤(北軒) 〈제목〉金德受來訪將歸抽古賦

1617.

故人歸峽裏고인귀협리 **微月出雲端**미월출운단

친구는 산중으로 돌아가고, 초승달은 구름 끝에 나오네.

(原文)

雨歇茅齋夕 蕭蕭歲色闌 **故人歸峽裏 微月出雲端**

雁帶西風疾 天連北斗寒 祇憐孤燭在 相守五更殘

서재에 비 그친 저녁
쓸쓸한 세밑이네.
친구는 산중으로 돌아가고
초승달은 구름 끝에 나오네.
기러기는 갈바람에 빠르고
하늘은 북두에 닿아 차네.
가여워하나니, 외로운 촛불 있어
같이 남은 오경을 지키겠구나.

註▶ 1)洪禹弼(홍우필): 조선 후기 委巷詩人.
〈출전〉한국한시 〈작자〉韓興五(六柳齋) 〈제목〉別洪舜擧禹弼適驪州

1618.

冠蓋無情催早發관개무정최조발 **鷄鳴風雨更何年**계명풍우경하년
무정한 수레는 일찍 떠나기를 재촉하니, 어느 해 다시 만나 그리움을 풀어볼까.

(原文)
江流不斷淚漣漣 又是春殘軟浪天 **冠蓋無情催早發 鷄鳴風雨更何年**
강물은 그치지 않고 눈물도 줄줄 흐르는데
봄 끝이라, 부드러운 바람이 불어오네.
무정한 수레는 일찍 떠나기를 재촉하니
어느 해 다시 만나 그리움을 풀어볼까.

註▶ 1)箕城(기성):평양. 2)漣漣(연련): 눈물이 줄줄 흐르는 모양. 3)軟浪(연랑): 부드러운 물결. 여기서는 솔솔 부는 바람을 말함. 4)冠蓋(관개): 수레의 덮개. 5)鷄鳴風雨(계명풍우): 닭 우는 새벽과 비바람 치는 밤. 그리운 사람들이 오랜만에 서로 만나 이야기하는 다정스런 정경을 말하는 것.
〈출전〉한국한시 〈작자〉白岐鎭(兼齋) 〈제목〉箕城別曲

1619.

離懷悄悄掩中門이회초초엄중문　**羅袖無香滴淚痕**나수무향적루흔

님 보내고 하염없이 문을 닫나니, 소매에는 향기 없고 눈물 흔적뿐이네.

(原文)

離懷悄悄掩中門　羅袖無香滴淚痕　獨處深閨人寂寂　一庭微雨鎖黃昏

임 보내고 하염없이 문을 닫나니
소매에는 향기 없고 눈물 흔적뿐이네.
혼자 있는 깊은 방에 찾는 사람 없는데
온 뜰의 보슬비에 해는 저물어 가네.

註▶ 1)悄悄(초초): 근심스러워 기운이 없는 모양. 2)中門(중문): 큰집의 가운데 문. 3)深閨(심규): 여자가 거처하는 깊숙한 방. 內室.

〈출전〉한국한시　〈작자〉桂生　〈제목〉離懷

1620.

衾裡泣如冰下水금리읍여빙하수　**月夜長流人不知**월야장류인부지

이불 속의 우는 눈물, 얼음 밑의 물과 같아, 달밤이면 늘 흘러도 아는 사람이 없네.

(原文)

平生離恨成身病　酒不能療藥不治　**衾裡泣如冰下水　月夜長流人不知**

기약 없는 이별 설움, 끝내 병이 났으니
술로도 못 달래고 약으로도 못 고칠 병.
이불 속의 우는 눈물, 얼음 밑의 물과 같아
달밤이면 늘 흘러도 아는 사람이 없네.

〈출전〉한국한시　〈작자〉李玉峰　〈제목〉離恨

1621.

閑愁不斷雲生葉한수부단운생엽 **離恨難禁酒動波**이한난금주동파

시름은 끝이 없어 나뭇잎에 구름 일고, 이별 설움 주체 못해 술이 물결 움직이네.

(原文)

高樓遮莫唱悲歌　但願沈沈酒裏過　隔樹淸蟬秋意早　連天芳草夕陽多
閑愁不斷雲生葉　離恨難禁酒動波　頓覺吾人還易老　嗟君此去欲如何

높은 다락에서 슬픈 노래 부르지 말라
술에 담뿍 취한 속에 일생을 보내려네.
건너 숲의 매미소리는 가을을 재촉하고
하늘에 닿은 풀빛은 저녁볕에 더욱 짙네.
시름은 끝이 없어 나뭇잎에 구름 일고
이별 설움 주체 못해 술이 물결 움직이네.
문득 깨닫노니, 늙기 쉬운 우리.
슬프다, 이 걸음이 장차 어찌하려는가.

註▶ 1)遮莫(차막): 그것은 그렇다 치고.

〈출전〉한국한시 〈작자〉金芙蓉堂 雲楚 〈제목〉贈別錦鶯

1622.

離筵樽酒盡이연준주진 **花落鳥啼時**화락조제시

이별 자리에 술마저 다했으니, 때마침 꽃은 지고 새는 운다.

(原文)

駐馬仙樓下　殷勤問後期　**離筵樽酒盡　花落鳥啼時**

정자 아래에 말을 붙들어 두고
다음 기약을 은근히 물어 보네.
이별 자리에 술마저 다했으니
때마침 꽃은 지고 새는 운다.

註▶ 1)駐馬(주마): 말이 머무르다. 말을 머무르게 하다. 2)仙樓(선루): 신선이 사는 아름다운 다락. 3)殷勤(은근): 친절하다. 간절하다. 慇懃이라고도 쓴다.
〈출전〉한국한시 〈작자〉一枝紅 〈제목〉離別

1623.
含淚眼看含淚眼함루안간함루안 **斷腸人對斷腸人**단장인대단장인
눈물 어린 눈으로 눈물 어린 눈을 보고, 애를 끊는 사람이 애끊는 사람 마주하네.

(原文)
大同江上送情人 垂柳千絲不繫人 **含淚眼看含淚眼 斷腸人對斷腸人**
대동강 위에서 정든 임을 보내는데
실버들 천 가닥도 임을 못 잡아매네.
눈물 어린 눈으로 눈물 어린 눈을 보고
애를 끊는 사람이 애끊는 사람 마주하네.

〈출전〉한국한시 〈작자〉桂月 〈제목〉大同江上

5. 行 旅

1624.

羈旅無終極기여무종극　**憂思壯難任**우사장난임

타향살이 끝이 없는데, 걱정 때문에 견디기 어렵네.

註▶ 1)羈旅(기려): 타향살이.

〈출전〉文選　〈작자〉王粲　〈제목〉七哀詩三首中 其二

1625.

飢食猛虎窟기식맹호굴　**寒栖野雀林**한서야작림

배고픈 호랑이 굴에서 밥을 먹고, 추운 들새들이 깃드는 숲에서 잔다.

〈출전〉文選　〈작자〉陸機　〈제목〉猛虎行

1626.

遊客芳春林유객방춘림　**春芳傷客心**춘방상객심

놀러간 사람은 봄 숲이 아름답다고 하고, 봄의 아름다움은 사람의 마음을 아프게 하네.

〈출전〉文選　〈작자〉陸機　〈제목〉悲哉行

1627.

夕息抱影寐석식포영매　**朝徂銜思往**조조함사왕

저녁에는 자신의 그림자를 끌어안고 잠을 자고, 아침에는 생각을 가슴에 품고 간다.

〈출전〉文選 〈작자〉陸機 〈제목〉赴洛道中作二首中 其二

1628.

巴東三峽猿鳴悲파동삼협원명비 **夜鳴三聲淚霑衣**야명삼성루점의

파동의 三峽에는 원숭이 슬피 울고,
밤에는 원숭이 삼성으로 우는소리 들려 슬픈 마음에 눈물로 옷 적시네.

註▶ 1)巴東(파동): 지금의 四川省 동쪽지역. 2)三峽(삼협): 長江이 四川省 동부에서 湖北省 서부로 흘러가는 세 개의 협곡.
〈출전〉古詩源 〈작자〉無名氏 〈제목〉女兒子

1629.

傷禽惡弦驚상금악현경 **倦客惡離聲**권객악이성

다친 새는 활시위 소리에 놀라는 것을 싫어하고, 먼 길에 지친 나그네는 이별가 듣기를 싫어한다.

註▶ 1)傷禽(상금): 다친 새. 2)倦客(권객): 먼 길에 지친 나그네. 3)離聲(이성): 이별가.
〈출전〉文選 〈작자〉鮑照 〈제목〉東門行

1630.

食梅常苦酸식매상고산 **衣葛常苦寒**의갈상고한

매실을 먹는 것은 시어서 괴롭고, 칡으로 만든 옷은 추워서 괴롭다.

〈출전〉文選 〈작자〉鮑照 〈제목〉東門行

1631.

春草青復綠춘초청복록 **客心傷此時**객심상차시

봄풀은 파랗고 또 푸른데, 나그네의 마음은 이때에 슬프다.

〈출전〉玉台新詠 〈작자〉沈約 〈제목〉雜詠五首中 其一

1632.

朝辭白帝彩雲間조사백제채운간 **千里江陵一日還**천리강릉일일환

아침에 백제성에 아롱진 구름을 바라보면서, 천 리 길 강릉 땅을 하루 만에 왔다.

(原文)

朝辭白帝彩雲間 千里江陵一日還 兩岸猿聲啼不住 輕舟已過萬重山

아침에 백제성에 아롱진 구름을 바라보면서
천리 길 강릉 땅을 하루 만에 왔다.
언덕 숲 속에서는 원숭이가 울어대는데
배는 첩첩산중을 쏜살같이 지나왔다.

註▶ 1)彩雲(彩雲): 아름다운 구름. 2)江陵(강릉): 지금의 湖北省 荊州의 江陵縣. 3)兩岸(양안): 巫山과 峽山의 두 언덕. 4)啼不住(제불주): 울음을 들을 사이도 없이 빨리 배가 지나가자. 5)萬重山(만중산): 첩첩한 산들.

〈출전〉唐詩選 〈작자〉李白 〈제목〉早發白帝城

1633.

兩岸猿聲啼不住양안원성제부주 **輕舟已過萬重山**경주이과만중산

언덕 숲 속에서는 원숭이가 울어대는데, 배는 첩첩 산중을 쏜살 같이 지나왔다.

(原文)

朝辭白帝彩雲間 千里江陵一日還 **兩岸猿聲啼不住 輕舟已過萬重山**

아침에 백제성에 아롱진 구름을 바라보면서
천리 길 강릉 땅을 하루 만에 왔다.

언덕 숲 속에서는 원숭이가 울어대는데
배는 첩첩산중을 쏜살같이 지나왔다.

註▶ 1)彩雲(채운): 아름다운 구름. 2)江陵(강릉): 지금의 湖北省 荊州의 江陵縣. 3)兩岸(양안): 巫山과 峽山의 두 언덕. 4)啼不住(제불주): 울음을 들을 사이도 없이 빨리 배가 지나가자. 5)萬重山(만중산): 첩첩한 산들.
<출전>唐詩選 <작자>李白 <제목>早發白帝城

1634.

霜落荊門江樹空상락형문강수공 **布帆無恙挂秋風**포범무양괘추풍

荊門山에 서리 내려 강 언덕 나무에 잎사귀 떨어지고,
돛단배는 가을바람 받아 무사히 여행을 계속하네.

(原文)

霜落荊門江樹空 布帆無恙挂秋風 此行不爲鱸魚鱠 自愛名山入剡中
荊門山에 서리 내려 강 언덕 나무에 잎사귀 떨어지고
돛단배는 가을바람 받아 무사히 여행을 계속하네.
이 걸음은 농어회를 먹기 위함이 아니고
명산을 사랑하여 剡縣으로 가려 함이네.

註▶ 1)荊門(형문): 湖北省 宜都縣에 있는 산 이름. 2)布帆(포범): 광목 같은 것으로 만든 돛, 轉하여 배. 3)剡中(섬중): 剡縣, 지금의 浙江省 峽縣으로 아름다운 산수가 많다. ※荊門: 湖北省 宜都縣 서쪽 양자강부근.
<출전>唐詩選 <작자>李白 <제목>秋下荊門

1635.

旅館寒燈獨不眠여관한등독불면 **客心何事轉凄然**객심하사전처연

여관의 찬 등불 아래 혼자서 잠 못 드는데, 나그네 마음 무슨 일로 이처럼 쓸쓸한가.

(原文)

旅館寒燈獨不眠　客心何事轉凄然　故鄕今夜思千里　霜鬢明朝又一年

여관의 찬 등불 아래 혼자서 잠 못 드는데

나그네 마음 무슨 일로 이처럼 쓸쓸한가.

고향에서도 오늘밤 천리밖에 있는 나를 생각 할 텐데

서리 같은 흰머리가 내일이면 또 한 살 더 먹네.

註▶ 1)除夜(제야): 섣달 그믐날 밤. 2)凄然(처연): 쓸쓸한 모양. 3)霜鬢(상빈): 서리처럼 흰 구레나룻.

〈출전〉唐詩選　〈작자〉高適　〈제목〉除夜作

1636.

飄飄何所似표표하소사　**天地一沙鷗**천지일사구

떠도는 이 신세 무엇 같은가, 천지에 한 마리 모래밭 갈매기로다.

(原文)

細艸微風岸　危檣獨夜舟　星隨平野闊　月湧大江流

名豈文章著　官應老病休　**飄飄何所似　天地一沙鷗**

언덕의 고운 풀에 실바람이요

높은 돛 단 배에서 밤에 혼자 있네.

별이 드리워 평야는 넓고

달이 솟아올라 큰 강이 흐른다.

명예롭다, 문장에 달라붙으리.

늙고 병들었으니 벼슬도 쉬어야 하리.

떠도는 이 신세 무엇 같은가

천지에 한 마리 모래밭 갈매기로다.

註▶ 1)危檣(위장): 높은 돛 기둥.
<출전>唐詩選 <작자>杜甫 <제목>旅夜書懷

1637.

露下天高秋氣淸노하천고추기청 **空山獨夜旅魂驚**공산독야여혼경

이슬 내리니 하늘은 높고 가을 기운 맑구나, 빈산에 홀로 밤 지새는데 나그네의 마음 놀라네.

(原文)

露下天高秋氣淸 空山獨夜旅魂驚 疎燈自照孤帆宿 新月猶懸雙杵鳴
南菊再逢人臥病 北書不至雁無情 步簷倚杖看牛斗 銀漢遙應接鳳城
이슬 내리고 하늘은 높고 가을 기운 맑은데
빈 산의 외로운 밤 새삼 놀라는 나그네 마음.
희미한 등불하나 외로운 배 고요하고
초승달은 아직 인데 쌍다듬이 소리 난다.
남방 국화 또 피는데 사람은 병들어 누워있고
북쪽 편지 끊겼나니 기러기도 무정해라.
처마 밑을 거닐다 지팡이에 기대어 牛斗星을 바라보니
멀리 銀河 저쪽에 鳳城이 있겠지.

註▶ 1)步簷(보첨): 처마 밑을 거닐다. 2)牛斗(우두): 견우성과 북두성. 3)鳳城(봉성): 宮城, 대궐.
<출전>杜工部集 <작자>杜甫 <제목>夜

1638.

歲云暮矣多北風세운모의다북풍 **瀟湘洞庭白雪中**소상동정백설중

해 저무니 북풍이 불어오고, 소수와 상수와 동정호에 흰 눈이 내리네.

註▶ 1)瀟湘(소상): 瀟水와 湘水로 湖南城 남쪽에 있다.
<출전>杜工部集 <작자>杜甫 <제목>歲晏行

1639.

月落烏啼霜滿天월락오제상만천 **江楓漁火對愁眠**강풍어화대수면

달 지고 까마귀 울고 서리는 하늘에 가득하고,
강가의 단풍나무와 고기잡이 불을 시름에 졸면서 바라본다.

(原文)

月落烏啼霜滿天 江楓漁火對愁眠 姑蘇城外寒山寺 夜半鐘聲到客船
달 지고 까마귀 울고 서리는 하늘에 가득하고
강가의 단풍나무와 고기잡이 불을 시름에 졸면서 바라본다.
고소성 밖 아득한 寒山寺의
한 밤에 종소리 나그네 뱃전에 들려온다.

註▶ 1)楓橋(풍교): 江西省 蘇州의 서남쪽 郊外에 있는 다리. 2)姑蘇城(고소성): 蘇州의 城. 3)寒山寺(한산사): 蘇州의 楓橋에 있는 절.
<출전>唐詩選 <작자>張繼 <제목>楓橋夜泊

1640.

姑蘇城外寒山寺고소성외한산사 **夜半鐘聲到客船**야반종성도객선

고소성 밖 아득한 寒山寺의, 한 밤에 종소리 나그네 뱃전에 들려온다.

(原文)

月落烏啼霜滿天 江楓漁火對愁眠 **姑蘇城外寒山寺 夜半鐘聲到客船**
달 지고 까마귀 울고 서리는 하늘에 가득하고
강가의 단풍나무와 고기잡이 불을 시름에 졸면서 바라본다.
고소성 밖 아득한 寒山寺의

한 밤에 종소리 나그네 뱃전에 들려온다.

註▶ 1)楓橋(풍교): 江西省 蘇州의 서남쪽 郊外에 있는 다리. 2)姑蘇城(고소성): 蘇州의 城. 3)寒山寺(한산사): 蘇州의 楓橋에 있는 절.
<출전>唐詩選 <작자>張繼 <제목>楓橋夜泊

1641.

朝來入庭樹조래입정수 **孤客最先聞**고객최선문

이 아침에 뜰의 나무에서 나는 소리, 외로운 나그네가 가장 먼저 듣는다.

(原文)

何處秋風至 蕭蕭送雁群 **朝來入庭樹 孤客最先聞**

어디서 오는 가을바람이
쓸쓸히 기러기 떼 보내는가.
이 아침에 뜰의 나무에서 나는 소리
외로운 나그네가 가장 먼저 듣는다.

註▶ 1)蕭蕭(소소): 쓸쓸한 모습.
<출전>唐詩選 <작자>劉禹錫 <제목>秋風引

1642.

漁舟火影寒燒浪어주화영한소랑 **驛路鈴聲夜過山**역로령성야과산

고깃배 불빛은 차가운 물결 위에서 타고, 驛路의 방울소리 나는데 밤에 산을 지나네.

(原文)

南來北去二三年 年去年來兩鬢斑 擧世盡從愁裏老 誰人肯向死前閑
漁舟火影寒燒浪 驛路鈴聲夜過山 身事未成歸未得 聽猿鞭馬入長關

남쪽에서 북쪽으로 간지 이삼년
해는 가고 또 한해가 오니 머리가 희어지네.
온 세상 돌아다니다 근심 속에서 늙어가니
어떤 사람이 즐거이 죽음 앞에서 한가하겠는가.
고깃배 불빛은 차가운 물결 위에서 타고
驛路의 방울소리 나는데 밤에 산을 지나네.
자신의 일을 아직 이루지 못해 돌아갈 수 없어
원숭이 울음소리 들으며 말을 채찍질하며 長關에 들어가네.

〈출전〉唐風集 〈작자〉杜荀鶴 〈제목〉秋夜宿臨江驛

1643.
與鷗分渚泊여구분저박 **邀月共船眠**요월공선면
갈매기와 함께 물가에 배를 대고, 달을 맞이하여 배와 함께 잠자네.

(原文)
日暮片帆落 渡頭生暝烟 **與鷗分渚泊 邀月共船眠**
燈影漁舟外 湍聲客枕邊 離懷正無奈 況復聽啼鵑
해 저무니 돛 내리고
나루터에는 해진 뒤 연기가 피어오르네.
갈매기와 함께 물가에 배를 대고
달을 맞이하여 배와 함께 잠자네.
고기 잡는 불빛 멀리서 보며 잠들고
아침 일찍 여울소리가 나그네의 베개 가에 들리네.
이별의 회포 어찌할 수 없는데
다시 두견새 우는소리 들리네.

註▶ 1)渡頭(도두): 나루터. 2)湍聲(단성): 물이 급하게 흐르며 내는 소리.
〈출전〉眞山民集 〈작자〉眞山民 〈제목〉泊白沙渡

1644.

燈影漁舟外등영어주외 **湍聲客枕邊**단성객침변

고기 잡는 불빛 멀리서 보며 잠들고, 아침 일찍 여울소리가 나그네의 베개 가에 들리네.

(原文)

日暮片帆落 渡頭生暝烟 與鷗分渚泊 邀月共船眠
燈影漁舟外 湍聲客枕邊 離懷正無奈 況復聽啼鵑
해 저무니 돛 내리고
나루터에는 해진 뒤 연기가 피어오르네.
갈매기와 함께 물가에 배를 대고
달을 맞이하여 배와 함께 잠자네.
고기 잡는 불빛 멀리서 보며 잠들고
아침 일찍 여울소리가 나그네의 베개 가에 들리네.
이별의 회포 어찌할 수 없는데
다시 두견새 우는소리 들리네.

註▶ 1)渡頭(도두): 나루터. 2)湍聲(단성): 물이 급하게 흐르며 내는 소리.
〈출전〉眞山民集 〈작자〉眞山民 〈제목〉泊白沙渡

1645.

江東行未盡강동행미진 **秋盡水村邊**추진수촌변

강동으로 갈 길은 아직도 멀었는데, 이 강 마을에서 이 가을도 다 간다.

(原文)

鳥語霜林曉　風驚客榻眠　簷殘半規月　人在一涯天
落葉埋歸路　寒枝罥宿烟　**江東行未盡　秋盡水村邊**

새벽에 서리 내린 숲에 새들이 지저귀고
평상에서 자던 손님이 바람에 놀라 깬다.
추녀에는 반달이 아직 남았고
사람은 하늘 끝의 한쪽에 있다.
떨어진 잎은 돌아갈 길을 덮어버리고
찬 가지에는 오랜 안개 걸리었다.
강동으로 갈 길은 아직도 멀었는데
이 강 마을에서 이 가을도 다 간다.

註▶ 1)半規(반규): 半圓. 圓의 절반. 半輪. 2)罥(견): 달아맴. 걸침.
<출전>한국한시　<작자>高兆基　<제목>宿金壤縣

1646.

山霞朝作飯산하조작반　**蘿月夜爲燈**나월야위등

산의 놀은 아침의 밥이 되고, 여라의 달은 밤의 등불이 된다.

(原文)

山霞朝作飯　蘿月夜爲燈　獨宿孤庵下　惟存塔一層

산의 놀은 아침의 밥이 되고
여라의 달은 밤의 등불이 된다.
외로운 암자 밑에 혼자 자나니
저 탑은 한 층만이 남았구나.

註▶ 1)蘿月(나월): 여라의 덩굴에 걸려 보이는 달.
<출전>한국한시 <작자>讓寧大君 李褆 <제목>題僧軸

1647.

青山斷處歸程遠청산단처귀정원 **橫擔烏藤一箇枝**횡담오등일개지

청산 끊어진 곳에 갈길 아득하나니, 주장자 하나를 어깨에 가로 매네.

(原文)

兒捕蜻蜓翁補籬 小溪春水浴鸕鶿 青山斷處歸程遠 橫擔烏藤一箇枝

아이는 잠자리 잡고 늙은이는 울타리를 고치고

작은 시내 봄물에 물새들이 미역 감네.

청산 끊어진 곳에 갈길 아득하나니

주장자 하나를 어깨에 가로 매네.

註▶ 1)蜻蜓(청정): 잠자리. 2)蜻蜓(청정): 바다가마우지. 물고기를 잡아먹음. 3)烏藤(오등): 주장자.

〈출전〉한국문집총간 〈작자〉金時習(梅月堂) 〈제목〉山行卽事

1648.

孤枕客懷千里遠고침객회천리원 **一窓風雨曉來聲**일창풍우효래성

외로운 베개, 나그네의 그리움은 천리가 먼데, 온 창의 비바람에 새벽이 오는 소리.

(原文)

滿庭山月自分明 白髮青燈坐五更 **孤枕客懷千里遠 一窓風雨曉來聲**

뜰에 가득 산달은 스스로 밝고

등불 앞의 흰머리는 오경에 앉아 있네.

외로운 베개, 나그네의 그리움은 천리가 먼데

온 창의 비바람에 새벽이 오는 소리.

註▶ 1)五更(오경): 날샐 녘.

〈출전〉한국한시 〈작자〉金梶(柳塘) 〈제목〉金化縣齋和柳巡按韻

1649.

愁上木蘭尋古迹수상목란심고적 **青山無語鳥空啼**청산무어조공제

시름하며 배에 올라 옛 자취를 찾는데, 청산은 말이 없고 새만 부질없이 우네.

(原文)

江南江北草萋萋 滿目春光客意迷 **愁上木蘭尋古迹 青山無語鳥空啼**

금강 남쪽 북쪽에 풀이 한창 우거져

눈에 가득 봄빛에 나그네 마음 어지럽네.

시름하며 배에 올라 옛 자취를 찾는데

청산은 말이 없고 새만 부질없이 우네.

註▶ 1)萋萋(처처): 잎이 무성한 모양. 또는 아름다운 모양 2)木蘭(목란): 목란으로 만든 상앗대, 곧 배, 선박을 의미함

〈출전〉한국한시 〈작자〉金尙容(仙源) 〈제목〉錦江

1650.

萬里倦遊歸未得만리권유귀미득 **西風吹夢海東濱**서풍취몽해동빈

만 리 밖의 나그네 돌아가지 못하나니, 갈바람에 꿈 달리는 해동의 물가이네.

(原文)

多年苦厭路岐塵 又向喬州試問津 愁怯暮秋如大敵 醉憐明月若佳人

登樓漸覺江山遠 覽物頻驚節候新 **萬里倦遊歸未得 西風吹夢海東濱**

여러 해 동안 길 먼지에 괴로워했는데

또 교주를 향해 나루를 묻는구나.

늦가을 겁내기는 큰 적인 듯 생각하고

취하면 미인처럼 밝은 달을 애틋해 하네.

다락에 높이 오를수록 강산이 멀어짐을 깨닫고

사물을 보며 자주 새로운 절후에 놀라네.

만 리 밖의 나그네 돌아가지 못하나니
갈바람에 꿈 달리는 해동의 물가이네.

<출전>한국문집총간 <작자>任叔英(疎庵) <제목>嶺東歸思

1651.

立馬星初落입마성초락 **撑船潮欲生**탱선조욕생

말을 세우자 별이 막 떨어지고, 배를 저으매 조수가 생기련다.

(原文)

夜宿坡平驛　侵晨復遠征　雲霏山路暗　燈火水村明
立馬星初落　撑船潮欲生　漁樵有夙計　衰白又玆行

밤에는 파평 역에서 자고
이른 새벽에 또 멀리 떠난다.
구름이 날아 산길 어둡고
등불을 켜 강 마을이 밝아라.
말을 세우자 별이 막 떨어지고
배를 저으매 조수가 생기련다.
일찍이 어초의 계획 있었거니
늙고 병들어 또 이 걸음이다.

註▶ 1)侵晨(침신): 이른 새벽. 2)遠征(원정): 멀리 가다. 遠行. 3)撑船(탱선): 배를 저어가다. 4)魚樵(어초): 고기 잡고 나무를 하다. 곧 은거하는 것을 말한다. 5)衰白(쇠백): 몸이 쇠약해지고 머리가 희어지다.

<출전>한국한시 <작자>林俊元(西軒) <제목>臨津曉行

1652.

立馬靑山出입마청산출 **呼舟白鳥飛**호주백조비

말을 세우면 청산이 다가서고, 배를 부르면 해오라기 날아가네.

(原文)
宿雲濕未霽　行客猶簑衣　**立馬青山出　呼舟白鳥飛**
斷橋樵路細　疎樹水村依　羡爾荷鋤者　世間無是非
오랜 구름이 습기 어려 개이지 않아
나그네는 아직 도롱이를 입었네.
말을 세우면 청산이 다가서고
배를 부르면 해오라기 날아가네.
끊어진 다리에는 나무길이 가늘고
성긴 나무는 물가마을 의지했네.
부럽구나, 너 호미 질 하는 사람
이 세상에 시비가 없으리.

註▶ 1)宿雲(숙운): 오랜 구름.
〈출전〉한국한시　〈작자〉任璜　〈제목〉曉發金浦

1653.
飄泊多年恨未歸표박다년한미귀　**誰家此夜擣征衣**수가차야도정의
여러 해로 떠돌면서 못 돌아가 서러운데, 이 밤에 누구 집에서 다듬이소리 들리네.

(原文)
飄泊多年恨未歸　誰家此夜擣征衣　忽聞雲外落梅曲　遠客彷徨雁北飛
여러 해로 떠돌면서 못 돌아가 서러운데
이 밤에 누구 집에서 다듬이소리 들리네.
문득 저 구름 밖의 낙매화 가락 듣고
나그네 마음 설레는데 기러기는 북으로 가네.

註▶ 1)飄泊(표박): 정처 없이 떠돌아다니다. 2)征衣(정의): 여행할 때에 가지고 가는 옷. 또는 陣中에서 입는 옷. 3)落梅曲(낙매곡): 落梅花. 즉 笛樂曲의 이름.
〈출전〉한국한시 〈작자〉洪 幽閑堂 〈제목〉笛聲

6. 戰爭, 出征

1654.
家空歸海燕가공귀해연 **人老發江梅**인로발강매
전쟁으로 집은 비어 제비가 집을 지어 돌아가고, 사람은 늙었으나 강가엔 매화 피었네.

〈출전〉三體詩 〈작자〉劉長卿 〈제목〉酬秦系

1655.
醉臥沙場君莫笑취와사장군막소 **古來征戰幾人回**고래정전기인회
술에 취해 싸움터 사막에 누워 있는 것을 비웃지 말아라.
옛날부터 전쟁터에서 얼마나 돌아왔는가?

(原文)
葡萄美酒夜光杯 欲飮琵琶馬上催 **醉臥沙場君莫笑 古來征戰幾人回**
맛있는 포도주에 술잔은 야광배
마시려 하는데 말 위의 비파소리가 더 재촉하네.
취하여 백사장에 누워 있나니 그대들 웃지 말라
옛날부터 전장에 나가 몇 사람이나 돌아왔던가?

註▶ 1)涼州詞(양주사): 악부의 曲名. 涼州는 前梁과 後梁의 수도. 2)葡萄美酒(포도미주): 본래 서역에서 나던 술로 漢武帝 때 중국에 전해졌는데 상류층들이 마셨다. 3)夜光杯(야광배): 밤에도 빛이 나는 夜光珠로 만든 술잔. 4)征戰(정전): 전쟁에 나가다.
〈출전〉唐詩選 〈작자〉王翰 〈제목〉涼州詞

1656.

家家蓬蒿遍가가봉호편 **歸人掩淚看**귀인엄루간

집집마다 잡초가 우거져 있어서, 돌아가 보면 눈물이 앞을 가린다.

(原文)

逢君穆陵路 匹馬向桑乾 楚國蒼山古 幽州白日寒
城池百戰後 耆舊幾家殘 **家家蓬蒿遍 歸人掩淚看**
목릉관 길에서 그대를 만나니
그대는 혼자 桑乾으로 간다고 하네.
이곳 楚나라는 푸른 산이 우거졌지만
그곳 幽州는 한낮에도 춥네.
오랜 전쟁을 겪은 성지이니
옛날 父老의 집은 얼마나 남았을까?
집집마다 잡초가 우거져 있어서
돌아가 보면 눈물이 앞을 가린다.

註▶ 1)穆陵關(목릉관): 楚나라의 북쪽 국경. 2)漁陽(어양): 河北省의 漁陽郡. 3)桑乾(상건): 북경근처의 蘆溝河. 4)幽州(유주): 지금의 북경지방. 5)城池(성지): 城을 빙 둘러 판 연못. 6)耆舊(기구): 노인. 즉 父老를 말한다. 7)蓬蒿(봉호): 쑥.
〈출전〉三體詩 〈작자〉劉長卿 〈제목〉穆陵關北逢人歸漁陽

1657.

黃沙百戰穿金甲황사백전천금갑 **不破樓蘭終不還**불파누란종불환

수없는 사막 싸움에 황금 갑옷이 다 헤어졌지만,
樓蘭의 적을 깨뜨리지 않으면 끝내 돌아가지 않으리라.

(原文)
青海長雲暗雪山　孤城遙望玉門關　**黃沙百戰穿金甲　不破樓蘭終不還**
푸른 바다 먼 구름에 설산이 어두운데
외로운 성에 올라 멀리 옥문관을 바라본다.
수없는 사막 싸움에 황금 갑옷이 다 헤어졌지만
樓蘭의 적을 깨뜨리지 않으면 끝내 돌아가지 않으리라.

註▶ 1)雪山(설산): 四川省 남쪽에 있는 산. 2)玉門關(옥문관): 甘肅省 燉煌 부근에 있던 서역으로 통하는 관문. 3)黃沙(황사): 서북 변방의 사막. 4)樓蘭(누란): 新疆省으로 당시 이민족이 살던 지역이다.
〈출전〉唐詩選　〈작자〉王昌齡　〈제목〉從軍行二

1658.
迺裹餱糧내과후량　**于橐于囊**우탁우낭　**思輯用光**사집용광
마른 음식과 곡식을 전대와 자루에 비축하여 평화롭고 빛나게 하시다.

註▶ 1)迺(내): 이에, 조사. 2)裹(과): 보따리에 물건을 싸는 것. 3)餱(후): 말린 밥. 4)糧(양): 길을 떠날 때 가져가는 양식. 5)思(사): 조사. 6)輯(집): 화하다. 7)用(용): 以의 뜻.
〈출전〉詩經　大雅　公劉

1659.
秦時明月漢時關진시명월한시관　**萬里長征人未還**만리장정인미환
秦나라 때 밝은 달은 漢나라의 관문을 비추는데, 멀리 征伐 떠난 사람은 돌아오지 않네.

(原文)

秦時明月漢時關　萬里長征人未還　但使龍城飛將在　不敎胡馬渡陰山

秦나라 때 밝은 달은 漢나라의 관문을 비추는데
멀리 征伐 떠난 사람은 돌아오지 않네.
다만 저 龍城에 飛將이 있었다면
오랑캐의 저 말들이 陰山을 넘지 못했을 것을.

註▶ 1)龍城(용성): 寒나라 때 흉노족들이 근거지로 삼았던 성루. 2)飛將(비장): 한나라 때의 장군으로 흉노족들이 그를 두려워하여 飛將이라고 불렀다. 3)陰山(음산): 山西省 북방에서 몽고로 뻗친 산맥.

〈출전〉唐詩選　〈작자〉王昌齡　〈제목〉從軍行 三首中 其三

1660.

何日平胡虜하일평호로　**良人罷遠征**양인파원정

어느 날에 오랑캐를 평정하고, 우리 님이 먼 곳에서 돌아올까?

(原文)

長安一片月　萬戶擣衣聲　秋風吹不盡　總是玉關情　**何日平胡虜　良人罷遠征**

장안의 조각달 아래
집집마다 다듬이소리 일고
가을바람은 끊임없이 부나니
이 모두가 옥문관으로 치닫는 마음뿐이네.
언제나 저 오랑캐 다 쳐부수고
먼 싸움터에서 그이는 돌아올런고.

註▶ 1)玉關(옥관): 玉門關. 甘肅省에서 新疆省으로 나가는 데에 있음. 2)良人(양인): 남편.

〈출전〉唐詩選　〈작자〉李白　〈제목〉子夜吳歌

1661.

露冷黃花노냉황화 **烟迷衰草**연미쇠초 **悉屬舊時爭戰之場**실속구시쟁전지장

이슬은 노란 국화에 차갑고, 안개는 시든 풀잎에 감돌고 있으니,
이곳은 다 그 옛날 전쟁터이다.

註▶ 1)黃花(황화): 노란 국화. 2)衰草(쇠초): 시든 풀.
〈출전〉菜根譚　後集 六十九

1662.

卽今河畔冰開日즉금하반빙개일　**正是長安花落時**정시장안화락시

이제야 황하에는 얼음이 풀리는데, 지금쯤 장안에는 한창 꽃이 질 것을.

(原文)
五原春色舊來遲　二月垂楊未掛絲　**卽今河畔冰開日**　**正是長安花落時**
五原의 봄은 옛날부터 더디어
이월인데 버들은 아직 실을 안 걸었다.
이제야 황하에는 얼음이 풀리는데
지금쯤 장안에는 한창 꽃이 질 것을.

註▶ 1)邊詞(변사): 국경지방의 노래. 2)五原(오원): 지금의 山西省 大同縣.
〈출전〉唐詩選　〈작자〉張敬忠　〈제목〉邊詞

1663.

胡笳在何處호가재하처　**半夜起邊愁**반야기변수

胡人이 부는 풀피리 소리는 어디서 나는가? 한밤에 변경에 있는 시름을 일어나게 하네.

〈출전〉唐詩選　〈작자〉儲光羲　〈제목〉關山月

1664.

百戰山河衰草外백전산하쇠초외 **孤城鼓角夕陽中**고성고각석양중

백번 싸운 강산은 시들은 풀 밖이요, 외로운 성의 북과 피리는 저녁볕 속에 있다.

(原文)

萬里行裝歲又窮　危樓獨立倚西風　衝冠短髮心猶壯　透匣長虹劒自雄
百戰山河衰草外　孤城鼓角夕陽中　邇來薊北狼烟盛　誰擬燕然勒石功

만 리 나그네에 또 한 해가 저무는데
높은 누에 혼자 서서 갈바람에 기대었다.
관을 찌르는 짧은 머리털, 마음은 아직 장하고
갑을 뚫는 긴 무지개, 칼이 절로 굳세다.
백 번 싸운 강산은 시들은 풀 밖이요
외로운 성의 북과 피리는 저녁볕 속에 있다.
요즈음 계북에는 이리 연기 일어나니
누가 돌에 새긴 연연의 공에 비하리.

註▶ 1)鼓角(고각): 軍中에서 쓰는 북과 뿔피리. 2)薊(계): 북경 德勝門의 서북의 땅. 춘추전국시대의 燕나라의 古地. 지금은 土城關이라고도 함. 3)勒石(늑석): 큰 공이 있어 돌에 새김. 비석

〈출전〉한국한시 〈작자〉崔大立(蒼厓) 〈제목〉登義州砲樓

1665.

糟糠養武士조강양무사 **皮幣事天驕**피폐사천교

지게미와 겨로 무사들을 기르고, 가죽과 비단으로 좋은 말을 섬긴다.

(原文)

北風吹正急　歲暮客愁饒　塞曲三更動　燕雲萬里飄

糟糠養武士　皮幣事天驕　征戍何時罷　長安日下遙
불어오는 북풍이 진정 거세어
세밑에 나그네의 시름이 깊다.
국경의 피리소리 밤중에 진동하고
연 나라의 노래는 만 리에 나부낀다.
지게미와 겨로 무사들을 기르고
가죽과 비단으로 좋은 말을 섬긴다.
수자리 일이 언제나 끝날 것인가
저 장안은 하늘 아래 멀구나.

註▶ 1)糟糠(조강): 술지게미와 겨. 즉 거친 식사. 또는 가난한 살림. 2)皮幣(피폐): 가죽과 비단. 즉 재물 · 폐백. 3)天驕(천교): 좋은 말. 4)征戍(정수): 변경을 지키다. 또는 그 군사. 수자리. 5)長安(장안): 중국의 한때의 서울. 여기서는 우리 서울. 6)日下(일하): 해가 비추는 아래.
〈출전〉한국한시　〈작자〉韓滾　〈제목〉敬次評事朴泰尙韻

1666.
腰下沖霄劍요하충소검　**胸中勒石文**흉중륵석문
허리에 찬 검은 하늘을 찌를 만하고, 마음속의 문장은 돌에 새길 만하네.

(原文)
少負淸纓志　老無橫草勳　羽書徵戍卒　馹騎赴河濆
腰下沖霄劍　胸中勒石文　寥寥千載後　誰識趙參軍
젊어서는 청운의 뜻을 저버렸고
늙어서는 조그마한 공훈도 없네.
급한 공문에 수졸로 징발되어
역말을 타고 강가에 다다르네.
허리에 찬 검은 하늘을 찌를 만하고

마음속의 문장은 돌에 새길 만하네.
아득한 천 년 뒤에
누가 조참군을 알아주리오.

註▶ 1)纓(영): 갓끈. 높은 벼슬. 2)横草(횡초): 전쟁에 나가 산야를 馳驅하다. 3)羽書(우서): 아주 급한 뜻을 표시하기 위하여 새의 깃을 꽂은 檄文. 4)戍卒(수졸): 국경을 지키는 군사. 5)馹(일): 역말. 6)霄(소): 하늘.
〈출전〉한국한시 〈작자〉趙秀三(秋齋) 〈제목〉入左寨

1667.
源城戰血山河赤원성전혈산하적 **阿堡妖氣日月黃**아보요기일월황
경원성 싸움 피에 강산이 다 붉었고, 아산보의 요기에 일월이 흐리었네.

(原文)
干戈縱異書生事 憂國還應鬢髮蒼 制敵此時思去病 運籌今日懷張良
源城戰血山河赤 阿堡妖氣日月黃 京洛徽音尙不達 江湖春色亦凄凉
전쟁은 비록 선비 일과 다르지만
나라 근심에 귀밑머리 다 세었네.
적을 무찌를 때는 곽거병을 생각하고
전략을 세울 때는 장량이 그리워라.
경원성 싸움 피에 강산이 다 붉었고
아산보의 요기에 일월이 흐리었네.
서울서는 좋은 소식 아직도 오지 않아
이 강산에 봄빛이 쓸쓸하기만 하네.

註▶ 1)干戈(간과): 방패와 창. 즉 전쟁. 2)去病(거병): 霍去病. 前漢의 장군. 匈奴를 여섯 차례 정벌하여 용맹을 크게 날렸다. 3)運籌(운주): 여러 모로 방책을 짜내다. 4)張良(장량): 前漢의 功臣. 자는 子房. 秦나라와 楚나라를 모두 평정하였다. 5)

阿堡(아보): 阿山堡. 즉 함경북도 阿吾地. 6)徽音(휘음): 좋은 평판. 좋은 소식.
〈출전〉한국한시 〈작자〉李玉峰 〈제목〉癸未北亂

7. 애 도

1668.

朝發高堂上조발고당상 **暮宿黃泉下**모숙황천하

아침에는 높은 집에 오르더니, 저녁에는 지하에서 잠자네.

〈출전〉文選 〈작자〉繆襲 〈제목〉挽歌詩

1669.

孤魂翔故城고혼상고성 **靈柩寄京師**영구기경사

외로운 혼백은 살던 성 위를 날고, 靈柩는 도읍에서 떨어지지 않네.

註▶ 1)京師(경사): 도읍.
〈출전〉文選 〈작자〉曹植 〈제목〉贈白馬王彪 其五

1670.

望廬思其人망려사기인 **入室想所歷**입실상소력

집을 바라보니 그 사람이 생각나고, 방에 들어가니 지난 일이 생각나네.

註▶ 1)思其人(사기인): 죽은 사람이 생각나다. 2)所歷: 지난 일.
〈출전〉文選 〈작자〉潘岳 〈제목〉悼亡詩三首中 其一

1671.

牀空委清塵상공위청진 **室虛來悲風**실허래비풍

침상 비어있어 먼지 쌓이고, 방 비어있어 슬픈 바람이네.

〈출전〉文選 〈작자〉潘岳 〈제목〉悼亡詩三首中 其二

1672.

寢興目存形침흥목존형 **遺音猶在耳**유음유재이

잠을 자도 생전의 모습 떠오르고, 생전의 목소리 귓가에 남아있네.

〈출전〉文選 〈작자〉潘岳 〈제목〉悼亡詩三首中 其二

1673.

明月不歸沈碧海명월불귀침벽해 **白雲愁色滿蒼梧**백운수색만창오

밝은 달 떠있는데 그대는 돌아오지 않고 푸른 바다 속에 잠기고,

흰 구름 근심을 띠고 푸른 오동나무 위에 가득하네.

(原文)

日本晁卿辭帝都 征帆一片遶蓬壺 **明月不歸沈碧海 白雲愁色滿蒼梧**

일본을 치러 가는 조경은 도읍을 하직하고

정벌하러 가는 배 한 조각 봉호를 만나네.

밝은 달 떠있는데 그대는 돌아오지 않고 푸른 바다 속에 잠기고

흰 구름 근심을 띠고 푸른 오동나무 위에 가득하네.

註▶ 1)蓬壺(봉호): 신선이 살고 있다는 바다 가운데의 산.

〈출전〉李太白集 〈작자〉李白 〈제목〉哭晁卿衡

1674.

明眸皓齒今何在명모호치금하재　**血汚遊魂歸不得**혈오유혼귀불득

아름답던 양귀비는 지금 어디에 있는가? 피로 더렵혀져 혼마저 천당에 돌아가지 못하고 있다.

註▶ 1)明眸(명모): 맑은 눈동자. 2)皓齒(호치): 하얀 치아. 3)血汚(혈오): 피 묻은 몸. 4)遊魂(遊魂): 헤매는 혼.

〈출전〉唐詩選　〈작자〉杜甫　〈제목〉哀江頭

1675.

慈烏失其母자오실기모　**啞啞吐哀音**아아토애음

까마귀가 그 어미를 잃고, 까악 까악 우는소리 내네.

註▶ 1)慈烏(자오): 까마귀의 다른 이름. 2)啞啞(아아): 까마귀의 울음소리를 표현한 것.

〈출전〉古文眞寶前集　〈작자〉白居易　〈제목〉慈烏夜啼

1676.

六軍不發無奈何육군불발무나하　**宛轉蛾眉馬前死**완전아미마전사

六軍이 출발을 하지 않으니 어찌할 도리가 없어, 예쁜 양귀비를 馬嵬驛에서 죽였다.

註▶ 1)六軍(육군): 天子가 이끄는 全軍. 2)無奈何(무내하): 어찌할 수가 없다. 3)宛轉(완전): 곱게 구부러지다. 4)娥眉(아미): 눈썹이 길고 아름답게 생긴 양귀비의 눈.

〈출전〉唐詩三百首　〈작자〉白居易　〈제목〉長恨歌

1677.

終當與同穴종당여동혈　**未死淚漣漣**미사루연연

끝내는 같은 무덤에 묻힐 텐데, 나는 아직 죽지 않아 눈물 흘리네.

(原文)
結髮爲夫婦　于今十七年　相看猶不足　何況是長捐
我鬢已多白　此身寧久全　**終當與同穴　未死淚漣漣**
머리 묶어 부부가 된지
지금 십칠 년
서로 바라보며 산 것이 부족한데
어찌 떠나가는가?
내 머리카락도 이미 백발이 많으니
이 몸이 어찌 오래도록 온전하겠는가?
끝내는 같은 무덤에 묻힐 텐데
나는 아직 죽지 않아 눈물 흘리네.

註▶ 1)漣漣(연연): 눈물이 줄줄 흐르는 모양.
〈출전〉梅苑陵集　〈작자〉梅堯臣　〈제목〉悼亡三首中 其一

1678.
本期百歲恩본기백세은　**豈料一夕去**기료일석거
본래 백 살까지 살기로 해놓고, 어찌 하루저녁에 가버리는가!

〈출전〉梅苑陵集　〈작자〉梅堯臣　〈제목〉懷悲

1679.
有聲當徹天유성당철천　**有淚當徹泉**유루당철천
울음소리 하늘 위까지 통하고, 눈물이 흘러 황천에까지 이르네.

〈출전〉後山詩集　〈작자〉陳師道　〈제목〉妾薄命

四. 가정과 사회

Ⅰ. 가족의 도리

Ⅱ. 제사, 혼례, 喪葬

Ⅲ. 가정의 도덕

Ⅳ. 사회적 도리

四. 가정과 사회

Ⅰ. 가족의 도리

1. 부모와 자식

1680.

父子有親부자유친

아버지와 자식은 친함이 있어야 한다.

〈출전〉孟子　滕文公上

1681.

父者子之天也부자자지천야

아버지는 자식의 하늘이다.

註▶ 1)父者(부자): 아버지라고 하는 사람. 2)天(천): 하늘과 같이 높은 존재이다.
〈출전〉儀禮　喪服子夏傳

1682.

父母唯其疾之憂부모유기질지우

부모는 오로지 자식의 질병을 걱정하신다.

註▶ 1)其疾(기질): 그 자식의 질병.

〈출전〉論語　爲政

1683.

父母有疾부모유질　**琴瑟不御**금슬불어

부모님이 병이 들었을 때는 악기를 연주하지 않아야 한다.

註▶ 1)琴瑟(금슬): 거문고와 비파로 여기서는 악기의 총칭이다. 2)御: 연주하다.

〈출전〉禮記　曲禮上

1684.

鳴鶴在陰명학재음　**其子和之**기자화지

鶴이 산기슭에서 울고, 그 새끼가 和答한다.

〈출전〉易經　中孚

1685.

哀哀父母生我劬勞애애부모생아구로

슬프구나! 부모님이시여, 나를 낳으시느라 고생하셨네.

註▶ 1)哀哀(애애): 슬프고 슬프도다. 2)劬勞(구로): 힘쓰고 수고하다.

〈출전〉詩經　小雅 蓼莪

1686.

老牛舐犢之愛노우지독지애

늙은 소가 새끼 송아지를 핥아서 사랑한다.

註▶ 1)舐犢之愛(지독지애): 늙은 소가 새끼 송아지를 핥아서 사랑한다는 뜻으로 제 자식을 사랑하는 것을 찬사하여 하는 말.

〈출전〉後漢書 楊彪傳

1687.

親老친로 **出不易方**출불역방 **復不過時**복불과시

어버이가 늙었을 때는 외출 한 후에 목적지를 바꾸지 않아야 하고, 돌아오는 시간을 지나서는 안 된다.

註▶ 1)不易方(불역방): 방향 즉 목적지를 바꾸지 않다. 2)不過時(불과시): 시간을 넘기지 않고 지키다.

〈출전〉禮記 玉藻

1688.

倚門而望의문이망

문에 기대어 바라본다.

註▶ 1)倚門而望(의문이망): 어머니가 문 앞에서 자식이 돌아오기를 기다린다.

〈출전〉戰國策 齊策

1689.

爲不順於父母위불순어부모 **如窮人無所歸**여궁인무소귀

부모에게 사랑을 받지 못하면 곤궁한 사람이 갈 곳이 없어 하는 것과 같다.

〈출전〉孟子 萬章上

1690.

才不才재부재　**亦各言其子也**역각언기자야

잘났건 못났건 누구나 자식에 대한 정은 마찬가지다.

註▶ 1)才不才(재부재): 자기의 자식이 잘났건 못났건. 才는 재능이 있다, 혹은 총명하다 의 뜻.

〈출전〉論語　先進

1691.

父母之年부모지년　**不可不知也**불가부지야

부모의 나이는 항상 알고 있어야 한다.

註▶ 1)年(연): 나이. 2):不可不知也(불가부지야): 알고 있지 않으면 안 된다.

〈출전〉論語　里仁

1692.

色難색난

언제나 즐거운 얼굴로 부모를 섬기기가 어렵다.

註▶ 1)色難(색난): 부모의 안색을 보고 부모의 뜻이나 마음을 알아차리고 그에 맞게 받들고 효도하기가 어렵다. 또는 부드러운 안색으로 부모를 받들고 효도하기가 어렵다.

〈출전〉論語　爲政

1693.

靡瞻匪父미첨비부　**靡依匪母**미의비모

눈을 뜨고 보면 모두가 아버님 모습을 생각나게 하고,

눈을 감고 생각해보면 어머님 아닌 사람이 없다.

〈출전〉詩經　小雅 小弁

1694.

父爲子隱부위자은　**子爲父隱**자위부은

어버이는 자식을 위해 잘못을 숨겨주고, 자식은 어버이를 위해 잘못을 숨겨준다.

註▶ 1)隱(은): 잘못을 숨겨주다.

〈출전〉論語　子路

1695.

父子之間不責善부자지간불책선

父子간에는 잘되라고 꾸짖지 않아야 한다.

註▶ 1)父子之間不責善(부자지간불책선): 부자간에는 선으로써 권면하고 인도하기는 하나 그것을 잘못했다고 꾸짖으면 부자간의 情이 손상된다는 뜻.

〈출전〉孟子　離婁上

1696.

父子責善부자책선　**賊恩之大者**적은지대자

父子간에는 잘되라고 꾸짖는 것은 은혜와 사랑을 해치는 것 중에서도 큰 것이다.

〈출전〉孟子　離婁下

1697.

不知其子觀其父부지기자관기부

그 자식을 모르면 그 아버지를 보라.

〈출전〉孔子家語　六本

1698.

父雖不父부수불부 **子不可以不子**자불가이부자

아버지가 비록 아버지답지 않아도 자식은 자식답지 않아서는 안 된다.

註▶ 1)不父(불부): 아버지답지 않다. 2)不子(부자): 자식답지 않다.
〈출전〉孔安國 古文孝經序

1699.

養子方知父母恩양자방지부모은

자식을 길러봐야 부모의 은혜를 안다.

〈출전〉明心寶鑑

1700.

兒孫自有兒孫計아손자유아손계

자손에게는 자손 나름대로의 계획이 있다.

〈출전〉宋詩紀事

1701.

慈母有敗子자모유패자

사랑이 지나친 어머니는 자식을 해친다.

〈출전〉韓非子 顯學

1702.

父母在부모재 **不遠遊**불원유 **遊必有方**유필유방

부모님이 살아 계시면 멀리 놀러가지 말고, 놀러 갈 때는 반드시 방향을 알려 드려라.

〈출전〉小學　內篇　明倫

1703.

忘親易망친이　**使親忘我難**사친망아난

어버이를 잊는 것은 쉬우나, 어버이로 하여금 나를 잊게 하는 것은 어렵다.

〈출전〉莊子　外篇　天運

1704.

京華消息每驚心경화소식매경심　**誰道家書抵萬金**수도가서저만금

서울소식 매양 내 가슴 놀라게 하니 누가 말했는가, 집에서 온 편지가 만금에 해당한다고.

(原文)

京華消息每驚心　**誰道家書抵萬金**　愁似海雲晴復起　謗如山籟靜還吟
休嗟世降無巢谷　差喜門衰有蔡沈　文字已堪通簡札　會敎經濟着園林

서울소식 매양 내 가슴 놀라게 하니
누가 말했는가, 집에서 온 편지가 만금에 해당한다고.
수심은 바다구름인 양 맑았다 다시 일고
날 헐뜯는 소리 산울림처럼 요란했다 조용하지만
아아 이 세상에 날 찾는 이 없구나.
기쁜 일은 가문이 쇠락해도 채침 같은 아들이 있는 것.
글이야 이미 편지 주고받을 만하니
경제를 가르치며 과수원 가꾸길 착실히 하려무나.

註▶ 1)蔡沈(채침): 송나라 사람. 주희의 제자로 書集傳을 지었음.

〈출전〉한국한시　〈작자〉丁若鏞(茶山)　〈제목〉寄兒

1705.

而我嫁同鄕이아가동향 **慈母三年別**자모삼년별

나는 같은 마을로 시집와서 어머니와 삼 년 동안 이별했다네.

(原文)

君家遠還好 未歸猶有說 **而我嫁同鄕 慈母三年別**

그대 집은 멀어서 차라리 나으리.

가 뵙지 못해도 오히려 할 말 있을 테니.

나는 같은 마을로 시집와서

어머니와 삼 년 동안 이별했다네.

〈출전〉한국한시 〈작자〉李亮淵(臨淵) 〈제목〉村婦二首中其二

2. 부 부

1706.

夫婦有別부부유별

남편과 아내는 구별이 있어야 한다.

註▶ 1)別(별): 부부가 된 남녀는 다른 남녀와 구별을 지어 남편은 다른 여인을 가까이 하지 않고 자기의 妻를 지키고, 妻는 다른 남자를 가까이 하지 않고 자기 남편을 지키는 것이 부부유별의 본뜻이다. 그러나 일반적으로는 남편은 밖의 일을 하고 아내는 안의 일을 맡아 해서 그 본분을 어지럽히지 않는다는 뜻으로 쓰인다.

〈출전〉孟子 滕文公上

1707.

君子之道군자지도 **造端乎夫婦**조단호부부 **及其至也**급기지야 **察乎天地**찰호천지

君子의 道는 夫婦에서 발단되지만 그 지극함에 이르러서는 天地에 드러난다.

註▶ 1)造端(조단): 發端의 뜻.
〈출전〉中庸　十二章

1708.
婦與夫一體부여부일체
아내와 남편은 한 몸이다.

〈출전〉白虎通　嫁娶

1709.
和爲貴화위귀
화합함을 귀하게 여기라.

〈출전〉論語　學而

1710.
糟糠之妻不下堂조강지처불하당
조강지처는 좇아내서는 안 된다.

註▶ 1)糟糠之妻(조강지처): 술지게미나 겨로 식사를 대신 할 정도로 가난했을 때 같이 고생했던 아내.
〈출전〉十八史略　東漢　光武帝

1711.
家有賢妻丈夫不遭橫事가유현처장부불조횡사
집안에 현명한 아내가 있으면 남편은 부정한 일을 만나지 않는다.

〈출전〉通俗篇 倫常

1712.

良人者所仰望而終身也양인자소앙망이종신야

어진 부인은 남편을 하늘 같이 바라보며 평생을 의탁한다.

註▶ 1)良人者(양인자): 어진 부인. 2)終身(종신): 생을 마칠 때까지 의지한다.
〈출전〉孟子 離婁下

1713.

琴瑟在御금슬재어 **莫不靜好**막부정호

거문고와 비파도 손닿는데 있으니 모두 즐겁고 행복하리라.

註▶ 1)靜好(정호): 嘉好와 같은 뜻으로 즐겁고 행복하다는 의미를 나타낸다.
〈출전〉詩經 鄭風 女曰鷄鳴

1714.

與子偕老여자해로

그대와 해로하리라.
〈출전〉詩經 鄭風 女曰鷄鳴

1715.

穀則異室곡즉이실 **死則同穴**사즉동혈

살아서는 딴 집이라 해도, 죽어서는 같은 묘에 묻히리라.

註▶ 1)穀(곡): 살아서는. 2)異室(이실): 딴 집에 따로 떨어져 사는 것. 3)同穴(동혈): 같은 무덤에 묻히고 싶다.

〈출전〉詩經　王風　大車

1716.

貞女不更二夫정녀불경이부

정조가 있는 여자는 남편을 바꾸지 않는다.

〈출전〉史記　田單傳

1717.

結髮爲夫妻결발위부처　**恩愛兩不疑**은애량불의

머리를 묶어서 남편과 아내가 되었으니, 은혜와 사랑을 둘 다 의심하지 않는다.

〈출전〉文選　〈작자〉蘇武　〈제목〉詩四首中 其三

1718.

其新孔嘉기신공가　**其舊如之何**기구여지하

신혼 때 그토록 즐거웠으니, 오래된 지금이야 더욱 어떠하랴?

註▶ 1)新(신): 신혼 때. 2)孔嘉(공가): 대단히 부부사이가 좋았다. 3)舊(구): 오래되다. 4)如之何(여지하): 우리의 사이가 어떠하겠는가? 말할 것도 없이 좋을 것이 아니겠는가?
〈출전〉詩經　豳風　東山

1719.

覆水定難收복수정난수

한 번 엎어진 물은 다시 담기가 어렵다.

註▶ 1)覆水定難收(복수정난수): 부부가 한 번 헤어지면 다시 회복하기 어렵다는 비유.
〈출전〉鶡冠子

1720.

豈無膏沐기무고목 **誰適爲容**수적위용

어찌 기름 바르고 머리 감지 못하랴 만은, 누구를 위해 화장을 할까?

註▶ 1)膏沐(고목): 여자의 화장을 총칭하는 말.
〈출전〉詩經 衛風 伯兮

1721.

予美亡此여미망차 **誰與獨處**수여독처

내 님은 여기 없으니, 아무도 없이 홀로 지내네.

註▶ 1)美(미): 美人의 뜻으로 남편을 말한다. 2)亡(망): 無와 같은 뜻.
〈출전〉詩經 唐風 葛生

1722.

百歲之後백세지후 **歸于其居**귀우기거

백년 뒤 그의 무덤에라도 함께 묻히리.

註▶ 1)百歲之後(백세지후): 결국 죽은 뒤의 뜻. 2)室(실): 무덤 속을 가리킨다.
〈출전〉詩經 唐風 葛生

1723.

雨落不上天우락불상천 **水覆難再收**수복난재수

한번 내린 비는 하늘로 올라가기가 어렵고, 한번 엎어진 물은 다시 담기가 어렵다.

註▶ 1)不上天 · 難再收(불상천 · 난재수): 부부가 한 번 헤어지면 다시 회복하기 어렵다는 비유.
〈출전〉唐詩選 李白 妾薄命

1724.

薄薄酒勝茶湯박박주승다탕 **醜妻惡妾勝空房**추처악첩승공방

맛이 없는 술도 차보다는 낫고, 못생긴 아내나 악처도 獨守空房 하는 것보다는 낫다.

註▶ 1)薄薄酒(박박주): 맛이 없는 술.

〈출전〉古文眞寶 蘇軾 薄薄酒

1725.

謀及婦人모급부인 **宜其死也**의기사야

비밀을 부인에게 말하면 반드시 실패한다.

〈출전〉左傳 桓公十五年

1726.

婦言是用부언시용

아내의 말을 귀 기울여서 이용하라.

〈출전〉書經 牧誓

1727.

貞婦白頭失守정부백두실수 **半生之淸苦俱非**반생지청고구비

열녀라도 나이 들어 정조를 지키지 못하면 반평생 수절한 것이 허사가 된다.

註▶ 1)貞婦(정부): 정조를 지킨 烈女. 2)白頭(백두): 나이가 들다. 3)失守(실수): 정조를 잃다. 4)淸苦(청고): 수절하다.

〈출전〉菜根譚 前集 九十二

1728.

索索郞被衣삭삭랑피의 **鷄鳴嗔不休**계명진불휴

떠나느라 낭군이 옷을 입는데, 닭이 울자 자꾸 성을 내네.

(原文)

索索郞被衣　鷄鳴嗔不休　去時摩儂腹　暗問懷子不

떠나느라 낭군이 옷을 입는데

닭이 울자 자꾸 성을 내네.

떠날 때에 내 배를 어루만지며

가만히 아들을 뱄는지 묻네.

註▶ 1)子夜(자야): 밤 열두 시 경. 한밤중. 2)索索(삭삭): 헤어지는 모양. 3)儂(농): 나. 자기. 我의 속어. 4)子(자): 나.

〈출전〉한국한시　〈작자〉盧兢(漢源)　〈제목〉子夜曲

3. 형 제

1729.

長幼有序장유유서

어른과 어린아이는 순서가 있어야 한다.

〈출전〉孟子　滕文公上

1730.

此令兄弟차령형제 **綽綽有裕**작작유유 **不令兄弟**불령형제 **交相爲瘉**교상위유

좋은 형제들은 너그럽게 정이 넘치지만, 좋지 못한 형제들은 서로 헐뜯기 일쑤이다.

註▶ 1)令(영): 善과 같은 뜻. 2)綽綽(작작): 너그럽다. 3)裕(유): 형제간에 우애가 넘친다. 4)瘉(유): 헐뜯다.
〈출전〉詩經 小雅 角弓

1731.
兄弟鬩于牆형제혁우장 **外禦其務**외어기무
형제가 집안에서 다툰다 해도 밖으로부터 모욕을 가해오면 함께 대적한다.

註▶ 1)于牆(우장): 담장 안, 즉 집안. 2)禦(어): 막다. 3)務(무): 侮와 통하여 밖에서 모욕을 가해오는 것.
〈출전〉詩經 小雅 常棣

1732.
死喪之威사상지위 **兄弟孔懷**형제공회
죽고 장사지내는 두려움에는 형제가 가장 생각나네.

註▶ 1)死喪(사상): 사람의 죽음. 2)威(위): 畏와 같은 뜻으로 두렵다는 것을 가리킨다. 3)孔(공): 심하다.
〈출전〉詩經 小雅 常棣

1733.
天下難得者兄弟천하난득자형제 **易求者田地**이구자전지
세상에서 얻기 어려운 것이 형제요, 쉽게 구하는 것이 밭과 땅이다.

〈출전〉北齊書 循吏傳

1734.
難爲兄난위형 **難爲弟**난위제

둘 다 뛰어나서 형이라고 하기도 어렵고, 동생이라고 하기도 어렵다.

〈출전〉十八史略　東漢 桓帝

1735.

兄弟致美형제치미

형제는 아름다움을 이룬다.

〈출전〉左傳　文公十五年

1736.

凡今之人범금지인　**莫如兄弟**막여형제

모든 사람들에게 형제보다 더한 이는 없다.

〈출전〉詩經　小雅　常棣

4. 尊 祖

1737.

尊祖존조

조상을 존중하라.

〈출전〉禮記　大傳

1738.

無念爾祖무념이조　**聿修厥德**율수궐덕

그대들의 조상들 생각만 하지 말고, 그 덕을 닦아라.

註▶ 1)無念爾祖(무념이조): 殷나라 출신의 관리들에게 충고하는 말로 殷나라의 조상들은 생각하지 말고 周나라에 충성하라는 뜻. 2)聿(율): 마침내.
〈출전〉詩經　大雅　文王

1739.
不思親불사친　**祖不歸也**조불귀야
어버이를 생각하지 않고 제사를 지내면 조상들은 제사를 받지 않는다.

〈출전〉左傳　昭公十一年

1740.
不恭祖舊불공조구　**則孝悌不備**즉효제불비
조상을 공경하지 않으면 효와 우애가 갖추어지지 않는다.

註▶ 1)祖舊(조구): 祖上.
〈출전〉管子　牧民

1741.
自祖宗來자조종래　**積德百餘年**적덕백여년　**而始發於吾**이시발어오
조상으로부터 백여 년 동안 덕을 쌓아야 나에게 비로소 나타난다.

〈출전〉小學　外篇　嘉言

1742.
不惜一庄土불석일장토　**只恐宗祀絶**지공종사절

줄어드는 논밭이야 아까울 것 없지만, 조상님들 제사가 끊어질까 두려울 뿐.

(原文)

悖子賣庄土　庄土漸圵裂　**不惜一庄土　只恐宗祀絶**

못된 자식이 논밭을 팔아먹어

논밭이 자꾸 찢기어 줄어드네.

줄어드는 논밭이야 아까울 것 없지만

조상님들 제사가 끊어질까 두려울 뿐.

註▶ 1)庄土(장토): 田地. 논밭. 2)悖子(패자): 人倫에 어그러진 자식. 3)圵裂(지열): 찢기어 나가다. 4)宗祀(종사): 조상을 제사지내다.

〈출전〉한국한시 〈작자〉桂生 〈제목〉庄土

5. 친척, 친구, 用人

1743.

得新捐故득신연고　**後必寒**후필한

새 옷을 구했다고 옛날 옷을 버리면 나중에 반드시 추울 것이다.

註▶ 1)後必寒(후필한): 새 친구를 얻었다고 옛 친구를 버려서는 안 된다.

〈출전〉古詩源　衣銘

1744.

九族旣睦구족기목　**平章百姓**평장백성

모든 가족이 이미 화목하면 백성을 공평하고 밝게 잘 다스려라.

註▶ 1)九族(구족): 高祖, 曾祖, 祖父, 父母, 자기, 아들, 孫子, 曾孫, 玄孫. 2)平章(평장): 백성을 공평하고 밝게 잘 다스리다.
〈출전〉書經　堯典

1745.

棄舊不祥기구불상

옛 것을 버리면 불길한 일이 생긴다.

註▶ 1)不祥(불상): 상서롭지 않다. 즉 불길하다.
〈출전〉左傳　昭公十五年

1746.

治子孫치자손　**親親也**친친야

자손을 잘 다스리려면 친척들과 친화해야한다.

註▶ 1)親親(친친): 친척들과 친하게 지내다.
〈출전〉禮記　大傳

1747.

父母之所愛亦愛之부모지소애역애지 **父母之所敬亦敬之**부모지소경역경지

부모님이 사랑하는 것은 또한 사랑하고, 부모님이 공경하는 것은 또한 공경하라.

〈출전〉禮記　內則

1748.

所惡於上소악어상　**毋以使下**무이사하

윗사람에게 부당하다고 생각하는 것으로 아랫사람을 부리지 말라.

〈출전〉大學　傳十章

1749.

家人有過 가인유과 **不宜暴怒**불의폭노　**不宜輕棄**불의경기

집안사람이 잘못을 했으면 사납게 성내지 말아야하고, 지나치게 가볍게 버려두어서도 안 된다.

註▶ 1)不宜(불의): 마땅히 해서는 아니 된다. 2)暴怒(폭노): 사납게 성내다. 3)輕棄(경기): 가볍게 버려두다.
〈출전〉菜根譚　前集 九十六

6. 탄생, 육아, 교육

1750.

誕彌厥月탄미궐월　**先生如達**선생여달

아기 낳을 달이 차자 양처럼 쉽게 선생을 낳으셨다.

註▶ 1)誕(탄): 발어사. 2)彌厥月(미궐월): 임신한 뒤 열 달이 다 찼다는 것을 말한다. 3)先生(선생): 첫 번째로 낳는 것. 4)達(달): 양의 새끼, 양의 새끼는 쉽게 낳는다.
〈출전〉詩經　大雅　生民

1751.

婦孕不育부잉불육　**失其道也**실기도야

부인이 아이를 배었는데도 기르지 않는 것은 그 도를 잃어버린 것이다.

〈출전〉易經　漸　九三　象

1752.

未有學養子미유학양자 **而后嫁者也**이후가자야

자식 기르는 것을 배운 뒤에 시집가는 사람은 없다.

〈출전〉大學 傳九章

1753.

愛子教之以義方애자교지이의방

자식을 사랑하면 옳은 방향으로 가르쳐라.

註▶ 1)義方(의방): 옳은 방향.

〈출전〉左傳 隱公三年

1754.

教小兒교소아 **先要安詳恭敬**선요안상공경

어린아이를 가르칠 때는 먼저 고요히 흔들리지 않는 것과 사물에 대해 자세한 것과 공경하는 것과 삼가하도록 하는 것이 제일 중요하다.

註▶ 1)安(안): 흔들리지 않고 안정되다. 2)詳(상): 사물에 대해서 자세히 알다.

〈출전〉小學 外篇 嘉言

1755.

君子之遠其子也군자지원기자야

군자는 그 자식을 멀리한다.

註▶ 1)遠其子(원기자): 다른 사람과 구별해서 특별히 가르치지 않는다.

〈출전〉論語 季氏

1756.

幼子常視毋誑유자상시무광

어린아이에게는 속이지 않는 것을 항상 보여라.

註▶ 1)常視(상시): 항상 보여주어라.

〈출전〉小學　內篇　立敎

1757.

治子孫치자손　**親親也**친친야

자손을 잘 다스리려면 친척들과 친화해야한다.

註▶ 1)親親(친친): 친척들과 친하게 지내라.

〈출전〉禮記　大傳

1758.

吾家寶物惟淸白오가보물유청백　**好把相傳無限人**호파상전무한인

우리 집의 보물은 오직 청백뿐이거니, 잘 가져 전하여라. 무한한 사람에게.

(原文)

今夜樽前酒數巡　汝年三十二靑春　**吾家寶物惟淸白**　**好把相傳無限人**

오늘밤 술을 두어 잔 돌리나니

네 나이 아직 젊은 서른둘이다.

우리 집의 보물은 오직 청백뿐이거니

잘 가져 전하여라. 무한한 사람에게.

註▶ 1)舊物(구물): 오래된 물건. 2)淸白(청백): 청렴하고 결백함.

〈출전〉한국한시 〈작자〉朴元亨 〈제목〉示子

1759.

願生伶俐兒원생령리아 **學書作官吏**학서작관리

원하는 바는 영리한 아이 태어나서, 글 배워 관리되는 것이네.

(原文)

耕田賣田糴 來歲耕何地 **願生伶俐兒 學書作官吏**

갈던 밭으로 곡식을 사니

내년에는 어느 땅을 경작할까.

원하는 바는 영리한 아이 태어나서

글 배워 관리되는 것이네.

註▶ 1)田家(전가): 시골의 집. 농가. 2)糴(적): 쌀 또는 곡식을 사들이다. 3)伶俐(영리): 똑똑하고 민첩하다.

〈출전〉한국한시 〈작자〉李亮淵(臨淵) 〈제목〉田家苦

Ⅱ. 제사, 혼례, 喪葬

1. 제 사

1760.

祭如在제여재 **祭神如神在**제신여신재

제사 때는 조상이 계시는 것같이 하고,

산천의 신을 모실 때는 신이 앞에 있는 것처럼 경건 하게 하라.

註▶ 1)在(재): 있는 것 같이 하라. 2)祭神(제신): 산천의 신에게 제사를 지내다.

〈출전〉論語 八佾

1761.

神之格思신지격사 **不可度思** 불가도사 **矧可射思**신가사사

神의 강림하심은 헤아릴 수 없는 것이니 하물며 게을리 할 수 있겠는가?

註▶ 1)格(격): 강림의 뜻. 2)思(사): 조사. 3)度(도): 헤아리다. 4)射(사): 싫어서 게을리 하는 것.

〈출전〉詩經 大雅 抑

1762.

未能事人미능사인 **焉能事鬼**언능사귀

아직 사람을 섬기지도 못하는데 어찌 귀신을 섬기리오.

〈출전〉論語 先進

1763.

對越在天대월재천 **駿奔走在廟**준분주재묘

하늘에 계신 분 높이 모시며 급히 廟堂을 뛰어다니고 있네.

註▶ 1)對越(대월): 對揚과 같은 말로 文王의 덕에 따라 높이는 것. 2)在天(재천): 하늘에 계신 분. 文王의 신령이 하늘에 계시다고 믿고 있다.

〈출전〉詩經 周頌 淸廟

1764.

敬鬼神而遠之경귀신이원지

귀신을 공경하되 멀리하라.

〈출전〉論語 雍也

1765.

非其鬼而祭之비기귀이제지 **諂也**첨야

내가 모셔야할 귀신도 아닌데 무턱대고 제사지내는 것은 아첨이다.

註▶ 1)鬼(귀): 先祖의 혼령, 죽은 사람의 혼령. 天子는 天神을 제사지내고 諸侯는 地祇를 제사지내고 사대부와 서민은 先祖의 영혼을 제사지낸다.

〈출전〉論語 爲政

1766.

誣神者殃及三世무신자앙급삼세

神을 속이는 자는 재앙이 三代에까지 미친다.

〈출전〉漢書 郊祀志

1767.

祭不欲數제불욕수　**數則煩**수즉번

제사는 자주 지내려고 하지 말라, 자주 지내면 번거롭다.

註▶ 1)數(삭): 자주.
〈출전〉禮記　祭義

1768.

齊之日제지일　**思其居處**사기거처　**思其笑語**사기소어　**思其志意**사기지의
思其所樂사기소락　**思其所嗜**사기소기

致齋하는 날은 부모가 있었던 곳을 생각하고, 부모가 웃으며 말씀했던 것을 생각하고, 부모가 뜻했던 바를 생각하고, 부모가 즐거워했던 것을 생각하고, 부모가 좋아했던 것을 생각할 뿐이다.

〈출전〉禮記　祭義

1769.

鬼神無常享 귀신무상향　**享于克誠**향우극성

귀신은 일정하게 누리는 것은 없으나, 정성을 다하는 것은 누린다.

註▶ 1)克誠(극성): 지극한 정성.
〈출전〉書經　太甲下

1770.

明德惟馨명덕유형

밝은 덕만이 향기로운 것이다.

註▶ 1)明德惟馨(명덕유형): 신에게 많은 음식을 차려서 드릴 것이 아니라 덕을 밝게 하라.
〈출전〉書經 君陳

1771.

惠我無疆혜아무강 **子孫保之**자손보지

우리를 사랑하심이 한이 없어 자손들이 유업을 보전케 하셨네.

註▶ 1)無疆(무강): 끝이 없다. 2)保之(보지): 先公들의 遺業을 보전하는 것.
〈출전〉詩經 周頌 烈文

1772.

民神之主민신지주

백성은 신의 주인이다.

〈출전〉左傳 桓公六年

1773.

空床餘坐臥공상여좌와 **片木寄精神**편목기정신

빈 평상에는 앉고 눕던 자리 있는데, 조각 나무에 정신을 부쳤구나.

(原文)
始到疑猶在 披帷不見人 **空床餘坐臥 片木寄精神**
親友時來哭 妻孥獨守貧 茂陵無使者 遺草委箱塵
처음 올 때는 그래도 있을까 했는데
휘장을 헤치자 사람이 안 보이네.
빈 평상에는 앉고 눕던 자리 있는데
조각 나무에 정신을 부쳤구나.

친한 벗들은 때때로 와서 울고
아내와 자식은 홀로 가난 지키네.
저 무릉에 사자 없거니
남긴 초고를 상자 티끌에 맡기었네.

註▶ 1)片木(편목): 조각 나무. 위패를 말함. 2)妻孥(처노): 아내와 자식. 3)茂陵(무릉): 중국 섬서의 縣의 이름. 漢武帝의 陵이 있다. 4)遺草(유초): 죽은 후에 남은 草稿
〈출전〉한국문집총간 〈작자〉洪世泰(柳下) 〈제목〉過春谷靈几

2. 혼 례

1774.

昏禮者혼례자 **將合二姓之好**장합이성지호 **上以事宗廟**상이사종묘
而下以繼後世也이하이계후세야

혼례란 장차 두 성씨의 좋은 것을 합하여 위로는 종묘의 일을 섬기고
아래로는 후세를 잇기 위한 것이다.

〈출전〉禮記 昏義

1775.

今夕何夕금석하석 **見此良人**견차량인

오늘 저녁이 어떤 저녁인가? 우리 님 만났네.

註▶ 1)良人(양인): 毛傳에는 美室 곧 아름다운 妻라 하고, 集傳에는 남편을 가리킨다고 했다. 남자건 여자건 간에 좋은 님 즉 사랑하는 사람을 가리킨다.

〈출전〉詩經　唐風　綢繆

1776.

綢繆束薪주무속신　**三星在天**삼성재천

싸리 다발 묶어놓고 나니 三星이 문 위에 반짝이네.

註▶ 1)綢繆(주무): 나무 다발을 얽어 묶는 모양. 2)三星(삼성): 二十八宿의 하나로 별이 나타났다는 것은 저녁을 뜻하며 옛날에는 결혼을 밤에 하였다.

〈출전〉詩經　唐風　綢繆

1777.

婚娶而論財혼취이논재　**夷虜之道也**이노지도야

결혼할 때 재물을 논하는 것은 오랑캐의 법도이다.

〈출전〉小學　外篇　嘉言

1778.

議婚姻의혼인　**勿苟慕其富貴**물구모기부귀

혼인을 의논할 때는 진실로 부귀를 생각하지 말라.

〈출전〉小學　外篇　嘉言

1779.

嫁女必須勝吾家者가녀필수승오가자

딸을 시집보낼 때는 반드시 우리 집보다 나은 집으로 보내라.

註▶ 1)嫁女(가녀): 딸을 시집보내다. 2)勝吾家者(승오가자): 우리 집보다 나은 집.

〈출전〉小學　外篇　嘉言

1780.

娶婦必須不若吾家者취부필수불약오가자

장가들 때는 우리 집보다 못한 집으로 가라.

註▶ 1)娶婦(취부): 장가를 가다. 2)不若(불약): 못하다.

〈출전〉小學　外篇　嘉言

1781.

娶妻莫恨無良媒취처막한무량매　**書中有女顔如玉**서중유녀안여옥

장가들 때 좋은 중매쟁이가 없다고 한탄하지 말라,

책 속에 여자가 있으니 얼굴이 옥과 같구나.

註▶ 1)良媒(양매): 좋은 중매쟁이.

〈출전〉古文眞寶　〈제목〉勸學文　〈작자〉眞宗皇帝

1782.

雉鳴雁飛高치명안비고　**兩情猶未已**양정유미이

그 꿩이 울고 그 오리 높이 날도록, 두 사람의 정 끝이 없기를.

(原文)

郎執木雕鴈　妾奉合乾雉　**雉鳴雁飛高　兩情猶未已**

서방님은 나무오리 잡고

이 몸은 말린 꿩을 받들었네.

그 꿩이 울고 그 오리 높이 날도록

두 사람의 정 끝이 없기를.

註▶ 1)木雕鴈(목조안): 혼례 때 신랑이 신부 집에 들여놓는 나무로 만든 오리. 2)合乾雉(합건치): 서울의 혼례 풍속에 신부는 신랑에게 말린 꿩고기를 바치는데 그것을 합에 담아 바치므로 쓴 말이다.
〈출전〉한국한시 〈작자〉李鈺(文無子) 〈제목〉雅調

1783.

十八仙郞十八仙십팔선랑십팔선 **洞房花燭好因緣**동방화촉호인연

열여덟 살 새신랑, 열여덟 살 새 각시, 깊숙한 방 꽃 촛불, 이 좋은 인연이네.

(原文)

十八仙郞十八仙 洞房花燭好因緣 生同年月居同閈 此夜相逢豈偶然
열여덟 살 새신랑, 열여덟 살 새 각시
깊숙한 방 꽃 촛불, 이 좋은 인연이네.
나기도 같은 연월, 살기도 같은 마을
이 밤에 우리 만남이 어찌 까닭 없으리.

註▶ 1)洞房花燭(동방화촉): 침방에 비치는 환한 등불. 〈출전〉한국한시 〈작자〉三宜堂 金氏 〈제목〉禮成之夜夫子連吟二絶妾連和之

1784.

論心細雨香燈下논심세우향등하 **聯袂閒花百草前**연메한화백초전

보슬비 내리는 밤 향촉 아래서 마음을 속삭이고, 향기로운 온갖 꽃과 풀 앞에서 소매를 맞댔네.

(原文)

論心細雨香燈下 聯袂閒花百草前 于歸莫墮傷心淚 女必從夫認是天
보슬비 내리는 밤 향촉 아래서 마음을 속삭이고
향기로운 온갖 꽃과 풀 앞에서 소매를 맞댔네.

시집가는 지금에 슬픈 눈물을 흘리지 말라.
여자란 남편을 따르는 것, 이것이 천리이네.

註▶ 1)于歸(우귀): 시집을 가다. 2)聯袂(연몌): 소매를 서로 마주 잡다. 3)認是天(인시천): 이것을 하늘이 인정하다. 또는 이것이 하늘인 줄 알다.
<출전>한국한시 <작자>高陽村女 <제목>于歸

3. 喪 葬

1785.
喪致乎哀而止상치호애이지
喪을 당했을 때는 슬픔을 다해야한다.

註▶ 1)喪致乎哀而止(상치호애이지): 겉으로 드러난 儀禮를 성대하게 하는 것은 本末이 바뀐 것이므로 슬퍼함이 우선이 된다.
<출전>論語 子張

1786.
於是日哭어시일곡 **則不歌**즉불가
초상 날에 곡을 하면 종일토록 노래를 부르는 일이 없었다.

註▶ 1)於時(어시): 초상 날에.
<출전>論語 述而

1787.
服美不安복미불안 **聞樂不樂**문락불락 **食旨不甘**식지불감

아름다운 옷을 입어도 불안하고, 음악을 들어도 즐겁지 않고, 맛있는 음식을 먹어도 달지 않다.

〈출전〉孝經　喪親

1788.

兄弟相隨拜父母형제상수배부모　**地中還似世間無**지중환사세간무

형제가 서로 좇아 부모님께 절하나니, 땅 속에서도 과연 이 세상과 같을까.

(原文)

兄弟相隨拜父母　地中還似世間無　君歸細報吾消息　令妹逢君必問吾

형제가 서로 좇아 부모님께 절하나니
땅 속에서도 과연 이 세상과 같을까.
그대 가거든 자세히 내 소식을 전하여라.
그 누이는 그대 만나면 반드시 나를 물으리라.

註▶ 1)無(무): …하는가? 마는가? 의문을 나타내는 말.
〈출전〉한국문집총간　〈작자〉李明漢(白洲)　〈제목〉汾西挽

1789.

風流處士別孤山풍류처사별고산　**雪滿溪橋鶴影寒**설만계교학영한

풍류 처사를 외로운 산에 보내나니, 눈이 가득한 시내 다리에 학의 그림자 차네.

(原文)

風流處士別孤山　雪滿溪橋鶴影寒　一片詩魂招不得　先春應共早梅還

풍류 처사를 외로운 산에 보내나니
눈이 가득한 시내 다리에 학의 그림자 차네.

한 조각 시의 혼을 부를 길 없으니
아마 봄에 먼저 피는 이른 매화와 함께 돌아오리.

註▶ 1)處士(처사): 벼슬하지 않고 민간에 있는 선비.
<출전>한국한시 <작자>林坦(閒亭) <제목>哭處士

1790.

草抱苦心春未報초포고심춘미보 **霜隨寃牘夏堪悲**상수원독하감비
풀이 괴로운 마음 품어 봄소식 알리지 못하고,
서리가 원한의 편지 따르니 여름에 싸늘한 바람이네.

(原文)
毒瘴消肥雪滿髭 十年來往一班衣 南溟只作重門限 西日遙分下嶺輝
草抱苦心春未報 霜隨寃牘夏堪悲 遙憐海外憑閭望 猶信孤帆早晩歸
독한 장기는 살을 녹이고 눈은 수염에 가득하고
십 년을 오가면서 한결같이 때때옷.
남쪽 바다에는 오직 겹문이 한정이요.
지는 해는 멀리 재를 넘으며 빛난다.
풀이 괴로운 마음 품어 봄소식 알리지 못하고
서리가 원한의 편지 따르니 여름에 싸늘한 바람이네.
멀리 가여워하나니, 바다 밖에서 문을 기대 바라봄이여
아직도 조만 간에 외로운 배가 돌아오기를 기다리네.

註▶ 1)髭(자): 콧수염. 2)班衣(반의): 무늬가 있는 고운 옷. 3)重閒(중문): 겹문. 4)憑閭(빙려): 倚閭之望. 또는 倚門之望. 어머니가 잔의 돌아오는 것을 문에 의지하여 기다리는 지극한 애정을 이름.
<출전>한국문집총간 <작자>蔡彭胤(希庵) <제목>吳正言尙友挽

1791.

逝者胡爲不復還서자호위불복환 **秋來黃葉滿空山**추래황엽만공산

간 사람은 어찌하여 돌아오지 않는고. 가을되어 시든 잎이 빈 산에 가득하다.

(原文)

逝者胡爲不復還 秋來黃葉滿空山 人情如水終無極 之子逝魂獨去閑

간 사람은 어찌하여 돌아오지 않는고.

가을되어 시든 잎이 빈 산에 가득하다.

인정은 물과 같아 마침내 끝없지만

그대 넋은 홀로 가서 한가로우리.

註▶ 1)之子(지자): 이 애. 이 사람.

〈출전〉한국한시 〈작자〉金芙蓉堂 雲楚 〈제목〉悼如水觀主人

Ⅲ. 가정의 도덕

1792.

正家而天下定矣정가이천하정의

가정이 바르게 되어야 온 세상이 안정된다.

〈출전〉易經　家人　象

1793.

一家仁일가인　**一國興仁**일국흥인

한 집안이 仁의 道를 행하면 나라 전체에 仁의 道가 흥하게 된다.

〈출전〉大學　傳九章

1794.

不出家불출가　**而成教於國**이성교어국

군자는 집에서 나오지 않고도 온 나라에 가르침을 이룬다.

〈출전〉大學　傳九章

1795.

其家不可教기가불가교　**而能教人者無之**이능교인자무지

자기 집안을 가르칠 수 없으면서 남을 가르칠 수 있는 사람은 없다.

〈출전〉大學　傳九章

1796.

刑于寡妻형우과처　**至于兄弟**지우형제　**以御于家邦**이어우가방

아내부터 바로 잡아서 형제에게까지 미치게 하여 나라를 다스렸네.

註▶ 1)刑(형): 正과 같은 뜻으로 바로잡다라는 뜻.

〈출전〉詩經　大雅　思齊

1797.

立愛惟親입애유친　**立敬惟長**입경유장

사랑을 세우되 집안사람부터 하고, 공경함을 세우되 노인부터 하라.

〈출전〉書經　伊訓

1798.

家有常業가유상업　**雖飢不餓**수기불아

집안에 일정한 가업이 있으면 비록 기근이 와도 굶어 죽지는 않는다.

〈출전〉韓非子　飾邪

1799.

內言不出내언불출　**外言不入**외언불입

집안에서 하는 말을 밖에서는 하지 말고, 밖에서 하는 말을 집안에서는 하지 말라.

〈출전〉禮記　內則

1800.

妬忌之心투기지심　**骨肉尤狠於外人**골육우한어외인

질투와 시기하는 마음은 남보다 골육간이 더 심한 것이다.

註▶ 1)骨肉(골육): 가족이나 친척간. 2)尤狠(우한): 더욱 심하게 싸우다.

〈출전〉菜根譚　前集 百三十五

1801.

蹎馬破車지마파거　**惡婦破家**악부파가

넘어지는 말이 수레를 부수고, 악한 아내가 집안을 파괴한다.

註▶ 1)蹎馬(지마): 넘어지는 말.

〈출전〉古詩源　易緯引古語

1802.

一家二貴일가이귀　**事乃無功**사내무공

집안에 귀한 사람이 둘이 있으면 어떤 일이든지 성공하는 것이 없다.

〈출전〉韓非子　揚權

1803.

雖有三命수유삼명　**不踰父兄**불유부형

비록 卿의 地位에 있어도 아버지와 형을 넘어설 수는 없다.

註▶ 1)三命(삼명): 卿의 지위.

〈출전〉禮記　文王世子

1804.

疾痛慘怛질통참달 **未嘗不呼父母**미상불호부모

아프거나 고통스럽거나 슬프거나 역경에 있을 때에 부모를 부르지 않는 사람이 없다.

〈출전〉文章軌範 〈작자〉司馬遷 〈제목〉屈原傳

1805.

一家有事百家忙일가유사백가망

한 집안에 일이 있으면 관계있는 많은 집이 바쁘다.

〈출전〉通俗篇 行事

1806.

從道不從君종도불종군 **從義不從父**종의불종부 **人之大行也**인지대행야

道義를 따르고 임금을 따르지 않는 것과 의로움을 따르고
아버지를 따르지 않는 것은 사람의 큰 행함이다.

〈출전〉荀子 子道篇

1807.

女正位乎內여정위호내 **男正位乎外**남정위호외

여자는 가정에서 바른 자리를 지키고, 남자는 밖에서 바른 자리를 지켜서 활동하라.

〈출전〉易經 家人 彖

1808.

其父析薪기부석신　**其子弗克負荷**기자불극부하

아버지가 땔나무를 베었는데 자식이 짊어지지 못하네.

註▶ 1)子弗克負荷(자불극부하): 아버지가 기초를 닦아 놓았는데 자식이 그것을 지켜가지 못한다는 비유.

〈출전〉左傳　昭公七年

1809.

順事親之本순사친지본

순종은 어버이를 섬기는 근본이다.

〈출전〉近思錄　家道類

1810.

夙興夜寐숙흥야매　**無忝爾所生**무첨이소생

일찍 일어나고 늦게 자면서 낳아주신 부모님을 욕되게 하지 말라.

註▶ 1)忝(첨): 욕되게 하다. 2)爾所生(이소생): 그대를 낳아주신 바, 즉 부모님을 가리킨다.

〈출전〉詩經　小雅　小宛

1811.

六行육행(**孝**효, **友**우, **睦**목, **婣**인, **任**임, **恤**휼)

여섯 가지 행해야 될 것.(부모에게 효도하고, 형제간에 우애하고, 친척r간에 화목하고, 외척 간에는 정분이 두텁게 하고, 친구r간에는 신임이 있게 하고, 가난한 사람을 불쌍히 여겨라.)

〈출전〉周禮　大司徒

1812.

乳彘不觸虎유체불촉호

새끼 돼지는 호랑이를 건드리지 않는다.

註▶ 1)乳彘(유체): 새끼 돼지. 2)不觸虎(불촉호): 어버이를 생각하는 자식은 위험한 일을 하지 않는다.

〈출전〉荀子　榮辱篇

1813.

常棣之華상체지화　**鄂不韡韡**악불위위

집안의 꽃은 꽃송이가 울긋불긋 하네.

註▶ 1)韡韡(위위): 형제간의 정이 좋은 모양을 비유한 것.

〈출전〉詩經　小雅　常棣

1814.

世祿之家세록지가　**鮮克由禮**선극유예

대대로 祿을 받는 집은 禮를 따르는 이가 드물다.

〈출전〉書經　畢命

1815.

他人有子我求螟타인유자아구명　**病舅登程淚幾零**병구등정루기영

남은 아들 있는데 나는 양자 구하나니, 병든 시아버님 길을 떠나매 눈물인들 오죽하랴.

(原文)

他人有子我求螟　病舅登程淚幾零　日夜祈望唯在此　鳳雛何處生寧馨

남은 아들 있는데 나는 양자 구하나니

병든 시아버님 길을 떠나매 눈물인들 오죽하랴.

밤낮으로 비는 일이 "대를 잇게 하소서" 이네

봉의 새끼는 그 어디서 향기 뿜는고.

註▶ 1)螟(명): 螟蛉子. 즉 나나니벌이 업고 가서 기른다는 전설에서 나온 양자를 이름. 2)鳳雛(봉추): 봉의 새끼. 즉 아직 세상에 頭角을 나타내지 아니한 英才.

〈출전〉한국한시　〈작자〉南貞(一軒)　〈제목〉尊舅以求螟事行次坡州

Ⅳ. 사회적 도리

1. 대 인 관 계

1816.

四海之內 사해지내 **皆兄弟也**개형제야

온 세상 사람들이 다 형제다.

註▶ 1)四海之內(사해지내): 온 세상.

〈출전〉論語 顔淵

1817.

兼相愛겸상애 **交相利**교상리

동등하게 서로 사랑하고, 서로 이롭게 하라.

〈출전〉墨子 兼愛中

1818.

躬自厚궁자후 **而薄責於人**이박책어인 **則遠怨矣**즉원원의

자기 責望은 엄하게 하고, 남의 責望은 가볍게 하면 怨望이 멀어진다.

〈출전〉論語 衛靈公

1819.

攻其惡공기악 **無攻人之惡**무공인지악

자기의 惡은 치되, 남의 惡은 치지 말라.

〈출전〉論語 顔淵

1820.

欲富而家욕부이가 **先富而國**선부이국

자기의 가정이 부유하게 되기를 바라면 먼저 자기의 나라를 부유하게 하라.

〈출전〉韓非子 外儲說右下

1821.

老者安之노자안지

노인들을 편안하게 해드려라.

〈출전〉論語 公冶長

1822.

朋友信之붕우신지

친구 간에는 믿음이 있게 하라.

〈출전〉論語 公冶長

1823.

少者懷之소자회지

어린 사람은 사랑하라.

註▶ 1)懷之(회지): 그들을 품어주어라, 즉 사랑하라는 뜻.
〈출전〉論語　公冶長

1824.

犁牛之子이우지자 **騂且角**성차각 **雖欲勿用**수욕물용 **山川其舍諸**산천기사제

얼룩소 새끼로 털이 붉고 뿔이 바르면 犧牲으로 안 쓰려 해도 山川의 神이 내버려두겠는가?

註▶ 1)犁牛(이우): 얼룩소. 2)騂且角(성차각): 털이 붉고 뿔이 바르다. 3)其舍諸(기사제): 본인만 훌륭하면 신분 혈통이 무슨 관계가 있겠는가?
〈출전〉論語　雍也

1825.

諂諛我者吾賊也첨유아자오적야

나에게 아첨하는 사람은 나의 적이다.

〈출전〉荀子　修身篇

1826.

無面從退有後言무면종퇴유후언

面前에서는 따르고, 물러나서는 뒷말이 있어서는 안 된다.

〈출전〉書經　益稷

1827.

虛而無用허이무용

공허하면 쓰이지 않는다.

〈출전〉韓非子　難言

1828.

諫於未形者上也간어미형자상야　**諫於已彰者次也**간어이창자차야

諫於旣行者下也간어기행자하야

일을 시작하기 전에 諫言하는 것이 가장 높고, 이미 드러났을 때 諫言하는 것이 다음이요, 이미 行한 다음에 諫言하는 것이 가장 낮은 것이다.

註▶ 1)未形(미형): 일이 시작되기 전. 2)已彰(이창): 이미 일이 진행되어 드러났을 때. 3)旣行(기행): 이미 행해진 다음.

〈출전〉忠經　忠諫

1829.

周急不繼富주급불계부

남이 다급하게 몰릴 때는 도와주되 풍부한데는 더 늘려주지 않는다.

註▶ 1)周急(주급): 周는 부족한 것을 보태주는 것을 말하고, 急은 당장의 궁핍을 가리킨다.

〈출전〉論語　雍也

1830.

責己也重以周책기야중이주　**其待人也輕以約**기대인야경이약

자기를 꾸짖을 때는 엄중하되 두루 하고, 남에 대해서는 가볍게 하되 간략하게 하라.

〈출전〉文章軌範　韓愈　原毁

2. 협 동 정 신

1831.

和爲貴화위귀

화합함을 귀하게 여겨라.

〈출전〉論語　學而

1832.

戮力一心육력일심

서로 힘을 합해서 한 마음으로 하라.

註▶ 1)戮力(육력): 서로 힘을 합하다.

〈출전〉北史　吐谷渾傳

1833.

力分者弱역분자약　**心疑者背**심의자배

힘을 분산하는 자는 힘이 약해지고, 마음에 의심이 있는 사람은 배신한다.

〈출전〉尉繚子　攻權第五

1834.

輔依車보의거　**車亦依輔**거역의보

輔는 수레를 의지하고, 수레는 또한 輔를 의지한다.

註▶ 1)輔(보): 수레에 무거운 짐을 실을 때 바퀴에 묶어 바퀴를 튼튼하게 하는 나무.
〈출전〉韓非子　十過

1835.
鼓瑟吹笙고슬취생
거문고를 뜯고, 생황을 불며 함께 즐기네.

〈출전〉詩經　小雅　常棣

1836.
能狼難敵衆犬능랑난적중견
싸움을 잘하는 이리도 여려 마리의 개는 대적하기 어렵다.

註▶ 1)能狼(능랑): 싸움에 능한 이리.
〈출전〉通俗篇　獸畜

1837.
泰山之霤穿石태산지류천석
태산의 물방울이 오랫동안 계속 떨어져서 돌을 뚫는다.

註▶ 1)泰山之霤(태산지류): 태산의 낙수.
〈출전〉枚乘　諫吳王書

3. 지위직분의 인식

1838.

君子思不出其位군자사불출기위

군자는 생각하는 것을 자기의 신분이나 지위 밖을 벗어나게 하지 않는다.

〈출전〉論語　憲問

1839.

素其位而行소기위이행　**不顧乎其外**불고호기외

그 지위나 직분에 따라서 행하고 그 밖을 바라지 않는다.

〈출전〉中庸　十四章

1840.

不在其位부재기위　**不謀其政**불모기정

그 자리에 있지 않으면 그 政事를 도모할 수 없다.

〈출전〉論語　泰伯

1841.

思不出其位사불출기위

생각을 그 지위를 벗어나지 않게 한다.

〈출전〉易經　艮象

1842.

不解于位불해우위　**民之攸塈**민지유기

자기 임무에 게을리 하지 않아 백성들이 편히 쉬며 산다.

註▶ 1)解(해): 懈와 통하며 게으르다는 뜻. 2)塈(기): 편히 쉬다.
〈출전〉詩經　大雅　假樂

1843.

位卑而言高罪也위비이언고죄야

지위가 낮으면서 높은 지위의 일을 말하는 것은 죄가 된다.

〈출전〉孟子　萬章下

1844.

庖人雖不治庖포인수불치포　**尸祝不越樽俎而代之矣**시축불월준조이대지의

庖人이 비록 庖人의 일을 다 하지 못한다 해도
신주 자신이 樽俎를 넘어 庖人 노릇은 할 수 없지 않은가?

註▶ 1)庖人(포인): 周나라의 벼슬이름으로 食膳을 맡았다. 轉하여 요리하는 사람을 말한다. 2)尸祝(시축): 位牌. 3)樽俎(준조): 술 그릇과 도마. 모두 연회에 필요한 도구.
〈출전〉莊子　內篇　逍遙遊

1845.

一人不兼官일인불겸관　**一官不兼事**일관불겸사

한 사람이 두 가지 벼슬을 가지지 말고, 한 관리가 두 가지 일을 겸해서는 안 된다.

〈출전〉韓非子　難一

1846.

德薄而位尊덕박이위존　**知小而謀大**지소이모대　**力小而任重**역소이임중 **鮮不及矣**선불급의

인덕을 갖추지 못하였으면서 고위층에 있고, 지혜가 없이 大事를 치르려 하며, 힘이 부족하면서 重任을 맡은 자에게는 재앙이 없는 자가 드물다.

〈출전〉易經　繫辭下

1847.

如鼫鼠여석서　**貞厲**정려

자기능력이상의 위치에 있는 것은 큰 쥐가 남을 해치는 것과 같고, 정도를 지키고 있더라도 위험하다.

註▶ 1)鼫鼠(석서): 다람쥐 과에 속하는 동물로 몸빛은 황갈색이고 볼에는 볼 주머니가 있으며 털로 붓을 만든다. 2)貞厲(정려): 마음을 곧고 바르게 갖더라도 위태로움이 있다.
〈출전〉易經　晉　九四

4. 공사의 구분

1848.

自營者謂之私자영자위지사　**背私謂之公**배사위지공

자기가 자기의 일을 하는 것을 사사롭다고 하고, 사사로움을 등지는 것을 공의롭다고 한다.

註▶ 1)自營(자영): 자기의 이익을 위하여 일을 하는 것.
〈출전〉韓非子　五蠹

1849.

雨我公田우아공전　**遂及我私**수급아사

비가 내려서 公田을 적시고 나서 私田도 적시네.

註▶ 1)公田(공전): 나라나 관가의 밭, 井田制에서는 9등분한 밭 가운데에서 하나를 공전으로 하였다. 2)私(사): 개인소유의 땅.
〈출전〉詩經　小雅　大田

1850.

非公事비공사　**未嘗至於偃之室也**미상지어언지실야

공적인 일이 아니면 제 방에 오지 않습니다.

註▶ 1)未嘗至(미상지): 사사로운 일로 윗사람을 찾아가지 않는다.
〈출전〉論語　雍也

1851.

公事有公利공사유공리　**無私忌**무사기

공적인 일에는 전체의 이익이 있으니 개인의 불이익은 없다.

註▶ 1)私忌(사기): 개인이 꺼릴만한 불이익.
〈출전〉左傳　昭公三年

1852.

公事不私議공사불사의

공적인 일은 사사롭게 의논하지 말라.

〈출전〉禮記　曲禮下

1853.

大明無私照대명무사조　**至公無私親**지공무사친

태양은 사사롭게 가려서 비추지 않으니, 지극히 공평하고 사사롭게 친하게 하는 것이 없다.

註▶ 1)大明(대명): 태양을 가리키는 말. 2)私親(사친): 사사롭게 친하다.
〈출전〉古文眞寶　張蘊古　大寶箴

1854.

私行勝사행승　**則少公功**즉소공공

사사로운 행동이 주가 되면 공적인 공이 적어진다.

〈출전〉韓非子　外儲說左下

1855.

廷尉天下之平정위천하지평

재판관은 온 세상을 공평하게 해야 한다.

註▶ 1)廷尉(정위): 秦나라와 漢나라 때의 벼슬이름으로 재판관이나 刑獄을 말한다.
〈출전〉十八史略　西漢　文帝

1856.

先國家之急선국가지급　**而後私讐也**이후사수야

나라의 위급함을 먼저 구하고, 개인적인 원한은 뒤에 처리하라.]

〈출전〉十八史略 春秋戰國 趙

1857.

於所厚者薄어소후자박 **無所不薄也**무소불박야

후하게 굴어야 할 데에서 박하게 굴면 박하게 굴지 않을 것이 없다.

〈출전〉孟子 盡心上

五. 도덕

Ⅰ. 天과 도덕

Ⅱ. 기본적인 도덕

Ⅲ. 五 常

Ⅳ. 五 倫

Ⅴ. 덕 목

Ⅵ. 도덕 실천상의 중요한 항목

五. 도덕

Ⅰ. 天과 도덕

1. 天

1858.

天生烝民천생증민 **有物有則**유물유즉

하늘이 백성을 낳으셨고, 사물과 법칙이 있게 하셨다.

註▶ 1)烝民(증민): 백성들. 2)物(물): 사물. 3)則(칙): 법도와 법칙.

〈출전〉詩經 大雅 烝民

1859.

天敍有典천서유전 **勅我五典**칙아오전

하늘의 질서에 법이 있어 우리에게 다섯 가지 법을 삼가 지키도록 하셨다.

註▶ 1): 五典(오전): 五倫

〈출전〉書經 皐陶謨

1860.

民之秉彝민지병이 **好是懿德**호시의덕

백성들은 일정한 道를 지니어 아름다운 덕을 좋아하네.

註▶ 1)秉(병): 지니고 있는 것. 2)彝(이): 常의 뜻으로 常道를 말한다.
3)懿德(의덕): 아름다운 덕.
〈출전〉詩經　大雅　烝民

1861.

通於天地者德也통어천지자덕야　**行於萬物者道也**행어만물자도야

천지자연에 능통한 것이 德이요, 만물을 고루 쓰는 것이 道이다.

〈출전〉莊子　外篇　天地

1862.

執德不弘집덕불홍　**信道不篤**신도불독　**焉能爲有**언능위유
焉能爲亡언능위망

德을 실천함에 넓지 못하고, 道를 믿음에 두텁지 못하면
어찌 道나 德을 가졌다 안 가졌다 하겠는가?

註▶ 1)執德(집덕): 道를 실천하다.
〈출전〉論語　子張

2. 道

1863.

天命之謂性천명지위성 **率性之謂道**솔성지위도 **修道之謂敎**수도지위교

하늘의 命을 性이라 하고, 性을 따르는 것을 道라 하고, 道를 닦는 것을 敎라 한다.

註▶ 1)命(명): 命賦의 뜻. 하늘이 명한 것이란 선천적으로 타고난 것을 말한다. 2)性(성): 사람의 본성. 朱熹는 性이란 곧 理라고 하였다. 따라서 이치를 따르는 것이 道라는 것이다.

〈출전〉中庸 一章

1864.

道者非天之道도자비천지도 **非地之道**비지지도 **人之所以道也**인지소이도야

道라고 하는 것은 하늘의 道가 아니고, 땅의 道도 아니고 사람의 道이니라.

〈출전〉荀子 儒效篇

1865.

道也者도야자 **不可須臾離也**불가수유리야 **可離非道也**가리비도야

道라고 하는 것은 잠시라도 떨어져서는 안 된다, 떨어지면 도가 아니다.

註▶ 1)須臾(수유): 잠깐사이.

〈출전〉中庸 一章

1866.

天道遠천도원 **人道邇**인도이

하늘의 道는 멀고, 사람의 道는 가깝다.

〈출전〉左傳　昭公十八年

1867.

道在爾도재이　**而求諸遠**이구제원

사람의 道는 가까운 데에 있는데 멀리서 구한다.

註▶ 1)諸(제): 於, 于등과 같은 뜻으로 ~에서, ~로부터의 뜻으로 쓰였다.
〈출전〉孟子　離婁上

1868.

道若大路然도약대로연　**豈難知哉**기난지재　**人病不求耳**인병불구이

道는 큰길과 같은 것인데 어찌 알기가 어렵겠는가?
사람들이 그것을 찾지 않는 것이 문제일 뿐이다.

註▶ 1)大路然(대로연): 큰길과 같아서 알기가 어렵지 않다. 2)病(병): 병폐이다, 문제이다.
〈출전〉孟子　告子下

1869.

人能弘道인능홍도　**非道弘人**비도홍인

사람이 道를 넓히는 것이지, 道가 사람을 넓히는 것이 아니다.

〈출전〉論語　衛靈公

1870.

道通爲一도통위일

道는 통하여 하나가 된다.

〈출전〉莊子　內篇　齊物論

1871.

朝聞道조문도　**夕死可矣**석사가의

아침에 道를 들었으면 저녁에 죽어도 후회가 없다.

〈출전〉論語　里仁

1872.

惠迪吉혜적길　**從逆凶**종역흉　**惟影響**유영향

도덕에 따르는 자는 길하게 되고, 도덕을 거스르는 자는 흉하게 되니 오직 행동의 영향이다.

〈출전〉書經　大禹謨

1873.

道則高矣美矣도즉고의미의　**宜若登天然**의약등천연

道는 높고 아름다워서 하늘에 올라가는 것과 같다.

〈출전〉孟子　盡心上

1874.

謀道不謀食모도불모식

道를 꾀하고, 먹는 것을 꾀하지 말라.

〈출전〉論語　衛靈公

1875.

天下有常然천하유상연

천하에는 항상 당연한 것이 있다.

註▶ 1)常然(상연): 항상 그러한 것, 당연한 것.
〈출전〉莊子　外篇　騈拇

1876.

考諸三王而不繆고제삼왕이불무　**建諸天地而不悖**건제천지이불패

三王과 비교해도 그릇됨이 없으며, 천지에 세워보아도 거슬리지 않다.

註▶ 1)考諸三王(고제삼왕): 三王의 행동에 비추어 고찰해 보는 것. 三王은 三代, 즉 夏 · 殷 · 周의 세 나라를 창건한 禹 · 湯 · 文武王을 가리킨다. 2)建諸天地(건제천지): 자신의 道를 세워놓고 천지의 道에 견주어 보는 것.3)悖(패): 거슬리다.
〈출전〉中庸　二十九章

1877.

君子憂道不憂貧군자우도불우빈

군자는 도를 근심하지 가난함을 근심하지 않는다.

〈출전〉論語　衛靈公

1878.

君子之道군자지도　**費而隱**비이은

君子의 道는 광대하면서도 미세하다.

註▶ 1)費而隱(비이은): 朱熹는 "費는 用의 광대함이고, 隱은 體의 미세함"이라고

하였다. 곧 군자의 道는 쓰임이 광대하고 보편적인 것이지만 그 본체는 극히 미세하고 미묘하여 파악하기 어렵다는 것이다.

〈출전〉中庸　十二章

1879.

志於道지어도　**而恥惡衣惡食者**이치악의악식자　**未足與議也**미족여의야

道에 뜻이 있으면서 거친 옷과 거친 음식을 부끄러워하는 자와는 도에 대해서 의논할 수 없다.

註▶ 1)惡衣(악의): 거친 옷. 2)惡食(악식): 거친 음식.

〈출전〉論語　里仁

1880.

道者萬物之始도자만물지시　**是非之紀也**시비지기야

道는 만물의 시작이요, 是非의 근본이다.

註▶ 1)紀(기): 근본, 단서, 실마리.

〈출전〉韓非子　主道

1881.

物我一理물아일리

만물과 나는 天理와 人性이 같다.

註▶ 1)一理(일리): 天理와 性情.

〈출전〉近思錄　致知類

1882.

道不同도불동　**不相爲謀**불상위모

道가 같지 않으면 서로 도모할 수 없다.

<출전>論語　衛靈公

1883.

道理貫心肝도리관심간　**忠義塡骨體**충의전골체

道理가 마음을 꿰뚫고, 忠義가 몸을 채운다.

註▶ 1)心肝(심간): 심장과 간장. 곧 마음을 가리킨다. 2)骨體(골체): 몸.
<출전>蘇軾　與李公擇書

1884.

道在不可見도재불가견　**用在不可知**용재불가지

道는 볼 수 없는 곳에 있고, 그 활용은 알 수 없는 것에 있다.

<출전>韓非子　主道

1885.

達於至道달어지도

지극한 道의 경지에 도달한다.

<출전>莊子　外篇　在宥

1886.

進乎技矣진호기의

道는 재주보다 우월하다.

〈출전〉莊子　內篇　養生主

1887.

志於道지어도

道에 뜻을 두다.

〈출전〉論語　述而

1888.

道法自然도법자연

道는 자연을 법도로 삼고 있는 것이다.

〈출전〉老子　二十五章

1889.

道生一도생일　**一生二**일생이　**二生三**이생삼　**三生萬物**삼생만물

도는 일을 낳고, 일은 이를 낳고, 이는 삼을 낳고, 삼은 만물을 낳는다.

註▶ 1)一(일): 음양의 두 氣로 나눠지기 이전의 근본적인 氣. 2)二(이): 음양의 두 氣. 3)三(삼): 음양의 두 氣의 변화에 의하여 생겨나는 물질의 근원이 되는 氣.
〈출전〉老子　四十二章

1890.

大象無形대상무형

큰 현상은 모양이 없다.

註▶ 1)大象(대상): 위대한 형상. 곧 자연에 존재하는 모든 형상의 모체를 뜻하며 도를 가리킨다.
〈출전〉老子　四十一章

1891.
執大象天下往집대상천하왕　往而不害왕이불해　安平大안평대
위대한 도를 지키며 천하에서 행동한다면
어떤 행동을 해도 해로움이 미치지 않고 안락하고 태평할 것이다.

註▶ 1)大象(대상): 위대한 형상. 곧 자연에 존재하는 모든 형상의 모체를 뜻하며 도를 가리킨다. 2)往(왕): 살아가다, 행동하다. 3)安平大(안평대): 안락하고 태평하다.
〈출전〉老子　三十五章

1892.
大道不器대도불기
큰 道는 어떤 곳에 사용해도 타당하다.

〈출전〉禮記　學記

1893.
道之出口도지출구　淡乎其無味담호기무미
道는 입으로 표현하면 담담히 아무 맛이 없다.

〈출전〉老子　三十五章

1894.
道出一原도출일원　通九門통구문　散六衢산육구

道는 하나의 근원에서 나와서 성안의 아홉 문으로 통하고 여섯 방향으로 흩어져간다.

〈출전〉淮南子　俶眞訓

1895.

靜退以爲寶정퇴이위보

조용히 물러나는 것을 道의 보배로 삼는다.

〈출전〉韓非子　主道

1896.

身雖否而道之亨也신수부이도지형야

일신의 생활이 불행해도 도는 도달한다.

註▶ 1)否(부): 불행하다. 2)亨(형): 도달하다.
〈출전〉近思錄　出處類

1897.

形而上者謂之道형이상자위지도　**形而下者謂之器**형이하자위지기

눈에 보이지 않는 형이상학적인 현상이 道이고, 형태로 나타난 것이 형이하학적인 쓰임이다.

註▶ 1)形而上者(형이상자): 형이상학적인 것. 즉 무형의 정신적인 것. 2)形而下者(형이하자): 형이하학적인 것. 즉 유형의 깃을 물질적인 것. 3)器(기): 쓰여지는 것.
〈출전〉易經　繫辭上

3. 德

1898.

民之秉彝민지병이 **好是懿德**호시의덕

백성들은 일정한 道를 지니어 아름다운 德을 좋아하네.

註▶ 1)秉(병): 지니고 있는 것. 2)彝(이): 常의 뜻으로 常道를 말한다. 3)懿德(의덕): 아름다운 덕.
〈출전〉詩經 大雅 烝民

1899.

德者得身也덕자득신야

덕은 몸으로 얻어야 한다.

註▶ 1)得身(득신): 덕은 귀로 듣거나 지식으로 얻는 것이 아니고 온몸으로 얻어야한다.
〈출전〉韓非子 解老

1900.

天地大德曰生천지대덕왈생

천지의 가장 큰 덕은 생성이다.

〈출전〉易經 繫辭下

1901.

德不孤덕불고 **必有隣**필유린

덕을 행하는 사람은 외롭지 않고, 반드시 이웃이 있다.

〈출전〉論語 里仁

1902.

德厚者流光덕후자류광

덕이 두터운 사람은 子孫이 榮華를 누린다.

註▶ 1)流光(유광): 덕을 후세에 전하다.

〈출전〉穀梁傳 僖公十五年

1903.

大德不踰閑대덕불유한

기본적인 큰 덕행의 테두리를 넘지 않는다.

註▶ 1)大德(대덕): 君臣之義, 父子之親과 같은 五倫등의 기본적 덕행. 2)踰(유): 넘어서다. 3)閑(한): 울타리, 테두리.

〈출전〉論語 子張

1904.

作德心逸日休작덕심일일휴 **作僞心勞日拙**작위심노일졸

덕을 행하면 마음이 편안하고 날로 훌륭해질 것이며,

거짓을 행하면 마음이 수고롭고 날로 졸렬해질 것이다.

註▶ 1)作(작): 行과 같은 뜻으로 행하다라는 뜻.

〈출전〉書經 周官

1905.

德惟一덕유일 **動罔不吉**동망불길

덕은 순수하게 유일한 것이라서 행동함에 불길함이 없다.

〈출전〉書經 咸有一德

1906.

常厥德상궐덕　**保厥位**보궐위　**厥德靡常**궐덕미상　**九有以亡**구유이망

항상 덕에 힘쓰면 그 자리를 보전하고, 그 덕에 언제나 힘쓰지 못하면 九州가 망할 것이다.

註▶ 1)靡常(미상): 항상 힘쓰지 않다. 2)九(구): 九州. 중국 전체를 아홉으로 나누어 말하는 것.

〈출전〉書經　咸有一德

1907.

大德必得其位대덕필득기위　**必得其祿**필득기록　**必得其名**필득기명　**必得其壽**필득기수

큰 덕은 반드시 지위를 얻고, 반드시 祿을 얻고, 반드시 이름을 얻으며, 반드시 장수한다.

〈출전〉中庸　十七章

1908.

周于德者주우덕자　**邪世不能亂**사세불능난

덕을 갖춘 사람에게는 사악한 세상도 그를 혼란스럽게 못한다.

註▶ 1)周(주): 두루 갖추다.

〈출전〉孟子　盡心下

1909.

富潤屋부윤옥　**德潤身**덕윤신

재산이 많으면 집안이 윤택하고, 덕이 있으면 자신이 윤택해진다.

〈출전〉大學　傳六章

1910.

德之流行덕지류행　速於置郵而傳命속어치우이전명

덕이 퍼져나가는 것은 역마를 갈아타고 명령서를 전달하는 것보다 빠르다.

註▶ 1)流行(유행): 흘러서 퍼져나가다. 2)置郵(치우): 일정한 거리에 驛舍를 두고 車馬를 교체하는 것으로 전달의 신속함을 위한 제도이다.

〈출전〉孟子　公孫丑上

1911.

德者爲理之本也덕자위리지본야

덕은 다스리는 도의 근본이다.

註▶ 1)爲理(위리): 다스림을 행하다.

〈출전〉忠經　政理

1912.

在德不在險재덕부재험

덕이 있으면　위험한일이 없다.

〈출전〉史記　吳起傳

1913.

懷德維寧회덕유녕

덕이 있는 사람은 만사를 편안하게 한다.

註▶ 1)懷德(회덕): 덕이 있는 훌륭한 사람. 2)寧(영): 나라를 편안히 하는 것.

〈출전〉詩經　大雅　板

1914.

德輶如毛덕유여모　民鮮克擧之민선극거지

덕은 털과 같이 가벼우나, 백성 중에 행하는 자가 드물다.

註▶ 1)輶(유): 가볍다. 2)鮮(선): 드물다. 3)克(극): 능히.

〈출전〉詩經　大雅　烝民

1915.

善者선자 吾善之오선지 不善者불선자 吾亦善之오역선지 德善矣덕선의

선한 사람을 우리는 선하다고 하지만 선하지 않은 사람도 선하다고 해야 한다. 인간의 덕이란 선한 것이기 때문이다.

〈출전〉老子　四十九章

1916.

德有所長덕유소장　而形有所忘이형유소망

덕이 커지면 겉모양을 잊게 된다.

〈출전〉莊子　內篇　德充符

1917.

德者才之主덕자재지주　才者德之奴재자덕지노

덕은 재능의 주인이요, 재능은 덕의 종이다.

〈출전〉菜根譚　前集 百三十九

1918.

妖不勝德요불승덕

요염하고 괴이한 것은 덕을 이기지 못한다.

註▶ 1)妖(요): 요염하거나 괴이한 것. 즉 정상적인 것이 아닌 것.
〈출전〉十八史略　夏后氏

1919.

德者事業之基덕자사업지기

덕은 사업의 근본이다.

註▶ 1)德者(덕자): 덕이라고 하는 것. 2)基(기): 기초, 근본.
〈출전〉菜根譚　前集 百五十八

1920.

與日月爭光여일월쟁광

해와 달이 빛을 다투듯이 번성하다.

註▶ 1)爭光(쟁광): 德과 功業이 번성함을 비유한 말이다.
〈출전〉史記　屈原傳

1921.

穆如淸風목여청풍

조화됨이 맑은 바람 같네.

註▶ 1)穆(목): 노래의 소리가 조화를 이루듯 하다.
〈출전〉詩經　大雅　烝民

1922.

旣醉以酒기취이주 **旣飽以德**기포이덕

술에 이미 취하였고, 덕에 이미 배불렀네.

〈출전〉詩經 大雅 旣醉

1923.

視其德如在草野시기덕여재초야 **彼豈以富貴移易其心哉**피기이부귀이역기심재

그 덕을 보니 草野에 있는 것 같은데, 어찌 부귀 때문에 마음을 바꾸겠는가?

〈출전〉文章軌範 韓愈 爭臣論

1924.

聞以德和民문이덕화민 **不聞以亂**불문이난

덕으로써 듣고 백성을 화합시키며, 道를 어지럽히는 것은 듣지 않는다.

〈출전〉左傳 隱公四年

1925.

德無常師덕무상사 **主善爲師**주선위사

덕에는 일정한 스승이 없고, 善을 주인으로 삼는 것이 스승이 된다.

註▶ 1)常師(상사): 일정한 스승, 정해진 스승. 2)爲師(위사): 스승으로 삼다.
〈출전〉書經 咸有一德

1926.

有德不可敵유덕불가적

덕이 있으면 대적할 수 없다.

〈출전〉左傳　僖公二十八年

1927.

盛德大業至矣哉성덕대업지의재

성대한 덕과 대업의 극치

〈출전〉易經　繫辭上

1928.

生死而肉骨也생사이육골야

덕은 죽은 것을 살리고 뼈에 살을 붙인다.

〈출전〉左傳　襄公二十二年

1929.

樹德務滋수덕무자　**除惡務本**제악무본

덕을 세울 때는 자라도록 힘쓰고, 악을 없앨 때는 뿌리째 뽑도록 힘써야한다.

註▶ 1)樹(수): 세우다. 2)滋(자): 불어나다. 3)務本(무본): 근본을 없애는 것에 힘쓰다.
〈출전〉書經　泰誓下

1930.

卑讓德之基也비양덕지기야

자신을 낮추고 양보하는 것이 덕의 근본이다.

註▶ 1)卑讓(비양): 자신을 낮추고 양보하다.
〈출전〉左傳　文公元年

1931.

同力度德동력도덕 **同德度義**동덕도의

힘이 같은 것은 덕이 같은 程度이고, 덕이 같은 것은 의로움이 같은 程度이다.

〈출전〉書經 泰誓上

1932.

德蕩乎名덕탕호명

덕은 명예심 때문에 없어진다.

〈출전〉莊子 內篇 人間世

1933.

皇天無親황천무친 **惟德是輔**유덕시보

하늘은 사사롭게 친함이 없고, 오직 덕이 있는 사람이면 이를 도와준다.

〈출전〉書經 蔡仲之命

1934.

孔德之容공덕지용 **唯道是從**유도시종

위대한 덕을 가진 사람의 모습은 오직 道만을 따른다.

〈출전〉老子 二十一章

1935.

上德不德상덕불덕 **是以有德**시이유덕

높은 덕은 덕을 의식하지 않는 것이다, 그래서 덕을 지니게 되는 것이다.

〈출전〉老子　三十八章

1936.

山高水長산고수장

산은 높고 물은 길다.

註▶ 1) 山高水長(산고수장): 덕의 풍격은 산이 높고 물이 길 듯이 영구하다.

〈출전〉文章軌範　范仲淹　嚴先生祠堂記

1937.

溫溫恭人온온공인　**維德之基**유덕지기

온화하고　공손한 사람은 덕의 터전이다.

註▶ 1)溫溫(온온): 온화하고 관대한 모양. 2)恭人(공인): 공손한 사람.

〈출전〉詩經　大雅　抑

1938.

予懷明德여회명덕　**不大聲以色**부대성이색

나는 밝은 덕을 좋아하나, 소리와 빛으로 나타내지는 않는다.

註▶ 1)懷(회): 생각하고 돌봐 주는 것. 2)聲(성): 喜怒의 소리를 내는 것. 3)色(색): 喜怒의 빛을 나타내는 것.

〈출전〉詩經　大雅　黃矣

1939.

棲守道德者서수도덕자　**寂寞一時**적막일시　**依阿權勢者**의아권세자

凄涼萬古처량만고

도덕을 지키면서 사는 사람은 한때가 적막하고,

권력이나 세도에 아부하여 의지하는 사람은 만고에 처량하다.

註▶ 1)棲守(서수): 거기에 머물러 지키다. 2)依阿(의아): 의지하고 아부하다. 3)萬古(만고): 영원, 영구.

〈출전〉菜根譚　前集 一

1940.

天地之常經천지지상경　**古今之通誼也**고금지통의야

천지간의 일정한 道는 예나 지금이나 통하는 道이다.

註▶ 1)常經(상경): 사람이 지켜야 할 떳떳한 도리, 영구히 변하지 않는 법도. 2)通誼(통의): 通義와 같은 말로 세상 사람들이 모두 실천하고 준수하여야할 도의.

〈출전〉十八史略　西漢　武帝

1941.

行無隱而不形행무은이불형

행동을 숨기지 않아도 드러나지 않는다.

〈출전〉荀子　勸學篇

1942.

莫見乎隱막견호은　**莫顯乎微**막현호미

숨은 것보다 더 잘 보이는 것이 없으며, 미세한 것보다 더 잘 나타나는 것이 없다.

〈출전〉中庸　一章

1943.

闇然而日章암연이일장

군자의 道는 어둑어둑하면서도 날로 밝아진다.

註▶ 1)闇然(암연): 暗자와 통하며 闇然은 어둑어둑한 모습. 2)章(장): 밝다.
〈출전〉中庸　三十三章

1944.

有陰德者유음덕자 **必有陽報**필유양보 **有陰行者**유음행자 **必有昭名**필유소명

陰德이 있는 사람은 반드시 드러나는 보답이 있고, 陰行이 있는 사람은 반드시 밝은 명예가 있다.

註▶ 1)陰德(음덕): 남들이 알지 못하는 곳에서 행하는 덕. 2)陽報(양보): 드러나게 나타나는 보답. 3)陰行(음행): 남들이 알지 못하게 덕을 행하는 것. 4)昭名(昭名): 밝은 명예.
〈출전〉淮南子　人間訓

1945.

陰德其猶耳鳴음덕기유이명

陰德은 귀를 울리는 것과 같다.

註▶ 1)陰德(음덕): 남들이 알지 못하는 곳에서 행하는 덕. 2)猶耳鳴(유이명): 귓가에서 소리가 들리는 것처럼 숨기려 해도 모든 사람들이 알게 된다.
〈출전〉北史　李士謙傳

1946.

有德此有人유덕차유인　**有人此有土**유인차유토　**有土此有財**유토차유재
有財此有用유재차유용

德이 있으면 이에 사람이 있게 되고, 사람이 있으면 이에 땅이 있게 되고, 땅이 있으면 이에 재물이 있게 되고, 재물이 있게 되면 이에 쓰임이 있게 된다.

註▶ 1)德(덕): 특히 絜矩之道를 따르는 것을 말한다. 2)此(차): 則과 같이 접속의 역할을 하고 있다. 3)有人(유인): 得衆을 의미한다. 4)有土(유토): 得國을 의미한다. 5)財(재): 땅에서 생산되는 농산물을 비롯한 여러 가지 물자. 6)有用(유용): 원활한 경제의 흐름을 뜻한다.
〈출전〉大學　傳十章

1947.
山高故不貴산고고불귀　**以有樹爲貴**이유수위귀
산이 높다고 해서 귀한 것이 아니고, 나무가 있어서 귀하게 되는 것이다.

〈출전〉實語敎

1948.
麟之所以爲麟者인지소이위린자　**以德不以形**이덕불이형
기린이 기린인 까닭은 덕이 있어서이지 모양 때문은 아니다.

註▶ 1)所以(소이): 까닭, 이유.
〈출전〉文章軌範　韓愈　獲麟解

1949.
默而成之묵이성지　**不言而信**불언이신　**存乎德行**존호덕행
묵묵히 이루고, 말이 없이도 信任을 받는 것이 성인의 덕행에 있다.

〈출전〉易經　繫辭上

1950.

居之거지 **一歲**일세 **種之以穀**종지이곡 **十歲**십세 **樹之以木**수지이목 **百歲**백세 **來之以德**내지이덕

일 년을 살 때는 곡식을 심고, 십 년을 살기로 하였으면 나무를 심고, 백년의 이로움을 생각할 때는 덕을 심어야한다.

〈출전〉文章軌範 司馬遷 貨殖傳

1951.

鬼神非人實親귀신비인실친 **惟德是依**유덕시의

귀신은 특정한 사람과 친한 것이 아니고, 오직 덕이 있는 사람과 친하다.

註▶ 1)人(인): 여기서는 특별하거나 특정한 사람을 말한다. 2)依(의): 親과 같은 뜻으로 친하다의 의미.
〈출전〉左傳 僖公五年

1952.

食舊德貞식구덕정 **厲終吉**여종길

옛 덕을 가지고 있으면서 바르면 위태롭지만 끝내는 길할 것이다.

註▶ 1)食(식): 가지고 있다. 2)厲(여): 위태롭다.
〈출전〉易經 訟 六三

1953.

至德之世지덕지세

지극한 덕의 세상.

〈출전〉莊子 外篇 馬蹄

1954.

富有之謂大業부유지위대업　**日新之謂盛德**일신지위성덕

부유함이 있게 하는 것을 대업이라고 하고,

만물이 나날이 새롭게 되도록 하는 것을 성대한 덕이라고 한다.

〈출전〉易經　繫辭上

Ⅱ. 기본적인 도덕

1. 中

1955.

允執其中윤집기중

진실로 중용의 도를 지켜라.

註▶ 1)允(윤): 誠과 같은 뜻으로 참으로라는 의미. 2)執其中(집기중): 中庸의 도를 지켜라.

<출전>論語　堯曰

1956.

人心惟危인심유위 **道心惟微**도심유미 **惟精惟一**유정유일 **允執厥中**윤집궐중

사람의 마음은 위태롭기만 하고 도를 지키려는 마음은 극히 희미한 것이니 정신 차리고 오직 하나로 모아 그 中正을 잡아야 한다.

<출전>書經　大禹謨

1957.

時中시중

때에 알맞게 하라.

註▶ 1)時中(시중): 때에 알맞은 것, 그때그때의 사정에 맞게 적절히 행동하는 것을 말한다.

〈출전〉中庸　二章

1958.

無偏無黨무편무당　**王道蕩蕩**왕도탕탕

치우치지 않고 편 가르지 않으면 왕도가 넓고 멀리 행해지리라.

註▶ 1)蕩蕩(탕탕): 넓고 광대한 모양.

〈출전〉書經　洪範

1959.

執中집중　**立賢無方**입현무방

중용을 지키며 어진 이를 등용하되 한 쪽으로 치우치게 하지 말라.

註▶ 1)執中(집중): 중용을 지키다. 2)立(입): 등용하다. 2)無方(무방): 치우침이 없게 하다.

〈출전〉孟子　離婁下

1960.

執中無權집중무권　**猶執一也**유집일야

中庸을 지키며 나가는데 임기응변하는 것이 없으면 그것은 한 가지를 고집하는 것과 같다.

註▶ 1)執中(집중): 중용을 지키다. 2)權(권): 임기응변으로 하다. 3)執一(집일): 한 가지를 고집하다.

〈출전〉孟子　盡心上

2. 中庸, 中和

1961.

過猶不及과유불급

지나치면 미치지 못한 것과 같다.

〈출전〉論語　先進

1962.

致中和天地位焉치중화천지위언　**萬物育焉**만물육언

中과 和를 이루면 天地가 자리를 바로잡고, 만물이 정상적으로 발육된다.

〈출전〉中庸　一章

1963.

極高明而道中庸극고명이도중용

높고 밝은 연구를 다하되 중용의 길을 가다.

註▶ 1)中庸(중용): 지나치거나 치우치지 않으며 언제나 변하지 않고 고른 것. 中正의 常道. 2)極(극): 끝까지 밝히다. 3)道(도): 동사로서 길을 밟는다, 길을 걷는다는 뜻.
〈출전〉中庸　二十七章

1964.

君子中庸군자중용　**小人反中庸**소인반중용

군자는 중용을 행하고, 소인은 중용에 반대되게 행한다.

註▶ 1)中庸(중용): 지나치거나 치우치지 않으며 언제나 변하지 않고 고른 것. 中正의 常道
〈출전〉中庸　二章

1965.

黃裳元吉황상원길

황색의 치마를 입으면 吉하리라.

註▶ 1)黃裳元吉(황상원길): 황색은 고귀한 색깔로서 중앙을 나타내고 치마는 아래에 두르는 것으로 위를 따른다는 것이다, 즉 아름다운 坤의 德에 해당되니 大吉하다.
〈출전〉易經 坤 六五

1966.

制乎外제호외 **所以養其中也**소이양기중야

밖의 惡을 규제하는 것은 그 中의 정신을 기르기 위함이다.

註▶ 1)制(제): 규제하다. 2)外(외): 밖에서 찾아오는 악한 것들. 3)所以(소이): 이유, 까닭.
〈출전〉小學 外篇 嘉言

1967.

中行无咎중행무구

중용을 행하면 잘못이 없다.

註▶ 1)中行(중행): 중용을 행하다. 2)无(무): 無
〈출전〉易經 夬 九五

1968.

緣督以爲經연독이위경

中正을 따르되 그로써 常道를 삼아라.

註▶ 1)緣(연): 따르다, 좇다. 2)督(독): 바르다, 중앙이라는 뜻이 있다. 이 경우는 선과 악의 중간이라는 뜻이다. 3)經(경): 常道.
〈출전〉莊子 內篇 養生主

1969.

仲尼不爲已甚者중니불위이심자

공자께서는 지나치게 심한 일은 하지 않으셨다.

註▶ 1)仲尼(중니): 孔子의 字. 2)已甚者(이심자): 지나치게 심한 것.
〈출전〉孟子 離婁下

1970.

不得中道而與之부득중도이여지 **必也狂獧乎**필야광견호

中道를 가는 사람을 얻어서 가르치지 못한다면
반드시 과격한 사람과 고집이 센 사람을 택할 것이다.

註▶ 1)中道(중도): 中道를 가는 사람. 즉 중용을 지켜서 잘못이 없이 해나가는 사람을 말한다. 2)與之(여지): 그들, 즉 중도를 가는 사람과 함께 하다. 결국 그들을 가르치고 인도하는 것을 말한다. 3)狂獧(광견): 과격하고 고집이 센 사람.
〈출전〉孟子 盡心下

1971.

當履中道당리중도

마땅히 中道를 행하라.

註▶ 1)履(리): 실천하다, 행하다.
〈출전〉宋名臣言行錄 杜衍

1972.

直而溫직이온

정직하되 온화해야 한다.

〈출전〉書經 堯典

1973.

寬而栗관이율

관대하되 위엄이 있어야 한다.

註▶ 1)栗(율): 위엄이 있다, 엄하다.
〈출전〉書經 堯典

1974.

剛而無虐강이무학

강하되 사나움이 없어야 한다.

〈출전〉書經 堯典

1975.

簡而無傲간이무오

간략하되 거만하지 않아야 한다.

〈출전〉書經 堯典

1976.

中庸之爲德也중용지위덕야 **其至矣乎**기지의호

中庸은 바로 德이며 지극하다.

註▶ 1)中庸(중용): 지나치거나 치우치지 않으며 언제나 변하지 않고 고른 것. 中正의 常道. 2)其至矣乎(기지의호): 최고로 지극한 것.
〈출전〉論語 雍也

3. 誠

1977.

誠者天之道也성자천지도야 **誠之者人之道也**성지자인지도야

誠이라고 하는 것은 하늘의 道요, 정성 되게 하는 것은 사람의 道이다.

註▶ 1)誠(성): 정성스럽다, 성실하다. 2)誠之者(성지자): 정성스럽게 하는 사람.
〈출전〉中庸 二十章

1978.

誠者天之道也성자천지도야 **思誠者人之道也**사성자인지도야

誠이라고 하는 것은 하늘의 道요, 성을 생각하는 것은 사람의 道이다.

〈출전〉孟子 離婁上

1979.

誠者物之終始성자물지종시 **不誠無物**불성무물

誠이라고 하는 것은 만물의 처음이요 끝이니, 정성스럽지 않으면 만물은 없을 것이다.

註▶ 1)物(물): 만물. 2)終始(종시): 처음부터 끝까지.
〈출전〉中庸 二十五章

1980.

至誠如神지성여신

지극히 정성됨을 지닌 聖人은 神과 같다.

註▶ 1)至誠(지성): 지극히 정성스러운 聖人을 말한다.
〈출전〉中庸　二十四章

1981.

至誠感神지성감신

지극한 정성은 神을 감동시킨다.

註▶ 1)至誠(지성): 지극한 정성.
〈출전〉書經　大禹謨

1982.

至誠無息지성무식

지극한 정성은 그침이 없다.

〈출전〉中庸　二十六章

1983.

至誠而不動者지성이불동자　未之有也미지유야

지극한 정성에도 감동하지 않는 것은 없다.

〈출전〉孟子　離婁上

1984.

誠身有道성신유도　不明乎善불명호선　不誠乎身矣불성호신의

자신을 정성스럽게 하는 것에는 도가 있으니
善에 밝지 않으면 자신이 정성스럽게 못할 것이다.

〈출전〉中庸　二十章

1985.

唯天下至誠유천하지성　**爲能化**위능화

오직 천하의 지극한 정성됨이 있어야 교화시킬 수 있는 것이다.

〈출전〉中庸　二十三章

1986.

操履無若誠實조리무약성실

지켜야할 행실은 성실함보다 나은 게 없다.

註▶ 1)操履(조리): 몸을 가지는 행실.

〈출전〉宋名臣言行錄　王曾

1987.

五年得一語오년득일어　**曰誠**왈성

오 년 동안 배워서 말 한마디를 얻었는데 그것이 誠이다.

〈출전〉宋名臣言行錄　劉安世

1988.

心誠求之심성구지　**雖不中不遠矣**수부중불원의

마음으로 정성스럽게 구하면 비록 들어맞지는 않으나 멀지는 않을 것이다.

〈출전〉大學　傳九章

1989.

事君當盡忠사군당진충　**遇物當至誠**우물당지성

임금을 섬김에는 충성을 다하고, 사람을 대할 때는 성성을 다하여라.

(原文)

事君當盡忠　遇物當至誠　願言勤夙夜　無忝爾所生

임금을 섬김에는 충성을 다하고

사람을 대할 때는 정성을 다하여라.

바라건대 부디 밤낮으로 부지런하여

그대들의 그 삶을 더럽히지 말아라.

註▶ 1)諸子(제자): 그대들. 제군. 자네들. 윗사람이 아랫사람들을 부르는 제 2인칭. 2)遇物(우물): 물건을 만나다. 사람을 대하다. 3)願言(원언): 바라건대. 원컨대. 言은 助字. 4)夙夜(숙야): 이른 아침부터 밤늦게까지. 5)忝(첨): 더럽히다. 욕되게 하다.

〈출전〉한국한시 〈작자〉趙仁規 〈제목〉示諸子

1990.

至誠能愛日지성능애일　**高義可參天**고의가참천

지극한 그 정성은 해를 사랑할 수 있고, 높은 의리는 하늘을 찌를 듯하네.

(原文)

有美生忠孝　名聲動萬年　**至誠能愛日　高義可參天**

上下雙旌石　中分一帶川　淸風吹故國　舊跡更昭然

아름다워라, 충신과 효자 났나니

그 명성은 만고에 진동하네.

지극한 그 정성은 해를 사랑할 수 있고

높은 의리는 하늘을 찌를 듯하네.

상하로 두 개의 비석이여

그 중간을 갈라 내가 흐르네.

맑은 바람이 고향에서 불어오나니

옛날 자취가 다시 환히 빛나리.

註▶ 1)旌石(정석): 충신이나 효자나 열녀 등을 기념하기 위해 세운 비석. 2)昭然(소연): 빛나는 모양.
<출전>한국한시 <작자>河義甲 <제목>鄭圃隱韓孝子兩碑重修日次留相韻

1991.

崖縫紫菊無人嗅애봉자국무인후 **自向寒天盡意花**자향한천진의화

절벽을 덮은 자줏빛 국화향기 맡는 사람 없어도, 차가운 하늘을 향해 자신의 뜻을 다하네.

(原文)

磴道千回幷磵斜 馬蹄磊落蹋崩沙 **崖縫紫菊無人嗅 自向寒天盡意花**

돌길이 꼬불꼬불하여 산골 물도 비스듬한데
말 걸음이 커서 무너진 모래를 밟네.
절벽을 덮은 자줏빛 국화향기 맡는 사람 없어도
차가운 하늘을 향해 자신의 뜻을 다하네.

註▶ 1)磴道(등도): 돌이 많은 비탈길. 2)磵(간): 산골 물. 3)馬蹄(마제): 말굽. 4)磊落(뇌락): 뜻이 커서 작은 일에 구애받지 않는 모양.
<출전>한국한시 <작자>金邁淳(臺山) <제목>咸從道中

4. 忠 信

1992.

主忠信주충신

忠과 믿음을 위주로 하라.

註▶ 1)主(주): 위주로 하라. 2)忠信(충신): 성실과 신의.

〈출전〉論語　子罕

1993.

禮者예자　**忠信薄而亂之首也**충신박이난지수야

禮라고 하는 것은 충실함과 신의가 얇아진 것으로서 혼란의 시작인 것이다.

註▶ 1)首(수): 첫머리, 시작.

〈출전〉老子　三十八章

1994.

忠臣必死國충신필사국　**不死忠臣羞**불사충신수

충신은 나라를 위해 죽어야 하니, 죽지 않으면 충신의 수치이리.

(原文)

忠臣必死國　不死忠臣羞　蹶起舞長劍　江漢空自流

충신은 나라를 위해 죽어야 하니

죽지 않으면 충신의 수치이리.

분연히 벌떡 일어나 칼춤 추는데

강물은 부질없이 절로 흐르네.

註▶ 1)下(하): 함락함. 항복함. 2)率爾(솔이): 갑작스러운 모양. 3)蹶起(궐기): 벌떡 일어나다. 奮起 4)江漢(강한): 漢江을 가리키는 말.

〈출전〉한국한시　〈작자〉金俊龍(慕義齋)　〈제목〉聞下城之報率爾有作

1995.

許國丹心在허국단심재　**死生任彼蒼**사생임피창

일편단심을 나라에 바쳤거니, 죽고 살기는 저 창천에 매어 있네.

(原文)

許國丹心在　死生任彼蒼　孤臣今日痛　無面拜先王

일편단심을 나라에 바쳤거니

죽고 살기는 저 창천에 매어 있네.

외로운 신하 오늘에 통곡하나니

선왕께 절할 면목이 없네.

註▶ 1)絶筆(절필): 붓을 놓고 다시 쓰지 아니하다. 2)許國(허국): 나라에 몸을 바치다. 또는 몸을 잊고 나라를 돌보다. 3)丹心(단심): 속에서 우러나는 참된 마음. 일편단심.

〈출전〉한국문집총간　〈작자〉李健命(寒圃齋)　〈제목〉絶筆

5. 愼 獨

1996.

愼其獨也신기독야

혼자 있을 때에 삼가 하라.

〈출전〉大學　傳六章

1997.

不欺闇室불기암실

어두운 방에서도 속이지 말라.

〈출전〉宋名臣言行錄　呂希哲

1998.

莫欺自己막기자기

자기를 속이지 말라.

〈출전〉宋史　葛邲傳

1999.

相在爾室상재이실　**尙不愧于屋漏**상불괴우옥루

그대가 방에 있는 것을 볼 때에 방의 어두운 모퉁이에 대하여도 부끄러움이 없기를 바라네.

註▶ 1)相(상): 보다. 2)尙(상): 바라다. 3)屋漏(옥루): 방의 서북쪽 모퉁이로 가장 어둠침침한 곳을 말한다.

〈출전〉詩經　大雅　抑

2000.

群居守口군거수구　**獨坐防心**독좌방심

여럿이 같이 있을 때에는 입을 조심하고,

혼자 앉아 있을 때에는 마음에 邪心이 일어나지 않도록 막아야 한다.

註▶ 1)守口(수구): 말을 조심하다. 2)防心(방심): 마음속에 나쁜 생각이 일지 않도록 막다.

〈출전〉楊升菴集

2001.

小人閒居爲不善소인한거위불선　**無所不至**무소부지

소인은 한가하게 있으면 악을 행하여 하지 못하는 게 없다.

註▶ 1)無所不至(무소부지): 이르지 않는 것이 없다, 하지 않는 것이 없다.

〈출전〉大學　傳六章

2002.

芝蘭生於深林지란생어심림　**不以無人而不芳**불이무인이불방

芝蘭은 깊은 숲에서 피어 사람이 없어도 아름답게 핀다.

註▶ 1)芝蘭(지란): 영지와 난초로 모두 향기가 나는 풀로 여기서는 군자를 가리킨다. 2)不以無人而不芳(불이무인이불방): 군자는 역경에 처해도 節操를 가지고 있다.
〈출전〉孔子家語　在厄

2003.

誠其意者성기의자　**毋自欺也**무자기야

뜻을 정성스럽게 하는 자는 자신을 속이는 일이 없다.

〈출전〉大學　傳六章

2004.

勿欺也물기야　**而犯之**이범지

속이지 말고, 面前에서도 諫言을 하라.

註▶ 1)犯之(범지): 임금의 얼굴 앞에서도 굽히지 않고 간언을 하다.
〈출전〉論語　憲問

2005.

君子可欺以其方군자가기이기방　**難罔以非其道**난망이비기도

군자는 실제에 어울리는 일을 가지고 속일 수는 있어도,
올바른 길이 아닌 것을 가지고는 그를 속이기 힘든 것이다.

註▶ 1)欺以其方(기이기방): 사리에 맞고 실제에 어울리는 방법을 가지고 속이다. 2)罔(망): 어둡게 하다, 즉 속이다. 3)非其道(비기도): 사리에 맞지 않는 것.
〈출전〉孟子　萬章上

2006.

戒愼乎其所不睹계신호기소불도　**恐懼乎其所不聞**공구호기소불문

그가 보여지지 않는 것을 삼가며, 그가 들려지지 않는 것을 두려워한다.

〈출전〉中庸　一章

2007.

寧受人之欺영수인지기　**毋逆人之詐**무역인지사

차라리 남에게 속을지언정, 남이 속일 것을 거슬러서 생각하지 말라.

註▶ 1)逆人之詐(역인지사): 남이 속일 것을 미리 추측하다.
〈출전〉菜根譚　前集 百二十九

6. 忠 恕

2008.

己所不欲기소불욕　**勿施於人**물시어인

자기가 하고 싶지 않은 일을 남에게 시키지 말라.

〈출전〉論語　衛靈公

2009.

忠恕違道不遠충서위도불원

忠과 恕는 道에서 어긋남이 멀지 않다.

〈출전〉中庸　十三章

2010.

夫子之道부자지도　**忠恕而已矣**충서이이의

孔子의 道는 忠과 恕일 뿐이다.

〈출전〉論語　里仁

2011.

我平生所學아평생소학　**唯得忠恕二字**유득충서이자　**一生用不盡**일생용부진

내가 평생 동안 배워서 오직 忠과 恕 두 글자를 얻었으니
평생 동안 활용해도 다하지 않으리라.

〈출전〉宋名臣言行錄　范純仁

2012.

人皆有不忍人之心인개유불인인지심

사람은 다 차마 남에게 잔학하게 굴지 못하는 마음이 있다.

註▶ 1)不忍人之心(불인인지심): 차마 남에게 하지 못하는 마음.
〈출전〉孟子　公孫丑上

2013.

絜矩之道혈구지도

법도에 비추어 행동하는 道.

註▶ 1)絜矩之道(혈구지도): 자기를 척도로 하여 남을 헤아리는 같은 심정의 道.
〈출전〉大學　傳十章

2014.

有諸己유제기 **而后求諸人**이후구제인

자기에게 그것이 있은 후에 남에게 그것을 구한다.

註▶ 1)諸(제): 어나 乎와 같은 뜻으로 ~에게의 뜻.
〈출전〉大學 傳九章

2015.

近取譬근취비

가까운 자기 자신을 가지고서 남의 입장에 비유하여 보고 알다.

〈출전〉論語 雍也

2016.

以責人之心責己이책인지심책기 **恕己之心恕人**서기지심서인
不患不到聖賢地位불환불도성현지위

남을 꾸짖는 마음으로 자기를 꾸짖고, 자기를 용서하는 마음으로 남을 용서하면 성인과 현인의 자리에 이르지 못할까 근심할 것이 없다.

〈출전〉宋名臣言行錄 范純仁

2017.

君子求諸己 小人求諸人

군자는 책임을 자기에게서 구하고, 소인은 남에게서 구한다.

註▶ 1)諸(제): 어나 乎와 같은 뜻으로 ~에게의 뜻.
〈출전〉論語 衛靈公

Ⅲ. 五 常

1. 仁

2018.

仁者人也인자인야

仁이라고 하는 것은 사람다움이다.

〈출전〉中庸　二十章

2019.

仁人心也인인심야　**義人路也**의인로야

仁은 사람의 마음이요, 義는 사람의 길이다.

〈출전〉孟子　告子上

2020.

博愛之謂仁박애지위인　**行而宜之之謂義**행이의지지위의

널리 사랑하는 것을 仁이라고 하고, 행할 때 적절히 처리하는 것을 의로움이라고 한다.

〈출전〉文章軌範　韓愈　原道

2021.

惻隱之心측은지심　**仁之端也**인지단야

측은해하는 마음은 仁의 端緖이다.
〈출전〉孟子　公孫丑上

2022.
仁者인자　**謂其中心欣然愛人也**위기중심흔연애인야
어진 사람이란 진심으로 기쁘게 남을 사랑하는 사람을 말하는 것이다.

註▶ 1)中心(중심): 진심으로. 2)欣然(흔연): 흔쾌히.
〈출전〉韓非子　解老

2023.
人皆有所不忍인개유소불인　**達之於其所忍**달지어기소인　**仁也**인야
사람은 차마 하지 못하는 것이 있는데
그 마음을 마구 다룰 수 있는 것에까지 발전시켜나가는 것이 仁이다.

註▶ 1)人皆有所不忍(인개유소불인): 사람은 다 누구나 사랑하는 것이 있는데 그런 것에는 차마 모질게 굴지 못하는 것이 있다.
〈출전〉孟子　盡心下

2024.
愛人利物之謂仁애인이물지위인
사람을 사랑하고 만물에 이로움을 주는 것을 仁이라고 한다.

〈출전〉莊子　外篇　天地

2025.
里仁爲美이인위미

仁에 처신하는 것이 아름답다.

註▶ 1)里仁(이인): 仁에 처신하다. 里를 動詞로 본다. 살다, 거처하다. 즉 거처나 행동을 仁에 맞게 한다는 뜻.
〈출전〉論語　里仁

2026.
仁天之尊爵也인천지존작야　**人之安宅也**인지안택야
仁은 하늘의 爵位이고, 사람의 편안한 집이다.

〈출전〉孟子　公孫丑上

2027.
克己復禮극기복례　**爲仁**위인
자기의 욕심을 버리고 예로 돌아가는 것이 인이다.

〈출전〉論語　顔淵

2028.
我欲仁아욕인　**斯仁至矣**사인지의
내가 仁을 바라면 仁은 바로 나를 따라온다.

〈출전〉論語　述而

2029.
巧言令色교언령색　**鮮矣仁**선의인
좋은 말이나 좋은 얼굴빛을 꾸미는 사람은 仁愛하는 마음이 적다.

註▶ 1)巧言(교언): 좋게 꾸민 말. 듣기 좋게 가식한 발. 2)令色(영색): 아양을 띠는 좋은 안색.
〈출전〉論語　學而

2030.

剛毅木訥近仁강의목눌근인

강직하고 과감하고 질박하고 말이 무거운 사람은 仁에 가깝다.

註▶ 1)剛(강): 物慾에 속하지 않고 의지가 굳다. 2)毅(의): 과감하고 강하다. 3)木(목): 朴과 같은 뜻으로 질박하다는 뜻. 4)訥(눌): 말이 무겁고 적다.
〈출전〉論語　子路

2031.

爲天下得人者위천하득인자　**謂之仁**위지인

천하를 위하여 인물을 얻는 것을 仁이라고 한다.

〈출전〉孟子　滕文公上

2032.

仁之勝不仁也인지승불인야　**猶水勝火**유수승화

어진 것이 어질지 못한 것을 이기는 것은 물이 불을 이기는 것과 같다.

〈출전〉孟子　告子上

2033.

當仁不讓於師당인불양어사

仁을 행함에 있어서는 스승에게도 양보하지 않아야 한다.

〈출전〉論語　衛靈公

2034.

爲仁由己위인유기　**而由人乎哉**이유인호재

仁을 이룩함은 나로부터 나오는 것이지, 남에게서 나오겠는가?

〈출전〉論語　顔淵

2035.

苟志於仁矣구지어인의　**無惡也**무악야

진실로 仁에 뜻이 있으면 악함이 없다.

註▶ 1)苟(구): 진실로.
〈출전〉論語　里仁

2036.

博學而篤志박학이독지　**切問而近思**절문이근사　**仁在其中矣**인재기중의

널리 배워 뜻을 두텁게 하고 깊이 묻되 가까운 것부터 생각하면
그렇게 하는 가운데서 仁은 저절로 나온다.

註▶ 1)切問(절문): 깊이 파고 묻는다. 2)近思(근사): 자기가 능히 할 수 있는 일부터 생각하다.
〈출전〉論語　子張

2037.

君子去仁군자거인　**惡乎成名**악호성명

군자가 仁을 버리면 어찌 이름을 지키겠는가?

註▶ 1)去仁(거인): 인의 도를 버리고 행하다. 2)惡乎成名(오호성명): 어찌 君子라는 이름을 지어서 가질 수 있겠는가?
〈출전〉論語 里仁

2038.
人皆有不忍人之心인개유불인인지심
사람은 다 차마 남에게 잔학하게 굴지 못하는 마음이 있다.

〈출전〉孟子 公孫丑上

2039.
篤近而擧遠독근이거원
가까운 사람과 돈독히 하고, 멀리 있는 사람을 천거하여 올린다.

〈출전〉古文眞寶 韓愈 原人

2040.
淸能有容청능유용 **仁能善斷**인능선단
맑으면서도 능히 받아들일 수 있고, 어질면서도 능히 결단을 잘 내린다.

註▶ 1)淸(청): 청렴하다, 결백하다. 2)容(용): 용납하다. 3)善斷(선단): 결단을 잘 내리다.
〈출전〉菜根譚 前集 八十三

2041.
觀過斯知仁矣관과사지인의
잘못을 보면 仁者인가 아닌가를 알 수 있다.

〈출전〉論語 里仁

2042.

道二도이 **仁與不仁而已矣**인여불인이이의

道는 둘이다, 인자함과 인자하지 않은 것뿐이다.

〈출전〉孟子 離婁上

2043.

大仁不仁대인불인

大仁은 어질지 않은 것 같이 한다.

〈출전〉莊子 內篇 齊物論

2044.

仁者德之光인자덕지광

仁은 德의 빛이다.

〈출전〉韓非子 解老

2045.

求仁而得仁구인이득인 **又何怨**우하원

伯夷와 叔齊가 仁을 얻고자 하여 仁을 얻었거늘 무엇을 怨望하리요.

〈출전〉論語 述而

2046.

乘人之約승인지약 **非仁也**비인야

다른 사람의 困難함을 利用하면 仁이 아니다.

註▶ 1)乘(승): 이용하다. 2)人之約(인지약): 남의 곤란한 점.
〈출전〉左傳　定公四年

2047.
仁者能好人인자능호인　**能惡人**능오인
어진 이는 사람을 좋아할 수 있고 사람을 미워할 수 있다.

註▶ 1)能惡人(능오인): 사람을 미워할 수 있다.
〈출전〉論語　里仁

2048.
仁者不憂인자불우
어진 사람은 私慾때문에 근심하지 않는다.

註▶ 1)不憂(불우): 개인적인 욕심 때문에는 근심하지 않다.
〈출전〉論語　子罕

2049.
仁者其言也訒인자기언야인
어진 사람은 말하기를 어려워한다.

註▶ 1)訒(인): 難의 뜻으로 말하기를 어려워한다. 말을 조심하고 어려워하다.
〈출전〉論語　顔淵

2050.
知者自知지자자지　**仁者自愛**인자자애
지혜로운 사람은 자기를 알고, 어진 사람은 자기를 사랑한다.

〈출전〉荀子　子道篇

2051.

仁者必有勇인자필유용 **勇者不必有仁**용자불필유인

어진 사람은 반드시 용감한 실천력이 있다,

그러나 용맹한 사람은 모두 仁德을 가진 것은 아니다.

〈출전〉論語 憲問

2052.

仁者樂山인자요산

어진 사람은 산을 좋아한다.

〈출전〉論語 雍也

2053.

仁者壽인자수

어진 사람은 장수한다.

〈출전〉論語 雍也

2054.

仁者靜인자정

어진 사람은 세상에 동요되지 않고 고요하게 있다.

〈출전〉論語 雍也

2055.

仁者無敵인자무적

어진 사람은 대적할 수 없다.

〈출전〉孟子　梁惠王上

2056.

唯仁人爲能愛人能惡人유인인위능애인능오인

오직 어진 사람만이 사람을 사랑하거나 미워할 수 있다.

註▶ 1)能惡人(능오인): 능히 사람을 미워할 수 있다.
〈출전〉大學　傳十章

2057.

唯仁者유인자　**可高也可下也**가고야가하야

오직 어진 사람만이 지위의 높고 낮음을 조절할 수 있다.

〈출전〉國語　楚語下

2058.

仁人無敵於天下인인무적어천하

어진 사람은 세상에 敵이 없다.

〈출전〉孟子　盡心下

2059.

仁者安仁인자안인　**知者利仁**지자리인

어진 사람은 仁에 편안히 살고, 지혜로운 사람은 仁을 이용한다.

註▶ 1)安仁(안인): 仁 그 자체에 安住한다. 仁에 사는 것이 仁者의 본질이므로 곤궁이나 부귀에도 흔들리지 않고 仁에 安住하는 것이다. 2)利仁(이인): 仁者까지는 못된 知者는 仁에 의거하여 처신하는 것이 이로운 줄 알고 仁을 추구하고 지킨다. 仁을 이용한다.
〈출전〉論語 里仁

2060.
仁者不以盛衰改節인자불이성쇠개절 **義者不以存亡易心**의자불이존망역심
어진 사람은 집이 흥하거나 쇠함에 따라 節操를 고치지 않고,
의로운 사람은 나라의 存亡에 따라 마음을 바꾸지 않는다.

註▶ 1)改節(개절): 절조 즉 절개를 고치다. 2)易心(역심): 마음을 바꾸다.
〈출전〉小學 外篇 善行

2061.
好仁호인 **天下無敵焉**천하무적언
仁을 좋아하면 온 세상에 敵이 없다.

〈출전〉孟子 盡心下

2. 義

2062.
義者宜也의자의야
의로움이란 마땅함이다.

〈출전〉中庸 二十章

2063.

羞惡之心수오지심　**義之端也**의지단야

부끄러워하는 마음은 義의 端緖이다.

註▶ 1)羞惡之心(수오지심): 부끄러워하는 마음. 의롭지 않은 일을 볼 때에 부끄러워하는 마음.

〈출전〉孟子　公孫丑上

2064.

義者人之大本也의자인지대본야

의로움은 사람의 큰 근본이다.

〈출전〉淮南子　人間訓

2065.

義天下之良寶의천하지양보

의로움은 천하의 좋은 보배이다.

註▶ 1)良寶(양보): 좋은 보배, 값진 보배.

〈출전〉墨子　耕柱

2066.

大人者대인자　**言不必信**언불필신　**行不必果**행불필과　**惟義所在**유의소재

대인이란 말을 한다고 반드시 그 신용을 지키지 않고, 행동을 한다고 해서 반드시 처음 목표했던 데까지 해내지는 않는다. 오직 의가 있는 곳에 따라갈 뿐이다.

註▶ 1)大人(대인): 사리에 통달한 훌륭한 덕을 지닌 인물. 2)信(신): 신용을 지키다. 3)果(과): 결과물을 만들어내다.

〈출전〉孟子　離婁下

2067.

有不爲也유불위야　**而後可以有爲**이후가이유위

하지 않은 것이 있은 후에야 하는 것이 있게 될 것이다.

<출전>孟子　離婁下

2068.

以義割恩也이의할은야

의로움을 지키기 위해서는 은혜를 떨쳐 버려라.

註▶ 1)割恩(할은): 사사로운 은혜를 떨쳐내 버려라.
<출전>漢書　外戚傳　注

2069.

苟有道義之樂구유도의지락　**形骸可外**형해가외

진실로 道와 義의 즐거움이 있으면 육체의 욕망에서 벗어날 수 있다.

註▶ 1)形骸(형해): 육체적인 욕망. 2)可外(가외): 벗어날 수 있다.
<출전>宋名臣言行錄　范仲淹

2070.

言不及義언불급의　**好行小慧**호행소혜　**難矣**난의

말이 義에 미치지 않고 작은 재치만 부리는 사람은 딱하다.

註▶ 1)言不及義(언불급의): 그들의 말이 義에 언급되지 않는다. 2)小慧(소혜): 慧는 재간이나 꾀. 즉 자잘한 꾀.
<출전>論語　衛靈公

2071.

非其義者不受其祿비기의자불수기록

의롭지 않은 사람은 俸祿을 받지 못한다.

〈출전〉韓非子　外儲說左上

2072.

爲義위의　**非避毁就譽**비피훼취예

道義를 행할 때는 피하지 말고 명예심을 버려야 한다.

註▶ 1)毁就譽(훼취예): 명예를 얻고자하는 마음을 버려야 한다.

〈출전〉墨子　耕柱

2073.

正其誼정기의　**不謀其利**불모기리　**明其道**명기도　**不計其功**불계기공

仁義를 바르게 할 때는 이익을 생각하지 말고,

道義를 밝게 할 때는 그 功을 계산하지 않아야 한다.

註▶ 1)誼(의): 仁義.

〈출전〉小學　外篇　嘉言

2074.

仁人之安宅也인인지안택야　**義人之正路也**의인지정로야

仁은 사람의 편안한 집이요, 義는 사람이 가야할 바른 길이다.

〈출전〉孟子　離婁上

2075.

仁者義之本也인자의지본야

仁은 義를 행하는 근본이다.

〈출전〉禮記 禮運

2076.

仁可過也인가과야 **義不可過也**의불가과야

仁은 법도를 어길 수 있으나, 義는 법도를 어길 수 없다.

註▶ 1)過(과): 법도나 규범을 어기거나 지키지 않다.
〈출전〉文章軌範 蘇軾 刑賞忠厚之至論

2077.

仁近於樂인근어락 **義近於禮**의근어예

仁은 음악에 가깝고, 義는 禮에 가깝다.

〈출전〉禮記 樂記

2078.

仁義繩墨之言인의승묵지언

仁과 義는 법도에 관한 말이다.

註▶ 1)繩墨(승묵): 법, 법도, 준칙.
〈출전〉莊子 內篇 人間世

2079.

大道廢有仁義대도폐유인의

위대한 道가 없어져서 仁과 義가 생겼다.

〈출전〉老子　十八章

2080.

義者百事之始也의자백사지시야　**萬利之本也**만리지본야

의로움은 모든 일의 시작이요, 모든 이익의 근본이다.

〈출전〉呂覽　無義

2081.

正其義不謀其利정기의불모기리

그 의로움을 바르게 하고, 그 이익을 도모하지 말라.

〈출전〉近思錄　爲學類

2082.

義然後取의연후취

의로운 후에 재물을 취한다.

〈출전〉論語　憲問

2083.

見利思義견리사의

이익을 보면 의로움을 생각하라.

〈출전〉論語　憲問

2084.

見得思義견득사의

이득을 보면 의로움을 생각하라.

〈출전〉論語　季氏

2085.

見利而讓義也견리이양의야

이익을 보고 양보하는 것은 옳은 것이다.

〈출전〉禮記　樂記

2086.

見義不爲견의불위　**無勇也**무용야

의로움을 보고도 행하지 않는 것은 용기가 없는 것이다.

〈출전〉論語　爲政

2087.

英風能竪髮영풍능수발　**高義可醒昏**고의가성혼

영웅의 기풍은 머리털을 일으키고, 높은 의리는 어두움을 깨우친다.

(原文)

小廟依山麓　孤樓枕水濱　**英風能竪髮　高義可醒昏**

學道人何限　撐流獨子存　至今靑史上　天日照淸芬

조그만 사당은 산기슭에 있고

외로운 다락은 물가에 있다.

영웅의 기풍은 머리털을 일으키고
높은 의리는 어두움을 깨우친다.
도를 배움에 사람 한정 있던가.
시류를 버팀에 그대 혼자뿐이다.
지금까지의 역사 위에서
하늘의 해가 밝은 향기 비춘다.

註▶ 1)臨川(임천): 지금의 江西省에 있는 지명. 2)鄕社(향사): 시골의 社稷堂. 3)子(자): 그대. 王安石을 가리킴. 그는 宋나라의 정치가요 학자. 唐宋八大家의 한 사람으로 臨川사람이다. 4)靑史(청사): 역사. 史書.
〈출전〉한국한시 〈작자〉申活(竹老) 〈제목〉過臨川鄕社有感

3. 禮

2088.
禮天之經也예천지경야 **地之義也**지지의야 **民之行也**민지행야
禮는 하늘의 常道요, 땅의 의로움이요, 사람이 행해야 할 것이다.

註▶ 1)天之經也(천지경야): 日月星辰이 아름답게 빛나는 것은 하늘이 상도가 있기 때문이다. 2)地之義也(지지의야): 산천초목이 무성하게 자라는 것은 땅이 의롭기 때문이다.
〈출전〉左傳 昭公二十五年

2089.
辭讓之心사양지심 **禮之端也**예지단야
사양하는 마음은 禮의 端緖이다.

註▶ 1)辭讓之心(사양지심): 사양하는 마음. 좋고 이로운 일이 있을 때 남에게 먼저 그것을 양보하고 물러나는 마음. 2)端(단): 단서, 실마리.
〈출전〉孟子　公孫丑上

2090.

不知禮부지예　**無以立也**무이립야

禮를 알지 못하면 세상 가운데에 서 있을 수 없다.

〈출전〉論語　堯曰

2091.

禮身之幹也예신지간야　**敬身之基也**경신지기야

禮는 몸의 줄기이고, 敬은 몸의 기본이다.

〈출전〉左傳　成公十三年

2092.

禮義也者예의야자　**人之大端也**인지대단야

禮儀는 사람의 가장 큰 단서이다.

註▶ 1)禮義(예의): 禮儀와 같은 뜻으로 쓰였다.
〈출전〉禮記　禮運

2093.

忠信충신　**禮之本也**예지본야　**義理**의리　**禮之文也**예지문야

忠과 信은 禮의 근본이요, 의리는 禮의 모양이다.

註▶ 1)文(문): 겉으로 나타난 모양.
〈출전〉禮記 禮器

2094.
禮之於人也 예지어인야 **猶酒之有蘖也**유주지유얼야
禮는 인간사회에서 술에 누룩이 있는 것과 같다.

註▶ 1)猶酒之有蘖也(유주지유얼야): 술을 담글 때 누룩이 있어야 하는 것처럼 禮는 인간세상을 혼연일체가 되게 한다.
〈출전〉禮記 禮運

2095.
讓禮之主也양예지주야
양보하는 것은 禮의 제일 중요한 것이다.

〈출전〉左傳 襄公十三年

2096.
天地者生之本也천지자생지본야 **先祖者類之本也**선조자류지본야
君師者治之本也군사자치지본야 **是禮之三本也**시예지삼본야
天地는 인생의 근본이요, 先祖는 자손들의 근본이요,
임금과 스승은 세상을 다스리는 근본이니 이것은 禮의 세 가지 근본이다.

〈출전〉荀子 禮論篇

2097.
禮者예자 **君之大柄也**군지대병야

禮는 나라를 다스리는 임금의 가장 큰 道이다.

註▶ 1)大柄(대병): 큰 권력. 정치를 좌우하는 권력.
〈출전〉禮記　禮運

2098.

禮始於謹夫婦예시어근부부

禮는 부부간에 삼가는 것부터 시작된다.

〈출전〉禮記　內則

2099.

禮云禮云예운예운　**玉帛云乎哉**옥백운호재

禮라고 하는 것이 구슬이나 비단을 말하겠는가?

註▶ 1)玉帛(옥백): 구슬이나 비단으로 禮를 행하는 형식적인 물건을 가리킴.
〈출전〉論語　陽貨

2100.

幣美則沒禮폐미즉몰예

폐물이 아름다우면 禮를 잃어버린다.

〈출전〉儀禮　聘禮

2101.

禮與其奢也예여기사야　**寧儉**영검

禮는 사치하는 것보다는 차라리 검소해야 한다.

〈출전〉論語　八佾

2102.

非禮弗履비예불리

禮가 아니면 이행하지 말라.

〈출전〉易經 大壯 象

2103.

禮不踰節예불유절

禮는 節度를 넘어서지 않는다.

註▶ 1)節(절): 正道. 신분뿐만이 아니라 모든 사물의 正道.

〈출전〉禮記 曲禮上

2104.

禮義之始예의지시 **在於正容體**재어정용체 **齊顔色**제안색 **順辭令**순사령

예의의 시작은 얼굴과 몸을 바르게 하고 안색을 가지런히 하고 말을 삼가는 데에 있다.

註▶ 1)容體(용체): 얼굴과 몸가짐. 2)辭令(사령): 남에게 응대하는 말.

〈출전〉禮記 冠義

2105.

徑路窄處경로착처 **留一步與人行**유일보여인행

작은 길이나 좁은 길에서는 한 걸음 멈추어 남을 먼저 가게 하라.

註▶ 1)徑路(경로): 작은 길, 지름길. 2)窄處(착처): 좁은 곳. 3)與人行(여인행): 다른 사람으로 하여금 가게 하다.

〈출전〉菜根譚 前集 十三

2106.

勇而無禮則亂용이무례즉난

용기가 있는데 예의가 없는 것은 난폭한 것이다.

〈출전〉論語　泰伯

2107.

行不中道행불중도　**立不中門**입불중문

길 한가운데로 가지 않으면 문의 한가운데에 설 수 없다.

〈출전〉禮記　曲禮上

2108.

敬而不中禮경이불중예　**謂之野**위지야　**恭而不中禮**공이불중예　**謂之給**위지급

공경하더라도 예에 맞지 않으면 야한 것이요, 공손하더라도 예에 맞지 않으면 아첨하는 것이다.

註▶ 1)野(야): 촌스러운 것을 말함. 2)給(급): 지나치게 공경하여 말로 아첨하는 것을 말함.
〈출전〉禮記 仲尼燕居

2109.

年豊廉讓多연풍렴양다　**歲薄禮節少**세박예절소

풍년이 들었을 때는 청렴하고 양보하는 것이 많지만,
흉년이 들면 예절을 지키는 사람이 줄어든다.

註▶ 1)歲薄(세박): 흉년이 들다.
〈출전〉古詩源　梁武帝　藉田

2110.

臨喪不笑임상불소

喪中에는 웃지 말라.

〈출전〉禮記　曲禮上

2111.

禮者因人之情而爲之節文예자인인지정이위지절문　**以爲民坊者也**이위민방자야

예는 인정을 참작하여 이를 알맞게 제한하고 文飾을 하여 백성의 둑이 된다.

註▶ 1)節文(절문): 일을 알맞게 제한하고 文飾을 하는 것.

〈출전〉禮記　坊記

2112.

賓有禮빈유예　**主則擇之**주즉택지

손님이 앉을 자리의 순위는 주인이 택하는 것이 당연하다.

〈출전〉左傳　隱公十一年

2113.

禮者所以綴淫也예자소이철음야

禮는 節度를 지켜서 음란한 것을 막는 것이다.

註▶ 1)綴淫(철음): 음란한 것을 막다.

〈출전〉禮記　樂記

2114.

禮者예자　**忠信薄而亂之首也**충신박이난지수야

禮라고 하는 것은 충실함과 신의가 엷아진 것으로서 혼란의 시작인 것이다.

註▶ 1)首(수): 첫머리, 시작.
〈출전〉老子　三十八章

4. 知

2115.
是非之心시비지심　**智之端也**지지단야
옳고 그른 것을 판단하는 마음은 지혜의 端緖이다.

〈출전〉孟子　公孫丑上

2116.
知之爲知之지지위지지　**不知爲不知**부지위부지　**是知也**시지야
아는 것을 안다고 하고, 모르는 것을 모른다고 하라, 이것이 아는 것이다.

〈출전〉論語　爲政

2117.
言而當知也언이당지야　**黙而當亦知也**묵이당역지야
말을 하면 마땅히 알고, 말을 하지 않아도 또한 안다.

〈출전〉荀子　非十二子篇

2118.

智莫大於闕疑지막대어궐의

지혜는 모르는 것을 잠시 제쳐두는 것보다 큰 것이 없다.

註▶ 1)闕疑(궐의): 모르는 것을 잠시 제쳐두다.
〈출전〉說苑　談叢

2119.

知止其所不知至矣지지기소부지지의

지혜는 알지 못하는 곳에 머물러야 한다.

〈출전〉莊子　內篇　齊物論

2120.

見險而能止견험이능지　**知矣哉**지의재

앞의 위험을 보고 그칠 수 있는 것은 지혜로운 것이다.

〈출전〉易經　蹇　象

2121.

去智而有明거지이유명　**去賢而有功**거현이유공　**去勇而有彊**거용이유강

지식을 버리면 밝음이 있고, 어진 것을 버리면 실적이 있고,
용맹함을 버리면 큰 용기가 나타난다.

〈출전〉韓非子　主道

2122.

所惡於智者소악어지자　**爲其鑿也**위기착야

지혜로움을 미워하는 것은 지혜로 穿鑿하기 때문이다.

註▶ 1)爲其鑿也(위기착야): 지혜의 穿鑿性 때문이다. 지혜와 기교를 써서 망령되게 천착하기 때문에 지혜를 미워하는 것이다.
〈출전〉孟子 離婁下

2123.

智足以飾非지족이식비

간사한 지혜는 자기의 잘못을 꾸며서 잘 보이는 것에 만족한다.

註▶ 1)飾非(식비): 자기의 잘못을 꾸며서 잘 보이려 하다.
〈출전〉說苑 臣術

2124.

智欲圓而行欲方지욕원이행욕방

인간의 지혜는 원만하고자하나, 행동은 모가 나려고 한다.

〈출전〉近思錄 爲學類

2125.

智猶水也지유수야 **不流則腐**불류즉부

지혜는 물과 같아서 흐르지 않으면 썩는다.

〈출전〉宋名臣言行錄 張詠

2126.

或生而知之혹생이지지 **或學而知之**혹학이지지 **或困而知之**혹곤이지지 **及其知之一也**급기지지일야

어떤 이는 태어나면서부터 알고, 어떤 이는 배워서 알게 되고,
어떤 이는 어려워야 그것을 알게 되니 그것을 아는 것에 미쳐서는 한가지다.

<출전>中庸　二十章

2127.

迪哲적철

밝은 도리를 실천하라.

<출전>書經　無逸

2128.

靡哲不愚미철불우

모든 어진 이들이 어리석은 듯 지내고 있다.

註▶ 1)靡哲不愚(미철불우): 論語의 "邦無道則愚" 와 같은 말로 세상이 어지러움을 뜻한다.
<출전>詩經　大雅　抑

2129.

君子於其所不知군자어기소부지　**蓋闕如也**개궐여야

군자는 모르는 일에는 입을 다문다.

註▶ 1)蓋闕如(개궐여): 모르는 것은 말하지 않고 빠뜨린다.
<출전>論語　子路

2130.

知不知上지부지상　**不知知病**부지지병

알면서도 알지 못하는 듯 하는 것이 훌륭한 태도이고,
알지 못하면서도 아는 듯 하는 것은 병폐이다.

〈출전〉老子　七十一章

2131.

自知者明자지자명

자신을 아는 사람이 명석한 사람이다.

〈출전〉老子　三十三章

2132.

浸潤之譖침윤지참 **膚受之愬**부수지소 **不行焉**불행언 **可謂明已矣**가위명이의

물이 스며들어 적시듯이 은근하게 하는 譖言이나 피부로 느껴질 만한 譖訴를 폐기시켜버리면 멀리 내다본다고 할 수 있다.

註▶ 1)浸潤之譖(침윤지참): 물이 스며들어서 적시듯 점차로 보이지 않게 임금의 마음속에 스며들게 하는 참언. 2)膚受之愬(부수지소): 내실이 없이 표면적으로 하는 천박한 참소
〈출전〉論語　顔淵

2133.

智慧出有大僞지혜출유대위

지혜가 생겨나면서 대단한 거짓이 존재하게 되었다.

註▶ 1)大僞(대위): 굉장한 거짓. 위는 人爲 또는 作爲의 뜻도 있으나 굉장한 作爲의 뜻으로 쓰였다.
〈출전〉老子　十八章

2134.

聞一知二문일지이

하나를 들으면 둘을 안다.

〈출전〉論語　公冶長

2135.

知其一 지기일 **未知其二**미지기이

하나는 알고 둘은 모른다.

〈출전〉十八史略　西漢　高祖

2136.

知之者不如好之者지지자불여호지자

아는 사람은 좋아하는 사람보다 못하다.

〈출전〉論語　雍也

2137.

好之者호지자　**不如樂之者**불여락지자

좋아하는 사람은 즐기는 사람보다 못하다.

〈출전〉論語　雍也

2138.

無術之智무술지지

잔재주 부리지 않는 지혜로움.

〈출전〉呂覽　不二

2139.

臨河欲魚임하욕어 **不若歸而織網**불약귀이직망

물가에서 물고기를 잡고 싶어 하는 것은 돌아가서 그물을 짜는 것보다 못하다.

〈출전〉文子 上德

2140.

絶聖棄智절성기지 **民利百倍**민리백배 **絶仁棄義**절인기의 **民復孝慈**민복효자

聖人을 끊어버리고 지혜로운 사람을 내버리면 백성들의 이익은 백 배로 늘어날 것이며, 仁을 끊어버리고 의를 버리면 백성들은 효도와 자애로움으로 되돌아갈 것이다.

〈출전〉老子 十九章

2141.

老馬之智可用也노마지지가용야

늙은 말의 지혜는 쓸모가 있다.

〈출전〉韓非子 說林上

2142.

前識者전식자 **道之華而愚之始也**도지화이우지시야

남보다 앞서 아는 것은 道의 형식적인 겉치레로서 어리석음의 시작이다.

註▶ 1)華(화): 實의 반대로 外華 또는 겉모양을 뜻한다.

〈출전〉老子 三十八章

2143.

知者不惑지자불혹

지혜로운 사람은 미혹되지 않는다.

〈출전〉論語 子罕

2144.

知者樂水지자요수

지혜로운 사람은 물을 좋아한다.

〈출전〉論語 雍也

2145.

知者動지자동

지혜로운 사람은 자연과 세상에 적응하여 변화한다.

〈출전〉論語 雍也

2146.

知者樂지자락

지혜로운 사람은 즐겁게 산다.

〈출전〉論語 雍也

2147.

仁者安仁인자안인 **知者利仁**지자리인

어진 사람은 仁에 안주하고, 지혜로운 사람은 仁을 이용한다.

註▶ 1)安仁(안인): 仁 그 자체에 安住한다. 仁에 사는 것이 仁者의 본질이므로 곤궁이나 부귀에도 흔들리지 않고 仁에 安住하는 것이다. 2)利仁(이인): 仁者까지는 못된 知者

는 仁에 의거하여 처신하는 것이 이로운 줄 알고 仁을 추구하고 지킨다. 仁을 이용한다.
〈출전〉論語 里仁

2148.

智者知幾而固守지자지기이고수

지혜로운 사람은 그 기미를 알아서 굳게 지킨다.

註▶ 1)幾(기): 기미, 조짐.
〈출전〉近思錄 出處類

2149.

知者無不知也지자무부지야 **當務之爲急**당무지위급

지혜로운 사람은 알지 못하는 것이 없으나 힘써야 할 것을 서둘러서 먼저 해야 한다.

〈출전〉孟子 盡心上

2150.

知者不言지자불언 **言者不知**언자부지

진실로 지혜로운 사람은 말이 적고, 말이 많은 사람은 지혜롭지 못하다.

〈출전〉老子 五十六章

2151.

知者過之지자과지 **愚者不及也**우자불급야

지혜로운 사람은 지혜가 지나치고, 어리석은 자는 미치지 못한다.

註▶ 1)過之(과지): 지혜가 지나쳐서 도를 행할만하지 못하다.
〈출전〉中庸 四章

2152.

知者自知지자자지　**仁者自愛**인자자애

지혜로운 사람은 자기를 알고, 어진 사람은 자기를 사랑한다.

〈출전〉荀子　子道篇

5. 信

2153.

民無信不立민무신불립

백성이 믿지 않으면 나라가 존립할 수 없다.

註▶ 1)立(립): 나라가 존립하다.

〈출전〉論語　顔淵

2154.

信近於義신근어의　**言可復也**언가복야

약속한 것이 의리에 벗어나지 않아야 말대로 실천할 수 있다.

註▶ 1)義(의): 정의, 대의. 2)近: 멀리 벗어나지 않는다. 3)復(복): 실천하다.

〈출전〉論語　學而

2155.

與朋友交而不信乎여붕우교이불신호

친구와 사귈 때 미덥지 않았는가?

〈출전〉論語　學而

2156.

人而無信인이무신 **不知其可也**부지기가야

사람이 신의가 없으면 그의 쓸모를 알 수가 없다.

註▶ 1)不知其可(부지기가): 그 가능성을 알 수 없다. 즉 아무 짝에도 써먹을 수 없다는 뜻으로 쓰였다.

〈출전〉論語 爲政

2157.

信則人任焉신즉인임언

신의가 있으면 사람들이 안심하고 맡긴다.

〈출전〉論語 陽貨

2158.

大信不約대신불약

크게 신뢰를 받는 사람은 어디를 가든지 신용을 얻는다.

註▶ 1)不約(불약): 어디를 가나 신용을 얻는다.

〈출전〉禮記 學記

2159.

君子不亮군자불량 **惡乎執**악호집

군자가 신용이 없으면 어디를 지지하겠는가?

註▶ 1)亮(양): 諒과 같은 뜻으로 신용을 의미한다.

〈출전〉孟子 告子下

2160.

不約而信불약이신

약속하지 않아도 신의를 지킨다.

〈출전〉呂覽 本味

2161.

杖莫如信장막여신

지팡이에 의지하는 것은 신의가 있는 사람에게 의지하는 것보다 못하다.

註▶ 1)信(신): 신의가 있는 사람을 가리킨다.
〈출전〉左傳 襄公八年

2162.

義無二信의무이신 **信無二命**신무이명

의리를 지키기 위해서는 두 개의 신의가 없어야 하고, 신의를 지키기 위해서는 두 개의 명령이 없어야 한다.

〈출전〉左傳 宣公十五年

2163.

信及豚魚也신급돈어야

사람의 신의가 돼지나 물고기에게까지 미쳐서 감동을 준다.

〈출전〉易經 中孚 象

2164.

信不繼신불계 **盟无益也**맹무익야

신용이 계속되지 않으면 맹세해도 이익이 없다.

〈출전〉左傳　桓公十二年

2165.

信而後勞其民신이후로기민

신임을 받은 후에 백성을 부려야 한다.

〈출전〉論語　子張

2166.

輕諾必寡信경락필과신

쉽게 승낙하면 반드시 믿음이 적다.

〈출전〉老子　六十四章

2167.

善閉無關鍵선폐무관건　**而不可開**이불가개

문을 잘 닫는 사람은 빗장 자물쇠가 없더라도 열 수가 없게 한다.

註▶ 1)關鍵(관건): 빗장과 자물쇠.

〈출진〉老子　二十七章

2168.

善結無繩約선결무승약　**而不可解**이불가해

잘 묶는 사람은 새끼줄로 묶지 않아도 풀 수가 없게 한다.

〈출전〉老子　二十七章

Ⅳ. 오 륜

1. 오륜의 항목

2169.

天敍有典천서유전　**勅我五典**칙아오전

하늘의 질서에 법이 있어서 우리에게 五倫을 지키게 하셨다.

註▶ 1)天敍(천서): 하늘의 질서. 2)五典(오전): 다섯 가지의 법, 즉 五倫을 말한다.
<출전>書經　皐陶謨

2170.

父子有親부자유친　**君臣有義**군신유의　**夫婦有別**부부유별
長幼有序장유유서　**朋友有信**붕우유신

아버지와 자식은 친함이 있어야하고, 임금과 신하는 의리가 있어야하고, 남편과 아내는 구별이 있어야하고, 어른과 어린아이는 순서가 있어야하고, 친구 간에는 믿음이 있어야한다.

<출전>孟子　滕文公上

2171.

敬敷五教경부오교　**在寬**재관

五倫을 삼가 펴되 너그럽게 하라.

註▶ 1)敷(부):펴다, 공포하다. 2)五教(오교): 五倫.
〈출전〉書經　舜典

2172.
五者天下之達道也오자천하지달도야
五倫은 천하에 널리 행해야할 道이다

註▶ 1)五者(오자): 五倫을 가리킨다.
〈출전〉中庸　二十章

2173.
經綸天下之大經경륜천하지대경
나라를 다스리는데 는 천하에 五倫이 있어야한다.

註▶ 1)經綸(경륜): 나라를 다스리다. 2)大經(대경): 五常 즉 三綱五倫의 五倫을 가리킨다.
〈출전〉中庸　三十二章

2. 親 子

2174.
維桑與梓유상여재　**必恭敬止**필공경지
뽕나무와 가래나무를 반드시 공경한다.
(집 둘레에 심어놓은 뽕나무와 가래나무를 보니 고향생각이 일어나 부모님 생각이 난다.)

註▶ 1)桑與梓(상여재): 집 둘레에 심어놓은 뽕나무와 가래나무를 보니 고향생각이 일어나 부모님 생각이 난다.
〈출전〉詩經 小雅 小弁

2175.

蓼蓼者莪요요자아 **匪莪伊蒿**비아이호

다북쑥이 더부룩하게 자라면 다북쑥이 아니라 약쑥이다.

註▶ 1)匪莪伊蒿(비아이호): 어린 자식을 부모님이 길러주셔서 장성하였다는 비유.
〈출전〉詩經 小雅 蓼莪

2176.

凱風自南개풍자남 **吹彼棘心**취피극심

따스한 남풍이 어린 대추나무에 불어온다.

註▶ 1)吹彼棘心(취피극심): 부모님의 사랑이 자식에게 미친다.
〈출전〉詩經 邶風 凱風

2177.

陟彼岵兮척피호혜 **瞻望父兮**첨망부혜 **父曰嗟予子行役**부왈차여자행역
夙夜無已숙야무이 **上愼旃哉**상신전재 **猶來無止**유래무지

민둥산에 올라 아버지 계신 곳을 바라보니 아버님 말씀이 떠오르네, 아아, 내 아들 전쟁에 나가 밤낮으로 쉴 새도 없을 테지! 부디 몸조심하였다가 빨리 돌아오너라.

註▶ 1)瞻望(첨망): 멀리 바라보는 것. 2)父(부): 아버지 계신 곳. 3)父曰(부왈): 아버님의 말씀이 들리는 듯 하다는 뜻. 4)夙夜(숙야): 이른 새벽부터 밤늦게 까지. 5)

無已(무이): 쉬지 못하는 것. 6)上(상): 尙과 통하여 "부디"의 뜻. 7)旃(전): 之와 같은 조사. 8)無止(무지): 머물지 말라, 즉 우물쭈물 하지 말라.
〈출전〉詩經 魏風 陟岵

2178.

慈母手中線자모수중선 **遊子身上衣**유자신상의

자애로운 어머님이 손수 꿰맨 옷은 멀리 떠나있는 아들이 입을 옷인데.

(原文)

慈母手中線 遊子身上衣 臨行密密縫 意恐遲遲歸 誰言寸草心 報得三春暉
자애로운 어머님이 손수 꿰맨 옷은
멀리 떠나있는 아들이 입을 옷인데.
떠날 때 다시 바느질 손보심은
어쩌다 더디 돌아올까 걱정해서이네.
누가 말하던가. 저 조그만 풀이
따뜻한 봄볕 은혜 갚을 수 있다고.

註▶ 1)遊子吟(유자음): 樂府의 제목으로 거문고 가락의 가사에 속한다. 2)線(선): 실.3)遊子(유자): 떠도는 아들, 나그네. 4)三春(삼춘): 봄의 3개월. 5)暉(휘): 봄의 햇빛.
〈출전〉古文眞寶 孟郊 遊子吟

2179.

獨在異鄕爲異客독재이향위이객 **每逢佳節倍思親**매봉가절배사친

타향을 떠도는 나그네의 몸이라, 명절이 되면 어버이 생각이 간절하다.

(原文)

獨在異鄕爲異客 每逢佳節倍思親 遙知兄弟登高處 偏挿茱萸少一人
타향을 떠도는 나그네의 몸이라

명절이 되면 어버이 생각이 간절하다.
아마 금년에도 우리 형제들 그 높은 산에 오르겠거니
머리에 수유 열매 돌려 꽂다가 한 사람 모자란 줄 문득 알리라.

註▶ 1)異鄕(이향): 타향. 2)異客(이객): 타향살이 나그네. 3)佳節(가절): 좋은 명절. 4)登高(등고): 높은 곳에 올라가다. 특히 음력 9월 9일에 빨간 주머니에 茱萸를 넣고 높은 산에 올라가 厄을 막았다. 타향에서 매번 좋은 계절을 만나니 부모님 생각이 깊어지네.
〈출전〉唐詩選　王維　九月九日憶山東兄弟

2180.
哀哀父母生我劬勞애애부모생아구로
슬프도다! 부모님이여, 나를 낳으시느라 고생하셨네.

註▶ 1)劬勞(구로): 수고하고 고생하셨다.
〈출전〉詩經　小雅　蓼莪

2181.
無父何怙무부하호　**無母何恃**무모하시
아버님 아니면 누구를 의지하며, 어머님 아니면 누구를 믿겠는가?

〈출전〉詩經　小雅　蓼莪

3. 君 臣

2182.
元首明哉원수명재　**股肱良哉**고굉량재　**庶事康哉**서사강재

임금님이 밝으시면 신하들도 훌륭하여 모든 일이 편안하여진다.

註▶ 1)元首(원수): 우두머리, 즉 임금님을 말한다. 2)股肱(고굉): 다리와 팔, 여기서는 신하를 가리키는 말이다. 3)庶事(서사): 모든 일.
〈출전〉書經 益稷

2183.
元首叢脞哉원수총좌재 股肱惰哉고굉타재 萬事墮哉만사타재
임금님이 번거롭고 자잘하면 신하들이 게을러져서 모든 일이 실패한다.

註▶ 1)元首(원수): 우두머리, 즉 임금님을 말한다. 2)叢脞(총좌): 번잡하고 조잡하다. 3)股肱(고굉): 다리와 팔, 여기서는 신하를 가리키는 말이다. 4)墮(타): 타락하여 실패한다.
〈출전〉書經 益稷

2184.
臣哉隣哉신재린재 隣哉臣哉인재신재
산하여! 내 옆에서 보좌해주게, 내 옆에서 보좌하는 자여! 신하로다.

〈출전〉書經 益稷

2185.
王事靡監왕사미감 不遑將父불황장부
나라 일이 끝나지 않았으니 아버님 봉양할 틈이 없네.

註▶ 1)王事靡監(왕사미감): 監은 息의 뜻이니 王事不止息 이라는 뜻이다. 2)遑(황): 겨를.
〈출전〉詩經 小雅 四牡

2186.

總爲浮雲能蔽日총위부운능폐일 **長安不見使人愁**장안불견사인수

朝廷의 악한 신하들이 天子의 총명함을 가리니, 長安을 떠난 사람을 근심에 빠뜨리네.

(原文)

鳳凰臺上鳳凰遊 鳳去臺空江自流 吳宮花草埋幽徑 晉代衣冠成古丘
三山半落青天外 二水中分白鷺洲 **總爲浮雲能蔽日 長安不見使人愁**

봉황대위에 봉황이 노닐더니
봉황 떠난 빈 누대 곁에 강물만 절로 흐른다.
吳宮의 꽃과 풀은 어둑한 길에 묻히었고
晉代의 의관들은 옛 무덤 이루었다.
하늘 밖의 세 산봉우리는 구름 속에 잠겼고
강 복판의 白鷺洲를 물을 갈라놓았네.
朝廷의 악한 신하들이 天子의 총명함을 가리니
長安을 떠난 사람을 근심에 빠뜨리네.

註▶ 1)金陵(금릉): 지금의 남경. 2)吳宮(오궁): 三國時代 吳나라의 孫權이 창건하고 그 뒤에 重修한 것으로 웅장하고 화려하다. 3)晉代衣冠(진대의관): 晉나라의 元帝가 그 첫 황제로 궁성은 吳나라의 舊都를 그대로 썼고 그 왕족들이 번성했다. 4)三山(삼산): 金陵의 서남쪽에 있는 三峰으로 된 산. 5)二水(이수): 秦水와 淮水. 6)白鷺洲(白鷺洲): 二水의 한 갈래는 성으로 들어가고 또 한 갈래는 성밖을 둘러 한 洲를 이루었으니 이것이 白鷺洲이다. 7)浮雲蔽日(부운폐일): 간사한 신하들이 어진 사람들을 덮어버리는 것을 가리킨다.
〈출전〉唐詩選 李白 登金陵鳳凰臺

4. 부 부

2187.

角枕粲兮각침찬혜 **錦衾爛兮**금금난혜 **予美亡此**여미망차 **誰與獨旦**수여독단

소뿔 베개는 반들반들, 비단이불은 곱기만 한데
내 님은 여기 없으니 아무도 없이 홀로 밤을 새우네.

註▶ 1)角枕(각침): 소뿔로 장식한 베개. 2)粲(찬): 선명하다. 3)錦衾(금금): 비단으로 만든 이불로 시집올 때 해 가지고 온 물건들을 말한다. 4)爛(난): 곱고 화려하다. 5)美(미): 미인으로 그의 남편을 가리킨다. 6)亡此(망차): 여기에 없다. 7)旦(단): 새벽까지 밤을 새우는 것.

〈출전〉詩經 唐風 葛生

2188.

百歲之後백세지후 **歸于其居**귀우기거

백 년 뒤에 그의 무덤에라도 함께 묻히리.

註▶ 1)百歲之後(백세지후): 죽은 뒤. 2)居(거): 무덤.

〈출전〉詩經 唐風 葛生

2189.

樂合同낙합동 **禮別異**예별이

음악은 신분의 높고 낮음을 가리지 않으나, 예는 차이를 두어 구별한다.

〈출전〉荀子 樂論篇

5. 형 제

2190.

常棣之華상체지화 **鄂不韡韡**악불위위

집안의 꽃은 꽃송이가 울긋불긋 하네.

註▶ 1)韡韡(위위): 형제간의 정이 좋은 모양을 비유한 것.

〈출전〉詩經 小雅 常棣

2191.

兄弟鬩于牆형제혁우장 **外禦其務**외어기무

형제가 집안에서 다툰다 해도 밖으로부터 모욕을 가해오면 함께 대적한다.

註▶ 1)于牆(우장): 담장 안, 즉 집안. 2)禦(어): 막다. 3)務(무): 侮와 통하여 밖에서 모욕을 가해오는 것.

〈출전〉詩經 小雅 常棣

2192.

遙知兄弟登高處요지형제등고처 **遍揷茱萸少一人**편삽수유소일인

아마 금년에도 우리 형제들 그 높은 산에 오르겠거니,

머리에 수유 열매 돌려 꽂다가 한 사람 모자란 줄 문득 알리라.

(原文)

獨在異鄕爲異客 每逢佳節倍思親 **遙知兄弟登高處 偏揷茱萸少一人**

타향을 떠도는 나그네의 몸이라

명절이 되면 어버이 생각이 간절하다.

아마 금년에도 우리 형제들 그 높은 산에 오르겠거니

머리에 수유 열매 돌려 꽂다가 한 사람 모자란 줄 문득 알리라.

註▶ 1)異鄕(이향): 타향. 2)異客(이객): 타향살이 나그네. 3)佳節(가절): 좋은 명절. 4)登高(등고): 높은 곳에 올라가다. 특히 음력 9월 9일에 빨간 주머니에 茱萸를 넣고 높은 산에 올라가 厄을 막았다.
〈출전〉唐詩選 〈작자〉王維 〈제목〉九月九日憶山東兄弟

6. 朋 友

2193.
君子以朋友講習군자이붕우강습
군자는 친구들과 강론하고 익힌다.

〈출전〉易經 兌 象

2194.
君不見管鮑貧時交군불견관포빈시교 **此道今人棄如土**차도금인기여토
그대는 管仲과 鮑叔의 가난할 때 우정을 보지 않았느냐?
이 우정을 지금 사람들은 흙처럼 버리고 있다.

(原文)
翻手作雲覆手雨 紛紛輕薄何須數 **君不見管鮑貧時交 此道今人棄如土**
손을 뒤집으면 구름이 되고 엎으면 비가 되나니
경박한 세상사를 어찌 일일이 지적할 필요가 있으랴?
그대는 管仲과 鮑叔의 가난할 때 우정을 보지 않았느냐?

이 우정을 지금 사람들은 흙처럼 버리고 있다.

註▶ 1)貧交行(빈교행): 가난할 때의 사귐을 읊은 시. 行은 詩體의 하나. 2)翻手(번수): 손바닥을 뒤집음. 3)覆手(복수): 손바닥을 엎음. 4)雲雨(운우): 변화하여 한결 같지 않음을 말함. 5)管鮑(관포): 管中과 鮑叔牙로 관중은 전국시대 齊나라의 桓公을 섬겨 재상이 되었고, 포숙아는 襄公의 아들로 양공이 齊王이 된 뒤에는 친구인 관중을 천거하여 재상으로 삼게 하였다.
〈출전〉唐詩選 〈작자〉杜甫 〈제목〉貧交行

2195.
丹之所藏者赤단지소장자적 **漆之所藏者黑**칠지소장자흑
붉은 흙 속에 넣어두면 붉어지고, 검은 칠 속에 넣어두면 검어진다.

〈출전〉孔子家語 六本

2196.
落月滿屋梁낙월만옥양 **猶疑見顔色**유의견안색
지는 달이 집 가를 가득 비추니, 그대의 얼굴이 보이는 듯하구나.

註▶ 1)猶疑見顔色(유의견안색): 杜甫가 꿈속에서 李白을 보고 지은 시구로 친구를 그리워하는 마음을 표현한 것이다.
〈출전〉古文眞寶 〈작자〉杜甫 〈제목〉夢李白二首 其一

五. 德 目

1. 孝

2197.

孝始於事親효시어사친 **中於事君**중어사군 **終於立身**종어립신

효도는 부모님을 섬기는 것이 시작이고,

임금을 섬기는 것이 그 다음이고, 출세하여 이름을 날리는 것이 마지막이다.

〈출전〉小學 內篇 明倫

2198.

孝百行之本也효백행지본야

효도는 모든 행동의 근본이다.

〈출전〉禮記 曲禮

2199.

堯舜之道요순지도 **孝弟而已矣**효제이이의

요임금과 순임금의 道는 효도와 어른을 존경하는 것뿐이다.

註▶ 1)堯舜(요순): 聖帝인 唐堯와 虞舜.

〈출전〉孟子 告子下

2200.

人之行莫大於孝인지행막대어효

사람의 행함에 효도보다 큰 것은 없다.

〈출전〉孝經　成齒

2201.

孝德之本也효덕지본야

효도는 덕의 근본이다.

〈출전〉孝經　開宗明義

2202.

生事愛敬생사애경

부모님이 살아 계실 때는 사랑과 공경을 다해야한다.

〈출전〉孝經　喪親

2203.

以敬孝易이경효이　**以愛孝難**이애효난

공경으로 효도하는 것은 쉬우나, 사랑으로 효도하는 것은 어렵다.

〈출전〉莊子　外篇　天運

2204.

孝者효자　**善繼人之志**선계인지지　**善述人之事**선술인지사

효도는 先人의 뜻을 잘 계승하여 先人의 일을 잘 발전시키는 것이다.

註▶ 1)人(인): 先人, 前人. 2)述(술): 발전시키다.
〈출전〉中庸　十九章

2205.

睦於父母之黨목어부모지당　**可謂孝矣**가위효의

부모님의 일가친척과 화목하여야 효라고 할 수 있다.

註▶ 1)父母之黨(부모지당): 일가친척.
〈출전〉禮記　坊記

2206.

親喪固所自盡也친상고소자진야

어버이가 돌아가셨을 때는 진실로 자신의 힘을 다하라.

註▶ 1)固(고): 진실로. 2)所自盡(소자진): 자신의 힘을 다하다.
〈출전〉孟子　滕文公上

2207.

孝子之有深愛者효자지유심애자 **必有和氣**필유화기 **有和氣者**유화기자 **必有愉色**필유유색 **有愉色者**유유색자 **必有婉容**필유완용

효자로서 어버이를 깊이 사랑하는 자는 반드시 和悅한 기운이 있고, 그 和悅한 기운이 있는 사람은 반드시 얼굴에 즐거운 빛이 있고, 그 즐거운 빛이 있는 사람은 반드시 온순한 용모가 있다.

註▶ 1)和氣(화기): 서로 화합하여 기뻐하는 기운. 2)愉色(유색): 즐거워하는 낯빛. 3)婉容(완용): 온순한 용모.
〈출전〉禮記　祭義

2208.

色難색난

언제나 즐거운 낯으로 부모님을 섬기기가 어렵다.

註▶ 1)色難(색난): 부모의 안색을 보고 부모의 뜻이나 마음을 알아차리고 그에 맞게 받들고 효도하기가 어렵다. 또는 부드러운 안색으로 부모를 받들고 효도하기가 어렵다.
〈출전〉論語 爲政

2209.

事父母能竭其力사부모능갈기력

부모님을 섬길 때는 그 힘을 다하라.

〈출전〉論語 學而

2210.

三年無改於父之道삼년무개어부지도 **可謂孝矣**가위효의

삼 년 동안 아버지가 살아 계셨을 때 하신 것을 바꾸지 않아야 효자라고 말할 수 있다.

註▶ 1)三年無改於父之道(삼년무개어부지도): 아버지가 돌아가셨더라도 삼 년 동안은 아버지가 살아 계실 때 하신 것을 바꾸지 않는다.
〈출전〉論語 學而

2211.

孝有三효유삼 **大孝尊親**대효존친 **其次弗辱**기차불욕 **其下能養**기하능양

효도에는 세 가지가 있는데 가장 큰 것은 어버이를 존중하는 것이고, 그 다음이 욕되게 하지 않는 것이고, 세 번째가 봉양하는 것이다.

〈출전〉禮記　祭義

2212.

孝子揚父之美효자양부지미　**不揚父之惡**불양부지악

효자는 아버지의 좋은 점을 칭송하고, 아버지의 잘못을 말하지 않는다.

〈출전〉穀梁傳　隱公元年

2213.

身體髮膚受之父母신체발부수지부모　**不敢毁傷**불감훼상　**孝之始也**효지시야

몸과 털과 피부는 부모님으로부터 받은 것이니 감히 손상시키지 않는 것이 효도의 시작이다.

〈출전〉孝經　開宗明義

2214.

身也者신야자　**父母之遺體也**부모지유체야　**行父母之遺體**행부모지유체 **敢不敬乎**감불경호

몸은 부모님께서 물려주신 것이니 부모님께서 물려주신 몸을 움직일 때 감히 공경하지 않겠는가!

註▶ 1)遺體(유체): 부모님으로부터 물려받은 몸.

〈출전〉禮記　祭義

2215.

冬溫而夏凊동온이하청　**昏定而晨省**혼정이신성

겨울에는 따뜻하게 해드리고, 여름에는 시원하게 해드리고,

저녁에는 잠자리를 정리해 드리고, 아침에는 잘 주무셨는지 살펴야 한다.

〈출전〉禮記　曲禮上

2216.

父母在부모재 **不遠遊**불원유

부모님이 살아 계실 때는 멀리 나가 놀지 말라.

〈출전〉論語　里仁

2217.

孝子不匱효자불궤 **永錫爾類**영석이류

효자는 효도를 다함이 없으니 영원토록 효자가 계속 나오는 복을 내리시겠네.

註▶ 1)匱(궤): 효도가 다하다. 2)錫(석): 賜의 뜻으로 내려주는 것. 3)類(류): 善의 뜻으로 착한 것을 말한다.

〈출전〉詩經　大雅 旣醉

2218.

愛親者不敢惡於人애친자불감악어인 **敬親者不敢慢於人**경친자불감만어인

어버이를 사랑하는 사람은 감히 남에게 미움 받지 않고

어버이를 공경하는 사람은 감히 남에게 거만하게 굴지 않는다.

〈출전〉孝經　天子

2219.

大孝終身慕父母대효종신모부모

큰 효도는 죽을 때까지 부모를 사모하는 것이다.

〈출전〉孟子　萬章上

2220.

無念爾祖무념이조　**聿修厥德**율수궐덕

그대들의 조상들을 생각만 하지 말고 그 덕을 닦아라.

註▶ 1)無念爾祖(무념이조): 殷나라 출신의 관리들에게 충고하는 말로 殷나라의 조상들은 생각하지 말고 周나라에 충성하라는 뜻. 2)聿(율): 마침내.

〈출전〉詩經　大雅 文王

2221.

蓼蓼者莪요요자아　**匪莪伊蒿**비아이호

다북쑥이 더부룩이 자라면 다북쑥이 아니라 약쑥이다.

註▶ 1)匪莪伊蒿(비아이호): 어린 자식을 부모님이 길러주셔서 장성하였다는 비유.

〈출전〉詩經　小雅 蓼莪

2222.

凱風自南개풍자남　**吹彼棘心**취피극심

따스한 남풍이 어린 대추나무에 불어온다.

註▶ 1)吹彼棘心(취피극심): 부모님의 사랑이 자식에게 미친다.

〈출전〉詩經　邶風 凱風

2223.

陟彼岵兮척피호혜 **瞻望父兮**첨망부혜 **父曰嗟予子行役**부왈차여자행역

夙夜無已숙야무이 **上愼旃哉**상신전재 **猶來無止**유래무지

민둥산에 올라 아버지 계신 곳을 바라보니 아버님 말씀이 떠오르네, 아아, 내 아들 전쟁에 나가 밤낮으로 쉴 새도 없을 테지! 부디 몸조심하였다가 빨리 돌아오너라.

註▶ 1)瞻望(첨망): 멀리 바라보는 것. 2)父(부): 아버지 계신 곳. 3)父曰(부왈): 아버님의 말씀이 들리는 듯 하다는 뜻. 4)夙夜(숙야): 이른 새벽부터 밤늦게 까지. 5)無已(무이): 쉬지 못하는 것. 6)上(상): 尙과 통하여 "부디"의 뜻. 7)旃(전): 之와 같은 조사. 8)無止(무지): 머물지 말라, 즉 우물쭈물 하지 말라.

〈출전〉詩經 魏風 陟岵

2224.

無忝爾所生무첨이소생

낳아주신 부모님을 욕되게 하지 말라.

註▶ 1)忝(첨): 욕되게 하다. 2)爾所生(이소생): 그대를 낳아주신 바, 즉 부모님을 가리킨다.

〈출전〉詩經 小雅 小宛

2225.

恒言不稱老항언불칭노

부모님 앞에서는 늙었다는 말을 하지 말라.

〈출전〉小學 內篇 明倫

2226.

父母在부모재 **不稱老**불칭노

부모님이 살아 계실 때 그 앞에서는 늙었다고 말하지 말라.

〈출전〉禮記　坊記

2227.

父有爭子부유쟁자　**則身不陷於不義**즉신불함어불의

아버지의 잘못에 대해 다투어 諫言하는 자식이 있으면 불의에 빠지지 않는다.

〈출전〉孝經　諫爭

2228.

諫而不逆간이불역

부모가 잘못이 있으면　간언 하되 거역하지 말라.

〈출전〉禮記　祭義

2229.

不孝有三불효유삼　**無後爲大**무후위대

불효에는 세 가지가 있는데 그 중에서 뒤를 이을 아들이 없는 것이 가장 엄중하다.

註▶ 1)不孝有三(불효유삼): 부모의 생각에 아첨하여 하자는 대로하여서 어버이를 불의에 빠뜨리는 것, 집안이 가난하고 어버이가 年老한데 祿을 받는 벼슬을 하지 않는 것, 아내를 맞이하지 않아서 아들이 없어 조상의 제사를 끊는 것.

〈출전〉孟子　離婁上

2230.

欲以養親욕이양친　**親不在矣**친부재의

어버이를 봉양하고자하나 부모님은 세상을 떠나셨네.

〈출전〉小學　外篇 嘉言

2231.

失其身而能事其親者실기신이능사기친자　**吾未之聞也**오미지문야

자기 몸을 불의 속에 빠뜨리고서 자기 어버이를 섬길 수 있었다는 사람의 이야기는 지금까지 들은 일이 없다.

註▶ 1)失(실): 의롭지 않은 것에 빠지다. 2)能事(능사): 잘 섬기다.
〈출전〉孟子　離婁上

2232.

病則致其憂병즉치기우

병이 드셨을 때는 그 근심을 다하라.

〈출전〉孝經　紀孝行

2233.

生則親安之생즉친안지

부모님이 살아 계실 때는 부모님이 안심하도록 해드려라

〈출전〉孝經　孝治

2234.

仁親以爲寶인친이위보

부모님께 효도하는 것을 보배로 삼아라.

註▶ 1)仁親(인친): 가까운 사람에게 仁道를 행하는 것 즉, 여기서는 어버이에게 효도하는 것을 가리킴.

〈출전〉禮記　檀弓下

2235.

事親孝사친효　**故忠可移於君**고충가이어군

어버이를 섬김에 효도를 다해야 임금에게 충성으로 옮겨갈 수 있다.

〈출전〉孝經　廣揚名

2236.

六親不和육친불화　**有孝慈**유효자

집안사람들이 화목하지 않게 되자 효도와 자애가 존재하게 되었다.

註▶ 1)六親(육친): 아버지와 어머니와 형과 아우와 처와 자식.

〈출전〉老子　十八章

2237.

壽酒獻來霞液溢수주헌래하액일　**斑衣舞處錦筵香**반의무처금연향

축수 술을 드리면 좋은 술 넘치고, 때때옷으로 춤추면 비단자리 향기롭네.

(原文)

八旬雙鶴老家鄉　五馬歸寧興更長　**壽酒獻來霞液溢**　**斑衣舞處錦筵香**

身閒正好醉花塢　世治何妨臥草堂　欲向淸江垂直釣　白頭他日遇文王

팔순의 부모님이 고향에서 늙으시매

수레 타고 뵈려 가매 흥이 새삼 길어라.

축수 술을 드리면 좋은 술 넘치고

때때옷으로 춤추면 비단자리 향기롭네.

한가하매 꽃 언덕에서 술 취함이 진정 좋고

태평세월이라, 초당에 누워 있은들 어떠하리.
맑은 강물을 향해 곧은 낚시를 드리우나니
흰머리로 다른 날에 문왕을 만나리.

註▶ 1)雙鶴(쌍학): 늙으신 아버지와 어머니. 2)五馬(오마): 太守의 수레는 다섯 필의 말이 끌었으므로 轉하여 太守의 別稱. 3)歸寧(귀녕): 시집간 여자가 친정 부모를 뵈러 가다. 4)霞液(하액): 놀의 액. 신선이 마시는 술. 5)班衣(반의): 무늬가 있는 고운 옷. 때때옷. 老來子가 나이 70에 어린애 옷을 입고 춤을 추어 그 부모를 즐겁게 하였다는 故事. 老來子는 楚나라의 賢人으로 중국 효자의 한 사람. 6)文王(문왕): 周나라의 왕. 太公望이 渭水에서 낚시질하고 지내다가 문왕에게 등용된 故事.
<출전>한국한시 <작자>張天翼 <제목>書懷

2238.

回首北坪時一望회수북평시일망 **白雲飛下暮山青**백운비하모산청

때때로 머리 돌려 북평을 바라보니, 흰 구름은 날아 내리고 산은 저물어 가네.

(原文)

慈親鶴髮在臨瀛 身向長安獨去情 **回首北坪時一望 白雲飛下暮山青**

늙으신 어머님은 임영에 계시는데
이 몸은 서울 향해 홀로 가는 마음이여.
때때로 머리 돌려 북평을 바라보니
흰 구름은 날아 내리고 산은 저물어 가네.

註▶ 1)鶴髮(학발): 노인의 백발. 2)臨瀛(임영): 강릉의 옛 이름. 3)北坪(북평): 강릉에 있는 地名. <출전>한국한시 <작자>師任堂 申氏 <제목>踰大關嶺望親庭

2239.

何時重踏臨瀛路하시중답임영로 **綵舞斑衣膝下縫**채무반의슬하봉

언제나 다시 임영의 길을 밟아, 때때옷에 춤추며 슬하에서 옷 지을꼬.

(原文)

千里家山萬疊峰　歸心長在夢魂間　寒松亭畔雙輪月　鏡浦坮前一陣風
沙上白鷗恒聚散　波頭漁艇每西東　**何時重踏臨瀛路　綵舞斑衣膝下縫**

천리라 내 고향은 첩첩 봉우리 저쪽
돌아가고 싶은 마음 언제나 꿈속이네.
한송정 곁에는 외로운 달빛이요
경포대 앞에는 한 떼의 바람이리.
모래밭의 백구는 모였다 흩어지고
물결 위의 어선들은 왔다 갔다 하였네.
언제나 다시 임영의 길을 밟아
때때옷에 춤추며 슬하에서 옷 지을꼬.

註▶ 1)家山(가산): 고향 산천. 고향. 2)寒松亭(한송정): 강릉 지방에 있는 정자. 3)鏡浦坮(경포대): 강릉 호숫가에 있는 정자. 4)綵舞(채무): 때때옷을 입고 춤을 추다. 老萊子의 故事. 5)斑衣(반의): 무늬가 있는 고운 옷. 6)膝下(슬하): 부모의 곁.
〈출전〉한국한시　〈작자〉師任堂 申氏　〈제목〉思親

2240.

身是父母身신시부모신　**敢不敬此身**감불경차신

내 이 몸은 부모의 몸이거니, 어찌 감히 이 몸을 공경하지 않으랴.

(原文)

身是父母身　敢不敬此身　此身如可辱　乃是辱親身

내 이 몸은 부모의 몸이거니
어찌 감히 이 몸을 공경하지 않으랴.
만일 이 몸에 욕된 일이 있으면

그것은 어버이를 욕되게 함이네.

〈출전〉한국한시 〈작자〉貞夫人 張氏 〈제목〉敬身吟

2. 忠

2241.

忠者中也충자중야 **至公無私**지공무사

충은 中이요, 지극히 공평하여 사사로움이 없다.

〈출전〉忠經 天地神明

2242.

主忠信주충신

충과 믿음을 주인으로 삼아라.

〈출전〉論語 子罕

2243.

內積忠信내적충신 **所以進德也**소이진덕야

마음 안에 충과 신을 쌓아서 덕으로 나아가라.

〈출전〉近思錄 爲學類

2244.

忠信以得之충신이득지 **驕泰以失之**교태이실지

충성과 믿음으로 얻을 수 있고, 겸손하지 않고 뽐내면 잃을 것이다.

註▶ 1)驕泰(교태): 교만하고 뽐내다.
〈출전〉大學　傳十章

2245.
教人以善교인이선　**謂之忠**위지충
사람을 善으로 가르치면 忠이라고 할 수 있다.

〈출전〉孟子　滕文公上

2246.
忠焉충언　**能勿誨乎**능물회호
충성을 다한다고 깨우쳐주지 않을 수 있겠는가?

註▶ 1)誨(회): 깨우쳐 주다, 가르쳐 주다.
〈출전〉論語　憲問

2247.
不告其過非忠也불고기과비충야
그 잘못을 알려주지 않으면 충성이 아니다.

〈출전〉近思錄　政事類

2248.
爲人謀而不忠乎위인모이불충호
남을 위하여 꾀함에 충성을 다하지 않았는가?

〈출전〉論語　學而

2249.

仁而不忠인이불충　**則私其恩**즉사기은

어질면서도 충성하지 않으면 그 은혜를 사사롭게 이어가는 것이다.

〈출전〉忠經　辨忠

2250.

大哉忠之爲用也대재충지위용야 **施之於邇則可以保家邦**시지어이즉가이보가방 **施之遠則可以極天地**시지원즉가이극천지

충성의 쓰임은 크도다! 가까운 곳에 베풀면 집과 나라를 보존할 수 있고, 멀리 베풀면 세상에 다 할 수 있다.

〈출전〉忠經　辨忠

2251.

身一則百祿至신일즉백록지

자신이 충성스럽게 하나로 돌아가면 모든 복록이 이른다.

〈출전〉忠經　天地神明

2252.

進思盡忠진사진충　**退思補過**퇴사보과

임금에게 나아가서는 충성을 다 할 것을 생각하고, 물러나서는 임금의 잘못을 고치도록 도울 것을 생각한다.

註▶ 1)進(진): 임금에게 나아가다. 즉 벼슬을 할 때를 말한다. 2)退(퇴): 벼슬을 그만두고 물러나다.
〈출전〉左傳 宣公十二年

2253.
爲國之本 위국지본 **何莫由忠**하막유충
나라를 다스리는 근본은 어찌 충성에서 나오지 않았겠는가?

註▶ 1)爲國(위국): 나라를 다스리다.
〈출전〉忠經 天地神明

2254.
苟利社稷구리사직 **則不顧其身**즉불고기신
진실로 국가의 이익을 알면 자신의 득실을 생각하지 않아야 한다.

註▶ 1)苟(구): 진실로 2)社稷(사직): 국가의 뜻으로 쓰였다. 3)顧(고): 돌아보다, 생각하다.
〈출전〉忠經 百工

2255.
惟忠惟孝유충유효
오직 충성하고, 오직 효도하라.

〈출전〉書經 蔡仲之命

2256.
天下盡忠천하진충 **淳化行也**순화행야
온 세상 사람들이 충성을 다하면 淳厚한 풍속이 널리 행해지게 하는 것이다.

註▶ 1)淳化行也(순화행야): 순박하고 두터운 풍속이 일반에 널리 행해지게 하다.
〈출전〉忠經　盡忠

2257.

戰勝功旣高전승공기고　**知足願言止**지족원언지

싸움에 이겨 이름 이미 높았거니, 만족할 줄 알아 부디 그만두시오.

(原文)

神策究天文　妙算窮地理　**戰勝功旣高　知足願言止**

당신의 신비로운 계책은 천문을 훤히 알고
당신의 미묘한 헤아림은 지리를 꿰뚫었네.
싸움에 이겨 이름 이미 높았거니
만족할 줄 알아 부디 그만두시오.

註▶ 1)願言(원언): 바라건대, 원컨대. 言은 助字
〈출전〉한국한시 〈작자〉乙支文德 〈제목〉遺于仲文

2258.

事君當盡忠사군당진충　**遇物當至誠**우물당지성

임금을 섬김에는 충성을 다하여라. 사람을 대할 때는 정성을 다하여라.

(原文)

事君當盡忠　遇物當至誠　願言勤夙夜　無忝爾所生

임금을 섬김에는 충성을 다하여라.
사람을 대할 때는 정성을 다하여라.
바라건대 부디 밤낮으로 부지런하여
그대들의 그 삶을 더럽히지 말아라.

註▶ 1)諸子(제자): 그대들. 제군. 자네들. 윗사람이 아랫사람들을 부르는 제 2인칭.

2)遇物(우물): 물건을 만나다. 사람을 대하다. 3)願言(원언): 바라건대. 원컨대. 言은 助字. 4)夙夜(숙야): 이른 아침부터 밤늦게까지. 5)忝(첨): 더럽히다. 욕되게 하다.
〈출전〉한국한시 〈작자〉趙仁規 〈제목〉示諸子

2259.

愛民正義我無失애민정의아무실 **愛國丹心誰有知**애국단심수유지

백성을 사랑하고 정의를 위한 일이 무슨 허물이랴 나라 위한 참된 마음 그 누가 알아주리오.

(原文)

時來天地皆同力 運去英雄不自謀 **愛民正義我無失 愛國丹心誰有知**

때를 만나서는 천하도 다 내 뜻과 같았지만
시운 다하니 영웅도 스스로 어쩔 수 없구나.
백성을 사랑하고 정의를 위한 일이 무슨 허물이랴
나라 위한 참된 마음 그 누가 알아주리오.

註▶ 1)殞命(운명): 죽음. 2)丹心(단심): 속에서 우러나는 참된 마음. 지성이어서 거짓이 없는 마음.
〈출전〉한국한시 〈작자〉全琫準 〈제목〉殞命

2260.

時危慷慨惟忘死시위강개유망사 **世遠荒唐似有神**세원황당사유신

나라가 위급함에 강개하여 죽음을 잊었고, 속세 멀리하여 황당하기가 신과 같네.

(原文)

髡而髥者彼何人 現在溟公畫裏身 寸舌雄談凌海嶽 一瓶奇跡掃煙塵
時危慷慨惟忘死 世遠荒唐似有神 歎息如今更誰死 吾儕能不愧頭巾

삭발에 수염 난 저이는 누구인고.

지금 사명당은 그림 속의 몸이네.
외교의 웅대한 이야기로 바다를 누르고
한 병의 신기한 자취 연진을 쓸었네.
나라가 위급함에 강개하여 죽음을 잊었고
속세 멀리하여 황당하기가 신과 같네.
지금 탄식하나 누가 다시 죽으리.
나 같은 무리들 두건이 부끄럽네.

註▶ 1)表忠(표충): 경상남도 밀양군 단양면에 있는 절. 이곳에 사명대사를 추모하기 위한 사당이 있다. 2)髡(곤): 머리를 깎다. 3)髥(염): 구렛나루. 4)吾儕(오제): 우리들. 나 5)頭巾(두건): 머리에 쓰는 베로 만든 물건
〈출전〉한국한시 〈작자〉李建昌(寧齊) 〈제목〉表忠堂

3. 忠 義

2261.
君使臣以禮군사신이예 **臣事君以忠**신사군이충
임금이 신하를 부릴 때는 禮로써 하고, 신하가 임금을 섬길 때는 충성으로 하라.

〈출전〉論語 八佾

2262.
爲臣死忠위신사충 **爲子死孝**위자사효
신하가 되었으면 충성으로 죽고, 자식이 되었으면 효도로 죽어야 한다.

〈출전〉文章軌範 李覯 袁州學記

2263.

以孝事君則忠이효사군즉충

어버이에게 효도하는 마음으로 임금을 섬기면 충성이 된다.

註▶ 1)以孝(이효): 어버이에게 효도하는 마음으로.

〈출전〉孝經　士人

2264.

求忠臣구충신　**必於孝子之門**필어효자지문

충신을 구하려면 반드시 효자의 가문에서 구하라.

註▶ 1)孝子之門(효자지문): 효자가 있는 가문.

〈출전〉十八史略　東漢　章帝

2265.

忠孝之道충효지도　**萃於一門**췌어일문

충성하고 효도하는 도리가 한 집안에 모여 있다.

註▶ 1)萃於一門(췌어일문): 한 문중에 충신과 효자가 많을 때 하는 말이다.

〈출전〉晋書　下壺傳

2266.

臣死之日신사지일　**不使內有餘帛**불사내유여백　**外有羸財**외유영재

以負陛下이부폐하

臣이 죽는 날 집안에 衣服이 남거나 밖에 재산을 쌓아두어 폐하께 짐이 되지 않게 하겠습니다.

註▶ 1)臣(신): 諸葛亮. 2)羸財(영재): 재물이 남다. 3)陛下(폐하): 劉備

〈출전〉十八史略　三國

2267.

生當隕首생당운수　**死當結艸**사당결초

살아 있을 때는 마땅히 목숨을 바칠 것이요, 죽어서는 마땅히 결초보은 하리라.

註▶ 1)隕首(운수): 머리가 떨어지는 것으로 죽음을 의미한다.
〈출전〉文章軌範　李密　陳情表

2268.

將以愧天下後世장이괴천하후세　**爲人臣懷二心者也**위인신회이심자야

장차 천하후세에 부끄러울 것은 사람의 신하가 되어 두 마음을 품은 사람이다.

〈출전〉十八史略　春秋戰國　趙

2269.

行小忠행소충　**則大忠之賊也**즉대충지적야

작은 충성을 행하면 큰 충성의 적이 된다.
(개인에게 잘 보이게 하는 것이 나라에는 해로울 수도 있다.)

註▶ 1)小忠(소충): 개인에게 충성하는 것. 2)大忠(대충): 나라에 충성하는 것.
〈출전〉韓非子　十過

2270.

忠臣不事二君충신불사이군　**烈女不更二夫**열녀불경이부

충신은 두 임금을 섬기지 않고, 열녀는 남편을 바꾸지 않는다.

〈출전〉小學　內篇　明倫

2271.

憂心轉輾夜우심전전야　**殘月照弓刀**잔월조궁도

나라 걱정에 잠 못 드는 밤, 어느새 새벽달이 활과 칼에 비치네.

(原文)

水國秋光暮　驚寒雁陣高　**憂心轉輾夜　殘月照弓刀**

이 물나라에 가을빛이 저물어

추위에 놀라 높이 나는 기러기 떼.

나라 걱정에 잠 못 드는 밤

어느새 새벽달이 활과 칼에 비치네.

註▶ 1)水國(수국): 池沼나 河川등이 많은 땅. 2)轉輾(전전): 잠이 안 와 엎치락뒤치락 함. 3)殘月(잔월): 새벽달. 날샐 녘의 달.

〈출전〉한국문집총간 〈작자〉李舜臣 〈제목〉在海鎭營中

2272.

聞道海中無絶嶺문도해중무절령　**逐臣何處望長安**축신하처망장안

내 들으니 바다에는 높은 산이 없다던데, 쫓겨난 신하는 어디 올라 서울을 바라보리.

(原文)

蠻江明月照心肝　正是秋風水氣寒　**聞道海中無絶嶺　逐臣何處望長安**

남쪽 강의 밝은 달이 그대 마음 비추니

바로 가을바람에 물이 차가울 때이리.

내 들으니 바다에는 높은 산이 없다던데

쫓겨난 신하는 어디 올라 서울을 바라보리.

註▶ 1)蠻(만): 오랑캐. 남방의 오랑캐. 2)心肝(심간): 심장과 간장. 衷心 3)長安(장안): 서울. 京師

<출전>한국문집총간 <작자>任叔英(疎庵) <제목>別洪勉叔謫巨濟

2273.

腐儒空攬涕부유공람체 **蹈海未亡身**도해미망신

썩은 선비 부질없이 눈물을 흘리지만, 바다 밟으며 몸은 죽지 못하네.

(原文)

喪亂還如此 吾生亦不辰 傳聞西塞信 俱作北朝臣

頗牧今千載 桓文古一人 **腐儒空攬涕 蹈海未亡身**

상란이 과연 이와 같을까

내 생도 또한 때는 할 수 없네.

서쪽 변방 소식을 전해 들으면

모두 북조의 신하가 되었다네.

연파와 이목은 지금 천년이 지나갔고

환문은 옛날의 한 사람이네.

썩은 선비 부질없이 눈물을 흘리지만 바다 밟으며 몸은 죽지 못하네.

註▶ 1)喪亂(상란): 喪事와 禍亂. 2)辰(신): 때, 시각, 시설. 3)北朝(북조): 南北朝 시대에 江地에 있던 여러 나라의 조정. 그 때는 元나라 때. 4)頗牧(파목): 廉頗와 李牧. 戰國時代 名將. 즉 名將.

<출전>한국한시 <작자>李時楷(南谷) <제목>亂後聞京信

2274.

社稷堪流涕사직감류체 **君臣且苦兵**군신차고병

나라를 위해 눈물 흘리고, 군신은 또 전쟁에 시달리네.

(原文)

社稷堪流涕 君臣且苦兵 誰敎狼入室 不見駕還京

孤島人烟少　扁舟性命輕　天心應悔禍　寒盡漢南城

나라를 위해 눈물 흘리고

군신은 또 전쟁에 시달리네.

누가 저 이리를 방에 들게 하였던고.

서울로 돌아오는 임금을 볼 수 없네.

외로운 섬에 사람 연기 드물고

거룻배에서 생명이 가벼웠네.

하늘이 재화를 후회하는 듯

한남성에는 추위 끝나네.

註▶ 1)社稷(사직): 土地의 主神과 五穀의 神. 곧 나라. 2)狼(낭): 이리. 여기서는 淸나라를 가리킴. 3)性命(성명): 목숨. 생명. 4)漢南(한남): 漢水의 남쪽.

〈출전〉한국한시　〈작자〉洪處亮(北汀)　〈제목〉避亂島中書感

2275.

壯氣連天鬱장기연천울　**精忠貫日明**정충관일명

장한 기운은 하늘에 다다라 무성하고, 순수한 충성은 해를 꿰뚫어 밝다.

(原文)

壯氣連天鬱　精忠貫日明　男兒一掬淚　不獨爲今行

장한 기운은 하늘에 다다라 무성하고

순수한 충성은 해를 꿰뚫어 밝다.

사내의 이 한 움큼의 눈물이

어찌 이 걸음 때문뿐이랴.

註▶ 1)精忠(정충): 사심이 없는 순수한 충성

〈출전〉한국한시　〈작자〉崔孝一　〈제목〉與諸義士相別

2276.

不堪憂國淚불감우국루 **中夜枕邊流**중야침변류

나라를 걱정하는 눈물을 못 견디어, 밤중의 베개 가에 흘리고 또 흘리네.

(原文)

白露霑庭綠 蛩聲已報秋 **不堪憂國淚 中夜枕邊流**

흰 이슬이 뜰의 풀을 적시니

발길 소리가 이미 가을 알리네.

나라를 걱정하는 눈물을 못 견디어

밤중의 베개 가에 흘리고 또 흘리네.

<출전>한국문집총간 <작자>洪宇遠(南坡) <제목>和洪評事宗之

2277.

丹心藜室憂昭世단심리실우소세 **白髮鷄壇戀舊盟**백발계단연구맹

일편단심으로 이 방에서 밝은 세상 걱정하고, 흰머리로 계단에서 옛 맹세를 그리워한다.

(原文)

綸恩當日忝班淸 未有涓埃補聖明 幾愧非才聯玉荀 尙憐同病阻金莖

丹心藜室憂昭世 白髮鷄壇戀舊盟 歲暮應須各努力 百年吾道任窮亨

그때 임금 은혜로 맑은 반열을 욕되게 하고

티끌만큼도 임금의 덕을 돕지 못하였다.

재주가 없으면서 玉荀들과 나란히 한 것을 부끄러워했으며

병을 같이하여 金莖들 해친 것 안타까워했네.

일편단심으로 이 방에서 밝은 세상 걱정하고

흰머리로 계단에서 옛 맹세를 그리워한다.

세밑에서 마땅히 제각기 노력하라

백년의 우리 도의 막힘과 트임이 여기 있다.

註▶ 1)綸恩(윤은): 詔勅의 은혜. 곧 임금의 은혜. 2)涓埃(연애): 물방울과 먼지. 곧 僅少. 3)聖明(성명): 임금의 높고 밝은 德. 4)玉筍 · 金莖(옥순 · 금경): 모두 貴人을 가리킨다. 5)嫠室(이실): 과부의 방. 곧 嫠不恤緯라는 말이 있다. 곧 베틀에 있는 과부는 씨를 걱정하지 않고 周나라가 망하지나 않을까 걱정한다는 뜻으로. 대장부는 自身을 잊고 憂國之士가 되어야 한다는 뜻. 6)鷄壇(계단): 鷄狗馬之血이란 말이 있다. 곧 옛날에 맹세할 때에 天子는 소와 말, 제후는 개와 돼지, 대부 이하는 닭의 피를 마셨음. 7) 窮亨(궁형): 막히고 트임. 窮達. 窮通.

〈출전〉한국한시 〈작자〉韓泰東(是窩) 〈제목〉次趙光甫持謙韻

2278.

越絶深山山有枝월절심산산유지 **上王哀怨子規知**상왕애원자규지

멀리 떨어진 깊은 산에 나뭇가지가 있어, 상왕의 슬픈 원한을 자규가 안다.

(原文)

越絶深山山有枝 上王哀怨子規知 徒聞玉璽傳賢日 未見鑾輿返國時

一士毁冠逃聖代 六臣埋血揭空祠 堪悲節義還爲罪 只有虛名使主危

멀리 떨어진 깊은 산에 나뭇가지가 있어

上王의 슬픈 원한을 두견새가 안다.

옥새를 어진 이에게 전한다는 말을 들었을 뿐

난여가 나라로 돌아오는 때를 보지 못하였다.

한 선비는 관을 헐고 성대를 버리었고

여섯 신하는 피를 묻어 빈 사당에 걸었다.

절의가 도리어 죄 되는 것을 슬퍼하나니

오직 헛된 이름으로 임금을 위태롭게 했다.

註▶ 1)莊陵(장릉): 단종의 능. 2)越絶(월절): 아주 멀리 떨어진 곳. 3)上王(상왕): 讓位한 天子의 존칭. 4)子規(자규): 두견새의 별칭. 5)玉璽(옥새): 임금의 도장. 6)

鑾輿(난여): 천자가 타는 수레. 7)六臣(육신): 단종의 복위를 꾀하다가 죽은 여섯 신하. 8)一士毁冠(일사훼관): 신숙주를 가리킴.
〈출전〉한국한시 〈작자〉崔成大(杜機) 〈제목〉莊陵

2279.

秋燈掩卷懷千古추등엄권회천고 **難作人間識字人**난작인간식자인

가을 등불 아래 책을 덮고 옛일을 생각하니, 글 배운 사람 구실 이처럼 어렵구나.

(原文)

鳥獸哀鳴海岳嚬 槿花世界已沈淪 **秋燈掩卷懷千古 難作人間識字人**

새와 들짐승 슬피 울고 산천도 찡그리니
무궁화 우리나라 이미 사라졌구나.
가을 등불 아래 책을 덮고 옛일을 생각하니
글 배운 사람 구실 이처럼 어렵구나.

註▶ 1)嚬(빈): 찡그리다. 2)槿花(근화): 무궁화. 3)沈淪(침륜): 물속에 가라앉다. 영락하다. 4)掩卷(엄권): 책을 덮고 독서를 그만두다.
〈출전〉한국한시 〈작자〉黃玹(梅泉) 〈제목〉絶命詩四首中其三

2280.

報君人小堅如竹보군인소견여죽 **誤國姦多醜似藍**오국간다추사람

대쪽 같은 절개로 나라 위하는 사람 적고, 파랗게 추한 얼굴로 나라 그르치는 놈만 많구나.

(原文)

獨座悄然誰公談 面墻無路見終南 **報君人小堅如竹 誤國姦多醜似藍**

초연히 홀로 앉으니 누구와 말을 할까.

담 벽만 보노라니 남산을 못 보네.
대쪽 같은 절개로 나라 위하는 사람 적고
파랗게 추한 얼굴로 나라 그르치는 놈만 많구나.

註▶ 1)復庵(복암): 같이 의병활동을 한 李偰의 호. 2)悄然(초연): 쓸쓸한 모양. 낙심하여 근심하는 모양. 3)藍(藍): 남빛. 진한 푸른 빛.
〈출전〉한국한시 〈작자〉金福漢(志山) 〈제목〉次復庵李公談字韻

4. 和

2281.
和而不同화이부동
화합하되 따라하지 않는다.

註▶ 1)和(화): 조화, 화합. 자기의 개성과 특질을 죽이지 않고 仁義나 사회집단을 위해 協和 하는 것. 2)同(동): 무조건 동화되어 버리다. 자기의 특성마저 상실하고 동화되다.
〈출전〉論語 子路

2282.
天地不可一日無和氣천지불가일일무화기
人心不可一日無喜神인심불가일일무희신
天地에는 하루라도 온화한 기운이 없어서는 안 되고,
사람의 마음에는 기쁜 마음이 없어서는 안 된다.

註▶ 1)和氣(화기): 온화한 기운. 2)喜神(희신): 기쁜 마음.
〈출전〉菜根譚 前集 六

2283.

和爲貴화위귀

조화함을 귀하게 여겨라.

〈출전〉論語 學而

2284.

和而不流화이불류

조화를 이루되 시류에 따라가지 말라.

註▶ 1)不流(불류): 時流에 따르지 말라.
〈출전〉近思錄 觀聖賢類

2285.

群而不黨군이부당

조화를 이루어 무리를 짓되 派黨을 만들지 말라.

註▶ 1)黨(당): 개인적으로 잘못을 감싸주고 돕는다. 偏黨的이다.
〈출전〉論語 衛靈公

2286.

心和氣平者심화기평자 **百福自集**백복자집

마음이 고르고 기상이 평온한 사람은 백가지 복이 저절로 모인다.

註▶ 1)心和氣平(심화기평): 마음이 고르고 기상이 평온하다.
〈출전〉菜根譚 前集 二百九

2287.

天時不如地利천시불여지리　**地利不如人和**지리불여인화

天時는 지리적 이로움보다 못하고, 지리적 이로움은 사람들이 화합하는 것보다 못하다.

註▶ 1)天時(천시): 戰國時代 유행하던 陰陽說에 따라 四時 日辰 干支 方位 등에 관련시켜 유리한 것을 따진 것. 2)地利(지리): 山岳 江河 城池등 공략을 저지시키는데 힘이 되는 地勢상의 이점. 3)人和(인화): 국민들이 기꺼이 협력하는 마음을 얻은 것.

〈출전〉孟子　公孫丑下

2288.

六馬不和육마불화　**造父不能以致遠**조부불능이치원

수레를 끄는 여섯 마리의 말이 조화를 이루지 못하면
말을 잘 다루는 造父도 멀리까지 말을 몰 수 없다.

註▶ 1)六馬(육마): 天子가 타는 수레를 끄는 여섯 마리의 말. 2)造父(조부): 周나라 穆王의 수레를 끌던 사람으로 馬術의 名人.

〈출전〉韓詩外傳

2289.

蛇蚹蜩翼邪사부조익사

나의 힘은 뱀의 비늘이나 매미의 날개 정도이다.
(인간 사회에서 자신의 힘이 미약함을 느끼고 서로 화합해야 함을 말하는 것.)

〈출전〉莊子　內篇　齊物論

5. 恩

2290.

推恩추은 **足以保四海**족이보사해

은혜를 널리 펴나가면 넉넉히 온 세상을 편안하게 할 수 있다.

註▶ 1)推恩(추은): 다른 사람들도 모두 은덕을 받아 편안하게 살 수 있도록 은덕을 널리 펴 나가다. 2)四海(사해): 사해 안, 즉 온 세상.

〈출전〉孟子 梁惠王上

2291.

推恩而不理추은이불리 **不成仁**불성인

은혜를 미루어 나가는 것이 道理에 맞지 않으면 仁을 이루지 못한다.

註▶ 1)推恩(추은): 다른 사람들도 모두 은덕을 받아 편안하게 살 수 있도록 은덕을 널리 펴 나가다. 2)不理(불리): 도리에 맞지 않다.

〈출전〉荀子 大略篇

2292.

人有恩於我不可忘인유은어아불가망 **而怨則不可不忘**이원즉불가불망

남이 나에게 은혜를 베푼 것이 있으면 잊지 말고, 원한이 있으면 잊어버리지 않으면 안 된다.

註▶ 1)不可不(불가불): 하지 않으면 안 된다.

〈출전〉菜根譚 前集 五十一

2293.

恩宜自淡而濃은의자담이농 **先濃後淡者**선농후담자 **人忘其惠**인망기혜

은혜는 마땅히 엷은 것으로부터 진해져야하는 것이니
만일 먼저 진하고 나중에 엷으면 사람이 그 은혜를 잊게 된다.

註▶ 1)淡而濃(담이농): 엷고 진함. 박하고 후함.
〈출전〉菜根譚 前集 百七十

2294.

施恩務施於不報之人시은무시어불보지인

은혜를 베풀려거든, 보답을 하지 않는 사람에게 베풀어야 한다.

註▶ 1)不報之人(불보지인): 신세를 지고도 갚지 않는 사람.
〈출전〉菜根譚 前集 百五十六

2295.

生當隕首생당운수 **死當結艸**사당결초

살아 있을 때는 마땅히 목숨을 바칠 것이요, 죽어서는 마땅히 결초보은 하리라.

註▶ 1)隕首(운수): 머리가 떨어지는 것으로 죽음을 의미한다.
〈출전〉文章軌範 李密 陳情表

2296.

恩若己出은약기출 **怨將誰歸**원장수귀

은혜가 만약 자기에게서 나왔다면 원망은 누구에게 돌아갈까?

〈출전〉宋名臣言行錄 王曾

2297.

生死而肉骨也생사이육골야

죽은 것을 살리고, 뼈에 살을 붙인다.

(어려운 형편에 있거나 위험한 상태에 있을 때 구해주는 것을 말함.)

〈출전〉左傳　襄公二十二年

2298.

誰言寸草心수언촌초심　**報得三春輝**보득삼춘휘

누가 말하던가. 저 조그만 풀이, 따뜻한 봄볕 은혜 갚을 수 있다고.

(原文)

慈母手中線　遊子身上衣 臨行密密縫　意恐遲遲歸　**誰言寸草心　報得三春暉**

자애로운 어머님이 손수 꿰맨 옷은

멀리 떠나있는 아들이 입을 옷인데.

떠날 때 다시 바느질 손보심은

어쩌다 더디 돌아올까 걱정해서이네.

누가 말하던가. 저 조그만 풀이

따뜻한 봄볕 은혜 갚을 수 있다고.

註▶ 1)遊子吟(유자음): 樂府의 제목으로 거문고 가락의 가사에 속한다. 2)線(선): 실. 3)遊子(유자): 떠도는 아들, 나그네. 4)三春(삼춘): 봄의 3개월. 5)暉(휘): 봄의 햇빛.

〈출전〉古文眞寶　五言古風短篇　孟郊　遊子吟

2299.

在三之義재삼지의

임금과 어버이와 스승의 은혜를 갚는다.

註▶ 1)三(삼): 임금과 어버이와 스승의 은혜.
〈출전〉北齊書　徐之才傳

2300.
惠我無疆혜아무강　**子孫保之**자손보지
우리를 사랑하심이 한이 없어 유업을 보전케 하셨네.

註▶ 1)惠(혜): 사랑. 2)無疆(무강): 한없는 것, 끝없는 것. 3)保之(보지): 이러한 先公들의 유업을 보전하는 것.
〈출전〉詩經　周頌　烈文

2301.
千金難結一時之歡천금난결일시지환　**一飯竟致終身之感**일반경치종신지감
천금으로도 한 때의 환심을 사기가 어려울 때가 있고, 한 술 밥으로도 평생의 感恩을 이룰 수가 있다.

註▶ 1)千金(천금): 큰 돈. 2)一時之歡(일시지환): 한 때의 환심. 3)一飯(일반): 한 끼의 밥. 4)感(감): 感恩.
〈출전〉菜根譚　前集 百十五

2302.
怨不在大원부재대　**亦不在小**역부재소　**惠不惠**혜불혜　**懋不懋**무불무
백성들의 원망은 큰 일에 있는 것이 아니고 또한 작은 일에 있는 것도 아니다, 은혜를 베풀었느냐? 베풀지 않았느냐? 힘써 일했느냐? 일하지 않았느냐? 에 달려있다.

註▶ 1)懋(무): 힘써서 노력하다.
〈출전〉書經　康誥

2303.

施人毋責其報시인무책기보

남에게 은혜를 베풀고 보답이 없다고 꾸짖지 말라.

註▶ 1)施人(시인): 남에게 은혜를 베풀다. 2)報(보): 그 은혜에 대한 보답.
〈출전〉菜根譚　前集 八十九

2304.

誰知三日樂수지삼일락　**摠是九重恩**총시구중은

누가 알리오, 사흘의 즐거움을, 그 모두 임금님의 은혜인 것을.

(原文)
刺舟尋故園　山色正黃昏　宮壺誇釣叟　仙樂動江村
誰知三日樂　摠是九重恩　終南長在望　還向上東門
배를 저어 고향 동산 찾나니
산 빛은 바로 해 질 때이네.
궁중의 술병을 낚시꾼에 자랑하고
신선 음악은 강 마을을 진동하네.
누가 알리오, 사흘의 즐거움을
그 모두 임금님의 은혜인 것을.
바라보면 남산이 항상 있나니
빨리 돌아가 그 동문에 오르리.

註▶ 1)內殿(내전): 대궐 안 깊숙이 있는 궁전. 2)刺舟(자주): 배를 저어가다. 3)宮壺(궁곤): 宮內에서 사용하는 술병. 4)九重(구중): 宮中. 궁궐.
〈출전〉한국문집총간　〈작자〉尹善道(孤山)　〈제목〉與友遊孤野自內殿有酒饌之賜

6. 勇

2305.

見義不爲견의불위 **無勇也**무용야

의로움을 보고도 행하지 않으면 용기가 없는 것이다.

〈출전〉論語 爲政

2306.

勇者不懼용자불구

용감한 사람은 두려워하지 않는다.

〈출전〉論語 子罕

2307.

臨事而屢斷勇也임사이루단용야

일에 임하여서 곧잘 결단하는 것은 용기이다.

註▶ 1)屢(누): 항상, 언제나.

〈출전〉禮記 喪大記

2308.

暴虎馮河폭호풍하 **死而無悔者**사이무회자 **吾不與也**오불여야

맨주먹으로 호랑이를 잡고 맨발로 강을 건너며 죽어도 뉘우치지 않는 자와는 같이하지 않겠다.

註▶ 1)暴虎(폭호): 맨손으로 호랑이를 쳐 잡는다. 즉 어리석은 만용을 가리킨다.
2)馮河(풍하): 맨발로 강물을 건너다. 즉 무모한 만용을 가리킨다.
〈출전〉論語 述而

2309.

有勇而無義유용이무의 **爲亂**위난

용기는 있는데 정의가 없으면 반란을 일으킨다.

〈출전〉論語 陽貨

2310.

勇而無禮則亂용이무례즉난

용기는 있는데 예의가 없으면 난폭한 것이다.

〈출전〉論語 泰伯

2311.

勇於敢則殺용어감즉살 **勇於不敢則活**용어불감즉활

용감하면 죽음을 부르게 되고, 용감하지 않으면 살게 된다.

〈출전〉老子 七十三章

2312.

慈故能勇자고능용

자애롭기 때문에 용감할 수 있다.

〈출전〉老子 六十七章

2313.

不入虎穴불입호혈　**不得虎子**불득호자

호랑이 굴에 들어가지 않으면 호랑이 새끼를 잡을 수 없다.

〈출전〉十八史略　東漢　明帝

2314.

惡勇而無禮者오용이무례자

용맹하기만 하고 예절을 가리지 못하는 것을 미워한다.

註▶ 1)惡(오): 미워한다.

〈출전〉論語　陽貨

2315.

惡果敢而窒者오과감이질자

과감하기만 하고 막힌 것을 미워한다.

註▶ 1)惡(오): 미워한다.

〈출전〉論語　陽貨

2316.

惡不孫以爲勇者오불손이위용자

불손한 태도를 용감하다고 생각하는 사람을 미워한다.

註▶ 1)惡(오): 미워한다. 2)不孫(불손): 不遜과 같은 뜻으로 겸손하지 않은 것을 말한다.

〈출전〉論語　陽貨

2317.

戰勝功旣高전승공기고 **知足願言止**지족원언지

싸움에 이겨 이름 이미 높았거니, 만족할 줄 알아 부디 그만두시오.

(原文)

神策究天文 妙算窮地理 **戰勝功旣高 知足願言止**

당신의 신비로운 계책은 천문을 훤히 알고

당신의 미묘한 헤아림은 지리를 꿰뚫었네.

싸움에 이겨 이름 이미 높았거니

만족할 줄 알아 부디 그만두시오.

註▶ 1)願言(원언): 바라건대, 원컨대. 言은 助字

〈출전〉한국한시 〈작자〉乙支文德 〈제목〉遺于仲文

7. 恥

2318.

人不可以無恥인불가이무치

사람은 부끄러움을 모르면 안 된다.

〈출전〉孟子 盡心上

2319.

恥之於人大矣치지어인대의

남에게 부끄러워하는 마음은 사람에게 중요하다.

〈출전〉孟子　盡心上

2320.

無恥之恥무치지치　**無恥矣**무치의

부끄러워하는 마음이 없는 것을 부끄러워하면 부끄러워 할 일이 없게 될 것이다.

〈출전〉孟子　盡心上

2321.

行己有恥행기유치

자기의 행동에 부끄러움이 있음을 알아야한다.

〈출전〉論語　子路

2322.

脅肩諂笑협견첨소　**病于夏畦**병우하휴

어깨를 올리고 아첨하며 웃는 것은 여름에 밭일하는 것보다 힘들다.

註▶ 1)脅肩(협견): 사람이 고개를 숙이고 상대방을 공경하는 시늉을 하게 되면 어깨가 올라가기 마련이다. 2)病(병): 힘들어 지치다. 3)夏畦(하휴): 여름 밭. 여기서는 여름에 밭일하는 것을 말한다.
〈출전〉孟子　滕文公下

2323.

未同而言미동이언　**觀其色赧赧然**관기색난난연　**非由之所知也**비유지소지야

생각이 같지 않으면서 어울려 말하는 그런 얼굴빛을 보면 빨개져 있는데 그렇게 하는 것은 내가 할 줄 아는 일이 아니다.

註▶ 1)赧赧然(난난연): 얼굴을 붉히며 부끄러워하다.
〈출전〉孟子　滕文公下

2324.

書生愧乏籌邊策서생괴핍주변책　**萬里秋天一劍橫**만리추천일검횡

서생이 변방 계획 모자람이 부끄러우니, 만 리 가을 하늘에 한 자루 칼이 비끼었네.

(原文)

不盡高山無盡情　碧江如畫喚愁生　**書生愧乏籌邊策　萬里秋天一劍橫**

고산리의 다함없는 정이 다하지 않아
그림 같은 푸른 강이 시름을 불러내네.
서생이 변방 계획 모자람이 부끄러우니
만 리 가을 하늘에 한 자루 칼이 비끼었네.

註▶ 1)高山里(고산리): 지명. 2)書生(서생): 학업을 닦는 젊은이. 3)邊策(변책): 변방을 지킬 계획.
〈출전〉한국한시　〈작자〉裵正徽(孤村)　〈제목〉高山里鎭

8. 敬

2325.

毋不敬무불경

공경하지 않으면 안 된다.

〈출전〉禮記　曲禮上

2326.

禮身之幹也예신지간야　**敬身之基也**경신지기야

禮儀는 인간 행동의 줄기요, 공경은 인간 행동의 기본이다.

註▶ 1)禮(예): 禮儀. 2)幹(간): 인간이 살아가는데 중요한 줄기가 되다.
〈출전〉左傳　成公十三年

2327.

主敬以直其內주경이직기내

모든 일에 공경을 주체로 하여 그 마음을 곧게 하라.

註▶ 1)內(내): 마음.
〈출전〉近思錄　爲學類

2328.

敬德之聚也경덕지취야　**能敬必有德**능경필유덕

공경은 덕이 모인 것이니 능히 공경하면 반드시 덕이 있다.

〈출전〉左傳　僖公三十三年

2329.

至敬無文지경무문

지극한 공경은 꾸밈이 없다.

註▶ 1)無文(무문): 인위적인 꾸밈이 없다.
〈출전〉禮記　禮器

2330.

愛人者人恒愛之애인자인항애지 **敬人者人恒敬之**경인자인항경지

남을 사랑하는 사람은 남들이 항상 그를 사랑하고,
남을 공경하는 사람은 남들이 항상 그를 공경한다.

<출전>孟子 離婁下

2331.

能敬無災능경무재

공경하면 재앙을 면할 수 있다.

<출전>左傳 昭公三年

2332.

敬勝怠者吉경승태자길 **怠勝敬者滅**태승경자멸

공경하는 마음이 업신여기는 마음을 누르면 길하게 되고,
업신여기는 마음이 공경하는 마음을 누르면 멸망하게 된다.

註▶ 1)怠(태): 업신여기다.
<출전>小學 內篇 敬身

2333.

穆穆文王목목문왕 **於緝熙敬止**어집희경지

아름다운 文王께서는 끊임없이 공경하셨네.

註▶ 1)於(오): 탄식할 오. 여기서는 아아! 의 뜻으로 쓰였다. 2)緝熙(집희): 끊이지 않고 일을 계속하다. 3)止(지): 조사.
<출전>詩經 大雅 文王

2334.

敬以直內경이직내　**義以方外**의이방외

공경함으로써 마음을 곧게 하고, 의리로써 외부의 행동을 바르게 하라.

註▶ 1)直內(직내): 마음을 곧게 하다. 2)方外(방외): 밖으로 드러나는 행동을 방정하게 하라.

〈출전〉易經　坤　文言傳

9. 謹 愼

2335.

如臨深淵여림심연　**如履薄冰**여리박빙

깊은 연못가에 있는 것 같이 하고, 얇은 얼음을 밟고 있는 것 같이 하라.

〈출전〉詩經　小雅　小旻

2336.

兢兢業業긍긍업업

조심하고 두려워하다.

註▶ 1)兢兢(긍긍): 조심하고 경계하다. 2)業業(업업): 두려워하는 모양, 위태로운 모양.

〈출전〉書經　皐陶謨

2337.

聲爲律성위률　**身爲度**신위도　**左準繩**좌준승　**右規矩**우규구

소리는 音律이 되고, 몸은 척도가 되고,
왼쪽에는 墨繩을 가지고 있고, 오른쪽에는 曲尺을 가지고 있다.

註▶ 1)律(율): 음률. 2)度(도): 기준이 되는 척도. 3)準繩(준승): 기준이 되는 먹줄. 즉 기준이 되는 모범을 말한다. 4)規矩(규구):굽은 것과 곧은 것을 그리는데 필요한 자로 기준을 말한다.
〈출전〉十八史略 夏后氏

2338.

溫溫恭人온온공인 **如集于木**여집우목 **惴惴小心**췌췌소심
如臨于谷여림우곡

온유하게 공손한 것이 나무 위에 앉은 듯 하고, 무서운 듯 소심함이 깊은 골짜기에 이른 듯하네.

註▶ 1)溫溫(온온): 온화하고 부드러운 모양. 2)恭人(공인): 남에게 공손하게 하다. 3)如集于木(여집우목): 나무 위에 올라앉은 것 같아서 떨어지지 않을까 조심하는 것. 4)惴惴(췌췌): 근심하고 조심하다. 5)如臨于谷(여임우곡): 골짜기 절벽에 임해있는 것 같이 두려워하여 조심하다.
〈출전〉詩經 小雅 小宛

2339.

終日乾乾종일건건 **夕惕若**석척약 **厲无咎**여무구

종일토록 쉬지 않고 노력하고 밤에는 삼가 조심하면 위태로울지라도 허물은 없다.

註▶ 1)乾乾(건건): 쉬지 않고 계속 노력하다. 2)惕若(척약): 두려워하여 조심하는 것 같이 하다. 3)厲(려): 위태롭다, 재앙이 미치다.
〈출전〉易經 乾 九三

2340.

不登高불등고　**不臨深**불림심

높은 곳에 오르지 않아야 하고, 깊은 곳에 가지 않아야 한다.

註▶ 1)不登高　不臨深(불등고　불임심): 위험한 일을 하지 말아야한다.
〈출전〉小學　內篇　明倫

2341.

千丈之隄천장지제　**以螻蟻之穴潰**이루의지혈궤
百尺之室백척지실　**以突隙之烟焚**이돌극지연분

천 길이나 되는 둑도 땅강아지의 구멍으로 무너지고, 백 척이나 되는 집도 굴뚝의 갈라진 틈에서 나온 연기에 불탄다.

註▶ 1)螻蟻(누의): 땅강아지. 2)潰(궤): 무너지다. 3)突隙(돌극): 갈라진 틈.
〈출전〉韓非子　喩老

2342.

堤潰自蟻穴제궤자의혈

큰 둑도 개미구멍 만한 작은 구멍에 의해 무너진다.

註▶ 1)潰(궤): 무너지다. 2)蟻穴(의혈): 개미구멍.
〈출전〉古詩源　應璩　雜詩

2343.

人莫躓於山인막지어산　**以躓於垤**이지어질

사람은 높은 산에서는 넘어지지 않으나 개미 둑에는 걸려 넘어진다.

註▶ 1)躓(지): 넘어지다. 2)垤(질): 개미 둑. 아주 작은 걸림돌.
〈출전〉淮南子　說林訓

2344.

謹厚者亦復爲之근후자역복위지

삼가는 것이 깊은 사람은 또다시 삼간다.

〈출전〉十八史略　東漢　光武帝

2345.

大行不顧細謹대행불고세근

큰 일을 행할 때는 사소한 일은 생각하지 않는다.

〈출전〉史記　項羽紀

2346.

奔車之上無仲尼분거지상무중니　**覆舟之下無伯夷**복주지하무백이

달리는 수레 위에는 孔子님은 타지 않고, 엎어진 배 아래에는 伯夷가 없다. (군자는 위험한 일에 가까이 가지 않는다.)

註▶ 1)奔車(奔車): 달리는 말. 즉 위험한 일. 2)仲尼(중니): 공자의 字. 3)覆舟(복주): 엎어진 배.
〈출전〉韓非子　安危

2347.

維此文王유차문왕　**小心翼翼**소심익익

文王께서는 삼가고 조심하셨다.

註▶ 1)翼翼(익익): 공손하고 삼가다.
〈출전〉詩經　大雅　大明

2348.

不矜細行불긍세행　**終累大德**종루대덕

작은 일에 삼가지 않으면 마침내는 큰 덕에 누를 끼치게 된다.

註▶ 1)細行(세행): 작은 일.
〈출전〉書經　旅獒

2349.

若蹈虎尾약도호미　**涉于春冰**섭우춘빙

호랑이 꼬리를 밟는 것 같이 조심하고,
봄에 얼음이 녹으려 할 때 강을 건너는 것 같이 조심하라.

〈출전〉書經　君牙

2350.

怵惕惟厲출척유려

두려워 조심하고 위태롭게 여기다.

註▶ 1)怵惕(출척): 두려워하여 근심하고 조심하다. 2)厲(려): 위태롭게 여기다.
〈출전〉書經　冏命

2351.

多聞闕疑다문궐의　**愼言其餘**신언기여　**則寡尤**즉과우

많이 듣되 의심스러운 것을 빼놓고 나머지를 신중히 말하면 허물이 적을 것이다.

註▶ 1)闕疑(궐의): 의심스러운 것을 빼놓다. 2)寡尤(과우): 尤는 잘못이나 허물을 가리키는 말로 허물이 적다.
〈출전〉論語 爲政

2352.
青裙女出木花田청군여출목화전 **見客回身立路邊**견객회신립로변
푸른 치마 입은 여자 목화밭에서 나와서, 손님 보자 몸을 돌려 길가에 서네.

(原文)
青裙女出木花田 見客回身立路邊 白犬遠隨黃犬去 雙還却走主人前
푸른 치마 입은 여자 목화밭에서 나와서
손님 보자 몸을 돌려 길가에 서네.
흰 개가 누른 개를 멀리서 따라가다
두 마리가 도리어 주인 앞으로 달려가네.

〈출전〉한국한시 〈작자〉申光洙(石北) 〈제목〉峽口所見

10. 공 경

2353.
執事敬집사경
일을 맡아서 처리 할 때는 신중과 성의를 다하라.

註▶ 1)執事(집사): 일을 맡아서 처리하다.
〈출전〉論語 子路

2354.

居處恭거처공

평상시에는 항상 공손한 태도를 지켜라.

註▶ 1)居(거): 평상시.

<출전>論語　子路

2355.

恭而無禮則勞공이무례즉로

공손하되 예의가 없으면 헛수고이다.

註▶ 1)勞(로): 헛되이 수고롭다.

<출전>論語　泰伯

2356.

恭近於禮공근어예　**遠恥辱也**원치욕야

공손함이 예절에 가까우면 치욕은 멀어진다.

<출전>論語　學而

2357.

恭則不侮공즉불모

공손하면 업신여기지 않는다.

<출전>論語　陽貨

2358.

修己以敬수기이경

자기 자신을 수양하고 경건하고 성실하게 하라.

註▶ 1)敬(경): 경건하고 성실하게 하다.
〈출전〉論語 憲問

2359.

責難於君책난어군 **謂之恭**위지공 **陳善閉邪**진선폐사 **謂之敬**위지경

임금에게 어려운 일을 해내도록 권하고 諫言하는 것을 恭이라고 하고,
착한 것을 늘어놓고 사악한 것을 막는 것을 敬이라고 한다.

註▶ 1)責難(책난): 어려운 것을 하도록 권하고 간언하는 것. 2)陳善(진선): 선한 것을 늘어놓다. 3)閉邪(폐사): 사악한 것을 막다.
〈출전〉孟子 離婁上

2360.

居敬而行簡거경이행간

몸가짐은 공경스럽게 하고 관대한 태도를 가져라.

註▶ 1)居敬(거경): 몸가짐은 공경스럽게 하라. 2)行簡(행간): 남에게 대하는 태도가 대범하고 관대하게 하라.
〈출전〉論語 雍也

2361.

敬而不中禮경이불중예 **謂之野**위지야 **恭而不中禮**공이불중예 **謂之給**위지급

공경하더라도 예의에 맞지 않으면 野한 것이요, 공손하더라도 예의에 맞지 않으면 給이니라.

註▶ 1)野(야): 촌스러운 것. 2)給(급): 지나치게 공경하여 말로 번드르르하게 아첨하는 것.

〈출전〉禮記　仲尼燕居

2362.

溫溫恭人온온공인　**維德之基**유덕지기

관대하게 공손한 사람은 덕의 터전이다.

註▶ 1)溫溫(온온): 온화하고 부드러운 모양.

〈출전〉詩經　大雅　抑

2363.

溫良恭儉讓온량공검양

온화하고 선량하고 공경하며 검소하고 양보하라.

〈출전〉論語　學而

2364.

愛而不敬애이불경　**獸畜之也**수축지야

사랑하되 공경하지 않으면 짐승을 기르는 것과 같다.

〈출전〉孟子　盡心上

11. 관 용

2365.

寬則得衆관즉득중

관대하면 많은 사람의 마음을 얻는다.

〈출전〉論語　陽貨

2366.

太山不讓土壤태산불양토양　**故能成其大**고능성기대

河海不擇細流하해불택세류　**故能就其深**고능취기심

태산은 작은 흙도 사양하지 않아서 그 크기를 이루었고,

넓은 바다는 작은 물줄기도 가리지 않아서 그 깊이를 이루었네.

〈출전〉文章軌範　李斯　逐客上書

2367.

水寬魚大수관어대

물이 깊고 넓으면 큰 고기가 산다.

註▶ 1)水寬(수관): 물이 깊고 넓다.

〈출전〉通俗篇　禽魚

2368.

不念舊惡불념구악　**怨是用希**원시용희

지난 잘못을 생각하지 않으면 원망하는 일도 드물다.

註▶ 1)舊惡(구악): 옛날에 있었던 惡. 2)怨(원): 원망을 받는다. 3)是用(시용): "是以"와 같은 뜻으로 "그럼으로써"의 뜻. 4)希(희): 稀와 같은 뜻으로 "드물다"의 뜻.

〈출전〉論語　公冶長

2369.

容乃公용내공　**公乃王**공내왕

용납하면 공정해지고, 공정해지면 왕이 된다.

〈출전〉老子　十六章

2370.

在宥天下재유천하

천하를 있는 그대로 놓아둔다.

註▶ 1)在宥(재유): 있는 그대로 놔두다.
〈출전〉莊子　外篇　在宥

2371.

淵廣者其魚大연광자기어대

연못이 크면 그 안의 고기도 크다.

〈출전〉韓詩外傳

12. 겸 손

2372.

謙亨겸형　**君子有終**군자유종

謙은 君子의 도가 트이는 괘이다. 군자는 有終의 美가 있을 것이다.

〈출전〉易經　謙卦

2373.

天道虧盈而益謙천도휴영이익겸

하늘의 道는 가득 찬 것을 덜어서 겸손한 사람을 도와준다.

註▶ 1)虧盈(휴영): 가득 찬 것을 덜어내다. 2)益謙(익겸): 겸손한 사람을 이롭게 하다.
〈출전〉易經　象

2374.

滿招損만초손　**謙受益**겸수익　**時乃天道**시내천도

자만하는 자는 손해를 부르게 되고, 겸손한 자가 이익을 받는 것이 하늘의 도이다.

〈출전〉書經　大禹謨

2375.

與其不遜也여기불손야　**寧固**영고

거만함보다는 차라리 고루한 것이 낫다.

〈출전〉論語　述而

2376.

卑讓德之基비양덕지기

겸손하고 양보하는 것은 도덕의 근본이다.

註▶ 1)卑(비): 자신을 낮추어 겸손해 하다.
〈출전〉左傳　文公元年

2377.

無伐善무벌선　**無施勞**무시로

착한 일을 남에게 자랑하지 말고, 남에게 힘든 일을 강요하지 말라.

註▶ 1)伐(벌): 자랑하다. 2)施(시): 남에게 억지로 부과하다.
〈출전〉論語　公冶長

2378.
己欲達而達人기욕달이달인
내가 이루려 할 때 남도 이루게 해야 한다.

〈출전〉論語　雍也

2379.
己欲立而立人기욕립이립인
자기가 어떤 지위에 서고자 하면 남도 서게 해야 한다.

〈출전〉論語　雍也

2380.
內直而外曲내직이외곡
마음은 道理에 맞게 곧게 가지고, 外面은 세상에 맞게 태도를 취해야 한다.

註▶ 1)曲(곡): 세상에 맞추어 태도를 맞추다.
〈출전〉莊子　內篇　人間世

2381.
徑路窄處경로착처　留一步與人行유일보여인행
작은 길 좁은 곳에서는 한 걸음 멈추어 남을 먼저가게 하라.

註▶ 1)徑路(경로): 작은 길, 지름길. 2)窄處(착처): 좁은 곳. 3)與人行(여인행): 나른 사람으로 하여금 가게 하다.
〈출전〉菜根譚 前集 十三

2382.

矜高倨傲긍고거오 **無非客氣**무비객기 **降伏得客氣下**항복득객기하 **而後正氣伸**이후정기신

잘난 체 뽐내는 것과 거만은 객쩍은 기운이 아닌 것이 없다.
이 객쩍은 기운을 항복하여 끌어내린 후에야 바른 기를 펼 수 있다.

註▶ 1)矜高(긍고): 잘난 척 뽐내다. 2)倨傲(거오): 거만하다. 3)客氣(객기): 객쩍게 부리는 용기. 4)正氣(정기): 공명정대한 기운.
〈출전〉菜根譚 前集 二十五

2383.

有若無유약무 **實若虛**실약허 **犯而不校**범이불교

道를 지녔는데도 없는 것 같이 하고, 德이 찼는데도 텅 빈 듯이 겸손하고, 남에게 욕을 보아도 따지거나 다투지 않아야 한다.

註▶ 1)犯而不校(범이불교): 침범을 당해도 싸우고 다투지 않는다. 校는 "報"의 뜻.
〈출전〉論語 泰伯

2384.

慮以下人여이하인

남을 사려 깊게 대하라.

〈출전〉論語 顏淵

2385.

光而不耀광이불요

빛은 있지만 반짝이지 않는다.

〈출전〉老子　五十八章

2386.

被葛懷玉피갈회옥

칡으로 만든 옷을 입고 있어도 구슬을 품고 있다.

註▶ 1)被葛懷玉(피갈회옥): 겉으로 보기에는 형편없지만 속에는 道를 지니고 있음을 뜻한다.

〈출전〉老子　七十章

2387.

含章可貞함장가정

빛나는 역량을 품고 있어서 마음이 곧고 바르다.

註▶ 1)章(장): 뛰어난 역량. 2)貞(정): 마음이 바르고 곧다.

〈출전〉易經　坤　六三

2388.

善行無徹迹선행무철적

길을 잘 가는 사람은 지나간 자국을 남기지 않는다.

註▶ 1)徹迹(철적): 지나간 자국. 徹이 轍로 된 판본이 있어서 수레바퀴자국으로 풀이하기도 하지만 부적합하다.

〈출전〉老子　二十七章

2389.

大者宜爲下대자의위하

큰 편에서 마땅히 謙下해야 한다.

註▶ 1)爲下(위하): 겸손하여 자신을 낮추다.
〈출전〉老子　六十一章

2390.

謙也者겸야자　**致恭以存其位者也**치공이존기위자야

겸손하여 낮추는 것은 공손함을 이루어 자기의 지위를 보전하는 것이다.

〈출전〉易經　繫辭上

2391.

爭先的徑路窄쟁선적경로착　**退後一步**퇴후일보　**自寬平一步**자관평일보

앞을 다투는 길은 좁으니 한 걸음 물러나면 저절로 한 걸음만큼 넓고 평평해진다.

註▶ 1)徑路(경로): 오솔길. 2)窄(착): 좁다. 3)寬平(관평): 넓고 평평하다.
〈출전〉菜根譚　後集 二十五

2392.

藍田有良玉남전유양옥　**含輝竟不言**함휘경불언

남전에는 좋은 옥이 있지만, 빛을 품고는 끝내 말하지 않는다.

(原文)
鬱鬱山上竹　揚揚谷中蘭　芳香隨風發　苦節知天寒　明珠混魚目
識者良獨難　自古賢達人　下流非所歎　**藍田有良玉**　**含輝竟不言**

우거진 산 위의 대나무
뽐내는 골짝의 난초.
꽃다운 향기를 피우지만
굳은 절개는 겨울이라야 안다.
야광주를 고기의 눈에 섞는데
식자도 진실로 혼자 알기 어렵다.
옛부터 어질고 통달한 사람
그 하류들이 칭찬할 바 아니다.
남전에는 좋은 옥이 있지만
빛을 품고는 끝내 말하지 않는다.

註▶ 1)鬱鬱(울울): 초목이 무성한 모양. 2)揚揚(양양): 뜻을 이루어 만족한 모양. 3)苦節(고절): 곤경을 당해도 변하지 않는 굳은 절개. 4)明珠(명주): 夜光珠 5)下流(하류): 낮은 지위. 6)歎(탄): 칭찬. 7)藍田(남전): 섬서성에 있는 산. 이 산에 좋은 옥이 남.
〈출전〉한국문집총간 〈작자〉權斗經(蒼雪) 〈제목〉擬古

13. 虛 心

2393.

虛受人허수인

마음을 비우고 남의 행동을 받아들이라.

〈출전〉易經 咸 象

2394.

虛其心허기심 **實其腹**실기복

백성들의 마음을 비우게 하고, 백성들의 배는 채워줘라.

〈출전〉老子　三章

2395.

致虛極 치허극 **守靜篤**수정독

마음을 비우는 것은 끝까지 하고, 고요함을 지키는 일은 독실하게 하라.

〈출전〉老子　十六章

2396.

虛室生白허실생백

방을 비우면 환해진다.

註▶ 1)虛室生白(허실생백): 마음을 비우면 마음이 밝아진다. 여기서 室은 마음을 의미한다.

〈출전〉莊子　內篇　人間世

2397.

正則靜정즉정　**靜則明**정즉명　**明則虛**명즉허

虛則無爲而無不爲也허즉무위이무불위야

마음이 평정해지면 고요하고, 고요하면 밝아지고, 밝아지면 비게 되고,
비면 無爲로서 만 가지 일에 응하지 않는 것이 없다.

〈출전〉莊子　雜篇　庚桑楚

2398.

如新生之犢여신생지독

갓 태어난 송아지처럼 무심하게 보고 이치를 따지지 말아야 한다.

〈출전〉莊子 外篇 知北遊

2399.

蝶翅動名薄접시훈명박 **龍腦富貴輕**용뇌부귀경

나비의 날개인 듯 功과 명예가 엷고, 용의 골 같은 부와 귀도 가볍다.

(原文)

蝶翅動名薄 龍腦富貴輕 萬事驚秋夢 東窓海月明

나비의 날개인 듯 功과 명예가 엷고

용의 골 같은 부와 귀도 가볍다.

가을 꿈인 듯 모든 일에 놀라는데

동쪽 창에는 바다의 달이 밝구나.

註▶ 1)龍腦(용뇌): 東印度에서 나는 龍腦樹의 줄기에 덩어리로 되어 나오는 無色透明의 結晶體. 防蟲劑. 薰香등으로 쓰인다. 용뇌향.

〈출전〉한국한시 〈작자〉趙仁壁 〈제목〉絶句

2400.

紫陌紅塵無夢寐자맥홍진무몽매 **綠蓑靑篛共行藏**녹사청약공행장

서울거리의 붉은 티끌은 꿈에도 꾸지 않고, 푸른 삿갓 도롱이로 일생을 같이 하네.

(原文)

不爲浮名役役忙 生涯追逐水雲鄕 平湖春暖煙千里 古岸秋高月一航

紫陌紅塵無夢寐 綠蓑靑篛共行藏 一聲欸乃歌中趣 那羨人間有玉堂

덧없는 이름 좇아 허둥거리지 않고

한 생애를 수운향을 찾아다녔네.
맑은 호수에 봄이 따뜻해 연기는 천리인데
옛 언덕에 가을 깊어 달이 배에 가득하네.
서울거리의 붉은 티끌은 꿈에도 꾸지 않고
푸른 삿갓 도롱이로 일생을 같이 하네.
한 소리 뱃노래의 가락 속의 그 흥취여
인간 세상 옥당을 어찌 부러워하리.

註▶ 1)役役(역역): 心力을 수고로이 하는 모양. 일에 골몰한 모양. 2) 水雲鄕(수운향): 물이 흐르고 구름이 떠도는 곳이라는 뜻으로, 속기를 떠난 깨끗하고 맑은 곳을 이름.3)紫陌(자맥): 서울의 거리. 4)行藏(행장): 나가서 일을 행함과 물러가서 숨음. 5)欸乃(애내): 뱃노래. 6)玉堂(옥당): 弘文館의 별칭
〈출전〉한국한시 〈작자〉偰長壽(芸齋) 〈제목〉漁翁

2401.
蕭蕭荊茅下소소형모하 **中有至樂在**중유지락재
쓸쓸하나마 띠집 밑이여 그 속에 지극한 즐거움이 있다.

(原文)
倀鬼爲虎役　旣悟還自悔　可憐世上人　疲薾迷眞宰　京華多冠蓋
翕赩流光彩　富貴豈不美　識者憂其胎　任重負版籍　懷璧匹夫罪
蕭蕭荊茅下　中有至樂在
창귀가 호랑이의 심부름을 했는데
깨달았으면 뉘우쳐야 하는 것이다.
가련하여라, 이 세상 사람들
피로하고 지쳐 진재 모른다.
저 서울에서 수레의 덮개가 많아
빨간빛 모아 흐르는 빛 아롱지다.

부귀가 어째 아름답지 않으랴만
식자는 그 위태함을 걱정한다.
판적을 지는 무거운 책임 맡았으니
옥을 품은 것이 필부의 죄이다.
쓸쓸하나마 띠집 밑이여
그 속에 지극한 즐거움 있다.

註▶ 1)倀鬼(창귀): 호랑이의 앞장을 서서 먹을 것을 찾아 준다는 못된 귀신 2)眞宰(진재): 道教에서 말하는 우주의 主宰者. 조물주 3)京華(경화): 京師. 곧 서울. 4)冠盖(관개): 수레의 덮개 5)版籍(판적): 토지 및 백성에 관한 기록을 한 장부. 戶籍
〈출전〉한국문집총간 〈작자〉張維(谿谷) 〈제목〉感興

2402.

世上浮榮如脫屣세상부영여탈사 **淸江閒拂釣絲綸**청강한불조사륜

세상의 헛된 영화 헌신짝 버리듯 하니, 맑은 강에 한가로이 낚싯줄을 드리우네.

(原文)

風雲慶會際昌辰 猶有煙霞物外身 **世上浮榮如脫屣 淸江閒拂釣絲綸**
풍운이 좋은 일 만나 한창 일어나는데
그래도 산수 속의 세상 밖의 몸이네.
세상의 헛된 영화 헌신짝 버리듯 하니
맑은 강에 한가로이 낚싯줄을 드리우네.

註▶ 1)風雲(풍운): 변화가 헤아릴 수 없는 모양. 2)煙霞(연하): 산수의 경치. 3)物外(물외): 세상 밖. 세상 일에 관계하지 않음. 4)釣絲綸(조사륜): 낚싯줄.
〈출전〉한국한시 〈작자〉朱汝斗 〈제목〉次退溪桐江垂釣韻

14. 질박

2403.

君子質而已矣군자질이이의

군자는 실질적인 바탕을 세울 뿐이다.

註▶ 1)質(질): 본질, 실질, 바탕, 질박.

〈출전〉論語　顔淵

2404.

剛毅木訥近仁강의목눌근인

강직하고 과감하고 질박하고 말이 무거운 사람은 仁에 가깝다.

註▶ 1)剛(강): 物慾에 속하지 않고 의지가 굳다. 2)毅(의): 과감하고 강하다. 3)木(목): 朴과 같은 뜻으로 질박하다. 4)訥(눌): 말이 무겁고 적다.

〈출전〉論語　子路

2405.

和氏之璧화씨지벽　**不飾以五采**불식이오채

유명한 卞和의 구슬은 오색으로 꾸미지 않았다.(본질이 확고하면 수식이 필요 없다.)

註▶ 1)卞和(변화): 춘추시대의 楚나라 사람으로 산중에서 얻은 名玉을 楚王에게 바쳤다.

〈출전〉韓非子　解老

2406.

質直而好義질직이호의

질박하고 정직하며 정의를 좋아한다.

註▶ 1)質直(질직): 질박하고 정직하다. 2)好義(호의): 정의를 좋아하다.
〈출전〉論語 顔淵

2407.
眞金不鍍진금부도
진짜 황금은 도금하지 않는다.

〈출전〉李紳 答章孝標詩

2408.
樸雖小박수소 **天下莫能臣也**천하막능신야
道는 산에서 잘라온 통나무처럼 비록 작게 보이지만 천하에 아무도 그것을 지배하지 못한다.

註▶ 1)樸(박): 자연 그대로의 나무. 도에 비유한 것. 2)臣(신): 신하로 삼다, 지배하다, 부리다.
〈출전〉老子 三十二章

2409.
樸散則爲器박산즉위기 **聖人用之則爲官長**성인용지즉위관장
故大制無割고대제무할
소박함이 흩어지면 쓰이는 그릇 같은 사람이 된다. 성인은 그러한 사람들을 등용하여 관청의 우두머리로 삼는 것이다. 그러므로 위대한 制作은 쪼개어 흩어지게 하지 않는 것이다.

〈출전〉老子 二十八章

2410.

見素抱樸견소포박 **少私寡欲**소사과욕

본래의 바탕을 드러내고 소박함을 지니며, 사사로움을 줄이고 욕망을 적게 가져야 한다.

註▶ 1)見素(견소): 본래의 바탕을 보이다. 2)抱樸(포박): 소박함을 지니다.
〈출전〉老子 十九章

2411.

我無欲而民自樸아무욕이민자박

내가 욕망이 없으면 백성들은 스스로 소박해진다.

〈출전〉老子 五十七章

2412.

大巧無巧術대교무교술 **用術者乃所以爲拙**용술자내소이위졸

큰 기교는 교묘한 술책이 없고, 교묘한 술책을 부리는 사람은 재주가 서투르기 때문이다.

註▶ 1)大巧(대교): 큰 재주. 2)巧術(교술): 교묘한 수단과 방법. 3)拙(졸): 서투른 것.
〈출전〉菜根譚 前集 六十二

2413.

大巧若拙대교약졸

큰 기교는 마치 졸렬한 듯하다.

〈출전〉老子 四十五章

15. 검소, 절약

2414.

儉검　**故能廣**고능광

검약하기 때문에 은혜를 널리 끼칠 수 있다.

〈출전〉老子　六十七章

2415.

溫良恭儉讓온량공검양

온화하고 선량하고 공경하며 검소하고 양보하라.

〈출전〉論語　學而

2416.

盈而不溢영이불일

道는 가득 차도 넘치지 않는다.

〈출전〉國語　越語下

2417.

一狐裘三十年일호구삼십년　**豚肩不掩豆**돈견불엄두

하나의 여우 털옷으로 삼십 년을 입었고, 제사 때 쓸 돼지고기가 적어 작은 祭器도 가리지 못했다.(齊나라 사람 晏平仲은 집안이 가난했으나 여러 사람을 도와주었다. 자기의 생활은 곤궁하였으나 개의치 않고 남을 도와준 고사에서 유래된 말이다.)

〈출전〉十八史略　春秋戰國　晉

2418.

奢者富而不足사자부이부족　**何如儉者貧而有餘**하여검자빈이유여

사치하는 사람은 부자가 되어도 부족한 것이니

어찌 검소한 사람이 가난하면서도 여유가 있는 것과 같겠는가?

〈출전〉菜根譚　前集 五十五

2419.

行過乎恭행과호공　**喪過乎哀**상과호애　**用過乎儉**용과호검

군자는 행동을 지나치게 공경스럽게 하고,

부모님이 돌아가셨을 때는 지나치게 슬퍼하고,

비용을 아끼는 것은 지나치게 검약하다.

〈출전〉易經　小過　象

2420.

守約而施博者수약이시박자　**善道也**선도야

지키는 道는 간단히 하고, 널리 베푸는 것이 좋은 방도이다.

〈출전〉孟子　盡心下

2421.

以約失之者鮮矣이약실지자선의

모든 일 처리를 단단히 조이고 단속하면 실패하는 일은 거의 없을 것이다.

註▶ 1)約(약): 검약, 절약. 정신적으로 긴장하고 방종하지 않게 제약하는 뜻도 있다. 約은 원래 졸라맨다는 뜻.
〈출전〉論語　里仁

2422.

約而爲泰약이위태

가난해도 태연해야 한다.

註▶ 1)約(약): 가난하다. 2)泰(태): 태연하다.
〈출전〉論語　述而

2423.

積土成山적토성산

흙이 쌓여 산이 이루어진다.

〈출전〉荀子　勸學篇

2424.

積水成淵적수성연

물이 모여 연못을 이룬다.

〈출전〉荀子　勸學篇

16. 절 도

2425.

不節之嗟부절지차 **又誰咎也**우수구야

절약하지 않으면 가엽게 되니 또 누구를 탓하겠는가?

〈출전〉易經 節 六三 象

2426.

花看半開화간반개 **酒飮微醺**주음미훈

꽃은 반쯤 피었을 때보고, 술은 조금 취하도록 미서리.

註▶ 1)微醺(미훈): 조금 취하다.

〈출전〉菜根譚 後集 百二十二

2427.

括囊괄낭 **无咎无譽**무구무예

말을 많이 하지 않고 주머니를 여미듯 하면 허물도 없고 명예도 없을 것이다.

〈출전〉易經 坤 六四

2428.

虎豹不外其爪호표불외기조 **而噬不見齒**이서불견치

호랑이와 표범 같은 맹수는 발톱을 드러내지 않고, 먹을 때도 이빨을 보이지 않는다.

註▶ 1)噬(서): 씹다. 즉 여기서는 먹는 것을 말한다.

〈출전〉淮南子 兵略訓

2429.

藏巧於拙장교어졸

교묘한 재주를 서투른 솜씨인 것 같이 하여 감추어라.

〈출전〉菜根譚 前集 百十六

2430.

跂者不立기자불립

발돋움하고는 오래 서 있을 수 없다.

〈출전〉老子 二十四章

2431.

行不貴苟難행불귀구난 **說不貴苟察**설불귀구찰 **名不貴苟傳**명불귀구전

군자는 행동에 있어서 구차한 모양으로 어렵게 행하는 것을 귀하게 여기지 않으며, 말에 있어서 구차하게 세밀한 것을 귀하게 여기지 않으며, 명성에 있어서 구차하게 전하는 것을 귀하게 여기지 않는다.

註▶ 1)苟難(구난): 구차하게 어려운 일을 하다. 2)苟察(구찰): 궤변으로 기이한 논리를 펴서 사람을 현혹시키다. 3)苟傳(구전): 명성을 말리기 위해서 구차스러운 일을 하다.
〈출전〉荀子 不苟篇

2432.

但教有酒身無事단교유주신무사 **安用垂名動萬年**안용수명동만년

다만 술이 있고 이 몸에 일이 없으면, 어찌 구태여 이름을 드날려 만년에 울리게 하리오.

(原文)
綠野堂開洞裏天　世塵終不染江煙　新詩滿眼山當戶　喜氣渾家水溢田
兩岸微風楊柳外　一池明月藕花前　**但教有酒身無事　安用垂名動萬年**
아담히 놓인 산골 속의 綠野堂
이 강가의 풍경 물들이지 못하네.
눈에 가득한 새로운 시는 문에 이른 산이요,
온 집의 기쁜 기운은 논에 넘치는 물이네.
양쪽 언덕 실바람은 수양버들 저 밖인데
온 못의 밝은 달은 저 연꽃 앞이네.
다만 술이 있고 이 몸에 일이 없으면
어찌 구태여 이름을 드날려 만년에 울리게 하리오.

註▶ 1)教(교): …하게 함. 2)安(안): 어찌. 어디. 〈출전〉한국한시 〈작자〉元松壽(梅溪) 〈제목〉次安政堂村居韻

17. 知 足

2433.

知足者富지족자부

만족할 줄 아는 사람은 부자다.

〈출전〉老子　三十三章

2434.

鷦鷯巢於深林초료소어심림 **不過一枝**불과일지 **偃鼠飮河**언서음하 **不過滿腹**불과만복

뱁새는 깊은 숲 속에 집을 짓지만 나무 한가지면 족하고,
두더지는 강물을 마시지만 배만 채우면 그만이다.

註▶ 1)鷦鷯(초료): 뱁새. 2)巢(소): 보금자리. 3)偃鼠(언서): 두더지.
〈출전〉莊子 內篇 逍遙遊

2435.

富在知足부재지족

부유함은 만족할 줄 아는 데에 있다.

〈출전〉說苑 談叢

2436.

知足不辱지족불욕

만족할 줄 알면 치욕스런 일은 당하지 않는다.

〈출전〉老子 四十四章

2437.

知足者仙境지족자선경 **不知足者凡境**부지족자범경

만족할 줄 아는 사람에게는 세상이 神仙의 경지와 같고,
만족할 줄 모르는 사람에게는 세상이 속세가 되어버린다.

註▶ 1)仙境(선경): 속세의 물욕을 떠난 신선의 경지. 2)凡境(범경): 凡人의 경지, 속세.
〈출전〉菜根譚 後集 二十一

2438.

貪得者탐득자 **分金恨不得玉**분금한불득옥 **封公怨不受侯**봉공원불수후 **權豪自甘乞丐**권호자감걸개

언기를 탐하는 자는 金을 나누어주면 玉을 얻지 못한 것을 한탄하고, 公爵을 封해주면 諸侯가 되지 못한 것을 원망하고 부귀하면서도 스스로 거지노릇을 달게 여긴다.

註▶ 1)公(공): 公 · 侯 · 伯 · 子 · 男의 오등작의 첫 번째. 2)侯(후): 제후. 3)權豪(권호): 權門富豪. 4)乞丐(걸개): 거지.

〈출전〉菜根譚 後集 三十

2439.

知足者藜羹旨於膏粱지족자려갱지어고량 **布袍煖於狐狢**포포난어호학 **編民不讓王公**편민불양왕공

만족할 줄 아는 사람은 명아주국도 고기보다 맛있게 여기고 베 두루마기도 여우나 담비의 가죽보다 따뜻하게 여기며, 서민이면서 왕후장상을 부러워하지 않는다.

註▶ 1)藜羹(여갱): 명아주 국. 2)膏粱(膏粱): 고기와 맛있는 음식. 3)布袍(포포): 두루마기. 4)狐狢(호학): 여우와 담비의 가죽으로 만든 옷. 5)編民(편민): 서민, 일반국민.

〈출전〉菜根譚 後集 三十

2440.

壯九重於內장구중어내 **所居不過容膝**소거불과용슬

안에서 구중궁궐로 장엄하게 살더라도 사는 곳은 무릎을 들여놓을 작은 곳만 있어도 되네.

〈출전〉古文眞寶 張蘊古 大寶箴

2441.

名利飴甘명리이감 **而一想到死地**이일상도사지 **便味如嚼蠟**편미여작랍

명예와 이익이 엿처럼 달더라도

한 가닥 죽음에 이르면 맛은 밀랍을 씹는 것처럼 아무 맛이 없다.

註▶ 1)死地(사지): 죽음에 이른 처지. 2)嚼蠟(작랍): 초(밀랍)을 씹다. 아무 맛이 없다.

〈출전〉菜根譚 後集 二十四

2442.

亢龍有悔항용유회

절정에까지 오른 용은 근심이 있다.

註▶ 1)亢龍有悔(항용유회): 최고의 자리에서 권력을 가진 사람은 근심이 많다.

〈출전〉易經 乾 上九

2443.

以不貪爲寶이불탐위보

탐내지 않는 것으로 마음속의 보배로 삼는다.

〈출전〉左傳 襄公十五年

2444.

能走者奪其翼능주자탈기익 **善飛者減其指**선비자감기지

하늘은 잘 달리는 짐승에게는 날개를 주지 않았고,

잘 날아다니는 짐승에게는 발가락을 적게 주었다.

〈출전〉顔氏家訓 省事

2445.

但敎有酒身無事 단교유주신무사**安用垂名動萬年**안용수명동만년

다만 술이 있고 이 몸에 일이 없으면, 어찌 구태여 이름을 드날려 만년에 울리게 하리오.

(原文)

綠野堂開洞裏天　世塵終不染江煙　新詩滿眼山當戶　喜氣渾家水溉田
兩岸微風楊柳外　一池明月藕花前　**但敎有酒身無事　安用垂名動萬年**

아담히 놓인 산골 속의 綠野堂
이 강가의 풍경 물들이지 못하네.
눈에 가득한 새로운 시는 문에 다닫는 산이요,
온 집의 기쁜 기운은 논에 넘치는 물이네.
양쪽 언덕 실바람은 수양버들 저 밖인데
온 못의 밝은 달은 저 연꽃 앞이네.
다만 술이 있고 이 몸에 일이 없으면
어찌 구태여 이름을 드날려 만년에 울리게 하리오.

註▶ 1)敎(교): …하게 함. 2)安(안): 어찌. 어디.
〈출전〉한국한시 〈작자〉元松壽(梅溪) 〈제목〉次安政堂村居韻

2446.

百年身世生涯足백년신세생애족　**長作堯衢擊壤翁**장작요구격양옹

백년의 일평생에 생애가 족하거니, 언제나 요임금 거리의 땅을 치는 늙은이 되리.

(原文)

一畝沙田數間屋　東山明月北窓風　**百年身世生涯足　長作堯衢擊壤翁**

한 이랑 모래밭에 두어 칸의 집
동산은 밝은 달이요 북 창은 바람.
백년의 일평생에 생애가 족하거니
언제나 요임금 거리의 땅을 치는 늙은이 되리.

註▶ 1)遣懷(견회): 회포를 풀다. 2)身世(신세): 일평생. 또는 몸과 세상. 3)堯(요): 요임금. 중국 고대의 임금. 즉 聖君 · 明君의 뜻으로 쓰인다. 4)擊壤(격양): 擊壤歌. 농부가 땅을 두드리며 태평한 세월을 읊은 노래.
〈출전〉한국문집총간 〈작자〉蘇斗山(月洲) 〈제목〉遣懷

18. 直

2447.
人之生也直 인지생야직
사람의 천성은 정직하여 도를 따르며 살아간다.

〈출전〉論語 雍也

2448.
好直不好學 호직불호학 其蔽也絞 기폐야교
정직함을 좋아하되 배우기를 좋아하지 않으면 그 폐단은 각박하다.

註▶ 1)絞(교): 각박하다. 박절하다.
〈출전〉論語 陽貨

2449.

不直則道不見부직즉도불견

정직하지 않으면 道가 보이지 않는다.

〈출전〉孟子 滕文公上

2450.

衆曲不容直중곡불용직

사악한 자가 세력을 얻은 사회에서는 정직한 사람이 끼어드는 것을 허락하지 않는다.

〈출전〉淮南子 說山訓

2451.

守正直而佩仁義수정직이패인의

정직함을 지키고 인의를 몸에 지닌 듯이 잊지 말라.

〈출전〉宋名臣言行錄 王禹偁

2452.

是謂是시위시 **非謂非**비위비 **曰直**왈직

옳은 것을 옳다고 하고, 잘못된 것을 잘못되었다고 말하는 것을 정직이라고 한다.

〈출전〉荀子 修身篇

2453.

以直報怨 이직보원 **以德報德**이덕보덕

원한은 강직함으로 갚고, 덕행은 은덕으로 갚아라.

〈출전〉論語 憲問

2454.

直道而事人직도이사인 **焉往而不三黜**언왕이불삼출

道를 곧게 지키고 사람을 다스리면 그 어디에 간들 세 번을 쫓겨나지 않겠는가?

註▶ 1)直道(직도): 도를 강직하게 지키다. 2)事人(사인): 인민을 다스리다.

〈출전〉論語 微子

2455.

父爲子隱부위자은 **子爲父隱**자위부은

어버이는 자식을 위해 숨겨주고, 자식은 어버이를 위해 숨겨준다.

〈출전〉論語 子路

19. 청렴

2456.

有不爲也유불위야 **而後可以有爲**이후가이유위

하지 않는 것이 있은 후에야 하는 것이 있게 될 것이다.

〈출전〉孟子 離婁下

2457.

非其義也비기의야 **非其道也**비기도야 **祿之以天下弗顧也**녹지이천하불고야

그 의로움이 아니고 그 道가 아니면 천하를 그에게 녹으로 주어도 돌아다보지 않는다.

〈출전〉孟子 萬章上

2458.

可以取가이취 **可以無取**가이무취 **取傷廉**취상렴 **可以與**가이여 **可以無與**가이무여 **與傷惠**여상혜 **可以死**가이사 **可以無死**가이무사 **死傷勇**사상용

받을 만도 하고 받지 않을 만도 한데 받으면 청렴을 해치고, 줄만도 하고 주지 않을 만도 한데 주면 은혜를 해친다. 죽을 만도 하고 죽지 않을 만도 한데 죽으면 용기를 해친다.

〈출전〉孟子 離婁下

2459.

以不貪爲寶이불탐위보

탐내지 않는 것으로 마음속의 보배로 삼는다.

〈출전〉左傳 襄公十五年

2460.

琥珀不取腐芥호박불취부개

琥珀과 같이 아름다운 옥은 썩은 겨자를 취하지 않는다.
(청렴한 사람은 부정한 물건을 취하지 않는다.)

〈출전〉吳志　虞飜傳

2461.

垂綸者淸수륜자청

고기를 낚는 사람은 청렴하다.(그물로 다 잡는 것이 아니고 미끼를 탐내는 고기만 잡기 때문에 청렴하다는 것이다.)

註▶ 1)垂綸(수륜): 낚시 줄을 드리우다. 즉 낚시를 하다.
〈출전〉南史　王或傳

2462.

鵠不日浴而白곡불일욕이백　**烏不日黔而黑**오불일검이흑

백조는 매일 목욕하지 않아도 희고, 까마귀는 날마다 그을리지 않아도 검다.

註▶ 1)鵠(곡): 백조, 고니. 2)黔(검): 그을리다.
〈출전〉莊子　外篇　天運

2463.

淸白傳家청백전가

청렴함과 공정함을 지켜 가문의 전통으로 삼다.

〈출전〉書言故事　淸廉類

2464.

天知천지　**神知**신지　**我知**아지　**子知**자지　**何謂無知**하위무지

하늘이 알고 신이 알고 내가 알고 그대가 아는데 누가 모른다고 하는가?

〈출전〉小學　外篇　善行

2465.

天知천지 **神知**신지 **我知**아지

하늘이 알고 땅이 알고 그대가 알고 내가 안다.

〈출전〉十八史略 東漢 安帝

2466.

智欲圓而行欲方지욕원이행욕방

인간의 지혜는 원만하고자 하나 행동은 모가 나려고 한다.

〈출전〉近思錄 爲學類

2467.

有山有水處유산유수처 **無榮無辱身**무영무욕신

산이 있고 또 물이 있는 곳에서, 영화도 치욕도 없는 몸이네.

(原文)

耕田消白日 採藥過青春 **有山有水處 無榮無辱身**

밭을 갈면서 세월 보내고

약을 캐면서 젊음 보내네.

산이 있고 또 물이 있는 곳에서

영화도 치욕도 없는 몸이네.

註▶ 1)白日(백일): 대낮. 여기서는 세월.

〈출전〉한국한시 〈작자〉申淑 〈제목〉棄官歸鄉

2468.

雪梅霜菊清標外설매상국청표외 **浪紫浮紅也漫多**낭자부홍야만다

눈 속 매화와 서리 내린 국화 그 청초한 풍채 외에,
헛된 자줏빛과 덧없는 붉은 빛은 부질없는 많음이라.

(原文)

爲報栽花更莫加　數盈於百不須過　**雪梅霜菊淸標外　浪紫浮紅也漫多**

알리노니 꽃 심을 때 자꾸 욕심 내지 말고
그 가지 수는 부디 백을 넘지 말아라.
눈 속 매화와 서리 내린 국화 그 청초한 풍채 외에
헛된 자줏빛과 덧없는 붉은 빛은 부질없는 많음이라.

註▶ 1)爲報(위보): 위하여 알리다. 2)不須過(불수과): 모름지기 넘어서는 안 되다. 3)淸標(청표): 풍채가 청초하고 고상하다. 4)浪紫浮紅(낭자부홍): 虛浪한 자줏빛과 浮華한 붉은 빛. 5)漫多(만다): 부질없이 많음.

〈출전〉한국한시 〈작자〉李兆年(梅雲) 〈제목〉百花軒

2469.

平生厭食幾斗塵평생염식기두진　**肺枯吻渴無由津**폐고문갈무유진

평생에 몇 말 티끌 먹기를 싫어하여, 폐와 입술 다 말라 침이 생겨날 길 없었네.

(原文)

平生厭食幾斗塵　肺枯吻渴無由津　花甌快傾如卷雪　頓覺六月俱淸新

평생에 몇 말 티끌 먹기를 싫어하여
폐와 입술 다 말라 침이 생겨날 길 없었네.
꽃병을 기울이기 마치 눈을 마는 듯.
유월의 맑고 새로움을 단번에 깨달았네.

註▶ 1)幾斗塵(기두진): 몇 말의 티끌. 즉 몇 말의 이 세상의 給料. 2)津(진): 윤택. 진액. 침. 3)花甌(화구): 꽃병. 즉 술병.

〈출전〉한국문집총간 〈작자〉曺偉(梅溪) 〈제목〉迦葉庵(三首 중 一首)

2470.

幽棲免蓬轉유서면봉전　**不復欲淸窮**불복욕청궁

한가히 살아 떠돌아다니지 않나니, 다시는 청백하여 가난하지 않으련다.

(原文)

雨過草木動　湖亭春已融　牛羊數村靜　舟楫半江通

種藥添新課　移花續舊功　**幽棲免蓬轉**　**不復欲淸窮**

비가 지나가니 초목이 움직이고
호수 위의 정자에 봄이 이미 화창하네.
소와 양이 노니는 두어 마을 조용하고
배는 강 복판을 다닌다.
약초를 심어서 새 일과를 보태고
꽃을 옮기어 옛 공을 이어간다.
한가히 살아 떠돌아다니지 않나니
다시는 청백하여 가난하지 않으련다.

註▶ 1)半江(반강): 강 복판. 2)幽棲(유서): 한가히 살다. 고요히 살다. 3)蓬轉(봉전): 떠돌아다니다. 4)淸窮(청궁): 淸白하여 곤궁하다. 청백하여 가난하다.

〈출전〉한국한시 〈작자〉金崇謙(觀復庵) 〈제목〉郊野

20. 명 분

2471.

正名정명

명분을 바로잡다.

〈출전〉論語　子路

2472.

器與名不可以假人기여명불가이가인

신분에 따라 쓰여지는 것과 명분은 남에게서 빌릴 수 없다.

註▶ 1)器(기): 신분에 따라 쓰여지는 것. 2)名(명): 명분

〈출전〉左傳　成公十三年

2473.

君君군군　**臣臣**신신　**父父**부부　**子子**자자

임금은 임금다워야 하고 신하는 신하다워야 하고
아버지는 아버지다워야 하고 자식은 자식다워야 한다.

〈출전〉論語　顔淵

2474.

草木亦霑周雨露초목역점주우로　**愧君猶食首陽薇**괴군유식수양미

초목도 주나라의 비와 이슬에 젖었거니 부끄럽다, 그대들은 수양산의 고사리를 먹었구나.

(原文)

當年扣馬敢言非　大義堂堂白日輝　**草木亦霑周雨露**　**愧君猶食首陽薇**

그때에 말을 잡고 감히 그름 말할 때는
대의가 당당하여 햇빛처럼 빛났었네.
초목도 주나라의 비와 이슬에 젖었거니
부끄럽다, 그대들은 수양산의 고사리를 먹었구나.

註▶ 1)夷齊(이제): 伯夷와 叔齊. 2)扣馬(구마): 말을 잡아당김.

〈출전〉한국문집총간 〈작자〉成三問(梅竹軒) 〈제목〉夷齊廟

21. 절 의

2475.

不事王侯불사왕후 **高尚其事**고상기사

왕후 귀족을 섬기지 말고 신의와 지조를 높게 지켜라.

〈출전〉易經 蠱 上九

2476.

志士仁人지사인인 **無求生以害仁**무구생이해인 **有殺身以成仁**유살신이성인

뜻이 있는 사람과 어진 사람은 삶 때문에 仁을 해치지 않고 자신을 희생하여 仁을 이룬다.

〈출전〉論語 衛靈公

2477.

臨大節而不可奪也임대절이불가탈야

存亡이 걸린 위급함에 임해서도 굽히지 않아야 한다.

註▶ 1)大節(대절): 국가를 편안하게 하고 사직을 안정시키는 것을 말한다. 2)不可奪(불가탈): 그의 지조나 절개를 꺾어 뺏을 수 없다.

〈출전〉論語 泰伯

2478.

見危授命견위수명

위험을 보면 목숨을 바쳐라.

〈출전〉論語 憲問

2479.

見危致命견위치명

위험함을 보면 목숨을 바쳐라.

〈출전〉論語　子張

2480.

歲寒세한　**然後知松柏之後凋也**연후지송백지후조야

한 겨울의 추운 날씨가 이른 다음에야 소나무나 전나무의 절개를 알 수 있다.

註▶ 1)歲寒(세한): 大寒之勢. 勢를 날씨, 기후라는 뜻으로 풀어도 무방하다. 2)松柏(송백): 소나무와 전나무. 3)凋(조): 시들다.
〈출전〉論語　子罕

2481.

使貪夫廉사탐부렴　**懦夫立**나부립

탐욕스런 사람을 청렴하게 하고, 나약한 사람을 스스로 서게 하다.

〈출전〉文章軌範　范仲淹　嚴先生祠堂記

2482.

桃李雖艶도리수염　**何如松蒼柏翠之堅貞**하여송창백취지견정

복숭아꽃과 오얏꽃이 비록 고운들 어찌 푸른 소나무와 잣나무처럼 사철에 푸른 절개를 따를 수 있겠는가?

註▶ 1)松蒼柏翠(송창백취): 푸른 소나무와 잣나무. 2)堅貞(견정): 굳은 정절.
〈출전〉菜根譚　前集 二百二十四

2483.

標節義者표절의자　**必以節義受謗**필이절의수방

절개와 의리를 내세우는 사람은 절개와 의리 때문에 헐뜯음을 당한다.

註▶ 1)標(표): 내세우다, 표방하다. 2)謗(방): 헐뜯다, 비방하다.

〈출전〉菜根譚　前集 百七十八

2484.

草木亦霑周雨露초목역점주우로　**愧君猶食首陽薇**괴군유식수양미

초목도 주나라의 비와 이슬에 젖었거니 부끄럽다, 그대들은 수양산의 고사리를 먹었구나.

(原文)

當年扣馬敢言非　大義堂堂白日輝　**草木亦霑周雨露**　**愧君猶食首陽薇**

그때에 말을 잡고 감히 그름 말할 때는
대의가 당당하여 햇빛처럼 빛났었네.
초목도 주나라의 비와 이슬에 젖었거니
부끄럽다, 그대들은 수양산의 고사리를 먹었구나.

註▶ 1)夷齊(이제): 伯夷와 叔齊. 2)扣馬(구마): 말을 잡아당김.

〈출전〉한국문집총간 〈작자〉成三問(梅竹軒) 〈제목〉夷齊廟

2485.

甲日花無乙日輝갑일화무을일휘　**一花羞向兩朝暉**일화수향양조휘

갑날에 없던 꽃이 을날에 찬란함은, 한 꽃으로 두 아침에 빛남을 부끄러이 여긴 것이리.

(原文)

甲日花無乙日輝　一花羞向兩朝暉　葵傾日日如憑道　誰辨千秋似是非

甲日에 없던 꽃이 乙日에 찬란함은
한 꽃으로 두 아침에 빛남을 부끄러이 여긴 것이리.
날마다 기우는 해바라기를 업신여겨 말한다면
누가 천추에 이어지는 시비를 분별하리.

註▶ 1)葵傾(규경): 해바라기가 해를 향해 기울어진다는 뜻으로 君王이나 長上의 덕을 景仰하는 뜻으로 쓰인다. 2)憑(빙): 업신여기다. 성내다. 3)道(도): 말하다.

〈출전〉한국문집총간 〈작자〉尹善道(孤山) 〈제목〉木槿

2486.

丹心耿耿今猶在단심경경금유재　**惟有青天白日知**유유청천백일지

변하지 않는 일편단심 지금도 있으니, 오직 청천의 백일만이 아네.

(原文)

公胡愧食首陽薇　謾使孤墳怨落暉　**丹心耿耿今猶在　惟有青天白日知**

공들은 어찌 수양산 고사리 먹기를 부끄러워해서
부질없이 외로운 무덤이 석양을 원망하게 하는고.
변하지 않는 일편단심 지금도 있으니
오직 청천의 백일만이 아네.

註▶ 1)六臣(육신): 사육신을 일컬음. 2)首陽(수양): 수양산. 산 이름. 중국 산서성에 있는데 伯夷·叔齊의 형제가 그 산에서 나는 고사리를 캐어먹다가 절의를 지켜 굶어 죽은 산이라 함. 3)丹心(단심): 속에서 우러나는 참된 마음. 4)耿耿(경경): 마음에 잊히지 아니하다.

〈출전〉한국한시 〈작자〉李瀓(玉洞) 〈제목〉六臣墓

2487.

頸斷髮豈斷경단발기단 **身朽名不朽**신후명불후

목을 끊을망정 단발이야 하리, 몸은 썩어도 이름은 썩지 않으리.

(原文)

頸斷髮豈斷 身朽名不朽 萬古華夷防 賴汝一人守

목을 끊을망정 단발이야 하리

몸은 썩어도 이름은 썩지 않으리.

만고 문명과 야만의 차이가

네 한 사람 힘입어 지켜지도다.

註▶ 1)頸(경): 목. 2)汝(여): 元五 金福漢을 이르는 말.

〈출전〉한국한시 〈작자〉李偰(復庵) 〈제목〉頸斷二首中其一

22. 守 節

2488.

不爲昭昭伸節불위소소신절 **不爲冥冥惰行**불위명명타행

밝은 곳에서 절개를 펴 보이지 않고 어두운 곳이라 해서 게을리 행하지 않는다.

註▶ 1)昭昭(소소): 밝고 밝은 곳. 2)冥冥(명명): 아주 어두운 곳. 3)惰行(타행): 게을리 행하다.

〈출전〉列女傳 仁智

2489.

磨而不磷마이불린

갈아도 닳지 않는다.

註▶ 1)磷(인): 薄과 같은 뜻으로 얇아지다, 닳아지다.
〈출전〉論語 陽貨

2490.
安能以皓皓之白안능이호호지백 **而蒙世俗之塵埃乎**이몽세속지진애호
어찌 희디흰 결백한 몸으로 세속의 먼지를 뒤집어쓰겠는가?

註▶ 1)皓皓之白(호호지백): 희디흰 아주 깨끗한 몸. 2)蒙(몽): 뒤집어쓰다. 3)塵埃(진애): 먼지. 세속의 더러움.
〈출전〉文章軌範 屈平 漁父辭

2491.
屈于身而不屈于道兮굴우신이불굴우도혜
일신상의 역경에는 굽히지만 도에는 굽히지 않는구나.

〈출전〉宋名臣言行錄 王禹偁

2492.
風霜搖落時풍상요락시 **獨秀君知不**독수군지불
바람과 서리에 낙엽 떨어지는 때에, 홀로 빼어난 그대만 절개를 지키네.

〈출전〉古文眞寶 王維 春桂問答

2493.
君子貞而不諒군자정이불량

군자는 굳고 바르지만 완고하지는 않다.

註▶ 1)貞(정): 正而固 즉 바르고 굳다. 2)諒(양): 시비와 선악을 가리지 않고 한번 말했다고 덮어놓고 지킨다는 뜻.
〈출전〉論語 衛靈公

2494.
視其德如在草野시기덕여재초야 **彼豈以富貴移易其心哉**피개이부귀이역기심재
그 덕을 보니 초야에 있는 것 같은데 어찌 부귀 때문에 마음을 바꾸겠는가?

〈출전〉文章軌範 韓愈 爭臣論

2495.
人而無恒인이무항 **不可以作巫醫**불가이작무의
사람이 지조가 없으면 무당이나 의사 노릇도 못한다.

註▶ 1)無恒(무항): 恒心이 없다, 지조가 없다. 2)巫醫(무의): 무당과 의사.
〈출전〉論語 子路

2496.
難乎有恒矣난호유항의
참으로 한결같기란 어렵다.

註▶ 1)有恒(유항): 항심이 있다, 한결같다, 지조가 있다.
〈출전〉論語 述而

2497.
臨大難而不懼者임대난이불구자 **聖人之勇也**성인지용야

큰 어려움에 처해도 두려워하지 않는 것은 성인의 용기이다.

〈출전〉莊子 外篇 秋水

2498.

臣有守也신유수야

신하는 오로지 지켰을 뿐입니다.
(한 가지 일에만 종사하여 뛰어나자 그 이유를 묻는 말에 대답한 말이다.)

註▶ 1)守(수): 한 가지 일을 끝까지 하는 것.
〈출전〉莊子 外篇 知北遊

23. 克 己

2499.

克己復禮극기복례 **爲仁**위인

자기를 누르고 예로 돌아가는 것이 인이다.

註▶ 1)克己(극기): 約身의 의미로 자신을 단속한다는 뜻. 사리사욕을 억제하다. 2)復禮(복례): 예로 돌아가다. 復은 이행하다, 실천하다고 푼다.
〈출전〉論語 顔淵

2500.

自勝者强자승자강

자기 자신을 이기는 자는 강하다.

註▶ 1)自勝(자승): 자신의 욕망이나 감정을 극복해내는 것.
〈출전〉老子　三十三章

2501.

欲勝人者욕승인자 **必先自勝**필선자승

남에게 이기고 싶으면 반드시 먼저 자신을 이겨야 한다.

註▶ 1)自勝(자승): 자신의 욕망이나 감정을 극복해내는 것.
〈출전〉呂覽　先己

2502.

破山中賊易파산중적이 **破心中賊難**파심중적난

산 속의 적을 깨뜨리기는 쉬우나 마음속의 적을 깨뜨리기는 어렵다.

〈출전〉陽明全書　與楊仕德薛尙謙書

24. 인 내

2503.

小不忍소불인 **則亂大謀**즉난대모

작은 것을 못 참으면 큰 일을 망친다.

註▶ 1)大謀(대모): 大事. 크게 꾸미는 일.
〈출전〉論語　衛靈公

2504.

有德慧術知者유덕혜술지자 **恒存乎疢疾**항존호진질

덕행과 지혜와 학술과 才智가 있으면 언제나 열병을 가지고 있게 마련이다.

註▶ 1)疢疾(진질): 열병. 즉 심한 괴로움이나 어렵고 힘든 일을 해내기 위해 노심초사하는 것을 표현한 것이다.

〈출전〉孟子 盡心上

2505.

孤臣孽子고신얼자 **其操心也危**기조심야위 **其慮患也深**기려환야심 **故達**고달

외로운 신하와 庶子만이 마음가짐이 위태로움을 겁내고 환난을 염려하는 것이 깊기 때문에 사리에 통달하게 된다.

〈출전〉孟子 盡心上

2506.

不受苦中苦難爲人上人불수고중고난위인상인

괴로움 속에서 괴로움을 맛보지 않으면 사람들 위에 서기가 어렵다.

〈출전〉通俗篇 境遇

2507.

攻苦食啖공고식담

고생과 싸우고 거친 음식을 달게 먹는다.(고생하면서도 열심히 학문을 닦는다.)

註▶ 1)食啖(식담): 달게 먹다.

〈출전〉史記 叔孫通傳

2508.

分甘共苦분감공고

즐거움을 나누고 고생은 함께 한다.

〈출전〉晉書　應詹傳

2509.

嘗膽상담

쓴맛을 맛본다.(복수를 하려고 온갖 고생을 참는다.)

〈출전〉史記　越世家

25. 근면, 노력

2510.

自彊不息자강불식

스스로 강해지길 쉬지 않는다.

〈출전〉易經　乾象

2511.

人一能之인일능지 **己百之**기백지 **人十能之**인십능지 **己千之**기천지
果能此道矣과능차도의 **雖愚必明**수우필명 **雖柔必强**수유필강

남이 한번 해서 그것에 능하다면 자기는 그것을 백 번하고 남이 열 번해서

그것에 능하다면 자기는 그것을 천 번 하라. 과연 이 도에 능하다면 비록 어리석다 하더라도 반드시 밝아질 것이며 비록 유약하다 하더라도 반드시 강해질 것이다.

〈출전〉中庸　二十章

2512.

人生在勤인생재근　**勤則不匱**근즉불궤

인생은 부지런함에 달려 있으니 부지런하면 가난하지 않는다.

註▶ 1)匱(궤): 가난해지다.

〈출전〉宋名臣言行錄　蘇頌

2513.

弗爲胡成불위호성

하지 않으면 어찌 이루겠는가?

〈출전〉書經　太甲下

2514.

功崇惟志공숭유지　**業廣惟勤**업광유근

공은 뜻을 세워야 높아지고 일은 부지런해야 넓어진다.

〈출전〉書經　周官

2515.

脛無毛경무모

너무 바빠서 종아리의 털이 닳아 없어졌다.

〈출전〉莊子　雜篇 天下

2516.

孔子無黔突공자무검돌　**墨子無煖席**묵자무난석

공자는 연돌이 검게 될 정도로 오랫동안 한곳에 머물지 않았고
묵자도 자리가 따뜻해 질 정도의 시간동안 일정한 곳에 머물지 않았다.

註▶ 1)無黔突(무검돌): 연돌이 검게 될 때까지 오랫동안 한곳에 머물지 않았다. 부지런히 움직였다 2)無煖席(무난석): 자리가 따뜻해질 때까지 오랫동안 한곳에 머물지 않았다. 부지런히 움직였다.

〈출전〉淮南子　脩務訓

2517.

掘井九軔굴정구인 **而不及泉**이불급천 **猶爲棄井也**유위기정야

우물을 아홉 길이나 팠어도 샘물이 나오는 데까지 가지 못했다면
그것은 우물을 포기한 것이나 마찬가지이다.

註▶ 1)九軔(구인): 아홉 길. 軔은 仞과 같다. 一仞은 八尺이다.

〈출전〉孟子　盡心上

2518.

苟日新구일신　**日日新**일일신　**又日新**우일신

진실로 날로 새로워지면 나날이 새로워지고 또 날로 새로워진다.

〈출전〉大學　傳二章

2519.

思日孜孜사일자자

날마다 부지런히 일할 것을 생각한다.

註▶ 1)孜孜(자자): 부지런히 힘쓰다.
〈출전〉書經　益稷

2520.

發憤忘食발분망식

학문에 분발하면 식사하는 것도 잊는다.

〈출전〉論語　述而

2521.

不知老之將至부지노지장지

학문을 즐김에 늙어 가는 것도 알지 못한다.
〈출전〉論語　述而

2522.

不爲也불위야　**非不能也**비불능야

하지 않는 것이지 못하는 것이 아니다.

〈출전〉孟子　梁惠王上

2523.

跬步而不休규보이불휴　**跛鼈千里**파별천리

반걸음씩이라도 쉬지 않으면, 절룩거리며 가는 자라도 천리를 갈 수 있다.

註▶ 1)蹞步(규보): 반걸음. 2)跛鼈(파별): 절룩거리며 가는 느린 자라.
〈출전〉荀子 修身篇

2524.

不積蹞步부적규보 **無以至千里**무이지천리

반걸음이라도 쌓이지 않으면 천리 길을 가서 닿을 수 없다.

註▶ 1)蹞步(규보): 반걸음.
〈출전〉荀子 勤學篇

2525.

騏驥一躍기기일약 **不能十步**불능십보 **駑馬十駕**노마십가 **功在不舍**공재불사

잘 달리는 말도 한 번 뛰어서 열 걸음을 갈 수 없겠지만 비록 둔한 말이라도 열 걸음을 떼어 수레를 끌고 가면 날랜 말을 따라 갈 수 있으니 성공이란 중단하지 않는데 달렸다.

註▶ 1)騏驥(기기): 하루에 천리를 달린다는 준마. 2)駑馬(노마): 둔한 말. 3)不舍(불사): 버려두지 않다. 즉 중단하지 않다.
〈출전〉荀子 勤學篇

2526.

驥一日而千里기일일이천리 **駑馬十駕**노마십가 **則亦及之矣**즉역급지의

천리마는 하루에 천리를 달린다고 하지만,
느린 말이라도 열흘 동안 쉬지 않고 가면 이를 따를 수 있다.

註▶ 1)驥(기): 천리마. 2)駑馬(노마): 둔하고 느린 말.
〈출전〉荀子 修身篇

2527.

大禹聖人대우성인 **乃惜寸陰**내석촌음 **至於衆人**지어중인 **當惜分陰**당석분음

우 임금 같은 성인은 짧은 시간도 아까워하였으니
보통 사람에 이르러서도 마땅히 짧은 시간을 아까워해야 한다.

註▶ 1)大禹(대우): 夏나라를 창업한 聖王. 왕이 되기 전에 堯·舜 두 임금을 섬겨서 홍수를 다스리는데 큰공을 세웠다.
〈출전〉小學　外篇 善行

2528.

善不積선부적　**不足以成名**부족이성명

선을 쌓지 않으면 이름을 이루기에 부족하다.

〈출전〉易經　繫辭下

2529.

毋恃久安무시구안　**毋憚初難**무탄초난

오랫동안 편안함을 믿지 말며 처음의 어려움을 믿지 말라.

註▶ 1)恃(시): 믿다. 2)憚(탄): 거리끼다.
〈출전〉菜根譚　前集二百二

2530.

泰山不讓土壤태산불양토양 **故大**고대 **河海不擇細流**하해불택세류 **故深**고심

태산은 작은 흙도 사양하지 않아서 크고 하해는 작은 물줄기도 가리지 않아서 깊다.

〈출전〉十八史略　秦 始皇

2531.

九層之臺구층지대 **起於累土**기어누토

구층의 높은 누대도 한 줌의 흙을 쌓는 데서부터 세워진 것이다.

註▶ 1)累土(누토): 흙을 쌓는 것.
〈출전〉老子 六十四章

2532.

千里之行천리지행 **始於足下**시어족하

천리 길도 한 발자국을 내딛는 데서부터 시작된다.

〈출전〉老子 六十四章

2533.

以圓木爲警枕이원목위경침

둥근 나무로 베개를 만들어 깊이 잠드는 것을 경계하다.

註▶ 1)以圓木爲警枕(이원목위경침): 학문을 할 때 오래 잠드는 것을 경계하여 둥근 나무로 베개를 만들어 굴러다니게 하여 깊이 잠들지 않게 한다는 뜻.
〈출전〉范祖禹 司馬溫公布衾銘記

2534.

磨礪當如百煉之金마려당여백련지금

마음을 갈고 닦음은 마땅히 백 번 단련한 쇠붙이와 같이 해야 한다.

註▶ 1)磨礪(마려): 갈고 닦다. 즉 마음을 수양하다. 2)百煉之金(백련지금): 백 번 단련한 쇠붙이나 금.
〈출전〉菜根譚 前集百九十一

2535.

繩鋸木斷승거목단 **水滴石穿**수적석천

새끼줄을 톱으로 삼아 나무를 자르고 물방울도 돌을 뚫는다.

註▶ 1)繩鋸木斷(승거목단): 새끼줄로도 오랫동안 톱질하면 나무가 잘린다. 2)水滴石穿(수적석천): 낙숫물이 댓돌에 구멍을 뚫는다는 말.

〈출전〉菜根譚 後集百九

2536.

事在强勉而已사재강면이이

일의 성패는 강하게 힘쓰는 데에 달려 있다.

註▶ 1)强勉(강면): 강하게 힘쓰다, 열심히 하다.

〈출전〉十八史略 西漢 武帝

六. 도덕실천상의 중요한 항목

1. 근본에 힘써라

2537.

務本무본 **本立而道生**본립이도생

근본을 세우고자 힘써야 한다. 근본이 서면 도가 생긴다.

〈출전〉論語　學而

2538.

其本亂而末治者否矣기본난이말치자부의

그 근본이 어지러운데도 끝이 다스려지는 일은 없다.

〈출전〉大學　經一章

2539.

物有本末물유본말 **事有終始**사유종시 **知所先後**지소선후 **則近道矣**즉근도의

사물에는 근본과 끝이 있고 일에는 끝과 시작이 있으니
먼저하고 나중 할 것을 알면 도에 가까운 것이다.

〈출전〉大學　經一章

2540.

行遠必自邇행원필자이

멀리 가려면 반드시 가까운 곳으로부터 하여야 한다.

〈출전〉中庸　十五章

2. 자 임

2541.

天將降大任於是人也천장강대임어시인야 **必先苦其心志**필선고기심지
勞其筋骨노기근골 **餓其體膚**아기체부 **空乏其身**공핍기신
行拂亂其所爲행불난기소위

하늘에서 사람들에게 큰 일을 맡기는 명을 내리면 반드시 먼저 그들의 마음을 괴롭히고 그들의 근골을 수고롭게 하고 육체를 굶주리게 하고 그들 자신에게 아무 것도 없게 하여서 그들이 하는 것이 그들이 해야 할 일과는 어긋나게 만든다.

註▶ 1)大任(대임): 천하를 다스리거나 만민을 구제하는 등의 큰 사명을 말한다. 2)心志(심지): 마음과 뜻으로 정신적인 활동을 말한다. 3)筋骨(근골): 근육과 골격으로 육체적인 활동 즉 노동을 말한다. 4)體膚(체부): 몸과 피부로 육신을 말한다. 5)空乏(공핍): 아무 것도 없게 하다. 즉 의식주가 없어서 헐벗고 굶주리게 하다. 6)拂亂(불란): 어긋나게 하고 혼란스럽게 하다. 拂은 戾와 같은 뜻.
〈출전〉孟子　告子下

2542.

天生我材必有用천생아재필유용

하늘이 나에게 재능을 준 것은 반드시 쓸모가 있어서이다.

<출전>古文眞寶　李太白 將進酒

2543.

聖人與我同類者성인여아동류자

성인은 나와 근본은 같은 사람이다.

註▶ 1)堯舜(요순): 聖帝인 唐堯와 虞舜. 2)同類(동류): 근본이 같다, 즉 똑 같은 사람이다.

<출전>孟子　告子上

2544.

堯舜與人同耳요순여인동이

요임금과 순임금도 일반 사람과 같을 따름이다.

註▶ 1)堯舜(요순): 聖帝인 唐堯와 虞舜. 2)人(인): 일반 사람.

<출전>孟子　離婁下

2545.

天生德於予천생덕어여

하늘이 내게 선천적으로 덕을 부여해 주었다.

註▶ 1)生(생): 발생하게 해주셨다. 2)予(여): 공자가 자신을 말하는 것.

<출전>論語　述而

2546.

予天民之先覺者也여천민지선각자야

나는 하늘이 낸 백성 중에서 먼저 깨달은 자다.

<출전>孟子　萬章上

2547.

彼丈夫也피장부야 **我丈夫也**아장부야 **吾何畏彼哉**오하외피재

저 사람도 장부이고 나도 장부인데 내가 어찌 저 사람을 두려워하겠는가?

〈출전〉孟子　滕文公上

2548.

任重而道遠임중이도원

임무는 무겁고 갈 길은 멀다.

〈출전〉論語　泰伯

2549.

自任以天下之重자임이천하지중

천하의 중대한 사명을 스스로 맡다.

註▶ 1)重(중): 중대한 사명. 〈출전〉孟子　萬章上

2550.

欲當大任욕당대임 **須是篤實**수시독실

큰 임무를 담당하고자 하면 모름지기 독실해야 한다.

註▶ 1)篤實(독실): 돈독하고 충실하다.
〈출전〉近思錄　政事類

2551.

愛以身爲天下者애이신위천하자 **乃可以託天下**내가이탁천하

천하를 다스리는 것보다도 자기 자신을 진실로 사랑하는 사람에게는 천하를 맡겨도 좋을 것이다.

註▶ 1)愛以身(애이신): 자신의 몸을 의식하지 않고 초월하여 無爲함을 말하는 것이다.
〈출전〉老子 十三章

3. 성찰과 경계

2552.

行有不得者행유불득자 **皆反求諸己**개반구제기

행해서 기대했던 것을 얻지 못하는 것이 있으면 모두 돌이켜 자기 자신에게서 그 원인을 찾아라.

註▶ 1)不得(부득): 기대했던 것을 얻지 못하다. 2)反(반): 돌이켜. 3)求諸己(구제기): 원인을 남에게서 찾지 않고 자기에게서 찾다.
〈출전〉孟子 離婁上

2553.

愛人不親反其仁애인불친반기인 **治人不治反其智**치인불치반기지
禮人不答反其敬예인불답반기경

남을 사랑하는데도 가까워지지 않으면 자기의 인자함이 철저하지 않은가를 반성하고, 남을 다스려도 다스려지지 않으면 자기의 지혜가 모자라지 않은가 반성하고, 남을 예로써 대하는데 반응이 없으면 자기의 공경하는 태도가 성실하지 않은가를 반성하라.

註▶ 1)反(반): 반성하다.
〈출전〉孟子　離婁上

2554.

反己者반기자　**觸事皆成藥石**촉사개성약석

자기를 반성하는 사람은 부딪히는 일이 모두 약이 된다.

註▶ 1)反(반): 반성하다. 2)觸事(촉사): 부딪히는 일. 3)藥石(약석): 약.
〈출전〉菜根譚　前集百四十七

2555.

以責人之心이책인지심　**責己**책기

남을 꾸짖는 마음으로 자기를 꾸짖어라.

〈출전〉小學　外篇 嘉言

2556.

以責人之心責己이책인지심책기　**恕己之心恕人**서기지심서인
不患不到聖賢地位불환불도성현지위

남을 꾸짖는 마음으로 자신을 꾸짖고 자기를 용서하는 마음으로 남을 용서하면 성현의 자리에 다다르지 못할까 근심할 것이 없다.

〈출전〉宋名臣言行錄　范純仁

2557.

以古爲鏡이고위경　**可見興替**가견흥체　**以人爲鏡**이인위경　**可知得失**가지득실

역사를 거울삼으면 興廢를 볼 수 있고 남을 거울삼으면 득실을 알 수 있다.

註▶ 1)興替(흥체): 흥망과 같은 말.
〈출전〉十八史略　唐 太宗

2558.

前車覆後車戒전차복후차계

앞에 가는 수레가 엎어지면 뒤에 가는 수레가 경계해야 된다.

〈출전〉漢書　賈誼傳

2559.

人莫鑑於流水인막감어류수 **而鑑於止水**이감어지수 **唯止能止衆止**유지능지중지

사람은 흐르는 물을 거울삼지 않고 고여 있는 물을 거울삼는다.
오직 머무르는 자만이 능히 뭇 사람을 머무르게 할 수 있다.

〈출전〉莊子　內篇 德充符

2560.

見善則遷견선즉천 **有過則改**유과즉개

선한 것을 보면 옮겨가고 잘못이 있으면 고쳐라.

〈출전〉易經　益象

2561.

見賢思齊견현사제

어진 이를 보면 그와 같이 되기를 생각한다.

註▶ 1)齊(제): 等, 同과 같은 뜻으로. "그와 같게 되다." 라는 의미를 가진다.
〈출전〉論語　里仁

2562.

見不賢而內自省也견불현이내자성야

어질지 못한 자를 보면 내 스스로 깊이 반성해야 한다.

註▶ 1)內自省(내자성): 자기 마음속으로 스스로 반성하다.
〈출전〉論語　里仁

2563.

以人之長補其短이인지장보기단

다른 사람의 장점으로 자기의 단점을 보완하라.

註▶ 1)人之長(인지장): 남의 장점. 2)補(보): 보충하다, 보완하다. 3)其短(기단): 자기의 단점.
〈출전〉說苑　君道

2564.

樸雖小박수소　**天下莫能臣也**천하막능신야

道는 산에서 잘라온 통나무처럼 작게 보이지만 천하에 아무도 감히 그것을 지배하지 못한다.

註▶ 1)樸(박): 자연 그대로의 나무. 道에 비유한 것. 2)臣(신): 신하로 삼다, 지배하다, 부리다.
〈출전〉老子　三十二章

2565.

後人哀之후인애지 **而不鑑之**이불감지 **亦使後人而復哀後人也**역사후인이복애후인야

후세 사람들은 그를 슬퍼하면서도 이것을 거울로 삼지 않아
또한 후세 사람들로 하여금 다시 후세 사람들을 슬퍼하게 한다.

〈출전〉文章軌範　杜牧之 阿房宮賦

2566.

內省不疚내성불구　**無惡於志**무악어지

안으로 반성하여도 병 되지 않아서 마음에 부끄럽지 않다.

〈출전〉中庸　三十三章

2567.

君子不鏡於水군자불경어수　**而鏡於人**이경어인

군자는 물에 비추어 보지 않고 남을 거울삼아 반성한다.

〈출전〉墨子　非攻中

2568.

無於水監무어수감　**當於民監**당어민감

물에 비춰진 것을 보지 말고 마땅히 백성의 소리를 듣고 반성해야 한다.

註▶ 1)民鑑(민감): 백성들의 생각이나 백성들의 소리.
〈출전〉書經　酒誥

2569.

肉腐出蟲육부출충

고기가 썩으면 벌레가 나온다.

註▶ 1)肉腐出蟲(육부출충): 근본이 무너지면 재앙이나 해로움이 뒤따른다.
〈출전〉荀子　勸學篇

2570.

矜高倨傲긍고거오 **無非客氣** 무비객기**降伏得客氣下**강복득객기하
而後正氣伸이후정기신

잘난 체 뽐내는 것과 거만 든 객기가 아닌 것이 없다.
이 객기를 항복하여 끌어내린 뒤라야 바른 기를 펼 수 있다.

註▶ 1)矜高(긍고): 잘난 척 뽐내다. 2)倨傲(거오): 거만하다. 3)客氣(객기): 객적게 부리는 용기. 4)正氣(정기): 공명정대한 기운.
〈출전〉菜根譚　前集二十五

2571.

無作聰明亂舊章무작총명난구장

총명한 체하여 옛 법칙을 어지럽히지 말라.

註▶ 1)舊章(구장): 옛날부터 내려오는 법칙.
〈출전〉書經　蔡仲之命

2572.

知命者지명자 **不立乎巖牆之下**불립호암장지하

천명을 아는 사람은 돌담 아래에 서 있지 않는다.

註▶ 1)巖牆(암장): 돌로 된 담장.
〈출전〉孟子　盡心上

2573.

攻其惡공기악 **無攻人之惡**무공인지악

자기의 악은 치되 남의 악은 치지 말라.

〈출전〉論語 顔淵

2574.

有其善유기선 **喪厥善**상궐선 **矜其能**긍기능 **喪其功**상기공

선함이 있으면 그 선함을 잃을 것이요, 능력이 있다고 자부하면 그 공을 잃을 것이다.

〈출전〉書經 說命中

2575.

美者自美미자자미 **吾不知其美也**오부지기미야

아름다운 자가 스스로 아름답다고 여기면 나는 그 아름다움을 알지 못하겠다.

〈출전〉韓非子 說林上

2576.

擬足而投跡의족이투적

先人의 행적을 따라서 발을 내딛어야 한다.

註▶ 1)擬足(의족): 선인들의 발자국을 따라서 가다. 선인들의 행적을 헤아려서 따르다. 2)投跡(투적): 발을 내딛다, 행하다.

〈출전〉楊雄 海藻

2577.

宜鑒于殷의감우은 **駿命不易**준명불역

마땅히 은나라의 실패를 거울삼아라. 천명은 지키기 쉽지 않다는 것을 알아라.

註▶ 1)駿(준): 크다. 2)不易(불이): 보전하기가 쉽지 않다는 뜻.
<출전>詩經　大雅 文王

2578.

退藏於密퇴장어밀

물러나서 깊은 경지에 마음을 숨기고 덕을 기른다.

註▶ 1)退(퇴): 세상이 어지러우면 물러나서 한가히 있는 것을 말한다. 2)藏於密(장어밀): 심연의 경지에 마음을 숨기고 덕을 기르다.
<출전>易經　繫辭上

2579.

祗解策他迷策己저해책타미책기　**前脩正軌孰能追**전수정궤숙능추

남을 채찍질 할 줄만 알고 자기는 모르나니, 먼저 바른 길 닦으면 누가 따를 수 있으리.

(原文)

枯藤爲柄革爲垂　一着能令馬自馳　**祗解策他迷策己　前脩正軌孰能追**

마른 등나무 자루에 가죽의 수실
한 번 때려 말을 잘 달리게 한다.
남을 채찍질 할 줄만 알고 자기는 모르나니
먼저 바른 길 닦으면 누가 따를 수 있으리.

註▶ 1)策(책): 채찍질을 하다. <출전>한국한시 <작자>劉好仁(天放) <제목>鞭

2580.

煩君莫傍坡陵樹번군막방파릉수 **曉雨殘燈坐逐臣**효우잔등좌축신

그대는 부디 파릉의 나무 곁에 가지 말라, 새벽 비, 쇠잔한 등불 앞에 쫓긴 신하 앉아 있네.

(原文)

三月東風欲盡春 杜鵑終夜血朱脣 **煩君莫傍坡陵樹** **曉雨殘燈坐逐臣**

삼월 샛바람에 봄은 끝나려 하는데
두견이 밤새도록 피 토하며 우네.
그대는 부디 파릉의 나무 곁에 가지 말라.
새벽 비, 쇠잔한 등불 앞에 쫓긴 신하 앉아 있네.

〈출전〉한국한시 〈작자〉曺錫(獨碁堂) 〈제목〉聞鵑

2581.

常存履冰戒상존리빙계 **身安德日新**신안덕일신

엷은 얼음 밟는 계명 항상 지킨다면, 몸도 편안하고 덕은 날로 새로우리.

(原文)

先聖有遺訓 莫若敬其身 **常存履冰戒** **身安德日新**

옛 성인의 남기신 교훈이 있다.
"무엇보다 내 몸을 소중히 하라"
엷은 얼음 밟는 계명 항상 지킨다면
몸도 편안하고 덕은 날로 새로우리.

〈출전〉한국한시 〈작자〉令壽閣 徐氏 〈제목〉寄長兒赴燕行中五首中其五

2582.

詩酒雖爲友시주수위우 **不疎亦不親**불소역불친

시와 술 그것은 벗이 될 수 있으나, 너무 멀리도 너무 가까이도 말라.

(原文)

酒過能伐性　詩巧必窮人　**詩酒雖爲友　不疎亦不親**

술이 과하면 사람의 목숨 끊고

시를 잘하면 곤궁하게 되나니

시와 술 그것은 벗이 될 수 있으나

너무 멀리도 너무 가까이도 말라.

註▶ 1)伐性(벌성): 목숨을 끊다.

〈출전〉한국한시 〈작자〉金芙蓉堂 雲楚 〈제목〉諷詩酒客

2583.

據德懷仁可謂人거덕회인가위인 **華簪寶貝莫安身**화잠보패막안신

덕과 인을 지녀야 비로소 사람이니, 금비녀 보배들이 이 몸 편케 못하네.

(原文)

據德懷仁可謂人　華簪寶貝莫安身　脂膏榮祿吾還畏　上有王章下有民

덕과 인을 지녀야 비로소 사람이니

금비녀 보배들이 이 몸 편케 못하네.

큰 부자 높은 벼슬이 나는 도로 두렵나니

위에는 왕의 법, 아래는 백성 있네.

註▶ 1)據德懷仁(거덕회인): 덕을 의지하고 인을 지니다. 2)華簪寶貝(화잠보패): 빛나는 비녀와 보배. 3)脂膏(지고): 맛난 음식. 기름진 음식. 4)榮祿(영록): 높은 官職. 또 그 祿俸. 5)王章(왕장): 왕의 법.

〈출전〉한국한시 〈작자〉蒼岩金氏 〈제목〉自警

4. 허물을 고치다

2584.

過則勿憚改과즉물탄개

잘못이 있으면 고치기를 꺼리지 말라.

〈출전〉論語　學而

2585.

過而不改과이불개　**是謂過矣**시위과의

잘못이 있는데 고치지 않는 것 이것이 잘못이라고 말한다.

〈출전〉論語　衛靈公

2586.

君子之過也군자지과야　**如日月之食焉**여일월지식언

군자의 잘못은 일식이나 월식과 같다.

註▶ 1)如日月之食(여일월지식): 군자는 이른바 지도층의 인물이므로 일거수일투족을 샅샅이 남들 앞에 내어 보이게 마련이다. 특히 잘못은 더욱 눈에 뜨이기 마련이므로 대중에게 영향을 미친다는 말.

〈출전〉論語　子張

2587.

其過也기과야 **如日月之食**여일월지식 **民皆見之**민개견지

及其更也급기경야 **民皆仰之**민개앙지

옛날 군자들은 그들의 잘못은 일식과 월식 같아서 백성들이 다 그것을 보았고 그들의 잘못을 고치게 되면 백성들이 다 그들을 우러러보았다.

註▶ 1)如日月之食(여일월지식): 군자는 이른바 지도층의 인물이므로 일거수일투족을 샅샅이 남들 앞에 내어 보이게 마련이다. 특히 잘못은 더욱 눈에 뜨이기 마련이므로 대중에게 영향을 미친다는 말. 2)更(경): 잘못을 고치다.

〈출전〉孟子　公孫丑下

2588.

小人之過也소인지과야 **必文**필문

소인이 잘못을 하면 겉으로 꾸며 얼버무리려 한다.

註▶ 1)文(문): 겉으로 꾸며서 아닌 척 하다.

〈출전〉論語　子張

2589.

改過不吝개과불린

잘못을 고치는 것을 아까워하지 말라.

〈출전〉書經　仲虺之誥

2590.

不貳過불이과

같은 잘못을 두 번 하지 말라.

〈출전〉論語　雍也

2591.

苟有過구유과 **人必知之**인필지지

잘못이 있으면 남이 반드시 가르쳐 준다.

<출전>論語 述而

2592.

觀過斯知仁矣관과사지인의

잘못을 보면 인자인가를 알 수 있다.

註▶ 1)知仁(지인): 인자인가 아닌가를 알 수 있다.
<출전>論語 里仁

2593.

欲寡其過욕과기과

그 잘못을 적게 하고자 하라.

<출전>論語 憲問

2594.

飮灰洗胃음회세위

재를 마셔서 위를 씻는다.

註▶ 1)飮灰洗胃(음회세위): 마음을 고쳐서 선함으로 돌아간다.
<출전>南史 荀伯玉傳

2595.

閉閤思過폐합사과

문을 닫고 잘못을 생각한다.

註▶ 1)閉閤(폐합): 문을 닫다.

<출전>漢書　韓延壽傳

2596.

孔子行年六十而六十化공자행년육십이육십화

공자도 육십 년 동안 육십 번 변했다.

註▶ 1)六十化(육십화): 육십 번이나 생각을 바꾸었다.

<출전>莊子　雜篇 寓言

2597.

見善則遷견선즉천　**有過則改**유과즉개

선한 것을 보면 옮겨가고 잘못이 있으면 고쳐라.

<출전>易經　益象

2598.

處世不必邀功처세불필요공　**無過便是功**무과편시공

세상을 살아가는 데에는 반드시 성공이 있기만을 바라지 말라.
잘못이 없으면 이것이 곧 성공인 것이다.

註▶ 1)邀(요): 要와 통하는 글자로 "억지로 요구하다"의 뜻. 2)便是功(편시공): 그 것이 곧 공이다.

〈출전〉菜根譚　前集二十八

2599.

宥過無大유과무대　**刑故無小**형고무소

과실이 커도 용서하고, 일부러 저지른 죄는 작아도 벌을 줘라.

註▶ 1)宥過無大(유과무대): 과실로 인하여 저지른 죄는 아무리 큰 죄라도 모두 용서하라. 宥는 죄를 사하다의 뜻. 2)刑故無小(형고무소): 일부러 저지른 죄는 아무리 큰 죄라도 모두 용서하라. 故는 "일부러"의 뜻.

〈출전〉書經　大禹謨

2600.

差若毫釐차약호리　**繆以千里**무이천리

처음에 어긋나는 것이 작더라도 잘못이 점점 천리만큼 어긋난다.

註▶ 1)豪釐(호리): 아주 적은 분량. 2)繆以千里(무이천리): 繆는 "그르친다"는 뜻으로 그르쳐서 천리의 크기에도 이를 수 있다는 것.

〈출전〉禮記　經解

2601.

當與人同過당여인동과　**不當與人同功**불당여인동공　**同功則相忌**동공즉상기

허물은 마땅히 남과 함께 해야 하지만 공은 남과 함께 하지 말라.

공을 함께 하면 서로 시기하게 된다.

註▶ 1)同過(동과): 잘못의 책임을 같이 나누다. 2)同功(동공): 공을 나누어 누리다. 3)相忌(상기): 서로 시기하다.

〈출전〉菜根譚　前集百四十一

5. 權

2602.

執中無權집중무권 **猶執一也**유집일야

중간을 잡고 나가는데 임기응변하는 일이 없으면 그것은 한 가지를 고집하는 것과 같다.

註▶ 1)執中(집중): 楊朱와 墨翟의 사상의 중간을 잡다. 2)無權(무권): 고집불통이고 융통성이 없어서 임기응변함이 없다. 權은 일의 경중을 헤아려서 事宜에 맞도록 처리해 나가는 것.

〈출전〉孟子 盡心上

2603.

理者이자 **必明於權**필명어권

도리에 밝은 사람은 반드시 세상 변화에 잘 적응한다.

註▶ 1)理者(이자): 도리에 밝은 사람.

〈출전〉莊子 外篇 秋水

2604.

可與立가여립 **未可與權**미가여권

같이 일을 성립시킨다해도 같이 임기응변으로 일을 대의에 맞게 처리할 수는 없다.

〈출전〉論語 子罕

2605.

廢中權폐중권

세상을 버리는 것을 적당하게 하라.

註▶ 1)權(권): 임기응변하고 적당히 맞추는 것.
〈출전〉論語　微子

2606.

有機械者必有機事유기계자필유기사 **有機事者必有機心**유기사자필유기심
기계를 갖는다면 기계에 의한 일이 생기고
그런 일이 생기면 반드시 기계에 사로잡히는 마음이 생긴다.

〈출전〉莊子　外篇 天地

六. 학문과 교육과 수양

Ⅰ. 학 문

Ⅱ. 교 육

Ⅲ. 수양법

六. 학문과 교육과 수양

Ⅰ. 학 문

1. 학문의 의의와 목적

2607.

大學之道대학지도 **在明明德**재명명덕 **在親民**재친민 **在止於至善**재지어지선

대학의 도는 밝은 덕을 밝히는 데에 있고 백성을 친애하는 데에 있고 지극한 선에 머무르게 하는 데 있다.

註▶ 1)明德(명덕): 사람이 타고난 본체의 밝음. 2)親民(친민): 백성들을 친애하는 것. 3)止於至善(지어지선): 至善이란 최고의 선을 말하며, 여기에 머무르는 것은 온 정신을 최고의 선의 경지에 두어 움직이지 않고 굳건히 이를 지킨다는 뜻이다.
〈출전〉大學　經一章

2608.

言學便以道爲志언학편이도위지

학문을 말하려면 도에 뜻을 두어야 한다.

〈출전〉近思錄　爲學類

2609.

學問之道無他학문지도무타 **求其放心而已矣**구기방심이이의

학문의 길은 다른 것이 없다. 드러내놓아 잃어버린 마음을 구하는 것일 뿐이다.

註▶ 1)放(방): 드러내놓아서 잃어버리다.
〈출전〉孟子 告子上

2610.

古之學者爲己고지학자위기 今之學者爲人금지학자위인

옛날의 학자는 자기수양과 학문만 생각했으나, 지금의 학자는 남의 평판에 신경을 쓴다.

註▶ 1)爲己(위기): 자기의 수양과 학문만을 생각하다. 2)爲人(위인): 남의 평판을 위해서 하다.
〈출전〉論語 憲問

2611.

學原於思학원어사

학문은 생각의 근원이다.

〈출전〉近思錄 致知類

2612.

學至於行之而止矣학지어행지이지의

학문은 실행을 하여 최상의 지극한 선의 경지에 머물러야 한다.

〈출전〉荀子 儒效篇

2613.

爲去聖繼絶學위거성계절학

성인의 시대가 지나가서 학문은 끊어졌다.

〈출전〉近思錄　爲學類

2614.

有民人焉유민인언 **有社稷焉**유사직언 **何必讀書**하필독서 **然後爲學**연후위학

백성도 있고 사직도 있어서 실제의 공부를 할 수 있는데
어찌 반드시 책을 읽어야 배운다고 하겠는가?

〈출전〉論語　先進

2615.

口耳之間 則四寸耳구이지간 즉사촌이 **曷足以美七尺之軀哉**갈족이미칠척지구재

입과 귀 사이는 겨우 네 치 정도에 불과한데
일곱 자나 되는 몸뚱이를 무슨 수로 아름답게 꾸미겠는가?

註▶ 1)曷(갈): 어찌.
〈출전〉荀子　勸學篇

2616.

學然後知不足학연후지부족　**敎然後知困**교연후지곤

학문을 닦은 후에야 부족함을 알고, 가르쳐 본 후에야
자신의 지식이 부족하여 고생하는 것을 안다.

〈출전〉禮記　學記

2617.

爲君子儒위군자유 **無爲小人儒**무위소인유

군자 같은 선비가 될지언정 소인 같은 선비가 되지 말라.

〈출전〉論語 雍也

2618.

學不可以已학불가이이

학문은 그만 두어서는 안 된다.

〈출전〉荀子 勸學篇

2619.

爲學日益위학일익

학문에 힘쓰면 날마다 이롭다.

〈출전〉老子 四十八章

2620.

文所以載道也문소이재도야

문장은 도를 싣고서 전해 주는 것이다.

〈출전〉通書 文辭章

2621.

以文辭而已者陋矣이문사이이자루의

글 짓는 재주만 기르면 천해진다.

註▶ 1)陋(누): 비루해지고 천해지다.
〈출전〉近思錄　爲學類

2622.

玩人喪德완인상덕 **玩物喪志**완물상지

사람으로 장난하면 덕을 잃을 것이요, 물건으로 장난하면 뜻을 잃을 것이다.

〈출전〉書經　旅獒

2623.

祖述堯舜조술요순 **憲章文武**헌장문무

요임금과 순임금을 祖宗으로 이어받고 文王과 武王의 법도를 밝히다.

註▶ 1)祖述(조술): 祖宗으로 받들고 이를 계승하는 것. 2)堯舜(요순): 聖帝인 唐堯와 虞舜. 3)憲(헌): 법도. 4)章(장): 밝히다.
〈출전〉中庸　三十章

2624.

學殖也학식야

학문은 草木을 옮겨 심는 것과 같다.

註▶ 1)殖(식): 草木을 옮겨 심어 번성하게 하는 것과 같다.
〈출전〉左傳　昭公十八年

2625.

文籍雖滿腹문적수만복 **不如一囊錢**불여일낭전

실행하지 않는 책들이 비록 배에 가득히 많아도 한 꾸러미의 돈보다 못하다.

〈출전〉後漢書　趙臺傳

2626.

學而時習之학이시습지 **不亦說乎**불역열호

배우고 수시로 그것을 또한 기쁘지 않은가?

註▶ 1)時(시): 수시로. 2)說(설): 悅과 같은 말. 〈출전〉論語　學而

2627.

雖有嘉肴수유가효 **弗食不知其旨也**불식부지기지야 **雖有至道**수유지도 **弗學不知其善也**불학부지기선야

비록 좋은 안주가 있어도 먹어보지 않으면 그 맛을 알 수 없고,

비록 지극한 도가 있어도 배우지 않으면 그 좋은 점을 모른다.

〈출전〉禮記　學記

2628.

幼而能好學유이능호학 **壯而能行之**장이능행지

어려서는 잘 배우기 좋아하고, 커서는 그것을 잘 실행하네.

(原文)

幼而能好學　壯而能行之　積中必形外　何患人不知

어려서는 잘 배우기 좋아하고

커서는 그것을 잘 실행하네.

속이 차면 밖으로 나타나나니

남이 모른다 무엇을 걱정하리.

〈출전〉한국한시　〈작자〉三宜堂 金氏　〈제목〉無題

2. 학문의 방법

2629.

博我以文박아이문 **約我以禮**약아이예

학문으로 나를 넓게 해 주시고 예로써 나의 행동을 기틀 잡아 주신다.

註▶ 1)博我以文(박아이문): 학문이나 문화로 나를 廣博하게 해주신다. 2)約我以禮(약아이예): 예절로써 나를 틀 잡아 규모 있게 단속한다.

〈출전〉論語 子罕

2630.

博學於文박학어문 **約之以禮**약지이례

글을 널리 배우고 예로써 단속한다.

註▶ 1)文(문): 學問. 2)約之以禮(약지이례): 예로써 자기의 몸가짐을 단속하다.

〈출전〉論語 雍也

2631.

博學而詳說之박학이상설지 **將以反說約也**장이반설약야

널리 배워서 상세하게 풀어 나가는 것은 그것을 바탕으로 하여 되돌아가 요점을 풀려고 하는 것이다.

註▶ 1)說(설): 풀다. 2)反(반): 되돌아가다. 3)約(약): 요약한 것, 즉 요점.

〈출전〉孟子 離婁下

2632.

博學之박학지 **審問之**심문지 **愼思之**신사지 **明辦之**명판지 **篤行之**독행지

널리 배우고 깊이 물으며 신중히 생각하고 밝게 분별하고 돈독하게 행해야 한다.

〈출전〉中庸 二十章

2633.

博學而篤志박학이독지

널리 배워서 뜻을 두텁게 하라.

〈출전〉論語 子張

2634.

致知在格物치지재격물

아는 것에 이르게 되는 것은 사물을 구명함에 있다.

註▶ 1)格物(격물): 사물의 이치를 추구하여 그 極處에 이르지 않는 데가 없이 하려는 것.

〈출전〉大學 經一章

2635.

學如不及학여불급 **猶恐失之**유공실지

학문은 다다르지 못한 것 같이 하고 그것을 잃어버릴까 두려워하는 것 같이 해야 한다.

〈출전〉論語 泰伯

2636.

好古호고 **敏以求之**민이구지

옛 것을 좋아하고 민첩하게 학문을 하라.

註▶ 1)好古(호고): 옛 사람들의 도와 전통을 좋아하다. 2)求之(구지): 학문을 하다.
〈출전〉論語 述而

2637.

念終始典于學염종시전우학

처음이나 끝이나 항상 생각하며 학문을 법으로 삼아야 한다.

〈출전〉禮記 文王世子

2638.

繩鋸木斷승거목단 **水滴石穿**수적석천 **學道者須加力索**학도자수가역색

새끼줄을 톱으로 삼아 나무를 자르고 물방울도 돌을 뚫는다.
배우는 사람은 모름지기 힘써 구하기를 더해야 한다.

註▶ 1)繩鋸木斷(승거목단): 새끼줄로도 오랫동안 톱질하면 나무가 잘린다. 2)水滴石穿(수적석천): 낙숫물이 댓돌에 구멍을 뚫는다는 말. 3)力索(역색): 힘써 구하다.
〈출전〉菜根譚 後集百九

2639.

下學而上達하학이상달

밑으로 배워 위로 통달한다.

註▶ 1)下學而上達(하학이상달): 인간사나 시, 서, 예, 악 등을 배워 천의에 통달하다.
〈출전〉論語 憲問

2640.

水之積也不厚수지적야불후 **則負大舟也無力**즉부대주야무력

물이 고여 있는 것이 얕으면 배를 띄울 만한 힘이 없다.

〈출전〉莊子　內篇 逍遙遊

2641.
不恥下問불치하문
아랫사람에게 묻는 것을 부끄러워하지 말라.

〈출전〉論語　公冶長

2642.
學而不厭학이불염
배우면서 싫어하지 않는다.

〈출전〉論語　述而

2643.
如切如磋여절여차　**如琢如磨**여탁여마
깎는 것 같이 하고 다듬는 것 같이 하고 쪼는 것 같이 하고 가는 것 같이 하라.

〈출전〉詩經　衛風 淇懊

2644.
學者要自得학자요자득
학자는 지식을 스스로 얻는 것이 필요하다.

〈출전〉近思錄　致知類

2645.
溫故而知新온고이지신

옛 것을 익혀서 새 것을 안다.

註▶ 1)溫(온): 익히다.
〈출전〉論語　爲政

2646.

默而識之묵이식지

말하지 않아도 알고 있다.

〈출전〉論語　述而

2647.

信而好古신이호고

성현의 가르침을 믿고 옛 사람들의 도를 존중한다.

〈출전〉論語　述而

2648.

述而不作술이부작

전하는 것을 記述할뿐이지 짓지 않는다.

〈출전〉論語　述而

2649.

疑思問의사문

의심날 때는 물어서 밝히고자 생각하라.

〈출전〉論語　季氏

2650.

以能問於不能이능문어불능

유능하면서도 무능한 사람에게도 물어보아라.

〈출전〉論語　泰伯

2651.

行有餘力행유여력　**則以學文**즉이학문

행하고도 힘이 남거든 선왕의 글을 배워라.

〈출전〉論語　學而

2652.

學有悟入학유오입

학문은 반드시 한 번은 깨달음에 들어가는 것이 있다.

〈출전〉十八史略　南宋 孝宗

2653.

大匠誨人대장회인 **必以規矩** 필이규구 **學者亦必以規矩**학자역필이규구

훌륭한 목수가 제자를 가르칠 때 반드시 표준이 되는 規矩의 사용법을 가르친다. 배우는 사람 역시 반드시 성인을 표준으로 삼고 배워야 한다.

註▶ 1)規矩(규구):굽은 것과 곧은 것을 그리는데 필요한 자로 기준을 말한다.
〈출전〉孟子　告子上

2654.

以朋友講習이붕우강습

친구와 함께 강론하고 익힌다.

〈출전〉易經　兌象

2655.

厚積而薄發후적이박발

학문은 두텁게 쌓고 표현은 적게 하라.

註▶ 1)薄發(박발): 표현을 적게 하라.

〈출전〉古文眞寶　說類 蘇子膽 稼說

2656.

博學不敎박학불교　**內而不出**내이불출

널리 배우되 함부로 가르치지 않고 안으로 쌓아두되 표현하지 말라.

註▶ 1)內而不出(내이불출): 배운 것을 마음속에 쌓아두되 겉으로 표현하지 말라.

〈출전〉小學　內篇 入敎

2657.

章往考來장왕고래

지난 것을 밝게 나타내고, 장래의 일을 생각하라.

註▶ 1)章(장): 밝게 나타내다.

〈출전〉春秋左氏傳序

2658.

取之左右취지좌우　**逢其原**봉기원

가까운 곳에서 취해 쓰면 근원을 파악하게 된다.

<출전>孟子　離婁下

2659.

補苴罅漏보저하루　**張皇幽眇**장황유묘

자기의 모자란 점을 보충하고 성인의 그윽하고 미묘한 도를 펴서 성대하게 하라.

註▶ 1)補苴(보저): 수리하다, 보완하다. 2)罅漏(하루): 갈라진 틈으로 새다. 즉 모자라는 점을 가리킨다. 3)張皇(장황): 세력을 펴서 왕성하게 하다. 4)幽眇(유묘): 그윽하고 미묘한 도
<출전>韓愈 進學解

2660.

襟期月滿天금기월만천　**文章鳳棲梧**문장봉서오

생각은 달이 하늘에 가득한 듯 하게 하고, 문장은 봉황새가 오동에 깃들 듯 하게 하라.

(原文)
堂前種玉樹　床頭掛冰壺　**襟期月滿天　文章鳳棲梧**
趨庭鶴成群　摩霄鴈相呼　倚門望行塵　春光似畫圖
집 앞에는 옥나무를 심고
책상머리에는 얼음 병을 걸라.
생각은 달이 하늘에 가득한 듯 하게 하고
문장은 봉황새가 오동에 깃들 듯 하게 하라.
뜰에서 추창할 때는 학이 무리 이루고
하늘을 만질 때는 기러기가 서로 부르네.
문을 기대서 가는 길의 먼지를 바라보면
봄날 풍광이 마치 그림과 같네.

<출전>한국한시　<작자>令壽閣 徐氏　<제목>贈兒輩

3. 학문의 효과

2661.

學而時習之학이시습지 **不亦說乎**불역열호

배우고 수시로 익히면 또한 기쁘지 않은가?

註▶ 1)時(시): 수시로. 2)說(설): 悅과 같은 뜻.

〈출전〉論語 學而

2662.

人不知而不慍인부지이불온 **不亦君子乎**불역군자호

남들이 알아주지 않아도 성내지 않으면 또한 군자가 아닌가?

〈출전〉論語 學而

2663.

玉不琢不成器옥불탁불성기 **人不學不知道**인불학부지도

옥도 다듬지 않으면 그릇이 될 수 없고 사람도 배우지 않으면 도를 알지 못한다.

〈출전〉禮記 學記

2664.

欲化民成俗욕화민성속 **其必由學**기필유학

백성을 감화시키고 풍속을 완성시키고자 하면 반드시 학문을 통해서 해야 한다.

〈출전〉禮記 學記

2665.

道不行도불행 **百世無善治**백세무선치 **學不傳**학부전 **千載無眞儒**천재무진유

도가 행해지지 않으면 百世동안 善政이 없을 것이고,
학문이 전해지지 않으면 천년 동안 참된 선비가 나오지 않을 것이다.

〈출전〉十八史略　宋 哲宗

2666.

學也학야　**祿在其中矣**녹록재기중의

학문을 하면 봉록이 그 속에 있다.

〈출전〉論語　衛靈公

2667.

學于古訓학우고훈　**乃有獲**내유획

옛 가르침을 배우면 얻는 것이 있다.

〈출전〉書經　說命下

2668.

三年學삼년학　**不至於穀**부지어곡　**不易得也**불이득야

삼 년이나 학문을 하고 벼슬에 뜻을 두지 않는 사람은 쉽지 않다.

註▶ 1)至(지): 志와 통하는 말로 뜻을 두다. 2)穀(곡): 祿과 통하는 말로 벼슬을 뜻한다.
〈출전〉論語　泰伯

2669.

思而不學則殆사이불학즉태

사색만 하고 배우지 않으면 바탕이 굳지 못하다.

註▶ 1)殆(태): 위태롭고 튼튼하지 못하다.
〈출전〉論語　爲政

2670.
學而不思則罔학이불사즉망
배우기만 하고 사색하지 않으면 어둡다.

註▶ 1)罔(망): 도리를 모르고 어둡다.
〈출전〉論語　爲政

2671.
學則不固학즉불고
배우면 고지식하지 않다.

註▶ 1)固(고): 융통성이 없이 고지식하다.
〈출전〉論語　學而

2672.
不學便老而衰불학편노이쇠
배우지 않으면 쉽게 늙고 쇠한다.

〈출전〉近思錄　爲學類

2673.
好仁不好學호인불호학　**其蔽也愚**기폐야우
인을 좋아하되 배우기를 좋아하지 않으면 그 폐단은 어리석게 된다.

註▶ 1)愚(우): 맹목적이고 어리석다.
〈출전〉論語　陽貨

2674.

好知不好學호지불호학　**其蔽也蕩**기폐야탕

알기는 좋아하되 배우기를 좋아하지 않으면 그 폐단은 허황 된다.

註▶ 1)蕩(탕): 허황하고 방탕하다.
〈출전〉論語　陽貨

2675.

好信不好學호신불호학　**其蔽也賊**기폐야적

믿음을 좋아하되 배우기를 좋아하지 않으면 그 폐단은 남을 해칠 것이다.

註▶ 1)賊(적): 남을 해롭게 한다. 미신이나 경솔함에 흘러 남을 해롭게 한다.
〈출전〉論語　陽貨

2676.

好直不好學호직불호학　**其蔽也絞**기폐야교

정직함을 좋아하되 배우기를 좋아하지 않으면 그 폐단은 각박하다.

註▶ 1)絞(교): 각박하다, 박절하다.
〈출전〉論語　陽貨

2677.

好勇不好學호용불호학　**其蔽也亂**기폐야난

용감한 것을 좋아하되 배우기를 좋아하지 않으면 그 폐단은 난동을 부린다.

註▶ 1)亂(난): 난동을 부린다.
〈출전〉論語　陽貨

2678.

好剛不好學호강불호학　**其蔽也狂**기폐야광

군세기를 좋아하되 배우기를 좋아하지 않으면 그 폐단은 광적이게 된다.

〈출전〉論語　陽貨

2679.

不學牆面불학장면

배우지 않으면 담장 앞에 서 있는 것 같다.

註▶ 1)牆面(장면): 담장 앞에 서 있는 것 같이 아무 것도 보이지 않게 된다.
〈출전〉書經　周官

2680.

欲觀千歲욕관천세　**則審今日**즉심금일

천년의 장래를 알고자 하면 오늘을 살펴보라.

〈출전〉荀子　非相篇

2681.

讀書萬倍利독서만배리

책을 읽는 것이 만 배나 이롭다.

〈출전〉古文眞寶　勤學文 王荊公勤學文

2682.

不登高山부등고산 **不知天之高也**부지천지고야

높은 산에 오르지 않고는 하늘이 높은 것을 알지 못한다.

〈출전〉荀子 勤學篇

2683.

登高使人心曠등고사인심광 **臨流使人意遠**임류사인의원

높은 곳에 오르면 사람으로 하여금 마음을 넓게 하며,
물에 다다르면 사람으로 하여금 뜻을 멀리 두게 한다.

〈출전〉菜根譚 後集百十三

2684.

跂而望矣기이망의 **不如登高之博見也**불여등고지박견야

발돋움하고 바라보는 것은 높은 곳에 올라 넓게 보는 것 보다 못하다.

註▶ 1)跂(기): 발뒤꿈치를 들고 발돋움하다.

〈출전〉荀子 勸學篇

2685.

絶學無憂절학무우

학문을 끊어버리면 근심이 없어진다.

〈출전〉老子 二十章

2686.

識字憂患始식자우환시

글자를 아는 것이 우환의 시작이다.

〈출전〉蘇軾　石蒼舒醉墨堂詩

2687.

得新捐故득신연고　**後必寒**후필한

새 옷을 구했다고 헌 옷을 버리면 뒤에 반드시 추울 것이다.

〈출전〉古詩源　衣銘

2688.

學者如牛毛학자여우모　**成者如麟角**성자여린각

배우는 사람은 소의 털과 같이 많지만 학문을 이루는 사람은 기린의 뿔과 같이 드물다.

〈출전〉北史 文苑傳序

2689.

童子已向學동자이향학　**可成儒者眞**가성유자진

아이가 이미 배움의 길로 나갔거니, 너는 참다운 선비 되리라.

(原文)

新歲作戒文　汝志非今人　**童子已向學　可成儒者眞**

새해에 경계하는 글을 짓나니

너의 마음은 요새 사람 아니다.

아이가 이미 배움 길로 나갔거니

너는 참다운 선비 되리라.

〈출전〉한국한시　〈작자〉貞夫人 張氏　〈제목〉贈孫聖及

Ⅱ. 교육

1. 교육의 의의와 목적

2690.
修道之謂敎수도지위교
도를 닦는 것을 교육이라 한다.

〈출전〉中庸　一章

2691.
得天下英才而敎育之득천하영재이교육지　三樂也삼락야
천하의 영재를 얻어서 가르치는 것이 군자의 세 번째 즐거움이다.

〈출전〉孟子　盡心上

2692.
敎學爲先교학위선
가르치고 배우는 것을 우선으로 삼아라.

〈출전〉禮記　學記

2693.
敬敷五敎경부오교　在寬재관

오륜을 삼가 펴되 너그럽게 하라.

註▶ 1)敬敷(경부): 삼가 펴다. 2)五教(오교): 오륜.
〈출전〉書經　舜典

2694.

以善先人者이선선인자　**謂之教**위지교

선으로써 남보다 앞서서 사람을 인도하는 것을 가르침이라고 한다.

〈출전〉荀子　修身篇

2695.

有教無類유교무류

가르치되 차별하지 말라.

註▶ 1)無類(무류): 분류하지 말라. 즉 차별하지 말라.
〈출전〉論語　衛靈公

2696.

愛子教之以義方애자교지이의방

자식을 사랑하면 옳은 방향으로 가르쳐야 한다.

註▶ 1)義方(의방): 의로운 방향.
〈출전〉左傳　隱公三年

2697.

養子不教父之過양자불교부지과　**訓導不嚴師之惰**훈도불엄사지타

자식을 기를 때 가르치지 않는 것은 아버지의 잘못이요,

가르칠 때 엄하게 하지 않는 것은 스승이 게으른 것이다.

〈출전〉古文眞寶　勸學文 司馬溫公勸學文

2698.

教學相長교학상장

가르치고 배우면서 서로 성장한다.

〈출전〉禮記　學記

2699.

斅學半효학반

가르치는 것은 반은 자기가 배우는 것과 같다.

註▶ 1)斅學半(효학반): 남을 가르치는 것은 자기에게도 상당히 공부가 되므로 자기의 학문을 닦는 결과가 된다는 말. 斅는 가르칠 효.
〈출전〉禮記　學記

2700.

苟得其養구득기양　**無物不長**무물부장

진실로 길러주는 힘을 얻기만 하면 자라지 않는 것이 없다.

註▶ 1)苟(구): 진실로. 2)其養(기양): 외부에서 가해지는 길러주는 힘.
〈출전〉孟子　告子上

2701.

劍待砥而後能利검대지이후능리

칼은 숫돌로 간 다음에야 날카로워진다.

〈출전〉淮南子　脩務訓

2702.

名教中自有樂地명교중자유락지

이름난 가르침 가운데에는 스스로 즐거운 경지가 있다.

〈출전〉十八史略　西晉 惠帝

2703.

飽食暖衣포식난의　**逸居而無教**일거이무교　**則近於禽獸**즉근어금수

배불리 먹고 따뜻하게 입고 편안히 살면서 가르치지 않으면 禽獸에 가깝다.

〈출전〉小學　內篇　立教

2. 교육의 방법

2704.

教人者교인자　**養其善心而惡自消**양기선심이악자소

사람을 가르치는 사람은 착한 마음을 길러주면 악은 스스로 사라진다.

〈출전〉近思錄　治體類

2705.

俯而就之부이취지

남을 가르칠 때는 자기를 낮추어서 배우는 사람에게 가까이 가야 한다.

註▶ 1)俯(부): 숙이다. 즉 자기를 낮추다. 2)就之(취지): 배우는 사람에게 가까이 가다.
〈출전〉近思錄　敎學類

2706.
不憤不啓불분불계
모를 때 분발하지 않으면 계발해주지 않는다.

註▶ 1)憤(분): 알고 싶으나 알지 못하여 분통해 하다. 2)啓(계): 계발하다, 터주다.
〈출전〉論語　述而

2707.
擧一隅不以三隅反거일우불이삼우반　**則不復也**즉불복야
한 모퉁이를 가르쳐 주었을 때 나머지 세 모퉁이를 알지 못하면 더 이상 가르치지 않는다.

註▶ 1)擧一隅(거일우): 한 모퉁이만을 들어 보인다. 2)反(반): 반응을 보이다, 알아채다. 3)不復(불부): 다시 가르치지 않는다.
〈출전〉論語　述而

2708.
引而不發인이불발
활에 화살을 끼워서 잡아 당겨 가지고 발사하지는 않는다.

註▶ 1)引而不發(인이불발): 활 쏘는 기술을 배우는 사람에게 활 쏘는 기술을 스스로 터득 할 수 있도록 기회를 주는 것.
〈출전〉孟子　盡心上

2709.
叩之以小者則小鳴고지이소자즉소명 **叩之以大者則大鳴**고지이대자즉대명

종을 작은 것으로 두드리면 작게 울리고, 큰 것으로 두드리면 크게 울린다.

〈출전〉禮記　學記

2710.

應病與藥응병여약

병에 따라 약을 준다.

註▶ 1)應病與藥(인이불발): 사람의 마음에 따라 가르침을 준다.
〈출전〉白居易　與濟法師書

2711.

聞斯行之문사행지

좋은 일을 들으면 행해야한다.

〈출전〉論語　先進

2712.

天道至教천도지교

하늘의 道는 지극한 가르침이다.

〈출전〉禮記　禮器

2713.

斅學相長효학상장

가르치고 배우면서 서로 성장한다.

〈출전〉王陽明　教條示龍場諸生

2714.

一日暴之일일폭지 **十日寒之**십일한지 **未有能生者也**미유능생자야

하루 동안 해를 쬐고 열흘 동안 차게 하면 자라날 것이 없다.

〈출전〉孟子 告子上

2715.

博我以文박아이문 **約我以禮**약아이예

학문으로 나를 넓게 하고 예로써 나의 행동의 기틀을 잡아준다.

註▶ 1)博我以文(박아이문): 학문이나 문화로 나를 廣博하게 해주신다. 2)約我以禮(약아이예): 예절로써 나를 틀 잡아 규모 있게 단속한다.
〈출전〉論語 子罕

2716.

誨人不倦회인불권

남을 깨우치기에 지치지 않는다.

〈출전〉論語 述而

2717.

傳不習乎전불습호

배운 것을 익히지 않았는가?

註▶ 1)傳(전): 배운 것.
〈출전〉論語 學而

2718.

所以教者五소이교자오 **有如時雨化之者**유여시우화지자 **有成德者**유성덕자

有達財者유달재자 **有答問者**유답문자 **有私淑艾者**유사숙애자

가르치는 방법이 다섯 가지가 있다. 제때에 내리는 비가 초목에 변화를 가져오는 것같이 하는 것이 있고, 덕을 이룩하게 해주는 것이 있고, 재능을 발전시켜 주는 것이 있고, 물음에 답해주는 것이 있고, 혼자서 덕을 잘 닦아 나가도록 해주는 것이 있다.

註▶ 1)所以敎(소이교): 가르치는 방법. 2)時雨(시우): 제 때에 내리는 비. 3)化之(화지): 변화를 가져오다. 즉 자라게 해주다. 4)成德(성덕): 德性을 함양해서 품위가 높은 사람이 되게 해주다. 5)達財(달재): 재물을 풀어 구제해준다는 뜻으로도 해석하지만 교육의 방법으로는 맞지 않는다. 그러므로 재능을 발전시켜준다는 뜻으로 푸는 것이 합당할 것이다. 6)私淑艾(사숙애): 혼자서 덕을 잘 닦다.

〈출전〉孟子 盡心上

2719.

敎亦多術矣교역다술의 **予不屑之敎誨也者**여불설지교회야자

是亦敎誨之而已矣시역교회지이이의

가르치는 데에도 역시 방법이 많다. 내가 탐탁하게 여기지 않아서 가르쳐주지 않는 것 또한 가르쳐주지 않는 것이다.

註▶ 1)術(술): 방법. 2)不屑(불설): 탐탁하게 여기지 않다.

〈출전〉孟子 告子下

2720.

忠焉충언 **能勿誨乎**능물회호

충성을 다한다고 깨우쳐주지 않을 수 있겠는가?

〈출전〉論語 憲問

2721.

愛之能勿勞乎애지능물로호

사랑한다고 일을 시키지 않을 수 있겠는가?

〈출전〉論語　憲問

2722.

善教者使人繼其志선교자사인계기지

잘 가르치는 사람은 배우는 사람이 뜻을 계속 이어나가도록 한다.

〈출전〉禮記　學記

2723.

大匠不爲拙工改廢繩墨대장불위졸공개폐승묵

훌륭한 목수는 졸렬한 목수를 위해 먹줄과 먹표를 고치거나 없애는 일을 하지 않는다.

註▶ 1)大匠(대장): 기술이 뛰어난 훌륭한 목수. 2)拙工(졸공): 기술이 보잘 것 없는 목수. 3)改廢(개폐): 고치거나 폐기하다. 4)繩墨(승묵): 먹줄과 먹표. 그것을 운용하는 방법.
〈출전〉孟子　盡心上

2724.

大匠誨人대장회인　**必以規矩**필이규구　**學者亦必以規矩**학자역필이규구

훌륭한 목수가 제자를 가르칠 때는 반드시 規矩의 사용법을 가르친다.
배우는 사람 역시 반드시 聖人을 표준으로 삼고 배워야 한다.

註▶ 1)大匠(대장): 기술이 뛰어난 훌륭한 목수. 2)規矩(규구):굽은 것과 곧은 것을 그리는데 필요한 자로 기준을 말한다.

〈출전〉孟子　告子上

2725.

工欲善其事공욕선기사　**必先利其器**필선리기기

기술자가 맡은 일을 잘 하려면 먼저 도구를 예리하게 해야 한다.

〈출전〉論語　衛靈公

2726.

以神道設教이신도설교　**而天下服矣**이천하복의

하늘의 道로써 가르침을 베풀면 천하의 모든 사람들이 복종한다.

註▶ 1)神道(신도): 하늘의 道. 2)服(복): 복종하다.

〈출전〉易經　觀　象

2727.

賢者以其昭昭현자이기소소　**使人昭昭**사인소소

어진 사람은 자신의 밝은 덕으로 남을 밝게 선도한다.

註▶ 1)昭昭(소소): 사물에 임하는 법도의 밝음을 발하는 것.

〈출전〉孟子　盡心下

2728.

往者不追왕자불추　**來者不拒**내자불거

배우지 않겠다고 가는 사람을 붙잡지 않고, 오는 사람은 거절하지 않는다.

〈출전〉孟子　盡心下

2729.

毋教猱升木무교노승목

원숭이에게 나무에 오르지 못하게 가르쳐라.(小人에게 간사한 짓을 가르치지 말라.)

〈출전〉詩經 小雅 角弓

2730.

其入人也기입인야 **如時雨之潤**여시우지윤

사람에게 가르침이 받아들여지니 때맞춰 내리는 비의 윤택함과 같네.

註▶ 1)入人(입인): 가르침이 사람에게 받아들여지다. 2)時雨(시우): 제 때에 내리는 비.
〈출전〉近思錄 觀聖賢類

2731.

立不教입불교 **坐不議**좌불의

서서 가르치지 않고, 앉아서 논의하지 않았다.(몸소 실천하여 말로만 가르치지 않는 것을 말함)

〈출전〉莊子 內篇 德充符

3. 교육의 효과

2732.

名教中自有樂地명교중자유락지

德으로 가르치는 가운데는 스스로 즐거운 경지가 있다.

註▶ 1)名敎(명교): 德으로 가르치는 것을 말함.
〈출전〉十八史略　西晉　惠帝

2733.
遺子黃金滿籝유자황금만영　**不如一經**불여일경
자식에게 황금을 많이 남겨주는 것은 經書 한 권을 가르치는 것보다 못하다.

註▶ 1)滿籝(만영): 바구니에 가득하다. 즉 많다는 뜻. 2)經(경): 경서. 즉 책을 말한다.
〈출전〉漢書　韋賢傳

2734.
苟得其養구득기양　**無物不長**무물부장
진실로 길러주는 힘을 얻기만 하면 자라지 않는 것이 없다.

註▶ 1)苟(구): 진실로. 2)其養(기양): 외부에서 길러주는 힘.
〈출전〉孟子　告子上

2735.
中也養不中중야양부중　**才也養不才**재야양부재
故人樂有賢父兄也고인락유현부형야
조화된 인격을 가진 사람은 조화된 인격을 갖추지 못한 사람을 길러주고, 재능이 있는 사람은 재능이 없는 사람을 길러준다. 그래서 사람들은 잘난 아버지나 형 같은 사람이 있는 것을 즐거워한다.

註▶ 1)中(중): 중용의 덕을 갖춘 사람을 말한다. 2)養(양): 재능과 덕성을 함양하고 부족한 사람을 향상시켜 자립할 수 있도록 도와준다는 뜻. 3)才(재): 재능이 있는 사람. 4)賢父兄(현부형): 조화된 인격과 재능이 있는 父兄이나 지도를 받을 수 있는 사람을 널리 가리키는 말.
<출전>孟子 離婁下

2736.
化馳如神화치여신
德으로 敎化되어 행하는 것이 빨라서 神과 같다.

註▶ 1)化(화): 덕으로 교화되다. 2)馳(치): 행하는 것이 빠르다.
<출전>史記 淮南王傳

2737.
有敎無類유교무류
가르치되 차별하지 말라.

註▶ 1)無類(무류): 분류하지 말라. 즉 차별하지 말라.
<출전>論語 衛靈公

2738.
善政不如善敎之得民也선정불여선교지득민야
善政을 베푸는 것은 仁과 義를 가르쳐 民心을 얻는 것보다 못하다.

註▶ 1)善政(선정): 법도나 禁令 면에서 잘해나가는 정치. 2)善敎(선교): 백성들에게 예의와 염치와 孝悌忠信등을 배워 실천하도록 잘 가르치다. 3)得民(득민): 백성들의 마음을 얻다.
<출전>孟子 盡心上

2739.
扣則鳴구즉명 **不扣則不鳴**불구즉불명

두드리면 울리고 두드리지 않으면 울리지 않는다.

〈출전〉墨子　公孟

2740.

習慣若自然也습관약자연야

습관은 천성과 같다.

〈출전〉孔子家語　七十二弟子解

2741.

朽木不可雕也후목불가조야

썩은 나무에는 조각할 수 없다.

〈출전〉論語　公冶長

2742.

惟上知與下愚不移유상지여하우불이

선천적으로 잘 아는 슬기로운 사람과 배울 줄 모르는 사람은 서로 바뀔 수 없다.

註▶ 1)上知(상지): 生而知之者. 2)下愚(하우): 곤란한 경우에도 배우지 않는 어리석은 자. 3)移(이): 바뀌다.
〈출전〉論語　陽貨

4. 교 육 환 경

2743.

慈母三遷之敎자모삼천지교

맹자의 어머니는 이사를 세 번하여 자식을 가르쳤다.

註▶ 1)慈母(자모): 자애로운 어머니로 여기서는 맹자의 어머니를 가리킨다. 2)三遷: 세 번 이사하다.

〈출전〉十八史略 春秋戰國 魯

2744.

孟母三遷之敎맹모삼천지교

맹자의 어머니는 이사를 세 번하면서 자식을 가르쳤다.

註▶ 1)三遷(삼천): 세 번 이사하다.

〈출전〉列女傳 母儀

2745.

內無賢父兄내무현부형 外無嚴師友외무엄사우 而能有成者少矣이능유성자소의

집안에 엄한 부형이 없고, 밖에 엄한 스승과 친구가 없는데 성공한 사람은 적다.

〈출전〉宋名臣言行錄 呂希哲

2746.

與善人居여선인거 如入芝蘭之室여입지란지실

착한 사람과 같이 사는 것은 芝蘭이 있는 향기로운 방에 들어가는 것과 같다.

註▶ 1)芝蘭(지란): 영지와 난초로 모두 향기를 갖고 있는 풀.
〈출전〉孔子家語　六本

2747.

蓬生麻中봉생마중　**不扶而直**불부이직

쑥이 삼밭에서 나면 놔둬도 곧게 자란다.(교육환경이 좋아야 한다.)

註▶ 1)麻中(마중): 삼 가운데. 즉 삼밭. 2)不扶(불부): 도와주지 않고 놔두다.
〈출전〉荀子　勸學篇

5. 六 藝

2748.

詩書義之府也시서의지부야　**禮樂德之則也**예악덕지즉야

시경과 서경은 義를 감추어 둔 창고와 같고 禮와 樂은 道德의 法則이다.

註▶ 1)詩書(시서): 시경과 서경. 2)府(부): 곳집, 창고. 3)則(칙): 법칙.
〈출전〉左傳　僖公二十七年

2749.

不學詩불학시　**無以言**무이언

시경을 공부하지 않으면 세상에 살면서 말을 다 할 수 없다.

註▶ 1)詩(시): 시경. 2)無以言(무이언): 살면서 할말을 다할 수 없다.
〈출전〉論語　季氏

2750.

溫柔敦厚온유돈후 **詩敎也**시교야

溫和하고 人情이 두터운 것은 詩經의 가르침이다.

註▶ 1)溫柔(온유): 성격이 온화하고 부드럽다. 2)敦厚(돈후): 인정이 두텁다. 3)詩(시): 시경.

〈출전〉禮記 經解

2751.

禮樂不可斯須去身예악불가사수거신

禮와 音樂은 몸에서 떠나 있으면 안 된다.

〈출전〉禮記 樂記

2752.

禮樂偩天地之情예악부천지지정 **達神明之德**달신명지덕

禮와 音樂은 천지자연을 본뜬 것이고 神靈의 德에 도달시킨다.

註▶ 1)偩天地之情(부천지지정): 천지자연의 조화와 아름다움을 본뜨다. 2)達神明之德(달신명지덕): 神靈의 덕에 도달시키다.

〈출전〉禮記 樂記

2753.

樂者악자 **德之華也**덕지화야

음악은 도덕의 아름다움이다.

註▶ 1)華(화): 뛰어난 아름다움.

〈출전〉禮記 樂記

2754.

德音之謂樂덕음지위악

도덕을 전하는 음악을 樂이라고 한다.

註▶ 1)德音(덕음): 도덕을 전하는 음악.

〈출전〉禮記　樂記

2755.

樂者樂也악자락야

음악이란 즐기는 것이다.

〈출전〉禮記　樂記

2756.

樂也者악야자　**情之不可變者也**정지불가변자야

음악이란 인정의 발로로서 어떤 경우라도 바꿀 수 없다.

〈출전〉禮記　樂記

2757.

樂也者악야자 **動於內者也**동어내자야 **禮也者**예야자 **動於外者也**동어외자야

음악은 마음속에서 감동하여 일어나는 것이고, 예는 외모에 발동하여 나타나는 것이다.

〈출전〉禮記　樂記

2758.

樂所以脩內也악소이수내야　**禮所以脩外也**예소이수외야

음악은 정신을 닦는 것이고, 예는 외모를 단정하게 하는 것이다.

註▶ 1)脩內(수내): 마음을 조화롭게 하다. 2)脩外(수외): 외모 즉 容儀를 단정하게 하다.
<출전>禮記　文王世子

2759.

樂統同악통동　**禮辨異**예변이

音樂은 사람의 마음을 調和시키는 일을 다스리고,
禮는 사물의 貴賤上下의 差異를 나누는 일을 한다.

註▶ 1)同(동): 사람의 마음을 누그러뜨리고 조화시키는 것. 2)辨異(변이): 辨은 分과 통한다. 귀천상하를 차이를 나눈다.
<출전>禮記　樂記

2760.

感於物而動감어물이동　**故形於聲**고형어성

사람의 마음은 사물에 感動을 받아 움직여서 소리로 나타난다.

<출전>禮記　樂記

2761.

順氣成象순기성상　**而和樂興焉**이화악흥언

氣運을 따라 形象이 이루어지고, 調和로운 音樂이 일어난다.

<출전>禮記　樂記

2762.

樂不可以僞爲악불가이위위

音樂은 거짓으로 할 수 없다.

〈출전〉禮記　樂記

2763.

射者사자　**仁之道也**인지도야

활을 쏘는 것은 仁의 道와 같다.

〈출전〉禮記　射義

2764.

百發一失백발일실　**不足謂善射**부족위선사

활을 백 번 쏘아서 한 번이라도 맞지 않으면 잘 쏜다고 할 수 없다.

〈출전〉荀子　勸學篇

2765.

游於藝유어예

六禮를 體得하다.

註▶ 1)游(유): 거쳐 지나가다. 경험하다. 고루고루 체득하다. 2)藝(예): 六藝. 군자가 체득해야할 禮·樂·射·御·書·數를 말한다.

〈출전〉論語　述而

2766.

經所以載道也경소이재도야

經書는 道를 싣고 있는 것이다.

〈출전〉近思錄　爲學類

2767.

誰知天上曲수지천상곡 **來向海邊吹**내향해변취

그 누가 알리오, 천상의 그 가락을, 이 바닷가에 내려와서 불 줄이야.

(原文)

人事盛還衰　浮生實可悲　**誰知天上曲　來向海邊吹**

水殿看花處　風欞對月時　攀髯今已矣　與爾淚雙垂

사람의 일은 성했으면 다시 쇠하나니

덧없는 인생이 실로 슬프구나.

그 누가 알리오, 천상의 그 가락을

이 바닷가에 내려와서 불 줄이야.

물가의 전각에서 꽃구경하고

바람 드는 창에서 달을 보는 때이다.

수염을 더워 잡기 이제 다 틀렸거니

그대와 함께 두 줄 눈물 흘린다.

註▶ 1)攀髯(반염): 수염을 더위 잡는다는 뜻으로 천상으로 올라간다는 뜻.

〈출전〉한국문집총간 〈작자〉崔致遠 〈제목〉夜贈樂官

6. 師道, 師弟

2768.

師者所以傳道授業解惑也사자소이전도수업해혹야

스승은 道를 전해주고 學業을 가르쳐주고 疑惑을 풀어주는 사람이다.

〈출전〉文章軌範 韓文公 師說

2769.

道之所存도지소존 **師之所存也**사지소존야

道가 있는 곳이 스승이 있는 곳이다.

〈출전〉文章軌範 韓愈 師說

2770.

吾師道也오사도야

나는 道를 스승으로 삼는다.

〈출전〉文章軌範 韓愈 師說

2771.

傳不習乎전불습호

배운 것을 익히지 않았는가?

註▶ 1)傳(전): 전수 받은 것. 즉 배운 것.
〈출전〉論語 學而

2772.

善敎者使人繼其志선교자사인계기지

잘 가르치는 사람은 배우는 사람이 뜻을 계속 이어나가도록 한다.

〈출전〉禮記 學記

2773.

聖人百世之師也성인백세지사야

성인은 백대의 스승이다.

〈출전〉孟子　盡心下

2774.

匹夫而爲百世師필부이위백세사　**一言而爲天下法**일언이위천하법

서민으로 백세의 스승이 되고 말 한마디로 천하의 법이 되네.

〈출전〉文章軌範　蘇軾 潮州韓文公廟碑

2775.

當仁不讓於師당인불양어사

仁을 行함에 있어서는 스승에게도 讓步하지 않는다.

〈출전〉論語　衛靈公

2776.

非我而當者비아이당자　**吾師也**오사야

나를 비평하여 잘못된 것을 고쳐주는 사람은 나의 스승이다.

註▶ 1)非(비): 잘못을 알려주다. 2)當(당): 바르게 잡아주다.
〈출전〉荀子　修身篇

2777.

德無常師덕무상사　**主善爲師**주선위사

德에는 일정한 스승이 없고 善을 주인으로 삼는 것이 스승이 된다.

註▶ 1)常師(상사): 일정한 스승.
〈출전〉書經　咸有一德

2778.

聖人無常師성인무상사

聖人은 일정한 스승이 없다.

註▶ 1)常師(상사): 일정한 스승.
〈출전〉文章軌範　韓文公 師設

2779.

三仁行삼인행　**必有我師焉**필유아사언

세 사람이 같은 길을 가다보면 반드시 나의 스승이 있다.

〈출전〉論語　述而

2780.

歸而求之귀이구지　**有餘師**유여사

돌아가서 찾으면 많은 스승이 생길 것이다.

註▶ 1)歸而求之(귀이구지): 객지인 鄒에 머물러 있으면서 孟子의 문하에서 배우려고 할 것이 아니라, 본국인 曹에 돌아가서 堯舜의 道를 찾으라는 말. 2)餘師(여사): 남아도는 스승. 많은 스승이 생길 것이라는 말.
〈출전〉孟子　告子下

2781.

耕當問奴경당문노

밭가는 일은 마땅히 奴婢에게 물어야 한다.

〈출전〉宋書 沈慶之傳

2782.

記問之學기문지학　**不足以爲人師**부족이위인사

단순히 쓰고 암기하는 학문으로는 사람의 스승이 될 수 없다.

註▶ 1)記問之學(기문지학): 古書를 필기하거나 암송하여 배우는 자의 질문을 기다리는 학문. 즉 독서의 學으로서 마음으로 깨우치거나 몸으로 실천하는 살아있는 학문이 아닌 것.
〈출전〉禮記　學記

2783.

負笈從師부급종사

책 상자를 짊어지고 스승을 따라 간다.

註▶ 1)負笈從師(부급종사): 책 상자를 짊어지고 스승이 있는 곳으로 찾아간다. 즉 유학을 간다는 말.
〈출전〉史記　蘇秦傳

2784.

擇師不可不愼也택사불가불신야

스승을 선택할 때는 신중하지 않으면 안 된다.

〈출전〉禮記　學記

2785.

以善先人者이선선인자　**謂之敎**위지교

善으로써 남보다 앞서서 사람을 引導하는 것을 가르침이라고 한다.

〈출전〉荀子　修身篇

2786.

師嚴然後道尊사엄연후도존

스승의 행동이 엄숙한 후에 道가 존중된다.

〈출전〉禮記 學記

2787.

師影不可蹈사영불가도

스승의 그림자도 밟아서는 안 된다.

〈출전〉童子敎

2788.

青取之於藍청취지어람 **而青於藍**이청어람

청색은 쪽에서 나왔지만 쪽빛 보다 푸르다.(스승보다 나은 제자를 가리키는 말)

〈출전〉荀子 勸學篇

2789.

雁行避影안행피영

기러기가 날아가듯 물러나 그림자를 밟지 않도록 피한다.

〈출전〉莊子 外篇 天道

2790.

仰之彌高앙지미고 **鑽之彌堅**찬지미견

스승의 德은 우러러보면 더욱 높게 보이고 뚫어서 파보면 더욱 굳다.

註▶ 1)仰之(앙지): 공자의 덕을 우러러 보다. 2)彌高(미고): 더욱 높다. 3)鑽之(찬지): 뚫고 파다. 공자의 덕을 뚫고 파보아도 인격과 절조가 더욱 굳기만 하다. 4)彌堅(미견): 더욱 굳다.
〈출전〉論語　子罕

2791.

有聞유문　**未之能行**미지능행　**唯恐有聞**유공유문

가르침을 듣고 그것을 실천하지 못했으면 다른 가르침을 듣기를 두려워하다.

註▶ 1)有聞(유문): 공자로부터 가르침을 듣다. 즉 스승으로부터 가르침을 받다. 2)未之能行(미지능행): 들은 것을 실천하지 못하다.
〈출전〉論語　公冶長

2792.

冰木爲之빙목위지　**而寒於水**이한어수

얼음은 물이 얼어서 된 것인데 물보다 차갑다.(스승보다 나은 제자를 가리키는 말)

〈출전〉荀子　勸學篇

2793.

聞來學문래학　**不聞往敎**불문왕교

스승한테 가서 배운다는 말은 들었어도
스승이 제자한테 가서 가르친다는 말은 듣지 못했다.

註▶ 1)來學(래학): 스승에게 찾아가서 배우다. 2)往敎(왕교): 스승이 제자에게 가서 가르치다.
〈출전〉禮記　曲禮上

2794.

虛而往허이왕　**實而歸**실이귀

비어있는 상태로 갔다가 가득 채워서 돌아온다.

〈출전〉莊子　內篇 德充符

2795.

函筵嚴若帥함연엄약수　**惟命敢無違**유명감무위

스승의 자리는 엄하기 장수 같아, 그 명령을 감히 어찌 어기리.

(原文)

一體君師父　書中乃得知　**函筵嚴若帥**　**惟命敢無違**

군 · 사 · 부는 한 몸이라고 나는 책에서 곧 알았다.

스승님의 자리는 엄하기 장수 같아 그 명령을 감히 어찌 어기리.

註▶ 1)函筵(함연): 函丈의 뜻. 스승의 자리와 자기의 자리 사이에 한 길(一丈)의 여지를 둔다는 뜻. 곧 스승.

〈출전〉한국한시　〈작자〉吳小坡　〈제목〉九歲入學後十一日詩作二首中其二

7. 교 육 일 반

2796.

苗而不秀者有矣夫묘이불수자유의부　**秀而不實者有矣夫**수이불실자유의부

싹이 나도 꽃 피지 못하는 것도 있을 것이며,

꽃은 피되 열매를 맺지 못하는 것도 있을 것이다.

註▶ 1)苗(묘): 싹이 나다. 학문을 배우기 시작하는 것을 비유한 말. 2)秀(수): 꽃을 피운다. 뛰어나다, 우수하다. 3)實(실): 열매를 맺다. 학문의 완성을 비유한 말.
〈출전〉論語　子罕

2797.
養子不教父之過양자불교부지과　**訓導不嚴師之惰**훈도불엄사지타
자식을 기를 때 가르치지 않는 것은 아버지의 잘못이요,
가르칠 때 엄하게 하지 않는 것은 스승이 게으른 것이다.

〈출전〉古文眞寶　勸學文　司馬溫公勸學文

2798.
養不教 양불교 **父之過**부지과　**教不嚴**교불엄　**師之惰**사지타
자식을 기르되 가르치지 않으면 아버지의 잘못이요,
가르치되 엄하지 않으면 스승이 게으른 것이다.

〈출전〉三字經

2799.
有田不耕倉廩虛유전불경창름허　**有書不教子孫愚**유서불교자손우
밭이 있어도 경작하지 않으면 창고가 비고,
책은 있어도 가르치지 않으면 자손이 어리석게 된다.

〈출전〉古文眞寶　勸學文

2800.
斆教半효교반
가르치면서 반은 자기가 배운다.

〈출전〉書經　說命下

2801.

木受繩則直목수승즉직　**金就礪則利**금취려즉리

나무는 먹줄의 힘으로 곧게 되고 쇠는 숫돌에 갈려서 날카롭게 된다.

〈출전〉荀子　勸學篇

2802.

教小兒교소아　**先要安詳恭敬**선요안상공경

어린아이를 가르칠 때는 먼저 고요히 흔들리지 않는 것과 사물에 대해 자세한 것과 공경하는 것과 삼가는 것을 가르치는 것이 중요하다.

註▶ 1)安(안): 고요하게 흔들리지 않는 것. 2)詳(상): 사물에 대해 자세하게 아는 것. 3)恭敬(공경): 공경과 삼가는 것.

〈출전〉小學　外篇 嘉言

2803.

自暴者자폭자　**不可與有言也**불가여유언야

自棄者자기자　**不可與有爲也**불가여유위야

스스로 자기를 해치는 사람과는 함께 이야기할게 못되고

스스로 자기를 버리는 사람과는 함께 일할게 못된다.

註▶ 1)自暴者(자폭자): 자기 자신을 손상시키는 사람. 2)自棄者(자기자): 자기가 자신을 버리고 나서는 사람.

〈출전〉孟子　離婁上

2804.

易子而敎之역자이교지

자식은 직접 가르치지 말고 바꿔서 가르쳐라.

註▶ 1)易子而敎之(역자이교지): 자기의 자식을 직접 가르치면 정에 이끌리어 제대로 가르칠 수 없으므로 서로 자식을 바꿔서 가르치라는 말.

〈출전〉孟子 離婁上

2805.

不敎民而用之불교민이용지 **謂之殃民**위지앙민

백성들을 가르치지 않고 전투에 동원해서 쓰는 것은 백성들을 재앙에 빠뜨리는 것이다.

註▶ 1)用之(용지): 백성들을 전투에 동원하여 쓰다.

〈출전〉孟子 告子下

2806.

更憐童子宜春服경련동자의춘복 **花裏尋師到杏壇**화리심사도행단

사랑스런 어린아이 봄옷을 입혀 꽃 속에 스승 찾아 교실까지 이르렀네.

註▶ 1)杏壇(행단): 공자가 행목 아래서 강의한 것에서 유래한 말로 교실을 가리킨다.

〈출전〉三体詩 錢起 石門春暮

Ⅲ. 수 양 법

2807.

脩身爲本수신위본

자신을 수양하는 것을 근본으로 삼아라.

〈출전〉大學　經一章

2808.

所見所期소견소기　**不可不遠且大**불가불원차대

식견과 희망은 원대하고 크게 가지지 않으면 안 된다.

註▶ 1)見(견): 식견. 2)期(기): 기대. 즉 희망.

〈출전〉近思錄　爲學類

2809.

差若毫釐차약호리　**繆以千里**무이천리

처음에 어긋난 것이 작더라도 살못이 점점 천리만큼 어긋난다.

註▶ 1)毫釐(호리): 아주 적은 분량. 2)繆(무): 그르친다.

〈출전〉禮記　經解

2810.

雕琢復朴조탁복박

새기고 다듬은 것에서 소박함으로 돌아간다.

註▶ 1)彫琢(조탁): 옥을 쪼고 갈아서 꾸민다는 뜻인데 여기서는 반대로 꾸밈을 버리고 진실을 닦는다는 의미로 쓰였다. 2)復朴(복박): 인위적인 것을 깎아버리고 자연그대로의 소박함으로 돌아가다.
〈출전〉莊子 內篇 應帝王

1. 성 찰

2811.
思而不學則殆사이불학즉태
사색만 하고 배우지 않으면 바탕이 굳지 못하다.

註▶ 1)殆(태): 위태롭고 튼튼하지 못하다.
〈출전〉論語 爲政

2812.
學而不思則罔학이불사즉망
배우기만 하고 사색하지 않으면 어둡다.

註▶ 1)罔(망): 도리를 모르고 어둡다.
〈출전〉論語 爲政

2813.
尊德性而道問學존덕성이도문학
덕성을 높이고 묻고 배우는 길을 간다.

註▶ 1)道: 동사로 길을 밟는다, 길을 따른다, 길을 간다. 등의 뜻.
〈출전〉中庸 二十七章

2814.

致知在格物치지재격물

아는 것에 이르게 되는 것은 사물을 구명함에 있다.

註▶ 1)格物(격물): 사물의 이치를 추구하여 그 極處에 이르지 않는 데가 없이 하려는 것.

〈출전〉大學　經一章

2815.

誠身有道성신유도　**不明乎善**불명호선　**不誠乎身矣**불성호신의

자신을 정성스럽게 하는데는 도가 있으니 善에 밝지 않으면 자신이 정성 되지 못할 것이다.

〈출전〉中庸　二十章

2816.

自誠明謂之性자성명위지성　**自明誠謂之教**자명성위지교

정성됨으로 말미암아 밝아지는 것을 性이라 하고
밝음으로 말미암아 정성 되어지는 것을 教라고 한다.

〈출전〉中庸　二十一章

2817.

爲人謀而不忠乎위인모이불충호　**與朋友交而不信乎**여붕우교이불신호
傳不習乎전불습호

남을 위해 도모함에 충성하지 않았는가? 친구와 함께 사귈 때 미덥지 않았는가? 배운 것을 익히지 않았는가?

註▶ 1)傳(전): 전수 받은 것. 즉 배운 것.
<출전>論語 學而

2818.

人莫鑑於流水인막감어류수 **而鑑於止水**이감어지수 **唯止能止衆止**유지능지중지

사람은 흐르는 물을 거울삼지 않고 고여 있는 물을 거울삼는다.
오직 머무르는 자만이 능히 뭇 사람을 머무르게 할 수 있다.

<출전>莊子 內篇 德充符

2819.

不聞不若聞之불문불약문지 **聞之不若見之**문지불약견지
見之不若知之견지불약지지 **知之不若行之**지지불약행지

듣지 않은 것은 들은 것보다 못하고, 들은 것은 본 것보다 못하고,
본 것은 아는 것보다 못하고, 아는 것은 행하는 것보다 못하다.

<출전>荀子 儒效篇

2820.

無用之用爲大用무용지용위대용 **深味斯言日三誦**심미사언일삼송

쓸데없는 소용이 도리어 큰 소용이다, 나는 이 말을 깊이 음미하며 하루 세 번 외우리.

(原文)

吾將濯吾足 滄浪豈肯受吾辱 吾將洗吾耳 潁川豈肯帶吾累
君足本跛躄 安坐不出誰削迹 吾耳本聾聵 惡言不至誰爲怪
無用之用爲大用 深味斯言日三誦
나는 장차 내 발을 씻으려 하지만

창랑이 어찌 즐겨 내 욕을 받아 주리.
나는 장차 내 귀를 씻으려 하지만
영천이 어찌 즐겨 내 누를 띠어 주리.
내 발은 본래 절뚝발이라
편히 앉아 나가지 않는데 누가 내 자취 깎을 것인고.
내 귀는 본래 귀머거리라
나쁜 말이 오지 않는데 누가 그것을 괴이하다고 하랴.
쓸데없는 소용이 도리어 큰 소용이다
나는 이 말을 깊이 음미하며 하루 세 번 외우리.

註▶ 1)濯吾足(탁오족): 내 발을 씻다. 전국시대 楚나라 懷王때의 사람 屈原이 참소를 만나 離騷經을 지었는데, 거기에 "滄浪의 물이 탁하면 내 발을 씻는다"는 고사가 있음. 그것을 滄浪歌라고 한다. 2)洗吾耳(세오이): 堯임금 때 潁水가에 살던 許由가 요임금이 자기에게 천하를 내어주겠다는 말을 듣고 귀가 더러워졌다하여 영수에서 귀를 씻었다고 한다. 3)跛躄(파벽): 절뚝발이와 앉은뱅이. 4)聾聵(농외): 귀머거리. 5)無用之用(무용지용): 쓸데없는 것이 도리어 소용이 됨.
〈출전〉한국문집총간 〈작자〉李達衷(霽亭) 〈제목〉醉歌

2821.

人情蟬翼隨時變인정선익수시변 **世事牛毛逐日新**세사우모축일신

사람의 정은 매미날개인 듯 때를 따라 변하고, 세상일은 쇠털인 듯 날로 새로워지네.

(原文)

人情蟬翼隨時變 世事牛毛逐日新 想得吾師禪榻上 坐看東海碧隣隣
사람의 정은 매미날개인 듯 때를 따라 변하고
세상일은 쇠털인 듯 날로 새로워지네.
생각하나니 우리 스님께서 선탑 위에 앉아서
동해의 푸른 물결이 돌에 부딪힘 바라보리.

註▶ 1)蟬翼(선익): 매미의 날개. 즉 지극히 가벼운 것. 2)牛毛(우모): 쇠털. 즉 많은 수의 비유. 3)禪榻(선탑): 坐禪 할 때 쓰는 걸상. 4)潾潾(인린): 물이 돌에 부딪히는 모양.
<출전>한국한시 <작자>姜淮伯(通亭) <제목>寄證明師

2822.

非關來歲無今夜비관래세무금야　**自是人情惜去年**자시인정석거년

오는 해에도 오늘밤이 없지 않지만 스스로 지난해를 아끼는 심정이네.

(原文)

酒盡燈殘也不眠　曉鐘鳴後轉依然　**非關來歲無今夜　自是人情惜去年**

술은 다하고 등불 가물거리는데 잠 못 이뤄
새벽 종소리 난 뒤에 더욱 의연하리라.
오는 해에도 오늘밤이 없지 않지만
스스로 지난해를 아끼는 심정이네.

註▶ 1)除夜(제야): 섣달 그믐날. 除夕. 2)依然(의연): 전과 다름이 없는 모양.
<출전>한국문집총간　<작자>姜柏年(雪峰)　<제목>除夜借高蜀州韻

2823.

中宵悲歎將何益중소비탄장하익　**自向餘年修厥己**자향여년수궐기

이 밤중에 한탄한들 무슨 소용 있는가, 남은 생이나마 이 몸을 잘 닦으리.

(原文)

無爲虛送好光陰　五十一年明日是　**中宵悲歎將何益　自向餘年修厥己**

하는 일없이 좋은 세월 헛되이 보내고
내일이면 바로 쉰 한 살이네.
이 밤중에 한탄한들 무슨 소용 있는가.
남은 생이나마 이 몸을 잘 닦으리.

註▶ 1)厥己(궐기): 그 몸. 내 몸.
〈출전〉한국한시 〈작자〉姜 靜一堂 〈제목〉除夕感吟

2. 近 切

2824.
切問而近思절문이근사 **仁在其中矣**인재기중의
깊이 묻되 가까운 것부터 생각하면 인은 그 가운데에 있다.

註▶ 1)切問(절문): 깊이 파고 묻는다. 2)近思(근사): 자기가 할 수 있는 일부터 생각하다.
〈출전〉論語 子張

2825.
道在爾도재이
사람의 도는 너에게 있다.

〈출전〉孟子 離婁上

2826.
人之爲道而遠人인지위도이원인 **不可以爲道**불가이위도
사람들이 도를 행하되 사람에게서 멀리 한다면 도가 될 수 없다.

〈출전〉中庸 十三章

2827.
事在易사재역

할 일은 쉬운 데에 있다.

〈출전〉孟子　離婁上

2828.

近取譬근취비

가까운 자기를 가지고 남의 입장을 비유하여 알다.

〈출전〉論語　雍也

2829.

道若大路然도약대로연　**豈難知哉**개난지재　**人病不求耳**인병불구이

道는 큰길과　같은 것인데 어찌 알기가 어렵겠는가?
사람들이 그것을 찾지 않는 것이 문제일 뿐이다.

註▶ 1)病(병): 병폐, 문제.
〈출전〉孟子　告子下

2830.

庸德之行용덕지행　**庸言之謹**용언지근

변함없는 德을 行하고 변함없이 道에 가까운 말을 삼가 하다.

註▶ 1)庸德(용덕): 언제나 변함없는 덕. 2)庸言(용언): 언제나 변함없는 진리를 지닌 말. 곧 중용의 도에 합당한 말.
〈출전〉中庸　十三章

2831.

知遠지원　**而不知近**이부지근

먼 곳은 알고 가까운 곳은 모른다.

〈출전〉淮南子　設山訓

2832.
我欲仁아욕인　**斯仁至矣**사인지의
내가 仁을 바라면 仁은 바로 나를 따라온다.

〈출전〉論語　述而

2833.
爲仁由己위인유기　**而由人乎哉**이유인호재
仁을 이룩함은 나로부터 나오는 것이지 남에게서 나오겠는가?

〈출전〉論語　顔淵

3. 易 簡

2834.
易簡而天下之理得矣이간이천하지리득의
쉽고 간단하게 생각하면 天下의 이치를 깨달을 수 있다.

〈출전〉易經　繫辭上

2835.
君子居易以俟命군자거역이사명　**小人行險以徼幸**소인행험이요행

君子는 평이함에 처신하여 命을 기다리고, 小人은 危險을 行하여 僥倖을 바란다.

註▶ 1)居易(거이): 平易함에 거하다. 2)徼(요): 구하다. 3)幸(행): 僥倖의 뜻.
〈출전〉中庸 十四章

2836.

堯舜之道요순지도 **至簡而不繁**지간이불번 **至要而不迂**지요이불우
至易而不難지역이불난

堯임금과 舜임금의 道는 지극히 간단하여 번잡하지 않고
지극히 요점만 있어 어둡지 않고 지극히 쉬워서 어렵지 않다.

註▶ 1)堯舜(요순): 聖帝인 唐堯와 虞舜. 2)迂(우): 물정에 어둡다.
〈출전〉宋名臣言行錄 王安石

2837.

樂便吟哦慵便睡낙편음아용편수 **更無閒事到心頭**경무한사도심두

즐거우면 시를 읊고 고단하면 잠자고. 다시는 이 마음에 쓸데없는 생각 없네.

(原文)
杜門終不接庸流 只許靑山入我樓 **樂便吟哦慵便睡** **更無閒事到心頭**
문을 닫고 끝끝내 용렬한 무리는 안 만나고
저 푸른 산이 내 다락에 들게 할 뿐
즐거우면 시를 읊고 고단하면 잠자고
다시는 이 마음에 쓸데없는 생각 없네.

註▶ 1)次韻(차운): 남이 지은 시의 운자를 따서 시를 지음. 또는 그 시. 2)庸流(용류): 용렬한 무리. 평범한 사람. 3)吟哦(음아): 읊음. 4)閒事(한사): 쓸데없는 일. 5)心頭(심두): 마음. 생각.

〈출전〉한국문집총간 〈작자〉朴宜中(貞齋) 〈제목〉次韻'

2838.

盛衰各遞代성쇠각체대　**難可逃天理**난가도천리

홍망성쇠는 때를 따라 바뀌거니, 하늘 이치는 어기기 어려워라.

(原文)

東家勢災火　高樓歌管起　北隣貧無衣　枵腹蓬門裏

一朝高樓傾　反羨北隣子　**盛衰各遞代**　**難可逃天理**

동쪽 집의 세도는 불길과 같아

드높은 누각에서 풍악소리 울렸었네.

북쪽 집은 가난해 입을 옷 없고

거적문 안에서 배를 곯았다.

하루아침에 누각이 무너지자

도리어 북쪽 집을 부러워한다.

홍망성쇠는 때를 따라 바뀌거니

하늘 이치는 어기기 어려워라.

註▶ 1)枵腹(효복): 주린 배. 空腹. 2)蓬門(봉문): 가난한 사람이나 隱人의 집.

〈출전〉한국문집총간 〈작자〉蘭雪軒 許氏 〈제목〉感遇三首中其三

2839.

我聞自然聲아문자연성　**我心亦自然**아심역자연

자연의 그 소리를 듣고 있으면, 내 마음도 또한 자연이 된다.

(原文)

窓外雨蕭蕭　蕭蕭聲自然　**我聞自然聲**　**我心亦自然**

창밖에 소소히 내리는 비여

소소한 그 소리는 자연의 소리.
자연의 그 소리를 듣고 있으면
내 마음도 또한 자연이 된다.

註▶ 1)蕭蕭(소소): 쓸쓸한 모양.
〈출전〉한국한시 〈작자〉崔氏 〈제목〉蕭蕭聲

4. 독 서

2840.
所貴道者書也소귀도자서야
道를 귀하게 여기는 것이 책이다.

〈출전〉莊子 外篇 天道

2841.
讀書不見聖賢독서불견성현 **爲鉛槧傭**위연참용
책을 읽으면서도 聖賢을 보지 못한다면 이것은 글씨를 베끼는 심부름꾼이다.

註▶ 1)鉛槧傭(연참용): 글을 쓰는 심부름꾼을 말한다.
〈출전〉菜根譚 前集五十六

2842.
六經聖人之事也육경성인지사야 **知一字則行一字**지일자즉행일자
六經은 聖人의 일이다. 한 자를 알면 한 자를 行해야 한다.

註▶ 1)六經(육경): 詩經, 書經, 易經, 春秋, 禮記, 樂記
〈출전〉宋名臣言行錄　范純仁

2843.

文者貫道之器也문자관도지기야

문장은 道를 꿰뚫는 수단이다.

註▶ 1)器(기): 수단, 방법.
〈출전〉古文眞寶　序類 李漢 集昌黎文序

2844.

文生於情문생어정　**情生於文**정생어문

文章은 情에서 생겨나고 情은 文章에서 생겨난다.

〈출전〉晋書　孫楚傳

2845.

讀書百遍義自見독서백편의자현

책을 백 번 읽으면 뜻이 스스로 보인다.

註▶ 1)見(현): 보인다는 피동형으로 현으로 읽어야 한다.
〈출전〉魏志 董遇傳

2846.

讀十遍不如寫一遍독십편불여사일편

책을 열 번 읽는 것은 한 번 베끼는 것보다 못하다.

〈출전〉鶴林玉露天 手寫九經

2847.

韋編三絶위편삼절

책을 맨 가죽 끈이 세 번이나 끊어지다.

註▶ 1)韋編三絶(위편삼절): 공자는 주역을 반복해서 읽어 책을 묶은 끈이 세 번이나 끊어졌다는 고사에서 나온 말이다.
〈출전〉十八史略 春秋戰國 魯

2848.

楚膏油以繼晷초고유이계귀

등불을 태워서 낮의 햇빛을 계속 이어지게 한다.(밤에도 낮에 읽던 책을 계속 읽는다.)

〈출전〉韓愈 進學解

2849.

書不必多看서불필다간 **要知其約**요지기약

책은 반드시 많이 볼 필요가 없고, 책을 읽는 요령을 아는 것이 중요하다.

註▶ 1)其約(기약): 책을 읽는 요령.
〈출전〉近思錄 致知類

2850.

過目不忘과목불망

한번 본 것은 평생 잊어서는 안 된다.

註▶ 1)過目(과목): 눈으로 한 번 본 것.
〈출전〉晋書 符融載記

2851.

過眼不再讀과안부재독

한번 보면 다시 읽지 않는다.(집중해서 읽어 기억하라.)

註▶ 1)過眼(과안): 눈으로 한 번 본 것.
〈출전〉古文眞寶 〈작자〉韓愈 〈출전〉送諸葛覺往隨州讀書

2852.

書不可不成誦서불가불성송

책은 외우지 않으면 안 된다.

〈출전〉宋名臣言行錄 司馬光

2853.

盡信書則不如無書진신서즉불여무서

書經을 다 믿는다면 書經이 없는 것만 못하다.

註▶ 1)盡信(盡信): 온전히 믿다. 2)書(서): 書經.
〈출전〉孟子 盡心下

2854.

富家不用買良田부가불용매량전 **書中自有千鍾粟**서중자유천종속

집을 부유하게 하고자 할 때는 좋은 밭을 살 필요가 없다. 책 속에 많은 곡식이 있기 때문이다.

註▶ 1)鍾(종): 용량의 단위로 一鍾은 六石四斗
〈출전〉古文眞寶 眞宗皇帝 勤學文

2855.

識前言往行식전언왕행 **以蓄其德**이축기덕

聖賢의 말씀과 行績을 알고 그 德을 쌓아야 한다.

註▶ 1)前言(전언): 앞 시대의 성현들의 말씀. 2)往行(왕행): 성현들의 지난 행적.
〈출전〉易經 大畜 象

2856.

勤學無燭근학무촉

촛불이 없어도 부지런히 공부하다.

註▶ 1)勤學無燭(근학무촉): 촛불이 없어도 이웃집의 불빛으로 부지런히 공부하다.
〈출전〉西京雜記

2857.

遺子黃金滿籯유자황금만영 **不如一經**불여일경

자식에게 黃金을 많이 남겨주는 것은 經書 한 권을 가르치는 것보다 못하다.

註▶ 1)滿籯(만영): 바구니에 가득하다. 즉 많은 양을 가리키는 말. 2)一經: 경서 한 권.
〈출전〉漢書 韋賢傳

2858.

竹窓下죽창하 **枕書高臥**침서고와 **覺時月浸寒氈**각시월침한전

대나무 창 아래 책을 베개 삼아 높이 누워 잠이 들었다가 깰 때는 밝은 달이 낡은 담요에 스며들어온다.

註▶ 1)高臥(고와): 높이 누워 잠이 들다. 2)寒氈: 낡은 담요.
〈출전〉菜根譚 後集二十三

2859.

學書如泝急流학서여소급류

글을 배우는 것은 급류를 거슬러 올라가는 것 같이 힘들다.

〈출전〉蘇軾 文

2860.

書不借人서불차인

책은 남에게 빌리지 않아야 한다.

〈출전〉五雜俎 事部一

2861.

文籍雖滿腹문적수만복 **不如一囊錢**불여일낭전

실행하지 않는 책들이 비록 배에 가득히 많아도 한 꾸러미의 돈보다 못하다.

註▶ 1)文籍(문적): 책. 여기서는 실행하지 않고 읽기만한 책을 말한다. 2)一囊錢(일낭전): 한 꾸러미의 돈.
〈출전〉後漢書 趙壹傳

2862.

好讀書호독서 **不求甚解**불구심해

독서를 좋아해도 무리하게 해석하지 말라.

註▶ 1)甚解(심해): 억지로 해석하다.
〈출전〉古文眞寶 〈작자〉陶潛 〈제목〉五柳先生傳

2863.

才性過人者재성과인자 **不足畏**부족외

惟讀書尋思推究者유독서심사추구자 **爲可畏耳**위가외이
재주와 天性이 뛰어난 사람은 두렵지 않으나
책을 읽고 찾아서 생각하고 硏究하는 사람은 두려워 할만 하다.

註▶ 1)過人(과인): 보통 사람들보다 뛰어나다. 2)尋思推究(심사추구): 찾아서 생각하고 연구하다
〈출전〉小學 外篇 嘉言

2864.
苔斑松逕堪携杖태반송경감휴장 **日皦香峰好展書**일교향봉호전서
이끼 낀 솔 길에는 지팡이를 짚을 만하고, 햇빛 밝은 향기로운 봉우리는 책을 펴기 좋아라.

(原文)
愛玆新築近匡廬 終古山居勝野居 秋葉春花明戶牖 溪聲岳色滿庭除
苔斑松逕堪携杖 日皦香峰好展書 獨恨美人雲外隔 謾凭危石觀潛魚
새로 지은 이 집을 좋아하노니, 匡廬와 비슷하다.
옛부터 들에 사는 것보다 산에 사는 것이 낫다 했네.
가을 잎과 봄꽃은 창을 밝히고
시내 소리와 산 빛깔은 뜰 가에 가득하다.
이끼 낀 솔 길에는 지팡이를 짚을 만하고
햇빛 밝은 향기로운 봉우리는 책을 펴기 좋아라.
홀로 한탄하노니, 저 미인은 구름밖에 있구나.
부질없이 돌에 기대어 숨은 물고기를 가만히 들여다본다.

註▶ 1)新寓(新寓): 새로이 몸을 붙여 사는 집. 2)匡廬(광려): 廬山. 虎溪三笑로 유명한 東林寺가 있던 산.
〈출전〉한국문집총간 〈작자〉尹拯(明齋) 〈제목〉過李丈書堂有感寄呈沙外新寓

2865.

如今始辨生涯淡여금시변생애담 **不買良田買六經**불매량전매육경

지금에야 비로소 담박하게 살기 힘쓰니, 좋은 밭을 사지 않고 육경을 사노라.

(原文)

春夢悠揚到曉醒 梅花枝上月亭亭 **如今始辨生涯淡 不買良田買六經**

봄꿈에 한가히 떠다니다 새벽이 되어 깨니

매화가지 위에는 달이 우뚝 솟아 있네.

지금에야 비로소 담박하게 살기 힘쓰니

좋은 밭을 사지 않고 육경을 사노라.

註▶ 1)悠(유): 멀다. 한가하다. 2)亭亭(정정): 우뚝 솟은 모양. 아름다운 모양. 3)辦(판): 힘을 쓰다. 갖추다. 4)生涯(생애): 살아 있는 동안. 일평생 5)買(매): 사다. 6)六經(육경): 여섯 가지 경서. 易經, 書經, 詩經, 春秋, 禮記, 樂記를 말함. 지금은 樂記는 없어지고 五經만 남아 있다.

〈출전〉한국한시 〈작자〉安重燮(海史) 〈제목〉春夜獨酌

5. 觀 物

2866.

識前言往行식전언왕행 **以蓄其德**이축기덕

聖賢의 말씀과 行績을 알고 그 德을 쌓아야 한다.

註▶ 1)前言(전언): 앞 시대의 성현들의 말씀. 2)往行(왕행): 성현들의 지난 행적.

〈출전〉易經 大畜 象

2867.

觀天地生物氣象관천지생물기상

天地의 生物들의 氣象을 보다.

<출전>近思錄　道體類

2868.

靜後見萬物정후견만물　**自然皆有春意**자연개유춘의

마음을 고요하게 한 후에 萬物을 보니 自然이 다 봄의 氣運이 어려 있네.

<출전>近思錄　存養類

2869.

冷眼觀人냉안관인　**冷耳聽語**냉이청어

냉전한 눈으로 사람을 보고 냉정한 귀로 말을 들어라.

<출전>菜根譚　前集 二百六

2870.

彰往而察來창왕이찰래

과거를 밝히고 미래를 예견한다.

註▶ 1)彰往(창왕): 지나간 일을 밝히다. 2)察來(찰래): 미래를 살피다. 즉 미래를 예견하다.
<출전>易經　繫辭下

2871.

觀物察己관물찰기

만물을 관찰하여 이치를 알려면 자기 자신을 살펴보라.

〈출전〉近思錄 致知類

2872.

柳深偏帶雨유심편대우 **花落不辭風**화락불사풍

버들이 깊음은 비를 맞아서요, 꽃이 떨어짐은 바람을 피하지 않아서이네.

(原文)

柳深偏帶雨 花落不辭風 城市多新貴 江湖寄禿翁

雲山人事外 羈旅水聲中 獨擧何黃鵠 冥冥入太空

버들이 깊음은 비를 맞아서요.

꽃이 떨어짐은 바람을 피하지 않아서이네.

성시엔 새로 출세한 사람 많고

강호엔 대머리 진 늙은이 있네.

구름 낀 산은 인간세상 밖이요

나그네는 물소리 가운데이네.

어찌 누런 고니가 홀로 날아올라

아득히 태공으로 들어가리.

註▶ 1)禿翁(독옹): 대머리 진 늙은이. 2)羈旅(기려): 타향에 寓居함. 나그네. 3)黃鵠(황곡): 선인이 타는 큰 새로 한 번에 천 리를 난다고 한다. 4)冥冥(명명): 어두운 모양. 드러나지 아니하고 은밀한 모양. 5)太空(태공): 하늘.

〈출전〉한국한시 〈작자〉安錫儆(雪橋) 〈제목〉過龍津示平甫

2873.

坮樹依依人事變대수의의인사변 **白雲流水古今情**백운류수고금정

돈대의 나무는 무성하고 인생은 변하지만, 흰 구름과 흐르는 물은 고금의 마음이네.

(原文)
淸宵月色滿空庭　臥聽高梧滴露華　坮樹依依人事變　白雲流水古今情
맑은 밤의 달빛이 빈 뜰에 가득한데
오동잎의 이슬방울 떨어지는 소리 듣네.
돈대의 나무는 무성하고 인생은 변하지만
흰 구름과 흐르는 물은 고금의 마음이네.

註▶ 1)露華(노화): 이슬이 빛남. 또는 이슬의 빛. 2)依依(의의): 무성한 모양. 희미한 모양.
〈출전〉한국한시　〈작자〉李氏　〈제목〉白雲流水

6. 수양법 일반

2874.
涵養須用敬함양수용경
人性을 수양하고 함양할 때는 모름지기 공경을 제일로 해야 한다.

〈출전〉近思錄　爲學類

2875.
避嫌者피혐자　**皆內不足也**개내부족야
疑心받는 것을 避하는 것은 다 修養이 不足한 것이다.

註▶ 1)避嫌(피혐): 의심받을 일을 피하다. 2)內(내): 수양.
〈출전〉近思錄　家道類

2876.
無道人短무도인단　**無說己之長**무설기지장

남의 단점을 말하지 말고 자기의 장점을 말하지 말라.

註▶ 1)道(도): 말하다. 2)短(단): 단점. 3)長(장): 장점.
〈출전〉崔瑗 座右銘

2877.
危者安其位者也위자안기위자야
위태로워하는 것이 자기 지위를 안전하게 하는 것이다.

〈출전〉易經　繫辭下

2878.
困窮而通곤궁이통
곤궁해도 도를 통할 수 있다.

〈출전〉易經　繫辭下

2879.
相尙以道상상이도
서로 도로써 숭상하다.

〈출전〉文章軌範　〈작자〉范仲淹　〈제목〉嚴先生祠堂記

2880.
物來而順應물래이순응
外物이 다가오면 순응하라.

〈출전〉近思錄　爲學類

2881.

內直而外曲내직이외곡

마음은 도리에 맞게 곧게 하고, 외면은 세상에 맞게 태도를 취하라.

註▶ 1)內直(내직): 마음은 도리에 맞게 곧게 하라. 2)外曲(외곡): 외면은 실정에 맞게 태도를 취하라.

〈출전〉莊子　內篇　人間世

2882.

明極則過察而多疑명극즉과찰이다의

세세함이 밝히는 것이 極에 달하면 살피는 것이 지나쳐서 의심이 많아진다.

註▶ 1)明極(명극): 자세하게 밝히는 것이 지나치다. 2)過察(과찰): 지나치게 살피다.

〈출전〉近思錄　警戒類

2883.

敦篤虛靜者돈독허정자　**仁之本也**인지본야

돈독하고 자신을 비우고 고요히 있는 것은 仁의 근본이다.

〈출전〉近思錄　存養類

2884.

毋以己之長而形人之短무이기지장이형인지단

毋因己之拙而忌人之能무인기지졸이기인지능

자기의 장점으로 남의 단점을 드러내지 말고,

자기의 서투름으로 인하여 남이 잘하는 것을 시기하지 말라.

註▶ 1)形人之短(형인지단): 다른 사람의 단점을 드러내다.
〈출전〉菜根譚　前集 百二十

2885.

公生明공생명　**偏生闇**편생암

공평하면 밝음이 생기고, 한 쪽으로 치우치면 어두움이 생긴다.

〈출전〉荀子　不苟篇

2886.

先事後得선사후득

일을 먼저 처리하고 이득을 뒤로하라.

〈출전〉論語　顔淵

2887.

爲大不足以爲大위대부족이위대

큰 일을 하려고 생각하는 사람은 큰 일을 하기에 부족하다.

註▶ 1)爲大(위대): 큰 일을 하다.
〈출전〉莊子　雜篇　徐無鬼

2888.

往者不追왕자불추　**來者不拒**내자불거

배우지 않겠다고 가는 사람을 붙잡지 않고, 오는 사람은 거절하지 않는다.

〈출전〉孟子　盡心下

2889.

安而不忘危안이불망위

편안할 때도 위험할 것을 잊지 않아야 한다.

〈출전〉易經　繫辭上

2890.

存而不忘亡존이불망망

나라가 존재해도 망할 것을 잊지 않아야 한다.

〈출전〉易經　繫辭上

2891.

治而不亡亂치이불망난

나라가 태평스럽게 다스려져도 난세를 잊지 않아야 한다.

〈출전〉易經　繫辭上

2892.

與人不求感德여인불구감덕　**無怨便是德**무원편시덕

남과 사귈 때는 자기의 덕에 감동할 것을 바라지 말라.
원망이 없으면 그것이 바로 은덕인 것이다.

註▶ 1)與人(여인): 남과 함께. 2)感德(감덕): 은덕에 감동하다.
〈출전〉菜根譚　前集二十八

2893.

無冥冥之志者무명명지지자　**無昭昭之明**무소소지명

無惛惛之事者무혼혼지사자 **無赫赫之功**무혁혁지공

정성스런 마음과 뜻이 없는 사람은 밝은 깨달음이 없으며,

묵묵히 한 마음으로 일하지 않고서는 赫赫한 功績을 이루지 못한다.

註▶ 1)冥冥之志(명명지지): 정성스러운 마음. 2)昭昭之明(소소지명): 밝은 깨달음. 3)惛惛之事(혼혼지사): 묵묵히 일하다. 4)赫赫之功(혁혁지공): 빛나는 공.

〈출전〉荀子 勸學篇

2894.

不節之嗟비지지난 **又誰咎也**행지유간

節約하지 않으면 가엾게 되니 또 누구를 탓하겠는가?

註▶ 1)節(절): 절약. 2)嗟(차): 가엽게 되다.

〈출전〉易經 節 六三 象

2895.

非知之難불절지차 **行之惟艱**우수구야

아는 것이 어려운 것이 아니고 오직 行하는 것이 어렵다.

〈출전〉書經 說命中

2896.

光而不耀광이불요

빛은 있으되 반짝이지 않는다.

註▶ 1)光而不耀(광이불요): 수양을 하여 밖으로 자신의 장점을 표현하지 않는다.

〈출전〉老子 五十八章

2897.

衣錦尙絅의금상경

비단옷을 입고도 홑 겉옷을 입다.

註▶ 1)衣錦尙絅(의금상경): 자신의 뛰어난 점이 있어도 드러나는 것을 꺼려하는 모양.
〈출전〉中庸　三十三章

2898.

虎豹不外其爪호표불외기조　**而噬不見齒**이서불견치

호랑이와 표범 같은 맹수는 발톱을 드러내지 않고 먹을 때 이빨을 드러내지 않는다. (강한 사람은 輕薄하게 行動하지 않고 威嚴을 밖으로 나타낸다.)

〈출전〉淮南子　兵略訓

2899.

道聽而塗說도청이도설　**德之棄也**덕지기야

길가에서 듣고 길가에서 말하는 것은 德을 버리는 것이다.

〈출전〉論語　陽貨

2900.

去智而有明거지이유명　**去賢而有功**거현이유공　**去勇而有彊**거용이유강

知識을 버리면 밝음이 있고 어진 것을 버리면 실적이 있고 용맹함을 버리면 큰 용기가 나타난다.

註▶ 1)有功(유공): 공적이 있다, 실적이 있다. 2)有彊(유강): 더 큰 용기가 있다.
〈출전〉韓非子　主道

2901.

旣彫旣琢기조기탁 **還歸其樸**환귀기박

이미 조각하고 갈았으나 마침내는 소박함으로 돌아간다.

註▶ 1)旣彫旣琢(기조기탁): 이미 옥을 쪼고 갈아서 꾸민다는 뜻. 2)還歸其樸(환귀기박): 인위적인 것을 깎아버리고 자연그대로의 소박함으로 돌아가다.

〈출전〉韓非子 外儲說左上

2902.

鏡執淸而無事경집청이무사

거울은 외모를 맑게 지키게 하여 일이 없게 한다.

〈출전〉韓非子 飾邪

2903.

懷永圖회영도

영원한 계획을 품어라.

註▶1)永圖(영도): 눈앞의 이익이나 사사로움에 휩싸이지 말고 대의에 적합한 일을 도모하라.

〈출전〉書經 太甲上

2904.

無伐善무벌선 **無施勞**무시로

착한 행동을 치지 말고 수고스러운 일을 시키지 말라.

〈출전〉論語 公冶長

2905.

有若無유약무　**實若虛**실약허　**犯而不校**범이불교

道를 지녔는데도 없는 것 같이 하고 德이 찼는데도 텅 빈 것 같이 겸손하고 남에게 욕을 보아도 따지고 다투지 않는다.

註▶ 1)犯而不校(범이불교): 침범을 당해도 싸우거나 다투지 않는다. 校는 計校, 報의 뜻.
〈출전〉論語　泰伯

2906.

虛而爲盈허이위영

비어 있어도 가득 찬 것같이 해야 한다.

〈출전〉論語　述而

2907.

約而爲泰약이위태

가난해도 태연해야 한다.

〈출전〉論語　述而

2908.

不貴尺之璧불귀척지벽　**而重寸之陰**이중촌지음

직경이 한 尺인 구슬은 귀하게 여기지 말고 짧은 시간은 중요하게 여겨라.

註▶ 1)寸之陰(촌지음): 짧은 시간.
〈출전〉淮南子　原道訓

2909.

外寧必有內憂외녕필유내우

바깥이 편안하면 반드시 내부에 근심이 생긴다.

<출전>十八史略 西晉 武帝

2910.

念頭寬厚的염두관후적 **如春風煦育**여춘풍후육 **萬物遭之而生**만물조지이생

생각이 너그러운 사람은 마치 봄바람이 따뜻하게 해서 키워 주는 것 같아서 만물이 이를 만나면 살아난다.

註▶ 1)的(적): 사람. 2)煦育(후육): 따뜻하게 해서 기른다.
<출전>菜根譚 前集 百六十三

2911.

舟覆乃見善游주복내견선유

배가 엎어져 봐야 헤엄을 잘 치는 것을 볼 수 있다.

<출전>淮南子 說林訓

2912.

畊當問奴경당문노 **織當問婢**직당문비

경작하는 것은 마땅히 종에게 물어보고 베 짜는 것은 마땅히 여종에게 물어봐야 한다.

註▶ 1)畊(경): 耕의 古字. 밭을 갈다.
<출전>十八史略 南北朝 宋

2913.

堤潰自蟻穴제궤자의혈

큰 둑도 개미구멍에 의해 무너진다.(작은 것도 삼가 하라.)

註▶ 1)堤(제): 큰 둑. 2)潰(궤): 무너지다. 3)蟻穴(의혈): 개미구멍.
〈출전〉古詩源 應璩 雜詩

2914.
忌則多怨기즉다원
시기하면 원망이 많아진다.

〈출전〉左傳 僖公九年

2915.
跨者不行과자불행
발걸음을 크게 떼어놓는 사람은 멀리 갈 수 없다.

註▶ 1)跨(과): 넓이 뛰기 하듯 크게 발을 뛰어놓는 것.
〈출전〉老子 二十四章

2916.
反身修德반신수덕
자신을 돌이켜보고 德을 닦는다.

〈출전〉易經 蹇 象

2917.
咸有一德함유일덕
사람은 모두 순일한 덕을 갖고 있다.

註▶ 1)一德(일덕): 純一한 덕.
〈출전〉書經　咸有一德

2918.

千金之子천금지자　**不死於市**불사어시

부잣집 자식은 시장에서 죽지 않는다.

註▶ 1)千金之子(천금지자): 많은 재산이 있는 부잣집 자식. 2)不死於市(불사어시): 자신을 사랑하여서 시장에서는 죽지 않는다.
〈출전〉史記　越世家

2919.

五穀者種之美者也오곡자종지미자야　**苟爲不熟**구위불숙　**不如荑稗**불여이패

오곡은 종자 가운데서 좋은 것들이다. 만약에 그것들이 여물지 않는다면 비름과 피만도 못하다.

註▶ 1)苟(구): 만약에. 2)荑稗(이패): 비름과 피로 곡식을 해치는 잡초를 말한다.
〈출전〉孟子　告子上

2920.

處林泉之下처림천지하　**須要懷廊廟的經綸**수요회랑묘적경륜

자연에 묻혀 살 때에는 반드시 조정의 경륜을 생각해야 한다.

註▶ 1)廊廟的經綸(낭묘적경륜): 국정에 관한 일가견
〈출전〉菜根譚　前集二十七

2921.

泥塗軒冕이도헌면

고관대작을 진흙처럼 더럽게 여기다.

註▶ 1)泥塗(이도): 진흙처럼 하찮게 여기다. 2)軒冕(헌면): 고관대작.
<출전>文章軌範 <작자>范仲淹 <제목>嚴先生祠堂記

2922.

發菩提心발보제심

보살의 마음을 펴라.

<출전>俱舍論 疏

2923.

文不加點문불가점

문장이 완성되면 한 개의 점이라도 加筆하지 말라.

<출전>通俗篇 文學

2924.

太山不讓土壤태산불양토양 **故能成其大**고능성기대
河海不擇細流하해불택세류 **故能就其深**고능취기심

태산은 작은 흙덩이도 사양하지 않아서 그 크기를 이루었고,
河海는 작은 물줄기도 가리지 않아서 그 깊이를 이루었다.

<출전>文章軌範 李斯 逐客上書

2925.

學干祿학간록 **莫若勤道藝**막약근도예

벼슬하고 싶어서 학문하는 것은 道와 藝를 부지런히 행하는 것보다 못하다.

〈출전〉小學 外篇 嘉言

2926.

靜勝熱정승열

고요하게 있으면 더위를 이겨낼 수 있다.
(고요함은 영원한 것이므로 맑고 고요함으로 천하를 다스려야 한다)

〈출전〉老子 四十五章

2927.

平生之志평생지지 **不在溫飽**부재온포

평생의 뜻은 따뜻하게 입고 배불리 먹는데 두지 않아야 한다.

〈출전〉小學 外篇 善行

2928.

我有三寶아유삼보 **持而保之**지이보지 **一曰**일왈 **慈**자 **二曰**이왈 **儉**검
三曰삼왈 **不敢爲天下先**불감위천하선

나에게는 세 가지 보배가 있는데 그것을 받들어 보배로 삼아왔다.
첫째로 자애로움, 둘째로 검약, 셋째로 감히 천하에서 앞서가지 않는 것이다.

〈출전〉老子 六十七章

2929.

膽欲大而心欲小담욕대이심욕소

대담해야하나 조심스러워야한다.

〈출전〉近思錄 爲學類

2930.

玉輦一遊非好事옥련일유비호사 **太平風月與民同**태평풍월여민동

임금님의 한 번 거동이 장한 일이 아니라, 태평스런 풍월을 백성들과 함께 하리.

(原文)

大同江水琉璃碧 長樂宮花錦繡紅 **玉輦一遊非好事 太平風月與民同**

대동강 물은 유리처럼 파랗고

장락궁 꽃은 비단처럼 붉다.

임금님의 한 번 거동이 장한 일이 아니라

태평스런 풍월을 백성들과 함께 하리.

註▶ 1)西都(서도): 西京. 즉 平壤. 2)口號(구호): 읊조림. 읊음. 口吟. 3)長樂宮(장락궁): 궁전 이름. 4)玉輦(옥연): 임금이 타는 輦. 輦은 수레. 또는 가마.
5)風月(풍월): 맑은 바람과 밝은 달. 즉 자연의 좋은 경치.

〈출전〉한국한시 〈작자〉李之氐 〈제목〉西都口號

七. 정치

Ⅰ. 정치의 본질

Ⅱ. 治者와 被治者

Ⅲ. 사람을 쓰는 사람의 마음가짐

Ⅳ. 국가의 흥망성쇠

Ⅴ. 정치일반

七. 정치

2931.

欲明明德於天下者욕명명덕어천하자 **先治其國**선치기국

천하에 밝은 덕을 밝히고자 하는 사람은 먼저 그 나라를 다스려야 한다.

註▶ 1)明德(명덕): 사람이 타고난 본체의 밝음.

<출전>大學 經一章

Ⅰ. 정치의 본질

1. 민심을 듣다

2932.

天聰明천총명 **自我民聰明**자아민총명

하늘이 듣고 보는 것은 우리 백성들이 듣고 보는 것에 따른다.

註▶ 1)聰明(총명): 듣는 것과 보는 것.

<출전>書經 皐陶謨

2933.

天視自我民視천시자아민시　**天聽自我民聽**천청자아민청

하늘이 보는 것은 우리 백성들이 보는 것에 따르고,
하늘이 듣는 것은 우리 백성들이 듣는 것에 따른다.

〈출전〉孟子　萬章上

2934.

天高聽卑천고청비

하늘은 높은 곳에 있으면서도 낮은 인간 세계를 듣는다.

〈출전〉十八史略　春秋戰國 宋

2935.

聖人無常心성인무상심　**以百姓心爲心**이백성심위심

성인은 일정한 마음을 갖지 않고 백성들의 마음으로써 자기 마음을 삼는다.

註▶ 1)常心(상심): 일정하게 정해진 마음.
〈출전〉老子　四十九章

2936.

得衆則得國득중즉득국　**失衆則失國**실중즉실국

많은 백성의 마음을 얻으면 나라를 얻을 수 있고,
많은 백성의 마음을 잃으면 나라를 잃을 수 있다.

註▶ 1)得衆(득중): 많은 백성들의 마음을 얻다.
〈출전〉大學　傳十章

2937.

以天下之耳目爲視聽이천하지이목위시청 **天下之心爲心**천하지심위심

세상 사람들의 귀와 눈으로 보고 듣는 것을 삼고, 세상 사람들의 마음으로써 자기 마음을 삼아라.

〈출전〉忠經 廣至理

2938.

民之所好好之민지소호호지 **民之所惡惡之**민지소오오지

此之謂民之父母차지위민지부모

백성들이 좋아하는 것을 좋아하고 백성들이 미워하는 것을 미워하면, 이를 백성의 부모라고 부른다.

〈출전〉大學 傳十章

2939.

樂民之樂者낙민지락자 **民亦樂其樂**민역락기락

백성의 즐거움을 즐거워하는 자는 백성들이 또한 그의 즐거움을 즐거워한다.

〈출전〉孟子 梁惠王下

2940.

與民偕樂여민해락 **故能樂也**고능락야

백성과 함께 즐거워하니 능히 즐거울 것이다.

〈출전〉孟子 梁惠王上

2941.

與民同樂여민동락

백성과 함께 즐거워하라.

〈출전〉孟子　梁惠王下

2942.

應天順民응천순민

천명에 순응하고 백성의 뜻을 따라라.

〈출전〉漢書　敍傳

2943.

得其民斯得天下矣득기민사득천하의

백성의 마음을 얻으면 천하를 얻는다.

註▶ 1)得其民(득기민): 백성들의 마음을 얻다.
〈출전〉孟子　離婁上

2944.

以天下治天下이천하치천하

온 세상 사람의 마음으로써 온 세상을 다스리다.

註▶ 1)天下(천하): 온 세상 사람의 마음.
〈출전〉關尹子 三極

2945.

民爲貴민위귀　**社稷次之**사직차지

백성을 귀하게 여기고 社稷은 다음이다

註▶ 1)社稷(사직): 토지의 主神과 오곡의 神으로 여기서는 국가의 뜻으로 쓰였다.
〈출전〉孟子　盡心下

2946.
王者以民人爲天왕자이민인위천
왕은 백성을 하늘로 삼아야한다.

註▶ 1)爲天(위천): 하늘로 삼다, 하늘같이 섬겨야한다.
〈출전〉史記　酈食其傳

2947.
所重民食喪祭소중민식상제
소중한 것은 백성들의 먹을거리와 초상 치르는 것과 제사지내는 것이다.

〈출전〉論語 堯日

2948.
諸侯之寶三제후지보삼 **土地**토지 **人民**인민 **政事**정사
제후의 보배는 세 가지가 있는데 토지와 백성과 다스리는 일이다.

〈출전〉孟子　盡心下

2949.
民之所欲민지소욕 **天必從之**천필종지
백성들이 하고 싶은 것은 하늘이 반드시 따른다.

〈출전〉書經　泰誓上

2950.

視乎冥冥시호명명 **聽乎無聲**청호무성

덕을 가진 사람은 어둠 속에서도 보고 소리 없는 것을 듣는다.

〈출전〉莊子　外篇 天地

2951.

雖冕旒蔽目수면류폐목 **而視於未形**이시어미형 **雖黈纊塞耳**수주광새이 **而聽於無聲**이청어무성

비록 면류관이 눈을 가리지만 나타나지 않았을 때에 보아야하고,
黈纊이 귀를 막고 있으나 소리가 없을 때에 들어야한다.

註▶ 1)冕旒(면류): 면류관. 즉 높은 벼슬이나 지위에 있는 것. 2)黈纊(주광): 갓에 매어 달아서 두 귀 옆에 늘어뜨린 솜으로 함부로 아무 말이나 듣지 않게 경계하는 것
〈출전〉古文眞寶　〈작자〉張蘊古　〈제목〉大寶箴

2952.

聞不言之言문불언지언

말하지 않는 말을 들어라.

〈출전〉莊子　雜篇 徐無鬼

2953.

防民之口방민지구　**甚於防川**심어방천

백성의 입을 막는 것은 냇물을 막는 것보다 위험하다.

註▶ 1)甚(심): 위험하다.
〈출전〉十八史略　周

2954.

寧失千金영실천금　**毋失一人之心**무실일인지심

차라리 천금을 잃을지언정 한 사람의 마음을 잃지 말라.

〈출전〉越絶書 范伯

2955.

政之所興정지소흥 **在順民心**재순민심 **政之所廢**정지소폐 **在逆民心**재역민심

정치를 興하게 하는 것은 백성의 마음을 따르는 데 있고,

정치를 廢하는 것은 백성의 마음을 거스르는 데 있다.

〈출전〉管子　牧民

2956.

與衆同欲여중동욕

민중과 소망을 함께 하라.

〈출전〉左傳　成公六傳

2957.

以天下之目視이천하지목시　**以天下之耳聽**이천하지이청

온 세상 사람들이 눈으로 보는 것을 보고, 세상 사람들이 귀로 듣는 것을 들어라.

〈출전〉淮南子　主術訓

2958.

得丘民則得天下득구민즉득천하

한 부락 사람들의 마음을 얻으면 천하를 얻을 수 있다.

註▶ 1)丘民(구민): 한 마을의 사람들.
〈출전〉近思錄 政事類

2959.
仁言不如仁聲之入人深也인언불여인성지입인심야
인자한 말은 인자하다는 평판이 사람들에게 깊이 파고드는 것만은 못하다.

註▶ 1)仁言(인언): 인자하고 온후한 말. 2)仁聲(인성): 실질적으로 인자해서 그것으로 말미암아 일어나는 칭송과 평판. 3)入人深(입인심): 사람들의 마음에 파고들어서 깊은 감명을 주다.
〈출전〉孟子 盡心上

2. 민생의 안정

2960.
政在養民정재양민
정치의 목적은 백성을 봉양하는 데에 있다.

〈출전〉書經 大禹謨

2961.
倉廩實창름실 **則知禮節**즉지예절 **衣食足**의식족 **則知榮辱**즉지영욕
창고가 가득 차면 예절을 알고 옷과 음식이 풍족하면 영예와 치욕을 안다.

〈출전〉管子　牧民

2962.

養生喪死無憾양생상사무감　**王道之始也**왕도지시야

산 사람은 기르고 죽은 사람은 장사지내는데 있어 유감이 없게 하는 것이 王道의 시작이다.

註▶ 1)無憾(무감): 서운해 하는 것이 없다.
〈출전〉孟子　梁惠王上

2963.

所重民食喪祭소중민식상제

소중한 것은 백성들의 먹을거리와 초상 치르는 것과 제사 지내는 것이다.

〈출전〉論語 堯日

2964.

民心無常민심무상　**惟惠之懷**유혜지회

백성들의 마음은 일정하지 않아서 오직 사랑해주는 사람이면 그를 따른다.

註▶ 1)無常(무상): 항상 일정하지 않다. 2)惠(혜): 사랑해주는 것. 3)懷(회): 마음속으로 그리며 따르는 것.
〈출전〉書經　蔡仲之命

2965.

農天下之大本也농천하지대본야

농업은 천하의 큰 근본이다.

〈출전〉漢書　文帝紀

2966.

視民如傷시민여상

백성들을 보기를 다친 사람 보듯이 하다.

〈출전〉孟子　離婁下

2967.

觀民設敎관민설교

백성들의 풍속을 보고　가르침을 베풀다.

〈출전〉易經　觀 象

2968.

民惟邦本민유방본　**本固邦寧**본고방녕

백성이야말로 나라의 근본이다. 근본이 굳어져야 나라가 편하다.

〈출전〉書經　五子之歌

2969.

有德此有人유덕차유인 **有人此有土**유인차유토 **有土此有財**유토차유재 **有財此有用**유재차유용

덕이 있으면 이에 사람이 있게 되고, 사람이 있으면 이에 땅이 있게 되고, 땅이 있으면 이에 재물이 있게 되고, 재물이 있으면 이에 쓰임이 있게 된다.

〈출전〉大學　傳十章

2970.

官無常貴관무상귀　**而民無終賤**이민무종천

벼슬하는 사람은 항상 귀한 위치에 있는 것이 아니고

백성이 끝까지 천한 위치에 있지는 않는다.

註▶ 1)無常貴(무상귀): 항상 귀한 위치에 있는 것은 아니다. 2)無終賤(무종천): 끝까지 천한 위치에 있는 것은 아니다.

〈출전〉墨子　尙賢上

2971.

使賣劍買牛사매검매우　**賣刀買犢**매도매독

검을 팔아서 소를 사게 하고 칼을 팔아서 송아지를 사게 한다.

(험악한 풍속을 바꾸어 농업에 종사하게 하다.)

〈출전〉漢書　龔遂傳

2972.

飢荒愁溢目기황수일목　**何處是豊田**하처시풍전

굶주린 흉년에 근심이 눈에 가득하니, 어느 곳이 풍전이란 말인가.

(原文)

大麥黃而萎　小麥靑且乾　**飢荒愁溢目**　**何處是豊田**

보리는 누렇게 시들어 있고

밀은 푸르지만 또한 말라 있구나.

굶주린 흉년에 근심이 눈에 가득하니

어느 곳이 풍전이란 말인가.

註▶ 1)豊田驛(풍전역): 조수삼이 1882년(61세)에 관북지방을 여행하고 지은 北行百絶중 세 번째 작품. 2)萎(위): 시들다. 말라서 축 늘어지다.
〈출전〉한국한시 〈작자〉趙秀三(秋齋) 〈제목〉豊田驛

3. 정치는 바르게 해야 한다.

2973.

政者正也정자정야

정치는 바른 것을 행하는 것이다.

〈출전〉論語 顔淵

2974.

苟子之不欲구자지불욕 **雖賞之不竊**수상지부절

진실로 당신이 탐욕하지 않으면 비록 상을 준다 해도 도둑질하지 않을 것이다.

〈출전〉論語 顔淵

2975.

一心可以喪邦일심가이상방 **一心可以興邦**일심가이흥방

只在公私之間爾지재공사지간이

하나의 마음 씀으로 나라를 亡하게 할 수 있고, 하나의 마음 씀으로 나라를 興하게도 할 수 있으니 다만 公과私의 차이에 있을 뿐이다.

註▶ 1)喪邦(상방): 나라를 망하게 하다. 2)興邦(흥방): 나라를 흥하게 하다.

〈출전〉近思錄　治體類

2976.

君子之守군자지수 **修其身而天下平**수기신이천하평

군자가 지킬 것은 자신을 수양하여 천하를 평안하게 하는 것이다.

〈출전〉孟子　盡心下

2977.

枉尺而直尋왕척이직심

한 자는 굽히되 여덟 자는 곧게 한다.(작은 절조는 굽히더라도 큰 道는 곧게 한다.)

註▶ 1)尋(심): 여덟 자의 길이.

〈출전〉孟子　滕文公下

2978.

以正治國이정치국

정당한 道로 나라를 다스리다.

〈출전〉老子　五十七章

2979.

任於正去於邪임어정거어사

바른 사람에게 맡기고 간사한 사람을 물러나게 하라.

〈출전〉忠經　廣爲國

2980.

以公滅私이공멸사 **民其允懷**민기윤회

공평함을 가지고 사사로움을 없애면 백성들이 진실로 신뢰한다.

註▶ 1)懷(회): 마음속으로 신뢰하고 따른다.

〈출전〉書經 周官

2981.

原淸則流淸원청즉류청 **原濁則流濁**원탁즉류탁

물의 근원이 맑으면 하류도 맑고 근원이 흐리면 하류도 흐리다.

〈출전〉荀子 君道篇

2982.

爲政猶沐也위정유목야

다스림을 행하는 것은 머리를 감는 것과 같다.

註▶ 1)爲政猶沐也: 머리를 감으면 약간의 머리털이 빠지지만 아름다워진다. 즉 약간의 힘이 들지만 큰 功을 세우고 큰 이로움을 이룰 수 있다.

〈출전〉韓非子 六反

2983.

爲政위정 **焉用殺**언용살

정치를 하겠다면서 어찌 살인을 하려하는가?

〈출전〉論語 顔淵

2984.

防小人之道방소인지도 **正己爲先**정기위선

소인을 막는 道는 자기 자신을 바르게 하는 것을 우선으로 삼아야 한다.

〈출전〉近思錄　政事類

2985.

天下不患無財천하불환무재　**患無人以分之**환무인이분지

천하는 나라의 재산이 없는 것을 근심하지 않고,
사람들에게 공평하게 나누어지는 것이 없는 것을 근심한다.

〈출전〉管子　牧民

2986.

垂拱而天下治수공이천하치

옷을 늘어뜨리고 팔짱을 끼고 있어도 천하가 다스려지게 되었다.(無爲의 정치)

註▶ 1)垂拱(수공): 옷을 늘어뜨리고 팔짱을 끼고 있다. 즉 아무 일도 하지 않고 있다.
〈출전〉書經　武成

4. 德治와 法治

2987.

爲政以德위정이덕 **譬如北辰居其所**비여북진거기소 **而衆星共之**이중성공지

德으로써 다스림은 마치 북극성이 제자리에 있으되 여러 별들이 한결같이 절하고 따르는 것과 같다.

註▶ 1)譬如(비여): 비유해서 말하자면 마치 ~와 같다. 2)北辰(북신): 북극성. 3)居其所(거기소): 있어야할 제자리에 있다. 4)衆星(중성): 북극성을 둘러싸고 있는

여러 별들. 5)共(공): 拱과 같은 뜻으로 손끝을 마주잡고 절하는 것을 말한다.
〈출전〉論語　爲政

2988.

垂衣裳수의상　**而天下治**이천하치

옷을 늘어뜨리고 있어도 천하가 다스려지게 되었다.

註▶ 1)垂衣裳(수의상): 옷을 늘어뜨리고 있다. 즉 아무 일도 하지 않고 있다.
〈출전〉易經　繫辭下

2989.

君子篤於親군자독어친　**則民興於仁**즉민흥어인

윗사람이 어버이에게 돈독하게 하며 백성들 사이에 人德의 기풍을 일으킨다.

註▶ 1)篤(독): 돈독하게 부모를 모시다. 2)興(흥): 기풍이 일어나다.
〈출전〉論語　泰伯

2990.

故舊不遺고구불유　**則民不偸**즉민불투

옛 친구를 버리지 않으면 백성들의 德風도 두터워진다.

註▶ 1)故舊(고구): 옛날부터 친했던 사람. 2)不遺(불유): 버리지 않는다. 3)不偸(불투): 偸는 두텁다는 뜻으로 인심이나 덕행 또는 民風이 두터워지다.
〈출전〉論語　泰伯

2991.

民望之민망지　**若大旱之望雲霓也**약대한지망운예야

백성들이 바라기를 큰 가뭄에 구름과 무지개를 바라는 것과 같이 하였다.

<출전>孟子 梁惠王下

2992.

先王之世선왕지세 **以道治天下**이도치천하

後世只是以法把持天下후세지시이법파지천하

先王의 시대에는 道로써 천하를 다스렸으나

後世에는 다만 이 法으로써 세상을 지배하려한다.

註▶ 1)把持(파지): 휘어잡다. 즉 지배하다.

<출전>近思錄 治體類

5. 王道와 霸道

2993.

無偏無黨무편무당 **王道蕩蕩**왕도탕탕

치우치지 않고 편 가르지 않으면 왕도가 넓고 멀리 행해지리라.

註▶ 1)蕩蕩(탕탕): 넓고 광대한 모양.

<출전>書經 洪範

2994.

王道如砥왕도여지 **本乎人情**본호인정 **出乎禮義**출호례의

왕도정치는 숫돌과 같아서 人情에 근본을 두고 禮儀에서 나왔다.

註▶ 1)禮義(예의): 禮儀의 뜻.
<출전>近思錄　治體類

2995.

治天下치천하 **必因人情**필인인정

천하를 다스릴 때는 반드시 인정에 따라야한다.

<출전>韓非子　八經

2996.

以德行仁者王이덕행인자왕

德으로써 仁을 행하는 사람이 진짜 왕이다.

<출전>孟子　公孫丑上

2997.

以力假仁者覇이력가인자패

힘으로 仁을 가장하는 것은 覇道이다.

註▶ 1)假仁(가인): 가식적으로 仁을 행하는 척 하는 것.
<출전>孟子　公孫丑上

2998.

以德服人者이덕복인자　**中心悅而誠服也**중심열이성복야

德으로써 남을 복종시킨다면 그것은 마음속으로부터 기뻐서 정말로 복종하는 것이다.

註▶ 1)服人(복인): 남을 복종시키다. 2)誠服(성복): 진심으로 기뻐하며 복종하다.
<출전>孟子　公孫丑上

2999.

以力服人者이력복인자　**非心服也**비심복야　**力不贍也**역불섬야

힘으로써 남을 복종시킨다면 그것은 마음으로부터 복종하는 것이 아니고 힘이 모자라서이다.

註▶ 1)服人(복인): 남을 복종시키다. 2)心服(심복): 마음으로부터 우러나서 복종하는 것. 3)不贍(불섬): 넉넉하지 않다. 즉 모자라다.

〈출전〉孟子　公孫丑上

3000.

霸者之民驩虞如也패자지민환우여야　**王者之民皞皞如也**왕자지민호호여야

霸者의 백성들은 기뻐하는 것 같고 王者의 백성들은 胸度가 커진다.

註▶ 1)霸者之民驩虞如也(패자지민환우여야): 패자가 善을 행하고 백성을 불쌍하게 여기는 은택은 작위적이고 유난스러워서 알기 쉽기 때문에 백성들이 그것을 기뻐하게 만든다. 그러나 그것은 임시적이고 부분적인 것에 그친다. 2)王者之民皞皞如也(왕자지민호호여야): 王者가 정도에 의해 정치를 하면 그 德을 뚜렷이 알아보기는 어려우나 정도에 대한 이해가 철저해 짐으로써 백성들의 胸度가 넘친다. 皞皞如는 흉도가 광대하고 自得해하는 모양.

〈출전〉孟子　盡心上

3001.

以善服人者이선복인자　**未有能服人者也**미유능복인자야

善養人이선양인　**然後能服天下**연후능복천하

善으로써 사람을 복종시키는 사람은 일찍이 사람을 복종시키는 사람이 없고, 善으로써 사람을 기른 후에 능히 천하를 복종시킨다.

註▶ 1)服人(복인): 다른 사람을 복종시키다. 2)養人(양인): 다른 사람을 양성하다.

〈출전〉孟子　離婁上

3002.

剛强必死仁義王강강필사인의왕

굳세고 강한 것으로 세상을 다스리는 사람은 반드시 죽고,
仁과 義로 세상을 다스리는 사람은 왕이 된다.

〈출전〉古文眞寶 曾子固虞美人草

3003.

得師者王득사자왕 **得友者覇**득우자패

스승을 얻은 사람은 왕이 되고 친구를 얻은 사람은 覇者가 된다.

〈출전〉荀子 堯問篇

3004.

王者如天地之無私心왕자여천지지무사심

왕의 마음은 천지만물이 사심이 없는 것과 같아야 한다.

〈출전〉近思錄 觀聖賢類

3005.

無敵於天下者天吏也무적어천하자천리야

천하에 적이 없는 사람은 하늘의 뜻에 합당하게 行하는 사람이다.

註▶ 1)天吏(천리): 하늘의 명을 받들어 백성들을 다스리는 사람. 하늘의 뜻에 합당하게 행하는 사람.
〈출전〉孟子 公孫丑上

6. 덕이 있는 정치

3006.

先王之所以治天下者五선왕지소이치천하자오 **貴有德**귀유덕 **貴貴**귀귀 **貴老**귀노 **敬長**경장 **慈幼**자유 **此五者**차오자 **先王之所以定天下也**선왕지소이정천하야

선왕이 천하를 다스릴 수 있는 道에는 다섯 가지가 있다. 덕이 있는 사람을 귀하게 여기는 것, 귀한 사람을 尊貴하는 것, 노인을 尊貴하는 것, 어른을 공경하는 것, 어린아이를 사랑하는 것 등이다. 이 다섯 가지는 선왕이 천하를 안정시키는 道이다.

〈출전〉禮記　祭義

3007.

懷德惟寧회덕유녕

德을 생각하면 편안해진다.

〈출전〉左傳　僖公五年

3008.

德惟善政덕유선정

도덕은 정치를 잘하는 근본이다.

〈출전〉書經　大禹謨

3009.

說以先民설이선민　**民忘其勞**민망기노　**說以犯難**설이범난　**民忘其死**민망기사

說之大설지대 **民勸矣哉**민권의재

함께 즐거워하는 마음으로 백성을 인도한다면 백성은 노고를 잊고 따를 것이다. 어떠한 위험과 곤란에도 백성은 죽음을 두려워하지 않고 순종한다. 즐거움의 큰 힘은 백성들을 격려하고 분발하게 하는 것이다.

註▶ 1)說(설): 悅의 뜻으로 기뻐하다. 2)先民(선민): 백성을 앞에서 인도하다. 3)犯難(범난): 위험한 일과 곤란한 일. 4)勸(권): 격려하여 분발하게 하다.

〈출전〉易經 兌 象

3010.

化成天下화성천하

천하를 교화하여 이룬다.

註▶ 1)化(화): 교화하다.

〈출전〉易經 賁 象

3011.

敬用五事경용오사

정치를 할 때는 다섯 가지 일을 삼가 하여 행해야한다.

註▶ 1)五事(오사): 貌, 言, 視, 聽, 思.

〈출전〉書經 洪範

3012.

六府三事允治육부삼사윤치 **萬世永賴**만세영뢰

六府와 三事를 진실로 다스리면 만세에 이르도록 영원히 의지할 것이다.

註▶ 1)六府(육부): 水, 火, 金, 木, 土, 穀 2)三事(삼사): 正德, 利用, 厚生. 3)萬世: 영원히.

〈출전〉書經　大禹謨

3013.

正德利用厚生惟和정덕이용후생유화

德을 바로잡고 쓰임을 이롭게 하며 후생을 함에 조화시켜라.

〈출전〉書經　大禹謨

3014.

三德삼덕　**一曰正直**일왈정직　**二曰剛克**이왈강극　**三曰柔克**삼왈유극

정치를 행할 때의 세 가지 德이 있는데 첫째가 정직이고, 둘째가 지조가 굳어서 사욕을 누르는 것이요, 셋째는 부드러우면서도 바른 것을 향하는 마음이다.

註▶ 1)三德(삼덕): 正直, 剛克, 柔克.
〈출전〉書經　洪範

3015.

愛民者彊애민자강　**不愛民者弱**불애민자약

백성을 사랑하는 사람은 강해지고, 백성을 사랑하지 않는 사람은 약해진다.

〈출전〉荀子　議兵篇

3016.

唯君子爲能通天下之志유군자위능통천하지지

오직 군자라야 천하의 사람들의 뜻에 통할 수 있다.

註▶ 1)天下(천하): 온 세상 사람들.
〈출전〉易經　同人 彖

3017.

自西自東자서자동　**自南自北**자남자북　**無思不服**무사불복

동쪽으로부터 서쪽에 이르기까지, 남쪽으로부터 북쪽에 이르기까지 복종하지 않는 마음이 없다.

〈출전〉詩經　大雅　文王有聲

3018.

柔遠能邇유원능이

먼 곳은 달래주고 가까운 곳은 도와준다.

註▶ 1)柔(유): 회유한다. 즉 달랜다. 2)能(능): 도와주어 따르게 하다.
〈출전〉書經　舜典

3019.

寬以待之관이대지

백성을 관대한 德으로써 대우해야 한다.

註▶ 1)寬(관): 관대한 덕.
〈출전〉左傳　成公九年

3020.

敬讓경양　**而爭自息**이쟁자식

공경하고 양보하면 다툼은 스스로 사라진다.

〈출전〉近思錄　治體類

3021.

至治馨香지치형향　**感于神明**감우신명

지극한 다스림은 향기가 나는 것 같아서 神明을 감동시킨다.

註▶ 1)至治(지치): 이상적으로 잘 다스려지는 정치. 2)馨香(형향): 향기 좋은 냄새. 3)神明(신명): 하늘의 신령과 땅의 신령.
〈출전〉書經　君陳

3022.
以德報德이덕보덕　**則民有所勸**즉민유소권
以怨報怨이원보원　**則民有所懲**즉민유소징
德으로써 德을 갚으면 백성이 교화되어 착한 일에 노력하는 바가 있지만 怨恨으로써 怨恨을 갚으면 백성이 경계하여 악한 일에 응징되는 바가 있는 것이다.

註▶ 1)勸(권): 격려하여 분발하게 하다.
〈출전〉禮記　表記

3023.
順天之意者순천지의자　**義之法也**의지법야
하늘의 뜻을 따르는 것은 의로운 법이다.

〈출전〉墨子　天志中

3024.
壹同天下之義일동천하지의　**是以天下治也**시이천하치야
천하 사람들의 주장을 하나로 하면 이로써 천하가 다스려진다.

註▶ 1)天下之義(천하지의): 온 세상 사람들의 주장.
〈출전〉墨子　尙同上

3025.

政通人和 정통인화 **百廢俱興**백폐구흥

정치가 소통되고 인민이 화목하면 모든 폐지되었던 것들이 모두 일어난다.

〈출전〉文章軌範 〈작자〉范文正公 〈제목〉岳陽樓記

3026.

和風慶雲화풍경운

온화한 바람과 경사스런 구름

〈출전〉近思錄 觀聖賢類

3027.

赦過사과 **宥罪**유죄

잘못을 사면해 주고 죄를 관대하게 하라.

註▶ 1)宥(유): 관대한 모양
〈출전〉易經 解 象

3028.

視民不恌시민부조

백성들에게 두터운 情을 보이다.

註▶ 1)不恌(부조): 마음이 엷지 않은 것. 곧 정이 두터운 것을 말한다.
〈출전〉詩經 小雅 鹿鳴

3029.

麀鹿濯濯우록탁탁 **白鳥翯翯**백조학학 **王在靈沼**왕재영소 **於牣魚躍**어인어약

암사슴과 수사슴이 살이 쪄서 윤이 흐르고 백조는 깨끗하고 희기도 하네.
임금께서 영소에 계시니 아아 가득히 고기가 뛰네.

註▶ 1)麀鹿(우록): 암사슴과 수사슴. 2)濯濯(탁탁): 살찌고 윤기 흐르는 모양. 3)翯翯(학학): 결백한 모양. 4)靈沼(영소): 周나라 文王의 離宮에 있는 연못. 5)於: 감탄사.
<출전>詩經 大雅 靈臺

3030.

視民如傷시민여상

백성을 보기를 다친 사람을 대하듯 하라.

<출전>左傳 哀公元年

3031.

太守不曾私一物태수불증사일물 **欲分淸吹與民同**욕분청취여민동

태수는 한 물건도 혼자서 차지하지 않고, 맑은 바람도 백성들과 함께 나누려 하네.

(原文)
晴川深樹檻西東 正好炎天納晩風 **太守不曾私一物 欲分淸吹與民同**
맑은 시내 깊은 숲, 난간의 동과 서쪽
한 여름의 저녁 바람이 진정 좋아라.
태수는 한 물건도 혼자서 차지하지 않고
맑은 바람도 백성들과 함께 나누려 하네.

註▶ 1)太守(태수): 한 지방의 장관. 군수. 2)炎天(염천): 한 여름.
<출전>한국한시 <작자>趙觀彬(悔軒) <제목>題披襟亭

7. 武 備

3032.

有文事者유문사자 **必有武備**필유무비

文事가 있으면 반드시 군사적 대비가 있어야 한다.

〈출전〉十八史略 春秋戰國 魯

3033.

耀德不觀兵요덕불관병

德의 힘을 발휘하고 군사력을 과시하지 말라.

註▶ 1)耀德(요덕): 덕의 힘을 발휘하다. 2)不觀兵(불관병): 무력의 위력을 보이지 않다.

〈출전〉十八史略 周

3034.

饑召兵기소병 **疾召兵**질소병 **勞召兵**노소병 **亂召兵**난소병

백성들이 배고프면 전쟁이 일어나고, 백성들이 병이 들어도 전쟁이 일어나고, 백성들이 고생스러워도 전쟁이 일어나고, 민심이 어지러워도 전쟁이 일어난다.

註▶ 1)兵(병): 전쟁이 일어나다. 2)勞(노): 고생스럽다. 3)亂(난): 민심이 어지럽다.

〈출전〉韓非子 說林上

3035.

人常死其所不能인상사기소불능 **敗其所不便**패기소불편

故用兵之法고용병지법 **教戒爲先**교계위선

사람은 항상 불가능한 것을 감행하다가 죽고, 불편한 것을 하다가 패하니, 병사를 다루는 법은 사전에 부하들을 훈련시켜 가르치고 경계하는 것을 우선으로 삼아야 한다.

註▶ 1)用兵之法(용병지법): 군사를 다루는 법. 2)敎戒(교계): 군사를 훈련시키고 경계하다.
〈출전〉吳子 治兵

3036.
大邦畏其力대방외기력 **小邦懷其德**소방회기덕
큰 나라들은 그 文王의 힘을 두려워했고, 작은 나라들은 그 文王의 덕을 생각했다.

〈출전〉書經 武成

8. 군 사

3037.
兵驕者滅병교자멸
出兵하여서 교만하면 멸망한다.

註▶ 1)兵(병): 출병하다. 전쟁에 나가다.
〈출전〉十八史略 西漢 宣帝

3038.
三軍五兵之運 삼군오병지운 **德之末也**덕지말야
三軍을 움직이고 兵器를 운용하는 것은 德의 끝이다.

註▶ 1)三軍(삼군): 周나라 때 大諸侯가 소유한 上軍, 中軍, 下軍의 군대로 각 군은 일만 이천 오백 명이었다. 全軍을 말하는 것. 2)五兵(오병): 다섯 가지의 무기로 戈, 殳, 戟, 酋矛, 夷矛.
〈출전〉莊子 外篇 天道

3039.

善用兵者선용병자 **修道而保法**수도이보법

병사를 잘 부리는 사람은 군대를 부리는 道를 닦고 軍律을 지킨다.

註▶ 1)保法(보법): 軍律을 지킨다.
〈출전〉孫子 形篇

3040.

師出以律사출이률

군대는 軍律에 따라 움직인다.

註▶ 1)師(사): 군대. 2)律(율): 軍律
〈출전〉左傳 宣公十二年

3041.

三軍之災삼군지재 **生於狐疑**생어호의

三軍의 최대 재앙은 進退去就를 의심하여 결정하지 못하는 데서 생긴다.

註▶ 1)三軍(삼군): 周나라 때 大諸侯가 소유한 上軍, 中軍, 下軍의 군대로 각 군은 일만 이천 오백 명이었다. 全軍을 말하는 것. 2)狐疑(호의): 의심하여 결정하지 못함.
〈출전〉吳子 治兵

3042.

視卒如嬰兒시졸여영아 **故可與之赴深谿**고가여지부심계

視卒如愛子시졸여애자　**故可與之俱死**고가여지구사

병사들을 어린아이 보듯 하면 그들과 함께 위험한 깊은 골짜기에 갈 수 있고, 병사들을 사랑하는 자식을 바라보듯이 하면 그들과 함께 죽을 수 있다.

〈출전〉孫子　地形篇

3043.

兵名又有五병명우유오　**一曰義兵**일왈의병　**二曰强兵**이왈강병

三曰剛兵삼왈강병　**四曰暴兵**사왈폭병　**五曰逆兵**오왈역병

군대는 또 다섯 가지의 이름이 있는데 첫째가 義兵이요, 둘째가 强兵이요, 셋째가 剛兵이요, 넷째가 暴兵이요, 다섯째가 逆兵이다.

註▶ 1)義兵(의병): 다른 나라의 난리를 구원하는 군대. 2)强兵(강병): 자기나라의 우월한 세력으로 다른 나라를 정벌하는 군대. 3)剛兵(강병): 성난 기운을 가진 군대. 4)暴兵(폭병): 예의를 버리고 이익을 구하는 군대. 5)逆兵(역병): 나라를 어지럽히고 백성들을 동원하여 군사행동을 하는 군대.

〈출전〉吳子　圖國

3044.

三十六計 삼십육계　**走爲上計**주위상계

서른여섯 가지의 計策중에 달아나서 몸을 보존하는 것이 가장 좋은 計策이다.

〈출전〉冷齋夜話

3045.

勝兵似水승병사수

승리하는 군대는 물과 같다.

註▶ 1)似水(사수): 물은 고요하고 부드럽지만 산이나 인덕도 붕괴시킬 수 있는 힘을 갖고 있어서 그러한 잠재능력을 갖고 있는 군대는 반드시 승리한다.
〈출전〉尉繚子　武議第八

3046.
無急勝而忘敗무급승이망패
승리에 급급하여 패배하는 경우를 잊어서는 안 된다.

〈출전〉荀子　議兵篇

3047.
上兵伐謀상병벌모　**其次伐交**기차벌교
최고의 전법은 적의 모략을 살펴서 치는 것이고, 두 번째의 전략은 적국과 가까운 나라와 이간시켜서 고립시키는 것이다.

註▶ 1)上兵(상병): 최고의 전법. 2)伐謀(벌모): 적의 계략이나 모략을 살펴서 치는 것. 3)伐交(벌교): 적의 이웃나라들과 외교적으로 이간시켜서 고립시키는 것.
〈출전〉孫子　謀攻篇

3048.
兵以靜勝병이정승　**國以專勝**국이전승
전쟁은 조용히 준비해야 승리하고, 나라는 민심이 통일되어야 승리한다.

註▶ 1)靜勝(정승): 전쟁을 준비할 대는 적이 알지 못하도록 조용하게 준비해야 승리할 수 있다. 2)專勝(전승): 온 국민의 마음이 하나로 통일되어야 전쟁에서 승리한다.
〈출전〉尉繚子　攻權第五

3049.
以夷攻夷이이공이

外敵으로써 다른 外敵을 공격하다.

〈출전〉王安石　梅侍讀神道碑

3050.

樂殺人者낙살인자　**不可以得志於天下矣**불가이득지어천하의

殺人을 즐기는 사람은 天下에 뜻을 이룰 수 없다.

〈출전〉老子　三十一章

3051.

戰在於治氣전재어치기　**攻在於意表**공재어의표

전쟁의 시작단계에서는 사기를 올리는 것이 중요하고,
공격할 때는 적의 뜻에 반대로 행동하는 것이 중요하다.

註▶ 1)治氣(치기): 사기를 다스리다. 즉 사기를 올리다. 2)意表(의표): 의표를 찌르다. 즉 적이 생각하는 것을 헤아려서 반대로 행하다.
〈출전〉尉繚子　十二陵第七

3052.

見可而進견가이진　**知難而退也**지난이퇴야

勝利의 조건이 보이면 進擊하고, 어려울 것을 알면 물러나라.

註▶ 1)見可(견가): 승리의 요소가 보이다. 2)進(진): 진격하다.
〈출전〉吳子　料敵

3053.

其疾如風기질여풍 **其徐如林**기서여림 **侵掠如火**침략여화 **不動如山**부동여산

빠를 때는 바람같이 하고, 느릴 때는 숲과 같이 하고, 침략할 때는 불과 같이 하고, 움직이지 않을 때는 산과 같이 하라.

註▶ 1)疾(질): 빠르다.
〈출전〉孫子 軍爭篇

3054.
投之亡地투지망지 **然後存**연후존 **陷之死地**함지사지 **然後生**연후생
군대를 죽음의 땅으로 투입해본 뒤에야 살아남는 방법을 알게 되고,
窮地에 빠져본 뒤에야 살아남는 방법을 알게 된다.

註▶ 1)投(투): 투입하다. 2)亡地(망지): 죽음의 땅. 즉 살아남기 어려운 극한 상황.
〈출전〉孫子 九地篇

3055.
陷之死地而後生 함지사지이후생 **置之亡地而後存**치지망지이후존
窮地에 빠져본 뒤에야 살아남는 방법을 알게 되고,
죽음의 땅에 버려져본 뒤에야 生存의 방법을 안다.

註▶ 1)置之(치지): 버려지다.
〈출전〉十八史略 西漢 高祖

3056.
軍無私怒군무사노
전쟁은 개인적인 분노나 원한이 없어야한다.

註▶ 1)私怒(사노): 사사로운 분노나 원한.
〈출전〉十八史略 昭公二十六年

3057.

千軍易得천군이득　**一將難求**일장난구

천 명의 軍卒은 얻기가 쉬우나 한 명의 좋은 장수는 구하기가 어렵다.

〈출전〉通俗篇　武功

3058.

亡國不可以復存망국불가이복존　**死者不可以復生**사자불가이복생

망한 나라는 다시 존재할 수 없고, 죽은 사람은 다시 살아날 수 없다.

〈출전〉孫子　火攻篇

3059.

軍中聞將軍令군중문장군령　**不聞天子詔**불문천자조

전쟁 중에는 將軍의 命令만 듣고 天子의 命令도 듣지 않아야 한다.

註▶ 1)天子詔(천자조): 천자의 명령.

〈출전〉十八史略　西漢　文帝

3060.

使羊將狼사양장랑

羊으로 하여금 이리의 장군으로 삼다.

註▶ 1)使羊將狼(사양장랑): 약한 장수를 강한 군대의 대장으로 삼는 경우를 말함.

〈출전〉漢書　張良傳

3061.

一人奮死일인분사　**可以對十**가이대십

한 사람이 목숨을 걸고 싸우면 열 명의 적에 대항할 수 있다.

註▶ 1)奮死(분사): 죽을 각오로 싸우다.
〈출전〉韓非子　初見秦

3062.

表裏山河표리산하　**必無害也**필무해야

山河에 요새를 만들면 반드시 나라에 해로움이 없고 태평할 것이다.

註▶ 1)表裏(표리): 산과 강의 곳곳에.
〈출전〉左傳　僖公二十八年

Ⅱ. 治者와 被治者

1. 君 德

3063.

天之曆數在汝躬천지력수재여궁

하늘의 돌아가는 운수가 그대의 몸에 있다.(하늘이 정해 준 임금이 될 차례.)

註▶ 1)曆數(역수): 운명, 운수.

<출전>書經 大禹謨

3064.

肫肫其仁순순기인 **淵淵其淵**연연기연 **浩浩其天**호호기천

그 仁慈함은 지극히 정성스러우며 그 깊이는 깊숙하며 그 하늘은 넓고 넓다.

註▶ 1)肫肫(순순): 정성스러운 모양. 2)淵淵(연연): 고요하고 깊은 모양. 3)浩浩(호호): 넓은 모양.

<출전>中庸 三十二章

3065.

天子以四海爲家천자이사해위가

天下를 다스리는 사람은 온 세상을 집으로 생각한다.

註▶ 1)四海(사해): 온 세상.

<출전>史記 高祖

3066.

以六合爲家이육합위가

天地四方을 집으로 여기다.(天下를 통일 하고자 한다.)

註▶ 1)六合(육합): 天地四方

<출전>賈誼 過秦論

3067.

以四海爲家이사해위가

온 세상을 집으로 여기다.

註▶ 1)四海(사해): 온 세상.

<출전>後漢書 王符傳

3068.

四海困窮사해곤궁 **天祿永終**천록영종

天下萬民이 困窮하면 하늘이 내리는 天祿도 영원히 끊어진다.

註▶ 1)四海(사해): 온 세상. 여기서는 천하 만민이라는 뜻으로 쓰였다.

<출전>論語 堯曰

3069.

萬方有罪만방유죄 **罪在朕躬**죄재짐궁

天下萬民이 罪가 있는 것은 그 罪는 나 자신에게 있다.

註▶ 1)萬方(만방): 온 세상 사람.

<출전>論語 堯曰

3070.

百姓有過백성유과 **在予一人**재여일인

백성들에게 잘못이 있어도 罪는 天子인 내 한 몸에 있다.

〈출전〉論語 堯曰

3071.

百姓足백성족 **君孰與不足**군숙여부족

백성들이 풍족한데 임금이 그 누구와 더불어 부족하겠습니까?

〈출전〉論語 顔淵

3072.

當以蒼生爲念당이창생위념

마땅히 백성들의 생활을 염두에 두어야 한다.

註▶ 1)蒼生(창생): 일반 백성.
〈출전〉宋名臣言行錄 陳摶

3073.

南風之薰兮남풍지훈혜 **可以解吾民之慍兮**가이해오민지온혜

南風이 향기 내며 불어오니 백성들의 성냄이 풀리네.(임금의 德으로 세상이 태평해지네.)

〈출전〉十八史略 帝舜有虞

3074.

神堯以一旅取天下신요이일여취천하

後世子孫不能以天下取河北후세자손불능이천하취하북

神堯는 한번 遠征을 떠나 천하를 취했지만

후세의 자손들은 천하의 병력으로도 河北地方을 취하지 못했다.

註▶ 1)神堯(신요): 唐나라의 高祖로 오 백 명의 군대로 천하를 취하였다.

〈출전〉文章軌範　歐陽脩　讀李翶文

3075.

鷄鳴而起계명이기　孶孶爲善者자자위선자　舜之徒也순지도야

닭이 울면 일어나서 꾸준하게 善을 추구하는 사람은 聖人인 舜임금의 무리이다.

註▶ 1)孶孶(자자): 노력하는 모양.

〈출전〉孟子　盡心上

3076.

君德有三군덕유삼　曰仁왈인　曰明왈명　曰武왈무

임금이 가져야 할 德이 세 가지가 있는데 인자함과 명석함과 군사력이다.

註▶ 1)明(명): 생각의 명석함. 2)武(무): 군사적인 힘.

〈출전〉十八史略　宋　仁宗

3077.

雖冕旒蔽目수면류폐목　而視於未形이시어미형　雖黈纊塞耳수주광색이

而聽於無聲이청어무성

비록 면류관이 눈을 가리지만 나타나지 않을 때 보아야하고,

黈纊이 귀를 막고 있으나 소리가 없을 때 들어야한다.

註▶ 1)冕旒(면류): 면류관. 즉 높은 벼슬이나 지위에 있는 것. 2)黈纊(주광): 갓에 매어 달아서 두 귀 옆에 늘어뜨린 솜으로 함부로 아무 말이나 듣지 않게 경계하는 것
〈출전〉古文眞寶 〈작자〉張蘊古 〈제목〉大寶箴

3078.

吾貌雖瘦오모수수 **天下必肥**천하필비

내 모습이 비록 수척하나 天下는 반드시 살찌리라.

〈출전〉資治通鑑 綱目

3079.

君仁莫不仁군인막불인 **君義莫不義**군의막불의

임금이 仁慈하면 仁慈하지 않은 사람이 없고, 임금이 義로우면 義롭지 않는 사람이 없을 것이다.

〈출전〉孟子 離婁下

3080.

無戱言무희언

眞實이 없는 말을 하지 말라.

〈출전〉春秋戰國 晉

3081.

中立而聽乎天下중립이청호천하

中立을 지키며 天下의 백성들의 말을 들어야 한다.

〈출전〉鹽鐵論　和親

3082.

受國之垢수국지구　**是謂社稷主**시위사직주

나라의 지저분한 일들을 받아들이는 것, 그것을 社稷의 주인이라고 말할 수 있다.

註▶ 1)垢(구): 더러운 것, 지저분한 일들을 비유한 것. 2)社稷(사직): 땅의 신과 곡식의 신. 옛날에는 임금이 반드시 이 두 신에게 제사를 지냄으로써 나라의 부강을 빌었다. 따라서 후세에는 사직이 국가나 조정을 상징하는 말로 쓰이게 되었다.

〈출전〉老子　七十八章

3083.

辟不辟벽불벽　**忝厥祖**첨궐조

임금이 임금의 법도를 따르지 않으면 조상을 욕되게 하는 것이다.

註▶ 1)辟(벽): 임금

〈출전〉書經　太甲上

3084.

君命無二군명무이　**古之制也**고지제야

임금이 명령을 할 때 말을 바꾸지 않는 것은 옛날부터 정해진 制度이다.

註▶ 1)無二(무이): 두 말을 하지 않는다, 말을 바꾸지 않는다.

〈출전〉左傳　僖公二十四年

3085.

股肱喜哉고굉희재　**元首起哉**원수기재　**百工熙哉**백공희재

신하들이 즐거우면 임금은 興盛하고 모든 관리들도 和樂하여진다.

註▶ 1)股肱(고굉): 家臣. 2)元首(원수): 임금. 3)百工(백공): 모든 관리들.
〈출전〉書經 益稷

3086.
溫顔接群臣온안접군신
온화한 얼굴로 여러 신하들을 접하라.

〈출전〉十八史略 唐 太宗

3087.
吾雖瘠天下肥矣오수척천하비의
내가 비록 수척해졌으나 천하는 살이 졌구나.

〈출전〉十八史略 唐 玄宗

3088.
親賢臣遠小人친현신원소인 **此先漢所以興隆也**차선한소이흥융야
親小人遠賢臣친소인원현신 **此後漢所以傾頹也**차후한소이경퇴야
어진 신하를 가까이하고 小人을 멀리함은 이는 前漢이 隆盛했던 이유이고, 小人을 가까이하고 어진 신하를 멀리함은 이는 後漢이 기울고 敗亡한 이유이다.

〈출전〉文章軌範 諸葛亮 前出師表

3089.
三代之得天下也以仁삼대지득천하야이인 **其失天下也以不仁**기실천하야이불인

三代時代에 천하를 얻는 것은 인자함으로써 했고, 천하를 잃는 것은 인자하지 않는 것으로 했다.

註▶ 1)三代(삼대): 夏, 殷, 周.
〈출전〉孟子 離婁上

3090.

商之孫子상지손자 **其麗不億**기려불억 **上帝旣命**상제기명 **侯于周服**후우주복

殷나라 子孫들은 그 수가 헤아릴 수 없게 많았지만
하느님이 命을 내리시어 周나라에 服從하게 되었다.

註▶ 1)麗(여): 數의 뜻. 2)不億(불억): 헤아릴 수 없다. 3)侯(후): 維와 같은 조사. 4)于周服(우주복): 周나라에 복종하는 것을 말한다.
〈출전〉詩經 大雅 文王

3091.

一國以一人興일국이일인흥 **以一人亡**이일인망

한 나라는 하나의 어진 사람으로 興盛해지기도 하고, 한 사람으로 인해 亡하기도 한다.

〈출전〉文章軌範 蘇洵 管仲論

3092.

周雖舊邦주수구방 **其命維新**기명유신

周나라는 비록 옛날의 나라이나 天命은 항상 새롭다.

〈출전〉孟子 滕文公上

3093.

人主以二目視一國인주이이목시일국 **一國以萬目視人主**일국이만목시인주

임금은 두 눈으로 한 나라를 보지만 한 나라는 만개의 눈으로 임금을 본다.

〈출전〉韓非子　外儲說右上

3094.

朝宗一心在조종일심재　**青史載斑斑**청사재반반

나라가 오직 한마음에 있었나니, 역사에 더욱 빛남이 실리리라.

(原文)

歷數中興主　功高漢以還　志存虞夏上　時値宋元間
屈策終全社　微權豈濟艱　**朝宗一心在　青史載斑斑**

중흥시킨 임금을 죽 세어 보나니
그 공은 한보다 도리어 높네.
뜻은 우하의 그 위에 두고
때는 송 · 원의 중간 만났네.
굽힌 계책은 사직을 보전하고
조그만 권세 어찌 어려움 건졌는가.
나라가 오직 한마음에 있었나니
역사에 더욱 빛남이 실리리라.

註▶ 1)中興主(중흥주): 쇠퇴한 나라를 중흥시킨 임금. 2)虞夏(우하): 舜임금과 禹임금. 3)社(사):땅 귀신. 建國의 神位. 右가 사직, 左가 宗廟. 4)祖宗(조종): 공이 있는 임금과 덕이 있는 임금. 또 대대의 임금. 5)青史(청사): 역사. 역사책 6)斑斑(반반): 얼룩무늬가 있는 모양. 빛나는 모양

〈출전〉한국한시　〈작자〉金光煜(竹所)　〈제목〉仁祖大王挽詞

2. 君臣의 관계

3095.

君使臣以禮군사신이예 **臣事君以忠**신사군이충

임금이 신하를 부릴 때는 禮로써 하고, 신하가 임금을 섬길 때는 忠誠으로써 하라.

〈출전〉論語 八佾

3096.

義乃君臣의내군신 **情兼父子**정겸부자

의리는 군신 간에 지켜야 하는 것이고, 情은 부자간과 같은 모양이어야 한다.

〈출전〉隋書 高祖紀

3097.

爲君難위군난 **爲臣不易**위신불이

임금노릇 하기도 어렵고 신하노릇 하기도 쉽지 않다.

〈출전〉論語 子路

3098.

欲爲君盡君道욕위군진군도 **欲爲臣盡臣道**욕위신진신도

임금이 되어서는 임금의 道를 다하려고 하고, 신하가 되어서는 신하의 道를 다하려고 해야 한다.

〈출전〉孟子 離婁上

3099.

溥天之下부천지하 **莫非王土**막비왕토 **率土之濱**솔토지빈 **莫非王臣**막비왕신

모든 하늘밑이 왕의 땅이 아닌 것이 없으며, 모든 물가까지 왕의 신하가 아닌 사람이 없다.

註▶ 1)溥(부): 普와 같은 뜻으로 넓다는 의미. 2)率(솔): 모두 다.

〈출전〉詩經　小雅　北山

3100.

君辱臣死군욕신사

임금이 辱을 당하면 신하는 목숨을 걸고 갚아야한다.

〈출전〉國語　越語下

3101.

后克艱厥后후극간궐후　**臣克艱厥臣**신극간궐신　**政乃乂**정내예

黎民敏德여민민덕

임금은 그 임금노릇의 어려움을 알고, 신하는 그 신하노릇의 어려움을 알면 정치가 잘 다스려지고 백성들은 德을 빨리 행하게 될 것이다.

註▶ 1)后(후): 임금. 2)敏德(민덕): 도덕에 민감하게 반응하여 善에 나가는 데에 주저함이 없다.

〈출전〉書經　大禹謨

3102.

三顧臣於艸廬之中삼고신어초려지중

세 번이나 신을 艸廬로 찾아주셨다.

〈출전〉諸葛亮　前出師表

3103.

善則稱君선즉칭군　**過則稱己**과즉칭기　**則民作忠**즉민작충

善한 것은 임금에게 功을 돌리고 잘못한 것은 자기에게 책임을 돌리면 백성들이 충성할 것이다.

註▶ 1)稱君(칭군): 공을 임금에게 돌리다. 2)稱君(칭군): 자기에게 책임을 돌리다. 3)作(작): 위와 같은 뜻으로 하다라는 의미.

〈출전〉禮記　坊記

3104.

知臣莫若君지신막약군　**知子莫若父**지자막약부

신하를 아는 데에는 임금만한 사람이 없고, 자식을 아는 데에는 아버지만한 사람이 없다.

〈출전〉韓非子　十過

3105.

知臣莫若君지신막약군

신하를 아는 데에는 임금만한 사람이 없다.

〈출전〉左傳　僖公七年

3106.

進思盡忠진사진충　**退思補過**퇴사보과

임금에게 나아가서는 충성을 다할 것을 생각하고,

물러나서는 임금의 잘못을 고치는 것을 도우려 생각한다.

〈출전〉左傳　宣公十二年

3107.

臣無二心신무이심　**天之制也**천지제야

신하가 두 마음을 먹지 않는 것은 하늘이 정한 규제이다.

〈출전〉左傳　莊公十四年

3108.

補缺拾遺보결습유

결점을 보완하고 놓친 것을 챙겨준다.

〈출전〉後漢書　伏湛傳

3109.

人倫明於上인륜명어상　**小民親於下**소민친어하

人倫은 위에서 밝혀지고 일반백성들은 밑에서 친밀하게 지낸다.

〈출전〉孟子　滕文公上

3110.

所謂大臣者소위대신자　**以道事君**이도사군　**不可則止**불가즉지

大臣이라고 불리는 사람은 임금을 道로써 섬기고, 할 수 없으면 직책을 그만두어야 한다.

註▶ 1)止(지): 자기의 직책을 그만두다.

〈출전〉論語　先進

3111.

自古浮雲蔽白日 자고부운폐백일　**洗天風雨幾時來** 세천풍우기시래

옛부터 惡人들이 天子의 총명함을 가리니,
하늘에서 바람과 비가 때 맞춰 내려 惡人들을 물리치네.

註▶ 1)浮雲(부운): 惡人. 2)白日(백일): 天子.
<출전>三體詩　<작자>薛能　<제목>漢南春望

3112.

民罔常懷 민망상회　**懷于有仁**

백성들은 일정하게 따르는 것이 없으나 어진 사람만은 따른다.

註▶ 1)常懷(상회): 항상 변함없이 생각하고 따르다.
<출전>書經　太甲下

3113.

一而治 일이치　**二而亂** 이이난

다스리는 방침이 하나로 통일되면 잘 다스려지고,
主權을 잡은 사람이 둘로 나누어지면 혼란이 온다.

<출전>荀子　致士篇

3114.

天無二日 천무이일　**民無二王** 민무이왕

하늘에는 두 개의 태양이 없고, 백성에게는 두 명의 임금이 없다.

<출전>孟子　萬章上

3115.

天無二日천무이일　**土無二王**토무이왕

하늘에는 두 개의 태양이 없고, 땅에는 두 명의 왕이 없다.

〈출전〉禮記　曾子問

3116.

國家昏亂국가혼란　**有忠臣**유충신

나라가 혼란할 때는 忠臣이 나온다.

〈출전〉老子　十八章

3117.

半夜孤臣無限淚반야고신무한루　**杜鵑啼血在深林**두견제혈재심림

밤중에 외로운 신하의 무한한 눈물이여, 두견새는 피 토하며 숲 속에서 울고 있네.

(原文)

東溟欲洗三韓恥　北極誰明萬姓心　**半夜孤臣無限淚　杜鵑啼血在深林**

삼한의 부끄러움을 동해물에 씻으려 하니

북극에 뉘 밝히리. 만백성의 마음을.

밤중에 외로운 신하의 무한한 눈물이여

두견새는 피 토하며 숲 속에서 울고 있네.

註▶ 1)三韓(삼한): 우리나라 남부에 일어난 세 나라. 곧 馬韓 · 辰韓 · 弁韓 2)北極(북극): 북방의 끝

〈출전〉한국한시　〈작자〉金靜厚(破屋)　〈제목〉夜聞鵑聲

3118.

江湖憂樂行裝數강호우락행장수 **宇宙君臣契會難**우주군신계회난

강호의 즐거움과 걱정에 행장은 잦고 이 세상 임금과 신하는 마음 맞기 어려워라.

(原文)

東門旭日照歸鞍 草露微收路正乾 三角雲烟迷曉望 五陵松柏動秋寒
江湖憂樂行裝數 宇宙君臣契會難 遙想釣坮沙水淨 不妨相照舊心肝

동문의 아침 해는 돌아가는 말안장을 비추고
풀잎 이슬 조금 걷히니 길은 진정 말랐다.
삼각산 구름 연기에 새벽 조망 아득하고
오릉의 송백 숲에는 가을 추위 떠도네.
강호의 즐거움과 걱정에 행장은 잦고
이 세상 임금 · 신하는 마음 맞기 어려워라.
멀리 낚시터의 모래 물이 맑음을 생각하노니
옛날의 그 마음속을 비쳐봄도 무방하리.

註▶ 1)三角山(삼각산): 서울의 북쪽과 고양군에 걸쳐 있는 산으로, 백운대, 국망봉, 인수봉 등 세 봉우리가 있어 지어진 이름. 2)契會(계회): 결합하다. 情誼를 두터이 하다. 3)釣臺(조대): 낚시터 4)心肝(심간): 심장과 간장. 즉 衷心
〈출전〉한국문집총간 〈작자〉李植(澤堂) 〈제목〉解職歸峽

Ⅲ. 사람을 부리는 사람의 마음가짐

3119.

無求備於一人무구비어일인

한 사람에게 모든 것을 갖추기를 바라지 말라.

〈출전〉論語　微子

3120.

疑人勿用의인물용　**用人勿疑**용인물의

사람을 의심하면 쓰지 말고, 사람을 쓰거든 의심하지 말라.

〈출전〉通俗篇 交際

3121.

聖人用人성인용인　**猶匠之用木**유장지용목

聖人이 사람을 쓰는 것은 훌륭한 목수가 나무를 쓰는 것 같이 한다.

註▶ 1)猶匠之用木(유장지용목): 목수가 나무의 좋은 부분은 취하고 나쁜 부분을 버리는 것 같이 사람의 장점은 취하고 단점은 버린다.

〈출전〉十八史略　春秋戰國 魯

3122.

用人不宜刻용인불의각　**刻則思效者去**각즉사효자거

사람을 쓸 때는 각박해서는 안 된다. 각박하면 힘써 일해주려고 생각하던 사람도 떠나게 된다.

註▶ 1)用人(용인): 사람을 쓰다. 2)刻(각): 각박하다, 박절하다. 3)思效者(사효자): 힘써 일하는 사람.
〈출전〉菜根譚 前集二百十

3123.

明王之使人명왕지사인 **如巧匠制木**여교장제목

밝은 임금이 사람을 부리는 방법은 재주가 뛰어난 목수가 나무를 다루는 것 같이 한다.

註▶ 1)如巧匠制木(여교장제목): 목수가 나무의 좋은 부분은 취하고, 나쁜 부분을 버리는 것 같이 사람의 장점은 취하고 단점은 버린다.
〈출전〉帝範 賓客

3124.

君子之德風군자지덕풍 **小人之德草**소인지덕초 **草上之風**초상지풍 **必偃**필언

君子의 德은 바람과 같고 小人의 德은 풀과 같다. 풀은 바람이 불면 반드시 쓰러지게 된다.

註▶ 1)偃(언): 복종하다, 엎드려 따른다.
〈출전〉論語 顔淵

3125.

以佚道使民이일도사민 **雖勞不怨**수로불원

편안하게 해주는 길로 백성들을 부리면 힘들다 하더라도 원망하지 않는다.

註▶ 1)佚道(일도): 편안하게 해주는 道.

〈출전〉孟子　盡心上

3126.

以生道殺民이생도살민　**雖死不怨殺者**수사불원살자

살려주는 길로 백성을 죽이면 죽는다 하더라도 죽이는 사람을 원망하지 않는다.

〈출전〉孟子　盡心上

3127.

篤恭而天下平독공이천하평

뜻을 돈독하게 하고 공경스럽게 하면 천하가 태평해진다.

〈출전〉中庸　三十三章

3128.

天吏逸德천리일덕　**烈于猛火**열우맹화

天子의 官吏가 德을 잃는 것은 사나운 불길보다 심한 것이다.

註▶ 1)天吏(천리): 天子의 관리. 2)逸德(일덕): 덕을 잃어버리다. 즉 덕이 없다.
〈출전〉書經　胤征

3129.

善爲吏者선위리자　**樹德**수덕

官吏의 일을 잘하는 사람은 德을 세운다.

註▶ 1)樹德: 덕을 세우다. 樹는 세우다 의 뜻.
〈출전〉韓非子　外儲說左下

3130.

明試以功명시이공

功績으로써 밝게 시험한다.(인물을 알려면 그 사람이 행한 成績으로써 시험해보아야 한다.)

〈출전〉書經　舜典

3131.

善用人者爲之下선용인자위지하

사람을 잘 쓰는 사람은 남보다 아래에 處身한다.

註▶ 1)爲之下(위지하): 자기가 부리는 사람보다 아래에 있으면서 일을 한다.
〈출전〉老子　六十八章

3132.

當官之法당관지법 **唯有三事**유유삼사 **曰清**왈청 **曰愼**왈신 **曰勤**왈근

관리가 꼭 지켜야할 법은 오직 세 가지가 있는데 청렴하고, 삼가고, 부지런한 것이다.

〈출전〉小學　外篇　嘉言

3133.

政寬則民慢정관즉민만

정치가 관대하면 백성은 오만해진다.

〈출전〉左傳　昭公二十年

3134.

上好禮상호예 **則民易使也**즉민역사야

윗사람이 禮를 좋아하면 백성들은 부리기 쉽다.

〈출전〉論語 憲問

3135.

使民如承大祭사민여승대제

백성들을 부릴 때는 큰제사를 모시듯 신중히 하라.

〈출전〉論語 顔淵

3136.

畜馬乘축마승 **不察於鷄豚**불찰어계돈 **伐冰之家**벌빙지가 **不畜牛羊**불축우양

말을 기르는 사람은 닭이나 돼지는 살피지 않고 卿大夫 이상의 사람은 소나 양을 기르지 않는다.

註▶ 1)馬乘(마승): 兵車를 끄는 말로 여기서는 선비가 처음으로 大夫가 되려고 하는 사람을 가리킴. 2)伐冰(벌빙): 卿大夫이상의 신분

〈출전〉大學 傳十章

3137.

百乘之家백승지가 **不畜聚斂之臣**불축취렴지신

百乘의 집은 세금을 不當하게 많이 걷는 신하를 기르지 않는다.

註▶ 1)百乘(백승): 卿大夫 이상의 身分. 2)聚斂(취렴): 세금을 不當하게 많이 걷는 것.

〈출전〉大學 傳十章

3138.

與其有聚斂之臣여기유취렴지신　**寧有盜臣**영유도신

세금을 不當하게 많이 걷는 신하를 갖느니 차라리 도둑질하는 신하를 가질 것이다.

註▶ 1)聚斂(취렴): 세금을 不當하게 많이 걷는 것.

〈출전〉大學　傳十章

3139.

先之勞之선지로지

백성들보다 앞서서 일하라.

〈출전〉論語　子路

3140.

以人之長補其短이인지장보기단

다른 사람의 장점으로 자기의 단점을 보완하라.

〈출전〉說苑　君道

3141.

嘉善而矜不能가선이긍불능

우수한 사람도 칭찬하지만 재주 없는 사람도 동정해야한다.

註▶ 1)嘉善(가선): 우수하고 능력 있는 사람을 칭찬하고 받들다. 2)矜(긍): 동정하고 불쌍하게 여기다.

〈출전〉論語　子張

3142.

不以一惡忘衆善불이일악망중선

하나의 잘못으로 많은 좋은 점을 잊어서는 안 된다.

〈출전〉帝範　賓客

3143.

無倦무권

게을리 하지 말라

〈출전〉論語　顔淵

3144.

公則說공즉열

公平하면 누구나 기뻐한다.

註▶ 1)公(공): 공평하다, 공정하다. 2)說(설): 悅과 같은 뜻으로 "기뻐한다" 의 의미.
〈출전〉論語　堯曰

3145.

恭寬信敏惠공관신민혜

공손하고 관대하고 신의를 지키고 민첩하고 은혜로워야 한다.

〈출전〉論語　陽貨

3146.

惠則足以使人혜즉족이사인

은혜로우면 남을 부릴 수 있다.

〈출전〉論語　陽貨

3147.

明極則過察而多疑명극즉과찰이다의

명철함이 極에 달하면 살피는 것이 지나쳐서 의심이 많아진다.

註▶ 1)明極(명극): 자세하게 밝히는 것이 지나치다. 2)過察(과찰): 지나치게 살피다.

〈출전〉近思錄　警戒類

3148.

明不及察명불급찰　**寬不至縱**관부지종　**吏民安之**이민안지

밝기는 하되 살피지 않고 관대하되 지나치게 늘어지지 않으면 관리와 백성들이 편안해진다.

〈출전〉宋名臣言行錄　歐陽脩

3149.

水至淸수지청　**則無魚**즉무어　**人至察**인지찰　**則無徒**즉무도

물이 너무 맑으면 고기가 없고, 사람이 너무 살피면 따르는 무리가 없다.

〈출전〉古詩源　漢書

3150.

宰相不親細事재상불친세사

재상은 세세한 일은 직접 하지 않아야 한다.

<출전>十八史略　西漢　宣帝

3151.

疑人勿使의인물사　**使人勿疑**사인물의

사람을 의심하면 부리지 말고, 사람을 부리면 의심하지 말라.

<출전>金史　熙宗紀

3152.

下達上通하달상통　**至聰之聽也**지총지청야

위의 뜻이 아래에 이르고 아래의 뜻이 위에 통하게 하여
전체를 총괄하는 사람은 지극히 총명하게 듣는 것이다.

<출전>尉繚子　原官第十

3153.

故舊不遺고구불유　**則民不偸**즉민불투

옛 친구를 버리지 않으면 백성들의 德風도 두터워진다.

註▶ 1)故舊(고구): 옛 친구. 2)不偸(불투): 인심이나 덕행 또는 民風이 두터워지다.
<출전>論語　泰伯

3154.

篤於親독어친　**則民興於仁**즉민흥어인

윗사람이 어버이에게 敦篤하게 하면 백성들 사이에 仁德의 氣風이 일어난다.

<출전>論語　泰伯

3155.

不窮其馬불궁기마

말의 힘을 다 쓰지 않게 하라.(사람을 부릴 때도 여유롭게 부려라.)

〈출전〉荀子 哀公篇

3156.

治民如治病치민여치병

백성을 다스리는 것은 병을 치료하는 것과 같다.

〈출전〉宋名臣言行錄 歐陽脩

3157.

恩若己出은약기출 **怨將誰歸**원장수귀

은혜가 만약 자기에게서 나왔다면 원망은 누구에게 돌아갈까?

〈출전〉宋名臣言行錄 王曾

3158.

柔遠能邇유원능이 **以定我王**이정아왕

먼 곳의 사람들을 편안하게 해주고 가까운 곳 사람들을 따르게 하여 우리 임금 안정시켜 주시네.

註▶ 1)柔(유): 安의 뜻. 2)遠(원): 遠方之國을 말한다. 3)能(능): 온순하다. 순종하게 하다.
〈출전〉詩經 大雅 民勞

3159.

盛德之士성덕지사 **君不得而臣**군부득이신 **父不得而子**부부득이자

德이 대단한 인물은 임금이 그를 신하로 삼을 수 없고, 아버지가 그를 아들로 삼을 수 없다.

〈출전〉孟子　萬章上

3160.

從諫如流종간여류

諫言에 따르는 것을 물이 흐르는 것같이 하라.

〈출전〉韓愈　爭臣論

3161.

上之所爲상지소위　**民之所歸也**민지소귀야

윗사람이 행하는 것으로 백성들이 돌아간다.

註▶ 1)上之所爲(상지소위): 윗사람이 행한 대로.

〈출전〉左傳　襄公二十一年

3162.

所惡於上소악어상　**毋以使下**무이사하

윗사람에게 不當하다고 생각되는 것으로 아랫사람을 부리지 말라.

註▶ 1)所惡(소악): 不當과 같은 말.

〈출전〉大學　傳十章

3163.

不素餐兮불소찬혜

일하지 않고 먹지 않는다.

註▶ 1)素餐(소찬): 일하지 않고 즉 功이 없이 祿을 먹는다.
〈출전〉孟子　盡心上

3164.

不解于位불해우위　**民之攸塈**민지유기

자기 임무에 게을리 하지 않아서 백성들이 편히 쉬며 사네.

註▶ 1)解(해): 懈와 통하여 게을리 하다. 충실하지 않다. 2)塈(기): 편안히 쉬다.
〈출전〉詩經　大雅　假樂

3165.

包荒포황

남의 단점을 포용하라.

註▶ 1)包(포): 抱와 통하여 포용하다. 2)荒(황): 잘못이나 단점.
〈출전〉易經　泰　九二　象

3166.

民無信不立민무신불립

백성이 믿지 않으면 나라가 존립할 수 없다.

〈출전〉論語　顔淵

3167.

如慈母之爲弱子慮也여자모지위약자려야

자애로운 어머니가 약한 자식을 염려하는 것같이 하라.

〈출전〉韓非子　解老

3168.

在上不驕高而不危재상불교고이불위

위에 있을 때 교만하지 않으면 고위직에 있어도 위험하지 않다.

註▶ 1)高(고): 높은 자리에 있다.

〈출전〉孝經　諸侯

3169.

居上克明거상극명　**爲下克忠**위하극충　**與人不求備**여인불구비

윗자리에서는 총명하며 아랫자리에서는 충성을 다하며

사람들에게 모든 것을 다 갖추기를 바라지 않는다.

註▶ 1)克(극): 能과 통하여 "능히" 라는 뜻으로 쓰였다..

〈출전〉書經　伊訓

Ⅳ 국가의 흥망성쇠

3170.

以古爲鏡이고위경 **可見興替**가견흥체 **以人爲鏡**이인위경 **可知得失**가지득실

역사를 거울삼으면 興廢를 볼 수 있고, 남을 거울삼으면 得失을 알 수 있다.

註▶ 1)爲鏡(위경): 거울로 삼다. 교훈으로 삼다. 2)興替(흥체): 흥폐.

〈출전〉十八史略　唐　太宗

3171.

國家將興국가장흥 **必有禎祥**필유정상 **國家將亡**국가장망 **必有妖孽**필유요얼

국가가 홍성 하려 할 때는 반드시 상서로움이 있고,

국가가 망하려 할 때는 반드시 괴이한 현상이 일어난다.

註▶ 1)將(장): 장차. 2)禎祥(정상): 祥瑞로운 일. 3)妖孼(요얼): 요망하고 괴이한 일.

〈출전〉中庸　二十四章

3172.

國將興聽於民국장흥청어민　**將亡聽於神**장망청어신

국가가 흥하려 할 때는 백성들의 소리를 듣고, 망하려 할 때는 미신의 소리를 듣는다.

註▶ 1)將(장): 장차. 2)神(신): 미신.

〈출전〉左傳　莊公三十二年

3173.

國將興국장홍　**必貴師而重傳**필귀사이중전

국가가 홍하려 할 때는 스승을 귀하게 여기고 스승이 전하는 것을 귀하게 여긴다.

註▶ 1)將(장): 장차. 2)貴師(귀사): 스승을 귀하게 여기다. 3)重傳(중전): 스승이 전해준 것을 존중하다.

<출전>荀子　大略篇

3174.

治亂興亡之迹치란홍망지적　**爲人君者**위인군자　**可以鑒矣**가이감의

治亂과 興亡의 자취를 임금이 된 자는 거울로 삼아야 한다.

註▶ 1)治亂(치란): 난리를 다스리다.

<출전>文章軌範　<작자>歐陽脩　<제목>朋黨論

3175.

有德易以興유덕이이홍　**無德易以亡**무덕이이망

덕이 있으면 홍하기 쉬우나 덕이 없으면 망하기 쉽다.

<출전>十八史略　西漢　高祖

3176.

順德者昌순덕자창　**逆德者亡**역덕자망

덕을 따르는 자는 창성하고, 덕을 거역하는 사람은 망한다.

<출전>十八史略　西漢　高祖

3177.

仁不可爲衆也인불가위중야

仁을 행하는 사람에게는 많은 무리도 대항할 수 없다.

註▶ 1)仁(인): 仁을 행하는 사람을 말한다.
〈출전〉孟子　離婁上

3178.

古之興者고지홍자　**在德厚薄**재덕후박　**不在大小也**부재대소야

옛날 국가가 흥성한 것은 덕의 두텁고 얇은 것에 달려 있었지,
땅의 크고 작음에 달려 있지 않았다.

〈출전〉十八史略　東漢　光武帝

3179.

文臣不愛錢문신불애전　**武臣不惜死**무신불석사

文官은 金錢을 탐하지 않아야 하고, 武官은 목숨을 아끼지 않아야 한다.

〈출전〉宋史　岳飛傳

3180.

親仁善隣친인선린　**國之寶也**국지보야

어진 자와 친하게 지내고 이웃나라와 잘 지내는 것이 나라의 보배가 된다.

註▶ 1)善隣(선린): 이웃나라와 잘 지내다.
〈출전〉左傳　隱公六年

3181.

國君好仁국군호인　**天下無敵**천하무적

나라의 임금이 仁을 좋아하면 천하에 적이 없다.

〈출전〉孟子　離婁上

3182.

在德不在鼎재덕부재정

나라의 흥망은 덕에 달려있지 鼎의 크기에 달려있는 것이 아니다.

註▶ 1)鼎(정): 夏나라 禹王이 九州의 금속을 모아 만든 아홉 개의 솥을 왕위 전승의 寶器로 하였으므로 國家, 王位, 帝業의 뜻으로 쓰인다.

〈출전〉左傳　宣公三年

3183.

本必先顚본필선전　**而後枝葉從之**이후지엽종지

나무는 根本이 먼저 넘어진 뒤에 가지와 잎사귀가 따라서 넘어진다.
(나라의 根本인 道義를 잃으면 나라 전체가 망하게 된다.)

〈출전〉左傳　閔公元年

3184.

都城過百雉도성과백치　**國之害也**국지해야

地方의 城이 百雉가 넘으면 나라에 해롭다.(중앙집권의 힘이 약해지므로 나라에 해롭다.)

註▶ 1)百雉(백치): 성이 넓고 큰 것을 말하는 것으로 길이가 三百丈이 되는 것을 말한다.

〈출전〉左傳　隱公元年

3185.

宗子維城종자유성

國王이 城이 되어 태평하게 하네.

註▶ 1)宗子(종자): 임금의 嫡子. 2)城(성): 나라의 성과 같다.
〈출전〉詩經 大雅 板

3186.

海不揚波해불양파

바다가 파도를 일으키지 않는다.(聖君이 천하를 다스리면 태평해진다.)

〈출전〉雅俗故事讀本 地輿

3187.

狗不夜吠구불야폐 **民不見吏**민불견리

개가 밤에 짖지 않고 백성은 관리들을 볼 수 없다.(聖君이 다스리면 도둑도 없고 법 집행을 할 필요가 없다.)

〈출전〉十八史略 東漢 桓帝

3188.

鳴鷄吠狗명계폐구 **烟火萬里**연화만리

닭 울음소리와 개 짖는 소리 들리고 인가가 萬里까지 이어지네.

註▶ 1)烟火(연화): 사람들이 사는 곳에는 반드시 연기와 불이 있으므로 人家의 뜻으로 쓰인다.
〈출전〉史記 律書

3189.

恃險與馬之不可以爲固也시험여마지불가이위고야

험한 지형과 병마에 의존해서는 나라의 안녕을 지킬 수 없다.

註▶ 1)險與馬(험여마): 험한 지형과 병마. 즉 군사력을 말하는 것.
<출전>左傳　昭公四年

3190.

滅六國者六國也멸육국자육국야　**非秦也**비진야
族秦者秦也족진자진야　**非天下也**비천하야

六國을 멸한 것은 六國이었지 秦나라가 아니었으며,
秦나라의 三族을 滅한 것은 秦나라 자신이었지 天下가 아니었다.

註▶ 1)六國(육국): 韓, 趙, 魏, 楚, 燕, 齊
<출전>文章軌範　<작자>杜牧之　<제목>阿房宮賦

3191.

後人哀之후인애지 **而不鑑之**이불감지
亦使後人而復哀後人也역사후인이복애후인야

후세 사람들은 그를 슬퍼하면서도 이것을 거울로 삼지 않아
또한 후세 사람들로 하여금 다시 후세 사람들을 슬퍼하게 한다.

<출전>文章軌範　<작자>杜牧之 <제목>阿房宮賦

3192.

上帝板板상제판판 **下民卒癉**하민졸단

하늘의 신이 버리시면 백성들은 고생하네.

註▶ 1)板板(판판):멀리 하다.
<출전>詩經　大雅 板

3193.

天下無道천하무도 **仁士不處厚焉**인사불처후언

천하에 道가 없으면 어진 사람은 높은 지위나 富를 가지지 않는다.

註▶ 1)不處厚(불처후): 높은 지위에 서거나 부유함을 누리지 않는다.
<출전>墨子 耕柱

3194.

國無常强국무상강 **無常弱**무상약

나라는 항상 강한 나라도 없고, 항상 약한 나라도 없다.

<출전>韓非子 有度

3195.

自西自東자서자동 **自南自北**자남자북 **無思不服**무사불복

동쪽으로부터 서쪽에 이르기까지, 남쪽으로부터 북쪽에 이르기까지 복종하지 않는 마음이 없다.

<출전>詩經 大雅 文王有聲

3196.

危邦不入위방불입 **亂邦不居**난방불거

위태로운 나라에는 들어가지 말고 문란한 나라에서는 살지 말라.

<출전>論語 泰伯

3197.

治生乎君子치생호군자 **亂生乎小人**난생호소인

태평한 세상은 君子에게서 나오고 亂世는 小人에게서 나온다.

註▶ 1)治(치): 잘 다스려지는 세상. 태평스러운 세상. 2)亂(난): 어지러운 세상. 난세
〈출전〉荀子　王制篇

3198.

世有三亡세유삼망　**以亂攻治者亡**이난공치자망

以邪攻正者亡이사공정자망　**以逆攻順者亡**이역공순자망

세상에는 망하는 道가 세 가지가 있으니 난리를 일으켜 잘 다스려지는 나라를 공격하면 망하고, 사악함으로 바른 나라를 치면 망하고, 도리를 거스름으로 도리를 따르는 나라를 치면 망한다.

〈출전〉韓非子　初見秦

3199.

脣亡齒寒순망치한

입술이 없으면 이가 시리다.(이웃나라가 위태로우면 자기 나라도 위험하다.)

〈출전〉左傳　僖公五年

3200.

撥亂反正발란반정

난세를 다스려서 바른 세상으로 돌아가게 하다.

註▶ 1)撥亂(발난):난세를 다스리다.
〈출전〉公羊傳 哀公十四年

3201.

輔車相依보차상의

보와 수레는 서로 의지한다.(서로 의지하지 않으면 그 존재를 보전하지 못하는 경우를 비유한 것)

註▶ 1)輔車(보차): 보와 수레.
〈출전〉左傳　僖公五年

3202.

一葉落知天下秋일엽락지천하추

오동잎 하나가 떨어지는 것을 보고 가을이 온 것을 알았네.(事物을 보고 나라의 세력이 쇠퇴함을 알았다.)

〈출전〉文錄

3203.

大廈將顚대하장전　**非一木所支也**비일목소지야

큰집이 기울어지면 하나의 나무로 지탱할 수 없다.(큰 세력의 나라가 기울면 한 사람의 힘으로는 지탱할 수 없다.)

〈출전〉文中子　事君

3204.

四海安危居掌內사해안위거장내　**百王治亂懸心中**백왕치란현심중

天下의 편안함과 위태로움은 손바닥으로 쥐어야하고,
많은 왕들이 亂世를 다스린 것은 마음속에 깊이 알고 있어야 한다.

註▶ 1)居掌內(거장내): 손바닥으로 쥐다. 즉 확실하게 알아야한다. 2)懸心中(현심중): 마음속에 매달아놓아야 한다. 즉 마음속에 깊이 새겨 두어야 한다.
〈출전〉白居易　百鍊鏡

3205.

水濁則無掉尾之魚수탁즉무도미지어 **政苛則無逸樂之士**정가즉무일락지사

물이 흐리면 꼬리를 흔들며 즐거워하는 물고기가 없고, 정치가 가혹하면 편안히 즐거워하는 백성이 없다.

〈출전〉鄧析子 無厚

3206.

安危在是非안위재시비 **不在於彊弱**부재어강약

나라의 편안함과 위태로움은 名分이 바르냐 바르지 못하냐에 달려있지, 강하고 약한 것에 달려있는 것이 아니다.

〈출전〉韓非子 安危

3207.

渝盟無亨國투맹무형국

다른 나라와 맺은 맹세를 변경하고도 형통하는 나라는 없다.

註▶ 1)渝盟(투맹): 맹세를 어기다. 조약을 어기다.
〈출전〉左傳 桓公元年

3208.

隣之厚君之薄也인지후군지박야

이웃나라가 발달해 보이는 것은 자기나라의 임금의 德이 얇기 때문이다.

〈출전〉左傳 僖公三十年

3209.

四面皆楚歌사면개초가

四面이 다 楚나라 노래 소리로 가득하다.
<출전>十八史略　西漢　高祖

3210.

浪奔江勢猶含怒낭분강세유함노　**國破山河尚帶羞**국파산하상대수

물결이 내달리는 형세는 아직 성을 머금었고 나라가 망했으니 산은 아직 부끄러움 띠었네.

(原文)

北固登臨望潤州　一樽難洗古今愁　**浪奔江勢猶含怒**　**國破山河尚帶羞**
淮海雲煙迷古壘　金焦鍾鼓殷岑樓　憑誰與問興亡事　惟有沙鷗近葉舟

북고에 올라 윤주를 바라보면
한 통 술로는 고금의 시름을 씻기 어렵네.
물결이 내달리는 형세는 아직 성을 머금었고
나라가 망했으니 산은 아직 부끄러움 띠었네.
회해의 바람과 연기는 옛 보루에 이었고
금초사의 종소리는 높은 누대에 우렁차네.
누구에게 홍망의 일을 물어볼거나.
오직 모래밭 갈매기만이 거룻배에 다가오네.

註▶ 1)殷(은): 盛하다. 2)葉舟(엽주): 작은 배. 거룻배.
<출전>한국한시 <작자>權漢功(一齋) <제목>多景樓與益齋同賦

3211.

國破山河異昔時국파산하이석시　**獨留江月幾盈虧**독유강월기영휴

나라 망하매 강산은 옛날과 달라졌는데 홀로 남은 저 江月은 몇 번 차고 기울었나.

(原文)

國破山河異昔時　獨留江月幾盈虧　落花岩畔花猶在　風雨當年不盡吹

나라 망하매 강산은 옛날과 달라졌는데
홀로 남은 저 江月은 몇 번 차고 기울었나.
낙화암 곁에 꽃은 아직 있나니
그때의 비바람도 다 없애지 못했구나.

註▶ 1)落花岩(낙화암): 부여에 있는 바위로 삼천 궁녀가 떨어져 자살한 바위.
<출전>한국한시 <작자>洪春卿(石壁) <제목>落花岩

3212.

興亡千載事홍망천재사　**長嘯倚南樓**장소의남루

홍하고 망한 천년의 일이여, 길게 한숨이며 남루에 의지한다.

(原文)

獨鳥孤城外　殘鍾古寺秋　**興亡千載事　長嘯倚南樓**

외로운 새는 성 밖에서 날고
쇠잔한 종소리는 가을 녘 옛 절에서 들려오네.
홍하고 망한 천년의 일이여
길게 한숨이며 남루에 의지한다.

<출전>한국한시 <작자>李志完(斗峯) <제목>松京南樓

3213.

斜陽斂盡大江平사양렴진대강평　**千古興亡一笛橫**천고홍망일적횡

저녁볕이 큰 강물을 모두 거두어가니, 천고홍망이 한 젓대에 비꼈네.

(原文)

斜陽斂盡大江平　千古興亡一笛橫　閒載滿船秋色去　濟王宮北弔孤城

저녁별이 큰 강물을 모두 거두어가니
천고흥망이 한 젓대에 비꼈네.
배에 가득 가을빛을 한가히 싣고 가서
백제왕궁 북쪽에서 외로운 성을 조상하리.

〈출전〉한국한시 〈작자〉金揩 〈제목〉百濟懷古

3214.

斜陽漸下壞宮西사양점하괴궁서 **百頃黃雲野色凄**백경황운야색처

무너진 궁 서쪽으로 석양이 차츰 내려, 백 이랑의 누런 구름에 들 빛깔이 쓸쓸하네.

(原文)

斜陽漸下壞宮西 百頃黃雲野色凄 寒木繞城秋自落 亂鴉棲苑夜猶啼
僞王事業銷沈久 故國山川指點迷 村竪不關興廢恨 等閒橫笛度前溪

무너진 궁 서쪽으로 석양이 차츰 내려
백 이랑의 누런 구름에 들 빛깔이 쓸쓸하네.
찬 나무는 성을 둘러 가을 잎이 절로 지고
까치는 동산에서 밤에도 울어대네.
거짓 왕의 사업이 오랫동안 사그라져
옛 나라의 산천을 가리키기 어렵네.
마을 총각이야 흥폐의 한에 무슨 관계있는가.
한가히 피리 불며 앞 시내를 건너네.

註▶ 1)弓裔(궁예): 태봉국의 왕. 후백제를 무찌르고 세력이 강해지자 백성을 괴롭혔다. 申崇謙이 그를 몰아내어 평강에서 백성에게 피살되었다. 舊都는 철원으로 여겨진다. 2)黃雲(황운): 누렇게 익은 보리나 벼를 구름에 견주어 이른 말. 3)銷沈(소침): 기운이 없어지다. 4)指點(지점): 어느 지점을 손가락으로 가리켜 보다.

〈출전〉한국한시　〈작자〉李邌大(松厓)　〈제목〉弓裔舊都

3215.

深中絲竹醉無愁심중사죽취무수　**王氣那知半夜收**왕기나지반야수

깊은 궁궐 노랫가락, 취하여 근심을 모르더니, 어찌 알았으랴, 밤중에 나라 망한 줄을.

(原文)

深中絲竹醉無愁　王氣那知半夜收　能使佳人同死節　縱然亡國也風流
紅粧寶靨鎖春影　翠黛紅裙逐水漚　一例芳魂招不得　麗華宮井綠珠樓

깊은 궁궐 노랫가락, 취하여 근심을 모르더니
어찌 알았으랴, 밤중에 나라 망한 줄을.
가인은 같이 죽어서 절개를 지켰으나
나라 망한 것은 풍류 때문일세.
화장한 예쁜 보조개 봄 그늘에 녹고
푸른 눈썹 붉은 치마 물거품이 되었다.
꽃다운 혼은 하나같이 초혼도 못했으니
화려한 궁정과 아름다운 다락만 있네.

註▶ 1)絲竹(사죽): 거문고와 퉁소. 음악. 2)紅粧(홍장): 연지를 찍은 화장. 3)靨(엽): 보조개. 4)翠黛(취대): 눈썹을 그리는 푸른 먹. 또는 눈썹 먹으로 그린 푸른 눈썹. 5)漚(구): 물거품

〈출전〉한국한시　〈작자〉李建昌(寧齊)　〈제목〉落花岩

V. 정 치 일 반

3216.

諸侯之寶三제후지보삼　**土地**토지　**人民**인민　**政事**정사

寶珠玉者보주옥자　**殃必及身**앙필급신

제후에게는 보배가 세 가지 있는데 토지와 백성과 다스리는 일이다.
구슬과 옥으로 보배를 삼으면 재앙이 반드시 그 자신에게 미칠 것이다.

〈출전〉孟子　盡心下

3217.

信則民任焉신즉민임언

信義가 있으면 백성이 信任하게된다.

註▶ 1)任(임): 신임을 얻게 된다.
〈출전〉論語　堯曰

3218.

寬則得衆관즉득중

너그러우면 많은 사람의 마음을 얻는다.

註▶ 1)得衆(득중): 많은 사람의 마음을 얻다.
〈출전〉論語　陽貨

3219.

敏則有功민즉유공

민첩하게 일 처리를 하면 일을 성취시킬 수 있다.

註▶ 1)功(공): 일을 성취시켜서 공적이 있게 되다.
〈출전〉論語 陽貨

3220.
不患寡而患不均불환과이환불균
다스리는 사람은 적은 것을 걱정하지 말고 고르지 못한 것을 걱정해야 한다.

註▶ 1)寡(과): 토지나 백성이 적다. 2)均(균): 정치적 균등으로 저마다 잘살게 되다.
〈출전〉論語 季氏

3221.
見小利견소리 **則大事不成**즉대사불성
작은 이익을 보면 큰 일을 이루지 못한다.

〈출전〉論語 子路

3222.
均無貧균무빈
물질적으로 평등하면 가난하지 않다.

註▶ 1)均(균): 정치적 균등으로 저마다 잘살게 되다.
〈출전〉論語 季氏

3223.
不患貧而患不安불환빈이환불안
다스리는 사람은 가난을 걱정하지 않고 불안함을 걱정해야 한다.

註▶ 1)安(안): 상하가 서로 평안한 것.
〈출전〉論語　季氏

3224.
以人治人이인치인
인간의 도리로써 사람을 다스려야 한다.

〈출전〉中庸　十三章

3225.
官正而國治관정이국치
관리가 바르면 나라가 잘 다스려진다.

〈출전〉禮記　文王世子

3226.
以天下觀天下이천하관천하
자기가 속한 천하의 상태를 살펴서 넓은 천하의 형세를 보라.

〈출전〉韓非子　解老

3227.
政不簡不易정불간불이　**民不能近**민불능근
정치가 간단하지 않고 쉽게 행해지지 않으면 백성들을 가까이 할 수 없다.

〈출전〉十八史略　春秋戰國　魯

3228.
仁人用國인인용국　**則國安于磐石**즉국안우반석

어진 사람이 나라를 지배하면 나라가 반석 위에 있는 것처럼 편안하다.

註▶ 1)用國(용국): 나라를 지배하여 다스리다.
〈출전〉荀子　富國篇

3229.

一目視也일목시야　**不若二目之覩也**불약이목지도야
一耳之聽也일이지청야　**不若二耳之聽也**불약이이지청야
하나의 눈으로 보는 것은 두 눈으로 보는 것보다 못하고, 하나의 귀로 듣는 것은 두 귀로 듣는 것보다 못하다. (백성의 소리를 듣는 것에 힘써야 한다.)

〈출전〉墨子　尙同下

3230.

欲速則不達욕속즉부달
급히 서두르면 달성하지 못한다.

〈출전〉論語　子路

3231.

政事亂정사난　**則冢宰之罪也**즉총재지죄야
정치가 어지러운 것은 宰相의 잘못이다.

註▶ 1)冢宰(총재): 周나라 때 六官의 長, 지금의 국무총리와 같음.
〈출전〉荀子　王制篇

3232.

天下有道천하유도　**則庶人不議**즉서인불의

천하에 道가 있으면 서민들은 정치에 대해서 비판을 하지 않는다.

註▶ 1)不議(불의): 정치에 대해서 비판하지 않는다.
〈출전〉論語　季氏

3233.

惠而不費혜이불비

혜택을 베풀어주되 낭비하지 않는다.

註▶ 1)惠而不費(혜이불비): 백성들에게 은택을 주지만 재물을 소비하지는 않는다.
〈출전〉論語　堯曰

3234.

仁言不如仁聲之入人深也인언불여인성지입인심야

인자한 말은 인자하다는 評判이 사람들에게 깊이 파고드는 것만 못하다.

註▶ 1)仁言(인언): 인자하고 후덕한 말. 2)仁聲(인성): 실질적으로 인자해서 그것으로 말미암아 일어나는 칭송과 평판. 3)入人深(입인심): 사람의 마음에 파고들어서 감명을 주다.
〈출전〉孟子　盡心上

3235.

慢令致期만령치기　**謂之賊**위지적

법령은 엉성하게 하고 실천의 期限만을 조이는 것을 賊이라 한다.

註▶ 1)慢令致期(만령치기): 법령을 완만하게 하고 期限을 촉박하게 정하다. 2)賊(적): 백성을 賊害하다.
〈출전〉論語　堯曰

3236.

爲天下國家有九經위천하국가유구경　**所以行之者一也**소이행지자일야

천하와 국가를 다스리는 데에는 九經이 있으나 그것을 행하게 하는 것은 하나이다.

〈출전〉中庸　二十章

3237.

大同대동

천하를 한 가족처럼 생각하다.

〈출전〉禮記　禮運

3238.

小康소강

일시의 편안함을 얻다.

註▶ 1)小康(소강): 소란하던 세상이 잠시 안정되다.
〈출전〉禮記　禮運

3239.

八政팔정 **一曰食**일왈식 **二曰貨**이왈화 **三曰祀**삼왈사 **四曰司空**사왈사공 **五曰司徒**오왈사도 **六曰司寇**육왈사구 **七曰賓**칠왈빈 **八曰師**팔왈사

정치를 할 때 주의해야할 여덟 가지 큰 일은 첫째가 식량이고 둘째가 재화이고 셋째가 제사이고 넷째가 토목이고 다섯째가 교육이고 여섯째가 형벌이고 일곱째가 賓禮이고 여덟째가 군대를 갖추는 것이다.

註▶ 1)司空(사공): 토목. 2)司徒(사도): 교육. 3)司寇(사구): 형벌. 4)賓(빈): 賓禮. 5)師(사): 군대를 갖추는 것.

3240.

國有四維국유사유 **一曰禮**일왈예 **二曰義**이왈의 **三曰廉**삼왈렴 **四曰恥**사왈치

나라를 유지하는 네 가지의 큰 강목은 禮와 義와 淸廉과 부끄러움이다.

註▶ 1)維(유): 綱目.

〈출전〉管子 牧民

3241.

以家爲家이가위가 **以鄕爲鄕**이향위향 **以國爲國**이국위국

以天下爲天下이천하위천하

집안을 다스릴 때에는 집안을 다스리는 방법을 쓰고, 고을을 다스릴 때는 고을을 다스리는 방법을 쓰고, 나라를 다스릴 때에는 나라를 다스리는 방법을 쓰고, 천하를 다스릴 때는 천하를 다스리는 방법을 써야한다.

〈출전〉管子 牧民

3242.

輕用衆경용중 **使民勞**사민로 **則民力竭矣**즉민력갈의 **賦斂厚**부렴후

則下怨上矣즉하원상의 **民力竭**민력갈 **則令不行矣**즉령불행의

백성들을 가볍게 부리고 백성들로 하여금 피로하게 하면 백성들의 힘이 다한다. 세금을 많이 거두면 백성들이 위정자를 원망한다. 백성의 힘이 다하면 명령이 행해지지 않는다.

註▶ 1)輕用(경용): 가볍게 부리다. 2)衆(중): 일반백성.

〈출전〉管子 權修

3243.

得下之情則治득하지정즉치 **不得下之情則亂**부득하지정즉난

민심을 파악하면 잘 다스려지고, 민심을 알지 못하면 나라는 혼란스러워진다.

註▶ 1)得(득): 파악하다, 알다. 2)下之情(하지정): 일반 백성들의 사정.
〈출전〉墨子 尙同上

3244.

擧逸民거일민 **天下之民歸心焉**천하지민귀심언

숨어있는 어진 사람을 등용하면 천하의 민심이 돌아온다.

註▶ 1)逸民(일민): 숨어있는 어진 인재.
〈출전〉論語 堯曰

3245.

近者說근자설 **遠者來**원자래

가까이 있는 사람을 만족시키면 멀리 있는 사람도 와서 복종한다.

註▶ 1)說(설): 悅과 통하여 기쁘게 하다. 2)來(내): 찾아와서 복종하다.
〈출전〉論語 子路

3246.

勞而不怨노이불원

勞役을 부리되 원망을 듣지 않는다.

〈출전〉論語 堯曰

3247.

一手獨拍일수독박 **雖疾無聲**수질무성

한 손으로 박수를 치면 비록 빠르더라도 소리가 나지 않는다.

〈출전〉韓非子 功名

3248.

執左道집좌도 **亂政殺**난정살

사악한 道를 가지고 정치를 어지럽히는 자는 사형에 처하라.

註▶ 1)左道(좌도): 국가나 국법에 반대되는 사악한 道.

〈출전〉禮記 王制

3249.

川淵深而魚鼈歸之천연심이어별귀지 **山林茂而禽獸歸之**산림무이금수귀지

시내와 연못이 깊으면 물고기와 자라가 모이고, 산의 숲이 무성하면 짐승들이 모인다.

註▶ 1)歸之(귀지): 돌아온다. 즉 모인다는 의미로 쓰였다.

〈출전〉荀子 致士篇

3250.

地者政之本也지자정지본야

토지는 정치의 근본이다.

〈출전〉管子 乘馬

3251.

鳶飛戾天연비려천 **魚躍于淵**어약우연

솔개는 하늘 위를 날고, 물고기는 연못에서 뛰고 있네.(세상이 태평스러움을 의미한다.)

〈출전〉詩經　大雅　旱麓

3252.

地之生財有時지지생재유시　**民之用力有倦**민지용력유권

땅이 물건을 만들어 내는 것은 때가 있고, 백성이 힘을 쓰는 것도 한계가 있다.

註▶ 1)倦(권): 한계. 즉 오랫동안 부리면 피로해진다.
〈출전〉管子　權修

3253.

國危則無樂君국위즉무락군　**國安則無憂民**국안즉무우민

나라가 위태로우면 즐거워하는 임금이 없고, 나라가 평안하면 근심하는 백성이 없다.

〈출전〉荀子　王霸篇

3254.

不解于位불해우위　**民之攸塈**민지유기

자기임무에 게을리 하지 않아 백성들이 편히 쉬며 사네.

註▶ 1)解(해): 懈와 통하여 게을리 하다. 충실하지 않다. 2)塈(기): 편안히 쉬다.
〈출전〉詩經　大雅　假樂

3255.

一人則一義일인즉일의　**二人則二義**이인즉이의

한 사람이 있으면 하나의 주장이 있고, 두 사람이 있으면 두 개의 주장이 있다.

註▶ 1)義(의): 의견, 주장.
〈출전〉墨子　尙同上

3256.

授有德수유덕　**則國安**즉국안　**務五穀**무오곡　**則食足**즉식족
德이 있는 사람에게 지위를 주면 나라가 편안해지고,
五穀의 증산에 힘쓰는 사람에게 지위를 주면 식량이 풍족해진다.

〈출전〉管子　牧民

3257.

治亂民치난민　**如治亂繩**여치난승　**不可急也**불가급야
난민을 다스리는 것은 어지럽게 얽힌 실과 같아서 급하게 서둘러서는 안 된다.

註▶ 1)亂繩(난승): 어지럽게 엉킨 실.
〈출전〉十八史略　西漢　宣帝

3258.

雖隔千里수격천리　**如對面語**여대면어
비록 천리나 떨어져 있지만 얼굴을 대하고 말하는 것 같네.

〈출전〉十八史略　唐　太宗

3259.

水至淸수지청　**則無魚**즉무어　**人至察**인지찰　**則無徒**즉무도
물이 너무 맑으면 고기가 없고, 사람이 너무 살피면 따르는 무리가 없다.

註▶ 1)水至淸(수지청): 물이 지나치게 맑다. 2)人至察(인지찰): 사람이 지나치게 살피다. 3)無徒(무도): 따르는 무리가 없다.
〈출전〉古詩源 漢書

3260.

王事靡監왕사미감 **不遑將父**불황장부

나라 일이 끝나지 않았으니 아버님 봉양할 틈이 없네.

註▶ 1)王事靡盬(왕사미감): 盬은 息의 뜻이니 王事不止息 이라는 뜻이다. 2)遑(황): 겨를.
〈출전〉詩經 小雅 四馬

3261.

缾之罄矣병지경의 **維罍之恥**유뢰지치

텅 빈 병은 항아리에게 부끄럽네.(백성들의 생활고는 다스리는 자의 치욕이다.)

註▶ 1)缾(병): 甁과 같은 글자. 2)罄(경): 그릇의 속이 비다. 3)罍(뇌): 술그릇. 缾이나 罍는 모두 비슷한 질그릇으로 병에 물을 길어다 罄에다 부어둔다. 병이 텅 비어 있으면 罍에는 따라서 물이 찰 날이 없으므로 병이 비면 罍의 수치가 되는 것이다. 이것은 부모님이 편히 지내지 못하는 것은 아들의 책임이라는 비유를 든 것이다.
〈출전〉詩經 小雅 蓼莪

3262.

不仁而得天下불인이득천하 **未之有也**미지유야

어질지 않고 천하를 얻는 사람은 없다.

〈출전〉孟子 盡心下

3263.

柔遠能邇유원능이

먼 곳의 사람들을 편안하게 해주고 가까운 곳의 사람들은 따르게 하라.

註▶ 1)柔(유): 安의 뜻. 2)遠(원): 遠方之國을 말한다. 3)能(능): 온순하다. 순종하게 하다.
<출전>詩經　大雅　民勞

3264.

治大國치대국　若烹小鮮약팽소선

큰 나라를 다스리는 것은 작은 생선을 굽는 것과 같다.

註▶ 1)若烹小鮮(약팽소선): 작은 생선을 굽듯이 천천히 적절하게 조용히 나라를 다스리는 것.
<출전>老子　六十章

3265.

政則在簡而能정즉재간이능

정치는 간단하게 행하는 것이 있으면 성공할 수 있다.

<출전>忠經　政理

3266.

有廢有興유폐유흥

정치를 할 때 없애야할 제도가 있고 신설해야할 제도가 있다.

註▶ 1)廢(폐): 폐지해야할 제도. 2)興(흥): 새로 만들어야할 제도.
<출전>書經　君陳

3267.

小逆在心소역재심　**而久福在國**이구복재국

간언을 받아들여서 일시의 거슬림이 마음에 있어도 오래 동안 복은 나라에 있게 된다.

註▶ 1)小逆在心(소역재심): 신하의 간언을 받아들여서 거슬림이 조금 마음에 있다.
<출전>韓非子　安危

3268.

朝廷若無人조정약무인

조정에 사람이 없는 것 같다.

註▶ 1)若無人(약무인): 아무 일도 하지 않아도 나라가 잘 다스려진다.
<출전>淮南子　泰族訓

3269.

國之道有四국지도유사　**一曰貢賢**일왈공현　**二曰獻猷**이왈헌유
三曰立功삼왈립공　**四曰興利**사왈홍리

나라를 다스리는 도는 네 가지가 있는데 어진 사람을 등용하는 것과 큰 계획을 올리는 것과 공적을 세우는 것과 이익을 홍하게 하는 것이다.

註▶ 1)貢賢(공현): 어진 사람을 등용하다. 2)獻猷(헌유): 큰 계획을 올리다. 3)立功(입공): 공적을 세우다. 4)興利(홍리): 이로움을 홍하게 하다.
<출전>忠經　報國

3270.

治國者若鎒田치국자약누전　**去害苗者而已**거해묘자이이

나라를 다스리는 것은 밭에서 김을 매는 것과 같아서
묘목에게 해로운 잡초를 뽑는 것과 같을 뿐이다.

註▶ 1)耨田(누전): 밭의 풀을 뽑다. 김을 매다. 2)去(거): 뽑다. 3)害苗者(해묘자): 묘목에게 해로운 것. 즉 잡초.
〈출전〉淮南子 說山訓

3271.
民不畏威민불외위 **大威至矣**대위지의
백성들이 권위를 두려워하지 않으면 큰 천벌이 닥칠 것이다.

註▶ 1)大威(대위): 큰 천벌
〈출전〉老子 七十二章

3272.
臨下以簡임하이간 **御衆以寬**어중이관
백성들에게 임하여서는 간략하게 정치를 하고 일반 민중을 통치 할 때는 관대하게 하라.

註▶ 1)臨(임): 대하여 다스리다. 2)御(어): 부리다, 통치하다.
〈출전〉書經 大禹謨

3273.
治也者치야자 **治常者也**치상자야 **道也者**도야자 **道常者也**도상자야
정치는 평범한 일상을 다스리는 것이고, 도는 평범한 일상의 행동을 이끄는 것이다.

〈출전〉韓非子 忠孝

3274.

好細腰호세요 **而國中多餓人**이국중다아인

허리가 가는 미인을 좋아하면 나라 안에 굶어죽는 사람이 많을 것이다.

註▶ 1)細腰(세요): 楚나라의 靈王은 허리가 가는 미인을 좋아하여 나라 안의 여자들이 허리를 가늘게 하려고 식사량을 지나치게 줄여서 굶어죽는 사람이 많았다. 윗사람은 좋아하는 것도 삼가야 한다는 뜻을 가지고 있다.

〈출전〉韓非子　二柄

3275.

量力而任之양력이임지 **度才而處之**도재이처지

역량을 생각해서 일을 맡기고 재능을 헤아려서 자리를 주어야 한다.

註▶ 1)量力(양력): 역량을 헤아리다. 2)度才(도재): 재능을 헤아리다.

〈출전〉文章軌範　〈작자〉韓愈　〈제목〉上張僕射書

3276.

順而安之순이안지

道에 순응하여 편안함을 얻는다.

〈출전〉忠經　守宰

3277.

立不易方입불역방

세상에 서 있을 때 방향을 바꾸지 않아야 한다.

註▶ 1)立不易方(입불역방): 어떤 일을 만나도 절의를 바꾸지 않고 지켜나간다.

〈출전〉易經　恒　象

3278.

信而後勞其民신이후로기민

신임을 받은 후에 백성들을 부려야 한다.

<출전>論語　子張

3279.

政貴有恒정귀유항

정치는 변하지 않는 방침이 있는 것을 귀하게 여긴다.

註▶ 1)恒(항): 변하지 않는 방침.

<출전>書經　畢命

3280.

損有餘손유여　**而補不足**이보부족

남는 것은 덜어주고, 부족한 것은 보충해준다.

<출전>老子　七十七章

3281.

見賢以樂賢견현이락현　**見不肖以哀不肖**견불초이애불초

어진 사람을 보면 어진 것을 즐거워하고, 미련한 것을 보면 미련한 것을 슬퍼한다.

註▶ 1)不肖(불초): 미련하다.

<출전>說苑　貴德

3282.

愛民害民之始也애민해민지시야

백성을 사랑하는 것은 백성을 해롭게 하는 것의 시작이다.

註▶ 1)害民(해민): 법을 제정하여 국민을 사랑하는 것은 국민에게 해롭다.

<출전>莊子　雜篇　徐無鬼

3283.

居下位而不獲於上거하위이불획어상　**民不可得而治也**민불가득이치야

아랫자리에 있으면서 윗사람의 신임을 얻지 못하면 백성들을 다스려내지 못한다.

註▶ 1)不獲(불획): 신임을 얻지 못하다.

<출전>孟子　離婁上

八. 일 처리와 처세

Ⅰ. 일 처리

Ⅱ 처세

八. 일 처리와 처세

Ⅰ. 일 처리

1. 목표

3284.

止於至善지어지선

지극한 善에 머무르다.

註▶ 1)止(지): 머문다. 2)至善(지선): 최고의 善.

〈출전〉大學　經一章

3285.

知止而后有定지지이후유정

머무를 때를 안 뒤에야 마음이 일정해진다.

註▶ 1)定(정): 지극한 선의 경지에 마음이 일정하여지는 것.

〈출전〉大學　經一章

3286.

欲明明德於天下者욕명명덕어천하자　**先治其國**선치기국

천하를 밝은 덕으로 밝히고자 하는 사람은 먼저 그 나라를 다스려야 한다.

〈출전〉大學　經一章

3287.

欲觀千歲욕관천세　**則審今日**즉심금일

천년의 장래를 알고자 하면 오늘을 살펴라.

註▶ 1)千歲(천세): 천년.
〈출전〉荀子　非相篇

3288.

義理有疑의리유의　**則濯去舊見**즉탁거구견　**以來新意**이래신의

의리에 있어서 의문이 생기면 옛날의 의견을 씻어버리고 새로운 뜻을 받아들여야 한다.

註▶ 1)濯去(탁거): 씻어 버리다. 2)舊見(구견): 옛날의 견해. 3)以來(이래): 받아들이다. 4)新意(신의): 새로운 의견.
〈출전〉近思錄　致知類

2. 기 획

3289.

畫竹화죽　**必先得成竹于胸中**필선득성죽우흉중　**執筆熟視**집필숙시

乃見其欲畫者내견기욕화자

대나무를 그릴 때는 먼저 마음에 대나무의 모습이 이루어져 있어야 한다. 붓을 잡고 자세히 보면 그리고자 하는 것이 보인다.

〈출전〉蘇軾　篔簹谷偃竹記

3290.

事以密成사이밀성　**語以泄敗**어이설패

일은 비밀을 유지해야 이룰 수 있고, 약속은 밖으로 새어나가면 실패한다.

註▶ 1)密(밀): 비밀을 유지하다. 2)泄(설): 밖으로 새어나가다.
〈출전〉韓非子　說難

3291.

無所不用其極무소불용기극

지극한 것은 쓰지 못할 곳이 없다.

〈출전〉大學　傳六章

3292.

君子防未然군자방미연

군자는 일이 일어나기 전에 미리 폐해를 막는다.

〈출전〉古樂府　君子行

3293.

一年之計在于春일년지계재우춘　**一日之計在于晨**일일지계재우신

일 년의 계획은 봄에 세우고, 하루의 계획은 새벽에 세운다.

〈출전〉梁元帝纂要

3294.

一年之計일년지계 **莫如樹穀**막여수곡 **十年之計**십년지계 **莫如樹木**막여수목 **終身之計**종신지계 **莫如樹人**막여수인

일 년의 계획은 곡식을 심는 것보다 나은 것이 없고, 십 년의 계획은 나무를 심는 것보다 나은 것이 없고, 평생의 계획은 인재를 양성하는 것보다 나은 것이 없다.

註▶ 1)樹穀(수곡): 곡식을 심다. 2)樹木(수목): 나무를 심다. 3)樹人(수인): 인재를 양성하다.

〈출전〉管子 權修

3295.

成大功者不謀於衆성대공자불모어중

큰 공을 이루는 자는 여러 사람과 의논하지 않는다.

〈출전〉戰國策 趙策

3296.

議事者의사자 **身在事外**신재사외 **宜悉利害之情**의실리해지정

일을 의논하는 사람은 몸을 그 일밖에 두어 마땅히 이롭고 해로운 실정을 살펴야 한다.

註▶ 1)議事(의사): 일을 의논하다. 2)悉(실): 모두 살피다.

〈출전〉菜根譚 前集 百七十六

3297.

幾事不密則害成기사불밀즉해성

기밀스러운 일의 비밀이 지켜지지 않으면 해로움이 일어난다.

註▶ 1)幾事(기사): 機密. 즉 비밀스러운 일.

〈출전〉易經　繫辭上

3298.

有基無壞유기무괴

기초가 있으면 무너지지 않는다.

〈출전〉左傳　襄公二十四年

3299.

善建者不拔선건자불발　**善抱者不脫**선포자불탈

道를 잘 세워놓으면 뽑히지 않고, 道를 잘 끌어안고 있으면 이탈되지 않는다.

〈출전〉老子　五十四章

3. 先 後

3300.

物有本末물유본말 **事有終始**사유종시 **知所先後**지소선후 **則近道矣**즉근도의

사물에는 근본과 끝이 있고 일에는 끝과 시작이 있으니 먼저하고 나중에 할 것을 알면 곧 道에 가까운 것이다.

〈출전〉大學　經一章

3301.

若升高必自下약승고필자하 **若陟遐必自邇**약척하필자이

높이 오를 때는 반드시 밑에서부터 시작하고, 멀리 갈 때는 반드시 가까운 곳에서부터 시작하는 것과 같이하라.

〈출전〉書經 太甲下

3302.

君子以作事謀始군자이작사모시

군자는 일을 할 때 처음에 연구하고 면밀히 계획한다.

註▶ 1)謀始(모시): 처음에 치밀하게 연구하고 계획한다.
〈출전〉易經 訟 象

3303.

作事必謀始작사필모시 **出言必顧行**출언필고행

일을 할 때는 반드시 처음에 연구하고 계획을 세워야하며 말을 할 때는 반드시 행동을 돌봐야한다.

註▶ 1)謀始(모시): 처음에 치밀하게 연구하고 계획한다. 2)出言(출언): 말을 하다. 3)顧行(고행): 자기의 행동을 돌아보다.
〈출전〉小學 外篇 嘉言

3304.

愼終于始신종우시

끝을 삼가기 위해서는 처음부터 잘해야 한다.

註▶ 1)愼終(신종): 마지막을 삼가서 훌륭히 끝맺다.
〈출전〉書經 太甲下

3305.

愼厥初 신궐초 **惟厥終**유궐종 **終以不困**종이불곤

처음을 삼가서 끝까지 잘하면 끝내 곤란하여지지 않을 것이다.

註▶ 1)厥終(궐종): 그 끝까지 잘하다.

〈출전〉書經　蔡仲之命

3306.

積卑而爲高적비이위고

낮은 것이라도 쌓이면 높게 된다.

〈출전〉莊子　雜篇　則陽

3307.

千里之行천리지행 **始於足下**시어족하

천 리 길도 한 발자국을 내딛는 데서부터 시작된다.

〈출전〉老子　六十四章

4. 준 비

3308.

事豫則立사예즉립 **不豫則廢**불예즉폐

어떤 일이든지 준비하면 성취하고, 준비하지 않으면 실패한다.

註▶ 1)立(입): 성취시키다.

〈출전〉中庸 二十章

3309.

迨天之未陰雨태천지미음우 **徹彼桑土**철피상토 **綢繆牖戶**주무유호

장마 비오기 전에 뽕나무 뿌리 가져다가 창과 문을 얽다.

註▶ 1)迨(태): 미치다, 이르다. 2)陰雨(음우): 장마 비. 3)徹(철): 取와 같은 뜻. 4)桑土(상토): 뽕나무 뿌리. 5)綢繆(주무): 얽다. 6)牖戶(유호): 牖는 窓이고 戶는 드나드는 문. 창과 문을 얽었다는 것은 새로운 둥지를 만들었다는 뜻.

〈출전〉詩經 豳風 鴟鴞

3310.

有備無患유비무환

준비가 있으면 근심이 없다.

〈출전〉書經 說命中

3311.

事異則備變사리즉비변

일이 다르면 준비도 변해야 한다.

〈출전〉韓非子 五蠹

3312.

適千里者적천리자 **三月聚糧**삼월취량

천리를 가는 사람은 석 달 전부터 양식을 모아야한다.

〈출전〉莊子 內篇 逍遙遊

3313.

長袖善舞장수선무　**多錢善賈**다전선고

소매가 길면 춤추기에 좋고, 돈이 많으면 장사하기에 좋다.

<출전>韓非子　五蠹

3314.

臨淵羨魚임연선어　**不如退而結網**불여퇴이결망

연못가에서 물고기를 탐내는 것은 물러가서 그물을 짜는 것보다 못하다.

註▶ 1)羨魚(선어): 물고기를 잡고 싶어 하는 것. 2)結網(결망): 그물을 짜다.
<출전>漢書　董仲舒傳

3315.

臨河欲魚임하욕어　**不若歸而織網**불약귀이직망

물가에서 고기를 잡고 싶어 하는 것은 돌아가서 그물을 짜는 것보다 못하다.

註▶ 1)欲魚(욕어): 물고기를 잡고 싶어 하는 것. 2)織網(직망): 그물을 짜다.
<출전>文子　上德

3316.

一目之羅일목지라　**不可以得鳥**불가이득조

눈이 하나 있는 그물로는 새를 잡지 못한다.

<출전>淮南子　說林訓

3317.

十年磨一劍십년마일검

십 년 동안 칼 하나를 간다.

<출전>古文眞寶 <작자>賈島 <제목>劍客

3318.

有道者유도자 **能備患於未形也**능비환어미형야

道가 있는 사람은 세상의 걱정이 나타나기 전부터 능히 준비한다.

註▶ 1)未形(미형): 아직 일이 생기기 전.

<출전>管子 牧民

5. 일을 처리할 때의 마음가짐

3319.

執事敬집사경

일을 맡아서 처리할 때는 신중하고 성의를 다하라.

註▶ 1)執事(집사): 일을 맡아서 처리하다.

<출전>論語 子路

3320.

臨事而懼임사이구

일을 앞에 두었을 때에는 겁을 낼 줄 알아야한다.

<출전>論語 述而

3321.

不躓於山부지어산 **而躓於垤**이지어질

산에서는 넘어지지 않아도 개미 둑에서는 넘어진다.

註▶ 1)躓(지): 넘어지다. 2)垤(질): 개미 둑. 아주 작은 걸림돌.
〈출전〉韓非子 六反

3322.

靡不有初미불유초 **鮮克有終**선극유종

모두 시작은 있었지만 끝까지 잘한 나라는 드물다.

註▶ 1)初(초): 命을 받았던 시초. 2)鮮(선): 드물다. 3)克(극): 능히. 4)有終(유종): 끝까지 命을 잘 유지해 가는 것.
〈출전〉詩經 大雅 蕩

3323.

處事不可有心처사불가유심

일을 처리할 때는 이해득실의 마음이 있어서는 안 된다.

註▶ 1)有心(유심): 사사롭게 이해득실을 따지는 마음.
〈출전〉宋名臣言行錄 韓琦

3324.

急則敗矣급즉패의

급히 서두르면 실패한다.

〈출전〉文章軌範 〈작자〉柳子厚 〈제목〉桐葉封弟辯

3325.

掘井九軔굴정구인 **而不及泉**이불급천 **猶爲棄井也**유위기정야

우물을 아홉 길이나 팠어도 샘물이 나오는 데까지 가지 못했다면 그것은 우물을 포기한 것이나 마찬가지다.

註▶ 1)九軔(구인): 아홉 길. 軔은 仞과 같다. 1仞은 8尺이다.

〈출전〉孟子 盡心上

3326.

行百里者半九十행백리자반구십

백 리를 가는 사람은 구십 리를 지난 때가 절반을 지난 것이다.

〈출전〉戰國策 秦策

3327.

見微而知淸濁견미이지청탁

작은 것을 보고도 맑고 흐린 것을 안다.

〈출전〉史記 吳太伯世家

3328.

騎虎者勢不得下기호자세부득하

호랑이를 타고 있는 사람의 세력은 중간에 그치게 할 수 없다.

註▶ 1)不得下(부득하): 기세를 꺾어 내리게 할 수 없다.

〈출전〉五代史 唐臣傳

3329.

應天順人응천순인

하늘의 뜻에 순응하고 인심에 따르라.

〈출전〉文章軌範 〈작자〉班彪 〈제목〉王命論

3330.

事起乎所忽사기호소홀 **禍生乎無妄**화생호무망

일은 소홀한 데에서 일어나고, 재앙은 예측하지 못한 곳에서 생긴다.

註▶ 1)無妄(무망): 전혀 예측하지 못한 곳.
〈출전〉古文眞寶 〈작자〉張蘊古 〈제목〉大寶箴

3331.

敬事而信경사이신

맡은 일을 공경하게 하면 신용을 얻는다.

〈출전〉論語 學而

6. 깊이 생각하고 과감히 행동하라

3332.

臨事有三難임사유삼난 **能見**능견 **一也**일야 **見而能行**견이능행 **二也**이야
當行必果決당행필과결 **三也**삼야

일을 할 때 세 가지의 어려움이 있는데 능히 보는 것이 첫째요, 보고 능히 행하는 것이 둘째요, 마땅히 행할 때 과감하고 결단성 있는 것이 셋째이다.

〈출전〉宋名臣言行錄　張詠

3333.

膽欲大而心欲小담욕대이심욕소

대담해야하지만 조심스러워야한다.

註▶ 1)膽欲大(담욕대): 담력을 크게 가지려하다. 2)心欲小(심욕소): 마음은 조심하려하다.
〈출전〉近思錄　爲學類

3334.

當斷不斷당단부단　**反受其亂**반수기난

마땅히 결단을 내려야할 때 결단을 내리지 못하면 도리어 어지러운 일이 일어난다.

〈출전〉古詩源　史記

3335.

斷而敢行단이감행　**鬼神避之**귀신피지

단호하고 과감하게 행하면 귀신도 피한다.
〈출전〉史記　李斯傳

3336.

成大事在膽성대사재담

큰 일을 이루는 것은 담대함에 달려있다.

〈출전〉宋名臣言行錄　韓琦

3337.

不入虎穴불입호혈　**不得虎子**부득호자

호랑이 굴에 들어가지 않으면 호랑이 새끼를 잡을 수 없다.

〈출전〉十八史略　東漢　明帝

3338.

深謀遠慮심모원려　**行軍用兵之道**행군용병지도

깊이 계획하고 멀리 생각하는 것은 군대를 움직이고 병사를 부리는 道이다.

註▶ 1)深謀(심모): 깊이 생각하고 계획하다. 2)遠慮(원려): 멀리 생각하다. 3)行軍用兵(행군용병): 군대를 움직이고 병사들을 부리는 것.

〈출전〉賈誼　過秦論

3339.

弗慮胡獲불려호획

생각하지 않으면 무엇을 얻겠는가?

〈출전〉書經　太甲下

3340.

弗爲胡成불위호성

하지 않으면 무엇을 얻겠는가?

〈출전〉書經　太甲下

3341.

弗濟불제 **臭厥載**취궐재

배를 타고 건너가지 않으면 배에 실은 물건들이 썩어서 냄새나게 된다.

〈출전〉書經 盤庚中

3342.

不索何獲불색하획

찾지 않으면 무엇을 얻겠는가?

〈출전〉左傳 昭公二十七年

3343.

心誠求之심성구지 **雖不中不遠矣**수불중불원의

마음으로 정성스럽게 구하면 비록 들어맞지는 않더라도 멀지는 않을 것이다.

〈출전〉大學 傳九章

3344.

君子居安宜操一心以慮患군자거안의조일심이려환

處變當堅百忍以圖成처변당견백인이도성

군자는 편안할 때는 마땅히 지조를 지킴으로써 후환을 걱정하고, 변을 당했을 때는 마땅히 굳게 백 번이라도 참아서 성공을 도모해야한다.

註▶ 1)操一心(조일심): 자기의 마음을 곧고 바르게 지키다. 2)慮患(여환): 후환을 걱정하다. 3)處變(처변): 변을 당하다. 4)圖成(도성): 성공을 도모하다.

〈출전〉菜根譚 前集 百十七

7. 일 처리의 일반

3345.

不揣其本而齊其末불췌기본이제기말 **方寸之木**방촌지목 **可使高於岑樓**가사고어잠루

근본이 되는 것을 헤아려 놓지 않고서 말단적인 것을 동등하게 다룬다면 사방 한 치 되는 나무로도 산언덕보다 높게 만들 수 있는 것이다.

註▶ 1)揣(췌): 요량하다, 헤아리다. 2)其本(기본): 그 근본이 되는 것. 3)齊(제): 가지런히 하다, 동등하게 다루다. 4)其末(기말): 그 말단적인 것. 5)方寸之木(방촌지목): 사망 한 치밖에 안 되는 작은 나무. 6)岑樓(잠루): 산언덕.

〈출전〉孟子　告子下

3346.

誰能執熱수능집열 **逝不以濯**서불이탁

그 누가 뜨거운 것을 잡고서도 물속에 담그지 않을 수 있겠는가?

〈출전〉孟子　離婁上

3347.

進銳者진예자 **其退速**기퇴속

앞으로 나아가는 것이 날카로운 사람은 뒤로 물러나는 것이 빠르다.

〈출전〉孟子　盡心上

3348.

敏則有功민즉유공

민첩하게 일 처리를 하면 일을 성취시킬 수 있다.

<출전>論語　陽貨

3349.

爲高必因丘陵위고필인구능 **爲下必因川澤**위하필인천택

높아지려면 반드시 언덕으로 올라가야 하고,
낮아지려면 반드시 개울과 연못으로 내려가야 한다.

<출전>孟子　離婁上

3350.

割鷄焉用牛刀할계언용우도

닭을 잡는 데 어찌 소 잡는 칼을 쓰겠는가?

<출전>論語　陽貨

3351.

一事起則一害生일사기즉일해생

한 가지 기쁜 일이 일어나면 한 가지 해로운 일이 일어난다.

註▶ 1)一事起(일사기): 한 가지 기쁜 일이 일어나다.
<출전>菜根譚　後集百二十八

3352.

如探囊中之物여탐낭중지물

주머니 속의 물건을 더듬는 것같이 하라. (매사를 조심하라.)

<출전>十八史略　唐　高祖

3353.

大事不糊塗대사불호도

큰 일은 우물쭈물해서는 안 된다.

註▶ 1)糊塗(호도): 명확하게 결말을 내지 아니함.
〈출전〉宋書　呂端傳

3354.

先難而後獲선난이후획

어려움은 먼저 치르고 이익은 남보다 뒤에 얻어야 한다.

〈출전〉論語　雍也

3355.

釣而不網조이불망

낚시질은 했으나 그물을 치지는 않았다.

註▶ 1)釣而不網(조이불망): 낚시나 사냥은 했으나 잔인하게 다 잡지는 말라.
〈출전〉論語　述而

3356.

興一利不若除一害흥일리불약제일해

하나의 이로움이 흥하는 것은 하나의 해로움을 제거하는 것보다 못하다.

〈출전〉十八史略　南宋　理宗

3357.

尺蚓穿堤척인천제　**能漂一邑**능표일읍

작은 지렁이가 제방을 뚫으면 한 고을을 물에 잠기게 할 수 있다.

註▶ 1)尺蚓(척인): 작은 지렁이. 2)漂一邑(표일읍): 한 고을이 물에 잠기다. 漂는 물결에 떠서 떠돌다.

〈출전〉新論　愼隙

3358.

張一目之羅장일목지라　**終不得鳥矣**종부득조의

새그물의 한 눈을 벌려서는 끝내 새를 잡을 수 없다.

〈출전〉魏略

Ⅱ. 처 세

1. 時 世 洞 察

3359.

時移世換시이세환

세월이 지나면 세상일도 바뀐다.

註▶ 1)時移(시이): 시간이 변하다, 세월이 흐르다. 2)世換(세환): 세상일이 바뀌다.

<출전>剪燈新話　滕穆醉遊聚景園記

3360.

識時務者在俊傑식시무자재준걸

때에 맞춰 힘쓰는 것을 아는 자는 俊傑이다.

註▶ 1)時務(시무): 때에 맞춰 힘을 쓰다.

<출전>十八史略　東漢　獻帝

3361.

見幾而作견기이작

군자는 일의 기미를 보고 즉시 일어난다.

註▶ 1)幾(기): 일의 기미. 2)作(작): 일을 시작하다.

<출전>易經　繫辭下

3362.

待時而動대시이동

때를 기다려서 움직여라.

〈출전〉易經　繫辭下

3363.

深則厲심즉려　**淺則揭**천즉게

물이 깊으면 옷을 벗어들고 얕으면 걷어 올려라.(시세에 맞게 살아가는 방법을 구하라.)

〈출전〉論語　憲問

3364.

就其深矣취기심의 **方之舟之**방지주지 **就其淺矣**취기천의 **泳之游之**영지유지

깊은 물에 다다르면 뗏목이나 배를 타고 건너고, 얕은 물에 다다르면 자맥질이나 헤엄을 쳐서 건너라.(시세에 맞게 살아가는 방법을 구하라.)

〈출전〉詩經　邶風　谷風

3365.

雖有智慧수유지혜 **不如乘勢**불여승세 **雖有鎡基**수유자기 **不如待時**불여대시

비록 지혜가 있더라도 시세에 편승하는 것보다 못하고, 비록 농기구가 있더라도 제때를 기다려서 경작하는 것보다 못하다.

註▶ 1)乘勢(승세): 때를 타다. 시세에 편승하다. 2)鎡基(자기): 김을 매는 농기구. 3)待時(대시): 적당한 때를 기다려 경작하다.

〈출전〉孟子　公孫丑上

3366.

非天時비천시　**雖十堯不能冬生一**수십요불능동생일 **穗**수

하늘의 때가 아니면 비록 열 명의 堯임금이 있더라도 겨울에 한 개의 이삭도 발육시킬 수 없다.

註▶ 1)堯(요): 聖帝인 唐堯. 2)穗(수): 이삭.

〈출전〉韓非子　功名

3367.

力田不如逢年역전불여봉년　**善仕不如遇合**선사불여우합

농사에 힘쓰는 것은 풍작의 해를 만나는 것보다 못하고, 직무에 노력하는 것은 군신의 합당한 만남보다 못하다.

註▶ 1)力田(역전): 농사에 힘쓰다. 2)逢年(봉년): 풍년이 들 해를 만나다. 3)善仕(선사): 직무에 충실하여 잘해나가다. 4)遇合(우합): 군신간의 합당한 만남.

〈출전〉史記　佞幸傳

3368.

損益盈虛손익영허　**與時偕行**여시해행

손해와 이익, 가득 찬 것과 텅 비어지는 것은 때와 함께 행해지는 것이다.

〈출전〉易經　損　彖

3369.

旣明且哲기명차철　**以保其身**이보기신

이미 도리에 밝고 일에 정통하면 몸을 보존할 수 있다.

〈출전〉中庸　二十七章

3370.

蛟龍得水교룡득수 **而神可立也**이신가립야

蛟龍이 물을 얻으면 神力을 얻어 설 수 있다.(영웅이 때를 만나면 큰 사업을 이룬다.)

註▶ 1)蛟龍(교룡): 용의 일종으로 큰물을 일으킨다는 상상의 동물.

<출전>管子 形執

3371.

蛟龍得雲雨교룡득운우 **終非池中物也**종비지중물야

蛟龍이 비와 구름을 얻으면 승천하므로 연못 속 짐승이 아니다.(영웅 호걸이 때를 만나 활약함.)

註▶ 1)蛟龍(교룡): 용의 일종으로 큰물을 일으킨다는 상상의 동물.

<출전>十八史略 東漢 獻帝

3372.

時難得而易失시난득이이실

좋은 때는 만나기 어렵고 잃기는 쉽다.

註▶ 1)時(시): 좋은 때.

<출전>史記 齊太公世家

3373.

不務天時불무천시 **則財不生**즉재불생

하늘의 때에 힘쓰지 않으면 재물이 생기지 않는다.

<출전>管子 牧民

3374.

世異則事異세리즉사리

세상이 달라지면 일도 달라진다.

〈출전〉韓非子　五蠹

3375.

老馬反爲駒노마반위구　**不顧其後**불고기후

늙은 말이 망아지로 생각하고 뒷일은 생각하지 않네.

〈출전〉詩經　小雅　角弓

3376.

不主故常부주고상

일정한 例를 주인으로 삼지 말라.

註▶ 1)故常(고상): 항상 동일한 例. 즉 常例.
〈출전〉莊子　外篇　天運

3377.

失時非賢也실시비현야

시기를 놓치면 어진 자가 아니다.

〈출전〉莊子　內篇　大宗師

3378.

潛光且竢命잠광차사명　**妄動遭禍殃**망동조화앙

빛을 숨기고 우선 운명 기다리자, 함부로 행동하다 도리어 화 만나리.

(原文)

將行有河海　將涉無舟航　要見我所思　欲往還彷徨

才非傅說楫　世運亦未昌　**潛光且竢命　妄動遭禍殃**

장차 가야 할 바다 있는데

건너려 하나 배가 없구나.

내 생각을 보이기 기다리며

가려 하다가 도리어 방황하네.

재질이 부열의 노가 못되는데

세상 운수도 또한 트이지 않았네.

빛을 숨기고 우선 운명 기다리자.

함부로 행동하다 도리어 화 만나리.

註▶ 1)傅說(부열): 殷나라 高宗때의 賢臣. 고종이 어느 날 꿈을 깨고 꿈에 본 人相을 그리게 하여 이를 찾았던 바, 마침내 傅岩의 들에서 그를 찾았다고 한다.

〈출전〉한국문집총간 〈작자〉李達衷(霽亭) 〈제목〉樂吾堂感興

2. 天 爵

3379.

脩其天爵수기천작　**而人爵從之**이인작종지

자기의 天爵을 닦으면 人爵이 그것에 따라온다.

註▶ 1)天爵(천작): 하늘이 내려주는 작위로 덕이 높고 인격이 고매하여 세상 사람들이 우러러보는 자리. 2)人爵(인작): 公卿大夫같은 사람이 주는 작위로 봉록을 받는 자리.

〈출전〉孟子　告子上

3380.

仁天之尊爵也인천지존작야　**人之安宅也**인지안택야

仁은 하늘의 자연이 인간에게 준 높은 작위이고 사람의 편안한 집이다.

〈출전〉孟子　公孫丑上

3381.

仁人之安宅也인인지안택야　**義人之正路也**의인지정로야

仁은 사람의 편안한 집이요, 義는 사람이 가야할 바른 길이다.

〈출전〉孟子　離婁上

3382.

天薄我以福천박아이복　**吾厚吾德以迓之**오후오덕이아지

하늘이 나에게 복을 박하게 준다면 나는 나의 덕을 두텁게 하여 받아들여야 한다.

註▶ 1)薄我以福(박아이복): 나에게 복을 박하게 주다. 2)迓(아): 맞이하다.
〈출전〉菜根譚　前集 九十

3383.

自從人爵生天爵자종인작생천작　**情欲秋林日漸疎**정욕추림일점소

사람의 벼슬에서 하늘 벼슬 생기나니, 가을 숲에 정욕은 날로 차츰 멀어지네.

(原文)

矮屋蕭條十肘餘　焚香靜讀聖人書　**自從人爵生天爵**　**情欲秋林日漸疎**

십 주 남짓 쓸쓸한 나지막한 집에서

향 피우고 조용히 성인의 글을 읽네.

사람의 벼슬에서 하늘 벼슬 생기나니
가을 숲에 정욕은 날로 차츰 멀어지네.

註▶ 1)十肘(십주): 1肘는 인도의 자로서 우리나라의 1척 5촌 남짓함. 2)天爵(천작): 자연히 세상 사람에게 존경을 받는 것, 날 때부터 갖추고 나온 德.
〈출전〉한국한시 〈작자〉白頤正(頤齋) 〈제목〉燕居

3. 人 爵

3384.

事業文章사업문장 **隨身銷毁**수신소훼 **而精神萬古如新**이정신만고여신

사업과 문장은 몸을 따라 없어지지만 정신은 만고에 변함없이 새롭다.

註▶ 1)銷毁(소훼): 소실되다, 없어지다.
〈출전〉菜根譚 前集 百四十八

3385.

彼富我仁피부아인 **彼爵我義**피작아의

그에게 부유함이 있다면 나에게는 仁이 있고, 그에게 벼슬이 있다면 나에게는 義가 있다.

〈출전〉菜根譚 前集 四十二

3386.

放得功名富貴之心下방득공명부귀지심하 **便可脫凡**편가탈범

공명과 부귀의 마음을 놓아버릴 수 있어야 비로소 속세에서 벗어날 수 있다.

註▶ 1)放得(방득): 놓아버리다. 2)脫凡(탈범): 속세를 벗어나다.
〈출전〉菜根譚　前集 三十三

3387.
爵位不宜太盛작위불의태성　**太盛則危**태성즉위
벼슬의 지위는 마땅히 너무 꽉 차게 하지 말아야 하는 것이니 너무 차면 위태롭다.

註▶ 1)太盛(태성): 지나치게 성하다. 꽉 차는 것.
〈출전〉菜根譚　前集 百三十七

3388.
不可得而貴불가득이귀　**不可得而賤**불가득이천
어떤 것을 귀하게 여겨서도 안 되고, 천하게 여겨서도 안 된다.

〈출전〉老子　五十六章

3389.
道義重도의중　**則輕王公矣**즉경왕공의
道와 義를 소중하게 여기면 왕이나 귀인도 가볍게 여긴다.

〈출전〉荀子　修身篇

3390.
自從人爵生天爵자종인작생천작　**情欲秋林日漸疎**정욕추림일점소
사람의 벼슬에서 하늘 벼슬 생기나니, 가을 숲에 정욕은 날로 차츰 멀어지네.

(原文)

矮屋蕭條十肘餘　焚香靜讀聖人書　**自從人爵生天爵　情欲秋林日漸疎**

십 주 남짓 쓸쓸한 나지막한 집에서
향 피우고 조용히 성인의 글을 읽네.
사람의 벼슬에서 하늘 벼슬 생기나니
가을 숲에 정욕은 날로 차츰 멀어지네.

註▶ 1)十肘(십주): 1肘는 인도의 자로서 우리나라의 1척 5촌 남짓함. 2)天爵(천작): 자연히 세상 사람에게 존경을 받는 것, 날 때부터 갖추고 나온 德.
〈출전〉한국한시 〈작자〉白頤正(頤齋) 〈제목〉燕居

4. 출 처 진 퇴

3391.

可以速而速가이속이속　**可以久而久**가이구이구　**可以處而處**가이처이처
可以仕而仕孔子也가이사이사공자야

빠르게 할 만하면 빠르게 하고, 오래 있을 만하면 오래있고, 머무를 만하면 머무르고, 벼슬을 할 만하면 벼슬을 한 것이 공자이다.

註▶ 1)處(처): 한 곳에 머무르다.
〈출전〉孟子　萬章下

3392.

不降其志불강기지　**不辱其身**불욕기신

자기의 뜻을 굽히지 않고 자기의 몸을 욕되게 하지 않는다.

〈출전〉論語　微子

3393.

有官守者유관수자 **不得其職則去**부득기직즉거

벼슬자리를 가진 사람은 그 직책을 지켜내지 못하면 그 자리에서 물러나야 한다.

〈출전〉孟子 公孫丑下

3394.

邦無道穀恥也방무도곡치야

나라에 道가 없는데도 녹을 먹는 것은 치욕스러운 일이다.

註▶ 1)穀(곡): 祿. 벼슬을 하는 것.

〈출전〉論語 憲問

3395.

邦有道穀방유도곡

나라에 도가 있으면 녹을 먹는다.

註▶ 1)穀(곡): 祿. 벼슬을 하는 것.

〈출전〉論語 憲問

3396.

有道則見유도즉견 **無道則隱**무도즉은

천하에 도가 있으면 나타나 활동하고 도가 없으면 물러나 은거하라.

註▶ 1)見(견): 나타나 활동하다. 2)隱(은): 물러나서 숨어있다.

〈출전〉論語 泰伯

3397.

邦無道방무도 **富且貴焉**부차귀언 **恥也**치야

나라에 도가 없으면서 부유하고 고귀하면 부끄러운 것이다.

〈출전〉論語　泰伯

3398.

邦無道방무도　**危行言孫**위행언손

나라에 도가 없으면 행실은 대담하게 하고 말은 겸손하게 해야 한다.

註▶ 1)危(위): 高峻하고 高踏하게 하다. 2)孫(손): 겸손.
〈출전〉論語　憲問

3399.

不得志獨行其道부득지독행기도

뜻을 이루지 못하면 혼자서라도 자기의 도를 실천하라.

〈출전〉孟子　滕文公下

3400.

隱居以求其志은거이구기지　**行義以達其道**행의이달기도

은퇴해 있으면서도 자기의 뜻한바 道를 찾고,
나아가서는 군신의 義를 행함으로써 道를 천하에 달성시킨다.

註▶ 1)隱居(은거): 은퇴하여 있다. 2)求其志(구기지): 자기의 뜻한 바 正道나 理想을 달성하고자 애를 쓴다. 3)行義(행의): 벼슬을 하여 군신의 義를 지킨다. 4)達其道(달기도): 자기가 옳다고 믿는 道를 천하에 달성시킨다.
〈출전〉論語　季氏

3401.

滄浪之水淸兮창랑지수청혜　**可以濯吾纓**가이탁오영

滄浪之水濁兮창랑지수탁혜 **可以濯吾足**가이탁오족
창랑의 물이 맑으면 내 갓끈을 씻고, 창랑의 물이 흐리면 내 발을 씻으리라.

〈출전〉文章軌範 〈작자〉屈平 〈제목〉漁父辭

3402.
彼丈夫也피장부야 **我丈夫也**아장부야 **吾何畏彼哉**오하외피재
저 사람도 장부이고 나도 장부인데 내가 어찌 저 사람을 두려워하겠는가?

〈출전〉孟子 滕文公上

3403.
非所據而據焉비소거이거언 **身必危**신필위
몸을 기댈 곳이 아닌데 몸을 기대면 몸이 반드시 위험해진다.

註▶ 1)據(거): 의지할 곳.
〈출전〉易經 繫辭下

3404.
死或重於泰山사혹중어태산 **或輕於鴻毛**혹경어홍모
어떤 사람의 죽음은 태산보다 무겁고,
어떤 사람의 죽음은 기러기 털보다 가볍다.

〈출전〉文章軌範 〈작자〉司馬遷 〈제목〉報任安書

3405.
用之則行용지즉행 **舍之則藏**사지즉장
세상 사람들이 나를 알아주어 써주면 내 뜻을 실천하고, 버리면 깊이 숨어라.

註▶ 1)用之則行(용지칙행): 남들이 나를 인정하여 써주면 나가서 천하에 正道를 실천하고 구현한다. 2)舍之則藏(사지칙장): 나를 버리면 물러나서 초야에 묻혀 산다.
〈출전〉論語 述而

3406.
功遂身退공수신퇴 **天之道**천지도
공을 이루었으면 물러나는 것이 하늘의 도이다.

〈출전〉老子 九章

3407.
觀我生進退관아생진퇴
내 생애를 먼저 관찰하여 나아가고 물러나라.

〈출전〉易經 觀 六三

3408.
卷舒不隨乎時권서불수호시
출처와 진퇴는 時俗에 따르지 않는다.

註▶ 1)卷舒(권서): 출처와 진퇴
〈출전〉文章軌範 〈작자〉韓愈 〈제목〉與于襄陽書

3409.
榮華暫時事영화잠시사 **誰識子陵心**수식자릉심
영화는 잠시의 일이니 누가 嚴子陵의 마음을 알겠는가?

註▶ 1)子陵(자릉): 漢나라 光武帝의 옛 친구로 光武帝가 황제에 즉위하자 이름을 바꾸고 은거하며 권력의 가까운 곳을 피하였다.
〈출전〉三體詩　五言律詩　許渾　七里灘

3410.

動不失時동불실시

행동할 때는 적당한 시기를 놓치지 않아야 한다.

〈출전〉淮南子　人間訓

3411.

趨舍有時추사유시

진퇴에는 때가 있다.

註▶ 1)趨舍(추사): 나아감과 머무름, 혹은 진퇴
〈출전〉史記　伯夷傳

3412.

入其國者입기국자　**從其俗**종기속

그 나라에 들어가는 사람은 그 나라의 풍속을 따라야한다.

〈출전〉淮南子　齊俗訓

3413.

昨宵已決歸田計작소이결귀전계　**雪盡江南匹馬行**설진강남필마행

전원으로 돌아갈 계획을 어젯밤에 결정했나니, 눈 녹은 강남 길을 말 타고

돌아간다.

(原文)
藥砌靑春嫌我老　竹溪明月誘吾情　**昨宵已決歸田計　雪盡江南匹馬行**
약초밭의 봄빛은 내 늙은 것 싫어하고
시내의 밝은 달은 내 마음을 유인한다.
전원으로 돌아갈 계획을 어젯밤에 결정했나니
눈 녹은 강남 길을 말 타고 돌아간다.

註▶ 1)藥砌(약체): 약을 심은 섬돌. 2)竹溪(죽계): 그 가에 대를 심은 시내. 3)匹馬(필마): 한 필의 말.
〈출전〉한국한시 〈작자〉李晟 〈제목〉歸田詠

5. 처 세 일 반

3414.
盡人事而待天命진인사이대천명
사람의 일을 다 하고 천명을 기다린다.

〈출전〉胡寅　讀史管見

3415.
存而不忘亡존이불망망
나라가 존재하여도 망할 것을 잊지 않아야 한다.

〈출전〉易經　繫辭下

3416.

安而不忘危안이불망위

편안할 때도 위험할 것을 잊지 않아야 한다.

〈출전〉易經　繫辭下

3417.

終日乾乾종일건건　**夕惕若**석척약　**厲无咎**여무구

종일토록 쉬지 않고 조력하고 밤에는 삼가 조심하면 위태로울지라도 잘못은 없을 것이다.

註▶ 1)乾乾(건건): 쉬지 않고 계속 노력하다. 2)惕若(척약): 두려워하여 조심하는 것 같이 하다. 3)厲(여): 위태롭다, 재앙이 미치다.

〈출전〉易經　乾　九三

3418.

危者安其位者也위자안기위자야

위태로워 하는 것이 자기지위를 안전하게 하는 것이다.

〈출전〉易經　繫辭下

3419.

挫其鋭좌기예　**解其紛**해기분

예리함을 꺾고 분규를 해결하다.

〈출전〉老子　四章

3420.

邦無道방무도 **危行言孫**위행언손

나라에 도가 없으면 행실은 대담하게 하고 말은 겸손하게 해야 한다.

註▶ 1)危(위): 高峻하고 高踏하게 하다. 2)孫(손): 겸손.

〈출전〉論語 憲問

3421.

旣明且哲기명차철 **以保其身**이보기신

이미 도리에 밝고 일에 정통하면 몸을 보존할 수 있다.

〈출전〉中庸 二十七章

3422.

明極則過察而多疑명극즉과찰이다의

명철함이 지나치면 살피는 것이 지나쳐서 의심이 많아진다.

註▶ 1)明極(명극): 자세하게 밝히는 것이 지나치다. 2)過察(과찰): 지나치게 살피다.

〈출전〉近思錄 警戒類

3423.

處世讓一步爲高처세양일보위고 **退步卽進步的張本**퇴보즉진보적장본

세상을 살아가는 데에는 한 발짝 양보하는 것을 높게 여기며

한 걸음 물러나는 것은 곧 스스로 전진하는 토대가 된다.

註▶ 1)爲高(위고): 높게 여기다. 2)張本(장본): 기초, 토대.

〈출전〉菜根譚 前集 十七

3424.

寧與燕雀翔영여연작상　**不隨黃鵠飛**불수황곡비

차라리 제비나 참새와 함께 날아갈지언정 누런 고니를 따라 가지 않으리라.

<출전>古詩源　<작자>阮籍　<제목>詠懷

3425.

寧爲鷄口영위계구　**無爲牛後**무위우후

차라리 닭의 입이 될지언정 소의 꼬리는 되지 말라.

<출전>十八史略　春秋戰國　趙

3426.

天下有道천하유도 **以道殉身**이도순신 **天下無道**천하무도 **以身殉道**이신순도

천하에 정도가 행하여지면 도를 가지고 몸이 따라가고,
천하에 도가 행하여지지 않으면 몸을 가지고 도를 따라간다.

註▶ 1)有道(유도): 도가 있다. 즉 正道가 행해진다는 말. 2)以道殉身(이도순신): 천하에 正道가 행해지고 있으면 자기의 이념에 입각하여 천하와 국가를 위하여 활동한다는 뜻. 3)以身殉道(이신순도): 천하에 正道가 행해지지 않으면 자기의 이념이 통하지 않으므로 이념에 어긋나지 않게 살기 위해서 물러선다는 말.
<출전>孟子　盡心上

3427.

擇勢而從택세이종　**則惡之大者也**즉악지대자야

권세가 있는 사람을 선택하여 따르는 것은 악이 큰 것이다.

註▶ 1)擇勢而從(택세이종): 권세가 있는 사람을 택하여 따르는 것.
〈출전〉近思錄　出處類

3428.

服也鄕복야향

의복은 마을의 풍습을 따라서 입어야한다.

〈출전〉禮記　儒行

3429.

由儉入奢易유검입사이　**由奢入儉難**유사입검난

검소한데서 사치하는 것으로 들어가는 것은 쉬우나,
사치하는 데서 검소한 것으로 들어가는 것은 어렵다.

〈출전〉小學　外篇　善行

3430.

進步處진보처　**便思退步**편사퇴보　**庶免觸藩之禍**서면촉번지화

한 걸음 나아갈 때 한 걸음 물러날 것을 생각하면 거의 꼼짝 못하고 당하는 재난을 면할 것이다.

註▶ 1)觸藩之禍(촉번지화): 양이 울타리에 뿔이 걸려 나가지도 들어오지도 못하는 처지. 진퇴양난의 뜻.
〈출전〉菜根譚　後集 二十九

3431.

出世之道출세지도　**卽在涉世中**즉재섭세중　**不必絶人以逃世**불필절인이도세

세속에서 벗어나는 길은 곧 세상을 살아가는 가운데에 있으니

반드시 세상 사람들을 끊고서 세상에서 도망칠 필요는 없다.

註▶ 1)出世(출세): 속세를 탈출하는 것. 2)絶人(절인): 세상 사람들과의 교제를 끊는 것.
〈출전〉菜根譚 後集 四十一

3432.

悠長之趣유장지취 **不得於醲釅**부득어농엄 **而得於啜菽飮水**이득어철숙음수

유장한 취미는 진하고 맛 좋은 술에서 얻는 것이 아니라 콩을 씹고 물을 마시는 가난한 생활에서 얻는 것이다.

註▶ 1)悠長(유장): 유유히 길다. 2)醲釅(농엄): 진하고 맛 좋은 술. 3)啜菽(철숙): 콩을 씹음. 가난한 생활을 비유하는 말.
〈출전〉菜根譚 後集 三十四

3433.

權貴龍驤권귀용양 **英雄虎戰**영웅호전 **以冷眼視之**이랭안시지
如蟻聚羶여의취전 **如蠅競血**여승경혈

권세 있고 부귀한 사람들은 용처럼 다투고 영웅호걸들은 호랑이처럼 싸우는데 이것을 냉정한 눈으로 본다면 마치 개미떼가 비린내 나는 고깃덩이에 모여드는 것과 같고, 파리 떼가 피를 다투어 빠는 것과 같다.

註▶ 1)權貴(권귀): 권세와 부귀. 2)龍驤(용양): 용처럼 뛰어오름. 3)蟻聚羶(의취전): 개미떼가 비린내 나는 고깃덩이에 다투어 모여들다. 4)蠅競血(승경혈): 파리떼가 피에 모여들어 다투어 빨다.
〈출전〉菜根譚 後集 七十二

3434.

毋私小惠而傷大體무사소혜이상대체 **毋借公論以快私情**무차공론이쾌사정

작은 은혜에 이끌려 대체를 손상하지 말며 여론을 이용하여 사사로운 정을 만족시키지 말라.

〈출전〉菜根譚 前集 百三十

3435.

身後的惠澤신후적혜택 **要流得長**요류득장

죽은 다음의 혜택은 길이 전해지게 하라.

註▶ 1)身後(신후): 死後.

〈출전〉菜根譚 前集 十二

3436.

己欲立而立人기욕립이립인

자기가 어떤 지위에 서고자 하면 남을 지위에 세워라.

〈출전〉論語 雍也

3437.

不患無位불환무위 **患所以立**환소이립

지위를 얻지 못한 것을 근심하지 말고 나설 수 있는 능력을 걱정하라.

〈출전〉論語 里仁

3438.

多聞闕疑다문궐의 **愼言其餘**신언기여 **則寡尤**즉과우

많이 듣되 의심스러운 것을 빼놓고 나머지를 신중히 말하면 허물이 적을 것이다.

註▶ 1)闕(궐): 빼놓다. 2)寡尤(과우): 허물이 적다.

〈출전〉論語 爲政

3439.

己欲達而達人기욕달이달인

내가 이루려 할 때 남도 이루게 한다.

〈출전〉論語　雍也

3440.

居敬而行簡거경이행간

몸가짐이 공경스러우며 대범하고 관대하게 행하라.

註▶ 1)簡(간): 소탈하고 대범하다.

〈출전〉論語　雍也

3441.

無伐善무벌선　**無施勞**무시로

착한 행동을 치지 말고, 수고스러운 일을 시키지 말라.

〈출전〉論語　公冶長

3442.

不患人之不己知불환인지불기지　**患不知人也**환부지인야

남들이 자기를 알아주지 않는 것을 근심하지 말고 남들을 알지 못하는 것을 근심하라.

〈출전〉論語　學而

3443.

千歲厭世천세염세　**去而上僊**거이상선　**乘彼白雲**승피백운　**至於帝鄉**지어제향

천 년을 살다가 세상이 싫어지면 속세를 떠나 하늘로 올라가고
저 흰 구름 타고서 상제의 고장에 이르는 것이다.

註▶ 1)千歲(천세): 천년. 2)厭世(염세): 세상을 싫어하다. 3)帝鄕(제향): 상제가 있는 곳.
〈출전〉莊子　外篇　天地

3444.
澤雉택치 **十步一啄**십보일훼 **百步一飮**백보일음 **不蘄畜乎樊中**불기축호번중
연못가의 꿩은 열 발자국에 한 번 쪼아 먹고
백 보에 한번 마시지만 새장 속에서 재갈을 물려 길러지지 않는다.

註▶ 1)澤雉(택치): 연못 근방의 꿩. 즉 들꿩. 2)蘄(기): 재갈을 물리다. 3)樊中(번중): 새장 속.
〈출전〉莊子　內篇　養生主

3445.
不以物喜불이물희　**不以己悲**불이기비
군자는 부귀와 권세 때문에 기뻐하지 않고 자기의 역경 때문에 슬퍼하지 않는다.

註▶ 1)物(물): 부귀와 권세. 2)己(기): 자기에게 다가온 역경.
〈출전〉文章軌範　〈작자〉范仲淹　〈제목〉岳陽樓記

3446.
遊方之外유방지외
일정한 형식에서 벗어나서 일하라.

註▶ 1)遊(유): 노닐다. 즉 종사하다, 일하다 의 뜻. 2)方之外(방지외): 일정하게 정해진 형식을 벗어나다.

<출전>莊子　內篇　大宗師

3447.

靜者壽정자수　**而動者夭**이동자요

고요한 사람은 장수하고 움직임이 요란한 사람은 일찍 죽는다.

<출전>古文眞寶　<작자>唐子西　<제목>古硯銘

3448.

無將大車무장대거　**祇自塵兮**기자진혜

큰 수레를 몰지 말라. 스스로 먼지만 뒤집어쓰게 된다.

註▶ 1)將(장): 몰고 나가다. 2)祇(기): 마침. 3)自塵(자진): 스스로 먼지를 뒤집어쓰다.
<출전>詩經　小雅　無將大車

3449.

紛紛世上事분분세상사　**能見不能言**능견불능언

어지럽고 헝클어진 이 세상일을 볼 수는 있지만은 말하지는 못하네.

(原文)

口耳聾啞久　猶餘兩眼存　**紛紛世上事　能見不能言**

귀머거리 장님 된 지 오래이지만

그래도 두 눈만은 그대로 있네.

어지럽고 헝클어진 이 세상일을

볼 수는 있지만은 말하지는 못하네.

<출전>한국한시 <작자>朴遂良(三可 · 磁岩) <제목>浪吟

九. 無의 세계

Ⅰ. 無

Ⅱ. 欲望을 물리쳐라

Ⅲ. 虛心

Ⅳ. 無爲自然

九. 無의 세계

Ⅰ. 無

1. 無는 만물의 근원

3450.

天下萬物천하만물 **生於有**생어유 **有生於無**유생어무

천하의 만물은 有에서 생겨나고 있지만 有는 無에서 생겨난 것이다.

〈출전〉老子 四十章

3451.

無名天地之始무명천지지시

명칭이 없는 것은 천하가 시작되던 상태이다.

〈출전〉老子 一章

3452.

大象無形대상무형

큰 현상은 모양이 없다.

<출전>老子　四十一章

3453.

無極而太極무극이태극

무극이 태극이다.

註▶ 1)無極而太極(무극이태극): 우주의 본체를 말하는 것.

3454.

道生一도생일　**一生二**일생이　**二生三**이생삼　**三生萬物**삼생만물

아무 것도 없는 상태에서 일이 생기고 일은 이를 낳고 이는 삼을 낳고 삼은 만물을 낳는다.

註▶ 1)道(도): 無의 뜻.
<출전>老子　四十二章

3455.

道法自然도법자연

道는 자연을 법도로 삼고 있는 것이다.

<출전>老子　二十五章

2. 無의 힘

3456.

有生於無유생어무

有는 無에서 생겨난다.

〈출전〉老子 四十章

3457.

三十輻共一轂삼십폭공일곡 **當其無**당기무 **有車之用**유거지용

서른 개의 수레바퀴 살이 한 개의 수레바퀴 통으로 집중되어 있는데
바퀴 통의 중간이 텅 비어 있음으로써 수레는 효용을 지니게 된다.

註▶ 1)輻(폭): 수레바퀴 살. 2)轂(곡): 수레바퀴 통.
〈출전〉老子 十一章

3458.

希言自然희언자연

남에게 들리지 않는 말이야말로 자연스러운 것이다.

註▶ 1)希言(희언): 들리지 않는 말. 들어도 들리지 않는 것을 希라고 한다.
〈출전〉老子 二十三章

3459.

有之以爲利유지이위리 **無之以爲用**무지이위용

존재하는 것이 이익이 되는 것은 존재하지 않는 무의 효용이 있기 때문이다.

〈출전〉老子 十一章

3460.

挻埴以爲器정식이위기 **當其無**당기무 **有器之用**유기지용

진흙을 반죽하여 그릇을 만들었을 때 그 중간이 텅 비어 있음으로써 그릇은 효용을 지니게 된다.

註▶ 1)埏(정): 흙을 물로 반죽하는 것. 2)埴(식): 진흙. 3)其無(기무): 그 그릇의 가운데가 비어있는 것.
〈출전〉老子 十一章

3461.
樂出虛악출허
음악의 소리는 비어있는 곳에서 나온다.

註▶ 1)虛(허): 피리나 종이나 음악의 연주에 사용되는 악기는 악기의 가운데가 비어있어서 그 속에서 소리가 울리어 나온다.
〈출전〉莊子 內篇 齊物論

3462.
爲而不恃위이불시
행동을 하더라도 의지하는 데가 없어야한다.

註▶ 1)不恃(불시): 의지하지 않아야 한다. 즉 無爲, 無心을 통해서만 이룩될 수 있다.
〈출전〉老子 十章

3463.
生而不有생이불유 爲而不恃위이불시
자연은 생성하게 하되 소유하지 않으며 그렇게 해주되 그 공을 믿지 않는다.

註▶ 1)不恃(불시): 아무런 의식이나 목적을 갖지 않는다.
〈출전〉老子 五十一章

3464.

和而不唱화이불창

화합하되 자기주장을 하지 말라.

〈출전〉莊子　內篇　德充符

3465.

無爲謀府무위모부

주모자가 되지 말라.

註▶ 1)謀府(모부): 策謀와 지략을 안에 감추고 이것을 끝없이 내어놓는 것.
〈출전〉莊子　內篇　應帝王

3. 無 爲

3466.

道常無爲도상무위　**而無不爲**이무불위

道는 언제나 無爲하지만 하지 않는 일이 없다.

〈출전〉老子　三十七章

3467.

爲無爲위무위　**則無不治**즉무불치

無爲를 실천하면 다스려지지 않는 일이 없다.

〈출전〉老子　三章

3468.

處無爲之事처무위지사　**行不言之教**행불언지교

無爲의 일에 처신하며 말하지 않는 가르침을 행하라.

<출전>老子　二章

3469.

爲者敗之위자패지　**執者失之**집자실지

인위적으로 다스리는 사람은 천하를 망치고, 집착하는 사람은 천하를 잃을 것이다.

註▶ 1)爲者(위자): 인위적으로 다스리는 사람. 즉 無爲의 정치를 하는 사람과 반대의 뜻. 2)執者(집자): 집착하는 사람.

<출전>老子　三十九章

3470.

無爲而尊者天道也무위이존자천도야　**有爲而累者人道也**유위이루자인도야

아무 것도 하지 않고 귀하게 받들어지는 것이 하늘의 道이고,
무엇인가를 하면서도 얽매이는 것이 사람의 道이다.

<출전>莊子　外篇　在有

3471.

能執無爲능집무위　**故能使衆爲也**고능사중위야

윗사람이 아무 일도 하지 않는 태도를 갖고 있으면 아랫사람들이 열심히 하도록 시킬 수 있다.

<출전>呂覽　分職

3472.

太上下知有之태상하지유지

뛰어난 사람이 임금의 자리에 있으면 백성들은 그의 존재만 알 따름이다.

註▶ 1)太上(태상): 가장 뛰어난 사람이 임금의 자리에 있는 것.
〈출전〉老子　十七章

3473.

上德不德상덕불덕　**是以有德**시이유덕

높은 덕은 덕을 의식하지 않는 것이다. 그래서 덕을 지니게 된다.

註▶ 1)上德(상덕): 상금의 덕. 2)不德(불덕): 덕을 의식하지 않다. 3)是以(시이): 이것으로써.
〈출전〉老子　三十八章

3474.

大巧在所不爲대교재소불위　**大智在所不慮**대지재소불려

큰 기교는 세세한 것은 하지 않는 데에 있고, 큰 지혜는 세세한 것을 생각하지 않는 데에 있다.

〈출전〉荀子　天論篇

3475.

善行無轍迹선행무철적

길을 잘 가는 사람은 지나간 자국을 남기지 않는다.

註▶ 1)轍迹(철적): 지나간 자국. 徹로 된 판본도 있다.
〈출전〉老子　二十七章

3476.

不言之敎불언지교 **無爲之益**무위지익 **天下希及之**천하희급지

말로 표현하지 않는 가르침과 무위의 이익은 천하에 이것을 따를 것이 드물다.

〈출전〉老子 四十三章

3477.

貴食母귀식모

모체인 자연을 귀하게 여겨라.

註▶ 1)食母(식모): 사람이 먹고사는 것. 곧 생명체의 모체인 자연을 말함.
〈출전〉老子 二十章

3478.

天下神器천하신기 **不可爲也**불가위야

천하는 신묘한 그릇과 같아서 인위적으로 다스릴 수 없다.

註▶ 1)神器: 불가사의한 그릇.
〈출전〉老子 二十九章

3479.

爲道日損위도일손

道를 닦으면 날마다 지식이 줄어든다.

註▶ 1)爲道(위도): 도를 닦다. 2)日損(일손): 날마다 줄어든다. 즉 지식이 날마다 줄어든다.
〈출전〉老子 四十八章

4. 無用의 用

3480.

知有用之用지유용지용　**而莫知無用之用**이막지무용지용

사람들은 유용한 것은 쓸 줄 알지만 쓸모없는 것은 쓸 줄 모른다.

〈출전〉莊子　內篇　德充符

3481.

知無用而始可與言用矣지무용이시가여언용의

쓸모없는 것을 알면 비로소 쓰는 것을 함께 말할 수 있다.

〈출전〉莊子　雜篇　外物

3482.

直木先伐직목선벌　**甘井先竭**감정선갈

곧은 나무는 먼저 베어지고, 수질이 좋은 우물은 먼저 마른다.

註▶ 1)甘井(감정): 물이 단맛이 나는 우물. 즉 수질이 좋은 우물을 말한다.
〈출전〉莊子 外篇　山木

3483.

甘井先竭감정선갈　**招木先伐**초목선벌

수질이 좋은 우물은 먼저 마르고 큰 나무는 먼저 베어진다.

註▶ 1)甘井(감정): 물이 단맛이 나는 우물. 즉 수질이 좋은 우물을 말한다. 2)招木(초목): 높고 큰 나무.

〈출전〉墨子　親士

3484.

神人以此不材신인이차부재

신의 경지에 이른 사람은 자신의 능력을 쓰지 않는다.

〈출전〉莊子　內篇　人間世

3485.

曲則全곡즉전

비뚤어진 것은 온전하게 되고 만다.

〈출전〉老子　二十二章

3486.

虎豹之文來田호표지문래전

호랑이와 표범가죽의 아름다운 무늬는 사냥꾼을 부른다.

註▶ 1)文(문): 무늬. 2)來(내): 부르다. 오게 하다. 3)田(전): 사냥꾼
〈출전〉莊子　內篇　應帝王

3487.

象有齒以焚其身상유치이분기신

코끼리는 상아가 있어서 그 몸이 재앙에 빠진다.

註▶ 1)齒(치): 코끼리의 치아. 즉 상아를 말한다.
〈출전〉左傳　襄公二十四年

3488.

以其能苦其生이기능고기생

유능하면 그 삶이 고생스럽다.

〈출전〉莊子　內篇　人間世

3489.

至樂無樂지락무락　至譽無譽지예무예

진짜 즐거움은 즐거움을 느낄 수 없는 것이고,
진짜 명예는 명예를 느낄 수 없는 것이다.

〈출전〉莊子　外篇　至樂

3490.

松柏之下송백지하　其草不殖기초불식

소나무와 측백나무 아래에는 풀이 자라지 않는다.

〈출전〉左傳　襄公二十九年

3491.

入無窮之門입무궁지문　以遊無極之野이유무극지야

무궁한 문에 들어가서 끝없는 들판에서 노닌다.(자연과 일체가 된다는 노자와 장자의 이상생활)

〈출전〉莊子　外篇　在宥

3492.

執古之道집고지도　以御今之有이어금지유

옛날부터 내려오는 도를 지니고서 현재의 존재들을 지배하라.

註▶ 1)御(어): 부리다, 지배하다.

〈출전〉老子　十四章

Ⅱ. 욕망을 물리쳐라

3493.

五色令人目盲오색령인목맹

오색은 사람들의 눈을 멀게 한다.

註▶ 1)五色(오색): 白, 黑, 靑, 赤, 黃.

〈출전〉老子 十二章

3494.

金玉滿堂금옥만당 **莫之能守**막지능수

황금과 구슬이 집안에 가득 차면 그것을 완전히 지킬 수는 없다.

〈출전〉老子 九章

3495.

功遂身退공수신퇴 **天之道**천지도

공을 이루었으면 물러나는 것이 하늘의 道이다.

〈출전〉老子 九章

3496.

少則得소즉득

가진 것이 적으면 얻게 된다.

〈출전〉老子 二十二章

3497.

多則惑다즉혹

가진 것이 많으면 미혹되어 잃게 된다.

〈출전〉老子　二十二章

3498.

自勝者强자승자강

자기 자신을 이기는 자는 강하다.

〈출전〉老子　三十三章

3499.

知足者富지족자부

만족할 줄 아는 사람은 부자이다.

〈출전〉老子　三十三章

3500.

知足不辱지족불욕

만족할 줄 알면 치욕스러운 일을 당하지 않는다.

〈출전〉老子　四十四章

3501.

多藏다장　**必厚亡**필후망

많이 지니고 있으면 반드시 크게 잃게 된다.

<출전>老子　四十四章

3502.

禍莫大於不知足화막대어부지족

재앙은 만족할 줄 모르는 것보다 큰 것이 없다.

<출전>老子　四十六章

Ⅲ. 虛 心

3503.

致虛極치허극　**守靜篤**수정독

마음을 비우는 것을 극도로 하고, 고요함을 지키는 일을 독실하게 하라.

〈출전〉老子　十六章

3504.

虛其心實其腹허기심실기복

백성들의 마음은 비우게 하고 배는 채워줘야 한다.

〈출전〉老子　三章

3505.

弱其志强其骨약기지강기골

백성들의 뜻은 약하게 하고 도를 생각하는 마음은 강하게 해줘야 한다.

註▶ 1)骨(골): 道를 생각하는 마음.
〈출전〉老子　三章

Ⅳ. 무 위 자 연

3506.

坐忘좌망

앉아서 몸과 마음을 벗어난다.

〈출전〉莊子　內篇　大宗師

3507.

吾喪我오상아

내가 나의 존재를 잊는다.

註▶ 1)喪(상): 忘의 뜻이나 忘보다 더 완전히 잊어버리는 것을 말한다.
〈출전〉莊子　內篇　齊物論

3508.

小國寡民소국과민

나라는 작고 백성은 적어야한다.

〈출전〉老子　八十章

3509.

虛其心實其腹허기심실기복

백성들의 마음은 비우게 하고 배는 채워줘야 한다.

〈출전〉老子　三章

3510.

大人無己대인무기

큰 사람은 자기를 생각하지 않는다.

〈출전〉莊子　外篇　秋水

3511.

如新生之犢여신생지독

갓 태어난 송아지처럼 무심하게 보고 이치를 따지지 말아야한다.

註▶ 1)新生之犢(신생지독): 새로 태어난 송아지.

〈출전〉莊子　外篇　知北遊

3512.

順木之天순목지천　**以致其性**이치기성

나무의 천성에 따라서 그 천성을 완전하게 하라.

註▶ 1)致(치): 완전하게 이루다.

〈출전〉古文眞寶　〈작자〉柳子厚　〈제목〉種樹郭槖駝傳

3513.

雲無心以出岫운무심이출수　**鳥倦飛而知還**조권비이지환

구름은 무심히 산골짝에서 나오고, 새는 느릿느릿 날아 돌아올 줄 아는구나.

註▶ 1)倦飛(권비): 느리게 날다.

〈출전〉文章軌範　〈작자〉陶潛　〈제목〉歸去來辭

3514.

從水之道而不爲私焉종수지도이불위사언

물의 道를 따라서 사사롭게 하지 말라.

〈출전〉莊子 外篇 達生

작자해설

작자해설

1. 한　국

〈ㄱ〉

姜柏年(강백년) 〈1603~1681〉

晋州 사람. 字는 叔久. 號는 雪峰 · 閑溪. 諡號는 文貞. 인조 때 魁科에 급제하였으며, 벼슬은 禮曹判書와 提學을 지냈다. 저서에는 『閑溪謾錄』이 있다.

姜世晃(강세황) 〈1713~1791〉

晋州 사람. 字는 光之. 號는 豹菴. 조선의 書畫家. 벼슬은 判尹까지 지냈다. 글씨는 篆書 · 隷書를 비롯한 각 체에 모두 신묘했고, 그림에는 특히 山水 · 四君子등에 뛰어났다. 그의 화풍은 鄭歚을 계승한 것으로 담담하면서도 格이 있고 개성이 뚜렷하였으며, 그는 당시의 화단의 건전한 발전을 위해 후원자 또는 추진자의 역할을 한 것으로 유명하다. 작품으로 〈蘭竹圖〉, 〈松竹牡丹圖〉 등 다수가 있으며, 저서에는 『豹菴集』이 있다.

姜瑜(강유) 〈1597~1668〉

晋州 사람. 字는 公獻. 號는 商谷. 諡號는 忠宣. 인조 때 文科에 급제하였으며, 벼슬은 戶曹參議를 지냈다. 저서에는 『商谷集』이 있다.

姜渾(강혼) 〈1464~1509〉

晋州 사람. 字는 士浩. 號는 木溪. 諡號는 文簡. 金宗直의 門人. 成宗 丙午年 文科에 급제하였으며, 中宗反正 때는 靖國功臣에 참여하여 晋川君이 되고 벼슬은 左贊成을 지냈다. 저서에는 『木溪集』이 있다.

姜淮伯(강회백) <生沒年 未詳>

晋州 사람. 字는 伯夫. 號는 通亭. 禑王 初年에 급제하고, 뒤에 조선에서 東北面都巡問史가 되었다.

靜一堂 姜氏(정일당 강씨) <生沒年 未詳>

晋州 사람. 號는 靜一堂. 在洙의 딸. 坦園尹光演의 부인.

只在堂 姜氏(지재당 강씨) <生沒年 未詳>

金海 妓生. 이름은 澹雲. 號는 只在堂. 고종 때 사람인 此山 裵文典의 小室. 詩뿐만 아니라 글씨에도 뛰어났다.

桂生(계생) <生沒年 未詳>

中宗때 사람. 扶安 妓生으로서 성은 李, 이름은 香今. 字는 天香. 號는 桂生 또는 梅窓. 詩에 능했고, 문집으로는『梅窓集』이 있으나, 전하지 않고 詩만 여러 편 전한다.

桂月(계월) <生沒年 未詳>

平壤 妓生. 英祖때 文名을 떨친 李匡德의 첩.

高陽村女(고양촌녀) <生沒年 未詳>

高兆基(고조기) <?~1157>

濟州 사람. 號는 鷄林. 벼슬은 平章事였다.

恭愍王(공민왕) <1330~1374>

고려 제31대 왕. 원나라 배척운동을 통해 몽골풍, 몽골 연호・관제를 폐지했다. 쌍성총관부를 폐지하고 영토를 회복했다. 신돈을 등용하여 개혁 정치를 펼쳤다.

郭預(곽예) <1232~1286>

字는 先甲. 본관은 淸州. 高宗 때 魁科에 급제하고 벼슬은 密直司事를 지냈으며, 문장과 글씨에도 뛰어 났다. 문헌으로는 『高麗史』 『高麗史節要』 『新增東國輿地勝覽』 이 있다.

光海君(광해군) <1575~1641>

조선 제 15대 王. 先祖의 後宮 恭嬪 김씨 소생. 선조에게 적자가 없어 세자로 봉함을 입었으나 뒤에 왕비 仁穆大妃가 영창군을 낳게되어, 한 때 왕위를 이을 가망이 없었는데 선조의 붕어로 즉위했다.

權堦(권계) <生沒年 未詳>

安東 사람. 字는 皆玉. 현종 때 文科에 급제하여 벼슬은 參判까지 지냈다.

權近(권근) <1352~1409>

安東 사람. 初名은 晉. 字는 可遠 · 思叔. 號는 陽村. 謚號는 文忠. 조선의 學者, 名臣. 恭愍王 때에 과거에 급제하고 조선시대에 벼슬하여 贊成事를 거쳐 大提學에 이르렀다. 圃隱 鄭夢周의 門下에서 數學 · 性理學에 조예가 깊었고 또 文章에도 능하였으며, 經學과 文學의 양면을 잘 조화시켰다. 저서에는 『陽村集』, 『四書五經口訣』이 있다.

權斗經(권두경) <1654~1726>

安東 사람. 字는 天章. 號는 蒼雪 · 蒼雲齋. 숙종 때 文科에 급제하여 벼슬은 修撰까지 지냈다. 저서에는 『退陶言行通錄』, 『溪門諸子錄』이 있다.

權忭(권변) <生沒年 未詳>

字는 怡叔. 號는 遂初堂. 謚號는 文貞. 숙종 때 文科에 급제하여 벼슬은 大司憲까지 지냈다.

權溥(권부) <1262~1346>

安東 사람. 자는 齋萬. 號는 菊齋. 謚號는 文正. 安文成의 제자. 벼슬은 修文殿大提學 永嘉府院君이었으며, 주자학이 전래되자 이의 발전을 위해 크게 노력하여 "朱子四書集註" 의 간생을 상소, 성리학을 보급시키는데 공헌하고 "銀臺集" 20권을 註書하였다. 저서에는『孝行錄』이 있다.

權尙夏(권상하) <1641~1721>

安東 사람. 字는 致道. 號는 遂庵 또는 寒水齋. 謚號는 文純. 벼슬은 모두 사양하고 宋時烈의 門下에서 朱子學으로 촉망을 받았으며, 畿湖學派의 계승 · 지도자로서 李珥의 氣發理乘一途說을 지지했다.

權遇(권우) <1363~1419>

安東 사람. 字는 仲慮 · 慮甫. 號는 梅軒. 조선의 학자. 禑王 때에 과거에 급제하고 뒤에 조선시대 初에 藝文提學을 지냈다. 작품으로 그의 글씨 〈花山君權近神道碑〉가 전해진다.

權漢功(권한공) <生沒年 未詳>

安東 사람. 號는 一齋. 謚號는 文坦. 벼슬은 정승이었다.

錦園(금원) <1817~?>

순조 때의 原州 사람. 侍郎 金德熙의 小室. 詩文에 능했다.
문집으로『湖東西洛記』가 있다.

吉再(길재) <1353~1419>

海平 사람. 字는 再父. 號는 冶隱 · 金烏山人. 謚號는 忠節. 圃隱, 牧隱과 같이 고려 말 三隱으로 불리고 있다. 고려 말기에 과거에 급제하여 주서로 있다가 李朝에서 여러 번 불렀으나 응하지 않고 집에서 죽었으니 忠孝를 모두 갖추었다. 세종은 그 節義를 기리어 左諫議大夫로 追贈하였다. 고려의 옛 도

읍지 松京을 찾았을 때 읊은 시조 "高麗遺臣懷古歌"는 유명하며 저서로는 『冶隱集』이 전해진다.

金可基(김가기) 〈生沒年 未詳〉

廣州 사람. 字는 無可. 號는 雲巢子. 養生術을 좋아하여 사람들이 金神仙이라 불렀다.

金光煜(김광욱) 〈生沒年 未詳〉

安東 사람. 字는 晦而. 號는 竹所. 벼슬은 判書提學을 지냈다.

金宏弼(김굉필) 〈1454~1504〉

瑞興 사람. 字는 大猷. 號는 寒暄堂. 諡號는 文敬. 벼슬은 刑曹佐郞이었으며 佔畢齋의 門人으로 性理學을 처음 주창하였다. 燕山君 때 甲子士禍에 화를 입었으나 領議政에 추증 받고 文廟에 配享되었다.

金克己(김극기) 〈生沒年 未詳〉

慶州 사람. 高宗 때의 翰林.

金柅(김니) 〈生沒年 未詳〉

號는 柳塘. 先祖 때 文科에 급제하고 벼슬은 黃海監司를 지냈다.

金敦中(김돈중) 〈?~1170〉

金富軾의 아들로 鄭仲夫의 亂에 죽임을 당했다.

金斗文(김두문) 〈生沒年 未詳〉

字는 季章. 號는 敬勝齋.

金麟厚(김린후) 〈1510~1560〉

蔚州 사람. 字는 厚之. 號는 河西·澹齊. 謚號는 文靖. 중종 때 文科에 급제하여 湖堂에 뽑히고, 벼슬은 校理를 지냈으며 外職으로 玉果縣監을 맡았다. 乙巳年 뒤로는 끝내 벼슬하지 않았으나, 뒤에 吏曹判書로 추증되었다. 저서에는『河西集』등이 있다.

金萬重(김만중) 〈生沒年 未詳〉

字는 重叔. 號는 西浦. 謚號는 文孝. 현종 때 文科에 급제하여 文衡을 맡았다. 벼슬은 吏判까지 지냈으며, 南海로 귀양가서 죽었다.

金邁淳(김매순) 〈1776~?〉

安東 사람. 字는 德叟. 號는 臺山. 謚號는 文淸. 정조 때 과거에 급제하여 벼슬은 參判까지 이르렀으며, 文章과 德行으로 세상에서 아낌을 받았다. 저서에는『臺山集』이 있다.

金福漢(김복한) 〈1860~?〉

安東 사람. 字는 元五. 號는 志山. 구한말의 義士. 단발령이 내리자 李偰등과 같이 의병을 일으켰다.

金富軾(김부식) 〈1075~1151〉

慶州 사람. 號는 雷川. 謚號는 文烈. 仁宗 때 西京의 妙淸의 亂을 平正하고 門下侍中이 되어 『三國史記』 를 짓고 毅宗은 그를 樂浪侯로 봉하였다.

金芙蓉堂 雲楚(김부용당 운초) 〈生沒年 未詳〉

조선 중기의 成川의 名妓. 金履陽의 소실. 이름은 雲楚. 號는 芙蓉. 歌舞와 詩文에 뛰어났다. 문집인『芙蓉集』에 수록된 300여 편의 시는 규수 문학의 정수라 할 수 있다.

金富賢(김부현) 〈生沒年 未詳〉

光山 사람. 字는 禮卿. 號는 巷東.

金壽增(김수증) 〈1624~1701〉

安東 사람. 字는 延之. 號는 谷雲. 벼슬은 숙종 때 工曹參判을 받았으나 모두 사퇴하고 산중 깊숙이 들어가 金時習 · 宋時烈의 초상을 모시어 그 사당을 有知라 부르고 세상을 개탄하며 숨어살았다.

金壽恒(김수항) 〈1629~1689〉

安東 사람. 字는 久之. 號는 文谷. 謚號는 文忠. 효종 때 文科에 급제했으며 벼슬은 領議政까지 지냈다. 숙종 때 모함에 빠져 진도로 귀양가서 賜死되었다. 저서로는『文谷集』이 있다.

金壽興(김수흥) 〈1626~1690〉

安東 사람. 字는 起之. 號는 退憂堂. 謚號는 文翼. 효종 때 文科에 급제했고 벼슬은 領議政까지 지냈다. 저서에는『退憂堂集』이 있다.

金時習(김시습) 〈1435~1493〉

江陵 사람. 字는 悅卿. 號는 梅月堂 · 東峰. 조선의 生六臣의 한 사람. 다섯 살에 글을 지었으므로 神童이라 하였으나 21살에 首陽大君이 端宗을 쫓아내고 왕위에 올랐다는 말을 듣고 통곡하면서 책을 모두 불살라 버리고 불교에 들어갔다. 세상을 두루 방랑하면서 글을 지어 세상의 허무함을 읊었으며 숙종 때는 海東의 伯夷라 하여 執義의 벼슬을 내렸다. 저서로는 『金鰲神話』, 『梅月堂集』이 있다.

金履坤(김이곤) 〈1712~1774〉

安東 사람. 字는 原哉 · 厚哉. 號는 鳳麓. 벼슬은 縣監까지 지냈으며 經書와 史書에 밝고 詩文에 능했다. 저서에는『鳳麓集』이 있다.

金馹孫(김일손) 〈1464~1498〉

金海 사람. 字는 季雲. 號는 濯纓. 金宗直의 제자. 成宗 때 文科에 급제하여 벼슬은 獻納을 지냈다. 戊午士禍 때 禍를 입었으나, 후에 都承旨에 추증되었다.

金尙容(김상용) 〈1561~1637〉

安東 사람. 字는 景擇. 號는 仙源. 謚號는 文忠. 명종 때 文科에 급제하여 벼슬은 右參議를 지냈으나, 丙子胡亂때 江都에서 殉死하였다. 文章으로 이름이 났으며 名臣으로 알려져 있다. 저서로는 『仙源遺稿』가 있다.

金尙憲(김상헌) 〈1570~1652〉

尙容의 아우. 安東 사람. 字는 叔度. 號는 淸陰 · 石室山人. 謚號는 文正. 선조 때 文科에 급제하여 湖堂에 뽑혔고 文衡을 맡았으며 左相에 이르렀다. 斥和를 주장하다 瀋陽에 붙들려갔으나 굴하지 않아 그의 忠節에 청나라 사람들도 감동했다 한다. 名筆로 이름이 높았으며 董其昌體를 잘 썼다. 그의 글씨로 〈秀泉君貞恩墓碣〉이 있으며 저서에는 『野人談錄』 등이 있다.

金崇謙(김숭겸) 〈1682~1700〉

安東 사람. 字는 君山. 號는 觀復庵. 집안이 黨禍로 몰려나게 되자 벼슬에 뜻을 두지 않고 은거하며 학문에 전심했다. 13세 때부터 시를 짓기 시작하여 주로 세상을 비판하는 시 300여 수를 지었다. 저서로는 『觀復庵詩稿』가 있다.

金時保(김시보) 〈生沒年 未詳〉

安東 사람. 字는 士敬. 號는 茅洲. 벼슬은 都正까지 지냈다.

金始振(김시진) 〈生沒年 未詳〉

字는 伯玉. 號는 盤皐. 光海君 때 출생하였으며, 인조 때 과거에 급제하여 벼슬은 禮曹參判을 지냈다.

三宜堂 金氏(삼의당 김씨) 〈生沒年 未詳〉

正祖때 사람. 全羅北道 南原 동춘리 태생. 詩文에 능했다.

林碧堂 金氏(임벽당 김씨) 〈生沒年 未詳〉

義城 사람. 金別應 壽千의 딸이고, 賢良 兪汝舟의 부인으로 詩에 능했다.

蒼岩 金氏(창암 김씨) 〈生沒年 未詳〉

光州 사람. 兵使 金石珍의 딸. 얼굴이 하도 추해서 蒼岩이라 自號 했다고 한다.

金安國(김안국) 〈1478~1543〉

義城 사람. 字는 國卿. 號는 慕齋. 謚號는 文敬. 燕山君 때에 과거에 급제하여 文衡을 맡았으며, 벼슬은 贊成을 지냈다. 性理學에 밝아 많은 저서를 남겼으며, 유학진흥에 공이 컸다. 저서로는 『二倫行實錄』, 『呂氏鄕約』 등이 있다.

金淨(김정) 〈生沒年 未詳〉

慶州 사람. 字는 元冲. 號는 冲庵. 謚號는 文簡. 중종 丁卯年에 魁科에 급제하여 湖堂에 뽑혔으며, 벼슬은 刑曹判書를 지냈으나 己卯年에 禍를 당하였다.

金靜厚(김정후) 〈生沒年 未詳〉

禮安 사람. 字는 士畏. 號는 破屋. 선조 때 進士로 급제하여 벼슬은 禮曹正郎을 지냈다.

金俊龍(김준용) 〈生沒年 未詳〉

原州 사람. 字는 秀夫. 號는 慕義齋. 謚號는 忠襄. 丙子胡亂 때 斥和를 주장하였다.

金地粹(김지수) 〈1585~1639〉

義城 사람. 字는 去非. 號는 苔川 또는 天台山人. 光海君 때 文科에 급제하였

으며, 벼슬은 府使를 지냈다. 光海君 때 廢母論을 논의할 때 다른 의견을 내어 富寧으로 귀양갔다. 詩로 유명하며 약간의 詩文이 전한다.

金地藏(김지장) 〈生沒年 未詳〉

金搢(김진) 〈1585~?〉
光山 사람. 字는 記仲. 號는 秋潭·詠齋·訓齋. 光海君 때 文科에 급제하였으며, 벼슬은 府使를 지냈다.

金鎭圭(김진규) 〈1658~1716〉
光山 사람. 字는 達甫. 號는 竹泉. 諡號는 文靖. 숙종 때 과거에 장원했으며 魁科에 급제하여 벼슬은 大提學까지 지냈다. 文章을 잘 하고 글씨에 뛰어났다.

金昌業(김창업) 〈1658~1722〉
安東 사람. 字는 大有. 號는 老稼齋·稼齋. 조선의 화가. 숙종 때 進士에 급제하여 벼슬은 敎官까지 지냈으며, 시문과 그림이 다 뛰어났다. 저서에는 『老稼集』, 『燕行錄』이 있다.

金昌集(김창집) 〈1648~1722〉
安東 사람. 字는 汝成. 號는 夢窩. 諡號는 忠獻. 노론 4대신 중의 한 사람. 숙종 때 文科에 급제했으며 벼슬은 領相까지 지냈다. 저서에는 『國朝自警編』이 있다.

金昌翕(김창흡) 〈1653~1722〉
昌協의 동생. 字는 子益. 號는 三淵. 諡號는 文康. 進士에 합격하였으나 모든 벼슬을 사퇴하였으며, 성리학에 능하여 형 農巖 金昌協과 더불어 이름이 있었다. 저서에는 『三淵集』이 있다.

金春澤(김춘택) 〈1670~1717〉

光山 사람. 字는 伯丙·伯雨. 號는 北軒. 謚號는 景憲. 蔭官으로 大護軍을 지냈다. 詩文과 글씨에 뛰어났으며 저서에는『北軒集』이 있다.

金忠烈(김충열) 〈生沒年 未詳〉

金海 사람. 字는 而彦. 號는 玉湖 또는 雪篷.

金澤榮(김택영) 〈1850~1927〉

字는 于霖. 號는 滄江·韶護堂主人. 고종 때 進士에 급제하여 벼슬은 通政大夫까지 지냈다. 文章에 능했으며 특히 漢詩에 뛰어났다. 저서에는 『韓國小史』, 『韓國繁』가 있다.

金孝一(김효일) 〈生沒年 未詳〉

安東 사람. 字는 行源. 號는 菊潭.

〈ㄴ〉

南公轍(남공철) 〈1760~1840〉

宜寧 사람. 字는 元平. 號는 思穎·金陵. 謚號는 文獻.정조 때 文科에 급제하여 벼슬은 領相에 이르렀다. 당시 제일의 文章家로서 詩와 글씨에도 뛰어나 많은 金石文과 碑碣을 썼다. 저서로는 『金陵集』, 『歸恩堂集』 등 다수가 있다.

南九萬(남구만) 〈1629~1711〉

宜寧사람. 字는 雲路. 號는 葯泉·美齊. 謚號는 文忠. 효종 때 과거에 급제했으며, 벼슬은 領相까지 지냈다. 검소한 생활을 하고 性理學에 밝았으며, 시조 "동창이 밝았느냐 노고지리 우지진다..." 한 수가 전한다.

南克寬(남극관) 〈生沒年 未詳〉

字는 伯居. 號는 夢囈. 進士에 급제하였다.

貞一軒 南氏(정일헌 남씨) 〈1840~1922〉
南世元의 딸이며, 成大鎬의 부인.

南有容(남유용) 〈1698~1773〉
宜寧 사람. 字는 德哉. 號는 雷淵. 謚號는 文靖. 古文을 잘 하여 韓歐를 따랐고, 詩도 古體에 뛰어났으며, 書法에도 일가를 이루었다. 丹陽의 羽化橋碑·海伯尹世綏碑 등의 유필이 있다. 문집으로는 『雷淵集』이 있다.

南履寬(남이관) 〈生沒年 未詳〉
宜寧 사람. 字는 聖綏. 文科에 급제하여 벼슬은 正言까지 지냈다.

南在(남재) 〈1351~1419〉
宜寧 사람. 初名은 謙. 字는 敬之. 號는 龜亭. 謚號는 忠景. 조선의 開國功臣. 李穡의 제자. 벼슬은 領議政까지 지냈으며, 경제에 밝고 산술을 잘하여 당시 이를 南算이라 하였다. 문헌에는 『國朝人物考』가 전해진다.

盧兢(남긍) 〈1738~1790〉
交河 사람. 字는 臨如. 號는 漢源. 벼슬은 進士까지 지냈으며 한문소설 『花史』를 지었다.

盧思愼(노사신) 〈1427~1498〉
交河 사람. 字는 子胖. 號는 葆眞齋. 謚號는 文匡. 조선의 文官, 學者. 世祖 때 급제하여 벼슬은 領相·宣城府院君을 지냈다.

盧亨弼(노형필) 〈生沒年 未詳〉
字는 輔卿. 號는 雲提 또는 淵冰齋.

〈ㄷ〉

〈ㄹ〉

〈ㅁ〉

睦大欽(목대흠) 〈生沒年 未詳〉

泗川 사람. 字는 陽卿. 號는 竹塢·茶山. 벼슬은 承旨를 지냈다.

閔黯(민암) 〈生沒年 未詳〉

字는 長孺. 號는 叉湖. 현종 때 文科에 급제했으며 벼슬은 右相까지 지냈다.

〈ㅂ〉

朴景夏(박경하) 〈生沒年 未詳〉

密陽 사람. 字는 大盛. 號는 癯溪.

朴珪壽(박규수) 〈1807~1876〉

趾源의 손자. 潘南 사람. 字는 桓卿. 號는 桓齋. 헌종 때 文科에 급제하여 벼슬은 右議政에 이르렀으며, 文衡을 맡았다.

朴坽(박령) 〈生沒年 未詳〉

密陽 사람. 字는 君哲. 號는 也足翁. 草書를 잘했다.

朴民瞻(박민첨) 〈生沒年 未詳〉

務安 사람. 字는 時望. 光海君 때 生員을 지냈다.

朴尙立(박상립) 〈生沒年 未詳〉

字는 立之. 號는 懶齋.

朴遂良(박수량) 〈1470~1552〉

江陵 사람. 字는 君擧. 號는 三可亭 또는 磋岩. 중종 때에 孝廉으로 추천을 받아 縣監을 지냈다. 저서로는『三可集』이 있다.

朴燁(박엽) 〈1570~1623〉

潘南 사람. 字는 叔夜. 號는 菊窓. 선조 때 과거에 급제하여 벼슬은 平安監司를 지냈으나, 仁祖反正 때 죽임을 당했다.

朴元亨(박원형) 〈1411~1469〉

竹山 사람. 字는 之衢. 號는 晩節堂. 諡號는 文憲. 조선의 文官. 世宗 때에 과거에 급제하여 湖堂에 뽑히고, 벼슬은 領議政, 延城府院君을 지냈으며 睿宗 사당에 配享되었다.

朴誾(박은) 〈1479~1504〉

高靈 사람. 字는 重說. 號는 挹翠軒. 燕山君 때 과거에 급제하여 벼슬은 校理를 지냈으며, 중종 때는 都承旨를 지냈으며, 27세에 甲子士禍때 사형되었다. 저서로는『挹翠軒遺稿』가 있다.

朴宜中(박의중) 〈生沒年 未詳〉

密陽 사람. 初名은 實. 字는 子虛. 號는 貞齋. 恭愍王 때 魁科에 급제하여 大提學이 되었고, 뒤에 조선에 들어서는 檢校參贊議政府事가 되었다. 性理學에 밝았고 文章이 高雅하기로 이름이 있었다. 저서로는『貞齋集』이 있다.

朴靖(박정) 〈生沒年 未詳〉

字는 子安. 號는 東川. 인조 때 文科에 급제하였으며, 벼슬은 郡守를 지냈다.

朴竹西(박죽서) 〈1817~1851〉

조선 憲宗 때 사람. 號는 半啞堂. 士人 朴宗彦의 小室의 딸. 서울 府使 徐箕

輔의 副室이다.

朴泰輔(박태보) 〈1654~1689〉
潘南 사람. 字는 士元. 號는 定齋散人. 諡號는 文烈. 숙종 때에 文科에 급제했으며 벼슬은 吏曹判書에 追贈되었다. 저서에는『定齋集』이 있다.

朴孝修(박효수) 〈生沒年 未詳〉
號는 石齋. 忠肅王이 그의 淸白을 가상히 여겨 學士宴을 베풀었고, 延昌君에 봉해졌다.

裵正徽(배정휘) 〈生沒年 未詳〉
星州 사람. 字는 美叔. 號는 孤村. 현종 때 進士였고 文科에 급제하여 벼슬은 承旨까지 지냈다.

白岐鎭(백기진) 〈生沒年 未詳〉
金山 사람. 字는 基文. 號는 兼齋. 進士였고, 벼슬은 監役까지 지냈다.

白大鵬(백대붕) 〈?~1592〉
林川 사람. 字는 萬里. 조선의 詩人. 典艦司 奴僕으로서 詩에 능했다. 그의 詩에는 굴하지 않는 豪俠한 기상이 있다.

白頤正(백이정) 〈生沒年 未詳〉
藍浦 사람. 號는 頤齋. 고려 忠宣王때 性理學者. 1298년 忠宣王을 따라 燕京에 10여 년간 머무르면서 朱子學을 연구하고 돌아와 李齊賢, 朴忠佐 등 제자를 가르침으로써 우리 나라의 性理學을 전파시키는데 공을 세웠다. 벼슬은 僉議評理上黨君이었으며, 문헌에는 『高麗事』 『韓國儒學史』가 있다.

鳳仙女史(봉선여사) 〈生沒年 未詳〉

〈ㅅ〉

徐居正(서거정) 〈1420~1488〉

大邱 사람. 初字는 子元. 字는 剛中. 號는 四佳亭 · 亭亭亭. 諡號는 文忠. 世宗 때 文科에 급제하여, 벼슬은 右贊成 · 文衡을 지냈으며 達城君에 봉해졌다. 저서에는 『四佳亭集』, 『歷代年表』 등이 있으며, 그의 글씨인 〈花山君權近神道碑〉 가 있다.

徐起(서기) 〈1523~1591〉

利川 사람. 字는 待可. 號는 孤靑. 諡號는 文穆. 諸子百家와 기술의 이론에 통달했으며, 특히 李之函과 뜻이 맞아 그를 따라 각지를 유랑하면서 민속과 실용적 학문의 연구에 전심했다. 저서에는『孤靑遺稿』가 있다.

令壽閤 徐氏(영수각 서씨) 〈生沒年 未詳〉

觀察使 逈修의 딸. 承旨 洪仁謨의 부인. 당대의 文章家인 奭周 · 吉周 · 顯周 등 세 아들과 규수시인 幽閑堂 原周를 낳았다. 문집으로는 36편의 작품을 모은『令壽閤稿』가 있다.

徐益(서익) 〈生沒年 未詳〉

扶餘 사람. 字는 君受. 號는 萬竹. 선조 때 과거에 급제하였으며, 벼슬은 義州牧使를 지냈다.

偰遜(설손) 〈?~1360〉

回鶻 사람. 初名은 百遼遜. 號는 近思齋. 元나라의 進士였으나 紅巾賊의 난을 피해 우리 나라로 왔다. 恭愍王이 富原君으로 봉하고 慶州로 호적을 내렸다. 저서에는『近思齋逸藁』가 있다.

薛瑤(설요) 〈生沒年 未詳〉

신라 文武王 · 神文王때의 사람으로서 薛承冲의 딸이요. 郭元振의 妾이다.

偰長壽(설장수) 〈1341~1399〉

回鶻 사람. 字는 天民. 號는 芸齋. 謚號는 文貞. 고려의 政治家. 恭愍王 때에 과거에 급제하여 벼슬은 判三司에 이르렀으나 鄭夢周의 사망 후 그 일당으로 몰려 귀양을 갔다. 詩와 書에 능하였으며 문헌에 『高麗史』, 『國朝人物志』 가 있다.

成聃壽(성담수) 〈?~1456〉

昌寧 사람. 字는 眉叟. 號는 文斗. 謚號는 靖肅. 조선 世祖 때 生六臣의 한 사람. 世宗 때 文科에 급제하였다. 校理로서 從兄 成三問과 함께 죽기로 맹세하고 절개를 고치지 않다가 成三問이 죽자 국문을 당하고 金海로 귀양갔다.

成夢良(성몽량) 〈生沒年 未詳〉

昌寧 사람. 字는 汝弼. 號는 嘯軒. 進士로 급제했다.

成三問(성삼문) 〈1418~1456〉

昌寧 사람. 字는 謹甫 · 訥翁. 號는 梅竹軒. 謚號는 忠文. 조선의 忠臣, 學者. 史六臣의 한사람. 世宗 때에 과거에 급제하여 湖堂에 뽑혔으며 벼슬은 承旨를 지냈다. 世祖 때에 朴彭年과 端宗을 복위시키려 모의하다가 발각되어 죽임을 당하였다.

成石璘(성석린) 〈1338~1423〉

昌寧 사람. 字는 自修. 號는 獨谷. 謚號는 文景. 조선시대의 名臣 · 名筆. 恭愍王 때에 과거에 급제하였으며 조선에서 벼슬은 領議政까지 이르렀다. 詩文에 능하고 眞草를 잘 써 당대 名筆로 이름을 떨쳤다. 작품으로 글씨 〈朝鮮太祖健元陵神道碑〉 가 있다.

成蕙永(성혜영) 〈生沒年 未詳〉

昌寧 사람. 字는 次蘭. 號는 南坡.

蘇斗山(소두산) <1627~1693>

晋州 사람. 字는 望如. 號는 月洲. 宋時烈의 門人. 현종 때 魁科에 급제하여 벼슬은 刑曹參議까지 지냈다. 저서에는『月洲集』이 있다.

宋時烈(송시열) <1607~1689>

恩津 사람. 字는 英甫. 號는 尤庵. 諡號는 文正. 인조 때 司馬試에 합격하여 벼슬은 領相에 이르렀다. 그는 朱子學의 대학자였으며, 귀양살이의 어려운 가운데에서도 저술에 힘쓰고 학문에 열중하여 제자들을 가르쳤다. 저서에는『朱子大全箚疑』등 다수가 있다.

宋氏(송씨) <生沒年 未詳>

宣祖때에 眉庵 柳希春의 부인이며, 宋駿의 딸로서 經書와 史書에 통하고 詩에 능했다.

申光洙(신광수) <1712~1775>

高靈 사람. 字는 聖淵. 號는 石北 · 五嶽山人. 영조 때 進士였고, 魁科에 급제해서 벼슬은 承旨까지 지냈다. 書畫에 뛰어났으며, 科詩에도 능해 "關山戎馬"는 그의 대표작으로서 당시 널리 애송되었다. 문집으로는『石北集』이 있다.

申光漢(신광한) <1484~1555>

高靈 사람. 叔舟의 손자. 字는 漢之 · 時晦. 號는 企齋 · 駱峰 · 石仙齋 · 青城洞主. 諡號는 文簡. 중종 때 文科에 급제하여 湖堂에 뽑히고 文衡을 맡았다. 벼슬은 贊成이었으며 經筵을 맡았다. 文章에 능하고 筆力이 뛰어났다. 저서에는『企齋集』,『企齋記異』가 있다.

申淑(신숙) <生沒年 未詳>

고려 毅宗 때 宦官 鄭諴이 閤門祗侯가 되자 申淑이 혼자 궁궐에 들어가 그

不可를 諫하였으므로 왕은 그의 관직을 削奪하였다. 그 이듬해 그는 벼슬을 버리고 고향으로 돌아갔다.

師任堂 申氏(사임당 신씨) 〈1504～1551〉

선조 때의 平山 사람. 進士인 申命和의 딸이며 李栗谷의 어머니. 號는 師任堂(思任堂)·媤姙堂·姙師齋. 山水圖와 葡萄畫를 그렸으며, 筆法에도 능했고 經書와 史書를 통했다.

申用漑(신용개) 〈生沒年 未詳〉

字는 漑之. 號는 松溪 또는 二樂軒. 謚號는 文景. 성종 때 계묘문과에 급제하여 文衡을 맡았으며, 벼슬은 左相을 지냈다.

申維翰(신유한) 〈1681～?〉

寧海 사람. 字는 周卿·周伯. 號는 靑泉. 숙종 때 文科에 급제, 製述官이 되어 通信使 洪致中을 따라 일본에 다녀왔으며 벼슬은 僉正까지 지냈다. 文章에 탁월했고, 특히 詩에 걸작품이 많다. 저서에는 『靑泉集』, 『海遊錄』 등이 있다.

申翊聖(신익성) 〈1588～1644〉

平山 사람. 欽의 아들. 字는 君奭. 號는 東淮. 謚號는 文忠. 조선 선조의 딸인 貞淑翁主와 결혼하여 東陽尉에 피봉되었다. 효성이 지극하고 글과 글씨에 능했다. 저서에는『樂全堂集』이 있다.

申之悌(신지제) 〈生沒年 未詳〉

鵝洲 사람. 字는 順夫. 號는 梧峰. 인조 때 文科에 급제하였으며, 벼슬은 承旨를 지냈다.

申活(신활) 〈生沒年 未詳〉

寧海 사람. 字는 景卓. 號는 竹老. 벼슬은 進士를 지냈다.

申厚載(신후재) 〈生沒年 未詳〉
平山 사람. 字는 德夫. 號는 葵亭. 현종 때 文科에 급제했으면 벼슬은 判尹까지 지냈다.

〈ㅇ〉
安錫儆(안석경) 〈生沒年 未詳〉
順興 사람. 字는 叔華. 號는 雪橋.

安鼎福(안정복) 〈1712~1791〉
廣州 사람. 字는 百順. 號는 順菴 ·橡軒·虞夷子. 諡號는 文肅. 영조 때 縣監을 지냈다. 저서에는 『順菴集』, 『東史綱目』 등 다수가 있다.

安重燮(안중섭) 〈生沒年 未詳〉
順興 사람. 字는 誠心. 號는 海史. 進士로 급제했다.

於于同(어우동) 〈生沒年 未詳〉
湖西의 妓生.

嚴義吉(엄의길) 〈生沒年 未詳〉
寧越 사람. 字는 蠡仲. 號는 春圃.

吳慶(오경) 〈生沒年 未詳〉
海州 사람. 字는 慶之. 號는 溪山處士.

吳慶錫(오경석) 〈1831~1879〉
海州 사람. 字는 元秬. 號는 亦梅·鎭齋. 조선의 譯官·書畫家. 청나라를 왕래하면서 新學問에 눈을 떠 金玉均·朴泳孝등에게 開化思想을 고취하였다. 金石學에 대한 관심도 커서 역대 중국의 金石文을 수집했고, 글씨는 특히 篆字를

잘 썼으며 그림에도 일가를 이루었다. 그의 편저로 『三韓金石錄』이 있다.

吳光運(오광운) 〈1689~1745〉

同福 사람. 字는 永伯. 號는 藥山. 諡號는 忠章. 숙종 때 司馬試를 거쳐 文科에 급제하여 벼슬은 大司憲, 弘文館 提學까지 지냈다. 文章에 뛰어났으며 저서에는 『藥山集』이 있다.

吳尙濂(오상렴) 〈生沒年 未詳〉

同福 사람. 字는 幼淸. 號는 燕超齋. 進士로 급제했다.

吳小坡(오소파) 〈1888~?〉

義城 출생. 吳時善의 딸로 申海永의 부인이었으나, 곧 사별하고 29에 上海로 건너가 거기서 固城의 尹命殷과 재혼하였다. 漢詩文에도 능하지만, 新文化의 先覺者이다. 문집인 『小坡女史詩抄』에 200여수의 시가 있다.

吳瑗(오원) 〈1700~1740〉

海州 사람. 字는 伯玉. 號는 月谷. 諡號는 文穆. 경종 때 司馬試를 거쳐 文科에 급제해서 벼슬은 工曹參判에 이르렀고 文名이 높았다. 저서에는 『月谷集』이 있다.

王伯(왕백) 〈生沒年 未詳〉

江陵 사람. 忠烈王 때 과거에 급제하였으며 벼슬은 密直副使였다.

吁咄(우돌) 〈生沒年 未詳〉

고려 때 龍城 妓生이었고, 詩에 능했다.

禑王(우왕) 〈1365~1389〉

고려 제32대 왕. 신돈(辛旽)의 시녀 반야(般若)의 소생. 이인임(李仁任)의 유배로 정치적 지지기반을 잃자 강릉에 유배된 후, 아들 창왕(昌王)과 함께 이

성계에 의해 살해되었다.

元松壽(원송수) <1323~1366>
原州 사람. 號는 梅溪. 諡號는 文定. 고려의 文官. 벼슬은 政堂文學에 올랐으나 辛旽에 반대하여 파면되었다. 학자로서 특히 詩文에 이름이 높았고 禮學에 밝았다. 문헌에는 『高麗史』가 있다.

琉璃王(유리왕) <?~18>
東明王의 아들로서 이름은 琉璃이며 漢나라 成帝 鴻嘉 2년에 즉위하였다.

柳方善(유방선) <1388~1443>
서주 사람. 字는 子繼. 號는 泰齋. 조선의 학자. 집안이 禁錮의 禍를 당해 과거를 보지 못하고, 벼슬에도 나아가지 않았으나 詩文 뿐 아니라 모든 학문에 정통했으며, 原州에서 後進을 가르쳐 徐居正·李甫欽 등 이름 있는 선비가 門下에서 배출되었다.

兪升旦(유승단) <生沒年 未詳>
仁同 사람. 諡號는 文安. 사람들은 밤을 비추는 神珠라 하였다. 高宗이 學文을 배웠으므로 그를 스승의 禮로 대우했고, 벼슬은 參知政事였다.

兪拓基(유척기) <生沒年 未詳>
杞溪 사람. 字는 展甫. 號는 知守齋. 諡號는 文翼. 숙종 때 文科에 급제하여 벼슬은 領議政까지 지냈다.

劉好仁(유호인) <1445~1494>
江陵 사람. 字는 克己. 號는 林溪. 임금이 내린 號는 天放. 벼슬은 進士였으며 忠孝하고 詩文·筆力에 뛰어나 당대에 三絶이라 불리었다.

尹善道(윤선도) 〈1587~1671〉
海南 사람. 字는 約而. 號는 孤山. 諡號는 忠憲. 光海君 때 進士를 지냈다. 인조 때 文科에 급제하였으며, 벼슬은 禮曹參議에 이르렀으나 西人들에게 몰려나 고향으로 내려갔다. 저서에는『孤山遺稿』가 있다.

尹元擧(윤원거) 〈1601~1672〉
坡平 사람. 字는 伯奮. 號는 龍西. 과거에 나가지 않고 尹文擧 · 尹舜擧 등과 사귀어 온갖 학문을 토론했다. 저서에는『龍西文集』이 있다.

尹拯(윤증) 〈1629~1711〉
坡平 사람. 字는 子仁. 號는 明齋 · 酉峯. 諡號는 文成. 뜻을 벼슬에 두지 않고 性理學을 전공하여 특히 禮學에 밝았고 수차 벼슬을 받았으나 다 사퇴하였다. 後進들의 교육에 전심을 기울였으며 죽은 뒤 제자들이 서원을 세워 모셨다.

乙支文德(을지문덕) 〈生沒年 未詳〉
평양사람. 고구려의 명장으로 수나라가 고구려에 침입해왔을 때 적장인 우문술 · 우중문에게 군사를 돌리도록 유인하여 살수에서 대승을 거두었다. 침착대담하고 지략과 용맹이 뛰어났으며 시문에도 능하였다.

李家煥(이가환) 〈1742~1801〉
驪州 사람. 字는 庭藻. 號는 錦帶 · 貞軒. 조선의 천주교도. 벼슬은 刑判까지 지냈으며, 남인 학자 安鼎福 · 丁若鏞 · 權哲身등과 交遊하면서 새로운 학문 연구에 힘썼다. 文章에도 능했으며 筆法이 뛰어났다. 저서로『錦帶遺稿』가 있다.

李恪 夫人(이각 부인) 〈生沒年 未詳〉
世宗때 북방오랑캐를 정벌한 李恪의 부인이다.

李塏(이개) 〈?~1456〉

韓山 사람. 字는 淸甫 또는 伯高. 號는 白玉軒. 謚號는 義烈. 세종 때 문과에 급제하여 湖堂에 뽑히고, 벼슬은 副知承文院事를 지냈다. 후에 成三問 · 朴彭年과 함께 端宗의 복위를 모의하다가 발각되어 죽임을 당했다.

海原君 李健(해원군 이건) 〈1614~1662〉
선조의 손자. 字는 子强. 號는 葵窓. 아버지 仁城君의 禍로 제주로 귀양갔으나, 글씨를 잘 쓰는 한편 그림에 능하였다. 저서로는『葵窓集抄』가 있다.

李健命(이건명) 〈生沒年 未詳〉
字는 仲剛. 號는 寒圃齋. 謚號는 忠愍. 숙종 때 文科에 급제했으며 벼슬은 左議政까지 지냈다.

李建昌(이건창) 〈生沒年 未詳〉
字는 鳳藻. 號는 寧齋 · 明美堂. 벼슬은 承旨까지 지냈다.

李烓(이계) 〈生沒年 未詳〉
全州 사람. 字는 照遠. 號는 鳴皐. 광해군 때 과거에 급제하여 벼슬은 府使를 지냈다. 仁祖 때에 宣川府使로 있다가 무고를 당해 죽었다.

李穀(이곡) 〈1298~1351〉
韓山 사람. 初名은 芸白. 字는 中父. 號는 稼亭. 謚號는 文孝. 忠肅王 때 元나라의 製科에 급제하여 國史檢閱에 임명되고, 우리 나라에서는 韓山君에 봉해졌다. 문장이 유창하고, 雅淡하며, 뜻이 오묘하여 중국 사람들도 탄복했으며, 李齊賢과 함께 編年綱目을 增修 하였다. 저서에는『稼亭集』20권이 있다.

李匡師(이광사) 〈1705~1777〉
全州 사람. 字는 道甫. 號는 圓嶠 · 壽北. 조선의 陽明學者 · 書藝家. 영조 때 壁書事件으로 會寧으로 귀양갔다가 다시 珍島로 유배, 配所에서 일생을 마쳤

다. 일찍 尹淳에게서 글씨를 배워 眞書·草書·篆書·隸書에 모두 능했고, 圓嶠體라는 독특한 필체를 이룩했다. 저서에는 『圓嶠書訣』 등 다수가 있다.

李匡呂(이광려) 〈生沒年 未詳〉

全州 사람. 字는 聖哉. 벼슬은 參奉까지 지냈다.

李奎報(이규보) 〈1168~1241〉

黃驪 사람. 字는 春卿. 號는 白雲居士, 白雲山人. 諡號는 文順. 明宗 때 급제했으나 10년 동안 벼슬에 뽑히지 못하다가 뒤에 太保平章事가 되었다. 문장으로는 東國에서 으뜸이었다. 저서로 『東國李相國集』, 『白雲小說』, 『麴先生傳』이 있다.

李箕鎭(이기진) 〈1687~1755〉

德水자 사람. 字는 君範. 號는 牧谷. 숙종 때 文科에 급제해서 벼슬은 吏判까지 지냈다.

李達衷(이달충) 〈1309~1384〉

慶州 사람. 號는 霽亭. 諡號는 文靖. 벼슬은 密直提學이었으며, 鷄林君이었다.

李得元(이득원) 〈1600~1639〉

完山 사람. 字는 士春. 號는 竹齋. 조선의 서예가. 譯官을 지냈으며 세상에는 잘 알려지지 않았으나 滄浪 洪世泰가 그의 詩와 人品을 칭찬하여 평하기를 志操가 굳으며 효우에 돈독하고, 詩는 아름답고 맑아 二王(王羲之·王獻之)의 법을 본받았다고 하였다.

李亮淵(이량연) 〈生沒年 未詳〉

字는 晋叔. 號는 臨淵 또는 山英.

李萬培(이만배) 〈生沒年 未詳〉

完山 사람. 字는 益甫. 醫員이었다.

李明漢(이명한) 〈1595~1645〉

延安 사람. 字는 天章. 號는 白洲. 諡號는 文靖. 光海君 때 文科에 급제하여 文衡을 맡았으며, 벼슬은 吏曹判書를 지냈다. 인품이 온유하고 性理學에 밝았으며 詩와 글씨에도 뛰어났는데 특히 글씨는 이름이 唐 · 宋 名家들에게도 알려졌다. 저서에는『白洲集』이 있다.

李茂芳(이무방) 〈生沒年 未詳〉

光陽 사람. 諡號는 文簡. 恭愍王 때 密直學士로 政堂文學人을 배수하고, 조선 때에 光陽君에 봉해졌다.

李敏求(이민구) 〈1589~1670〉

全州 사람. 字는 子時. 號는 東洲 · 觀海道人. 光海君 때 魁科에 오르고, 벼슬은 吏曹參判을 지냈다. 文章으로 이름이 높았으며, 특히 詩文에 능하였다. 저서로는『東洲集』이 있다.

李民宬(이민성) 〈1570~1629〉

永川 사람. 字는 寬甫. 號는 敬亭. 선조 때 文科에 급제하여 湖堂에 뽑혔으며 벼슬은 左承旨를 지냈다. 詩文 · 글씨에 능했고, 直言을 잘하기로 이름이 높았다. 저서에는 『敬亭集』, 『朝天錄』이 있다.

李山海(이산해) 〈1539~1609〉

韓山 사람. 字는 汝受. 號는 鵝溪. 諡號는 文忠. 명종 때 과거에 급제하여 文衡을 맡았으며, 벼슬은 領議政까지 지냈다. 문장에 능하였으며 저서에는『鵝溪遺稿』가 있다.

李穡(이색) 〈1328~1396〉

韓山 사람. 字는 穎叔. 號는 牧隱. 諡號는 文靖. 고려 말의 性理學者. 고려 말 三隱의 한사람. 李穀의 아들로서 그 아버지를 이어 과거에 급제하여, 元나라에서 翰林知制誥를 제수 받고 恭愍王 때에는 門下侍中이 되었다. 그리고 고려에서는 韓山伯으로 봉해졌다. 門下에 權近 · 金宗直 · 卞季良등을 배출하여 조선 性理學의 주류를 이루게 하였다. 저서로는『牧隱集』55권이 있다.

李漵(이서) 〈生沒年 未詳〉

驪州 사람. 字는 澄之. 號는 玉洞 또는 玉琴山人. 察訪으로 불렀으나 벼슬하지 않았다.

李書九(이서구) 〈1754~1825〉

完山 사람. 字는 洛瑞. 號는 素玩亭 · 席帽山人 · 薑山 · 惕齋. 영조 때 文科에 급제하여 벼슬은 右議政에 까지 이르렀다. 名文章家로서 특히 詩名이 높아 朴齊家 · 李德懋 · 柳得恭 등과 함께 漢詩의 4대가로 알려졌고, 五言古詩에 능했다. 저서에는 『薑山集』, 『惕齋集』 등 다수가 있다.

李石亨(이석형) 〈1415~1477〉

延安 사람. 字는 伯玉. 號는 樗軒. 諡號는 文康. 세종 때 세 번 魁科에 오르고 湖堂에 뽑혔으며, 延城府院君을 지냈다. 당시 유학계 4대 학파 중의 勳舊派로 鄭麟趾 등과 함께『治平要覽』을 편찬한바 있다.

李偰(이설) 〈1850~1911〉

延安 사람. 字는 舜命. 號는 復菴. 벼슬은 承旨까지 지냈으며, 閔妃殺害 사건에 의병을 일으켜 싸우다가 체포되었다.

李晟(이성) 〈生沒年 未詳〉

潭陽 사람. 忠肅王 때에 左思補의 벼슬로 있다가「벼슬을 버리고 전원으로 돌아간다」는 시를 지었다. 젊어서부터 학문에 힘썼으므로 사람들은 그를 〈5

經의 책상자〉라 일컬었다. 문헌에는『高麗史』가 있다.

李昭漢(이소한) 〈1598~1645〉

延安 사람. 字는 道章. 號는 玄州. 光海君 때 文科에 급제하여 湖堂에 뽑혔으며, 벼슬은 刑曹判書를 지냈다. 총명과 덕행으로 이름을 떨쳤으며 그의 아버지 · 형과 함께 송나라의 三蘇(蘇詢 · 蘇軾 · 蘇轍)에 견주었다. 저서에는『玄州集』이 있다.

李遂大(이수대) 〈生沒年 未詳〉

全州 사람. 字는 就而. 號는 松厓. 文科에 급제해서 벼슬은 正郞까지 지냈다.

李舜臣(이순신) 〈1545~1598〉

德水 사람. 字는 汝諧. 謚號는 忠武. 조선의 名將. 선조 때 武科에 급제하였으며, 벼슬은 統制使를 지냈다. 저서에는『李忠武公全書』가 있다.

李崇仁(이숭인) 〈1349~1392〉

京山 사람. 字는 子安. 號는 陶隱. 고려 三隱의 한 사람. 벼슬은 密直副使였으나, 親明派와 親元派의 모함을 받아가며 여러 獄事를 겪었고, 李朝 開國에 이르러 鄭道傳의 원한을 사서 그의 심복 黃居正에게 살해되었다. 문장이 典雅하여 중국명사들도 모두 탄복하였다. 저서에는『陶隱集』이 전해진다.

李時楷(이시해) 〈1600~1657〉

完山 사람. 字는 子範. 號는 南谷. 인조 때 文科에 급제하였으며, 벼슬은 吏曹參判을 지냈다.

李植(이식) 〈1584~1647〉

德水 사람. 字는 汝固. 號는 澤堂. 謚號는 文靖. 光海君 때 文科에 급제하여 文衡을 맡았으며, 벼슬은 吏曹判書를 지냈다. 張維와 더불어 당대 일류의 문

장가였으며, 『宣祖實錄』 수정의 일을 전담하였다. 저서에는 『澤堂集』 이 있다.

李氏(이씨) 〈生沒年 未詳〉

연양 부원군인 李貴의 딸. 여승이 되어 그 尼名을 禮順이라 하였다.

李彦瑱(이언진) 〈1740~1766〉

江陽 사람. 字는 虞裳. 號는 滄起 · 頌穆館 · 湘藻. 조선의 譯官. 李用休의 제자로서 詩와 書를 잘 하였다. 저서로 『松穆館集』 이 있다.

李鈺(이옥) 〈生沒年 未詳〉

全州 사람. 號는 文無子.

李玉峰(이옥봉) 〈生沒年 未詳〉

조선시대의 여류 시인. 宣祖 때의 沃川郡守 李逢의 庶女. 雲江 趙瑗의 副室. 임진왜란 때 순절했으며, 詩에 능했다. 시32편을 수록한 『玉峰集』 이 있다.

麟坪大君 李滔(인평대군 이요) 〈1622~1658〉

仁祖의 셋째 아들. 字는 用涵. 號는 松溪. 謚號는 忠敬. 丙子胡亂의 비분을 읊은 시조가 여러 편 전하며, 글씨, 그림이 다 뛰어났다. "청구영언" 과 "해동가요" 에 시조 3수가 전한다. 저서로는 『松溪集』, 『燕行錄』, 『山行錄』 이 있다.

李用休(이용휴) 〈生沒年 未詳〉

驪州 사람. 字는 景明. 號는 惠寰齋. 조선 정조 때의 文人. 進士로 급제했으며 文名이 높았다.

李珥(이이) 〈1533~1584〉

德水 사람. 字는 叔獻. 號는 栗谷. 謚號는 文成. 명종 때 무릇 세 번이나 과

거에 장원하였고 文衡을 맡았으며, 벼슬은 贊成을 지냈다. 제자들과 함께 畿湖學派를 형성, 후세의 학계에 강력한 영향을 끼쳤다. 후에 文廟에 配享되었다. 저서에는 『栗谷全書』, 『大同法』이 있다.

李仁老(이인로) 〈生沒年 未詳〉
仁川 사람. 字는 眉叟. 號는 雙明齋. 明宗 때 급제하여 14년 동안 玉堂에 있었고 벼슬은 右諫議大夫까지 지냈다.

李仁復(이인복) 〈1308~1374〉
京山 사람. 字는 克禮. 號는 樵隱. 諡號는 文忠. 고려의 學者.元朝制文烈公孫의 과거에 급제하여 벼슬은 檢校侍中까지 이르렀으며, 강직하고 문장에 뛰어나 忠烈·忠宣·忠肅의 實錄과 『古今錄』, 『金鏡錄』을 편수하였다.

李縡(이재) 〈1678~1745〉
牛峰 사람. 字는 熙卿. 號는 陶庵·寒泉. 諡號는 文正. 숙종 때 文科에 급제하여 湖堂, 文衡을 맡았고, 벼슬은 吏判까지 지냈다.

李鼎成(이정성) 〈生沒年 未詳〉
全州 사람. 字는 景重. 號는 芸谷 또는 槐陰.

李定稷(이정직) 〈1841~1910〉
新平 사람. 字는 馨五. 號는 石亭. 實學에 조예가 깊었고, 詩文에 능했으며, 글씨·그림에도 뛰어났다. 저서에는『石亭集』이 있다.

讓寧大君 李禔(양녕대군 이제) 〈1394~1462〉
太宗의 長子. 世宗의 兄. 字는 厚伯. 諡號는 剛靖. 처음에 世子로 봉해졌다가 뒤에 폐하자, 미친 듯 방랑하다가 나이 칠십에 죽었다. 시와 글씨에 능하였다고 한다. 문헌에는 世宗實錄이 전해진다.

李齊賢(이제현) 〈1287~1367〉

初名은 之公. 字는 仲思. 號는 益齋. 諡號는 文忠. 고려말의 시인, 性理學者. 文正公 瑱의 아들로 忠宣王이 燕京에 세운 萬卷堂에서 趙孟頫 등과 사귀었다. 西蜀으로 사신 갔다가 돌아와 金海君에 봉해졌다. 벼슬은 攝政丞이었다.

李兆年(이조년) 〈生沒年 未詳〉

京山 사람. 字는 元老. 號는 梅雲. 諡號는 文烈. 鄕貢進士로 과거에 급제하여 벼슬은 政堂文學星山君이었다.

李之氐(1092~1145)

字는 宗固 혹은 子固. 諡號는 文正. 벼슬은 政堂文學參知政事였다.

李胄(이주) 〈?~1504〉

固城 사람. 字는 胄之. 號는 忘軒. 成宗 때 文科에 급제하여 슬은 正言을 지냈다. 燕山君 戊午士禍때 金宗直의 門人으로 몰려 珍島에서 귀양살이 하다가 梟首되었다.

李志完(이지완) 〈生沒年 未詳〉

字는 養吾. 號는 斗峯. 선조 때 文科에 급제하였으며, 벼슬은 贊成을 지냈다.

李集(이집) 〈1314~1388〉

廣州 사람. 初名은 元齡. 字는 浩然. 號는 遁村 · 浩然. 고려의 학자. 忠肅王 때 과거에 급제, 文章과 절개로 알려졌다. 辛旽이 모함할 지 몰라 가만히 그 아버지를 업고 永州로 도망갔다가, 辛旽이 죽자 돌아와 判奉常寺事로 잠시 있었으나 벼슬에 뜻이 없어 驪州 川寧縣에 내려가 독서로 소일하였다. 저서로는『遁村集』이 있다.

李昌庭(이창정) 〈生沒年 未詳〉

延安 사람. 字는 仲萬. 號는 華陰. 벼슬은 北伯을 지냈다.

李天輔(이천보) 〈1693~1761〉

延安 사람. 字는 宜叔. 號는 晋庵. 諡號는 文簡. 영조 때 文科에 급제해서 벼슬은 領議政까지 지냈다. 저서에는『晋菴集』이 있다.

李詹(이첨) 〈生沒年 未詳〉

洪州 사람. 字는 少叔. 號는 雙梅堂. 諡號는 文安. 과거에 장원한 뒤에, 조선을 섬겨 知議政府事 벼슬을 지냈다.

李夏鎭(이하진) 〈生沒年 未詳〉

字는 夏卿. 號는 梅山 또는 六寓堂. 현종 때 文科에 급제하여, 벼슬은 大司憲까지 지냈다.

李鶴來(이학래) 〈生沒年 未詳〉

全州 사람. 字는 景皐. 號는 靑田. 음관으로 府使에 이르렀다.

李玄錫(이현석) 〈1647~1703〉

全州 사람. 字는 夏瑞. 號는 游齋. 諡號는 文肅. 숙종 때 文科에 급제하여 벼슬은 判書까지 지냈다. 그의 글씨로〈洛山寺海中觀音空中舍利塔碑〉가 있으며, 저서로는『游齋集』,『易義窺斑』이 있다.

嗚陽正 李賢孫(오양정 이현손) 〈生沒年 未詳〉

字는 世昌 또는 國珍. 世祖의 4世孫으로 일찍 죽었다.

李喜之(이희지) 〈生沒年 未詳〉

字는 士復. 號는 凝齋.

一枝紅(일지홍) <生沒年 未詳>
成川 妓生.

林慶業(임경업) <1594~1646>
平澤 사람. 字는 英伯. 號는 孤松. 諡號는 忠愍. 인조 때 武科에 급제하였으며, 벼슬은 兵使를 지냈다.

林尙荚(임상협) <生沒年 未詳>
密城 사람. 字는 聖瑞. 號는 醉翁.

任叔英(임숙영) <1576~1623>
豊川 사람. 初名은 湘. 字는 茂叔. 號는 疎庵. 선조 때 文科에 급제하였으며, 光海君 때 直言으로 削職되었다가 다시 복직되었다. 벼슬은 持平을 지냈으며, 文章이 뛰어나고 經書와 史書에 밝았다. 저서에는『疎庵集』이 있다.

林泳(임영) <1649~1696>
羅州 사람. 字는 德涵. 號는 滄溪. 현종 때 生員이었고, 文科에 급제하여 湖堂에 뽑혔으며, 벼슬은 大司憲까지 지냈다. 어려서 李端相에게 배우고 朴世采의 門下에 있었으며, 經史百家에 정통하고 文章이 유창했다. 저서에는『滄溪集』이 있다.

林俊元(임준원) <生沒年 未詳>
沃溝 사람. 字는 子昭. 號는 西軒. 義氣로 유명하였다.

林春養(임춘양) <生沒年 未詳>
會津 사람. 字는 養吾. 號는 近古齋. 名筆로 유명하였다.

林椿(임춘) <生沒年 未詳>
西河 사람. 字는 耆之. 과거를 두 번 보았으나 급제하지 못하였다. 武人들의

亂에 온 집안이 禍를 당할 때 몸을 빼어 겨우 면했으나 생활고에 시달리다 죽었다. 저서로는 『說話集』, 『麴醇傳』, 『孔有傳』, 『西河先生集』이 있다.

林坦(임탄) 〈生沒年 未詳〉

字는 坦之. 號는 閒亭. 벼슬하지 않았다.

任璜(임황) 〈生沒年 未詳〉

西河 사람. 字는 仲綸. 조선후기 委巷詩人 이었다.

〈ㅈ〉

張維(장유) 〈1587~1638〉

德水 사람. 字는 持國. 號는 谿谷. 諡號는 文忠. 光海君 때 文科에 급제하여 文衡을 맡았으며, 벼슬은 右相과 新豊府院君을 지냈다. 天文, 地理, 醫術, 兵書, 그림, 글씨에 능통했고 특히 文章이 뛰어났다. 저서에는『谿谷漫筆』이 있다.

張鎰(장일) 〈生沒年 未詳〉

字는 弛之 諡號는 章憲. 昌寧縣吏. 高宗 때 과거에 급제하고 벼슬은 僉議副事였다.

張天翼(장천익) 〈生沒年 未詳〉

蔚珍 사람.

田祿生(전녹생) 〈生沒年 未詳〉

字는 孟耕. 號는 埜隱. 忠惠王 때에 과거에 급제하고 恭愍王 때에 政堂文學評理로 있다가 귀양 가는 길에서 죽었다.

全琫準(전봉준) 〈1854~1895〉

全北 泰仁 出身. 별명은 綠豆將軍. 東學革命의 지도자였으나 일본군의 대대적인 반격으로 패하여 1895년에 처형당했다.

全尙璧(전상벽) 〈生沒年 未詳〉

鄭枏壽(정남수) 〈生沒年 未詳〉

字는 子久. 號는 杏林. 조선시대의 명의로 벼슬은 太醫同樞를 지냈다.

鄭道傳(정도전) 〈?~1398〉

奉化 사람. 字는 宗之. 號는 三峰. 고려 말 · 조선 초의 정치가, 학자. 恭愍王 때에 과거에 급제하고 조선 李太祖의 開國을 도와 奉化伯이 되었으며 벼슬은 判三軍府事에 이르렀다. 작품에는〈納氏歌〉,〈靖東方曲〉등과 저서로는 『三峰集』, 『經濟六典』, 『經濟文鑑』 등이 전해진다.

鄭斗卿(정두경) 〈生沒年 未詳〉

字는 君平. 號는 東溟. 인조 때 魁科에 급제하였으며, 벼슬은 禮曹參判과 提學을 지냈다. 文章이 기발하였다.

鄭夢周(정몽주) 〈1337~1392〉

延日 사람. 字는 達可. 號는 圃隱. 諡號는 文忠. 고려의 政治家 · 學者. 고려 三隱의 한 사람. 性理學에 뛰어나 東方理學의 始祖로 推仰되었으며, 恭讓王 때에는 門下侍中을 지냈고 고려에서는 領議政으로 追贈되었다. 후에 文廟에 配享되었다. 詩文에 능하여 시조 "丹心歌" 이외에 많은 漢詩가 전하며, 書畫에도 뛰어났다. 저서로는『圃隱集』이 전해진다.

鄭百昌(정백창) 〈生沒年 未詳〉

晋州 사람. 字는 德餘. 號는 玄谷. 光海君 때 文科에 급제하였으며, 벼슬은 京畿監司를 지냈다.

鄭思孝(정사효) 〈生沒年 未詳〉

字는 子源. 숙종 때 文科에 급제하여 벼슬은 監司까지 지냈다.

鄭脩(정수) 〈生沒年 未詳〉

東萊 사람. 字는 永叔. 號는 牛村.

鄭襲明(정습명) 〈生沒年 未詳〉

延日 사람. 벼슬은 樞密院事로서 바르게 諫함을 자기 소임으로 삼았기 때문에 毅宗이 그를 매우 꺼려했다. 뒤에 그는 임금의 뜻을 알고 독약을 먹고 자살했다.

貞夫人 張氏(정부인 장씨) 〈1598~1680〉

安東 사람. 張興孝의 딸. 載寧 사람 李時明의 부인. 經書와 史書에 능했다.

鄭氏(정씨) 〈生沒年 未詳〉

동래 사람 子順의 딸. 郡守 纘禹의 부인.

鄭氏(정씨) 〈生沒年 未詳〉

鄭愛男(정애남) 〈生沒年 未詳〉

溫陽 사람. 字는 孝順.

丁若鏞(정약용) 〈1762~1836〉

羅州 사람. 字는 美鏞 · 頌甫. 初字는 歸農. 號는 茶山 · 三眉 · 與猶堂 · 俟菴. 諡號는 文度. 조선의 實學者. 벼슬은 承旨에 이르렀으며, 문집으로는 『丁茶山全書』가 있으며 『牧民心書』, 『經世遺表』 등이 유명하다.

鄭榮邦(정영방) 〈生沒年 未詳〉

東萊 사람. 字는 慶輔. 號는 石門. 鄭愚伏의 門人이었다.

鄭蘊(정온) 〈1569~1641〉

草溪 사람. 字는 恢遠. 號는 桐溪 · 鼓鼓子. 諡號는 文簡. 光海君 때 文科에 급제

하여 벼슬은 吏曹參判에 이르렀다. 丙子胡亂 때 斥和를 주장, 이듬해 和議가 이루어지자 벼슬을 단념하고 德裕山에 들어가 죽었다. 저서에는 『桐溪集』이 있다.

鄭羽良(정우량) 〈生沒年 未詳〉

延日 사람. 字는 子揮. 號는 鶴南. 謚號는 文忠. 정종 때 文科에 급제해서 벼슬은 右議政까지 지냈다.

鄭以吾(정이오) 〈生沒年 未詳〉

晋州 사람. 字는 粹可. 號는 郊隱. 謚號는 文定. 恭愍王 末年에 과거에 급제하고 조선시대에 벼슬하여 贊成大提學을 지냈다.

鄭麟卿(정인경) 〈生沒年 未詳〉

字는 聖瑞. 號는 蒼谷. 인조 때 文科에 급제하였으며, 벼슬은 承旨를 지냈다.

鄭知常(정지상) 〈?~1135〉

西京 사람. 號는 南湖. 仁宗 때에 知製誥로 있다가 妙淸의 亂에 죽임을 당했다. 書畫에도 능했으며 老莊 思想에 조예가 깊었다. 저서로는 『鄭司諫集』이 있다.

鄭之虎(정지호) 〈生沒年 未詳〉

字는 子皮. 號는 霧隱. 인조 때 文科에 급제하였으며, 벼슬은 參判을 지냈다.

鄭昌胄(정창주) 〈生沒年 未詳〉

草溪 사람. 字는 士興. 號는 晩洲. 벼슬은 承旨를 지냈다.

鄭澈(정철) 〈1536~1593〉

延日 사람. 字는 季涵. 號는 松江. 謚號는 文淸. 명종 때 魁科에 오르고 湖堂에 뽑혔으며, 벼슬은 左相과 寅城府院君을 지냈다. 당대 歌辭文學의 大家로서 時調의 孤山 尹善道와 더불어 한국 詩歌史上 雙璧으로 일컬어진다. 저서

로는 『松江集』, 『松江歌辭』, 『松江別追錄遺詞』가 있다.

鄭摠(정총) 〈生沒年 未詳〉
字는 曼碩. 號는 復齋. 諡號는 文愍. 태조 때에 西原君에 봉해졌으나 병자년에 明나라에 끌려가 죽임을 당했다.

鄭樞(정추) 〈生沒年 未詳〉
字는 公權. 號는 圓齋. 諡號는 文簡. 벼슬은 政堂文學이었다.

鄭太和(정태화) 〈1602~1673〉
東萊 사람. 字는 囿春. 號는 陽坡. 諡號는 翼憲, 忠翼으로 改謚. 인조 때 文科에 급제하였으며, 벼슬은 領相을 지냈다. 저서에는 『陽坡遺稿』, 『陽坡年紀』가 있다.

鄭誧(정포) 〈生沒年 未詳〉
字는 仲孚. 號는 雪谷. 忠惠王 때에 司議大夫로 있다가 蔚州로 좌천되었다.

鄭沆(정항) 〈生沒年 未詳〉
字는 子臨. 諡號는 文安. 벼슬은 知樞密院事였다.

鄭弘緖(정홍서) 〈生沒年 未詳〉
咸陽 사람. 字는 克承. 號는 松灘. 인조 때 文科에 급제하였다.

濟危寶女(제위보녀) 〈生沒年 未詳〉
고려 때의 사람으로 濟危寶의 여자이다.

趙觀彬(조관빈) 〈1691~1757〉
楊州 사람. 字는 同甫 · 國甫. 號는 晦軒 또는 東湖. 諡號는 文簡. 숙종 때 文科에 급제하여 벼슬은 禮判까지 지냈다. 저서에는『晦軒集』이 있다.

趙國賓(조국빈) 〈生沒年 未詳〉
字는 景觀. 선조 때 文科에 급제하였으며, 벼슬은 刑曹參議를 지냈다.

趙璞(조박) 〈生沒年 未詳〉
字는 全素. 號는 石谷. 벼슬은 牧使를 지냈다.

曺庶(조서) 〈生沒年 未詳〉
仁山 사람. 벼슬은 禮議였고 明으로 사신을 갔다. 그리고 金齒로 귀양 갔다가 뒤에 돌아왔다.

趙須(조수) 〈生沒年 未詳〉
字는 亨父. 號는 松月堂. 세조 때에 成均司藝라는 벼슬을 지냈다.

趙秀三(조수삼) 〈1762~1849〉
漢陽 사람. 字는 芝園 · 子翼. 號는 秋齊 · 經畹. 조선의 詩人. 文章과 詩에 천재적 소질이 있었으며 글씨를 잘 썼다. 벼슬은 僉中樞까지 지냈다. 저서에는 『秋齊詩抄』, 『秋齊記異』가 있다.

曺錫(조석) 〈生沒年 未詳〉
嘉興 사람. 字는 圭甫. 號는 獨碁堂. 숙종 때 文科에 급제하여 벼슬은 判官까지 지냈으며, 讒訴를 입고 감옥에서 죽었다.

朝雲(조운) 〈生沒年 未詳〉
燕山君 때의 全州 妓生.

曺偉(조위) 〈1454~1503〉
昌寧 사람. 字는 太虛. 號는 梅溪. 諡號는 文莊. 成宗 때 文科에 급제하여 벼슬은 戶曹參判이었으나, 順天으로 귀양가 거기서 죽었다. 작품으로는 〈曺繼

門墓碑〉가 있다.

趙仁規(조인규) 〈生沒年 未詳〉
平壤 사람. 字는 去塵. 諡號는 貞肅. 조정에 선발되어 몽골어를 배운 후 諸校가 되고, 將軍에 오른 뒤, 1275년(忠烈王)에 聖節使로 발탁되었다.

趙仁壁(조인벽) 〈生沒年 未詳〉
漢陽 사람. 혁명 후에 절개를 지켜 襄陽의 海月亭에 숨어살았다.

趙載浩(조재호) 〈生沒年 未詳〉
字는 景大. 號는 農村 또는 損齋. 영조 때 文科에 급제하여 右議政까지 지냈다.

趙持謙(조지겸) 〈生沒年 未詳〉
字는 光甫. 號는 迂齋 또는 鶴浦. 효종 때 출생해서 현종 때 文科에 급제했으며 벼슬은 副提學까지 지냈다.

趙徽(조휘) 〈生沒年 未詳〉
字는 子美. 선조 때 과거에 급제하였으며, 벼슬은 縣監을 지냈다.

朱汝斗(주여두) 〈生沒年 未詳〉
字는 樞卿.

朱義植(주의식) 〈生沒年 未詳〉
羅州 사람. 字는 道源. 號는 南谷. 조선 중기의 歌人. 벼슬은 縣監을 지냈으며, 노래를 짓고 부르는데 뛰어났고 墨梅를 잘하였다. 그의 노래는 다분히 도덕적이고 건실한 내용으로 되어 있으며, 14수의 시조가 『靑丘永言』, 『海東歌謠』, 『歌曲源流』 등에 실려 있다.

陳尙漸(진상점) 〈生沒年 未詳〉

字는 以正. 정조 때 進士였고 文科에 급제하였으며, 벼슬은 郡守를 지냈다.

陳澕(진화) 〈生沒年 未詳〉

淸州 사람. 호는 梅湖. 1200년에 과거에 급제하고 여러 번 옮겨 右司諫이 되었으며 公州 長官으로 죽었다. 시에 능하며, 그 詞語가 청려 웅장하고, 變態百出했다. 당시 이규보와 함께 이름을 떨쳤다. 저서로는『梅湖遺稿』가 있다.

〈ㅊ〉

蔡裕後(채유후) 〈1599~1660〉

平康 사람. 字는 伯昌. 號는 湖洲. 諡號는 文惠. 湖堂에 뽑혀 文衡을 맡았으며, 벼슬은 吏曹判書를 지냈다. 저서로는『湖洲集』이 있다.

蔡之洪(채지홍) 〈1683~1741〉

仁川 사람. 字는 君範. 號는 三患齋 또는 鳳岩. 벼슬은 縣監까지 지냈으며 저서에는『性理管規』가 있다.

蔡震亨(채진형) 〈生沒年 未詳〉

仁川 사람. 號는 蕁塘.

蔡彭胤(채팽윤) 〈生沒年 未詳〉

字는 仲耆. 號는 希庵 또는 思窩. 숙종 때 文科에 급제하여 湖堂에 뽑혔으며, 벼슬은 禮判까지 지냈다.

崔慶昌(최경창) 〈1539~1583〉

海州 사람. 字는 嘉運. 號는 孤竹. 조선의 詩人. 선조 때 과거에 급제하였으며, 벼슬은 堂上府使를 지냈다. 詩를 특히 잘하여 유명하였으며 피리를 잘 불었다.

崔匡裕(최광유) <生沒年 未詳>
신라 때 학자. 중국 唐나라에 들어가 遊學하여 學文이 높았고 詩에 능했다. 신라의 崔承祐 · 崔致遠 · 朴仁範 등과 함께 신라10賢 중의 한사람.

崔奇男(최기남) <生沒年 未詳>
川寧 사람. 字는 英淑. 號는 龜谷 또는 默軒.

崔大立(최대립) <生沒年 未詳>
隋城 사람. 字는 秀夫. 號는 蒼厓 또는 筠潭.

崔東標(최동표) <生沒年 未詳>
慶州 사람. 字는 君瞻.

崔北(최북) <生沒年 未詳>
茂朱 사람. 初名은 埴. 字는 七七 · 聖器 · 有用. 號는 毫生館 · 星齋 · 箕庵 · 三奇齋. 조선 영조 때의 화가. 한 눈이 멀어 항상 半眼鏡을 쓰고 그림을 그렸으며, 술을 즐겨 마셨다 한다. 작품으로는 〈夏景山水圖〉, 〈觀瀑圖〉 등이 있다.

崔斯立(최사립) <生沒年 未詳>
字는 潔齋. 고려 忠肅王 때 서예가이다.

崔成大(최성대) <生沒年 未詳>
全州 사람. 字는 士集. 號는 杜機. 영종 때 文科에 급제해서 벼슬은 承旨까지 지냈다.

崔承冑(최승주) <生沒年 未詳>
字는 子震.

崔氏(최씨) 〈生沒年 未詳〉
丁志遜의 부인.

崔爾泰(최이태) 〈生沒年 未詳〉
字는 子長. 號는 睡窩.

崔滋(최자) 〈1186~1260〉
海州 사람. 初名은 宗裕 · 安. 字는 樹德. 號는 東山叟. 諡號는 文淸. 康宗 때 과거에 급제하고 벼슬은 太師門下侍中이었다. 저서에 『補閑集』, 『毛詩指南圖』가 있다.

崔廷憲(최정헌) 〈生沒年 未詳〉
海州 사람. 字는 叔度. 號는 醉睡堂.

崔沖(최충) 〈984~1068〉
海州 사람. 字는 浩然. 號는 惺齋, 月圃, 放晦齋. 諡號는 文憲. 穆宗 때 급제하고 文宗 때 門下侍郎이 되었는데, 그때 사람들은 그를 〈海東孔子〉라 일컬었다.

崔致雲(최치운) 〈1390~1440〉
江陵 사람. 字는 伯卿. 號는 釣隱. 조선의 文官. 太宗 丁酉年에 文科에 급제하였으며, 벼슬은 李朝參判까지 지냈다.

崔致遠(최치원) 〈857~?〉
字는 孤雲. 諡號는 文昌侯. 12세에 唐나라에 들어가 僖宗 乾符로 1년에 과거에 급제하여 高駢從事가 되고, 뒤에 본국으로 돌아와 翰林學士가 되었다. 만년에 伽倻山에 들어가 세상을 마쳤으며, 文廟에 配享되었다. 저서로는 『桂苑筆耕』, 『四六集』 1권이 유명하다.

崔瀣(최해) 〈1287~1340〉

慶州 사람. 字는 彦明父. 號는 拙翁. 고려의 文學者. 총명하여 9세 때 시를 지었으며, 뜻이 높았으나 가세가 빈곤하여 말년에는 농사를 지으며, 저술에 힘써 본국 名賢의 시문을 뽑아 25권을 편수하고, 東人之文이라 이름하였다. 최치원의 후예로 불우했다. 저서로『猊山隱者傳』이 있다.

崔鴻賓(최홍빈) 〈生沒年 未詳〉

崔孝一(최효일) 〈?~1644〉

義州 사람. 字는 元讓. 諡號는 忠壯. 七義士의 한 사람으로 兵判을 追贈받았다.

忠宣王(충선왕) 〈1275~1325〉

고려 제 26대 왕. 1298년 왕위에 오르자 정방을 폐지 등 관제를 혁신하고 권신들의 토지를 몰수하였으며 원나라에 대해서도 자주적인 태도를 취했다. 그러나 7개월 만에 폐위되었다가 1308년 충렬왕이 죽자 다시 왕위에 올랐다. 정치에 싫증을 느껴 원나라로 가 전지(傳旨)로써 국정을 처리하였으나 그 와중에도 각염법을 제정하여 사원과 권문세가의 소금 독점에 의한 폭리를 막았다.

忠肅王(충숙왕) 〈1294~1339〉

고려 제 27대 왕. 1313년 왕위에 올랐으나 심양왕 고(暠)가 왕위를 노리고 그를 헐뜯어, 5년간 연경에 체류해야 했다. 1325년 귀국하였으나 눈과 귀가 멀어 정사를 못 돌본다는 조적 일당의 거짓 고발 때문에 정사에 더 염증을 느껴 1330년 태자 정에게 왕위를 넘기고 원나라에 갔다. 충혜왕이 폐위되자 1332년 복위하였으나 정사는 잘 돌보지 않았다.

〈ㅋ〉

〈ㅌ〉

〈ㅍ〉

平壤妓生(평양기생) 〈生沒年 未詳〉

表沿沫(표연말) 〈?~1498〉

新昌 사람. 字는 少遊. 號는 藍溪. 성종 때 文科에 급제하여 벼슬은 提學을 지냈으나, 昭陵 追復에 관한 사실을 史草에 적은 것과, 金宗直의 行狀을 美化해 썼다는 것으로 戊午士禍에 慶源으로 유배도중 사망했다.

〈ㅎ〉

河偉量(하위량) 〈生沒年 未詳〉

江華 사람. 字는 君受. 벼슬은 參奉을 지냈다.

河義甲(하의갑) 〈生沒年 未詳〉

江華 사람. 字는 尙甫. 인조 때 進士를 지냈다.

韓滾(한곤) 〈生沒年 未詳〉

韓紀百(한기백) 〈生沒年 未詳〉

字는 大年. 號는 松石. 효종 때 司馬試, 현종 때는 本道別科에서 장원을 하였다. 벼슬은 正郎을 지냈다.

韓翼恒(한익항) 〈生沒年 未詳〉

字는 恒卿. 號는 聽灘. 학업에만 전심하고, 과거를 보지 않았다.

韓泰東(한태동) 〈1646~1687〉

淸州 사람. 字는 魯瞻. 號는 是窩. 현종 때 魁科에 급제해서 벼슬은 應敎까지 지냈다. 저서에는 『是窩遺稿』가 있다.

韓濩(한호) <1543~1605>

淸州 사람. 字는 景洪. 號는 石峯 · 晴沙. 조선의 名筆. 명종 때는 進士였고, 벼슬은 加平郡守를 지냈으며, 후에 戶曹參議를 追贈받았다. 楷 · 行 · 眞 · 草의 각 체가 모두 妙境에 달했으며, 安平大君 · 金絿 · 楊士彦과 함께 조선 初의 四大書家로 꼽힌다.

韓興五(한흥오) <生沒年 未詳>

淸州 사람. 字는 季良. 號는 六柳齋.

許景胤(허경윤) <生沒年 未詳>

金海 사람. 字는 士述. 號는 竹庵 또는 潛溪. 인조 때 죽었다.

許筠(허균) <1569~1618>

陽川 사람. 字는 端甫. 號는 蛟山 · 惺所 · 白月居士. 조선의 政治家, 作家. 선조 때 文科에 급제하여 벼슬은 判書를 지냈으나, 光海君 때 역모에 연루되어 죽임을 당했다. 詩를 잘 하고 열심히 소설 · 讖記를 만들어 글재주가 당대에 드날렸다. 특히『홍길동전』은 그의 사상을 잘 나타낸 것으로 사회에 대한 불만을 잘 묘사한 사회소설이다.

許錦(허금) <生沒年 未詳>

陽川 사람. 字는 在中. 號는 楚堂. 恭愍王 때에 조정에 나아갔으며 벼슬은 典理判事였다.

許穆(허목) <1595~1682>

陽川 사람. 字는 和甫 · 文父. 號는 眉叟 · 臺嶺老人. 謚號는 文正. 벼슬은 효종 때는 靖陵參判을 지냈고. 숙종 때는 右議政에 이르렀다. 諸子百家의 書 · 經書등의 연구에 전심하여 禮學의 일가를 이루었고, 글씨는 篆書에 능하여 동방 제 1인자라는 찬사를 받았다. 그림과 文章에도 뛰어났다. 그의 작품으

로 그림에는 〈墨竹圖〉, 글씨에는 〈陟州東海碑〉 외 여러 점과 저서로는 『眉叟記言』 등 다수가 있다.

許源(허원) 〈生沒年 未詳〉

陽川 사람. 字는 淸甫. 벼슬은 牧使까지 지냈다.

蘭雪軒 許氏(난설헌 허씨) 〈1563~1589〉

선조 때 사람. 이름은 楚姬. 字는 京樊堂. 號는 蘭雪軒. 草堂 許曄의 딸. 西堂 金誠立의 부인. 詩文과 그림에 능했고, 문집으로는 『蘭雪軒集』 이 있다.

許鏘(허장) 〈生沒年 未詳〉

陽川 사람. 字는 仲鎭. 進士로서 文行이 있다.

許寀(허채) 〈生沒年 未詳〉

陽川 사람. 字는 仲若 또는 景晦. 號는 聾窩. 벼슬은 掌令까지 지냈다.

洪吉周(홍길주) 〈1786~1841〉

豊山 사람. 字는 憲仲. 號는 沆瀣 · 沆瀣子. 벼슬은 平康郡守 까지 지냈으며, 文章에 뛰어나 文集 몇 권이 있다. 저서로는 『沆瀣丙函』 이 있다.

洪相喆(홍상길) 〈生沒年 未詳〉

南陽 사람. 字는 聖幾. 號는 小瀛.

洪星齡(홍성령) 〈生沒年 未詳〉

洪世泰(홍세태) 〈生沒年 未詳〉

南陽 사람. 字는 道長. 號는 柳下 또는 滄浪. 벼슬은 察訪까지 지냈다.

幽閑堂 洪氏(유한당 홍씨) <生沒年 未詳>
조선 헌종 때의 여류시인. 성은 洪씨. 이름은 原周. 豊山 觀察使 洪仁謨의 딸이고, 靑松인 沈宜奭의 부인이다. 저서에는『幽閑堂詩稿』가 있다

洪良浩(홍양호) <1724~1802>
豊山 사람. 字는 漢師. 號는 耳溪. 謚號는 文獻. 영조 때 文科에 급제하여 벼슬은 吏判까지 지냈으며, 文衡을 맡았다. 書藝에도 뛰어나 晉·唐의 體法을 터득하였고 谷山의 新德王后私第舊基碑와 水原의 北門樓上樑文 등을 썼다.

洪宇遠(홍우원) <生沒年 未詳>
南陽 사람. 字는 君徵. 號는 南坡. 인조 때 文科에 급제하였고, 벼슬은 吏判을 지냈다. 숙종 때 吉州로 귀양가서 죽었으며,『遺集』7 권이 있다.

洪柱世(홍주세) <1612~1661>
豊山 사람. 字는 叔鎭. 號는 靜虛堂. 光海君 때 출생하였으며, 효종 때 文科에 급제하여 벼슬은 正郎에 이르렀다. 春沼 申最와 더불어 당시에 文名이 높았고 더욱 詩律에 능하였는데 澤堂 李植은 그의 시를 평하여 天然梅蘭과 같다고 하였다. 저서에는『靜虛堂集』이 있다.

洪處亮(홍처량) <1607~1683>
南陽 사람. 字는 子晦. 號는 北汀. 謚號는 貞靖. 인조 때 文科에 급제, 重試에 뽑혀서 玉堂에 들어갔으며, 벼슬은 吏曹判書와 提學을 지냈다. 저서에는『北汀集』이 있다.

洪春卿(홍춘경) <生沒年 未詳>
南陽 사람. 字는 仁仲. 號는 石壁. 중종 때 文科에 급제하여 湖堂에 뽑히고, 벼슬은 監司를 지냈다.

黃眞伊(황진이) 〈1506~1567〉
조선 中宗때 사람. 본명은 眞. 別名은 眞娘. 妓名은 明月. 黃進士의 庶女로 얼굴이 뛰어나고, 詩와 音律에 능했다. 徐花潭 · 朴淵瀑布와 더불어 松都三絶이라 하여 유명하다.

黃玹(황현) 〈1855~1910〉
全羅道 光陽 출생. 字는 雲卿. 號는 梅泉. 구한말의 詩人 · 憂國烈士. 1910년 한일합방이 되자 絶命詩 4수를 남기고 음독 殉節하였다. 문집으로는『梅泉野錄』이 있다.

黃喜(황희) 〈1363~1452〉
長水 사람. 初名은 壽老. 字는 懼夫. 號는 厖村. 諡號는 翼成. 고려 末 · 조선 初의 名相. 고려 때에 과거에 급제하였으며 世宗 때 領議政까지 이르렀다. 평소에 寬厚仁慈하고 淸白한 관원생활을 한 것으로 이름이 나서 淸白吏의 龜鑑이 되었다.

2. 중　국

〈ㄱ〉

賈島(가도) 〈779~843〉

中唐 때의 사람. 字는 閬仙(浪仙으로도 썼다). 과거에 실패하고 出家하여 長安의 青龍寺에 있다가 환속하여 과거에 급제해서 여러 번 任地가 바뀌었다. 저서로는 『賈浪仙長江集』 이 있다.

賈至(가지) 〈718~772〉

盛唐 때의 시인. 字는 幼幾. 洛陽(河南省 洛陽市) 사람. 進士에 급제한 후 安祿山의 난 때 玄宗을 모시고 蜀땅에 갔다가 長安에 돌아와서 일시적으로 좌천되었다가 京兆尹兼御史大夫右散騎常侍에 이르렀다.

簡文帝(간문제) 〈503~551〉

六朝 梁나라의 武帝의 셋째아들. 550년에 즉위하여 侯景의 난 때 살해되었다. 名은 綱이고, 字는 世纘이며 시호는 簡文이다. 저서로는 『昭明太子傳』 『老子義』 『莊子義』 『如意方文集 이 있다.

江總(강총) 〈519~594〉

陳나라 때 시인. 字는 總持. 벼슬은 僕射尙書令에 이르렀다. 학문을 좋아하고 시를 잘 지었다. 저서로는『文集』30권이 있다.

高啓(고계) 〈1336~1374〉

明나라 초의 시인. 字는 李迪 號는 青邱子. 蘇州(江蘇省) 사람. 洪武2년(1369) 元나라 역사의 편집에 관계 한 후 벼슬이 戶部侍郞에 이르렀다. 明나라 초기의 시인 중에서 제1인자이고 저서는『高太史大全集』18권과『高太史鳧藻集』5권이 있다.

高駢(고병) <?~887>

晩唐 때의 시인. 字는 千里. 幽州(河北省) 사람. 무술이 뛰어났으며 시에도 뛰어났다. 安南을 정벌하고 天平 · 劍南 · 鎭海 · 淮南 등에서 節度使를 지냈으며 黃巢의 난을 토벌한 후 渤海郡王에 봉해졌다.

高適(고적) <702~765>

盛唐 때의 시인. 字는 達夫. 시호는 忠. 滄州 渤海(河北省) 사람. 安祿山의 난 때 玄宗을 수행한 후 刑部侍郎과 散騎常侍를 지내고 渤海侯에 봉해졌다. 岑參과 함께 高岑이라고 아울러 칭한다. 저서로는『高常詩集』8권이 있다.

顧況(고황) <727~815>

中唐 때의 시인. 字는 逋翁. 蘇州(江蘇州 內) 사람. 至德2년(757)에 進士에 급제하여 벼슬은 著作郎에 이르렀다. 후에 좌천당하여 茅山에 은거하다가 일생을 마쳤다. 저서로는『華陽集』이 있다.

郭璞(곽박) <276~314>

東晋 때의 시인. 字는 景純. 聞喜(山西省) 사람. 老莊의 사상의 영향아래 고답적이고 세속을 떠난 시가 많다.

郭振(震)(곽진) <656~744>

初唐 때의 시인. 字는 元振. 魏州 貴鄕(河北省) 사람. 18세에 進士에 급제하여 則天武后의 신임을 받았다.「子夜春歌」가 유명하다.

歐陽脩(修)(구양수) <1007~1072>

北宋 때의 사람으로 字는 永叔. 號는 醉翁 · 六一居士. 시호는 文忠. 吉州 廬陵 사람. 4세 때에 아버지를 여의고 홀어머니 밑에서 성장하여 24세에 進士에 수석으로 급제 한 뒤 參知政事 · 太子少師 등을 역임하였고 정치가로서 유능하였다.

散文作家로서 유명하며 저서로는 『歐陽文忠公文集』 153권과 『附錄』 5권이 있다.

〈ㄴ〉

盧綸(노륜) 〈748~800〉

中唐 때의 시인. 字는 允言. 河南蒲(山西省) 사람. 大曆十才子중의 한 사람. 大曆初年에 진사에 급제하여 벼슬은 檢校戶部郎中 · 監察御史에 이르렀다. 『盧戶部詩集』 10권의 저서가 있다.

盧僎(노선) 〈生沒年 未詳〉

初唐의 臨漳(河南省) 사람. 中宗의 景龍(707~709)年間을 전후하여 활동하였으며 관직은 吏部員外郎까지 지냈다. 시 40수가 『全唐詩』 에 수록되어있다.

〈ㄷ〉

陶潛(도잠) 〈365~427〉

東晋 때의 시인. 潯陽 柴桑(江西省) 사람. 字는 淵明. 시호는 靖節先生. 彭澤에서 80여일 동안 지방감찰관으로 있다가 관직을 버리고 歸去來辭를 짓고 귀향하여 살았다. 전원에서 자적하며 시를 지은 것이 많아서 전원시인이라고 부른다. 저서로는 『陶靖節集』 4권이 있다.

杜牧(두목) 〈803~852〉

晩唐 때의 시인. 字는 牧之. 號는 樊川. 京兆(陝西省內) 사람. 벼슬은 中書舍人에 까지 이르렀고 杜甫를 老杜라고 부르고 杜牧을 小杜라고 부른다. 晩唐期를 대표하는 시인으로 『樊川文集』 20권의 저서가 있다.

杜甫(두보) 〈712~770〉

盛唐 때의 사람. 襄陽(湖北省) 사람. 字는 子美. 號는 少陵. 20세에 천하를 돌다

가 李白을 만나 친교를 맺었다. 44세 때에 玄宗이 그의 재능을 인정하여 右衛率府胄曹參軍에 임명되었다. 安祿山의 난으로 인해 역경의 세월을 보내며 여러 번 관직을 옮겨다녀서 그의 시에는 고생스런 생애를 한탄하는 것이 많다. 저서로는 『杜工部集』 60권이 있다.

杜荀鶴(두순학) 〈846~904〉

晩唐 때의 시인 杜牧의 막내아들. 池州(安徽省) 사람. 字는 彦之. 號는 九華山人. 大順1년(891)에 진사에 급제하여 翰林學士知制誥를 역임하였으며 저서로는 『唐風集』 3권이 있다.

杜審言(두심언) 〈648~708〉

初唐 때 사람. 襄州襄陽(湖北省) 사람. 咸亨3년(670)에 진사에 급제하여 隰城尉가 되었었고 李嶠 · 崔融 · 蘇味道와 함께 文章四友라고 칭한다. 문집 10권이 있었으나 현재 남아있는 것은 시 40여 편 정도이다.

竇玄妻(두현처) 〈生沒年 未詳〉

後漢 때 사람. 남편인 竇玄이 미남이어서 천자가 강제로 이혼을 시키고 공주와 결혼을 시켜서 불운한 생애를 보냈다.

〈ㄹ〉

陸凱(육개) 〈?~503〉

北魏 때 사람. 字는 智君. 河北省 사람. 通直散騎侍郎 · 太子庶子 · 給事黃門侍郎등을 역임하였다.

陸機(육기) 〈261~303〉

西晉 때의 문인. 字는 士衡. 吳郡 華亭(江蘇省) 출신. 陸雲의 兄. 삼국 吳나라의 名將의 집안에서 태어나서 吳나라가 망하자 太康 말년에 洛陽으로 가서 平原內

史등을 지냈으며 太康文學의 대표작가이다. 저서로는『陸平原集』10권이 있다.

陸雲(육운) 〈262~303〉
西晉 때의 사람. 字는 士龍. 吳君 華亭(江蘇省) 출신. 陸機의 동생. 淸河內史 등을 역임하였으며 형인 陸機와 文才로써 이름을 나란히 하여 二陸이라고 불린다. 저서로는 『陸淸河集』이 있다.

陸游(육유) 〈1125~1209〉
南宋 때의 시인. 字는 務觀. 號는 放翁. 越州 山陰(浙江省 紹興) 사람. 벼슬은 寧德縣主簿 등을 지내다가 寶謨閣待制 에 까지 이르렀다. 어렸을 때에는 金나라의 침입을 경험하여 애국의 시가 많아서 애국시인이라고 알려져 있으며, 작품은 호방하고 웅장한 기운이 감도는 것이 특징이다. 范成大 · 楊萬里 · 尤袤 와 함께 南宋4大家의 한사람이다. 저서로는 『劍南詩藁』 85권과『渭南文集』50권이 있다.

〈ㅁ〉

梅堯臣(매요신) 〈1002~1060〉
北宋 때의 시인. 宣州 宣城(安徽省) 사람. 字는 聖兪. 벼슬은 國士監直講 · 尙書屯田都官員外郎에 까지 이르렀었다. 司馬光 · 蘇軾 · 王安石과 사귀었으며 歐陽脩가 그를 아끼었다. 초기의 시는 구양수의 영향으로 청담한 정취가 있었으나, 韓愈의 詩格을 배워서 송나라 시의 새로운 길을 열었다.

孟郊(맹교) 〈751~814〉
中唐 때의 시인. 字는 東野. 湖州 武康(浙江省) 사람. 嵩山에 은거하다가 50세에 진사가 되어 溧陽縣尉가 되었다. 생애가 불우하여 그의 시는 고생의 흔적이 가득하고, 韓愈와 더불어 韓 · 孟이라고 칭하고, 賈島와 함께「苦吟詩人」

이라고 불린다. 저서로는 『孟東野集』 10권이 있다.

孟浩然(맹호연) 〈689~740〉

盛唐 때의 시인. 字는 浩然. 襄州 襄陽(湖北省) 사람. 일찍이 襄陽의 鹿門山에 은거하다가 40세에 長安으로 나갔으나 벼슬길이 불우하였다. 친구인 王維와 함께 王 · 孟이라고 불린다. 李白과도 親交하였으며 저서로는『孟浩然集』 4권이 있다.

繆襲(무습) 〈186~245〉

三國 魏나라 때의 사람. 東海蘭陵(山東省) 사람. 字는 熙伯. 漢나라 말에서 魏나라까지 4대에 걸쳐 벼슬을 했으며 관직은 尙書光祿勳에 까지 이르렀다.

〈ㅂ〉

潘岳(반악) 〈?~300〉

晉나라 때 시인. 滎陽中牟(河南省) 사람. 字는 安仁. 어려서부터 총명하여 시문에 뛰어나 奇童이라고 불렸고, 외모가 출중하였다.『文選』에 실려있는 아내의 죽음을 슬퍼하는「悼亡詩」 3수는 유명하다.

裴迪(배적) 〈716~?〉

盛唐 때의 시인. 關中(陝西省) 사람. 王維와 輞川에 가서 시를 같이 지어서 유명해졌다. 蜀州(四川省)의 刺史 · 尙書省郎을 지냈으며 杜甫와 李頎와도 친교하였다. 저서로는『輞川集』이 있다.

白居易(백거이) 〈772~846〉

中唐 때의 사람. 太原(山西省) 사람. 아버지의 任地인 新鄭(河南省)에서 태어났다. 字는 樂天, 香山居士 · 醉吟先生이라고도 부른다. 貞元16년(800)에 29세의

나이로 진사에 급제하여 여러 관직을 거치다가 會昌2년(842)에 71세로 刑部尙書를 마지막으로 관직을 그만두었다. 「長恨歌」, 「琵琶行」 등 감상을 읊은 걸작이 있다. 저서로는 『白氏文集』 71권이 있다.

范雲(범운) 〈451~503〉
齊 · 梁나라 때의 시인. 南鄕 舞陰(河南省) 사람. 字는 彦龍. 시호는 文. 竟陵 8友의 한 사람. 벼슬은 吏部尙書를 지냈고, 霄城縣侯에 봉해졌다.

傅玄(부현) 〈217~278〉
晉나라 때의 시인. 泥陽(陝西省) 사람. 字는 休奕. 시호는 剛. 박학하고 강직한 성격을 가졌으며 樂府에 뛰어났다. 晉나라 때의 樂章은 거의 손수 만든 것이다.

費昶(비창) 〈生沒年 未詳〉
南朝 梁나라 때의 시인. 江夏(湖北省) 사람. 樂府에 뛰어났다.

〈ㅅ〉

謝靈運(사령운) 〈385~433〉
南朝 宋나라 때의 시인. 晋나라의 車騎將軍 謝玄의 자손. 叔父인 謝混 康樂公의 封地를 세습하여 謝康樂이라고도 칭한다. 文帝 때에 벼슬을 하였으나 불만을 가지고 山水를 즐기며 자연과 더불어 살아갔다. 전원시인으로 陶淵明과 함께 칭송되며 육조시기의 대표적인 시인이다. 저서로는 『謝康樂集』 2권이 있다.

司馬光(사마광) 〈1019~1086〉
北宋 때의 학자이자 정치가. 字는 君實. 溫公이라고도 부른다. 王安石의 新法에 반대하여 중앙정부를 떠나 편년체 역사의 大作인 『資治通鑑』의 편집에 몰두하였다. 그 후 哲宗이 즉위하자 舊法黨의 대표로 재상에 임명되었다. 『資治

通鑑』294권과『溫國文正司馬公文集』80권이 있다.

謝枋得(사방득) 〈1226~1289〉

南宋 말의 충신. 字는 君直. 號는 疊山. 直言을 좋아하고 忠義를 다해 자기의 임무를 다했다. 元나라와 싸워 패한 뒤 원나라로 끌려갔으나 음식을 먹지 않고 죽었다. 名文 69편을 편집한 『文章軌範』 7권은 유명하며『疊山集』16권의 저서가 있다.

謝惠連(사혜운) 〈397~432〉

南朝 宋나라 때의 시인. 어려서부터 문장을 잘하여 族兄인 謝靈運에게 文才를 사랑 받았다. 시는 對句를 잘하였고『謝法曹集』1권의 저서가 있다.

常建(상건) 〈708~?〉

盛唐 때의 시인. 長安 사람. 開元15년(727)에 진사에 급제하였으나 가야금과 술을 좋아하여 각지를 방랑하다 생을 마쳤다.『全唐詩』에 50수가 남아있다.

薛業(설업) 〈生沒年 未詳〉

盛唐 때의 시인. 시에 뜻을 두어 벼슬에 관심을 두지 않고 살았다.『全唐詩』에 2수가 남아있다.

薛瑩(설영) 〈?~282〉

晋나라 초의 시인. 字는 道言. 薛綜의 아들. 벼슬은 삼국 吳나라 시대의 秘府中書郎, 散騎中常侍 · 太子少傅 등을 지냈고, 晋나라 때는 散騎常侍를 지냈다. 저서로는『後漢紀』100권과 『新議』 8편이 있다.

蘇武(소무) 〈BC142~BC60〉

前漢 때의 사람. 字는 子卿. 杜陵(陝西省) 사람.『文選』에 4수가 실려 있다.

蘇軾(소식) <1036~1101>

北宋 때의 시인. 字는 子瞻. 號는 東坡. 眉山(四川省) 사람. 아버지 洵과 동생 轍과 함께 三蘇라고 불린다. 唐宋八大家중의 한 사람. 嘉祐2년(1057)에 진사가 되어 王安石의 新法을 비판하여 옥살이를 하였으며 舊法의 부활을 주장하였다. 박학하였으며 儒·佛·道 三敎를 통하였으며 서화에도 뛰어나 북송제일의 문화인이었다. 시는 웅건하면서도 유려하여 천고에 홀로 서는 시인이라고 칭한다. 저서로는『東坡全集』110권이 있다.

蘇頲(소정) <670~727>

盛唐 때의 시인. 字는 廷碩. 武功(陝西省) 사람. 禮部尙書, 益州大都督長史를 역임했으며 청렴한 생활과 활달한 문장으로 유명하다.『全唐詩』에 90여수가 실려있다.

<ㅇ>

岳飛(악비) <203~241>

南宋초기의 武將. 字는 鵬擧. 시호는 武穆·忠武이다. 河南省 湯陰에서 농민의 아들로 태어나 金나라가 침입하자 金軍을 무찌른 공을 세운 명장이다. 저서로는『岳忠武王集』이 있다.

晏殊(안수) <991~1055>

北宋 때의 시인. 字는 同叔이고 撫州臨川(江西省 臨川縣) 사람. 仁宗 때 宰相에까지 벼슬이 이르렀었다.『晏同叔先生集』이 있다

楊巨源(양거원) <生沒年 未詳>

中唐 때의 시인. 字는 景山. 蒲州(山西省) 사람. 貞元5년(789)에 진사가 되어 벼슬은 禮部郎中에 이르렀다.

楊萬里(양만리) <1124~1206>

南宋 때의 시인. 字는 廷秀. 號는 誠齋. 吉州 吉水(江西省) 사람. 紹興24년(1154)에 진사에 급제하여 벼슬은 零陵丞 · 國子監博士 · 寶文閣待制 등을 역임하였다. 范成大 · 陸游 · 尤袤 와 함께 南宋4大家로 불린다. 저서로는 『誠齋集』 『誠齋易傳』 『誠齋詩話』 가 있다.

梁武帝(양무제) <464~549>

본명은 蕭衍. 字는 叔達. 蘭陵(山東省) 사람. 처음에는 齊나라에서 벼슬을 하다가 梁나라를 세웠다. 학문을 좋아하였으며 문장도 잘하여 通史』600권과 『孝經義』 『周禮講疎』 『毛詩問答』 같은 저서가 있다.

楊方(양방) <生沒年 未詳>

晉나라 때의 문인. 字는 公回. 會稽山陰(浙江省) 사람. 벼슬은 東安太守 · 司徒參軍事를 역임했다. 저서로는 『五經鉤沈』 과 『吳越春秋』 가 있다.

烏孫公主(오순공주) <生沒年 未詳>

漢나라의 江都王劉建(武帝의 兄의 아들)의 딸. 名은 細君.

溫庭筠(온정균) <812~872>

晩唐 때의 사람으로 字는 飛卿. 太原(山西省 太原) 사람. 晩唐시기의 대표적인 시인으로 저서로는 『溫飛卿詩集』 7권이 있다.

王勃(왕발) <648~675>

初唐 때의 시인. 字는 子安. 絳州 龍門(山西省) 사람. 初唐四傑(王勃 · 楊炯 · 盧照隣 · 駱賓王) 중의 한사람. 저술로는 『王子安集』 16권이 전한다.

王士禛(왕사진) <1634~1711>

淸나라 때의 시인. 字는 貽上. 號는 阮亭 · 漁洋山人. 新城(山東省) 사람. 관직

은 刑部尙書에 이르렀고 시호는 文簡이다. 『漁洋山人精華錄 · 『漁洋詩話』 등의 저술이 있다.

王守仁(왕수인)〈1472~1528〉

明나라 때의 大儒. 字는 伯安. 號는 陽明. 시호는 文成이다. 余姚(浙江省) 사람. 관직은 兵部尙書에 이르렀고 朱子의 학설에 반대하여 陸象山의 학설에 기초를 둔 知行合一과 致良知를 말하여 陽明學의 始祖가 되었다.

王僧孺(왕승유) 〈465~522〉

六朝 梁의 시인. 字는 僧孺. 東海郯(山東省 臨沂縣) 사람. 관직은 南海太守와 御史中丞에 까지 이르렀으며 특히 서예에 조예가 깊어 楷書와 隸書를 잘 썼다. 저술로는『王左丞集』이 전해진다.

王安石(왕안석) 〈1021~1086〉

北宋 때의 시인. 字는 介甫. 王荊公 · 王文公 · 臨川先生이라고도 부른다. 撫州 臨川(江西省 臨川縣) 사람. 神宗 때에 재상에 취임하여 새로운 법을 시행하고 정치를 개혁하였다. 관직을 그만두고는 江寧(江蘇省 南京市)에 은거하였다. 唐宋八大家의 한사람. 시문집으로는『臨川先生文集』100권과『王文公文集』100권이 있다.

王禹偁(왕우칭) 〈954~1001〉

北宋 때의 시인. 字는 元之. 濟州鉅野(山東省 鉅野縣) 사람. 太宗 때에 進士에 급제하여 右拾遺 · 翰林學士 등을 역임하고 黃州(湖北省 黃岡縣)의 知事를 역임하였으나 성품이 강직하여 간언을 계속하여 여러 차례 강등되고 좌천되었다.「黃州竹樓記」·「待漏院記」가『古文眞寶』에 실려있고『小畜集』30권의 저술이 있다.

汪元量(왕원량) 〈生沒年 未詳〉

南宋의 시인. 字는 大有. 號는 水雲. 錢塘(浙江省 杭州市) 사람. 『水雲集』 1권과 『附錄』 3권, 『湖山遺稿』 5권의 저서가 있다.

王維(왕유) <701~761>
盛唐 때의 시인. 字는 摩詰. 太原(山西省 太原市) 사람. 관직은 尙書右丞에까지 이르렀고 화가로도 유명하여 南宗畫의 시조로 불린다. 『王右丞集』 6권과 『王右丞詩集』 10권의 저술이 있다.

王籍(왕적) <生沒年 未詳>
六朝 梁나라의 시인. 字는 文海. 瑯琊 臨沂(山東省) 사람. 관직은 中散大夫에까지 이르렀었다.

王貞白(왕정백) <生沒年 未詳>
晩唐 때의 시인. 字는 有道. 永豊사람. 乾寧2년(895)에 進士에 급제하여 校書郞을 지냈다. 저술로는 『雲溪集』 7권이 전한다.

王之渙(왕지환) <688~742>
省당 때의 시인. 絳郡(山西省 新絳縣) 사람. 王昌齡 · 高適등과 親交하였으며 변방을 노래한 詩 6首가 남아있다.

王粲(왕찬) <177~217>
삼국시대 魏나라의 시인. 字는 仲宣. 山陽 高平(山東省 鄒縣) 사람. 漢나라의 名家출신으로 17세에 蔡邕을 만나 문학적 재능을 인정받았다. 전란 중에는 曹操의 군중에 있다가 吳나라 원정 때 전사하였다. 시의 특색은 질박하면서도 화려하다.

王昌齡(왕창령) <700?~755?>
盛唐 때의 시인. 字는 少伯. 京兆(陝西省 西安市) 사람. 일설에는 江寧((江蘇

省 南京市)사람이라고도 한다. 『王昌齡詩集』 5권의 저술이 있다.

王翰(왕한) 〈687~726〉

盛唐 때의 시인. 字는 子羽. 幷州 晋陽(山西省 太原市) 사람. 駕部員外郎을 지냈으나 酒色에 빠져 중앙에서 쫓겨나 지방을 전전하다가 최후에는 道州(湖南省 道縣)에서 죽었다. 10여수 정도가 남아있다.

于良史(우량사) 〈生沒年 未詳〉

中唐 때의 시인. 『全唐詩』 에 7수가 전해진다.

于武陵(우무릉) 〈810~?〉

晩唐 때의 시인. 이름은 鄴. 武陵은 字. 杜曲(陝西省 西安의 郊外) 사람. 宣宗 때에 進士에 급제. 嵩山 남쪽에 은거하며 孤高한 생애를 마쳤다. 『于武陵詩集』 一卷을 저술했다.

袁凱(원개) 〈生沒年 未詳〉

明나라 때 시인. 字는 景文. 號는 海叟. 松江華亭(江蘇省)사람. 「白燕」 이라는 詩가 유명하여 袁白燕이라고도 부른다. 明나라 초의 제일 가는 시인. 시집으로는 『海叟集』 4권과 『集外詩』 1권이 있다.

袁宏道(원굉도) 〈1568~1610〉

明나라 때의 시인. 字는 中郞. 號는 石公. 公安(湖北省) 사람. 형인 宗道와 동생인 中道와 더불어 三袁이라고 불린다. 『袁中郞全書』 40권을 저술하였다.

袁枚(원매) 〈1716~1797〉

淸나라 때의 시인. 字는 子才. 號는 簡齋. 錢塘(浙江省) 사람. 進士에 급제한 후 여러 縣에 知事를 역임하다가 40세에 관직을 그만두고 지금의 南京에 있는 小倉山 아래에 집을 짓고 시문의 창작을 즐겼다. 趙翼 蔣士銓과 함께 乾隆의 3대가로 불린다. 『小倉山房集』과 『隨園詩話』를 저술하였다.

元籍(원적) 〈210~263〉
삼국의 魏나라 사람. 字는 嗣宗. 陳留(河南省) 사람. 步兵校尉등을 지냈으며 老莊사상을 좋아하였으며 淸談사상에 심취했다. 竹林七賢의 한 사람.

元稹(원진) 〈779~831〉
中唐 때의 시인. 字는 微之. 洛陽(河南省)사람. 元和元年에 수석으로 급제하여 右拾遺 · 監察御使 등을 지냈으며 江陵參軍 · 通州司馬 등에 좌천되었다. 白居易와 親交하여 이들 두 사람을 元白이라고 부른다. 저서로는『元氏長慶集』60권이 있다.

魏武帝(위무제) 〈155~220〉
삼국 魏나라의 曹操. 字는 孟德. 沛國譙(安徽省) 사람. 문장을 잘 지었고 文名이 높았다.

魏文帝(위문제) 〈187~226〉
삼국 魏나라의 曹丕. 字는 子桓. 武帝(曹操)의 아들. 後漢의 獻帝를 폐하고 국호를 魏나라로 고치고 즉위하였다. 문학을 좋아하였으며『魏文帝集』10권의 저서가 있다.

韋應物(위응물) 〈737~?〉
中唐 때의 시인. 京兆(陝西省 西安市) 사람. 太僕少卿 · 御史中丞을 역임. 『韋蘇州集』10권을 저술했다.

韋莊(위장) 〈836~910〉
晩唐 때의 사람. 字는 端己이고 京兆(陝西省 西安市) 사람. 成都(後蜀의 도

읍지) 교외에 있는 杜甫의 옛 집인 浣花草堂을 수리하여 거주하였다고 전해진다. 『浣花集』 10권을 저술했다.

庾肩吾(유견오) <生沒年 未詳>

南朝 梁나라 때의 시인. 字는 子愼. 南陽 新野(河南省) 사람. 庾於陵의 동생이고 庾信의 아버지이다. 詩賦와 서예에 뛰어났으며 저서로는 『書品』과 『庾度支集』이 있다.

劉方平(유방평) <生沒年 未詳>

盛唐 때의 사람. 河南(河南省) 출신. 初唐 때 刑國公에 봉해졌던 劉政會의 자손.

劉商(유상) <生沒年 未詳>

中唐 때의 사람. 字는 子夏. 彭城(江蘇省) 사람. 大曆年間에 진사가 되어 벼슬은 檢校禮部郎中 · 汴州觀察判官에 까지 이르렀다. 저서로는 『劉虞部集』이 있다.

庾信(유신) <513~581>

北周 때의 시인. 字는 子山. 南陽 新野(河南省) 사람. 庾肩吾의 아들. 처음에 南朝 梁나라에서 右衛將軍과 武康縣侯로 있다가 侯景의 난으로 西魏에 억류되었었다. 梁나라가 멸망하자 西魏와 北周에서 벼슬을 하였는데, 관직은 驃騎大將軍 · 開府儀同三司에 이르렀다. 徐陵과 함께 徐庾體라고 불리는 시들은 艶麗하다. 저서로는 『庾子山集』 16권이 있다.

劉禹錫(유우석) <772~842>

中唐 때의 시인. 字는 夢得. 中山(河北省) 사람. 貞元9년(793)에 진사가 되어 벼슬은 檢校禮部尙書에 까지 이르렀다. 白居易와 서로 친하였으며 저서로는 『劉夢得文集』 30권과 『外集』 10권이 있다.

劉長卿(유장경) <709~780>

盛唐 때의 시인. 字는 文房 마지막 벼슬을 隨州刺史를 지내서 劉隨州라고도 불린다. 河間(河北省)사람. 開元21년에 진사가 되었으나 강직한 성격으로 좌천되었다. 시문에 뛰어났고 저서로는『劉隨州集』(일명)『劉長卿集』10권이 있다.

劉希夷(유희이) 〈651~679〉

初唐 때의 사람. 字는 廷芝. 汝州(河南省) 사람. 上元2년(675)에 진사가 되었으며 저서로는 시집 4권이 있다.

尹式(윤식) 〈?~604〉

隋나라 때 시인. 河間(河北省 河間縣) 사람.

應璩(응거) 〈190~252〉

三國의 魏나라 사람. 字는 休璉. 汝南(河南省) 사람. 散騎常侍와 侍中을 역임하였으며 저서로는『應休璉集』1권이 있다.

任昉(임방) 〈460~508〉

南朝 齊·梁간의 시인. 자는 彦升. 博昌(山東省) 사람. 처음에 齊나라의 太常博士를 지냈고 梁朝에서는 驃騎記室參軍義興太守와 新安太守를 지냈으며 竟陵七友의 한 사람. 저서로는 『任中丞集』2권이 있다.

李嘉祐(이가우) 〈719~781〉

盛唐 때의 시인. 字는 從一. 趙州(河北省) 사람. 天寶7년(748)에 진사가 되어 秘書正字와 台州·袁州刺史등을 지냈으며 저서로는『台閣集』2권이 있다.

李頎(이기) 〈690~751〉

盛唐 때의 시인. 東川(四川省) 사람. 開元23년(735)에 진사가 되어 新鄕縣尉가 되었으며 시는 수사가 풍부하고 특히 律詩는 高適과 대등할 정도라고 불린다. 저서로는『李頎詩集』1권이 있다.

李陵(이릉) 〈?~BC74〉

漢나라 때의 무장. 字는 少卿. 隴西成紀(甘肅省) 사람. 司馬遷이 李陵을 변호하다가 武帝의 노여움을 사서 宮刑에 처해진 것은 유명한 일이다.

李白(이백) 〈701~762〉

盛唐 때의 시인. 字는 太白. 號는 靑蓮居士. 서역에서 태어나서 蜀(四川省) 땅에서 어린 시절을 보내고, 중국각지를 떠돌아다니다가 42세에 翰林供奉이 되었다. 安祿山의 반란 후 永王에게 가담하여 모반의 죄를 물어 떠돌아다니다가 사면을 받고 當塗縣(江蘇省)에서 생을 마쳤다. 호방하고 상상력이 풍부한 시풍을 가지고 있어 詩仙이라고 불리고, 술을 좋아하여 酒仙이라고도 부른다. 저서로는『李太白集』30권이 있다.

李商隱(이상은) 〈813~858〉

晩唐 때의 시인. 字는 義山. 號는 玉谿生. 懷州 河內(河南省) 사람. 開成2년(837)에 진사가 되어 벼슬은 檢校工部員外郎에 까지 이르렀다. 律詩에 특히 뛰어났고, 시풍은 화려하고 장식적이었으며 故事를 많이 인용한 것이 특징이다. 溫庭筠과 함께 溫 · 李라고 칭하기도 하고, 혹은 杜牧과 아울러 李 · 杜라고도 불린다. 저서로는『李義山集』이 있다.

李紳(이신) 〈780~846〉

中唐 때의 시인. 字는 公垂. 無錫(江蘇省) 사람. 元和元年(806)에 진사가 되어 관직은 尙書右僕射 · 門下侍郎에 까지 이르렀으며 李德裕 · 元稹과 함께 三俊이라고 칭한다. 저서로는『追昔游集』3권이 있다.

李賀(이하) 〈791~817〉

中唐 때의 시인. 字는 長吉. 昌谷(河南省 宜陽縣) 사람. 불우한 생애를 짧게

보냈으나 상상력이 풍부하고 낭만적인 시풍세계를 나타내었다. 또한 색채감각이 풍부하여 환상적이고 감각적인 작품이 많다. 저서로는『李賀歌詩集』4권과 外集 1권이 있다.

李華(이화) 〈715~766〉

盛唐 때의 문인. 字는 遐叔. 贊皇(河北省) 출신. 開元23년(752)에 진사가 되어 監察御史 등을 지냈으며 古文에 뛰어났으며 弔古戰場文은 특히 유명하다. 저서로는『李遐叔文集』10권이 있다.

〈ㅈ〉

岑參(잠삼) 〈715~770〉

盛唐 때의 시인. 南陽(河南省) 사람. 天寶3년(744)에 진사가 되어 杜甫의 추천에 의해 太子中允, 嘉州刺史 등을 두루 역임하였으며 高適·王翰·王昌齡 등과 함께 변방시인으로 이름이 높다. 저서로는『岑嘉州集』7권이 있다.

張敬忠(장경충) 〈生沒年 未詳〉

盛唐 때의 사람. 玄宗의 開元7년(719)에 平盧節度使를 지냈다.『唐詩選』에 邊詞 1수가 실려있다.

張繼(장계) 〈生沒年 未詳〉

中唐 때의 사람. 襄州(湖北省 襄陽) 사람. 字는 懿孫. 天寶12년(753)에 진사에 급제하여 檢校祠部郎中에 이르렀다. 楓橋夜泊은 특히 사람들에게 회자된다.

張九齡(장구령) 〈673~740〉

盛唐 때의 시인. 시호는 文獻. 韶州 曲江(廣東省) 사람. 字는 子壽. 景龍초년

에 진사에 급제하여 校書令 · 右拾遺를 역임하였고 玄宗 때에는 재상의 지위에 올랐으나 荊州長史에 좌천되어 문학과 史書에 전념하였다. 저서로는『曲江集』20권이 있다.

張率(장솔) 〈475~527〉

南朝 梁나라 때의 시인. 吳郡(江蘇省) 사람. 字는 士簡. 벼슬은 新安太守에 이르렀고 武帝의 칭송을 받았으며『文集』10권과『文衡』15권의 저서가 있다.

張若虛(장약허) 〈生沒年 未詳〉

初唐 때의 시인. 揚州(江蘇省) 사람. 賀知章 · 張旭 · 包融과 함께 吳中의 四士로 불리운다.『全唐詩』에 2수가 실려있고 특별히「春江花月夜」는『唐詩選』에 실려있는데 유명하다.

張謂(장위) 〈721~780〉

中唐 때의 시인. 字는 正言. 河內(河南省) 사람. 天寶2년(743)에 진사가 되어 여러 벼슬을 거쳐 禮部侍郞에 까지 이르렀다. 술과 시를 좋아하여 자연을 읊은 시가 많다.『全唐詩』에 40수가 실려있다.

張融(장융) 〈444~497〉

南齊의 시인. 吳郡(江蘇省) 사람. 字는 思光. 벼슬은 司徒兼左長史에 이르렀고 문집으로는『玉海集』이 있다.

張載(장재) 〈生沒年 未詳〉

西晉의 시인. 安平(河北省) 사람. 字는 孟陽. 太康初年(280)에 武帝에게 불려가 著作郞이 되었고 弘農太守中書侍郞을 지냈으나 세상이 어지럽자 벼슬을 버리고 고향으로 돌아가서 생을 마쳤다.

張籍(장적) 〈768~830〉

初唐 때의 시인. 和州 烏江(安徽省)사람. 字는 文昌. 韓愈의 추천에 의해 國子博士와 國子司業에 이르렀다. 杜甫의 시집을 불태워서 그 재를 꿀에 타서 마셨다는 이야기가 전한다. 저서로는『張司業集』8권이 전한다.

錢起(전기) 〈722~780〉

中唐 때의 시인. 字는 仲文. 吳興(浙江省) 사람. 天寶10년(751)에 진사에 급제하여 翰林學士가 되었고 王士元과 이름을 나란히 하였으며 大曆十才子 중의 한사람. 저서로는『錢中文集』10권이 있다.

丁仙芝(정선지) 〈生沒年 未詳〉

盛唐 때의 시인. 曲阿(江蘇省 鎭江府) 사람. 字는 元禎. 開元年間(713~741)에 진사에 급제하여 余杭(浙江省 杭州)尉가 되었다.『唐詩選』에 2수가 실려있다.

曹植(조식) 〈192~232〉

삼국 魏나라 때 시인. 曹操(武帝)의 셋째아들. 字는 子建. 東阿王 · 陳思王이라고도 칭한다. 형인 文帝와 왕위계승을 놓고 다투다가 불우한 생을 보내어 悲懷를 읊은 시가 많고 唐代이전의 최대 문학자로 평가받는다. 저서로는『曹子建集』10권이 있다.

祖詠(조영) 〈699~746〉

盛唐 때의 시인. 洛陽(河南省)사람. 開元2년(724)에 진사에 급제하여 駕部員外郎을 지냈으며 『全唐詩』에 30수가 있다.

曹攄(조터) 〈?~308〉

晋나라 때 시인. 字는 顔遠. 譙國(安徽省) 사람. 벼슬은 尙書郎, 洛陽令을 지냈으며 효행이 독실하였고 시문을 잘하였다.『前漢三國南北朝詩』에 시 8편이 수록되어있다.

陳師道(진사도) 〈1053~1101〉

北宋 때의 시인. 彭城(江蘇省) 사람. 字는 履常. 後山居士라고도 부른다. 문장은 曾鞏을 사사했고 시는 黃庭堅에게 배웠다. 元祐(1086~1094) 초에 蘇軾은 그의 인물과 文才를 인정하였으며 安貧樂道를 주장하였다. 저서로는 『後山詩話』 1권이 있다.

眞山民(진산민) 〈生沒年 未詳〉

南宋 말기의 시인. 眞德秀의 후예로 자칭하였으나 그가 어떠한 일을 한 사람인지는 전해지지 않고 있다. 『眞山民集』 1권의 저서가 전해진다.

陳子昂(진자앙) 〈656~698〉

初唐 때의 시인. 樟州 射江(四川省) 사람. 字는 伯玉. 文明元年(684)에 진사에 급제하여 右拾遺를 지냈으며 남성적인 힘이 넘치는 시풍으로 유명하다. 저서로는 『陳伯玉文集』 10권이 있다.

〈ㅊ〉

崔敏童(최민동) 〈生沒年 未詳〉

盛唐 때의 시인. 河南博州(山東省 內) 사람. 형인 崔惠童과 함께 시를 잘하였고 『全唐詩』에 1수가 수록되어있다.

崔惠童(최혜동) 〈生沒年 未詳〉

盛唐 때의 시인. 玄宗의 皇女인 晋國公主의 사위. 동생 敏童과 함께 『全唐詩』에 1수가 수록되어있다.

〈ㅌ〉

太上隱者(태상은자) 〈生沒年 未詳〉

唐나라 때의 隱者. 唐詩選에 答人이라는 시가 1수가 실려있으나 내력은 알기가 어렵다.

〈ㅍ〉

鮑照(포조) 〈412~466〉

六朝 宋나라 때의 시인. 東海(山東省) 사람. 字는 明遠. 가난한 집안의 출신이나 臨川王 劉義慶에게 발탁되어 太學博士 · 中書舍人을 역임하였다. 시는 謝靈運 · 顔延之 등과 함께「元嘉3大家」로 불린다. 저서로는『鮑氏集』10권이 있다.

〈ㅎ〉

何遜(하손) 〈?~518〉

南朝의 梁나라 사람. 字는 仲言. 東海郯(山東省郯城縣)사람. 20세에 이미 秀才라는 소리를 들으며 과거에 합격하여 여러 왕의 幕僚로 일하였다. 저서로는『何水部集』1권이 있다.

賀知章(하지장) 〈659~744〉

盛唐 때의 사람. 字는 季眞. 越州 永興(浙江省 蕭山縣) 사람. 則天武后 때에 進士가 되어 玄宗의 신임을 두텁게 받아 벼슬이 禮部侍郎에 이르렀고 集賢院學士를 겸하였다. 술을 좋아하여 杜甫의 飮中八仙歌에는 酒仙第一로 묘사되었다.『賀秘監集』1권의 저서가 있다.

漢武帝(한무제) 〈BC159~87〉

前漢의 7대 天子. 姓은 劉이고 名은 徹이다. 16세에 즉위하여 재위는 54년 동안이었다. 내치와 외정에 노력하였고 특히 儒學을 國敎로 정하여 장려하였으며 문학과 음악을 좋아하였다.

寒山(한산) <生沒年 未詳>

7~8세기경의 詩僧. 저서로는『寒山詩集』이 있다.

韓愈(한유) <768~824>

中唐 때의 大 文豪. 字는 退之. 시호는 文. 南陽(河南省) 사람. 3세 때에 아버지를 여의고 각고의 노력 끝에 貞元 8년(792)에 28세 의 나이로 進士에 급제하여 여러 관직을 두루 옮겨다녔다. 古文의 부흥을 주창하였으며 唐宋八大家의 한 사람이다. 저술로는『昌黎先生集』40권이 있다.

許渾(허혼) <791~854>

晩唐 때의 시인. 字는 仲晦. 潤州 丹陽(綱蘇省) 사람. 太和6년(832)에 進士에 급제하여 監察御使, 虞部員外郞, 睦州 등에서 刺史 등을 역임하였다. 저서로는『丁卯集』이 있다.

荊叔(형숙) <生沒年 未詳>

누구인지는 정확하지 않으나「題慈恩塔」1수가『唐詩選』에 실려있다.

嵇康(혜강) <223~262>

삼국 魏나라 때의 시인이자 사상가. 字는 叔夜. 譙國銍(安徽省 內) 사람. 벼슬은 中散大夫에까지 이르렀었다. 老莊사상을 좋아하였고 가야금과 시를 가까이하였으며 阮籍과 함께 正始文學을 대표하는 시인이다. 竹林七賢의 한사람. 저서로는『嵇中散集』10권이 있다.

惠洪(혜홍) <1071~1128>

北宋 때의 臨濟宗의 禪僧. 자는 覺範. 筠州 新昌(江西省) 사람. 시문집으로는『石門文字禪』30권이 있다.

黃庭堅(황정견) <1045~1105>

北宋 때의 시인. 字는 魯直. 號는 涪翁, 혹은 涪叟, 山谷道人. 시호는 文節先生. 洪州 分寧(江西省) 사람. 벼슬은 起居舍人과 鄂州知事를 지냈으며 문장을 蘇軾에게 배워서 秦觀·張耒·晁補之와 함께 蘇門 4學士로 칭한다. 시가 뛰어나 蘇軾과 함께 蘇黃이라고도 칭한다. 江西詩派의 祖宗이며 서예에도 조예가 깊어 蔡襄·蘇軾·米芾과 함께 北宋4大家에 속한다. 저서로는『予章黃先生集』30권이 있다.

참고 문헌

〈論語〉 學民出版社, 1990.

〈論語〉 明文堂, 1985.

〈新完譯論語〉 明文堂, 1993.

〈孟子〉 學民出版社, 1990.

〈孟子〉 明文堂, 1985.

〈新完譯孟子〉 上 · 下, 明文堂, 1998.

〈大學〉 學民出版社, 1990.

〈大學〉 明文堂, 1985.

〈中庸〉 學民出版社, 1990.

〈中庸〉 明文堂, 1985.

〈新完譯大學 · 中庸〉 明文堂, 1995.

〈詩經〉 學民出版社, 1990.

〈詩經〉 明文堂, 1985.

〈新完譯詩經〉 明文堂, 1997.

〈書經〉 學民出版社, 1990.

〈書經〉 明文堂, 1985.

〈新完譯書經〉 明文堂, 1997.

〈易經〉 學民出版社, 1990.

〈易經〉 明文堂, 1985.

〈新譯周易〉 弘新文化社, 1996.

〈左傳〉 學民出版社, 1990.

〈禮器〉 學民出版社, 1990.

〈新譯禮器〉 弘新文化社, 1993.

〈孝經〉 明文堂, 1985.

〈完譯四書五經〉 1~12, 平凡社, 1980.

〈忠經〉 明文堂, 1985.

〈近思錄〉 自由文庫, 1991.

〈新完譯近思錄〉 明文堂, 1993.

〈小學〉 弘新文化社, 1982.

〈小學〉 明文堂, 1984.

〈明心寶鑑〉 明文堂, 1984.

〈明心寶鑑〉 弘新文化社, 1980.

〈老子〉 玄岩社, 1997.

〈新完譯老子〉 明文堂, 1996.

〈莊子〉 玄岩社, 1993.

〈莊子〉 內 · 外 · 雜篇, 弘新文化社, 1994.

〈新譯荀子〉 弘新文化社, 1994.

〈新譯莊子〉 內 · 外 · 雜篇, 弘新文化社, 1993.

〈諸子百家〉 弘新文化社, 1986.

〈諸子精選〉 保景文化社, 1987.

〈諸子集成〉 1~8, 中華書局,1960.

〈韓非子全書〉 1~2, 貴州人民出版社.

〈列子〉 玄岩社, 1977.

〈唐詩選〉 民音社, 1973.
〈唐詩全書〉 民音社, 1987.
〈唐宋八大家文選〉 中國 國語日報出版部.
〈明淸八大家文鈔〉 中國 文明書局, 1989.
〈古詩源〉 景仁文化社, 1987.
〈全唐詩〉 1~25, 中華書局, 1960.
〈唐詩新評〉 圖書出版 善, 1996.
〈白氏文集〉 日本 明德出版社, 1978.
〈杜工部集〉 中國 岳麓書社, 1987.
〈文章軌範〉 傳統文化硏究會, 1994.
〈古文眞寶〉 前・後, 明文堂, 1986.
〈古文眞寶〉 傳統文化硏究會, 1994.
〈古文眞寶〉 1・2・3, 明知大學校出版部, 1988.
〈菜根譚〉 玄岩社, 1974.
〈完譯菜根譚〉 明文堂, 1988.
〈十八史略〉 東信出版社, 1992.
〈宋名臣言行錄〉 日本 明德出版社, 1972.
〈史記講讀〉 明文堂, 1992.
〈漢書〉 文友社, 1973.
〈後漢書〉 中國 中華書局, 1965.
〈晉書〉 景仁文化社, 1977.
〈唐書〉 日本 汲古書院, 1970
〈戰國策〉 中國 上海書店, 1993.
〈孔子家語〉 乙酉文化社, 1980.
〈說苑〉 臺北 臺灣商務印書館, 1968.
〈韓詩外傳〉 中國 中華書局, 1985.
〈歷代名詩名言〉 中國 華東理工大學出版社, 1999.
〈玉臺新詠〉 明治書院, 1974.
〈穀梁傳〉 三民書局, 1998.
〈後山談叢〉 宋元筆記小說大觀, 上海古籍出版社, 2001.
〈高太史大全集〉 上海書店, 1926.
〈避暑錄話〉 中華書局, 1985.
〈吳越春秋〉 三民書局, 1996.
〈尉繚子〉 三民書局, 1996.
〈魏書〉 中華書局, 1999.
〈淮南子〉 新華社, 1983.
〈世說新語〉 三民書局, 1996
〈高士傳〉 예문서원, 2000.
〈逸周書〉 商務印書館, 1900.
〈北夢□□言〉 商務印書館, 1900.
〈聞見後錄〉 淸波新志, 商務印書館, 1983.
〈小倉山房詩集〉 上海古籍出版社, 2001.
〈三體詩〉 國民文庫刊行會, 1921.
〈唐詩三百首〉 春風文藝出版社, 1995.
〈元氏長慶集〉 中華書局, 1969.

〈山谷詩集〉 梅村彌右衛門, 1691.
〈蘇東坡集〉 朝日新聞社, 1969.
〈文選〉 文選研究會, 1983.
〈戰國策〉 明文堂, 2000.
〈臨川先生文集〉 上海書店, 1926
〈紅樓夢〉 寧波出版社, 2001.
〈實語敎〉 日本哲學思想全書, 1956.
〈李太白集〉 中國 岳麗書社, 1989.
〈岑嘉州集〉 江蘇古籍出版社, 1988.
〈王右丞集〉 臺灣中華書局, 1970.
〈國語〉 學民出版社, 1990.
〈宋史〉 中華書局, 1985.
〈北齊書〉 中華書局, 1972.
〈北史〉 中華書局, 1974.
〈三字經〉 三民書局, 1997.
〈關尹子〉 商務印書館, 1900.
〈隋書〉 中華書局, 1973.
〈唐詩別裁〉 商務印書館, 1900.
〈樊川文集〉 上海書店, 1926.
〈韓詩外傳〉 學民出版社, 1999.
〈通俗篇〉 國際文化出版公司, 1993.
〈書言故事〉 林甚右衛門, 1646.
〈韓國漢文學〉 二友出版社, 1982.
〈韓國文集叢刊〉 1~200, 民族文化推進會.
〈韓國漢詩〉 民音社, 1993.
〈漢詩의 理解〉 韓國篇 · 中國篇, 一志社, 1992.
〈海東詩選〉 다운샘, 1994.
〈韓國漢詩選〉 探求堂, 1980.
〈韓國禪詩〉 悅話堂, 1988.
〈東文選〉 1~7, 民族文化刊行會, 1994.
〈茶山詩選〉 創作과 批評社, 1981.
〈羅 · 麗漢詩選〉 二友出版社, 1983.
〈西河集〉 一志社, 1984.
〈松江全書〉 成均館大學校 大東文化研究院, 1964.
〈松江鄭澈의 詩文學〉 梨花文化出版社, 1997.
〈冶隱集〉 韓國精神文化研究院, 1980.
〈淸虛堂集〉 韓國譯經院, 1987.
〈秋史集〉 玄岩社, 1976.
〈退耕譯詩集〉 梨花文化出版社, 1987.
〈漢詩選〉 鐘路書籍, 1980.
〈花潭集〉 世界社, 1992.
〈翰墨錦囊〉 다운샘, 1995.